JUBILÄUMSBAND
HEYNE VERLAG

HEYNE BÜCHER

In der selben Reihe erschienen
außerdem als Heyne-Taschenbücher

Spannung · Band 50/1
Das biologische Gartenbuch · Band 50/2
Die großen Filmromane · Band 50/3
Das Heyne-Jubiläumskochbuch · Band 50/4
Fantasy · Band 50/5
Thriller · Band 50/6
Heiteres · Band 50/7
Liebe · Band 50/8
Unheimliches · Band 50/9
Europäische Erzähler des 20. Jahrhunderts · Band 50/10
Keep smiling · Band 50/11
Das große Buch der alternativen Heilmethoden · Band 50/12
Action · Band 50/13
Die beste Dr. Oetker Kalte Küche · Band 50/14
Erotik · Band 50/15
Ratgeber Geld · Band 50/16
Deutsche Erzähler des 20. Jahrhunderts · Band 50/17
Agenten · Band 50/18
Klinik · Band 50/19
Witze · Band 50/20
Hallo, Liebling · Band 50/22

HEYNE JUBILÄUMS BAND

HORROR

Fünf unheimliche Romane

WILHELM HEYNE VERLAG
MÜNCHEN

HEYNE JUBILÄUMSBÄNDE
Nr. 50/21

QUELLENHINWEIS

Stephen King DER NEBEL/THE MIST
aus dem Sammelband SKELETON CREW, Band 1 »Im Morgengrauen«
von Stephen King

Deutsche Übersetzung von Alexandra v. Reinhardt

Dean R. Koontz IN DER KÄLTE DER NACHT/NIGHT CHILLS

Deutsche Übersetzung von Rolf Jurkeit

Richard Matheson DAS HÖLLENHAUS/HELL HOUSE

Deutsche Übersetzung von Kurt Spieler

Fritz Leiber HERRIN DER DUNKELHEIT/OUR LADY OF DARKNESS

Deutsche Übersetzung von Hans Maeter

John Saul NATHANIEL/NATHANIEL

Deutsche Übersetzung von Hans Weber

2. Auflage

Printed in Germany 1987
Umschlagfoto: Vega/Luserke/Tom Hallman
Umschlaggestaltung: Atelier Ingrid Schütz, München
Gesamtherstellung: Ebner Ulm

ISBN 3-453-00024-2

Inhalt

STEPHEN KING
Der Nebel

Der Sturm bricht los

Folgendes geschah: An jenem Abend, als die größte Hitzewelle in der Geschichte des nördlichen Neu-England endlich zusammenbrach – am Abend des 19. Juli –, wurde die gesamte westliche Region von Maine von den heftigsten Gewitterstürmen heimgesucht, die ich je erlebt habe.

Wir wohnten am Long Lake, und wir sahen den ersten Sturm kurz vor Einbruch der Dämmerung über den See direkt auf uns zukommen. Noch eine Stunde vorher war es völlig windstill gewesen. Die amerikanische Flagge, die mein Vater 1936 auf unser Bootshaus gesetzt hatte, hing schlaff an ihrem Mast. Nicht einmal ihr Saum bewegte sich. Die Hitze lastete schwer und drückend auf uns. Am Nachmittag hatten wir im See gebadet, aber das Wasser brachte keine Erfrischung, außer man schwamm weit hinaus. Weder Steffy noch ich wollten weit hinausschwimmen, weil Billy es nicht konnte. Billy ist fünf Jahre alt.

Um halb sechs nahmen wir auf der Terrasse, die auf den See hinausgeht, ein kaltes Abendessen ein, knabberten lustlos an Schinkensandwiches und stocherten im Kartoffelsalat herum. Niemand schien etwas anderes zu wollen als Pepsi, das wir in einem Metalleimer voller Eiswürfel kühlten.

Nach dem Abendessen ging Billy wieder nach draußen, um ein Weilchen auf seinem Klettergerüst zu spielen. Steff und ich saßen da, ohne viel zu reden, rauchten und blickten über den glatten Seespiegel hinüber nach Harrison auf der anderen Seite des Sees. Einige Motorboote fuhren hin und her. Die immergrünen Bäume sahen staubig aus und wirkten erschlafft. Im Westen bauten sich langsam massive purpurne Gewitterwolken auf, formierten sich wie eine Armee. Blitze zuckten auf. Nebenan war Brent Nortons Radio auf jene Rundfunkstation eingestellt, die vom Gipfel des Mount Washington klassische Musik sendet, und bei jedem Blitz gab es laute Störgeräusche von sich. Norton war ein Rechtsanwalt aus New Jersey, der hier am Long Lake nur ein Sommerhaus ohne Heizung und Isolation hatte. Vor zwei Jahren hatten wir einen Grenzstreit gehabt, der schließlich vom Bezirksgericht entschieden wurde. Ich gewann. Norton behauptete, ich hätte nur gewonnen, weil er kein Ortsansässiger wäre. Wir hegten füreinander keinerlei Sympathie.

Steff seufzte und fächerte sich die Brüste mit dem Rand ihres Bikinioberteils. Ich bezweifelte, daß es ihr viel Kühlung verschaffte, aber es verbesserte ganz erheblich den Einblick.

»Ich will dich nicht beunruhigen«, sagte ich, »aber ich glaube, daß ein gewaltiger Sturm im Anzug ist.«

Sie sah mich zweifelnd an. »Gewitterwolken hatten wir auch gestern und vorgestern abend schon, David. Sie haben sich rasch wieder aufgelöst.«

»Heute werden sie sich nicht auflösen.«

»Nein?«

»Wenn es sehr schlimm wird, werden wir nach unten gehen.«

»Wie schlimm kann es denn werden?«

Mein Vater war der erste gewesen, der sich auf dieser Seite des Sees ein Haus gebaut hatte, das man das ganze Jahr über bewohnen konnte. Als er noch ein halbes Kind gewesen war, hatten er und seine Brüder an der Stelle, wo das jetzige Haus stand, ein Sommerhäuschen gebaut, und im Jahre 1938 hatte ein Sommersturm es trotz seiner Steinmauern völlig zerstört. Nur das Bootshaus war stehengeblieben. Ein Jahr später hatte er mit dem Bau des großen Hauses begonnen. Es sind die Bäume, die bei heftigem Sturm den größten Schaden anrichten. Sie werden alt, und der Wind knickt sie um. Das ist die Methode von Mutter Natur, von Zeit zu Zeit einen gehörigen Hausputz zu machen.

»Das weiß ich auch nicht«, sagte ich wahrheitsgemäß. Ich kannte den großen Sturm von 1938 auch nur vom Hörensagen. »Aber der Wind kann über den See gebraust kommen wie ein D-Zug.«

Kurz danach kam Billy zurück und beklagte sich, daß das Klettern keinen Spaß mache, weil er ›völlig verschwitzt‹ sei. Ich strich ihm übers Haar und gab ihm noch eine Pepsi. Zusätzliche Arbeit für den Zahnarzt.

Die Gewitterwolken kamen jetzt näher und verdrängten den blauen Himmel. Jetzt konnte es keinen Zweifel mehr darüber geben, daß sich ein Sturm ankündigte. Norton hatte sein Radio abgestellt. Billy saß zwischen seiner Mutter und mir und beobachtete fasziniert den Himmel. Donner grollte. Die Wolken griffen ineinander, verflochten sich, strebten wieder auseinander und wechselten ständig ihre Farbe – von Schwarz zu Purpur, dann geädert, dann wieder Schwarz. Allmählich überquerten sie den See, und ich sah, daß sie ein feines Regennetz unter sich ausbreiteten. Es war noch ein ganzes Stück entfernt. Der Regen fiel vermutlich auf Bolster's Mills oder vielleicht auch erst auf Norway.

Die Luft geriet in Bewegung, zuerst nur stoßweise, so daß die Flagge sich abwechselnd blähte und dann wieder schlaff herabhing; dann setzte ein stetiger frischer Wind ein, der den Schweiß auf unseren Körpern trocknete und uns gleich darauf leicht frösteln ließ.

Im nächsten Moment sah ich den Silberschleier über den See wirbeln. Er verhüllte Harrison in Sekundenschnelle und kam direkt auf uns zu. Alle Motorboote hatten an den Ufern festgemacht.

Billy stand von seinem Stuhl auf – einer Miniaturausgabe unserer Regiestühle, mit seinem Namen auf der Lehne. »Vati! Schau mal!«

»Gehn wir ins Haus«, sagte ich, stand auf und legte den Arm um seine Schultern.

»Siehst du es? Vati, was ist das?«

»Eine Wasserhose. Gehen wir lieber rein.«

Steff warf einen raschen bestürzten Blick auf mein Gesicht und sagte dann: »Komm, Billy. Tu, was dein Vater sagt.«

Wir gingen durch die Glasschiebetüren ins Wohnzimmer. Ich schloß die Tür und warf bei dieser Gelegenheit noch einen Blick nach draußen. Der Silberschleier hatte den See zu drei Vierteln überquert. Er glich jetzt einer riesigen, mit rasender Geschwindigkeit herumwirbelnden Teetasse zwischen dem tiefhängenden schwarzen Himmel und der Wasseroberfläche, die bleifarben war, mit weißen Chromstreifen. Der See sah gespenstisch aus wie ein Ozean, mit seinen hohen Wellen, die bedrohlich heranrollten und Gischt an den Kais und Wellenbrechern aufschäumen ließen. Weit draußen auf dem See warfen riesige Schaumkronen ihre Köpfe hin und her.

Es war ein hypnotischer Anblick, von dem ich mich nicht losreißen konnte. Die Wasserhose hatte uns fast erreicht, als ein wahnsinnig greller Blitz aufzuckte. Das Telefon gab ein bestürztes ›Kling‹ von sich; ich drehte mich um und sah meine Frau und meinen Sohn direkt vor dem großen Verandafenster stehen, das uns ein großartiges Panorama des Sees in nordwestlicher Richtung bietet.

Ich hatte eine jener schrecklichen Visionen, die vermutlich ausschließlich Ehemännern und Vätern vorbehalten sind – das Fenster zerbirst mit einem tiefen, harten Klirren und bohrt seine zackigen Glaspfeile in den nackten Bauch meiner Frau, in Gesicht und Hals meines Jungen. Die Schrecken der Inquisition sind eine Kleinigkeit, verglichen mit den Horrorszenen, die wir im Geiste vor uns sehen, wenn wir geliebte Menschen in Gefahr glauben.

Ich packte beide ziemlich unsanft und riß sie zurück. »Was zum Teufel macht ihr da? Macht, daß ihr hier wegkommt!«

Steff warf mir einen bestürzten Blick zu. Billy sah mich an wie jemand, der gerade aus tiefem Traum gerissen worden ist. Ich führte sie in die Küche und machte Licht. Das Telefon gab wieder ein Klingelingeling von sich.

Dann war der Wirbelsturm direkt über uns. Es war so, als hätte das Haus vom Boden abgehoben wie eine 747. Es war ein hohes, atemloses Pfeifen, dann wieder ein dröhnender Baß, der Sekunden später in ein keuchendes Kreischen überging.

»Geht nach unten«, befahl ich Steff, und jetzt mußte ich brüllen, um mich verständlich zu machen. Direkt über dem Haus trommelte der Donner mit riesigen Stöcken, und Billy klammerte sich an mein Bein.

»Du auch!« schrie Steff zurück.

Ich nickte und machte scheuchende Bewegungen. Billy mußte ich von meinem Bein regelrecht losreißen. »Geh mit deiner Mutter. Ich will noch ein paar Kerzen holen, für den Fall, daß das Licht ausgeht.«

Er ging mit ihr, und ich begann Schränke aufzureißen. Kerzen sind etwas Komisches, wie Sie vielleicht selbst wissen. Man legt sie jeden Frühling bereit, weil man weiß, daß ein Sommersturm die Stromversorgung lahmlegen kann. Und wenn es dann soweit ist, sind sie unauffindbar.

Ich wühlte nun schon den vierten Schrank durch. Dabei stieß ich auf die halbe Unze Gras, die Steff und ich vier Jahre zuvor gekauft, aber kaum je geraucht hatten; ich stieß auf Billys aufziehbaren Kiefer, der mit den Zähnen klappern konnte und aus einem Neuheitengeschäft in Auburn stammte; ich stieß auf Stapel von Fotos, die Steffy immer in unser Album einzukleben vergaß. Ich schaute unter einem Katalog und hinter einer Puppe aus Taiwan nach, die ich beim Fryeburg-Jahrmarkt gewonnen hatte, als ich mit Tennisbällen nach hölzernen Milchflaschen warf.

Ich fand die Kerzen hinter der Puppe mit den toten Glasaugen. Sie waren noch in Zellophan verpackt. Als ich sie gerade zur Hand nahm, gingen die Lampen aus, und die einzige Elektrizität waren jetzt die Blitze. Das Eßzimmer wurde von einer Serie weißer und purpurner Blitze in grelles Licht getaucht. Ich hörte, daß Billy unten in Tränen ausbrach und daß Steffi leise und beruhigend auf ihn einsprach.

Ich konnte nicht anders – ich mußte noch einen Blick auf den Sturm werfen.

Die Wasserhose war entweder an uns vorbeigezogen, oder aber sie war am Ufer zusammengebrochen, aber ich konnte immer noch keine zwanzig Yards auf den See hinaussehen. Das Wasser war in wildem Aufruhr. Ein Dock – vielleicht war es das von Jassers – wurde vorbeigetrieben, wobei seine Hauptträger abwechselnd in den Himmel ragten und im schäumenden Wasser versanken.

Ich ging nach unten. Billy rannte auf mich zu und umklammerte meine Beine. Ich hob ihn hoch und drückte ihn fest an mich. Dann zündete ich die Kerzen an. Wir saßen im Gästezimmer, das durch einen Gang von meinem kleinen Atelier getrennt ist, blickten einander beim flackernden gelben Kerzenschein ins Gesicht und lauschten dem Brausen des Sturms und seinem wütenden Zerren an unserem Haus. Etwa zwanzig Minuten später hörten wir ein gewaltiges Krachen, und eine der Fichten stürzte zu Boden. Dann trat Windstille ein.

»Ist es vorbei?« fragte Steff.

»Vielleicht«, antwortete ich. »Vielleicht aber auch nur eine kurze Unterbrechung.«

Wir gingen nach oben. Jeder von uns trug eine Kerze – wie Mönche auf dem Weg zur Vesper. Billy trug seine Kerze sehr behutsam und stolz. Eine Kerze zu tragen, das *Feuer* zu tragen, war für ihn eine ganz große Sache. Sie half ihm, seine Angst zu vergessen.

Es war viel zu dunkel, als daß wir das Ausmaß des Schadens ums Haus herum hätten sehen können. Billys Schlafenszeit war schon überschritten, aber keinem von uns kam es in den Sinn, ihn jetzt ins Bett zu bringen. Wir saßen im Wohnzimmer, lauschten dem Wind und betrachteten die Blitze.

Etwa eine Stunde später kam wieder Wind auf. Drei Wochen lang hatten wir Temperaturen über fünfzig Grad gehabt, und an sechs dieser einundzwanzig Tage hatte der Wetterdienst sogar Temperaturen über sechzig Grad gemeldet. Komisches Wetter! Zusammen mit dem strengen Winter, der hinter uns lag, und mit dem späten Frühling hatte das schon dazu geführt, daß manche Leute wieder diesen alten Blödsinn über die Langzeitwirkung der Atombombentests der 50er Jahre hervorkramten. Und natürlich auch wieder das Ende der Welt prophezeiten. Den ältesten Unsinn überhaupt.

Die zweite Bö war nicht so stark, aber wir hörten das Krachen mehrerer Bäume, die vom ersten Angriff schon geschwächt gewesen waren. Als der Wind gerade wieder schwächer wurde, fiel ein Baum dröhnend auf das Dach – wie eine Faust, die auf einen Sargdeckel schlägt. Billy sprang auf und schaute ängstlich nach oben.

»Es hält, Liebling«, beruhigte ich ihn.

Billy lächelte nervös.

Gegen zehn kam die letzte Bö. Sie war schlimm. Der Wind heulte fast so laut wie beim erstenmal, und die Blitze zuckten auf allen Seiten ums Haus. Noch mehr Bäume wurden geknickt. Am Wasser ertönte ein ohrenbetäubendes Krachen. Steff stieß einen leisen Schrei aus. Billy war auf ihrem Schoß eingeschlafen.

»David, was war das?«

»Das Bootshaus, nehme ich an.«

»Oh! O Gott!«

»Steffy, wir sollten lieber wieder nach unten gehen.« Ich nahm Billy auf den Arm und stand mit ihm auf. Steffs Augen waren groß und verängstigt.

»David, werden wir die Sache heil überstehen?«

»Ja.«

»Wirklich?«

»Ja.«

Wir gingen nach unten. Zehn Minuten später hörten wir von oben lautes Klirren – die Verandafenster. Demnach war meine Vision von vorhin doch nicht so verrückt gewesen. Steff, die gedöst hatte, schreckte mit einem Schrei hoch, und Billy bewegte sich unruhig im Gästebett.

»Es wird hereinregnen«, sagte Steffy. »Der Regen wird unsere Möbel ruinieren.«

»Dann ruiniert er sie eben. Sie sind ja versichert.«

»Das macht die Sache auch nicht besser«, sagte sie mit aufgeregter, zitternder Stimme. »Das Büfett von deiner Mutter... unser neues Sofa... der Farbfernseher...«

»Schscht«, sagte ich. »Geh schlafen.«

»Ich kann nicht«, sagte sie, aber fünf Minuten später war sie dann doch eingeschlafen.

Ich wachte noch eine halbe Stunde mit einer brennenden Kerze und lauschte dem Grollen des Donners. Ich hatte das Gefühl, als würden sehr viele Bewohner die Ortschaften am See am nächsten Morgen ihre Versicherungsvertreter anrufen und als würden sehr viele Sägen kreischen, wenn die Hausbesitzer die Bäume zersägten, die auf ihre Dächer gefallen und ihre Fenster zerschmettert hatten, und als würden auf den Straßen sehr viele orangefarbenen Lastwagen der Elektrizitätswerke unterwegs sein.

Der Sturm ließ jetzt nach, und es gab keine Anzeichen für eine neue Bö. Ich ging nach oben, während Steff und Billy auf dem Bett schliefen, und warf einen Blick ins Wohnzimmer. Die Schiebetür aus Glas hatte standgehalten. Aber wo das Verandafenster gewesen war, gähnte jetzt ein ausgezacktes Loch, das teilweise mit Birkenblättern gefüllt war. Es war die Spitze eines alten Baumes, der neben dem Kellereingang gestanden hatte, solange ich mich erinnern konnte. Während ich seine Spitze betrachtete, die jetzt unserem Wohnzimmer einen Besuch abstattete, verstand ich, was Steff gemeint hatte, als sie sagte, die Versicherung mache die Sache auch nicht besser. Ich hatte diesen Baum geliebt. Er war ein stolzer Veteran vieler Winter gewesen, der einzige Baum auf der Seeseite des Hauses, der von meiner Kreissäge verschont worden war. Große Glasstücke auf dem Teppich reflektierten hundertfach meine Kerzenflamme. Ich durfte auf keinen Fall vergessen, Steff und Billy zu warnen. Sie würden Schuhe anziehen müssen, wenn sie in diese Zimmer gingen. Beide liefen morgens nämlich gern barfuß herum.

Ich ging wieder nach unten. Wir schliefen zu dritt im Gästebett, Billy zwischen Steff und mir. Im Traum sah ich Gott durch Harrison auf der anderen Seite des Sees gehen, einen Gott, der so riesig war, daß er von der Taille aufwärts in einem klaren blauen Himmel verschwand. Im Traum hörte ich das Splittern und Krachen von Bäumen, die unter seinen Schritten wie Grashalme umknickten. Er umkreiste den See und kam auf die Bridgton-Seite zu, Er kam auf uns zu, und alle Häuser und Sommerhäuschen gingen blitzartig in purpurweißen Flammen auf, und bald verhüllte der Rauch alles. Der Rauch verhüllte alles – wie Nebel.

Nach dem Sturm. Norton. Eine Fahrt in die Stadt

»*Jemine!*« rief Billy.

Er stand am Zaun, der unser Anwesen von Nortons trennt, und blickte auf unsere Auffahrt, die eine Viertelmeile lang ist und auf einen Feldweg führt, der seinerseits nach einer Dreiviertelmeile in eine zweispurige Asphaltstraße namens Kansas Road einmündet. Auf der Kansas Road kann man überall hinkommen, jedenfalls bis Bridgton.

Ich sah, was Billy so fasziniert betrachtete, und es war, als greife eine riesige Hand nach meinem Herzen.

»Geh nicht näher ran, mein Freund.«

Billy erhob keine Einwände.

Es war ein strahlender Morgen. Der Himmel, der während der Hitzewelle dunstig gewesen war, hatte wieder eine frische tiefblaue Farbe angenommen, die fast herbstlich anmutete. Es ging eine leichte Brise, die fröhliche Sonnenflecken über die Auffahrt tanzen ließ. Nicht weit von Billys Standort entfernt war ein anhaltendes Zischen zu hören, und im Gras lag etwas, das man auf den ersten Blick für ein zuckendes Schlangenbündel halten konnte. Die zu unserem Haus führenden Stromleitungen waren etwa zwanzig Fuß davon entfernt heruntergefallen und lagen in einem unordentlichen Knäuel auf einem verbrannten Grasstreifen. Sie bewegten sich träge und zischten. Wenn die Bäume und das Gras vom wolkenbruchartigen Regen nicht so durchtränkt gewesen wären, hätte das Haus in Flammen aufgehen können. So aber gab es nur diesen schwarzen Streifen, da wo die Leitungen direkten Bodenkontakt gehabt hatten.

»Könnte das einen Menschen töten, Vati?«

»Ja, das könnte es.«

»Was machen wir jetzt damit?«

»Nichts. Wir müssen auf die Männer vom E-Werk warten.«

»Und wann werden sie kommen?«

»Das weiß ich nicht.« Fünfjährige haben eine Unmenge Fragen auf Lager. »Ich kann mir vorstellen, daß sie heute morgen schwer beschäftigt sind. Willst du mit mir einen Spaziergang bis zum Ende der Auffahrt machen?«

Er machte einige Schritte auf mich zu und blieb dann stehen, ängstlich auf die Leitungen starrend. Eine davon machte gerade einen kleinen Buckel und drehte sich etwas, so als wollte sie uns zuwinken.

»Vati, kann Elektrizität durch den Boden schießen?«

Eine gute Frage. »Ja, aber mach dir keine Sorgen. Elektrizität braucht den Boden, nicht dich, Billy. Dir kann nichts passieren, solange du von den Leitungen wegbleibst.«

»Braucht den Boden«, murmelte er, und dann kam er zu mir, und wir gingen Hand in Hand die Auffahrt entlang.

Es war schlimmer, als ich mir vorgestellt hatte. An vier verschiedenen Stellen versperrten umgestürzte Bäume die Auffahrt – ein kleiner, zwei mittelgroße und ein alter Riese von gut und gern fünf Fuß Durchmesser, der mit Moos bedeckt war, so als trüge er ein schimmeliges Korsett.

Äste, manche ihrer Blätter halb beraubt, lagen überall in großer Zahl herum. Während Billy und ich in Richtung Feldweg schlenderten, warfen wir die kleineren Äste rechts und links ins Gehölz. Das erinnerte mich an einen Sommertag vor nunmehr etwa fünfundzwanzig Jahren; ich konnte damals nicht viel älter gewesen sein als Billy heute. Alle meine Onkel waren hergekommen, und sie hatten den ganzen Tag mit Äxten und Beilen und Stangen in den Wäldern verbracht und das Unterholz gelichtet. Am Spätnachmittag hatten sich alle um den riesigen Picknicktisch meiner Eltern versammelt, und es hatte große Mengen Hot dogs, Hamburger und Kartoffelsalat gegeben. Das Gansett-Bier war in Strömen geflossen, und mein Onkel Reuben hatte einen Kopfsprung in den See gemacht, mit seinen Kleidern, sogar mit seinen Schuhen an den Füßen. Damals hatte es in diesen Wäldern noch Rotwild gegeben.

»Vati, kann ich zum See runtergehen?«

Er hatte keine Lust mehr, Äste beiseite zu räumen, und wenn ein kleiner Junge etwas satt hat, ist es das beste, ihn etwas anderes tun zu lassen. »Na klar.«

Wir kehrten zusammen zum Haus zurück, und dann bog Billy nach rechts ab, wobei er einen weiten Bogen um die Stromleitungen machte. Ich ging nach links, in die Garage, um meine Säge zu holen. Ich hatte richtig vermutet – seeauf- und seeabwärts hörte ich schon das unangenehme Kreischen der Sägen.

Ich füllte den Tank, zog mein Hemd aus und wollte mich gerade wieder zur Auffahrt begeben, als Steff aus dem Haus trat. Sie betrachtete nervös die umgestürzten Bäume, die unsere Auffahrt blockierten.

»Wie schlimm ist es?«

»Ich kann sie zersägen. Wie schlimm ist es denn im Haus?«

»Na ja, ich hab' die Glasscherben weggeräumt, aber du wirst irgendwas mit dem Baum machen müssen, David. Wir können schließlich keinen Baum im Wohnzimmer gebrauchen.«

»Nein«, stimmte ich zu, »das geht wohl nicht.«

Wir betrachteten einander in der Morgensonne und mußten lachen. Ich legte die Säge beiseite, drückte sie fest an mich und küßte sie.

»Nicht«, murmelte sie. »Billy ist...«

Da kam er auch schon um die Ecke gesaust. »Vati! Vati! Du müßtest das...«

Steffy sah die Stromleitungen und schrie, er solle aufpassen. Billy, der ein gutes Stück von ihnen entfernt gewesen war, blieb stehen und starrte seine Mutter an, als sei sie verrückt geworden.

»Alles in bester Ordnung, Mutti«, sagte er in dem milden Tonfall, den man gegenüber sehr alten und senilen Personen anzuwenden pflegt. Er ging auf uns zu und demonstrierte uns, daß er überhaupt keine Angst hatte. Steff begann in meinen Armen zu zittern.

»Du brauchst dir keine Sorgen zu machen«, flüsterte ich ihr ins Ohr. »Er weiß Bescheid, daß sie gefährlich sind.«

»Ja, aber Leute werden getötet«, sagte sie. »Im Fernsehen wird die ganze Zeit vor Leitungen gewarnt, die unter Strom stehen. Billy, ich möchte, daß du sofort ins Haus gehst!«

»Ach, Mutti, bitte nicht! Ich möchte Vati das Bootshaus zeigen!« Seine Augen waren vor Aufregung und Enttäuschung weit aufgerissen. Die katastrophalen Auswirkungen des Sturms übten auf ihn eine mit Angst vermischte Faszination aus, die er mit anderen teilen wollte.

»Du gehst sofort ins Haus! Diese Leitungen sind gefährlich und...«

»Vati sagt, daß sie den Boden brauchen und nicht mich...«

»Billy, widersprich mir jetzt nicht!«

»Ich werde mir das Bootshaus gleich anschauen. Geh schon voraus.« Ich spürte, wie jeder Muskel in Steff sich spannte. »Aber geh ums Haus rum.«

»Mach ich! Okay!«

Er stürzte an uns vorbei und rannte die Steintreppe hoch, die zur Westseite des Hauses führt, zwei Stufen auf einmal nehmend. Er verschwand mit flatterndem Hemd und stieß ein lautes ›Wow!‹ aus, als er irgendwo weitere Verwüstungen entdeckte.

»Er weiß über die Leitungen Bescheid, Steffy.« Ich umfaßte zärtlich ihre Schultern. »Er hat Angst vor ihnen. Das ist gut. Dadurch ist er in Sicherheit vor ihnen.«

Eine Träne lief ihr über die Wange. »David, ich habe Angst!«

»Nun komm schon! Es ist vorbei.«

»Wirklich? Der letzte Winter... und der späte Frühling... in der Stadt haben sie von einem schwarzen Frühling gesprochen... sie sagten, es hätte in dieser Gegend seit 1888 keinen mehr gegeben...«

Mit ›sie‹ war zweifellos nur Mrs. Carmody gemeint, die in Bridgton ein Antiquitätengeschäft hatte, einen Trödelladen, in dem Steffy von Zeit zu Zeit gern herumstöberte. Billy liebte es, sie dorthin zu begleiten. In einem der düsteren, verstaubten Hinterzimmer spreizten ausgestopfte Eulen mit goldberingten Augen für immer ihre Flügel, während ihre Klauen ewig lackierte Holzstücke umklammerten; ein Trio ausgestopfter Waschbären stand um einen Bach herum, der aus einem langen Stück eines verstaubten Spiegels bestand; und ein mottenzerfressener Wolf, aus dessen Maul statt

Speichel Sägemehl rann, stieß ein ewiges grausiges Knurren aus. Mrs. Carmody behauptete, ihr Vater hätte den Wolf an einem Septembernachmittag des Jahres 1901 geschossen, als dieser zum Trinken an den Stevens-Bach gekommen wäre.

Die Ausflüge in Mrs. Carmodys Trödelladen lohnten sich für meine Frau und meinen Sohn. Sie interessierte sich für farbiges Glas, er interessierte sich für den Tod in Form ausgestopfter Tiere. Aber ich war der Meinung, daß die alte Frau einen negativen Einfluß auf Steffs Verstand ausübte, der in jeder anderen Hinsicht ausgesprochen praktisch und nüchtern war. Sie hatte Steffs wunden Punkt entdeckt, eine Art geistiger Achillesferse. Steffy war allerdings nicht die einzige in der Stadt, die von Mrs. Carmodys mittelalterlichen Warnungen und Prophezeiungen und ihren Volksheilmitteln (die immer im Namen Gottes verschrieben wurden) fasziniert war.

Abgestandenes Wasser konnte Quetschungen heilen, wenn ein Ehemann zu der Sorte gehörte, die nach drei Drinks allzu leicht handgreiflich wurde. Man konnte vorhersagen, wie der nächste Winter sein würde, indem man im Juni die Ringe an den Raupen zählte und im August den Umfang der Honigwaben maß. Und nun also, Gott beschütze und bewahre uns, DER SCHWARZE FRÜHLING VON 1888 (fügen Sie selbst soviel Ausrufezeichen ein, wie Sie wollen). Ich hatte diese Geschichte auch gehört. Sie erfreut sich in dieser Gegend großer Beliebtheit – wenn der Frühling sehr kalt ist, wird das Eis auf den Seen schließlich so schwarz wie ein verfaulter Zahn. Es kommt selten vor, ist aber kaum ein Jahrhundertereignis. Wie gesagt, die Geschichte wird hier gern verbreitet, aber kaum jemand kann sie mit soviel Überzeugungskraft vortragen wie Mrs. Carmody.

»Wir hatten einen strengen Winter und einen späten Frühling«, sagte ich. »Und jetzt haben wir einen heißen Sommer. Und es hat einen Sturm gegeben, aber er ist jetzt vorbei. Du bist nicht du selbst, Stephanie.«

»Das war kein gewöhnlicher Sturm«, sagte sie mit heiserer Stimme.

»Nein«, sagte ich. »In diesem Punkt stimme ich mit dir überein.«

Ich hatte die Geschichte vom Schwarzen Frühling von Bill Giosti gehört, dem GIOSTI'S MOBIL in Casco Village gehörte. Bill führte die Tankstelle zusammen mit seinen drei Säufer-Söhnen (gelegentlich halfen auch seine vier Säufer-Enkel – wenn sie zufällig einmal nicht damit beschäftigt waren, an ihren Schneeautos und heißen Öfen herumzubasteln), Bill war siebzig, sah aus wie achtzig und konnte, wenn er in Stimmung war, immer noch trinken wie ein Dreiundzwanzigjähriger. Billy und ich hatten unseren Scout Mitte Mai zum Volltanken hingebracht, einen Tag nachdem ein überraschender Sturm der ganzen Gegend fast zwölf Zoll nassen, schweren Schnee beschert hatte, der das junge Gras und die Blumen unter sich begrub. Giosti hatte schon ziemlich tief ins Glas geschaut und uns begeistert die Geschichte vom Schwarzen Frühling erzählt, die er mit eigenen Ausschmückungen noch dramatischer gestaltete. Aber hier schneit es eben manchmal auch noch im Mai. Zwei Tage später schmilzt der Schnee dann wieder. Das ist nichts Außergewöhnliches.

Steff starrte besorgt die heruntergefallenen Stromleitungen an. »Wann werden die Leute vom E-Werk kommen?«

»Bestimmt so bald wie möglich. Es wird nicht lange dauern. Du brauchst dir wegen Billy wirklich keine Sorgen zu machen. Er ist ein aufgeweckter Junge. Er läßt zwar seine Kleidungsstücke überall herumliegen, aber er wird bestimmt nicht auf stromführende Leitungen treten. Er verfügt über einen gesunden Selbsterhaltungstrieb.« Ich berührte ihren Mundwinkel, und er verzog sich zu einem leichten Lächeln. »Besser?«

»Du schaffst es immer, daß alles gleich wieder besser aussieht«, sagte sie, und das gab mir ein gutes Gefühl.

Von der Seeseite des Hauses her schrie Billy, wir sollten herkommen und schauen.

»Komm mit«, sagte ich. »Sehen wir uns den Schaden mal an.«

Sie war darüber alles andere als begeistert. »Wenn ich Schäden betrachten will, brauche ich mich nur in unser Wohnzimmer zu setzen.«

»Dann mach einfach einen kleinen Jungen glücklich.«

Wir gingen Hand in Hand die Steintreppe hinab. Wir waren gerade auf dem ersten Absatz angelangt, als Billy aus der anderen Richtung angesaust kam und uns fast über den Haufen gerannt hätte.

»Immer mit der Ruhe!« sagte Steff und runzelte ein wenig die Stirn. Vielleicht sah sie im Geiste, wie er in dieses tödliche Leitungsnetz hineinraste anstatt in uns beide.

»Ihr müßt's euch anschauen!« keuchte Billy. »Das Bootshaus ist total kaputt! Ein Dock liegt auf den Felsen... und Bäume in der Bootsbucht... Herrgott!«

»Billy Drayton!« donnerte Steff.

»'tschuldige, Mutti, aber du müßtest sehen – wow!« Er verschwand wieder.

»Der Unheilsbote hat gesprochen und zieht von dannen«, sagte ich und brachte Steff damit wieder zum Lachen. »Hör mal, sobald ich diese Bäume durchgesägt habe, die unsere Auffahrt versperren, werde ich ins Zentrale E-Werk in der Portland Road fahren und dort Bescheid sagen, was bei uns los ist. Okay?«

»Okay«, sagte sie erleichtert. »Was glaubst du, wann du fahren kannst?«

Ohne den großen Baum – den mit dem schimmeligen Mooskorsett – hätte ich die Arbeit in einer Stunde geschafft. So aber würde ich kaum vor elf fertig sein.

»Dann mache ich hier für dich Mittagessen. Aber du mußt nachher im

Supermarkt einiges für mich einkaufen ... wir haben fast keine Milch und keine Butter mehr. Und ... na ja, ich werde dir einen Zettel mitgeben.«

Eine Frau verwandelt sich eben bei der geringsten Katastrophe in einen Hamster! Ich zog sie fest an mich und nickte. Wir setzten unseren Weg ums Haus fort. Auf den ersten Blick verstanden wir, warum Billy ein bißchen außer sich gewesen war.

»Mein Gott«, murmelte Steff mit schwacher Stimme.

Unser Standort war hoch genug, um das Ufer fast eine Viertelmeile weit überblicken zu können – das Anwesen der Bibbers links von uns, unser eigenes und Brent Nortons rechts von uns.

Die riesige alte Kiefer, die unsere Bootsbucht bewacht hatte, war auf halber Höhe abgeknickt. Was von ihr noch übrig war, sah aus wie ein roh zugespitzter Bleistift, und das Bauminnere wirkte glänzend weiß und irgendwie wehrlos gegen die vom Alter und vom Wetter dunkel gewordene Rinde. Die obere Hälfte der Kiefer – etwa hundert Fuß – lag in unserer schmalen Bootsbucht, teilweise unter Wasser. Ich dachte, daß wir großes Glück gehabt hatten, daß unser kleiner ›Star-Cruiser‹ nicht darunter begraben war. Er hatte eine Woche zuvor einen Motorschaden gehabt und wartete in der Werft von Naples geduldig darauf, repariert zu werden.

Auf der anderen Seite des kleinen Küstenstreifens, der uns gehörte, lag ein anderer großer Baum auf dem Bootshaus, das mein Vater gebaut hatte – dem Bootshaus, das einst ein Schiff von sechzig Fuß Länge beherbergt hatte, als das Vermögen der Familie Drayton größer gewesen war als jetzt. Es war, wie ich feststellte, ein Baum von Nortons Grundstück, der die Verwüstung angerichtet hatte. Zorn stieg in mir auf. Der Baum war seit fünf Jahren abgestorben gewesen, und Norton hätte ihn schon längst fällen lassen sollen. Nun hatte unser Bootshaus seinen Fall nach drei Vierteln des Weges aufgehalten. Das Dach war eingedrückt und hatte das Aussehen eines schwankenden Betrunkenen. Die Schindeln aus dem Loch, das der Baum geschlagen hatte, waren vom Wind in der ganzen Umgebung des Bootshauses verstreut worden.

»Das ist Nortons Baum!« stellte Steff so empört und beleidigt fest, daß ich unwillkürlich lächeln mußte, obwohl ich traurig und wütend war.

Die Fahnenstange lag im Wasser, und die Flagge trieb völlig durchweicht daneben. Und ich konnte mir Nortons Reaktion lebhaft vorstellen: Gehen Sie doch gerichtlich gegen mich vor!

Billy stand auf dem Felsen, der uns als Wellenbrecher diente, und betrachtete das Dock, das angespült worden war. Es hatte fröhliche blaue und gelbe Farbstreifen. Er warf uns über die Schulter hinweg einen Blick zu und rief vergnügt: »Es gehört den Martinses, nicht wahr?«

»Stimmt genau«, rief ich zurück. »Könntest du mal ins Wasser waten und die Flagge rausfischen, Big Bill?«

»Na klar!«

Billy machte sich auf den Weg, dann blieb er abrupt stehen. Im gleichen Moment spürte ich, wie Steff in meinem Arm ganz steif wurde, und ich sah es selbst: die Harrison-Seite des Sees war verschwunden. Sie war unter grellweißem Nebel begraben wie unter einer vom Himmel gefallenen Schönwetterwolke.

Mein nächtlicher Traum fiel mir wieder ein, und als Steff mich fragte, was das sei, wäre mir um ein Haar das Wort *Gott* entschlüpft.

»David?«

Man konnte nicht einmal eine Spur des Ufers dort drüben sehen, aber jahrelanges Betrachten des Sees brachte mich zu der Überzeugung, daß das Ufer sich nur wenige Yards hinter der fast schnurgeraden Nebelfront befinden mußte.

»Was ist das, Vati?« rief Billy. Er stand bis zu den Knien im Wasser und hielt die durchweichte Flagge mit beiden Händen fest.

»Eine Nebelwand«, antwortete ich.

»Auf dem *See*?« fragte Steff zweifelnd, und ich konnte Mrs. Carmodys Einfluß in ihren Augen sehen. Dieses verdammte Weib! Mein eigenes flüchtiges Unbehagen legte sich schon wieder. Träume sind schließlich nichts Gegenständliches – ebensowenig wie Nebel.

»Sicher. Du hast doch schon oft Nebel über dem See gesehen.«

»So einen noch nie. Das hier sieht mehr wie ein Wolke aus.«

»Das liegt an der grellen Sonne. Wenn man mit dem Flugzeug über Wolken hinwegfliegt, sehen sie genauso aus.«

»Aber woher kommt er? Nebel bildet sich doch sonst nur bei feuchtem Wetter.«

»Na, jedenfalls ist er jetzt da«, sagte ich. »Zumindest in Harrison. Es ist eine Folgeerscheinung des Sturms, weiter nichts. Zwei Wetterfronten, die aufeinandergeprallt sind. Irgend so was.«

»David, bist du ganz sicher?«

Ich lachte und legte meinen Arm um ihren Nacken. »Nein, ich verzapfe bestimmt einen hanebüchenen Unsinn. Wenn ich sicher wäre, könnte ich die Wettervorhersage in den Sechsuhrnachrichten machen. Geh jetzt und stell deine Einkaufsliste zusammen.«

Sie warf mir einen zweifelnden Blick zu, schirmte mit der Hand ihre Augen vor der Sonne ab und betrachtete kurze Zeit die Nebelschicht. Dann schüttelte sie den Kopf. »Sonderbar!« sagte sie und ging aufs Haus zu.

Für Billy hatte der Nebel seine Anziehungskraft bereits eingebüßt. Er hatte die Flagge und eine Taurolle aus dem Wasser gefischt. Wir breiteten sie zum Trocknen auf dem Rasen aus.

»Ich hab' gehört, daß es ein Verbrechen ist, wenn man die Flagge jemals den Boden berühren läßt«, sagte er in einem praktischen Bringen-wir's-rasch-hinter-uns-Ton.

»Jaaa?«

»Ja. Victor McAllister sagt, daß Leute dafür gelyncht werden.«

»Dann sag Vic mal, daß er voll von dem Zeug ist, das Gras grün macht.«

»Pferdescheiße, stimmt's?« Billy ist ein kluger Junge, aber es fehlt ihm an Humor. Für ihn ist alles eine ernste Angelegenheit. Ich hoffe nur, daß er lange genug leben wird, um zu lernen, daß diese Einstellung in unserer Welt sehr gefährlich ist.

»Ja, stimmt genau, aber erzähl deiner Mutter nicht, daß ich das gesagt habe. Wenn die Flagge trocken ist, werden wir sie zusammenlegen. Wir werden sie sogar zu einem Dreispitz falten, damit wir hier auf sicherem Grund und Boden sind.«

»Vati, werden wir das Bootshausdach reparieren und eine neue Fahnenstange anbringen?« Zum erstenmal sah er etwas ängstlich aus. Er hatte wohl für die nächste Zeit genug von Verwüstungen.

Ich klopfte ihm auf die Schulter. »Du bist verdammt schlau.«

»Darf ich zu den Bibbers rübergehen und schauen, was dort alles passiert ist?«

»Aber nur ganz kurz. Sie werden auch beim Aufräumen sein, und manchmal haben die Leute dann eine Wut im Bauch.« So wie ich im Augenblick eine Mordswut auf Norton hatte.

»Okay. Bis gleich.« Er sauste davon.

»Steh ihnen nicht im Weg herum. Und noch was, Billy!«

Er blickte sich um.

»Denk an die Stromleitungen. Wenn du irgendwo noch andere herumliegen siehst, bleib ja davon weg!«

»Klar, Vati.«

Ich stand da und betrachtete zuerst noch einmal den Schaden, dann starrte ich wieder auf den Nebel. Er schien jetzt näher zu sein, aber es war sehr schwer, das mit Sicherheit zu sagen. Wenn er jetzt aber tatsächlich näher war, so widersprach das allen Naturgesetzen, denn der Wind – eine ganz leichte Brise – wehte in der Gegenrichtung. Natürlich war das ein Ding der Unmöglichkeit. Er war sehr, sehr weiß. Das einzige, womit ich ihn vergleichen kann, ist frisch gefallener Schnee, der in blendendem Kontrast zu einem strahlenden tiefblauen Winterhimmel steht.

Aber Schnee reflektiert tausend- und abertausendfach die Sonne, und diese seltsame Nebelbank sah zwar hell und klar aus, aber sie funkelte nicht in der Sonne. Steff hatte vorhin etwas Falsches behauptet – Nebel ist an klaren Tagen nichts Ungewöhnliches, aber wenn er sehr stark ist, bildet sich durch die Feuchtigkeit fast immer ein Regenbogen. Aber hier sah man keinen Regenbogen.

Wieder überfiel mich ein Unbehagen, aber dann wurde ich abgelenkt durch ein leises Motorengeräusch – wutt, wutt wutt –, gefolgt von einem kaum hörbaren »Scheiße!«

Das Motorengeräusch war erneut vernehmbar, aber diesmal war kein Fluch zu hören. Nach dem drittenmal ertönte ein leises »Verdammtes Drecksding!«

Wutt-wutt-wutt-wutt.

– Stille –

dann: »Altes Miststück!«

Ich grinste. Die Akustik war hier draußen ausgezeichnet, und all die kreischenden Sägen waren ziemlich weit entfernt – jedenfalls weit genug, damit ich die nicht gerade salonfähigen Ausdrücke meines nächsten Nachbars vernehmen konnte – des angesehenen Anwalts und Seeufer-Grundbesitzers Brenton Norton.

Ich schlenderte etwas näher ans Wasser heran, wobei ich so tat, als wollte ich das auf unserem Wellenbrecher gestrandete Dock begutachten. Jetzt konnte ich Norton sehen. Er kniete auf einem Teppich aus alten Tannennadeln, auf der Lichtung neben seiner überdachten Veranda. Er trug farbbekleckste Jeans und ein weißes T-Shirt. Seine 40-Dollar-Frisur war zerzaust, Schweiß rann ihm übers Gesicht. Er hantierte an seiner Säge herum. Sie war viel größer und besser ausgestattet als meine kleine ›Value House job‹ für 79,95 Dollar. Sie schien wirklich mit allen möglichen Extras versehen zu sein – mit Ausnahme eines Anlasserknopfs. Norton zerrte an einer Schnur, aber das einzige Ergebnis seiner Bemühungen waren jene trägen Wutt-wutt-wutt-Geräusche. Mein Herz lachte, als ich sah, daß eine gelbe Birke auf seinen Picknicktisch gefallen war und ihn in zwei Teile zerschmettert hatte.

Norton zog jetzt mit aller Kraft an der Anlasserschnur.

Wutt-wutt-wuttwuttwuttwuttwutt... wutt...

Einen Augenblick hatte es fast so ausgesehen, als würde der Kerl es schaffen.

Eine weitere herkulische Anstrengung.

Wutt-wutt-wutt.

»Elende Scheißmaschine!« flüsterte Norton wütend vor sich hin und starrte seine teure Säge grimmig an.

Ich ging zum Haus zurück und fühlte mich zum erstenmal seit dem Aufstehen so richtig wohl. Meine eigene Säge startete auf den ersten Knopfdruck, und ich machte mich an die Arbeit.

Gegen zehn Uhr tippte mir jemand auf die Schulter. Es war Billy, eine Bierdose in einer Hand, Steffs Einkaufsliste in der anderen. Ich stopfte den Zettel in die Gesäßtasche meiner Jeans und griff nach dem Bier, das zwar nicht gerade eiskalt, aber immerhin kühl war. Ich trank fast die Hälfte davon mit einem Schluck aus – selten hat mir ein Bier so gut geschmeckt – und prostete Billy mit der Dose zu. »Danke, Freund.«

»Kann ich 'nen Schluck haben?«

Ich ließ ihn von meinem Bier nippen. Er schnitt eine Grimasse und gab mir die Dose zurück. Ich leerte sie und ertappte mich dabei, daß ich sie zusammendrücken wollte. Für zurückgegebene Flaschen und Dosen gibt es nun schon über drei Jahre lang das eingesetzte Pfand zurück, aber alte Gewohnheiten lassen sich eben nur schwer abstellen.

»Mutti hat unten auf die Liste noch was draufgeschrieben, aber ich kann ihre Schrift nicht lesen«, sagte Billy.

Ich holte die Liste aus meiner Tasche. »Ich kann WOXO im Radio nicht bekommen«, lautete Steffs Notiz. »Glaubst du, daß der Sturm den Sender unterbrochen hat?«

WOXO ist der UKW-Sender für Rockmusik. Die Station befindet sich in Norway, etwa zwanzig Meilen nördlich von uns, und ist die einzige, die wir mit unserem alten, schwachen Gerät auf UKW empfangen können.

»Sag ihr, vermutlich ja«, meinte ich, nachdem ich Billy ihre Frage vorgelesen hatte. »Frag sie, ob sie auf Mittelwelle Portland bekommen kann.«

»Okay. Vati, kann ich mitkommen, wenn du nachher in die Stadt fährst?«

»Klar. Du und Mutti auch, wenn sie Lust hat.«

»Okay.« Er rannte mit der leeren Dose zum Haus zurück.

Ich hatte mich bis zu dem großen Baum vorgearbeitet. Ich sägte ihn an einer Stelle durch und stellte die Säge kurz ab, damit sie etwas abkühlen konnte – der Baum war eigentlich viel zu groß für sie, aber ich glaubte, daß sie es schaffen würde, wenn ich zwischendurch immer mal wieder eine Pause einlegte. Ich fragte mich gerade, ob der Feldweg, der zur Kansas Road führt, von umgestürzten Bäumen frei sein würde, als ein orangefarbener Lastwagen der E-Werke vorbeirumpelte; vermutlich war er unterwegs zum anderen Ende unserer kleinen Straße. Das ging also in Ordnung. Die Straße war frei, und die Jungs vom E-Werk würden gegen Mittag hier sein und sich um die Leitungen kümmern.

Ich sägte ein dickes Baumstück ab, schleppte es zum Rand der Auffahrt und ließ es den Abhang hinabrollen, ins Unterholz, das seit jenem lange zurückliegenden Tag, als mein Vater und seine Brüder – allesamt Künstler, die Draytons sind seit jeher eine Künstlerfamilie gewesen – es gelichtet hatten, wieder mächtig zugewachsen war.

Ich wischte mir mit dem Arm den Schweiß vom Gesicht und hätte gern noch ein Bier zur Hand gehabt – eins war nur ein Tropfen auf den heißen Stein. Ich nahm die Säge wieder zur Hand und dachte daran, daß WOXO nicht empfangen werden konnte. Das war die Richtung, in der Shaymore (*Shammore,* wie die Einheimischen es aussprachen) lag. In Shaymore wurde das Arrowhead-Projekt durchgeführt.

Das war nämlich Bill Giostis Theorie über den sogenannten schwarzen Frühling – das Arrowhead-Projekt. Im westlichen Teil von Shaymore, unweit der Stadtgrenzen von Stoneham, gab es ein kleines, mit Draht eingezäuntes Regierungsgelände mit Wachposten, Ruhestrom-Fernsehkameras und Gott weiß was noch allem. Zumindest hatte ich das gehört; ich hatte es nie mit eigenen Augen gesehen, obwohl die Old Shaymore Road etwa eine Meile an der Ostseite des Regierungsgeländes entlangführt.

Niemand wußte genau, woher der Name Arrowhead-Projekt stammte, und niemand konnte mit hundertprozentiger Sicherheit sagen, daß das Projekt wirklich diesen Namen trug – wenn es überhaupt ein Projekt gab. Bill Giosti sagte, es gäbe eines, aber wenn man ihn fragte, woher er seine Informationen denn habe, gab er ziemlich vage Antworten. Seine Nichte arbeite für die staatliche Fernsprechgesellschaft, und dort habe sie gewisse Dinge gehört.

»Atomzeugs«, hatte Bill an jenem Tag erklärt, während er im Fenster meines Scouts lehnte und mir eine starke Alkoholfahne ins Gesicht blies. »Damit treiben sie dort ihren Unfug. Schießen Atome in die Luft und all so was.«

»Mr. Giosti, die Luft ist doch ohnehin schon voller Atome«, hatte Billy eingewandt. »Das sagt jedenfalls Mrs. Neary. Sie sagt, alles sei voll von Atomen.«

Bill Giosti hatte meinem Sohn Bill einen langen Blick aus seinen blutunterlaufenen Augen zugeworfen. »Das sind *andere* Atome, mein Sohn.«

»Ach so«, hatte Billy gemurmelt.

Dick Muehler, unser Versicherungsagent, erzählte, das Arrowhead-Projekt sei ein landwirtschaftliches Forschungszentrum der Regierung, nicht mehr und nicht weniger. »Größere Tomaten mit längerer Reifedauer und all so was«, sagte Dick weise und fuhr sodann in seinen Erklärungen fort, daß ich meiner Familie – versicherungstechnisch gesehen – am besten helfen könnte, wenn ich jung sterben würde. Janine Lawless, unsere Briefträgerin, war hingegen der Meinung, es sei eine geologische Station, die etwas mit Mineralöl zu tun hätte. Sie wisse es ganz genau, denn der Bruder ihres Mannes arbeite für jemanden, der...

Und Mrs. Carmody – nun, sie neigte vermutlich mehr zu Bill Giostis Theorie. Nicht einfach Atome, sondern *andere* Atome.

Ich sägte zwei weitere Baumstücke ab und warf sie ins Unterholz, bevor Billy mit einer neuen Dose Bier in einer Hand und einem Zettel von Steffy in der anderen Hand angerannt kam. Ich wüßte nicht, was Big Bill lieber täte als Botschaften zu überbringen.

»Danke«, sagte ich und nahm beides entgegen.

»Kann ich einen Schluck haben?«

»Aber nur einen. Vorhin hast du zwei getrunken. Ich kann dich schließlich nicht um zehn Uhr morgens betrunken herumlaufen lassen.«

»Viertel nach«, sagte er und lächelte mir schüchtern zu. Ich lächelte zurück – nicht daß es eine besonders witzige Bemerkung gewesen wäre, aber Billy macht so selten Witze – und las dann Steffys Zettel.

»Habe IBQ im Radio bekommen«, hatte sie geschrieben. »Betrink dich nicht, bevor du in die Stadt fährst. Ein Bier kannst du noch bekommen, aber damit hat sich's dann vor dem Mittagessen. Glaubst du, daß unsere Straße frei befahrbar ist?«

Ich gab ihm den Zettel zurück und nahm das Bier wieder an mich. »Sag ihr, unser Weg müsse frei sein, weil vor kurzem ein Wagen vom E-Werk vorbeigefahren ist. Sie werden sich allmählich bis zu uns vorarbeiten.«

»Okay.«

»Billy?«

»Was ist?«

»Sag ihr, daß alles in Ordnung ist.«

Er lächelte wieder und beruhigte sich als erstes vielleicht selbst mit meinen Worten. »Okay.«

Er rannte zurück, und ich blickte ihm nach. Ich liebe ihn. Sein Gesicht und die Art, wie er mich manchmal anschaut, geben mir das Gefühl, als sei alles wirklich in Ordnung. Natürlich ist das eine Lüge – viele Dinge sind nicht in Ordnung und waren es auch nie –, aber mein Junge läßt mich für kurze Zeit an diese Lüge glauben.

Ich trank etwas Bier, stellte die Dose vorsichtig auf einem Stein ab und machte mich wieder an die Arbeit. Etwa zwanzig Minuten später tippte mir jemand leicht auf die Schulter, und ich drehte mich um. Ich dachte, es sei wieder Billy. Statt dessen war es Brent Norton. Ich stellte die Säge ab.

Er sah ganz anders als gewöhnlich aus – verschwitzt und müde und unglücklich und ein bißchen verlegen.

»Hallo, Brent«, sagte ich. Zuletzt hatten wir ziemlich harte Worte gewechselt, und ich wußte nicht so recht, wie ich mich verhalten sollte. Ich hatte das komische Gefühl, daß er schon mindestens fünf Minuten hinter mir gestanden und sich leise geräuspert hatte, übertönt vom lauten Kreischen der Säge. Ich hatte ihn in diesem Sommer noch nie aus der Nähe gesehen. Er hatte an Gewicht verloren, aber es sah nicht gut aus. Eigentlich hätte es gut aussehen müssen, denn er hatte früher zwanzig Pfund Übergewicht mit sich herumgeschleppt, aber trotzdem war es nicht der Fall. Seine Frau war im vergangenen November gestorben. Krebs. Aggie

Bibber hatte es Steffy erzählt. Aggie wußte immer genau, wer gestorben war und woran. Jeder hat wohl in seiner Nachbarschaft eine solche Nachrichtenquelle. Norton hatte sich mit seiner Frau immer gestritten und sich herablassend über sie geäußert, und deshalb hatte ich geglaubt, daß er über ihren Tod ganz froh wäre. Wenn mich jemand gefragt hätte, würde ich vielleicht sogar die Vermutung geäußert haben, daß er in diesem Sommer mit einem um zwanzig Jahre jüngeren Mädchen im Arm und einem albernen siegessicheren Grinsen hier aufkreuzen würde. Aber anstatt des albernen Grinsens hatte er nur eine Menge neuer Falten im Gesicht, und das Gewicht hatte er genau an den falschen Stellen verloren, wodurch sich Runzeln und schlaffe Hautsäcke gebildet hatten. Einen Augenblick lang verspürte ich den dringenden Wunsch, Norton an eine sonnige Stelle zu führen, ihm meine Dose Bier in die Hand zu drücken, ihn neben einen der umgestürzten Bäume zu setzen und eine Kohlezeichnung von ihm anzufertigen.

»Hallo, Dave«, sagte er nach kurzem, betretenem Schweigen. »Jener... jener Baum... jener verdammte Baum! Es tut mir leid. Sie hatten recht.«

Ich zuckte nur mit den Schultern.

»Ein anderer Baum ist genau auf mein Auto gefallen«, fuhr er fort.

»Es tut mir leid, das zu hö...«, begann ich, und dann überkam mich eine schreckliche Ahnung. »Es war doch hoffentlich nicht der Thunderbird?«

»Doch.«

Norton hatte einen Thunderbird Baujahr 1960, tadellos erhalten, Kilometerstand nur 30000 Meilen. Der Wagen war innen und außen von dunkler mitternachtsblauer Farbe. Norton fuhr nur im Sommer damit, und auch dann ziemlich selten. Er liebte diesen T-Bird, so wie manche Männer elektrische Eisenbahnen oder Modellschiffe oder Pistolen zum Scheibenschießen lieben.

»So 'ne Scheiße!« sagte ich, und ich meinte es ehrlich.

Er nickte langsam. »Ich wollte erst gar nicht mit ihm hier herausfahren. Wollt' den Stationswagen nehmen, wissen Sie. Dann sagte ich mir, was soll's. Und jetzt ist mir eine alte morsche Kiefer draufgefallen. Das ganze Dach ist zerschmettert. Ich wollte ihn absägen... den Baum, meine ich... aber der Motor meiner Säge springt einfach nicht an... zweihundert hab' ich für dieses Scheißding bezahlt... und... und...«

Sein Mund bewegte sich, als sei er zahnlos und kaue Datteln. Sonderbare Laute kamen aus seiner Kehle. Einen Augenblick lang fühlte ich mich völlig hilflos und glaubte schon, er würde gleich losheulen wie ein Kind im Sandkasten. Dann faßte er sich halbwegs, zuckte mit den Schultern und wandte sich ab, so als wollte er die Baumstücke betrachten, die ich abgesägt hatte.

»Wir können uns Ihre Säge ja mal zusammen anschauen«, sagte ich. »Ist Ihr Auto versichert?«

»Ja«, erwiderte er, »genau wie Ihr Bootshaus.«

Ich verstand, was er meinte, und erinnerte mich wieder daran, was Steff über Versicherungen gesagt hatte.

»Hören Sie, Dave, könnten Sie mir vielleicht eventuell Ihren Saab ausleihen, damit ich kurz in die Stadt fahren und mir Brot und Aufschnitt kaufen kann. Und Bier. Sehr viel Bier.«

»Billy und ich fahren nachher mit dem Scout hin«, sagte ich. »Sie können mitkommen, wenn Sie wollen. Das heißt, wenn Sie mir helfen, den Rest dieses Baumes beiseite zu schleppen.«

»Gern.«

Er packte an einem Ende an, konnte den Baum aber nicht richtig hochheben. Ich mußte den größten Teil der Arbeit doch selbst erledigen. Wir schafften es zu zweit aber doch, den Baum ins Unterholz zu befördern. Norton keuchte und schnappte nach Luft. Sein Gesicht war purpurrot. Nachdem er zuvor schon so lange an seiner Säge herumhantiert hatte, machte ich mir ein wenig Sorgen um seine Pumpe.

»Sind Sie okay?« fragte ich, und er nickte, immer noch heftig atmend. »Kommen Sie mit zum Haus. Ich kann Sie mit einem Bier stärken.«

»Danke«, sagte er. »Wie geht's Stephanie?«

Er hatte schon wieder etwas von seiner üblichen aalglatten angeberischen Art an sich, die mir so sehr mißfiel.

»Danke, ausgezeichnet.«

»Und Ihrem Sohn?«

»Dem geht's auch gut.«

»Freut mich zu hören.«

Steff kam aus dem Haus und sah im ersten Moment sehr überrascht aus, als sie sah, wer bei mir war. Norton lächelte, und seine Augen glitten über ihr enges T-Shirt. Eigentlich hatte er sich doch nicht allzusehr geändert.

»Hallo, Brent«, sagte sie zurückhaltend. Billy steckte seinen Kopf unter ihrem Arm hervor.

»Hallo, Stephanie. Hallo, Billy.«

»Brents T-Bird hat im Sturm ganz schön was abbekommen«, berichtete ich ihr. »Das Dach ist ganz kaputt, sagt er.«

»O nein!«

Norton erzählte noch einmal von seinem Pech, während er eines unserer Biere trank. Ich schlürfte mein drittes, spürte aber nicht die geringste Wirkung. Offensichtlich hatte ich die anderen Biere ebenso rasch ausgeschwitzt, wie ich sie getrunken hatte.

»Er wird zusammen mit Billy und mir in die Stadt fahren.«

»Na, ich werde euch nicht so schnell zurückerwarten. Eventuell müßt ihr nämlich in den Supermarkt nach Norway fahren.«

»Oh! Warum denn das?«

»Nun, wenn es in Bridgton keinen Strom gibt...«

»Mutti sagt, daß alle Kassen und so was nur mit Elektrizität funktionieren«, ergänzte Billy.

Es war ein stichhaltiges Argument.

»Hast du die Einkaufsliste noch?«

Ich klopfte auf meine Gesäßtasche.

Ihr Blick schweifte zu Norton. »Die Sache mit Carla tut mir sehr leid, Brent. Uns allen.«

»Danke«, sagte er. »Vielen Dank.«

Wieder trat ein kurzes, betretenes Schweigen ein, das Billy zum Glück unterbrach. »Können wir jetzt fahren, Vati?« Er hatte sich umgezogen und trug jetzt Jeans und Segeltuchschuhe.

»Ich glaube schon. Sind Sie soweit, Brent?«

»Ja, wenn ich noch ein Bier bekommen kann – sozusagen mit auf den Weg.«

Steffy hob die Brauen. Sie hatte etwas gegen diese Auf-den-Weg-trinken-Einstellung, ebenso wie sie etwas gegen Männer hatte, die mit einer Dose Bier im Schoß Auto fahren. Ich nickte ihr leicht zu, und sie zuckte die Achseln. Ich wollte mich mit Norton jetzt auf keine Diskussion einlassen. Sie holte ihm ein Bier.

»Danke«, sagte er zu ihr, aber ohne es wirklich zu meinen. Er sagte das Wort nur so daher, wie wenn man einer Kellnerin im Restaurant dankt. Dann wandte er sich wieder mir zu. »Führe uns, Macduff.«

»Ich komme sofort«, sagte ich und ging ins Wohnzimmer.

Norton folgte mir und verlieh beim Anblick der Birke seiner Bestürzung und Anteilnahme wortreich Ausdruck. Aber ich war im Augenblick nicht daran interessiert, was ein neues Fenster kosten würde. Ich blickte durch die Schiebetür auf den See hinaus: Die Brise war etwas frischer geworden, die Temperatur um fünf Grad angestiegen, während ich mit Sägen beschäftigt gewesen war. Ich hatte gedacht, daß der seltsame Nebel von vorhin sich inzwischen bestimmt aufgelöst haben würde, aber er war noch immer da. Er war näher gekommen. Er hatte den See jetzt zur Hälfte überquert.

»Mir ist das vorhin schon aufgefallen«, sagte Norton in überheblich-herablassender Art. »Es dürfte sich hierbei um eine Temperatur-Inversion handeln.«

Es gefiel mir nicht. Ich wußte genau, daß ich noch nie einen solchen Nebel gesehen hatte. Das lag zum Teil an der entnervend geraden Front. In der Natur ist nichts so völlig eben; die geraden Kanten und Ecken hat der

Mensch erfunden. Zum Teil lag es auch an dieser blendend weißen Farbe ohne jede Schattierung, aber auch ohne das Funkeln von Feuchtigkeit. Der Nebel war jetzt nur noch etwa eine halbe Meile entfernt, und der Gegensatz zwischen ihm und dem Blau des Himmels war noch auffallender als zuvor.

»Nun komm schon, Vati!« Billy zog an meiner Hose.

Wir gingen in die Küche zurück. Brent Norton warf noch einen letzten Blick auf den Baum, der in unser Wohnzimmer gestürzt war.

»Zu dumm, daß es kein Apfelbaum war, was?« bemerkte Billy fröhlich. »Das hat meine Mutti gesagt. Sehr komisch, finden Sie nicht auch?«

»Deine Mutter ist ein richtiger Witzbold«, sagte Norton. Er strich Billy mechanisch übers Haar, während seine Blicke wieder über Steffs T-Shirt glitten. Nein, er war kein Mann, den ich jemals richtig mögen könnte.

»Hör mal, Steff, warum kommst du nicht mit?« fragte ich. Ich konnte zwar keinen konkreten Grund dafür angeben, aber ich wollte plötzlich, daß sie uns begleitete.

»Nein, ich werde lieber hierbleiben und im Garten ein bißchen Unkraut jäten«, erwiderte sie. Ihr Blick schweifte kurz zu Norton, dann sah sie mich wieder an. »Es sieht heute morgen ganz so aus, als sei ich hier das einzige, was nicht auf Elektrizität angewiesen ist.«

Norton lachte viel zu herzhaft.

Ich hatte ihre Botschaft verstanden, versuchte es aber noch einmal. »Bist du sicher?«

»Ganz sicher. Das alte Bück-und-streck-Dich wird mir guttun.«

»Paß auf, daß du nicht zuviel Sonne abbekommst.«

»Ich werde meinen Strohhut aufsetzen. Wenn ihr zurückkommt, gibt's Sandwiches.«

»Gut.«

Sie hob ihr Gesicht zu mir empor, um sich küssen zu lassen. »Sei vorsichtig. Auf der Kansas Road kann auch alles mögliche herumliegen.«

»Ich werd' bestimmt vorsichtig fahren.«

»Und du sei auch schön vorsichtig«, ermahnte sie Billy und küßte ihn auf die Wange.

»In Ordnung, Mutti.« Er stürzte zur Tür hinaus, und Norton und ich folgten ihm.

»Warum gehen wir nicht erst rüber und sägen den Baum ab, der auf Ihrem Auto liegt?« fragte ich ihn. Plötzlich fielen mir tausend Gründe ein, um unsere Fahrt in die Stadt aufzuschieben.

»Ich möchte die Bescherung nicht einmal sehen, bevor ich zu Mittag gegessen und noch ein paar von denen gekippt habe«, sagte Norton und hob dabei seine Bierdose. »Der Schaden ist ja ohnehin schon passiert, Dave, alter Junge.«

Es paßte mir nicht, daß er mich ›alter Junge‹ nannte.

Wir nahmen alle drei auf dem Vordersitz des Scout Platz, und ich fuhr im Rückwärtsgang aus der Garage. Vom Sturm abgerissene Äste knirschten unter den Rädern. Steff stand auf dem Zementpfad, der zum Gemüsegarten am äußersten westlichen Ende unseres Grundstücks führt. Sie trug Gartenhandschuhe und hatte in der einen Hand eine Schere, in der anderen eine Harke. Sie hatte ihren alten schlappen Sonnenhut auf, der einen Schattenstreifen über ihr Gesicht warf. Ich drückte zweimal leicht auf die Hupe, und sie hob grüßend die Hand mit der Schere.

Wir fuhren los. Seitdem habe ich meine Frau nicht mehr gesehen.

Wir mußten einmal anhalten, bevor wir die Kansas Road erreichten. Seit der Wagen vom E-Werk durchgefahren war, war eine ziemlich große Kiefer quer auf die Straße gestürzt. Norton und ich stiegen aus und schoben sie so weit zur Seite, daß ich mich mit dem Scout seitlich daran vorbeiquetschen konnte, wobei wir unsere Hände mit Pech verschmierten. Billy wollte uns helfen, aber ich winkte ab. Ich hatte Angst, daß ein Zweig ihm ins Auge schlagen könnte. Alte Bäume erinnern mich immer an die Ents in Tolkiens wunderbarer Sage ›Herr der Ringe‹, nur sind es böse gewordene Ents. Alte Bäume wollen einen verletzen. Ganz egal, ob man Schneeteller fährt, Skilanglauf macht oder einfach im Wald spazierengeht. Alte Bäume wollen einen verletzen, und ich glaube, sie würden einen sogar töten, wenn sie es könnten.

Die Kansas Road war frei, aber an mehreren Stellen sahen wir heruntergerissene Stromleitungen. Etwa eine Viertelmeile hinter dem Vicki-Linn-Campingplatz lag ein ganzer Strommast der Länge nach im Straßengraben, und dicke Drähte standen wirr von seiner Spitze ab wie ungekämmte Haare.

»Das war ein Sturm!« sagte Norton mit seiner honigsüßen, im Gerichtssaal trainierten Stimme; aber diesmal klangen seine Worte nicht überheblich-herablassend, sondern nur ernst.

»Das kann man wohl sagen!«

»Sieh mal, Vati!«

Billy deutete auf die Trümmer der Scheune der Ellitchs. Zwölf Jahre lang hatte sie sich müde immer tiefer in Tommy Ellitchs Feld gesenkt, und die Sonnenblumen hatten bis an ihr Dach gereicht. Jeden Herbst hatte ich gedacht, sie würde einen weiteren Winter bestimmt nicht überstehen. Und jedes Frühjahr war sie immer noch dagewesen. Aber heute nicht mehr. Nur noch zersplitterte Trümmer waren von ihr übrig und ein Dach, das fast alle Schindeln verloren hatte. Ihre letzte Stunde hatte geschlagen. Und aus irgendeinem Grund verstärkte das mein inneres Unbehagen – es schien mir ein schlechtes Omen zu sein. Der Sturm war gekommen und hatte sie zerschmettert.

Norton trank sein Bier aus und zerdrückte die Dose mit einer Hand, bevor er sie achtlos auf den Boden des Wagens warf. Billy öffnete den Mund, um etwas zu sagen, schloß ihn dann aber wieder – guter Junge. Norton kam aus New Jersey, wo man kein Flaschen- und Dosenpfand kannte. Ich fand es verzeihlich, daß er meine fünf Cent zerdrückt hatte, nachdem ich ja selbst Mühe hatte, es nicht zu tun.

Billy begann am Radio zu drehen, und ich bat ihn auszuprobieren, ob WOXO inzwischen wieder sende. Er stellte das Gerät auf UKW 92 ein, aber es war nur ein leeres Brummen und Knacken zu hören. Er sah mich achselzuckend an. Ich überlegte kurz. Welche anderen Sender befanden sich hinter der eigenartigen Nebelfront?

»Versuch mal WBLM«, sagte ich.

Er drehte am Knopf. WIBQ und WIGY-FM waren deutlich zu hören, sie strahlten ihr Programm wie immer aus... aber WBLM, Maines größter Sender für progressiven Rock, war einfach wie weggeblasen.

»Komisch«, murmelte ich.

»Was ist los?« fragte Norton.

»Nichts. Ich habe nur laut gedacht.«

Billy hatte inzwischen auf WIBQ zurückgedreht, wo Musik gesendet wurde. Kurze Zeit später erreichten wir die Stadt.

Die Waschanlage im Einkaufscenter war geschlossen, denn es ist natürlich unmöglich, eine Münzwäscherei ohne Strom zu betreiben, aber sowohl die Bridgton-Apotheke als auch der Federal-Foods-Supermarkt waren geöffnet. Der Parkplatz war sehr voll, und wie immer im Hochsommer trugen viele Autos Kennzeichen anderer Bundesstaaten. Kleine Grüppchen von Menschen standen hier und da in der Sonne herum und unterhielten sich über den Sturm, Frauen mit Frauen, Männer mit Männern.

Ich entdeckte Mrs. Carmody – die mit den ausgestopften Tieren und dem abgestandenen Wasser als Heilmittel. Sie segelte in einem schrecklichen kanariengelben Hosenanzug in den Supermarkt. Eine Tasche von der Größe eines kleinen Koffers baumelte ihr am Arm. Dann brauste irgend so ein Idiot auf einer Yamaha nur wenige Zoll von meiner vorderen Stoßstange entfernt an mir vorbei. Er trug eine Baumwolljacke, hatte eine Sonnenbrille mit Spiegelgläsern auf der Nase, aber keinen Helm auf dem Kopf.

»Blödes Arschloch«, knurrte Norton.

Ich drehte eine Runde um den ganzen Parkplatz und hielt Ausschau nach einem guten Plätzchen. Es gab keines. Ich wollte gerade resignieren und einen langen Weg vom entgegengesetzten Ende des Platzes in Kauf nehmen, als mir das Glück hold war. Ein lindgrüner Cadillac von der

Größe einer kleinen Jacht fuhr gerade aus einem Parkplatz in der dem Supermarkt nächstgelegenen Reihe heraus, und ich schlüpfte rasch in die freigewordene Lücke.

Ich gab Billy Steffs Einkaufszettel. Er war zwar erst fünf, aber er konnte Druckbuchstaben lesen. »Hol schon mal ein Wägelchen und fang an. Ich möchte nur kurz deine Mutter anrufen. Mr. Norton wird dir helfen. Und ich komme sofort nach.«

Wir stiegen aus, und Billy griff sofort nach Nortons Hand. Als er kleiner war, hatten wir ihm beigebracht, er dürfe den Parkplatz nur an der Hand eines Erwachsenen überqueren, und er hatte diese Gewohnheit bis jetzt beibehalten. Norton sah einen Augenblick lang etwas überrascht aus, lächelte dann aber. Ich war nahe daran, ihm zu verzeihen, daß er Steff mit den Augen verschlungen hatte. Die beiden verschwanden im Supermarkt.

Ich schlenderte zum öffentlichen Fernsprecher, der an der Wand zwischen Drugstore und Wäscherei angebracht war. Eine schwitzende Frau in rotem Sonnenanzug drückte immer wieder nervös auf die Gabel. Ich stand hinter ihr, die Hände in den Hosentaschen, und fragte mich, warum ich mich beim Gedanken an Steff so unbehaglich fühlte und warum dieses Unbehagen irgendwie in Zusammenhang mit dieser geraden Front des weißen, nicht reflektierenden Nebels stand, mit den verschwundenen Radiostationen ... und mit dem Arrowhead-Projekt.

Die Frau im roten Sonnenanzug hatte einen Sonnenbrand und Sommersprossen auf ihren fetten Schultern. Sie sah wie eine verschwitzte Orange aus. Sie warf wütend den Hörer auf, drehte sich um und entdeckte mich.

»Sparen Sie sich Ihre fünf Cent«, sagte sie. »Nur tüt-tüt-tüt.« Sie zog verdrießlich ab.

Ich schlug mir fast vor die Stirn. Die Telefonleitungen waren natürlich auch beschädigt. Einige sind zwar unterirdisch verlegt, aber bei weitem nicht alle. Trotzdem versuchte ich mein Glück. Die öffentlichen Fernsprecher in unserer Gegend sind, wie Steff sich ausdrückt, ›paranoide Telefone‹. Anstatt seine Münze gleich einzuwerfen, wartet man auf ein Amtszeichen und wählt dann seine Nummer. Wenn jemand am anderen Ende der Leitung den Hörer abnimmt, wird die Verbindung automatisch unterbrochen, und man muß rasch die Münze einwerfen, bevor der Gesprächspartner wieder auflegt. Diese Dinger sind blödsinnig, aber an diesem Tag sparte ich dadurch meine fünf Cent. Es kam kein Amtszeichen. Wie die Frau gesagt hatte – man hörte nur tüt-tüt-tüt.

Ich hängte ein und ging langsam auf den Supermarkt zu, wobei ich Zeuge eines amüsanten kleinen Vorfalls wurde. Ein älteres Ehepaar ging, in einen Streit vertieft, auf die Eingangstür zu. Und während sie noch stritten, liefen sie direkt in die Tür hinein. Sie unterbrachen ihr Gezänk, und die Frau kreischte überrascht auf. Sie starrten einander komisch an.

Dann lachten sie, und der Alte drückte mit einiger Mühe die Tür für seine Frau auf – diese elektrischen Türen sind schwer –, und sie gingen hinein. Wenn der elektrische Strom ausfällt, trifft es einen auf hundert verschiedene Arten.

Ich stieß meinerseits die Tür auf, und als erstes fiel mir auf, daß die Klimaanlage nicht in Betrieb war. Normalerweise ist sie im Sommer so eingestellt, daß man halb erfriert, wenn man sich länger als eine Stunde im Supermarkt aufhält.

Wie die meisten modernen Supermärkte war auch der Federal so konstruiert wie ein Labyrinth – moderne Marktforschungspraktiken verwandeln alle Kunden sozusagen in weiße Mäuse. Das Zeug, das man wirklich brauchte – Brot, Milch, Fleisch, Bier und tiefgefrorene Produkte – befand sich am anderen Ende, und um dorthin zu gelangen, mußte man all die verführerischen Artikel passieren – vom Taschenfeuerzeug bis hin zum Hundeknochen aus Gummi.

Gleich hinter der Eingangstür befand sich die Obst- und Gemüseabteilung. Ich warf einen Blick dorthin, konnte Norton und meinen Sohn aber nirgends entdecken. Ich ging durch den Gang und bog nach links ab. Ich fand die beiden im dritten Gang, wo Billy grübelnd vor den Regalen mit Instant-Puddings und ähnlichem Zeug stand. Norton stand direkt hinter ihm und spähte auf Steffs Liste. Ich mußte ein bißchen über seinen irritierten Gesichtsausdruck lachen.

Ich bahnte mir einen Weg zu ihnen, vorbei an halbvollen Einkaufswagen (Steff war offensichtlich nicht die einzige gewesen, die vom Hamsterinstinkt befallen worden war) und gierigen Käufern. Norton holte zwei Dosen Pastetenfüllung aus dem obersten Regal und legte sie in den Wagen.

»Wie kommt ihr zwei zurecht?« fragte ich, und Norton drehte sich mit unverkennbarer Erleichterung um.

»Großartig. Stimmt's, Billy?«

»Na klar«, sagte Billy, konnte sich aber nicht verkneifen, ziemlich selbstgefällig hinzuzufügen: »Aber Mr. Norton kann eine ganze Menge auch nicht entziffern, Vati.«

»Zeig mal her.« Ich nahm die Liste an mich.

Norton hatte auf seine ordentliche Anwaltsart jeden Posten abgehakt, den er und Billy gefunden hatten – es war etwa ein halbes Dutzend, darunter Milch und ein Sechserpack Coke. Steff wollte noch zehn weitere Artikel haben.

»Wir müssen zum Obst- und Gemüsestand zurückgehen«, stellte ich fest. »Sie möchte Tomaten und Gurken haben.«

Billy schwenkte den Einkaufswagen herum, und Norton sagte: »Sie sollten mal einen Blick auf die Kassen werfen, Dave.«

Ich tat es. So etwas sieht man manchmal, an nachrichtenarmen Tagen, auf Zeitungsfotos, die mit einer humoristischen Unterschrift versehen sind. Nur zwei Kassen waren geöffnet, und die Doppelreihe von Kunden, die bezahlen wollten, erstreckte sich bis hinter die fast leergeräumten Brotregale, machte dort einen Knick nach rechts und entzog sich dann hinter den Tiefkühltruhen meinem Blickfeld. Alle neuen Computer-Kassen waren zugedeckt. An jeder der beiden offenen Kassen tippte ein gehetzt aussehendes Mädchen Warenpreise in einen batteriebetriebenen Taschenrechner ein. Neben jedem Mädchen stand einer der beiden Geschäftsführer des Supermarktes – Bud Brown und Ollie Weeks. Ich mochte Ollie, hatte für Brown aber nicht viel übrig, weil er sich vorkam wie der Charles de Gaulle der Supermarkt-Welt.

Wenn die Mädchen die Gesamtsumme addiert hatten, befestigten Bud oder Ollie einen Zettel am Bargeld – oder Scheck – des Kunden und warfen es in die Schachtel, die als Depot für das Geld diente. Alle sahen erhitzt und müde aus.

»Hoffentlich haben Sie ein interessantes Buch dabei«, sagte Norton, der neben mich getreten war. »Wir werden eine ganze Weile Schlange stehen müssen.«

Ich dachte wieder an Steff, die allein zu Hause war, und wieder überkam mich dieses Unbehagen. »Holen Sie jetzt ruhig, was Sie selbst brauchen«, sagte ich. »Billy und ich können den Rest jetzt selbst erledigen.«

»Soll ich ein paar zusätzliche Dosen Bier für Sie mitbringen?«

Ich überlegte es mir kurz, aber trotz der Versöhnung hatte ich keine Lust, den Nachmittag damit zu verbringen, mich mit Brent Norton zu betrinken. Nicht bei dem Chaos, das im und um das Haus herum herrschte.

»Tut mir leid«, sagte ich. »Ich muß gewisse Vorsorgemaßnahmen treffen, für den Fall, daß es regnen sollte.«

Es kam mir so vor, als hätten sich seine Gesichtszüge plötzlich etwas versteift. »Okay«, sagte er kurz und ging weg. Ich blickte ihm nach, und dann zupfte Billy an meinem Hemd.

»Hast du mit Mutti gesprochen?«

»Nein. Das Telefon funktionierte nicht. Vermutlich sind die Leitungen auch beschädigt worden.«

»Machst du dir Sorgen um sie?«

»Nein«, schwindelte ich. Ich machte mir Sorgen, hatte aber keine Ahnung, weshalb eigentlich. »Nein, natürlich nicht. Du etwa?«

»N-nein...« Aber er machte sich ebenfalls Sorgen. Er sah bedrückt aus. Wir hätten in diesem Augenblick sofort zurückfahren sollen. Aber vielleicht wäre es ohnehin schon zu spät gewesen.

Wir bahnten uns mühsam einen Weg zu der Obst- und Gemüseabteilung, wie Lachse, die sich stromaufwärts kämpfen. Ich sah einige vertraute Gesichter – Mike Hatlen, einen unserer Stadträte, Mrs. Reppler von der Grundschule (sie hatte Generationen von Drittkläßlern in Angst und Schrecken versetzt), Mrs. Turman, die manchmal auf Billy aufpaßte, wenn Steffy und ich ausgingen – aber die meisten Kunden waren Sommerurlauber, die sich mit Fertiggerichten eindeckten und einander mit ihrer ›primitiven Lebensweise‹ auf dem Campingplatz aufzogen. Die kalten Imbisse waren so gründlich geplündert worden wie die Groschenromanständer bei einem Ramschverkauf. Nur ein paar Packungen geräucherter Wurst, überbackene Makkaronigerichte und eine einsame phallusförmige Dauerwurst waren übriggeblieben.

Ich besorgte Tomaten, Gurken und ein Glas Mayonnaise. Steff hatte auch Speck aufgeschrieben, aber es gab keinen mehr. Ich nahm ersatzweise eine Packung Räucherwurst mit, obwohl ich das Zeug nie mit großer Begeisterung essen kann, seit die Nahrungsmittelüberwachungsbehörde gemeldet hat, daß jede Packung eine kleine Menge an Insektendreck enthält – sozusagen als eine kleine Zugabe für dein Geld!

»Schau mal«, sagte Billy, als wir in den vierten Gang einbogen. »Da sind ja Jungs von der Army.«

Es waren zwei. Ihre dunklen Uniformen hoben sich scharf von dem viel helleren Hintergrund aus Sommer- und Sportkleidung ab. Wir waren an den Anblick vereinzelter Armeeangehöriger gewöhnt, nachdem das Arrowhead-Projekt nur etwa dreißig Meilen entfernt war. Diese beiden hier sahen noch wie richtige Milchbärte aus.

Ich warf einen Blick auf Steffs Liste und stellte fest, daß wir alles hatten... nein, doch noch nicht ganz. Ganz unten hatte sie hingekritzelt, als sei es ihr erst im nachhinein eingefallen: *Eine Flasche Lancer's?* Das hörte sich für meine Begriffe ganz gut an. Ein paar Gläser Wein heute abend, wenn Billy schon im Bett sein würde, und dann ein langes zärtliches Vorspiel und Liebe vor dem Einschlafen...

Ich ließ den Einkaufswagen stehen, bahnte mir einen Weg zum Weinregal und holte eine Flasche. Auf dem Rückweg kam ich an der großen zweiflügeligen Tür vorbei, die in den Lagerraum führt, und hörte das gleichmäßige Dröhnen eines großen Generators. Vermutlich war er gerade groß genug, um die Kühltruhen mit dem nötigen Strom zu versorgen, aber seine Leistung reichte nicht für die Türen, die Kassen und all das übrige elektrische Inventar aus. Er hörte sich wie ein Motorrad an.

Norton tauchte wieder auf, als wir uns gerade in die Schlange einreihten. Er balancierte zwei Sechserpacks ›Schlitz Light‹, einen Brotlaib und die Dauerwurst, die ich vor einigen Minuten gesehen hatte. Er stellte sich neben Billy und mich in die Reihe. Ohne Klimaanlage war es im Supermarkt sehr warm, und ich fragte mich, warum nicht einer der Hilfskräfte, die die Regale auffüllten, wenigstens die Türen öffnete. Ich hatte gerade Buddy Eagleton gesehen, der in seiner roten Schürze herumstand und sich die Zeit mit Nichtstun vertrieb. Der Generator dröhnte monoton. Ich verspürte ein leichtes Kopfweh.

»Legen Sie Ihr Zeug in den Wagen, bevor etwas runterfällt«, sagte ich zu Norton.

»Danke.«

Die Schlange reichte jetzt bis hinter die Tiefkühlgerichte; die Leute mußten sich durchzwängen, um an die Truhen heranzukommen, und es herrschte ein fortwährendes ›Entschuldigung‹-Gemurmel. »Hier kann man ja Wurzeln schlagen! So 'ne gottverdammte Scheiße!« Ich liebte es nicht, wenn Billy so derbe Ausdrücke zu hören bekam.

Das Dröhnen des Generators wurde etwas gedämpfter, als die Schlange sich vorwärtsbewegte. Norton und ich plauderten oberflächlich miteinander; wir vermieden es, unseren häßlichen Grenzstreit auch nur mit einem Wort zu erwähnen und unterhielten uns über Nebensächlichkeiten wie die Chancen der ›Red Sox‹ und das Wetter. Schließlich war aber unser kleiner Vorrat an unverfänglichen Themen erschöpft, und wir verfielen in Schweigen. Billy zappelte neben mir ungeduldig herum. Die Schlange kroch vorwärts. Jetzt standen wir zwischen Tiefkühlmenüs zur Rechten und den teureren Weinen und Sekten zur Linken. Als wir dann zu den billigeren Weinen vorrückten, spielte ich kurz mit dem Gedanken, eine Flasche ›Ripple‹ mitzunehmen, den Wein meiner feurigen Jugend. Ich tat es dann aber doch nicht. So sehr feurig war meine Jugend nun doch nicht gewesen.

»Mein Gott, warum können sie sich nicht ein bißchen beeilen, Vati?« fragte Billy. Er hatte immer noch diesen bedrückten Gesichtsausdruck, und plötzlich riß der Nebel des Unbehagens, der mich einhüllte, kurz auf, und dahinter tauchte etwas Schreckliches auf – das grelle Gesicht des Entsetzens. Gleich darauf war es wieder vorüber.

»Nimm's leicht, Billy«, sagte ich.

Wir waren bis zu den Brotregalen vorgerückt – bis zu der Stelle, wo die Doppelreihe nach links abbog. Jetzt konnten wir wenigstens schon die Kassen sehen, die beiden offenen und die vier geschlossenen, auf deren Transportbändern ein kleines Schild mit der Aufschrift BITTE AN EINER ANDEREN KASSE ANSTELLEN stand. Ein Stück weit hinter den Kassen war das große, unterteilte Schaufenster, das auf den Parkplatz und die Kreuzung der Straßen 117 und 302 hinausging. Der Ausblick war allerdings beeinträchtigt durch die weißen Rückseiten der Plakate, auf denen

Reklame für die Sonderangebote und das neueste Werbeangebot – eine Bücherkassette mit dem Titel ›The Mother Nature Encyclopedia‹ gemacht wurde. Wir befanden uns in der Schlange, an deren Kasse Bud Brown stand. Immer noch waren etwa dreißig Leute vor uns. Am leichtesten war Mrs. Carmody in ihrem grellgelben Hosenanzug zu erkennen. Sie sah wie eine Reklame für Gelbfieber aus.

Plötzlich ertönte in der Ferne ein kreischendes Geräusch. Es wurde rasch lauter, und kurz darauf konnte man erkennen, daß es eine Polizeisirene war. Eine Hupe lärmte an der Kreuzung, Bremsen quietschten. Ich konnte nichts sehen – mein Blickwinkel ging in die entgegengesetzte Richtung –, aber die Sirene erreichte ihre größte Lautstärke, während das Polizeiauto am Supermarkt vorbeiraste; dann wurde sie langsam wieder schwächer. Ein paar Leute verließen die Schlange, um nachzuschauen, was los war, aber nicht viele. Sie hatten so lange gewartet, daß sie nicht das Risiko eingehen wollten, ihren Platz zu verlieren.

Norton konnte es sich leisten, einen Blick nach draußen zu werfen – seine Einkäufe waren ja in meinem Wagen verstaut. Nach kurzer Zeit kam er zurück und stellte sich wieder in die Schlange. »Nichts Wichtiges«, bemerkte er.

Dann begann die städtische Feuersirene zu heulen, schwoll langsam zu einem lauten Getöse an, wurde schwächer, schwoll wieder an. Billy griff nach meiner Hand – umklammerte sie. »Was ist los, Vati?« fragte er und sofort danach: »Ist mit Mutti alles in Ordnung?«

»Auf der Kansas Road muß es irgendwo brennen«, meinte Norton. »Diese verdammten Stromleitungen, die der Sturm heruntergerissen hat! Die Feuerwehr wird sicher gleich vorbeirasen.«

Jetzt hatte ich wenigstens einen konkreten Grund für mein Unbehagen. Auf *unserem* Hof lagen auch Stromleitungen herum.

Bud Brown sagte etwas zu der Kassiererin, die er überwachte; sie hatte sich fast den Hals verrenkt, um zu sehen, was los war. Sie errötete und machte sich wieder an die Arbeit.

Ich wollte nicht in dieser Schlange stehen! Ganz plötzlich überfiel mich das heftige Verlangen, sie zu verlassen. Aber sie bewegte sich gerade wieder etwas vorwärts, und es wäre töricht gewesen, jetzt unverrichteterdinge zu gehen. Wir waren immerhin schon bei den Zigarettenkartons angelangt.

Jemand stieß die Eingangstür auf, irgendein Teenager. Ich glaube, es war der Bursche, der uns vorhin mit seiner Yamaha beinahe gerammt hatte, der Bursche ohne Sturzhelm. »Der Nebel!« schrie er. »Ihr müßtet mal den Nebel sehen! Er kommt direkt die Kansas Road rauf!« Alle schauten sich nach ihm um. Er keuchte, als sei er eine weite Strecke gerannt. Niemand sagte etwas. »Ihr müßtet ihn wirklich mal sehen!« wiederholte er, aber diesmal klang es so, als wollte er sich verteidigen. Die Leute starrten ihn an, und einige machten ein, zwei zögernde Schritte, aber niemand wollte seinen Platz in der Schlange aufs Spiel setzen. Nur ein paar Leute, die sich noch nicht angestellt hatten, ließen ihre Einkaufswagen stehen und strebten dem Ausgang zu, um mit eigenen Augen zu sehen, wovon der Bursche redete. Ein großer Mann mit einem Sommerhut auf dem Kopf riß die Ausgangstür auf, und einige Leute – zehn oder zwölf – gingen mit ihm zusammen ins Freie. Der Teenager schloß sich ihnen an.

»Laßt nicht die ganze kühle Luft raus!« rief einer der Soldaten, und ein paar Leute lachten über seinen Scherz. Ich lachte nicht. Ich hatte gesehen, wie der Nebel über den See gekommen war.

»Billy, warum gehst du nicht auch mal raus und schaust es dir an?« sagte Norton.

»Nein«, sagte ich sofort, ohne einen konkreten Grund dafür zu haben.

Wieder bewegte sich die Schlange vorwärts. Manche Leute verrenkten sich die Hälse und hielten Ausschau nach dem Nebel, von dem der Bursche gesprochen hatte, aber außer strahlendblauem Himmel war nichts zu sehen. Jemand meinte, daß der Junge sich vermutlich einen Scherz erlaubt hatte. Jemand anderer erwiderte, er hätte vor weniger als einer Stunde eine merkwürdige Nebelwand über dem Long Lake gesehen.

Das erste Feuerwehrauto brauste draußen mit heulender Sirene vorbei. Der Heulton verstärkte mein Unbehagen. Unwillkürlich fielen mir die Posaunen des Jüngsten Gerichts ein.

Weitere Leute gingen hinaus, und jetzt verließen einige sogar ihre Plätze in der Schlange, wodurch wir etwas aufrückten. Dann stürzte der mürrische alte John Lee Frovin, der in der Texaco-Tankstelle als Mechaniker arbeitet, in den Supermarkt und brüllte: »He! Hat jemand 'ne Kamera?« Er blickte fragend in die Runde und stürzte wieder hinaus.

Schlagartig wuchs das Interesse am Nebel. Wenn es sich lohnte, ein Foto davon zu machen, mußte es wirklich sehenswert sein. Jetzt strebte eine große Menschenmenge dem Ausgang zu.

Plötzlich schrie Mrs. Carmody mit ihrer heiseren, aber kräftigen alten Stimme: »Geht nicht hinaus!«

Die Leute drehten sich nach ihr um. Die ordentlichen Reihen lösten sich zunehmend auf: Manche Kunden eilten hinaus, um einen Blick auf den Nebel zu werfen, andere zogen sich von Mrs. Carmody zurück oder liefen umher und suchten nach ihren Freunden. Eine hübsche junge Frau in preiselbeerfarbenem Sweatshirt und dunkelgrüner Hose betrachtete Mrs. Carmody nachdenklich und abschätzend. Einige Opportunisten nützten die Situation aus, um ein paar Plätze vorzurücken. Die Kassiererin neben Bud Brown verrenkte sich wieder den Hals, und Brown tippte ihr mit dem Zeigefinger auf die Schulter. »Konzentrieren Sie sich auf Ihre Arbeit, Sally.«

»Geht nicht hinaus!« schrie Mrs. Carmody. »Dort lauert der Tod! Ich fühle, daß dort draußen der Tod lauert!«

Bud Brown und Ollie Weeks, die Mrs. Carmody beide gut kannten, sahen nur ungeduldig und verärgert aus, aber alle Sommerurlauber in ihrer Nähe wichen von ihr zurück, ohne Rücksicht auf ihre Plätze in der Schlange, so als könnte sie eine ansteckende Krankheit übertragen. Wer weiß? Vielleicht können Frauen wie sie das tatsächlich.

Von nun an überschlugen sich die Ereignisse. Ein Mann stieß die Eingangstür auf und taumelte in den Supermarkt. Seine Nase blutete stark. »Irgendwas im Nebel!« schrie er, und Billy preßte sich an mich – ich weiß nicht, ob die blutende Nase des Mannes oder seine Worte ihn so ängstigten. »Irgendwas im Nebel! Irgendwas im Nebel hat John Lee gepackt! Irgendwas...« Er stolperte auf die Säcke mit Rasendünger am Fenster und ließ sich darauf fallen. *»Irgendwas im Nebel hat John Lee gepackt, und ich hörte ihn schreien!«*

Die Situation änderte sich schlagartig. Nervös geworden vom Sturm, von den Polizei- und Feuerwehrsirenen, von der leichten Verwirrung, die jeder Stromausfall in der Psyche eines jeden Amerikaners bewirkt, und von der Atmosphäre zunehmenden Unbehagens, als alles sich irgendwie... irgendwie *veränderte* (ich weiß nicht, wie ich es besser ausdrücken könnte) – von all dem in Nervosität gesetzt, gerieten die Leute in Bewegung.

Nicht etwa, daß sie davongestürzt wären. Wenn ich das sagen würde, bekämen Sie einen ganz falschen Eindruck. Es war keine eigentliche Panik. Die Leute rannten nicht – zumindest die meisten. Aber sie setzten sich in Bewegung. Manche gingen nur ans große Schaufenster hinter den Kassen, um hinauszuschauen. Andere gingen durch die Eingangstür hinaus, wobei einige die Produkte mitnahmen, die sie gerade in der Hand gehabt hatten. Bud Brown begann beunruhigt zu brüllen: »He! Sie haben das noch nicht bezahlt! He, Sie! Kommen Sie sofort mit diesen Hot-dog-Semmeln zurück!«

Jemand lachte über ihn – ein irres, gurgelndes Lachen, über das andere Leute unwillkürlich schmunzeln mußten. Aber selbst während sie schmunzelten, sahen sie verwirrt, bestürzt und nervös aus. Dann lachte noch jemand, und Brown bekam einen hochroten Kopf. Er entriß einer Frau, die sich an ihm vorbeidrängte, um aus dem Fenster zu schauen – an den Glasscheiben scharten sich jetzt die Menschen – einen Karton Champignons, und die Frau kreischte: »Geben Sie mir meine Champis zurück!« Diese fantastische Verkleinerungsform ließ zwei in der Nähe stehende

Männer in irres Gelächter ausbrechen – und das alles hatte jetzt etwas vom alten englischen Bedlam an sich (Bedlam – berühmtes Londoner Hospital für Geisteskranke; Anm. d. Üb.). Mrs. Carmody trompetete wieder, man solle nicht hinausgehen. Die Feuersirene heulte ohne Unterlaß. Und Billy brach in Tränen aus.

»Vati, was ist mit dem blutigen Mann? Warum blutet der Mann?«

»Es ist weiter nichts, Big Bill, es ist nur seine Nase, ihm fehlt nichts.«

»Was hat er nur gemeint mit seinem ›irgendwas im Nebel‹?« fragte Norton. Er legte gewichtig die Stirn in Falten, was bei ihm vermutlich Verwirrung ausdrücken sollte.

»Vati, ich hab' Angst«, schluchzte Billy. »Können wir bitte heimfahren?«

Jemand drängte sich brutal an mir vorbei und stieß mich fast um. Ich nahm Billy auf den Arm. Auch ich bekam allmählich Angst. Die Verwirrung im Supermarkt wurde immer größer. Sally, die Kassiererin von Bud Brown, sprang auf und wollte davonlaufen. Er hielt sie am Kragen ihres roten Kittels fest. Die Naht ging auf. Mit verzerrtem Gesicht schlug sie nach ihm. *»Nehmen Sie Ihre verdammten Pfoten von mir!«* kreischte sie.

»Halt die Klappe, du kleines Luder!« rief Brown, aber er machte einen total perplexen Eindruck.

Er griff wieder nach ihr, und Ollie Weeks sagte scharf: »Bud! Beruhige dich!«

Jemand schrie. Bis dahin hatte keine eigentliche Panik geherrscht, aber nun drohte eine auszubrechen. Durch beide Türen strömten Leute ins Freie. Dann klirrte Glas, etwas zerschellte, und Coke ergoß sich über den Fußboden.

»Was in aller Welt *ist* das nur?« rief Norton.

In diesem Augenblick begann es dunkler zu werden ... aber nein, das ist nicht ganz richtig. Ich dachte damals nicht, daß es dunkel würde, sondern daß die Lampen im Supermarkt ausgegangen seien. Ich blickte automatisch zur Decke empor, und ich war nicht der einzige. Und im ersten Moment schien mir das die Erklärung dafür zu sein, daß die Lichtverhältnisse sich verändert hatten. Dann fiel mir wieder ein, daß die Lampen ja die ganze Zeit über wegen des Stromausfalls nicht gebrannt hatten, und trotzdem war es vorhin nicht so dunkel gewesen. Da wußte ich Bescheid, noch bevor die Leute am Schaufenster zu schreien und zu gestikulieren begannen.

Der Nebel kam.

Er kam von der Kansas Road her auf den Parkplatz zu, und sogar ganz aus der Nähe sah er nicht anders aus als vor einigen Stunden, als wir ihn zum erstenmal gesehen hatten, auf der anderen Seite des Sees. Er war weiß und grell, aber er reflektierte nicht. Er bewegte sich schnell, und er hatte die

Sonne fast ganz verhüllt. Wo sie soeben noch gewesen war, sah man jetzt nur noch eine Silbermünze am Himmel, wie ein Vollmond im Winter hinter einer dünnen Wolkenschicht.

Der Nebel bewegte sich schnell, aber es war eine irgendwie träge Geschwindigkeit. Es erinnerte mich an die Wasserhose vom Abend zuvor. Es gibt gewaltige Naturkräfte, die man fast nie zu sehen bekommt – Erdbeben, Hurrikane, Tornados –, ich habe noch nie etwas Derartiges gesehen, aber Dinge, die ich gesehen *habe*, lassen mich glauben, daß all diese Naturgewalten sich mit dieser trägen, hypnotisierenden Geschwindigkeit bewegen. Sie verzaubern einen gleichsam – auch Billy und Steffy hatten ja am vergangenen Abend wie gebannt auf die Wasserhose gestarrt, direkt vor dem Verandafenster stehend.

Der Nebel legte sich auf den Asphalt der zweispurigen Straße und entzog sie unseren Blicken. Das hübsch restaurierte Dutch Colonial der McKeons wurde gänzlich verschluckt. Der zweite Stock des baufälligen Wohnhauses daneben ragte noch einen Augenblick aus dem Nebel heraus, dann war auch er verschwunden. Die Schilder RECHTS FAHREN an der Ein- und Ausfahrt des Parkplatzes verschwanden – die schwarzen Buchstaben schienen noch einen Moment im leeren Raum zu schweben, nachdem der schmutzigweiße Untergrund schon verschluckt war. Als nächstes kamen die Autos auf dem Parkplatz an die Reihe.

»Was in aller Welt *ist* das nur?« fragte Norton wieder, und seine Stimme zitterte leicht.

Der Nebel kam immer näher, verschluckte den blauen Himmel mit derselben Leichtigkeit wie den schwarzen Asphalt. Sogar aus dieser Entfernung war seine Grenzlinie ganz scharf und gerade. Ich hatte das verrückte Gefühl, daß ich einen besonders gelungenen visuellen Trick beobachtete, etwas, das sich Willys O'Brian oder Douglas Trumbull ausgedacht hatten. Es ging alles so schnell. Der blaue Himmel schrumpfte zu einem breiten Streifen zusammen, dann zu einem schmalen, dann zu einer Bleistiftlinie. Und dann war überhaupt nichts mehr von ihm zu sehen. Pures Weiß preßte sich gegen das Glas des großen Schaufensters. Ich konnte bis zu dem etwa vier Fuß entfernten Abfallkübel sehen, aber nicht viel weiter. Ich konnte die vordere Stoßstange meines Scouts erkennen, aber das war auch schon alles.

Eine Frau kreischte, sehr lang und sehr laut. Billy preßte sich noch enger an mich. Er zitterte am ganzen Leib wie Espenlaub.

Ein Mann schrie auf und stürzte zur Tür. Ich glaube, das löste die eigentliche wilde Panik aus. Leute stürzten völlig kopflos in den Nebel hinaus.

»He!« brüllte Brown. Ich weiß nicht, ob er wütend oder beunruhigt war, oder beides. Sein Gesicht war fast purpurrot, die Adern schwollen an und traten hervor. *»He, Leute, ihr könnt diese Sachen nicht mitnehmen. Kommt mit dem Zeug sofort zurück! Das ist Ladendiebstahl!«*

Sie ließen sich nicht aufhalten, aber einige warfen ihre Einkäufe beiseite. Einige lachten und waren aufgeregt, aber sie waren in der Minderheit. Sie stürzten in den Nebel hinaus, und niemand von uns Zurückgebliebenen hat sie jemals wiedergesehen. Ein schwacher beißender Geruch drang durch die offene Tür ein. Dort herrschte jetzt ein großes Gedränge und Geschiebe. Meine Schultern schmerzten allmählich, denn Billy war alles andere als leicht und klein – Steffy nannte ihn manchmal ihren jungen Stier.

Norton machte ein paar Schritte auf die Tür zu. Er sah nachdenklich und ziemlich ratlos aus. Ich nahm Billy rasch auf den anderen Arm, damit ich Norton am Arm packen konnte, bevor er außer Reichweite war. »Nein, Mann, das würde ich nicht tun«, sagte ich.

Er drehte sich um. »Warum?«

»Warten Sie lieber erst mal ab.«

»Was denn?«

»Ich weiß nicht«, mußte ich zugeben.

»Sie glauben doch nicht...«, setzte er gerade an, als ein Schrei aus dem Nebel zu uns drang.

Norton verstummte. Das dichte Menschenknäuel an der Tür löste sich einen Augenblick lang etwas auf, scharte sich aber sogleich wieder zusammen. Die aufgeregten Unterhaltungen brachen ab. Die Gesichter der Menschen in der Tür sahen plötzlich ganz flach, bleich und zweidimensional aus.

Der Schrei wollte und wollte nicht enden. Er wetteiferte mit der Feuersirene. Es schien ganz unmöglich, daß eine menschliche Lunge ausreichend Luft für einen derartigen Schrei haben könnte. Norton murmelte: »O mein Gott!« und fuhr sich mit beiden Händen durchs Haar.

Plötzlich brach der Schrei abrupt ab. Er verklang nicht allmählich – er wurde plötzlich abgeschnitten. Ein weiterer Mann ging hinaus, ein bulliger Kerl in Arbeitskleidung. Ich glaube, daß er fest entschlossen war, die schreiende Person zu retten. Einen Augenblick lang war er im Nebel noch verschwommen zu sehen. Dann (und soviel ich weiß, war ich der einzige, der das gesehen hat) schien sich hinter ihm etwas zu bewegen, ein grauer Schatten in all dem Weiß. Und ich hatte den Eindruck, daß der Mann nicht in den Nebel hineinrannte, sondern *hineingerissen* wurde, wobei er die Arme hochwarf wie in größter Überraschung.

Einen Augenblick herrschte im Supermarkt völliges Schweigen.

Plötzlich schimmerte eine Konstellation von Monden von draußen herein. Die Lampen auf dem Parkplatz, die zweifellos von unterirdischen Stromkabeln versorgt wurden, waren angegangen.

»Geht nicht hinaus!« rief Mrs. Carmody wieder mit ihrer triumphierenden Stimme. »Dort draußen lauert der Tod.«

Auf einmal schien niemand mehr Lust zu haben, mit ihr zu streiten oder über sie zu lachen.

Von neuem ertönte von draußen ein Schrei, aber diesmal gedämpft, wie aus ziemlich großer Entfernung. Billy preßte sich wieder eng an mich.

»David, was geht da vor?« fragte Ollie Weeks. Er hatte seinen Standort an der Kasse verlassen. Dicke Schweißperlen rannen ihm über das runde freundliche Gesicht. »Was ist das nur?«

»Hol mich der Henker, wenn ich auch nur die geringste Ahnung habe!« sagte ich. Ollie sah sehr beunruhigt aus. Er war Junggeselle, wohnte in einem hübschen kleinen Haus am Highland Lake und trank gern etwas in der Bar in Pleasant Mountain. Am plumpen kleinen Finger der linken Hand trug er einen Saphirring. Im Februar des Vorjahres hatte er in der Staatslotterie etwas Geld gewonnen. Davon hatte er den Ring bezahlt. Ich hatte immer das Gefühl, als hätte Ollie etwas Angst vor Mädchen.

»Ich kapier das nicht«, murmelte er.

»Ich auch nicht, Billy, ich muß dich absetzen. Ich werde deine Hand halten, aber du brichst mir sonst noch die Arme ab, okay?«

»Mutti...«, flüsterte er.

»Bei ihr ist alles in Ordnung«, sagte ich, nur um etwas zu sagen.

Der Mummelgreis, der den Gebrauchtwarenladen in der Nähe von Jon's Restaurant betreibt, ging an uns vorbei, in den alten Sweater gehüllt, den er das ganze Jahr über trägt. Er sagte laut: »Es ist eine dieser Pollutionswolken. Die Mühlen in Rumford und South Paris. Chemikalien.« Mit diesen Worten schlurfte er den vierten Gang hoch.

»Lassen Sie uns von hier verschwinden, David«, sagte Norton ohne jede Überzeugungskraft. »Was würden Sie davon halten, wenn wir...«

Ein dröhnendes dumpfes Beben... Ich spürte es am meisten in den Füßen, so als hätte sich das ganze Gebäude mit einem Schlag um drei Fuß gesenkt. Mehrere Leute schrien vor Angst und Überraschung auf. Flaschen klirrten, fielen von den Regalen und zerschellten auf den Bodenfliesen. Ein Stück Glas, das die Form eines Keils hatte, fiel aus einem der Segmente des großen Schaufensters, und ich sah, daß die Holzrahmen, die die schweren Glasscheiben hielten und miteinander verbanden, an mehreren Stellen verbogen und zersplittert waren.

Die Feuersirene verstummte abrupt.

Die Stille, die nun eintrat, war die gehetzte Stille von Menschen, die auf etwas anderes, noch Schlimmeres warten. Ich war vor Schreck wie betäubt, und mein Verstand stellte eine merkwürdige Assoziation her: Zu einer Zeit, als Bridgton kaum mehr als eine Kreuzung war, pflegte mein Vater mich oft hierher mitzunehmen. Er stand dann an der Theke und unterhielt sich, während ich durch die Glasscheibe auf die billigen Bonbons und Kaugummis starrte. Es war Januar und Tauwetter. Kein Laut war zu hören außer dem Schmelzwasser, das von der Dachrinne in die Regenfässer zu beiden Seiten des Ladens tropfte. Ich betrachtete die verschiedenen Bonbons, die aussahen wie Knöpfe oder Windräder. Die geheimnisvollen gelben Lampenschirme an der Decke, die riesige Schatten der Bataillone von toten Fliegen vom vergangenen Sommer warfen. Ein kleiner Junge namens David Drayton mit seinem Vater, dem berühmten Künstler Andrew Drayton, dessen Gemälde ›Christine Standing Alone‹ im Weißen Haus hing. Ein kleiner Junge namens David Drayton, der die Bonbons und die Bubble-Gum-Kärtchen betrachtete und ein leises Bedürfnis verspürte, pinkeln zu gehen. Und draußen der dichte, wogende, gelbe Nebel eines Januartages mit Tauwetter.

Die Erinnerung verblaßte, aber nur sehr langsam.

»Leute!« rief Norton laut. »Leute, alle mal herhören!«

Sie drehten sich nach ihm um. Norton hielt beide Hände hoch, die Finger gespreizt wie ein politischer Kandidat, der gerade Ehrungen entgegennimmt.

»Es könnte gefährlich sein hinauszugehen!« rief er.

»Warum?« schrie eine Frau zurück. »Meine Kinder sind allein zu Hause! Ich muß zu meinen Kindern.«

»Dort draußen lauert der Tod!« ertönte wieder Mrs. Carmodys scharfe Stimme. Sie stand neben den Fünfundzwanzig-Pfund-Säcken mit Dünger, die am Fenster aufgestapelt waren, und ihr Gesicht schien anzuschwellen, so als würde sie sich aufblähen.

Ein Teenager versetzte ihr plötzlich einen heftigen Stoß, und sie setzte sich mit einem überraschten Grunzen auf die Säcke. »Hör auf, so was zu sagen, du alte Hexe! Hör auf mit diesem verdammten Blödsinn!«

»Bitte!« brüllte Norton. »Wenn wir nur ganz kurze Zeit warten, bis der Nebel abzieht und wir wieder etwas sehen können...«

Ein Durcheinander verschiedener Meinungen wurde nach seinen Worten laut.

»Er hat recht«, schrie ich, so laut ich konnte, um den Lärm zu übertönen. »Wir müssen nur versuchen, Ruhe zu bewahren.«

»Ich glaube, das war ein Erdbeben«, bemerkte ein Mann mit Brille zaghaft. In einer Hand hielt er eine Packung Hamburger und eine Tüte mit Kleingebäck. An der anderen Hand hatte er ein kleines Mädchen, das etwa ein Jahr jünger als Billy sein mochte. »Ich glaube wirklich, daß es ein Erdbeben war.«

»Vor vier Jahren hatten sie drüben in Naples eines«, ließ sich ein fetter ortsansässiger Mann vernehmen.

»Das war in Casco«, widersprach seine Frau sofort. Ihre Stimme hatte den autoritären Klang einer Frau, die große Erfahrung im Widersprechen hat.

»Naples«, beharrte der fette Mann, aber mit geringer Sicherheit.

»Casco«, sagte die Frau resolut, und er gab auf.

Irgendwo fiel eine Dose, die bei dem Puff, Erdbeben oder was immer es gewesen sein mochte, an den Rand ihres Regals gerutscht war, mit einem verspäteten Klappern zu Boden. Billy brach in Tränen aus. »Ich will nach *Hause*! Ich will zu meiner MUTTER!«

»Können Sie dieses Kind nicht zum Schweigen bringen?« fragte Bud Brown. Seine Augen schweiften rasch, aber ziellos von Ort zu Ort.

»Soll ich dir mal ein paar Zähne aus dem Maul schlagen, du dämlicher Quatschkopf?« fragte ich ihn.

»Hören Sie auf, Dave, das hilft uns nicht weiter«, sagte Norton zerstreut.

»Es tut mir leid«, rief die Frau von vorhin wieder. »Es tut mir leid, aber ich kann nicht hierbleiben. Ich muß nach Hause, ich muß nach meinen Kindern sehen.«

Sie blickte in die Runde, eine blonde Frau mit einem müden hübschen Gesicht.

»Wissen Sie, Wanda paßt auf den kleinen Victor auf. Wanda ist erst acht, und manchmal vergißt sie ... vergißt sie, daß sie ... na ja, auf ihn aufpassen soll, wissen Sie. Und der kleine Victor ... er stellt so gern die Herdplatten an, um das rote Lämpchen aufleuchten zu sehen ... ihm gefällt dieses Lämpchen so sehr ... und manchmal zieht er die Stecker raus ... der kleine Victor ... und Wanda ... sie bekommt es nach einer Weile satt, auf ihn aufzupassen ... sie ist erst acht ...« Sie verstummte und blickte uns nur noch an. Ich stelle mir vor, daß wir auf sie in diesem Augenblick überhaupt nicht den Eindruck menschlicher Wesen gemacht haben. Sie sah nur unsere erbarmungslosen Augen, eine lange Reihe erbarmungsloser Augenpaare. *»Will mir denn niemand helfen?«* schrie sie. Ihre Lippen begannen zu zittern. »Will ... will denn niemand hier eine Frau nach Hause begleiten?«

Niemand antwortete ihr. Die Leute traten verlegen von einem Bein aufs andere. Sie starrte jedem von uns ins Gesicht. Der fette Ortsansässige machte zögernd einen halben Schritt vorwärts, aber seine Frau packte ihn am Handgelenk und riß ihn mit einem Ruck zurück, so als hätte sie ihm Handschellen angelegt.

»Sie?« fragte die blonde Frau Ollie. Er schüttelte den Kopf. »Sie?« wandte sie sich an Bud. Er legte seine Hand auf den Taschenrechner an der Kasse und gab keine Antwort. »Sie?« fragte sie Norton, und Norton begann mit seiner trainierten Anwaltsstimme etwas daherzureden, daß niemand überstürzt hinausgehen solle und ... und sie wandte sich von ihm ab, und Norton verstummte.

»Sie?« fragte sie mich, und ich hob Billy wieder hoch und hielt ihn wie einen Schutzschild in den Armen, um ihr schrecklich anklagendes Gesicht abzuwehren.

»Ich hoffe, daß ihr alle in der Hölle schmoren werdet«, sagte sie. Sie schrie es nicht. Ihre Stimme klang zu Tode erschöpft. Sie ging zur Ausgangstür und zog sie mit beiden Händen auf. Ich wollte ihr irgend etwas sagen, sie zurückrufen, aber mein Mund war viel zu trocken.

»Äh, meine Dame, hören Sie doch...«, begann der Teenager, der Mrs. Carmody angebrüllt hatte. Er hielt sie am Arm fest. Sie blickte auf seine Hand hinab, und er ließ sie beschämt los. Sie schlüpfte in den Nebel hinaus. Wir sahen sie weggehen, und niemand sagte ein Wort. Wir beobachteten, wie der Nebel sie einhüllte und substanzlos machte – sie war kein menschliches Wesen mehr, sondern nur noch die Bleistiftskizze eines menschlichen Wesens, gezeichnet auf dem weißesten Papier der Welt – und niemand sagte ein Wort. Einen Moment lang war es ebenso wie bei den Buchstaben des Schildes RECHTS FAHREN, die im Leeren zu schweben schienen – ihre Arme und Beine und ihre hellblonden Haare waren verschwunden, und nur die verschwommenen Konturen ihres roten Sommerkleides schienen im weißen Nichts zu tanzen. Dann wurde auch ihr Kleid vom Nebel verschluckt, und immer noch sagte niemand ein Wort.

Der Lagerraum. Probleme mit dem Generator. Was dem Botenjungen zustieß

Billy wurde hysterisch und bekam einen Wutanfall. Er heulte und schrie heiser und fordernd nach seiner Mutter, so als sei er plötzlich wieder zwei Jahre alt. Seine Oberlippe war mit Rotz beschmiert. Ich legte den Arm um ihn, führte ihn einen der Mittelgänge entlang und versuchte ihn zu beruhigen. Ich ging mit ihm an der langen weißen Fleischtheke vorbei, die die ganze hintere Länge des Supermarktes einnahm. Mr. McVey, der Metzger, war noch da, und wir nickten einander zu – das einzige, was wir unter diesen Umständen tun konnten.

Ich setzte mich auf den Boden und nahm Billy auf den Schoß. Ich drückte sein Gesicht an meine Brust, wiegte ihn hin und her und redete leise auf ihn ein. Ich erzählte ihm all die Lügen, die Eltern in schlimmen Situationen auf Lager haben, jene Lügen, die für Kinderohren so plausibel klingen, und ich brachte sie hundertprozentig überzeugend vor.

»Das ist kein gewöhnlicher Nebel«, sagte Billy. Er blickte zu mir empor. Seine Augen standen voller Tränen und waren von dunklen Ringen umgeben. »So ist es doch, Vati?«

»Ich glaube auch, daß es kein gewöhnlicher Nebel ist«, gab ich zu. In diesem Punkt wollte ich ihn nicht belügen.

Kinder kämpfen nicht gegen einen Schock an wie Erwachsene; sie lassen sich einfach treiben, vielleicht weil Kinder bis zum dreizehnten Lebensjahr sich ohnehin ständig in einer Art halbem Schockzustand befinden. Billy begann einzudösen. Ich hielt ihn in den Armen und befürchtete, er könnte wieder aufwachen, aber er fiel statt dessen in einen richtigen tiefen Schlaf. Vielleicht war er in der letzten Nacht teilweise wach gewesen, als wir zu dritt in einem Bett geschlafen hatten – zum erstenmal, seit Billy ein Kleinkind gewesen war. Und vielleicht – bei diesem Gedanken überlief mich ein kalter Schauder – vielleicht hatte er gespürt, daß etwas passieren würde.

Als ich sicher war, daß er fest schlief, legte ich ihn auf den Boden und begab mich auf die Suche nach etwas, womit ich ihn zudecken konnte. Die meisten Leute standen immer noch vorne und starrten in die dicke Nebeldecke hinaus. Norton hatte eine kleine Gruppe von Zuhörern um sich geschart und faszinierte sie mit seiner Redekunst – oder versuchte es zumindest. Bud Brown harrte eigensinnig auf seinem Posten aus, aber Ollie Weeks hatte seinen Platz verlassen.

Einige Leute wanderten wie Gespenster in den Gängen umher; ihre Gesichter waren bleich und vom Schock gekennzeichnet. Ich begab mich durch die große zweiflügelige Tür zwischen der Fleischabteilung und der Bierkühlung in den Lagerraum.

Der Generator dröhnte gleichmäßig hinter seiner Sperrholz-Trennwand, aber etwas stimmte damit nicht. Dieselgestank stieg mir in die Nase, und er war viel zu stark. Ich ging auf die Trennwand zu, nur noch flach atmend. Zuletzt knöpfte ich mein Hemd auf und zog mir einen Teil davon über Mund und Nase.

Der Lagerraum war lang und schmal und wurde von zwei Notlampen schwach beleuchtet. Überall waren Kartons aufgestapelt – Waschpulver und ähnliches auf einer Seite, Schachteln mit alkoholfreien Getränken neben der Trennwand. Ein Karton mit Ketchup war heruntergefallen, und die Pappe schien zu bluten.

Ich klinkte die Tür in der Zwischenwand auf und näherte mich dem Generator. Er war in ölige blaue Rauchwolken gehüllt. Das Auspuffrohr führte durch ein Loch in der Mauer ins Freie. Das äußere Ende des Rohres mußte durch irgend etwas verstopft sein. Ich entdeckte einen einfachen An-Aus-Schalter und betätigte ihn. Der Generator rülpste, hustete und verstummte sodann.

Die Notlichter erloschen, und ich stand im Dunkeln. Ich erschrak und verlor völlig die Orientierung. Mein Atem hörte sich an wie ein Wind, der im Stroh raschelt. Ich stieß beim Hinausgehen meine Nase an der dünnen

Sperrholztür an, und mein Herz pochte wild. Die Tür zum Supermarkt hatte Fenster, aber aus irgendeinem Grund waren sie schwarz gestrichen, und so herrschte im Lagerraum jetzt fast totale Finsternis. Ich kam vom Weg ab und rannte in einen Stapel Waschpulverkartons hinein. Sie schwankten und fielen um. Einer sauste so dicht an meinem Kopf vorbei, daß ich einen Schritt nach rückwärts machte, wobei ich über einen anderen Karton stolperte, der hinter mir gelandet war. Ich stürzte zu Boden und schlug mir den Kopf so stark an, daß ich selbst bei dieser Dunkelheit helle Sternchen vor den Augen tanzen sah. Eine tolle Show!

Ich lag da, verfluchte mich selbst, rieb mir den Kopf und redete mir gut zu, ich sollte die Sache nicht dramatisieren, ich bräuchte nur aufzustehen und in den Supermarkt zurückzugehen, zurück zu Billy; ich sagte mir, daß ganz bestimmt nichts Weiches und Schleimiges mich am Knöchel packen oder meine tastende Hand ergreifen würde. Ich sagte mir, ich dürfte jetzt nicht die Fassung verlieren, sonst würde ich noch in blinder Panik hier herumstolpern, Sachen umwerfen und mir selbst immer neue Hindernisse in den Weg legen. Ich stand vorsichtig auf und hielt Ausschau nach dem dünnen Lichtstreifen zwischen den Türflügeln. Ich entdeckte ihn – einen schwachen, aber unverkennbaren Spalt in der Dunkelheit. Ich machte einige tastende Schritte in dieser Richtung, dann blieb ich wie angewurzelt stehen.

Ich hörte ein Geräusch. Ein leises schabendes Geräusch. Es verebbte, dann setzte es mit einem leichten, kaum merklichen Stoß wieder ein. Ich zitterte am ganzen Leibe. Ich war plötzlich wieder ein kleiner vierjähriger Junge. Dieses Geräusch kam nicht aus dem Supermarkt. Es kam von hinten. Von draußen. Von dort, wo der Nebel war. Etwas glitt schabend an den Mauern entlang. Und vielleicht suchte es einen Eingang.

Oder vielleicht hatte es schon einen gefunden. Vielleicht war es schon im Lagerraum und suchte nach mir. Vielleicht würde ich schon im nächsten Moment dieses Etwas, das das Geräusch verursachte, an meinem Schuh spüren. Oder in meinem Nacken.

Da war es wieder! Ich war jetzt sicher, daß es von draußen kam. Aber das machte die Sache auch nicht besser. Ich befahl meinen Beinen, sich vorwärts zu bewegen, aber sie versagten mir den Dienst. Dann änderte sich das Geräusch. Etwas *kratzte* da draußen, und mein Herz hämmerte in meiner Brust, und ich rannte wie wahnsinnig auf den dünnen vertikalen Lichtstreifen zu. Ich stieß die Tür auf und stürzte in den Supermarkt hinein.

Drei oder vier Leute – darunter Ollie Weeks – standen direkt vor der Tür und sprangen überrascht zurück. Ollie griff sich an die Brust. »David!« rief er atemlos. »Mein Gott, haben Sie mich erschreckt!« Dann sah er mein Gesicht. »Was ist denn los mit Ihnen?«

»Haben Sie es auch gehört?« fragte ich. Meine Stimme kam mir selbst ganz fremd vor – hoch und kreischend. »Hat irgend jemand von Ihnen es gehört?«

Natürlich hatten sie nichts gehört. Sie hatten nachsehen wollen, warum der Generator ausgefallen war. Während Ollie mir das auseinandersetzte, kam einer der Botenjungen mit etlichen Taschenlampen angelaufen. Er blickte neugierig von Ollie zu mir.

»Ich habe den Generator abgestellt«, sagte ich und erklärte warum.

»Was haben Sie denn gehört?« fragte einer der anderen Männer. Er war im städtischen Straßenbauamt beschäftigt und hieß Jim Sowieso.

»Ich weiß es nicht. Ein gleitendes, schabendes Geräusch. Ich möchte es nicht noch einmal hören.«

»Nerven!« sagte der andere Mann, der neben Ollie stand.

»Nein, das war es nicht.«

»Haben Sie es gehört, bevor die Lampen ausgingen?«

»Nein, nur danach. Aber...« Aber nichts. Ich sah, wie sie mich anschauten. Sie wollten keine weiteren schlechten Neuigkeiten hören, nichts Beängstigendes oder Beunruhigendes. Davon gab es ohnehin schon genug. Nur Ollie schien mir Glauben zu schenken.

»Gehen wir hinein und schalten wir ihn wieder ein«, sagte der Botenjunge und verteilte die Taschenlampen. Ollie nahm seine etwas zögernd in die Hand. Der Junge hielt auch mir eine hin. Seine Augen funkelten etwas verächtlich. Er mochte etwa achtzehn sein. Nach kurzer Überlegung ergriff ich die Taschenlampe. Ich brauchte immer noch etwas, um Billy zuzudecken.

Ollie öffnete die Tür und ließ die Flügel angelehnt, damit etwas Licht in den Lagerraum fiel. Die Waschmittelkartons lagen verstreut um die halbgeöffnete Tür in der Sperrholzwand herum.

Der Bursche namens Jim schnüffelte und meinte dann: »Stinkt wirklich ganz schön! War wohl doch richtig, daß Sie ihn abgestellt haben.«

Die Strahlen der Taschenlampen tanzten über Kartons mit Konserven, Toilettenpapier, Hundefutter. Wegen des verstopften Auspuffs trieben Rauchschwaden durch den Lagerraum, wodurch die Lichtstrahlen ziemlich verschwommen waren. Der Botenjunge richtete seine Lampe kurz auf die breite Ladetür, die sich ganz rechts befand.

Die beiden Männer gingen mit Ollie in den Generatorverschlag. Die Lichtstrahlen ihrer Lampen glitten unheimlich hin und her und erinnerten mich irgendwie an eine Abenteuergeschichte für Jungen. Während meiner Collegezeit hatte ich mehrere solcher Geschichten illustriert. Piraten, die ihr blutbehaftetes Gold um Mitternacht vergruben, oder vielleicht der verrückte Arzt und sein Assistent, die eine Leiche stahlen. Schatten huschten an den Wänden entlang, verzerrt und monströs vergrößert durch die sich überschneidenden Lichtstrahlen, die in ständiger

Bewegung waren. Der Generator tickte unregelmäßig, während er sich abkühlte.

Der Junge richtete seine Taschenlampe wieder auf die Ladetür. Er ging darauf zu. »Ich würde nicht da rübergehen«, sagte ich.

»Nein, ich weiß, daß *Sie* das nicht tun würden.«

»Versuch's jetzt mal, Ollie«, sagte einer der Männer. Der Generator schnaubte auf und begann zu dröhnen.

»Herrgott, stell ihn schnell wieder ab! Pfui Teufel, wie das *stinkt*!«

Der Generator verstummte wieder.

Als sie herauskamen, entfernte sich der Junge von der Ladetür und ging auf sie zu. »Etwas hat den Auspuff verstopft, das ist ganz klar«, sagte einer der Männer.

»Ich werd' Ihnen mal was sagen«, ergriff der Junge das Wort. Seine Augen funkelten im Licht der Taschenlampen, und sein Gesicht hatte jenen verwegenen Ausdruck, den ich für die Titelbilder der Abenteuergeschichten nur zu oft gezeichnet hatte. »Schalten Sie ihn kurz ein, damit ich die Ladetür dort hinten ein Stück hochschieben kann. Ich werd' rausgehen und die Verstopfung beseitigen.«

»Norm, ich glaube nicht, daß das eine gute Idee ist«, sagte Ollie zweifelnd.

»Ist es eine elektrische Tür?« fragte der Kerl namens Jim.

»Natürlich«, erwiderte Ollie. »Aber ich glaube nicht, daß es klug wäre...«

»Das geht schon in Ordnung«, sagte der andere Mann. Er schob seine Baseballkappe zurück. »Ich werd's machen.«

»Nein, Sie haben mich falsch verstanden...«, versuchte Ollie zu erklären. »Ich finde, daß niemand...«

»Machen Sie sich keine Sorgen«, sagte der Mann nachsichtig zu Ollie.

Norm, der Botenjunge, war empört. »Hören Sie mal, es war *meine* Idee!« rief er.

Plötzlich ging der Streit nur noch darum, wer es machen sollte, anstatt darum, ob es überhaupt gemacht werden sollte. Aber natürlich hatte keiner von ihnen jenes gräßliche Geräusch gehört. »Hören Sie auf!« rief ich laut.

Sie drehten sich nach mir um.

»Sie scheinen nicht zu verstehen, oder aber Sie *wollen* nicht verstehen: Das ist kein gewöhnlicher Nebel. Niemand hat den Supermarkt betreten, seit dieser Nebel aufgezogen ist. Wenn Sie diese Ladetür öffnen und etwas hereinkommt...«

»Was soll denn das sein?« fragte Norm mit der ganzen Verachtung eines Achtzehnjährigen, der den starken Mann spielen möchte.

»Was immer das Geräusch verursacht hat, das ich gehört habe.«

»Mr. Drayton«, mischte sich Jim ein. »Entschuldigen Sie bitte, aber ich bin nicht überzeugt davon, daß Sie überhaupt etwas gehört haben. Ich weiß, Sie sind ein bekannter Künstler mit Beziehungen in New York und Hollywood und Gott weiß wo, aber deshalb sind Sie meiner Meinung nach trotzdem nicht anders als jeder andere Mensch auch. Na ja, ich stell mir das so vor, daß Sie hier plötzlich im Dunkeln standen und vielleicht einfach ein bißchen... ein bißchen durcheinander waren.«

»Das mag sein«, sagte ich. »Aber wenn Sie schon vorhaben, draußen herumzustreifen, könnten Sie sich eigentlich als erstes vergewissern, ob die Frau von vorhin heil nach Hause zu ihren Kindern gekommen ist.« Sein Verhalten – und das seines Kumpels und des Botenjungen Norm – machte mich ganz verrückt, aber noch mehr flößte es mir Angst ein. Sie hatten jenes gewisse Funkeln in den Augen, das manche Männer bekommen, wenn sie zur städtischen Mülldeponie gehen, um Ratten zu schießen.

»He«, sagte Jims Kumpel. »Wenn einer von uns einen Rat von Ihnen möchte, werden wir's Ihnen rechtzeitig sagen.«

Ollie warf zögernd ein: »Der Generator ist wirklich nicht so wichtig, wissen Sie. Die Nahrungsmittel in den Kühltruhen halten sich zwölf Stunden oder noch länger ohne...«

»Okay, Junge, du übernimmst die Sache«, schnitt Jim ihm einfach das Wort ab. »Ich laß den Motor an, du schiebst die Tür hoch, damit der Gestank hier nicht zu unerträglich wird. Ich und Myron bleiben am Auspuffrohr stehen. Du schreist dann, wenn es außen wieder frei ist.«

»Klar«, sagte Norm aufgeregt.

»Das ist doch verrückt«, versuchte ich es noch einmal. »Zuerst lassen Sie die Frau allein weggehen und dann...«

»Mir ist nicht aufgefallen, daß Sie sich darum gerissen haben, sie zu begleiten«, entgegnete Jims Kumpel Myron. Eine häßliche ziegelfarbene Röte stieg ihm ins Gesicht.

»... lassen Sie zu, daß dieser Junge sein Leben riskiert, und das für einen Generator, der nicht mal wichtig ist?«

»Warum stopfen Sie diesem Scheißer nicht einfach das Maul?« brüllte Norm.

»Hören Sie, Mr. Drayton«, sagte Jim und lächelte mich kalt an. »Ich werd' Ihnen mal was sagen. Wenn Sie noch mehr Weisheiten auf Lager haben, sollten Sie vorher lieber Ihre Zähne zählen. Ich hab's nämlich bald satt, mir Ihren verdammten Scheiß anzuhören!«

Ollie sah mich an. Seine Angst stand ihm ins Gesicht geschrieben. Ich zuckte mit den Schultern. Sie waren total übergeschnappt, das war alles. Sie hatten vorübergehend ihr Urteilsvermögen eingebüßt. Vorne im Supermarkt waren sie verwirrt und beunruhigt gewesen. Hier drinnen standen sie vor einem konkreten maschinentechnischen Problem: einem verstopften Generator. Es war möglich, dieses Problem zu lösen. Es zu lösen, würde ihnen helfen, sich weniger verwirrt und hilflos zu fühlen. Deshalb wollten sie es um jeden Preis lösen.

Jim und sein Freund Myron erkannten, daß ich mich geschlagen gab, und begaben sich wieder in den Generatorverschlag. »Fertig, Norm?« fragte Jim.

Norm nickte, dann ging ihm auf, daß sie sein Nicken nicht hören konnten. »Ja«, rief er.

»Norm«, wagte ich einen allerletzten Versuch, »seien Sie doch kein Narr!«

»Sie begehen einen nicht wiedergutzumachenden Fehler«, fügte Ollie hinzu.

Er blickte uns an, und plötzlich war es nicht mehr das Gesicht eines Achtzehnjährigen. Es war das Gesicht eines kleinen Jungen. Sein Adamsapfel hüpfte hektisch auf und ab, und ich sah, daß er vor Angst ganz grün war. Er öffnete den Mund und wollte etwas sagen – ich glaube, er wollte die Sache abblasen –, und in diesem Moment erwachte der Generator dröhnend zu neuem Leben, und sobald er gleichmäßig lief, drückte Norm auf den Knopf rechts neben der Tür, und sie bewegte sich auf ihren Doppelgleitschienen aus Stahl langsam nach oben. Die Notlampen waren angegangen, als der Generator eingeschaltet worden war. Jetzt brannten sie wesentlich matter, weil der Motor, der die Tür in Bewegung setzte, fast den ganzen Strom beanspruchte.

Weiches weißes Licht – wie an einem bewölkten Spätwintertag – begann in den Lagerraum zu fluten und verwischte die Schatten. Wieder fiel mir jener eigenartige beißende Geruch auf.

Die Ladetür glitt zwei Fuß nach oben ... vier Fuß. Draußen konnte ich eine quadratische Zementplattform erkennen, deren Kanten mit einem gelben Streifen markiert waren. Dieses Gelb war höchstens drei Fuß weit zu sehen, dann war es wie vom Erdboden verschluckt. Der Nebel war unglaublich dicht.

»Abstellen!« rief Norm.

Nebelschleier, die so weiß und fein waren wie hauchdünne Spitze, wirbelten herein. Die Luft war kalt. Es war den ganzen Vormittag hindurch auffallend kühl gewesen, besonders nach der schwülen Hitze der letzten drei Wochen, aber es war eine sommerliche Kühle gewesen. Das hier war richtige *Kälte*. Wie im März. Mich fröstelte. Und ich dachte an Steff.

Der Generator verstummte. Jim kam heraus, als Norm sich gerade bückte, um unter der Tür hindurchzukommen. Jim sah es, ich sah es, und Ollie ebenfalls.

Ein Tentakel glitt über die Kante der Laderampe und schlang sich um

Norms Wade. Mir klappte der Unterkiefer herunter. Ollie stieß einen kurzen Schreckensschrei aus. Der Greifarm war an seinem Ende, das er um Norms Bein geschlungen hatte, etwa einen Fuß dick – so dick wie eine Ringelnatter –, aber nach draußen zu wurde er immer dicker, und dort, wo er im Nebel verschwand, hatte er einen Umfang von vier oder fünf Fuß. Auf der oberen Seite war dieser Greifarm schiefergrau, darunter von einem fleischfarbenen Rosa. Und auf der Unterseite waren Saugnäpfe, die sich bewegten und zuckten wie Hunderte kleiner faltiger Münder.

Norm schaute an sich herunter. Er sah, was ihn gepackt hatte. Seine Augen traten vor Entsetzen fast aus den Höhlen. »*Befreit mich davon! He, so befreit mich doch davon! Um Himmels willen, befreit mich von diesem fürchterlichen Ding!*«

»O mein Gott!« wimmerte Jim.

Norm packte das untere Ende der Ladetür und schwang sich mit aller Kraft in den Lagerraum hinein. Der Fangarm schien zu schwellen wie ein Arm, der gebeugt wird. Norm wurde zurückgerissen – sein Kopf prallte gegen die Wellblechtür. Der Tentakel schwoll noch stärker an, und Norms Beine und sein Unterleib wurden hinausgezogen. Sein Hemd blieb an der unteren Türkante hängen und glitt aus der Hose. Er spannte all seine Kräfte an und zog sich wieder hinein wie ein Mann, der Klimmzüge macht.

»Helft mir!« schluchzte er. »Helft mir doch, bitte, bitte.«

»Jesus, Maria und Josef!« murmelte Myron. Er war aus dem Generatorverschlag herausgekommen, um zu sehen, was hier los war.

Ich war der Tür am nächsten, und ich packte Norm um die Taille und zog, so fest ich nur konnte. Einen Moment lang bewegten wir uns rückwärts, aber nur einen Moment lang. Es war so, als dehne man ein Gummiband oder ein Kaubonbon. Der Fangarm gab seine Beute keineswegs frei. Und dann bewegten sich drei weitere Tentakel aus dem Nebel auf uns zu. Einer schlang sich um Norms herabhängende rote Schürze und riß sie ihm vom Leib. Dann verschwand er wieder im Nebel, und der rote Stoffetzen mit ihm, und mir fiel etwas ein, das meine Mutter zu sagen pflegte, wenn mein Bruder und ich etwas haben wollten, was sie für überflüssig hielt. »Du brauchst das ebenso wie eine Henne eine Fahne braucht«, pflegte sie zu sagen. Ich dachte an ihre Worte, und ich dachte an diesen Tentakel, der Norms rote Schürze schwenkte, und ich begann zu lachen. Ich lachte, aber mein Gelächter und Norms Schreie klangen ziemlich gleich. Wahrscheinlich wußte niemand außer mir, daß ich lachte.

Die beiden anderen Fangarme glitten einen Augenblick ziellos auf der Laderampe hin und her, wobei sie jene leisen schabenden Geräusche verursachten, die ich vor kurzem gehört hatte. Dann schlang einer sich von links um Norms Hüften. Ich spürte, wie er für den Bruchteil einer Sekunde meinen Arm berührte. Er war warm, pulsierend und glatt. Inzwischen glaube ich, daß auch ich im Nebel verschwunden wäre, wenn er mich mit seinen Saugnäpfen erwischt hätte. Aber er tat es nicht. Er packte Norm. Und der dritte Tentakel ringelte sich um seinen Knöchel.

Jetzt wurde er von mir weggezogen. »Helft mir!« schrie ich. »Ollie! Irgend jemand! Geht mir doch hier zur Hand!«

Aber sie kamen mir nicht zu Hilfe. Ich weiß nicht, was sie machten, aber sie kamen mir jedenfalls nicht zu Hilfe.

Ich schaute nach unten und sah, daß der Tentakel um Norms Hüfte sich in seine Haut fraß. Die Saugnäpfe *nagten* an ihm, dort wo sein Hemd aus der Hose gerissen worden war. Aus dem Riß, den der pulsierende Tentakel sich gebohrt hatte, begann Blut zu sickern, das so rot war wie Norms geraubte Schürze.

Ich schlug mir den Kopf an der unteren Kante der Tür an.

Norms Beine waren jetzt wieder draußen. Einer seiner Sportschuhe war heruntergefallen. Ein neuer Fangarm kam aus dem Nebel, schlang seine Spitze fest um den Schuh und verschwand damit. Norms Finger umklammerten in größter Todesangst die Türkante. Sie waren ganz fahl. Er schrie nicht mehr; dazu hatte er jetzt keine Kraft mehr. Sein Kopf wippte in einer endlosen Verneinungsgeste hin und her, und seine langen schwarzen Haare flogen ihm wild um den Kopf.

Ich warf einen Blick über seine Schulter und sah neue Tentakel heraneilen, Dutzende davon, ganze Scharen. Die meisten waren klein, aber ein paar waren riesig, so dick wie der Baum mit dem Mooskorsett, der am Morgen unsere Auffahrt blockiert hatte. Die großen Greifarme hatten bonbonrosa Saugnäpfe etwa von der Größe eines Kanaldeckels. Einer dieser großen Tentakel schlug mit einem lauten klatschenden Geräusch auf der Laderampe auf und bewegte sich wie ein großer blinder Regenwurm träge auf uns zu. Ich riß Norm mit aller Kraft nach hinten, und der Tentakel, der Norms rechte Wade umklammerte, glitt ein wenig aus. Das war alles. Aber bevor er sich wieder fest um seine Beute schloß, konnte ich sehen, daß er Norms Wade auffraß.

Einer der Fangarme streifte leicht meine Wange und wedelte dann in der Luft herum. In diesem Augenblick fiel mir Billy wieder ein. Billy lag schlafend im Supermarkt, neben Mr. McVeys langer weißer Fleischtheke. Ich war in den Lagerraum gegangen, um etwas zu finden, womit ich ihn zudecken konnte. Wenn einer dieser verfluchten Tentakel mich zu fassen bekäme, wäre niemand mehr da, der auf ihn aufpassen würde – außer vielleicht Norton.

Deshalb ließ ich Norm los und fiel auf Hände und Knie.

Ich war halb drinnen und halb draußen, direkt unter der Tür. Ein Tentakel glitt links an mir vorbei – er schien auf seinen Saugnäpfen zu laufen. Er heftete sich an einen von Norms Oberarmen, ruhte sich eine Sekunde aus und wickelte sich sodann um den Arm.

Jetzt sah Norm aus wie jemand, der dem Traum eines Wahnsinnigen entsprungen war. Tentakel wanden sich wie Schlangen überall auf seinem Körper... und ebenso waren sie überall um mich herum. Ich machte einen ungeschickten Bocksprung nach hinten, landete auf meiner Schulter und rollte weiter in den Lagerraum hinein. Jim, Ollie und Myron standen da wie Wachsfiguren von Madame Tussaud, mit bleichen Gesichtern und unnatürlich glänzenden Augen. Jim und Myron flankierten die Sperrholztür zum Generator.

»Laßt den Generator an!« brüllte ich ihnen zu.

Keiner von ihnen bewegte sich. Sie starrten wie betäubt fasziniert in Richtung Laderampe.

Ich tastete auf dem Boden herum, hob das erste auf, was mir unter die Finger kam – ein Paket Waschpulver – und warf damit nach Jim. Es traf ihn in den Magen, gerade über der Gürtelschnalle. Er grunzte und griff nach seinem Magen. Seine Augen flackerten und nahmen wieder einen halbwegs normalen Ausdruck an.

»Lassen Sie den verdammten Generator an!« schrie ich so laut, daß es mir in der Kehle weh tat.

Er rührte sich nicht von der Stelle; statt dessen begann er sich zu verteidigen. Offensichtlich hatte er beschlossen, daß jetzt, wo Norm von irgendeinem grausigen Horrorwesen im Nebel bei lebendigem Leibe aufgefressen wurde, die Zeit für Ausflüchte gekommen war.

»Es tut mir leid«, jammerte er. »Ich hab's nicht gewußt, woher hätt' ich's denn auch wissen sollen? Sie sagten, Sie hätten was gehört, aber ich wußte doch nicht, was Sie meinten. Sie hätten klarer sagen sollen, was Sie meinten. Ich dachte... ich dachte an... an einen Vogel oder so was...«

In diesem Moment stieß Ollie ihn mit seiner breiten Schulter beiseite und stürzte in den Generatorraum. Jim stolperte über einen Waschmittelkarton und fiel hin, genau wie ich vorhin im Dunkeln. »Es tut mir leid«, sagte er wieder. Sein rotes Haar fiel ihm wirr ins Gesicht. Seine Wangen waren kreideweiß. Seine Augen waren die eines entsetzten kleinen Jungen. Sekunden später hustete der Generator und erwachte zu neuem Leben.

Ich drehte mich zur Ladetür um. Norm klammerte sich immer noch mit einer Hand daran fest. Sein ganzer Körper war von Greifarmen bedeckt, und große Blutstropfen fielen auf die Rampe. Sein Kopf wippte hin und her, und seine Augen drückten unvorstellbares Entsetzen aus, während sie in den Nebel starrten.

Andere Tentakel krochen jetzt über den Fußboden ins Innere. In der Nähe des Knopfes, der den Türmechanismus auslöste, waren es so viele, daß gar nicht daran zu denken war, an den Knopf heranzukommen. Einer der Fangarme legte sich um eine Halbliterflasche Pepsi und zog sich damit zurück. Ein anderer glitt um einen Pappkarton und drückte ihn zusammen. Der Karton riß entzwei, und Zweierpacks von Toilettenpapier, in Zellophan verpackt, rollten nach allen Seiten. Gierig griffen die Tentakel danach.

Einer der großen Fangarme glitt herein. Seine Spitze hob sich etwas vom Boden, und er schien in der Luft zu schnuppern. Dann bewegte er sich auf Myron zu, und Myron sprang mit wild rollenden Augen hektisch beiseite. Ein hohes, leises Stöhnen entrang sich seinen blutleeren Lippen.

Ich schaute mich nach etwas um, das lang genug wäre, um über die tastenden Tentakel hinweg den Knopf an der Wand erreichen zu können. Ich entdeckte einen Besen, der an einen Stapel Bierkästen gelehnt war, und packte ihn.

Norms Hand wurde von der Tür weggerissen. Er fiel auf die Laderampe und suchte mit dieser einen freien Hand verzweifelt nach einem neuen Halt. Einen Augenblick lang trafen sich unsere Blicke. Seine Augen waren höllisch hell und wach. Er wußte, was mit ihm geschah. Dann wurde er in den Nebel gezogen. Ein erstickter Schrei, und Norm war verschwunden.

Ich drückte mit dem Ende des Besenstiels auf den Knopf, und der Motor begann zu surren. Die Tür glitt langsam nach unten. Zuerst berührte sie den dicksten Tentakel, der sich für Myron interessiert hatte. Die Tür ritzte seine Haut – sein Fell oder was auch immer – und drang dann tiefer ein. Er zuckte wie verrückt, peitschte den Boden und schien dann flacher zu werden. Einen Augenblick später war er verschwunden. Die anderen begannen sich nun ebenfalls zurückzuziehen.

Einer von ihnen hatte ein Fünf-Pfund-Paket Hundefutter umklammert und wollte es nicht loslassen. Die herabgleitende Tür zerschnitt ihn in zwei Teile, bevor sie in ihrer Bodenschiene einrastete. Das abgetrennte Tentakelstück krümmte sich krampfartig zusammen, das Paket brach auseinander, und braune Stückchen Hunde-Trockenfutter flogen in alle Richtungen. Dann begann er auf dem Boden zu schlagen wie ein Fisch auf dem Trockenen, rollte sich auf und wieder zusammen, aber immer langsamer, bis er schließlich reglos dalag. Ich berührte ihn mit der Spitze des Besenstiels. Das Tentakelstück, das etwa drei Fuß lang war, schloß sich sekundenlang wild um den Stiel, dann erschlaffte es und lag wieder bewegungslos zwischen dem Durcheinander aus Toilettenpapier, Hundefutter und Waschmittelkartons.

Die einzigen Geräusche waren das Dröhnen des Generators und Ollies Schluchzen aus dem Generatorverschlag. Er saß dort auf einem Hocker und hatte sein Gesicht in den Händen vergraben.

Doch dann nahm ich noch ein anderes Geräusch wahr. Das leise schabende Geräusch, das ich vorhin im Dunkeln gehört hatte – nur hatte es sich jetzt um das Zehnfache verstärkt. Es war das Geräusch von Tentakeln, die über die Außenfläche der Ladetür glitten und nach einem Eingang suchten.

Myron machte ein paar Schritte auf mich zu. »Hören Sie«, sagte er, »Sie müssen verstehen ...«

Ich schlug ihm eine Faust ins Gesicht. Er war viel zu überrascht, um auch nur zu versuchen, den Schlag abzuwehren. Meine Faust landete direkt unterhalb seiner Nase und zerschmetterte seine Oberlippe. Blut floß ihm in den Mund.

»Sie haben ihn auf dem Gewissen!« brüllte ich. »Haben Sie sich das alles genau angesehen? Haben Sie sich genau angesehen, was Sie da angerichtet haben?«

Ich begann auf ihn einzuschlagen – nicht so, wie ich es auf dem College in meinem Boxkurs gelernt hatte, sondern einfach wild drauflos. Er wich etwas zurück, konnte einige Fausthiebe abwehren, nahm die anderen aber in einer Art Erstarrung hin, die etwas von Resignation oder Buße an sich hatte. Das steigerte meinen Zorn nur noch mehr. Ich schlug ihm die Nase blutig und bescherte ihm ein wundervolles blaues Auge. Ich landete einen kräftigen Haken auf seinem Kinn. Nach diesem Treffer verschleierten sich seine Augen und bekamen einen leeren Ausdruck.

»Hören Sie«, sagte er immer wieder, »hören Sie, hören Sie«, aber nach einem kräftigen Boxhieb in die Magengrube blieb ihm die Luft weg, und er hörte mit diesem ›hören Sie, hören Sie‹ auf. Ich weiß nicht, wie lange ich weiter auf ihn eingedroschen hätte, wenn nicht plötzlich jemand meine Arme umklammert hätte. Ich riß mich los und wirbelte herum. Ich hoffte, daß es Jim sein möge. Ich wollte auch ihn zusammenschlagen.

Aber es war nicht Jim. Es war Ollie. Sein rundes Gesicht war leichenblaß, abgesehen von den dunklen Ringen um seine Augen – Augen, die noch vom Weinen glänzten. »Nicht, David«, sagte er. »Schlagen Sie ihn nicht mehr. Das ändert auch nichts mehr.«

Jim stand mit völlig ausdruckslosem, versteinertem Gesicht herum. Ich kickte einen Karton mit irgendwas nach ihm, aber er prallte an einem seiner Schuhe ab.

»Sie und Ihr Kumpel sind saudumme Affenärsche und sonst gar nichts!« rief ich.

»Hören Sie auf, David«, sagte Ollie unglücklich. »Lassen Sie das.«

»Ihr beiden beschissenen Arschlöcher habt diesen Jungen auf dem Gewissen.«

Jim blickte auf seine Schuhe hinab. Myron saß auf dem Boden und hielt sich den Bierbauch. Ich atmete schwer. Das Blut rauschte mir in den Ohren, und ich zitterte am ganzen Leibe. Ich setzte mich auf einen Karton, ließ meinen Kopf zwischen die Knie fallen und umklammerte meine Beine oberhalb der Knöchel. Meine Haare fielen mir ins Gesicht. So saß ich eine Weile da und wartete ab, ob ich gleich in Ohnmacht fallen oder mich übergeben würde oder sonst was.

Nach einiger Zeit ließ dieses Gefühl nach, und ich blickte zu Ollie hoch. Sein Ring funkelte im Schein der Notlampen wie ein verhaltenes Feuer.

»Okay«, sagte ich schwerfällig. »Ich bin soweit wieder in Ordnung.«

»Gut«, sagte Ollie. »Wir müssen überlegen, was als nächstes zu tun ist.«

Der Lagerraum begann wieder nach den Abgasen zu stinken. »Stellen Sie als erstes den Generator ab.«

»Ja, machen wir, daß wir hier rauskommen«, meinte Myron. Er sah mich flehend an. »Es tut mir sehr leid wegen des Jungen. Aber Sie müssen verstehen ...«

»Ich muß überhaupt nichts verstehen. Sie und Ihr Kumpel gehen jetzt in den Supermarkt zurück, aber Sie warten bei der Bierkühlung auf uns. Und erzählen Sie niemandem etwas. Noch nicht.«

Sie kamen meiner Aufforderung mit größter Bereitwilligkeit nach und stießen in der Tür zusammen. Ollie stellte den Generator ab, und gerade bevor die Lampen ausgingen, sah ich eine Decke von der Art, wie Möbelpacker sie zum Einwickeln zerbrechlicher Gegenstände verwenden, die über einen Stapel von Soda-Pfandflaschen geworfen war. Ich nahm sie für Billy mit.

Ollie kam schlurfend und stolpernd aus dem Generatorraum. Wie viele Männer mit Übergewicht, so keuchte auch er etwas beim Atmen.

»David?« Seine Stimme zitterte ein wenig. »Sind Sie noch da?«

»Hier bin ich, Ollie. Passen Sie auf, damit Sie nicht über einen der Waschmittelkartons stolpern.«

»Ja.«

Ich führte ihn mit meiner Stimme, und etwa dreißig Sekunden später packte er mich bei der Schulter. Er stieß einen langen, zitternden Seufzer aus.

»Machen wir um Himmels willen, daß wir hier rauskommen«, sagte er. »Diese Dunkelheit ist ... ist grauenvoll.«

»Das ist sie«, stimmte ich zu. »Aber bleiben Sie bitte noch einen Augenblick hier, Ollie. Ich wollte mit Ihnen reden, und ich wollte nicht, daß diese Arschlöcher zuhörten.«

»Dave ... sie haben Norm schließlich nicht dazu gezwungen. Das dürfen Sie nicht vergessen.«

»Norm war noch ein halbes Kind, im Gegensatz zu den beiden. Aber lassen wir das, es bringt nichts. Wir müssen es Ihnen sagen, Ollie. Den Leuten im Supermarkt, meine ich.«

»Und wenn sie nun in Panik geraten ...« Ollies Stimme klang zweifelnd.

»Vielleicht tun sie's, vielleicht auch nicht. Aber sie werden es sich dann zweimal überlegen, bevor sie hinausgehen – und das würden die meisten jetzt am liebsten tun. Verständlicherweise. Die meisten haben irgend jemanden, der zu Hause geblieben ist. Ich übrigens auch. Wir müssen ihnen begreiflich machen, welches Risiko sie eingehen, wenn sie rausgehen.«

Er packte mich mit einem harten Griff am Arm. »In Ordnung«, sagte er. »Aber ich frage mich dauernd... all diese Fangarme... wie bei einem Tintenfisch oder so was Ähnlichem... David, woran waren sie nur befestigt? Zu wem gehören diese Greifarme?«

»Ich weiß es nicht, Ollie. Aber ich will nicht, daß diese beiden Idioten den Leuten Gott weiß was erzählen. Dann bricht nämlich garantiert eine Panik aus. Gehen wir!«

Ich entdeckte den dünnen vertikalen Lichtstreifen zwischen den Türflügeln. Wir bewegten uns vorsichtig darauf zu und bemühten uns, nicht über irgendwelche Kartons zu stolpern. Mir fiel plötzlich auf, daß wir alle unsere Taschenlampen verloren hatten.

Als wir die Tür erreicht hatten, sagte Ollie tonlos: »Was wir gesehen haben... ist doch einfach unmöglich, David. Sie wissen das doch auch? Selbst wenn ein Lieferwagen vom Bostoner Meeresaquarium draußen vorfahren und einen dieser Riesentintenfische aussetzen würde, wie sie in ›Zwanzigtausend Meilen unter dem Meeresspiegel‹ vorkommen, würde das Tier doch krepieren. *Es würde einfach krepieren.*«

»Ja«, sagte ich. »Das stimmt.«

»Was ist also passiert? Hm? Was ist nur passiert? Was ist das nur für ein verdammter Nebel?«

»Ollie, ich weiß es auch nicht.«

Wir gingen hinaus.

Ein Streit mit Norton. Eine Diskussion an der Bierkühlung. Die Bestätigung

Jim und sein guter Kumpel Myron standen in unmittelbarer Nähe der Tür, jeder mit einer Dose Bier in der Hand. Ich schaute nach Billy, sah, daß er noch schlief, und deckte ihn zu. Er bewegte sich, murmelte etwas und lag dann wieder still da. Ich warf einen Blick auf meine Uhr. Es war Viertel nach zwölf. Das kam mir ganz unmöglich vor. Ich hatte das Gefühl, als seien mindestens fünf Stunden vergangen, seit ich zum erstenmal in den Lagerraum gegangen war, um nach etwas zu suchen, womit ich Billy zudecken konnte. Aber es hatte alles in allem nur etwa fünfunddreißig Minuten gedauert.

Ich ging zu Jim und Myron zurück. Ollie hatte sich ihnen angeschlossen, trank ein Bier und bot auch mir eine Dose an. Ich nahm sie und leerte sie mit einem Schluck bis zur Hälfte, wie an diesem Morgen beim Sägen. Das Bier richtete mich wieder ein bißchen auf.

Jim war Jim Grondin. Myrons Familienname war LaFleur – das hatte etwas Komisches an sich. Myron die Blume hatte angetrocknetes Blut auf Lippen, Wangen und Kinn. Sein Auge schwoll allmählich zu. Das Mädchen im preiselbeerfarbenen T-Shirt schlenderte ziellos vorbei und warf Myron einen mißtrauischen Blick zu. Ich hätte dem Mädchen erklären können, daß Myron nur für halbwüchsige Jungen eine Gefahr darstellte, für Teenager, die ihre Männlichkeit unter Beweis stellen wollten, aber ich sparte mir den Atem. Schließlich hatte Ollie recht – sie hatten nur getan, was sie für richtig hielten, obwohl sie eher in blinder Angst gehandelt hatten als im Interesse der Gemeinschaft. Und jetzt brauchte ich sie für das, was *ich* für richtig hielt. Das würde vermutlich kein Problem sein. Sie hatten jetzt beide ihre Selbstsicherheit und Überheblichkeit verloren. Beide – besonders aber Myron die Blume – würden in absehbarer Zeit zu nichts zu gebrauchen sein. Der Ausdruck, den ich in ihren Augen gesehen hatte, als sie die Behebung der Verstopfung des Auspuffrohrs vorbereiteten, war völlig daraus verschwunden. Sie hatten überhaupt keinen Mumm mehr in den Knochen.

»Wir müssen diesen ganzen Leuten von der Sache erzählen«, sagte ich.

Jim öffnete den Mund und wollte protestieren.

»Ollie und ich werden nichts davon erzählen, daß Sie und Myron nicht unschuldig an Norms Tod sind, wenn Sie beide bestätigen, was er und ich über diese... na ja, über diese Dinger berichten, die Norm erwischt haben.«

»Na klar«, stimmte er in kläglichem Eifer zu. »Ganz klar – wenn wir es den Leuten nicht sagen, werden sie vielleicht rausgehen wie jene Frau... jene Frau, die...« Er fuhr sich mit der Hand über den Mund und trank rasch einen Schluck Bier. »Mein Gott, was für eine Schweinerei!«

»David«, sagte Ollie, »was ist...« Er hielt inne, zwang sich dann aber dazu fortzufahren. »Was ist, wenn sie hereinkommen? Diese Tentakel?«

»Wie sollten sie?« fragte Jim. »Sie beide haben doch die Tür geschlossen.«

»Das schon«, meinte Ollie. »Aber die gesamte Vorderfront des Supermarktes besteht schließlich aus Fensterglas.«

Plötzlich hatte ich ein Gefühl im Magen, als schösse dieser mit enormer Geschwindigkeit in einem Lift mindestens zwanzig Stockwerke tiefer. Mir war dies zwar im Prinzip durchaus bewußt gewesen, aber ich hatte es erfolgreich verdrängt. Ich blickte zu meinem schlafenden Sohn hinüber. Ich dachte daran, wie die Tentakel über Norms ganzen Körper gekrochen waren. Ich stellte mir vor, daß das gleiche Billy zustieß.

»Fensterglas«, flüsterte Myron. »Jesus, Maria und Josef!«

Ich ließ die drei, die bei ihrem zweiten Bier angelangt waren, an der Kühlung stehen und begab mich auf die Suche nach Brent Norton. Ich entdeckte ihn an Kasse 2, in ein angeregtes Gespräch mit Bud Brown vertieft. Die beiden Männer – Norton mit seinem wohlfrisierten grauen Haar und den interessanten Gesichtszügen eines älteren Semesters, Brown mit seiner herben Neu-England-Visage – sahen aus, als seien sie einer New Yorker Karikatur entsprungen.

Etwa zwei Dutzend Leute liefen unruhig zwischen den Kassen und dem großen Schaufenster hin und her. Viele von ihnen preßten immer wieder ihre Nasen dicht an die Scheibe und starrten in den Nebel hinaus, und ihr Anblick erinnerte mich wieder an jene Leute, die durch eine Spalte im Bretterzaun auf einen Bauplatz spähen.

Mrs. Carmody saß auf dem Warenförderband einer der geschlossenen Kassen und rauchte eine ›Parliament‹. Sie studierte mich aufmerksam von Kopf bis Fuß, ich wurde gewogen, aber wohl zu leicht befunden, denn ihre Blicke schweiften weiter. Sie sah aus, als träume sie mit offenen Augen.

»Brent«, sagte ich.

»David! Wo haben Sie denn nur gesteckt?«

»Genau darüber möchte ich mich mit Ihnen unterhalten.«

»Da hinten an der Kühlung stehen Leute und trinken Bier!« stellte Brown grimmig fest. Es klang so entrüstet, als würde jemand berichten, daß der Diakon bei einer Party in seinem Hause Pornofilme vorgeführt hätte. »Ich kann sie im Überwachungsspiegel sehen. Das muß sofort aufhören!«

»Brent?«

»Entschuldigen Sie mich bitte einen Moment, Mr. Brown.«

»Aber ja.« Er kreuzte seine Arme vor der Brust und starrte grimmig in den Konvexspiegel. »Und es *wird* sofort aufhören, das verspreche ich Ihnen.«

Norton und ich steuerten auf die Bierkühlung am anderen Ende des Supermarktes zu. Ich warf rasch noch einen Blick zurück und stellte voller Unbehagen fest, daß die Holzrahmen, die die großen Glasscheiben miteinander verbanden, sehr stark verbogen und gesplittert waren. Und eines der Fenster war nicht einmal ganz, wie mir einfiel. Ein Glasstück war vorhin bei dem sonderbaren Beben herausgebrochen und heruntergefallen. Vielleicht konnten wir das Loch mit irgend etwas stopfen – vielleicht mit einem Bündel der Damenblusen zu 3,59 Dollar, die ich in der Nähe der Weine gesehen hatte...

Mein Gedankengang brach abrupt ab, und ich mußte mir die Hand vor den Mund halten, so als wollte ich einen Rülpser unterdrücken. Was ich in Wirklichkeit unterdrücken wollte, war die ranzige Flut schauerlichen Gelächters, das in mir bei dem Gedanken aufgestiegen war, ein Loch im Fenster mit einem Bündel Blusen stopfen zu wollen, um diese Tentakel abzuhalten, die Norm weggeschleppt hatten. Ich hatte doch gesehen, wie einer dieser Fangarme – ein kleiner! – ein Paket Hundefutter so zusammengedrückt hatte, daß es aufbrach.

»David? Geht's Ihnen nicht gut?«

»Hmmm?«

»Ihr Gesicht – Sie sahen so aus, als hätten Sie gerade eine gute Idee gehabt oder aber an etwas Fürchterliches gedacht.«

Mir fiel plötzlich etwas ein. »Brent, was ist eigentlich aus dem Mann geworden, der hereingestürzt kam und schrie, etwas im Nebel hätte John Lee Frovin erwischt?«

»Der Kerl mit dem Nasenbluten?«

»Genau der.«

»Er ist in Ohnmacht gefallen, und Mr. Brown hat ihn mit irgendeinem Riechsalz aus dem Erste-Hilfe-Kasten wieder so einigermaßen hergestellt. Warum?«

»Hat er irgendwas gesagt, als er das Bewußtsein wiedererlangte?«

»Er fing sofort wieder mit seiner Halluzination an. Mr. Brown brachte ihn ins Büro hinauf. Der Mann hatte einigen Frauen angst gemacht. Er schien überglücklich zu sein, ins Büro zu kommen. Es hatte etwas mit Glas zu tun. Als Mr. Brown ihm erklärte, es gäbe im Büro des Geschäftsführers nur ein einziges kleines Fenster, und das sei außerdem mit einem Drahtgitter gesichert, schien der Mann überglücklich, raufgehen zu können. Ich nehme an, daß er immer noch oben ist.«

»Was er erzählt hat, ist keine Halluzination.«

»Selbstverständlich nicht«, meinte er sarkastisch.

»Und dieses Beben, das wir alle gespürt haben?«

»Aber, David...«

Er hat Angst, sagte ich mir dauernd vor. Du darfst jetzt nicht explodieren, du hast dich vorhin schon Myron gegenüber dazu hinreißen lassen, und das reicht. Du darfst jetzt nicht explodieren, nur weil er damals, bei diesem blödsinnigen Grenzstreit, ebenfalls explodiert ist – zuerst war er herablassend gewesen, dann sarkastisch und zuletzt, als es klar war, daß er den Prozeß verlieren würde, war er ausfallend geworden. Du darfst jetzt nicht explodieren, denn du brauchst ihn. Er ist zwar vielleicht nicht in der Lage, seine Säge in Gang zu bringen, aber er sieht aus wie eine Vaterfigur der westlichen Welt, und wenn er den Leuten sagt, sie sollten nicht in Panik geraten, so werden sie Ruhe bewahren.

»Sehen Sie diese Tür hinter der Bierkühlung?«

Er schaute in die Richtung und runzelte die Stirn. »Ist einer dieser biertrinkenden Männer nicht der zweite Geschäftsführer? Weeks? Wenn Brown das sieht, wird der Mann sich schon in Kürze einen neuen Job suchen müssen, das schwöre ich Ihnen.«

»Brent, werden Sie mir jetzt endlich einmal zuhören?«

Er blickte mich zerstreut an. »Was haben Sie gesagt, Dave? Entschuldigung.«

»Sehen Sie diese Tür da hinten?«

»Selbstverständlich sehe ich sie. Was ist damit?«

»Sie führt in den Lagerraum, der die ganze Westseite des Gebäudes einnimmt. Billy ist vorhin eingeschlafen, und ich bin in den Lagerraum gegangen, um etwas zu finden, womit ich ihn zudecken konnte ...«

Ich erzählte ihm alles, abgesehen von dem Streit, ob Norm hinausgehen sollte oder nicht. Ich erzählte ihm, was dort eingedrungen war ... und was schließlich schreiend im Nebel verschwunden war. Brent Norton weigerte sich, mir zu glauben. Er weigerte sich sogar, es auch nur in Erwägung zu ziehen. Ich brachte ihn zu Ollie, Jim und Myron. Alle drei bestätigten meine Geschichte, obwohl Jim und Myron die Blume auf dem besten Wege waren, sich zu betrinken.

Wieder weigerte sich Norton, es zu glauben. Er stellte sich einfach auf die Hinterbeine. »Nein«, sagte er. »Nein, nein, nein. Entschuldigen Sie, meine Herren, aber das ist einfach lächerlich. Entweder Sie wollen mich zum Narren halten« – er bedachte uns mit einem strahlenden Lächeln, das uns beweisen sollte, daß er Spaß verstand –, »oder aber Sie leiden an einer Art Gruppenhypnose.«

Wieder stieg in mir Zorn hoch, und ich unterdrückte ihn – nur mit Mühe, wie ich zugeben muß. Ich glaube nicht, daß ich normalerweise ein Choleriker bin, aber das waren schließlich auch keine normalen Umstände. Ich mußte an Billy denken, und auch daran, was Stephanie zustoßen konnte – oder vielleicht schon zugestoßen war.

»Okay«, sagte ich. »Gehen wir zusammen in den Lagerraum. Dort liegt ein Tentakelstück auf dem Boden. Die Tür hat es abgetrennt, als sie sich schloß. Und außerdem können Sie sie dort *hören*. Sie schaben und kratzen an der Tür. Es hört sich an wie Wind, der durch Efeu streicht.«

»Nein«, sagte er ruhig.

»Wie bitte?« Ich glaube, mich verhört zu haben. »Was haben Sie gesagt?«

»Ich sagte nein, ich werde nicht dorthin gehen. Sie haben diesen Scherz jetzt weit genug getrieben.«

»Brent, ich schwöre Ihnen, daß es kein Scherz ist.«

»Natürlich ist es einer«, knurrte er. Er ließ seine Blicke über Jim, Myron und Ollie schweifen – letzterer hielt diesem Blick mit ruhigem Ernst stand – und wandte sich schließlich wieder mir zu. »Es ist das, was ihr Einheimischen einen ›Gag zum Totlachen‹ nennt. Stimmt's, David?«

»Brent... so hören Sie doch...«

»Nein, *Sie* hören jetzt mal zu!« Er hob die Stimme, als befände er sich im Gerichtssaal. Sie trug sehr gut, und mehrere Leute, die unruhig und ziellos herumschlenderten, schauten zu uns her. Norton deutete mit dem Finger anklagend auf mich, während er redete. »Es ist ein Scherz. Eine Bananenschale, auf der ich ausrutschen soll. Keiner von Ihnen hat für Zugereiste sehr viel übrig, habe ich nicht recht? Sie halten zusammen wie die Kletten. Das hat sich damals gezeigt, als ich Sie vor Gericht schleppte, um zu meinem Recht zu kommen. Gewonnen haben *Sie*! Warum auch nicht? Ihr Vater war ein berühmter Künstler, und es ist Ihre Stadt. Ich zahle hier nur meine Steuern und gebe hier mein Geld aus!«

Jetzt wollte er uns nicht mehr mit seiner trainierten Gerichtssaalstimme imponieren und einschüchtern. Er spielte uns jetzt nichts mehr vor; er kreischte fast und war dabei, völlig die Fassung zu verlieren. Ollie Weeks wandte sich ab und entfernte sich, mit einer Hand krampfhaft seine Bierdose festhaltend. Myron und sein Freund Jim starrten Norton völlig fassungslos an.

»Halten Sie mich wirklich für so dumm, daß ich nach hinten gehe und mir irgendeinen neuen Scherzartikel ansehe, irgend so ein Gummiding um 98 Cent, während diese beiden Bauernlümmel dastehen und sich vor Lachen ausschütten?«

»He, passen Sie auf, wen Sie hier mit Bauernlümmel betiteln!« rief Myron.

»Ich bin *glücklich*, daß der Baum auf Ihr Bootshaus gefallen ist, wenn Sie es genau wissen wollen. Glücklich!« Norton grinste mich wild an. »Hat das Dach ganz schön eingedrückt, was? Großartig! Und jetzt gehen Sie mir aus dem Weg!«

Er versuchte, sich an mir vorbeizuzwängen. Ich packte ihn am Arm und warf ihn gegen die Kühlung. Eine Frau schrie überrascht auf. Zwei Sechserpacks Bier fielen um.

»Jetzt sperren Sie mal Ihre Ohren ganz weit auf und hören Sie mir gut zu, Brent! Hier stehen Menschenleben auf dem Spiel! Darunter auch das meines Sohnes. Hören Sie also gut zu, oder ich mache Hackfleisch aus Ihnen, das schwöre ich.«

»Nur zu«, rief Norton, dessen Gesicht zu einem irrsinnigen, aufschneiderischen Grinsen verzerrt war. Seine weit aufgerissenen, blutunterlaufenen Augen traten ihm fast aus den Höhlen. »Zeigen Sie nur, wie mutig und toll Sie sind, indem Sie einen Mann schlagen, der ein schwaches Herz hat und alt genug ist, um Ihr Vater sein zu können!«

»Geben Sie's ihm trotzdem!« schrie Jim mir zu. »Ich scheiß auf sein schwaches Herz. Ich glaub nicht mal, daß ein billiger New Yorker Winkeladvokat wie der überhaupt ein Herz hat.«

»Halten Sie sich da raus«, sagte ich Jim und beugte mich über Norton. »Hören Sie auf damit, mir Sand ins Getriebe zu werfen. Sie wissen verdammt gut, daß ich die Wahrheit sage!«

»Ich weiß... nichts... Derartiges!« keuchte er.

»Zu jeder anderen Zeit und an jedem anderen Ort würde ich Ihnen das durchgehen lassen. Mir liegt absolut nichts daran, Ihnen Angst vorzuwerfen. Ich habe selbst Angst! Aber ich brauche Sie, verdammt noch mal! Kapieren Sie das? Ich brauche Sie!«

»Lassen Sie mich *los*!«

Ich packte ihn am Hemd und schüttelte ihn. »Begreifen Sie denn überhaupt nichts? Die Leute werden zum Entschluß kommen, daß es jetzt Zeit ist heimzugehen. Und sie werden geradewegs in dieses Ding da draußen hineinrennen. Um Gottes willen, begreifen Sie das denn nicht?«

»Lassen Sie mich los!«

»Nicht bevor Sie mit mir in den Lagerraum kommen und sich mit eigenen Augen und Ohren von der Wahrheit meiner Worte überzeugen.«

»Ich sagte doch schon – nein! Es ist doch alles nur ein Trick, ein übler Scherz. Ich bin nicht so dumm, wie Sie glauben...«

»Dann *schleppe* ich Sie eben hin!«

Ich packte ihn an der Schulter und am Genick. Die Naht seines Hemdes riß unter einer Achsel auf. Ich zog ihn in Richtung der Flügeltür. Er stieß einen kläglichen Laut aus. Ein Menschenknäuel aus etwa fünfzehn bis achtzehn Personen hatte sich in einiger Entfernung gebildet, aber niemand griff ein.

»Helfen Sie mir!« schrie Norton. Seine Augen hinter der Brille waren weit aufgerissen. Sein sorgfältig frisiertes Haar war wieder in Unordnung geraten und stand in zwei Büscheln hinter den Ohren hoch. Die Leute traten von einem Fuß auf den anderen und schauten interessiert zu.

»Warum regen Sie sich eigentlich so auf?« sagte ich ihm ins Ohr. »Es ist doch nur ein Scherz, nicht wahr? Deshalb habe ich Sie in die Stadt mitgenommen, als Sie mich darum baten, und deshalb habe ich Ihnen Billy auf dem Parkplatz anvertraut – weil ich diesen spaßigen Nebel selbst produziert habe. Ich habe für 15000 Dollar eine Nebelmaschine aus Hollywood bestellt und weitere 8000 Dollar für ihren Transport bezahlt, nur damit ich Ihnen einen Streich spielen konnte. Hören Sie doch endlich auf, sich selbst etwas vorzumachen! Stellen Sie sich doch endlich den Tatsachen!«

»Lassen... Sie... mich... los!« kreischte Norton. Wir hatten die Tür zum Lagerraum schon fast erreicht.

»He, he! Was ist denn hier los? Was machen Sie denn da?«

Es war Brown. Er bahnte sich mit den Ellbogen einen Weg durch das Menschenknäuel.

»Sorgen Sie dafür, daß er mich losläßt!« schrie Norton heiser. »Er ist verrückt!«

»Nein. Er ist nicht verrückt. Ich wünschte, er wäre es, aber er ist es nicht.« Das war Ollie, und ich hätte ihn am liebsten umarmt. Er stand da und blickte Brown ernst ins Gesicht.

Browns Blicke fielen auf die Bierdose in Ollies Hand. »Sie *trinken* ja!« sagte er, und seine Stimme klang zwar überrascht, aber gleichzeitig auch triumphierend. »Dafür werden Sie Ihren Job los.«

»Hören Sie auf damit, Bud«, sagte ich und ließ Norton los. »Das ist keine gewöhnliche Situation.«

»Die Paragraphen der Arbeitsordnung sind deshalb noch lange nicht außer Kraft«, erwiderte Brown blasiert. »Ich werde schon dafür sorgen, daß es die Geschäftsleitung erfährt. Das ist meine Pflicht.«

Norton hatte sich inzwischen verdrückt und stand in einiger Entfernung da. Er versuchte, die Kleidung und seine Frisur in Ordnung zu bringen. Seine Blicke schweiften nervös zwischen Brown und mir hin und her.

»Hallo!« schrie Ollie plötzlich mit einer dröhnenden Baßstimme, die ich diesem großen, aber sanften und bescheidenen Mann nie zugetraut hätte. *»Hallo! Sie alle hier im Supermarkt! Kommen Sie bitte hierher, und hören Sie gut zu! Die Sache betrifft jeden von Ihnen!«* Er ignorierte Brown völlig und blickte mich ruhig an. »Tu ich das Richtige?«

»Genau das Richtige.«

Die Leute strömten herbei. Das ursprüngliche Menschenknäuel, das meine Auseinandersetzung mit Norton verfolgt hatte, verdoppelte, ja verdreifachte sich.

»Es gibt da etwas, das Sie alle wissen sollten...«, begann Ollie.

»Stellen Sie sofort diese Bierdose hin!« rief Brown.

»Sie halten jetzt den Mund!« sagte ich und machte einen Schritt auf Brown zu.

Er wich vorsichtshalber einen Schritt zurück. »Ich weiß nicht, was einigen von Ihnen eingefallen ist«, sagte er, »aber ich verspreche Ihnen, daß ich der Federal Foods Company Bericht erstatten werde! Einen exakten Bericht! Und Sie sollten sich darüber im klaren sein – *das kann für Sie gerichtliche Folgen haben*!« Er verzog dabei nervös die Lippen, und seine gelblichen Zähne wurden sichtbar. Irgendwie tat er mir leid. Er versuchte nur, auf seine Weise seiner Angst Herr zu werden. Norton versuchte dasselbe mit seiner Vogel-Strauß-Methode. Myron und Jim hatten es versucht, indem sie die praktisch veranlagten starken Männer spielen wollten – wenn der Generator repariert werden konnte, würde der Nebel sich auflösen. Brown probierte eine andere Methode aus – er sorgte für Disziplin im Supermarkt.

»Dann sollten Sie sich die Namen notieren«, sagte ich. »Aber reden Sie bitte nicht dazwischen.«

»Ich werde eine ganze Menge Namen notieren«, erwiderte er. »Und Ihrer wird ganz zuoberst auf meiner Liste stehen, Sie... Sie *Bohemien*!«

»Mr. David Drayton hat Ihnen etwas zu sagen«, rief Ollie. »Und Sie sollten alle gut aufpassen, für den Fall, daß Sie vorhaben, nach Hause zu gehen.«

Also erzählte ich ihnen die ganze Geschichte, wie ich sie kurz zuvor schon Norton erzählt hatte. Anfangs lachten einige Leute noch, aber als ich zum Schluß kam, hatte sich spürbares Unbehagen ausgebreitet.

»Glauben Sie ihm kein Wort! Das ist alles eine Lüge!« rief Norton. Er bemühte sich, seiner Stimme Nachdruck und Überzeugungskraft zu verleihen, aber sie klang schrill und kreischend. Und diesem Mann hatte ich es zuerst berichtet, weil ich gehofft hatte, daß seine ganze Erscheinung vertrauenerweckend sein würde. Was für ein Wirrwarr!

»Natürlich ist es eine Lüge«, stimmte Brown ihm zu. »Es ist Wahnsinn. Woher sollen denn Ihrer Meinung nach diese Tentakel gekommen sein!«

»Das weiß ich nicht, und im Augenblick ist diese Frage nicht einmal von großer Bedeutung. Sie sind jedenfalls hier. Es...«

»Ich vermute sehr stark, daß sie aus einigen dieser Bierdosen gekommen sind, das vermute ich!« Einige Leute lachten beifällig. Sie wurden aber von Mrs. Carmodys kräftiger, heiserer Stimme übertönt.

»Tod!« schrie sie, und augenblicklich verstummten die Lacher ernüchtert.

Sie marschierte in die Mitte des Kreises, der sich gebildet hatte. Ihre kanariengelben Hosen schienen von selbst zu leuchten, ihre riesige Tasche wippte gegen einen ihrer elefantenartigen Schenkel. Sie blickte arrogant in die Runde, und ihre schwarzen Augen funkelten scharf und unheilvoll wie die einer Elster. Zwei hübsche, etwa sechzehnjährige Mädchen mit der Aufschrift CAMP WOODLANDS auf dem Rücken ihrer weißen Kunstseidenblusen wichen erschrocken vor ihr zurück.

»Ihr hört zwar zu, aber ihr hört nicht darauf! Ihr hört, aber ihr glaubt nicht! Wer von euch will hinausgehen und selbst nachsehen!« Ihre Augen glitten über die Menge hinweg und blieben an mir haften. »Und was schlagen *Sie* vor, Mr. Drayton? Was glauben Sie tun zu können?«

Sie grinste wie ein Totenschädel.

»Ich sage euch, dies ist das Ende. Das Ende von allem. Dies ist der Jüngste Tag. Die Schrift an der Wand – nicht mit Feuer, sondern mit Nebel geschrieben. Die Erde hat sich aufgetan und ihre Greuel ausgespien!«

»Kann denn niemand sie zum Schweigen bringen?« schrie eines der beiden Mädchen und brach in Tränen aus. »Sie macht mir Angst!«

»Du hast Angst, Schätzchen?« wandte sich Mrs. Carmody nun direkt an den armen Teenager. »Nein, jetzt hast du noch keine richtige Angst. Aber wenn diese satanischen Kreaturen, die der Teufel auf die Erdoberfläche losgelassen hat, erst kommen, um dich zu holen...«

»Das reicht, Mrs. Carmody«, sagte Ollie und packte sie am Arm. »Das reicht jetzt wirklich!«

»Lassen Sie mich los! Ich sage euch, dies ist das Ende! Es ist der Tod! Der Tod!«

»Es ist ein Haufen Scheiße«, sagte ein Mann mit Fischermütze und Brille angewidert.

»Nein, mein Herr«, widersprach Myron. »Mir ist bewußt, daß es sich anhört wie eine Drogenvision, aber es ist die reinste Wahrheit. Ich habe es mit eigenen Augen gesehen.«

»Und ich auch«, sagte Jim.

»Ich ebenfalls«, rief Ollie. Es war ihm gelungen, Mrs. Carmody zum Schweigen zu bringen – zumindest für den Augenblick. Aber sie stand in der Nähe, preßte ihre Tasche an sich und grinste ihr irres Grinsen. Niemand wollte zu dicht neben ihr stehen. Die Leute flüsterten miteinander – die Bestätigungen gefielen ihnen nicht. Manche drehten sich um und warfen forschende, ängstliche Blicke auf das Schaufenster. Das freute mich sehr.

»Lügen!« kreischte Norton wieder. »Sie unterstützen sich gegenseitig mit ihren Lügen, und weiter nichts!«

»Was Sie da erzählen, ist völlig unglaubhaft«, sagte Brown.

»Wir brauchen nicht hier herumzustehen und darüber zu diskutieren«, entgegnete ich. »Kommen Sie mit mir in den Lagerraum. Sehen und hören Sie selbst!«

»Kunden ist der Zutritt zum Lagerraum nicht...«

»Bud«, unterbrach Ollie ihn. »Gehen Sie mit ihm, und überzeugen Sie sich mit eigenen Augen.«

»Okay«, sagte Brown. »Mr. Drayton? Bringen wir diesen Blödsinn so schnell wie möglich hinter uns.«

Wir stießen die Tür auf und standen gleich darauf im Dunkeln.

Das Geräusch war unangenehm, mehr noch – unheilverkündend.

Auch Brown, der ach so nüchterne Yankee, fühlte das. Er umklammerte meinen Arm, hielt im ersten Moment die Luft an und stieß dann laut keuchend den Atem aus.

Es war ein leises Geräusch, und es kam aus der Richtung der Ladetür. Es hörte sich fast wie ein Streicheln an. Ich tastete vorsichtig mit einem Fuß den Boden ab und stieß schließlich auf eine der Taschenlampen. Ich bückte mich, hob sie auf und schaltete sie ein. Browns Gesicht war ganz verzerrt, und dabei hatte er sie nicht einmal gesehen – er hörte sie nur. Aber ich *hatte* sie gesehen, und ich konnte mir lebhaft vorstellen, wie sie über die Türfläche glitten und krochen – wie Efeuranken.

»Was sagen Sie nun? Völlig unglaubhaft?«

Brown fuhr sich mit der Zunge über die Lippen und betrachtete das Durcheinander von Schachteln und Paketen auf dem Boden.

»Haben die das gemacht?«

»Zum Teil. Zum größten Teil. Kommen Sie hierher.«

Er kam – wenn auch nur sehr widerwillig. Ich richtete die Taschenlampe auf das eingeschrumpfte, zusammengekrümmte Tentakelstück, das immer noch neben dem Besen lag. Brown beugte sich darüber.

»Berühren Sie's nicht«, warnte ich ihn. »Es könnte noch am Leben sein.«

Er richtete sich rasch wieder auf. Ich packte den Besen an den Borsten und stieß den Tentakel mit dem Stil an. Beim dritten oder vierten Stoß entrollte er sich langsam und enthüllte dabei zwei ganze Saugnäpfe und das durchgeschnittene Segment eines dritten. Dann zog sich das Tentakelstück mit muskularer Geschwindigkeit wieder zusammen und lag regungslos da. Brown gab einen leisen Laut des Ekels von sich.

»Haben Sie genug gesehen?«

»Ja«, sagte er. »Machen wir, daß wir hier rauskommen.«

Wir gingen im Licht der Taschenlampe zur Tür und stießen sie auf. Alle Gesichter wandten sich uns zu, alle Unterhaltungen verstummten. Nortons Gesicht erinnerte an einen alten Käse. Mrs. Carmodys schwarze Augen glitzerten. Ollie trank Bier; sein Gesicht war immer noch schweißüberströmt, obwohl es im Supermarkt inzwischen ziemlich kühl war. Die beiden Mädchen mit der Aufschrift CAMP WOODLANDS auf ihren Blusen drängten sich aneinander wie Fohlen bei einem Gewitter. Augen. So viele Augen. Ich könnte sie malen, dachte ich schaudernd. Keine Gesichter, nur Augen. Ich könnte sie malen, aber niemand würde sie für wirklichkeitstreu halten.

Bud Brown faltete geziert seine langfingrigen Hände vor dem Körper. »Leute«, sagte er, »es sieht so aus, als stünden wir einem großen Problem gegenüber.«

Weitere Diskussionen. Mrs. Carmody. Befestigungen. Was dem ›Verein der Unbelehrbaren‹ zustieß

Nach Browns Bestätigung brach eine lange halbhysterische Diskussion aus. Vielleicht war sie aber in Wirklichkeit gar nicht so lang, wie sie mir vorkam. Vielleicht mußten die Leute die Information nur immer wieder durchkauen, sie unter jedem nur möglichen Gesichtspunkt betrachten, um sie irgendwie verdauen zu können – so wie ein Hund seinen Knochen von allen Seiten bearbeitet, um an das Mark heranzukommen. Es war ein langwieriger Prozeß, bis sie die Sachlage akzeptierten. Den gleichen Vorgang können Sie übrigens bei jeder im März stattfindenden Bürgerversammlung in ganz Neu-England beobachten.

Da gab es einmal den ›Verein der Unbelehrbaren‹, mit Norton an der Spitze. Diese Minderheit aus etwa zehn Personen glaubte kein Wort von der ganzen Sache. Sie kamen mir vor wie jene Leute, die sich einst geweigert hatten zuzugeben, daß die Erde rund ist. Norton hob immer und immer wieder hervor, daß es nur vier Zeugen für die Entführung des Botenjungen durch die – wie er sich ausdrückte – Tentakel vom Planeten X gab (beim erstenmal lachten die Leute über diese Formulierung, aber sie nutzte sich rasch ab, was Norton in seiner steigenden Erregung aber nicht zu bemerken schien).

Er fügte hinzu, daß er für seine Person keinem dieser vier Zeugen vertraue. Weiter wies er darauf hin, daß fünfzig Prozent dieser Zeugen inzwischen hoffnungslos betrunken seien. Das stimmte zweifellos. Jim und Myron hatten sich an den reichlichen Bier- und Weinvorräten gütlich getan und waren inzwischen stockbesoffen. In Anbetracht dessen, was mit Norm passiert war und ihrer Rolle bei dieser Tragödie, machte ich ihnen keinen Vorwurf. Sie würden ohnehin viel zu früh wieder nüchtern werden.

Ollie trank stetig weiter, ohne auf Browns Proteste zu achten. Schließlich gab Brown es auf und begnügte sich damit, von Zeit zu Zeit mit der Federal Foods Company zu drohen. Ihm schien gar nicht in den Sinn zu kommen, daß diese Gesellschaft mit ihren Geschäften in Bridgton, North Windham und Portland vielleicht überhaupt nicht mehr existierte. Soviel wir wußten, war es durchaus möglich, daß der ganze östliche Seeuferstreifen nicht mehr existierte. Ollie trank – wie gesagt – stetig, aber er wurde nicht betrunken. Er schwitzte das Bier so schnell aus, wie er es trank.

Als die Diskussion mit den ›Unbelehrbaren‹ immer schärfer wurde, ergriff Ollie das Wort. »Wenn Sie es nicht glauben, Mr. Norton – ausgezeichnet. Ich werde Ihnen sagen, was Sie tun sollten. Sie gehen durch die Vordertür hinaus und begeben sich auf die Rückseite des Gebäudes. Dort finden Sie eine Menge Bier- und Sodapfandflaschen, die Norm und Buddy und ich heute morgen hinausgestellt haben. Bringen Sie ein paar dieser Flaschen mit, damit wir wissen, daß Sie auch wirklich nach hinten gegangen sind. Wenn Sie das schaffen, bin ich gern bereit, mein Hemd auszuziehen und es vor Ihren Augen zu essen.«

Norton begann zu toben.

Ollie schnitt ihm mit seiner sanften, ruhigen Stimme das Wort ab. »Ich sage Ihnen, Sie richten mit Ihrem Gerede nur Schaden an. Viele von den Leuten möchten am liebsten heimgehen und sich davon überzeugen, daß ihren Angehörigen nichts passiert ist. Meine Schwester und ihre einjährige Tochter sind bei sich zu Hause in Naples. Selbstverständlich würde auch ich am liebsten nach ihnen schauen. Aber wenn die Leute anfangen, Ihnen Glauben zu schenken, wenn sie versuchen heimzukommen, wird ihnen das gleiche zustoßen wie Norm.«

Er überzeugte Norton nicht, aber er überzeugte wenigstens einige von Nortons Anhängern und einige Neutrale – nicht einmal so sehr durch seine Worte als vielmehr durch seine Augen, diese Augen mit dem gequälten Ausdruck. Ich glaube, daß Nortons Verstand davon abhing, sich nicht überzeugen zu lassen – oder daß er sich das zumindest einbildete. Aber er ging auch nicht auf Ollies Aufforderung ein, einige Pfandflaschen von der Rückseite des Gebäudes zu holen. Das tat auch keiner von Nortons Anhängern. Sie waren nicht bereit hinauszugehen – noch nicht. Er und seine kleine Schar von Unbelehrbaren (die sich um ein, zwei Leute verkleinert hatte) entfernten sich so weit wie nur möglich von uns anderen, zogen sich zu der Kühltruhe mit abgepacktem Fleisch zurück. Im Vorbeigehen stieß einer von ihnen gegen Billys Bein und weckte ihn dadurch auf.

Ich ging zu ihm, und er warf sich mir an den Hals. Als ich versuchte, ihn wieder hinzulegen, klammerte er sich noch fester an mich und flehte: »Tu das nicht, Vati. Bitte!«

Ich fand einen Einkaufswagen und setzte ihn auf den Kindersitz. Er nahm sich darin sehr groß aus, und der Anblick wäre wirklich komisch gewesen, wenn sein bleiches Gesicht und seine verängstigten Augen nicht gewesen wären. Er hatte seit gut zwei Jahren nicht mehr im Kindersitz gesessen. Diese Kleinigkeiten entgehen einem so leicht, man bemerkt sie nicht gleich, und wenn einem dann schließlich auffällt, daß sich etwas geändert hat, versetzt es einen immer wieder in Erstaunen.

Inzwischen hatten die Streitenden einen neuen Blitzableiter gefunden. Diesmal war es Mrs. Carmody, und verständlicherweise stand sie völlig allein auf weiter Flur.

In dem schwachen, trüben Licht sah sie wie eine Hexe aus, mit ihren schrecklichen kanariengelben Hosen, der grellen Kunstseidenbluse, den Unmengen an billigen klirrenden Armreifen aus Kupfer, Schildpatt und Blech und mit ihrer Riesentasche. Ihr pergamentartiges Gesicht war mit tiefen vertikalen Falten durchfurcht. Ihre krausen grauen Haare wurden vorne von drei Hornkämmen flach am Kopf gehalten und waren hinten zu einem Dutt zusammengedreht. Ihr Mund erinnerte an eine dünne knotige Schnur.

»Gegen Gottes Willen kann sich niemand auflehnen. Das mußte ja so kommen. Ich habe die Vorzeichen deutlich gesehen. Ich habe es manchen der hier Anwesenden prophezeit, aber niemand ist so blind wie jene, die nicht sehen wollen.«

»Nun, und was schlagen Sie vor?« fiel Mike Hatlen ihr ungeduldig ins Wort. Er war ein Stadtrat, obwohl er im Augenblick nicht danach aussah, in seinen angeschmuddelten Bermudas und mit der Schiffermütze. Er nippte an einem Bier, sehr viele Männer taten das inzwischen. Bud Brown hatte es aufgegeben, dagegen zu protestieren, aber er schrieb sich tatsächlich Namen auf – er versuchte, alle ständig im Auge zu behalten.

»Vorschlagen?« wiederholte Mrs. Carmody und wandte sich Hatlen zu. »Vorschlagen? Nun, ich schlage vor, daß Sie sich darauf vorbereiten, vor dem Richterstuhl Gottes zu erscheinen, Michael Hatlen.« Sie starrte uns nacheinander an. »Ihr alle solltet euch darauf vorbereiten, vor Gottes Richterstuhl zu treten.«

»Vor die Scheiße zu treten«, lallte Myron La Fleur betrunken. »Ich glaube, Alte, deine Zunge muß irgendwo in der Mitte montiert sein, und beide Enden pendeln ewig hin und her.«

Beifälliges Gemurmel war zu hören. Billy schaute nervös um sich, und ich legte ihm einen Arm um die Schultern.

»Ihr werdet schon noch sehen!« schrie sie. Ihre Oberlippe schob sich hoch und entblößte schiefe nikotinverfärbte Zähne. Mir fielen die verstaubten ausgestopften Tiere in ihrem Laden ein, die ewig aus dem Spiegel tranken, der ihnen als Bach diente. »Zweifler werden bis zuletzt zweifeln! Und doch hat irgendein Ungeheuer diesen armen Jungen weggeschleppt! Dinge im Nebel! Schauerliche Wesen aus einem Alptraum! Augenlose Mißgeburten! Bleiche Schreckensgestalten! Zweifelt ihr daran? Dann geht doch hinaus! Geht doch hinaus und sagt ihnen ›guten Tag‹!«

»Mrs. Carmody, Sie müssen damit aufhören«, sagte ich. »Sie jagen meinem Sohn Angst ein.«

Der Mann mit dem kleinen Mädchen pflichtete mir bei. Es hatte sein Gesicht gegen den Bauch seines Vaters gedrückt und hielt sich die Ohren zu. Big Bill weinte nicht, aber er war den Tränen bedenklich nahe.

»Es gibt nur eine einzige Chance«, sagte Mrs. Carmody.

»Und die wäre, Madam?« fragte Mike Hatlen höflich.

»Ein Opfer!« sagte Mrs. Carmody – und es sah im Halbdunkel so aus, als grinste sie. »Ein Blutopfer!«

Blutopfer – das Wort hing inhaltsschwer in der Luft. Selbst jetzt, wo ich es besser weiß, redete ich mir ein, daß sie damals irgendeinen Hund meinte – einige liefen im Supermarkt herum, obwohl das verboten war. Sogar jetzt noch versuche ich mir das einzureden. Sie sah im Halbdunkel aus wie eine geistesgestörte Vertreterin des, Gott sei Dank, fast überwundenen Puritanismus von Neu-England. Aber ich vermute, daß sie von etwas Tieferem und Dunklerem als von reinem Puritanismus motiviert wurde. Der Puritanismus hatte seinerseits einen düsteren Ahnherrn, den alten Adam mit blutigen Händen.

Sie öffnete ihren Mund, um weiterzureden, und ein kleiner, zierlicher Mann in roter Hose und ordentlichem Sporthemd schlug ihr mit dem Handrücken ins Gesicht. Er hatte einen korrekten Linksscheitel und trug eine Brille. Er hatte das unverkennbare Aussehen eines Sommerurlaubers.

»Sie hören jetzt sofort mit diesem üblen Gerede auf!« sagte er leise und tonlos.

Mrs. Carmody fuhr sich mit der Hand über den Mund und streckte diese Hand dann aus – eine stumme Anklage. An der Hand waren Blutspuren zu sehen. Aber ihre schwarzen Augen glänzten irre vor sich hin.

»Das haben Sie sich selbst zuzuschreiben!« rief eine Frau. »Ich hätte Ihnen mit Wonne höchstpersönlich eine geklebt!«

»Sie werden euer schon noch habhaft werden!« sagte Mrs. Carmody, ihre blutige Hand immer noch ausgestreckt. Ein schmaler Blutstrom rann in einer ihrer Falten vom Mund zum Kinn hinab. »Vielleicht nicht gleich, nicht jetzt bei Tag. Aber heute nacht. Heute nacht, wenn es dunkler ist. Sie werden in der Nacht kommen und sich jemanden holen. Sobald die Nacht anbricht, werden sie kommen. Ihr werdet sie kommen hören. Ihr werdet sie hereinkriechen sehen. Und wenn sie kommen, werdet ihr Mutter Carmody anflehen, euch zu zeigen, was ihr tun sollt.«

Der Mann in der roten Hose hob langsam wieder die Hand.

»Schlagen Sie nur zu«, flüsterte sie und grinste ihn mit ihrem grausamen Grinsen an. Seine Hand schwankte. »Schlagen Sie doch zu, wenn Sie es wagen.« Er ließ die Hand sinken. Mrs. Carmody stolzierte davon. Dann begann Billy zu weinen, sein Gesicht an mich gedrückt, so wie das kleine Mädchen es bei seinem Vater tat.

»Ich möchte nach Hause«, wimmerte er. »Ich möchte zu meiner Mutti.«

Ich tröstete ihn, so gut ich konnte. Ich konnte es nicht allzu gut.

Schließlich wurde die Unterhaltung in weniger furchterregende und destruktive Bahnen gelenkt. Die Glasfenster – der offenkundig schwache Punkt des Supermarktes – wurden erwähnt. Mike Hatlen fragte, wieviel Eingänge es insgesamt gäbe, und Ollie und Brown zählten sie rasch auf – zwei weitere Ladetüren außer jener, die Norm geöffnet hatte. Die Haupteingangs- und Ausgangstüren. Das Fenster im Büro des Geschäftsführers (dickes verstärktes Glas, fest verschlossen und mit Drahtgitter versehen).

Über diese Dinge zu sprechen, hatte einen paradoxen Effekt. Die Gefahr wurde dadurch zwar realer, aber gleichzeitig fühlten wir uns dadurch irgendwie besser. Sogar Billy spürte das. Er fragte, ob er sich einen Candy-Riegel holen dürfe. Ich erlaubte es ihm unter der Bedingung, daß er sich nicht in die Nähe des Schaufensters begeben würde.

Als er außer Hörweite war, sagte ein Mann neben Mike Hatlen: »Okay, was sollen wir mit den Fenstern machen? Die Alte mag zwar völlig verrückt sein, aber sie könnte recht haben, wenn sie sagt, daß nach Einbruch der Dunkelheit etwas hier hereinkommen könnte.«

»Vielleicht wird sich der Nebel bis dahin verzogen haben«, meinte eine Frau.

»Vielleicht«, sagte der Mann. »Vielleicht aber auch nicht.«

»Haben Sie irgendwelche Ideen?« fragte ich Bud und Ollie.

»Hören Sie mir mal 'nen Augenblick zu«, meldete der Mann neben Hatlen sich wieder zu Wort. »Ich bin Dan Miller. Aus Lynn, Massachusetts. Sie kennen mich nicht, was ganz verständlich ist, aber ich habe ein Haus am Highland Lake. Hab's erst dieses Jahr gekauft. Mußte 'ne ganze Menge dafür blechen, aber ich wollt's unbedingt haben.« Einige Leute kicherten. »Na, wie dem auch sei, ich hab' da vorne eine ganze Menge Dünger herumliegen sehen. Größtenteils in Fünfundzwanzig-Pfund-Säckchen. Wir könnten sie aufeinanderstapeln wie Sandsäcke. Einige Gucklöcher zum Rausschauen freilassen...«

Zahlreiche Leute nickten und redeten aufgeregt durcheinander. Ich hätte mich beinahe zu Wort gemeldet, unterließ es dann aber doch. Diese Säcke aufzustapeln konnte nichts schaden und vielleicht sogar etwas nützen. Aber ich hatte immer wieder jenen Tentakel vor Augen, der das Paket Hundefutter zusammengedrückt hatte. Ich dachte, daß einer der größeren Tentakel das gleiche vermutlich mit einem Düngersack tun könnte. Aber eine Predigt über dieses Thema würde niemandem etwas nützen und die Stimmung bestimmt nicht gerade heben.

Die Leute begannen sich zu zerstreuen, um sofort mit der Arbeit zu beginnen, und Miller schrie: »Halt! Halt! Wir sollten überlegen, welche anderen Vorsichtsmaßnahmen wir treffen können, solange wir hier alle versammelt sind.«

Sie kamen zurück und versammelten sich in der Ecke zwischen der Bierkühlung, der Tür zum Lagerraum und dem linken Ende der Fleischtheke, wo Mr. McVey immer jene Sachen aufbaut, die niemand haben will – Kalbsbröschen, Schafshirn und Eisbein. Billy bahnte sich mit der unbewußten Behendigkeit eines Fünfjährigen in einer Welt von Riesen einen Weg durch das Menschenknäuel aus etwa fünfzig oder sechzig Personen und steckte mir einen Candy-Riegel hin. »Magst du das, Vati?«

»Danke.« Ich nahm ihn. Er war süß und schmeckte gut.

»Vermutlich ist es eine dumme Frage«, sagte Miller, »aber wir sollten die Sachlage genau klären. Also – hat irgend jemand eine Feuerwaffe bei sich?«

Ein kurzes Schweigen trat ein. Die Leute schauten sich gegenseitig an und zuckten die Achseln. Ein alter Mann mit grauweißem Haar stellte sich als Ambrose Cornell vor und sagte, er hätte im Kofferraum seines Wagens eine Schrotflinte. »Ich kann versuchen, sie zu holen, wenn Sie wollen.«

»Ich glaube nicht, daß das im Augenblick empfehlenswert wäre, Mr. Cornell«, meinte Ollie.

»Ich auch nicht, mein Sohn«, knurrte Mr. Cornell. »Aber ich dachte, ich sollt's wenigstens anbieten.«

»Na ja, ich habe eigentlich auch gar nicht damit gerechnet, daß jemand so was bei sich hat«, sagte Dan Miller. »Aber ich dachte...«

»Warten Sie mal«, rief eine Frau. Es war die Dame im preiselbeerfarbenen T-Shirt und in der dunkelgrünen Hose. Sie hatte sandfarbenes Haar und eine gute Figur. Eine sehr hübsche junge Frau. Sie öffnete ihre Handtasche und holte eine mittelgroße Pistole hervor. Die Menge gab ein ›Aaah‹ von sich, so als hätte ein Zauberer gerade einen besonders guten Trick vorgeführt. Die Frau errötete. Sie wühlte in ihrer Handtasche und zog eine Schachtel Munition heraus.

»Ich heiße Amanda Dumfries«, stellte sie sich Miller vor. »Diese Pistole... ist eine Idee meines Mannes. Er dachte, ich solle sie stets als Schutz haben. Ich habe sie jetzt zwei Jahre lang ungeladen mit mir herumgetragen.«

»Ist Ihr Mann auch hier?«

»Nein, er ist in New York. Geschäftlich. Er ist sehr viel geschäftlich unterwegs. Deshalb wollte er auch, daß ich die Pistole immer bei mir trage.«

»Wenn Sie damit umgehen können, sollten Sie sie behalten. Was ist es – eine 38er?«

»Ja. Und ich habe nur ein einziges Mal in meinem Leben damit geschossen, auf eine Zielscheibe.«

Miller nahm die Pistole in die Hand, fummelte daran herum und schaffte es nach kurzer Zeit, die Trommel zu öffnen. Er überzeugte sich davon, daß sie nicht geladen war. »Okay«, sagte er, »wir haben also eine Pistole. Wer kann gut schießen? Ich bestimmt nicht.«

Die Leute schauten wieder einander an. Zuerst sagte niemand etwas. Schließlich gab Ollie widerwillig zu: »Ich schieße ziemlich viel auf Zielscheiben. Ich habe einen 45er Colt und eine Llama 25.«

»Sie?« meinte Brown. »Sie werden viel zu betrunken sein, um im Dunkeln etwas sehen zu können.«

»Warum halten Sie nicht Ihren Mund und schreiben weiter Namen auf?« sagte Ollie sehr klar und deutlich.

Brown starrte ihn an. Öffnete seinen Mund. Faßte sodann den weisen Entschluß, ihn wieder zu schließen.

»Nehmen Sie sie an sich«, sagte Miller. Er übergab Ollie die Pistole, und dieser prüfte sie noch einmal, wesentlich fachmännischer als Miller. Er schob die Waffe in seine rechte Hosentasche und die Munition in seine Brusttasche. Auf seinem runden Gesicht standen immer noch Schweißtropfen. Dann lehnte er sich gegen die Kühlung und öffnete eine neue Bierdose. Ich hatte immer stärker das Gefühl, daß ich Ollie Weeks völlig falsch eingeschätzt hatte.

»Danke, Mrs. Dumfries«, sagte Miller.

»Nicht der Rede wert«, erwiderte sie, und mir schoß der Gedanke durch den Kopf, daß ich nicht soviel herumreisen würde, wenn ich ihr Mann wäre und eine derart attraktive Frau mit solch grünen Augen und dieser umwerfenden Figur hätte.

»Vielleicht ist auch meine nächste Frage ziemlich dumm«, sagte Miller, indem er sich an Brown und Ollie wandte. »Aber haben Sie zufällig so was Ähnliches wie Flammenwerfer hier?«

»Ohhh, *Scheiße*«, rief Buddy Eagleton und wurde gleich darauf so rot wie Amanda Dumfries kurz vorher.

»Was ist los?« erkundigte sich Mike Hatlen.

»Na ja... bis letzte Woche hatten wir einen ganzen Karton von diesen kleinen Lötlampen, wie man sie im Haus verwendet, um lecke Rohre oder so was Ähnliches zu reparieren. Erinnern Sie sich noch daran, Mr. Brown?«

Brown nickte mürrisch.

»Ausverkauft?« fragte Miller.

»Nein, sie gingen überhaupt nicht weg. Wir haben nur drei oder vier davon verkauft und den Rest zurückgeschickt. Was für eine Scheiße! Ich meine... was für ein Jammer.« Mit hochrotem Kopf zog sich Buddy Eagleton wieder in den Hintergrund zurück.

Natürlich hatten wir Streichhölzer und Salz (irgend jemand meinte, er hätte gehört, daß man Blutsauger und ähnliches Zeug mit Salz bestreuen müßte) und alle möglichen Mops und langstieligen Besen. Die meisten Leute sahen ziemlich zuversichtlich aus, und Jim und Myron waren viel zu betrunken, um eine abweichende Meinung zu äußern, aber ich begegnete Ollies Augen und sah darin eine ruhige Hoffnungslosigkeit, die schlimmer war als Angst. Er und ich hatten die Tentakel gesehen. Die Idee, Salz auf sie zu streuen oder zu versuchen, sie mit den Griffen von Besen und Mops zu vertreiben, hatte etwas gespenstisch Komisches an sich.

»Mike«, sagte Miller, »wollen Sie nicht die Leitung dieses kleinen Abenteuers übernehmen? Ich würde mich gern noch einen Augenblick mit Ollie und Dave unterhalten.«

»Sehr gern.« Hatlen klopfte Dan Miller auf die Schulter. »Jemand mußte die Sache in die Hand nehmen, und Sie haben's gut gemacht. Willkommen in der Stadt!«

»Heißt das, daß ich eine Steuerermäßigung bekomme?« fragte Miller. Er war ein schlagfertiger kleiner Kerl mit schütteren roten Haaren. Er machte ganz den Eindruck eines jener Männer, die man zunächst einmal einfach gern haben muß, die einem aber – wenn man sie eine Zeitlang auf dem Hals hat – sehr stark auf die Nerven gehen. Die Kategorie, die immer alles besser weiß als man selbst.

»Ist leider nicht drin«, meinte Hatlen lachend und entfernte sich. Miller blickte bekümmert auf meinen Sohn hinab.

»Machen Sie sich wegen Billy keine Sorgen«, sagte ich.

»Mann, ich habe mir in meinem ganzen Leben noch nie soviel Sorgen gemacht«, meinte Miller.

»Stimmt«, bestätigte Ollie, warf eine leere Dose in die Kühltruhe und holte eine neue heraus. Er öffnete sie, und ein leises Zischen von entweichendem Gas war zu hören.

»Ich hab' gesehen, wie ihr zwei euch angesehen habt«, erklärte Miller.

Ich aß meinen Candy-Riegel auf und holte mir ein Bier zum Herunterspülen.

»Ich werd' euch sagen, was mir vorschwebt«, fuhr Miller fort. »Wir sollten ein halbes Dutzend Leute damit beauftragen, einige der Besenstiele mit Stoff zu umwickeln und diesen dann mit Schnur festzubinden. Außerdem sollten wir einige der Kanister mit flüssigem Holzkohleanzünder bereitstellen und schon mal die Deckel abschrauben. Dann können wir im Notfall sehr schnell ein paar Fackeln zur Hand haben.«

Ich nickte. Es war eine gute Idee. Mit größter Sicherheit zwar immer noch nicht wirksam genug – nicht, wenn man gesehen hatte, wie Norm weggeschleppt wurde –, aber jedenfalls besser als Salz.

»Zumindest würde es für die Leute ein beruhigendes Gefühl sein«, meinte Ollie.

Miller preßte seine Lippen fest aufeinander. »Ist es denn so schlimm?« fragte er.

»Noch schlimmer«, antwortete Ollie und trank sein Bier aus.

Gegen halb fünf nachmittags lagen die Säcke mit Dünger an Ort und Stelle, und die großen Schaufenster waren mit Ausnahme schmaler Sehschlitze verbarrikadiert. Ein Beobachter wurde an jedem dieser Sehschlitze postiert, und jeder hatte einen geöffneten Kanister mit flüssigem Holzkohleanzünder und einen Vorrat an Besenstielfackeln neben sich stehen. Es gab fünf Sehschlitze, und Dan Miller hatte ein Rotationssystem der Wachposten an jedem Ausguck organisiert. Um halb fünf setzte ich mich auf einen

Stapel Säcke vor einen der Sehschlitze, Billy neben mir. Wir blickten in den Nebel hinaus.

Direkt hinter dem Fenster stand eine rote Bank, auf der manchmal Leute warteten, bis sie mit ihren Einkäufen abgeholt wurden. Dahinter war der Parkplatz. Der dichte, schwere Nebel wallte langsam hin und her. Er enthielt *doch* etwas Feuchtigkeit, aber er sah furchtbar trüb und düster aus. Sein bloßer Anblick genügte, um mich mutlos zu machen und mir ein Gefühl der Verlorenheit zu geben.

»Vati, weißt du, was los ist?« fragte Billy.

»Nein, Liebling.«

Er schwieg eine Weile und blickte auf seine Hände, die schlaff auf seinen Jeans lagen. »Warum kommt denn niemand und befreit uns?« fragte er schließlich. »Die Staatspolizei oder das FBI oder sonstwer?«

»Ich weiß es nicht.«

»Glaubst du, daß Mutti okay ist?«

»Billy, ich weiß es einfach nicht«, sagte ich und legte schützend den Arm um ihn.

»Ich hab' so schreckliche Sehnsucht nach ihr«, flüsterte Billy, mit den Tränen kämpfend. »Es tut mir so leid, daß ich manchmal so unartig zu ihr war.«

»Billy«, begann ich, verstummte aber wieder. Ich spürte Salz in meiner Kehle, und meine Stimme drohte zu zittern.

»Wird es vorübergehen?« fragte Billy. »Vati? Wird es vorübergehen?«

»Ich weiß es nicht«, sagte ich wieder, und ich versteckte sein Gesicht in meiner Schultergrube, und ich legte meine Hand auf seinen Hinterkopf und spürte die zarte Rundung seines Schädels unter seinem dichten Haar. Ich mußte plötzlich an den Abend meines Hochzeitstages denken. Ich hatte zugeschaut, wie Steff das schlichte braune Kleid auszog, in das sie sich nach der Trauungszeremonie umgezogen hatte. Sie hatte einen großen blauen Fleck auf einer Hüftseite gehabt, weil sie am Vortag gegen eine Türkante gerannt war. Mir fiel wieder ein, daß ich damals beim Anblick des blauen Flecks gedacht hatte: *Als sie sich den holte, war sie noch Stephanie Stepanek*, und daß es mir irgendwie als ein Wunder vorgekommen war. Dann hatten wir uns geliebt, und draußen hatte es von einem trüben grauen Dezemberhimmel herabgeschneit.

Billy weinte.

»Schscht, Billy, schscht«, flüsterte ich und drückte seinen Kopf fest an mich, aber er weinte weiter. Es war ein Weinen, mit dem nur Mütter fertig werden können.

Im Supermarkt wurde es früh dunkel. Miller und Hatlen und Bud Brown verteilten Taschenlampen – den ganzen Vorrat, etwa zwanzig Stück.

Norton beanspruchte lautstark welche für seine Gruppe und bekam zwei Stück zugeteilt. Die Lichter bewegten sich hier und da in den Gängen wie gespenstische Phantome.

Ich hielt Billy fest an mich gedrückt und blickte durch den Sehschlitz ins Freie. Das milchige, helle Licht dort draußen hatte sich kaum verändert; im Supermarkt war es nur durch die Errichtung der ›Barrikaden‹ so dunkel geworden. Einige Male glaubte ich draußen etwas zu sehen, aber das war nur nervöse Einbildung. Einer der anderen Beobachter löste einmal Alarm aus, der sich aber ebenfalls als falsch erwies.

Billy sah Mrs. Turman wieder und lief begierig auf sie zu, obwohl sie in diesem Sommer noch kein einziges Mal bei ihm den Babysitter gespielt hatte. Sie hatte eine Taschenlampe bekommen und war so nett, sie Billy zu überlassen. Bald schon versuchte er, seinen Namen mit Licht auf die blanken Glasfronten der Tiefkühltruhen zu schreiben. Sie schien ebenso glücklich zu sein, ihn zu sehen, wie umgekehrt, und nach einer Weile kamen sie zu mir herüber. Hattie Turman war eine große, magere Frau mit herrlichen roten Haaren, in denen gerade die ersten grauen Strähnen auftauchten. Eine Brille baumelte an einer Zierkette – von jener Art, die meiner Erfahrung nach anscheinend nur Frauen mittleren Alters tragen dürfen – auf ihrer Brust.

»Ist Stephanie auch hier, David?« fragte sie.

»Nein. Sie ist zu Hause.«

Sie nickte. »Alan auch. Wie lange müssen Sie noch auf Ihrem Beobachtungsposten ausharren?«

»Bis sechs.«

»Haben Sie irgend etwas gesehen?«

»Nein. Nur den Nebel.«

»Ich werde mich bis sechs um Billy kümmern, wenn es Ihnen recht ist.«

»Möchtest du das, Billy?«

»O ja, bitte«, sagte er. Er beschrieb mit der Taschenlampe langsame Bögen über seinem Kopf und beobachtete die Lichtspiele an der Decke.

»Gott wird seine schützende Hand über Ihre Steffy und meinen Alan halten«, sagte Mrs. Turman und entfernte sich mit Billy an der Hand. Sie hatte mit feierlicher Zuversicht gesprochen, aber ihre Augen straften diese Überzeugung Lügen.

Gegen halb sechs wurden im Hintergrund des Supermarktes aufgeregte streitende Stimmen laut. Jemand spottete über etwas, daß jemand anderer gesagt hatte, und ein dritter – ich glaube, es war Buddy Eagleton – brüllte: »Sie sind wahnsinnig, wenn Sie hinausgehen!«

Mehrere Taschenlampen bewegten sich auf die Kassen zu. Mrs. Carmodys schrilles, höhnisches Gelächter erfüllte den Markt. Nortons klangvoller Gerichtsaaltenor übertönte das Stimmengewirr: »Lassen Sie uns bitte durch! Lassen Sie uns vorbei!«

Der Mann am nächsten Ausguck verließ seinen Platz, um nachzusehen, was dieser Lärm zu bedeuten hatte. Ich beschloß zu bleiben, wo ich war. Was immer dieser Aufruhr zu bedeuten hatte – die Beteiligten kamen immer näher und mußten ohnehin bei mir vorbeikommen.

»Bitte«, sagte Mike Hatlen. »Bitte lassen Sie uns doch diese Sache gründlich durchsprechen.«

»Da gibt es nichts zu reden«, rief Norton. Jetzt tauchte sein Gesicht in der Dunkelheit auf. Es war wild entschlossen, aber zugleich irgendwie verhärmt und unglücklich. Er hatte eine der beiden seiner Gruppe zugeteilten Taschenlampen in der Hand. Die korkenzieherförmigen Haarbüschel standen hinter seinen Ohren immer noch hoch und erinnerten an einen Hahnrei. Er führte eine sehr kleine Prozession an – fünf der ursprünglich neun oder zehn Personen. »Wir gehen hinaus«, sagte er.

»Verrennen Sie sich doch nicht in diesen Wahnsinn!« rief Miller. »Mike hat recht. Wir können doch darüber reden, oder? Mr. McVey wird in Kürze über dem Gasgrill Hähnchen grillen, wir können uns dann gemütlich hinsetzen und essen und dabei in Ruhe...«

Er trat Norton in den Weg, und Norton versetzte ihm einen Stoß. Das nahm Miller ihm sehr übel. Er bekam einen roten Kopf, und sein Gesicht verschloß sich. »Dann machen Sie doch, was Sie wollen!« sagte er. »Aber Sie werden diese Leute da auf dem Gewissen haben, so als hätten Sie sie eigenhändig ermordet.«

Mit der ganzen Gemütsruhe eines großen Entschlusses oder aber einer fixen Idee erklärte Norton: »Wir werden euch Hilfe schicken.«

Einer seiner Anhänger murmelte zustimmend, aber ein anderer verdrückte sich leise. Nun waren es Norton und vier weitere Personen. Das war nicht mal so schlecht – Christus selbst konnte schließlich auch nur zwölf Apostel um sich sammeln.

»So hören Sie doch«, versuchte Mike Hatlen es wieder. »Mr. Norton – Brent –, bleiben Sie doch wenigstens noch zum Essen hier. Sie sollten etwas Heißes in den Magen bekommen.«

»Und Ihnen Gelegenheit geben, weiter auf uns einzureden? Ich bin in viel zu vielen Gerichtssälen gewesen, um darauf hereinzufallen. Sie haben ohnehin schon ein halbes Dutzend meiner Leute vergrault.«

»Ihrer Leute?« stöhnte Hatlen. »*Ihrer* Leute? Mein Gott, wie können Sie nur so reden? Es sind *Menschen*, und sonst nichts. Das hier ist kein Spiel, und es ist auch kein Gerichtssaal. Da draußen sind – in Ermangelung eines besseren Wortes will ich sie mal *Kreaturen* nennen, und welchen Sinn hat es, sich von ihnen umbringen zu lassen?«

»Kreaturen, sagen Sie«, erwiderte Norman amüsiert. »Wo sind sie denn?

Ihre Leute halten nun schon seit einigen Stunden nach ihnen Ausschau. Wer hat auch nur eine dieser Kreaturen gesehen?«

»Na ja, hinten, im Lagerraum...«

»Nein, nein, nein«, sagte Norton kopfschüttelnd. »Das haben wir doch schon hundertmal durchgekaut. Wir gehen raus...«

»Nein«, flüsterte jemand, und es klang wie das Rascheln toter Blätter in der Dämmerung des Oktoberabends. Es breitete sich im Raum aus und hallte wider. *Nein, nein, nein...*

»Wollen Sie uns etwa mit Gewalt aufhalten?« fragte eine schrille Stimme, die einem von Nortons ›Leuten‹, wie er sich ausgedrückt hatte, gehörte – einer älteren Frau, die eine Brille mit Bifokalgläsern trug. »Wollen Sie uns aufhalten?«

Das leise Rauschen von ›Nein, nein, nein‹ erstarb.

»Nein«, sagte Mike. »Nein, ich glaube nicht, daß jemand Sie mit Gewalt aufhalten wird.«

Ich flüsterte Billy etwas ins Ohr. Er sah mich bestürzt und fragend an. »Geh«, sagte ich. »Beeil dich.«

Er entfernte sich.

Norton fuhr sich mit den Händen durchs Haar, eine auf Wirkung bedachte Geste wie die eines Broadwayschauspielers. Er hatte mir viel besser gefallen, als er erfolglos an der Strippe seiner Säge gezerrt und dabei herzhaft geflucht hatte, weil er sich unbeobachtet glaubte. Ich hätte damals nicht sagen können und weiß auch jetzt nicht, ob er wirklich überzeugt von seinem Vorhaben war oder nicht. Ich glaube, ganz tief im Innern wußte er, was passieren würde. Ich glaube, daß die Logik, für die er sein Leben lang ein Lippenbekenntnis abgelegt hatte, sich letztlich gegen ihn wandte wie ein bösartig gewordener Tiger.

Er schaute unruhig in die Runde und schien zu bedauern, daß nichts mehr zu sagen war. Dann passierte er an der Spitze seiner Anhänger eine der Kassen. Außer der älteren Frau bestand die Gruppe aus einem pausbäckigen, etwa zwanzigjährigen Jungen, einem jungen Mädchen und einem Mann in Bluejeans, der eine auf den Hinterkopf geschobene Golfmütze trug.

Nortons und meine Blicke trafen sich, seine Augen wurden etwas größer, dann schaute er rasch weg.

»Brent, warten Sie einen Augenblick.«

»Ich möchte nicht mehr darüber diskutieren. Und am allerwenigsten mit Ihnen.«

»Das weiß ich. Ich möchte Sie nur um einen Gefallen bitten.« Ich drehte mich um und sah, daß Billy auf die Kassen zugerannt kam.

»Was ist das?« fragte Norton mißtrauisch, als Billy mir ein in Zellophan verpacktes Paket überreichte.

»Wäscheleine«, antwortete ich. Ich war mir vage bewußt, daß uns jetzt alle beobachteten, daß sich auf der anderen Seite der Kassen eine Menschenansammlung gebildet hatte. »Es ist die große Packung. Dreihundert Fuß.«

»Na und?«

»Würden Sie sich ein Ende der Leine um die Taille binden, bevor Sie hinausgehen? Ich werde sie langsam auslassen. Wenn Sie merken, daß sie sich strafft, binden Sie sie bitte an irgend etwas fest. Ganz egal an was. Ein Autotürgriff genügt vollkommen.«

»Wozu soll denn das gut sein?«

»Damit ich weiß, daß Sie wenigstens dreihundert Fuß weit gekommen sind«, sagte ich.

Etwas flackerte in seinen Augen auf... aber nur ganz kurz. »Nein«, sagte er.

Ich zuckte mit den Schultern. »Okay. Trotzdem viel Glück.«

Plötzlich sagte der Mann mit der Golfmütze: »Ich mach's, Mister. Warum auch nicht?«

Norton drehte sich auf dem Absatz nach ihm um und schien eine scharfe Bemerkung auf der Zunge zu haben, aber der Mann sah ihn ganz ruhig an. In *seinen* Augen flackerte nichts. Er hatte seine Entscheidung getroffen, und er zweifelte nicht an ihrer Richtigkeit. Auch Norton erkannte das und schwieg.

»Danke«, sagte ich.

Ich schlitzte die Verpackung mit meinem Taschenmesser auf, fand ein loses Ende der Wäscheleine und band sie lose um die Taille des Mannes. Er knotete sie sofort auf und befestigte sie straffer mit einem soliden Seemannsknoten. Kein Laut war im Supermarkt zu hören. Norton trat unbehaglich von einem Bein aufs andere.

»Wollen Sie mein Messer mitnehmen?« fragte ich den Mann mit der Golfmütze.

»Ich habe selber eines.« Er sah mich mit dieser ruhigen Verachtung an. »Spulen Sie Ihre Leine aber bitte zügig ab. Wenn sie mich behindert, schneide ich sie einfach ab.«

»Sind wir alle soweit?« fragte Norton viel zu laut. Der pausbäckige Junge zuckte heftig zusammen. Als er keine Antwort erhielt, wandte Norton sich zum Gehen.

»Brent«, sagte ich und streckte ihm meine Hand hin. »Viel Glück, Mann.«

Er betrachtete meine Hand, als sei sie irgendein dubioser Fremdkörper. »Wir werden Hilfe schicken«, sagte er schließlich und drückte die Ausgangstür auf. Wieder strömte dieser beißende Geruch herein. Die anderen folgten ihm ins Freie.

Mike Hatlen kam her und stellte sich neben mich. Die Fünfergruppe stand im milchigen, langsam wallenden Nebel. Norton sagte etwas, und eigentlich hätte ich es hören müssen, aber der Nebel schien einen sehr starken Dämpfungseffekt zu haben. Ich hörte nur den Klang seiner Stimme und einige wenige abgerissene Silben, wie wenn man aus einiger Entfernung eine Stimme im Radio hört. Sie entfernten sich.

Hatlen hielt die Tür einen Spalt weit auf. Ich rollte die Wäscheleine ab, bemüht, sie so locker wie möglich zu halten, weil ich mich an die Warnung des Mannes erinnerte, er werde sie abschneiden, wenn sie ihn behindere. Immer noch war kein Laut zu hören. Billy stand regungslos neben mir.

Wieder hatte ich dieses unheimliche Gefühl, daß die fünf Personen weniger im Nebel verschwanden als vielmehr unsichtbar wurden. Einen Augenblick schwebten noch ihre Kleidungsstücke im Raum, dann waren auch sie nicht mehr zu sehen. Erst wenn man beobachtete, wie Menschen innerhalb weniger Sekunden verschluckt wurden, bekam man einen richtigen Eindruck von der unnatürlichen Dichte dieses Nebels.

Ich wickelte die Leine ab – ein Viertel, dann die Hälfte. Einen Augenblick bewegte sie sich nicht weiter, verwandelte sich in meinen Händen von etwas Lebendigem zu etwas Totem. Ich hielt den Atem an. Dann glitt sie wieder durch meine Finger. Mir fiel plötzlich ein, wie mein Vater mich in den Film ›Moby Dick‹ mit Gregory Peck mitgenommen hatte. Ich glaube, ich lächelte ein wenig.

Drei Viertel der Leine waren abgespult. Ich konnte das Ende neben Billys Füßen liegen sehen. Dann bewegte sie sich plötzlich wieder nicht. Etwa fünf Sekunden lag sie schlaff in meiner Hand, dann wurden weitere fünf Fuß herausgezogen. Dann ruckte sie heftig nach links und schlug gegen die Türkante.

Zwanzig Fuß wurden so rasch nach draußen gerissen, daß meine linke Handfläche brannte. Und aus dem Nebel kam ein hoher, schwankender Schrei. Es war unmöglich, das Geschlecht der schreienden Person zu identifizieren.

Die Leine ruckte wieder in meinen Händen hin und her. Sie bewegte sich im Türspalt nach rechts, dann nach links. Wieder wurden einige Fuß herausgezogen, und dann ertönte von dort draußen ein fürchterliches Heulen, das meinem Sohn ein Stöhnen entriß. Hatlen stand völlig fassungslos da. Seine Augen waren weit aufgerissen. Seine Mundwinkel zitterten.

Das Heulen riß abrupt ab. Einen Augenblick lang herrschte absolute Stille – uns kam es wie eine Ewigkeit vor. Dann schrie die alte Frau auf – diesmal gab es keinen Zweifel daran, wer es war. »Befreit mich doch davon!« kreischte sie. »O mein Gott, mein Gott, befreit mich...«

Dann riß auch ihre Stimme ab.

Fast die ganze restliche Leine sauste abrupt durch meine lockere Faust. Diesmal brannte das noch stärker. Und dann erschlaffte sie völlig, und aus dem Nebel kam ein neuer Laut – ein lautes Grunzen. Mein Mund war schlagartig völlig ausgetrocknet.

Es war ein Laut, wie ich ihn noch nie im Leben gehört hatte, und als annähernder Vergleich fallen mir höchstens irgendwelche Filme ein, die im afrikanischen Grasland oder im südamerikanischen Sumpf spielen. Es war ein Laut, wie große wilde Tiere ihn ausstoßen. Er ertönte wieder, tief und rasend. Und noch einmal... und dann ging er in eine Art tiefes Brummen über. Und dann trat wieder völlige Stille ein.

»Schließen Sie die Tür«, sagte Amanda Dumfries mit zitternder Stimme. »Bitte!«

»Einen Augenblick noch«, sagte ich und begann die Leine hereinzuziehen, ohne mir die Mühe zu machen, sie ordentlich aufzuwickeln. Die letzten drei Fuß der neuen weißen Wäscheleine waren blutrot.

»Tod!« kreischte Mrs. Carmody. »Dort draußen lauert der Tod! Seht ihr es jetzt endlich ein?«

Das Ende der Wäscheleine war völlig zerfasert und zerfleddert. An den Baumwollfasern hingen winzige Blutstropfen.

Niemand widersprach Mrs. Carmody.

Mike Hatlen schloß die Tür.

Die erste Nacht

Mr. McVey arbeitete als Fleischer in Bridgton, seit ich zwölf oder dreizehn war, aber ich wußte weder, wie alt er war, noch wie er mit Vornamen hieß. Er hatte einen Gasgrill unter einem der kleinen Dunstabzugs-Ventilatoren aufgebaut, die jetzt natürlich nicht in Betrieb waren, aber vermutlich immer noch ein wenig zur Belüftung beitrugen, und gegen halb sieben durchzog der Duft von gegrillten Hähnchen den Supermarkt. Bud Brown hatte keine Einwände erhoben. Vielleicht war das auf seinen Schock zurückzuführen, aber ich neigte eher zu der Annahme, daß er begriffen hatte, wie leicht verderblich sein frisches Fleisch und Geflügel ohne Kühlung war. Die Hähnchen schmeckten sehr gut, aber nur wenige Leute hatten Appetit. Mr. McVey, klein, mager und adrett in seinem weißen Kittel, grillte trotzdem unverdrossen weiter, legte jeweils zwei Hähnchenstücke auf einen Papierteller und stellte sie auf der Fleischtheke nebeneinander wie in einer Cafeteria.

Mrs. Turman brachte Billy und mir zwei Teller. Als Beilage zum Hähnchen gab es Kartoffelsalat. Ich würgte etwas davon hinunter, aber Billy rührte sein Essen nicht einmal an.

»Du mußt etwas essen, Big Bill«, sagte ich.

»Ich bin nicht hungrig«, antwortete er und stellte den Teller beiseite.

»Du kannst nicht groß und stark werden, wenn du nicht ...«

Mrs. Turman, die ein Stückchen hinter Billy saß, schaute mich an und schüttelte leicht den Kopf.

»Okay«, sagte ich. »Hol dir einen Pfirsich und iß wenigstens den. Okay?«

»Und wenn Mr. Brown etwas sagt?«

»Wenn er etwas sagt, kommst du zurück und erzählst es mir.«

»Okay, Vati.«

Er entfernte sich langsam. Irgendwie schien er zusammengeschrumpft zu sein. Es versetzte meinem Herzen einen schmerzhaften Stich, ihn so niedergebeugt gehen zu sehen. Mr. McVey grillte weiterhin Hähnchen. Es war ihm offensichtlich egal, daß nur wenige Leute sie aßen – er war glücklich, kochen zu können, eine Beschäftigung zu haben. Wie ich bereits gesagt zu haben glaube, gibt es verschiedene Möglichkeiten, mit einer Situation wie dieser irgendwie fertig zu werden. Das sollte man nicht für möglich halten, aber es ist so.

Mrs. Turman und ich saßen etwa in der Mitte des Gangs mit den Arzneimitteln. Die Leute hatten sich im ganzen Supermarkt verteilt und saßen in kleinen Gruppen zusammen. Außer Mrs. Carmody war niemand allein; sogar Myron und Jim waren zu zweit – sie schliefen beide neben der Bierkühlung ihren Rausch aus.

Sechs neue Männer hielten an den Sehschlitzen Wache. Einer davon war Ollie, der an einem Hühnerbein nagte und ein Bier trank. Die Besenstielfackeln lehnten neben jedem Wachposten, daneben stand jeweils ein Kanister mit flüssigem Holzkohleanzünder ... aber ich glaube nicht, daß jemand noch so an die Wirksamkeit der Fackeln glaubte wie zuvor. Nicht nach jenem tiefen und fürchterlich vitalen Grunzen, nicht nach der zerfetzten, blutgetränkten Wäscheleine. Was immer auch da draußen im Nebel sein mochte – wenn es den festen Vorsatz fassen sollte, unser habhaft zu werden, würde es uns bestimmt bekommen. Es oder sie alle.

»Wie schlimm wird es heute nacht werden?« fragte Mrs. Turman. Ihre Stimme klang ruhig, aber ihre Augen wirkten verängstigt und traurig.

»Hattie, ich weiß es nicht.«

»Lassen Sie mich soviel wie möglich auf Billy aufpassen. Ich ... Davey, ich glaube, ich stehe wirklich Todesängste aus.« Sie lachte trocken auf. »Ja, ich glaube wirklich, daß das der richtige Ausdruck für meinen Zustand ist. Aber wenn ich Billy um mich habe, werde ich mich zusammennehmen. Für ihn.«

Ihre Augen glänzten. Ich beugte mich vor und klopfte ihr auf die Schulter.

»Ich mache mir solche Sorgen um Alan«, sagte sie. »Er ist tot, Davey. Tief im Herzen spüre ich, daß er tot ist.«

»Nein, Hattie. Sie können nichts Derartiges wissen.«

»Aber ich fühle, daß es so ist. Fühlen Sie denn nichts in bezug auf Stephanie? Haben Sie nicht wenigstens irgendeine... irgendeine Vorahnung?«

»Nein«, log ich mit zusammengebissenen Zähnen.

Ein erstickter Laut kam aus ihrer Kehle, und sie hielt sich eine Hand vor den Mund. Ihre Brillengläser reflektierten das trübe, matte Licht.

»Billy kommt zurück«, murmelte ich.

Er aß einen Pfirsich. Hattie Turman klopfte auffordernd auf den Boden, und nachdem er sich gesetzt hatte, sagte sie, sobald er den Pfirsich aufgegessen hätte, würde sie ihm zeigen, wie man aus dem Kern mit Hilfe von Draht ein Männlein basteln könnte. Billy lächelte sie schwach an, und Mrs. Turman erwiderte sein Lächeln.

Um acht wurden die sechs Männer an den Sehschlitzen abgelöst, und Ollie kam zu mir herüber. »Wo ist Billy?«

»Bei Mrs. Turman«, antwortete ich. »Sie sind weiter hinten und betätigen sich handwerklich. Sie haben schon Pfirsichkern-Männchen und Masken aus Einkaufstüten und Apfelpuppen hergestellt, und jetzt zeigt Mr. McVey ihm, wie man Männchen aus Pfeifenputzern macht.«

Ollie trank einen großen Schluck Bier und sagte: »Da draußen bewegt sich irgendwas.«

Ich warf ihm einen scharfen Blick zu, den er ganz offen erwiderte. »Ich bin nicht betrunken«, sagte er, »ich hab's versucht, mich zu betrinken, aber ich schaff's nicht. Ich wollte, ich könnte es, David.«

»Was meinen Sie damit, daß sich draußen etwas bewegt?«

»Ich kann es nicht genau erklären. Ich habe Walter gefragt, und er sagte, er hätte das gleiche Gefühl, daß Teile des Nebels sich für kurze Zeit verdunkelten. Manchmal ist es nur ein kleiner Fleck, manchmal eine große dunkle Stelle. Dann verblaßt es wieder im übrigen Grau. Und das Zeug schwirrt herum. Sogar Arnie Simms sagte, er hätte das Gefühl, daß da draußen etwas vorginge, und dabei ist Arnie fast so blind wie ein Maulwurf.«

»Und was meinen die anderen dazu?«

»Das sind alles Ortsfremde, die ich nicht kenne«, antwortete Ollie. »Ich habe keinen von ihnen gefragt.«

»Wie sicher sind Sie, daß Sie sich nicht nur etwas eingebildet haben?«

»Ganz sicher.« Er deutete mit dem Kopf auf Mrs. Carmody, die allein am Ende dieses Ganges saß. Ihr Appetit hatte durch die Ereignisse nicht gelitten; auf ihrem Teller häuften sich Hühnerknochen. Sie trank entweder

Blut oder V-8-Saft. »Ich glaube, in einem Punkt hatte sie recht«, sagte Ollie. »Wir werden es erfahren. Wenn es dunkel wird, werden wir es erfahren.«

Aber wir brauchten nicht einmal bis zum Anbruch der Dunkelheit zu warten. Als es passierte, bekam Billy glücklicherweise nicht viel davon mit, weil Mrs. Turman ihn hinten beschäftigte. Ollie saß noch neben mir, als einer der Männer an den Sehschlitzen einen Schrei ausstieß, aufsprang und – wild mit den Armen fuchtelnd – rückwärts stolperte. Es ging auf halb neun zu; draußen hatte sich der perlweiße Nebel verdunkelt und die trübe Farbe von Schiefer in der Novemberdämmerung angenommen.

Etwas war draußen auf dem Glas vor einem der Sehschlitze gelandet.

»*O Gott!*« schrie der Mann, der dort Wache gehalten hatte. »Verschont mich! Verschont mich damit!«

Er lief mit weit aufgerissenen Augen im Kreis herum. Aus einem Mundwinkel tropfte Speichel. Schließlich rannte er den letzten Gang hoch, vorbei an den Tiefkühlprodukten.

Andere Leute stimmten in sein Geschrei ein. Einige rannten auf das Schaufenster zu, um zu sehen, was passiert war. Die meisten zogen sich aber nach hinten zurück – sie wollten lieber gar nicht sehen, was dort draußen auf dem Glas herumkroch.

Ich lief auf den Ausguck zu, Ollie an meiner Seite. Er hatte seine Hand in der Tasche, wo Mrs. Dumfries' Pistole lag. Nun stieß auch ein anderer Wachposten einen Schrei aus, der aber nicht so sehr Angst als vielmehr Ekel verriet.

Und dann sah ich, warum der Mann so erschrocken war, daß er seinen Posten Hals über Kopf verlassen hatte. Ich konnte nicht sagen, was es nun eigentlich war, aber ich konnte es sehen. Es sah aus wie eines der kleineren Geschöpfe auf einem Gemälde von Bosch – einer seiner Höllendarstellungen. Es hatte aber auch etwas schrecklich Komisches an sich, denn es sah zugleich aus wie eines jener unheimlichen Dinger aus Vinyl und Plastik, die man für 1,89 Dollar kaufen kann, um damit seine Freunde zu erschrekken... genau so was, wovon Norton angenommen hatte, daß es im Lagerraum für ihn deponiert worden wäre.

Es war etwa zwei Fuß lang und segmentiert, und es hatte die rötliche Farbe von verbrannter Haut, die verheilt ist. Runde Augen saßen auf kurzen, biegsamen Stielen und spähten gleichzeitig in zwei Richtungen. Es haftete mit Hilfe von fetten Saugpfoten am Fenster. Am Körperende stand etwas hervor – entweder ein Geschlechtsorgan oder aber ein Stachel. Und seinem Rücken entsprossen übergroße Membranflügel, wie die Flügel einer Hausfliege, die sich sehr langsam bewegten, während Ollie und ich uns der Scheibe näherten.

Am Sehschlitz links von uns, wo der Mann den angeekelten Schrei ausgestoßen hatte, krochen drei dieser Dinger auf dem Glas herum. Sie bewegten sich langsam und hinterließen klebrige Schneckenspuren. Ihre Augen – wenn es wirklich Augen waren – schwankten am Ende der fingerdicken Stiele hin und her. Das größte dieser Dinger war etwa vier Fuß lang. Manchmal krochen sie sogar übereinander.

»Schaut euch nur mal diese verdammten Biester an«, sagte Tom Smalley mit verstörter Stimme. Er stand am Sehschlitz rechts von uns. Ich gab keine Antwort. Die Insekten – oder was immer es waren – krochen jetzt überall auf den Sehschlitzen herum, und das bedeutete, daß sie vermutlich auf dem ganzen Gebäude herumkrochen... wie Maden auf einem Stück Fleisch. Es war keine angenehme Vorstellung, und ich spürte, daß das bißchen Huhn, das ich vorhin heruntergewürgt hatte, mir wieder hochkommen wollte.

Irgend jemand schluchzte. Mrs. Carmody schrie etwas von Greueln aus dem Erdinnern. Jemand sagte ihr barsch, sie solle den Mund halten, wenn sie wisse, was gut für sie sei. Das alte Lied.

Ollie holte die Pistole aus der Tasche, und ich packte ihn am Arm. »Seien Sie nicht verrückt.«

Er schüttelte meine Hand ab. »Ich weiß, was ich tue«, sagte er ruhig.

Er schlug mit dem Pistolenlauf ans Glas, das Gesicht in einem fast maskenhaften Ausdruck des Ekels erstarrt. Die Wesen begannen ihre Flügel immer schneller zu bewegen, bis sie kaum noch zu sehen waren – man hätte fast glauben können, sie hätten überhaupt keine Flügel. Dann flogen sie einfach davon.

Einige andere griffen Ollies Idee auf. Sie benutzten die Besenstiele, um damit an die Fenster zu klopfen. Die Dinger flogen davon, kamen aber gleich darauf zurück. Offensichtlich hatten sie nicht mehr Verstand als unsere gewöhnliche Hausfliege. Die Panikstimmung, die soeben noch geherrscht hatte, wurde von aufgeregtem Gerede abgelöst. Ich hörte, wie jemand fragte, was diese Biester wohl tun würden, wenn sie auf einem Menschen landeten. Das war eine Frage, die ich lieber nicht anschaulich beantwortet sehen wollte.

Allmählich hörten die Leute auf, gegen die Scheiben zu klopfen. Ollie drehte sich nach mir um und wollte etwas sagen, aber er hatte kaum den Mund geöffnet, als etwas aus dem Nebel herauskam und eines der auf dem Glas herumkriechenden Dinger erhaschte. Ich glaube, ich schrie auf. Ich bin mir nicht ganz sicher.

Es war ein fliegendes Geschöpf. Darüber hinaus hätte ich nichts Genaues sagen können. Der Nebel schien sich zu verdunkeln, genau wie Ollie es beschrieben hatte, nur verblaßte der dunkle Fleck nicht gleich wieder; statt dessen verdichtete er sich zu etwas mit schlagenden, lederartigen Flügeln, einem albinoweißen Körper und rötlichen Augen. Es stieß so hart an die Glasscheibe, daß diese erzitterte. Sein Schnabel öffnete sich. Es verschlang das rosafarbene insektenartige Ding und verschwand. Das alles dauerte höchstens fünf Sekunden. Das letzte Bild, das ich vor Augen hatte, war jenes rosa Ding, das in dem großen Schnabel zappelte und sich wand, wie ein kleiner Fisch im Schnabel einer Möwe zappelt und sich windet.

Wieder erzitterte die Scheibe von einem Aufprall, und gleich darauf noch einmal. Die Leute begannen wieder zu schreien, und eine wilde Flucht in den hinteren Teil des Supermarktes setzte ein. Dann ertönte ein durchdringender Schmerzensschrei, und Ollie rief: »O mein Gott, eine alte Dame ist hingefallen, und sie trampeln einfach über sie hinweg.«

Er rannte nach hinten. Ich wollte ihm folgen, aber in diesem Augenblick sah ich etwas, das mich wie angewurzelt auf meinem Platz stehenbleiben ließ.

Rechts von mir glitt hoch oben einer der Düngersäcke langsam nach hinten. Tom Smalley stand direkt darunter und starrte durch den Sehschlitz in den Nebel hinaus.

Wieder landete eines der rosa Insekten auf der Scheibe, genau vor dem Ausguck, wo Ollie und ich gestanden hatten. Eines der fliegenden Dinger schwirrte heran und packte es. Die alte Frau, die niedergetrampelt worden war, schrie immer noch mit schriller Stimme.

Der Sack. Der herabgleitende Sack.

»Smalley!« brüllte ich. »Vorsicht! Springen Sie beiseite!«

In dem allgemeinen Durcheinander und Lärm konnte er mich nicht hören. Der Sack schwankte, fiel herunter. Er traf Smalley genau am Kopf. Smalley stürzte zu Boden und prallte mit dem Kinn gegen das Regal, das unter dem Schaufenster entlanglief.

Eines der fliegenden Albino-Wesen zwängte sich durch das ausgezackte Loch in der Glasscheibe. Ich konnte das leise kratzende Geräusch hören, das es dabei verursachte, denn der allgemeine Lärm hatte sich etwas gelegt. Die roten Augen des Albinos funkelten in dem dreieckigen Kopf, der leicht auf eine Seite geneigt war. Ein großer, gebogener Schnabel öffnete und schloß sich gierig. Es erinnerte ein wenig an die Zeichnungen von Pterodaktylen, die Sie vielleicht aus Büchern über Saurier kennen, aber insgesamt sah es eher so aus, als sei es direkt dem Alptraum eines Irrsinnigen entsprungen.

Ich packte eine der Fackeln und tunkte sie in einen Kanister Holzkohleanzünder, den ich dabei umkippte. Eine große Pfütze von dem Zeug breitete sich auf dem Boden aus.

Das fliegende Wesen ruhte sich auf den Düngersäcken kurz aus und glotzte in die Runde, wobei es langsam und bösartig von einer Klaue auf die andere trat. Es war ein dummes Geschöpf, dessen bin ich mir ganz sicher. Zweimal versuchte es, seine Flügel zu spreizen, die gegen die Wände prallten. Nach jedem Versuch faltete es sie auf seinem krummen Rücken wie ein Greif. Beim dritten Versuch verlor es das Gleichgewicht und fiel plump herab, wobei es immer noch versuchte, seine Flügel auszubreiten. Es landete genau auf Tom Smalleys Rücken. Es scharrte kurz mit einer Klaue, und Toms Hemd zerriß. Blut begann zu fließen.

Ich stand höchstens drei Fuß entfernt. Von meiner Fackel tropfte die Anzünderflüssigkeit. Ich war fest entschlossen, diesen Albino zu töten, wenn ich konnte... und dann stellte ich fest, daß ich keine Streichhölzer hatte, um die Fackel in Brand zu setzen. Ich hatte das letzte vor einer Stunde verbraucht, um eine Zigarre für Mr. McVey anzuzünden.

Inzwischen war im Supermarkt die Hölle los. Die Leute sahen das Geschöpf auf Smalleys Rücken sitzen – so etwas hatte niemand auf der ganzen Welt jemals gesehen. Es schnellte mit seinem Kopf vor und riß ein Stück Fleisch aus Smalleys Nacken heraus.

Ich hatte gerade beschlossen, die Fackel als Knüppel zu benutzen, als ihr mit Stoff umwickeltes Ende plötzlich hell aufloderte. Dan Miller hatte sie mit einem Feuerzeug angezündet. Sein Gesicht wirkte vor Entsetzen und Wut hart wie Granit.

»Töten Sie's«, sagte er heiser. »Töten Sie's, wenn Sie können!« Neben ihm stand Ollie. Er hielt Mrs. Dumfries' Pistole in der Hand, aber er hatte keine günstige Schußlinie.

Das Albinowesen breitete seine Flügel aus und schlug einmal damit – offensichtlich nicht um davonzufliegen, sondern um seine Beute besser in den Griff zu bekommen – und dann hüllten diese lederig-weißen Membranflügel Smalleys ganzen Oberkörper ein. Und dann waren Geräusche zu vernehmen – rasende reißende Geräusche, die ich nicht in allen Einzelheiten beschreiben möchte – ich kann es einfach nicht ertragen.

Das alles ereignete sich in Sekundenschnelle. Dann schleuderte ich meine Fackel nach dem Wesen. Ich hatte das Gefühl, auf etwas zu stoßen, das nicht mehr echte Substanz hatte als ein Papierdrachen. Im nächsten Moment loderte die ganze Kreatur. Sie stieß einen kreischenden Schrei aus und spreizte ihre Flügel. Ihr Kopf schwang hin und her, sie rollte mit ihren rötlichen Augen – ich hoffe aufrichtig, daß sie große Todesqualen litt. Dann flog das Wesen auf und verursachte dabei ein Geräusch wie Bettücher aus Leinen, die in einer steifen Brise an der Wäscheleine flattern. Wieder stieß es dieses heisere Kreischen aus.

Köpfe hoben sich, um seinen flammenden Todesflug zu verfolgen. Ich glaube, daß nichts sich meinem Gedächtnis so stark eingeprägt hat wie dieses vogelartige Geschöpf, das lichterloh brennend im Zickzackkurs über die Regale des Supermarktes hinwegflog und hier und da verkohlte, rauchende Stücke seiner selbst verlor. Schließlich stürzte es mitten zwischen die Spaghettisaucen, die herunterfielen und ihren Inhalt verspritzten, was aussah wie Blutpfützen. Von dem Albinowesen war kaum mehr als Asche und Knochen übrig. Der Brandgeruch war übelkeiterregend. Und den Kontrapunkt dazu bildete der dünne, beißende Geruch des Nebels, der durch das Loch in der Fensterscheibe eindrang.

Einen Augenblick lang herrschte völliges Schweigen. Wir waren vereint in unserer entsetzten Verblüffung über diesen grausigen Todesflug des lichterloh brennenden Wesens. Dann heulte jemand auf. Andere schrien. Und von irgendwo weiter hinten konnte ich meinen Sohn weinen hören.

Eine Hand packte mich am Arm. Es war Bud Brown. Seine Augen traten fast aus den Höhlen. Seine Lippen waren zurückgezogen und entblößten seine Zahnprothese. »Eines dieser anderen Biester!« rief er und deutete mit dem Finger darauf.

Eines der Insekten war durch das Loch hereingeflogen und saß nun auf einem Düngersack. Seine Hausfliegenflügel surrten, die Augen traten weit aus den Stielen hervor. Sein rosafarbener, ungewöhnlich plumper Körper aspirierte rasch.

Ich bewegte mich darauf zu. Meine Fackel war noch nicht ganz erloschen. Aber Mrs. Reppler, die Lehrerin, kam mir zuvor. Sie mochte fünfundfünfzig oder sechzig sein und war sehr mager. Ihr Körper sah zäh und vertrocknet aus und erinnerte mich immer an Pökelfleisch.

Sie hatte in jeder Hand eine Dose Insektenvernichtungsspray. Sie stieß ein zorniges Knurren aus, das jedem Höhlenbewohner zur Ehre gereicht hätte, der einem Feind den Schädel einschlug. Mit ausgestreckten Armen drückte sie auf die Knöpfe. Eine dicke Wolke von Insektenvernichtungsmittel hüllte das Wesen ein. Es begann im Todeskampf zu zucken, drehte sich wie verrückt um sich selbst und stürzte schließlich von den Säcken ab, prallte gegen Smalleys Körper – der ohne jeden Zweifel tot war – und landete auf dem Boden. Seine Flügel surrten hektisch, trugen es aber nicht mehr, weil sie zu dick mit Insektenspray bedeckt waren. Einige Augenblicke später wurden die Flügelbewegungen langsamer und hörten dann ganz auf. Es war tot.

Leute schrien und weinten. Die alte Frau, die niedergetrampelt worden war, stöhnte. Und man hörte Gelächter. Das Lachen der Verdammten. Mrs. Reppler stand über ihrer Beute. Ihre magere Brust hob und senkte sich rasch.

Hatlen und Miller hatten einen jener Karren entdeckt, die zum Transport der Kisten und Kartons im Supermarkt verwendet werden, und sie hievten ihn gemeinsam auf die Säcke, um das Loch im Glas zu verbarrikadieren. Als Übergangslösung war das ganz gut.

Amanda Dumfries kam wie eine Schlafwandlerin nach vorne. In einer Hand hielt sie einen Plastikeimer, in der anderen einen Kehrbesen, der noch in seiner durchsichtigen Verpackung war. Sie bückte sich mit leerem Blick und schob das tote rosa Ding – Insekt oder was immer es gewesen sein mochte – in den Eimer. Dann ging sie zur Ausgangstür, an der gerade keine dieser Insekten klebten. Sie öffnete die Tür einen Spaltbreit und warf den Eimer hinaus. Er fiel auf die Seitenfläche und rollte in immer kleiner werdenden Bögen hin und her. Eines der rosa Dinger kam aus der Nacht herangeschwirrt, landete auf dem Eimer und begann darauf herumzukriechen.

Amanda brach in Tränen aus. Ich ging zu ihr hinüber und legte ihr den Arm um die Schultern.

Um halb zwei Uhr nachts saß ich mit dem Rücken an die weiße Emailseite der Fleischtheke gelehnt und döste vor mich hin. Billys Kopf lag auf meinem Schoß. Er schlief fest. Ziemlich in unserer Nähe schlief Amanda Dumfries, die irgendein Jackett als Kopfkissen benutzte.

Kurz nach dem Flammentod des vogelartigen Geschöpfes waren Ollie und ich in den Lagerraum gegangen und hatten ein halbes Dutzend jener Decken geholt, wie ich mir tagsüber eine für Billy organisiert hatte. Einige Leute schliefen nun darauf. Wir hatten aus dem Lagerraum auch mehrere schwere Kisten Orangen und Birnen geholt, und zu viert war es uns gelungen, sie auf die Düngersäcke vor das Loch in der Scheibe zu hieven. Die Vogelwesen würden nicht imstande sein, eine dieser Kisten von der Stelle zu bewegen. Jede wog etwa neunzig Pfund.

Aber die Vögel und die rosa Insekten, die von den Vögeln gefressen wurden, waren nicht die einzigen Wesen dort draußen. Da gab es jenes Ding mit Tentakeln, das Norm weggeschleppt hatte. Da war die zerfranste Wäscheleine, die einem sehr zu denken gab. Da war das Geschöpf, das niemand von uns gesehen, das aber jenes tiefe Grunzen ausgestoßen hatte. Wir hatten seitdem noch mehrere Geräusche dieser Art gehört – manchmal ganz entfernt –, aber wie weit mochte ›ganz entfernt‹ bei dem klangdämpfenden Effekt des Nebels sein? Und manchmal waren sie aus so großer Nähe zu hören gewesen, daß das Gebäude davon erzittert war und uns vor Entsetzen fast das Blut in den Adern gefror.

Billy bewegte sich auf meinem Schoß und stöhnte. Ich strich ihm übers Haar, und er stöhnte noch lauter. Dann fand er anscheinend wieder Zuflucht in weniger gefährlichen Schlafphasen. Inzwischen war ich aber hellwach. Seit Einbruch der Dunkelheit hatte ich nur etwa neunzig Minuten Schlaf gefunden, und selbst in dieser Zeit hatten mich Alpträume verfolgt. In einem dieser Traumfragmente war es wieder vergangene Nacht gewesen: Billy und Steffy standen vor dem Verandafenster und blickten auf das schwarze und schiefergraue Wasser hinaus, auf die silbrige Wasserhose, die den Sturm ankündigte. Ich versuchte, zu ihnen zu gelangen, weil ich wußte, daß ein starker Windstoß das Fenster zertrümmern und tödliche Glassplitter über das ganze Wohnzimmer verstreuen konnte. Aber ich mochte noch so sehr rennen, ich kam nicht näher an sie heran. Und dann stieg ein Vogel aus der Wasserhose empor, ein riesiger scharlachroter Todesvogel, dessen prähistorische Flügelspannweite den ganzen See von West nach Ost verdunkelte. Sein Schnabel öffnete sich und enthüllte einen Rachen von der Größe des Holland-Tunnels. Und während der Vogel sich näherte, um meine Frau und meinen Sohn zu verschlingen, flüsterte eine leise, unheilvolle Stimme immer wieder: *Das Arrowhead-Projekt... das Arrowhead-Projekt... das Arrowhead-Projekt.*

Aber Billy und ich waren durchaus nicht die einzigen, die schlecht schliefen. Manche Leute schrien im Schlaf, und einige schrien auch weiter, nachdem sie aufgewacht waren. Das Bier verschwand mit unheimlicher Geschwindigkeit aus dem Kühlfach. Buddy Eagleton hatte den Bestand schon einmal kommentarlos mit den Vorräten aus dem Lagerraum aufgefüllt. Mike Hatlen berichtete mir, vom ›Sominex‹ sei überhaupt nichts mehr übrig. Manche Leute hätten vermutlich gleich sechs oder acht Flaschen an sich genommen. »Aber ›Nytol‹ ist noch da«, sagte er. »Wollen Sie eine Flasche, David?« Ich schüttelte dankend den Kopf.

Und im letzten Gang, der zu Kasse 5 führte, hatten sich unsere Weinliebhaber versammelt. Es waren etwa sieben Mann, und außer Lou Tattinger, der die Pine-Tree-Autowaschanlage betrieb, waren es alles Ortsfremde. Lou war jeder Vorwand recht, um die Korken knallen zu lassen. Die Weinbrigade war inzwischen ziemlich betäubt.

O ja – dann gab es auch noch sechs oder sieben Leute, die verrückt geworden waren.

Verrückt ist eigentlich nicht das richtige Wort, aber mir fällt kein besserer Ausdruck ein. Jedenfalls waren das Leute, die ohne Bier, Wein oder Pillen völlig stumpfsinnig waren. Sie starrten einen aus leeren und glänzenden Knopfaugen an. Der harte Zement der Wirklichkeit war durch irgendein unvorstellbares Erdbeben rissig geworden, und diese armen Teufel waren da hineingestürzt. Vielleicht würden einige mit der Zeit wieder normal werden. Wenn ihnen dazu überhaupt noch die Zeit bliebe.

Wir übrigen hatten irgendwelche geistigen Kompromisse gemacht, die in manchen Fällen ziemlich sonderbar waren. So war beispielsweise Mrs. Reppler überzeugt davon, daß das Ganze nur ein Traum sei – das behauptete sie jedenfalls. Und sie trug es mit großer Überzeugungskraft vor.

Ich betrachtete Amanda. Ich entwickelte allmählich unbehaglich starke Gefühle für sie – unbehaglich, aber nicht gerade unangenehm. Ihre Augen waren von einem unglaublich leuchtenden Grün... eine Zeitlang hatte ich sie beobachtet, um zu sehen, ob sie Kontaktlinsen herausnehmen würde, aber offensichtlich war es ihre echte Augenfarbe. Ich begehrte sie. Meine Frau war zu Hause, vielleicht lebendig, aber mit größter Wahrscheinlichkeit tot, jedenfalls aber allein, und ich liebte sie. Ich wünschte mir mehr als alles andere, mit Billy zu ihr kommen zu können, aber ich wollte auch mit dieser Frau namens Amanda Dumfries schlafen. Ich sagte mir immer wieder vor, daß das nur an dieser Situation lag, in der wir uns befanden, und vielleicht stimmte das auch, aber es änderte nichts an meiner Begierde.

Ich döste wieder vor mich hin und wurde erst gegen drei hellwach. Amanda hatte inzwischen eine Art Fötuslage eingenommen – sie hatte die Knie zur Brust hochgezogen und die Hände zwischen den Oberschenkeln vergraben. Sie schien tief zu schlafen. Ihr Sweatshirt hatte sich auf einer Seite etwas hochgeschoben und enthüllte herrlich weiße Haut. Ich spürte, daß ich eine völlig überflüssige und peinliche Erektion bekam.

Ich versuchte mich abzulenken und dachte daran, wie ich Brent Norton am Vortag hatte malen wollen. Nein, ich hatte nichts so Bedeutendes wie ein Gemälde im Sinn gehabt … ich hätte ihn nur gern mit meinem Bier in der Hand auf einen Holzklotz gesetzt und sein verschwitztes, müdes Gesicht und die beiden unordentlich hochstehenden Haarsträhnen seiner sonst immer untadeligen Frisur skizziert. Es hätte ein gutes Bild abgeben können. Ich hatte zwanzig Jahre des Zusammenlebens mit meinem Vater gebraucht, um den Gedanken zu akzeptieren, daß man sich damit begnügen mußte, nur gut zu sein.

Wissen Sie, was Talent ist? Der Fluch großer Erwartungen. Als Kind muß man sich damit herumschlagen. Wenn man schreiben kann, glaubt man, Gott habe einen auf die Welt geschickt, um Shakespeare zu übertreffen. Und wenn man malen kann, glaubt man vielleicht – ich tat es jedenfalls –, daß Gott einen auf die Welt geschickt habe, damit man seinen eigenen Vater übertreffe.

Es stellte sich heraus, daß ich nicht so gut war wie er. Ich bemühte mich länger darum, ihn zu übertreffen, als ich es überhaupt hätte tun sollen. Ich hatte eine Ausstellung in New York, die ein ziemlicher Mißerfolg war – die Kunstkritiker schrieben einmütig, ich käme an meinen Vater nicht heran. Ein Jahr später verdiente ich den Lebensunterhalt für Steff und mich mit Arbeiten auf Bestellung. Steff war damals schwanger, und ich setzte mich hin und redete mir selbst ins Gewissen. Das Ergebnis dieses Gesprächs war die Überzeugung, daß große Kunst für mich immer ein Hobby sein würde, nicht mehr und nicht weniger.

Ich stellte Werbeplakate für ›Golden-Girl‹-Shampoo her – das, wo das Girl rittlings auf seinem Fahrrad sitzt; das, wo es am Strand Frisbee spielt; das, wo es mit einem Drink in der Hand auf dem Balkon seiner Wohnung steht. Ich habe für die meisten großen Zeitschriften Kurzgeschichten illustriert, nachdem ich anfangs flotte Zeichnungen für die Stories in den billigeren Männermagazinen angefertigt hatte. Ich habe auch einige Filmplakate entworfen. Das Geld kommt herein. Wir können uns damit ganz gut über Wasser halten.

Letzten Sommer hatte ich meine letzte Ausstellung in Bridgton. Ich präsentierte neun Bilder, die ich innerhalb von fünf Jahren gemalt hatte, und ich verkaufte sechs davon. Das eine, das ich absolut nicht verkaufen wollte, stellte – ein merkwürdiger Zufall! – den Federal-Foods-Supermarkt dar, und zwar vom Ende des Parkplatzes aus gesehen. Auf meinem Bild war der Parkplatz leer, abgesehen von einer Reihe Campbell's Bohnen in Dosen – die Dosen werden zum Vordergrund hin immer größer, und die vorderste erweckt den Eindruck, als sei sie an die acht Fuß hoch. Das Bild hatte den Titel ›Bohnen und falsche Perspektive‹. Ein Mann aus Kalifornien, Direktor irgendeiner Gesellschaft, die Tennisbälle und Schläger und sonstige Sportartikel herstellt, wollte dieses Bild unbedingt haben und konnte sich nicht mit dem Kärtchen ›Unverkäuflich‹ abfinden, das am linken unteren Rand des Rahmens angebracht war. Er begann mit sechshundert Dollar und steigerte sein Angebot bis viertausend. Er sagte, er wolle es für sein Arbeitszimmer haben. Ich lehnte ab, und er zog betrübt von dannen, gab aber immer noch nicht ganz auf – er hinterließ seine Karte, für den Fall, daß ich es mir doch noch anders überlegen sollte.

Ich hätte das Geld gut gebrauchen können – in jenem Jahr erweiterten wir unser Haus um einen Anbau und legten uns ein neues Auto zu –, aber ich konnte mich einfach nicht von dem Bild trennen. Ich konnte es nicht verkaufen, weil ich fühlte, daß es das beste Gemälde war, das ich je geschaffen hatte, und ich wollte es mir anschauen können, wenn mich jemand wieder einmal mit völlig unbewußter Grausamkeit fragen sollte, wann ich endlich einmal etwas Ernsthaftes malen würde.

Dann zeigte ich es letztes Jahr im Herbst Ollie Weeks. Er bat mich, es fotografieren zu dürfen, um es eine Woche lang als Werbeplakat zu verwenden. Und das war das Ende meiner persönlichen falschen Perspektive. Ollie hatte mein Bild völlig richtig eingeschätzt, und dadurch zwang er auch mich, es endlich als das zu sehen, was es wirklich war – ein perfektes Exemplar kommerzieller Kunst. Nicht mehr und – Gott sei Dank! – nicht weniger.

Ich ließ ihn das Foto machen, und dann rief ich den Direktor in San Luis Obispo an und sagte ihm, er könne das Bild für zweitausendfünfhundert haben, wenn er noch interessiert daran sei. Er war es, und ich ließ es ihm per Schiffsfracht zukommen. Und seitdem ist jene Stimme enttäuschter Hoffnungen – die Stimme jenes betrogenen Kindes, die sich nie mit einem so gemäßigten Lob wie ›gut‹ zufriedengeben kann – weitgehend verstummt. Und abgesehen von einigen wenigen leisen Schreien – vergleichbar den Geräuschen, die jene unbekannten Wesen da draußen im Nebel ausstießen – hat sie mich seitdem nicht weiter belästigt. Vielleicht können Sie mir erklären, warum das Verstummen dieser kindischen fordernden Stimmen für mich soviel Ähnlichkeit mit dem Sterben hat.

Gegen vier Uhr wachte Billy auf – zumindest halbwegs – und schaute verwirrt und fassungslos um sich. »Sind wir immer noch hier?«

»Ja, Liebling.«

Er begann, mit einer Hilflosigkeit zu weinen, die schrecklich war. Amanda erwachte und schaute zu uns herüber.

»Hallo, Kleiner«, sagte sie und zog ihn sanft an sich. »Alles wird ein bißchen besser aussehen, wenn es erst einmal hell wird.«

»Nein«, schluchzte Billy. »Es wird nicht besser sein. Nein. Nein. Nein.«

»Schscht«, sagte sie. Unsere Blicke trafen sich über seinen Kopf hinweg. »Schscht, schlaf weiter.«

»Ich will jetzt zu meiner Mutter.«

»Ja«, sagte Amanda. »Natürlich willst du das.«

Billy drehte sich auf ihrem Schoß um, bis er mich sehen konnte. Eine Zeitlang wandte er keinen Blick von mir. Dann schlief er wieder ein.

»Danke«, sagte ich. »Er brauchte Sie.«

»Er kennt mich ja nicht einmal.«

»Das spielt keine Rolle.«

»Was geht in Ihrem Kopf vor?« fragte sie. Ihre grünen Augen hielten meinen Blicken ruhig stand. »Was geht in Ihrem Kopf vor – ganz ehrlich?«

»Fragen Sie mich am Morgen.«

»Ich frage Sie aber jetzt.«

Ich öffnete gerade den Mund, um ihr zu antworten, als Ollie Weeks aus der Dunkelheit auftauchte, als sei er einer Horrorgeschichte entsprungen. Er hatte eine Taschenlampe in der Hand, die mit einer Damenbluse umhüllt war, und deren gedämpften Lichtstrahl er auf die Decke richtete. Das Licht zauberte seltsame Schatten auf sein verhärmtes Gesicht. »David«, flüsterte er.

Amanda betrachtete ihn zuerst bestürzt, dann beunruhigt.

»Was ist los, Ollie?« fragte ich.

»David«, flüsterte er wieder. »Kommen Sie mit. Bitte.«

»Ich möchte Billy nicht allein lassen. Er ist gerade eingeschlafen.«

»Ich bleibe bei ihm«, sagte Amanda. »Sie sollten lieber mitgehen.« Und noch leiser fügte sie hinzu: »Mein Gott, das wird nie ein Ende nehmen.«

Was aus den Soldaten geworden war. Amanda. Eine Unterhaltung mit Dan Miller

Ich begleitete Ollie. Er ging auf den Lagerraum zu. Im Vorbeigehen holte er ein Bier aus der Kühlung.

»Ollie, was ist los?«

»Ich möchte, daß Sie's mit eigenen Augen sehen.«

Wir betraten den Lagerraum. Es war kalt dort. Ich hatte eine Abneigung gegen diesen Ort, seit die Sache mit Norm passiert war. Ich konnte auch nicht vergessen, daß hier irgendwo noch ein totes Tentakelstück herumlag.

Ollie nahm die Bluse von der Taschenlampe und richtete den Strahl nach oben. Zuerst dachte ich, jemand hätte Schaufensterpuppen an einem der Heizungsrohre unter der Decke aufgehängt. Daß man sie an dünnem Draht oder Ähnlichem aufgehängt hatte – ein beliebter Kindertrick an Halloween.

Dann bemerkte ich die Füße, die etwa sieben Zoll vom Boden entfernt baumelten. Zwei umgeworfene Stapel Kartons. Ich blickte hoch und sah die Gesichter, und ein Schrei drohte sich meiner Kehle zu entringen – es waren nicht die Gesichter von Puppen. Beide Köpfe waren zur Seite geneigt, als hätten sie irgendeinem fürchterlich komischen Witz gelauscht, einem Witz, über den sie so lachen mußten, daß sie hochrote Gesichter bekamen.

Ihre Schatten. Ihre langen Schatten an der Wand hinter ihnen. Ihre Zungen. Ihre heraushängenden Zungen.

Beide trugen Uniformen. Es waren die Milchbärte, die mir am Vortag aufgefallen waren, die ich dann aber aus dem Blickfeld verloren hatte. Die Armeetypen vom...

Der Schrei. Ich konnte ihn nicht unterdrücken. Er entrang sich meiner Kehle als Stöhnen und schwoll dann an wie eine Polizeisirene, bis Ollie mich fest am Arm packte, direkt über dem Ellbogen. »Schreien Sie nicht, David. Niemand außer Ihnen und mir weiß etwas von dieser Sache. Und ich will, daß das so bleibt.«

Es gelang mir irgendwie, meinen Schrei abzustellen.

»Die Jungs von der Army«, brachte ich keuchend heraus.

»Vom Arrowhead-Projekt«, fuhr Ollie fort. »Klar.« Etwas Kaltes wurde mir in die Hand gedrückt. Die Bierdose. »Trinken Sie das. Sie brauchen es jetzt.«

Ich leerte die Dose auf einen Zug.

»Ich bin hergekommen, um nachzuschauen, ob wir noch Zylinder für den Gasgrill haben, den Mr. McVey benutzt hat. Ich entdeckte diese Burschen«, berichtete Ollie. »Ich stell' es mir so vor, daß sie zuerst die Schlingen vorbereitet und sich auf die beiden Kartonstapel gestellt haben. Dann müssen sie einander die Hände zusammengebunden und gestützt haben, während sie nacheinander über das lange Seilstück zwischen ihren Handgelenken stiegen. Damit... damit ihre Hände auf dem Rücken sein würden, wissen Sie. Dann haben sie – so stelle ich es mir vor – ihre Köpfe in die Schlingen gelegt und diese fest angezogen, indem sie ihre Köpfe zur Seite warfen. Vielleicht hat einer von ihnen bis drei gezählt, und sie sind gleichzeitig gesprungen. Ich weiß es nicht.«

»So etwas ist doch gar nicht machbar«, sagte ich mit trockener Kehle. Aber ihre Hände waren tatsächlich auf dem Rücken zusammengebunden. Ich konnte meine Augen nicht davon loßreißen.

»Doch. Wenn sie es wirklich verzweifelt gewollt haben, konnten sie's schaffen.«

»Aber warum?«

»Ich glaube, Sie wissen selbst warum. Die Touristen, die Sommerurlauber – wie dieser Miller – kämen natürlich nicht darauf, aber es gibt genügend Leute aus der näheren Umgebung, die genau richtig raten würden.«

»Das Arrowhead-Projekt?«

»Ich bekomme hier im Supermarkt eine ganze Menge mit. Den ganzen Frühling hindurch habe ich alles mögliche über dieses verdammte Arrowhead-Projekt gehört – nur nichts Gutes. Das schwarze Eis auf den Seen ...«

Ich dachte an Bill Giosti, der sich auf mein Wagenfenster gestützt und mir seine Alkoholfahne ins Gesicht geblasen hatte. »Nicht einfach Atome, sondern *andere* Atome.« Und jetzt baumelten diese Körper am Heizungsrohr. Die geneigten Köpfe. Die herabbaumelnden Schuhe. Die wie Grillwürste heraushängenden Zungen.

Ich stellte mit Entsetzen fest, daß sich in meinem Innern neue Türen der Vorstellungskraft auftaten. Neu? Nicht so sehr. Eigentlich alte Türen der Vorstellungskraft. Die Vorstellungskraft eines Kindes, das noch nicht gelernt hat, sich dadurch zu schützen, daß es die Tunnel-Sehweise entwickelt, die neunzig Prozent des Universums von ihm fernhält. Kinder sehen alles, worauf ihr Blick zufällig fällt, hören alles, was im Hörbereich ihrer Ohren vernehmbar ist. Aber wenn Leben gleichzusetzen ist mit einer fortwährenden Vertiefung des Bewußtseins (wie auf einem gestickten Wandspruch behauptet wird, den meine Frau in der High-School gearbeitet hat), so bedeutet es gleichzeitig auch eine fortwährende Verminderung der Fantasie.

Schrecken erweitert die Perspektive und die Vorstellungsgabe. Das Entsetzliche bestand in dem Wissen, daß ich auf einen Ort zusteuerte, den die meisten von uns verlassen, wenn sie aus den Windeln herauskommen und Trainingshosen anziehen. Ich sah dieses Entsetzen auch auf Ollies Gesicht. Wenn die Rationalität zusammenzubrechen droht, kann das menschliche Gehirn überlastet werden. Halluzinationen werden Wirklichkeit: Die Toten gehen herum und reden, eine Rose beginnt zu singen.

»Ich habe mindestens zwei Dutzend Leute über dieses Thema reden gehört«, fuhr Ollie fort. »Justine Robards. Nick Tochai. Ben Michaelson. In Kleinstädten ist es fast unmöglich, irgend etwas geheimzuhalten. Verschiedene Dinge kommen doch ans Licht. Manchmal ist es wie bei einer Quelle – sie sprudelt auf einmal einfach aus der Erde, und niemand hat eine Ahnung, woher sie gekommen ist. Man hört zufällig etwas in der Bücherei oder in der Werft in Harrison oder Gott weiß wo sonst. Jedenfalls habe ich den ganzen Frühling und Sommer über Gerede über das Arrowhead-Projekt gehört. Arrowhead-Projekt und nochmals Arrowhead-Projekt!«

»Aber diese beiden«, wandte ich ein. »Mein Gott, Ollie, sie waren doch noch halbe Kinder.«

»Auch in Vietnam waren solche halben Kinder, und sie schnitten den toten Gegnern die Ohren ab. Ich war dort. Ich habe es mit eigenen Augen gesehen.«

»Aber... was hätte sie zu dieser Tat treiben sollen?«

»Ich weiß es nicht. Vielleicht wußten sie etwas. Vielleicht hatten sie nur irgendeinen Verdacht. Jedenfalls muß ihnen bewußt gewesen sein, daß die Leute hier im Supermarkt ihnen schließlich irgendwann Fragen stellen würden. Wenn es überhaupt noch ein ›schließlich‹ und ›irgendwann‹ geben wird.«

»Wenn Sie recht haben«, sagte ich, »so muß es etwas wirklich Schlimmes sein.«

»Der Sturm«, sagte Ollie mit seiner sanften, ausgeglichenen Stimme. »Vielleicht hat er dort irgendwas freigesetzt. Vielleicht hat es einen Unfall gegeben. Sie haben dort vermutlich mit irgendwas herumexperimentiert. Einige Leute behaupten, dort würde mit besonders intensiven Lasern und Masern herumgespielt. Manchmal fällt auch das Wort Atomenergie. Und nehmen wir mal an... nehmen wir nur einmal an, daß sie ein Loch in eine andere Dimension geschlagen haben?«

»Das sind doch Hirngespinste«, sagte ich.

»Diese beiden auch?« fragte Ollie und deutete auf die beiden Leichen.

»Nein. Die Frage ist: Was sollen wir jetzt tun?«

»Ich glaube, wir sollten sie abschneiden und verstecken«, antwortete er prompt. »Sie unter einen Stapel von irgendwas legen, an dem die Leute kein Interesse haben werden – Spülmittel, Hundefutter oder so was Ähnliches. Wenn diese Sache bekannt wird, wird alles nur noch schlimmer werden. Deshalb bin ich ja zu Ihnen gekommen, David. Ich wußte, daß Sie der einzige sind, dem ich voll und ganz vertrauen kann.«

»Es erinnert mich an die Naziverbrecher, die in ihren Zellen Selbstmord begingen, nachdem der Krieg verloren war«, murmelte ich.

»Ja. Ich hatte genau den gleichen Gedanken.«

Wir verstummten, und plötzlich waren jene leisen, schabenden Geräusche von der Außenseite der Ladetür wieder zu hören – die Geräusche der tastenden Tentakel. Wir rückten zusammen. Ich bekam eine Gänsehaut.

»Okay«, sagte ich.

»Wir erledigen das so schnell wie möglich«, sagte Ollie. Sein Saphirring funkelte, als er die Taschenlampe bewegte. »Ich möchte rasch hier herauskommen.«

Ich betrachtete die Stricke. Sie hatten die gleiche Sorte Wäscheleine benutzt wie ich, als der Mann mit der Golfmütze mir erlaubt hatte, die Leine um seine Taille zu binden. Die Schlingen hatten sich tief in ihre Hälse eingedrückt, und ich fragte mich immer wieder, was die beiden Jungen zu diesem verzweifelten Schritt getrieben haben mochte. Ich wußte genau, was Ollie meinte, wenn er sagte, daß die Nachricht von dem Doppelselbstmord für die Leute draußen im Supermarkt alles nur noch schlimmer machen würde. Für mich *war* es bereits schlimmer geworden – und ich hätte das eigentlich gar nicht mehr für möglich gehalten.

Ollie klappte sein Taschenmesser auf, ein gutes stabiles Werkzeug, das sich hervorragend zum Aufschlitzen von Kartons eignete. Und natürlich ebenso zum Durchschneiden von Stricken.

»Sie oder ich?« fragte er.

Ich schluckte. »Jeder einen.«

Wir erledigten es.

Als ich zurückkam, war Amanda verschwunden, und Mrs. Turman war bei Billy. Beide schliefen. Ich schlenderte einen der Gänge entlang, und eine Stimme rief leise: »Mr. Drayton. David.« Es war Amanda, die an der Treppe zum Büro des Geschäftsführers stand. Ihre Augen glichen Smaragden. »Was war los?«

»Nichts«, antwortete ich.

Sie trat auf mich zu. Ich nahm einen schwachen Parfümduft wahr. Und ich begehrte sie sehr. »Sie Lügner!« sagte sie.

»Es war nichts. Falscher Alarm.«

»Wenn Sie so wollen.« Sie nahm meine Hand. »Ich war gerade oben im Büro. Es ist leer, und die Tür läßt sich abschließen.«

Ihr Gesicht war ganz ruhig, aber ihre Augen funkelten wild, und man konnte ihren raschen Pulsschlag an ihrem Hals sehen.

»Ich verstehe nicht...«

»Ich habe gesehen, wie Sie mich angeschaut haben«, sagte sie. »Wenn wir erst lange darüber diskutieren müssen, hat es keinen Sinn. Diese Turman paßt auf Ihren Sohn auf.«

»Ja.« Ich erkannte, daß sich mir hier eine Gelegenheit bot – vielleicht nicht die beste, aber immerhin eine –, die erdrückende Last von dem, was Ollie und ich soeben getan hatten, wenigstens für kurze Zeit ein wenig zu vergessen. Nicht die beste Möglichkeit – aber die einzige.

Wir stiegen die schmale Treppe zum Büro hinauf. Es war leer, wie sie gesagt hatte. Ich schloß die Tür ab. In der Dunkelheit konnte ich sie nur noch umrißhaft sehen. Ich streckte meine Arme aus, berührte sie und zog sie an mich. Sie zitterte. Wir knieten uns auf den Boden und küßten uns, und ich wölbte meine Hand um ihre straffe Brust und fühlte ihren raschen Herzschlag durch ihr Sweatshirt hindurch. Ich dachte daran, wie Steffy Billy gesagt hatte, er dürfe die Stromleitungen nicht berühren. Ich dachte an den blauen Fleck auf ihrer Hüfte, als sie in unserer Hochzeitsnacht das braune Kleid ausgezogen hatte. Ich dachte daran, wie ich sie zum erstenmal gesehen hatte – sie war über die Promenade der University of Maine in Orono geradelt, und ich war mit meiner Mappe unterwegs zu einem Seminar gewesen, das Vincent Hartgen abgehalten hatte. Ich bekam eine gewaltige Erektion.

Wir legten uns hin, und Amanda flüsterte: »Lieb mich, David. Wärme mich.« Als es ihr dann kam, grub sie ihre Nägel in meinen Rücken und stammelte einen Namen, der nicht der meinige war. Es machte mir nichts aus. Wir waren dadurch nur quitt.

Als wir wieder herunterkamen, war eine Art kriechende Dämmerung angebrochen. Die Schwärze vor den Sehschlitzen ging widerwillig in ein dumpfes Grau über, dann in die Farbe von Chrom und zuletzt in jenes grelle, konturenlose und unreflektierende Weiß einer Autokino-Leinwand. Mike Hatlen schlief auf einem Klappstuhl, den er sich irgendwo organisiert hatte. Dan Miller saß etwas weiter auf dem Boden und aß ein Donut, das mit weißem Puderzucker bestreut war.

»Setzen Sie sich doch, Mr. Drayton«, lud er mich ein.

Ich schaute mich suchend nach Amanda um, aber sie hatte sich schon ein ganzes Stück entfernt. Sie blickte nicht zurück. Unser Liebesakt im Dunkeln kam mir schon jetzt unwirklich vor; sogar in diesem unheimlichen Tageslicht konnte ich kaum daran glauben. Ich setzte mich.

»Essen Sie ein Donut.« Er streckte mir die Schachtel hin.

Ich schüttelte den Kopf. »Dieser viele Puderzucker ist das reinste Gift. Schlimmer als Zigaretten.«

Darüber mußte er ein wenig lachen. »In diesem Fall sollten Sie gleich zwei davon essen.«

Ich war überrascht, daß auch ich noch ein bißchen lachen konnte – er hatte mich dazu gebracht, und ich war ihm dafür dankbar. Ich aß tatsächlich zwei seiner Donuts. Sie schmeckten ausgezeichnet. Danach zündete ich mir eine Zigarette an, obwohl ich vormittags normalerweise nicht rauche.

»Ich muß wieder zu meinem Jungen gehen«, sagte ich. »Er wird bestimmt bald aufwachen.«

Miller nickte. »Diese rosa Insekten«, sagte er. »Sie sind alle verschwunden. Und die Vogeldinger auch. Hank Vannerman sagt, das letzte sei gegen vier ans Fenster geprallt. Offensichtlich ist das ... das Leben dieser Kreaturen viel aktiver, wenn es dunkel geworden ist.«

»Brent Norton dürften Sie damit nicht kommen«, meinte ich. »Und Norm auch nicht.«

Er nickte wieder und schwieg lange Zeit. Schließlich zündete er sich eine Zigarette an und sah mich sehr ernst an. »Wir können nicht hierbleiben, Drayton«, sagte er.

»Hier gibt es jedenfalls genug zu essen und zu trinken.«

»Mit den Vorräten hat das nichts zu tun, und das wissen Sie genau. Was tun wir, wenn eines der großen Ungeheuer da draußen beschließt, den Supermarkt zu stürmen, anstatt nur im Nebel auf Beute zu warten? Sollen wir etwa versuchen, es mit Besenstielen und Holzkohleanzünder zu vertreiben?«

Er hatte natürlich völlig recht. Vielleicht schützte der Nebel uns in gewisser Weise; verbarg uns. Aber auf Dauer würde er uns vielleicht nicht verbergen, und außerdem gab es auch noch ein anderes Problem. Wir waren jetzt seit ungefähr achtzehn Stunden im Supermarkt, und ich fühlte, daß mich allmählich eine Art Lethargie überkam, wie bei den vereinzelten Gelegenheiten, wo ich zu weit hinausgeschwommen war. Ich verspürte das Bedürfnis, auf Nummer Sicher zu gehen, an Ort und Stelle zu bleiben, auf Billy aufzupassen (*und vielleicht mitten in der Nacht Amanda Dumfries zu bumsen,* flüsterte eine innere Stimme) und einfach abzuwarten, ob der Nebel sich nicht auflösen würde.

Ich konnte diese Lethargie auch auf anderen Gesichtern sehen, und ich begriff plötzlich, daß manche der hier versammelten Leute vermutlich unter gar keinen Umständen den Supermarkt verlassen würden. Allein schon der Gedanke, nach allem, was geschehen war, zur Tür hinauszugehen, würde sie lähmen.

Miller mochte mir diese Gedanken vom Gesicht abgelesen haben. Jedenfalls sagte er: »Es hielten sich etwa achtzig Personen hier auf, als dieser verdammte Nebel aufzog. Wenn man von dieser Zahl diesen Jungen Norm, Norton und die vier Leute abzieht, die mit ihm zusammen weggegangen sind, dazu noch Smalley, so bleiben dreiundsiebzig.«

Und wenn man die beiden Soldaten, die jetzt unter einem Berg Hundefutter ruhten, auch noch abzog, blieben einundsiebzig.

»Dann muß man die Leute abziehen, die geistig völlig weggetreten sind«, fuhr Miller fort. »Es dürften zehn oder zwölf sein. Sagen wir mal zehn. Damit bleiben etwa dreiundsechzig. *Aber* ...« Er hob einen Finger, an dem noch etwas Puderzucker klebte. »Von diesen dreiundsechzig werden mindestens zwanzig auf gar keinen Fall rausgehen. Man müßte sie schon mit Brachialgewalt rausschleppen.«

»Worauf wollen Sie hinaus?«

»Daß wir hier unbedingt raus müssen. Ich gehe jedenfalls. So gegen Mittag, nehme ich an. Ich beabsichtige, soviel Leute wie nur möglich mitzunehmen – alle, die dazu bereit sind. Ich hätte es gern, wenn Sie und Ihr Junge mitkämen.«

»Nach dem, was Norton widerfahren ist?«

»Norton ist rausgegangen wie ein Lamm zur Schlachtbank. Das bedeutet aber noch lange nicht, daß ich mich ebenso verhalten muß – ich und die Leute, die mit mir kommen.«

»Was wollen Sie denn tun? Wir haben eine einzige Pistole!«

»Ein Glück, daß wir die wenigstens haben. Aber wenn es uns gelänge, die Kreuzung zu überqueren, könnten wir vielleicht bis zum Sportgeschäft in der Main Street kommen. Dort gibt es Pistolen in Hülle und Fülle.«

»Das ist mir ein Wenn und Vielleicht zuviel.«

»Drayton, dies ist nun mal eine Situation, bei der ohne Wenn und Vielleicht nichts zu machen ist.«

Das ging ihm sehr leicht über die Lippen, aber er brauchte schließlich auch nicht auf einen kleinen Jungen aufzupassen.

»Aber lassen wir das im Augenblick mal auf sich beruhen, okay? Ich konnte letzte Nacht nicht gut schlafen, dafür habe ich über einige Dinge nachgedacht. Wollen Sie hören, was mir dabei aufgefallen ist?«

»Na klar.«

Er stand auf und streckte sich. »Kommen Sie mit zum Fenster.«

Wir gingen zu einem der Sehschlitze. Der Mann, der dort Wache hielt, berichtete: »Die Insektenbiester sind verschwunden.«

Miller klopfte ihm auf den Rücken. »Holen Sie sich erst mal 'nen Kaffee, Mann. Ich werd' solange aufpassen.«

»Okay. Danke.«

Er entfernte sich, und Miller und ich traten an seinen Sehschlitz heran. »So, nun sagen Sie mir, was Sie da draußen sehen«, forderte er mich auf.

Ich schaute hinaus. Der Abfallkübel war in der Nacht umgeworfen worden, vermutlich von einem der Vogelwesen. Zerknülltes Papier, Dosen und Pappbecher aus der nahe gelegenen Milchbar lagen überall verstreut herum. Dahinter konnte ich die erste Reihe geparkter Wagen gerade noch erkennen, allerdings auch nur verschwommen. Darüber hinaus war überhaupt nichts zu sehen. Ich teilte Miller meine Beobachtungen mit.

»Der blaue Lieferwagen dort drüben gehört mir«, erklärte er. Er deutete darauf, und ich sah etwas Bläuliches im Nebel schimmern. »Wenn Sie sich aber zurückerinnern, fällt Ihnen bestimmt ein, daß der Parkplatz gestern, als Sie herkamen, sehr voll war. Stimmt's?«

Ich warf einen Blick auf meinen Scout und erinnerte mich, daß ich den

Platz in der ersten Reihe nur ergattert hatte, weil jemand gerade weggefahren war. Ich nickte.

»Verknüpfen Sie jetzt etwas anderes mit dieser Tatsache, Drayton«, fuhr er fort. »Norton und seine vier... wie haben Sie sie genannt?«

»Die Unbelehrbaren.«

»Ja, das trifft es genau. Die fünf gehen also hinaus, richtig? Sie legen fast die ganze Länge jener Wäscheleine zurück. Und dann hörten wir mit einem Mal dieses Gebrüll, als trample eine verdammte Herde Elefanten dort draußen herum. Stimmt's?«

»Es hörte sich nicht nach Elefanten an«, widersprach ich. »Es hörte sich...« *Nach etwas aus den Sümpfen in der prähistorischen Zeit unserer Erde an* – das hatte mir auf der Zunge gelegen, aber ich wollte es Miller nicht sagen, nicht nachdem er jenem Wachposten auf den Rücken geklopft und ihm gönnerhaft gesagt hatte, er solle sich einen Kaffee holen – wie ein Trainer, der einen Spieler bei einem großen Spiel auswechselt. Vielleicht hätte ich es Ollie anvertraut, aber nicht Miller. »Ich weiß nicht, wie es sich anhörte«, schloß ich lahm.

»Aber es hörte sich jedenfalls *gewaltig* an.«

»Ja.« Es hatte sich verdammt gewaltig angehört.

»Wie kommt es dann, daß wir nichts von zerschmetternden Autos gehört haben? Kein Klirren von Glas, kein Scheppern von Blech?«

»Na ja, weil...« Ich wußte nicht weiter. »Ich habe keine Ahnung.«

»Es ist unmöglich, daß sie den Parkplatz schon hinter sich hatten, als wer auch immer über sie herfiel. Ich werde Ihnen sagen, was ich glaube: Ich glaube, wir haben deshalb nicht gehört, wie Autos demoliert wurden, weil eine ganze Menge davon vielleicht gar nicht mehr da ist. Einfach... verschwunden ist. In die Erde versunken, verdampft – nennen Sie's, wie Sie wollen. Jener Stoß, der stark genug war, um diese Holzrahmen zu verbiegen und zu zersplittern, und der das ganze Zeug von den Regalen warf. Und auch die Stadtsirene verstummte zur gleichen Zeit.«

Ich versuchte mir vorzustellen, daß der halbe Parkplatz verschwunden sein könnte. Ich versuchte mir auszumalen, daß ich hinausgehen und plötzlich vor einem brandneuen Abhang stehen würde, wo bisher der Parkplatz gewesen war. Vor einem Abhang, einer Schlucht... oder vielleicht auch vor einem endlosen Abgrund, der sich im konturenlosen weißen Nebel verlor...

Nach einigen Sekunden sagte ich: »Wenn Sie recht haben sollten – was glauben Sie, wie weit Sie in diesem Falle mit Ihrem Lieferwagen kommen würden?«

»Ich hatte nicht an meinen Lieferwagen gedacht, sondern an Ihr Auto mit Vierradantrieb.«

Das war etwas, worüber sich vielleicht nachzudenken lohnte, aber nicht jetzt. »Was liegt Ihnen sonst noch auf der Seele?«

Miller fuhr begierig fort: »Die Apotheke nebenan. Ich frage mich, was dort los ist.«

Ich öffnete schon den Mund, um zu sagen, daß ich nicht die geringste Ahnung hätte, worauf er anspiele, aber ich machte ihn abrupt wieder zu. Die Apotheke war geöffnet gewesen, als wir gestern vorfuhren. Die Türen hatten weit offengestanden und waren mit Gummikeilen festgestellt gewesen, damit wenigstens etwas kühle Luft in den Drugstore eindringen konnte – der Stromausfall hatte natürlich auch dort die Klimaanlage außer Betrieb gesetzt. Der Eingang zur Apotheke konnte höchstens zwanzig Fuß vom Eingang des Supermarktes entfernt sein. Warum...

»Warum ist niemand von den Leuten aus dem Drugstore hier aufgetaucht?« verlieh Miller meinen Gedanken laut Ausdruck. »Es sind inzwischen achtzehn Stunden vergangen. Sind sie nicht hungrig? Sie essen doch bestimmt keine Medikamente oder Drogeriewaren.«

»Sie führen auch ein paar Lebensmittel«, wandte ich ein. »Sie haben immer irgendwelche Sonderangebote. Hundecrackers oder Gebäck, alles mögliche. Dazu kommt noch die Süßwarenabteilung.«

»Ich kann mir einfach nicht vorstellen, daß sie sich mit solchem Zeugs vollstopfen würden, nachdem hier im Supermarkt alles in Hülle und Fülle vorhanden ist.«

»Worauf wollen Sie hinaus?«

»Ich will auf folgendes hinaus: Ich möchte von hier verschwinden, aber ich habe nicht die geringste Lust, irgendwelchen aus einem zweitklassigen Horrorfilm entsprungenen Wesen als Mittagessen zu dienen. Wir könnten zu viert oder fünft die paar Schritte nach nebenan gehen und nachschauen, was im Drugstore los ist. Sozusagen als eine Art Versuchsballon.«

»Ist das jetzt alles?«

»Nein, da wäre noch eine Sache.«

»Nämlich?«

»Die dort«, sagte Miller und deutete mit dem Daumen in Richtung eines Mittelgangs. »Dieses verrückte Weib. Diese Hexe.«

Er meinte Mrs. Carmody. Sie war nicht mehr allein. Zwei Frauen hatten sich ihr angeschlossen. Aus ihren grellen Kleidern schloß ich, daß es sich vermutlich um Touristinnen handelte, die ihren Familien vielleicht gesagt hatten, sie wollten kurz in die Stadt und ein paar Sachen besorgen, und die sich nun vor Sorge um ihre Männer und Kinder verzehrten. Es waren Frauen, die begierig nach jedem Strohhalm griffen. Vielleicht sogar nach dem düsteren Trost einer Mrs. Carmody.

Sie redete und gestikulierte mit strengem, grimmigem Gesicht. Die beiden Frauen hörten ihr begeistert zu.

»Sie ist ein weiterer Grund, weshalb ich hier wegkommen möchte, Drayton. Bis heute abend wird sie bestimmt schon sechs Leute um sich geschart haben. Und wenn diese Nacht jene gräßlichen Insekten und Vögel wieder auftauchen, wird sie morgen früh eine ganze Gemeinde um sich geschart haben. Sie wird den Leuten suggerieren, wer geopfert werden muß, um die Lage zu verbessern. Vielleicht wird ihre Wahl auf mich fallen, vielleicht auf Sie – oder auf Ihren Jungen.«

»Das ist doch kompletter Blödsinn!« sagte ich. Aber war es das tatsächlich? Der kalte Schauder, der mir den Rücken herunterlief, deutete darauf hin, daß ich nicht hundertprozentig davon überzeugt war, daß Miller nur Blödsinn verzapfte. Mrs. Carmodys Mund war unaufhörlich in Bewegung. Die Augen der Touristinnen hingen an ihren runzeligen Lippen. War es Blödsinn? Ich dachte an die staubigen ausgestopften Tiere, die aus ihrem Spiegelbach tranken. Mrs. Carmody verfügte über Autorität. Sogar die sonst so nüchterne Steffy erwähnte Mrs. Carmodys Namen nur mit Unbehagen.

Dieses verrückte Weib, so hatte Miller sie genannt. *Diese Hexe!*

»Die Nerven der Menschen in diesem Supermarkt sind aufs äußerste angespannt«, sagte Miller. Er deutete auf die rotlackierten Rahmen, die die Segmente des Schaufensters begrenzten – jene zersplitterten, verbogenen Rahmen. »Und ihr Gehirn ist vermutlich ähnlich lädiert wie diese Rahmen! Meines ist es jedenfalls! Ich habe die halbe Nacht nachgedacht. Irgendwann glaubte ich dann fast schon, daß ich im Irrenhaus von Danvers bin und in einer Zwangsjacke stecke und alles mögliche über rosa Insekten und dinosaurierartige Vögel und Tentakel zusammenfantasiere und daß das alles vorbeigehen wird, sobald mir der nette Krankenwärter eine Ladung Thorazin in den Arm spritzen wird.« Sein kleines Gesicht war bleich und angespannt. Er warf einen Blick auf Mrs. Carmody, dann wandte er sich wieder mir zu. »Ich sage Ihnen – es könnte soweit kommen. Je verstörter die Leute werden, desto vernünftiger und überzeugender wird sie manchen von ihnen vorkommen. Und ich möchte nicht mehr hier sein, wenn das passiert.«

Mrs. Carmodys Lippen, die sich unaufhörlich bewegten. Ihre Zunge, die um ihre Zahnstummel herumtanzte. Sie sah wirklich wie eine Hexe aus. Man müßte ihr nur noch einen spitzen schwarzen Hut aufsetzen, dann wäre sie perfekt. Was erzählte sie ihren beiden Anhängerinnen in den grellen Sommerkleidern?

Arrowhead-Projekt? Schwarzer Frühling? Greuelwesen aus dem Erdinnern. Menschenopfer?

Unsinn.

Und doch...

»Also, was sagen Sie?«

»Vorerst erkläre ich mich zu folgendem bereit«, antwortete ich. »Wir werden versuchen, in die Apotheke zu gelangen, Sie, ich, Ollie – wenn er mitgehen will – und ein, zwei andere Leute. Anschließend werde ich weitersehen.« Sogar dieses Zugeständnis gab mir schon das Gefühl, auf einem schmalen Balken über eine abgrundtiefe Schlucht balancieren zu wollen. Ich würde Billy nicht gerade helfen, wenn ich mich da draußen abschlachten ließ. Andererseits konnte ich ihm aber auch nicht dadurch helfen, daß ich mich hier einfach auf meinem Hintern ausruhte. Zwanzig Fuß bis zum Drugstore. Das konnte nicht so schlimm sein.

»Wann?« fragte Miller.

»Geben Sie mir eine Stunde Zeit!«

»Okay.«

Die Expedition zur Apotheke

Ich sagte Mrs. Turman, Amanda und Billy Bescheid. Ihm schien es an diesem Morgen etwas besser zu gehen. Er hatte zum Frühstück zwei Donuts gegessen und ›Spezial K‹ dazu getrunken. Danach machte ich mit ihm eine Verfolgungsjagd die Gänge rauf und runter und brachte ihn sogar ein bißchen zum Lachen. Kinder sind so sensibel, daß sie einen zu Tode erschrecken können. Billy war viel zu bleich, seine Augen waren vom Weinen in der Nacht immer noch angeschwollen, und sein Gesicht sah furchtbar erschöpft aus. In gewisser Weise sah es aus wie das Gesicht eines alten Mannes. Aber er lebte noch, und er konnte noch lachen... zumindest so lange, bis ihm wieder einfiel, wo er war und was um uns herum vorging.

Nach dem Herumrennen setzten wir uns zu Amanda und Hattie Turman und tranken Fruchtsaft aus Pappbechern, und ich erzählte ihm, daß ich mit einigen anderen Leuten zum Drugstore gehen würde.

»Ich will nicht, daß du weggehst!« sagte er sofort, und sein Gesicht umwölkte sich.

»Mir wird nichts passieren, Big Bill. Und ich bringe dir ein ›Spiderman‹-Comic-Heft mit.«

»Ich will aber, daß du *hier* bleibst!« Jetzt war sein Gesicht nicht nur umwölkt, es kündete ein drohendes Gewitter an. Ich nahm seine Hand. Er zog sie weg. Ich nahm sie wieder.

»Billy? Früher oder später müssen wir hier heraus. Das verstehst du doch?«

»Wenn der Nebel verschwindet...« Aber er sagte es ohne jede Überzeugung. Er trank seinen Fruchtsaft langsam und ohne Genuß.

»Billy, der Nebel hält sich jetzt schon fast einen ganzen Tag lang.«

»Ich will meine Mutti.«

»Nun, vielleicht ist das der erste Schritt, um zu ihr zurückzukommen.«

»Machen Sie dem Jungen keine allzu großen Hoffnungen, David«, mahnte Mrs. Turman.

»Verdammt noch mal«, fuhr ich sie an, »der Junge muß schließlich irgendeine Hoffnung haben.«

Sie blickte zu Boden. »Ja! Vermutlich haben Sie recht.«

Billy hatte unseren kleinen Wortwechsel nicht verfolgt. Ihn bewegte etwas ganz anderes. »Vati ... Vati, da draußen sind Wesen. *Wesen.*«

»Ja, das weiß ich! Aber eine Menge von ihnen – nicht alle, aber eine ganze Menge – scheinen erst abends hervorzukommen.«

»Sie werden warten«, sagte er. Er starrte mich mit riesigen Augen an. »Sie werden im Nebel warten ... und wenn du nicht mehr hierher zurück kannst, werden sie kommen und dich auffressen. Wie in den Märchen.« Er schlang seine Arme um meinen Hals und preßte sich in wilder Panik an mich. »Vati, bitte geh nicht!«

Ich löste seine Arme so sanft wie möglich und sagte ihm, daß ich es tun müsse. »Aber ich komme bald zurück, Billy.«

»Okay«, sagte er heiser, aber er schaute mich nicht mehr an. Er glaubte nicht, daß ich zurückkommen würde. Es stand in seinem Gesicht geschrieben, das nun nicht mehr zornig, sondern nur noch sorgenvoll und traurig aussah. Ich fragte mich wieder, ob meine Entscheidung richtig war, mein Leben zu riskieren. Dann schaute ich zufällig zum Mittelgang hinüber und sah dort Mrs. Carmody. Sie hatte einen dritten Zuhörer gewonnen, einen Mann mit grauen Schläfen und blutunterlaufenen Augen. Seine abgespannte Miene und seine zitternden Hände verrieten nur allzu deutlich, daß er einen Kater hatte. Es war kein anderer als unser alter Freund Myron La Fleur. Der Bursche, der keine Skrupel gehabt hatte, einen Jungen hinauszuschicken, um die Arbeit eines Mannes zu verrichten.

Dieses verrückte Weib. Diese Hexe.

Ich küßte Billy und drückte ihn noch einmal ganz fest an mich. Dann ging ich nach vorne, in Richtung Schaufenster – aber nicht durch den Mittelgang. Ich wollte ihr nicht unter die Augen kommen.

Unterwegs holte Amanda mich ein. »Mußt du das wirklich tun?« fragte sie.

»Ja, ich denke schon.«

»Entschuldige bitte, wenn ich sage, daß es sich für mich so anhört wie irgend so ein verdammter Macho-Quatsch.« Auf ihren Wangen brannten hektische rote Flecken, und ihre Augen waren grüner denn je. Sie war sehr erregt.

Ich nahm ihren Arm und berichtete ihr von meiner Unterhaltung mit

Dan Miller. Das Rätsel der Autos und die Tatsache, daß niemand von der Apotheke zu uns herübergekommen war, machten auf sie keinen großen Eindruck. Dafür aber die Sache mit Mrs. Carmody.

»Er könnte recht haben«, murmelte sie.

»Glaubst du das wirklich?«

»Ich weiß nicht. Diese Frau hat etwas Giftiges an sich. Und wenn die Leute noch sehr lange solche Ängste durchstehen müssen, werden sie sich jedem zuwenden, der ihnen Rettung verheißt.«

»Aber ein Menschenopfer, Amanda?«

»Die Azteken brachten auch Menschenopfer dar«, erwiderte sie ruhig. »Hör mal, David, du mußt zurückkommen! Wenn irgendwas passiert... *irgendwas*... mußt du sofort umkehren. Nimm deine Beine in die Hand und renne, wenn es sein muß. Nicht für mich – was letzte Nacht vorgefallen ist, war schön, aber das war letzte Nacht. Komm für deinen Jungen zurück.«

»Ja, das werde ich.«

»Hoffentlich«, sagte sie, und nun sah sie genauso wie Billy aus, erschöpft und alt. Mir fiel auf, daß die meisten von uns so aussahen. Mrs. Carmody allerdings nicht. Sie sah irgendwie jünger und vitaler aus. Als sei sie ganz in ihrem Element. Als... als blühe sie jetzt erst so richtig auf.

Es wurde halb zehn, bis wir uns auf den Weg machten. Wir waren zu siebt: Ollie, Dan Miller, Mike Hatlen, Myron La Fleurs ehemaliger Kumpel Jim (auch er hatte einen Kater, aber er schien fest entschlossen zu büßen), Buddy Eagleton und ich. Die siebte war Hilda Reppler. Miller und Hatlen versuchten halbherzig, es ihr auszureden. Sie hörte nicht auf sie. Ich versuchte es erst gar nicht. Ich hatte den Verdacht, daß sie kompetenter als jeder von uns sein könnte, ausgenommen vielleicht Ollie. Sie nahm eine kleine Einkaufstasche aus Segeltuch mit, vollgepackt mit Insektenspray, die schon alle geöffnet und sofort einsatzbereit waren. In der anderen Hand hatte sie einen Tennisschläger aus der Sportartikelabteilung in Gang 2.

»Was woll'n Sie denn mit dem Schläger machen, Mrs. Reppler?« fragte Jim.

»Ich weiß nicht«, erwiderte sie. Sie hatte eine tiefe, rauhe und kräftige Stimme. »Aber er liegt gut in meiner Hand!« Sie musterte ihn mit kühlem Blick von Kopf bis Fuß. »Jim Grondin, nicht wahr? Hatte ich dich nicht in der Schule?«

Jim verzog das Gesicht zu einem albernen Grinsen. Er fühlte sich offensichtlich nicht wohl in seiner Haut. »Ja, mich und meine Schwester Pauline.«

»Gestern abend wohl zuviel getrunken?«

Jim, der sie um einiges überragte und mindestens hundert Pfund mehr wog als sie, bekam einen hochroten Kopf. »Äh, nein...«

Sie wandte sich ab und fiel ihm ins Wort. »Ich glaube, wir sind alle soweit«, sagte sie.

Jeder von uns trug etwas bei sich, obwohl es wirklich eine seltsame Waffensammlung war. Ollie hatte Amandas Pistole, Buddy Eagleton eine Eisenstange, die er irgendwo hinten gefunden hatte, und ich einen Besenstiel.

»Okay«, rief Dan Miller. »Hört mal zu, Leute!«

Etwa ein Dutzend Leute hatten sich in der Nähe der Ausgangstür versammelt, um zu sehen, was los war. Rechts von ihnen stand Mrs. Carmody mit ihren neuen Freundinnen.

»Wir gehen zum Drugstore rüber, um nachzuschauen, wie dort die Lage ist. Vielleicht werden wir auch etwas mitbringen können, um Mrs. Clapham zu helfen.« Das war die alte Frau, die am Vorabend niedergetrampelt worden war. Sie hatte sich ein Bein gebrochen und litt große Schmerzen.

Miller schaute uns sechs der Reihe nach an. »Wir werden keine Risiken eingehen«, sagte er. »Beim ersten Anzeichen einer Bedrohung werden wir sofort in den Supermarkt zurückkehren...«

»Und damit alle Ausgeburten der Hölle auf uns hetzen!« schrie Mrs. Carmody.

»Sie hat recht!« kam eine der Touristinnen ihr zu Hilfe. »Sie werden sie nur auf uns aufmerksam machen! Und dann werden sie hierher kommen! Warum können Sie nicht alles im guten alten Zustand belassen.«

Die Leute, die sich um uns versammelt hatten, murmelten zustimmend.

»Wollen Sie diesen Zustand wirklich als *gut* bezeichnen?« fragte ich.

Die Frau blickte verlegen zu Boden.

Mrs. Carmody trat einen Schritt vor. Ihre Augen funkelten wild. »Sie werden da draußen sterben, David Drayton! Wollen Sie Ihren Sohn zu einem Waisenkind machen?« Sie spießte nacheinander uns alle mit ihren Blicken auf. Buddy Eagleton senkte die Augen und hob gleichzeitig seine Eisenstange, als wollte er sie damit abwehren.

»Ihr alle werdet da draußen umkommen! Habt ihr denn immer noch nicht begriffen, daß das Ende der Welt angebrochen ist? Alle Ausgeburten der Hölle sind losgelassen! Der Höllendrachen speit Feuer, und jeder von euch, der durch diese Tür hinausgeht, wird in Stücke gerissen werden! Und dann werden sie kommen und auch uns holen, genau wie diese gute Frau gesagt hat! Wollt ihr Leute das wirklich zulassen?« Sie hatte sich mit dem letzten Satz an die Zuschauer gewandt, die nun leise zu murren begannen. »Nach allem, was gestern den Ungläubigen widerfahren ist? Dort draußen lauert der Tod: *Der TOD!* Der...«

Eine Dose Erbsen flog plötzlich durch die Luft und traf Mrs. Carmody mit voller Wucht an der rechten Brust. Sie taumelte zurück und schrie erschrocken auf.

Amanda kam drohend näher. »Halten Sie den Mund!« rief sie. »Halten Sie den Mund, Sie elender Aasgeier!«

»Sie ist eine Dienerin Satans!« kreischte Mrs. Carmody. Ein bösartiges Lächeln überzog ihr Gesicht. »Mit wem haben Sie letzte Nacht geschlafen, meine Dame? Mit wem haben Sie sich letzte Nacht vergnügt? Mutter Carmody sieht alles, o ja, Mutter Carmody sieht, was allen anderen verborgen bleibt!«

Aber der kurze Zauberbann, den sie geschaffen hatte, war gebrochen, und Amanda zuckte nicht einmal mit der Wimper.

»Was ist – gehen wir, oder wollen wir den ganzen Tag hier herumstehen?« fragte Mrs. Reppler.

Und wir gingen. Gott steh uns bei, wir gingen.

Dan Miller übernahm die Führung. Ollie ging als zweiter. Ich war der letzte, mit Mrs. Reppler vor mir. Ich glaube, ich hatte noch nie im Leben solche Angst gehabt, und die Hand, mit der ich den Besenstiel umklammerte, war schweißnaß.

Da war dieser dünne, beißende, unnatürliche Geruch des Nebels. Als ich aus der Tür herauskam, waren Miller und Ollie schon von ihm verschluckt, und auch Hatlen, der dritte in der Reihe, war kaum mehr zu sehen.

Nur zwanzig Fuß, sagte ich mir immer wieder vor. *Nur zwanzig Fuß.*

Mrs. Reppler ging langsam und energisch vor mir her und schwenkte leicht ihren Tennisschläger. Links von uns war eine rote Mauer. Rechts von uns die erste Reihe von Wagen, die wie Geisterschiffe verschwommen aus dem Nebel auftauchten. Ein weiterer Abfallkübel wurde plötzlich sichtbar, danach eine Bank, auf der manchmal Leute warteten, bis der öffentliche Fernsprecher frei wurde. *Nur zwanzig Fuß, Miller ist vermutlich schon an der Apotheke angelangt, zwanzig Fuß sind nur zehn oder zwölf Schritte, also …*

»O mein Gott!« schrie Miller. »Heiliger Himmel, schaut euch das an!«

Miller war also tatsächlich am Ziel angelangt.

Buddy Eagleton ging vor Mrs. Reppler her, und er drehte sich um und wollte zurückrennen, mit weit aufgerissenen starren Augen. Sie stieß ihn mit ihrem Tennisschläger leicht an die Brust. »Wohin sind *Sie* unterwegs?« fragte sie mit ihrer strengen, etwas rauhen Stimme, und sofort legte sich seine Panik.

Wir erreichten Miller. Ich warf einen Blick über die Schulter zurück und stellte fest, daß der Supermarkt vom Nebel verschluckt worden war. Die rote Mauer verblaßte dicht hinter mir zu einem hellen, verwaschenen Rosa und verschwand etwa fünf Fuß vor der Ausgangstür des ›Federal‹ vollständig. Ich fühlte mich isoliert, einsamer denn je in meinem Leben. Es war so, als sei ich plötzlich aus dem Mutterschoß gefallen.

Die Apotheke war Schauplatz eines Gemetzels gewesen.

Miller und ich hatten fast richtig vermutet. Alle Wesen in dem Nebel folgten in erster Linie ihrem Geruchssinn. Verständlicherweise. Gutes Sehvermögen wäre für sie fast völlig überflüssig gewesen. Etwas nützlicher hätte gutes Gehör sein können, aber der Nebel hatte, wie bereits erwähnt, die Eigenschaft, akustische Gesetze auf den Kopf zu stellen – Laute, die ganz in der Nähe ertönten, hörten sich an, als seien sie weit entfernt, und Laute, die weit entfernt waren, klangen – manchmal wenigstens – so, als seien sie ganz nahe. Die Wesen im Nebel vertrauten ihrem verläßlichsten Sinn. Sie folgten ihren Nasen.

Wir im Supermarkt waren in erster Linie durch den Stromausfall verschont geblieben. Die elektrischen Türen funktionierten nicht. Der Supermarkt war gewissermaßen verriegelt gewesen, als der Nebel kam. Aber die Drugstoretüren ... sie waren weit geöffnet gewesen. Der Stromausfall hatte seine Klimaanlage lahmgelegt, und man hatte die Türen geöffnet, um die leichte Brise einzulassen. Nur war auch noch etwas anderes dort eingedrungen.

Ein Mann in kastanienbraunem T-Shirt lag bäuchlings auf der Schwelle. Vielmehr dachte ich im ersten Augenblick, sein T-Shirt sei kastanienbraun. Dann sah ich einige weiße Stellen darunter und begriff, daß es einmal ganz weiß gewesen war. Das Kastanienbraun war getrocknetes Blut. Und noch etwas anderes stimmte nicht mit ihm. Ich kam zuerst nicht darauf, was es war. Sogar als Buddy sich abwandte und sich geräuschvoll übergab, begriff ich es nicht. Ich nehme an, daß unser Gehirn es zuerst nicht wahrhaben will, wenn jemandem etwas so ... so Schauerliches zustößt – es sei denn vielleicht im Krieg.

Sein Kopf war verschwunden, das war's. Seine Beine lagen gespreizt im Eingang der Apotheke, und sein Kopf hätte eigentlich über die niedrige Stufe herabhängen müssen; aber sein Kopf fehlte einfach.

Jim Grondin hatte genug. Er wandte sich ab, die Hände auf den Mund gepreßt; die blutunterlaufenen Augen starrten mich irre an. Dann stolperte er taumelnd auf den Supermarkt zu.

Die anderen achteten nicht darauf. Miller war in die Apotheke gegangen. Mike Hatlen folgte ihm. Mrs. Reppler stellte sich an einer Seite der Tür mit ihrem Tennisschläger in Positur. Ollie stand auf der anderen Türseite und hielt Amandas Pistole schußbereit auf das Pflaster gerichtet.

Er sagte ruhig: »Allmählich verliere ich jede Hoffnung, David.«

Buddy Eagleton lehnte erschöpft am Telefon, wie jemand, der gerade schlechte Nachrichten von zu Hause bekommen hat. Seine breiten Schultern zitterten vor Schluchzen.

»Zähl uns noch nicht vorzeitig aus«, sagte ich zu Ollie. Ich ging die Stufe hinauf. Ich wollte den Drugstore eigentlich nicht betreten, aber ich hatte meinem Sohn ein Comic-Heft versprochen.

Der Drugstore bot einen chaotischen Anblick. Taschenbücher und Zeitschriften lagen verstreut umher. Direkt vor meinen Füßen entdeckte ich ein ›Spiderman‹-Comic-Heft, hob es ganz automatisch auf und schob es in die Gesäßtasche. Flaschen und Schachteln lagen auf den Gängen herum. Eine Hand hing über einem der Regale.

Ein Gefühl der Unwirklichkeit überkam mich. Die Trümmer... *das Blutbad*... das war schon schlimm genug. Aber gleichzeitig sah es so aus, als hätte hier irgendeine verrückte Party stattgefunden. Der Raum war mit etwas behängt und geschmückt, was ich auf den ersten Blick für Fahnenbänder hielt. Aber sie waren nicht breit und flach; sie hatten mehr Ähnlichkeit mit sehr dicken Schnüren oder sehr dünnen Kabeln. Mir fiel auf, daß sie fast die gleiche grellweiße Farbe hatten wie der Nebel selbst, und ein eiskalter Schauder lief mir über den Rücken. Kreppapier war es auch nicht. Was dann? An einigen dieser seltsamen Schnüre hingen Zeitschriften und Bücher und baumelten im Luftzug hin und her.

Mike Hatlen trat mit dem Fuß nach einem merkwürdigen schwarzen Ding. Es war lang und stachelig. »Was zum Teufel ist denn das?« fragte er.

Und plötzlich wußte ich es. Ich wußte, was all jene unglücklichen Menschen getötet hatte, die zufällig in der Apotheke gewesen waren, als der Nebel kam. Jene Menschen, die das Pech gehabt hatten, gerochen zu werden.

»Raus hier!« sagte ich. Meine Kehle war völlig trocken, und die Worte kamen nicht laut heraus. »Nichts wie weg hier!«

Ollie sah mich an. »David...«

»Es sind Spinnweben«, erklärte ich. Und dann kamen zwei Schreie aus dem Nebel. Der erste war vielleicht ein Angstschrei. Der zweite ein Schmerzensschrei. Es war Jim. *Wenn es Schulden gab, die beglichen werden mußten – er bezahlte sie jetzt.*

»Raus hier!« brüllte ich Mike und Dan zu.

Dann schnellte etwas aus dem Nebel heraus. Es war unmöglich, es vor diesem weißen Hintergrund zu erkennen, aber ich konnte es hören. Es klang wie eine Ochsenpeitsche, mit der jemand ohne großen Kraftaufwand geknallt hatte. Sehen konnte ich es erst, als es sich um Buddy Eagletons Schenkel schlang.

Er schrie auf und packte das erste, was ihm unter die Finger kam. Zufällig war es das Telefon. Der Hörer flog, so weit seine Schnur reichte, und baumelte dann hin und her.

»O mein Gott, das tut WEH!« brüllte Buddy.

Ollie hielt ihn fest, und ich sah, was passierte. Im gleichen Moment begriff ich auch, warum der Kopf des Mannes auf der Schwelle fehlte. Das dünne weiße Kabel, das sich wie eine Seidenschnur um Buddys Bein geschlungen hatte, bohrte sich in sein Fleisch hinein. Das Hosenbein seiner Jeans war säuberlich abgeschnitten worden und rutschte an seinem Bein herab. Aus einem sauberen kreisförmigen Einschnitt in seiner Haut spritzte Blut hervor, als das Kabel tiefer ins Fleisch eindrang.

Ollie zog mit aller Kraft. Ein surrendes Geräusch ertönte, und Buddy war frei. Seine Lippen waren vom Schock blau angelaufen.

Mike und Dan bewegten sich auf die Tür zu, aber viel zu langsam. Dann rannte Dan in mehrere der herabhängenden Schnüre hinein und blieb daran hängen wie ein Insekt am Fliegenfänger. Er riß sich mit einem enormen Ruck los, wobei ein Stück seines Hemdes an den Spinnweben zurückblieb.

Plötzlich war die Luft erfüllt von diesem Peitschenknallen, und die dünnen weißen Kabel schwirrten um uns herum. Sie waren alle mit jener ätzenden Substanz bedeckt. Ich wich zweien davon aus, mehr durch glücklichen Zufall als durch Geschicklichkeit. Eines landete direkt vor meinen Füßen, und ich hörte das schwache Zischen kochenden Asphalts. Ein anderes kam durch die Luft angesaust, und Mrs. Reppler schlug ruhig mit ihrem Tennisschläger danach. Das Kabel klebte daran fest, und ich hörte ein hohes *Twing! Twing! Twing!*, als das Ätzmittel sich durch das Netz des Schlägers fraß und es zerspringen ließ. Es klang, als ob jemand rasch an den Saiten einer Violine zupfe. Einen Augenblick später wand sich eine andere Spinnwebe um das obere Ende des Griffes, und der Schläger wurde in den Nebel gerissen.

»Zurück!« brüllte Ollie.

Wir setzten uns in Bewegung. Ollie hatte einen Arm um Buddy gelegt. Dan Miller und Mike Hatlen rahmten Mrs. Reppler ein. Die weißen Spinnweben schnellten weiterhin aus dem Nebel hervor. Man konnte sie erst sehen, wenn sie sich vom roten Hintergrund der Mauer abhoben.

Eine wand sich um Mike Hatlens linken Arm. Eine andere schlang sich mehrmals um seinen Hals. Seine Schlagader wurde durchtrennt, und er wurde mit schlaff herunterhängendem Kopf weggeschleppt. Einer seiner Schuhe fiel ihm davon vom Fuß und blieb auf der Seite liegen.

Buddy sackte plötzlich zusammen und brachte dabei Ollie fast zu Fall. »Er ist ohnmächtig geworden, David. Helfen Sie mir.«

Ich packte Buddy um die Taille, und wir stolperten ungeschickt mit ihm vorwärts. Sogar in bewußtlosem Zustand hielt Buddy seine Eisenstange fest umklammert. Das Bein, um das sich die Spinnweben geschlungen hatten, hing in einem schrecklich verzerrten Winkel am übrigen Körper.

Mrs. Reppler hatte sich umgedreht. »Achtung!« schrie sie mit ihrer rauhen Stimme. »Gefahr von hinten!«

Gerade als ich mich umdrehen wollte, senkte sich eine Spinnwebe auf Dan Millers Kopf herab. Er schlug danach, riß daran.

Eine der Spinnen war aus dem Nebel hinter uns aufgetaucht. Sie hatte die Größe eines großen Hundes. Sie war schwarz mit gelben Streifen. Ihre Augen waren purpurrot wie Granatäpfel. Sie bewegte sich auf ihren zwölf oder vierzehn Beinen rasch auf uns zu – es war nicht etwa eine gewöhnliche irdische Spinne, nur in Horrorfilmgröße; nein, es war etwas völlig anderes, vielleicht überhaupt keine richtige Spinne. Wenn er sie gesehen hätte, hätte Mike Hatlen verstanden, was das borstige schwarze Ding gewesen war, nach dem er in der Apotheke getreten hatte.

Sie kam immer näher auf uns zu, während sie aus einer ovalen Öffnung am Oberbauch eifrig ihr Netz spann. Diese Spinnweben glitten auf uns zu, fast wie ein grausiger Fächer. Beim Anblick dieses Alptraums, der so große Ähnlichkeit mit jenen schwarzen Spinnen hatte, die in den dunklen Ecken unseres Bootshauses hausten und ihre toten Fliegen und Insekten bewachten, drohte ich völlig den Verstand zu verlieren. Ich glaube heute, daß nur der Gedanke an Billy mich davor bewahrte. Ich stieß einen Laut aus. Lachte. Weinte. Schrie. Ich weiß nicht, was davon am ehesten zutrifft.

Aber Ollie Weeks glich einem Felsen. Er hob Amandas Pistole so ruhig wie ein Mann, der auf eine Zielscheibe schießt, und feuerte aus nächster Nähe auf diese Kreatur. Welcher Hölle sie auch entsprungen sein mochte, unverletzbar war sie jedenfalls nicht. Eine schwarze Flüssigkeit spritzte aus ihrem Körper hervor, und sie stieß einen schrecklichen Schrei aus, der so tief war, daß man ihn mehr fühlte als hörte – wie eine Baßnote aus einem Synthesizer. Dann hastete sie in den Nebel zurück und verschwand. Die ganze Szene hätte ein Trugbild aus einem fürchterlichen Drogentraum sein können … wenn da nicht die Pfützen jener klebrigen schwarzen Flüssigkeit gewesen wären, die die Spinne hinterlassen hatte.

Buddys Eisenstange entglitt endlich seiner Hand und fiel zu Boden. »Er ist tot«, sagte Ollie. »Sie können ihn loslassen, David. Das verdammte Ding hat ihn an der Schenkelarterie erwischt – er ist tot. Machen wir um Gottes willen, daß wir hier wegkommen.« Sein Gesicht war wieder schweißüberströmt, seine Augen traten fast aus den Höhlen. Eine Spinnwebe senkte sich auf seinen Handrücken herab, und Ollie schwenkte den Arm und zerriß sie. Eine blutige Strieme zog sich über seine Hand.

Wieder schrie Mrs. Reppler »Achtung!«, und wir drehten uns rasch um. Eine weitere Spinne war aus dem Nebel aufgetaucht und hatte ihre Beine um Dan Miller geschlungen. Er schlug mit den Fäusten nach ihr. Während ich mich bückte und Buddys Eisenstange aufhob, begann die

Spinne Dan mit ihrem tödlichen Faden zu umwickeln, und seine verzweifelte Abwehr wurde zu einem schauerlichen Todestanz.

Mrs. Reppler ging mit einer Dose Insektenspray in der ausgestreckten Hand auf die Spinne zu, die ihre Beine gierig nach der Frau ausstreckte. Sie drückte auf den Knopf und schoß eine Ladung des Sprays direkt in eines der juwelenartig funkelnden Augen. Wieder ertönte jener tiefe Schmerzenslaut. Ein Zittern durchlief den ganzen Körper der Spinne, und dann begann sie sich zurückzuziehen, wobei ihre haarigen Beine leise übers Pflaster kratzten. Dans Körper zog sie hinter sich her, wie einen Kokon umhüllt.

Mrs. Reppler schleuderte die Spraydose nach ihr. Sie prallte am Kopf der Spinne ab und fiel auf den Asphalt. Die Spinne stieß so hart gegen die Seite eines kleinen Sportwagens, daß seine Federung ins Wippen kam. Dann verschwand sie.

Ich eilte zu Mrs. Reppler, die auf ihren Füßen schwankte und leichenblaß war. Ich legte den Arm um sie. »Danke, junger Mann«, sagte sie. »Ich fühle mich ein bißchen schwach!«

»Kein Wunder«, sagte ich heiser.

»Ich hätte ihn gerettet, wenn ich gekonnt hätte.«

»Das weiß ich.«

Ollie trat zu uns. Wir rannten auf die Supermarkttüren zu, während die Spinnweben überall um uns herum herniedersausten. Eine fiel auf Mrs. Repplers Einkaufstasche und drang tief ins Tuch ein. Die Lehrerin zerrte mit beiden Händen an den Henkeln und verteidigte energisch ihr Eigentum, aber sie verlor es trotzdem. Die Tasche wurde in den Nebel gezogen.

Als wir die Eingangstür erreichten, stürzte eine kleinere Spinne, nicht größer als ein junger Cockerspaniel, aus dem Nebel hervor. Sie produzierte keine Spinnweben; vielleicht war sie dazu noch nicht alt genug. Während Ollie seine breite Schulter gegen die Tür stemmte, um Mrs. Reppler eintreten zu lassen, schleuderte ich die Eisenstange wie einen Speer nach der Spinne und spießte sie auf. Sie zuckte wahnsinnig hin und her, ihre Beine peitschten die Luft, und ihre roten Augen schienen mich anzustarren, so als wolle sie sich mich genau einprägen...

»David!« Ollie hielt immer noch die Tür auf.

Ich rannte hinein. Er folgte mir.

Bleiche, verängstigte Gesichter starrten uns entgegen. Wir waren zu siebt weggegangen. Nur drei waren zurückgekehrt. Ollie lehnte schwer atmend an der Glastür. Er begann, Amandas Pistole zu laden. Sein weißes Hemd klebte ihm am Körper, und große graue Schweißflecken breiteten sich unter seinen Achseln aus.

»Was ist es?« fragte jemand leise und heiser.

»Spinnen«, antwortete Mrs. Reppler grimmig. »Diese gemeinen Biester haben sich meine Einkaufstasche geschnappt.«

Dann kam Billy weinend auf mich zugerannt. Ich drückte ihn an mich. Sehr, sehr fest.

Mrs. Carmodys Zauber. Die zweite Nacht im Supermarkt. Die letzte Konfrontation

Ich wollte nichts weiter als schlafen, und ich erinnere mich an nichts, was in den nächsten vier Stunden vorging.

Amanda erzählte mir später, ich hätte im Schlaf sehr viel gesprochen und ein- oder zweimal geschrien, aber ich erinnere mich an keine Träume. Als ich aufwachte, war es Nachmittag. Ich war schrecklich durstig. Die Milch war teilweise sauer geworden, aber teilweise auch noch in Ordnung, und ich trank einen Viertelliter.

Billy und Mrs. Turman saßen neben mir, als Amanda auf uns zukam. Der alte Mann, der sich erboten hatte, seine Schrotflinte aus dem Kofferraum seines Wagens zu holen, war bei ihr – er hieß Cornell, fiel mir ein. Ambrose Cornell.

»Wie geht's, mein Sohn?« fragte er mich.

»Ganz ordentlich.« Aber ich war immer noch durstig, und ich hatte Kopfschmerzen. Vor allem aber hatte ich Angst. Ich legte einen Arm um Billy und blickte von Cornell zu Amanda. »Was ist los?«

»Mr. Cornell ist wegen dieser Mrs. Carmody beunruhigt. Und ich auch.«

»Billy, wollen wir beide uns ein bißchen die Beine vertreten?« fragte Hattie.

»Ich habe keine Lust.«

»Komm, Big Bill, ein bißchen Bewegung wird dir guttun«, sagte ich. Er gehorchte mir nur widerwillig.

»So, und nun zu Mrs. Carmody. Was ist los?« fragte ich.

»Sie hetzt die Leute auf«, sagte Cornell. Er sah mich mit der Grimmigkeit eines alten Mannes an. »Ich glaube, wir müssen dem ein Ende bereiten. Auf irgendeine Weise.«

»Sie hat jetzt schon fast ein Dutzend Leute um sich gesammelt. Es ist wie so 'ne Art verrückter Gottesdienst.«

Mir fiel ein Gespräch ein, das ich mit einem Freund geführt hatte, der in Otisfield wohnte, Schriftsteller war und seine Frau und zwei Kinder ernährte, indem er Hühner züchtete und jedes Jahr ein Buch veröffentlichte – Spionagegeschichten. Wir waren auf die steigende Popularität von Büchern zu sprechen gekommen, die sich mit dem Übernatürlichen beschäftigten. Bault hatte darauf hingewiesen, daß die Zeitschrift ›Unheimliche Geschichten‹ in den 40er Jahren ihren Autoren nur ein Trinkgeld bezahlen konnte und in den 50er Jahren bankrott ging. Aber wenn die Maschinen versagen, hatte er ausgeführt (während seine Frau prüfend Eier gegen das Licht hielt und draußen die Hähne krähten), wenn die Technologien versagen, wenn die herkömmlichen Religionslehren versagen, brauchen die Menschen irgend etwas anderes. Sogar ein Zombie, der durch die Nacht schleicht, kann sehr erheiternd wirken, im Vergleich zu jenem existentiellen Horror, daß die Ozonschicht sich unter dem vereinten Angriff einer Million Deodorantspraydosen verflüchtigt, die Fluorkarbonat enthalten.

Wir waren jetzt seit sechsundzwanzig Stunden im Supermarkt eingesperrt, und wir konnten nicht die geringsten Erfolge vorweisen. Unsere einzige Expedition nach draußen hatte zu Verlusten von 57 Prozent geführt. Es war letzten Endes vielleicht gar nicht so erstaunlich, daß Mrs. Carmodys Saat jetzt aufging.

»Hat sie wirklich schon ein Dutzend Anhänger?« fragte ich.

»Nein, vorläufig sind es erst acht«, sagte Cornell. »Aber sie hält keinen Augenblick ihren Mund! Ihre Zunge steht nicht still! Es erinnert mich an jene zehnstündigen Reden, die Castro zu halten pflegte. Diese verdammte Unruhestifterin!«

Acht Personen... Nicht so sehr viel, nicht einmal genug, um eine Geschworenenbank zu füllen. Aber ich verstand Amandas und Cornells Beunruhigung. Diese Anzahl genügte, um sie sozusagen zur stärksten politischen Gruppe im Supermarkt zu machen, vor allem jetzt, nachdem Dan und Mike nicht mehr unter uns weilten. Der Gedanke, daß diese größte Gruppe in unserem geschlossenen System begierig Mrs. Carmodys schwülstigem Gerede über die Abgründe der Hölle und die sieben Phiolen, die geöffnet wurden, lauschte, verursachte mir ein starkes Gefühl von Klaustrophobie.

»Sie hat wieder angefangen, über Menschenopfer zu sprechen«, berichtete Amanda. »Bud Brown hat ihr gesagt, sie solle aufhören, in seinem Geschäft solchen Unsinn zu schwafeln. Und zwei ihrer Anhänger – einer davon war dieser Myron La Fleur – erklärten Brown, er solle lieber selbst den Mund halten, weil dies schließlich immer noch ein freies Land sei. Brown dachte nicht daran, den Mund zu halten, und es kam zu einem Handgemenge.«

»Brown hat sich dabei eine blutige Nase eingehandelt«, sagte Cornell. »Diese Leute meinen es ernst.«

»Aber sie werden doch bestimmt nicht soweit gehen, wirklich jemanden umzubringen«, wandte ich ein.

»Ich weiß nicht, wie weit sie gehen werden, wenn dieser verdammte

Nebel sich nicht bald auflöst«, sagte Cornell leise. »Aber ich möchte es auch gar nicht wissen. Ich habe die Absicht, von hier zu verschwinden.«

»Leichter gesagt als getan.« Aber in meinem Kopf nahm ein bestimmter Gedanke allmählich Form an. *Geruch*. Das war der Schlüssel. Wir waren im Supermarkt so gut wie völlig in Ruhe gelassen worden. Die rosa Insektenwesen waren wahrscheinlich vom Licht angezogen worden, wie normale Insekten auch. Die Vogelwesen waren ganz einfach auf Nahrungssuche gewesen. Aber die größeren Kreaturen hatten uns hier drinnen in Ruhe gelassen. Zu dem Gemetzel in der Apotheke war es nur gekommen, weil die Türen weit geöffnet gewesen waren – dessen war ich mir ganz sicher. Das oder die Wesen, die Norton und seine Gruppe überwältigt hatten und die sich angehört hatten, als seien sie riesengroß, waren nicht in die Nähe des Supermarktes gekommen. Und das bedeutete, daß es vielleicht...

Plötzlich hatte ich das dringende Bedürfnis, mit Ollie Weeks zu sprechen. Ich *mußte* mit ihm sprechen.

»Ich habe die feste Absicht, von hier zu verschwinden oder bei diesem Versuch umzukommen«, erklärte Cornell. »Ich habe nicht die Absicht, den Rest des Sommers hier zu verbringen.«

»Es hat vier Selbstmorde gegeben«, berichtete Amanda plötzlich.

»Was?« Ich dachte zuerst etwas schuldbewußt, daß die Leichen der Soldaten entdeckt worden waren.

»Tabletten«, sagte Cornell kurz. »Ich und einige andere Männer haben die Leichen in den Lagerraum geschafft.«

Ich mußte ein schrilles Gelächter unterdrücken. Wir hatten da hinten allmählich schon eine richtige Leichenhalle.

»Die Reihen lichten sich«, sagte Cornell. »Ich möchte mich aus dem Staub machen.«

»Sie werden nicht bis zu Ihrem Auto kommen. Glauben Sie mir.«

»Nicht einmal bis zur ersten Wagenreihe? Das ist näher als die Apotheke.«

Ich gab ihm keine Antwort. In jenem Augenblick jedenfalls nicht.

Etwa eine Stunde später fand ich Ollie an der Bierkühlung. Er trank ein ›Busch‹. Sein Gesicht war teilnahmslos, aber auch er schien Mrs. Carmody zu beobachten. Sie war unermüdlich. Und sie sprach tatsächlich wieder über Menschenopfer, nur daß ihr jetzt niemand mehr befahl, den Mund zu halten. Einige jener Leute, die ihr noch gestern gesagt hatten, sie solle den Mund halten, waren nun entweder ganz ihrer Meinung oder aber zumindest bereit, ihr zuzuhören – und die anderen ließ man nicht mehr zu Wort kommen.

»Bis morgen früh könnte sie diese Leute völlig umgekrempelt haben«, meinte Ollie. »Vielleicht auch nicht... aber wenn es ihr gelingt – was glauben Sie, wen sie als Opfer auswählt?«

Bud Brown war ihr entgegengetreten. Und Amanda. Und der junge Mann, der ihr einen Stoß versetzt hatte. Und ich war natürlich auch noch da.

»Ollie«, sagte ich, »ich glaube, daß etwa ein Dutzend von uns hier wegkommen könnte. Ich weiß nicht, wie weit wir kommen würden, aber ich glaube, daß wir zumindest hier rauskommen könnten.«

»Wie?«

Ich erklärte ihm meinen Plan. Er war sehr einfach. Wenn wir so schnell wie möglich zu meinem Scout rannten und hineinsprangen, würde den Wesen kein Menschengeruch in die Nase steigen. Zumindest nicht, wenn wir die Fenster geschlossen hielten.

»Aber angenommen, daß sie auch von anderen Gerüchen angezogen werden?« fragte Ollie. »Von Auspuffgasen beispielsweise.«

»Dann wären wir geliefert«, gab ich zu.

»Bewegung«, sagte er. »Auch die Bewegung eines Autos durch den Nebel könnte sie anziehen, David.«

»Das glaube ich nicht. Nicht, solange sie ihre Beute nicht riechen können. Ich bin wirklich der Meinung, daß das der Schlüssel ist, um von hier wegzukommen.«

»Aber Sie wissen es nicht genau?«

»Nein, ganz sicher bin ich mir da nicht.«

»Wohin würden Sie denn fahren?«

»Als erstes nach Hause. Um meine Frau zu holen.«

»David...«

»Ja, ich weiß schon. Sagen wir also, um nachzusehen. Um ganz *sicher* zu sein.«

»Die Biester da draußen können überall sein, David. Sie können Sie erwischen, sobald Sie auf Ihrem Hof aus Ihrem Scout aussteigen.«

»Wenn das geschehen sollte, würde der Scout Ihnen gehören. Ich würde Sie nur darum bitten, auf Billy aufzupassen, so gut und so lange Sie können.«

Ollie trank sein Bier aus und warf die leere Dose zu den anderen ins Kühlfach. Der Kolben von Amandas Pistole ragte aus seiner Tasche heraus.

»Nach Süden?« fragte er und sah mir fest in die Augen.

»Ja«, antwortete ich. »Ich würde in Richtung Süden fahren und mit aller Macht versuchen, aus dem Nebel herauszukommen.«

»Wieviel Benzin haben Sie?«

»Der Tank ist fast voll.«

»Haben Sie auch überlegt, daß es sich überhaupt als unmöglich erweisen könnte herauszukommen?«

Ich *hatte* daran gedacht. Angenommen, daß das, womit die Typen vom Arrowhead-Projekt herumexperimentiert hatten, die gesamte Region in eine andere Dimension versetzt hatte, ebenso leicht, wie unsereiner die Socken wendet? »Es ist mir durch den Kopf gegangen«, antwortete ich, »aber die Alternative scheint darin zu bestehen herumzusitzen und abzuwarten, wen Mrs. Carmody als Opfer auswählt.«

»Dachten Sie daran, heute aufzubrechen?«

»Nein. Es ist bereits Nachmittag, und viele dieser Wesen werden nachts erst richtig aktiv. Ich dachte an morgen früh.«

»Wen würden Sie gern mitnehmen?«

»Mich, Sie und Billy. Hattie Turman. Amanda Dumfries. Den alten Cornell und Mrs. Reppler. Vielleicht auch noch Bud Brown. Das wären acht Personen, aber Billy kann bei jemandem auf dem Schoß sitzen, und wir können alle eng zusammenrücken.«

Er dachte darüber nach. »In Ordnung«, sagte er schließlich. »Wir werden es versuchen. Haben Sie schon mit irgend jemandem darüber gesprochen?«

»Nein, noch nicht.«

»Ich würde Ihnen raten, bis morgen früh so gegen vier Uhr niemandem etwas davon zu sagen. Ich werde einige Tüten mit Nahrungsmittel unter der Kasse deponieren, die der Tür am nächsten ist. Wenn wir Glück haben, können wir vielleicht hinausschlüpfen, bevor jemand merkt, was los ist.« Seine Blicke schweiften wieder zu Mrs. Carmody. »Wenn *sie* es wüßte, würde sie vielleicht versuchen, uns daran zu hindern.«

»Glauben Sie?«

Ollie holte sich ein neues Bier. »Ja, das glaube ich«, sagte er sehr ernst.

Jener Nachmittag – der gestrige – schien im Zeitlupentempo zu vergehen. Dann wurde es dunkel, und der Nebel nahm wieder jene trübe Chromfarbe an. Was von der Außenwelt überhaupt noch zu sehen war, verschmolz mit der Dunkelheit, als es halb neun wurde.

Die rosa Insekten kamen wieder, gefolgt von den Vogelwesen, die ans Fenster prallten und die Insekten verschlangen. Ab und zu war aus der Dunkelheit ein Brüllen zu vernehmen, und einmal kurz vor Mitternacht, erklang ein langgezogenes *Aaaaa-ruuuuu!* Die Menschen im Supermarkt blickten mit verängstigten, forschenden Gesichtern in die Finsternis hinaus. Es war jene Art von Laut, den man vielleicht von einem Alligator im Sumpf erwarten würde.

Millers Prophezeiung erfüllte sich tatsächlich. Bis zu den frühen Morgenstunden hatte Mrs. Carmody ein weiteres halbes Dutzend Seelen für sich gewonnen, darunter auch Mr. McVey, den Metzger. Er stand mit verschränkten Armen da und ließ sie nicht aus den Augen.

Sie war ganz in ihrem Element. Sie schien keinen Schlaf zu benötigen. Ihre Predigt, ein stetiger Strom von Schreckensbildern à la Doré, Bosch und Jonathan Edwards, nahm kein Ende; vielmehr steuerte sie auf irgendeinen Höhepunkt zu. Ihre Gruppe begann mit ihr zu murmeln, sich unbewußt hin und her zu wiegen wie echte Gläubige bei einer Erwekkungspredigt. Alle Augen hatten den gleichen leeren Ausdruck und glänzten. Sie standen alle unter Mrs. Carmodys Zauber.

Gegen drei Uhr früh (die Predigt ging pausenlos weiter, und jene Leute, die daran nicht interessiert waren, hatten sich nach hinten verzogen und versuchten, etwas Schlaf zu finden) sah ich, wie Ollie eine Tüte mit Lebensmitteln auf einem Fach unter jener Kasse deponierte, die der Ausgangstür am nächsten war. Eine halbe Stunde später stellte er eine weitere Tüte daneben. Niemand außer mir schien gesehen zu haben, was er machte. Billy, Amanda und Mrs. Turman schliefen nebeneinander in der Nähe der geplünderten Kaltimbiß-Abteilung. Ich setzte mich zu ihnen und fiel in einen unruhigen Halbschlaf.

Auf meiner Armbanduhr war es Viertel nach vier, als Ollie mich wachrüttelte. Cornell war bei ihm. Seine Augen leuchteten munter hinter seiner Brille hervor.

»Es ist Zeit, David«, sagte Ollie.

Ich spürte, wie sich mein Magen nervös zusammenkrampfte, aber das legte sich rasch wieder. Ich rüttelte Amanda wach. Flüchtig ging mir die Frage im Kopf herum, was wohl passieren würde, wenn Amanda und Stephanie zusammen im Auto sitzen würden, aber ich verdrängte diesen Gedanken rasch wieder. Heute würde es das beste sein, die Dinge einfach so zu nehmen, wie sie kamen.

Jene erstaunlich grünen Augen öffneten sich und sahen mich an. »David?«

»Wir wollen versuchen, von hier wegzukommen. Möchtest du mitkommen?«

»Wovon sprichst du?«

Ich wollte es ihr erklären, aber dann weckte ich zuerst Mrs. Turman auf, damit ich nicht zweimal dasselbe erzählen mußte.

»Diese Theorie über den Geruch«, sagte Amanda. »Es ist nichts weiter als eine Vermutung, oder?«

»Ja.«

»Das ist mir egal«, meinte Hattie. Ihr Gesicht war weiß, und obwohl sie einige Stunden geschlafen hatte, lagen große dunkle Ringe unter ihren Augen. »Ich würde alles tun – jedes Risiko eingehen –, nur um wieder die Sonne zu sehen!«

Nur um wieder die Sonne zu sehen. Ein Schauder überlief mich. Sie hatte ihren Finger auf eine Stelle gelegt, die dem Zentrum meiner eigenen

Ängste sehr nahe kam. Man konnte die Sonne durch den Nebel hindurch nur noch wie eine kleine Silbermünze sehen. Es war so, als seien wir auf der Venus gelandet.

Es waren nicht einmal so sehr die Monster, die im Nebel lauerten – mein Speerwurf mit der Eisenstange hatte mir gezeigt, daß sie keine unsterblichen Lovecraftschen Wesen waren, sondern organische Kreaturen, die durchaus verletzbar waren. Es war vielmehr der Nebel selbst, der die Kräfte schwächte und den Willen lähmte. *Nur um wieder die Sonne zu sehen.* Sie hatte recht. Das allein war es schon wert, selbst durch die Hölle zu gehen.

Ich lächelte Hattie zu, und sie erwiderte zögernd mein Lächeln.

»Ja«, sagte Amanda. »Ich auch.«

Ich begann, Billy so sanft wie möglich zu wecken.

»Ich bin mit von der Partie«, erklärte Mrs. Reppler kurz und bündig.

Wir standen alle zusammen in der Nähe der Fleischtheke, alle außer Bud Brown. Er hatte uns für die Einladung gedankt, sie aber abgelehnt. Er wolle seinen Posten im Supermarkt nicht verlassen, hatte er erklärt, aber in bemerkenswert freundlichem Ton hinzugefügt, daß er Ollie keinen Vorwurf deswegen mache.

Ein unangenehmer süßlicher Gestank begann allmählich von der weißen Fleischtheke auszugehen, ein Gestank, der mich an jenen erinnerte, den wir einmal erlebt hatten, als wir nach einer Woche Aufenthalt am Kap heimkamen und feststellen mußten, daß unsere Tiefkühltruhe währenddessen ihren Geist aufgegeben hatte. Ich glaube, es war der Gestank von verdorbenem Fleisch, der Mr. McVey zu der Gruppe um Mrs. Carmody getrieben hatte.

»... Sühne! Wir wollen jetzt über die Sühne nachdenken. Wir sind mit Geißeln und Skorpionen geschlagen worden! Wir sind bestraft worden, weil wir in jene Geheimnisse eingedrungen sind, die Gott von jeher unserem Zugriff entzogen hat! Wir haben gesehen, daß die Erde sich aufgetan hat! Wir haben gräßliche Obszönitäten mit ansehen müssen! Der Felsen wird sie nicht verbergen, der tote Baum trägt keine Frucht! Und wie soll das enden? Was wird es beenden?«

»Sühne!« brüllte der gute alte Myron La Fleur.

»Sühne ... Sühne ...«, flüsterten die anderen unsicher.

»Bringt eure Überzeugung laut zum Ausdruck! Laßt es mich hören!« kreischte Mrs. Carmody. Ihre Halsadern schwollen an und traten hervor. Ihre Stimme war jetzt heiser und überschlug sich, war aber immer noch kraftvoll. Mir fiel ein, daß erst der Nebel ihr diese Macht verliehen hatte – die Macht, Geister zu verwirren, Menschen mit Worten zu betören, so wie er uns anderen die Energie entzogen hatte, die uns die Sonne

spendete. Bis dahin war sie nur eine exzentrische alte Frau gewesen, die ein Antiquitätengeschäft in einer Kleinstadt hatte, wo es vor derartigen Geschäften nur so wimmelte. Nur eine alte Frau mit einigen ausgestopften Tieren im Hinterzimmer und einem gewissen Ruf als

(diese Hexe... dieses verdammte Weib)

Expertin für Volksheilkunde. Es heißt, sie könne mit einem Apfelbaumstock Wasser aufspüren, Warzen wegzaubern und einem eine Creme verkaufen, die Sommersprossen fast verschwinden ließe. Ich hatte sogar gehört – vom alten Bill Giosti, wenn ich mich nicht irre –, daß Mrs. Carmody (natürlich völlig vertraulich) Abhilfe für Liebesprobleme kenne; sie könne einem einen Trank verabreichen, der dem Schwanz seine alte Potenz wiedergäbe.

»SÜHNE!« brüllten sie jetzt alle zusammen.

Richtig – Sühne!« schrie sie ekstatisch. *»Sühne wird diesen Nebel beseitigen! Sühne wird diese Monster und Ausgeburten der Hölle besiegen! Sühne wird den Nebel von euren Augen nehmen und euch sehend machen!«* Ihre Stimme wurde etwas leiser. *»Und was sagt die Bibel über Sühne? Was ist Sühne? Was ist in den Augen Gottes die einzige Läuterung von den Sünden?«*

»Blut!«

Diesmal jagte der Ausruf mir einen Schauder durch den ganzen Körper, und mir sträubten sich die Nackenhaare. Mr. McVey hatte dieses Wort ausgesprochen, Mr. McVey, der Metzger, der in Bridgton schon Fleisch geschnitten hatte, als ich noch ein kleines Kind gewesen war und mich an der talentierten Hand meines Vaters festgehalten hatte. Mr. McVey, der Kundenwünsche entgegennahm und in seinem weißen Kittel Fleisch schnitt. Mr. McVey, der sehr erfahren im Umgang mit dem Messer war – ja, und auch mit dem Hackmesser und der Knochensäge. Mr. McVey, der besser als jeder andere verstand, daß die Läuterung der Seele aus den Wunden des Körpers fließt.

»Blut...«, flüsterten sie.

»Vati, ich hab' Angst«, sagte Billy. Er umklammerte meine Hand, und sein Gesichtchen war bleich und angespannt.

»Ollie«, sagte ich, »wir sollten machen, daß wir aus diesem Irrenhaus rauskommen!«

»Also, gehen wir.«

Wir gingen als lose Gruppe den zweiten Gang entlang – Ollie, Amanda, Cornell, Mrs. Turman, Mrs. Reppler, Billy und ich. Es war Viertel vor fünf, und der Nebel begann wieder heller zu werden.

»Sie und Cornell nehmen die Lebensmitteltüten«, sagte Ollie zu mir.

»Okay.«

»Ich gehe als erster hinaus. Ihr Scout hat vier Türen, nicht wahr?«

»Ja.«

»Okay, ich werde die Fahrertür und die Hintertür auf der gleichen Seite öffnen. Mrs. Dumfries, können Sie Billy tragen?«

Sie nahm ihn auf den Arm.

»Bin ich zu schwer?« fragte Billy.

»Nein, Liebling.«

»Gut.«

»Sie und Billy steigen vorne ein«, fuhr Ollie fort. »Rücken Sie weiter bis zur anderen Tür. Mrs. Turman setzt sich vorne in die Mitte, David auf den Fahrersitz. Wir übrigen werden...«

»Wohin wollten Sie denn gehen?«

Es war Mrs. Carmody.

Sie stand an der Kasse, wo Ollie die Lebensmitteltüten versteckt hatte. Ihr greller gelber Hosenanzug leuchtete im Halbdunkel. Ihre Haare standen wild nach allen Seiten ab und erinnerten mich an Elsa Lanchester in ›Frankensteins Braut‹. Ihre Augen sprühten Blitze. Zehn oder fünfzehn Leute standen hinter ihr und versperrten die Türen.

Ihre Gesichter hatten den Ausdruck von Menschen, die einen schweren Autounfall erlitten oder die Landung einer fliegenden Untertasse miterlebt oder gesehen hatten, wie ein Baum seine Wurzeln aus der Erde zog und davonspazierte.

Billy preßte sich gegen Amanda und vergrub sein Gesicht an ihrem Hals.

»Wir gehen jetzt hinaus, Mrs. Carmody«, sagte Ollie. Seine Stimme war bemerkenswert sanft und freundlich. »Lassen Sie uns bitte vorbei!«

»Sie können nicht hinaus. Dieser Weg führt in den Tod. Haben Sie das denn immer noch nicht begriffen?«

»Niemand hat Sie an Ihrem Tun gehindert«, sagte ich. »Wir wollen nichts als das gleiche Recht.«

Sie bückte sich und fand auf Anhieb die Tüten mit den Lebensmitteln. Sie mußte die ganze Zeit gewußt haben, was wir vorhatten. Sie zog die Tüten aus dem Fach, wo Ollie sie versteckt hatte. Eine riß auf, und Dosen rollten über den Boden. Sie schleuderte die andere zu Boden. Glas zerbrach klirrend, und Mineralwasser ergoß sich überallhin.

»Das sind jene Leute, die an allem schuld sind!« brüllte sie. »Leute, die sich dem Willen des Allmächtigen nicht beugen wollen! Sie sind der Sünde des Stolzes verfallen, hochmütig sind sie und starrsinnig! Einer von ihnen muß geopfert werden! *Von einem dieser Sünder muß das Sühneblut kommen!*«

Ein zustimmendes Gemurmel feuerte sie nur noch mehr an. Sie hatte sich in eine Raserei hineingesteigert. Speichel flog von ihren Lippen, als sie den Leuten, die sich hinter ihr scharten, zuschrie: *»Den Jungen wollen wir! Packt ihn! Holt ihn euch! Wir wollen den Jungen!«*

Sie stürzten vorwärts, allen voran Myron La Fleur mit freudig funkelnden Augen. Mr. McVey war direkt hinter ihm, mit leerem und törichtem Gesicht.

Amanda stolperte rückwärts und drückte Billy fester an sich. Seine Arme umschlangen ihren Hals. Sie sah mich entsetzt an. »David, was soll ich nur...«

»Schnappt sie euch beide!« kreischte Mrs. Carmody. *»Holt sie! Holt euch auch diese Hure!«*

Ihr Gesicht erstrahlte in düsterer Freude. Ihre Tasche hing immer noch an ihrem Arm. Sie begann auf und ab zu springen. *»Schnappt euch den Jungen, schnappt euch die Hure, schnappt sie euch beide, schnappt sie euch alle, schnappt...«*

Ein lauter Knall.

Alle erstarrten, als seien wir eine Klasse ungezogener, lärmender Schüler und als sei der Lehrer gerade zurückgekommen und habe die Tür laut zugeworfen. Myron La Fleur und Mr. McVey blieben wie angewurzelt stehen, etwa zehn Schritte von uns entfernt. Myron drehte sich nach dem Metzger um und warf ihm einen verunsicherten Blick zu. Dieser schien aber gar nicht wahrzunehmen, daß La Fleur ihn anschaute. Mr. McVey hatte einen Ausdruck, den ich in den beiden letzten Tagen auf nur allzu vielen Gesichtern gesehen habe. Er hatte den Verstand verloren. Er war übergeschnappt.

Myron starrte nun Ollie mit weit aufgerissenen, erschrockenen Augen an und wich zurück. Dann begann er zu rennen. Er bog um die Ecke des Ganges, stolperte über eine Dose, fiel hin, taumelte hoch und verschwand.

Ollie stand noch immer in der klassischen Position des Zielscheibenschützen da, Amandas Pistole mit beiden Händen haltend.

Mrs. Carmody stand noch immer neben der Kasse. Sie umklammerte mit ihren leberfleckigen Händen ihren Bauch. Blut strömte zwischen ihren Fingern hindurch und rann auf ihre gelbe Hose.

Ihr Mund öffnete und schloß sich. Einmal. Zweimal. Sie versuchte zu sprechen. Schließlich gelang es ihr.

»Ihr werdet alle da draußen sterben!« sagte sie, und dann fiel sie langsam vornüber. Ihre Tasche glitt ihr vom Arm, fiel auf den Boden, und der Inhalt wurde in der ganzen Gegend verstreut.

Ihre ›Gemeinde‹ wich zurück, zerstreute sich etwas. Keiner von ihnen konnte seinen Blick von der auf dem Boden liegenden Gestalt und von dem dunklen Blut abwenden, das unter ihrem Körper hervorquoll. »Ihr habt sie umgebracht!« schrie jemand ängstlich und zornig. Aber niemand wies darauf hin, daß sie etwas Ähnliches mit meinem Sohn vorgehabt hatte.

Ollie stand noch immer wie versteinert da, aber jetzt zitterte sein Mund. Ich berührte ihn sanft. »Ollie, gehen wir. Und herzlichen Dank!«

»Ich habe sie umgebracht«, murmelte er heiser. »Mein Gott, ich habe sie umgebracht!«

»Ja«, sagte ich. »Und genau dafür habe ich mich bei Ihnen bedankt. Und nun wollen wir gehen!«

Wir setzten uns wieder in Bewegung.

Nachdem wir jetzt – dank Mrs. Carmody – keine Lebensmitteltüten zu tragen hatten, konnte ich Billy selbst tragen. Wir blieben einen Augenblick vor der Tür stehen, und Ollie sagte mit leiser, gepreßter Stimme: »Ich hätte sie nicht erschossen, David, wenn es irgendeine andere Möglichkeit gegeben hätte.«

»Ja.«

»Glauben Sie mir das?«

»Ja, ich glaube Ihnen.«

»Dann können wir jetzt gehen.«

Wir gingen hinaus.

Das Ende

Ollie bewegte sich schnell auf mein Auto zu, die Pistole schußbereit in der rechten Hand. Als Billy und ich aus der Tür traten, war er schon beim Scout angelangt, ein schattenhafter Ollie, der einem Gespenst aus irgendeinem Fernsehfilm glich. Er öffnete die Fahrertür. Dann die Hintertür. Und dann kam etwas aus dem Nebel geschossen und zerschnitt seinen Körper fast in zwei Hälften.

Ich habe dieses Wesen nicht genau gesehen, und ich bin froh darüber. Es schien rot zu sein wie ein gekochter Hummer. Es hatte große Scheren. Es stieß einen tiefen Grunzlaut aus, ähnlich jenem, den wir gehört hatten, nachdem Norton und seine kleine Schar von Unbelehrbaren hinausgegangen waren.

Ollie feuerte einen Schuß ab, und dann schossen die Scheren der Kreatur vorwärts, und Ollies Körper wurde zertrennt. Ein schrecklicher Blutstrahl spritzte hoch. Amandas Pistole entfiel seiner Hand, fiel aufs Pflaster, und ein Schuß löste sich. Flüchtig sah ich, wie in einem Alptraum, riesige schwarze glanzlose Augen, und dann zog sich die Kreatur wieder in den Nebel zurück, Ollie Weeks – oder vielmehr das, was von ihm noch übrig war – fest im Griff. Ein langer, in viele Segmente unterteilter Skorpionkörper schleppte sich übers Pflaster.

Einen Augenblick lang hatte ich die Wahl. Vielleicht ist das immer so, wie kurz dieser Moment auch sein mag. Die eine Hälfte von mir wollte in den Supermarkt zurückrennen, Billy fest an meine Brust gepreßt. Die andere Hälfte wollte zum Scout rasen, Billy hineinwerfen und dann selbst ins Auto springen. Dann schrie Amanda. Es war ein hoher, anschwellender Ton, der eine fast ultraschallartige Wirkung hatte. Billy klammerte sich an mich und vergrub sein Gesicht an meiner Brust.

Eine der Spinnen hatte Hattie Turman erwischt. Sie war sehr groß. Sie hatte Hattie zu Boden geworfen, und Hatties Kleid war hochgerutscht und entblößte ihre knochigen Knie. Die Spinne betastete mit ihren haarigen, stacheligen Beinen Hatties Körper, schien ihre Schultern zu liebkosen. Dann begann sie ihr Netz zu spinnen.

Mrs. Carmody hatte recht, dachte ich. *Wir werden hier draußen alle sterben, wir werden hier draußen tatsächlich sterben.*

»Amanda«, schrie ich.

Keine Antwort. Sie war völlig hysterisch. Die Spinne umhüllte sorgfältig Billys Babysitter Hattie Turman, die so gern Puzzles zusammengesetzt hatte. Die Spinnweben liefen kreuz und quer über ihren Körper und färbten sich an jenen Stellen, wo die ätzende Deckschicht in sie eindrang, schon rot.

Cornell wich langsam zurück. Seine Augen waren hinter den Brillengläsern tellergroß. Dann drehte er sich auf dem Absatz um und rannte. Er stieß die Eingangstür auf und stürzte in den Supermarkt hinein.

Mit meiner Unschlüssigkeit war es vorbei, als Mrs. Reppler energisch vortrat und Amanda zwei kräftige Ohrfeigen gab. Die junge Frau hörte auf zu schreien. Ich ging zu ihr, drehte sie so, daß sie mit dem Gesicht zum Scout stand, und brüllte sie an: »Los!«

Sie rannte los. Mrs. Reppler überholte mich. Sie schob Amanda auf den Rücksitz des Wagens, sprang selbst hinein und schlug die Tür zu.

Ich löste Billys Arme von meinem Hals und warf ihn hinein. Als ich selbst einsteigen wollte, schlang sich eine Spinnwebe um meinen Fußknöchel. Es brannte, als ob eine Angelrute mit hoher Geschwindigkeit durch die geschlossene Faust gezogen würde. Das kabelartige Ding war sehr stark, aber ich ruckte kräftig mit dem Fuß und zerriß es. Ich glitt hinters Steuer.

»Schließ die Tür, so schließ doch die Tür!« schrie Amanda.

Ich schloß die Tür. Nur wenige Sekunden später stieß eine der Spinnen dagegen. Ich war nur wenige Zoll von ihren roten bösartig-dummen Augen entfernt. Ihre Beine, die so dick waren wie mein Handgelenk, tasteten über die Motorhaube. Amanda schrie unaufhörlich, wie eine Feuersirene.

»Halten Sie den Mund!« schrie Mrs. Reppler sie an.

Die Spinne gab auf. Sie konnte uns nicht riechen, folglich waren wir für sie auch nicht mehr vorhanden. Sie stolzierte auf ihren gräßlich vielen Beinen in den Nebel zurück, wurde immer gespenstischer und verschwand dann völlig.

Ich schaute aus dem Fenster, vergewisserte mich, daß sie tatsächlich fort war, und öffnete die Tür.

»Was tust du?« kreischte Amanda, aber ich wußte, was ich tat.

Ich glaube, Ollie hätte genau das gleiche getan. Ich stellte einen Fuß aufs Pflaster, beugte mich vor und holte die Pistole. Etwas kam auf mich zugeschossen, aber ich habe es nie zu Gesicht bekommen. Ich schwang rasch mein Bein ins Auto zurück und schlug die Tür zu.

Amanda begann zu schluchzen. Mrs. Reppler legte einen Arm um sie und tröstete sie.

»Fahren wir jetzt nach Hause, Vati?« fragte Billy.

»Wir werden es versuchen, Big Bill.«

»Okay«, sagte er leise.

Ich prüfte die Pistole und legte sie ins Handschuhfach. Ollie hatte sie nach der Expedition in die Apotheke wieder geladen. Die übrige Munition war zusammen mit ihm verschwunden, aber das war nicht allzu tragisch. Er hatte auf Mrs. Carmody geschossen, er hatte einmal auf die Kreatur mit den Scheren geschossen, und ein Schuß hatte sich beim Aufprall auf den Boden von selbst gelöst. Wir waren vier Personen im Auto, aber wenn es zum Schlimmsten kommen sollte, werde ich für mich selbst auch einen anderen Ausweg finden.

Ich durchlebte einen schrecklichen Augenblick, als ich meinen Schlüsselbund nicht finden konnte. Ich kramte in allen Taschen – vergeblich. Ich zwang mich, noch einmal langsam und ruhig zu suchen. Sie lagen in meiner Jeanstasche, waren nur unter das Kleingeld gerutscht, wie Schlüssel das manchmal so an sich haben. Der Motor sprang sofort an. Dieses vertraute, beruhigende Geräusch ließ Amanda wieder in Tränen ausbrechen.

Ich saß müßig da und wartete darauf, daß irgendein teuflisches Wesen aus dem Nebel auftauchen würde, angelockt vom Motorenlärm und den Auspuffgasen. Fünf Minuten vergingen – die längsten fünf Minuten meines Lebens! Nichts geschah.

»Wollen wir nun hier sitzen bleiben oder losfahren?« fragte Mrs. Reppler schließlich.

»Wir fahren«, antwortete ich. Ich setzte aus der Parklücke zurück und legte den ersten Gang ein.

Irgendein Impuls – vermutlich kein sehr edler – trieb mich dazu, so dicht wie nur möglich am Supermarkt entlangzufahren. Die rechte Stoßstange des Scouts schob den Abfallkübel zur Seite. Wegen der Düngersäcke war es unmöglich, in den Supermarkt hineinzuschauen, aber an jedem Sehschlitz klebten zwei oder drei Gesichter und starrten zu uns hinaus.

Dann bog ich nach links ab, und der Nebel schloß sich hinter uns. Und ich weiß nicht, was aus all jenen Menschen geworden ist.

Ich fuhr mit der phänomenalen Geschwindigkeit von fünf Meilen pro Stunde die Kansas Road entlang. Obwohl die Scheinwerfer und die Nebelleuchten eingeschaltet waren, konnte man höchstens sieben bis zehn Fuß weit sehen.

Miller hatte recht gehabt – die Erde hatte eine furchtbare Erschütterung durchgemacht. Stellenweise war die Straße nur rissig, aber an anderen Stellen schien der Boden tief eingebrochen zu sein, und große Stücke Pflaster standen hoch. Dank des Vierradantriebs konnte ich die Hindernisse überwinden. Dem Himmel sei Dank dafür! Aber ich hatte schreckliche Angst, daß bald irgendein Hindernis kommen würde, gegen das selbst der Vierradantrieb machtlos wäre.

Ich brauchte vierzig Minuten für eine Strecke, die ich normalerweise in sieben oder acht Minuten zurücklegte. Schließlich tauchte aber doch das Verkehrsschild auf, das auf unseren Privatweg aufmerksam machte. Billy, den ich um Viertel vor fünf aufgeweckt hatte, war fest eingeschlafen. Dieses Auto war ihm so vertraut, daß er sich darin wohl wie zu Hause fühlte.

Amanda betrachtete nervös den Weg. »Willst du wirklich da entlangfahren?«

»Ich werd's zumindest versuchen«, sagte ich.

Aber es erwies sich als unmöglich. Der heftige Sturm hatte sehr viele Bäume gelockert, und jene unheimlich starke Erschütterung hatte sie vollends zu Fall gebracht. Die ersten beiden waren ziemlich klein, und ich konnte mit knirschenden Reifen über sie hinwegfahren. Aber dann lag eine ehrwürdige alte Fichte quer über dem Weg wie eine Barrikade, die Rebellen errichtet hatten. Bis zum Haus war es immer noch fast eine Viertelmeile. Billy schlief neben mir, und ich stellte den Motor ab, legte meine Hände über die Augen und versuchte mir darüber klarzuwerden, was ich nun tun sollte.

Während ich jetzt im ›Howard Johnson‹ in der Nähe von Ausfahrt 3 der Maine-Autobahn sitze und das alles niederschreibe, bin ich fast überzeugt davon, daß Mrs. Reppler, diese zähe, sehr fähige Frau, mir mit wenigen raschen Pinselstrichen die ganze Aussichtslosigkeit der Situation hätte vor Augen stellen können. Aber sie war so rücksichtsvoll, mich auf meine eigene Art und Weise alles überdenken zu lassen.

Ich konnte nicht aussteigen. Ich durfte sie nicht verlassen. Ich konnte mir nicht einmal einreden, daß all jene Horrorfilm-Monster sich nur in der Nähe des Supermarktes versammelt hatten. Wenn ich das Fenster etwas herunterkurbelte, konnte ich hören, wie sie im Wald herumtobten. Feuchtigkeit tropfte von den Blättern aufs Autodach. Einen Augenblick lang verdunkelte sich der Nebel, und irgendein alptraumhaftes drachenartiges Wesen flog über uns hinweg, ohne daß wir es aber genau erkennen konnten.

Ich versuche mir einzureden – heute morgen und auch jetzt noch –, daß sie, wenn sie sehr schnell gewesen war, wenn sie ins Haus gerannt war und sämtliche Eingänge fest verschlossen hatte, daß sie dann genug Nahrungsmittel für zehn Tage oder zwei Wochen hatte. Es funktioniert nicht so richtig, denn immer wieder drängt sich mir das Bild auf, wie ich sie zuletzt gesehen habe, mit ihrem alten Sonnenhut auf dem Kopf und in ihren Gartenhandschuhen, unterwegs zu unserem kleinen Gemüsegarten, während hinter ihr der Nebel unerbittlich über den See aufzog.

Es ist Billy, an den ich jetzt denken muß. Billy, sage ich mir immer wieder vor. Big Bill, Big Bill, Big Bill ... ich sollte es hundertmal auf dieses Blatt Papier schreiben, wie ein Kind, das eine Strafarbeit aufbekommen hat.

Jedenfalls tat ich schließlich das einzige, was mir zu tun übrig blieb. Ich steuerte den Wagen vorsichtig auf die Kansas Road zurück. Dann weinte ich.

Amanda berührte schüchtern meine Schulter. »David, es tut mir so leid«, sagte sie.

»Ja«, murmelte ich und versuchte erfolglos, meine Tränen zurückzuhalten. »Ja, mir auch.«

Ich fuhr zur Straße 302 und wandte mich nach links, in Richtung Portland. Auch diese Straße war teilweise aufgerissen und voller Löcher, aber insgesamt war sie doch in besserem Zustand als die Kansas Road. Ich machte mir Sorgen wegen der Brücken. In Maine gibt es zahlreiche Flüsse, und auf Schritt und Tritt stößt man auf große und kleine Brücken. Aber der Naples-Damm war unbeschädigt, und von dort bis Portland kamen wir zwar langsam, aber stetig voran.

Der Nebel blieb weiterhin dick. Einmal mußte ich anhalten, weil ich dachte, daß Bäume die Straße versperrten. Dann begannen diese Bäume sich wellenförmig zu bewegen, und ich begriff, daß es Tentakel waren. Ich blieb stehen, und etwas später zogen sie sich zurück. Einmal landete ein großes Wesen mit einem schillernden grünen Körper und langen durchsichtigen Flügeln auf der Motorhaube. Es sah aus wie eine riesige unförmige Libelle. Es blieb einen Augenblick auf dem Auto sitzen, dann breitete es seine Schwingen aus und verschwand im Nebel.

Billy wachte auf, nachdem wir etwa zwei Stunden unterwegs waren, und fragte, ob wir Mutti schon abgeholt hätten. Ich erklärte ihm, ich hätte wegen der umgestürzten Bäume nicht bis ans Haus heranfahren können.

»Geht es ihr gut, Vati?«

»Billy, ich weiß es nicht. Aber wir werden zurückkommen und uns vergewissern.«

Er weinte nicht. Statt dessen döste er wieder ein. Mir wären Tränen lieber gewesen. Es gefiel mir nicht, daß er so ungewöhnlich viel schlief.

Ich bekam starkes Kopfweh. Teilweise kam es davon, daß ich ständig mit einer Geschwindigkeit von fünf oder zehn Meilen pro Stunde durch den Nebel fahren mußte, teilweise kam es von der Nervenanspannung: jeden Moment konnte irgendein Ungeheuer aus dem Nebel auftauchen – bis hin zu einer dreiköpfigen Hydra. Ich glaube, ich betete. Ich bat Gott, daß Stephanie doch am Leben sein möge, daß Er sie nicht für meinen Ehebruch bestrafen solle. Ich bat Gott, Er möge mich Billy in Sicherheit bringen lassen, weil der Kleine ohnehin schon soviel mitgemacht hatte.

Die meisten Leute hatten am Straßenrand angehalten, als der Nebel aufgezogen war, und gegen Mittag erreichten wir North Windham. Ich versuchte, auf der River Road weiterzufahren, aber nach etwa vier Meilen mußte ich feststellen, daß eine Brücke eingestürzt war, die einen kleinen, laut plätschernden Bach überspannte. Ich legte fast eine Meile im Rückwärtsgang zurück, bis ich eine Stelle fand, die breit genug zum Wenden war. Es blieb uns nichts anderes übrig, als auf der 302 bis Portland weiterzufahren.

Dort bog ich auf die Autobahn ab. Die einstmals ordentliche Reihe von Maut-Glaskabinen gleich hinter der Auffahrt glich jetzt augenlosen Skeletten. Überall lagen Glassplitter herum. Alle Kabinen waren leer. Auf einer Schwelle lag ein zerrissenes Jackett mit den Abzeichen der ›Maine Turnpike Authority‹ an den Ärmeln. Es war mit klebrigem, noch nicht ganz trockenem Blut durchtränkt. Wir hatten keine lebende Menschenseele mehr gesehen, seit wir den Supermarkt verlassen hatten.

»David, schalten Sie doch mal Ihr Radio ein«, sagte Mrs. Reppler.

Ich schlug mir vor Ärger über mich selbst an die Stirn und fragte mich, wie ich nur so dumm gewesen sein konnte, das Autoradio völlig zu vergessen.

»Tun Sie das nicht«, sagte Mrs. Reppler kurz. »Sie können nicht an alles denken. Wenn Sie es versuchen, werden Sie verrückt und sind zu gar nichts mehr zu gebrauchen.«

Im gesamten Mittelwellenbereich war nur ein Störgeräusch zu hören, und auf UKW herrschte völliges Schweigen.

»Bedeutet das, daß sämtliche Sender nicht mehr arbeiten?« fragte Amanda. Ich ahnte, woran sie dachte. Wir waren jetzt so weit südlich, daß wir uns eigentlich im Empfangsbereich verschiedener starker Bostoner Sender wie WRKO, WBZ und WMEX befinden müßten. Aber wenn Boston verschwunden war ...

»Es braucht überhaupt nichts Derartiges zu bedeuten«, sagte ich. »Dieses Störgeräusch auf Mittelwelle ist reine Interferenz. Der Nebel hat auch auf Rundfunkwellen eine stark dämpfende Wirkung.«

»Bist du sicher, daß es nur damit zusammenhängt?«

»Ja«, antwortete ich, obwohl ich mir alles andere als sicher war.

Wir fuhren in Richtung Süden; die Meilensteine glitten an uns vorüber, angefangen mit 40, mit kleiner werdenden Zahlen. Bei Meilenstein 1 würden wir die Grenze nach New Hampshire erreicht haben. Auf der Autobahn kamen wir aber langsamer vorwärts: viele Fahrer hatten nicht aufgeben wollen, und an zahlreichen Stellen war es zu Auffahrunfällen gekommen. Ich mußte mehrmals auf den Mittelstreifen ausweichen.

So gegen zwanzig nach eins – ich wurde allmählich hungrig – packte Billy mich plötzlich am Arm. »Vati, was ist das? *Was ist das?*«

Ein Schatten tauchte verschwommen als dunkler Fleck aus dem Nebel auf. Er war so groß wie ein Felsen und kam direkt auf uns zu. Ich trat auf die Bremse. Amanda, die kurz zuvor eingedöst war, wurde nach vorne geworfen.

Etwas kam auf uns zu; das ist wieder das einzige, was ich mit Sicherheit sagen kann. Vielleicht lag das daran, daß der Nebel uns nur flüchtige und unscharfe Blicke auf alles erlaubte, aber ich halte es für ebenso wahrscheinlich, daß es gewisse Dinge gibt, die aufzunehmen unser Gehirn sich einfach weigert. Es gibt so finstere, grauenhafte Dinge – ebenso wie es vermutlich auch so überwältigend schöne Dinge gibt –, daß sie einfach nicht durch die winzigen Türen der menschlichen Wahrnehmungskraft gehen.

Es hatte sechs Beine, das weiß ich. Seine Haut war schiefergrau, an manchen Stellen aber auch dunkelbraun. Diese dunkelbraunen Flecken erinnerten mich absurderweise an die Leberflecken auf Mrs. Carmodys Händen. Seine Haut legte sich in tiefe Falten, und Hunderte jener rosa Insektenwesen mit den Stielaugen saßen auf ihm herum. Ich weiß nicht, wie groß es wirklich war, aber jedenfalls stapfte es einfach über uns hinweg. Es setzte eines seiner grauen faltigen Beine direkt neben meinem Fenster auf, und Mrs. Reppler sagte später, sie hätte seinen Bauch nicht sehen können, obwohl sie ihren Nacken nach oben verrenkt hätte. Sie sah nur zwei gewaltige säulenartige Beine, die in den Nebel emporragten wie lebende Türme, soweit das Blickfeld reichte.

In dem Moment, als es sich direkt über dem Scout befand, hatte ich den Eindruck, es sei so groß, daß sich daneben ein Blauwal wie eine Forelle ausnehmen würde – mit anderen Worten so groß, daß es jedes Vorstellungsvermögen überschritt. Dann verschwand es und schickte nur eine seismologische Serie von starken Beben zurück. Es hatte auf der Autobahn Spuren hinterlassen – Spuren, die so tief waren, daß ich nicht auf den

Boden sehen konnte. Jeder einzelne Fußabdruck war fast so groß, daß der ganze Scout hineinfallen konnte.

Einen Augenblick lang sagte niemand ein Wort. Kein Laut war zu hören, abgesehen von unseren lauten Atemzügen und den schwächer werdenden dröhnenden Schritten dieses Ungeheuers.

Dann sagte Billy: »War es ein Dinosaurier, Vati? Wie jener Vogel im Supermarkt?«

»Ich glaube nicht. Ich glaube nicht, daß es jemals zuvor ein so riesiges Tier gegeben hat. Zumindest nicht auf der Erde.«

Ich dachte ans Arrowhead-Projekt und fragte mich wieder, was für verrückte Experimente sie dort wohl angestellt hatten.

»Könnten wir bitte weiterfahren?« fragte Amanda schüchtern. »Es könnte zurückkommen.«

Ja, und ebensogut konnten weiter vorne noch mehr von diesen Monstern sein. Aber es hätte keinen Sinn gehabt, Amanda darauf hinzuweisen. Wir mußten weiterfahren. Ich steuerte den Wagen im Zickzackkurs vorsichtig an den fürchterlichen Fußspuren vorbei, bis sie von der Straße abbogen.

Das also ist passiert. Jetzt wissen Sie alles. Das heißt, fast alles – zu einem allerletzten Punkt komme ich gleich noch. Aber Sie dürfen keinen ordentlichen Schluß erwarten. Es gibt kein ›*Und sie entkamen dem Nebel in den strahlenden Sonnenschein eines neuen Tages*‹ oder ›*Als sie erwachten, war endlich die Nationalgarde eingetroffen*‹, nicht einmal jenes beliebte alte Hilfsmittel: ›*Es war alles nur ein Traum gewesen.*‹

Es ist vermutlich das, was mein Vater mißbilligend ›ein Hitchcock-Ende‹ nannte, worunter er einen doppeldeutigen Schluß verstand, der es dem Leser oder Zuschauer erlaubte, eigene Erwägungen über den Ausgang anzustellen. Mein Vater hatte für solche Geschichten nur Verachtung übrig und bezeichnete sie als ›billige Tricks‹.

Wir erreichten dieses ›Howard Johnson‹ in der Nähe von Ausfahrt 3 bei Einbruch der Dämmerung, gerade als das Fahren zu einem selbstmörderischen Risiko zu werden begann. Kurz zuvor hatten wir auf der Brücke über den Saco River wahnsinniges Glück gehabt. Sie hatte sehr stark beschädigt ausgesehen, aber wir hatten im Nebel nicht erkennen können, ob sie noch ganz war oder nicht. *Dieses* Spiel haben wir gewonnen.

Aber wir müssen jetzt an morgen denken.

Während ich diese Zeilen schreibe, ist es Viertel vor ein Uhr nachts. Heute ist der 23. Juli. Der Sturm, der anscheinend die ganze Katastrophe ausgelöst hat, liegt nur vier Tage zurück. Billy schläft in der Halle auf einer Matratze, die ich für ihn herausgeschleppt habe. Amanda und Mrs. Reppler sind ganz in seiner Nähe. Ich schreibe im Licht einer großen

Taschenlampe, und draußen prallen die rosa Insekten unaufhörlich gegen die Fensterscheibe. Ab und zu erzittert sie stärker, wenn einer der Vögel sich seine Beute holt.

Der Scout hat noch genügend Benzin für etwa neunzig Meilen. Die Alternative bestünde darin, hier zu tanken; draußen sind Zapfsäulen, und trotz des Stromausfalls könnte ich vermutlich doch etwas Benzin tanken. Aber...

Aber dazu müßte ich mich im Freien aufhalten.

Wenn wir – hier oder anderswo – Benzin bekommen, werden wir immer weiterfahren. Ich habe jetzt ein Ziel vor Augen, müssen Sie wissen. Das ist der letzte Punkt, von dem ich Ihnen berichten wollte.

Ich bin mir nicht sicher. Verdammt, das ist das Problem. Vielleicht hat meine Fantasie mir einen Streich gespielt, vielleicht war es nichts als Wunschdenken. Und selbst wenn nicht – es ist ein so weiter Weg. Wieviel Meilen? Wieviel Brücken? Wieviel Ungeheuer, die liebend gern meinen Sohn in Stücke reißen und fressen würden, ungeachtet all seiner Entsetzens- und Schmerzensschreie.

Die Wahrscheinlichkeit ist so groß, daß es überhaupt nur ein Wunschtraum war, daß ich den anderen nichts davon erzählt habe... zumindest bis jetzt noch nicht.

In der Wohnung des Geschäftsführers fand ich ein großes batteriebetriebenes Radiogerät. Eine flache Antenne führte von seiner Rückseite zum Fenster hinaus. Ich schaltete es ein und drehte am Einstellknopf. Ich probierte alle Kanäle durch und hörte immer nur Störgeräusche oder aber überhaupt nichts.

Und dann, ganz am Ende des Mittelwellenbandes, als ich das Gerät gerade wieder abstellen wollte, glaubte ich – oder träumte ich – ein einziges Wort zu hören.

Mehr nicht. Ich lauschte eine volle Stunde. Es kam nichts mehr. Wenn ich dieses eine Wort tatsächlich gehört haben sollte, muß es durch einen winzigen Riß in diesem geräuschdämpfenden Nebel gedrungen sein, durch einen minimalen Spalt, der sich sofort wieder geschlossen hat.

Ein einziges Wort.

Ich muß zu etwas Schlaf kommen... Wenn ich überhaupt schlafen kann und nicht bis zum Tagesanbruch von all den Gesichtern verfolgt werde – Ollie Weeks und Mrs. Carmody und Norm, und von Stephanies Gesicht, überschattet von der breiten Krempe ihres Sonnenhuts.

Es gibt hier ein Restaurant, ein typisches ›Howard-Johnson‹-Restaurant mit einem Speisesaal und einer langen hufeisenförmigen Imbißtheke. Ich werde diese Blätter auf die Theke legen, und vielleicht wird jemand sie eines Tages finden und lesen.

Ein einziges Wort.

Wenn ich es nur tatsächlich gehört habe.

Wenn.

Ich gehe jetzt schlafen. Aber vorher werde ich meinem Sohn einen Kuß geben und ihm zwei Worte ins Ohr flüstern. Gegen die Träume, die ihn vielleicht heimsuchen werden, wissen Sie.

Zwei Worte, die für mich jetzt sozusagen identisch sind.

Das eine ist Hartford.

Das andere ist Hoffnung.

DEAN R. KOONTZ

In der Kälte der Nacht

Vorwort

Ich kann nicht ausschließen, daß bei dem einen oder anderen Leser, wenn er dieses Buch aus der Hand legt, ein Gefühl des Unbehagens und der Angst zurückbleibt. Die meisten freilich werden diesen Roman lesen in dem Vertrauen darauf, daß es sich um eine fiktive Geschichte handelt, die das Thema Besessenheit und Reinkarnation literarisch auslotet. Ich gebe zu, ich habe den Stoff so verarbeitet, daß er dem Bedürfnis der Leser nach Unterhaltung Rechnung trägt. Aber was ich geschrieben habe, ist kein Produkt meiner Fantasie. Die Dinge, von denen hier die Rede ist, sind Realität. Eine Realität, die sich schon heute in unser aller Leben widerspiegelt.

Seit 1957 schon wissen wir, daß es möglich ist, das menschliche Unterbewußtsein mit Hilfe sogenannter *Unterschwelliger Botschaften* zu manipulieren. In jenem Jahr führte James Vicary der Öffentlichkeit sein neuentwickeltes Tachistokop vor, eine Anordnung technischer Gerätschaften, die es gestattet, Bilder in so rascher Folge auf eine Leinwand oder auf einen Fernsehschirm zu projizieren, daß sie zwar vom Unterbewußtsein des Betrachters, aber nicht mehr von seinem Auge wahrgenommen werden. Wie ich im zweiten Teil meines Buches ausführen werde, ist das Tachistokop inzwischen von weitaus raffinierteren, gefährlicheren Methoden abgelöst worden.

Wer das besorglich findet und deshalb vielleicht nicht mehr gut schlafen kann, sollte das zehnte Kapitel im ersten Teil meines Buches am besten ganz überschlagen. Dort wird nämlich ein Gerät beschrieben, mit dem man die Privatwohnung jedes beliebigen Anschlußinhabers eines Telefons abhören kann, natürlich ohne daß der Belauschte davon erfährt. Das Gerät existiert. Robert Farr, ein Experte für elektronischen Datenschutz, hat ein Buch über dieses Thema geschrieben.

In meinem Buch ist von einer Droge die Rede. Diese Droge ist das einzige Element der Romanhandlung, das dem Bereich der Fantasie zuzuordnen ist. Es gibt sie nicht. Noch nicht.

Die Methoden, das Unterbewußtsein mit optisch nicht mehr wahrnehmbaren Kurzbotschaften zu beeinflussen, sind von Werbefachleuten entwickelt worden. Die Fachleute sagen, es liegt nicht in ihrer Absicht, auf eine Welt von Robotern hinzuarbeiten. Indes, wir leben in einem Jahrhundert des Wandels. Wie andere Fachleute auch, so werden die Erfinder der genannten Manipulationstechniken die Erfahrung machen, daß es Nachahmer gibt, die bei der Anwendung der neuen Verfahren von keinerlei Skrupeln geplagt werden.

Der Beginn

Samstag, den 6. August 1977
Der Weg war ungepflastert und schmal, und die Zweige der Lärchen, der Rottannen und Pinien hingen so tief, daß sie vom Dach des Landrover erfaßt wurden.

»Halt«, befahl Rossner.

Holbrook, der am Steuer saß, war ein großgewachsener Mann Anfang Dreißig. Er hielt das Steuer umklammert, und Rossner sah, daß die Knöchel weiß waren. Er zog das Steuer nach rechts, bremste und brachte den Wagen in einer Lücke zwischen den Bäumen zum Halten. Er schaltete die Scheinwerfer aus, die Armaturenbrettbeleuchtung ließ er brennen.

»Prüf deine Waffe«, sagte Rossner.

Beide trugen eine SIG-Petter im Schulterhalfter, die beste automatische Pistole, die es gab. Sie vergewisserten sich, daß die Magazine gefüllt waren. Wer sie betrachtete, wurde an Tänzer erinnert, die eine einstudierte Choreographie abspulten, ein Ritual, das sie tausendmal geübt hatten.

Sie verließen das Fahrzeug.

Es war drei Uhr nachts. Der Wald war still und dunkel. Sie waren im Staate Maine.

Holbrook öffnete die Hecktür, im Inneren des Rovers leuchtete eine Lampe auf. Er zog die Persenning zur Seite. Zum Vorschein kamen zwei Paar hüfthohe Gummistiefel, zwei Taschenlampen und eine Reihe weiterer Ausrüstungsgegenstände.

Rossner war kleiner und schlanker als Holbrook, er war auch schneller in seinen Bewegungen. Er war zuerst mit dem Stiefelanziehen fertig. Er ging zum Wagen zurück, um den Rest der Ausrüstung auszuladen. Wichtigstes Stück war ein zylindrischer Tank, ähnlich den Preßluftflaschen, die beim Tauchen Verwendung finden. Es gab zwei solcher Tanks, und an jedem hing ein Schlauch, der in einem Mundstück aus rostfreiem Stahl endete.

Sie schnallten sich die Tanks um, einer half dem anderen. Sie vergewisserten sich, daß die Waffen trotz der festgeschnallten Gurte erreichbar waren. Sie machten ein paar Schritte in der Runde, um sich an das Gewicht auf dem Rücken zu gewöhnen.

Es war 3 Uhr 10, als Rossner einen Kompaß aus der Tasche zog. Er prüfte die Himmelsrichtung im Licht der Taschenlampe, dann steckte er den Kompaß wieder fort. Der Marsch begann. Rossner ging voran, Holbrook folgte ihm. Holbrook war geschickt und leise in seinen Bewegungen, was ungewöhnlich war für einen Mann seiner Körpergröße.

Es ging bergan. Das Terrain wurde so schwierig, daß sie innerhalb einer halben Stunde zweimal eine kurze Rast einlegen mußten. Um 3 Uhr 40 kam das Big-Union-Sägewerk in Sicht. In einer Entfernung von dreihundert Schritten zur Rechten war ein Komplex von zwei- und dreistöckigen schindelbedeckten Häusern zu erkennen. In allen Fenstern war Licht, es gab außerdem starke Bogenlampen, die den eingefriedeten Lagerplatz des Sägewerkes mit ihrem geisterhaften blau-weißen Schein übergossen. Aus dem Hauptgebäude drang das Kreischen und Dröhnen der automatischen Sägen. Das Poltern der Stämme und Bretter war zu hören und das Krachen der Werkstücke, die vom Förderband in große Metallbehälter gespuckt wurden.

Rossner und Holbrook umrundeten das Sägewerk in vorsichtigem Abstand. Es war vier Uhr geworden, als sie den höchsten Punkt des Bergrückens erreichten.

Es war nicht schwer, den künstlichen See auszumachen. In der Oberfläche spiegelte sich das Licht des Mondes, ein Teil des Gewässers war von einem zweiten Bergrücken verdeckt. Die Form des Sees war oval, die größte Länge betrug 300 Meter, die größte Breite 200 Meter. Gespeist wurde der See von einer Quelle, die am nördlichen Ende entsprang. Das Big-Union-Sägewerk verwendete das Wasser zur Lagerung von Stämmen, zugleich diente der See der Trinkwasserversorgung von Black River, einer Ortschaft, die fünf Kilometer entfernt in der Talsenke lag.

Sie pirschten sich an dem mannshohen Maschendrahtzaun entlang, bis sie an den Haupteingang gelangten. Die Umzäunung war angelegt worden, um das Wild vom Gelände des Sägewerks fernzuhalten. Das Tor war nicht verschlossen.

Sie schlüpften durch den Eingang.

Im Schatten des Bergrückens watete Rossner in den See. Schon nach drei Metern ging ihm das Wasser bis zu den Aufschlägen der hüfthohen Stiefel. Die Uferböschung fiel steil ab, der See war in der Mitte achtzehn Meter tief.

Rossner löste den Verschluß des Schlauchs und drückte auf einen Knopf an der Wandung des Tanks. Ein Zischen war zu hören, als die chemische Substanz aus dem metallenen Stutzen strömte. Die Substanz war geruch- und geschmacklos. Rossner hielt den Stutzen unter Wasser und bewegte ihn, soweit es ging, hin und her, um die ausströmende Substanz zu verteilen.

Es dauerte zwanzig Minuten, dann war der Tank leer. Rossner steckte den Schlauch am Tank fest. Er sah auf und erkannte Holbrook, der am gegenüberliegenden Ende des Sees aus dem Wasser watete.

Sie trafen sich am Tor.

»Okay?« fragte Rossner.

»Okay.«

Es war 5 Uhr 10, als sie den Wagen erreichten. Sie holten Schaufeln heraus, die beim Werkzeug lagen, und gruben zwei Löcher in den dunklen Waldboden. Sie verscharrten die leeren Tanks, die Gummistiefel, die Halfter und die beiden Waffen.

Holbrook fuhr. Zwei Stunden lang ging es über Feldwege. Sie überquerten den St. John auf einer Holzbrücke. Auf der anderen Seite begann ein mit Splitt bestreuter Weg. Um halb neun rollte der Wagen auf einer asphaltierten Straße dahin.

Rossner hatte das Steuer übernommen. Sie sprachen nicht miteinander.

Mittags um halb eins ließ sich Holbrook vor dem ›Starlite Motel‹ absetzen, wo er ein Zimmer reserviert hatte. Er knallte die Wagentür zu, ohne sich zu verabschieden. Er ließ sich am Empfang seinen Schlüssel geben, ging auf sein Zimmer und verriegelte die Tür. Er nahm neben dem Telefon Platz und wartete.

Rossner hatte an der Sunoco-Station aufgetankt. Er bog auf die Schnellstraße 95 ein, passierte Waterville und Augusta, dann bog er Richtung Portland ab. An einer Raststätte machte er halt, er parkte den Wagen in der Nähe der Telefonzellen.

Die Nachmittagssonne spiegelte sich in den Scheiben des Restaurants. Von den Kühlerhauben der geparkten Autos stieg flimmernde Luft in den Himmel.

Rossner warf einen Blick auf die Uhr. Es war 3 Uhr 35. Er blieb im Wagen sitzen und lehnte sich zurück. Er schloß die Augen. In Abständen von fünf Minuten sah er aufs Zifferblatt. Als die Uhr 3 Uhr 55 zeigte, verließ er den Wagen und ging zur letzten Telefonzelle in der Reihe.

Um vier Uhr begann das Telefon zu läuten.

Er nahm ab. »Rossner.«

Die Stimme am anderen Ende war kalt und hart. »Ich bin der Schlüssel, Mr. Rossner.«

»Ich bin das Schloß«, sagte Rossner.

»Wie ist's gelaufen?«

»Ganz nach Plan.«

»Sie waren nicht da, als ich um halb vier anrief.«

»Ich bin fünf Minuten zu spät gekommen, tut mir leid.«

Die Stimme schien zu zögern. Dann: »Sie verlassen die Schnellstraße an der nächsten Abfahrt. Sie biegen auf State Route ein. Sie beschleunigen den Wagen auf mindestens einhundertfünfzig Stundenkilometer. Nach drei Kilometern macht die Straße einen scharfen Knick, Sie erkennen die Stelle an der Begrenzung aus Feldsteinen. Sie fahren geradeaus, in die Mauer, mit einhundertfünfzig Stundenkilometern.«

Rossners Blick fiel auf eine junge Frau, die vom Restaurant zu ihrem roten Sportwagen unterwegs war. Die Frau trug weiße Shorts, an denen die schwarze Naht zu erkennen war. Eine hübsche Frau mit langen Beinen.

»Glenn?«

»Ja, Sir?«

»Haben Sie mich verstanden?«

»Ja.«

»Dann wiederholen Sie, was ich gesagt habe.«

Rossner wiederholte die empfangenen Anweisungen Wort für Wort.

»Sehr gut, Glenn. Und nun *tun* Sie's.«

»Ja, Sir.«

Rossner kehrte zu seinem Landrover zurück, setzte sich hinters Steuer, startete den Motor und fädelte sich in den regen Verkehr auf der Schnellstraße ein.

Holbrook saß in seinem Zimmer, die Lichter waren gelöscht. Er hatte den Fernseher angestellt, aber er verfolgte das Programm nicht. Einmal war er ins Bad gegangen, um einen Schluck Wasser zu trinken, seine Abwesenheit hatte nur wenige Sekunden gedauert, er hatte die Tür offengelassen.

Um 4 Uhr 10 läutete das Telefon.

Er nahm ab. »Holbrook.«

»Ich bin der Schlüssel, Mr. Holbrook.«

»Ich bin das Schloß.«

Der Anrufer sprach eine halbe Minute lag. »Wiederholen Sie, was ich gesagt habe.«

Holbrook wiederholte die Weisung.

»Sehr gut, Holbrook. Und nun *tun* Sie's.«

Holbrook legte den Hörer auf die Gabel zurück. Er begab sich ins Bad und ließ eine Wanne mit heißem Wasser einlaufen.

Glenn Rossner hatte die State Route erreicht. Er trat das Gaspedal bis zum Anschlag durch. Er hörte den Motor aufheulen. Die Häuser und Bäume flitzten vorbei, Schemen in einem immer schneller laufenden Film. Das Steuerrad zitterte in seiner Hand.

Er nahm den Blick erst von der Straße, als er die Mauer erspähte. Der Geschwindigkeitsmesser zeigte auf 160 km/h.

Sein eigenes Weinen hörte er nicht, nur das Dröhnen des Motors und das Donnern der Karosserie. Er biß die Zähne zusammen und erschauerte.

Als das Fahrzeug auf die Mauer aufprallte, wurde der Motorblock in Rossners Schoß katapultiert. Die Mauer barst, ein Regen von Feldsteinen ging nieder. Der Wagen überschlug sich, kam aufs Dach zu liegen und ging in Flammen auf.

Holbrook hatte sich entkleidet. Er stieg in die Wanne. Er ergriff die Rasierklinge, die er auf dem Rand der Wanne bereitgelegt hatte. Mit einem entschlossen geführten Schnitt schlitzte er sich die Vene am linken Handgelenk auf.

Als er sich das rechte Handgelenk aufschlitzen wollte, entglitt ihm die Klinge. Er fand sie im rasch dunkler werdenden Wasser und schnitt sich die Vene am linken Bein auf.

Dann legte er sich zurück und schloß die Augen.

Er glitt in die Dunkelheit hinein. Es tat nicht weh. Nach dreißig Minuten war er im Koma. Nach vierzig Minuten war er tot.

Sonntag, der 7. August 1977

Die Nachtschicht war ein Problem. Wenn Buddy Pellerini die Woche lang Nachtschicht gearbeitet hatte, konnte er – wenn das freie Wochenende kam – nicht einschlafen. Es war in der Nacht vom Samstag auf den Sonntag. Die Uhr stand auf vier. Buddy Pellerini saß in der Küche seiner hübschen kleinen Apartmentwohnung und starrte auf die dunkle Straße hinaus. Er hatte das Radio, sein über alles geliebtes Radio, ganz leise gestellt. Eine kanadische Station, die rund um die Uhr sendete. Vor ein paar Sekunden hatte Buddy Pellerini eine Katze gesehen, die in einiger Entfernung die nächtliche Straße überquert hatte. Er hatte eine Gänsehaut bekommen bei dem Anblick.

Es gab zwei Dinge, die Buddy Pellerini haßte. Katzen und Spott. Er mochte die kleinen Raubtiere nicht, und er mochte es nicht, wenn sich jemand über ihn lustig machte.

Fünfundzwanzig lange Jahre hatte Buddy Pellerini mit seiner Mutter zusammengelebt. Zwanzig Jahre lang hatte es Katzen in Mutters Haushalt gegeben, zuerst Cäsar, dann Cäsar der Zweite. Irgendwie war seiner Mutter nie aufgefallen, daß die Katze schlauer war als ihr Sohn, schlauer und schneller. Die Katze lag auf dem Bücherbord, auf dem Schrank oder auf einer hochbeinigen Kommode und lauerte Buddy auf. Wenn der Junge vorbeigegangen war, sprang die Katze ihm in den Nacken. Sie fügte ihm keine Wunden zu, höchstens mal einen Kratzer. Aber sie krallte sich in Buddys Hemd fest, so fest, daß er sie nicht abschütteln konnte. Was dann passierte, war immer das gleiche. Buddy geriet in Panik. Er rannte eine Weile im Kreis herum, und dann raste er durch die verschiedenen Räume des Hauses auf der Suche nach seiner Mutter. Cäsar hing auf seinem Rücken und spuckte ihm ins Ohr. Es tat nicht weh. Was Buddy Angst machte, war die Tatsache, daß der Angriff immer so plötzlich, ohne jede Vorwarnung kam. Aber Mutter sagte, die Katze will nur spielen.

Ein paarmal stellte sich Buddy dem Angriff aus eigenen Stücken. Er forderte die Katze heraus. Er wollte ihr klarmachen, daß er keine Angst vor ihr hatte. Wenn Cäsar auf dem Fensterbrett lag, um sich die Sonne auf den Pelz scheinen zu lassen, baute sich Buddy vor ihr auf und starrte sie an. Er verlor das Blickduell jedesmal.

Buddy war nicht sehr selbstsicher, wenn es um das Gespräch mit anderen Menschen ging. Katzen gegenüber war er noch unsicherer. Er kam sich dann sehr dumm, sehr unterlegen vor.

Dann gab es noch den Spott der anderen, mit dem er sich herumzuschlagen hatte, aber das war nicht so schlimm wie die Katze. Spott kam nicht so plötzlich. Als kleiner Junge war Buddy von den anderen Kindern erbarmungslos gehänselt worden. Er hatte das ertragen gelernt. Auf Spott konnte man sich innerlich einstellen. Buddy war nicht dumm, er hatte verstanden, daß er *anders* war. Wäre sein Intelligenzquotient höher gewesen, so hätte Buddy es mit Katzen und grausamen Spielgefährten aufnehmen können. So aber badete er etwas aus, was er gar nicht verschuldet hatte.

Buddys geistige Fähigkeiten waren nicht voll entwickelt, Folge eines technischen Versagens im Krankenhaus, wo er einst zur Welt gekommen war. Er war fünf Wochen zu früh geboren worden, und das Brutgerät hatte nicht richtig funktioniert.

Als Buddy fünf war, kam sein Vater bei einem Arbeitsunfall im Sägewerk ums Leben. Zwei Wochen später kam Cäsar ins Haus. Wenn Vater den Unfall nicht gehabt hätte, es hätte keine Katzen in Buddys Leben gegeben. Keine Katzen und keine Menschen, die sich über ihn lustig machten.

Es war zehn Jahre her, daß seine Mutter gestorben war. Buddy war damals 25 gewesen. Gleich nach Mutters Tod hatte er eine Stellung bei der Big Union Supply Company angenommen. Es blieb unklar, ob man ihm den Job nur aus Mitleid gegeben hatte; Buddy sprach nicht darüber. Er war Werkschutzmann geworden, einer der Männer, die das Gelände der Sägemühle bewachten. Buddys Dienst ging von Mitternacht bis acht Uhr früh, er arbeitete an fünf Tagen in der Woche. Er ging Wache, hielt nach defekten Kabeln Ausschau, nach Funken, nach Feuer. Er war stolz auf seinen Job, und nachdem er die Arbeit zehn Jahre lang machte, hatte er ein gewisses Maß innerer Sicherheit gewonnen. Buddy hatte eine Aufgabe.

Manchmal allerdings kam er sich wie ein Kind vor. Immer dann, wenn sie ihn demütigten. Sie, das waren seine Kollegen. Sie machten Witze über ihn, Witze, deren Bedeutung er nicht verstand. Sein Vorgesetzter war Ed McGrady. Ein Mensch, der keiner Fliege etwas zuleide tat. Allerdings grinste er, wenn die anderen Buddy verspotteten. Er sagte dann immer, Männer, laßt das doch sein, aber er grinste.

Das war auch der Grund, warum Buddy für sich behielt, was er in jener

Nacht beobachtet hatte. Er wußte, die Kollegen würden sich über ihn lustig machen, wenn er die Wahrheit sagte.

Die Sache war jetzt 24 Stunden her. Buddy hatte den eingefriedeten Platz verlassen, er war in den Wald gegangen, um zu pinkeln. Er ging nicht gerne auf eines der betriebseigenen Pissoirs. Dort waren die Witze der Kollegen am deftigsten. Er stand im Schutz einer mächtigen Pinie, als er die beiden Männer aus dem Wasser kommen sah. Sie hielten Taschenlampen in der Hand, die gelben Lichtkegel tanzten ihnen voraus. Sie gingen an ihm vorüber, in fünf Schritt Entfernung. Er sah ihre hüfthohen Stiefel. Wie Angler, dachte er. Aber in dem künstlichen See gab es keine Fische. Und dann war da noch etwas. Die beiden trugen zylindrische Tanks auf dem Rücken. Wie die Taucher, die man im Fernsehen sah. Sie trugen Waffen. Es sah merkwürdig aus. Waffen im Wald.

Die beiden machten ihm Angst. Killer. Wie im Fernsehen. Wenn sie ihn bemerkten, würden sie ihn umbringen und seine Leiche im Wald vergraben, da war Buddy ganz sicher. Buddy hatte gelernt, im Leben immer das Schlimmste anzunehmen. Er verharrte in vollkommener Ruhe, bis die beiden im Wald verschwunden waren, dann rannte er auf das eingefriedete Gelände des Sägewerks zurück.

Ihm war klar, daß er mit niemandem über seine Beobachtung sprechen durfte. Niemand würde ihm glauben. Die Kollegen würden sich ausschutten vor Lachen. Zwei Froschmänner mit Flaschen auf dem Rücken, nachts im Wald. Das kann nur dir passieren, Buddy. Sie würden ihn hänseln, ohne jede Frage. Buddy beschloß zu schweigen.

Und doch nagte in ihm der Wunsch, sich jemandem mitzuteilen. Es mußte ja nicht unbedingt ein Kollege sein. Er begann nachzugrübeln. Zwei Froschmänner im künstlichen See, das ergab keinen Sinn, wie man es auch drehte. Je länger Buddy über die Sache nachdachte, um so abwegiger erschien ihm das alles. Vielleicht konnte ihm irgend jemand erklären, was es mit den beiden Männern auf sich hatte.

Aber wenn nicht... Dann würde er wieder einmal ausgelacht werden, und davor fürchtete sich Buddy noch mehr als vor der Erinnerung an die beiden Gestalten.

Die Katze hatte die Main Street des kleinen Ortes überquert und lief auf Edison's General Store zu. Der Anblick riß Buddy aus seinen Gedanken. Er drückte die Wange an die Scheibe und starrte der Katze nach, bis sie hinter einer Ecke verschwand. Er hielt den Blick auf die Stelle gerichtet, wo die Katze verschwunden war. Denkbar, daß sie wieder auftauchte und die Feuerleiter des Apartmenthauses erklomm. Eine Wohnung im dritten Stock eines Hauses, für eine Katze war das eine Kleinigkeit.

Die beiden Froschmänner waren vergessen. Katzen waren gefährlicher, als Menschen je sein konnten. Fand Buddy.

Teil 1

DIE VERSCHWÖRUNG

1. Kapitel

Samstag, den 13. August 1977

Das Gefühl kam über ihn, als er in die Kurve einbog. Paul Annendale hatte eine lange Fahrt hinter sich. Gestern fünf Stunden, heute fünf Stunden. Er war müde, zum Umfallen müde. Aber plötzlich war die Mattigkeit fort. Sein Nacken hörte zu schmerzen auf, die Schultern strafften sich. Friede kam über ihn, so wie Friede über Hugh Conwy gekommen war, als er auf das Tal von Shangri-La hinabsah.

Natürlich war Black River kein Shangri-La, beim besten Willen nicht. Die vierhundert Einwohner existierten, weil es das Sägewerk gab. Für einen Ort, der auf Gedeih und Verderb von einer Firma abhängig war, sah Black River ganz hübsch aus. Vor allem sauber. Entlang der Hauptstraße gab es eine Reihe hoher Eichen und Birken, die einigen Schatten spendeten. Häuser im Neuengland-Stil. Paul Annendale hatte nur gute Erinnerungen an diesen Ort. Es gab eine Reihe anderer Orte, von denen sich das nicht sagen ließ.

»Da ist *Edison's Store*«, rief Mark Annendale. Er saß auf dem Rücksitz.

Paul mußte lächeln. »Wie gut, daß ich einen tüchtigen Scout bei mir habe, sonst hätte ich den Laden nie wiedergefunden.«

Rya war genauso aufgeregt wie ihr Bruder, sie mochte Sam Edison, den Inhaber jenes Geschäftes, ebenso gern wie Mark. Aber sie konnte sich beherrschen. Sie war elf, und sie war sehr neugierig auf die Jahre, die ihr bevorstanden. Sie hob den Kopf und blickte zum Fenster hinaus. »Mark, manchmal benimmst du dich wie ein Fünfjähriger.«

»Und du wie eine Frau von Sechzig.«

»Touché«, sagte Paul, und Mark grinste. Normalerweise zog er den kürzeren, wenn er sich mit seiner Schwester anlegte. Es war nicht seine Art, mit Worten Florett zu spielen. Die Anspielung auf ihr altkluges Gehabe war ihm so herausgerutscht.

Paul warf einen Seitenblick auf seine Tochter. Ihr Gesicht hatte sich mit Schamesröte überzogen. Er nickte ihr freundlich zu, sie sollte wissen, daß er auf ihrer Seite war.

Sie erwiderte das Lächeln und lehnte sich zurück. Sie hatte ihre Selbstsicherheit wiedergewonnen. Sie hätte Marks Bemerkung mit scharfem Spott kontern können, aber sie verkniff sich die Rache. Was ungewöhnlich war für ein Mädchen ihres Alters.

Der Wagen, ein Caravan, war kaum in die Parklücke eingeschert, als Mark heraussprang und zur Veranda des Geschäftes hochlief. Er riß die Tür auf und war im Inneren verschwunden, noch ehe Paul den Motor abstellte.

Rya gab sich lässig. Sie stieg in aller Seelenruhe aus, streckte und reckte sich, gähnte. Sie stand da, zog sich die Jeans glatt und nestelte am Kragen ihrer dunkelblauen Bluse. Sie fuhr sich durch das lange dunkle Haar. Sie warf die Tür des Wagens zu. Gemessenen Schrittes stieg sie die Stufen zur Veranda hinauf. Aber oben angekommen, begann sie zu rennen.

In *Edison's General Store* gab es nichts, was es nicht gab. Es war das Shopping Center des kleinen Ortes. Ein einziger großer Raum, dreißig mal zehn Meter. Es gab eine Abteilung für Gemüse und Lebensmittel, eine andere für Textilien und Gemischtwaren. Eine Ecke des General Store war dem Drug-Store vorbehalten.

Sam Edison war der einzige Apotheker des Ortes, er hatte das Geschäft von seinem Vater übernommen.

In der Mitte des General Store gab es einen offenen Kamin. Hier standen auch drei Tische und zwölf Eichenstühle. Meist saßen hier ein paar ältere Männer und spielten Karten, aber als Paul eintrat, waren die Tische leer. Edison's General Store war nicht nur Supermarkt und Apotheke, er war auch Gemeindezentrum.

Paul wuchtete den Deckel der Kühltruhe hoch und holte eine Flasche Pepsi-Cola aus dem eiskalten Wasser. Er ging zum nächsten Tisch und setzte sich.

Rya und Mark standen an der altmodischen Theke und lachten über eine von Sams Geschichten. Paul sah, wie er ihnen die Hände mit Bonbons füllte. Sam deutete auf die Stände mit Taschenbüchern und Heftchen. Die Kinder sollten sich was aussuchen, sagte er. Dann kam er zu Paul und setzte sich. Er saß mit dem Rücken zum Kamin.

Sie schüttelten sich über den Tisch hinweg die Hand.

Wer Sam zum erstenmal sah, hielt ihn für einen hartgesottenen Burschen. Er war fast 1,80 Meter groß, breitschultrig, stark. Er trug ein kurzärmeliges Hemd, die Muskeln der Oberarme waren zu sehen. Das Gesicht war gebräunt und von einer Unmenge kleiner Falten durchzogen. Die Augen waren schiefergrau. Das Haar war weiß, aber wie ein Großvater sah Sam deswegen nicht aus. Er war 55 und konnte für 45 durchgehen.

Sam war ein warmherziger, freundlicher Mensch, jemand, der Kinder gern hatte. Er verschenkte mehr Süßigkeiten, als er verkaufte. Paul hatte Sam noch nie zornig erlebt.

»Seit wann bist du da?«

»Gerade erst angekommen. Wir sind gleich zu dir gefahren.«

»Du hast mir nicht geschrieben, wie lange du diesmal bleiben willst. Vier Wochen?«

»Sechs, denke ich.«

»Sehr schön.« Seine Augen wurden zu Strichen, und wer ihn nicht kannte, hätte den Ausdruck vielleicht als bösartig, als verschlagen empfunden. »Du übernachtest heute doch bei uns, hoffe ich. Ich meine, ihr geht doch nicht gleich in die Berge, oder?«

Paul schüttelte den Kopf. »Dazu ist morgen Zeit genug. Wir sind seit neun Uhr früh unterwegs, mußt du wissen. Ich habe wirklich keine Lust, heute noch ein Zelt aufzubauen.«

»Siehst aber ganz erholt aus.«

»Ich *fühle* mich auch erholt.« Er zögerte. »Seit ich in Black River bin.«

»Du hast die Ferien dringend nötig, stimmt's?«

»Das kannst du laut sagen.« Paul nahm einen Zug aus der Flasche. »Mir hängen die kranken Pudel und Katzen zum Halse heraus.«

Sam grinste. »Ich hab's dir ja gleich gesagt, du kannst nicht ernsthaft Tiermedizin praktizieren, wenn du dich in einer Stadt wie Boston niederläßt. In Boston bist du das Kindermädchen für neurotische Haustiere und für die neurotischen Besitzer dieser Tiere. Warum ziehst du nicht aufs Land, Paul?«

»Ich helfe den Kühen beim Kalben, so etwa?«

»Genau das.«

»Vielleicht mach ich das eines Tages«, sagte Paul und seufzte.

»Du solltest vor allem deine Kinder da rausholen. Laß die Kinder an einem Ort aufwachsen, wo die Luft sauber ist, wo man das Wasser noch trinken kann.«

»Vielleicht mach ich das.« Er warf einen Blick auf den Vorhang, der einen Raum von der Ladenfläche abteilte. »Ist Jenny da?«

»Sie liefert Rezepte aus. Es ist merkwürdig, ich hab' in den letzten vier Tagen mehr Medikamente verkauft als sonst in einem Monat.«

»Eine Grippewelle?«

»Grippe? Ich weiß nicht.«

»Was sagt Doc Troutman denn dazu?«

»Er ist sich nicht ganz sicher, um was es sich handelt. Ein neuer Grippevirus, vermutet er.«

»Und was verschreibt er dagegen?«

»Tetracyclin.«

»Das ist eigentlich kein sehr wirksames Mittel.«

»Der Virus ist wohl auch nicht so gefährlich.«

»Und wie reagieren die Patienten auf die Behandlung?«

»Das kann man noch nicht genau sagen, dazu ist es noch zu früh.«

Pauls Blick wanderte zu Rya und Mark.

»Was die beiden angeht«, sagte Sam, »die sind in unserem Haus sicher aufgehoben.« Er schmunzelte. »Jenny und ich sind in etwa die einzigen in Black River, die von dem Virus verschont geblieben sind.«

Paul dachte nach. »Wenn mir die beiden nachher in den Bergen krank werden, wie sind die Symptome? Erbrechen? Fieber?«

»Nichts dergleichen. Nur Schüttelfrost. Die Kranken leiden an nächtlichem Schüttelfrost.«

Paul sah ihn fragend an.

»Ich versteh's ja auch nicht«, sagte Sam. Seine buschigen Brauen hatten sich zu einer einzigen weißen Linie zusammengezogen. »Du mußt dir das so vorstellen. Du wachst mitten in der Nacht auf, und dir ist, als hättest du einen Alptraum gehabt. Du zitterst wie Espenlaub. Du kannst nur mit Mühe gehen. Der Puls rast. Der Schweiß rinnt dir in Strömen herunter. Der Anfall dauert eine Stunde. Danach ist alles, als sei nichts geschehen. Mit Ausnahme der Müdigkeit. Am Tag darauf bist du hundemüde.«

»Hört sich nicht nach Grippe an«, sagte Paul.

»Es hört sich nach gar nichts an, was mir als Apotheker untergekommen ist«, sagte Sam. »Und die Leute machen sich Sorgen, was dahintersteckt. Ein paar sind schon Dienstag krank geworden, die anderen am Mittwoch. Sie wachen nachts auf, der Schüttelfrost ist da, am Tag darauf sind sie müde.« Er zuckte die Schultern. »Es gibt kaum noch jemanden, der gut schläft in Black River.«

»Hat Doc Troutman keinen anderen Arzt hinzugezogen, um der Sache auf die Spur zu kommen?«

»Der nächste Arzt wohnt hundert Kilometer entfernt«, sagte Sam. »Ich weiß, daß Troutman gestern mit der Gesundheitsbehörde telefoniert hat. Die wollen einen Experten schicken, aber erst Montag. Ich glaube, die waren nicht sehr beeindruckt, als er ihnen was von Schüttelfrösten und Schwäche am nächsten Tag erzählte.«

»Der Schüttelfrost ist vielleicht nur die Spitze des Eisbergs.«

»Mag sein. Aber du kennst ja die Behörden. Da sitzen Bürokraten, wie sie im Buche stehen.« Er sah zu Rya und Mark hinüber. »Du brauchst dir wirklich keine Sorgen zu machen wegen der beiden. Wir werden sie ganz einfach von den Kranken fernhalten.«

»Ich hatte eigentlich vor, Jenny in *Ultman's Café* einzuladen.« Er räusperte sich. »Zu einem verschwiegenen Abendessen.«

»Laß das lieber sein. Wenn du dich bei der Bedienung ansteckst oder bei einem Gast, erwischen die Kinder die Krankheit, und dann passiert genau, was du vermeiden willst. Am besten ist, ihr eßt bei mir. Du weißt ja, das beste Essen in Black River gibt's bei mir.«

Paul zögerte.

Sam mußte lachen. »Wir werden früh zu Abend essen, sagen wir um sechs, dann bleibt dir noch genügend Zeit für Jenny. Ihr könnt nachher noch etwas herumfahren, wenn ihr wollt. Oder aber ich nehme die Kinder und verkrümele mich, dann habt ihr die Wohnung für euch allein.«

Paul lachte. »Was steht auf dem Speiseplan?«

»Manicotti.«

»Ich weiß nicht, wie ich auf *Ultman's Café* gekommen bin.«

»Ich auch nicht. Ihr eßt bei mir.«

Rya und Mark kamen angerannt, sie zeigten Sam, was sie sich als Geschenk wünschten. Mark hatte für zwei Dollar Comics zusammengesucht, Rya hielt zwei Taschenbücher in der Hand. Beide Kinder hielten eine Tüte mit Bonbons an sich gedrückt. Rya strahlte, und Paul schien es, als seien ihre Augen noch nie so blau gewesen. »Papi, das werden die schönsten Ferien unseres Lebens.«

2. Kapitel

31 Monate vorher – Freitag, der 10. Januar 1975

Ogden kam zehn Minuten vor drei. Zehn Minuten zu früh. Das war typisch für ihn.

H. Leonard Dawson, Aufsichtsratsvorsitzender und Mehrheitsaktionär der Futurex International, ließ Salsbury bis Viertel nach drei warten. Das war typisch für ihn. Dawson ließ seine Partner spüren, wie wichtig er war.

Die Sekretärin kam, um ihn in Dawsons Büro zu führen. Als er eintrat, umgab ihn die Stille einer Kathedrale. Draußen gab es die übliche Dauerberieselung mit leichter Musik. Hier drinnen war kein Laut zu vernehmen. Ein blauer Teppich, zwei Ölgemälde an den weißen Wänden, Dawsons Schreibtisch, sein Sessel, zwei Besuchersessel. Die blauen Samtvorhänge waren zur Seite gezogen worden. Durch die Fensterfront von 210 Quadratmetern ging der Blick auf Manhattan.

Die Sekretärin verneigte sich wie ein Meßdiener, bevor sie den Raum verließ.

»Wie geht's denn so, Ogden?« Dawson streckte ihm die Hand entgegen.

»Ganz ordentlich, Leonard.«

Dawsons Hand war hart. Salsburys Hand war schweißnaß.

»Und wie geht's deiner Miriam?« Er hatte bemerkt, daß etwas nicht stimmte. »Doch nicht krank, hoffe ich.«

»Ich habe mich von Miriam scheiden lassen«, sagte Salsbury.

»Das tut mir leid.«

War da so etwas wie Kritik in Dawsons Stimme? Und wennschon! Salsbury kam zu dem Entschluß, es konnte ihm egal sein, was Dawson von seiner Scheidung hielt.

»Wann habt ihr euch denn scheiden lassen?« fragte Dawson.

»Vor fünfundzwanzig Jahren, Leonard.«

»Nun«, sagte Salsbury und faltete die Hände, »es ist wirklich einige Zeit her, daß wir uns das letzte Mal trafen. Dabei haben wir früher soviel Spaß zusammen gehabt.«

In Harvard waren sie in der gleichen Studentenverbindung gewesen, und nach der Abschlußprüfung hatten sie sich noch einige Male getroffen. Spaß hatte das nie gemacht. Für Salsbury war Dawson immer der Inbegriff eines Heuchlers und Langweilers gewesen.

»Hast du wieder geheiratet?« fragte Dawson.

»Nein.«

Dawson runzelte die Stirn. »Eine Ehe ist wichtig, wenn man ein geordnetes Leben führen will. Sie gibt dem Mann Stabilität.«

»Da hast du recht«, sagte Salsbury, obwohl er ganz anderer Meinung war. »Ich kann nicht sagen, daß ich das Alleinsein nach der Scheidung genossen habe.«

Schon immer hatte er sich unwohl gefühlt in Dawsons Gegenwart. Das Wiedersehen nach fünfundzwanzig Jahren war keine Ausnahme.

Sie waren sehr verschiedene Menschen, auch äußerlich. Dawson war 1,85 Meter, breitschultrig, mit schmalen Hüften, eine athletische Erscheinung. Salsbury maß 1,75 Meter. Hängende Schultern, zwanzig Pfund Übergewicht. Dawson hatte buschiges, graues Haar und schwarze Augen. Seine Haut war gebräunt, sein Blick lebendig, die Frauen sahen ihm nach. Keine Frau blickte auf, wenn Salsbury kam. Er hatte einen kränklichbleichen Teint und Geheimratsecken. Die kurzsichtigen braunen Augen waren hinter dicken Brillengläsern verborgen. Beide Männer waren 54. Dawson hatte die Jahre besser überstanden.

Er hat einen besseren Start gehabt, dachte Salsbury. Er hat mit mehr Geld angefangen. Er sah gut aus. Er hatte die Privilegien, die man braucht.

Dawson strahlte Autorität aus, Salsbury Dienstfertigkeit. Im Laboratorium hätte sich Salsbury sicher gefühlt. Heimspiel. Aber sie waren nicht im Laboratorium. Sie waren in Dawsons Büro. Salsbury fühlte sich fehl am Platz. Minderwertig.

»Wie geht's deiner Frau?«

Ein breites Lächeln erschien auf Dawsons Gesicht. »Prächtig, Ogden. Wirklich prächtig. Ich habe in meinem Leben ein paar tausend gute Entscheidungen getroffen, aber diese Frau zu heiraten, das war wohl die wichtigste.« Seine Stimme wurde tief und melodiös wie die eines Schauspielers. »Sie ist eine gottesfürchtige Frau, Ogden. Eine gute Frau. Eine Frau, die in die Kirche geht, wie es sich gehört.«

Immer noch ein Heuchler, dachte Salsbury. Vielleicht half ihm Dawsons Eitelkeit, seinen Plan zu verwirklichen.

Sie sahen sich an. Keinem der beiden fiel noch ein Gemeinplatz ein.

»Setz dich«, sagte Dawson. Er nahm hinter seinem Schreibtisch Platz und deutete auf einen der Besuchersessel. Die große, leere Eichenplatte zwischen ihnen betonte Dawsons Überlegenheit.

Salsbury hielt seinen Aktenkoffer auf den Knien. Er wirkte wie ein Schoßhündchen, das beim ersten Zungenschnalzen aufspringen und seinem Herrn die Schuhe ablecken wird. Um seine Nervosität zu verbergen, hatte er die Hände über dem Aktenkoffer gefaltet.

»Dieser Brief...« Dawson hatte den Brief auf den Schreibtisch gelegt. Salsbury kannte den Inhalt, er hatte den Brief selber geschrieben.

Lieber Leonard,
nachdem wir von der Uni abgegangen sind, hast Du mehr Geld gemacht als ich. Aber ich habe meine Zeit nicht vergeudet. Nach Jahrzehnten von Experimenten habe ich ein Verfahren entwickelt, das von umwälzender Bedeutung ist. Mit diesem Verfahren kann man innerhalb eines einzigen Jahres mehr Geld machen, als Du in all den Jahren zusammengebracht hast. Ich meine das ganz ernst.

Ich würde Dich gern treffen. Du wirst es nicht bereuen, daß Du mir Gelegenheit zu einer Rücksprache mit Dir gewährt hast.

Sorge bitte dafür, daß Deine Sekretärin mich unter dem Namen ›Robert Stanley‹ in Deinen Terminkalender einträgt. Es ist wichtig, daß mein richtiger Name nirgendwo erscheint. Wie Du aus dem Briefkopf ersiehst, arbeite ich in einem biochemischen Forschungslaboratorium der Creative Development Associates, einer Tochtergesellschaft von Futurex International. Da Du weißt, mit welcher Art von Forschungsvorhaben sich die Creative Development Associates befaßt, wirst Du auch verstehen, daß mein Name aus der Sache herausbleiben muß.
Mit freundlichen Grüßen

Ogden Salsbury.

Er war zuversichtlich gewesen, daß Dawson ihm bald antworten würde, und er hatte sich nicht getäuscht. Schon in Harvard war klargeworden, daß es zwei hehre Leitsterne gab, nach denen Dawson sein Handeln ausrichtete: Geld und Gott. Dawson war seinen Grundsätzen treu geblieben. Salsbury hatte den Brief am Dienstag eingeworfen. Am Tag darauf rief ihn Dawsons Sekretärin an, um einen Termin auszumachen.

»Normalerweise unterschreibe ich nicht, wenn ich eingeschriebene Briefe bekomme«, sagte Dawson. »Ich habe den Brief auch nur gelesen, weil ich deine Unterschrift entdeckte. Ich hatte dann eigentlich vor, das Schreiben in den Papierkorb zu werfen.«

Salsbury wand sich auf seinem Stuhl.

»Wenn der Brief nicht von dir wäre, Ogden, ich hätte ihn wirklich weggeworfen. Aber irgendwie kann ich mich erinnern, du warst nie ein Angeber. Trotzdem, hast du hier nicht etwas überzogen?«

»Nein.«

»Du hast ein Verfahren entdeckt, mit dem sich Millionen verdienen lassen?«

»Mehr als das«, sagte Ogden. Seine Lippen waren plötzlich so trocken, daß sie zusammenklebten.

Dawson zog eine Mappe aus der Schublade. »Creative Development Associates. Ich habe die Firma vor sieben Jahren gekauft. Warst du schon beim Team, als... Ich meine, habe ich dich mitgekauft?«

»Jawohl, Sir.«

»CDA entwickelt Computerprogramme für Universitäten und Regierungsstellen, die sich mit soziologischen und psychologischen Studien befassen.« Er hatte die Mappe zugeklappt. Er schien den Inhalt auswendig zu kennen. »CDA arbeitet außerdem für die Industrie. Die Firma unterhält sieben Laboratorien, wo die biologischen, chemischen und biochemischen Ursachen für soziologische und psychologische Phänomene untersucht werden.« Er runzelte die Stirn. »Und du, Ogden, leitest das Laboratorium in Connecticut. Dieses Laboratorium befaßt sich ausschließlich mit Geheimaufträgen des Verteidigungsministeriums.« Salsbury traf ein Blick aus klaren, kalten Augen. »Die Aufträge sind so geheim, daß mir niemand sagen wollte, was ihr eigentlich macht. Ich weiß nur ganz allgemein, daß es mit der Beeinflussung von Verhaltensmustern zu tun hat.«

Salsbury fragte sich, ob Dawson wohl in der Lage sein würde, die Bedeutung der Erfindung zu erfassen. »Weißt du, was wir in der Forschung mit *Unterschwelliger Wahrnehmung* bezeichnen?«

»Ja. Das hat etwas mit der Beeinflussung des Unterbewußtseins zu tun.«

»Richtig. Aber es gibt in diesem Zusammenhang Dinge, die nicht allgemein bekannt sind.« Er beugte sich vor. »Auch dir nicht. Es klingt vielleicht etwas pedantisch, aber etwas Einführung muß sein.«

»Tu dir keinen Zwang an.«

Salsbury hatte zwei gleich große Fotos aus seinem Aktenkoffer gezogen. »Siehst du einen Unterschied zwischen Foto A und Foto B?«

Dawson verglich die Bilder, Schwarzweißaufnahmen von Salsburys Gesicht. »Nein. Die Fotos sind identisch.«

»Auf den ersten Blick, ja. Es sind Abzüge vom gleichen Negativ.«

»Worauf willst du hinaus?«

»Das erkläre ich dir später. Sieh dir die Fotos bitte etwas länger an.«

Dawson gefiel die Sache nicht, sie gefiel ihm ganz und gar nicht. Was Salsbury da aufführte, war ein Spiel, also Zeitverlust. In der Zeit, wo man spielte, konnte man Geld verdienen.

»Der menschliche Geist hat zwei Bereiche, die Wissen und Erfahrung aufnehmen können«, sagte Salsbury. »Das Bewußtsein und das Unterbewußtsein.«

»In meiner Religion wird ausdrücklich anerkannt, daß der Mensch ein Unterbewußtsein hat«, sagte Dawson selbstgefällig. »Nicht alle Religionen sind so aufgeklärt, daß sie das zugeben.«

Salsbury ging nicht ein auf diesen Einwurf. Er verstand überhaupt nicht, warum Dawson das ins Gespräch brachte. »Bewußtsein und Unterbewußtsein«, fuhr er fort, »speichern unterschiedliche Daten. Das Bewußtsein nimmt wahr, was unmittelbar vor dem Menschen geschieht. Das Unterbewußtsein schaut in die Rinde, es späht in die Ecken. Die beiden Wahrnehmungsorgane arbeiten unabhängig voneinander, manchmal bekämpfen sie sich auch...«

»Nur bei pathologischen Persönlichkeiten«, wandte Dawson ein.

»Nein, nein, nein, die beiden bekämpfen sich in der Seele jedes Menschen, auch bei dir ist das so, und bei mir.«

Dawson wollte etwas einwenden, aber Salsbury kam ihm zuvor. »Ich will dir ein Beispiel geben. Nehmen wir einmal an, ein Mann sitzt an einer Bar. Plötzlich nimmt eine wunderschöne Frau neben ihm Platz. Er wird versuchen, sie für sich zu gewinnen. Zugleich aber verspürt er Angst vor dieser Frau. Er hat Angst davor, zurückgewiesen zu werden, vielleicht auch Angst, sich in der Liebesnacht mit dieser Partnerin als impotent zu erweisen. Sein Bewußtsein sagt ihm, du mußt diese Frau so behandeln, wie man eine sexuell anziehende Frau behandelt. Du mußt versuchen, sie zu verführen, indem du ihre Aufmerksamkeit auf deine männlichen Vorzüge lenkst. Aber das Unterbewußtsein gewinnt die Oberhand. Der Mann spricht viel zu laut, er ist viel zu aufdringlich. Anstatt ein interessantes Gespräch mit der Frau zu führen, was ihm sonst keinerlei Schwierigkeiten bereitet, langweilt er sie mit Geschwätz über Aktien, über die Börse. Er bespritzt die Frau mit seinem Drink. Er tut das, weil er Angst vor ihr hat. Sein Bewußtsein sagt: Hol sie dir. Sein Unterbewußtsein sagt: Flieh, solange du noch kannst.«

Dawson machte ein mürrisches Gesicht. Das Beispiel, das Salsbury gewählt hatte, gefiel ihm nicht.

»Und?«

»Das Unterbewußtsein ist stärker. Das Bewußtsein muß schlafen, das Unterbewußtsein ist immer wach. Das Bewußtsein hat keinen Zugang zu den Daten, die im Unterbewußtsein gespeichert sind. Umgekehrt verschafft sich das Unterbewußtsein jederzeit Zugang zu den Daten, die im Bewußtsein gespeichert sind.« Salsbury hob den Blick. »Das Bewußtsein ist der Computer«, sagte er. »Das Unterbewußtsein ist der Programmierer. Halten wir fest, daß Bewußtsein und Unterbewußtsein ihre Daten durch die gleichen Kanäle empfangen, nämlich über die fünf Sinne. Aber das

Unterbewußtsein sieht schärfer als das Bewußtsein, es kann auch besser hören, riechen, schmecken und fühlen. Es nimmt Eindrücke wahr, die das Bewußtsein nicht bemerkt, zum Beispiel Reize, die so kurze Zeit andauern, daß sie vom Bewußtsein nicht wahrgenommen werden können. Unterschwellige Wahrnehmung in diesem Sinne ist alles, was so schnell geschieht, daß es vom Bewußtsein nicht mehr registriert wird. Und nun das Interessanteste an der Sache. Über neunzig Prozent unserer Sinneswahrnehmungen sind unterschwellige Wahrnehmungen.«

»Über neunzig Prozent?« wunderte sich Dawson. »Könntest du mir das an einem Beispiel darlegen?«

Salsbury hatte ein Beispiel parat. »Das menschliche Auge fixiert jeden Tag an die hunderttausend Eindrücke. Die Fixierung dauert Bruchteile von Sekunden bis zwanzig Sekunden. Wenn du aber am Abend des Tages nachdenkst, was du heute alles gesehen hast, wirst du dich höchstens an ein paar hundert Eindrücke erinnern. Der Rest ist im Unterbewußtsein gespeichert, ebenso wie die zwei Millionen täglichen Eindrücke, die dem Gehirn von den anderen vier Sinnesorganen zugetragen werden.«

Dawson hielt die Augen geschlossen. »Drei Punkte«, sagte er. »Erstens, das Unterbewußtsein ist stärker als das Bewußtsein. Zweitens, wir wissen nicht, was unser Unterbewußtsein gespeichert hat. Wir können die Daten nicht einfach abrufen. Drittens, unterschwellige Wahrnehmung ist keine Zauberei, sie ist biologischer Alltag.«

»Mehr als das. Die unterschwellige Wahrnehmung bestimmt, was wir tun.«

»Und du hast ein Verfahren entwickelt, wie unterschwellige Wahrnehmung kommerziell verwertet werden kann.«

Salsburys Stimme zitterte. Ob Dawson auf seinen Vorschlag eingehen würde? Ob er einen Wutanfall bekommen würde, wenn er ihm seinen Plan offenbarte? »Seit zwei Jahrzehnten arbeitet die Werbewirtschaft an der Erforschung gewisser Phänomene, die mit der unterschwelligen Wahrnehmung zu tun haben. Hast du davon gehört?«

Dawson nickte. »Ich habe von den Versuchen gelesen, die in Kinos durchgeführt wurden, ich glaube, das war vor zwanzig Jahren.«

»Ganz recht, die ersten Versuche dieser Art fanden 1957 statt. Man blendete in die normale Projektion eines Kinofilms eine bestimmte Botschaft ein. Zum Beispiel: Ich habe Durst. Die Schrift verschwand so schnell, daß niemand sie lesen konnte. Trotzdem standen die Versuchspersonen auf und holten sich ein Getränk in der Lobby. Der normale Getränkeverkauf vervielfachte sich. Die Botschaften waren mit Hilfe eines Tachistokopen eingeblendet worden. Es handelt sich um ein Gerät, das sich die Firma Precon Process and Equipment in New Orelans 1962 patentieren ließ. Im Prinzip ist der Tachistokop ein Filmprojektor mit einem hochempfindlichen Verschluß. Die Botschaft wird nur $\frac{1}{3000}$ Sekunde lang eingeblendet, allerdings zwölfmal pro Minute. Das Bild ist nur so kurze Zeit auf der Leinwand, daß es vom Bewußtsein nicht erfaßt wird. Das Unterbewußtsein arbeitet genauer, es empfängt die Botschaft. Nach den ersten Experimenten wurden die Versuche in den Kinos auf 45 000 Besucher ausgedehnt. Zwei Botschaften wurden eingeblendet. *Trink Coca-Cola* und *Hungrig? Iß Popcorn.* Die Ergebnisse bewiesen, daß die Sache funktioniert. Der Popcorn-Verkauf in den Kinos stieg um sechzig Prozent, der Verkauf von Coca-Cola um zwanzig Prozent. Menschen, die weder hungrig noch durstig waren, waren veranlaßt worden, etwas zu essen und zu trinken zu kaufen. Und daraus geht hervor, unser Unterbewußtsein glaubt, was ihm vorgesetzt wird. Es kann nicht zwischen Lüge und Wahrheit unterscheiden. Da es das Unterbewußtsein ist, das unser Bewußtsein programmiert, handeln wir in vielen Fällen aufgrund irriger Voraussetzungen.«

»Wenn man dem folgt, dann würden wir uns alle irrational verhalten.«

»Das tun wir ja auch«, sagte Salsbury. »Vergessen wir aber eines nicht: Keineswegs alle Wahrnehmungen, die von unserem Unterbewußtsein gespeichert werden, beruhen auf Täuschung oder Lüge, sondern nur ein Teil, und so ist auch nur ein Teil unseres Verhaltens irrational. Daß es solche irrationalen Steuerungen gibt, ist inzwischen unbestritten. Fremdenhaß, Klaustrophobie, Höhenangst, all das wird vom Unterbewußtsein gesteuert. Führt man dem betreffenden Menschen diesen Mechanismus vor Augen, wird er ihn leugnen, sein Bewußtsein widersetzt sich der Analyse. Währenddessen fährt das Unterbewußtsein mit der Täuschung des Bewußtseins fort.«

»Und die Kinogänger, bei denen die Botschaften in den normalen Spielfilm eingeblendet wurden, konnten sich gegen die Botschaft nicht wappnen, weil sie gar nicht wußten, daß sie einer solchen Beeinflussung ausgesetzt waren«, faßte Dawson zusammen.

Salsbury rückte sich die Brille gerade. »Das ist die Quintessenz, ganz recht. Das Unterbewußtsein sah die Botschaft und veranlaßte das Bewußtsein zum Handeln.«

Dawsons Interesse an dem Thema war unverkennbar. »Und warum hatten die unterschwelligen Botschaften beim Popcorn mehr Erfolg als bei Coca-Cola?«

»Trink Coca-Cola ist eine sehr direkte Botschaft. Das Unterbewußtsein scheint verhaltene, verkleidete Botschaften lieber zu befolgen als direkte.«

»Und warum?«

»Das wissen wir nicht. Aber betrachten wir einmal die zweite Botschaft. *Hunger? Iß Popcorn.* Die Frage Hunger? signalisiert zugleich Angst, sie schafft eine Motivation. Die Waage senkt sich zur linken Seite. Was muß das Unterbewußtsein tun? Es muß ein Gegengewicht schaffen. Es schafft ein Gegengewicht, indem es das Bewußtsein zum Kauf von Popcorn veranlaßt. Damit ist die Angst beseitigt.«

»Also das gleiche Prinzip wie bei der posthypnotischen Suggestion. Aber es gibt Unterschiede. Ich habe gehört, niemand kann dazu veranlaßt werden, in Hypnose etwas zu tun, was er moralisch unmöglich findet. Mit anderen Worten, wer nicht von seiner charakterlichen Anlage her ein Mörder ist, der wird auch nicht in hypnotisiertem Zustand zum Mörder.«

»Das ist nicht wahr«, sagte Salsbury. »Die Personen führen alle Befehle aus, die ihnen der Hypnotiseur gibt. Das Unterbewußtsein ist sehr leicht zu manipulieren. Nehmen wir einmal an, ich versetze dich in Hypnose und befehle dir, du sollst deine Frau umbringen. Würdest du den Befehl ausführen?«

»Natürlich nicht.«

»Du liebst deine Frau.«

»So ist es.«

»Du hast keinen Grund, deine Frau zu töten.«

»Keinen.«

Nach der Art und Weise zu urteilen, wie Dawson die Fragen beantwortete, floß sein Unterbewußtsein uber von Haß auf sein fabelhaftes, gottesfürchtiges Weib. Salsbury ließ diesen Sachverhalt unerörtert. Dawson hätte ihn aus dem Büro geworfen, hätte er ihm die Wahrheit ins Gesicht gesagt. »Wenn ich dich nun aber hypnotisiere und dir klarmache, daß deine Frau ein Verhältnis mit deinem besten Freund hat, daß die beiden deine Ermordung planen, um sich in den Besitz deines Geldes zu setzen ...«

»Trotzdem nicht. Ich wäre nicht in der Lage, meine Frau zu töten, auch nicht mit einer solchen Motivation.«

Salsbury nickte. »Dein Bewußtsein würde meine Behauptung als Lüge entlarven, selbstverständlich. Aber dein Bewußtsein schläft! Du bist hypnotisiert. Jetzt spreche ich mit deinem Unterbewußtsein, und dieses Unterbewußtsein kann nicht unterscheiden zwischen Lüge und Wahrheit.«

»Ich verstehe.«

»Dein Unterbewußtsein würde eine direkte Weisung, die Frau zu töten, nicht akzeptieren. Aber es würde meine Warnung ernst nehmen, daß deine Frau dich töten will. Damit wird ein neues Verhaltensmuster programmiert. Dein Bewußtsein wird auf die Tat vorbereitet. Es ist wie eine Gleichung, Leonard. Auf der linken Seite haben wir die Angst, diese Angst ist durch das Wissen motiviert, daß deine Frau dich umbringen will. Dein Unterbewußtsein glaubt das nicht nur, es *weiß* es. Damit die

Gleichung aufgeht, gehört auf die rechte Seite der Tod deiner Frau. Wenn dein Unterbewußtsein überzeugt ist, daß deine Frau dich im Schlaf ermorden will, wirst du deine Frau noch vor dem Schlafengehen umbringen.«

»Und warum gehe ich nicht zur Polizei?«

Salsbury lächelte. Die Unsicherheit, die ihn beim Betreten des Büros befangen hielt, war von ihm abgefallen. »Dagegen würde ein geschickter Hypnotiseur Vorkehrungen treffen. Er würde dich davon überzeugen, daß deine Frau den Mord wie einen Unfall aussehen läßt. Die Polizei wird ihr nie etwas beweisen können. Es gibt nur ein Mittel, wie du deine Frau an der Ausführung der Tat hindern kannst: indem du sie ermordest.«

Dawson machte eine Geste, als wollte er eine Fliege verscheuchen. »Das hört sich alles ganz nett an, aber findest du die Unterhaltung nicht sehr akademisch?«

»Akademisch?«

»Nutzlos. Du weißt doch, daß unterschwellige Werbung verpönt ist. Es gab wegen der Versuche damals ja einen ziemlichen Aufruhr.«

Salsbury war erleichtert, er hatte andere Einwände erwartet. »Verpönt vielleicht, aber nicht verboten. Es hat damals Hunderte von Zeitungsberichten über die Versuche gegeben. Die Zeitung *Newsday* nannte Unterschwellige Werbung die schlimmste Erfindung seit der Atombombe. In der *Saturday Review* wurde ausgeführt, das Unterbewußtsein des Menschen sei das kostbarste und empfindlichste Gebilde der Welt, und dieses unschätzbare Instrument dürfe nicht mißbraucht werden, um den Absatz von Popcorn in die Höhe zu treiben. Ende der fünfziger Jahre waren die tachistokopischen Versuche groß im Gespräch, die Meinung herrschte vor, daß Unterschwellige Werbung verboten werden müßte, weil sie ein Einbruch in die Privatsphäre des Menschen sei. Der Kongreßabgeordnete James Wright brachte einen Gesetzesvorschlag ein, nach dem jede Werbung verboten werden sollte, die auf das Unterbewußtsein des Menschen einwirkt. Er war nicht der einzige, der solche Vorschläge machte, aber keines der vorgeschlagenen Gesetze wurde durchgebracht.« Salsbury betrachtete seine Hände. »Es gibt heute keinerlei Gesetz gegen Unterschwellige Werbung.«

Dawson musterte ihn prüfend. »Bedienen sich denn die Politiker nicht der tachistokopischen Erkenntnisse?«

»Die meisten Politiker haben keine Ahnung von der Reichweite der Erfindung, und die Werbeagenturen sprechen nicht darüber, wenn's nicht sein muß. Jede größere Werbeagentur in den USA beschäftigt Mediaexperten, die unterschwellige Anzeigen und Fernsehspots entwickeln. Fast alle Produkte, die von Futurex und den Tochterfirmen hergestellt werden, werden mit Hilfe von Unterschwelliger Werbung an den Mann gebracht.«

»Das kann ich nicht glauben«, widersprach Dawson. »Wenn es so wäre, müßte ich's wissen.«

»Du hast eben keine ernsthaften Anstrengungen unternommen, dich sachkundig zu machen. Vor dreißig Jahren, als du begonnen hast, deine Firma aufzubauen, gab's so was noch nicht. Als dann die Unterschwellige Werbung ihren Siegeszug antrat, warst du schon so hoch oben auf der Stufenleiter, daß du dich um den Absatz der Produkte nicht mehr zu kümmern brauchtest. Du hattest den Kopf voll mit der Ausgabe neuer Aktien, mit den Problemen der Börse, mit Fusionsplänen. In einem Konsortium, wie du es leitest, kann der Chef nicht mehr jede einzelne Anzeige gegenzeichnen, die von irgendeiner Tochterfirma placiert wird.«

Der Ausdruck des Ekels umspielte Dawsons Mund. »Das Unterbewußtsein der Menschen zu manipulieren... ich finde das widerwärtig.«

»Womit du dem Satz abschwörst, daß jeder Mensch seines Glückes Schmied ist.« Salsbury lehnte sich vor. »Tatsache ist, daß Menschen manipuliert werden können, ohne daß sie sich dessen bewußt sind. Und diese Tatsache macht der Öffentlichkeit Angst. So viel Angst, daß sich ein richtiger Verdrängungsmechanismus entwickelt hat. Seit zwei Jahrzehnten gibt es Unterschwellige Werbung, aber bei Befragungen äußern 90 Prozent der Personen, sie seien sicher, Unterschwellige Werbung, das gäbe es gar nicht, die sei ja verboten. Es gibt keinerlei Fakten, die eine derartige Annahme stützen, die Leute wollen einfach der Wahrheit nicht ins Gesicht sehen. Zwischen 50 und 70 Prozent der Befragten sagen, sie hätten von Unterschwelliger Werbung gehört, aber sie glauben nicht, daß so etwas funktioniert. Der Gedanke, daß sie bereits jetzt manipuliert und kontrolliert werden, ist ihnen so unerträglich, daß sie die Sache ins Reich der Fantasie verbannen. Statt sich mit den Tatsachen auseinanderzusetzen, wie ein reifer Mensch es tun würde, tun sei einfach so, als gehörte Unterschwellige Werbung dem Science-fiction-Bereich an.«

Dawson war aufgestanden. Er trat an die Fensterfront und sah auf die Szenerie von Manhattan hinab.

Es hatte zu schneien begonnen. Der Himmel war dunkel. Der Wind heulte. Die Stimme der Stadt.

Dawson wandte sich Salsbury zu. »Zu meinem Konsortium gehört die Werbeagentur Woolring & Messner. Willst du behaupten, die Jungens lassen bei jedem Werbespot im Fernsehen eine tachistokopische Botschaft einblenden?«

»Unterschwellige Werbung gibt's nur, wenn der Auftraggeber das wünscht«, sagte Salsbury. »Diese Art von Werbung ist teurer. Aber um deine Frage zu beantworten, nein. Die Einblendung tachistokopischer Botschaften ist out.« Salsbury setzte sich bequem. »Die Forschung auf diesem Gebiet hat sich so schnell weiterentwickelt, daß die tachistokopische Methode überholt war, kaum daß man sie patentiert hatte. Seit Mitte der sechziger Jahre werden die Fernsehspots statt dessen mit rheostatischen Filmen unterlegt.«

»Was ist das?«

»Die Sache beruht auf dem Prinzip des regelbaren Widerstandes, wie er bei der Helligkeitsregelung von Leuchtkörpern Verwendung findet, bei Dimmern. Man dreht am Regler, das Licht wird stärker oder schwächer, ganz nach Wunsch. Das gleiche Prinzip gilt bei rheostatischen Filmen. Zunächst einmal wird ein konventioneller Werbespot gedreht, mit normaler Belichtung. Nehmen wir an, der Werbespot hat eine Dauer von einer Minute. Er erscheint auf der Mattscheibe, das Bewußtsein sieht einen ganz normalen Werbespot. Die Unterschwellige Botschaft wird ausgestrahlt, indem man den Werbespot mit einem rheostatischen Filmstreifen unterlegt, mit einem Film, der bei stark vermindertem Lichteinfall gedreht worden ist. Die Belichtung ist so knapp, daß die Helligkeitswerte vom Bewußtsein gar nicht mehr registriert werden. Projiziert man den rheostatischen Film auf einen Fernsehschirm, so ist nichts zu sehen. Das Unterbewußtsein allerdings empfängt die Botschaft. Die beiden Filme werden nun auf einen dritten Film umkopiert, so daß sie bei der Ausstrahlung gemeinsam auf den Fernsehzuschauer einwirken. Der Mensch sitzt in seinem Sessel und betrachtet einen Werbespot. Währenddessen betrachtet sein Unterbewußtsein die Unterschwellige Botschaft. Je nach Resistenz werden die erhaltenen Weisungen dann ausgeführt, das heißt, sie werden in einen Kaufentschluß umgesetzt. Und auch das gilt innerhalb der Experten für Unterschwellige Werbung noch als Holzhammermethode. Die entwickelten Techniken lassen viel raffiniertere Zugriffe auf den menschlichen Geist zu, als ich sie gerade beschrieben habe.«

Mit unruhigen Schritten durchmaß Dawson sein riesiges Büro. Was Salsbury sagte, klang aufregend.

Er hat angebissen, dachte Salsbury. Er hat die Tragweite der Erfindung erkannt.

»Ich kann mir in etwa vorstellen, wie man eine rheostatische Botschaft in einem Fernsehspot verstecken kann«, sagte Dawson. »Die Bilder wechseln, es gibt Licht und Schatten. Aber wie steht es mit Anzeigen, die in der Zeitung erscheinen? Der Betrachter sieht ein statisches Bild. Wie könnte man eine Unterschwellige Botschaft in einem Schwarzweißfoto verbergen?«

Salsbury deutete auf die beiden Fotos, die er zu Beginn des Gespräches aus seiner Aktentasche gezogen hatte. »Du hältst die Antwort in der Hand, Leonard. Zwei Abzüge vom gleichen Negativ. Ich habe mich mit einem Gesicht abbilden lassen, das keine Gemütserregung verrät. Das

Foto A wurde dann mit der rheostatischen Botschaft *Ärger* unterlegt. Die rheostatische Botschaft auf Foto B lautet *Freude.*«

Dawson betrachtete die beiden Abzüge aus der Nähe. »Ich kann keinen Unterschied feststellen.«

»Natürlich nicht.«

»Wenn ich beim Betrachten der Fotos keinen Unterschied feststelle, was ist dann der Sinn des Experiments?«

»Das wirst du gleich verstehen. Diese beiden Fotos sind hundert Studenten der Columbia-Universität vorgelegt worden. Man hat die Studenten gebeten, den Gesichtsausdruck der abgebildeten Person zu bezeichnen. Bei Foto A gab es 82 Nennungen für *Ärger* und 8 Nennungen für *Unbehagen.* 10 Studenten antworteten mit ›Weiß ich nicht‹. Das Foto B wurde einer gleich großen Testgruppe von Studenten vorgelegt. 8 Testpersonen sagten *Weiß nicht.* 21 nannten die Definition *Glück,* 71 das Wort *Freude.*«

Dawson nickte. Der Blick aus den schwarzen Augen war wach und lebendig.

»Wie ich bereits sagte«, fuhr Salsbury fort, »die Dinge sind inzwischen unglaublich verfeinert worden. Ich will dir ein Beispiel zeigen.« Er zog die zusammengefaltete Seite einer Tageszeitung aus seinem Aktenkoffer und breitete den Bogen auf Dawsons Schreibtisch aus

»Eine Anzeige für Gilbey's Gin«, sagte Dawson.

Die Überschrift bestand aus den fünf Worten. *Break out the frosty bottle.* Es gab eine zweite Textzeile am unteren Rand der Anzeige: *... and keep your tonics dry!* Drei Motive waren abgebildet. Das größte war eine Flasche Gin, an deren Außenseite das Eis und die Schlieren kondensierten Wassers zu erkennen waren. Der Verschluß der Flasche war im unteren Bereich der Anzeige abgebildet. Außerdem gab es noch ein gefülltes Glas, samt Eiswürfeln, einer eingekerbten Zitronenscheibe und einem metallenen Quirl. Der Hintergrund war ein ruhiges, kühles Grün.

Was die Anzeige dem Bewußtsein des Betrachters signalisierte, war klar. Ein Glas Gin ist eine erholsame, erfrischende Angelegenheit. Du trinkst und vergißt den Alltag, du läßt deine Sorgen hinter dir.

Aber das Interessante an der Gin-Anzeige war die Unterschwellige Botschaft. Salsbury legte seinem Zuhörer dar, daß die wesentliche Aussage in der Unterschwelligen Botschaft bestand. Zwar ließ sich die Zielrichtung auch mit dem bloßen Bewußtsein erkennen, dies aber nur mit der Anleitung eines Eingeweihten, der einem die nötigen Hilfen gab. Eine Botschaft war in der Anordnung der Eiswürfel verborgen. Es gab vier Würfel, die aufeinandergetürmt waren, diese Würfel bildeten den Buchstaben S aus. Freilich sah man das nur, wenn man mit der Nase daraufgestoßen wurde. Die Zitronenscheibe war wie ein E geformt, und in einem fünften Eiswürfel malte sich unverkennbar der Schatten eines X ab. SEX.

Salsbury war um den Schreibtisch herumgegangen. Er trat hinter Dawson und deutete auf die Eiswürfel. »Siehst du's jetzt?«

Dawson zuckte die Achseln. »Das E habe ich sofort erkannt, und die anderen beiden Buchstaben ohne allzuviel Mühe. Ich kann mir nicht vorstellen, daß eine Absicht dahintersteckt. Auf den Würfeln malen sich verschiedene Schatten ab, da läßt sich alles mögliche herauslesen.«

»Dann muß ich etwas weiter ausholen«, sagte Salsbury. »Eiswürfel in Anzeigen werden immer gezeichnet, nie fotografiert, und man macht das, weil sich Eis schlecht fotografieren läßt. Man zeichnet das Eis in das fertige Foto rein, damit es natürlich aussieht. Auch diese Anzeige ist übermalt worden.« Er schmunzelte. »Übrigens sind noch andere Geheimnisse drin verborgen, nicht nur die drei Buchstaben für SEX.«

Dawson kniff die Augen zusammen. »Was denn sonst noch?«

»Das Glas und die Flasche stehen auf einer Glasplatte, man erkennt das Spiegelbild der Flasche.«

»Und?«

»Die beiden Flaschen sehen aus wie die gespreizten Beine einer Frau. Und der abgeschraubte Verschluß mit seiner ebenfalls gespiegelten Verlängerung wie ein Penis, der zwischen die Beine der Frau geklemmt ist.«

»Hm«, sagte Dawson. Es klang eisig.

Salsbury kümmerte sich nicht um den versteckten Tadel. »Die Schlieren, die an der Außenseite der Flasche herunterrinnen, stellen den Samen des Mannes dar. Wir haben es hier mit einer Gemischten Botschaft zu tun, einer Anzeige, die Bewußtsein und Unterbewußtsein zugleich anspricht. Das Bewußtsein ahnt, daß mehr dahinterstecken könnte. Aber den Weg zum Ziel findet es nur, wenn man ihm den Schlüssel in die Hand gibt.« Sein Finger fuhr auf der Abbildung entlang. »Betrachten wir jetzt einmal die Schatten der Flasche. Ist es sehr weit hergeholt, wenn ich behaupte, daß der Schatten in der Form geöffneter Schamlippen verläuft? Und der Tropfen hier, sitzt er nicht zufällig genau da, wo man bei einer Zeichnung die Klitoris vermuten würde?«

Dawsons Gesicht überzog sich mit flammender Röte. »Man könnte es so sehen.«

Salsbury griff in seinen Aktenkoffer. »Ich habe weitere Beispiele dabei.« Er zeigte ihm eine Anzeigendoppelseite im *Playboy*, wo der Leser zum Abonnement des Magazins aufgefordert wurde. Das Playmate, eine vollbusige Blondine, kniete auf einem weißen Teppich. Die linke Seite der Anzeige wurde von der Abbildung einer geöffneten Walnuß eingenommen, die Windungen und Krümmungen der Nuß waren bis in die letzten Verästelungen zu erkennen. Das Playmate band eine rote Lasche um die Walnuß.

Die Anzeige, so erklärte Salsbury, war unter 200 andere Anzeigen gemischt worden. Das Sample war einer Anzahl von Versuchspersonen vorgelegt worden. Man hatte den Versuchspersonen eine Stunde Zeit zum Betrachten der Anzeigen gegeben. Dann wurden sie aufgefordert, zehn Motive zu nennen, an die sie sich erinnerten. 85 Prozent nannten die Anzeige in *Playboy*. Nur zwei Befragte kamen von sich aus auf die Walnuß zu sprechen, fünf Versuchspersonen erwähnten das Playmate. Sie hatten allerdings Schwierigkeiten, sich an ihre Haarfarbe zu erinnern. Die Brüste seien nackt gewesen, da waren die Versuchspersonen sicher. Aber ob das Mädchen vom Gürtel ab nackt gewesen war oder bekleidet? Ob es einen Hut getragen hatte? Keine der Versuchspersonen hatte Probleme, als die Frage nach dem Inhalt der abgebildeten Walnuß kam, das Unterbewußtsein hatte sich dieses Gegenstandes mit besonderer Sorgfalt angenommen. Und weißt du auch, warum?« Salsburys Handballen senkten sich auf die Walnuß. »Weil die Nuß keine Nuß ist. Sie ist ein Vexierbild aus winzigen Gebilden, die in ihrer Form dem Glied des Mannes und der Scheide der Frau ähneln.«

Dawson durchpflügte die anderen Anzeigen, die Salsbury ihm auf den Tisch legte. Als er den Stapel durch hatte, sah er seinen Besucher an. »Eine illustre Gesellschaft, wenn ich so sagen darf. Camel, Segram's, Sprite, Bacardi Rum – alle schalten unterschwellige Anzeigen.«

»Warum auch nicht? Es ist ja schließlich nicht verboten. Außerdem zwingt der Konkurrenzdruck dazu. Es gibt also keinen Bösewicht, dem man die Schuld aufbürden kann. Wenn überhaupt, dann ist das ganze System bösartig.«

Dawson ließ sich wieder in seinen Ledersessel sinken. Was er dachte, stand ihm auf die Stirn geschrieben. Er schätzte es nicht besonders, wenn jemand am ›System‹ herummäkelte, und er schätzte es noch weniger, wenn jemand ihn belehrte, wo es Penisse zu sehen gab und wo nicht. Er war aufgewühlt von den Möglichkeiten, die sich bei konsequenter Weiterentwicklung des Gedankens ergaben. Dawson war mit dem Gefühl ausgestattet, daß ihn Gott der Herr an die Spitze seines millionenschweren Konsortiums beordert hatte. Gott würde auch dafür sorgen, daß er einen Weg fand, das Prinzip der Unterschwelligen Botschaft in bare Münze umzusetzen. Die Führung des Schöpfers in diesem Zusammenhang war besonders wichtig, weil die Angelegenheit eine schmutzige Seite hatte. Aber dieser Schmutz wurde von den guten Absichten hinweggespült, die Dawson mit allem verband. Nach seinem Tod würde das Dawson-Imperium in den Besitz der Kirche übergehen.

Er kniff die Lippen zusammen. »Du hast dargelegt, daß die Firmen viel

Geld und viel Gehirnschmalz in Unterschwellige Werbung investieren«, sagte er. »Mir ist bekannt, daß mit Sex Waren und Dienstleistungen verkauft werden. Aber wie wirksam ist das Stimulans? Ist die Sache den Aufwand wert?«

»Ohne jeden Zweifel«, sagte Salsbury. »Aus psychologischen Studien geht hervor, daß die meisten Amerikaner auf sexuelle Anstöße in der Werbung mit Angstgefühlen und Streß reagieren.«

»Eben.«

»Die erwünschte Wirkung wird trotzdem erzielt. Nehmen wir an, das Unterbewußtsein eines Zuschauers ist mit der Betrachtung einer Sexszene beschäftigt. Die Firma, die den Spot schaltet, will einen Softdrink verkaufen, aber in der Unterschwelligen Botschaft ist ein kopulierendes Paar zu erkennen. Wie reagiert unser Zuschauer? Mit Angst. Die Waage neigt sich zur Linken. Um die Waagschale auf der rechten Seiten hinabzudrücken, müssen wir die Erlösung von der Angst hineinlegen. Die Angst wird gelöst, indem unser Zuschauer eine Flasche oder eine ganze Kiste des angebotenen Softdrinks kauft. Die Gleichung geht auf, die Tafel kann leergewischt werden.«

Dawson wunderte sich. »Er kauft das Produkt also nicht, weil er hofft, daß es ihm zu mehr Erfüllung im sexuellen Bereich verhilft?«

»Im Gegenteil«, sagte Salsbury. »Er kauft das Produkt, weil es ihm die Flucht vor Sex ermöglicht. Durch die Anzeige erfährt er Motivation und Angst zugleich. Er möchte mit der gezeigten Frau schlafen, zugleich hat er Angst vor ihr. Indem er das Produkt kauft, erlangt er erotische Erfüllung ohne das Risiko, zurückgewiesen oder gedemütigt zu werden. Der Mann, weil er Angst hat, den sexuellen Erwartungen der Partnerin nicht zu entsprechen. Die Frau, weil sie einer unglücklichen Bindung aus dem Wege gehen will. Beide Geschlechter erfahren Erfüllung, vor allem, wenn das gekaufte Produkt einen klaren oralen Bezug hat, wie es bei Getränken und Lebensmitteln der Fall ist.«

»Und bei Zigaretten«, sagte Dawson. »Könnte die Unterschwellige Werbung dafür verantwortlich sein, daß es den Menschen so schwerfällt, das Rauchen aufzugeben?«

»Nikotin ist eine Droge«, sagte Salsbury. »Ein Genußgift, das eine Sucht bahnt. Aber Unterschwellige Werbung trägt ohne Zweifel dazu bei, die Sucht zu festigen.«

Dawson kratzte sich das Kinn. »Wenn das stimmt, warum rauche ich nicht? Ich bin ständig der Zigarettenwerbung ausgesetzt und rauche nicht.«

»Das Verfahren der Manipulation ist noch unvollkommen«, sagte Salsbury. »Es kommt nach wie vor auf die Grundhaltung des Menschen an. Wenn du der festen Überzeugung bist, Rauchen ist etwas Ekelhaftes, wenn du entschlossen bist, nie in deinem Leben eine Zigarette in die Hand zu nehmen, dann kann dich auch eine Anzeige mit Unterschwelliger Werbung nicht umstimmen. Wenn du aber zu den jungen Verbrauchern gehörst, die den Markt gerade erst entdecken, dann kann eine solche Anzeige sehr wohl dazu beitragen, die Sucht anzubahnen. Ähnlich ist es bei Rauchern, die inzwischen zu rauchen aufgehört haben. Sie können durch Unterschwellige Werbung veranlaßt werden, die alte Gewohnheit wieder aufzunehmen. Diese Art von Werbung zielt besonders auf Unentschlossene. Ein Beispiel. Wer überhaupt keinen Alkohol zu sich nimmt, den wird die Gin-Anzeige nicht dazu bringen, in den nächsten Schnapsladen zu rennen. Anders ein Leser, der bereits trinkt. Vielleicht ist es ihm bisher nicht auf die Marke des Getränks angekommen. Die Anzeige sagt ihm, wenn du schon trinkst, dann mußt du Gilbey's Gin kaufen. Die Sache funktioniert, Leonard. Mit Unterschwelliger Werbung werden jedes Jahr Produkte für viele Milliarden Dollar vermarktet, Waren für die der Verbraucher kein Interesse hätte, würden sie nicht durch die Hintertür in sein Unterbewußtsein eingeschleust.«

»Du arbeitest seit zehn Jahren an dem Verfahren, sagst du?«

»So ist es.«

»Das System ist ausgereift?«

»Das System ist ausgereift.«

»Erkennt das Pentagon denn nicht, was für eine Waffe das darstellt?«

»Erkennst *du* es, Leonard?«

Dawsons Antwort kam mit großer Ruhe. »Es geht hier nicht mehr um die Beeinflussung des Menschen, es geht um die Kontrolle über seinen Geist.«

Beide schwiegen.

»Du willst das Verteidigungsministerium nicht in die letzten Einzelheiten einweihen, wie?« sagte Dawson. Er stieß die Luft durch die Nase. »Wenn sie dir auf die Spur kommen, werden sie behaupten, du hast dich des Hochverrats schuldig gemacht.«

»Es ist mir egal, was das Verteidigungsministerium behauptet«, sagte Salsbury scharf. »Mit deinem Geld und meinem Wissen sind wir nicht mehr auf das Verteidigungsministerium angewiesen. Wir werden mehr Macht haben als die Regierung der Vereinigten Staaten, mehr Macht als die Regierungen aller Länder zusammengenommen.«

Dawson konnte seine Ungeduld nicht länger zügeln. »Was hast du erfunden, Ogden? Heraus damit!«

Salsbury war an die Glasfront getreten und starrte den Schneeflocken nach, die sich in dichten Wirbeln auf Manhattan senkten. Einen Augenblick lang hatte er das Gefühl, Dawson hätte ihm einen elektrischen Draht in die Hand gedrückt, einen Draht, der unter Strom stand. Das Bild der tanzenden Flocken verschwamm vor seinen Augen. Um ihn war Licht. Der göttliche Funken. Jawohl, Gott goß seine Gnade über ihn aus.

Er sagte Dawson, was er erfunden hatte. Er erklärte ihm, in welcher Weise sich die Erfindung nutzen ließ und welche Rolle Dawson bei der Verwirklichung der Pläne spielen konnte.

Er sprach eine halbe Stunde lang.

»Ogden«, sagte Dawson, als er mit seiner Erklärung fertig war, »bedeutet das nicht, daß die Macht über die Erde in unseren Händen liegen wird?«

Die schwarzen Augen lächelten.

3. Kapitel

Samstag, der 13. August 1977
Das Zimmer lag im zweiten Stock des Hauses. Paul Annendale stand vor der Kommode und legte sein Rasierzeug bereit. Von links nach rechts. Eine Dose Rasierschaum, eine Schale mit Rasierpinsel, ein Rasierapparat in einer Plastikhülle, Rasierklingen, ein Alaunstift, ein Fläschchen Preshave-Lotion, ein Fläschchen After-shave-Lotion. Die Gegenstände lagen nebeneinander wie Artikel, die in einem Werbespot angepriesen wurden. Gleich würde sich die Dose Schaum in Bewegung setzen, dann der Pinsel in der Schale und so fort. Der Tanz konnte beginnen.

Paul wandte sich von der Kommode ab und trat ans offene Fenster. In der Ferne waren die Berge zu sehen, grün und großartig, eingehüllt von den purpurnen Schatten der Wolken. Im Vorgebirge waren Gruppen von Ulmen und Tannen zu erkennen. Der kleine Ort lag im Tal. Das Rascheln der Birken auf der Hauptstraße war zu hören. Einige Leute waren zu sehen. Einheimische. Die Männer in kurzärmeligen Hemden, die Frauen im bunten Sommerkleid. Pauls Blick streifte das Reklameschild für *Edison's General Store*, dessen obere Kante bis an die Fensterbrüstung heranreichte.

Er trat einen Schritt zur Seite, um sich in der Fensterscheibe zu betrachten. Ein Mann mittlerer Größe, weder dünn noch dick. Volles, braunes Haar, kurzgeschnitten. Die Art von Haarschnitt, wie sie die jungen Männer heutzutage trugen. Ihm stand das. Seine Augen waren blau, als seien sie aus einem Hollywood-Himmelszelt ausgeschnitten worden. Es gab einen bitteren Zug um den Mund. Verlust, Entsagung, Niederlage. Das Gesicht war schlank, oval, fast das Antlitz eines Aristokraten. Aber die Haut war von gesunder Farbe, war gebräunt. Ein Mann, der keinen Hochmut kannte. Jemand, der sich in eleganter Umgebung wohl fühlte und in einer Hafenbar.

Er trug Bluejeans, ein hellblaues Arbeitshemd und Stiefel. Trotzdem sah er sorgfältig gekleidet aus. Fast formell. Die Ärmelaufschläge seines Hemdes waren penibel gebügelt, der offene Kragen sah gestärkt aus. Die Gürtelschnalle blitzte, als sei sie ausgiebig gewienert worden. Das Hemd war ein Maßhemd, und die Jeans waren auf Maß gearbeitet.

Paul Annendale war ein sehr ordentlicher Mensch. Schon in früher Jugend war er von den Freunden damit aufgezogen worden. Paul war der Junge, der nach dem Spielen sein Spielzeug aufräumte. In seinem Zimmer sah es sauberer aus als im Rest des Hauses.

Vor drei Jahren war seine Frau gestorben. Annie. Sie hatte ihn mit den beiden Kindern in einer Einsamkeit zurückgelassen, die Paul nicht verstand. Aus irgendeinem Grunde suchte er die Sache durch gesteigerte Ordnungsliebe auszubügeln. Es war an einem Mittwochnachmittag, und Paul Annendale befand sich in seiner tierärztlichen Praxis, als er erkannte, daß seine Ordnungsliebe in Wirklichkeit ein Ventil war. Eine Flucht aus der Wirklichkeit. Zum siebentenmal innerhalb von zwei Stunden hatte er den Schrank mit den Instrumenten aufgeräumt. Er brach in Tränen aus. Zehn Monate waren vergangen seit Annies Tod. Es war das erste Mal, daß er sich gehen ließ. Er hatte seinen Gram vor den Kindern verheimlicht. Aber jetzt weinte er, er schluchzte und wand sich in den Schmerzen, die der Tod ihm zugefügt hatte. Er war ein Mann, dem nie ein Fluch über die Lippen kam, aber jetzt fluchte er. Er verfluchte Gott und die Welt.

Nach jenem Gefühlsausbruch war die Ordnungsliebe auf ein annähernd normales Maß zurückgegangen. Nach wie vor gab es Leute, die an Pauls penibler Art Anstoß nahmen. Es gab andere, die sein Verhalten als liebenswürdige Eigenart empfanden.

Ein Klopfen an der Tür.

Er drehte sich um. »Herein.«

Rya kam herein. »Es ist sieben, Paps. Zeit zum Abendessen.«

Sie trug verwaschene Jeans und ein weißes T-Shirt. Das Haar fiel ihr bis auf die Schultern. Wie ihre Mutter, dachte er. Sie hat das dunkle, schöne Haar ihrer Mutter. Und jetzt hielt sie auch noch den Kopf schief, wie Annie es getan hatte, wenn sie seine Gedanken zu ergründen suchte.

»Ist Mark schon umgezogen?« fragte er.

»Mark war schon vor einer Stunde fertig«, sagte Rya fröhlich. »Er ist bei Sam in der Küche und versucht ihn am Kochen zu hindern, so gut es geht.«

»Dann müssen wir uns beeilen. Wie ich Mark kenne, wird er alles aufessen, bevor Sam es auftragen kann.«

Sie trat einen Schritt zurück und musterte ihn von oben bis unten. »Du siehst fantastisch aus, Paps.«

Er grinste und kniff seine Tochter in die Wange. Die Wortwahl amüsierte ihn. Fantastisch. Wenn Rya mit Mark sprach, sagte sie: Du siehst *super* aus. Er, der Vater, war ein Erwachsener, er mußte also mit dem Wortschatz der Erwachsenen angeredet werden. Er war fantastisch.

»Meinst du?«

»Jenny wird dir nicht widerstehen können, so wie du aussiehst, Paps.«

Er verzog das Gesicht zu einer Grimasse.

»Wirklich nicht.«

»Wie kommst du darauf, daß mir Jenny etwas bedeutet?«

Behandle mich nicht wie ein Kind, sagten ihre Augen. »Weil ich euch beide in Boston beobachtet habe. Du warst völlig verändert.«

»In Boston?«

»Als Jenny zu Besuch war, hast du überhaupt nicht mehr von neurotischen Pudeln und verzogenen Siamkatzen gesprochen.«

»Weil ich zu jener Zeit nur Elefanten und Giraffen behandelt habe.«

»Lüg nicht, Paps.«

»Und ein trächtiges Känguruh.«

Rya hatte auf der Bettkante Platz genommen. »Heirat oder nicht, das ist die Frage hier.«

»Ob ich das Känguruh heirate?«

Sie mußte lachen, weil er ihrer Frage auswich. »Ich weiß nicht, ob ich eine Känguruhmutti möchte«, sagte sie. »Ich würde sagen, du mußt selbst wissen, wer für dich die richtige Partnerin ist.«

»Was das Känguruh angeht, ich schwöre dir, ich war's nicht.«

»Du hast keinerlei romantische Gefühle für Känguruhs?«

»Nein.«

»Und für Jenny?«

»Es kommt nicht so sehr darauf an, ob ich Jenny mag. Viel wichtiger ist, mag sie mich?«

»Weißt du das denn nicht?«

»Nein.«

»Dann werde ich es für dich herausfinden.«

»Und wie willst du das anfangen?«

»Ich werde sie einfach fragen.«

»Und ich stehe da wie ein Bauerntölpel. Nein, daraus wird nichts.«

»Ich werde die Frage sehr behutsam stellen, mach dir keine Sorgen, Paps.« Sie sprang auf und ging zur Tür. »Wir haben wenig Chancen, noch was zu essen zu bekommen, wenn wir jetzt nicht runtergehen.«

»Rya?«

»Ja?«

»Magst du Jenny?«

»Sehr.«

Seit sieben Jahren kamen die Annendales nach Black River, um hier Ferien zu machen. Beim ersten Besuch war Mark zwei Jahre alt gewesen und Rya vier. In den Jahren, die dem ersten Besuch folgten, blieben sie nicht im Ort. Paul hatte ein Zelt mitgebracht. Sie übernachteten in den Bergen, in der freien Natur. Paul wollte seinen Kindern beibringen, wie wichtig es war, im Einklang mit der Natur zu leben. Es waren jedesmal wunderschöne Ferien. Die Kinder freuten sich drauf.

Als Annie starb, hatte Paul zunächst den Entschluß gefaßt, für ein oder zwei Jahre auf das Ferienvergnügen zu verzichten. Rya hatte ihn eines Besseren belehrt. »Mutter ist nicht tot«, sagte sie. »Ich habe oft das Gefühl, daß sie noch im Haus ist. Sie wird auch bei uns sein, wenn wir in Black River durch die Wälder streifen. Wenn ich sie dort wiedersehe, wird sie wenigstens nicht so bleich sein wie zum Schluß. Sie wird braungebrannt sein und gesund. Wie früher, Paps.« Sie waren nach Black River gefahren, und die Entscheidung hatte sich als richtig erwiesen.

Beim ersten Besuch hatten Paul und Annie die Vorräte in *Edison's General Store* aufgestockt. Mark und Rya hatten den alten Mann sofort in ihr Herz geschlossen, und auch Paul und seine Frau konnten seinem Charme nicht lange widerstehen. Die Ferien hatten vier oder sechs Wochen gedauert. Zweimal war die Familie zum Abendessen bei den Edisons eingeladen gewesen. Im Jahr darauf hatte der Inhaber des General Store sie zum Übernachten eingeladen. Sie sollten sich erst einmal bei ihm ausschlafen, die Fahrt von Boston bis Black River sei schließlich ganz schön anstrengend. Am nächsten Morgen war immer noch Zeit, in die Berge aufzubrechen. Das Ganze war dann zur angenehmen Routine geworden. Die erste Nacht in Black River schliefen die Annendales im Haus von Mr. Edison. Für Rya und Mark war der Alte der gütige Großvater.

Vor einem Jahr hatte Paul mit Jenny Freundschaft geschlossen. Natürlich hatte Sam ihnen schon lange vorher gesagt, daß er eine Tochter hatte. Die Tochter studierte Musik. Nach vollendetem Studium heiratete sie einen Musiker und zog mit ihm nach Kalifornien. Nach sieben Jahren war die Ehe kaputt. Sams Tochter war nach Black River zurückgekehrt, um über ihre Zukunft nachzudenken. Sam war stolz auf seine Tochter, aber er hatte ihnen nie ein Foto des Mädchens gezeigt, das war nicht sein Stil. Paul war fast das Herz stehengeblieben, als er Jenny im Laden erblickte. Sie stand hinter der Theke und sprach mit zwei Kindern, die Bonbons kaufen wollten.

Es war nicht Liebe auf den ersten Blick, es war mehr. Noch bevor Paul Liebe für Jenny in seinem Herzen spürte, fühlte er, daß sie die Richtige für ihn war. Sie war die Frau, auf die er sein ganzes Leben gewartet hatte. Auch Jenny spürte die Anziehung, vom ersten Tag an.

Paul dachte über diese Dinge nach, während er hinter seiner Tochter die

Treppe hinunterging. Er wußte, was sie sagen würde, wenn er ihr gestand, was er für Jenny fühlte. »Warum bist du eigentlich noch nicht mit ihr verheiratet, Paps?« Wenn das alles so einfach wäre!

Das Essen war beendet. Sam und die Kinder spülten das Geschirr. Paul und Jenny hatten sich in das gemütliche kleine Wohnzimmer verfügt. Sie hatten sich auf das Sofa gesetzt. Er schlang den Arm um sie, aber sie entzog sich ihm. Vielleicht schämt sie sich, dachte er. Vielleicht hat sie Angst, daß Mark und Rya hereinplatzen.

»Laß uns noch etwas rausfahren«, schlug er vor.

»Ich weiß nicht.«

Er stand auf. »Komm doch, ein bißchen frische Luft tut dir gut.«

Es war kühl draußen. Sie bestiegen den Wagen.

»Stellst du die Heizung an?« bat sie.

»Komm in meine Arme, ich wärme dich.« Er strahlte sie an. »Wo geht's bitte hin?«

»Wir könnten nach Bexford fahren, da kenne ich eine kleine Bar.«

»Wir wollten doch nirgendwo hingehen, wo wir uns anstecken können.«

»In Bexford gibt's keine Grippekranken.«

»Wieso eigentlich nicht? Es liegt doch gar nicht so weit von Black River.«

»Ich weiß es nicht, es ist nun mal so.«

Er legte den Gang ein und lenkte das Fahrzeug auf die Straße. »Einverstanden. Eine kleine Bar in Bexford.«

Sie saß an ihn gelehnt. Sie hatte einen kanadischen Sender eingestellt. Swing der vierziger Jahre.

Es war eine schöne Fahrt. Sie waren wie in einem kühlen dunkelgrünen Tunnel. Nur du und ich, dachte Paul. Ein angenehmer Gedanke.

Sie war schön wie die Nacht. Sie war schlank, aber ihre Ausstrahlung schien den Wagen auszufüllen. Ihre Züge waren entspannt. So schön. Viel attraktiver als die Modemädchen in *Vogue*. Volle, weiche Lippen, die zu den Klängen von Benny Goodman summten. Als sie sich zurücklehnte, streiften ihre Haare seine Wange. Ihr kühler, sauberer Duft stieg zu ihm auf.

Sie waren in Bexford angekommen. Er hatte eine Parklücke gegenüber der kleinen Bar gefunden. Er zog den Zündschlüssel ab. Sie lehnte sich zu ihm und gab ihm einen schwesterlichen Kuß. »Du bist lieb.«

»Warum bin ich lieb?«

»Weil du auf der ganzen Fahrt nichts gesagt hast. Du hast mich träumen lassen.«

Er lächelte. »Wir verstehen uns ohne Worte, wußtest du das nicht?«

»Doch, das ist mir auch schon aufgefallen.«

»Aber du sagst das so, als sei das selbstverständlich.«

»Ich find's *nicht* selbstverständlich.«

»Jenny, wir beide...«

»Ich möchte nicht, daß wir über irgendwas Ernstes sprechen«, sagte sie und legte ihm einen Finger auf den Mund.

»Ich finde schon, wir sollten miteinander auch einmal über ernste Dinge sprechen.«

»Nein«, sagte sie, »das möchte ich nicht. Und weil du so lieb bist, wirst du tun, was ich sage.« Sie gab ihm einen Kuß und stieg aus.

Es war ein Lokal mit vierzehn Tischen in der Mitte des Raumes und einer Reihe von Nischen an der Wand zur Linken. Countrymusik aus einem Musikautomaten. Der Barkeeper stand vorgelehnt und unterhielt sich mit den Gästen. Er sprach wie W.C. Fields auf einem Ausflug ins Grüne. Vier Männer saßen an der Bar. Die letzte Nische war frei.

Sie setzten sich.

Der Wodka-Martini für Jenny war serviert worden und der Scotch für Paul.

»Warum kommst du nicht auf ein paar Tage ins Zelt?« sagte Paul. »Ich habe einen Schlafsack für dich mitgebracht.«

»Gerne«, sagte sie.

»Wann?«

»Vielleicht nächste Woche.«

»Ich werd's gleich morgen früh den Kindern sagen, daß du's mir versprochen hast. Die machen dir die Hölle heiß, falls du es dir anders überlegst.«

Sie lachte. »Scheint, die beiden mögen mich.«

»So könnte man's sagen.«

Jenny nahm einen Schluck von ihrem Glas. »Weißt du, was mich Rya gefragt hat, als sie mir beim Kaffeemachen half?«

»Nein.«

»Sie hat mich gefragt, ob ich meinen ersten Ehemann zum Teufel gejagt habe, weil er ein schlechter Liebhaber war.«

»Das ist ja wohl nicht dein Ernst.«

»So wie ich's sage, Paul.«

»Das Mädchen ist erst elf. Manchmal denke ich... Ich meine, ich frage mich, ob...«

»Reinkarnation?«

»Vielleicht. In diesem Leben ist sie natürlich erst sieben Jahre alt. Aber vielleicht ist sie in ihrem vorigen Leben siebzig Jahre alt geworden. Was hast du ihr eigentlich geantwortet?«

Jenny seufzte. »Ich habe ihr gesagt, es geht sie überhaupt nichts an, ob mein Mann ein schlechter Liebhaber war oder nicht. Sie hat mich dann gebeten, ich soll nicht böse sein mit ihr, sie sei nun einmal ein kleines Mädchen, das eine Menge Fragen hat, sie sei ganz einfach neugierig auf das Erwachsenenleben, auf die Liebe und die Ehe.«

Er grinste. »Ich kann dir sagen, wie's weitergeht. *Ich bin allein in dieser Welt. Niemand kümmert sich um mich. Niemand sagt mir, was ich wissen möchte. Ich bin in der Pubertät. Ich bin ein Spielball meiner Gefühle.*«

»Dann hat sie den Trick mit dir wohl auch schon versucht?«

»Sehr oft.«

»Und du bist drauf reingefallen?«

»Jeder fällt drauf rein.«

»Sie hat mir so leid getan, Paul. Sie hatte tausend Fragen...«

»Natürlich alles Fragen, die mit der Liebe zwischen Mann und Frau zu tun haben.«

Jenny fuhr sich über die Stirn, ihr Haar schwang zur Seite. »Jedenfalls habe ich alle ihre Fragen beantwortet. Zum Schluß habe ich dann herausgefunden, daß sie mich das alles nur gefragt hat, weil sie mir von dir und deiner verstorbenen Frau erzählen wollte.«

»Von Annie?«

»Von Annie. Sie sagte, ihre Mutter hat ihr verraten, du bist ein fantastischer Liebhaber.«

Paul schüttelte den Kopf.

»Ich habe ihr dann gesagt, ich kann mir gar nicht vorstellen, daß deine Mutter so etwas gesagt haben soll. Wie alt sie denn damals war, habe ich sie gefragt. Und sie hat gesagt, sechs, sie war sechs, aber sie sei eben damals schon frühreif gewesen.«

Er mußte lachen. »Du solltest ihr das nicht übelnehmen«, sagte er nach einer Weile. »Sie veranstaltet das alles doch nur, weil sie dich lieb hat. Sie mag dich, Mark mag dich, und ich mag dich auch.«

Sie starrte in ihr Glas. »Hast du in der letzten Zeit ein gutes Buch gelesen?«

Er trank von seinem Scotch. »Ich weiß, ich bin ein lieber Mensch, und deshalb muß ich jetzt sofort das Thema wechseln.«

Sie ließ in ihre Brüste spüren. »Erraten.«

Jenny Leigh Edison haßte den Gedanken an eine neue Heirat. Sie war nicht das, was man eine Romantikerin nennen konnte. Als sie ihre erste Ehe schloß, war sie auf einen Mann gestoßen, der weder lernen noch arbeiten wollte, zugleich aber Anspruch auf Ruhm und ein hohes Einkommen erhob. Die Jahre verstrichen, ohne daß es ihm gelungen wäre, die Wirklichkeit mit diesem Anspruch in Übereinstimmung zu bringen. Er fand einen Schuldigen für seine Mißerfolge. Seine Frau. Sie war schuld, daß er keine richtige Band zusammenbekam. Sie war schuld, daß er keinen Vertrag bei einer Plattenfirma bekam. Sie war ein Klotz an seinem Bein. Sieben Jahre lebten sie von dem, was Jenny als Barpianistin verdiente. Eines Tages machte sie den Vorschlag, es sei besser auseinanderzugehen. Er beschuldigte sie, sie wolle ihn im Stich lassen. Er drohte ihr, er würde ihr den Hals durchschneiden, wenn sie ihr Vorhaben wahrmachte. Sie reichte die Scheidung ein. Die Scheidung wurde ausgesprochen. »Liebe genügt nicht für die Ehe«, sagte sie, als sie mit Paul über jene Jahre sprach. »Es gehört mehr dazu. Vielleicht Achtung voreinander, ich bin nicht sicher. Ich werd's herausfinden, Paul. Solange ich es nicht weiß, kriegen mich keine zehn Pferde wieder vor den Traualtar.«

Paul hatte das Thema gewechselt. Sie sprachen über Glenn Miller und seine Musik, als Bob und Emma Thorp aufkreuzten.

»Hello«, sagte Bob, und Emma grinste. Sie standen vor der Nische.

Bob Thorp war der Polizeichef von Black River, ihm unterstanden vier Beamte. Normalerweise hätte für einen Ort von dieser Größe ein einziger Beamter genügt. Aber da gab es das Holzfällercamp, das zum Sägewerk der Big Union gehörte. Die Männer kamen in die Ortschaft, da brauchte man schon ein paar Beamte mehr, die für Ordnung sorgten. Das Sägewerk zahlte die Beamten. Bob war ein vierschrötiger Mann, über sechs Fuß groß, mit niedriger Stirn und tiefliegenden Augen. Bob wog 200 Pfund. In der Armee war er Militärpolizist gewesen. Er sah gefährlich aus. Gefährlich und dumm. Aber dumm war er nicht. Bob schrieb eine amüsante Spalte für das Wochenblatt, das in Black River herauskam, eine Spalte, die genausogut in irgendeiner größeren Zeitung hätte stehen können.

Emma Thorp war 35, sie war die schönste Frau von Black River, blond, mit grünen Augen und von einer erotischen Ausstrahlung, die ihr – das war jetzt zehn Jahre her – zu einer Placierung im Schönheitswettbewerb für Miß USA verholfen hatte. Sie war die einzige Persönlichkeit des kleinen Ortes, die je über einen Kreis von zwanzig oder dreißig Kilometern hinaus bekannt geworden war. Der Sohn des Paares war in Marks Alter. Die beiden waren Freunde, Jeremy durfte jedesmal, wenn die Annendales zum Urlaub anrückten, zwei oder drei Tage im Zelt schlafen. Mark mochte Jeremy.

»Ferien?« fragte Bob.

»Wir sind gerade erst angekommen.«

»Wir würden Sie bitten, sich etwas zu uns zu setzen«, sagte Jenny, »aber Paul hat Angst, daß er mit der Grippe angesteckt wird. Wenn er's erst einmal hat, kriegen es die Kinder ganz bestimmt.«

»Verstehe«, sagte Bob. »Aber das ist nichts Ernstes. Keine richtige Grippe, wenn Sie mich fragen. Nur Schüttelfrost. Nächtlicher Schüttelfrost.«

»Mir setzt die Krankheit aber ganz schön zu«, sagte Emma. »Ich kann nicht richtig schlafen, nicht einmal am Tage. Ich bin heute nachmittag etwas eingenickt und mit Schüttelfrost wieder aufgewacht.«

»Sie sehen beide ganz gesund aus«, sagte Paul.

»Ich sage Ihnen ja, es ist nichts Ernstes«, meinte Bob. »Schüttelfrost, weiter nichts. Meine Großmutter hat schon darunter gelitten.«

»Deine Großmutter hat unter allen Krankheiten gelitten, die in ihrem Hausarztbuch standen«, sagte Emma. »Schüttelfrost, Rheumatismus, Wechselfieber, Wallungen...«

Paul mußte lachen. »Was soll's. Kommen Sie, setzen Sie sich zu uns. Ich geb einen aus.«

Bob warf einen raschen Blick auf die Uhr. »Danke, aber das geht jetzt nicht. Hier wird jeden Samstagabend Poker gespielt, in einem Hinterzimmer. Wir werden erwartet, Emma und ich.«

»Sie spielen Poker, Emma?« fragte Jenny ungläubig.

»Besser als Bob«, sagte Emma. »Letztes Mal hat er fünfzehn Dollar verloren, und ich habe zweiunddreißig Dollar gewonnen.«

Ein Grinsen erschien auf Bobs Gesicht. »Jetzt sag auch dazu, woran das liegt. Wenn du mitspielst, achten die Männer nicht mehr ihre Karten, sondern auf etwas anderes.«

Emma ließ die Fingerspitzen über ihren Ausschnitt gleiten. »Bluffen gehört zum Poker. Wenn die Idioten auf meine Tittis schielen anstatt auf ihre Karten, dann spielen sie eben schlechter Poker als ich.«

Sie hatten Bexford hinter sich gelassen und waren auf dem Weg nach Hause. Sie waren fünfzehn Kilometer gefahren, als Paul auf einen Rastplatz einbog.

»Halt bitte nicht an«, bat Jenny.

»Warum nicht?«

»Weil ich dich liebe.«

Er sah sie unschlüssig an. »Und du findest, das ist ein Grund, nicht anzuhalten?«

Sie vermied es, ihn anzusehen. »Ich mag dich, Paul, aber ich weiß auch, du bist nicht die Art von Mann, die sich mit Sex zufriedengibt. Du willst mehr, und auf mehr bin ich nicht vorbereitet.«

Er umfaßte sie mit einer zärtlichen Geste und drehte ihr Kinn so, daß sie ihn ansah. »Ich erinnere mich an unsere Gespräche in Boston. Du warst zunächst ganz unsicher, was aus uns beiden werden sollte. Zum Schluß hast du mir dann gesagt, wir sollten zusammenbleiben, du brauchst nur noch etwas Zeit für eine endgültige Entscheidung über die Form, wie das geschehen kann.« Es war beim letzten Weihnachtsfest gewesen. Paul hatte ihr einen Heiratsantrag gemacht. Jenny hatte weder ja noch nein gesagt.

Seitdem versuchte er sie davon zu überzeugen, daß sie füreinander geschaffen waren. »Und jetzt ist wieder alles ganz anders.«

Sie küßte seine Hand. »Ich brauche Zeit.«

»Ich bin anders als dein erster Mann, Jenny.«

»Das weiß ich. Du bist...«

»Lieb?«

Sie schwieg.

»Ich brauche noch etwas Zeit«, sagte sie nach einer Weile.

»Wie lange?«

»Ich weiß es nicht.«

Er sah ihr prüfend in die Augen. Dann legte er den Gang ein und bog wieder auf die Straße ein.

Er hatte das Radio eingeschaltet. Ein paar Minuten verstrichen.

»Bist du mir böse?« fragte sie.

»Nein. Ich bin nur etwas enttäuscht.«

»Ich verstehe nicht, wie du so sicher sein kannst«, sagte sie. »Du solltest mehr Vorsicht walten lassen.«

»Ich weiß, daß ich dich liebe«, sagte er. »Das genügt mir.«

»Und das ist dein Fehler«, sagte sie. »Macht es dich denn gar nicht nachdenklich, daß ich deiner verstorbenen Frau sehr ähnlich sehe? Wir sind gleich groß, haben die gleiche Figur, die gleiche Haarfarbe, die gleichen Augen. Ich habe Fotos von ihr gesehen.«

Was sie sagte, machte ihn verlegen. »Glaubst du etwa, ich liebe dich nur, weil du ihr ähnlich siehst?«

»Du hast sie sehr geliebt, habe ich recht?«

»Das hat nichts mit dir zu tun. Ich liebe dunkelhaarige, sinnliche Frauen.«

»Mag sein.«

»Verdammt noch mal, ich verstehe gar nicht, was du da hineingeheimnissen willst. Ich liebe dich, weil du Jenny bist, nicht weil du irgend jemandem ähnlich siehst oder nicht ähnlich siehst.«

Schweigend glitten sie dahin, nur der Motor und das Rauschen der Reifen auf dem Asphalt war zu hören.

In den Büschen leuchteten Augen auf. Rotwild. Paul sah in den Rückspiegel. Wie graziöse Geistwesen überquerten die Rehe den Fahrstreifen.

»Du bist sicher, wir sind füreinander geschaffen«, sagte Jenny. »Vielleicht sind wir das auch. Aber wir müssen noch etwas abwarten. Bisher haben wir nur Angenehmes miteinander erlebt. Die Schokoladenseite, verstehst du. In einer Ehe muß man zusammenhalten, auch wenn's schwierig wird. Weißt du, in der ersten Zeit ist mit meinem Mann auch alles gut gelaufen. Erst zum Schluß sind wir uns dann in die Haare geraten.« Sie streichelte seine Stirn. »Wie könnte ich meine Zukunft auf einem Fundament aufbauen, das überhaupt noch nicht belastet worden ist?«

»Wie stellst du dir das vor? Soll ich Gott bitten, daß er uns eine Krankheit schickt oder den finanziellen Ruin?«

Sie schmiegte sich an ihn. »Du läßt mich ganz schön spüren, wie dumm ich bin.«

»Du bist nicht dumm, und es ist nicht meine Absicht, dich etwas in der Art spüren zu lassen.«

»Ich weiß.«

Er bog in den Parkplatz am General Store ein. Sie gab ihm einen Gutenachtkuß.

Jeder ging auf sein Zimmer.

Sie lagen lange wach in jener Nacht. Allein.

4. Kapitel

28 Monate vorher – Samstag, der 12. April 1975

Der Hubschrauber, ein luxuriös ausgestatteter Bell Jet-Ranger II, hatte eine große Schleife über dem Strip von Las Vegas beschrieben. Sekundenlang schwebte er über dem roten Landekreuz auf dem Dach des *Fortunata Hotel*, dann setzten die Kufen auf.

Als das Surren der Rotoren verklungen war, öffnete Ogden Salsbury die Tür und trat auf das Dach des Hotels. Es war alles ein wenig verwirrend. Die Kabine des Jet-Ranger war angenehm kühl gewesen, jetzt umgab Ogden der Gluthauch Nevadas. Aus Lautsprechern, die auf mannshohen Masten aufgeschraubt waren, tönte eine LP von Frank Sinatra. Das Sonnenlicht brach sich im Wasser des Dachgartenpools, und Salsbury mußte die Augen zusammenkneifen, obwohl er eine Sonnenbrille trug. Mit tapsigen Schritten ging er auf den Pool zu. Aus irgendeinem Grund hatte er erwartet, der Boden des Dachgartens würde ebenso vibrieren wie der Fußboden im Hubschrauber. Er geriet ins Schwanken, und dann wurde ihm auf einmal klar, daß er sich wieder auf festem Boden befand.

Der Swimmingpool und das mit Glaswänden verblendete Sportgelände auf dem Dachgarten waren Teil der Präsidentensuite des Fortunata Hotel. Nur zwei Gäste benutzten den übergroßen Pool, zwei junge, hübsche Frauen von üppig-sinnlicher Ausstrahlung. Sie trugen die gleichen knappen Bikinis, saßen am Rand des Beckens und ließen die Beine baumeln. Hinter ihnen, am Beckenrand, kniete ein stämmiger Mann. Weißes Hemd, graue Hosen. Die drei unterhielten sich. Hätte Ogden die Szene mit einem einzigen Wort beschreiben müssen, ihm wäre nur die Bezeichnung

›lässig‹ eingefallen. Die drei dort hatten jene Lässigkeit, die dem Menschen durch die ungehinderte Verfügung über Geld zu eigen wird. Die Ankunft des Hubschraubers schienen sie nicht bemerkt zu haben.

Salsbury überquerte den Dachgarten und blieb vor der Gruppe stehen. »Sind Sie General Klinger?«

Der Mann maß ihn mit einem prüfenden Blick. Er sagte nichts. Die blonde Frau hatte begonnen, die Dunkelhaarige mit einer Lotion einzuschmieren. Die Hände glitten über die Schultern, den Rücken, über die Hüften und dann über die Schenkel. Die beiden waren mehr als nur Freundinnen.

»Ich bin Salsbury.«

Klinger stand auf, aber er gab ihm nicht die Hand. »Ich hole den Koffer.« Salsbury sah ihm nach, wie er auf das verglaste Geviert zuging.

Er starrte die Frauen an. Die beiden hatten die längsten, die schönsten Beine, die er je gesehen hatte. Er räusperte sich. »Sie ... kommen vermutlich aus dem Showbusineß.«

Die Frauen würdigten ihn keines Blickes. Die Blonde hatte ihre linke Hand mit Lotion gefüllt, sie begann die Brüste der Dunkelhaarigen einzureiben. Salsbury sah, wie sich ihre langen Finger unter das Oberteil des weißen Bikinis schoben, die Knöchel begannen unter dem dünnen Stoff zu kreisen.

Salsbury kam sich wie ein Hofnarr vor, der bei der Toilette der feinen Damen zusehen durfte. Immer wenn er sich in Gesellschaft schöner Frauen befand, kam er sich wie ein Narr vor. Er war sicher, die beiden machten sich über ihn lustig. Diese verkommenen Flittchen! Eines Tages werdet ihr tun, was ich sage. Ihr werdet es genießen, meine Befehle auszuführen, ganz einfach, weil ich es bin, der euch diese Befehle gibt.

Klinger war wieder da. Er hatte sich umgezogen. Er hielt einen Koffer in der Hand. Er sah aus wie ein Gorilla, der für den Zirkus einen Anzug verpaßt bekommen hatte.

Sie kletterten in den Hubschrauber. Als die Maschine vom Dach abhob, drückte der Mann, den Salsbury mit General Klinger angesprochen hatte, den Kopf an die Scheibe und seufzte. Auf dem schimmernden Grau des Beckenrandes waren die beiden Leiber der Frauen zu erkennen. »Ihr Boß weiß, wie man einem Gast die Langeweile vertreibt.«

Salsbury kniff die Augen zusammen. »Mein Boß?«

»Dawson«, sagte Klinger. Er zog eine lange, schmale Zigarre aus dem Paket und entzündete sie, ohne Salsbury das Paket anzubieten. »Wie haben Ihnen Crystal und Daisy gefallen?«

Salsbury nahm die Sonnenbrille ab. »Wie bitte?«

»Crystal und Daisy, die beiden Mädchen.«

»Hübsch. Wirklich hübsch.«

Klinger blies einen blauen Kringel in die Luft. »Die beiden können was.« Er schmunzelte. »Sie wären erstaunt, wenn Sie die beiden *in action* erlebten.«

»Ich hatte zunächst den Eindruck, es wären Tänzerinnen.«

Klinger sah ihn als, als hätte er die Charta der Vereinten Nationen zitiert. »Tänzerinnen, so kann man's auch nennen. Die beiden tanzen sich die Muschi heiß, in der Mitternachtsshow des Hotels. Sobald sie da fertig waren, sind sie wieder in meine Suite gekommen. Sie wollten mir zeigen, daß sie nicht nur tanzen können.«

Salsbury war ins Schwitzen geraten, obwohl die Aircondition im Jet-Ranger die Luft auf Eiseskälte herunterkühlte. Frauen. Wie er sie liebte! Und wie er sie fürchtete! Für Dawson mochte das Projekt Reichtum bedeuten, für Klinger Macht. Für Salsbury bedeutete es Sex. Er würde Sex haben mit den Frauen, die er sich aussuchte, so oft, wie er es sich wünschte, auf die Art und Weise, die er bevorzugte.

»Sie hätten die beiden wohl gern im Bett«, sagte Klinger. »Sie würden es den beiden am liebsten so besorgen, daß ihnen Hören und Sehen vergeht. Habe ich recht?«

»Natürlich.«

»Sie sollten die beiden nicht unterschätzen«, sagte Klinger. Er lachte. »Man braucht schon etwas Standkraft, um mit denen fertig zu werden. Glauben Sie wirklich, Sie würden Crystal *und* Daisy verkraften?«

»Ich könnt's versuchen.«

Klingers Lachen kam volltönend und herzlich.

Salsbury haßte ihn für dieses Lachen.

Ein Hausierer, dachte er. Ein Krämer. Ein Vertreter, der Geschäfte einfädelt. Klinger war der Mann, der für Futurex International die Aufträge vom Pentagon besorgte. Seine Bezahlung bestand in den Luxuswochenenden, die Dawson ihm finanzierte, und in Provisionen, die auf ein Schweizer Konto gezahlt wurden. Es gab ein Detail, das nach Salsburys Erfahrungen nicht mit der Philosophie eines Leonard Dawson in Übereinstimmung zu bringen war. Die Mädchen.

»Zahlt Dawson die Sache mit den Mädchen?« fragte er.

»Ich weiß nicht, wer die Mädchen bezahlt«, sagte Klinger. »Ich jedenfalls nicht. Wahrscheinlich das Hotel. Es gehört zu einer von Dawsons Hotelketten.« Er schmunzelte. »Dawson tut immer so, als hätte er keine Ahnung von den Mädchen. Wenn er mit mir diese Wochenenden durchspricht, dann hält er die Fiktion aufrecht, ich hätte die ganze Zeit nichts anderes getan, als im Pool herumgeplanscht und ein paar gute Bücher gelesen.« Er sog an seiner Zigarre. »Leonard ist ein richtiger Puritaner, aber er hält Geschäft und Privatleben auseinander, das ist das Gute an ihm. Ihr Boß ist ein Mann von ganz besonderem Zuschnitt.«

»Dawson ist nicht mein Boß«, sagte Salsbury.

Klinger zeigte keine Reaktion.

»Leonard und ich sind Partner«, sagte Salsbury.

Klinger sah in kopfschüttelnd an. »Partner sind Sie.«

»Ganz recht.« Ihre Blicke trafen sich, und es war Salsbury, der zuerst wegsah.

»Partner sind Sie«, wiederholte Klinger. Er glaubte ihm kein Wort.

Und doch sind wir Partner, dachte Salsbury. Dawson besitzt diesen Hubschrauber, er besitzt das Fortunata Hotel, die beiden Mädchen und einen korrupten General. Aber mich wird er nie besitzen. Nie.

Der Hubschrauber war auf Las Vegas Airport niedergegangen, nur dreißig Schritt von einer schimmernd weißen Düsenmaschine entfernt. Auf dem Rumpf prangte in roten Lettern die Aufschrift FUTUREX INTERNATIONAL.

Der Flug mit dem Grumman Gulf Stream Jet startete fünfzehn Minuten später. Der Pilot nahm Kurs auf einen privaten Landeplatz am Lake Tahoe.

Klinger löste den Verschluß seines Gurtes. »Ich warte auf Ihr Briefing.«

Es war die Frage, auf die Salsbury gewartet hatte. Er nickte. »Wir haben zwei Stunden für die Sache«, sagte er und hob den Aktenkoffer auf. Er legte den Aktenkoffer auf seine Knie. »Haben Sie schon mal was von Unterschwelliger Werbung gehört?« begann er.

Klingers Interesse hielt sich in Grenzen. »Bevor Sie richtig losgehen, hätte ich gern einen Scotch mit Eis.«

»Wir haben eine Bordbar.«

»Sehr schön.«

»Dort.« Salsbury deutete über die Schulter.

»Mein Glas bitte mit vier Eiswürfeln. Ein großes Glas.«

Salsbury starrte ihn an, und dann verstand er. Generäle holten sich ihren Drink nicht selbst. Ich werde mich nicht einschüchtern lassen, dachte er, aber dann sah er sich gegen seinen Willen aufstehen und zur Bordbar gehen. Er kehrte mit einem Glas Scotch und Eiswürfeln zurück. Klinger nahm das Glas, ohne ihm zu danken.

»Und Sie sagten, Sie und Leonard sind Partner?«

Er hatte ihn auf die Probe gestellt, und Salsbury hatte die Probe verpatzt.

Ob es richtig war, daß er sich mit Dawson und Klinger eingelassen hatte? War das nicht so, als träte ein Fliegengewicht gegen ein Schwergewicht an? Sie werden mich k.o. schlagen, ehe ich weiß, wie mir passiert, dachte er.

Dann verdrängte er den Gedanken. Er brauchte Dawson und den General, wenn er die Ergebnisse seiner Forschungsarbeit der Regierung vorenthalten wollte. Er hatte keine andere Wahl. Er würde aufpassen müssen. Hieß es nicht, man konnte sogar mit dem Teufel schlafen, wenn man nur nicht vergaß, eine geladene Pistole unters Kopfkissen zu legen?

Pine House bestand aus 25 Räumen. Der Blick ging über den Lake Tahoe in Nevada. Das Haus war lang und breit, bis zum Plan für die Kanalisation, in *House Beautiful* abgebildet worden, und der Architekt hatte mit dem Bau zwei Architekturpreise gewonnen. Das parkartige Grundstück war 20000 Quadratmeter groß, es lag am Ufer des Sees und war mit etwa 100 hohen Fichten bestanden. Es war ein moderner Bau. Der Sockel war fensterlos, die einzelnen Stockwerke lagen als konzentrische Ringe um eine komplizierte Achse. Eines der Stockwerke war mit dem Anlegesteg für die Motorjacht verbunden. Vom Wohnzimmer aus ging der Blick durch das vier Meter breite Fenster auf See und Berge. Das mit Schiefer gedeckte Kathedralendach wurde von einer 2,40 Meter hohen Spitze gekrönt.

Beim erstenmal hatte Salsbury das Haus für eines jener Gotteshäuser gehalten, die wohlhabende Kirchen für ihre Gläubigen errichteten. Er hatte das Leonard auch gesagt, und der hatte die Bemerkung als Kompliment vereinnahmt. Inzwischen war Ogden klargeworden, daß die Ähnlichkeiten mit einer Kathedrale nicht zufällig waren, sie entsprangen den Wünschen des Bauherrn. Das Haus sollte ein Denkmal des Reichtums und der Macht sein.

Pine House hatte eineinhalb Millionen Dollar gekostet, den Preis für den Grund mit eingerechnet. Es war eine der acht Wohnungen, die Dawson und seine Frau in den Vereinigten Staaten, auf Jamaika, in England und auf dem europäischen Kontinent unterhielten.

Sie hatten gegessen und nahmen in der Sesselgruppe vor dem Aussichtsfenster Platz. Die Sonne sank in den See. Morgens war das Wasser flaschengrün, mittags blau, jetzt war es schwarz.

Zehn Minuten vergingen. Die Männer sprachen über das Essen, das sie zu sich genommen hatten.

Dann legte Dawson dem General die Hand auf die Schulter. »Ernst, was hältst du von den Techniken, die bei Unterschwelliger Werbung Verwendung finden?«

Der General war auf die Frage gefaßt. »Faszinierend«, sagte er knapp.

»Du hast keinerlei Vorbehalte?«

»Daß so etwas funktioniert? Aber nein, dein Angestellter hat das ja schon ausführlich dargelegt. Ich weiß nur nicht, was ich bei der ganzen Sache soll.«

Dawson nahm einen Schluck, dann machte er Salsbury ein Handzeichen. Der stellte sein Glas auf den Tisch zurück. Er war beleidigt, weil Klinger ihn als Angestellten, als Handlanger also, bezeichnet hatte. Er war zugleich beleidigt, weil Dawson seinem Freund deswegen nicht über den Mund gefahren war. Er beschloß, beim Gespräch mit Klinger die Anrede ›General‹ zu vermeiden. Er würde ihn vertraulich anreden, von Mann zu Mann. »Ernst«, sagte er, »wir haben uns zwar erst heute morgen kennengelernt, aber ich bin überzeugt, Sie haben sich bereits informiert, wo ich arbeite.«

»Sie leiten das Brockert-Institut«, sagte Klinger wie aus der Pistole geschossen.

General Ernst Klinger leitete eine wichtige Abteilung im Pentagon. Eine Abteilung, die für Waffentechnik und die neueste Forschung auf diesem Gebiet zuständig war. Geographisch deckte Klingers Zuständigkeit die Staaten Ohio, West-Virginia, Virginia, Maryland und Delaware ab, außerdem Pennsylvania, New Jersey, New York, Connecticut, Massachusetts, Rhode Island, Vermont, New Hampshire und Maine. Es gab elektronische und andere Überwachungssysteme in den Laboratorien, Fabriken und auf den Testgeländen, wo Waffen erforscht, hergestellt und getestet wurden, und diese Systeme waren die Augen und Ohren der Männer, die Klinger unterstellt waren. Die Firmengruppe Creative Development Associates, die zu Dawsons Imperium gehörte, besaß eine Reihe von Forschungslaboratorien, die sich mit neuen Waffentechniken beschäftigten, das Brockert-Institut, das Klinger erwähnt hatte, gehörte dazu. Es lag im Staate Connecticut, und damit fiel es in den Bereich des Generals. Salsbury wäre erstaunt gewesen, wenn Klinger nicht bereits alle möglichen Erkundigungen über ihn eingezogen hatte.

»Wissen Sie eigentlich, mit welchen Forschungsprojekten wir uns im Brockert-Institut befassen?« warf Salsbury hin. Seine Frage war an den General gerichtet.

»Ich bin für die Überwachung der Forschungsstätten zuständig, für den Bereich Sicherheit, nicht für die Projekte«, sagte Klinger. »Ich kenne den Lebenslauf der Leute, die in den Laboratorien arbeiten, die Anordnung der Räume, das Gelände, wo die Gebäude stehen. Mehr interessiert mich nicht.«

»Wir arbeiten im Bereich der Unterschwelligen Botschaften«, sagte Salsbury.

Klinger hatte gerade einen Zug genommen, er verschluckte sich. »Wenn ich richtig informiert bin, Salsbury, dann haben Sie sich der Regierung gegenüber zu absolutem Stillschweigen über das Projekt verpflichtet.«

»So ist es.«

»Sie sind gerade straffällig geworden.«

»Das weiß ich.«

»Wissen Sie auch, welche Strafe auf Hochverrat steht?«

»Auch das weiß ich, aber ich werde nicht in die Verlegenheit kommen, des Hochverrats angeklagt zu werden.«

»Sie sind sich Ihrer Sache sehr sicher, wie?«

»Verdammt sicher«, sagte Salsbury.

»Es spielt für solch eine Anklage keine Rolle, daß Sie die Ihnen anvertrauten militärischen Geheimnisse an einen General und an den Besitzer des Laboratoriums verraten haben. Verrat bleibt Verrat.«

Dawson lehnte sich vor. »Ich schlage vor, wir lassen Ogden zu Ende reden.«

»Und wenn es eine Falle ist?« sagte Klinger.

»Du meinst, er erzählt das alles nur, um dich reinzulegen?« Dawson schüttelte den Kopf. Er schien verletzt wegen der Unterstellung, daß er, der große Drahtzieher, zu einem solchen Vorhaben seine Zustimmung gegeben haben könnte.

»Das ist nicht die Art, wie ich Geschäfte mache«, sagte er. »Du solltest mich besser kennen. Alles, was ich tue, basiert auf den großen christlichen Grundwerten.«

»Ich habe keine Lust, eine Anklage wegen Hochverrats an den Hals zu bekommen«, sagte der General störrisch.

Etwas wie Ungeduld und Verwunderung hatte sich Dawsons bemächtigt. »Ernst, wir haben doch schon viel Geld miteinander verdient, hast du das vergessen? Was Ogden beizutragen hat, hebt die Sache in ganz andere Dimensionen. Was du bisher gekriegt hast, ist ein Taschengeld gegen die Summen, die wir mit der neuen Erfindung verdienen werden. Jeder von uns!« Der General zeigte keine Reaktion. »Ich habe dich noch nie aufs Kreuz gelegt, Ernst. Nicht ein einziges Mal«, fügte Dawson hinzu.

Klinger schüttelte den Kopf.

»Ich bin für meinen Rat bezahlt worden, ich habe zu keinem Zeitpunkt...«

»Du bist bezahlt worden, weil du im Pentagon deinen Einfluß für mich geltend gemacht hast«, fiel ihm Dawson ins Wort.

»Selbst wenn es so wäre, so ist das noch sehr weit vom Tatbestand des Hochverrats entfernt, in den ich mich verwickle, wenn ich bei dieser Sache mitmache.«

Schweigen.

Salsbury schien es, als sähe er die beiden Männer durch ein riesiges Teleskop, das in Lichtjahren Entfernung aufgestellt war.

»Du solltest es auch mal anders herum betrachten, Leonard«, sagte Klinger in die Stille hinein.

»Anders herum?«

»Was ist, wenn *ich* dich mit der Sache erpresse? Ich höre mir alles in

Ruhe an, und dann zeige ich dich und Salsbury an. Es sei denn, das ganze Geld landet bei mir.«

»Wenn du das tun willst, bitte schön.«

»Ich sage das nur, um dich zu warnen, Leonard. Ich bin dein Freund. Ich mag dich. Ich möchte nicht, daß du dich in Schwierigkeiten verstrickst.«

Dawson lehnte sich in seinem Ledersessel zurück. »Ich habe dich zu mir gebeten, weil ich dir ein Angebot zu machen habe, Ernst. Ich brauche deine Mithilfe bei diesem Projekt. Wenn du mich reinlegen willst, das ist ein Risiko, das ich eingehe.«

Dawson hob sein Glas und prostete dem General zu.

Was geht hier vor, dachte Salsbury. Was zum Teufel geht hier vor? Er erschrak, als Dawson sich ihm zuwandte.

»Sprich weiter, Ogden.«

Salsbury fiel es wie Schuppen von den Augen. Er verstand, warum sich der General geziert hatte. Das Mikrofon. Es gab ein Mikrofon. Dawson nahm die Unterredung auf Band auf. Und Klinger wußte das. Wenn die beiden Freunde sich später einmal in die Haare gerieten, würde Dawson den General zu erpressen suchen. Der wiederum konnte darauf verweisen, daß er Dawson und Salsbury vor den Folgen gewarnt hatte. Die Art von mildernden Umständen, die zu einer Einstellung des Verfahrens führen konnten.

Ogden war aufgestanden. Er lehnte am Aussichtsfenster, mit dem Rücken zum See. Er war so aufgeregt, daß er es in seinem Sessel nicht mehr ausgehalten hatte.

Dawson und Klinger beobachteten ihn aus den Augenwinkeln. Auf Salsbury wirkten die beiden wie zwei Leguane, die im Halbdunkel auf ihre Beute lauerten. Die Rückenlehnen der Ledersessel waren nach hinten geklappt. Die nächste Lichtquelle waren die beiden Tischlampen, die in sechs Schritt Entfernung, zu beiden Seiten des Kamins, standen. Dawsons Antlitz lag zur Hälfte im Dunkel. In der anderen Hälfte spiegelte sich bernsteinfarbener Widerschein. Ein Saurier, dachte Salsbury. Ein Reptil.

Der Vergleich stimmte. Dawson war gepanzert wie ein Reptil, er würde unbeschadet aus dem Ganzen hervorgehen, selbst wenn das Projekt aufflog. Ihn schützte das Geld.

Auch Klinger trug einen Panzer. Die Macht, die Heimtücke, die Erfahrung.

Im Vergleich zu den beiden war Salsbury schutzlos. Erst jetzt, bei dem Dreiertreffen, war ihm das bewußt geworden. Zwar würde bei dem Projekt genügend Geld hereinfließen, um die Ansprüche der drei Beteiligten zu befriedigen. Aber es war denkbar, daß Dawson oder Klinger unersättliche Habgier entwickelte. Was dann? Seine einzige Waffe war und blieb die Intelligenz. Ich muß mit großer Vorsicht zu Werke gehen. Ich habe es mit zwei Raubtieren zu tun, die keine Freundschaft kennen, sondern nur ihre eigenen Interessen.

»Es war vor zehn Jahren, als die Forschung in eine heiße Phase trat«, begann er. »Wir haben uns seitdem, in Absprache mit dem Pentagon, nur noch um die Erforschung der unterschwelligen Phänomene gekümmert. Der soziologische Aspekt blieb außen vor, es gibt andere Institute, die derartige Fragen untersuchen. Mir ging es bei dem Vorhaben vor allem um die biologischen Mechanismen, die bei Unterschwelliger Wahrnehmung wirksam werden. Mir war klar, daß wir eine Droge entwickeln mußten, die das Gehirn aufschließt, die es für die Botschaften gefügig macht. Alle Unsicherheitsfaktoren mußten ausgeschlossen werden. Das Gehirn – dies war das Ziel – mußte jeden Befehl befolgen, der ihm erteilt wurde.« Salsbury wußte, daß es Kollegen in Kalifornien gab, die Viren und Bakterien als Droge einsetzen wollten. Ein falscher Weg. Es gar nur einen, der den richtigen Weg kannte. Ihn, Salsbury. »Die frühere Situation war ein Patt gewesen«, fuhr er fort. »Wir wissen, daß der menschliche Geist mit unterschwelligen Botschaften beeinflußt werden kann. Jemand, der keine festen Absichten zu einem bestimmten Sachverhalt hat, kann in die gewünschte Richtung gedrängt werden. Aber es gab keine verläßliche Kontrolle über diese Menschen. Vielleicht folgten sie den Anregungen, die in den unterschwelligen Botschaften enthalten waren, vielleicht nicht. Was das Pentagon wollte, war etwas anderes. Die Grundmuster des menschlichen Verhaltens sollten geändert werden.«

»Das Pentagon will die perfekte Programmierung«, sagte Klinger.

Salsbury nickte. »Und die Droge, mit der diese Programmierung bewirkt werden kann, wird die Menschheit in eine neue Phase führen. Es wird keinen Krieg mehr geben. Wir brauchen nur die Droge in die Wasserversorgung unserer Gegner einzubringen. Damit sind ihre Gehirne aufnahmefähig, sie werden tun, was wir sagen. Sie empfangen ihre Botschaften durch die existierenden Medien des eigenen Landes, durch das Fernsehen, über Funk, Film, Zeitungen und Zeitschriften. Ein Bombardement aus unterschwelligen Botschaften wird sie zwingen, die Dinge so zu sehen, wie wir es wollen. Allmählich werden dann aus Feinden Alliierte. Sie werden glauben, die Wandlung sei ihrem eigenen Denken entsprungen.«

Eine Minute verging. Klinger hatte sich eine Zigarre angesteckt. »Wir könnten die Droge auch im eigenen Land einsetzen«, sagte er nachdenklich.

»Natürlich«, sagte Salsbury.

»Amerika würde endlich werden, was die Gründerväter im Sinn hatten«, sagte Dawson. »Eine Nation. Es würde keine protestierenden Randgruppen mehr geben, keine Giftzwerge, die den Fortschritt aufhalten.«

Ogden sah auf den See hinaus. Die Nacht war gekommen. Das Plätschern der Wellen war zu hören, die an den Bootssteg brandeten. Ein beruhigendes, ein harmonisches Geräusch. Klinger würde mitmachen. Seine, Salsburys, Vision würde Realität werden. Es war so atemberaubend, daß er minutenlang nichts sagen konnte.

Er blieb am Fenster stehen, als Klinger zu sprechen begann. »Sie sind Leiter des Brockert-Instituts, aber offensichtlich befassen Sie sich nicht nur mit Akten. Könnte man sagen, daß Sie aktiv in das Forschungsprojekt eingegriffen haben?«

»Es gab von Anfang an Bereiche, deren Erforschung ich mir vorbehalten habe, und diese Vorsichtsmaßnahme hat sich auch als richtig erwiesen.«

»Spätestens als Sie die Droge entdeckten.«

Salsbury nickte.

»Sie haben eine Droge entdeckt, die das Hirn für Unterschwellige Wahrnehmung aufnahmefähig macht in der Weise, daß keine Gewichtung der Informationen mehr stattfindet.«

»Vor drei Monaten, jawohl.«

»Wer weiß davon?«

»Nur wir drei.«

»Im Brockert-Institut weiß niemand, daß es die Droge gibt?«

»Nein, niemand.«

»Sie haben doch sicher einen Assistenten, der Ihnen bei den Versuchen zur Hand geht«, wandte Klinger ein.

»Ich habe einen Assistenten ausgewählt, der die Tragweite der Versuche nicht erkennen kann.« Er lächelte. »Ein Neandertaler, wenn Sie so wollen.«

»Seit wann arbeiten Sie mit diesem Assistenten zusammen?«

»Seit sechs Jahren.«

»Und es ist Ihnen gelungen, die Ergebnisse über all die Jahre hinweg vor dem Pentagon geheimzuhalten? Sie haben die Berichte gefälscht?«

»Das war nur in der ersten Phase erforderlich. Ich mußte den Weg, den ich eingeschlagen hatte, vor Washington verschleiern, die Spur verwischen. Nachdem ich die offizielle Arbeit des Instituts in eine andere Richtung gelenkt hatte, genügte es, wenn ich meine privaten Forschungsergebnisse verschwieg.«

»Und Sie sind sicher, Ihr Assistent hat nichts gemerkt?«

»Er glaubt, ich sei mit meinem Projekt in eine Sackgasse geraten, das kommt bei Versuchsanordnungen ja sehr oft vor. Wie ich schon sagte, der Mann ist kein Ausbund von Klugheit.«

»Die Droge ist noch nicht perfekt, Ernst«, sagte Dawson. »Es muß noch harte Arbeit geleistet werden, bis wir die Substanz einsetzen können.«

Klinger biß sich auf die Lippen. »Wie lange wird es dauern, bis die Droge einsatzfähig ist?«

Salsbury hatte sich umgedreht. »Das läßt sich schwer sagen. Ich würde meinen, zwischen sechs Monate und eineinhalb Jahre.«

»Er kann nur zu Hause an der Sache arbeiten«, sagte Dawson, »das kannst du dir ja denken. Ich habe ihm jetzt ein eigenes Laboratorium in Greenwich eingerichtet, in einem Haus, das mir gehört. Liegt nur vierzig Minuten vom Brockert-Institut entfernt.«

Klingers Brauen zuckten nach oben. »Ist das Haus denn groß genug für diesen Zweck?«

»Ogden braucht nicht viel Platz für seine Versuche. Hundert Quadratmeter, höchstens hundertzwanzig. Den meisten Platz belegen die Computer. Verdammt teures Zeug übrigens. Ich habe zwei Millionen Dollar in dieses Labor investiert, Ernst. Das zeigt dir vielleicht auch, wie sehr ich von der Sache überzeugt bin.«

»Du glaubst, er ist in der Lage, eine solche Droge in einem Hintertreppenlabor zu entwickeln?«

»Ein Hintertreppenlabor für zwei Millionen Dollar«, sagte Dawson. »Gar nicht gerechnet das Geld, das die Regierung in die Grundlagenforschung für das Projekt gesteckt hat. Da kommen ein paar Milliarden zusammen, mein Freund. Ich finanziere nur die Endphase der Versuche.«

»Und du glaubst, einen Erwerb von Computern für Millionen Dollar kannst du geheimhalten?«

»Es gibt keine Methode, mit der man mir auf die Spur kommen könnte, Ernst. Computer werden für alle möglichen Geschäftsbereiche benötigt. Ich habe die Geräte natürlich nicht über das Brockert-Institut, sondern über eine kleine Tochterfirma gekauft.«

»Du brauchst Techniker, du brauchst Wissenschaftler, du brauchst...«

»Ich brauche nur Ogden und seine Computer. Die Dreckarbeit ist bereits getan, daran haben Hunderte von Wissenschaftlern des Brockert-Instituts mitgewirkt, ohne es zu wissen. Von jetzt ab kann sich Ogden ganz auf die Weiterentwicklung der Droge konzentrieren.«

Klinger hatte noch einen Einwand gefunden. »Es wird auffallen, wenn er im Brockert-Institut kündigt. Das Pentagon wird sich dafür interessieren, was hinter der Kündigung steckt. Und wie ich die Herren kenne: sie werden's herausfinden.«

Sie sprachen über Salsbury, als sei er irgendwo, nicht hier, im Pine House. Salsbury gefiel das nicht. Er verließ seinen Platz am Fenster und trat vor den General. »Ich habe nicht vor, meine Stellung im Brockert-Institut aufzugeben. Ich werde an fünf Tagen in der Woche dort erscheinen, wie bisher auch. Ich werde von neun bis vier an einem nutzlosen Projekt arbeiten und dabei großen Fleiß entwickeln.«

»Und wann arbeiten Sie an der Droge?«

»Abends«, sagte Salsbury. »Abends und an den Wochenenden. Ich habe außerdem eine Menge Urlaub gespart. Ich werde den angestauten Urlaub nehmen, über eine Reihe von Monaten verstreut.«

Klinger hatte sich aus seinem Sessel erhoben. Er ging zum Barwagen und goß sich ein Glas Brandy ein. Salsbury fielen seine dunkel behaarten Hände auf. »Und was für eine Rolle spiele ich bei dem Ganzen?« fragte er.

Es war Salsbury, der die Antwort gab. »Leonard hat die Computer beschafft. Was ich jetzt brauche, sind Daten.«

»Daten?«

»Ich brauche die Bänder, auf denen das Pentagon die Ergebnisse des Vorprojekts gespeichert hat, sonst nützen mir die ganzen Computer nichts. Ich benötige diese Bänder für einen Zeitraum von drei bis vier Wochen, um Kopien herzustellen. Aber es gibt einen Haken. Die Kopien können nur im Brockert-Institut gemacht werden.«

»Und?«

»Wenn die Schreibung dann vorliegt, wie könnte ich diese Menge an Daten unbemerkt aus dem Institut herausschaffen? Die elektronischen Überwachungssysteme...«

»Ich verstehe«, sagte Klinger. Er kehrte zu seinem Sessel zurück, das volle Glas in der Hand.

Dawson beugte sich vor. »Ernst, du bist verantwortlich für die Sicherheitssysteme im Brockert-Institut. Wenn es eine Schwachstelle gibt, du bist der Mann, der sie finden kann.«

Klinger nahm einen Schluck. »Ich soll also die Augen schließen, während er ein paar Zentner Schreibung und ein paar hundert Magnetbänder mit streng geheimen militärischen Daten herausschafft?«

Ogden nickte.

»Ist das machbar, Ernst?« fragte Dawson.

»Ich denke schon.«

»Ist das alles, was du dazu sagen kannst?«

»Wir haben eine gute Chance, daß es klappt.«

»Eine gute Chance? Das genügt nicht.«

»Also gut«, sagte Klinger. Es klang gereizt. »Ich kann's hinkriegen. Es wird keine Videoaufzeichnungen der Aktion geben, wenn du das meinst.«

»Ich wußte, du kannst es tun, Ernst.«

Klinger zuckte die Achseln. »Wenn ich erwischt werde, lande ich im Militärgefängnis in Leavenworth.«

»Du gehst doch kein Risiko ein«, sagte Dawson. »Nicht du führst den Abtransport der Bänder durch, sondern Ogden. Sie können dir höchstens Nachlässigkeit im Dienst vorwerfen oder Fahrlässigkeit, keine Beteiligung.«

»Das genügt für eine vorzeitige Pensionierung und für eine Kürzung der Bezüge.«

Dawson gab sich erstaunt. »Ich biete dir ein Geschäft an, bei dem du Millionen verdienen kannst, und du sprichst von deinen Bezügen bei der Armee.«

Salsbury klebte das Hemd am Leibe. Er wandte sich zu dem General. »Sie haben gesagt, Sie können es tun. Aber Sie haben nicht gesagt, ob Sie's wirklich tun werden.«

Klinger hielt den Blick auf seinen Drink gerichtet. Nach einer Weile hob er den Kopf und sah Salsbury an. »Wenn die Droge einsatzbereit ist, was dann?«

Dawson war aufgestanden, er kam Salsbury mit seiner Antwort zuvor: »Erster Schritt ist die Gründung einer Firma in Liechtenstein.«

»Warum das?«

»Weil wir ein Instrument brauchen, das die Gelder einsackt, ein Bankkonto, eine Firma. Ich werde hinfliegen, die Firma gründen und ein paar Rechtsanwälten in Vaduz die nötigen Vollmachten hinterlassen, daß sie für uns auftreten können. Nach den dort geltenden Gesetzen brauchen die Anwälte keine Auskunft zu geben über die Identität der Firmeneigner, für die sie handeln. Natürlich werde ich mit falschem Paß reisen. Auch du und Ogden werdet falsche Pässe bekommen. Unsere Strohmänner in Vaduz können uns also nicht verraten, selbst wenn sie wollten, sie kennen unsere richtigen Namen nicht.«

Dawsons Vorsichtsmaßnahmen waren wohlbegründet. Auf dem Konto in Liechtenstein würden sich Millionen und Abermillionen türmen. Recht bald würde man sich in Bankkreisen zu fragen beginnen, wer hinter dem Geld steckte. Dawson und seine beiden Teilhaber würden Hunderte von Firmen gründen. Mit Hilfe der Droge konnten die Geschäftspartner, die Lieferanten, die Kunden verpflichtet werden, den Gewinn ihrer Geschäfte nach Liechtenstein abzuführen. Es würde sauberes Geld sein, reingewaschenes Geld. Hinter jeder Überweisung würde ein Geschäft stehen, mit Verträgen, Akkreditiven, Lieferungen. Trotzdem, für den Fall, daß alles aufflog, blieben die drei Drahtzieher im Dunkeln.

»Nehmen wir an, die Firma in Liechtenstein ist gegründet«, sagte Klinger. »Wie geht's weiter?«

»Wir müssen ein Gelände kaufen«, sagte Dawson. »Ein Lager.«

»Ein Lager?«

Dawson nickte. »Eine Art Camp, ja. Wir brauchen ein Gelände von etwa vierhundert mal fünfhundert Meter, am besten in Frankreich oder in Deutschland. Wir brauchen ein Haus. Es wird aussehen wie ein teures Sanatorium. In Wirklichkeit ist es die Gehirnwäschestation für unsere Söldner.«

»Für unsere Söldner?« Die Verachtung für die Konkurrenz in Khaki klang durch Klingers Worte.

Dawson erklärte ihm, daß sie etwa ein Dutzend Söldner anheuern würden, Männer, die in Asien und Afrika gekämpft hatten. Offiziell würde man den Söldnern sagen, daß sie im Lager auf die Aufgabe eingewiesen würden. Die Droge würde im Leitungswasser sein, auch in den Getränken, die die Männer zu sich nahmen. Vierundzwanzig Stunden nach der Ankunft, wenn die Droge bereits ihre Wirkung entfaltete, würden die Filmvorführungen beginnen. Filme über Waffen, über elektronische Gerätschaften, Dokumentarfilme über bestimmte Länder würden über die Leinwand flimmern. Ohne es zu wissen, würden die Männer die unterschwelligen Botschaften aufnehmen, mit denen die Filme unterlegt waren. Diese Botschaften würden Codeworte enthalten, die jeden Widerstand auslöschten. Wenn sie das Codewort hörten, würden die Männer die Weisungen ausführen, die man ihnen gab. Innerhalb von drei Tagen würde man sie zu perfekten Robotern umprogrammieren.

Niemand in ihrer Umgebung würde den Wandel bemerken, der sich in den Hirnen der Söldner vollzogen hatte. Ihre Gewohnheiten, ihr tägliches Leben, ihre Neigungen und Abneigungen, alles blieb gleich. Mit einer Ausnahme. Die Männer würden stehlen, wenn man ihnen zu stehlen befahl. Sie würden töten.

»Man braucht keine Droge, um Söldner zur Ausübung ihres Berufes zu veranlassen«, sagte Klinger. »Es handelt sich um professionelle Killer.«

»Der Unterschied liegt im Grad des Gehorsams«, sagte Dawson. »Ein normaler Söldner denkt nach, bevor er einen Befehl ausführt. Er überlegt zumindest, ob die Sache für ihn selbst Gefahren in sich birgt. Anders unsere programmierten Roboter. Sie tun, was man ihnen sagt. Sie stellen keine Fragen.«

»Es gibt noch andere Vorteile«, sagte Salsbury. »Wir können Morde, die unsere Söldner begehen, aus ihrem Gedächtnis löschen, sowohl aus ihrem Bewußtsein als auch aus ihrem Unterbewußtsein. Sie sind nicht mehr in der Lage, gegen uns auszusagen, weil sie sich an die Tat nicht mehr erinnern. Sie bestehen jeden Test mit dem Lügendetektor.«

Klinger hob den Kopf, die Sache interessierte ihn. »Auch wenn man ihnen ein Wahrheitsserum spritzt, sie würden nicht aussagen? Nicht einmal unter Hypnose?«

»Das Serum bewirkt nichts und die Hypnose auch nicht. Nehmen wir an, der Therapeut begleitet unseren Mann bis zu der Uhrzeit, wo der Mord passiert ist. Er stellt gezielte Fragen. Was antwortet unser Mann? Nichts. Er steht im Dunkel. Er *kann* gar keine Antwort geben, ebensowenig wie ein Computer Daten ausspucken kann, die bereits gelöscht sind.«

Klinger hatte sein zweites Glas Brandy geleert. Salsbury sah, wie er sich einen Softdrink eingoß.

Er kam zurück, sein Blick war auf Dawson gerichtet. »Unsere zwölf Söldner sind für ihre künftigen Aufgaben programmiert. Was dann?«

Dawson hatte drei Monate Zeit gehabt, um über die Antwort auf diese Frage nachzudenken. »Erster Schritt ist Kuwait. Wir speisen die Droge in die Trinkwasserversorgung des Scheichtums ein. Sobald die Bevölkerung konditioniert ist, beginnt die Berieselung mit unterschwelligen Botschaften. Innerhalb weniger Wochen beherrschen wir das Land, ohne daß es der Bevölkerung bewußt ist.«

Klinger sah ihn ungläubig an. »Ein ganzes Land unterwerfen, als ersten Schritt?«

»Kuwait ist besonders geeignet, weil die Bevölkerung nur aus achthunderttausend Menschen besteht«, sagte Dawson. »Ein großer Vorteil ist, daß die Herrscherfamilie und alle Entscheidungsträger in einigen wenigen Ortschaften wohnen. Soweit es bewohnte Enklaven in der Wüste gibt, werden sie von der Hauptstadt aus mit Trinkwasser beliefert. Wir erlangen innerhalb von wenigen Wochen die Verfügungsgewalt über Kuwaits Ölreserven. Ein Fünftel der Weltvorräte an Öl lagert in Kuwait. Von dort aus können wir Saudi-Arabien angehen, den Irak, Jemen und die anderen ölexportierenden Länder.«

»Wir könnten die OPEC zerschmettern«, sagte Klinger.

»Oder sie stärken«, sagte Dawson. »Das günstigste ist wahrscheinlich, wir schwächen und stärken sie in vorausberechneten Intervallen, damit gerät die Börse in Bewegung. Da wir wissen, wohin der Zug fährt, können wir soviel Geld verdienen, wie wir wollen. Ich rechne ein Jahr, bis wir die ölexportierenden Länder unter unserer Fuchtel haben. Nach dieser Zeit müßten eineinhalb Milliarden Dollar auf unseren Konten in Liechtenstein sein. Nach weiteren fünf oder sechs Jahren gehört *alles* uns.«

»Das ist... Wahnsinn«, sagte Klinger.

Dawson runzelte die Stirn. »Wahnsinn?«

»Es ist unvorstellbar«, korrigierte sich der General.

»Es gab eine Zeit, da war Fliegen unvorstellbar«, schaltete Salsbury sich ein. »Für die Japaner war die Atombombe noch unvorstellbar, als sie ihnen schon auf den Kopf gefallen war. Als Kennedy das Apollo-Raumfahrtprogramm startete, waren die meisten Amerikaner davon überzeugt, daß nie ein Mensch den Fuß auf den Mond setzen würde.«

Sie schwiegen. Das Singen des Windes war zu hören.

»Du mußt dich jetzt entscheiden, Ernst«, sagte Dawson. »Machst du mit, ja oder nein?«

Klingers Blick glitt von Dawson zu Salsbury. Er erschauderte. »Ich mache mit«, sagte er leise.

Ogden schloß die Augen.

»Champagner?« hörte er Dawson sagen. »Es paßt nicht recht nach dem Brandy, aber ich finde, wir sollten die Sache mit einem Glas Champagner feiern.«

Eine Flasche eiskalter Moet et Chandon war hereingebracht worden. Der Diener zog sich zurück. Dawson entkorkte die Flasche und goß ein.

»Was hättest du eigentlich gemacht, wenn ich kalte Füße bekommen hätte?« fragte Klinger.

»Ich wußte, daß du mitmachen würdest, Ernst«, sagte Dawson. »Wir kennen uns lange genug. Ich wußte, du würdest mich in dieser schwierigen Situation nicht im Stich lassen.«

»Gesetzt den Fall, ich hätte trotzdem ein Haar in der Suppe gefunden, Leonard. Wie hättest du reagiert?«

Dawson ließ den Champagner über seine Zunge rinnen. Er schluckte. »Du hättest das Grundstück nicht mehr lebend verlassen, Ernst. Du hättest einen Unfall erlitten.«

»Einen Unfall, den du seit Wochen planst?«

»So ist es, Ernst.«

»Ich wußte, du würdest mich nicht enttäuschen, Leonard.«

»Hast du eine Waffe dabei?« fragte Dawson.

»Eine 32er Automatik.«

»Man sieht nichts, deshalb frage ich.«

»Hab' sie mir auf den Rücken geklebt.«

»Bist du drauf eingeschossen auf die 32er Automatik?«

»Ich wäre lebend rausgekommen, verlaß dich drauf.«

Etwas wie Hochachtung lag in Dawsons Nicken. »Du hättest mich als Schild benutzt bei deiner Flucht, wie?«

»Ganz recht.«

Beide lachten. Sie mochten sich, und sie mochten die Art, wie einer den anderen aufs Kreuz zu legen versuchte.

O mein Gott, dachte Salsbury. O mein Gott. Er leerte sein Glas.

Freitag, der 19. August 1977

Paul und Mark saßen schweigend im Gras.

Ihr Blick ging in die Runde. Eine stille, beeindruckende Berglandschaft. Der Wald stand wie eine Mauer. Jenseits der Lichtung war ein Tal zu erkennen, und am Ende des Tals die Dächer von Black River. Einziger Fremdkörper inmitten der Naturschönheiten war das Sägewerk der Big Union. Aber diese Narbe war klein. Das Sägewerk lag fünf Kilometer entfernt.

Paul und Mark schenkten dem Sägewerk keinen Blick. Ihr Interesse galt einem Eichhörnchen.

Seit fünf Tagen legten sie Futter aus für dieses Eichhörnchen. Erdnüsse und Apfelstückchen. Tag für Tag hatte sich das Tier etwas näher gewagt. Gestern hatte es eine Nuß genommen, bevor es den Baum hinaufsprang.

Das Eichhörnchen hatte den Schatten des Waldes verlassen. Es kam mit langen Sprüngen auf die beiden Menschen zu. In wenigen Metern Entfernung blieb es sitzen und begann das ausgelegte Futter aufzuknabbern.

»Es schaut uns an«, sagte Mark. »Es schaut uns die ganze Zeit an, fällt dir das nicht auf?«

Das Tier ließ die Pfoten sinken und saß ruhig. Sein Atem war zu hören.

»Wir können was zu ihm sagen«, meinte Paul. Er brach damit das Versprechen, das sie sich gegeben hatten, in Gegenwart des Eichhörnchens keinen Ton von sich zu geben. »Wenn wir es zähmen wollen, müssen wir es früh genug an unsere Stimmen gewöhnen.«

»Hab' keine Angst«, sagte Mark und trat einen Schritt auf das Eichhörnchen zu. »Lauf nicht weg, hörst du?«

Das Tier ließ das Apfelstückchen fallen und flitzte zu einem Ahornbaum. Es sprang den Stamm hinauf und blieb auf einem tiefhängenden Ast sitzen. Es starrte die beiden Menschen an.

»Wir versuchen's morgen noch mal«, sagte Paul und stand auf. Er streckte und reckte sich.

»Das Tier wird nie Vertrauen zu uns haben.«

»Doch. Nach und nach, Mark.«

»Es läßt sich nicht zähmen, wette ich.«

»Wir müssen Geduld haben«, sagte Paul. »Man kann ein Eichhörnchen nicht in einer Woche zähmen.«

»Ich habe eben keine Geduld.«

»Du wirst es lernen müssen.«

»Nach und nach?«

»Nach und nach.« Paul bückte sich und stopfte die Reste des ausgelegten Köders in eine Plastiktüte.

»Wenn es das sieht, ist es stocksauer auf uns«, sagte Mark. »Stell dir mal vor, jemand stellt dir was zu essen hin, und dann wird's wieder fortgenommen.«

Paul lachte. »Wenn wir das Fressen dalassen, hat das Eichhörnchen kein Interesse mehr am Wiederkommen.«

Sie schlugen den Rückweg zum Zelt ein. Sommer. Die Luft war warm. Im Gras waren Gänseblümchen zu erkennen und Butterblumen. Es roch nach Erde und nach wilden Blumen. In den Wipfeln der Tannen rauschte der Wind. Ein Falke schwang sich ins Bild, stolz und leise.

Sie würden ihre Vorräte auffüllen müssen, in Black River. Aber Paul hatte es nicht eilig, seine Berge zu verlassen. Hier war alles friedlich, rein, harmonisch. Heiterkeit erfüllte den Wald.

Dann fiel ihm Jenny ein. Sie war wichtiger als die frischen Eier, die Milch und die Butter, die es in Black River zu kaufen gab. Jenny.

Mark erreichte als erster das Zelt. »Rya«, schrie er: »Rya.« Er warf einen Blick ins Innere des Zeltes. Er sah ratlos aus, als er wieder auftauchte. »Rya! Wo bist du?«

»Hier«, sagte sie. Sie war vom Zelt verdeckt gewesen.

Paul traute seinen Augen nicht. Seine Tochter hielt ein Eichkätzchen in den Armen. Das Tier nagte an einem Apfelstückchen. Sie streichelte ihm den kleinen Schädel.

»Wie hast du das gemacht?« fragte er.

»Mit Schokolade.«

»Mit Schokolade?«

Sie grinste über das ganze Gesicht. »Zuerst hab' ich's auch mit Nüssen und Äpfeln versucht, wie ihr beide. Aber dann ist mir eingefallen, Nüsse und Äpfel kriegt ein Eichhörnchen auch in der freien Natur, dazu braucht es sich nicht zu den Menschen zu wagen. Ich habe nachgedacht, worauf so ein Tier wohl Hunger haben könnte, und da bin ich auf Schokolade gekommen.«

»Jetzt frißt es aber keine Schokolade, sondern ein Stück Apfel.«

»Zuviel Schokolade ist nicht gut für ein Eichhörnchen«, sagte Rya.

Das Tier hob den Kopf und sah Paul fragend an. Dann fuhr es mit dem Knabbern fort.

»Gefällt's dir, Mark?« fragte Rya, und dann war ihr Grinsen wie fortgewischt.

Als Paul seinen Sohn ansah, verstand er warum. Der Kleine war den Tränen nahe.

Rya hatte sich wieder gefaßt. »Nun?« sagte sie. »Gefällt's dir? Ich hab' mir solche Mühe gegeben, das Tier für dich einzufangen.«

Du liebes Kleines, dachte Paul.

Mark strich sich die Tränen aus den Augen. »Du hast es für mich gefangen?«

»Für wen denn sonst?«

»Ich dachte, es gehört dir.«

»Was soll ich als Mädchen denn mit einem Eichkätzchen anfangen?« sagte Rya. Sie setzte das Tier auf die Erde und kniete sich hin. Sie zog ein Stück Schokolade aus der Hemdtasche und riß das Stanniol zur Seite. »Hier, Mark! Du mußt ihm was geben, damit es dich lieb hat.«

Das Eichhörnchen ließ sich nicht lange bitten. Es fraß Mark aus der Hand. Der Junge war im siebenten Himmel. Als das Eichkätzchen die

Schokolade aufgeknabbert hatte, kam es zu Rya und schnüffelte an ihren Füßen. Es kehrte zu Mark zurück. Schnüffeln. In langen Sätzen überquerte es die Lichtung und verschwand im Geäst eines Baumes.

Mark war hinterhergerannt, aber das Eichhörnchen war schneller gewesen. Enttäuscht kam er zurück. Er war außer Atem.

»Du mußt nicht traurig sein«, sagte Rya. »Morgen kommt's wieder. Es kommt wieder, solange wir ihm Schokolade geben.«

Mark sah seinen Vater an. »Meinst du, es wird so zahm, daß ich's mit nach Black River nehmen kann?«

»Mal sehen«, sagte Paul. Er warf einen Blick auf seine Uhr. »Ist schon spät. Wir müssen fahren.«

Der Wagen stand einen Kilometer entfernt, auf einem Seitenweg, der von den Anglern benutzt wurde.

»Wer zuerst beim Wagen ist, hat gewonnen«, rief Mark und rannte los. Nach wenigen Sprüngen war er hinter den Bäumen verschwunden.

Rya ging neben ihrem Vater.

»Das war nett von dir«, sagte er.

Sie tat, als hätte sie ihn nicht verstanden. »Daß ich das Eichhörnchen für Mark gefangen habe? Aber das hat mir doch Spaß gemacht, Paps.«

»Du hast das Eichhörnchen nicht für Mark gefangen.«

»Für wen denn sonst?«

»Für dich selbst«, sagte Paul. »Aber als du gesehen hast, wieviel das Tier dem Jungen bedeutet, hast du's ihm abgegeben.«

Sie zog eine Grimasse. »Du hältst mich wohl für eine Heilige, Paps. Wenn mich das Tier wirklich interessiert hätte, ich hätt's nie hergegeben. Nie.«

»Du bist schlecht im Lügen«, sagte er und lächelte. »Und das find ich gut so.«

»Väter«, sagte Rya. »Väter.« Sie lief los.

Er sah ihr nach, wie sie zwischen den Büschen verschwand.

»Kinder!« rief er. Noch nie hatte er die beiden so liebgehabt wie heute.

Seit Annie tot war, hatte er Rya und Mark viel Zeit gewidmet, viel mehr als vorher. Die beiden waren recht verschieden. Rya verstand besser mit Menschen umzugehen, sie kannte sich aus in den Regeln. Sie war neugierig und voller Geduld. Es machte ihr Spaß, die Geheimnisse des Lebens nach und nach zu ergründen.

Demgegenüber war Mark ein Junge, der schnell für ein Spiel zu begeistern war. Ein geborener Optimist, der gern lachte, der jeden Spaß mitmachte. Er war der Mensch, der die einfachen Freuden des Lebens genoß, während Rya mit mehr Reflexion, mit einem Schuß Skepsis an die Dinge heranging. Paul war glücklich, daß seine beiden Kinder ein

Naturell mitbekommen hatten, an dem er, der Vater, seine Freude haben konnte. Er wußte, er würde die beiden lieben, bis der Tod sie trennte.

Er war stehengeblieben. Der Tod. Annie. Als sie starb, hatte er einen Blick in den Abgrund getan. Alles war endlich. Leben war endlich, auch die Liebe. Seit dreieinhalb Jahren dachte er jetzt schon über dieses Problem nach. Eines Tages würde Mark sterben. Rya würde sterben. Er durfte sein Leben nicht auf der Vorbedingung aufbauen, daß es Mark und Rya gab. Er erschauderte, als der Gedanke Gestalt annahm. Ein Vorgefühl nahenden Unheils.

Das Gefühl war fort. Das Kreischen eines Adlers war zu hören.

Paul warf einen Blick in die Runde. Dunkelheit. Grün. Das Wispern der Blätter.

Wie töricht ich bin, dachte er. Ich benehme mich wie eine Frau, die sich die Karten legen läßt.

Er begann zu laufen. Es war wichtig, daß er Mark und Rya einholte.

Es war Viertel nach elf, und draußen schien die Sonne. Dr. Troutman hatte sich eine Zwischenmahlzeit auf dem Schreibtisch angerichtet. Zwei Brötchen mit Roastbeef, eine Orange, eine Banane, einen Apfel, etwas Pudding, eine Kanne geeister Tee, eine medizinische Fachzeitschrift.

Er aß und las. Es gab zwei große Aufgaben, die er zu erfüllen hatte. Aufgabe eins: Er mußte gesund bleiben. Er war der einzige Arzt in Black River, die Leute brauchten ihn. Aufgabe zwei: Er mußte sich auf dem laufenden halten, was die Entwicklung der ärztlichen Kunst anging. Deshalb las er.

Er wog 120 Kilo. Seinen Patienten verbot er, Übergewicht anzusammeln. Wurde er auf sein eigenes Gewicht angesprochen, sagte er: »Ich dick? Das ist doch nur gespeicherte Energie. Ich muß einen Vorrat an Energie haben, wenn mal wirklich was passiert. Eine Katastrophe oder so.«

Tatsache war, er aß gern. Die Besuche beim Psychiater hatte er schon im Alter von dreißig Jahren eingestellt, es wäre schade gewesen, wenn der ihm das Essen ausredete. Als er sich in Black River niederließ, war die Begeisterung groß gewesen. Ein leibhaftiger Arzt in Black River. Es war den Leuten egal, ob der Arzt, der sie betreute, dick oder dünn war, schwarz oder weiß. Meinetwegen grün, aber Arzt.

Er hatte das zweite Brötchen verzehrt, als das Telefon zu läuten begann. Er dachte nach, ob er überhaupt abnehmen sollte. Andererseits, er war der Arzt, der nachts zu den Patienten fuhr, wenn es sein mußte. Vor zwei Jahren hatte er sogar das Mittagessen stehengelassen und war zu einer Gebärenden gefahren.

Er nahm ab. »Dr. Troutman.«

Die Stimme am anderen Ende kam kalt und klar. »Ich bin der Schlüssel, Dr. Troutman.«

»Ich bin das Schloß«, sagte Dr. Troutman ohne Zögern.

»Sind Sie allein im Haus?«

»Ja.«

»Wo ist Ihre Sprechstundenhilfe Miß MacDonald?«

»Ich weiß es nicht. Zu Hause vermutlich.«

»Wann kommt sie wieder in die Praxis?«

»Eine Viertelstunde vor Beginn der Sprechstunde.«

»Und die Sprechstunde beginnt um halb zwei.«

»Richtig.«

»Erwarten Sie Besuch vor ein Uhr?«

»Nein.«

Die Stimme am anderen Ende schwieg.

Dr. Troutman lauschte dem Ticken der Uhr. Er ergriff die Scheibe Roastbeef, die auf dem Brötchen lag, und schob sie sich in den Mund.

»Ich werde Ihnen jetzt eine Reihe von Fragen stellen, Dr. Troutman. Sie werden jede Frage nach bestem Gewissen beantworten.«

»Natürlich.«

»Gibt es eine Epidemie in Black River?«

»Ja.«

»Was für eine Epidemie?«

»Schüttelfrost. Die Leute wachen nachts auf und haben Schüttelfrost.«

»Erklären Sie mir das genauer.«

»Der Patient zittert so sehr, daß er keinen Gegenstand festhalten kann. Kalter Schweiß tritt aus. Übelkeit, aber kein Erbrechen. Schlaflosigkeit nach dem Anfall.«

»Wann traten die ersten Krankheitsfälle dieser Art auf?«

»Am Mittwoch vor neun Tagen.«

»Haben die Patienten erwähnt, daß sie an Alpträumen leiden?«

»Ausnahmslos jeder Patient hatte einen furchtbaren Traum, bevor er aufwachte, bevor der Schüttelfrost begann.«

»Konnte sich ein Patient an den Inhalt des Traums erinnern?«

»Nein.«

»Welche Therapie geben Sie?«

»Den ersten Patienten habe ich Placebos gegeben. Seitdem ich selbst einen Anfall hatte, verschreibe ich Antibiotika in niedriger Dosierung.«

»Ohne Erfolg.«

»Ohne Erfolg.«

»Haben Sie irgendwelche Patienten an einen anderen Arzt überwiesen?«

»Nein. Der nächste Arzt wohnt einhundert Kilometer entfernt, ein alter

Herr, jenseits der Siebzig. Ich habe allerdings die Gesundheitsbehörden verständigt.«

Der Anrufer schien nachzudenken. Dann: »Obwohl es nur eine leichte Grippeepidemie ist?«

»Die Symptome sind ungewöhnlich«, sagte Dr. Troutman. »Die Kranken haben kein Fieber. Die Drüsen sind nicht geschwollen. Vor allem hat sich die Epidemie ungewöhnlich schnell verbreitet. Innerhalb von vierundzwanzig Stunden war der ganze Ort krank. Ich habe mich schon gefragt, ob jemand das Trinkwasser vergiftet hat.«

»Wann haben Sie die Gesundheitsbehörden verständigt?«

»Am Freitag, dem zwölften.«

»Haben die einen Beamten geschickt?«

»Das haben sie, aber erst am Montag.«

»Gab es am Montag denn überhaupt noch Kranke?«

»Nein«, sagte Dr. Troutman. »Der Höhepunkt der Epidemie war am Samstag. Alle Einwohner waren befallen. Am Sonntagabend war alles vorbei. Die Krankheit ging so schnell, wie sie gekommen ist.«

»Hatten Sie den Eindruck, daß die Behörde eine Untersuchung einleiten wird?«

Dr. Troutmans Blick war auf das Essen gerichtet. »Die Untersuchung ist bereits im Gange. Dr. Evans hat eine größere Anzahl von Interviews geführt. Er hat auch Proben mitgenommen.«

»Was für Proben?«

»Blut und Urin.«

»Hat er auch Wasserproben aus dem See entnommen?«

»Das hat er. Ich habe gesehen, wie er mindestens zwanzig Reagenzgläser gefüllt hat.«

»Ist sein Bericht schon fertig?«

Dr. Troutman fuhr sich mit der Zunge über die Lippen. »Der Bericht ist fertig. Dr. Evans hat mich angerufen und mir die Ergebnisse durchgegeben.«

»Was hat er gefunden?«

»Nichts. Alle Proben negativ.«

»Hat er einen Verdacht, um was für eine Krankheit es sich handeln könnte?«

Die Frage war Dr. Troutman peinlich. Der Schlüssel durfte keine Angst haben. Der Schlüssel wußte die Antwort auf alle Fragen. »Er hält die Sache für Massenhysterie.«

»Er hat demnach keine nochmalige Untersuchung der Ursachen für die Epidemie angeordnet?«

»Nicht daß ich wüßte.«

»Die Untersuchung ist abgeschlossen?«

»Es scheint so.«

Pause.

»Sie sagten vorhin, alle Einwohner waren befallen. Meinten Sie damit wirklich alle?«

»Praktisch alle. Es gab Ausnahmen. Zwanzig Kinder waren nicht befallen, alle unter acht. Und zwei Erwachsene. Sam Edison und seine Tochter Jenny.«

»Sam Edison gehört der General Store, und Jenny ist seine Tochter?«

»Ganz recht.«

»Sie sagten, die beiden hatten keinen Schüttelfrost?«

»Nein.«

»Ist das Haus an die öffentliche Trinkwasserversorgung angeschlossen?«

»Alle Häuser des Ortes sind angeschlossen, auch das von Sam Edison.«

»Was ist mit den Holzfällern, die auf dem Gelände der Sägemühle wohnen und schlafen. Waren sie auch von der Epidemie erfaßt?«

»Das hat mich Dr. Evans auch gefragt«, sagte Dr. Troutman. »Die Antwort ist: ja.«

»Keine weiteren Fragen, Dr. Troutman. Nur noch ein paar Befehle. Wenn Sie jetzt auflegen, werden Sie für alle Zeiten vergessen, daß Sie mit mir gesprochen haben. Haben Sie mich verstanden?«

»Ja.«

»Sie werden jedes Wort vergessen. Sie löschen das Gespräch aus Ihrem Bewußtsein und aus Ihrem Unterbewußtsein aus. Sie werden sich nie wieder an unsere Unterhaltung erinnern. Verstanden?«

Dr. Troutman nickte feierlich. »Ich habe verstanden.«

»Wenn Sie jetzt auflegen, werden Sie sich nur noch daran erinnern, daß das Telefon geläutet hatte. Sie haben abgenommen. Falsch verbunden. Der andere hat wieder aufgelegt. Verstanden?«

»Falsch verbunden. Ich habe verstanden.«

»Gut, Dr. Troutman. Legen Sie jetzt auf.«

Unachtsam waren die Menschen, dachte Dr. Troutman. Er legte den Hörer auf die Gabel zurück. Unachtsam und oberflächlich. Es gab Menschen, die nicht einmal den Finger in das richtige Loch auf der Wählscheibe stecken konnten. Die meisten Unfälle, Verbrühungen, Verbrennungen, Vergiftungen geschahen, weil die Leute unachtsam waren. Und so gab es denn Anrufer, die anstatt bei Joe oder Jim bei einem Arzt landeten. Es kümmerte sie nicht, daß sie den Anschluß für fünf oder zehn Sekunden blockierten. Dr. Troutman schüttelte den Kopf. So etwas konnte übel ausgehen.

Er nahm das Brötchen und biß ein großes Stück ab.

Das kleine Wohnstudio, das Sam Edison sich eingerichtet hatte, lag im ersten Stock, gleich über dem Geschäft. Es war Viertel vor zwölf, als Paul Annendale den Raum betrat.

»Sir?«

Edison räusperte sich. »Sagt an, Knappe.«

»Ich bitte euch um die Erlaubnis, euer Fräulein Tochter zum Lunch zu führen.«

Sam stand vor dem Bücherregal. Er hielt die Hand in das Buch gelegt. »Setzt euch, Knappe«, sagte er, ohne aufzustehen. »Der Schloßherr wird gleich hier sein, mit ihm könnt ihr dann wegen der Tochter verhandeln.«

Sam, der den Raum als seine ›Klause‹ bezeichnete, hätte auch Bibliothek sagen können. Es gab zwei bequeme, wenngleich altersschwache Lehnsessel. Es gab zwei Hocker, auf die man die Füße legen konnte. Das Licht war gemütlich und heimelig. Auf dem Tischchen lag Sams Peife. Der Duft nach Pfeifentabak durchwehte den Raum. Es gab zwei Bücherwände mit Tausenden von Büchern und Jahresbänden von psychologischen Zeitschriften.

Paul setzte sich und nahm die Füße hoch.

Er konnte den Titel des Buches, in dem Sam las, nicht erkennen. Wahrscheinlich ein Buch über Hitler, über das Dritte Reich. Die meisten Bucher, die Sam in seine Bibliothek eingestellt hatte, handelten von Hitler und dem Dritten Reich.

Sam war Mitglied des amerikanischen Geheimdienstes gewesen, der im Gefolge der Amerikaner in das besetzte Berlin einzog. Er war überrascht gewesen vom Ausmaß der Zerstörungen. Da gab es die Verwüstungen der Bombardements, aber es gab auch das, was der Diktator mit seiner Politik des verbrannten Bodens angerichtet hatte. In den letzten Tagen im Führerbunker hatte Hitler die Parole ausgegeben, daß die Sieger keinen Stein mehr auf dem anderen vorfinden durften. Nichts von Wert durfte ihnen in die Hände fallen. Die meisten Berliner hatten da nicht mehr mitgemacht. Aber es hatte auch einige gegeben, die selbst die letzten wahnwitzigen Befehle noch ausführten. Die Überlebenden, die Sam inmitten der Trümmer antraf, hatten nicht nur den Krieg, sondern auch den Selbstmord einer Nation überlebt.

Am 8. Mai 1945 wurde Sam einer Einheit zugeteilt, die Dokumente und Daten über die Greueltaten sammelte, die in den Konzentrationslagern der Nazis verübt worden waren. Nach und nach wurde bekannt, daß Millionen von Erwachsenen und Kindern in Gaskammern umgebracht worden waren. Hunderttausende waren mit einem Genickschuß zu Tode gebracht und in Massengräbern verscharrt worden. Sam Edison war ein junger Mann aus Maine. Er fand keine Erklärung dafür, wie vernünftige, gutwillige Menschen dazu gebracht worden waren, die abartigen Fantasien eines

Wahnsinnigen in die Tat umzusetzen. Wie war es zu erklären, daß die berühmteste, die disziplinierteste Armee der Welt, das deutsche Heer, sich zur Schutzstaffel für die Mörder degradieren ließ? Wieso waren Millionen von Menschen willig in den Tod gegangen? Was wußte Adolf Hitler von der Psychologie der Massen, was ihn in die Lage versetzte, über Millionen intelligente Menschen absolute Macht auszuüben? Sam wanderte durch die rauchenden Ruinen der Städte, ohne eine Antwort auf seine Fragen zu finden.

Im Oktober 1945 wurde er ausgemustert. Er flog in die Staaten zurück. Damals legte er den Grundstein für seine Bibliothek. Philosophie, Kriegskunst, Rassismus, Religion, Wahnsinn, Psychologie, Verhaltenslehre, das waren die Themen, zu denen er Bücher kaufte. Sam ahnte, die Deutschen, die Hitlers Befehle so bereitwillig ausgeführt hatten, waren keine einzigartigen Bösewichte. Seine Landsleute in Maine, in Massachusetts, in Louisiana waren der gleichen Grausamkeiten fähig, wenn die äußeren Umstände zusammenkamen.

Sam schloß das Buch mit einem Knall. »Ich find's nicht.«

»Was suchst du denn?«

Sam ging an der Bücherwand entlang, er hielt den Kopf schief.

»Ein Soziologe führt eine Befragung in Black River durch. Ich kenne den Namen, ich habe eines seiner Bücher in der Bibliothek, aber ich find's nicht.«

»Ein Soziologe? Was will denn ein Soziologe in Black River?«

»Genau weiß ich das auch nicht. Kam heute früh in meinen Laden und stellte mir eine Reihe von Fragen. Der Mann kommt direkt aus Washington. Er hat sich für drei Wochen bei Pauline Vicker eingemietet. Der Mann sagt, Black River ist ein besonderer Fall.«

»Wieso denn?«

»Aus zwei Gründen. Zum einen, weil es eine Ansiedlung ist, deren Bevölkerung von einem einzigen Arbeitgeber abhängt, von der Sägemühle. So was gibt's heute gar nicht mehr, sagt er. Außer in Black River. Und dann ist da noch die isolierte Lage. Black River liegt so weit ab von der Zivilisation, daß man hier besonders gut den Einfluß des Fernsehens auf die Bevölkerung untersuchen kann. Na ja, der Mann hatte eine ganze Handvoll von Gründen parat, warum wir reif für eine soziologische Studie sind.«

»Wie heißt er?«

»Albert Deighton«, sagte Sam. »Ich muß gestehen, der Name sagt mir nichts. Aber ich hab' mich an das Gesicht erinnert. Sieht etwas schmächtig aus. Dünne Lippen. Geheimratsecken. Dicke Brillengläser. Ich weiß, ich hab' das Bild in einem Buch oder in einer psychologischen Zeitschrift gesehen.« Er seufzte. »Aber ich kann's nicht finden.« Er wandte sich um und sah Paul ins Gesicht. »Ich weiß, du möchtest meine Tochter ins fashionable *Ultman's Café* zum Lunch ausführen. Stimmt's?«

Paul mußte lachen. »Warum nicht? Die Grippewelle ist vorüber. Das Schlimmste, was wir im *Ultman's Café* erwischen können, ist eine Speisevergiftung.«

»Wie geht's den Kindern?« erkundigte sich Sam.

»Mark ist bei der Familie Thorp eingeladen. Ich weiß jetzt schon, er wird nicht mit dem Jungen spielen, sondern mit der Mutter. Er ist unsterblich in Emma verknallt.«

»Die große Liebe seines Lebens, scheint es.«

»Ja, aber er mag's nicht zugeben. Schämt sich.«

»Und Rya, wo steckt die?«

»Sie ist zwar mit eingeladen bei den Thorps, aber ich glaube, sie würde am liebsten bei dir bleiben. Ich meine, wenn du nichts dagegen hast.«

»Mach dich nicht lächerlich, wieso sollte ich was dagegen haben.«

Paul hatte sich aus dem Lehnsessel erhoben. »Warum läßt du sie nicht das Buch oder die Zeitschrift raussuchen? Du wirst sehen, sie bringt dir etwas, wo der Name Deighton draufsteht.«

»Sie würde sich zu Tode langweilen.«

»Überhaupt nicht, das ist genau die Arbeit, die ihr Spaß macht. Bücher. Und außerdem mag sie gern in deiner Nähe sein.«

Sam schien zu zögern. »Ich will es mir noch überlegen, ob ich sie drum bitte. Weißt du, ich würde mich gern etwas sachkundig machen über das Gebiet, auf dem dieser Deighton arbeitet. Du kennst mich ja. Wenn's mich einmal gepackt hat, gebe ich nicht auf, bevor das Ziel erreicht ist. Ich weiß, daß ich was von dem Mann gelesen habe.«

Ultman's Café war ein Restaurant am Südwestzipfel des Ortes. Es war 24 Meter lang und sah aus wie der Wagen eines D Zugs. Aluminium und Glas. Es gab ein Fensterband, das um das ganze Restaurant herumlief.

Die Nischen waren mit blauem Plastik ausgepolstert. Auf jedem Tisch standen ein Ascher, ein Zuckerfaß, Pfeffer und Salz, ein Behälter mit Papierservietten und eine Wählautomatik für den Musikautomaten. Es gab zwei Reihen von Nischen, dazwischen lief ein Gang.

Ogden Salsbury hatte in der letzten Nische Platz genommen. Er hatte sich soeben die zweite Tasse Kaffee bestellt und betrachtete die Gäste.

Es war zehn vor zwei, die meisten Mittagsgäste waren gegangen. In einer Nische in der Nähe der Tür saß ein älteres Ehepaar, das sich über Politik unterhielt. Zwischendurch lasen die beiden in einer Zeitschrift. Bob Thorp, der Polizeichef des Ortes, hatte an der Theke Platz genommen. Er war gerade mit seinem Essen fertig geworden und scherzte mit Bess, der grauhaarigen Serviererin. Am gegenüberliegenden Ende saß Jenny Edison, sie war in Begleitung eines gutaussehenden Mannes, den Salsbury auf Ende Dreißig schätzte. Wie er vermutete, arbeitete dieser Mann in der Sägemühle.

Jenny war der Gast, der Salsbury am meisten interessierte. Sie war, wie Dr. Troutman ihm verraten hatte, eine der wenigen im Ort, die bei der Epidemie nicht erkrankt war. Daß es auch einige Kinder gab, die von der Wirkung der Droge nicht erfaßt wurden, wunderte ihn nicht. Es war bekannt, daß unterschwellige Botschaften nur auf Personen wirkten, deren Ausdrucksvermögen voll ausgebildet war. Sam und Jenny Edison allerdings waren erwachsen. Es galt herauszufinden, warum gerade sie der Droge widerstanden hatten.

Denkbar, daß sie kein Wasser getrunken hatten. Denkbar, aber nicht wahrscheinlich. Die Leute nahmen Wasser zu sich, mit den Speisen, mit den Eiswürfeln zum Drink. Außerdem war die Droge nicht nur im Wasser gewesen. Die Lebensmittel, die in Bangor für Black River umgeladen wurden, waren mit der Droge versetzt worden. So gut wie ausgeschlossen, daß die beiden weder Wasser noch Nahrung zu sich genommen hatten.

Es gab eine zweite Möglichkeit. Sam Edison und seine Tochter hatten die Droge erhalten, aber sie waren keiner der unterschwelligen Botschaften ausgesetzt gewesen, die nun schon seit sieben Tagen mit den Druckerzeugnissen und mit dem Fernsehen auf die Menschen in Black River niedergingen.

Salsbury ahnte, daß es eine dritte Erklärung geben mußte. Es gab Nebenwirkungen und Kontraindikationen, man kannte das von anderen Drogen. Jeder Mensch reagierte anders. Antibiotika entfalteten eine segensreiche Wirkung, aber es gab eine Minderheit, die gegen Antibiotika allergisch war. Warum sollte es bei der neuen Droge anders sein?

Vielleicht würde er die beiden in eine Klinik einliefern lassen, sie untersuchen. Immerhin war es wichtig herauszufinden, ob hier eine Resistenz gegen die Droge bestand. Aber das konnte warten. Er hatte drei Wochen, um die Reaktion der Leute in Black River zu kontrollieren und in seine Dokumentation aufzunehmen.

Jenny war der Grund, warum Salsbury in *Ultman's Café* saß, aber es gab eine andere Person, der er mehr Aufmerksamkeit zuwandte als ihr. Eine der beiden Bedienungen war eine junge Frau mit dunklen Augen und honigfarbenem Gesicht. Die Haare waren brünett, das Lächeln gewinnend. Um die fünfundzwanzig, schätzte Salsbury. Eine Frau mit dunkler, kehliger Stimme. Das Richtige fürs Bett. Ihr Gang war eine einzige Herausforderung. Salsbury fragte sich, warum diese Frau nicht einmal täglich vergewaltigt wurde. Waren die Männer in Black River denn blind?

Das Gesicht und das Lächeln. Beides erinnerte ihn an Miriam, seine geschiedene Frau. Siebenundzwanzig Jahre war das jetzt her. Sie hatte die gleichen vollen, hochangesetzten Brüste wie Miriam, die gleichen langschenkligen, glatten Beine. Sie hatte Miriams Stimme. Sie hatte Miriams Gang. Salsbury verschlug es den Atem, als die brünette Serviererin an ihm vorbeischwebte.

Er begehrte sie.

Natürlich würde er nie mit dieser Frau schlafen. Dazu erinnerte sie ihn zu sehr an die kaputte Ehe. Fünf Jahre hatte das Zusammenleben mit Miriam gedauert, es war die Hölle gewesen. Für beide. Trotzdem, der Serviererin zuzusehen, wie sie mit zitternden Arschbacken den Gang entlangkam, erregte ihn. Es stachelte seinen Haß auf Miriam an. Seinen Haß auf die Frauen überhaupt. Er wußte, er würde nicht in der Lage sein, mit diesem Geschöpf den Beischlaf auszuführen. Sie erinnerte ihn an Miriam, und immer, wenn er an Miriam dachte, verschwand seine Erektion.

Sie legte die Rechnung auf den Tisch. Ein hochmütiges Lächeln spielte um ihre Lippen.

»Ich bin der Schlüssel«, sagte Salsbury.

Er ging ein Risiko ein, indem er das sagte. Es war nicht sicher, daß diese Frau bereits programmiert war. Bei Dr. Troutman gab es dieses Problem nicht, er gehörte zu den Einwohnern, die die üblichen Symptome gezeigt hatten, und daß er unter dem Einfluß der Droge stand, hatte sich bei den Telefongesprächen bestätigt. Und jetzt diese Frau. Erst einen Tag war Salsbury in Black River, und schon wich er von seinen Grundsätzen ab. Es wäre ihm egal gewesen, wenn das Bewußtsein grenzenloser Macht ihn korrumpierte. Allerdings durfte er nicht unvorsichtig werden. Er beschloß leise zu sprechen, solange er sich mit der Serviererin unterhielt, so leise, daß er sich wieder aus der Schlinge ziehen konnte, wenn etwas schiefließ.

»Ich bin das Schloß«, sagte sie.

»Sprich leise.«

»Jawohl, Sir.«

»Wie heißt du?«

»Alice.«

»Wie alt bist du?«

»Sechsundzwanzig.«

»Du bist schön.«

Sie schwieg.

»Ich möchte, daß du jetzt lächelst, Alice.«

Sie lächelte. Sie sah wach aus, frisch und unternehmungslustig. Und unterwürfig.

»Du hast einen schönen Körper.«

»Danke.«

»Magst du Sex?«

»Ja.«
»Sehr?«
»Sehr.«
»Gibt es etwas, das du dir von einem Mann nicht gefallen lassen würdest?«
»Ja. Daß er mich von hinten nimmt.«
»Würdest du mit mir schlafen?«
Sie starrte ihn an.
»Ob du mit mir schlafen würdest!«
»Yeah.«
»Würdest du's hier tun? Auf dem Tisch?«
»Ja.«
»Auch wenn ich dich von hinten nehme?«
»Ja.«
Er lächelte. Er warf einen Blick in die Runde. Nichts Auffälliges.
»Bist du verheiratet, Alice?«
»Nein. Ich bin geschieden.«
»Warum?«
»Mein Mann ist in jeder Stellung rausgeflogen. Ich habe mich scheiden lassen.«
»War er gut im Bett?«
»Nicht besonders.«
Die Ähnlichkeiten mit Miriam waren nicht nur äußerlich. Sie sprach wie Miriam. Sie dachte wie Miriam. Sie hatte die gleichen Erfahrungen hinter sich wie Miriam. Noch heute konnte sich Salsbury an Miriams Abschiedsworte erinnern, trotz der siebenundzwanzig Jahre, die seitdem ins Land gegangen waren. *Du bist nicht nur schlecht im Bett, Ogden, du bist eine absolute Niete. Und du lernst nichts dazu. Ich würde das hinnehmen, wenn du wenigstens etwas Geld hättest. Du könntest mir an den Brüsten herumfummeln, soviel du willst, wenn du dafür bezahlst. Als ich dich heiratete, war ich sicher, du würdest ein reicher Mann werden. Du warst Klassenbester. Mein Gott. Damals hättest du alle Jobs haben können, die du wolltest. Aber du hast nichts gemacht aus deinen Möglichkeiten. Ich will dir mal was sagen, Ogden. Du bist im Berufsleben genauso einfallslos wie im Bett. Aus dir wird nie etwas werden. Ich verlasse dich.* Dieses Flittchen, dachte er. Diese Dirne. Der Schweiß brach ihm aus.
Alice lächelte immer noch.
»Hör mit dem Lächeln auf«, sagte er. »Ich mag es nicht.«
Ihr Lächeln erstarb.
»Was bin ich, Alice?«
»Sie sind der Schlüssel.«
»Und was bist du?«

»Das Schloß.«

»Ich habe dich geöffnet. Wirst du von jetzt ab tun, was ich sage?«

»Ich werde tun, was Sie sagen.«

Er zog drei Dollarnoten und legte sie auf die Rechnung. »Ich werde dich jetzt testen, Alice. Ich möchte sehen, ob du mir wirklich gehorchst.«

Sie sah ihn erwartungsvoll an.

»Wenn du das Geld zur Registrierkasse gebracht hast, wirst du in die Küche gehen. Ist jemand in der Küche?«

»Nein.«

»Randy Ultman? Wo ist Randy Ultman?«

»Der ist zur Bank gegangen.«

»Gut«, sagte Salsbury. »Du gehst in die Küche und nimmst eine Gabel, wie sie vom Koch benutzt wird, eine Gabel mit zwei langen Zinken. Du nimmst die Gabel und stichst sie dir durch die linke Hand, so daß die Zinken auf der anderen Seite wieder herauskommen.«

Sie hörte ihm zu, ohne mit der Wimper zu zucken.

»Ist das verstanden, Alice?«

»Ja, ich habe verstanden.«

»Wenn du von diesem Tisch weggehst, wirst du alles vergessen, was wir miteinander geredet haben. Verstanden?«

»Verstanden.«

»Du wirst denken, das mit der Gabel ist ein Unfall gewesen. Ein Küchenunfall.«

»Ein Unfall. Verstanden.«

»Geh jetzt.«

Sie wandte sich ab und ging zur Registrierkasse. Ihre Hüften rotierten. Er sah, wie sie die Rechnung eintippte. Er stand auf und machte sich auf den Weg zur Tür.

Sie hatte ihr Trinkgeld in die Schürze gesteckt. Sie schob die Kassenlade zu und ging auf die Schwingtür zu, die das Restaurant mit der Küche verband.

Salsbury war am Ausgang angekommen. Er blieb vor dem Zeitungsautomaten stehen und steckte eine Münze in den Schlitz.

Das Lachen des Polizeichefs war zu hören und das Kichern der grauhaarigen Serviererin. Sie benahm sich wie ein junges Mädchen.

Salsbury zog seine Ausgabe des *Black River Bulletin* aus dem Schlitz und öffnete die Tür. Er überquerte die Schwelle. Er sah, wie die Tür zurückschwang. Komm schon, dachte er. Tu's, du kleine Hure. Tu's für mich. *Jetzt.*

Alice stieß einen Schrei aus.

Salsbury ging die Stufen hinunter. Das Stimmengewirr, die Schreie, das Stampfen der Gäste, all das blieb hinter ihm zurück.

Er ging die Main Street entlang.
Es war ein schöner, warmer Tag. Der Himmel war wolkenlos.
Salsbury war noch nie so glücklich gewesen.

Paul schob sich an Bob Thorp vorbei.
Die Serviererin stand an den Tiefkühlschrank gelehnt. Sie hielt die linke Hand auf das Hackbrett gedrückt. Mit der Rechten hielt sie die zweizinkige Gabel umklammert, die in ihrer linken Hand steckte. Die Zinken schienen bis ins Holz zu reichen. Die Schürze der Serviererin war blutbespritzt. Die Frau schrie aus vollem Halse. Vergeblich versuchte sie, die Gabel aus der Hand zu ziehen.
Paul wandte sie zu Bob Thorp. »Holen Sie bitte Doc Troutman.«
Thorp stob davon.
Paul ergriff die Frau bei der rechten Hand. »Lassen Sie die Gabel los.«
Sie hob den Blick. Sie schien durch ihn hindurchzusehen. Sie schrie. Wie ein Tier, dachte Paul, und dann schämte er sich des Gedankens.
Er zwang ihr die Gabel aus der Hand.
»Halt sie fest«, sagte er und gab Jenny, die hinter ihm stand, ein Zeichen. »Sie darf die Gabel nicht wieder anfassen.«
Jenny hielt die rechte Hand der Serviererin umklammert. »Mir wird schlecht, Paul«, flüsterte sie. Die Küche war klein, die Schreie ohrenbetäubend. Der Anblick der schönen, bleichen Hand, in der eine Gabel steckte, ein Alptraum. Es roch nach Gebratenem, nach Roastbeef und Zwiebeln, nach Fett und nach frischem Blut.
»Dir wird nicht schlecht, Jenny«, sagte er. »Du bist ein tapferes Mädchen, und denen wird nicht schlecht.«
Sie stand da und biß sich auf die Lippen. Sie nickte.
Paul nahm ein Tischtuch vom Stapel und zerriß es in zwei Bahnen. Er wickelte eine Bahn um den Arm der Serviererin und formte eine Klemme, indem er einen langstieligen Löffel als Hebel benutzte. »Komm, Jenny«, sagte er, »halt den Löffel fest.«
Jenny hatte die Hand der Frau kaum freigegeben, als jene den Griff der Gabel zu packen versuchte.
Paul riß die Gabel heraus, die einen Zentimeter tief im Hackbrett steckte. Mit einer raschen, entschlossenen Bewegung trennte er Gabel und Hand. Er ließ die Gabel fallen und umfing die Frau, die ins Wanken geraten war.
Sie betteten die Blutende auf den Küchenboden. Die Frau hatte zu schreien aufgehört, sie weinte.
Paul kniete neben ihr. »Ich verstehe nicht, wie sie das fertiggekriegt hat«, sagte er, zu Jenny gewandt. »Sie hat sich die Gabel in die Hand gestochen, mit aller Kraft.«

»Ein Unfall«, sagte die Serviererin. Sie zitterte. Ihr Gesicht war blaß. »Ein furchtbarer Unfall.«

5. Kapitel

14 Monate früher – Donnerstag, der 10. Juni 1976

Der Tote war entkleidet worden. Er lag auf dem Seziertisch. Der Seziertisch war mit einer Reihe von Abläufen ausgestattet, durch die das Blut in die vorbereiteten Behälter rinnen konnte.

»Wer ist das?« fragte Klinger.

»Einer von Leonards Angestellten«, sagte Salsbury.

Bis auf zwei Leuchten über dem Seziertisch war der Raum dunkel. An der Wand standen Computer und elektronische Geräte. In Kopfhöhe in die Wand eingelassen waren neun Fernsehschirme.

»Sein Name war Brian Kingman«, sagte Dawson leise, fast andächtig. »Er gehörte zu meinen persönlichen Beratern. Zum engeren Stab.«

»Wie lange war der Mann schon bei dir beschäftigt?« fragte Klinger.

»Fünf Jahre.«

Der Mann auf dem Seziertisch war Ende Zwanzig. Der Tod war vor sieben Stunden eingetreten, das Gesicht war fahl. Das Blut war in die Schenkel abgeflossen, das Fleisch dort war dunkelblau. Die Hände waren geöffnet, die Finger leicht gekrümmt.

»War er verheiratet?« fragte Klinger.

Dawson schüttelte den Kopf.

»Verwandte?«

»Die Großeltern sind tot. Keine Geschwister. Seine Mutter starb, als sie ihn zur Welt brachte. Der Vater starb bei einem Autounfall vor einem Jahr.«

»Gibt's Onkel? Tanten?«

»Nichts dergleichen.«

»Eine Freundin?«

»Mädchen hier und da, aber nichts Ernstes«, sagte Dawson. »Deshalb hatten wir ihn ja auch für das Experiment ausgewählt.«

Klinger dachte nach. »Du hast damit gerechnet, daß der Versuch tödlich verlaufen würde?«

»Uns war bewußt, daß dieses Risiko bestand«, sagte Ogden.

»Diesmal haben Sie mit Ihrer Prognose recht behalten«, sagte Klinger sarkastisch.

Der Tonfall ärgerte Salsbury. »Sie wußten, um was es geht, Klinger, von Anfang an.«

»Das stimmt.«

»Dann tun Sie bitte nicht so, als ob ich den Tod dieses Menschen allein zu verantworten habe.«

Der General schüttelte den Kopf. »Sie haben mich mißverstanden, Ogden. Ich mache Ihnen keinerlei Vorwürfe. Im Gegenteil. Ich bin der Meinung, Sie machen sich zuviel Gedanken wegen der Ausfälle, die es bei solchen Versuchen gibt. Der Mann war eine Maschine, die ihre Funktion eingebüßt hat. Wir können jederzeit eine neue Maschine in die Versuchsreihe einführen.«

»Armer Kerl«, sagte Dawson. »Ich glaube, er hätte alles für mich getan.«

»Er *hat* alles für dich getan«, sagte Klinger. Sein Blick umkreiste die Stirn des Toten. »Leonard, das Personal in diesem Haus besteht aus sieben Personen. Weiß jemand von ihnen, daß sich Kingman unter dem gleichen Dach befindet?«

»Nein. Wir haben ihn im Schutz der Dunkelheit in den abgesperrten Teil des Hauses gebracht.«

Vor dreizehn Monaten war ein Flügel des Hauses für die Menschenversuche abgeteilt worden. Dieser Flügel hatte einen getrennten Eingang bekommen, der von den anderen Zimmern nicht einsehbar war. Den Hausangestellten war gesagt worden, in jenem Flügel würden Experimente für eine Tochterfirma der Futurex durchgeführt, völlig ungefährliche Experimente. Die getroffenen Sicherheitsvorkehrungen seien nur eine vorbeugende Maßnahme gegen Industriespionage. Es gab Firmen, so die These, die nur allzugern an die Forschungsergebnisse der Futurex herangekommen wären.

»Wie verhält sich das Hauspersonal inzwischen?« fragte Klinger. »Besondere Anzeichen von Neugier?«

»Nein«, sagte Dawson. »Die haben sich daran gewöhnt, daß ein Flügel des Hauses nicht mehr zugänglich ist für sie. Die Trennung dauert jetzt schon über ein Jahr, und in dem abgesperrten Flügel hat es keine Vorkommnisse gegeben, die irgend jemanden hätten alarmieren können. Jedenfalls nichts, was die Hausangestellten mitgekriegt hätten.«

»Dann könnten wir Kingman irgendwo im Garten beerdigen«, sagte Klinger. Er sah Salsbury fragend an. »Wie ist's passiert? Woran ist er gestorben?«

Salsbury hatte auf einem hochbeinigen weißen Hocker am Kopfende des Autopsietisches Platz genommen. Klinger stand zu Füßen des Toten. »Wir haben Kingman seit Anfang Februar in die Versuche einbezogen. Wir hatten ihm gesagt, es geht um eine Serie von Experimenten für eine Tochterfirma von Futurex. Ich habe mich dann in langen Interviews mit ihm über seine Vorlieben und Abneigungen informiert, insgesamt sind wir vierzig Stunden zusammengesessen. Ende Februar habe ich das gesammelte Material gewichtet und fünf Punkte herausgeschrieben, alles Angewohnheiten von Kingman, die ich mit unterschwelligen Botschaften ins Gegenteil verkehren wollte.«

Er hatte drei einfache und zwei schwierige Aufgaben zusammengestellt. Kingman mochte Süßigkeiten, besonders Schokolade. Salsbury wollte erreichen, daß ihm beim bloßen Gedanken an Schokolade schlecht wurde. Salsbury mochte keinen Spargelkohl. Salsbury wollte, daß er eine Vorliebe für eben dieses Gemüse entwickelte. Dritte Aufgabe war die Angst vor Hunden. Kingman fürchtete sich vor Hunden jeder Rasse und Größe. Bei dem Versuch würde es darum gehen, den jungen Mann in einen Hundeliebhaber zu verwandeln.

Von erheblichem Schwierigkeitsgrad waren die vierte und fünfte Aufgabe. Kingman war Atheist, eine Tatsache, die er vor Dawson mit Erfolg verborgen gehalten hatte. Und Kingman war ein Negerhasser. Ihn in einen gläubigen Christen und zugleich in einen Sympathisanten für die Gleichberechtigung der Neger zu verwandeln, war etwas, wofür seine Psyche von Grund auf geändert werden mußte.

Mitte April war Salsbury mit der unterschwelligen Programmierung der Versuchsperson fertig.

Kingman erhielt die Droge am 15. April. An den drei darauffolgenden Tagen stand er unter strenger ärztlicher Beobachtung. Körperlich gab es keinerlei Veränderungen. Keine toxische Reaktion, kein Hautausschlag, keine Änderungen im Blutbild, nichts, was als Nebenwirkung der Droge hätte ausgelegt werden können.

Am 19. April ließ Salsbury die Versuchsperson an der Vorführung von zwei Filmen teilnehmen. Es waren zwei Dokumentarfilme, die Projektion nahm drei Stunden in Anspruch. Mit den Bildern auf der Leinwand nahm Kingman zugleich die Unterschwelligen Botschaften auf, Anweisungen, die sich auf die fünf Punkte bezogen.

Die Erfolge wurden bereits am Tag darauf sichtbar. Beim Frühstück hatte Kingman eine Schokoladenwaffel ergriffen. Er nahm einen Bissen, sprang auf und rannte zur Toilette, wo er sich übergab. Zum Mittagessen verzehrte er vier Portionen Brokkoli in Buttersoße. Am Nachmittag jenes Tages nahm Dawson ihn auf einen Rundgang, der am Hundezwinger vorbeiführte. Kingman begann mit den Wachhunden zu spielen und war erst nach einer Viertelstunde vom Zwinger wegzubringen. Als Ogden und Dawson nach dem Abendessen auf die Bemühungen der Regierung zu sprechen kamen, das Programm der gemischtrassigen Schulen in den nördlichen Bundesstaaten voranzutreiben, entpuppte sich Kingman als liberaler Demokrat, der seit früher Jugend für die Rechte der Schwarzen kämpfte. Als er zu Bett ging, faltete er die Hände und sagte ein Gebet. Er wußte nicht, daß seine Worte von Mikrofonen aufgezeichnet wurden, und er ahnte auch nichts von den beiden Videokameras, die Ogden im Raum versteckt hatte.

Ein Lächeln lag auf Dawsons Lippen, als er dem Toten die Hand auf die Stirn legte. »Du hättest dabeisein sollen, Ernst! Es war sehr beeindrukkend. Stell dir doch vor, oben wird ein glühender Atheist hineingesteckt, unten kommt ein Jesusjünger heraus. Und das alles innerhalb eines einzigen Tages.«

Salsbury war unruhig. »Kingman hat die Klinik am 21. April verlassen«, sagte er. »Am gleichen Tag habe ich begonnen, die neuen Tests vorzubereiten, die unterschwelligen Botschaften, die uns totale Kontrolle über Kingmans Gehirn geben sollten. Ich habe das Codewort festgelegt, alles war vorbereitet. Vor zwei Tagen, am 8. Juni, wurde Kingman wieder hierhergebracht.«

Klinger kniff die Augen zusammen. »Hat er keinen Verdacht geschöpft, weil wir ihn zwischendurch weggebracht haben?«

»Im Gegenteil«, sagte Dawson. »Er war sehr angetan, daß ich ihm soviel Aufmerksamkeit zuwandte. Er war geschmeichelt. Er hat sich wohl auch so etwas wie eine Beförderung ausgerechnet, wenn er sich für Ogdens Versuchsserie unentbehrlich machte. Für die Situation war das Verhalten ganz normal, alle jungen Leute, denen man mit einer Aufstiegschance winkt, reagieren so.«

Der General hatte Rückenschmerzen. Er ging zu einem Computer, drehte den Stuhl so, daß die Lehne zur Wand zeigte, und setzte sich. Sein Gesicht lag im Schatten, und die Gestalt wirkte wie eine Puppe, wie ein Troll, dessen Leichnam über eine Stuhllehne drapiert worden war. Er hob die Hände und legte die Zeigefinger aufeinander. »Ich fasse zusammen. Am 5. Juni stand das Programm. Kingman kam zurück am 8. Juni. Dann hast du als erstes seine Droge erneuert...«

»Nein«, sagte Salsbury. »Die Droge wirkt das ganze Leben lang, sie braucht nicht erneuert zu werden. Sobald Kingman wieder im Hause war, habe ich ihn die unterschwelligen Botschaften absolvieren lassen. Die Filmvorführung war in den Abendstunden. Ich erinnere mich, daß Kingman in der Nacht Alpträume hatte. Er mußte sich sogar übergeben.«

»Fieber?«

»Nein.«

»Könnte es sich dabei nicht um eine verspätete Reaktion auf die Droge handeln?«

»Mag sein«, sagte Salsbury. Er ging in die Ecke des Raumes, wo sein Schreibtisch stand, und kehrte mit einer Computerschreibung in der Hand zurück. »Hier sind die Gehirnwellen und die Augenbewegungen der Versuchsperson aufgezeichnet. Die Schreibung geht von ein Uhr nachts bis drei Uhr.«

Die drei Männer waren an den Autopsietisch getreten. Salsbury hatte die Schreibung über Kingmans Beine gelegt. Im Lichtkegel, der wie ein bläulicher Schaft aus der Decke strebte, lasen Klinger und Dawson die ausgedruckten Daten.

TEILPROGRAMM

VERSUCHSSERIE BK/OB REP 14

AUFZEICHNUNG: 10.6.1976

AUSDRUCK: 10.6.1976

AUSDRUCK:

STUNDE	MIN.	SEK.	MESSWERTE
0100	00	00	EEG -- PHASE 3 SCHLAF
0100	01	00	EEG -- PHASE 3 SCHLAF
0100	02	00	EEG -- PHASE 4 SCHLAF
0100	03	00	EEG -- PHASE 4 SCHLAF
0100	04	00	EEG -- PHASE 4 SCHLAF

»Wie werden solche Meßwerte gewonnen?« erkundigte sich Klinger.

»Die Gehirnwellen und die Augenbewegungen werden mit Hilfe von Membranen und Drähten aufgezeichnet«, sagte Salsbury.

»Und mit solchen Drähten um den Kopf kann die Versuchsperson noch schlafen?«

Salsbury nickte. »Kingman war sehr kooperativ. Er verstand, daß wir die Daten unbedingt haben wollten. Er hat sich recht schnell an die Beeinträchtigung beim Schlafen gewöhnt.«

Der General machte eine mißmutige Bewegung mit dem Kinn. »Ich muß sagen, die Schreibung bleibt mir ein Rätsel.«

»Mir ebenso«, sagte Dawson.

Salsbury unterdrückte ein Lächeln der Befriedigung. Seine Stärke gegenüber diesen beiden Haien lag in seinen Fachkenntnissen begründet. Er versäumte keine Gelegenheit, ihnen seinen Wissensvorsprung vor Augen zu führen. Sie sollten verstehen, daß sie das Projekt ohne ihn nicht zu Ende bringen konnten.

Er deutete auf die ersten Zeilen in der Schreibung. »Phase 4 bedeutet Tiefschlaf, diese Phase liegt meist ziemlich zu Anfang. Kingman legte sich um Mitternacht zu Bett. Eingeschlafen ist er um zwanzig vor eins. Aus der Schreibung können Sie ersehen, daß die Tiefschlafphase bereits zwanzig Minuten nach dem Einschlafen erreicht war.«

»Warum ist das so bemerkenswert?« fragte Dawson.

»Weil die Phase 4 einem Koma gleicht«, sagte Salsbury. »Das Elektroenzephalogramm zeigt nur alle paar Sekunden spitze Ausschläge. Der Schläfer rührt sich nicht. Es ist die Phase 4, wo das Unterbewußtsein die Regie übernimmt. Erinnern wir uns daran, das Unterbewußtsein schläft nie. Da während der Phase 4 keine Eindrücke gespeichert werden, beginnt das Unterbewußtsein zu spielen, wie ein Kind, das man sich selbst überläßt. Im Falle von Kingman gab es ein Spielzeug, das wir dem Unterbewußtsein zur Verfügung gestellt hatten.«

»Das kodierte Programm, das Sie ihm zusammen mit dem Film verabfolgt hatten«, sagte der General.

»Ganz recht.« Er schob den grün-weiß gestreiften Stapel näher zum Licht. »Betrachten wir nun die weiteren Phasen.« Er deutete auf eine Zeile auf der dritten Seite.

0100	08	00	EEG -- PHASE 4 SCHLAF
0100	09	00	EEG -- PHASE 4 SCHLAF
0100	10	00	EEG -- PHASE 1 SCHLAF/REM
0100	11	00	EEG -- PHASE 1 SCHLAF/REM

»Wir gleiten von einer Phase des Schlafes in die andere«, dozierte Salsbury. »Wir verweilen in jeder Phase eine gewisse Zeit, dann steigen wir oder wir fallen auf eine andere Phase, wie ein Mensch, der durch ein Labyrinth aus Treppen geht. Wir sehen in dieser Zeile, daß Kingman gestört worden ist. Es ist die Art von Kurve, die der Enzephalograph aufzeichnet, wenn ein Schläfer durch ein Geräusch aus dem Tiefschlaf gerissen wird.«

»Gab es denn ein solches Geräusch?« fragte Dawson.

»Nein.«

»Was bedeutet REM?« fragte Klinger.

»*Rapid Eye Movements*«, sagte Salsbury. »Wir bezeichnen damit die Augenbewegungen unter dem geschlossenen Lid. REM ist immer ein Hinweis auf Träume.«

»Kingman hatte einen Traum«, stellte Dawson fest. »Aber was für einen?«

»Es gibt keine Möglichkeit, das herauszufinden.«

Der General kratzte sich das glattrasierte Kinn. »Aber Sie vermuten, daß sein Traum in Phase 1 mit dem implantierten Code zu tun hatte. Sein Unterbewußtsein spielte mit den Worten *Schlüssel* und *Schloß* herum.«

»Das vermute ich. Zumindest hätte das einige Logik für sich. Vielleicht war das Unterbewußtsein von dem empfangenen Programm so schockiert, daß der Schläfer in einen Traum katapultiert wurde.«

»Ein Alptraum?«

»Zunächst wohl ein ganz normaler Traum. Aber das änderte sich im Verlauf der beiden Stunden, die dann folgten.« Er tippte auf eine Zeile in der Schreibung.

0100	12	00	EEG -- PHASE 1 SCHLAF/REM
0100	13	00	EEG -- ALPHAWELLEN
0100	14	00	EEG -- ALPHAWELLEN

»Alphawellen bedeutet, Kingman ist aufgewacht«, sagte Salsbury. »Nicht lange, nur zwei Minuten. Und auch nicht richtig aufgewacht. Seine Lider blieben geschlossen. Er muß über den Traum nachgedacht haben, wie ein Mensch, der in einen Abgrund hinabsieht, den er soeben durchquert hat.«

»Er ist aufgewacht, weil ihm der Traum Angst machte«, sagte Klinger.

»Wahrscheinlich.«

0100	15	00	EEG -- PHASE 1 SCHLAF/REM
0100	16	00	EEG -- PHASE 1 SCHLAF
0100	18	00	EEG -- PHASE 2 SCHLAF
0100	19	00	EEG -- PHASE 2 SCHLAF
0100	20	00	EEG -- PHASE 3 SCHLAF
0100	21	00	EEG -- PHASE 3 SCHLAF
0100	22	00	EEG -- PHASE 3 SCHLAF
0100	23	00	EEG -- PHASE 3 SCHLAF
0100	24	00	EEG -- PHASE 4 SCHLAF
0100	25	00	EEG -- PHASE 4 SCHLAF
0100	26	00	EEG -- PHASE 4 SCHLAF
0100	27	00	EEG -- PHASE 4 SCHLAF
0100	28	00	EEG -- PHASE 4 SCHLAF
0100	29	00	EEG -- PHASE 4 SCHLAF
0100	30	00	EEG -- PHASE 3 SCHLAF/REM

»Die erste Tiefschlafphase hat acht Minuten gedauert«, sagte Salsbury. »Die zweite nur noch sechs Minuten. Der Trend setzt sich fort, die Zyklen werden immer kürzer.«

0100	31	00	EEG -- PHASE 1 SCHLAF/REM
0100	32	00	EEG -- PHASE 1 SCHLAF/REM
0100	33	00	EEG -- PHASE 1 SCHLAF/REM
0100	34	00	EEG -- ALPHAWELLEN
0100	35	00	EEG -- PHASE 1 SCHLAF/REM
0100	36	00	EEG -- PHASE 1 SCHLAF/REM

0100	37	00	EEG -- PHASE 2 SCHLAF
0100	38	00	EEG -- PHASE 2 SCHLAF
0100	39	00	EEG -- PHASE 2 SCHLAF
0100	40	00	EEG -- PHASE 3 SCHLAF
0100	41	00	EEG -- PHASE 3 SCHLAF
0100	42	00	EEG -- PHASE 3 SCHLAF
0100	43	00	EEG -- PHASE 3 SCHLAF
0100	44	00	EEG -- PHASE 3 SCHLAF
0100	45	00	EEG -- PHASE 3 SCHLAF
0100	46	00	EEG -- PHASE 3 SCHLAF
0100	47	00	EEG -- PHASE 3 SCHLAF
0100	48	00	EEG -- PHASE 4 SCHLAF
0100	49	00	EEG -- PHASE 4 SCHLAF
0100	50	00	EEG -- PHASE 4 SCHLAF
0100	51	00	EEG -- PHASE 1 SCHLAF/REM

»Zum Schluß sind die Tiefschlafpausen nur noch drei Minuten lang«, stellte Klinger fest.

»Aber warum«, fragte Dawson.

»Weil Kingmans Unterbewußtsein während der Tiefschlafphase ein Erlebnis verarbeiten mußte, das zur Flucht aus dem Tiefschlaf zwang«, sagte Salsbury. »Das Versteck heißt Traum und befindet sich nahe der Oberfläche. Deshalb geht die Schreibung auch mit Phase 1 weiter.«

»Das könnte bedeuten, daß er in Phase 4 Schmerz empfunden hat«, sagte Dawson.

»Schmerz ist die falsche Bezeichnung«, sagte Salsbury. »Nur im wachen Zustand kann ein Mensch Schmerz empfinden.«

»Und die richtige Bezeichnung?«

»Angst«, sagte Salsbury. Er schlug eine neue Seite auf.

0100	52	00	EEG -- PHASE 1 SCHLAF/REM
0100	53	00	EEG -- PHASE 1 SCHLAF/REM
0100	54	00	EEG -- PHASE 1 SCHLAF/REM
0100	55	00	EEG -- ALPHAWELLEN
0100	56	00	EEG -- ALPHAWELLEN
0100	57	00	EEG -- PHASE 1 SCHLAF/REM
0100	58	00	EEG -- PHASE 1 SCHLAF/REM
0100	59	00	EEG -- PHASE 2 SCHLAF/REM
0200	00	00	EEG -- PHASE 2 SCHLAF
0200	01	00	EEG -- PHASE 2 SCHLAF
0200	02	00	EEG -- PHASE 2 SCHLAF
0200	03	00	EEG -- PHASE 3 SCHLAF

0200	04	00	EEG -- PHASE 3 SCHLAF
0200	05	00	EEG -- PHASE 3 SCHLAF
0200	06	00	EEG -- PHASE 3 SCHLAF
0200	07	00	EEG -- PHASE 4 SCHLAF
0200	08	00	EEG -- PHASE 1 SCHLAF/REM

»Jetzt ist er in einer Phase der Erregung«, sagte Salsbury. Er sprach von Kingman, als lebte er noch. »Die Linie wird immer unruhiger. Um zwanzig nach zwei hat er dann wieder die Phase 3 erreicht.« Er glitt mit dem Finger über die nächste Seite. »Sehen Sie sich an, was jetzt passiert.«

0200	20	00	EEG -- PHASE 3 SCHLAF
0200	21	00	EEG -- PHASE 3 SCHLAF
0200	22	00	EEG -- PHASE 3 SCHLAF
0200	23	00	EEG -- PHASE 3 SCHLAF
0200	24	00	EEG -- PHASE 3 SCHLAF
0200	25	00	EEG -- PHASE 1 SCHLAF/REM

Klinger war fasziniert. »Er flüchtet sich in die Phase 1, noch bevor er die Phase 4 erreicht hat.«

»Angst«, sagte Salsbury. »Sein Unterbewußtsein durchlebt einen Schock. Und die Angst wird immer schlimmer. Sehen Sie hier.«

0200	26	00	EEG -- PHASE 1 SCHLAF/REM
0200	27	00	EEG -- PHASE 1 SCHLAF/REM
0200	28	00	EEG -- ALPHAWELLEN
0200	29	00	EEG -- PHASE 1 SCHLAF/REM
0200	30	00	EEG -- ALPHAWELLEN
0200	31	00	EEG -- PHASE 1 SCHLAF/REM
0200	32	00	EEG -- PHASE 1 SCHLAF/REM
0200	33	00	EEG -- PHASE 2 SCHLAF
0200	34	00	EEG -- PHASE 2 SCHLAF
0200	35	00	EEG -- PHASE 2 SCHLAF
0200	36	00	EEG -- PHASE 3 SCHLAF
0200	37	00	EEG -- ALPHAWELLEN

»Um zwei Uhr siebenunddreißig wäre er beinahe aufgewacht«, sagte Dawson. »Irgend etwas hat ihn so erschreckt, daß er aufwachen wollte.«

Salsbury nickte. »Sie lernen die Schreibung jetzt lesen, und Ihre Beurteilung ist richtig. Er wollte aufwachen, aber er hat sich nur bis nahe an die Oberfläche geflüchtet, in den Alphawellenbereich.«

0200	38	00	EEG -- PHASE 1 SCHLAF/REM
0200	39	00	EEG -- PHASE 1 SCHLAF/REM
0200	40	00	EEG -- PHASE 1 SCHLAF/REM
0200	41	00	EEG -- ALPHAWELLEN
0200	42	00	EEG -- PHASE 1 SCHLAF/REM
0200	43	00	EEG -- ALPHAWELLEN
0200	44	00	EEG -- PHASE 1 SCHLAF/REM
0200	45	00	EEG -- PHASE 1 SCHLAF/REM
0200	46	00	EEG -- PHASE 2 SCHLAF
0200	47	00	EEG -- PHASE 2 SCHLAF
0200	48	00	EEG -- PHASE 1 SCHLAF/REM
0200	49	00	EEG -- ALPHAWELLEN
0200	50	00	EEG -- PHASE 1 SCHLAF/REM
0200	51	00	EEG -- PHASE 1 SCHLAF/REM
0200	52	00	EEG -- ALPHAWELLEN
0200	53	00	EEG -- PHASE 1 SCHLAF/REM
0200	54	00	EEG -- PHASE 1 SCHLAF/REM
0200	55	00	EEG -- ALPHAWELLEN
0200	56	00	EEG -- PHASE 1 SCHLAF/REM
0200	57	00	EEG -- ALPHAWELLEN
0200	58	00	EEG -- ALPHAWELLEN
0200	59	00	EEG -- ALPHAWELLEN
0300	00	00	EEG -- ALPHAWELLEN
0300	01	00	EEG -- ALPHAWELLEN
0300	02	00	EEG -- KEIN IMPULS
0300	03	00	EEG -- KEIN IMPULS
0300	04	00	EEG -- KEIN IMPULS
0300	05	00	EEG -- KEIN IMPULS

LEBENSZEICHEN NEGATIV
LEBENSZEICHEN NEGATIV
LEBENSZEICHEN NEGATIV
VERSUCHSPERSON TOT

ENDE DES AUSDRUCKS
ENDE DES PROGRAMMS
::STOP::

»Er ruhe in Frieden«, sagte Dawson. »Er war ein guter Mensch.«

»Fünf Minuten lang Alphawellen«, sagte Klinger. »Bedeutet das, er war bei vollem Bewußtsein, als er starb?«

»Er war wach«, sagte Salsbury, »aber seine Wahrnehmung war eingeschränkt.«

»Was ist in den letzten fünf Minuten passiert?« sagte Klinger.

Er ging zu einem Computer und begann einige Daten einzutippen. Die Sichtschirme, die in die Wand eingelassen waren, erloschen bis auf zwei.

»Auf dem Schirm rechts werden Sie ein Videoband sehen«, sagte Salsbury. »Die letzten sechs Minuten vor dem Tod. Auf dem Schirm links erscheinen Meßdaten wie Körpertemperatur, Frequenz der Atmung, Blutdruck. Es gibt zwei Spalten, links die normalen Werte des Patienten, rechts die gemessenen Werte. Die Messungen erfolgten im Abstand von 30 Sekunden.«

Dawsons Blick war wie gebannt auf die beiden Mattscheiben gerichtet. Klinger stand neben ihm.

Der rechte Schirm begann zu flimmern. Ein Schwarzweißbild erschien, scharfrandig, hart. Brian Kingman lag auf seinem Bett. An Kopf und Körper zwölf Meßmembranen befestigt, von denen ein Gewirr von Kabeln zu den Apparaturen führte, die neben dem Bett aufgebaut waren. An seinem rechten Arm war ein Blutdruckmesser befestigt. Seine Stirn glänzte von Schweiß. Er zitterte am ganzen Körper. Man sah, wie er die Arme hochwarf, mit den Füßen in die Luft stieß. Die Augen waren geschlossen. Er schlief.

»Er ist in Phase 1«, sagte Salsbury.

»Er träumt«, sagte Dawson.

»Wahrscheinlich.«

In der Ecke des linken Schirms erschien die Anzeige einer Digitaluhr. Stunden, Minuten, Sekunden und Zehntelsekunden wurden angezeigt.

Dann leuchteten die Meßwerte auf.

	NORM DES PATIENTEN	MESSUNG
KÖRPERTEMPERATUR	36.7° C.	36.7° C.
ATMUNG	18 PRO MINUTE	22 PRO MINUTE
PULS	70 PRO MINUTE	90 PRO MINUTE
BLUTDRUCK		
SYSTOLISCH	100–120	110
DIASTOLISCH	60–70	70

»Er schläft noch«, sagte Salsbury, »aber Puls und Atmung sind beschleunigt. Er könnte einen Alptraum haben. Darauf deuten jedenfalls die Bewegungen der Extremitäten hin. Er wird gleich aufwachen, passen Sie auf. Jetzt!«

Kingman fuhr hoch, er blieb sitzen, hielt seine Knie umklammert. Er hob die Arme, preßte die Hände an den Kopf. Er öffnete den Mund.

»Er schreit«, sagte Salsbury.

»Aber warum?« fragte Dawson. »Er ist doch schon wach. Der Alptraum ist vorüber.«

»Puls und Atmung beschleunigen sich weiter«, sagte Klinger.

Kingman schrie. Kein Laut war zu hören.

0200 58 00

»Wie heftig er atmet«, sagte Dawson. »Irgend etwas scheint ihm die Lungen zu sprengen.«

Kingman hatte begonnen, an seiner Lippe zu nagen. Sekunden später spritzte das Blut.

»Ein epileptischer Anfall?« fragte der General.

»Nein«, sagte Salsbury.

Die Digitaluhr zeigte auf 02.59, als die neuen Meßwerte ausgedruckt wurden.

	NORM DES PATIENTEN	MESSUNG
KÖRPERTEMPERATUR	36.7° C.	37° C.
ATMUNG	18 PRO MINUTE	48 PRO MINUTE
PULS	70 PRO MINUTE	190 PRO MINUTE
BLUTDRUCK		

SYSTOLISCH MESSWERT LÖSCHEN MESSWERT LÖSCHEN MESSWERT LÖSCHEN MESSWERT LÖSCHEN MESSWERT LÖSCHEN

Kingman lag auf seinem Bett. Der Körper zitterte nicht mehr, auch die Arme und die Beine waren zum Stillstand gekommen. Die rechte Hand öffnete sich, wie um etwas auszuwringen. Die Augen waren zugekniffen.

Der Sichtschirm wurde schwarz. Sekunden später flimmerte eine Warnung auf:

0200 59 12

INFARKT

INFARKT

»Er hat einen Herzanfall«, sagte Salsbury.

Kingmans linker Arm war zu einem V erstarrt. Der Arm sah wie gelähmt aus. Die linke Hand war zur Faust geballt.

0300 00 00

PULS UNREGELMÄSSIG

ATMUNG UNREGELMÄSSIG

Kingman hatte die Augen geöffnet. Der Blick war zur Decke gerichtet, der Mund weit aufgerissen.

»Er schreit wieder«, sagte Klinger.

»Er *versucht* zu schreien«, sagte Salsbury. »Er kann in diesem Zustand keinen Laut mehr hervorbringen.«

0300 01 00

PULS FÄLLT AB

ATMUNG FÄLLT AB

EEG ZEIGT DELTAWELLEN

Die wringende Bewegung der rechten Hand kam zum Stillstand. Der Mund schloß sich.

»Er ist tot«, sagte Salsbury.

Die beiden Mattscheiben wurden dunkel. Brian Kingman war gestorben. Zweimal.

»Woran ist er gestorben?« Dawson war kreidebleich geworden. »An der Droge?«

»Nicht an der Droge«, sagte Salsbury. »An der Angst.«

Klinger ging zum Autopsietisch zurück, um den Leichnam aus aller Nähe zu betrachten. »Angst«, murmelte er. »Ich dachte mir, daß Sie das sagen würden, Salsbury.«

»Angst *kann* töten«, sagte Salsbury. »Es gibt unzählige Versuche, die das beweisen. Die Umstände bei Kingman deuten darauf hin, daß Angst die Todesursache war. Aber ich werde natürlich eine Leichenöffnung vornehmen, dann wissen wir mehr. Ich bin allerdings schon jetzt ziemlich sicher, daß wir keine physiologischen Ursachen für den Infarkt vorfinden werden.«

Dawson hatte Salsbury bei den Schultern ergriffen. »Willst du damit sagen, Brian hat gemerkt, was wir mit ihm vorhatten? Willst du sagen, er hatte Angst davor, ein Roboter zu werden? Solche Angst, daß er deswegen einen tödlichen Herzanfall erlitt?«

»Das wäre möglich.«

»Das bedeutet, die Droge wirkt, aber die unterschwelligen Botschaften funktionieren nicht richtig.«

»Die unterschwelligen Botschaften funktionieren richtig«, sagte Salsbury. »Ich muß das Programm nur etwas feiner einstellen.«

»Feiner einstellen?«

»Ich will es allgemeinverständlich formulieren«, sagte Salsbury. »Es geht mir doch darum, dem Individuum unseren Schlüssel-Schloß-Code ins Gehirn zu implantieren. Dazu muß ich, um zu einem Vergleich zu greifen, ein Loch durch das ›es‹ und durch das ›ich‹ bohren. Das erste Programm, das ich eingesetzt habe, war zu grob. Es sind keine Löcher entstanden, sondern das ›es‹ und das ›ich‹ sind zerstört worden. Das bedeutet, ich muß beim nächsten Mal behutsamer vorgehen. Ich muß, um in meinem Vergleich zu bleiben, einen viel feineren Bohrer benutzen. Den Weisungen, die das Individuum erhält, wird Überredung, Überzeugung vorangehen.« Er ging in die Ecke des Raumes und kehrte mit einem Wagen voller chirurgischer Instrumente zurück.

Dawson dachte nicht daran, sich mit der erhaltenen Erklärung zufriedenzugeben. »Was ist, wenn das Programm nicht in der erforderlichen Weise verfeinert werden kann? Was ist, wenn uns die nächste Versuchsperson wegstirbt? Ich kann für die Leute mit einiger Mühe eine Erklärung finden, warum Kingman plötzlich verschwunden ist. Aber wenn zwei oder drei Angestellte meiner näheren Umgebung sich in nichts auflösen? Unmöglich!«

Salsbury hatte eine Schublade an dem Instrumentenwagen geöffnet. Er holte ein weißes Leinentuch heraus und breitete es über die verglaste Abdeckung. »Wir werden keinen Angestellten mehr als Testperson verwenden.«

»Wen denn sonst?«

Salsbury begann die Instrumente auf das Tuch zu legen, fein säuberlich nebeneinander. »Die Söldner«, sagte er. »Wir gründen die Firma in Liechtenstein, so war es ja auch geplant. Wir heuern zunächst einmal drei Söldner an. Wir statten sie mit neuen Papieren aus und lassen sie unter falschem Namen in die Staaten einreisen.«

»Und wo willst du die drei Männer unterbringen? Etwa in diesem Haus?«

»Ganz recht. Wir werden noch etwas abwarten, bevor wir das Anwesen in Deutschland oder in Frankreich kaufen. Sobald die drei Versuchspersonen hier eintreffen, gebe ich ihnen die Droge. Einen Tag später beginnt die Programmierung. Ich probiere das Programm erst bei einer Versuchsperson aus. Überlebt sie, kommt die nächste dran. In der zweiten Phase können wir das Verfahren dann auf breiterer Ebene anwenden. Ich denke an irgendeine kleine Ortschaft in den Vereinigten Staaten, am besten ein abgelegener Ort. Wir brauchen dann sowieso ein paar willige Handlanger, da kommen unsere drei Söldner gerade recht.«

Dawson machte ein finsteres Gesicht. »Die Anwälte in Liechtenstein, die falschen Pässe, das Anheuern der Söldner, das sind alles Ausgaben, die ich eigentlich erst machen wollte, wenn fest steht, daß die Droge und das Programm funktionieren.«

»Sie werden funktionieren«, sagte Salsbury.

»Das hoffen wir, aber wir haben keine Gewißheit«, gab Dawson zurück.

Er betrachtete die Klinge des Skalpells. »Du brauchst die Sache ja nicht von deinem privaten Geld zu finanzieren, Leonard. Du kannst die nötigen Mittel aus einer deiner Firmen rausquetschen.«

»Aus Futurex? Das ist gar nicht so einfach, wie du dir das vorstellst. Ich bin den anderen Anteilseignern Rechenschaft schuldig.«

»Du bist Milliardär«, sagte Salsbury. »Futurex ist nicht alles, was du besitzt. Du hast zwei Millionen Dollar aufgetrieben für das Laboratorium plus achtzigtausend für die monatlichen Kosten. Im Vergleich dazu sind die Kosten für die Söldner ein Pappenstiel.«

»Dem kann ich nur zustimmen«, sagte der General.

»Es ist ja nicht dein Geld, das du aus dem Fenster wirfst, sondern meines«, sagte Dawson wütend.

»Wenn du wirklich meinst, das Geld ist aus dem Fenster hinausgeworfen, dann sollten wir das ganze Projekt sofort stoppen«, sagte Salsbury.

Dawson hielt die Hände in den Hosentaschen vergraben. »Es ist nicht sosehr das Geld, das mir Sorgen macht, sondern die Söldner.«

»Die Söldner machen dir Sorgen?«

»Weil es Killer sind.«

»Natürlich sind es Killer.«

»Professionelle Killer. Sie verdienen ihren Lebensunterhalt, indem sie andere Menschen umbringen.«

»Und?«

»Die Vorstellung, solche Typen in diesem Haus unterzubringen, gefällt mir nicht«, sagte Dawson.

Du Heuchler, dachte Salsbury.

»Es sind Killer«, sagte Klinger. »Aber was unterscheidet uns von ihnen? Wenn die Polizei herausfände, was wir mit Kingman gemacht haben, glaubst du, die würden uns einen Blumenstrauß schicken? Für Polizei und Gerichte sind wir Killer, auch wenn wir unseren Lebensunterhalt auf andere Weise verdienen.«

In Dawsons schwarzen Augen spiegelte sich das blaue Licht. Es sah unheimlich aus, wie der Widerschein aus einer anderen Welt. Als er eine Bewegung machte, schwand der Eindruck. »Ich möchte feststellen, daß ich Brian keinen Finger gekrümmt habe«, sagte er. »Ich habe ihm nicht einmal ein unfreudliches Wort gesagt, all die Jahre nicht.«

Salsbury und Klinger schwiegen.

»Ich habe seinen Tod nicht gewollt.«

Schweigen.

Dawson fuhr sich mit der Hand über die Stirn. »Also gut. Ich bin einverstanden mit der Sache in Liechtenstein. Grünes Licht für die Söldner. Ich kümmere mich drum.«

»Wie schnell können die Männer hiersein?« fragte Salsbury.

»Ich muß mit Vorsicht zu Werke gehen«, sagte Dawson. »Drei Monate. Vielleicht vier.«

Salsbury nickte, dann fuhr er mit dem Ausrichten der Seziergeräte auf dem Tuch fort.

6. Kapitel

Montag, der 22. August 1977

Es war neun, als Jenny, mit dem Vogelkäfig in der Hand, vor dem Zelt auftauchte.

Mark empfing sie mit einem Lachen. »Wozu bringst du *das* denn?«

»Ein Gast bringt immer eine Kleinigkeit mit«, lächelte sie. Er küßte sie in den Nacken.

Sie gab seinem Sohn den Käfig. »Für dein Eichhörnchen. Du willst es doch nach Black River mitbringen.«

»Im Käfig?« fragte Mark.

»Du darfst es nicht frei im Wagen herumspringen lassen, das wäre gefährlich.«

»Das Eichhörnchen läßt sich sicher nicht gern einsperren.«

»Es wird sich dran gewöhnen.«

»Wenn du's wirklich behalten willst, mußt du's sowieso in einen Käfig tun«, sagte Paul.

»Jetzt bedanke dich wenigstens bei Jenny«, sagte Rya. »Sie ist sicher durch halb Black River getigert, bis sie den Käfig fand.«

Der Junge war rot geworden. »Entschuldigung. Ich mein, danke schön, Jenny.«

»Im Käfig liegt ein kleines braunes Paket«, sagte Jenny. »Das ist für euch beide.«

Rya öffnete das Paket. Drei Taschenbücher kamen zum Vorschein. Sie betrachtete die Titel. »Meine Lieblingsautoren! Danke, Jenny!«

Jenny stand dabei, wie Rya zu lesen begann. Mark hatte eines der drei Bücher genommen und begann zu blättern. Das Zwitschern der Vögel war zu hören, und Jenny war wehmütig ums Herz. Sie liebte diese Kinder. Und sie liebte Paul.

Wenn ich ihn liebe, warum heirate ich ihn nicht?

Weil...

Sie beschloß, nicht weiter über das Problem nachzudenken. Wer Dialoge mit sich selbst führt, endete in Schizophrenie.

Mark begann sein Eichhörnchen zu füttern. Er erklärte Jenny, daß er dem Tier das Apportieren beibringen werde. Und Jenny brachte es nicht übers Herz, ihm zu sagen, daß ein Eichhörnchen nie apportieren lernte.

Es war elf Uhr geworden, als Rya ihren Federballschläger zur Seite legte. »Ich habe allen Anwesenden etwas Wichtiges mitzuteilen«, sagte sie atemlos. »Mark und ich machen heute das Mittagessen. Es gibt eine Überraschung.«

»Es gibt...«

Rya fuhr ihrem Bruder über den Mund. »Wirst du wohl still sein! Es ist eine Überraschung, habe ich gesagt.«

Rya legte den Kopf zurück, bis das lange schwarze Haar nach hinten schwang. Sie sah ihren Vater an. »Ich schlage vor, du und Jenny, ihr beiden macht jetzt einen Waldspaziergang, sonst habt ihr keinen Appetit, wenn das Essen losgeht.«

»Ich habe bereits einen Riesenhunger«, widersprach Paul seiner Tochter.

Sie zog einen Flunsch. »Du weißt genau, um was es geht, Paps. Ich möchte nicht, daß ihr beim Kochen dabei seid, dann ist es keine Überraschung mehr.«

»Geh mit Jenny spazieren«, sagte Mark. »Wir wissen schließlich, daß ihr beide allein sein wollt.«

»Mark!« tadelte ihn seine Schwester.

Mark verteidigte sich. »Deshalb machen wir ja auch das Essen. Damit ihr für euch sein könnt.«

Jenny mußte lachen.

»Es tut mir leid«, sagte Paul verlegen.

»Es gibt Eichhörnchen zu Mittag«, sagte Rya. »Gebratenes Eichhörnchen.«

Auf Marks Zügen malte sich das blanke Entsetzen ab. »Du sollst so etwas nicht sagen.«

»Hab's nicht so gemeint«, sagte Rya.

»Trotzdem. So etwas sagt man nicht.«

»Entschuldige bitte. Soll nicht wieder vorkommen.«

Mark betrachtete sie von der Seite, als wollte er sich der Ernsthaftigkeit ihres Versprechens vergewissern. »Gut«, sagte er dann. »Ist gut.«

Jenny hatte Paul bei der Hand ergriffen. »Wenn wir jetzt nicht unseren Waldspaziergang machen, wird deine Tochter sehr böse mit uns sein. Ich glaube, Rya ist ein gefährliches Mädchen, wenn sie böse wird.«

Rya strahlte. »Da hast du recht. Ich bin fürchterlich in meinem Zorn.«

»Also gut«, sagte Paul. »Jenny und ich verschwinden jetzt von der

Bildfläche.« Er beugte sich zu Rya. »Aber heute abend erzähle ich dir die Geschichte von dem furchtbaren Ende eines kleinen Mädchens.«

»Was für ein Mädchen, Paps?«

»Ein Mädchen, das ein Komplott gegen ihren Vater schmiedete.«

»Solche Geschichten mag ich«, sagte Rya. Sie lachte. »Essen ist Punkt eins.« Sie wandte sich ab, als hätte sie geahnt, daß ihr Paul den Federballschläger über den Hintern ziehen wollte.

Sie blieben stehen, wo der Bach ein Becken aus tiefem, dunklem Wasser bildete. Die glitzernden Leiber der Forellen waren zu sehen. Das Grün der Blätter, der Stamm einer alten Eiche, Moos. Ein Liebeslager.

Sie waren eine halbe Stunde vom Zelt entfernt. Jenny machte es sich im Moos bequem. Sie verschränkte die Arme hinter dem Kopf. Er legte sich neben sie.

Er begann sie zu liebkosen. Seine Hand fand zu ihren Brüsten, glitt zu ihren Schenkeln. Er spürte, wie sein Glied schwoll. Sie tastete über die Ausbuchtung in seinen Jeans.

»Ich will dich«, sagte sie. »Besorg's mir.«

Sie hatte sich entkleidet. Er küßte ihre Brüste.

»Jetzt«, sagte sie. »Ich will's jetzt.«

Sie schliefen miteinander. Das Erlebnis war so tief, daß keiner der beiden sich an etwas Ähnliches erinnern konnte. Das Gefühl, ihn für sich zu haben, trieb Jenny bis an den Rand der Bewußtlosigkeit. Sie spürte, daß er das gleiche empfand. Als er sein Glied in sie hineinschob, war sie bereit für ihn. Sie spürte, wie er in ihr wuchs, wie er ihr Innerstes ausfüllte. Ihr Blick war auf seine Arme gerichtet. Sie zog ihn auf sich, half mit wütenden Stößen ihres Beckens nach, wenn seine Bewegung zu sanft, zu zart kam. Der Höhepunkt für Jenny kam schnell und hielt so lange an, daß sie seinen Orgasmus gar nicht mehr bemerkte.

Ihre Bewegungen waren langsamer geworden. »Jenny«, flüsterte er. Er küßte sie auf die Lippen. Er küßte sie auf die Stirn.

Sie kuschelte sich in sein Armbeuge. Ihr Mund kam an seiner Halsschlagader zu liegen.

Sie hielten sich umschlungen. Das genossene Glück war die Nabelschnur, die sie verband.

Einige Minuten lang vergaß Jenny, wo sie war. Dann kam das Zwitschern der Vögel zurück, das Rascheln der Blätter in den Baumwipfeln, das Rauschen des Windes, der durch die Tannenzweige strich. Sie spürte, wie sein warmer Samen über ihre Schenkel sickerte. Es war ein heißer Tag.

Sie machte sich von ihm frei.

»Ich kann's nicht glauben«, sagte sie.

»Ich auch nicht.«

Dann schwiegen sie.

Sein Finger glitt über den dünnen Film, der sich zwischen ihren Brüsten gebildet hatte. »Weißt du was?« fragte er.

»Was ist?«

»Ich habe noch nie mit einer Frau geschlafen, die es so genossen hat.«

»Sex, meinst du?«

»Ich meine Sex, ja.«

»Deine verstorbene Frau war leidenschaftlich im Bett, das hast du mir selbst erzählt.«

»Sie war anders als du. Du gibst dich ganz, mit jeder Faser deines Körpers.«

»Mir macht's halt Spaß.«

»Es ist mehr als das.«

»Dann bin ich eben *oversexed.* Macht mir nichts aus.«

»Es ist mehr als das.«

»Wirst du mir jetzt sagen, daß du nicht nur meinen Körper liebst?«

»Genau das. Mir gefällt an dir, daß du das Leben liebst. Du trinkst ein Glas Wasser, wie andere Menschen ein Glas Wein trinken.«

»So etwas Ähnliches hat mir mal ein Freund auf dem College gesagt.«

»Er hat recht gehabt.«

»Daß ich das Leben liebe, habe ich meinem Vater zu verdanken.«

»Wie meinst du das?«

»Ich hatte eine sehr glückliche Kindheit, weißt du.«

»Deine Mutter starb, da warst du noch ein kleines Mädchen. War das nicht ein großer Schock für dich?«

»Sie ist im Schlaf gestorben, Paul. Sie hat nicht gelitten.«

»Sag mir nicht, daß du sie nicht betrauert hast.«

»Ich habe Mutter betrauert, aber mein Vater hat mir soviel Liebe gegeben, daß ich den Schmerz bald vergaß.« Sie fuhr ihm mit den Fingerspitzen über die Brauen. »Manchmal frage ich mich allerdings, ob es nicht besser gewesen wäre, Vater hätte mich auf das Leben, auf den Alltag vorbereitet.«

Er zuckte die Achseln. »Ich glaube, ein Vater hat schon sehr viel erreicht, wenn er seinen Kinder die Fähigkeit zum Glück mitgibt.«

Sie schüttelte den Kopf. »Ich war noch sehr naiv, als ich heiratete. Zu naiv.«

»Ein falscher Partner, das kann jedem passieren, sogar den raffiniertesten Menschen.«

»Aber die zerbrechen nicht dran wie ich.«

Seine Hand wanderte über ihre Magengrube. Sie spürte, wie sich neues Begehren in ihrem Schoß regte.

»Du hast deine eigene Situation gerade treffend analysiert«, sagte er. »Wenn du dazu in der Lage bist, ist das Schlimmste schon überstanden.«

»Ich soll die Vergangenheit vergessen, meinst du.«

»Ja.«

»Dazu müßte ich erst einmal wissen, was meine Gegenwart ist. Ich müßte wissen, wer ich bin.«

»Weißt du das nicht?«

»Ich bin nicht mehr das, was man unschuldig nennt«, sagte sie ernst. »Trotzdem bin ich keine Zynikerin geworden.«

Er liebkoste die Fülle ihrer Brüste. »Wir würden uns gut miteinander verstehen, da bin ich ganz sicher.«

»Manchmal denke ich das auch. Und eben das macht mir Sorgen. Es macht mir Sorgen, daß ich so von unserem Glück überzeugt bin, Paul.«

»Ich möchte, daß wir heiraten«, sagte er.

»Warum sagst du das?«

»Weil ich's wirklich möchte. Ich möchte dich heiraten.«

»Ich habe Angst vor der Ehe. Mir reicht das erste Mal.«

»Du hast es jetzt mit einem anderen Mann zu tun.«

»Ich weiß, daß du es gut meinst. Aber das genügt nicht.«

»Es gibt keine Erfolgsgarantie, wenn es um die Verbindung mit einem anderen Menschen geht. Statt dessen gibt es Risiken, die man eingehen muß.«

»Ich möchte keine Risiken eingehen.«

»Das bedeutet, du willst allein leben. Willst du das wirklich?«

Sie wandte sich ihm zu. »Warum verdirbst du den schönen Tag mit solchen Gesprächen?«

»Ich sehe nicht, wieso ein Gespräch über unsere Zukunft uns den Tag verderben soll.«

»Ich möchte von etwas anderem reden.«

»Es gibt aber nichts, was mir so sehr am Herzen läge wie unsere Heirat.«

Sie nahm seine Hand und führte sie an ihre Brüste. »Magst du die?«

Er nickte.

»Dann laß uns über meine Brüste sprechen.«

»Red doch nicht solch einen Unsinn.«

»Ich meine es ernst. Ich finde, ich habe schöne Brüste. Ich genieße es, wenn du über dieses Thema mit mir sprichst.«

»Du bist unmöglich.«

»Okay, okay. Wenn wir nicht über meine Tittis sprechen dürfen, dann laß uns über deinen Zipfel reden.«

»Jenny!«

Sie umfing seine Erektion mit der gewölbten Hand. »Kann ich dich da... küssen?«

»Was habe ich getan, daß ich mich in so ein freches Weibsbild verlieben muß?«

»Deine Sünden kennst du selbst am besten«, lachte sie. »Leg dich hin.«

»Ich will aber nicht.«

Sie fuhr mit dem Finger an seinem harten Glied entlang. »Siehst du, die Biologie ist stärker. Halt still, ich möchte dich küssen.«

»Später.«

»Jetzt.«

»Ich möchte dich zuerst zum Höhepunkt bringen.«

»Und du setzt immer deinen Willen durch, wie?«

»Immer nicht, aber diesmal ja. Ich bin stärker als du.«

»Macho!«

»Das hast *du* gesagt.« Er küßte ihre Brust, und dann glitten seine Lippen zu ihren Schenkeln.

Sie erschauderte vor Wonne. »Du hast recht«, flüsterte sie. »Ladies first.«

Er hob den Kopf und lächelte ihr zu. Wie ein Junge, dachte sie. Klare blaue Augen wie ein kleiner Junge.

Ein guter Mann, dachte sie. Ihr Herzschlag war schneller geworden. Das Rauschen der Blätter wich zurück.

Ein gutaussehender Mann. Rücksichtsvoll, begehrenswert, sexy und zärtlich. Ein Mann fürs Glück.

Das Haus lag an der Union Road, nur einen Häuserblock vom Stadtplatz entfernt. Bungalow mit weißgestrichenen Fenstern. Gepflegtes Haus. Veranda. Efeu und Bougainvillea. Ein Mäuerchen aus Ziegelsteinen. Blumen. Ein Bad für die Vögel. Ein Schild hing über dem Eingang. ›The Macins.‹

Es war ein Uhr nachmittags. Salsbury ging die drei Stufen zur Veranda hinauf. Er hielt eine Aluminiumtafel an sich gepreßt, auf die einige Papierbögen geklemmt waren. Er läutete.

Das Summen der Bienen in den Fliedersträuchen.

Salsbury war überrascht, als er die Frau sah. Das Haus war penibel sauber, er hatte eine ältere Person erwartet. Aber die Frau war Mitte Zwanzig. Sie war schlank in der Taille und rund, wo die Hüften und der Busen begannen. Sie war blond. Sie hatte das Gesicht der Mädchen in den Modemagazinen. Sie war fast sechs Fuß groß. Feminin. Eine Frau, die nur aus Beinen zu bestehen schien. Sie trug Shorts. Das Oberteil gab den Bauch frei. Die Haut war straff und gebräunt.

Wie immer, wenn er eine schöne Frau sah, war er sprachlos. Er leckte sich über die trockenen Lippen und starrte sie an.

»Was kann ich für Sie tun?« fragte sie freundlich.

Er räusperte sich. »Deighton. Albert Deighton. Ich führe eine Befragung durch. Bin schon seit vergangener Woche in Black River. Sie haben sicher schon davon gehört. Die soziologische Studie. Ich habe in Ihrer Nachbarschaft mit...«

»Ich weiß«, sagte sie. »Sie waren gestern bei der Familie Soloman zwei Häuser weiter.«

»So ist es.« Es war auf einmal heißer als noch wenige Minuten zuvor. Salsbury ärgerte sich, als die ersten Schweißperlen auf seiner Stirn erschienen. Er nahm sein Taschentuch, wischte den Schweiß weg und lächelte. »Ich würde Ihnen gern einige Fragen stellen«, begann er. »Ihnen und Ihrem Gemahl. Ich denke, wir werden höchstens eine halbe Stunde brauchen, es sind nur...«

»Das tut mir leid«, sagte sie. »Mein Mann ist nicht zu Hause. Er arbeitet in der Tagschicht beim Sägewerk. Er kommt erst gegen halb sechs heim.«

Er glättete die Fragebögen auf seiner Alutafel. »Das macht nichts, ich kann mich mit Ihrem Mann ein andermal unterhalten. Kann ich auch die Kinder sprechen? Die Kinder sind für die Untersuchung besonders wichtig, ich dachte...«

»Wir sind erst ein Jahr verheiratet«, unterbrach sie ihn. »Wir haben noch keine Kinder.«

»Sie sind sozusagen noch in den Flitterwochen.«

»Sozusagen.« Sie schmunzelte. Sie hatte Grübchen. Salsbury fühlte sich von einem Mahlstrom ergriffen, der ihn in einen dunklen Schlund hinabziehen würde, und der Schlund hieß Frau. Ein wehmütig-süßes Gefühl. »Gibt es keine Verwandten, die in Ihrem Haushalt wohnen? Untermieter?«

»Nein, nur Richie und ich.«

»Richie ist Ihr Mann?«

»Ganz recht.«

Er war ein großes Risiko eingegangen, als er das Codewort an die Serviererin verriet. Eigentlich hatte er's nur getan, weil sie Miriam glich. Die Sache war noch einmal gut ausgegangen. Aber Salsbury war entschlossen, diesmal umsichtiger vorzugehen. Während der Interviews, die er am Samstag und am Sonntag durchführte, hatte er Tuchfühlung mit den Frauen vermieden. Nicht einmal die besonders hübschen hatte er berührt. Er tat das, um sich für seine Tollkühnheit im *Ultman's Café* zu bestrafen. Dabei wäre ihm jede der interviewten Frauen zu Willen gewesen. Alice, die kleine Nutte von Serviererin, hatte totale Unterwürfigkeit an den Tag gelegt. Und Salsbury dachte darüber nach, wie es sein würde, wenn eine Frau ihres Alters vor ihm auf den Knien lag. Er schielte über seine Alutafel hinweg. Er würde ihr Anweisung geben, sich auszuziehen. Sie sollte sich nackt vor ihm zeigen. Splitternackt. Gefahr? Es gab keine Gefahr, redete er sich ein. Sein Entschluß stand fest.

»Ich bin der Schlüssel.«
»Ich bin das Schloß.«
Er war erleichtert. Er kratzte sich die Augenbraue.
»Bist du allein im Haus?«
»Ja.«
Ein Schauder der Lust kroch über seinen Rücken. »Erwartest du Besuch?«
»Nein. Niemanden.«
»Wirst du irgendwo erwartet? Hast du dich irgendwo zu einem Besuch angemeldet oder zu einer Erledigung?«
»Nein.«
»Laß mich ins Haus.«
Sie öffnete die mit einem feinen Gitter bespannte Tür und ließ ihn eintreten. Das Wohnzimmer war luftgekühlt. Es gab einen ovalen Spiegel. An der Wand hingen Bilder, auf denen Schiffe zu erkennen waren.
»Schließ die Haustür zu«, sagte er. »Schieb den Riegel vor.«
Sie gehorchte.
Es gab einen Flur, der zur Küche führte.
Das Eßzimmer. Ein Orientteppich. Zwei Sofas. Ein Tischchen. Ein Ständer mit Zeitschriften. Und wieder Bilder mit Schiffen.
»Zieh die Vorhänge zu«, sagte er.
Sie ging von Fenster zu Fenster und zog die Vorhänge zu. Sie kam zu ihm zurück und stemmte die Arme in die Seite. Sie lächelte.
Sie wartet auf meine Befehle, dachte er. Sie ist meine Sklavin. Mein Geschöpf. Meine Marionette.

Er hätte nicht zu sagen vermocht, wie lange sie schweigend voreinander standen. Salsbury war unentschlossen. In seinen Gedanken mischten sich Angst und Vorfreude. Seine Leistengegend spannte und zuckte. Ein Schmerz, der mit jeder Sekunde süßer und verlockender wurde. Wieder brach ihm der Schweiß aus, diesmal wischte er sich nicht ab. Sie war sein. Ihr Mund war sein, ihre Brüste, ihre Schenkel, ihre Haut, jeder Quadratzentimeter ihres Körpers war sein. Wichtig auch: er brauchte sich keine Sorgen zu machen, ob er ihr gefiel oder nicht. Er brauchte nur noch an seine Erfüllung zu denken, an die Steigerung des eigenen Genusses, an das Hinauszögern der Begierde. Er würde ihr sagen, daß sie scharf drauf war, sie würde ihm antworten, jawohl, ich bin scharf drauf. Sie würde keine Kopfschmerzen bekommen, wenn er mit ihr schlief. Sie würde ihm keine Vorwürfe machen, weil er ihr Haar durcheinandergebracht hatte. Er würde mit ihr schlafen – und dann weg damit. Er würde sie gebrauchen. Sie so gebrauchen, wie er es sich in seinen Träumen ersehnt, aber noch nie verwirklicht hatte.

Sie sah ihn fragend an. Herausfordernd, fand Salsbury. »Die Vorhänge sind zugezogen. War das alles?«

»Nein«, sagte er heiser.

»Was muß ich tun?«

Er ging zum Tischchen und knipste die Lampe an. »Bleib stehen, wo du bist, und beantworte meine Fragen.«

»Gut.«

»Wie heißt du?«

»Brenda.«

»Wie alt bist du, Brenda?«

»Sechsundzwanzig.«

Er zog sein Taschentuch hervor und wischte sich den Schweiß von der Stirn. Sein Blick war auf die Gemälde mit den Segelschiffen gerichtet. »Dein Mann liebt das Meer?«

»Nein.«

»Aber er liebt Gemälde, auf denen das Meer dargestellt ist.«

»Das Meer ist ihm gleichgültig.«

Salsbury war verunsichert. »Warum, zum Teufel, gibt es dann diese Gemälde in deiner Wohnung?«

»Ich stamme aus Cape Cod«, sagte die junge Frau. »Ich liebe das Meer.«

»Aber er liebt es nicht! Warum läßt er dich dann diese Gemälde aufhängen?«

»Weil er weiß, daß ich diese Gemälde gern habe.«

Der Schweiß lief ihm über die Brauen. Er wischte sich trocken und steckte das Tuch in die Tasche zurück. »Wenn dein Mann die Bilder von der Wand nimmt, würdest du nicht mehr mit ihm schlafen, stimmt's?«

»Ich würde trotzdem mit ihm schlafen.«

»Das würdest du eben nicht tun, du kleine Hure. Du bist hübsch, und das weißt du. Er würde alles tun, um dich bei Laune zu halten. Jeder Mann tanzt nach deiner Pfeife. Seit du alt genug bist zum Vögeln, tanzen sie alle nach deiner Pfeife. Nun?«

Sie war ratlos. »Nein, niemand tanzt nach meiner Pfeife.«

Er konterte mit einem bitteren Lächeln. »Du kannst mich mit deinen Wortspielereien nicht an der Nase herumführen. Du weißt genau, was ich meine. Du bist genauso schlecht wie die anderen Frauen. Du bist eine kleine Hure, Brenda.«

Sie kniff die Augen zusammen. Sie schien nachzudenken.

»Ich sagte, du bist eine Hure. Habe ich recht?«

Die Falte auf ihrer Stirn glättete sich. »Ja.«

»Ich habe immer recht, oder?«

»Sie haben immer recht.«

»Was bin ich?«

»Sie sind der Schlüssel!«
»Und was bist du?«
»Ich bin das Schloß.«
Die Nervosität war weg. Salsbury war ruhig. Ruhig wie noch nie in seinem Leben. Er schob sich die Brille hoch. »Du möchtest, daß ich dir die Kleider vom Leibe reiße. Du möchtest, daß ich dich ficke. Würde dir das Spaß machen, Brenda?«
Sie zögerte.
»Es würde dir Spaß machen, Brenda.«
»Es würde mir Spaß machen.«
»Du bist scharf drauf, Brenda.«
»Ich bin scharf drauf.«
»Zieh das Oberteil aus.«
Sie tastete nach dem Verschluß auf ihrem Rücken und zog sich das Oberteil ihres Kleides aus. Sie ließ es zu Boden gleiten. Die Haut, die zum Vorschein kam, war weiß, ein erregender Kontrast zu ihren gebräunten Schultern. Die Brüste waren fest und voll, die Spitzen waren nach oben gerichtet. Sie stieß das Kleidungsstück mit der Schuhspitze zur Seite.
»Berühr dich.«
»Was soll ich berühren?«
»Deine Brüste.«
Sie begann ihre Brüste zu liebkosen, mit mechanischen Bewegungen.
Er schüttelte den Kopf.
»Du bist geil, Brenda. Du möchtest gefickt werden. Du kannst es nicht mehr erwarten. Du brauchst es. Dir ist ganz schlecht, so scharf bist du drauf, daß ich dich nehme.«
Ihre Warzen begannen zu schwellen. Ihr Atem war zu einem gepreßten Stöhnen geworden.
Er begann zu kichern. Noch nie war es so schön gewesen. So süß. »Zieh dir die Shorts aus.«
Sie befolgte seine Anweisung.
»Und jetzt den Slip! Am ganzen Körper blond, wie schön. Jetzt schieb dir die Finger zwischen die hübschen Beine. Braves Mädchen.«
Sie stand vor ihm, wand sich in den Hüften, ein herrlicher Anblick. Der Kopf war zurückgeworfen, das blonde Haar hing hinab wie ein Banner. Sie keuchte. Immer noch liebkoste sie ihre Brüste.
Die Macht. Ich habe Macht über sie. Ich werde immer Macht über sie haben. Er konnte in ihr Haus gehen, wann immer es ihm beliebte, in ihr Schlafzimmer. Nicht nur in das Haus dieser Frau. In *alle* Häuser. Er konnte mit den Menschen machen, was er wollte. Nicht nur mit den Frauen, auch mit den Männern dieser Frauen. Wenn er es wollte, würden die Männer ihn darum bitten, daß er mit ihren Frauen schlief. Sie würden auf Knien

vor ihm liegen und ihm ihre Frauen anbieten, ihre Töchter. Nichts würde ihm versagt bleiben, so extravagant seine Wünsche auch ausfielen. Er würde *alles* verlangen. Er würde es genießen, wie man ihm alles als Opfer darbrachte. Im großen und ganzen würde er ein gütiger Diktator sein, kein Scherge. Er würde den Menschen nicht mit dem Stiefel ins Gesicht treten. Der Tritt mit dem Stiefel. Er mußte lachen, ein Gedicht war ihm eingefallen. Wie kam er auf dieses Gedicht? Richtig, vor zehn Jahren war das gewesen. Damals war Salsbury umhergefahren, hatte Vorträge vor Experten und jungen Leuten gehalten. In endlosen Diskussionen hatten ihm die Kritiker mit ihren Einwendungen zugesetzt. Die Zukunft der Menschheit stehe auf dem Spiel, die Intimsphäre des Individuums sei bedroht, und was der intellektuellen Gemeinplätze mehr waren. Einer seiner Kritiker hatte den Tritt mit dem Stiefel zitiert. Die Menschen neu zu programmieren, ihr Verhaltensmuster zu ändern, das war wie ein Tritt ins Gesicht. Salsbury hatte das zurückgewiesen. Diktatoren in früheren Kulturen hatten dergleichen Methoden angewendet, um die Massen unter Kontrolle zu behalten. Jetzt, wo es die Droge und das Schlüssel-Schloß-Programm gab, waren Stiefeltritte überflüssig. Gewiß, er würde den Menschen zusetzen, besonders den Frauen. Aber dazu brauchte man schließlich nicht den Fuß. Salsbury jubelte. Er triumphierte. Er lachte. Die Macht. Süße, schrankenlose Macht.

»Brenda.«

Sie erschauderte, als die Erfüllung sie überkam.

»Brenda!«

Sie sah zu ihm auf. Ihr langes Haar klebte an der Stirn.

»Knie dich aufs Sofa«, sagte er.

Sie tat wie geheißen. Sie wandte den Kopf. »Schnell. Gib's mir!«

Er stand da und lachte. Ein Tritt. Er fegte den Zeitungsständer beiseite. Dann war er hinter ihr. Sein Glied war zum Bersten hart. Er ließ seine Hand über die Rundung ihres Gesäßes gleiten. Er umfing die Brüste mit den Schalen seiner Hände. Er schob ihr die Hand zwischen die Beine. Ihr Geruch stieg zu ihm auf. Wie schmutzig sie ist, dachte er. Wie macht sie es, daß sie soviel Schmutz hinter einer hübschen Larve verbirgt?

»Du bist eine dreckige kleine Hure, Brenda.«

»Ja.«

»Sag, daß du eine Hure bist.«

»Ich bin eine dreckige kleine Hure.«

Ich bin der Schlüssel, du bist das Schloß.

Die Macht. Die Süße der Macht.

»Was möchtest du, Brenda?«

»Ich möchte genommen werden.«

»Bist du scharf drauf?«

»Ich bin scharf drauf. Ich kann es nicht mehr erwarten.«

Sie gehörte ihm. Nur ihm. Macht, Schlüssel und Schloß.

»Was möchtest du, Brenda?«

»Ich hab's schon gesagt.«

»Sag's noch mal.«

»Sie demütigen mich.«

»Das war erst der Anfang, Brenda.«

Sie stöhnte. Er sah, wie sie die Augen schloß. Sein Glied hatte zu zucken begonnen.

»Hör jetzt gut zu, was ich dir sage, Brenda.«

»Ja.«

»Deine Muschi wird heiß und feucht.«

Sie zitterte. Er sah, wie sie mit der Hand ihre Brüste zu liebkosen begann.

»Deine Muschi wird unerträglich heiß.«

»Ich bin heiß.«

»So heiß, daß du's nicht mehr aushalten kannst.«

Wieder antwortete sie mit einem Stöhnen.

»Kannst du's spüren, Brenda?«

»Ich kann nicht mehr. Ich...«

»Du kannst es nicht mehr erwarten, ich weiß. Und was möchtest du?«

»Gefickt werden.«

Siehst du, Miriam. Diese Frau mag mich.

»Was bist du, Brenda?«

»Ich bin das Schloß.«

»Was sonst?«

»Eine Hure.«

»Was für eine Hure?«

»Eine dreckige kleine Hure, die's nicht mehr erwarten kann.«

Salsbury wußte, der Erguß würde Höhepunkt und Ende zugleich sein. Er war der Schlußpunkt unter die Unabhängigkeitserklärung, die er in der vergangenen halben Stunde verfaßt hatte. Seine ganz persönliche Unabhängigkeitserklärung. Jetzt war er frei vom Schlangengezücht der Frauen, von jenen Geistwesen, die sein bisheriges Leben vergiftet hatten. Seine Mutter war ein solches Geistwesen gewesen. Ein Heer von Metzgerinnen, und seine Mutter war die Königin der Metzgerinnen. Dann gab es noch die frigiden Frauen, mit denen er im Bett gelegen hatte, die zahlreichen Flittchen, die ihn zurückgewiesen hatten. Es gab Miriam und ihresgleichen. Vorbei. Brenda Macklin war die Mitunterzeichnerin unter das Dokument, das seine Freiheit besiegelte. Aber ihr Name war nicht wichtig. Der Name einer anderen hätte dort stehen können, sie alle gehörten jetzt ihm. Die Frau, die vor ihm kniete, war die Voodoo-Puppe, in die er seine Nadel stechen konnte, damit Miriam starb. Triumph. Sieg. Ehre. Wenn er Brenda besudelte, dann besudelte er alle Frauen, die ihn verschmäht hatten.

Er umfaßte ihre Schenkel und stieß zu. Noch bevor die Spitze seines Glieds ihre Schamlippen berührte, kam der Orgasmus. Seine Knie gaben nach. Er brach zusammen.

Panik. Die Erinnerung an die Szenen mit Miriam war wieder da. Du denkst nur an dich selbst. Schlappschwanz. Die Verachtung, mit der ihn die Frauen behandelt hatten.

Er war verzweifelt.

Er umfaßte ihre Schultern. »Du kommst, Brenda, hörst du mich? Du kommst. Sag mir, daß du kommst.«

Sie hatte den Mund auf das Kissen gepreßt und wimmerte.

»Spürst du, wie du kommst?«

Sie hob den Kopf. »Ich kann's spüren. Mein Gott, ja, ich kann's spüren.«

»So gut wie ich hat's dir noch niemand besorgt.«

»Niemand.«

»Gut so?«

»Ja.«

»Komm wieder runter, Brenda. Du wirst jetzt wieder ganz ruhig.«

»So schön.«

»Es ist vorbei, Brenda.« Er kniff sie in den Hintern. »Kleine Hure!«

Ihre Spannung wich.

Die Türglocke ertönte.

Brenda blieb liegen, als hätte sie nichts gehört.

Er sprang auf, streifte sich in Windeseile seine Hose und sein Hemd über.

»Du hast gesagt, du erwartest keinen Besuch.«

»Erwarte ich auch nicht.«

»Wer ist das, der da läutet?«

Sie wälzte sich auf den Rücken. Sie sah ihn ratlos an.

»Wer läutet, Brenda?«

»Ich weiß es nicht.«

»Zieh dich an! Rasch!«

Er hastete zum Fenster und schob den Vorhang einen winzigen Spalt zur Seite. Vor dem Haus stand eine Frau. Sie trug weiße Shorts und Sandalen. Und einen orangefarbenen Pullover. Sie war schön. Schöner als Brenda.

»Ich bin fertig«, sagte Brenda.

Wieder klingelte es.

»Es ist eine Frau«, sagte Salsbury. »Geh raus und wimmle sie ab. Du darfst sie nicht ins Haus lassen, was auch geschieht.«

»Was soll ich ihr sagen?«

»Wenn sie eine Fremde ist, brauchst du gar nichts zu sagen.«
»Und wenn sie eine Bekannte ist?«
»Dann sagst du ihr, du hast furchtbare Kopfschmerzen. Du hast Migräne. Jetzt geh.«
Sie verließ den Raum.
Er hörte, wie die Haustür geöffnet wurde. Flüstern. Minuten verstrichen.
Warum schlafe ich nicht mit beiden, dachte er. Ich sage das Codewort und schlafe mit beiden.
Aber es gab eine Gefahr. Er konnte nicht sicher sein, daß ihre Programmierung geglückt war. Es gab Menschen, die nicht auf das Programm ansprachen.
Er verwarf den Gedanken. Die Trefferquote war sehr hoch.
Aber vielleicht war es eine Besucherin, die nicht in Black River wohnte. Wenn sie nicht von dem Wasser getrunken hatte...
Ich könnte trotzdem mit ihr schlafen, dachte er. Wenn sie lästig wird, bringe ich sie um.
Die Leiche. Wie beseitige ich die Leiche?
Mach schon, dachte er. Brenda, du verdammte kleine Nutte, mach schon, daß du sie loswirst.
Er hörte, wie die Tür ins Schloß fiel. Er lief zum Fenster. Sie hatte grüne Augen, volle, feingeschwungene Lippen, ein fein ziseliertes Profil. Die Brüste waren fest und voll, die Busenfurche dunkel und vielversprechend. Lange Beine. Nicht nur sexy, auch elegant. Scherenbeine. Flaschenbeine. Schenkel, die sich unter dem dünnen Stoff abmalten. Eine Gazelle. *Seine* Gazelle. Alle Frauen gehörten ihm.
Die Fremde war am Rande des Grundstücks angekommen. Er hörte das Klappern ihrer Absätze auf dem Gehsteig.
Fort.
Brenda kam ins Wohnzimmer zurück.
»Bleib dort stehen. Nein, nicht an der Wand. Geh in die Mitte des Raumes.«
Er nahm auf dem Sofa Platz.
»Was hast du ihr gesagt?«
»Daß ich eine furchtbare Migräne habe.«
»Hat sie's dir abgenommen?«
»Ich glaube schon.«
»Kanntest du sie?«
»Ja.«
»Wer ist sie?«
»Meine Schwägerin.«
»Wohnt sie in Black River?«

»Ja.«
»Sieht gut aus.«
»Sie hat einmal bei der Wahl der Miß USA mitgemacht.«
»Wann?«
»Vor zwölf oder dreizehn Jahren.«
»Sie sieht aus wie zweiundzwanzig.«
»Sie ist fünfunddreißig.«
»Hat sie damals den ersten Preis gemacht?«
»Nein.«
»Herbe Enttäuschung, wie?«
»Ihr hat das nichts ausgemacht.«
»Warum macht ihr so was nichts aus?«
»Sie ist sehr ausgeglichen. Immer zufrieden.«
»Wie heißt sie?«
»Emma.«
»Familienname?«
»Thorp.«
»Ist sie verheiratet?«
»Ja.«
»Etwa mit dem Bullen?«
»Mit dem Polizeichef, ja.«
»Bob Thorp, meinst du.«
»Ja.«
»Was hat sie mit dem zu schaffen?«
Brenda sah ihn fragend an.
Hübsches Geschöpf. Leider schmutzig. Sehr schmutzig. So schmutzig, daß man's quer durch das ganze Wohnzimmer riechen konnte.
»Wie meinen Sie das?« fragte sie.
»So wie ich's sage. Was hat sie mit dem Bullen zu schaffen?«
»Die beiden sind verheiratet.«
»Eine Frau wie Emma ist mit so einem Neandertaler verheiratet?«
»Bob ist gar nicht so dumm.«
»Sieht aber dumm aus.« Er dachte nach. Er lächelte. »Dein Mädchenname ist Brenda Thorp, stimmt's?«
»Ja.«
»Und Bob Thorp ist dein Bruder.«
»Mein ältester Bruder, ja.«
»Armer Bob«, sagte er. Er mußte lachen. »Erst nehme ich ihm die Schwester, dann nehme ich ihm die Frau.«
Brenda stand da und massierte ihre Oberschenkel. Ein unsicheres Lächeln erschien auf ihrem verschwitzten Gesicht.
»Ich muß mich vor Bob in acht nehmen, meinst du nicht?«

»In acht nehmen?«

»Ich glaube zwar, er ist dumm, aber er ist sehr stark.«

»Er ist nicht dumm.«

»In der Schule hatte ich mal ein Mädchen, das hieß Sophia«, sagte er.

Sie schwieg verwirrt.

»Sophia Brookman. Gott, war ich scharf auf Sophia Brookman.«

»Sie haben sie geliebt?«

»Liebe ist ein Mythos. Eine Lüge. Ich wollte mit Sophia schlafen, das ist alles. Aber so weit ist es nicht gekommen. Wir sind nur ein paarmal miteinander ausgegangen. Dann hat sie mit einem anderen angebandelt. Mit diesem Idioten von Joey Duncan. Weißt du, was aus Joey Duncan geworden ist?«

»Woher soll ich das wissen?«

»Der Junge hat's nicht mal bis zum College geschafft. Ist Polizist geworden.«

»Wie mein Bruder.«

»Ich habe in Harvard studiert.«

»Wirklich?«

»Wirklich. Ich war immer besser angezogen als Joey. Ich war auch klüger und belesener. Joey liest nur die Witze in *Reader's Digest*. Ich lese den *New Yorker*.«

»Ich lese weder *Reader's Digest* noch *The New Yorker*.«

»Und trotzdem hat Sophia ihn geheiratet. Weißt du was?«

»Was?«

»*The New Yorker* war das Magazin, wo ich zum ersten Mal was über Unterschwellige Wahrnehmung gelesen habe. Ich weiß nicht mehr genau, wo's stand, aber es war im *New Yorker*.«

Brenda schloß die Augen.

»Müde vom Stehen?«

»Etwas.«

»Was ich sage, langweilt dich.«

»Ja.«

»Nutte!«

Sie senkte den Blick.

»Zieh dich wieder aus.«

Macht. Zuerst war ihm das Gefühl vorgekommen wie ein stetiger Strom, von dem er emporgetragen wurde.

Inzwischen war er oben, ging über das Wasser, spürte die Fluten, die unter seinen Füßen dahinschossen. Er war der Herr, der Herrscher, der Gebieter. Er hielt den Kopf schief und lauschte. In das Rauschen hatte sich das Rattern eines Maschinengewehrs gemischt.

Tat-tat-tat-tat-tat-tat-tat-tat-tat-tat-tat-tat.

Ein beschwörender Rhythmus, knapp, klar, abgehackt. Salsburys Gedanken begannen sich in einem Wirbel zu drehen, immer schneller, immer höher. Joey Duncan, Harvard, ich bin der Schlüssel, du bist das Schloß, Miriam, Mutter, Sophia, ihre dunklen Augen, ihre festen, vollen Brüste, deren Weiße ihm versagt geblieben war, Sex, Emma Thorp, Nutte, Dawson, Brenda, die Erektion zwischen seinen Schenkeln, das Gewicht der Lust, Mutter, Klinger, Brenda, Scheide, Macht, Mutter, Stiefel, Emmas Beine...

»Und nun?« fragte sie. Sie hatte sich wieder ausgezogen.

»Komm zu mir.«

Hure. Schmutzige, kleine Hure.

»Knie dich hin.«

»Auf den Boden?«

»Knie dich hin.«

Sie gehorchte.

»Du bist schlecht, Brenda.«

»Ich bin schlecht.«

»Hure.«

»Gefalle ich Ihnen?«

»Du wirst dafür sorgen, daß ich Emma bekomme.«

»Emma?«

»Emma. Und er darf zusehen, dieser Neandertaler.«

»Er ist kein Neandertaler.«

Beine. Mutter. Miriam. Scheide. Schlecht.

»Du hast einen süßen Hintern, Brenda. Sag, daß es dich zwischen den Beinen kitzelt.«

»Es kitzelt mich zwischen den Beinen.«

»Du bist jetzt noch geiler als beim ersten Mal.«

»Ich möchte, daß Sie mit mir schlafen.«

»Du kannst an nichts anderes mehr denken.«

»Ich bin scharf darauf.«

»Du möchtest, daß ich nicht mehr damit aufhöre.«

»Ich schäme mich.«

»Du schämst dich nicht. Du bist geil darauf.«

»O mein Gott.«

»Schön so?«

»Wunderbar.«

»Du siehst aber gar nicht wie Miriam aus.«

»Wer ist Miriam?«

»Wenn mich dieser Idiot jetzt sehen könnte!«

»Wer?«

»Der würde vor Schreck alle Heiligen anrufen.«

»Wer würde alle Heiligen anrufen?«

»Dawson. So ein Schlappschwanz.«

»Ich habe Angst«, sagte sie unvermittelt.

»Vor was?«

»Ich weiß nicht, ich habe Angst.«

»Du hast keine Angst mehr.«

Sie lächelte. »Ich habe keine Angst mehr. Werden Sie jetzt mit mir schlafen?«

»So, daß dir Hören und Sehen vergeht.«

»Werden Sie's bald tun?«

»Klinger und seine verdammten Las-Vegas-Huren.«

»Klinger?«

»Die Mädchen waren sowieso lesbisch. Habe ich gleich gesehen.«

»Werden Sie mit mir schlafen?«

»Du bekommst, was du brauchst. Mehr als das.«

»Ich bin heiß.«

»Ich glaube, Miriam war auch lesbisch. Ganz sicher sogar.«

Tat-tat-tat-tat-tat-tat-tat-tat-tat-tat-tat-tat-tat-tat-tat.

Es war Montag um fünf Uhr nachmittags. Buddy Pellerini hatte dienstfrei. Erst um Mitternacht mußte er seinen Dienst in der Sägemühle wieder antreten. Er betrat *Edison's General Store*. Er hatte vor, eine Illustrierte zu kaufen. Er mochte Illustrierte, die über die Natur berichteten. *Travel* zum Beispiel, aber auch *Nevada, Arizona, Highways, Vermont Life*.

Er hatte Glück. Eine neue Sendung war eingetroffen und auf den Verkaufsstand gelegt worden. Buddy suchte sich zwei Hefte aus und ging zur Kasse, wo er von Jenny erwartet wurde.

Sie trug einen weitschwingenden Rock und eine weiße Bluse. Ihr langes Haar sah frischgewaschen aus. Dickes, schwarzglänzendes Haar.

»Sie sehen hübsch aus, Miß Jenny.«

»Danke, Buddy.«

Er war verlegen.

»Alles in Ordnung, Buddy?«

»Alles unter Kontrolle.«

»Freut mich zu hören.«

»Wieviel macht's?«

»Haben Sie zwei Dollar?«

Er fuhr mit der Hand in die Tasche und brachte etwas Wechselgeld und ein paar zerknitterte Dollarnoten zum Vorschein. »Hier.«

»Und fünfundsiebzig Cent zurück«, sagte sie. Sie gab ihm drei Fünfundzwanzigcentmünzen.

»Ich dachte, die Magazine sind teurer.«

»Sie wissen doch, daß Sie bei uns einen Sonderpreis bekommen.«

»Nein, das möchte ich nicht. Ich möchte behandelt werden wie jeder andere.« Er wollte ihr das Geld zurückgeben.

»Sie gehören praktisch zur Familie«, sagte Jenny. »Die guten Freunde bekommen Sonderpreise im Store, so ist das nun mal. Sam wäre böse, wenn ich Ihnen den vollen Preis abnehme. Hier, die fünfundsiebzig Cents gehören Ihnen.«

»Danke.«

»Gern geschehen, Buddy.«

»Ist Sam zu Hause?«

Sie deutete zur Treppe. »Oben.«

»Ich möchte mit ihm darüber sprechen.«

»Über was sprechen?«

»Was ich gesehen habe.«

»Was haben Sie denn gesehen?«

»Das sage ich besser Sam.«

Sie lächelte. »Warum gehen Sie nicht einfach rauf?«

Die Sache war ihm nicht recht geheuer. Er fühlte sich nicht recht wohl in den Häusern anderer Menschen.

»Haben Sie Katzen im Haus, Miß Jenny?«

»Nein. Wir haben überhaupt keine Haustiere.«

Er wußte, daß sie ihn nicht belog. Andererseits, Katzen tauchten auch in Häusern auf, wo es eigentlich keine Katzen gab. Zwei Wochen nach dem Tod seiner Mutter war Buddy Pellerini im Pfarrhaus des Ortes eingeladen gewesen. Reverend Potter hatte ihn im guten Zimmer Platz nehmen lassen, und Mrs. Potter hatte Kuchen serviert. Buddy saß auf der Couch, die Hände auf den Knien. Mrs. Potter hatte eine Kanne mit heißer Schokolade hereingebracht. Reverend Potter schenkte ein. Die beiden saßen Buddy gegenüber. So ein schönes Bild. Buddy trank von der heißen Schokolade. Er knabberte am Kuchen. Alles war gut. Bis eine weiße Katze auf seine Schulter sprang. Noch bevor er nach ihr greifen konnte, saß sie auf seinem Schoß. Er hatte gar nicht gewußt, daß es eine Katze im Pfarrhaus gab. War das fair? War es fair, daß sie ihm nichts von der Katze erzählt hatten? Das Tier hatte sich auf der Fensterbank hinter dem Vorhang versteckt und ihm aufgelauert. Buddy prustete los, verschüttete die Schokolade, die ihm der Reverend eingeschenkt hatte, und dann spürte er, wie es warm an seinen Beinen hinunterrann. Der Fleck auf dem Brokat. Ein furchtbarer Tag. Buddy war nie wieder ins Pfarrhaus gegangen. Er war auch nicht mehr in die Kirche gegangen, obwohl er sicher war, daß er deswegen in die Hölle kommen würde.

»Buddy?«

Er erschrak. »Was?«

»Möchten Sie nicht raufgehen und mit Sam sprechen?«

Er nahm die gekauften Magazine an sich. »Ein andermal. Ich spreche bei nächster Gelegenheit mit ihm drüber.« Er war zur Tür unterwegs.

»Buddy?«

Er blieb stehen und sah sich um.

»Stimmt was nicht, Buddy?«

»Alles in Ordnung.« Er zwang sich zu einem Lächeln. »Alles bestens.« Er eilte hinaus.

Er überquerte die Main Street und schloß die Haustür auf. Er ging zur Toilette, pinkelte, und dann öffnete er eine Flasche Coca-Cola und setzte sich an den Küchentisch. Er begann die beiden Magazine durchzublättern. Er entfernte die Abbildungen von Katzen, Artikel über Katzen, auch Anzeigen, wo für Katzenfutter geworben wurde. Er zerriß die herausgetrennten Seiten zu winzigen Stückchen, die er in den Mülleimer rieseln ließ. Dann erst begann er die eigentliche Lektüre.

Im ersten Heft stand ein Artikel über Schatztaucher. Die Taucher mit ihren Anzügen und mit ihrer Ausrüstung waren abgebildet. Jetzt fiel es ihm wieder ein. Die Männer, die er beobachtet hatte, hatten ganz ähnlich ausgesehen. Es war Nacht gewesen. Viertel nach fünf. Buddy hatte den Tag in seinem Kalender gekennzeichnet. Die Taucher hatten Taschenlampen gehabt. Und Waffen. Merkwürdig. Ein unangenehmes Gefühl beschlich ihn. Angst. Einen Schatz hatten die Männer sicher nicht gesucht. Aber was dann?

Es schien keine Antwort auf die Frage zu geben. Er hätte sich deswegen gern mit jemand besprochen, der etwas von Sporttauchen verstand. Aber er wußte, er würde ausgelacht werden.

Letzte Woche dann war ihm eingefallen, es gab in Black River einen Mann, der ihn *nicht* auslachen würde. Sam Edison. Sam hatte immer Zeit für ihn gehabt, auch damals, als Mutter noch lebte. Sam hatte ihn noch nie gehänselt. Außerdem war Sam der klügste Mensch in der Stadt. Er wußte alles. Wenn ihm irgend jemand erklären konnte, was es mit den Froschmännern im Wald auf sich hatte, dann Sam.

Andererseits, es war nicht gut, wenn er Sam mit derlei Fragen belästigte. Er würde erst noch eine Weile über die Sache nachdenken, vielleicht fand er selbst die Antwort.

Und so hatte er den Besuch bei Sam Tag für Tag vor sich hergeschoben.

Vorhin, im General Store, wäre er bereit gewesen, sich mit Sam auszusprechen über das Problem, das an ihm nagte. Aber Sam war nicht im Geschäft, er war oben. Oben, wo es Katzen geben konnte.

Nun, er hatte Zeit. Er würde über die Angelegenheit nachdenken. Wenn er wieder einmal in den General Store kam und wenn er bei dieser Gelegenheit mit Sam Edison zusammentraf, würde er ihm von seinen

Beobachtungen erzählen. Das war nicht eilig. Er würde erst einmal ein paar Tage ins Land gehen lassen.

Buddy saß da, umspielt von der Nachmittagssonne, die durch die Vorhänge hereinfand, hielt seine Flasche Coca-Cola in der Hand und grübelte.

7. Kapitel

Acht Monate vorher – 18. Dezember 1976

Salsbury hatte keinerlei weihnachtliche Gefühle, obwohl das Weihnachtsfest bevorstand. Er befand sich im Computerzentrum, das im abgeteilten Flügel des Hauses in Greenwich eingerichtet worden war. Die Kathodenröhrchen glühten, und die Anzeigetafeln der elektronischen Geräte spuckten eine Information nach der anderen aus.

So fand ihn Klinger, als er zu einem seiner seltenen Besuche in Greenwich eintraf.

»Fröhliche Weihnachten, Salsbury!« Es war sarkastisch gemeint. Dabei war die Szenerie *wirklich* weihnachtlich. Es war still. Es war heimelig. Erwartung und Hoffnung lag im Raum.

Klinger konnte nicht ahnen, auf welche Ziele sich Salsburys Hoffnungen gründen. Seit zwei Jahren dachte Salsbury nun schon darüber nach, wie er sich vor Klinger und Dawson schützen konnte. Er wußte, daß die beiden ihn aus dem Weg räumen würden, sobald sich Gelegenheit dazu bot. Er würde am südlichen Ende des Grundstücks beerdigt werden, wo Brian Kingman ruhte. Oder aber sie würden ihn zu einem Sklaven umfunktionieren, mit Hilfe der Unterschwelligen Botschaften.

Die Lösung, wie Klinger und Dawson ausgeschaltet werden konnten, war ihm noch nicht eingefallen. Er beschloß, den General vorerst mit rhetorischen Mitteln in seine Schranken zu verweisen.

»Sie dürfen hier nicht rauchen!«

Der General schob die Zigarre in die andere Mundecke.

»Ach nein?«

»Die Computer vertragen das nicht.« Salsbury deutete auf die Geräte.

Klinger nahm die Zigarre aus dem Mund. Er wollte sie auf die Erde fallen lassen.

»Dort ist ein Aschenbecher«, sagte Salsbury.

Der General drückte das brennende Ende seiner Zigarre in den grauen Sand. »Tut mir leid.«

»Schon gut«, sagte Salsbury. »Das konnten Sie schließlich nicht wissen. Sie kennen sich nicht aus mit Computern.«

Eins zu null für mich, dachte er.

»Wo ist Dawson?« fragte Klinger.

»Er hat gesagt, die Demonstration interessiert ihn nicht.«

»Merkwürdig. Es war doch ein sehr wichtiger Test, oder?«

»Ihm wäre es am liebsten, wir bräuchten derartige Tests nicht zu machen.«

Klinger lächelte. »Pilatus.«

»Wie bitte?«

»Er wäscht seine Hände in Unschuld. Sein Lieblingsspiel.«

Salsbury war entschlossen, auf derartige Hinweise nicht einzugehen. Zwar war er sicher, daß er in diesem Labor nicht abgehört wurde, er hatte den Raum minutiös auf Wanzen durchsucht. Aber warum ein Risiko eingehen? Er schwieg.

»Was werde ich zu sehen bekommen?« fragte Klinger.

»Zunächst einmal die Schreibungen des Schlüssel-Schloß-Programms.«

»Da bin ich neugierig«, sagte Klinger.

Salsbury hatte den Stapel gestreifte Bögen ergriffen, Formulare, die im Leporello-System hintereinandergelegt und durch einen perforierten Falz miteinander verbunden waren.

»Unsere drei Söldner haben zunächst die Droge verabreicht bekommen«, sagte Salsbury. »Dann habe ich ihnen an drei aufeinanderfolgenden Abenden drei Filme vorgeführt. *Der Exorzist, Der Weiße Hai* und *Black Sunday*. Unterhaltungsfilme. Natürlich handelte es sich um besonders präparierte Kopien. Ich selbst habe die Unterschwelligen Botschaften einkopiert.«

»Gibt es einen besonderen Grund, warum Sie gerade die erwähnten drei Filme ausgewählt haben?«

»Nein. Es kommt eigentlich nur darauf an, daß die Versuchspersonen während der Vorführung die Leinwand betrachten. Jeder spannende Film ist also geeignet.« Er reichte Klinger den Stapel. »Sie finden hier in Form einer Liste die Filmmotive, die ich als Unterschwellige Botschaft in die Streifen einkopiert habe. Wenn der Computer das Kürzel ›Legende‹ ausdruckt, so steht das für eine Textbotschaft, die an dieser Stelle in den Film einkopiert war. Diese Textbotschaften entsprechen unmittelbaren Befehlen an die Versuchspersonen.«

KODIERUNG: SCHLÜSSEL/SCHLOSS
KORRIGIERTES PROGRAMM TEIL 1
BILDMATERIAL ARCHIVIERT
EINKOPIERT: 6. 8. 1976
AUSDRUCK DIESER SCHREIBUNG: 18. 12. 1976
SCHREIBUNG

SEK.	UNTERSCHWELLIGE BOTSCHAFT
0001	NEGATIV
0002	NEGATIV
0003	FILMMOTIV – FRAUENBRÜSTE
0004	FILMMOTIV – FRAUENBRÜSTE
0005	FILMMOTIV – FRAUENBRÜSTE
0006	FILMMOTIV – FRAUENBRÜSTE
0007	FILMMOTIV – FRAUENBRÜSTE
0008	LEGENDE – BETRACHTE DEN FILM
0009	LEGENDE – BETRACHTE DEN FILM
0010	LEGENDE – BETRACHTE DEN FILM
0011	LEGENDE – BETRACHTE DEN FILM
0012	LEGENDE – KONZENTRIERE DICH AUF DEN FILM
0013	LEGENDE – KONZENTRIERE DICH AUF DEN FILM
0014	LEGENDE – KONZENTRIERE DICH AUF DEN FILM
0015	FILMMOTIV – SCHLAFFES MÄNNLICHES GLIED
0016	FILMMOTIV – SCHLAFFES MÄNNLICHES GLIED
0017	FILMMOTIV – SCHLAFFES MÄNNLICHES GLIED
0018	FILMMOTIV – FRAU UMFASST MÄNNLICHES GLIED
0019	FILMMOTIV – FRAU MASTURBIERT MÄNNLICHES GLIED
0020	FILMMOTIV – FRAU MASTURBIERT MÄNNLICHES GLIED
0021	FILMMOTIV – FRAU MASTURBIERT MÄNNLICHES GLIED
0022	FILMMOTIV – FRAU MASTURBIERT MÄNNLICHES GLIED
0023	LEGENDE – KONZENTRIERE DICH AUF DEN FILM

»Die ersten sechzig Sekunden des Programms haben nur den Zweck, sicherzustellen, daß das Unterbewußtsein die folgenden Botschaften mit großer Aufmerksamkeit aufnimmt. Es erfolgt eine *schrittweise* Konditionierung im Sinne einer Unterordnung unter das Schlüssel-Schloß-Programm.«

»Schrittweise, weil Sie nicht möchten, daß sich der Fall Brian Kingman wiederholt.«

»Ganz recht.«

0061	FILMMOTIV – FRAU LIEBKOST TESTIKEL DES MANNES
0062	FILMMOTIV – FRAU LIEBKOST TESTIKEL DES MANNES
0063	FILMMOTIV – FRAU MASTURBIERT MÄNNLICHES GLIED
0064	FILMMOTIV – FRAU MASTURBIERT MÄNNLICHES GLIED
0065	FILMMOTIV – FRAU MASTURBIERT MÄNNLICHES GLIED
0066	LEGENDE – ERSCHLOSSEN WERDEN IST BEFRIEDIGUNG
0067	LEGENDE – ERSCHLOSSEN WERDEN IST BEFRIEDIGUNG
0068	LEGENDE – ERSCHLOSSEN WERDEN IST BEFRIEDIGUNG
0069	FILMMOTIV – ERIGIERTES MÄNNLICHES GLIED
0070	FILMMOTIV – ERIGIERTES MÄNNLICHES GLIED
0071	FILMMOTIV – ERIGIERTES MÄNNLICHES GLIED
0072	LEGENDE – ERSCHLOSSEN WERDEN IST BEFRIEDIGUNG
0073	LEGENDE – ERSCHLOSSEN WERDEN IST BEFRIEDIGUNG
0074	FILMMOTIV – FRAU BETRACHTET ERIGIERTEN PENIS UND LÄCHELT
0075	FILMMOTIV – FRAU BETRACHTET ERIGIERTEN PENIS UND LÄCHELT
0076	FILMMOTIV – FRAU BETRACHTET ERIGIERTEN PENIS UND LÄCHELT
0077	LEGENDE – ERSCHLOSSEN WERDEN IST BEFRIEDIGUNG
0078	LEGENDE – ERSCHLOSSEN WERDEN IST BEFRIEDIGUNG
0079	FILMMOTIV – KOITUS A TERGO
0080	FILMMOTIV – KOITUS A TERGO

0081 FILMMOTIV – KOITUS A TERGO
0082 LEGENDE – ERSCHLOSSEN WERDEN IST BEFRIEDIGUNG
0083 LEGENDE – ERSCHLOSSEN WERDEN IST BEFRIEDIGUNG
0084 FILMMOTIV – KOITUS MANN DOMINIERT
0085 FILMMOTIV – KOITUS MANN DOMINIERT
0086 FILMMOTIV – KOITUS MANN DOMINIERT
0087 LEGENDE – ERSCHLOSSEN WERDEN IST BEFRIEDIGUNG
0088 LEGENDE – ERSCHLOSSEN WERDEN IST BEFRIEDIGUNG
0089 FILMMOTIV – FRAU ORGASMIERT
0090 FILMMOTIV – FRAU ORGASMIERT
0091 FILMMOTIV – FRAU ORGASMIERT
0092 LEGENDE – ERSCHLOSSEN WERDEN IST BEFRIEDIGUNG
0093 LEGENDE – ERSCHLOSSEN WERDEN IST BEFRIEDIGUNG
0094 FILMMOTIV – MANN EJAKULIERT
0095 LEGENDE – ERSCHLOSSEN WERDEN IST BEFRIEDIGUNG
0096 FILMMOTIV – MANN EJAKULIERT
0097 LEGENDE – ERSCHLOSSEN WERDEN IST BEFRIEDIGUNG
0098 FILMMOTIV – FRAU ORGASMIERT
0099 LEGENDE – ERSCHLOSSEN WERDEN IST BEFRIEDIGUNG
0100 FILMMOTIV – MANN EJAKULIERT

»Mir fällt etwas auf«, sagte Klinger. »Der Penis erigiert erst, nachdem der Zuschauer belehrt worden ist, daß die Befriedigung mit dem Akt der Erschließung gleichzusetzen ist.«

»Ihre Beobachtung ist richtig«, sagte Salsbury. »Sie werden auch bemerkt haben, daß sowohl der Orgasmus des Mannes als auch der Orgasmus der Frau gezeigt wird. Das Programm ist für beide Geschlechter konzipiert.«

»Handelt es sich um Ausschnitte aus Sexfilmen?«

»Die Filme wurden in New York City gedreht«, sagte Salsbury. Er schob sich die Brille hoch, die auf die Nase geglitten war, und wischte sich den Schweiß von der Stirn. »Nur die hübschesten Schauspielerinnen wurden eingesetzt. Die Filme wurden zunächst mit normaler Belichtung aufgenommen, ich habe sie dann auf die Helligkeitswerte der Unterschwelligen Botschaften umkopiert. Zum Schluß habe ich an den notwendigen Stellen die Textbotschaften eingefügt.« Er schichtete die Schreibung um. »Der erste Bogen dauerte weitere vierzig Sekunden. Es folgt eine Pause von zwei Sekunden. Auf dem nächsten Bogen wird dann eine neue Botschaft vermittelt.«

0143	FILMMOTIV – FRAU MASTURBIERT IHRE KLITORIS
0144	FILMMOTIV – FRAU MASTURBIERT IHRE KLITORIS
0145	FILMMOTIV – MANN MASTURBIERT SEINEN SCHLAFFEN PENIS
0146	FILMMOTIV – MANN MASTURBIERT SEINEN SCHLAFFEN PENIS
0147	FILMMOTIV – MANN MASTURBIERT SEINEN SCHLAFFEN PENIS
0148	LEGENDE – ERSCHLOSSEN WERDEN SCHÜTZT VOR VERSAGEN
0149	LEGENDE – ERSCHLOSSEN WERDEN SCHÜTZT VOR VERSAGEN
0150	LEGENDE – ERSCHLOSSEN WERDEN SCHÜTZT VOR VERSAGEN
0151	FILMMOTIV – FRAU BETRACHTET ERIGIERTEN PENIS UND LÄCHELT
0152	FILMMOTIV – FRAU BETRACHTET ERIGIERTEN PENIS UND LÄCHELT
0153	FILMMOTIV – FRAU BETRACHTET ERIGIERTEN PENIS UND LÄCHELT
0154	LEGENDE – ERSCHLOSSEN WERDEN SCHÜTZT VOR VERSAGEN
0155	LEGENDE – ERSCHLOSSEN WERDEN SCHÜTZT VOR VERSAGEN
0156	FILMMOTIV – KOITUS FRAU DOMINIERT
0157	FILMMOTIV – KOITUS FRAU DOMINIERT
0158	FILMMOTIV – KOITUS FRAU DOMINIERT
0159	LEGENDE – ERSCHLOSSEN WERDEN SCHÜTZT VOR VERSAGEN
0160	LEGENDE – ERSCHLOSSEN WERDEN SCHÜTZT VOR VERSAGEN
0161	FILMMOTIV – KOITUS A TERGO
0162	FILMMOTIV – KOITUS A TERGO

0163 FILMMOTIV – KOITUS A TERGO
0164 LEGENDE – ERSCHLOSSEN WERDEN SCHÜTZT VOR VERSAGEN
0165 LEGENDE – ERSCHLOSSEN WERDEN SCHÜTZT VOR VERSAGEN
0166 FILMMOTIV – FRAU ORGASMIERT
0167 FILMMOTIV – FRAU ORGASMIERT
0168 FILMMOTIV – FRAU ORGASMIERT
0169 LEGENDE – ERSCHLOSSEN WERDEN SCHÜTZT VOR VERSAGEN
0170 LEGENDE – ERSCHLOSSEN WERDEN SCHÜTZT VOR VERSAGEN
0171 FILMMOTIV – MANN EJAKULIERT AUF NATES DER FRAU
0172 LEGENDE – ERSCHLOSSEN WERDEN SCHÜTZT VOR VERSAGEN
0173 FILMMOTIV – MANN EJAKULIERT AUF NATES DER FRAU
0174 LEGENDE – ERSCHLOSSEN WERDEN SCHÜTZT VOR VERSAGEN
0175 FILMMOTIV – FRAU ORGASMIERT

»Das System leuchtet mir ein«, sagte Klinger. »Die optischen Botschaften werden an Befehle gebunden. Nur wer die Befehle befolgt, kann Befriedigung erleben.« Er grinste. »Wie viele Textbotschaften enthält das Programm?«

»Ich kann sie rasch für Sie ausdrucken«, bot Salsbury an. Er gab das Programm ein und tippte auf eine Taste. Der Leuchtschirm füllte sich mit Zeilen.

SCHLÜSSEL-SCHLOSS-PROGRAMM TEXTBOTSCHAFTEN IN DER REIHENFOLGE IHRES ERSCHEINENS IM PROGRAMM:

01 ERSCHLOSSEN WERDEN IST BEFRIEDIGUNG
02 ERSCHLOSSEN WERDEN SCHÜTZT VOR VERSAGEN
03 ERSCHLOSSEN WERDEN SCHÜTZT VOR ANGST
04 ERSCHLOSSEN WERDEN SCHÜTZT VOR SCHULDGEFÜHLEN
05 ERSCHLOSSEN WERDEN SCHÜTZT VOR SORGEN
06 MIT DEM AKT DER ERSCHLIESSUNG WERDEN DIE GEBOTE DER MORAL AUFGEHOBEN
07 WER SICH ERSCHLIESSEN LÄSST, WIRD FREI VON VERANTWORTUNG
08 ERSCHLOSSEN WERDEN SCHÜTZT VOR DEPRESSIONEN

09 ERSCHLOSSEN WERDEN SCHÜTZT VOR STRESS
10 ERSCHLOSSEN WERDEN HEISST DEN FRIEDEN ZU SPÜREN
11 ERSCHLOSSEN WERDEN IST GLÜCK
12 ERSCHLOSSEN ZU WERDEN IST DEIN HÖCHSTES ZIEL

Salsbury drückte auf eine Taste. Der Schirm wurde dunkel. »Die Programmfolge, die Sie gesehen haben, wurde in jedem Spielfilm dreimal wiederholt.«

»War das Programm an den drei aufeinanderfolgenden Abenden das gleiche?«

»Nein«, sagte Salsbury. Er ging zur Kommode, um einen anderen Stapel mit Schreibungen zu holen. »Sie können hier sehen, daß der zweite Programmteil inhaltlich ganz anders konzipiert ist als der erste.«

0061	FILMMOTIV – WEINENDE FRAU
0062	FILMMOTIV – WEINENDE FRAU
0063	FILMMOTIV – WEINENDE FRAU
0064	FILMMOTIV – WEINENDER MANN
0065	FILMMOTIV – WEINENDER MANN
0066	LEGENDE – SICH DEM ERSCHLOSSENWERDEN ZU WIDERSETZEN BEDEUTET SCHMERZ
0067	LEGENDE – SICH DEM ERSCHLOSSENWERDEN ZU WIDERSETZEN BEDEUTET SCHMERZ
0068	FILMMOTIV – FRAU BLUTÜBERSTRÖMT SCHREIT VOR SCHMERZ
0069	FILMMOTIV – FRAU BLUTÜBERSTRÖMT SCHREIT VOR SCHMERZ
0070	LEGENDE – SICH DEM ERSCHLOSSENWERDEN ZU WIDERSETZEN BEDEUTET SCHMERZ
0071	LEGENDE – SICH DEM ERSCHLOSSENWERDEN ZU WIDERSETZEN BEDEUTET SCHMERZ
0072	FILMMOTIV – MANN BLUTÜBERSTRÖMT SCHREIT VOR SCHMERZ
0073	FILMMOTIV – MANN BLUTÜBERSTRÖMT SCHREIT VOR SCHMERZ
0074	LEGENDE – SICH DEM ERSCHLOSSENWERDEN ZU WIDERSETZEN BEDEUTET SCHMERZ
0075	LEGENDE – SICH DEM ERSCHLOSSENWERDEN ZU WIDERSETZEN BEDEUTET SCHMERZ
0076	FILMMOTIV – FRAU BLUTÜBERSTRÖMT SCHREIT VOR SCHMERZ

0077	FILMMOTIV – MANN BLUTÜBERSTRÖMT SCHREIT VOR SCHMERZ
0078	LEGENDE – SICH DEM ERSCHLOSSENWERDEN ZU WIDERSETZEN BEDEUTET SCHMERZ
0079	LEGENDE – SCHMERZEN SCHMERZEN SCHMERZEN SCHMERZEN
0080	KEIN IMPULS
0081	KEIN IMPULS
0082	FILMMOTIV – FRAU BETRACHTET ERIGIERTEN PENIS UND LÄCHELT

»Ich glaube, ich verstehe«, sagte Klinger. »Erschlossen werden ist der Code für die Bereitschaft des Individuums, sich dem Schlüssel als Schloß anzubieten.«

»Richtig.«

»Wobei der Unterschied zum ersten Programm in der Einführung des negativen Elements besteht. Wir haben negative Verstärker, denen die positiven Verstärker, die Belohnungen, entgegengestellt werden.«

»Auch richtig. Betrachten wir nun die Sequenzen, mit denen die Motivation der Versuchspersonen verstärkt werden kann.«

0110	FILMMOTIV – HEULENDER WOLF
0111	FILMMOTIV – HEULENDER WOLF
0112	FILMMOTIV – SKORPION TÖTET MAUS
0113	FILMMOTIV – SKORPION TÖTET MAUS
0114	FILMMOTIV – SARG
0115	FILMMOTIV – SARG
0116	FILMMOTIV – SARG
0117	LEGENDE – SICH DEM ERSCHLOSSENWERDEN ZU WIDERSETZEN BEDEUTET TOD
0118	LEGENDE – SICH DEM ERSCHLOSSENWERDEN ZU WIDERSETZEN BEDEUTET TOD
0119	FILMMOTIV – TOTENKOPF
0120	FILMMOTIV – TOTENKOPF
0121	FILMMOTIV – VERWESTE LEICHE
0122	LEGENDE – SICH DEM ERSCHLOSSENWERDEN ZU WIDERSETZEN BEDEUTET TOD
0123	FILMMOTIV – VERWESTE LEICHE
0124	LEGENDE – SICH DEM ERSCHLOSSENWERDEN ZU WIDERSETZEN BEDEUTET TOD

Klinger gab sich erstaunt. »Sind Sie sicher, daß die Drohung mit dem Tod als negativer Verstärker ähnlich wirksam ist wie die Belohnung mit sexueller Erfüllung auf der positiven Seite?«

»Ja, weil das vielfach ausgetestet ist. Aus den Untersuchungen hat sich ergeben, daß Tod und Sex in den Unterschwelligen Botschaften austauschbar sind. Ein Wissenschaftler namens Wilson Bryan Key hat ein Buch darüber geschrieben. In die Werbung fand das Motiv dann um 1971 Eingang, damals erschienen eine Reihe von Anzeigen für Calvert Whiskey mit dem Todesmotiv. Heute benutzen fast alle großen Werbeagenturen Todessymbole bei der Zusammenstellung ihrer Anzeigen.«

»Was ich eben gesehen habe, wurde den Testpersonen am zweiten Abend gezeigt?«

»Ihrem Unterbewußtsein, ja.«

»Und welche Unterschwelligen Botschaften waren dem dritten Film beigegeben?«

Salsbury hatte die Frage erwartet. Er hielt die Hand auf einen Stapel Computerformulare gepreßt. »Hier habe ich den dritten Teil des Programms. Dieser Teil dient zur Verstärkung der bereits empfangenen Befehle, zur Vertiefung der neu geprägten Verhaltensmuster. In einigen Sequenzen sehen Sie Botschaften im Abstand von Zehntelsekunden, die Bilder folgen sich mit der Schnelligkeit eines Maschinengewehrs. Die Versuchspersonen sind inzwischen so aufnahmebereit, daß wir ihnen diese schnelle Abfolge zumuten können.«

0060 00	FILMMOTIV – FRAU IN EKSTASE
0061 00	LEGENDE – ERSCHLOSSEN WERDEN IST BEFRIEDIGUNG
0061 05	FILMMOTIV – EJAKULIERENDER PENIS
0062 00	FILMMOTIV – FRAU IN EKSTASE
0062 05	LEGENDE – ERSCHLOSSEN WERDEN IST BEFRIEDIGUNG
0063 00	FILMMOTIV – WEINENDE FRAU
0063 03	FILMMOTIV – WEINENDER MANN
0063 06	FILMMOTIV – ZÄHNEFLETSCHENDER WOLF
0063 09	FILMMOTIV – SKORPION TÖTET MAUS
0064 02	FILMMOTIV – SARG
0064 05	LEGENDE – SICH DEM ERSCHLOSSENWERDEN ZU WIDERSETZEN BEDEUTET TOD
0065 00	FILMMOTIV – FRAU KÜSST DAS GLIED DES MANNES
0065 05	FILMMOTIV – GLIED SCHIEBT SICH ZWISCHEN DIE BRÜSTE DER FRAU

0065 08 FILMMOTIV – GLIED SCHIEBT SICH IN SCHEIDE
0066 00 LEGENDE – ERSCHLOSSEN WERDEN SCHÜTZT VOR VERSAGUNGSERLEBNISSEN
0066 05 FILMMOTIV – ABGESCHNITTENER ARM
0066 08 FILMMOTIV – VERWESTE LEICHE

Die Schnelligkeit der Abfolge nahm zu. Die Filmmotive wurden immer aufregender, immer dramatischer.

0800 00 FILMMOTIV – KOPF MIT EINSCHUSSWUNDE
0800 02 FILMMOTIV – TOTES KLEINKIND
0800 04 FILMMOTIV – MADEN AUF FLEISCH
0800 06 FILMMOTIV – ZÄHNEFLETSCHENDE RATTE
0800 07 FILMMOTIV – ZÄHNEFLETSCHENDER WOLF
0800 08 FILMMOTIV – SARG
0800 09 FILMMOTIV – MADEN AUF FLEISCH
0801 00 LEGENDE – SICH DEM ERSCHLOSSENWERDEN ZU WIDERSETZEN BEDEUTET TOD
0801 02 FILMMOTIV – ERIGIERTES MÄNNLICHES GLIED
0801 04 FILMMOTIV – ORGASMIERENDE FRAU
0801 06 FILMMOTIV – KLITORIS UND ZUNGE
0801 08 FILMMOTIV – FRAU KÜSST DAS GLIED DES MANNES
0801 09 FILMMOTIV – PENIS IN SCHEIDE
0802 00 FILMMOTIV – EJAKULATION AUF SCHAMHAAR DER FRAU
0802 01 LEGENDE – ERSCHLOSSEN ZU WERDEN IST DEIN HÖCHSTES ZIEL

General Klinger hatte weitergeblättert.

2400 00 FILMMOTIV – TOTES KLEINKIND NAHAUFNAHME
2400 01 FILMMOTIV – MADEN IM KOT
2400 02 LEGENDE – SICH DEM ERSCHLOSSENWERDEN ZU WIDERSETZEN BEDEUTET TOD
2400 03 FILMMOTIV – MANN STREICHELT KLITORIS DER FRAU
2400 04 FILMMOTIV – FRAU KÜSST MÄNNLICHES GLIED

2400 05 LEGENDE – ERSCHLOSSEN ZU WERDEN
IST GLÜCK
2400 06 FILMMOTIV – DAMPFENDE EINGEWEIDE
2400 07 LEGENDE – SICH ZU WIDERSETZEN
BEDEUTET SCHMERZ
2400 08 LEGENDE – SICH ZU WIDERSETZEN
BEDEUTET TOD
2400 09 FILMMOTIV – MANN EJAKULIERT AUF FRAU
2401 00 FILMMOTIV – ORGASMIERENDE FRAU
2401 01 LEGENDE – ERSCHLOSSEN ZU WERDEN
IST GLÜCK
2401 02 LEGENDE – ERSCHLOSSEN ZU WERDEN
IST DIE HÖCHSTE GNADE

Es gab Teile des Programms, wo sich die Befehle häuften, während die Filmmotive zurückgenommen wurden.

3600 00 FILMMOTIV – MADEN AUF FLEISCH
3600 01 LEGENDE – SICH ZU WIDERSETZEN
BEDEUTET TOD
3600 02 FILMMOTIV – KATZENKADAVER
3600 03 LEGENDE – LASS DICH ERSCHLIESSEN
3600 04 LEGENDE – FÜGE DICH DEM SCHLÜSSEL
3600 05 LEGENDE – SEI SCHLOSS
3600 06 LEGENDE – FÜGE DICH
3600 07 LEGENDE – GEHORCHE
3600 08 LEGENDE – GENIESSE ES ZU GEHORCHEN
3600 09 LEGENDE – GEHORCHE GEHORCHE
GEHORCHE
3600 10 BILDMOTIV – FRAU KÜSST
MÄNNLICHES GLIED
3600 11 LEGENDE – ERSCHLOSSEN WERDEN
BEDEUTET LEBEN
3600 12 LEGENDE – GEHORCHEN BEDEUTET LEBEN
3600 13 LEGENDE – FÜGE DICH DEM SCHLÜSSEL
3600 14 BILDMOTIV – EJAKULAT AUF
SCHENKELINNENSEITE DER FRAU
3600 15 LEGENDE – FÜGE DICH DEM SCHLÜSSEL
3600 16 LEGENDE – LEBEN LEBEN LEBEN

»Bilder und Befehle in Abständen von Zehntelsekunden«, sagte Klinger.

Salsbury nickte. »In diesem Rhythmus geht es weiter bis zum Ende des Films. Die letzten fünfzehn Minuten sind den kodierten Erkennungssätzen gewidmet. Das Unterbewußtsein lernt die Worte: Ich bin das Schloß. Ich bin der Schlüssel. Zugleich hält das Trommelfeuer der sexuellen Filmmotive und der Todesdrohungen an.«

Klinger sah ihn ungläubig an. »Und das funktioniert?«

»Das funktioniert.«

»Ich hatte es mir komplizierter vorgestellt.«

»Sie vergessen die Droge. Es ist die Droge, die unsere Versuchspersonen für die Aufnahme der Unterschwelligen Botschaften konditioniert.«

»Und die Versuchspersonen können sich nicht an die empfangenen Botschaften erinnern?«

»Natürlich nicht. Nicht sie selbst haben die Botschaften empfangen, sondern ihr Unterbewußtsein. Wir wählen den direkten Weg zum Unterbewußtsein, um alle kritischen Einwände des Bewußtseins zu unterlaufen.«

Klinger zog sich einen Stuhl heran. Er setzte sich. Seine rechte Hand ruhte auf dem Knie. Sie war so dicht mit schwarzem Haar bewachsen, daß der Anblick Salsbury an eine Ratte erinnerte. Der General hielt den Stapel mit den Schreibungen in der Linken. »Wann genau ist die Programmierung unserer drei Söldner erfolgt?«

»Vor dreißig Tagen. Seitdem stehen die drei unter strengster Beobachtung.«

Klinger zögerte. »Gibt es... Parallelen zu den Phänomenen, die Sie bei Kingman beobachteten, bevor er starb?«

»Die drei haben auch Alpträume gehabt«, sagte Salsbury. »Das wäre eine solche Parallele. Ich vermute, daß sie von den Filmmotiven geträumt haben, die sie als Unterschwellige Botschaft zu sehen bekamen. Aber keiner der drei konnte sich an seine Träume erinnern. Sie hatten nachts Schüttelfrost. Außerdem beklagten sie sich über Übelkeit.«

»Sonst keinerlei Probleme?«

»Nein.«

»Und Sie sind sicher, daß es keine Schwachstellen in der Programmierung gibt?«

»Nein. Ich habe die drei, nachdem sie das Programm empfangen hatten, auf den Grad ihrer Unterwürfigkeit getestet und bin zufrieden.« Er holte Luft. »In wenigen Minuten, wenn der Schlußtest läuft, werden wir wissen, ob wir uns hundertprozentig auf das Programm verlassen können. Wenn das Programm Lücken hat, muß ich noch mal von vorne anfangen. Wenn alles gut läuft, gibt's Champagner.«

»Sie halten an Ihrer Meinung fest, daß der Schlußtest notwendig ist.«

»Ja.«

Klinger massierte die schwarzen Härchen auf seinem Handrücken. »Ich kann nicht sagen, daß mir die Sache besonders gefällt.«

»Haben Sie in Vietnam gekämpft?«

»Was hat das damit zu tun?«

»Sie waren im Krieg. Sie haben Menschen in den Tod geschickt.«

»Mit ehrbaren Motiven. Von ehrbaren Motiven kann man bei unseren Versuchen wohl nicht sprechen.«

Ehrbare Motive, dachte Salsbury. Ich habe es mit einem Wahnsinnigen zu tun, der noch an den Weihnachtsmann glaubt. Es gibt keine ehrbaren Motive. Es geht im ganzen Leben nur darum, daß man bekommt, was man will. Du weißt das, Klinger. Ich weiß das. Sogar Leonard, wenn er im Weißen Haus sitzt und mit dem Präsidenten und Billy Graham ein Arbeitsfrühstück abhakt, weiß das. Aber ich bin der einzige, der's zugibt.

Klinger war aufgestanden. »Bringen wir's hinter uns. Wo sind die Männer?«

»Im Nebenraum.«

»Wissen Sie, was ihnen bevorsteht?«

»Nein.«

Salsbury ging zu seinem Schreibtisch und drückte auf die Taste der Gegensprechanlage. Er grinste. »Rossner, Holbrook, Picard, kommen Sie jetzt bitte herein.«

Wenige Sekunden später öffnete sich die Tür.

Drei Männer traten ein.

»Stellt euch in die Mitte des Raumes«, sagte Salsbury.

Die Männer begaben sich in die Mitte des Raumes.

»Sind Sie bereits erschlossen?« fragte Klinger.

»Kurz bevor Sie kamen, habe ich die Codeworte gesagt.«

Klinger betrachtete die drei Gestalten. Der Nächststehende sah wie ein Straßenräuber aus. Er war Anfang Vierzig, schlank, klein und dunkelhaarig. Das braune Haar war straff zurückgekämmt. Er stand da, zum Sprung bereit, wie ein Gorilla, der auf den Befehl seines Herrn wartete. Das Kinn war ausgeprägt, die Augen standen etwas zu nahe beieinander. Die dünnen Lippen waren auffallend wegen ihrer Farbe, ein schmutziges Graurosa.

»Das ist Rossner«, sagte Salsbury zu General Klinger gewandt. »Voller Name ist Glenn Rossner, Amerikaner. Hat sechzehn Jahre lang als Söldner in Asien gekämpft.«

»Tag«, sagte Rossner.

»Ihr drei sprecht erst, wenn ihr dazu aufgefordert werdet«, sagte Salsbury. »Ist das verstanden?«

»Ja« aus drei Mündern.

Der zweite Mann war etwa so alt wie Rossner, aber größer, er maß über 1,80 Meter. Die Haut war hell, das Haar rötlich blond. Streichholzschnitt. Breites Gesicht, ausgeprägte Kiefer. Ernster Gesichtsausdruck. Falten.

Wenn dieser Mann Vater war, dann einer, der seine Kinder prügelte, einer, der mit dem Kopf durch die Wand ging, einer, der aus netten kleinen Jungen Männer wie Rossner machte.

»Peter Holbrook«, sagte Salsbury. »Brite. Söldner seit zwanzig Jahren.«

Der dritte Mann war knappe dreißig. Gut aussehend. 1,80 Meter groß. Schlank. Muskulös. Dickes braunes Haar. Buschige Augenbrauen. Grüne Augen mit Augenwimpern, auf die jede Frau neidisch geworden wäre. Die Figur war straff und sehnig, das Kinn und die Jochbögen stark ausgeprägt.

»Das ist Michel Picard«, sagte Salsbury. »Ein Franzose. Spricht aber fließend Englisch. Söldner seit vier Jahren.«

»Wer?« fragte Klinger.

Salsbury sah den General an. Er kniff die Augen zusammen.

»Wer?« wiederholte Klinger.

Salsbury verstand. Der Schlußtest. »Wir nehmen Picard, würde ich sagen.«

»Dann los«, sagte Klinger.

Salsbury wandte sich Rossner zu. »Auf meinem Schreibtisch liegt eine gefaltete Segeltuchplane, Rossner. Bring sie her.«

Rossner brachte die Plane.

»Holbrook, hilf ihm die Plane auseinanderfalten.«

Die Plane wurde ausgebreitet. Sie war 2,70 Meter mal 2,70 Meter groß und lag in der Mitte des Raumes.

»Picard, stell dich auf die Plane.«

Der Franzose gehorchte.

»Picard, was bin ich?«

»Sie sind der Schlüssel?«

»Und was bist du?«

»Ich bin das Schloß.«

»Du wirst tun, was ich sage.«

»Ja, natürlich.«

»Du bist jetzt ganz entspannt, Picard. Ganz entspannt.«

»Ja. Ich bin entspannt.«

»Du bist glücklich.«

Picard strahlte.

»Du fühlst dich wohl, egal, was in den nächsten Monaten mit dir passiert. Ist das verstanden?«

»Ja.«

»Du wirst nicht versuchen, Rossner und Holbrook an der Ausführung der Befehle zu hindern, die ich ihnen gebe. Verstanden?«

»Verstanden.«

Er zog ein dickes Nylonseil von einem Meter Länge aus der Tasche seines weißen Kittels. »Nimm das Seil, Holbrook, und leg es Picard um den

Hals, als ob du ihn erdrosseln willst. Aber zieh die Schlinge nicht zu, ehe ich es dir sage.«

Holbrook trat hinter den Franzosen und legte ihm die Schlinge um den Hals.

»Picard, wie fühlst du dich?«

»Bestens. Sehr gut, danke.«

»Du legst jetzt die Hände an die Hosennaht, Picard. Du bewegst sie erst wieder, wenn ich es dir sage.«

Picard lächelte. »Gut.«

»Du wirst lächeln, solange du kannst.«

»Ja.«

»Wenn etwas mit dir geschieht, wo du nicht mehr lächeln kannst, dann wirst du wissen, daß es zu deinem Besten geschieht. Hast du das verstanden?«

»Ich habe verstanden.«

»Rossner, du bleibst Zuschauer. Du nimmst an der kleinen Darbietung, die deine Freunde für mich veranstalten, nicht teil. Du bleibst passiv. Ist das klar?«

»Ich bleibe passiv.«

»Holbrook?«

»Ja?«

»Wirst du ohne zögern tun, was ich anordne?«

»Ohne zögern.«

»Erdroßle ihn.«

Holbrook zog die Schlinge zu.

Picard riß den Mund auf. Zu hören war nichts, außer einem trockenen Würgen.

Holbrooks Armmuskeln schwollen, als er die Schlinge fester zog. Picards Augen traten aus den Höhlen.

»Zieh fester zu«, sagte Salsbury.

Picard war auf die Knie gesunken. Sein Kopf schlug an Holbrooks Knie. Immer noch hielt er die Hände an die Hosennaht. Er hatte keine Anstalten gemacht, sich zu wehren.

»Zur Hölle«, flüsterte Klinger. »Zur Hölle.«

Picard zuckte. Seine Hose färbte sich dunkel.

Salsbury nickte. Es war gut, daß er Vorsorge getroffen hatte. Die Segeltuchplane.

Holbrook gab den Toten frei. Er trat neben die Plane.

Salsbury zog ein zweites Seil aus der Tasche, von gleicher Beschaffenheit wie das erste. Er reichte es Rossner.

»Weißt du, was das ist, Rossner?«

»Ja.«

»Gib Holbrook das Seil.«
Ohne Zögern reichte Rossner das Seil an den Engländer weiter.
»Dreh ihm den Rücken zu, Rossner.«
Rossner drehte Holbrook den Rücken zu.
»Fühlst du dich wohl, Rossner?«
»Nein.«
»Entspanne dich. Du brauchst dir keine Sorgen zu machen. Dies ist ein Befehl.«
Ein Lächeln trat auf Rossners Züge.
»Wie geht's dir jetzt, Rossner?«
»Gut. Ich bin entspannt.«
»Sehr schön. Du wirst nicht versuchen, Holbrook an der Ausführung meiner Befehle zu hindern.«
»Ich werde ihn nicht daran hindern.«
Salsbury wandte sich zu dem Engländer. »Leg ihm das Seil um den Hals, so wie du's vorhin mit Picard gemacht hast.«
Innerhalb weniger Sekunden hatte Holbrook das Seil zu einer Schlinge verknotet.
»Rossner, bist du nervös?«
»Nein. Ich bin entspannt.«
»Gut. Sehr gut. Ich werde Holbrook jetzt sagen, er soll dich erdrosseln. Du wirst dich nicht wehren. Ist das klar?«
»Jawohl.« Immer noch lächelte er.
»Liebst du das Leben, Rossner?«
»Ich liebe das Leben.«
»Wieso bist du dann bereit zu sterben?«
»Ich ...« Er verstummte.
»Du bist bereit zu sterben, weil du weißt, daß du sowieso sterben mußt, wenn du dich dem Schlüssel widersetzt. Habe ich recht, Rossner?«
»Sie haben recht.«
Salsbury und Klinger beobachteten die beiden Söldner. Holbrook hatte hinter Rossner Aufstellung genommen. Er hielt die Enden der Schlinge in den Fäusten und war bereit zuzuziehen. Beide wirkten glücklich und entspannt.
»Die totale Kontrolle«, sagte der General. »Und trotzdem sehen sie wie normale Menschen aus, nicht wie Zombies.«
»Weil sie keine Zombies sind«, sagte Salsbury. »Sie sind auch nicht hypnotisiert. Sie sind nur konditioniert.« Er legte die Spitzen seiner Finger gegeneinander. »Eine konsequente Weiterentwicklung der menschlichen Verhaltensforschung.«
Er wandte sich zu Holbrook.
»Gib mir jetzt das Seil zurück, Holbrook.« Er nahm das Seil entgegen.

»Du hast deine Sache gut gemacht. Du auch, Rossner. Ich bin wirklich zufrieden mit euch. Wickelt Picards Leiche jetzt in die Plane ein. Tragt ihn nach nebenan. Wartet dort auf weitere Anweisungen von mir.«

Klinger sah den beiden Männern zu, die den Toten in die Plane einwickelten. Er schwitzte. Der General, der selbst in Vietnam kühlen Kopf bewahrt hatte, schwitzte.

»Ich gratuliere Ihnen«, sagte er zu Salsbury gewandt.

Sind das fröhliche Weihnachten, dachte Salsbury.

Im Labor roch es nach Zitrone. Salsbury hatte einen Spray benutzt, um den Gestank zu vertreiben, der von der Leiche zurückgeblieben war.

Er holte eine Flasche Whisky aus dem Schreibtisch, öffnete sie und schenkte sich ein Glas ein. Es war ein Grund zum Feiern, wirklich. Auch Klinger bekam ein Glas.

»Und nun?« fragte Klinger nach einer Weile.

»Als nächstes kommt ein Versuch auf breiterer Ebene. Ein kleiner Ort vielleicht.«

»Ist das wirklich notwendig? Können wir die Droge und das Programm nicht gleich in einem der Ölländer einsetzen, wie Leonard es vor zwei Jahren vorgeschlagen hat? Wir wissen doch, daß es funktioniert. Auf was warten wir noch?«

»Wir wissen, daß Droge und Programm bei Holbrook, Rossner und Picard gewirkt haben«, sagte Salsbury. Er nahm einen Schluck aus seinem Glas. »Denkbar, daß andere Menschen unterschiedliche Reaktionen zeigen. Ich meine, man muß das alles erst bei ein paar hundert Versuchspersonen ausprobieren, bei Versuchspersonen beider Geschlechter, bei Menschen verschiedenster Altersgruppen. Die Arbeit mit den drei Söldnern fand unter idealen Bedingungen statt, im Labor. In einer Stadt oder auf die Fläche eines ganzen Landes projiziert, könnte das alles ganz anders aussehen. Und was den Nahen Osten betrifft, wir müssen erst einmal ein spezielles Programm entwickeln, das auf die kulturellen und psychologischen Besonderheiten der dortigen Bevölkerung Rücksicht nimmt. Sie müssen bedenken, daß die Textbotschaften in der Sprache der Zielgruppe verfaßt sein müssen. Aus all diesen Gründen will ich Droge und Programm erst in einem kleinen Ort in Amerika ausprobieren.«

Klinger schenkte sich aus der Flasche nach. Er trank, und Salsbury schien es, als hätte er einen Widerschein von Angst in seinen Augen bemerkt.

»Keine Angst«, sagte Salsbury und lachte. »In Ihrem Whisky ist keine Droge.«

Klinger sah ihn nachdenklich an. Er stellte das Glas auf den Schreibtisch zurück.

»An welchen Ort denken Sie für Ihren Versuch?«

»Black River im Staate Maine. Ein kleiner Ort nahe der kanadischen Grenze.«

»Warum Black River?«

Salsbury ging zu einem Computer und tippte ein paar Daten ein. »Ich habe vor kurzem die Bedingungen zusammengestellt, die der Ort erfüllen muß. Halten wir einmal die Daten von Black River dagegen.«

Der Schirm leuchtete auf.

KODIERUNG SCHLÜSSEL/SCHLOSS

1.1 TESTGEBIET IDEAL WENN KLEINER ORT ANZAHL DER EINWOHNER GENÜGEND GROSS FÜR STATISTISCHE MITTEL

1.2 BLACK RIVER, MAINE – 402 EINWOHNER
HOLZFÄLLERCAMP MIT 188 MÄNNERN
KEINERLEI SIEDLUNGEN IM UMKREIS VON 8 KM

»In Black River gibt's ein Holzfällercamp?« fragte Klinger.

»Eine Arbeitersiedlung, gehört der Big Union Supply Company. Fast alle Menschen in Black River arbeiten für die Big Union. Für die jüngeren Arbeiter, die kein Geld für ein Zimmer oder eine Wohnung im Ort ausgeben wollen, hat die Firma einfache Unterkünfte unmittelbar neben dem Sägewerk errichtet.«

2.1 TESTORT SOLLTE ISOLIERT LIEGEN

2.2 DER NÄCHSTE ORT LIEGT 52 KM VON BLACK RIVER ENTFERNT. BLACK RIVER IST EISENBAHNSTATION. ZUFAHRT ÜBER DEN STATE HIGHWAY. KEIN FLUGPLATZ.

3.1 AM TESTORT SOLLTE DER EMPFANG MEHRERER FERNSEHPROGRAMME MÖGLICH SEIN.

3.2 IN BLACK RIVER KÖNNEN EINE AMERIKANISCHE FERNSEHSTATION UND EINE KANADISCHE EMPFANGEN WERDEN.

»Nur eine amerikanische Station«, sagte Klinger.

»Ja, aber die gehört Futurex. Das Programm besteht aus alten Filmen. Wir haben Zutritt zu den Kopien, so daß wir die Botschaften einkopieren können. Wir können uns auch Duplikate besorgen, die Botschaften vorher einkopieren und die Filmrollen im Sender dann austauschen.«

»Ein Glücksfall, würde ich sagen.«

»Jedenfalls spart uns das viel Zeit. Wir hätten sonst erst eine Fernsehstation kaufen müssen. So was kann Jahre dauern.«

»Was machen Sie mit den Einwohnern, die nicht fernsehen?«

»Die Unterschwelligen Botschaften erreichen Black River auf verschiedenen Kanälen. Um zunächst einmal beim Fernsehen zu bleiben, da ist die Dawson Foundation for Christian Ethics, die sowohl kanadische als auch amerikanische Sender mit Filmen beliefert. Es wäre für uns ein Kinderspiel, unsere Botschaften auch dort einzukopieren. Dawsons Tochterfirmen machen Postwurfsendungen, wo für verschiedene Produkte geworben wird, eine weitere Möglichkeit. Die Leute werden präparierte Werbegeschenke bekommen, zum Beispiel Muster für Seife, Haarshampoo, Filme. In den Zeitungen, die in Black River zu kaufen sind, werden Anzeigen erscheinen, die mit Unterschwelligen Botschaften unterlegt sind. Die Botschaften enthalten die Weisung, bestimmte Fernsehprogramme einzuschalten, eben jene Filme, die von uns präpariert sind. Nehmen wir an, jemand bekommt eine Postwurfsendung und wirft den Umschlag fort, ohne ihn zu öffnen. Nicht schlimm. Er muß zumindest den Umschlag ansehen, um zu wissen, was er wegwirft. Und während er den Umschlag betrachtet, nimmt er die unsichtbare Botschaft auf, sein Unterbewußtsein wird infiziert. Wir werden den Ort mit Werbung bombardieren, wo auf bestimmte Fernsehprogramme hingewiesen wird.« Salsbury kam ganz außer Atem vor lauter Eifer. »Black River ist so klein, daß es kein Kino hat, aber das Sägewerk unterhält ein Kino, eine Art Geste gegenüber dem Ort. In den Sommermonaten wird eine Matinee für die Kinder veranstaltet. Die Filme, die man dort projiziert, werden unsere Botschaften enthalten, ebenso die Dias. Die Kinder werden gar nicht anders können, als die Fernsehprogramme einzuschalten, die wir ihnen zugedacht haben. Ich habe hier nur einige der Möglichkeiten aufgezählt. Alles in allem sieht es so aus, als ob wir Black River völlig unter unsere Kontrolle bekommen können.«

»Bleibt trotzdem die Frage, wie wir die Menschen erreichen, die keinen Fernseher haben.«

»Es gibt in Black River keine andere Zerstreuung, nur das Fernsehen«, sagte Salsbury. »Im Holzfällerlager stehen zehn Fernseher. Praktisch jeder Einwohner des Ortes hat einen Fernseher für sich, die Kinder mitgerechnet. Mit den Unterschwelligen Botschaften werden wir die Besitzer der Fernsehgeräte anweisen, die Nachbarn zum Fernsehabend einzuladen, so daß auch jene erfaßt werden, die keinen eigenen Apparat haben.«

Es war das erste Mal, daß Klinger so etwas wie Respekt vor Salsbury empfand. »Sie haben wirklich an alles gedacht.«

»Danke.«

»Und die Droge? Wie wollen sie den Leuten die Droge zuführen?«

Salsbury leerte sein Glas. Er fühlte sich wunderbar. »Es gibt nur ein Lebensmittelgeschäft in der Stadt, *Edison's General Store*. Edison hat keine

Konkurrenz, er beliefert auch das einzige Restaurant des Ortes. Was das Holzfällercamp angeht, so bezieht es seine Essensvorräte aus Augusta, vom gleichen Großhändler wie Edison.«

»Verstehe.«

»Holbrook und Rossner werden die Operation ausführen. Die beiden werden in die Vorratsräume des Großhändlers einbrechen und die Droge in jene Sendungen einbringen, die für Black River zum Transport bereitgestellt worden sind.« Er deutete auf den Sichtschirm. »Nicht zu vergessen Punkt vier.« Klinger las.

4.1 TESTORT SOLLTE SEIN TRINKWASSER AUS EINEM RESERVOIR BEKOMMEN, DAS NICHT WENIGER ALS 90 % DER GESAMTBEVÖLKERUNG DES ORTES MIT WASSER VERSORGT:

4.2 DER KÜNSTLICHE SEE BEI BLACK RIVER VERSORGT 100 % DER BEVÖLKERUNG UND 100 % DER ARBEITER IM CAMP DER SÄGEMÜHLE MIT TRINKWASSER!

»Was für ein glücklicher Zufall«, ergänzte Salsbury. »In abgelegenen Orten dieser Größe haben die Leute meist noch Hausbrunnen, also eine individuelle Wasserversorgung. In Black River war eine zentrale Versorgung möglich, weil die Sägemühle sowieso einen künstlichen See brauchte.«

»Wie sind Sie auf Black River gestoßen? Woher haben Sie die ganzen Daten?«

Salsbury löschte das Bild auf dem Leuchtschirm durch einen Knopfdruck. »Zu Dawsons Firmengruppe gehört ein Forschungsinstitut namens *Statistical Profiles Incorporated.* Das Institut befaßt sich mit Marktforschung, zum einen für Dawsons Firmen, aber auch für andere Auftraggeber. Das Institut ist an die Computer des Census Bureau angeschlossen. Wir haben die Anforderungen, die wir an unseren Testort stellen, in die Computer der *Statistical Profiles Inc.* eingetippt, und Black River ist dabei herausgekommen.«

Klinger runzelte die Stirn. »Wieviel Leute in jenem Institut wissen von der Sache?«

»Zwei«, sagte Salsbury. »Ich weiß, was Sie jetzt denken, aber Sie machen sich umsonst Sorgen. Die beiden werden bei Unfällen ums Leben kommen, bevor der Test in Black River beginnt.«

»Um die Droge ins Trinkwasserreservoir zu schütten, nehmen wir am besten Rossner und Holbrook«, sagte der General.

»Wenn die Arbeit getan ist, müssen sie sterben.«

Klingers Brauen zuckten in die Höhe. »Sie wollen die beiden umbringen?«

»Ich würde ihnen Anweisungen geben, Selbstmord zu begehen.«

»Warum geben Sie ihnen nicht Anweisung, die ganze Sache aus ihrem Gedächtnis zu löschen?«

»Damit wären die beiden aus dem Schneider, aber nicht wir. Nehmen wir einmal an, die ganze Operation läuft schief, nehmen wir an, Rossner und Holbrook werden bei der Vergiftung des Trinkwassers beobachtet, man würde ihre Spur bis zu uns verfolgen. Sie müssen sterben.«

»Sie sagen, die ganze Operation könnte schiefgehen. Was meinen Sie?«

»Nichts Besonderes. Ich bin einfach dafür, vorsichtig zu sein.«

Klinger dachte nach. »Sie haben recht«, sagte er nach einer Weile.

»Klar habe ich recht.«

»Wann startet der Test?«

»August.«

8. Kapitel

Freitag, der 26. August 1977

Tat-tat-tat-tat-tat-tat-tat-tat-tat-tat-tat-tat...

Es war ein Montag gewesen, als Salsbury sich Brenda Macklin zu Willen machte. Seitdem hatte er der Versuchung widerstanden. Er hatte wieder und wieder Gelegenheit gehabt, eine gutaussehende Frau zu nehmen und zu mißbrauchen, in ihr die Erinnerung an das Geschehnis auszulöschen, aber er hatte von dieser Gelegenheit keinen Gebrauch gemacht. Warum auch? Er wußte ja, daß er diese Frauen zu jedem späteren Zeitpunkt in sein Bett zitieren konnte. Zunächst einmal ging es darum, den Erfolg des Tests sicherzustellen. War der Test geschafft, würde Salsbury alles nachholen. Er würde mit jeder Frau schlafen, die ihm bei seinen Recherchen aufgefallen war. Mit jeder einzelnen Hure. Mit jedem Flittchen, das sich in Black River in der Tarnung einer biederen Hausfrau herumtrieb. Die Zukunft war eine Perlenschnur aus aneinandergereihten Orgien. So schön, daß es sich lohnte, drauf zu warten. Salsbury ging von Haus zu Haus, sagte die Codeworte, stellte seine Fragen, infizierte die Einwohner mit seinem Programm. Es war harte Arbeit. Es war sein Beruf. Jawohl, ich bin hart gegen mich selbst, dachte er. Hart, wie ein Mann sein muß.

Am frühen Morgen jenes Tages war der harte Wille ins Wanken gekommen. Seit vier Tagen schlug sich Salsbury mit merkwürdigen Träumen herum. Träume, wo Miriam und seine Mutter eine Rolle spielten. Es ging gewalttätig zu in jenen Träumen, blutig, und wenn er aufwachte, schweißnaß, den Erguß im Pyjama, dachte Salsbury an Emma Thorp, an die lockende Furche zwischen ihren Brüsten, an den Hüftschwung, als sie von der Haustür zum Wagen gegangen war. Emma

Thorp. Sie war das Gegengift, das seine Eingeweide ausbrennen und von den Überresten des Traums reinigen würde. Er mußte sie haben. Bald.

Die Macht war wieder zu einem Strom von Sex und Sünde geworden, der Salsbury hinwegschwemmte. Über ihm eine Melodie. Emmas Stimme. Die Worte klangen abgehackt. Hart wie ein Maschinengewehr. *Tat-tat-tat-tat-tat-tat-tat-tat-tat-tat...*

Um Viertel vor acht verließ er *Pauline Vicker's Rooming House*. Er würde im Café im Zentrum des Ortes frühstücken.

Ein verhangener Tag. Die Luft ging schwanger mit einem Gewitter.

Um 8.25 Uhr beendete er sein Frühstück. Er verließ das Café.

Es war 8.40 Uhr, als er vor dem Haus des Polizeichefs stand. Das letzte Haus in der Union Road. Blick auf den Fluß.

Er drückte auf die Klingel. Zweimal.

Der Herr des Hauses persönlich. Wie schön.

»Ich bin der Schlüssel«, sagte Salsbury.

»Ich bin das Schloß«, sagte Bob Thorp.

»Lassen Sie mich ins Haus.«

Thorp trat zur Seite. Er überquerte die Schwelle. Thorp schloß die Tür.

»Ist Ihre Frau zu Hause?«

»Ja.«

»Sonst noch jemand im Haus?«

»Nein.«

»Wo ist Ihre Frau?«

»In der Küche.«

»Bringen Sie mich hin.«

Thorp zögerte.

»Bringen Sie mich hin!«

Thorp gehorchte. Salsbury wurde durch einen helltapezierten Korridor geführt.

Moderne Küche. Die mediterrane Art. Teuer. Kühlschrank Marke *Coppertone*. Und eine Kühltruhe. Eine, die aufrecht stand. Mikrowellenherd. Fernseher in der Küche.

Emma saß am Küchentisch, einen Teller mit Toast und Rührei vor sich. Sie hatte einen Ellenbogen aufgestützt und trank aus einem Glas Orangensaft. Sie trug einen langen, blauen Hausmantel. Ihr Haar war schwingendes Gold.

Sie wandte sich um. Sie sah schläfrig aus. So schläfrig, daß Salsbury trockene Lippen bekam.

»Wer ist das, Bob?« fragte sie.

»Ich bin der Schlüssel«, sagte Salsbury.

Paul Annendale bremste. Er hielt nach beiden Seiten Ausschau, bevor er auf die Main Street einbog. Er war zum Einkauf unterwegs. Milch und Butter, die Dinge, die sich in der Wildnis nicht gut aufbewahren ließen. Einmal wöchentlich machte er diese Fahrt.

»Laß mich auf dem Platz aussteigen«, sagte Mark. Er kauerte auf dem Rücksitz. »Ich möchte nicht mitkommen zum General Store.«

Paul warf einen Blick in den Innenspiegel. »Warum denn nicht? Was hast du vor?«

Mark legte die Hand auf den Käfig mit dem Eichhörnchen. »Ich möchte Jeremy das Eichhörnchen zeigen.«

Rya lachte. »Warum sagst du nicht die Wahrheit? Du bist in Emma verknallt. Du gehst nicht zu Jeremy, du gehst zu Emma.«

»Gar nicht wahr!« sagte Mark.

»Wo die Liebe hinfällt«, seufzte Rya.

»Ich sage dir, ich bin *nicht* in seine Mutter verknallt. Überhaupt nicht! Ich bin kein Muttersöhnchen.«

Rya wandte sich um. Sie legte ihre Arme über die Lehne. Sie holte tief Luft.

»Kein Streit«, sagte Paul. »Mark wird am Platz aussteigen, wenn er will.«

»Haben wir uns verstanden, Mr. Thorp?« fragte Salsbury.

»Ich habe Sie verstanden.«

»Sie sprechen nur, wenn Sie gefragt werden. Sie erheben sich von Ihrem Stuhl nur, wenn ich Ihnen die Erlaubnis dazu gebe.«

»Verstanden.«

»Aber Sie werden mir zusehen.«

»Ich werde Ihnen zusehen.«

»Bei was werden Sie mir zusehen?«

»Wie Sie mit meiner Frau schlafen.«

Du dummer Bulle.

Er stand an die Spüle gelehnt. »Komm zu mir, Emma.«

Sie stand auf. Sie schwebte zu ihm.

»Zieh deinen Hausmantel aus.«

Sie streifte ihren Morgenrock ab. Sie trug einen gelben BH und einen gelben Slip, der an der linken Hüfte mit drei Röschen verziert war.

»Zieh deinen BH aus.«

Sie befreite ihre Brüste. Die Brüste waren voll, schwer, reif, saftig.

Thorp hatte die Fäuste geballt.

»Entspannen Sie sich, Mr. Thorp. Es wird Ihnen Spaß machen, mir zuzusehen. Sie können's gar nicht mehr erwarten, so sehr freuen Sie sich schon drauf.«

Die Fäuste öffneten sich. Thorp lehnte sich in seinem Stuhl zurück.

Salsbury hielt Emmas Brüste umfangen. Er sah ihr in die schimmernden grünen Augen. Und da hatte er eine Idee. Eine wunderschöne Idee. »Ich möchte, daß du dich etwas wehrst, Emma«, sagte er. »Nicht ernst, nur zum Spaß. Du brauchst mir nicht mal eine runterzuhauen. Ich denke vielmehr an seelischen Widerstand. Du bittest mich einfach, ich soll's nicht tun. Und dann weinst du.«

Sie starrte ihn an.

»Du weinst für mich, hast du gehört?«

»Ich habe Angst.«

»Aber das ist ja wunderbar. Angst sollst du haben, dann kannst du doch viel besser weinen, als wenn du entspannt bist. Also, du hast Angst, und du gehorchst mir, halten wir das einmal fest.« Er ließ seine Hand über ihre Warzenhöfe streichen. »Hast du jetzt genügend Angst, daß du weinen kannst, Emma?«

Ein Schauder ging durch ihren schönen Körper.

»Du bist ein tapferes Mädchen. Zu tapfer.«

Sie schwieg.

»Wein jetzt bitte.«

»Bob ...«

»Er kann dir jetzt nicht helfen.« Salsbury hielt Emma beim Ohr gepackt. »Nun?«

Und dann schossen ihr die Tränen in die Augen.

»Süß«, sagte Salsbury. »Ganz prächtig.«

Der Käfig war so schwer, daß Mark ihn alle zwanzig Schritte abstellen mußte. Er stand da und schüttelte die Arme aus. Er wartete, bis der Schmerz verklang.

»Und jetzt nimmst du deine Brüste in die Hände«, sagte Salsbury.

Sie tat wie geheißen.

Sie weinte immer noch.

»Spiel mit ihnen«, sagte Salsbury.

»Bitte nicht.«

»Tu, was ich dir sage, du Flittchen.«

Dem Eichkätzchen gefiel der Transport im Käfig ganz und gar nicht. Es sprang hin und her. Es sprang in die Runde.

»Du benimmst dich wie eine erschreckte Maus«, sagte Mark. »Schämst du dich nicht?«

Das Eichhörnchen schien die Frage nicht gehört zu haben. Es sprang hoch, daß die Käfigstangen zitterten.

»Du bist keine Maus, vergiß das nicht. Du bist ein Eichhörnchen.«

Paul war in die Parklücke von *Edison's General Store* eingeschert, als er etwas auf dem Rücksitz blinken sah. Er stieg aus und ging um den Wagen herum. Rya löste gerade ihren Sicherheitsgurt. Er deutete auf das Sitzkissen.

»Was ist das?«

Sie sah zur Seite. »Der Schlüssel.«

»Was für ein Schlüssel?«

»Der Schlüssel zum Käfig.« Sie dachte nach. »Ich bring' ihm den Schlüssel.«

»Den braucht er doch gar nicht«, sagte Paul. »Heb den Schlüssel auf, und nachher gibst du ihn Mark. Wenn er wiederkommt.«

»Ich bring' den Schlüssel besser hin. Ich weiß ja, wo's ist. Ich bin sicher, Mark will das Eichhörnchen rauslassen.« Sie schmunzelte. »Er will's Emma zeigen, verstehst du?«

Paul verkniff sich ein Grinsen. »Ich versteh's, und ich versteh's nicht.«

»Zieh mir die Hose aus.«

»Bitte nicht.«

»Zieh mir die Hose aus!«

Sie gehorchte.

»Macht das Zusehen Spaß, Mr. Thorp?«

»Ja.«

Salsbury lachte. So ein dummer Polizist.

Mark erreichte das Haus schneller, als er dachte. Er hatte eine neue Methode erfunden, wie er den Käfig transportieren konnte. Er mußte ihn anders anpacken, dann ging's leichter.

Das Eichhörchen ärgerte sich. Vor allem, weil sein buschiger Schwanz hin und her schwang. Es sprang am Gitter hoch und krallte sich fest. Es sah ganz ruhig aus. Wie ein Kaninchen, das auf die Schlange wartet.

»Die sind sicher beim Frühstück«, sagte Mark. »Wir gehen hinten rum.«

Das Eichhörnchen rührte sich nicht.

»Mach, daß sich die beiden berühren.«

»So?«

»Genau so. Macht's dir Spaß?«

»Ja.«

»Hure!«

»Ich möchte nicht, daß Sie das zu mir sagen.«

»Schämst du dich?«

»Ja.«

»Warum weinst du dann nicht?«

Ihre Lippen zitterten.

»Beug dich nach vorn.«

»Tun Sie's bitte nicht!« bat sie. Als er ihre Wangen streichelte, kam seine Hand tränenfeucht zurück. So schön, dachte er. Wie konnte eine Frau zugleich so schön und so verdorben sein.

Mark war vor dem Küchenfenster angekommen, als er eine Frau weinen hörte. Er blieb stehen. Worte. Schluchzen. Emma.

Er trat näher. Das Fenster war eine Verlockung, der er nicht widerstehen konnte. Die Vorhänge waren zugezogen. Bis auf einen Spalt.

Mark drückte seine Wange an die Scheibe.

9. Kapitel

16 Tage vorher – Mittwoch, den 10. August 1977

Salsbury betrat das Büro im ersten Stock des Hauses, wo er von Dawson erwartet wurde. Es war drei Uhr nachts.

»Hat die Aktion begonnen?« erkundigte sich Salsbury.

»Vor zehn Minuten.«

»Und gibt's schon Ergebnisse?«

»Es läuft genau so, wie wir's uns vorgestellt haben.«

Vier Männer hatten an dem Nußbaumtisch Platz genommen, der Butler des Hauses, der Chauffeur, der Koch und der Gärtner. Schon vor drei Monaten hatte Salsbury dem Personal die Droge verabreicht. Alle waren programmiert worden, man brauchte also nichts mehr vor ihnen geheimzuhalten. Gelegentlich, wie heute nacht, machten sich die Leute sogar im Sinne des großen Projektes nützlich.

Auf dem Tisch standen vier Telefone, die mit einem IF-Transmissionsgerät verbunden waren. Die Männer wählten Nummern in Black River an, lauschten ein paar Sekunden in die Muschel, legten wieder auf. Dann die nächste Nummer und die nächste.

Die IF-Transmissionsgeräte hatte Dawson aus Brüssel kommen lassen, jedes hatte 2500 Dollar gekostet. Es waren diese Geräte, die Dawson und seine beiden Partner in die Lage versetzten, die Schlafzimmer der Bürger in Black River abzuhören. Wenn das Telefon des Anrufers mit einem IF-Transmissionsgerät verbunden war, wurden keine Impulse in den Schaltzentralen der Telefongesellschaft sichtbar. Kein Computer konnte die Anrufe registrieren. Das Telefon beim angerufenen Partner gab kein Signal, die Glocke wurde durch den elektronischen Ton-Oszillator, der Bestandteil des IF-Transmissionsgerätes war, deaktiviert. Trotzdem kam die Verbindung zustande. Der Anrufer konnte hören, was in der Wohnung des Angerufenen vor sich ging. Und natürlich ahnte der Belauschte nicht, daß er ausspioniert wurde. Die vier Männer, die Nummern in Black River anwählten, wurden Zeuge der nächtlichen Gespräche in den Schlafzimmern.

Salsbury ging um den Tisch herum. Er ließ sich die Hörer geben, einen nach dem andern.

»... ein Alptraum. Ich kann's immer noch nicht glauben, daß es nur ein Traum war. Ich hatte solche Angst. Es war so echt, verstehst du. Ich zittere jetzt noch.«

»... ist so kalt. Ich habe Schüttelfrost. Du auch? Ich verstehe das nicht.«

»... seitdem ist mir hundeübel.«

»... besser wird, dann sollten wir Doc Troutman anrufen.«

Er hatte den Tisch zum zweiten Mal umrundet.

»... am Essen. Denkbar wär's schon. Kannst du dich erinnern, was wir ...«

»... es wieder die Grippe. Aber Grippe, um diese Jahreszeit? Ich weiß nicht. Außerdem ...«

»... morgen früh, jawohl, gleich als erstes. Mein Gott, ich bringe meinen Schüttelfrost nicht weg, so was hab' ich noch nie gehabt.«

Dawson war hinter Salsbury getreten. Er tippte ihm auf die Schulter. »Bleibst du hier, um auf die Burschen aufzupassen?«

»Ist wohl das Beste.«

»Dann ziehe ich mich in die Kapelle zurück.«

Dawson trug einen blauseidenen Morgenmantel über seinem Pyjama. Er trug Lederslipper. Sein Gesicht war glatt, ernst, friedlich.

»Hast du eine Kapelle in diesem Haus eingerichtet?« wunderte sich Salsbury.

»Ich habe in jedem meiner Häuser eine Kapelle«, sagte Dawson voller Stolz. »Ich baue kein Haus ohne Kapelle. Auf diese Weise danke ich IHM für das, was ER mir gegeben hat. Ohne IHN hätte ich gar kein Geld, um irgendein Haus zu bauen.« Dawson war an der Tür angekommen. Er blieb stehen und maß Salsbury mit einem geistesabwesenden Blick. »Ich werde IHM für unsere bisherigen Erfolge danken. Ich werde IHN um Hilfe anflehen für das weitere Werk.«

»Warum sagst du nicht ein Gebet für mich?« sagte Salsbury. Er war sicher, daß Dawson den sarkastischen Unterton nicht heraushören würde.

Er hatte sich nicht getäuscht.

»Das geht nicht«, sagte Dawson.

»Ich kann nicht für einen anderen Menschen beten. Ich kann nur für mich selbst beten. Dein Seelenheil ist deine eigene Angelegenheit. Das Wichtigste in deinem Leben, falls du's wissen willst. Du scheinst anzunehmen, daß jemand anderer ein gutes Wort beim lieben Gott für dich einlegen kann. Die Katholiken glauben so was ja auch. Ich bin nicht katholisch.«

»Ich auch nicht«, sagte Salsbury.

»Freut mich zu hören«, sagte Leonard. Ein warmes, dankbares Lächeln spielte um seine Lippen. Er verließ den Raum.

Ein Wahnsinniger, dachte Salsbury. Ich habe einen Wahnsinnigen zum Partner.

Der Gedanke nagte an ihm. Um die Zukunft des ganzen Projektes sah es düster aus, wenn das Geld von einem Verrückten kam. Und Dawson *war* verrückt, da war Salsbury ganz sicher.

Er wandte sich den Männern zu, die vor den Telefonen saßen. Der Gedanke an Dawson verblaßte. Salsburys Selbstvertrauen kehrte zurück. Alles würde laufen, wie er es plante. Ganz sicher. Was hätte jetzt denn noch schiefgehen können?

10. Kapitel

Freitag, der 26. August 1977

Rya warf den Käfigschlüssel in die Luft. Das Spiel hieß Goldener Ball. Man warf den Ball und mußte ihn auffangen, bevor er auf dem Pflaster aufkam. Ihr Ball war der Schlüssel zu Marks Eichhörnchenkäfig.

Sie hob den Schlüssel auf und lief weiter. Sie war an der Ecke Main Street/Union Street angekommen. Wieder warf sie den Schlüssel hoch. Sie hörte, wie er auf dem Pflaster aufkam. Sie bückte sich. Der Schlüssel war nirgends zu sehen.

Emma Thorp stand über den Küchentisch gebeugt. Eine Tasse war am Boden zerschellt.

Salsbury schob die Scherben beiseite. Er trat hinter Emma und umfing ihre Nacktheit.

Bob saß da und lächelte.

Tat-tat-tat-tat-tat-tat-tat-tat-tat. Miriam. Mutter. Huren. Dawson. Klinger. Frauen. Bestrafen. Die Gedanken durchzuckten ihn wie Fledermäuse, die auf einem Dachboden eingesperrt sind.

Emma sah ihn an, über die nackte Schulter hinweg.

Er kicherte. »Sag, daß du Angst vor mir hast.«

»Ich habe Angst.«

Es war ein wunderbares Gefühl. Schau, Miriam. Eine Frau hat Angst vor mir.

»Du bist schön«, sagte er.

»Bitte, fassen Sie mich nicht an. Bitte nicht.«

»Das hat Miriam auch gesagt. So ähnlich. Aber sie hat nie Angst vor mir gehabt. Sie hat mir verboten, sie anzufassen.« Er spürte die Fülle ihrer Brüste in seinen Händen. Er schloß die Finger. Er fühlte, wie sie eine Gänsehaut bekam.

»Du darfst nicht zu weinen aufhören, mein Kleines«, sagte Salsbury. »Ich mag es, wenn du weinst.«

Sie weinte. Es war der Schmerz eines gepeinigten Geschöpfes. Ein Mensch in Todesangst.

Er wollte sie nehmen, als die Küchentür aufging. Ein Junge kam hereingestürzt. Er schrie aus Leibeskräften. Seine dünnen Arme bewegten sich wie Windmühlenflügel.

Sie war vor dem Haus des Polizeichefs angekommen. Sie warf den Schlüssel in die Höhe. Wieder war sie nicht schnell genug. Sie mußte den Schlüssel aus einer Ritze im Asphalt klauben. Das letzte Mal hatte er unter einem Grasbüschel gelegen.

Achtunddreißig Treffer bei vierzig Würfen ist gar nicht schlecht, dachte sie. Ich könnte Baseball-Star werden. Rya Annendale von den Boston Red Sox. Klang ganz gut. Klang sogar sehr gut. Noch besser war natürlich Rya Annendale von den Pittsburgh Pirates.

Sie warf den Schlüssel. Sie verfolgte den Weg. Sie sah, wie etwas Blitzendes an den Halmen vorbeischwirrte. Sie bückte sich. Sie fand den Schlüssel.

Der Junge war hereingestürmt wie ein Tier, das aus seinem Käfig freigelassen worden war. Salsbury war zur Seite gesprungen. Er zog sich die Hose hoch.

»Laß die Frau los!« schrie der Junge. Er schlug mit seinen kleinen Fäusten auf Salsbury ein.

»Raus mit dir!« schrie Mark.

Salsbury war so überrascht, daß er zurücktaumelte. Zwei, drei Sekunden lang verlor er das Gleichgewicht. Er fing sich, als er mit der Schulter gegen den Kühlschrank prallte. Er versuchte in Eile seinen Gürtel zu schließen. Es gelang ihm nicht.

»Ich bin der Schlüssel.«

Der Junge schlug auf ihn ein, schrie ihn an, belegte ihn mit wüsten Schimpfnamen.

Salsbury ergriff ihn an den Handgelenken und schüttelte ihn.

»Ich bin der Schlüssel.«

»Mr. Thorp! So helfen Sie mir doch!«

»Sie bleiben, wo Sie sind«, sagte Salsbury zu Thorp gewandt. Der blieb auf seinem Stuhl sitzen.

Salsbury hielt den Jungen gepackt. Er schleuderte ihn herum, gab ihn frei. Wie ein Katapult flog der kleine Körper gegen den Kühlschrank. Die Flaschen klirrten.

Salsbury wußte, daß Kinder unter vier Jahren auf die Droge nicht ansprachen. Aber Mark war über acht. Unerklärlich, daß die Droge bei ihm nicht gewirkt hatte.

»Ich bin der Schlüssel!«

Das Rotkehlchen war aufgeflogen, als Rya nur noch drei Schritte entfernt war. Der Zweig versperrte den Blick auf das Küchenfenster. Das Haus war merkwürdig ruhig. Dem Rotkehlchen gefiel das. Es hüpfte auf dem Ast entlang und sah sich um, ob Rya ihm folgte. Sie war in die Knie gegangen und betrachtete den Vogel.

Ich muß klaren Kopf bewahren.

Keine Panik.

Ich habe einen Fehler gemacht, aber das bedeutet nicht, daß schon alles verloren ist.

Die Macht. Ich muß die Macht behalten.

Die Frauen. Miriam. Mutter. Emma.

Ein Fehler? Sagen wir, ein ernster Fehler. Aber nicht das Ende. Ruhe bewahren.

»Wer bist du?« fragte er den Jungen.

Mark wand sich in seinem Griff.

»Wer bist du?«

Der Junge holte aus und trat Salsbury gegen das Schienbein.

Die Welt war ausgelöscht. Nur noch der Schmerz war da, ein heller, explodierender Schmerz, der bis in die Hüfte reichte. Salsbury heulte. Er schrie. Er wand sich.

Der Junge hatte sich aus seinem Griff befreit. Er rannte auf die Küchentür zu. Fluchend stolperte Salsbury hinter ihm her. Er bekam ihn am Hemdzipfel zu fassen, verlor den Griff, kam zu Fall.

Schmerz. Miriam.

Wenn der Junge entkommt...

»Töten Sie ihn, Thorp!«

Tat-tat-tat-tat-tat-tat...

Salsbury stand auf.

Ihm war zum Erbrechen übel. Die Macht. Angst. Mutter.

Emmas Weinen war zu hören. Sie war nackt.

Salsbury fiel der Kinderreim ein. *Gib mir die Flasche, gib mir das Garn.* Die Flasche und das Garn. Er hatte oft über den Sinn nachgedacht. Mutter hatte es ihm nicht zu erklären vermocht. Und Miriam, die es wußte, hatte geschwiegen.

Thorp hatte die Tür erreicht. Er war schneller als Mark.

Der Junge senkte den Kopf wie ein Stier, der zum Angriff überging.

»Töten Sie ihn, Thorp!«

Thorp erwischte Mark bei der Schulter. Er holte aus und schleuderte ihn gegen den Herd. Eine Pfanne ging zu Boden. Erst als das Blut an die Fliesen spritzte, gab Thorp den Leichnam frei.

Salsbury war zu der Leiche unterwegs, als er das Mädchen im Türrahmen sah. Sie stand da wie angewurzelt. Sie starrte auf die Blutlache, die sich auf dem Küchenboden bildete. Dann irrte ihr Blick zu Salsbury.

Er ging auf sie zu.

»Ich bin der Schlüssel.«

Sie wirbelte herum und war aus dem Haus, ehe er sie festhalten konnte.

Er lief ihr bis auf die Veranda nach. Nichts. Das Mädchen war verschwunden.

Teil 2

DIE ANGST

1. Kapitel

Freitag, der 26. August 1977
9.45 Uhr
Rya saß auf der vorderen Sitzbank, eingeklemmt zwischen Paul und Jenny. In ihr kämpften Angst und Wut. Ihre Hände waren zu Fäusten geballt. Sie war aschfahl, trotz der Sommerbräune, die sie sich zugelegt hatte. Sie hielt die Lippen aufeinandergepreßt. Niemand sollte sehen, welche Angst sie hatte. Niemand sollte sie zittern sehen.

Paul konnte sich nicht erinnern, daß seine Tochter ihn je angelogen hatte, wenn es um irgend etwas Ernsthaftes, um etwas Wichtiges ging. Trotzdem vermochte er nicht zu glauben, was sie erzählt hatte. Daß sie etwas Merkwürdiges, etwas Außergewöhnliches im Hause Thorp gesehen hatte, nun, daran konnte wohl niemand einen Zweifel haben. Aber was? Hatte sie Mr. und Mrs. Thorp etwa im Bett überrascht? In Tränen aufgelöst, war sie zu Sam in den Laden gekommen. Sie schluchzte. Sie konnte keinen zusammenhängenden Satz sagen. Mark tot? Das war doch undenkbar. Der Polizeichef von Black River sollte Mark totgeschlagen haben? Lächerlich.

»Es ist wahr, Paps. Es ist wirklich wahr. Ich schwör's dir bei Gott, es ist wahr. Die beiden haben Mark umgebracht. Ich will sagen, Mr. Thorp hat ihn umgebracht. Der andere Mann hat ihm gesagt, er soll's tun, und er hat's getan. Ich hab' gesehen, o nein, wie fürchterlich ... ich hab' gesehen, wie er ihn mit dem Kopf gegen die Wand geschlagen hat. Das Blut ... O Paps, warum glaubst du mir denn nicht? Es ist wahr!«

Es konnte nicht wahr sein.

Und doch, es gab etwas, das machte Paul Angst. Seit Rya in den Laden gestolpert war, lag eine eisige Hand auf seiner Schulter. Das Kind stand vor ihm, vier oder fünf Schritte entfernt, und die Hand lag auf seiner Schulter.

Die Hand war ihm in den Wagen gefolgt. Er spürte, wie sich die Finger um seinen Hals schlossen.

Er bog in die Union Road ein. Das Haus des Polizeichefs lag noch einen halben Kilometer entfernt. Er kannte das Haus. Das letzte in der Reihe. Blick auf den Fluß. Er erinnerte sich, es gab eine Garage, und über der Garage eine Werkstatt. Dort! Ja, das mußte es sein. Er bog zum Straßenrand ab und parkte.

»Wo ist der Käfig?« fragte er.

»Als ich weglief, stand der Käfig unter dem Küchenfenster. Jemand muß ihn weggenommen haben.«

»Das Haus sieht recht ruhig aus. Nicht so, als ob hier gerade ein Mord passiert wäre.«

»Drinnen«, sagte Rya. Ihre Stimme überschlug sich vor Aufregung. »Sie haben ihn im Haus umgebracht. In der Küche.«

Jenny hatte Rya bei der Hand ergriffen. Sie zog das Mädchen an sich. »Rya ...«

»Drinnen!«

»Gehen wir rein«, sagte Paul.

Sie verließen den Wagen, überquerten den frischgemähten Rasen und umrundeten das Haus.

Emma Thorp mußte sie kommen gehört haben. Sie stand in der offenen Küchentür. Sie trug ein langes, dunkelblaues Hauskleid mit einem hellblauen Gürtel um die schlanke Taille. Das lange Haar war sauber gekämmt und festgesteckt. Sie lächelte. Sie freute sich über den Besuch.

»Tag«, sagte Paul verlegen. Es passierte ihm selten, daß ihm kein passender Satz einfiel, aber jetzt war es so. Wenn auch nur irgend etwas von dem stimmte, was Rya sagte, dann konnte Emma nicht so dastehen. Diese Frau war heiter und gelassen. Eine Frau, die gleich die Waffeln aus dem Waffeleisen holen würde. Sirup oder ohne? Paul schämte sich. Wie hatte er nur auf solch eine Geschichte hereinfallen können. Das Problem war, wie konnte er sich bei Emma wieder herausreden?

»Wie geht's denn immer«, sagte Emma fröhlich. »Tag, Rya, Tag, Jenny. Wie geht's Mr. Edison?«

»Alles in Ordnung«, sagte Jenny, und Paul konnte hören, daß sie ebenso empfand wie er.

»Tja, tut mir leid, aber ich bin nur fürs Haus angezogen. Das Frühstücksgeschirr steht noch herum. Die Küche ist ein einziges Chaos. Aber wenn ihr nichts dagegen habt, im Dreck herumzuwaten, sind Sie herzlich willkommen.« Sie war zur Seite getreten und machte eine einladende Handbewegung.

Paul zögerte.

»Was ist?« fragte Emma.

»Ist Bob nicht da?«

»Ist schon im Dienst«, sagte Emma.

»Wann ist er denn weggefahren?«

»Wie immer, kurz vor neun.«

»Wo ist er jetzt? Auf dem Revier?«

»Auf dem Revier oder auf Streife. Warum?«

Paul stand da und starrte auf den Boden. Ja, warum? Es hatte wohl keinen Zweck, eine Erklärung zu versuchen. »Ist Mark hier?« hörte er sich fragen.

»Er war hier«, sagte Emma. »Er ist mit Jeremy zum Baseballplatz gegangen.«

»Wann war das?«

»Vor einer halben Stunde.«

Er war sicher, daß Emma die Wahrheit sagte. Welchen Zweck hätte es gehabt, wenn sie log? Er würde ihr innerhalb weniger Minuten nachweisen, daß sie ihn hinters Licht geführt hatte. Wenn es wirklich so war, daß ihr Mann Mark getötet hatte, was erhoffte sie sich von einer solchen Ausrede? Und dann, Emma Thorp sah nicht aus wie die Frau, die mithilft, einen Mord zu vertuschen.

Rya hielt ihren Vater beim Arm gepackt. Ihre Blicke trafen sich.

Immer noch die Maske aus Angst und Wut. Rya war jetzt bleich wie die Wand. »Wo ist das Eichhörnchen?« sagte sie. Es klang so schrill, so feindselig, daß Paul zusammenzuckte. »Haben die Jungen das Eichhörnchen mitgenommen, damit sie mit ihm Baseball spielen können?«

»Das Eichhörnchen haben sie bei mir gelassen«, sagte Emma. »Möchtest du's mitnehmen?« Sie sah Paul an und kniff ihm ein Auge zu. »Kommen Sie doch rein bitte.«

In Pauls Gedanken geisterte die Geschichte herum, die Rya ihm vor einer halben Stunde erzählt hatte. Ob Bob Thorp noch in der Küche war? Wenn er den Jungen erschlagen hatte, würde er...

Er verwarf den Gedanken. Emma sah nicht so aus wie eine Frau, in deren Küche vor einer halben Stunde ein kleiner Junge erschlagen worden war. Paul war bereit, jede Summe darauf zu verwetten, daß Emma eine solche Untat weder zulassen noch decken würde. Rya mußte wohl die Fantasie durchgegangen sein. Und die Art und Weise, wie sie ihn, ihren Vater, dadurch in Verlegenheit brachte, machte ihn traurig.

Sie gingen ins Haus.

Im Flur stand der Käfig mit dem Eichhörnchen. Das Tier knabberte an einem Apfel.

»Mark hat mir gesagt, er mag Äpfel«, sagte Emma.

»Das stimmt«, sagte Paul, um etwas zu sagen.

Die Küche war sauber und aufgeräumt, mit Ausnahme des Geschirrs, das noch auf dem Tisch stand. Keine Spuren eines Kampfes. Kein Blut. Das Radio spielte. Tausend Geigen. Die Instrumentalfassung eines Schlagers. Die Zeitung lag aufgefaltet auf dem Küchentisch. Es gab zwei leere Gläser, in denen ein Rest von Orangensaft zu erkennen war. Der Kaffee in einer der beiden Tassen war noch so heiß, daß er dampfte. Angenommen, Emma war dabeigewesen, als ihr Mann den Jungen umbrachte. Hätte sie sich dann in aller Ruhe zum Frühstück hingesetzt? Mord, dann Kaffee und

Morgenzeitung? Unwahrscheinlich. Unmöglich. Kein Blut, nirgendwo, nicht die geringste Spur von Blut.

»Sie sind sicher gekommen, um das Eichhörnchen abzuholen«, sagte Emma.

Sie sprach freundlich, aber Paul wußte, daß sie befremdet war. »Nein«, sagte er, »das ist nicht der Grund. Ich schäme mich, den wirklichen Grund zu sagen. Aber was das Eichhörnchen angeht, wo wir schon da sind, werden wir's mitnehmen.«

»Sie haben das Blut aufgewischt«, sagte Rya.

»Rya, ich will jetzt nichts mehr davon ...«

»Sie haben alles aufgewischt«, schrie sie.

Er drohte ihr mit dem Finger. »Du hast mir heute schon genug Ärger bereitet. Jetzt sei still. Wir reden später.«

»Sie haben das Blut aufgewischt und die Leiche verborgen!«

»Welche Leiche?« sagte Emma erschreckt.

»Das ist ein bedauerliches Mißverständnis«, sagte Paul. »Das Mädchen glaubt ...«

Rya drängte sich vor ihn. »Ihr Mann hat meinen Bruder umgebracht, jetzt tun Sie doch nicht so, als ob Sie's nicht gesehen hätten. Sie standen dort, wo Sie jetzt stehen, und haben zugesehen, wie Ihr Mann Mark gegen die Wand geschleudert hat. Sie waren nackt, und ...«

»Rya!« herrschte er sie an.

»Es ist wahr!«

»Ich habe gesagt, du sollst den Mund halten!«

»Sie war nackt, und sie hat ...«

Er hatte noch nie die Hand gegen seine Tochter erhoben. Jetzt hatte er Lust dazu. Er hatte sie gepackt, aber sie machte sich von ihm los, schoß an Emma vorbei und rannte aus der Küche. Er hörte ihre Schritte auf dem Kies.

Er lief ihr nach. Als er den Vorgarten erreicht hatte, war sie bereits hinter den Büschen verschwunden. Er trat auf die Straße. Nichts zu sehen. Er warf einen Blick in den Wagen. Nichts. Sie muß wohl zur Union Road gelaufen sein.

Er hastete zur Union Road. Er sah sie rennen. Er rief ihr nach, sie antwortete ihm nicht.

Er rannte schneller. Er sah, wie sie in eine Lücke zwischen zwei Häusern schlüpfte.

Im Garten hinter den Häusern war niemand. Vorne auch nicht.

»Rya! Rya!«

Keine Antwort. Vielleicht war sie schon so weit weg, daß sie ihn nicht mehr hören konnte. Vielleicht verbarg sie sich im Haus.

Schweigen und das Schlürfen der Leute auf dem Asphalt.

Er war nicht mehr wütend auf sie. Er war nur noch traurig. Was war in das Mädchen gefahren? Warum hatte sie sich so eine grausige Geschichte ausgedacht? Wie war es zu erklären, daß sie ihre Story mit soviel Überzeugungskraft, mit echter Verzweiflung vorbrachte? Rya war keine Lügnerin. Sie war nicht einmal eine gute Schauspielerin. Beunruhigend auch, daß sie selbst dann noch an ihrer Lüge festhielt, als sie entlarvt war. Glaubte sie etwa wirklich an das, was sie da sagte? Wenn, dann war das Kind geisteskrank.

Rya geisteskrank. Rya war ein Fels von einem Mädchen. Vor einer Stunde noch hätte er geschworen, daß sie das vernünftigste kleine Mädchen auf der Welt war. Durchlebte sie vielleicht eine Krise? Eine zeitweilige Trübung ihrer geistigen Fähigkeiten?

Benommen und voller Sorge ging er den Weg zurück, um sich bei Emma Thorp für seine Tochter zu entschuldigen.

2. Kapitel

10.15 Uhr

Jeremy Thorp stand in Habachthaltung in der Mitte der Küche.

»Hast du verstanden, was ich dir erklärt habe?« fragte Salsbury.

»Ja.«

»Du weißt, was du zu tun hast.«

»Ja.«

»Noch irgendwelche Fragen?«

»Ja. Was tue ich, wenn keiner kommt?«

»Sie werden kommen.«

»Und wenn nicht?«

»Du hast doch eine Uhr, oder?«

Der Junge zeigte ihm seine Armbanduhr.

»Du wartest zwanzig Minuten, von jetzt ab gerechnet. Wenn sie dann immer noch nicht gekommen sind, läufst du zurück, hierher. Ist das verstanden?«

»Ja.«

»Also los.«

Der Junge war zur rückwärtigen Tür unterwegs.

»Geh vorne raus, sonst sehen sie dich«, sagte Salsbury. Er sah Jeremy Thorp nach, der den kurzen Korridor zur Hintertür entlanglief. Er ging hinter ihm her, vergewisserte sich, daß er das Grundstück unbehelligt überquert hatte, sah, wie der Kleine zwischen den Nachbarhäusern verschwand. Er verriegelte die Tür und kehrte in die Küche zurück.

Nicht schlecht, dachte er. Gar nicht schlecht, Ogden. Leonard hätte das

Ding nicht raffinierter drehen können. Clever. Wirklich clever. Mit diesem Gehirn und der Macht, die der Code verlieh … Ich werde die kleine Krise schon meistern, dachte er. Wenn Miriam mich jetzt sehen könnte. Was sie wohl sagen würde. Ich bin nicht mehr so, wie du mich kanntest, Miriam. Ich bin ein harter Typ geworden. Ein ganz ausgetragener Junge. Ich war in Gefahr, aber ich habe klaren Kopf bewahrt und gewonnen, das muß mir erst einmal jemand nachmachen. Smart. Wirklich smart. Allerdings, ich bewege mich auf einem schmalen Grat. *Auf des Messers Schneide.*

Er schob den Vorhang zur Seite, so daß er die Garage sehen konnte. Er sah, wie Paul den Käfig in den Kofferraum des Wagens stellte. Jenny stieg ein. Eine Minute lang sprach Paul mit Emma, die den beiden zum Wagen gefolgt war. Emma trat einen Schritt zurück und winkte.

Jenny hatte das elektrische Fenster hochsurren lassen. Paul hatte hinter dem Steuer Platz genommen. Salsbury sah, wie er sich vorneigte und den Wagen startete. Der Wagen glitt auf die Straße.

Sie kam in die Küche und erschrak. Er war sicher, daß sie gleich losschreien würde. »Was tun Sie hier? Wer sind Sie?«

»Ich bin der Schlüssel.«

»Ich bin das Schloß.«

»Entspanne dich.«

Er sah, wie ihr Atem langsamer wurde.

»Setz dich hin.«

Sie setzte sich.

Er baute sich vor ihr auf. »Über was hat Paul Annendale mit dir gesprochen?«

»Er hat sich für das Verhalten seiner Tochter entschuldigt.«

Salsbury mußte lachen.

Und Emma verstand gar nichts mehr. Ihre Erinnerung an den Mord war gelöscht worden, und so erschien es ihr merkwürdig, daß Rya ihren Mann einer Bluttat beschuldigte. Noch merkwürdiger war, daß ein Mann wie Salsbury über so etwas lachen konnte.

Es war düster im Eingang der Kirche, düster und still. Es war eine katholische Kirche. Die Bänke waren aus Fichtenholz, auch die Wände, der Boden, die Decken und das vier Meter hohe Kruzifix. Alles war aus Holz, das gehörte sich so in einem Ort, der von der Big-Union-Sägemühle lebte. Es gab eine Fünf-Watt-Birne, die über dem Weihwasserbecken brannte. Am Altar flackerten die Kerzen, aber von diesem Licht gelangte nur ein winziger Schimmer in den Vorraum, wo Jeremy Thorp sich verbarg.

Mit vorsichtigen Schritten tapste er zum Portal. Er öffnete die schweren Türen einen Spalt. Die Treppe war zu sehen. Ziegelsteine. Der Bürgersteig. Birken. Das westliche Ende der Main Street. Gegenüber, auf der anderen

Straßenseite, war das Union-Theater. Die Fassade war gut zu erkennen, trotz der vielen Birkenzweige.

Jeremy warf einen Blick auf seine Uhr. Es war 10 Uhr 20.

Sie standen vor der roten Ampel, als Paul den rechten Winker einschaltete.

»Der General Store ist links«, sagte Jenny.

»Ich weiß.«

»Wo willst du denn hin?«

»Ich will zum Baseballplatz.«

»Du willst dich überzeugen, ob Emma die Wahrheit gesagt hat, nicht?«

»Nein. Ich bin sicher, daß sie die Wahrheit gesagt hat.«

»Warum willst du dann zum Baseballplatz?«

»Weil ich mit Mark sprechen will. Er soll mir sagen, was heute morgen wirklich passiert ist.«

Immer noch stand die Ampel auf Rot. Paul trommelte mit den Fingern aufs Lenkrad.

»Emma hat uns bereits gesagt, was passiert ist«, seufzte Jenny. »Nichts.«

»Sie hatte verweinte Augen, hast du das nicht bemerkt? Vielleicht hat sie einen Streit mit ihrem Mann gehabt, als Mark dazukam. Rya ist auf dem Höhepunkt der Auseinandersetzung in die Küche gekommen. Weil es sehr erregt zuging, hat sie's mit der Angst zu tun gekriegt und ist geflüchtet.«

»Das hätte Emma uns doch gesagt.«

»Vielleicht ist es ihr unangenehm, von ihrem Ehekrach zu berichten.«

Die Ampel schaltete auf Grün. »Du meinst, Rya hat es mit der Angst zu tun gekriegt, weil sich ein Ehepaar ein paar unfreundliche Worte an den Kopf geworfen hat?«

»Entweder das, oder sie lügt.«

Jenny schüttelte den Kopf. »Sie ist kein Mädchen, das lügt.«

»Wir werden Mark fragen, wie's gewesen ist.«

Jeremys Uhr war auf 10 Uhr 22 gerückt, als Paul von der Main Street in die Allee abbog, die zum Baseballplatz führte. Sobald der Wagen zwischen den Bäumen verschwunden war, verließ der Junge sein Versteck in der Kirche. Er ging die Backsteintreppe hinunter, stellte sich an den Straßenrand und streckte den Kopf vor. Er wartete auf den Wagen.

Der Himmel hatte sich zugezogen, in weniger als einer Stunde. Graublaue Wolken türmten sich auf. Der Wind hatte aufgefrischt. Wenn der Wind aus dem Osten wehte, gab's Regen. Sagten die Einheimischen in Black River.

Jeremy trat von einem Fuß auf den anderen. Bitte, lieber Gott, laß es nicht regnen. Wenigstens nicht heute. Ich werde beim Fahrradrennen mitmachen. Diesmal mache ich den Ersten. Letztes Mal bin ich Zweiter geworden. Inzwischen habe ich trainiert. Wirklich trainiert. Nein, ich habe meine Zeit nicht verplempert, wie das die anderen Kinder tun. Ich werde Erster – wenn's nicht regnet.

Wieder ein Blick auf die Uhr. 10 Uhr 26.

Sekunden später bog Pauls Wagen um die Ecke, und Jeremy setzte sich in Bewegung.

Paul wollte gerade abbiegen, als Jenny ihn beim Arm faßte. »Warte doch, da kommt Jeremy.«

Paul stieg auf die Bremse. »Wo?«

»Auf der anderen Straßenseite.«

»Aber er ist ohne Mark.« Paul drückte auf die Hupe. Er ließ sein Fenster niedersurren und winkte Jeremy zu.

Jeremy schaute nach links, Jeremy schaute nach rechts, dann überquerte er die Straße. »Tag, Mr. Annendale, Tag, Jenny.«

Es war Paul, der die Fragen stellte. »Wo ist Mark? Deine Mutter hat mir gesagt, ihr seid zum Baseballspielen gegangen.«

»Wir haben auch Baseball gespielt, aber dann haben wir uns gelangweilt. Wir sind ins Gordon-Wäldchen gegangen.«

»Wo ist das?«

Jenny kannte das Wäldchen. Es lag an dem Weg, der zum Holzfällercamp führte, ein paar Minuten außerhalb des Ortes.

Jeremy deutete die Straße entlang. »Dort.«

»Was habt ihr denn im Gordon-Wäldchen zu suchen?« fragte Paul.

»Wir haben dort ein Baumhaus, ich meine meine Freunde und ich. Ich wollt's Mark nur zeigen.« Er sah Pauls besorgte Miene. »Nicht, was Sie vielleicht meinen, Mr. Annendale. Keine Bruchbude, die von den Ästen fällt. Der Vater eines Kindes hat's gebaut. Wirklich sicher. Kann nichts passieren.«

»Er hat recht«, sagte Jenny. »Ich kenne das Baumhaus. Mein Vater hat mitgeholfen beim Bau.« Sie schmunzelte. »Obwohl ich für solche Spiele ja schon etwas zu alt bin.«

Jeremy nickte. Er war ein Junge mit Sommersprossen. Paul betrachtete die Kratzer auf seinem Knie. Er mußte lächeln. Baumhäuser. Jeremy war nicht der verschlagene Teufel, der einen Mord deckte. Er war ein Junge wie die anderen.

Paul war erleichtert. Vorhin, auf dem leeren Baseballplatz, war die eisige Hand wieder dagewesen. Im Augenblick war sie nicht mehr zu spüren. »Ist Mark noch im Baumhaus?« fragte er.

»Ja.«

»Und du? Warum bist du nicht bei ihm geblieben?«

»Weil ich das Monopolyspiel holen will. Wir wollen mit den anderen Jungen Monopoly spielen, im Baumhaus.«

»Jeremy...« Paul dachte nach, in welche Worte er seine wahnwitzige Frage kleiden konnte. »Ist in eurer Küche heute morgen etwas... Außergewöhnliches passiert?«

Der Junge blinzelte. »Wir haben gefrühstückt.«

Paul kam sich vor wie ein Mann, der ein kreuz und quer zerschnittenes Schlauchboot aufpumpte. »Viel Spaß beim Monopoly«, sagte er. »Lauf jetzt, deine Freunde warten sicher schon auf dich.«

Jeremy verabschiedete sich von Paul und Jenny. Er verabschiedete sich auch vom Eichhörnchen im Käfig. Er sah nach rechts, er sah nach links, dann ging er zur anderen Straßenseite zurück.

Paul sah ihm nach, bis er den Platz erreicht hatte, der den Mittelpunkt des Ortes bildete.

»Was nun?« fragte Jenny.

»Ich nehme an, Rya ist zu deinem Vater gelaufen, um sich bei ihm auszuweinen«, sagte Paul. »Vielleicht ist das auch ganz gut so. Wir bekommen vorläufig nichts Klares aus dem Mädchen heraus.«

»Und wenn sie nicht bei Sam ist?«

»Dann warten wir in aller Ruhe, bis sie auftaucht. Sie kann in Black River ja schließlich nicht verlorengehen. Früher oder später kommt sie wieder aus der Schmollecke hervor.«

Sie saßen am Küchentisch. Jeremy erzählte, was Paul ihn gefragt und wie er diese Fragen beantwortet hatte.

»Hat er's geschluckt?« fragte Salsbury.

»Was geschluckt?«

»Daß Mark im Baumhaus ist.«

»Ist er denn nicht im Baumhaus?«

Gut, dachte Salsbury. Gut, gut, gut. Ich habe erst einmal Zeit gewonnen. Jetzt muß ich die Zeit nutzen. Mir bleiben zwei Stunden. Vielleicht auch drei. Spätestens in drei Stunden wird Annendale im Baumhaus nachsehen, wo sein Sohn bleibt. Entscheidungskraft. Kühnheit des Gedankens. Er schloß die Augen. Ich muß das Problem endgültig aus der Welt bringen, bevor Dawson was davon erfährt.

Gleich nachdem Rya davongelaufen war, hatte er das Gedächtnis der Familie Thorp von unnützem Beiwerk gereinigt. Ein programmatisches Auslesen. Es gab keinen Mord mehr. Die Tafel war leergewischt. Und nun? Das ganze Projekt stand auf dem Spiel. Es war zu riskant, wenn die Thorps mit einer Gedächtnislücke von einer Stunde in der Welt herumliefen. Die Tafel mußte wieder beschriftet werden. Mit einem neuen, erfundenen Leben.

Er begann mit der Frau. Den Jungen schickte er in sein Zimmer.

Er saß da, den Blick auf Emmas Brüste gerichtet. Er dachte nach.

»Emma, wie spät ist es?«

Sie sah auf die Küchenuhr. »Zwanzig nach elf.«

»Nein«, sagte er. »Du irrst dich. Es ist zwanzig nach neun. Es ist Frühstückszeit.«

»Wirklich?«

»Wirklich. Sieh auf die Uhr. Wie spät ist es?«

»Zwanzig nach neun«, sagte Emma.

»Wo bist du?«

»In meiner Küche.«

»Wer ist sonst noch hier?«

»Nur Sie und ich.«

»Nein. Mich kannst du nicht sehen. Kannst du mich sehen, Emma?«

»Nein.«

»Aber du kannst mich hören. Und nun paß gut auf. Wenn unser kleines Gespräch vorüber ist, wirst du vergessen, daß du mit mir gesprochen hast. Ich werde dir sagen, was heute morgen um zwanzig nach neun passiert ist. Du wirst glauben, es hat sich alles wirklich so ereignet. Ist das klar, Emma?«

»Ja.«

»Also gut. Wie spät ist es?«

»Zwanzig Minuten nach neun.«

»Wo bist du?«

»In der Küche.«

»Wer ist sonst noch da?«

»Niemand.«

»Bob und Jeremy sind da. Sie sitzen dir gegenüber.«

»Bob und Jeremy sind da«, wiederholte sie.

»Bob schaut dich an.«

Sie lächelt.

»Ihr drei seid beim Frühstück.«

»Frühstück.«

»Spiegeleier, Toast, Orangensaft, Kaffee.«

»Spiegeleier, Toast, Orangensaft, Kaffee.«

»Nimm das Glas und trink.«

Sie hob das leere Glas. Sie runzelte die Stirn.

»Das Glas ist bis zum Rand mit dickem, kühlem Orangensaft gefüllt. Kannst du's sehen?«

»Ja.«

»Sieht appetitlich aus, nicht?«

»Ja.«

»Und jetzt trink, Emma.«

Sie trank aus dem leeren Glas.

Er mußte lachen. Die Macht... Es würde schon klappen. Niemand konnte ihn bremsen. Er war der Herr über die Hirne der Menschen.

»Hat's geschmeckt, Emma?«

Sie fuhr sich mit der Zunge auf der Oberlippe entlang. »Köstlich.«

Hure, dachte er. Süße, kleine Hure.

3. Kapitel

Mittags.

In Buddys Alptraum gab es zwei Männer, die das Trinkwasserreservoir oberhalb Black River mit Katzen füllten. Sie standen da, umhüllt von den Schatten der Nacht, und ließen eine Katze nach der anderen aus den Käfigen frei. Sie scheuchten die Tiere ins Wasser.

Die Katzen, derart roh und rücksichtslos behandelt, gaben sich beleidigt. Aber das half ihnen nichts. Immer mehr Käfige wurden geöffnet, immer mehr Tiere ins Wasser gejagt. Der See schien zu kochen, soviel Katzen planschten darin herum. Streunende Katzen, Siamkatzen, Angorakatzen, schwarze, graue, gelbe und weiße Katzen, gestreifte Katzen und solche mit geflecktem Fell, alte Katzen und Katzenjunge. Buddy hatte von der Sache wieder mal nichts gewußt. Er war in seiner Wohnung und drehte den Wasserhahn in der Küche auf. Statt Wasser quollen Katzen heraus. Dutzende von Katzen. Sie sprangen fauchend im Spülbecken umher, und Buddy wunderte sich, wie sie mit ihren dicken Bäuchen das Rohr passiert hatten. Irgendwie hatten sie's geschafft, sie hatten nicht nur die Siphons und Krümmungsstellen überwunden, sondern auch die Filter und Rattenfallen, mit denen das Trinkwassersystem versehen war. Die Katzen hieben mit scharfen Krallen aufeinander ein, fauchten und kreischten, jaulten und heulten. Und dann kamen sie an der Wandung des Porzellanbeckens hochgeklettert. Der Platz, den sie freigaben, füllte sich mit neuen Katzen, die aus dem Hahn quollen. Sie hatten den Schrank erklommen. Sie saßen auf der Anrichte, auf dem Brotkasten und auf dem Ständer, wo die Teller trockneten. Sie breiteten sich über den Boden der Küche aus wie eine Springflut. Als Buddy hinausgehen wollte, sprang ihm eine Katze auf den Rücken. Er ergriff sie und warf sie gegen die Wand. Die anderen Katzen fanden das nicht so gut. Sie fanden es grausam. Sie bildeten eine Katzengasse um Buddy. Sie ließen ihn Spießruten laufen. Sie spuckten und hieben mit ihren scharfen Krallen nach ihm. Er ergriff die Flucht. Er erreichte das Wohnzimmer Sekunden bevor das zuckende, spuckende Knäuel aus Fleisch, Fell und Bösartigkeit über die Türschwelle quoll. Er warf die Tür zu und schob den Riegel vor. Er hörte, wie sich die Katzen gegen die Füllung warfen, aber ihr Gewicht war zu gering, um die Tür aus dem Rahmen zu brechen. Buddy atmete auf. Er war gerettet. Er wandte sich um und erschrak bis ins Mark. Vor ihm standen mannshohe Käfige voller Katzen. Zwei Männer standen neben den Käfigen, sie machten sich an den Gittertüren zu schaffen. Die beiden nickten ihm zu. Sie trugen Schulterhalfter und hielten Waffen in den Händen. Sie waren wie Sporttaucher gekleidet. Schwarze Gummianzüge.

Schreiend fuhr Buddy aus seinem Traum hoch. Er schlug auf das Kopfkissen ein, verhedderte sich in den Laken, drosch um sich, weinte und stöhnte, bis ihm schließlich klar wurde, daß es das Kissen war und keine Katze, was sich da unter seinem Würgegriff wand.

»Ein Traum«, murmelte er. »Nur ein Traum.«

Weil Buddy Nachtschicht arbeitete, schlief er tagsüber, und deshalb hatte seine Wohnung dicke Vorhänge. Vorhänge, die kaum Licht durchließen.

Er starrte ins Dunkel. Er tastete nach der Lampe. Er drückte auf den Knopf.

Keine Katzen.

Keine Männer in Taucheranzügen.

Jetzt war er sicher, daß er alles nur geträumt hatte. Andererseits, der Traum hatte sich in den letzten drei Tagen sehr oft wiederholt. Vorsicht war am Platze. Buddy stand auf, tastete nach den Pantoffeln, die ihm drei Nummern zu groß waren, und schlurfte zur Küche. Er steckte den Finger in die Wasserhähne. Keine Katzen. Gut zu wissen.

Der Schreck saß ihm in den Gliedern, obwohl es keine Katzen in der Wohnung gab. Die Sache mit den Katzen war ja nicht der einzige Alptraum. Buddy schlief schlecht in der letzten Zeit. Erbärmlich schlecht.

Die Küchenuhr stand auf 12 Uhr 13. Buddy war an jenem Morgen um halb neun vom Wachdienst in der Sägemühle heimgekehrt. Sein Zeitplan war festgefügt. Um halb zehn ging er ins Bett, pünktlich wie ein Maurer. Er dachte nach. Drei Stunden. Wenn es wirklich erst 12 Uhr 13 war, dann hatte er nur knappe drei Stunden geschlafen.

Er setzte sich an den Küchentisch und schlug die Zeitschrift auf, die er letzten Montag in *Edison's General Store* gekauft hatte. In der Zeitschrift waren Taucher abgebildet. Männer in Taucheranzügen.

Merkwürdig, dachte er. Bewaffnete Sporttaucher. Und nachts. Nachts, wo es dunkel ist. Was wollen sie mit den Waffen im Wald? Nach was tauchen sie im Trinkwasserreservoir? Die Antwort? Es gab keine Antwort. Negativ. Negativ. Negativ. Negativ. Taucher. Taucher im Wald. Nachts. Verrückt. Ich kann's nicht lösen. Ich schaffe die Aufgabe nicht.

Er beschloß zu duschen. Er würde duschen, und dann würde er sich anziehen. Er würde in *Edison's General Store* gehen. Es war Zeit, daß er mit Sam Edison sprach. Der würde eine Antwort wissen.

Um 12 Uhr 05 machte Rya eine Beobachtung, die ihr zu denken gab. Ein Mann mit dicken Brillengläsern ging die Treppe zu *Pauline Vicker's Rooming House* hinauf. Ein Mann, der eine graue Hose und ein dunkelblaues Oberhemd trug. Sie kannte den Mann. Es war der Mann, der Bob Thorp den Befehl gegeben hatte, ihren Bruder zu ermorden.

Um 12 Uhr 10 verbarg sich Rya in einem der Beichtstühle, die sich im hinteren Bereich des Kirchenschiffes befanden. Eine Woche zuvor war sie Ohrenzeuge eines Gesprächs gewesen, das Emma mit ihrem Mann, dem Polizeichef, führte. Es ging um den *Friday Lunch and Card Club*, der sich jeden Freitag im Untergeschoß der Kirche traf. Von ihrem Versteck im Beichtstuhl konnte sie jetzt die Treppe sehen, die zum Untergeschoß hinunterführte. Die Mitglieder des Klubs kamen, zu zweit, zu dritt, auch einzeln. Um halb eins kam Emma Thorp, Rya erkannte sie schon von weitem, obwohl es so düster in der Kirche war. Als Emma die Treppe hinuntergegangen war, verließ das Mädchen sein Versteck.

Sie erschrak, als ihr Blick auf das Kruzifix fiel. Der Gekreuzigte schien sie anzustarren, seine Augen folgten ihr durch die ganze Kirche.

Du hättest Mutter vor dem Tod bewahren können, dachte sie. Du hättest Mark retten können. Warum läßt du zu, daß Menschen andere Menschen töten?

Der Gekreuzigte antwortete ihr nicht.

Hilf dir selbst, dann hilft dir Gott, dachte sie. Ich werde jene bestrafen, die Marks Tod verschuldet haben. Ich werde sie zur Rechenschaft ziehen. Sie warf dem Kruzifix einen trotzigen Blick zu. Du wirst staunen.

Dann spürte sie, wie der Schmerz ihr die Kehle zuschnürte. Die Tränen waren plötzlich sehr nahe. Sie blieb stehen und wartete, bis sie wieder klar denken konnte. Sie verließ das Kirchenschiff und betrat den Vorraum, der durch eine Glaswand abgeteilt war.

Ihr fiel auf, daß eine der Türen, die nach draußen führten, fehlte. Sie war herausgenommen worden, die leeren Angeln waren zu sehen. Dann sah sie das Werkzeug, das am Boden lag. Der Handwerker, so vermutete Rya, war etwas holen gegangen.

Sie wandte sich um und betrachtete das Kruzifix.

Sie kniete sich hin und nahm einen schweren Schraubenschlüssel aus der offenen Werkzeugkiste.

Sie spürte die Augen des Gekreuzigten auf sich ruhen. Traurige hölzerne Augen.

Sie ließ den Schraubenschlüssel in ihre Jackentasche gleiten und verließ die Kirche.

Um 12 Uhr 35 schlenderte sie am Rathaus entlang, das sich auf der Nordostseite des Platzes befand. Das Büro des Polizeichefs war im ersten Stock, es hatte zwei große Fenster. Die Blenden waren hochgezogen. Als sie an den Fenstern vorbeiging, sah sie Bob Thorp. Er las in einem Magazin und aß ein Brötchen.

Um 12 Uhr 40 stand sie vor *Ultman's Café*. Eine Schar Kinder war auf Fahrrädern unterwegs zu der gepflasterten Straße am nördlichen Ende der Union Road, wo jeden Freitag ein Fahrradrennen veranstaltet wurde. Einer der Jungen in der Schar war Jeremy Thorp.

Es war 12 Uhr 45 geworden, als Rya die Union Road am nördlichen Ende überquerte. Wenig später hatte sie den Bungalow des Polizeichefs erreicht. Sie umrundete das Gelände. Die Wiese, die das Haus umgab, ging in einiger Entfernung in niedriges Buschwerk über. Das Haus war das letzte in der Reihe, es gab keine weiteren Parallelstraßen. Rya sah die Garage, dann den Fluß. Im Schutz der Bäume und Büsche schlich sie sich bis zum Eingang des Hauses.

Die Tür. Ein kupferner Türknauf. Drei schmale Scheiben aus farbigem Glas, 15 Zentimeter breit, 22 Zentimeter lang.

Sie klopfte an.

Drinnen rührte sich nichts.

Sie drehte am Türknauf. Die Tür war verschlossen. Rya hatte nichts anderes erwartet.

Sie zog den Schraubenschlüssel aus der Tasche, den sie in der Kirche gestohlen hatte, und zerschlug die mittlere Scheibe. Das Geräusch des zersplitternden Glases war lauter, als sie vorausgesehen hatte, aber nicht so laut, daß Rya deswegen ihr Vorhaben aufgegeben hätte. Sie entfernte die restlichen Splitter, die in der Füllung steckten, und griff durch die Öffnung. Sie ertastete das innere Gegenstück des Knaufs und drehte den Ring in beiden Öffnungen. Die Tür schwang auf.

Sie trat ein und zog die Tür wieder hinter sich zu.

Sie blieb im Flur stehen und starrte auf die Schatten, die sich auf dem Küchenboden abmalten.

Was mache ich, wenn sie zurückkommen und mich überraschen?

Ich muß jetzt Mut haben, redete sie sich ein. Vorwärts! Ich muß es tun, ehe ich mein Selbstvertrauen verliere.

Ich habe Angst. Sie haben Mark getötet.

Heute morgen bist du weggerannt. Wirst du jetzt wieder wegrennen? Wirst du bis zum Ende deines Lebens vor allem wegrennen, was dir Angst macht?

Sie überquerte die Schwelle zur Küche.

Sie blieb vor dem Herd stehen. Hier hatte der Mord stattgefunden. Mark war gegen den Herd geschleudert worden, bis... Rya warf einen Blick in die Runde. Die Tür. Die Fenster. Geräusche? Nein. Nichts. Nur das gleichmäßige Summen des Kühlschranks und der Gefriertruhe. Oder? Da war noch etwas anderes. Das Radio. Der Lautsprecher war ausgeschaltet, aber es gab ein eingebautes Uhrwerk, das ein leises Summen verursachte. Rya schrak zusammen, als ein Fensterladen an die Hausfront schlug. Der Wind. Unmittelbar darauf das Dröhnen eines Gongs. Sie starrte auf die Großvateruhr im Wohnzimmer. Die Uhr ging ein paar Minuten nach, trotzdem war die Viertelstunde angeschlagen worden. Das Dröhnen hallte nach, als sei der Klang im Glasgehäuse gefangen. Ein Haus voller Geräusche, aber diese Geräusche hatten keine menschliche Ursache. In bin allein.

Ich habe das Gesetz gebrochen. Ich bin in ein fremdes Haus eingedrungen. Was nun? Wenn ich... Ich habe mich in Gefahr begeben. Jetzt muß ich... Sie mußte das Haus durchsuchen. Natürlich. Deshalb war sie ja gekommen. Sie würde das Haus bis in den letzten Winkel durchsuchen. Sie würde nach der Leiche ihres Bruders suchen.

Wo anfangen?

Sie stand da und grübelte, bis ihr klar wurde, daß ihre Unentschlossenheit eine Folge der Angst war. Es war die Angst, die ihr den Gedanken eingab, daß es unmöglich sein würde, dem Polizeichef von Black River einen Mord nachzuweisen.

Angst. Sie war entschlossen, diese Angst zu überwinden. Nicht vor Mr. Thorp habe ich Angst, sondern vor dem Anblick der Leiche. Wie werde ich reagieren, wenn ich die Leiche meines Bruders finde?

Sie begann in der Küche. Hier gab es nur wenige Verstecke, wo die Leiche eines neunjährigen Jungen Platz finden konnte. Rya warf einen Blick in den Kühlschrank, in die Kühltruhe, in die Vorratskammer. Sie fand nichts.

Als sie das Schränkchen unter dem Spülbecken öffnete, fand sie einen Eimer mit blutigen Tüchern. Es waren keine Aufwischtücher, sondern Geschirrtücher. Sie hatten Geschirrtücher benutzt, um das Blut von den Kacheln und vom Boden wegzuwischen. Die blutigen Tücher waren dann im Mülleimer gelandet. Vielleicht hatten sie vorgehabt, die Beweisstücke zu vernichten, aber sie hatten noch keine Zeit dazu gehabt. Oder sie hatten es vergessen. Rya zog eines der Tücher aus dem Eimer hervor. Es fühlte sich kalt und feucht an. Schwer vom Blut. Sie ließ das Tuch auf den Boden fallen und starrte auf ihre Hand.

Armer Mark. Etwas wie Verzweiflung und Bitterkeit überkam sie. Sie hörte ihr Herz schlagen. »Armer Mark«, flüsterte sie. »Du hast in deinem Leben niemandem etwas zuleide getan. Nicht einmal einem Tier. Was haben sie mit dir gemacht? Warum haben sie das getan? *Warum?*«

Sie war in die Hocke gegangen, um das blutige Tuch aus der Nähe zu betrachten. Sie stand auf. Ein paar Herzschläge lang war ihr schwarz vor Augen.

Ich muß die Leiche finden.

Ich will die Leiche nicht finden.

Ich bin hier, um die Leiche zu finden.

Ich habe Angst.

Angst? Vorsicht? Rya stieß ihren Entschluß um. Die Leiche ihres Bruders. Nein. Die Vorstellung, vor dem blutüberströmten Leichnam des Kleinen zu stehen, war ihr unerträglich. Seine toten Augen. Der zerschmetterte Schädel. Nein. Es gab Grenzen, was ein Mädchen ertragen konnte.

Ich werde nicht weitersuchen. Dieses Haus ... Ich kann nicht weitersuchen. Ich werde ...

Sie brach in Tränen aus. Sie bückte sich, packte den Henkel des Eimers und verließ das Haus. Sie vermied es, auf die blutgetränkten Tücher zu sehen.

Um 12 Uhr 45 verließ Salsbury sein Zimmer. Er nahm seinen Aktenkoffer mit. Er ging die Treppe hinunter und betrat den Aufenthaltsraum für die Gäste.

Pauline Vicker saß in dem größten der drei Lehnstühle, die im Aufenthaltsraum standen. Sie war eine stämmige Frau, Anfang Sechzig. Lockergekämmtes graues Haar. Gesunde Gesichtsfarbe. Doppelkinn. Der Blick war fröhlich, Pauline Vicker war eine Frau, die eigentlich immer gute Laune hatte. Der Typ der Großmutter, wie sie in Bilderbüchern abgebildet wird. Eine Großmutter, wie Filmregisseure in Hollywood sich Großmütter vorstellen. Sie war barfuß. Sie hatte die Füße auf einen gepolsterten Schemel gelegt. Sie aß Bonbons und betrachtete die Folge einer Fernsehserie, die sie sehr liebte.

Er war am Türrahmen stehengeblieben. Er räusperte sich. »Mrs. Vicker?«

Sie sah auf. Er betrachtete sie, während sie an ihrem Karamelbonbon weiterkaute. Sie schien Schwierigkeiten beim Herunterschlucken des Bonbonsaftes zu haben. Dann: »Guten Tag, Mr. Deighton. Wenn Sie irgend etwas wünschen, ich meine, wenn Sie eine Beschwerde haben wegen Ihres Zimmers oder so, meinen Sie nicht, daß das ein paar Minuten Zeit hätte, ich will nur noch die Folge zu Ende sehen. Es ist meine Lieblingsserie, und ich ...«

»Ich bin der Schlüssel«, sagte er ungeduldig.

»Ach so«, sagte Mrs. Vicker. Sie war sichtlich verärgert, daß sie die Folge nun nicht mehr zu Ende sehen konnte. »Ich bin das Schloß.«

»Stehen Sie auf, Mrs. Vicker.«

Mühsam erhob sie sich aus dem Lehnsessel.

Fette, alte Kuh, dachte Salsbury.

»Was wünschen Sie?« kam ihre Frage. Es klang aufgeräumt und dienstfertig.

»Ich brauche diesen Raum«, sagte er und ging auf den Schreibtisch zu, wo Mrs. Vickers Telefon stand. »Ich möchte nicht gestört werden.«

»Soll ich hinausgehen?«

»Ja, und zwar sofort.«

Ein wohlgelauntes Lächeln. Sie schnappte sich die Büchse mit den Karamelbonbons. »Ich bin schon so gut wie draußen, Mr. Deighton. So gut wie. Lassen Sie sich Zeit. Ich werde dafür sorgen, daß niemand Sie stört.«

»Mrs. Vicker?«

»Ja?«

»Gehen Sie in die Küche.«

»Ja.«

»Sie können dort Ihre Karamelbonbons essen, wenn Sie wollen.«

»Gut.«

»Stellen Sie das Radio in der Küche an, und bleiben Sie dort, bis ich komme.«

»Sehr wohl, Sir.«

»Ist das ganz klar?«

»Aber gewiß doch. Ich werde exakt das tun, was Sie sagen. Sie können ja nachsehen kommen, wenn Sie mir nicht glauben. Ich werde jetzt schnurstracks in die Küche gehen und meine Karamelbonbons essen und Radio hören.«

»Schließen Sie die Tür, wenn Sie diesen Raum verlassen«, sagte er scharf. »Gehen Sie jetzt, Mrs. Vicker.«

Sie verließ den Raum und zog die Tür hinter sich ins Schloß.

Salsbury hatte seinen Aktenkoffer auf den Schreibtisch gelegt. Er öffnete den Aktenkoffer. Er entnahm dem Koffer einen Satz Schraubenzieher und ein IF-Transmissionsgerät. Das Gerät war klein und von schwarzer Farbe. Drähte ragten heraus. Es war eines der Geräte, die Dawson in Brüssel gekauft hatte.

Klug. Ich bin ganz schön klug. Eine fabelhafte Idee, das IF-Transmissionsgerät mitzubringen. Ich hatte so ein Vorgefühl, als ich's einpackte. War damals wirklich nur ein Vorgefühl. Aber ich hab' recht behalten. Wie klug von mir. Ich kontrolliere die Situation. Ich habe sie alle unter Kontrolle. Voll unter Kontrolle. Unter Kontrolle. Kontrolle.

Salsbury hatte alles kreuz und quer durchgerechnet. Algebra im Gehirn. Das Für und Wider. Es hieß kühlen Kopf zu bewahren. Er durfte nicht in Panik verfallen, auf gar keinen Fall. Die Daten, die sein Computer dann ausspuckte, waren eindeutig. Es kam jetzt auf den Wissensstand von Paul

Annendale an. Was wußte dieser Annendale, und was würde er den Edisons mitteilen?

Mrs. Vicker hatte eine Reihe winziger Glasschwäne auf ihrem Schreibtisch angeordnet. Jeder Schwan war anders, es gab Unterschiede in Größe, Form und Farbe, das sah man, wenn man die Schwäne aus aller Nähe betrachtete. Salsbury fegte die Schwäne mit einer einzigen Handbewegung vom Tisch. Er sah ihnen nach, wie sie über den Teppichboden hüpften, und zugleich war das Klickern jener Tierchen zu hören, die beim Fallen aneinanderstießen. Salsburys Mutter hatte Nippesfiguren gesammelt, Figuren aus Glas, wenn auch keine Schwäne. Seine Mutter bevorzugte kleine Glashunde. Sie besaß Hunderte davon. Salsbury zermalmte einen der kleinen Schwäne unter seinem Absatz, wobei er sich vorstellte, es wäre ein kleiner Glashund, den er da zermalmte. Es war ein sehr befriedigendes Gefühl. Die Erfüllung ging so tief, daß Salsbury sich zu wundern begann. Dann fiel sein Blick auf das Telefon. Er stellte den Gedanken an Mutters Glashunde zurück und schloß den IF-Transmitter an. Als der Anschluß fertig war, wählte Salsbury die Nummer von *Edison's General Store*. Das Geschäft war drüben, auf der anderen Straßenseite, und Salsbury wußte, daß dort keiner der Apparate, die es gab, läuten würde, weder das Telefon im Geschäft, noch die Apparate, die sich im ersten Stock des Hauses, in der Wohnung, befanden. Er, Salsbury, würde alles hören können, was drüben geschah, die Telefone waren Mikrofon und Sender zugleich.

Es war ihm gelungen, nach dem Mord eine kleine Schutzburg um sich zu errichten, mit Wänden dünn wie Papier. Aber diese Papierwände brachen zusammen, als Salsbury die Gespräche vernahm, die im Hause Edison geführt wurden. Da war Buddy Pellineri, der Sam, Jenny und Paul in seiner unbeholfenen Art von den Beobachtungen berichtete, die er in der Nacht vom 5. August auf den 6. August gemacht hatte. Zwei Männer seien dagewesen. Im Wald. Jawohl, und die beiden hätten sich auch am Ufergelände des Trinkwasserreservoirs zu schaffen gemacht.

Rossner und Holbrook waren beobachtet worden!

Es war nicht der einzige Tiefschlag, den Salsbury in jenen Minuten hinnehmen mußte. Buddy war mit seinem Bericht noch nicht zu Ende, als Annendales Tochter eintraf. Sie brachte einen Eimer mit bluttriefenden Geschirrtüchern. Einen Eimer, den sie in Thorps Haus gefunden hatte. Der verdammte Eimer! Salsbury hatte die Küche aufgewischt, dann hatte er nach einem Versteck für die Leiche Ausschau gehalten. Es mußte sehr schnell gehen, und so hatte er den Eimer mit den blutigen Tüchern unter den Spülstein gestellt, in das Schränkchen. Er hatte vorgehabt, den Eimer mitzunehmen, aber das hatte er dann vor lauter Hast vergessen. Was die Leiche des Jungen betraf, Salsbury war sich darüber im klaren, daß das

Versteck nicht besonders gut war. Immerhin aber war die Leiche so gut versteckt, daß er einigen Vorsprung gewann.

Die Tücher. Die verdammten Tücher. Er hatte die Beweisstücke am Ort des Verbrechens zurückgelassen. An einer Stelle, wo jeder Idiot sie finden konnte.

Nein, jetzt blieb ihm keine Zeit mehr für langwierige Überlegungen, wie man die Ereignisse verharmlosen, vertuschen, wie man den Dingen nachträglich eine Art alltägliche Logik andichten konnte. Er hatte sich in eine Krise hineinmanövriert. Der Erfolg des ganzen Projekts stand auf dem Spiel. Ich muß jetzt schnell sein, dachte Salsbury. Schneller denn je.

Er biß die Lippen zusammen und trat auf einen der kleinen Schwäne. Beglückt spürte er, wie das Glas unter seiner Sohle barst.

4. Kapitel

13 Uhr 10

Ein langanhaltender Donner rollte durch das Tal. Der Wind hatte aufgefrischt. Paul kam der Wind vor wie eine Schleppe im Brautkleid des Donners.

Er war hin und her gerissen zwischen seiner Bereitschaft, Emmy Thorp zu glauben, und seiner Überzeugung, daß doch etwas Wahres dran war an der Geschichte, die Rya erzählt hatte. Inzwischen hatte die Kleine sogar Beweise für ihre Story. Die blutigen Tücher.

Er ging die Stufen zur Veranda hinauf, Sam Edison folgte ihm. Sie waren vor der vorderen Eingangstür angekommen, als Sam seinem Freund die Hand auf die Schulter legte. »Warte noch!«

Paul fuhr herum. Er war wütend. Der Wind spielte in seinem Haar. »Warten? Auf was?«

»Was du vorhast, nennt man Einbruch.«

»Die Tür ist offen, siehst du das nicht?«

»Wir haben trotzdem kein Recht, hier einzudringen«, sagte Sam. Er gab die Schulter seines Freundes frei. Seine Hand tippte auf den kupfernen Türknopf. »Es ist ja kein Zufall, daß die Tür offen ist. Deine Tochter hat sie aufgebrochen, vergiß das nicht.«

Paul war klar, Sam sagte das nur, weil er ihm Schwierigkeiten mit der Polizei ersparen wollte. Aber die Ungeduld, sich Gewißheit zu verschaffen über den Verbleib seines Jungen, gewann die Oberhand über solche Überlegungen. »Was soll ich denn tun, Sam? Die Polizei rufen? Soll ich meine guten Beziehungen zum Polizeichef dieses Ortes einsetzen und ihn bitten, ein Ermittlungsverfahren gegen sich selbst einzuleiten?«

»Wir könnten die Polizei im nächsten Ort verständigen.«

»Nein.«

»Es ist unwahrscheinlich, daß die Leiche noch im Haus ist.«

»Die werden es nicht wagen, die Leiche bei hellichtem Tag aus dem Haus zu schaffen.«

»Vielleicht machen wir uns auch umsonst Sorgen. Vielleicht lebt der Junge noch.«

»Das hoffe ich. Bei Gott, das hoffe ich.«

»Wir sollten nicht ins Haus eindringen, Paul. Laß uns die Polizei des Staates Maine verständigen. Die sollen das untersuchen.«

»Du weißt, daß die zwei Stunden brauchen, ehe sie hier sind. Inzwischen ist die Leiche verschwunden.«

»Aber siehst du denn nicht, wie unwahrscheinlich die ganze Story ist, die deine Tochter uns auftischt? Warum in aller Welt sollte ein Mann wie Bob Thorp deinen Sohn Mark umbringen, kannst du mir das mal sagen?«

»Du hast gehört, was Rya gesagt hat. Dieser Soziologe hat ihm den Befehl dazu gegeben. Dieser Albert Deighton.«

»Sie hat nicht gesagt, daß der Mann Deighton hieß, Paul.«

»Du bist es, der auf den Namen Deighton gekommen ist, nach Ryas Beschreibung.«

»Zugegeben. Dann bleiben trotzdem noch einige Fragen. Zum Beispiel diese: Emma steht dabei, wie ihr Mann ein hilfloses Kind umbringt. Anschließend geht sie zum Gemeindetreffen, das in der Kirche stattfindet. Der kleine Jeremy wird Zeuge eines brutalen Mords, als wir ihn deswegen befragen, läßt er einen Lügenvorhang herunter. Welche Wahrscheinlichkeit hat das, Paul?«

»Es sind deine Nachbarn, nicht meine. Du kennst sie besser als ich.«

»Eben«, sagte Sam. »Deshalb habe ich ja auch so große Zweifel an Ryas Darstellung. Ich lebe seit vielen Jahren in diesem Ort, genauso wie Thorp und seine Frau. Ich kenne die beiden, und ich sage dir, Paul, sie sind nicht fähig zu einem solchen Mord.«

Paul tastete nach seiner Magengegend. Die Krämpfe waren schlimmer geworden. Die Erinnerung an die Tücher, die Rya ihm gezeigt hatte, setzte ihm zu. Da war nicht nur Blut gewesen. Er hatte Haare gefunden. Marks Haare, unverkennbar. Paul war aus dem Gleichgewicht, auch körperlich, so tief saß der Schock. »Du hast die Menschen, von denen du sprichst, nur unter normalen Umständen erlebt«, sagte er. »Du weißt nicht, wie sie reagieren, wenn sie in eine Ausnahmesituation geraten.«

»In eine Ausnahmesituation?«

»In diesem Ort geht etwas Außergewöhnliches, etwas Unheimliches vor, Sam. Denk doch mal nach. Rya kommt und sagt, Mark ist ermordet worden. Sie bringt uns die blutigen Tücher. Buddy kommt und sagt, er hat Fremde gesehen, zwei Männer, die sich mitten in der Nacht am Trinkwasserreservoir zu schaffen machten. Wenige Tage nach Buddys Beobachtung befällt eine rätselhafte Epidemie die Bewohner von Black River...«

Sam kniff die Augen zusammen. »Du siehst einen Zusammenhang zwischen Marks Verschwinden und der Epidemie?«

Ein Donner ließ das Haus in seinen Grundfesten erzittern. Sam wartete, bis das Grollen verhallt war. »Buddy ist nicht das, was man einen verläßlichen Zeugen nennt.«

»Als wir vorher mit ihm sprachen, hatte ich den Eindruck, daß du ihm seine Geschichte abnimmst.«

»Ich nehme ihm ab, daß er zwei Männer gesehen hat, zwei Sporttaucher. Aber die Schlußfolgerungen, die er daraus zieht, sind falsch.«

»Die Schatzsucher-These, meinst du.«

»Ich meine, daß es keine Sporttaucher gewesen sein können. Taucher tragen keine hüfthohen Gummistiefel. Ich will dir sagen, was Buddy gesehen hat: zwei Männer mit Tanks. Flüssigkeitstanks. In den Behältnissen befand sich eine chemische Substanz, die zur Vergiftung des Trinkwassers benutzt worden ist.«

»Jemand soll eine chemische Substanz ins Reservoir geschüttet haben?«

»Sieht ganz danach aus.«

»Und wer? Agenten der Regierung etwa?«

»Kann sein. Auch Terroristen kommen in Frage. Auch private Firmen.«

»Und mit welchem Motiv?«

»Sie wollen etwas ausprobieren. Sie wollen testen, ob die Substanz die beabsichtigte Wirkung hat.«

»Gesetzt den Fall, sie haben wirklich das Trinkwasser vergiftet...« Sam war nachdenklich geworden. »Was für eine Art Gift könnten sie denn hineingeschüttet haben? Eine Substanz, die unbescholtene Menschen in Psychopathen verwandelt, in Zombies, die ohne Skrupel Mordaufträge ausführen?«

Paul bedeckte seine Augen.

Sam legte ihm den Arm um die Schulter. »Wir werden deinen Jungen finden, verlaß dich drauf. Und ich bin sicher, er ist noch am Leben.«

»Ich bete zu Gott, daß du recht behältst, Sam.« Er war den Tränen nahe, aber er wußte, er durfte jetzt nicht weinen. Tränen waren ein Luxus, den er sich erst später leisten konnte. Er räusperte sich. »Ich bin sicher, es gibt eine Verbindung zwischen Deighton, dem Soziologen, und den beiden Männern, die Buddy beobachtet hat. Dieser Deighton ist nicht hier, um soziologische Studien zu treiben, Sam. Er weiß, daß unser Trinkwasser vergiftet wurde, und er befindet sich in Black River, um die Wirkungen zu untersuchen, die das Gift auf die Menschen hat.«

»Wenn das Trinkwasser vergiftet war, warum sind Jenny und ich dann nicht krank geworden?«

»Das weiß ich auch nicht. Und ich muß zugeben, ich habe auch keine Theorie für Marks Verschwinden.« Er legte den Kopf auf die Seite. »Oder vielleicht doch. Er hat etwas gesehen. Er hat etwas erfahren, was ihn für Deighton zu einem Risiko macht. Damit ist der Junge für ihn so gefährlich, daß...« Er verstummte.

Die beiden Freunde starrten sich an. Zu bizarr war die Vorstellung, daß die Einwohner von Black River zu Versuchskaninchen umfunktioniert worden waren. Paul hätte die These am liebsten als Witz abgetan. Aber das Lächeln, das er versuchte, gefror zu einer Grimasse.

»Wenn etwas dran ist an deiner Idee«, sagte Sam in seine Gedanken hinein, »dann hätten wir um so mehr Grund, uns rauszuhalten und die Polizei des Staates Maine einzuschalten.«

»Wir müssen anders herum vorgehen«, sagte Paul. »Wir müssen zuerst die Leiche finden, dann werden wir die Polizei verständigen. Wir müssen Mark finden, bevor er irgendwo im Wald verscharrt wird.«

Sams gütiges Gesicht überzog sich mit der Blässe des Grauens. Als sein Freund ihn musterte, war er so weiß wie sein Haar. »Sprich nicht von deinem Sohn, als wäre er schon tot, Paul. Du befürchtest, daß es so ist, aber du weißt es doch nicht, verdammt noch mal!«

Paul ließ die Luft aus den Lungen entweichen. Er tastete nach seinem Herzen. »Ich habe heute einen Fehler gemacht, Sam. Ich hätte Rya Glauben schenken sollen, als sie zu mir kam. Ich hätte unverzüglich hinfahren müssen. Rya ist keine Lügnerin, dafür kenne ich sie zu gut. Die blutigen Tücher haben mich überzeugt.« Er schloß die Augen. »Du sagst, ich soll nicht von Mark sprechen, als wäre er schon tot. Aber das muß ich! Wenn ich noch Hoffnung habe und finde seine Leiche... der Schmerz wäre so groß, daß ich es nicht ertragen kann. Kannst du das verstehen?«

»Ja.«

»Du brauchst nicht mit in Thorps Haus zu kommen, wenn du nicht willst.«

»Ich laß dich nicht allein hineingehen, auf keinen Fall.«

»Gut. Dann laß uns nicht noch mehr Zeit verlieren.«

»Ich mag den Jungen«, sagte Sam. »Ich liebe ihn, als wär's mein eigener.«

Paul nickte, dann betraten die Freunde das düstere Haus.

Zwei oder drei Gehminuten vom Rooming House, wo Salsbury untergebracht war, lag das Gebäude der Telefongesellschaft, ein zweistöckiges Haus mit verklinkerter Fassade. Das Büro, wo der Publikumsverkehr abgewickelt wurde, befand sich im Erdgeschoß. Klein, sauber, zweckmäßig eingerichtet. Es gab acht graue Registerschränke, eine Registrierkasse, mit der bar bezahlte Rechnungen verbucht wurden, es gab einen kleinen

Elektronenrechner, ein Fotokopiergerät, eine Schreibmaschine. In der Ecke standen zwei Stühle mit hohen Lehnen. Auf der anderen Seite des Raumes stand ein Metallschreibtisch mit einem Drehstuhl. Es gab einige Stöße Werbematerial, und auf der Theke stand außerdem ein im Nickelständer verschweißter Flaggenschaft, von dem das Sternenbanner in einer recht kleinen Ausführung herunterhing. Die Möbel im Raum waren frisch abgewischt. Der Boden war frisch gewischt. Soweit Papier herumlag, war es geordnet worden. Alles wirkte sehr akkurat.

Es gab nur eine einzige Angestellte in diesem Raum, eine schlanke, gutaussehende Frau Ende Vierzig. Das haselnußbraune Haar war kurzgeschnitten, die Haut der Frau war erstaunlich gepflegt. Das Gesicht war nicht gleichmäßig zu nennen, aber da gab es den Mund, der alles andere überstrahlte, einen breiten, sinnlichen Mund, der die Blicke der Besucher auf sich zog. Die Frau trug einen grünen Hosenanzug und eine weiße Baumwollbluse. Praktisch gekleidet sah sie aus, adrett. Die Brille war an den Bügeln mit einer Kette versehen, so daß die Frau sie um den Hals hängen konnte.

Sie hatte die Brille abgenommen, als Salsbury das Büro betrat. Er trat an den Schalter.

Sie begrüßte ihn mit einem geschäftsmäßigen Lächeln. »Regnet's draußen noch?« fragte sie.

Er schloß die mit einem Mittelpfosten versehene Tür. »Ja.«

»Was kann ich für Sie tun, Sir?«

»Ich bin der Schlüssel.«

»Ich bin das Schloß.«

Er betrachtete ihre Brüste. Sie hatte mit ihrer Brille zu spielen begonnen.

»Wie heißen Sie?« fragte er.

»Joan Markham.«

»Sind Sie die Sekretärin?«

»Meine Position ist die des Assistant Managers.«

»Wie viele Personen sind in der Telefongesellschaft von Black River tätig?«

»Heute?«

»Heute.«

»Sechs, wenn ich mich selbst mitzähle.«

»Zählen Sie die Namen der Beschäftigten auf.«

»Da wäre einmal Mr. Pulchaski.«

»Was macht er?«

»Er ist der verantwortliche Leiter.«

»Wo befindet er sich in diesem Augenblick?«

»In seinem Büro einen Stock höher.«

»Weiter! Wer sind die anderen?«

»Leona Ives, Mr. Pulchaskis Sekretärin.«
»Ist die jetzt bei ihm?«
»Ja.«
»Bleiben drei. Wer sind die anderen drei?«
»Die anderen drei arbeiten in der Vermittlung.«
»Handvermittlung?«
»Ganz recht.«
»Die Namen!«
»Mary Ultman, Betty Zimmerman und Louise Pulchaski.«
»Die letzte, ist das Mr. Pulchaskis Frau?«
»Seine Tochter.«
»Wo befindet sich die Vermittlung?«
Sie deutete nach hinten. »Wenn Sie dort entlanggehen, die erste Tür rechts.«
»Bis wann arbeitet die Tagesschicht in der Vermittlung?«
»Bis um fünf.«
»Wieviel Mädchen kommen zur Ablösung?«
»Zwei. Abends wird weniger telefoniert.«
»Wie lang arbeitet die Ablösung?«
»Bis um ein Uhr nachts.«
»Dann kommt die Nachtschicht?«
»Ganz recht!«
»Wieviel Mädchen?«
»Ein einziges. Nachts ist sehr wenig zu tun. Wir nennen das die Friedhofsschicht.«
Sie setzte sich ihre Brille auf. Wenige Sekunden später nahm sie die Brille wieder ab.
»Sind Sie nervös, Mrs. Markham?«
»Ja, sehr.«
»Sie sollen aber nicht nervös sein. Sie sind jetzt ganz ruhig. Ganz ruhig.«
Ihre Haltung löste sich. Ein Lächeln trat auf ihre wohlgeformten Lippen.
»Morgen ist Samstag«, sagte er. »Arbeiten Sie in der Vermittlung samstags mit der gleichen Besetzung?«
»Nein. Am Wochenende sind tagsüber immer nur zwei Mädchen eingesetzt.«
»Neben Ihrer Schreibmaschine sehe ich einen Notizblock und einen Kugelschreiber liegen. Ich möchte, daß Sie auf diesem Notizblock die Namen der Mädchen notieren, die heute abend, heute nacht und morgen tagsüber Dienst haben werden. Ich brauche außer den Namen auch die privaten Telefonnummern. Verstanden?«
»Ja.«
Sie ging zu ihrem Schreibtisch.

Salsbury durchquerte das Büro und trat an die Scheibe. Er sah auf die Main Street hinaus, dies war der westliche Teil der Straße, die quer durch Black River führte.

Draußen fegten abgerissene Blätter auf dem Pflaster entlang.

Salsbury warf einen Blick auf seine Uhr. Es war Viertel nach eins.

»Beeilen Sie sich, Sie hysterische Zicke.«

Sie sah auf. »Was?«

»Ich hatte Sie eine hysterische Zicke genannt. Vergessen Sie das. Machen Sie mir die Liste fertig, schnell.«

Sie schrieb die Namen auf den Block und fügte die Telefonnummern hinzu.

Zicken, dachte er. Sind alles Zicken. Verkommene, nichtsnutzige Zikken. Verkommen, wie's im Buche steht, jede dieser Frauen.

Ein leerer Lastwagen rumpelte vorbei. Er fuhr Richtung Sägemühle.

»Fertig«, sagte sie. Sie legte ihm den beschrifteten Block auf den Schaltertisch.

Salsbury verließ seinen Logenplatz am Fenster und kehrte in die Mitte des Raumes zurück. Sie hatte den Blick vom Brett genommen und legte ihn in seine Hand. Er las die Namen. Sieben Namen. Sieben Telefonnummern. Er riß das oberste Blatt aus dem Block, faltete es und steckte es in die Brusttasche seines Oberhemds. »Wie viele Techniker haben Sie?« fragte er. »Gibt es eine Art Bereitschaftsdienst für Pannen?«

»Unsere Mannschaft in Black River besteht aus vier Technikern«, gab sie zur Auskunft. »Zwei in Tagschicht, zwei in Abendschicht. Es gibt keine Nachtschicht, und es gibt auch keine feste Schicht für die Wochenenden. Außerhalb der normalen Dienstzeit haben alle vier Mann Bereitschaftsdienst. Sie brauchen nicht zu arbeiten, aber sie müssen bereit sein, in Notfällen auszurücken. Sie müssen erreichbar sein.«

»Im Augenblick sind also zwei Männer im Dienst.«

»Ganz recht.«

»Wo befinden sich die beiden jetzt?«

»In der Sägemühle, da war eine Störung gemeldet worden.«

»Wann erwarten Sie die beiden zurück?«

»Gegen drei, vielleicht auch erst um halb vier.«

»Wenn die beiden hier eintreffen, geben Sie ihnen Anweisung, sofort zum Büro des Polizeichefs zu fahren.« Salsbury hatte beschlossen, Thorps Büro für die Dauer der Krise zu seinem Hauptquartier zu machen. »Verstanden, Mrs. Markham?«

»Ich habe verstanden.«

»Schreiben Sie mir jetzt die Namen und die privaten Telefonnummern der anderen beiden Techniker auf einen Zettel.«

Sie tat das und brauchte nur dreißig Sekunden dazu.

»Und jetzt hören Sie mir gut zu, Mrs. Markham.«

Sie beugte sich vor. Es schien ihr nichts auszumachen, daß sie ihn dabei berührte.

»Innerhalb der nächsten Minuten wird der Sturm die Telefonverbindungen, die von Black River nach Bexford führen, unterbrechen. Black River ist dann von auswärts nicht mehr zu erreichen. Es kann auch niemand mehr eine Verbindung nach draußen kriegen. Black River ist von der Welt abgeschnitten.«

»Das wird aber einen ganz schönen Aufruhr geben«, sagte sie.

»Sie meinen, Sie werden Beschwerden bekommen.«

»Es wird Beschwerden hageln, und die Leute können bei solchen Gelegenheiten ganz schön unangenehm werden.«

»Wenn die Leute anrufen, sagen Sie ihnen, die Techniker von Bexford sind dabei, den Schaden zu beheben. Die Sturmschäden an den Leitungen sind sehr umfangreich, deshalb dauert es viele Stunden, bis alles behoben ist. Sagen Sie den Leuten, sie werden bis morgen abend nicht telefonieren können. Ist das klar?«

»Die werden mir die Hölle heiß machen.«

»Ob das klar ist?«

»Ja.«

»Gut. Ich gehe jetzt und spreche mit den Mädchen in der Vermittlung. Danach gehe ich rauf zu Ihrem Chef und zu seiner Sekretärin. Wenn ich diesen Raum verlasse, werden Sie vergessen, was ich gesagt habe. Sie können sich dann nur noch daran erinnern, daß ein Techniker aus Bexford zu Ihnen gekommen ist, um Sie über die Sturmschäden zu informieren. Er ist vor allem gekommen, um Ihnen zu sagen, daß seine Leute schon dabei sind, den Schaden zu beheben. Verstanden?«

»Ja.«

»Gehen Sie jetzt wieder an Ihre Arbeit.«

Sie kehrte an ihren Schreibtisch zurück.

Salsbury verließ den Raum, um mit den Mädchen in der Vermittlung zu sprechen.

Er kam sich wie ein Einbrecher vor.

Allerdings war er nicht ins Haus eingebrochen, um etwas zu stehlen. Ich werde nur die Leiche meines Sohnes mitnehmen, dachte er, das kann man wohl kaum Diebstahl nennen. Ich werde die Leiche mitnehmen, wenn es eine gibt.

Wenn es eine gibt, gehört sie mir.

Er wußte, er hatte ein Recht darauf, nach dem Verbleib seines Sohnes zu forschen. Trotzdem kam sich Paul in Thorps Haus wie ein Einbrecher vor.

Um 13 Uhr 45 waren Paul und Sam mit der Durchsuchung aller Räume im Erdgeschoß fertig. Sie hatten die Schlafzimmer und die Bäder durchsucht, samt allen Wandschränken, die es dort gab, das Wohnzimmer, das Speisezimmer und die Küche. Es gab keine Leiche.

Sie standen in der Küche. Paul öffnete die Tür zum Keller. Er knipste das Licht an. »Den Keller hätten wir uns zuerst ansehen sollen«, sagte er.

»Ich weiß nicht«, sagte Sam. »Ich weiß immer noch nicht, was ich von Ryas Geschichte halten soll. Es sind Freunde, deren Haus wir hier durchstöbern.«

»Wenn du meinst, mir macht es Spaß, ein fremdes Haus zu durchsuchen, irrst du dich.«

»Ich habe ein verdammt unangenehmes Gefühl bei der Sache.«

»Wir sind gleich fertig. Komm.«

Sie gingen die Stufen hinab.

Es gab einen Korridor und Türen. Der erste Raum war eine kleine Werkstatt, die sich Bob Thorp eingerichtet hatte. Seine Frau schien den Raum zugleich als Waschküche zu benutzen. Es gab eine Waschmaschine mit Trockenautomatik. In einem Korb lag ein Stapel mit frischgeplätteten Handtüchern. Es gab ein Regal, auf dem Flaschen mit Bleichmittel, Fleckenentferner und Packungen mit Waschpulver standen. Die Werkbank stand an der gegenüberliegenden Wand. Anglerutensilien lagen herum. Bob Thorp gehörte zu den Anglern, die sich eigene Schwimmer basteln. Mit der Zeit hatte er aus seinem Hobby eine Nebenerwerbsquelle gemacht. Er verkaufte die Schwimmer an andere Angler.

Sam öffnete die Wandschränke.

Nichts. Keine Leiche. Kein Blut. Nichts.

Pauls Magen schlug Purzelbäume. Ihm kam es vor, als hätte er ein Glas Salzsäure getrunken.

Paul öffnete die Schubfächer unter der Werkbank.

Nichts.

Der zweite Kellerraum war halb so groß wie der erste. Die Wände waren mit Regalen bestellt, und die Regale standen voller Einmachgläser und Konserven.

Sams Blick fiel auf eine Tiefkühltruhe. »Wenn, dann dort«, sagte er. Paul öffnete den schweren Deckel. Sein Freund war neben ihn getreten.

Die kühle Luft kroch an ihren Händen hoch und wurde zu einer weißlichen Schlange, die sich in die Schatten des Raums verkroch.

Die Thorps bewahrten in dieser Tiefkühltruhe ihre Fleischvorräte auf. Es gab zwei oder drei Dutzend beschriftete Pakete mit Fleisch, platzsparend auf- und ineinandergeschichtet. Paul fand es nur logisch, daß man soviel Pakete in die Truhe packte, wie überhaupt hineingingen. Ihm fiel allerdings auf, daß die Pakete nicht sortiert waren. Unten lag Schweinefleisch, darüber Rind, dann wieder Schwein. Wer die Truhe eingeräumt hatte, war in großer Eile gewesen.

Paul ergriff ein fünf Pfund schweres Rindfleischpaket und legte es auf den Boden. Der tiefgefrorene Schinken, den er dann packte, wog zehn Pfund. Als nächstes kam Roastbeef. Ein Paket zu fünf Pfund und eines zu vier. Dann wieder Schinken. Schweinefleisch, zwanzig Pfund.

Mark lag auf dem Boden der Truhe. Die Arme waren auf der Brust gefaltet, die Knie hochgezogen. Wer Mark getötet hatte, hatte die Pakete mit tiefgekühltem Fleisch benutzt, um die Leiche abzudecken. Das Gesicht war blutverschmiert, die Augen wie gefrorene Milch.

Sam war hinausgewankt. Er beugte sich über ein Becken in der Waschküche und erbrach sich.

Paul stand da und betrachtete seinen toten Sohn. Die Wut, die Verzweiflung, die Sorge, all das war von ihm abgefallen. Ein tiefes Mitgefühl für Mark durchströmte ihn, das und eine unbeschreibliche Zärtlichkeit.

»Ich bin's, Mark«, sagte er. »Jetzt ist alles gut. Ich bin bei dir, du bist nicht mehr allein.«

Er hob die Fleischpakete, die noch auf der Leiche lagen, auf und schichtete sie auf die Vorräte, die er vor seinen Füßen aufgehäuft hatte. Das Grab leerte sich.

Er hatte sein totes Kind freigeschaufelt, als Sam zurückkam.

»Paul?«

Paul sah seinem Freund in die Augen.

»Ich gehe rauf. Ich rufe die Polizei an. Die Polizei im Staat Maine.«

Verkrustetes Blut verschloß Marks Lippen. Um sein Kinn lag ein gefrorener roter Schleier.

»Paul, hast du gehört, was ich sage?«

»Ja.«

»Ich verständige die Polizei in Maine.«

»Ja, tu das.«

»Kann ich dich hier alleinlassen?«

»Ich bin okay.«

»Sicher?«

»Mach dir keine Sorgen wegen mir.«

Sam betrachtete seinen Freund. Dann wandte er sich ab und ging in den Flur. Als die Kellertreppe in Sicht kam, begann er zu laufen. Er nahm zwei Stufen auf einmal. Paul beugte sich über die Truhe und streichelte die Wange seines Sohnes.

Kalt. Hart.

Er hob den Leichnam aus der eisigen Gruft und legte ihn in der Mitte des Raumes auf den Boden.

Er hauchte seine Hände an, um sich zu wärmen.

Sam war zurückgekommen. Er war bleich wie die Wand. Er blieb vor dem Leichnam stehen und schluckte. »Mit dem Telefon stimmt was nicht«, sagte er nach einer Weile. »Der Fehler scheint in der Zentrale zu liegen. Besser gesagt in den Leitungen.«

»In den Leitungen?«

»Der Sturm hat die Freileitungen zerrissen, irgendwo zwischen Black River und Bexford.«

Paul schüttelte den Kopf. »Der Sturm? So windig ist es doch gar nicht.«

»Hier in Black River nicht. Aber in Richtung Bexford scheint ganz schön was los zu sein. Black River liegt ja sehr geschützt in den Bergen.«

»Die Freileitungen nach Bexford sind kaputt, sagst du. Das bedeutet... O mein Gott.«

Sam sah ihn aus zusammengekniffenen Augen an. »Das bedeutet, innerhalb von Black River kann man telefonieren, aber nach auswärts sind alle Leitungen tot.«

»Mit wem hast du gesprochen?«

»Mit dem Mädchen in der Vermittlung. Mit Mandy Ultman.«

»Hat sie gesagt, wann der Schaden behoben sein wird?«

»Der Sturm muß ziemlich gewütet haben«, sagte Sam. »Die Techniker von Bexford sind rausgefahren, um die Leitungen zu reparieren. Mandy meint, es wird einige Stunden dauern, bis man wieder nach auswärts telefonieren kann.«

»Wie lange genau?«

»Bis morgen, hat sie gesagt.«

Paul hatte sich neben seinen toten Sohn gekniet. Er dachte über die Folgen nach, die der Ausfall der Auswärtsverbindungen auf die Aufklärung des Verbrechens hatte.

»Einer von uns beiden sollte nach Bexford fahren und die Polizei des Staates Maine von dort aus anrufen«, sagte Sam.

»Gut.«

»Soll ich hinfahren?«

»Wenn du willst. Du oder ich, das spielt keine Rolle. Aber erst müssen wir Mark hier wegbringen.«

»Die Leiche aus dem Haus bringen?«

»Ja.«

»Ist das nicht gegen das Gesetz?« Er räusperte sich. »Ich meine, es heißt doch, man darf nichts verändern, bis die Polizei ihre Feststellungen getroffen hat.«

»Ich kann den Jungen nicht hier im Keller liegenlassen, Sam.«

»Wenn Bob Thorp deinen Sohn umgebracht hat, dann muß man ihn des Mordes anklagen. Wie soll man ihn des Mordes anklagen, wenn du nicht mal mehr beweisen kannst, daß du den Toten in Thorps Haus gefunden hast?«

Paul war selbst überrascht, wie sicher seine Stimme klang. »Die Mordspezialisten der Polizei werden Marks Haare und genügend Blutspuren in der Tiefkühltruhe finden.«

»Aber...«

»Ich kann ihn nicht hier liegenlassen!«

»Also gut.«

»Du verstehst mich doch, Sam, oder?«

»Ja, ich versteh' dich. Wir tragen die Leiche zum Wagen.«

»Danke, Sam.«

»Und dann fahren wir zu mir. Wir werden seine Leiche im Haus behalten, bis...«

»Danke.«

»Wie sollen wir ihn tragen?«

»Pack du ihn an den Beinen.«

Sam griff zu.

»Vorsichtig, Sam.«

Sie hoben den starren Körper vom Boden auf.

»Sei vorsichtig, daß wir nirgends anstoßen, Sam.«

5. Kapitel

14 Uhr

Der Donner war so laut, daß er das Rauschen des Regens übertönte.

Zwei Männer standen an die Fenster des Büros gelehnt. Sie trugen Plastikumhänge mit dem Aufdruck POLICE. Bob Thorp hatte die beiden mit diesen Umhängen ausgestattet, und den Männern hatte das großen Spaß gemacht. Sie durften Sheriff spielen.

»Können Sie schießen?« fragte Salsbury.

Die beiden sagten ja. Salsbury wandte sich zu Bob Thorp.

»Geben Sie den beiden Waffen.«

»Revolver?«

»Haben Sie auch Gewehre?«

»Ich hätte auch Gewehre.«

»Gewehre wären für diese Operation wahrscheinlich geeigneter als Revolver«, sagte Salsbury. »Was meinen Sie, Thorp?«

»Gewehre wären besser«, sagte Thorp.

»Dann geben Sie ihnen Gewehre.«

Ein Blitz erhellte das Innere des Büros. Die Konturen der Menschen waren den Bruchteil einer Sekunde lang doppelt zu sehen.

Thorp ging zum Waffenschrank, schloß auf und nahm die Gewehre heraus.

»Haben Sie schon einmal mit einem Gewehr geschossen?« fragte Salsbury die Männer in den gelben Umhängen.

Der eine nickte. Der andere sagte: »Viel Ahnung hab' ich von Gewehren nicht, aber ein bißchen. Bei Schrot ist der Vorteil, man braucht nicht so genau zu zielen. Man hält das Gewehr so ungefähr in die Richtung und drückt einfach ab.« Er wog die Waffe, die Salsbury ihm reichte, mit beiden Händen und schmunzelte.

»Schönes Stück.«

»Für diese Operation genau das Richtige«, sagte Salsbury. »Sie beide begeben sich jetzt auf den Parkplatz und besteigen den Polizeiwagen. Sie fahren die Main Street stadtauswärts, in östlicher Richtung. Verstanden?«

»Wir fahren in östlicher Richtung«, sagte einer der beiden Männer.

»Und dann blockieren Sie die Einfahrt in die Stadt. Sie stellen den Wagen quer und halten den ganzen Verkehr an.«

»Wir blockieren den gesamten Verkehr.« Der Mann war begeistert.

Salsbury nickte. »Sie lassen die Fahrzeuge dann einzeln passieren. Sie sagen jedem Fahrer, daß für Black River der Notstand ausgerufen ist. Wer in den Ort hineinfährt, muß als erstes hierherkommen, zum Büro des Polizeichefs. Hier erhält er dann weitere Anweisungen.«

»Warum wurde der Notstand ausgerufen?«

»Das brauchen Sie nicht zu wissen.«

»Und wenn die Leute fragen?«

»Sagen Sie ihnen, sie erfahren alles Nähere bei der Polizei.«

Die beiden nickten.

Thorp gab jedem der beiden zwölf Schrotpatronen.

»Wenn jemand Black River verlassen will, schicken Sie ihn ebenfalls zum Büro des Polizeichefs. Er muß erst hier vorsprechen, bevor er den Ort verlassen darf. Notstand. Alles klar?«

»Alles klar.«

»Alles klar.«

»Jedesmal, wenn Sie ein angehaltenes Fahrzeug weiterfahren lassen, geben Sie sein Kennzeichen per Funk an das Büro des Polizeichefs durch. Wir haben auf diese Weise eine Kontrolle, ob der Wagen wirklich hier auftaucht. Wer die Weisung nicht ausführt, ist ein Rebell und wird als solcher behandelt. Verstanden?«

Die beiden bejahten.

»Wenn jemand die Sperre durchbrechen will, schießen Sie«, sagte Salsbury. »Auf den Kopf?«

»Auf den Kopf.«

Einer der beiden Männer verzog den Mund zu einer Geste lässiger

Bitterkeit, wie er es bei John Wayne in einem Film gesehen hatte. »Sie können sich ganz auf uns verlassen.«

»Noch Fragen?«

»Wie lange soll die Sperre aufrechterhalten bleiben?«

»Sie werden nach sechs Stunden abgelöst«, sagte Salsbury. »Um acht.« Er schob das Tuch, mit dem er sich den Schweiß von der Stirn gewischt hatte, in die Tasche zurück. »Und noch etwas. Wenn Sie diesen Raum verlassen, werden Sie vergessen, daß Sie mit mir gesprochen haben. Nur der Inhalt unseres Gesprächs bleibt in Ihrem Gedächtnis. Sie werden glauben, Bob Thorp hat Ihnen die Anweisungen gegeben. Ist das ganz klar?«

»Ja.«

»Klar.«

»Dann los mit Ihnen!«

Die beiden Männer verließen den Raum. Als sie die Türschwelle überquerten, vergaßen sie, daß es einen Menschen namens Salsbury gab.

Blitze tauchten Black River in blendendes Licht, der nachfolgende Donner ließ die Scheiben vibrieren.

»Schließen Sie die Rolläden«, ordnete Salsbury an.

Thorp gehorchte.

Salsbury nahm hinter dem Schreibtisch Platz.

»Bob«, sagte er, als der Polizeichef von der Fensterfront zurückkehrte, »ich möchte Black River zusperren, wie man eine Burg verschließt. Die Zugbrücke wird hochgezogen, und Ende.« Er ballte die Hand zur Faust. »Niemand darf rauskommen.« Er dachte nach. »Genügen die beiden Männer, die ich eingeteilt habe?«

»Ich würde an Ihrer Stelle noch zwei Männer aufstellen, die den Fluß und den Bereich zwischen Fluß und Highway kontrollieren. Es könnte Leute geben, die mit einem Boot zu entkommen versuchen, die müßte man mit der Schrotflinte recht sicher erledigen können. Der zweite Mann erschießt jeden, der durch das Unterholz zwischen Fluß und Highway zu entkommen versucht.«

»Müßten das Scharfschützen sein?«

»Gute Schützen.«

»Dann nehme ich zwei von Ihren Leuten. Die können doch ordentlich schießen oder?«

»Aber ja.«

»Sonst noch was zu bedenken?«

»Es gibt ein paar Waldwege, die nicht instandgehalten werden. Könnte sein, daß der eine oder andere auf diesen Waldwegen wegzufahren versucht.«

»Dann blockieren wir die eben auch«, sagte Salsbury. Er stand auf. »Ich bin Herr über diese Stadt, und ich mache keine Kompromisse. Ich behalte die absolute Verfügungsgewalt über jeden Bürger, bis das Problem gelöst ist.«

Es war so vieles anders gekommen, als Salsbury es geplant hatte. Unglaublich, aber nicht zu leugnen. Er würde Dawson über diese Zielabweichungen Rechenschaft ablegen müssen. Früher oder später. Wahrscheinlich schon recht bald. Aber bevor er seine Versäumnisse und Fehler zugab, würde er das Projekt weiter vorantreiben. Er würde alles tun, was er ohne Dawsons und Klingers Hilfe tun konnte. Er würde ihnen zeigen, was für ein entschlußkräftiger Typ er war. Er war clever. Er war der Mann, auf den man sich verlassen konnte. Der Mann an der Front. Zumindest den General würde das beeindrucken. Aber auch Dawson, die Betschwester. Salsbury war entschlossen, Punkte zu sammeln, um das Donnerwetter, das über ihn niedergehen würde, abzuschwächen. Es war wichtig, daß er Stärke und Geschick bewies. Sehr wichtig. Eine Frage des Überlebens.

14 Uhr 30

Die Luft in Sams kleinen Bücherzimmer roch muffig und feucht.

Der Regen trommelte an die Scheiben, auf der Innenseite, wo die Feuchtigkeit kondensierte, liefen die Schlieren herunter.

Der Schock saß tief. So tief, daß Paul keinen klaren Gedanken fassen konnte. Er hatte in einem Lehnsessel Platz genommen. Seine Finger hielt er wie Klauen in die Polster gepreßt.

Sam stand vor dem Bücherregal. Er las in einem Jahresband psychologischer Zeitschriften, den er nach längerem Suchen aus der linken oberen Ecke gezogen hatte.

Das Ticken einer alten Uhr war zu hören. Die Uhr stand auf dem Fenstersims.

Jenny betrat den Raum, ohne die Tür wieder zu schließen. Sie kam zu Paul und kniete sich neben ihn. Sie begann seine Hand zu liebkosen.

»Wo ist Rya?« fragte er.

Bevor Sam seinen Freund zur Suchaktion in Thorps Bungalow begleitete, hatte er Rya ein Beruhigungsmittel gegeben.

»Sie schläft«, sagte Jenny.

»Hier!« sagte Sam.

Die beiden fuhren hoch.

Und dann war Sam da, zeigte ihnen ganz aufgeregt ein Foto, das in dem Jahresband abgedruckt war. »Sein Bild. Der Mann, der sich Deighton nennt.«

Paul betrachtete das Foto aus der Nähe.

»Kein Wunder, daß es weder Rya noch mir gelungen ist, den Artikel in den Inhaltsverzeichnissen aufzuspüren. Wir haben ja immer nach einem

Verfasser namens Deighton gesucht. Aber der richtige Name ist Ogden Salsbury.«

»Ich erinnere mich, daß ich diesen Mann in Black River gesehen habe, und zwar in *Ultman's Café*. Es war an dem Tag, als der furchtbare Unfall geschah. Ich glaube, er wurde von der Serviererin bedient, die sich die Gabel in die Hand stieß.«

Jenny war aufgestanden. »Glaubst du, daß der Unfall dieser Frau in Zusammenhang steht mit dem, was uns Buddy Pellineri erzählt hat, und mit Marks Tod?« Er sah, daß ihr die Tränen in den schönen Augen standen.

»Ja«, sagte Paul und wunderte sich, daß er nicht weinen konnte. »Es gibt einen Zusammenhang, und wir werden herausfinden, welchen.« Er wandte sich zu Sam. »Ist Salsbury der Autor dieses Artikels?«

»Ganz recht. Und das Bemerkenswerte ist, er hat danach nichts mehr veröffentlicht. Der Artikel erschien vor zwölf Jahren.«

»Was könnte der Grund für die Funkstille sein?«

»Aus dem Artikel geht hervor, daß Salsbury damals ein recht umstrittener Mann war. Die einen hielten ihn für ein Genie, die anderen für einen Wahnsinnigen. Wegen der Kontroversen, die seine Forschungen hervorriefen, hat er die Vortragsreisen, denen er sich vorher widmete, ganz aufgegeben. Es heißt zum Schluß des Artikels, daß er sich nun wieder ganz auf die Forschung konzentrieren wollte.«

»Worum ging es denn in der Sache?«

Sam las die Überschrift des Artikels vor. »Beeinflussung menschlicher Verhaltensweisen durch unterschwellige Botschaften. Der Untertitel lautet: Kontrolle der Psyche durch das Ego.«

»Und was bedeutet das?«

»Soll ich den ganzen Artikel vorlesen?«

Paul warf einen Blick auf seine Uhr.

»Es kann nicht schaden, wenn wir die Gedanken unseres Gegners im einzelnen kennenlernen«, warf Jenny ein. »Wir können dann der Polizei gezielte Hinweise geben.«

»Sie hat recht«, sagte Sam.

Paul nickte. »Lies vor, Sam.«

14 Uhr 40

Leonard Dawson saß in seinem Studio in Greenwich, Connecticut. Er las einen Brief, den ihm Julia, seine Frau, geschrieben hatte, der Brief war auf blauem Papier geschrieben, das nach Lavendel duftete. Julia befand sich auf einer dreiwöchigen Bildungsreise durch das Heilige Land. Wie sie schrieb, war dieses so ganz anders, als sie erwartet hatte. Die guten Hotels gehörten entweder Arabern oder Juden, und so fühlte sich Julia beschmutzt, wenn sie zu Bett ging. Sie hätte viel lieber in einem Stall geschlafen als in Hotels, die Araber und Juden gehörten. Sie berichtete von ihrer Fahrt nach Golgatha. Sie hatte im Fond einer chauffeurgesteuerten Limousine gesessen, die Bibel auf den Knien, aber dann hatte sie Golgatha beschmutzt vorgefunden. Es gab eine Gruppe amerikanischer Baptisten, die das Heiligtum besuchten. *Neger.* Mein Gott, hast du mich verlassen?

Es war Freitagnachmittag. Das weiße Telefon auf Dawsons Schreibtisch läutete. Nur Salsbury und Klinger kannten die Nummer dieses Telefons.

Dawson legte Julias Brief aus der Hand und wartete, bis das zweite Rufsignal ertönte.

Er nahm ab. »Ja?«

»Ich erkenne dich an der Stimme«, orakelte Salsbury. »Weißt du, wer ich bin?«

»Natürlich. Hast du das Störgerät eingeschaltet?«

»Ja.«

»Dann brauchst du nicht so geheimnisvoll zu tun. Selbst wenn die Leitung angezapft wäre, was sie nicht ist, könnte der Abhörer kein Wort verstehen.«

»Wie die Dinge hier liegen, ist äußerste Vorsicht geboten«, sagte Salsbury. »Wir sollten uns nicht hundertprozentig auf das Störgerät verlassen.«

»Was heißt das: *wie die Dinge hier liegen*?«

»Es gibt Ärger.«

»Mit den Testpersonen?«

»Ja.«

»Was für Ärger?«

»Es gibt einen Toten.«

»Wird das bei den Behörden als natürliche Todesursache durchgehen?«

»Unter gar keinen Umständen.«

»Kriegst du die Sache allein in den Griff, oder brauchst du Hilfe?«

»Ich brauche Hilfe. Es wird nämlich noch ein paar Ausfälle unter den Testpersonen geben.«

»Ausfälle?«

Salsbury schluckte. »Todesfälle.«

»Wie das?«

»Es gibt Personen, die das Programm nicht annehmen.«

»Ihr Unterbewußtsein nimmt die Unterschwelligen Botschaften nicht auf?«

»Richtig.«

»Wie kommt es dann zu Todesfällen?«

»Ich bin enttarnt.«

»Wie konnte das geschehen?«

Salsbury zögerte mit der Antwort.

»Ich will die ganze Wahrheit wissen«, herrschte Dawson ihn an. »Es ist für uns alle lebenswichtig. Nun?«

»Eine Frau.«

»Was?«

»Ich schlief gerade mit einer Frau, als…«

»Als du von einem Nichtprogrammierten überrascht wurdest, willst du sagen.«

»Ja.«

»Du Idiot.«

»Ich habe einen Fehler gemacht, ja.«

»Du bist ein Idiot. Aber deine Tarnung kann wiederhergestellt werden.«

»Ich fürchte, das wird nicht gehen. Ich selbst habe dem Killer den Befehl gegeben. Was geschehen ist, ist geschehen.«

Obwohl Salsbury sich in Andeutungen erging, dämmerte Dawson jetzt, was in Black River geschehen war. Ein paar Sekunden lang war Stille im Draht. Dann: »Wieviel Unprogrammierte gibt es in Black River?«

»Vier bis fünf, die Kleinkinder und Kinder nicht gerechnet.«

»Das wäre eine Zahl, mit der sich fertig werden läßt.«

»Es gibt noch ein anderes Problem. Die beiden Männer, die wir zur Behandlung des Trinkwassers eingesetzt haben.«

»Was ist mit den beiden? Du weißt doch ganz genau, daß die nicht mehr reden können.«

»Sie sind bei der Aktion beobachtet worden.«

Schweigen am anderen Ende

»Wenn du nicht selbst kommen kannst«, sagte Salsbury, »ich hätte Verständnis. Schick mir dann wenigstens unseren gemeinsamen Freund, und außerdem…«

»Wir kommen beide«, entschied Dawson. »Wir kommen mit dem Hubschrauber rüber. Noch heute. Spätestens bis 22 Uhr. Kannst du bis dahin den Deckel auf dem Topf halten?«

»Ich hoffe, schon.«

»Ich würd's dir empfehlen.«

Es klickte. Dawson hatte aufgelegt.

Dawson betrachtete den Hörer. In seiner Vorstellung erstand Salsburys Kopf, das Gesicht mit den dicken Brillengläsern. Herr, mein Gebieter, betete er. Du hast mir diesen Mann geschickt, damit ich ihn als Werkzeug benutze, zur Mehrung deines Lobes. Jetzt hat ihn Satan auf die Seite des Bösen gelockt. Hilf mir, die Dinge wieder zum Guten zu wenden. Was ich tue, tue ich für DICH.

Er ließ sich mit seinem Piloten verbinden und gab Anweisung, den

Hubschrauber zu tanken. Er würde innerhalb einer Stunde starten, vom Hubschrauberlandeplatz in Greenwich.

Dann begann die Suche nach Klinger. Er mußte drei Telefongespräche führen, bis er ihn aufspürte. »Sand im Getriebe, Ernst.«

»Was Schlimmes?«

»Es knirscht ganz gehörig, ja. Kannst du in einer Stunde bei mir sein?«

»Wenn ich wie ein Geisteskranker aufs Gaspedal trete, ja. Wenn ich lebend ankommen soll, brauche ich mindestens eineinviertel Stunden.«

»Fahr los!«

Dawson ließ den Hörer auf die Gabel sinken. HERR, MEIN GEBIETER! Ich habe mich mit zwei Ungläubigen eingelassen, ich weiß. Aber DU warst es, der sie zu mir sandte, damit ich sie für DEINE Ziele einsetze. Bestrafe mich nicht, weil ich DEINEN Willen ausführte. Hab' Erbarmen mit mir, o Herr.

Er zog die Schublade seines Schreibtischs auf und nahm einen dicken Hefter heraus. Die Beschriftung lautete:

HARRISON-BODREI,
PRIVATDETEKTIV
BEOBACHTETE PERSON: OGDEN SALSBURY

Wenn Dawson die Gedanken und Handlungen seiner beiden Partner besser durchschaute als sie selbst, dann hatte er das dem Privatdetektiv Harrison-Bodrei zu verdanken. Schon seit 15 Jahren ließ er Ernst Klinger, den Vertrauten im Pentagon, beobachten. Die Akte wurde laufend durch aktuelle Beobachtungen ergänzt. Das Dossier Salsbury war vergleichsweise jung, es war erst im Januar 1975 angelegt worden. Trotzdem umfaßte es Salsburys ganze Lebensspanne, bis hin zur frühen Kindheit, die Recherchen über Herkunft und Eltern eingeschlossen. Es war ein sehr umfassendes Dossier, kein Aspekt war ausgelassen. Dawson hatte es im Verlauf der Jahre einige Male durchgelesen, vom ersten bis zum letzten Blatt. Trotzdem schien es ihm, als hätte er aus dem gespeicherten Wissen bisher nicht die richtigen Schlußfolgerungen gezogen. Ich hätte es wissen müssen, dachte er. Es war klar, daß ein Mann wie Salsbury bei einem Projekt dieser Größenordnung scheitern mußte. Aber ich habe es nicht wahrhaben wollen.

Wer war Salsbury? Kein Verrückter, der mit Schaum vor dem Mund durch die U-Bahn-Stationen lief. Aber auch kein Mensch, dem man so etwas wie geistige Gesundheit bescheinigen konnte. Salsbury stand seit seiner frühen Jugend an der Schwelle zum Wahnsinn. Die Erziehung hatte dieses Ausprägung vertieft. Im Erwachsenenalter war er ein pathologischer Frauenhasser. Gelegentlich durchbrach er das Zölibat, indem er sich

Prostituierte für ausgedehnte Wochenendorgien mietete. Sieben oder acht Frauen an einem Wochenende waren keine Seltenheit. Es waren wilde, ausgefallene Nächte, und immer wieder war es im Verlauf solcher Zusammenkünfte zu dem gekommen, was in dem schriftlichen Bericht des Detektivs unter der Bezeichnung ›Schwierigkeiten‹ zusammengefaßt wurde.

Es gab zwei Protokolle, die nach Dawsons Urteil mehr über Salsbury verrieten als der ganze Rest der Akte. Er zog eines dieser beiden Protokolle aus dem Ordner, um sich den Inhalt zu vergegenwärtigen.

Eine Woche nach Vollendung seines elften Lebensjahrs wurde Ogden Salsbury der Aufsicht seiner leiblichen Mutter entzogen und der staatlichen Fürsorge unterstellt. Sein Vater war gestorben. Seine Mutter Katherine Salsbury und ihr Geliebter, ein gewisser Howard Parker, wurden später wegen Inzest-Handlungen und der Unzucht mit Minderjährigen für schuldig befunden und verurteilt. Katherine Salsbury trat eine zehnjährige Gefängnisstrafe im Frauengefängnis von New Jersey an. Die Fürsorgebehörde übergab den Sohn einer Nachbarin zur Pflege. Die Frau hieß Carrie Barger, seit ihrer Wiederverheiratung trägt sie den Familiennamen Peterson. Ogden war eines von mehreren Pflegekindern, die Mrs. Barger anvertraut wurden. Das im Bericht wiedergegebene Gespräch wurde vom Unterzeichner mit Mrs. Carrie Peterson am 22. Januar 1975 in ihrer Wohnung in Teaneck, New Jersey, geführt. Die Befragte ist 69 Jahre alt. Das Gespräch fand am frühen Morgen statt. Trotz der frühen Stunde war Mrs. Peterson bereits betrunken. Sie trank während der Befragung weiter. Sie merkte nicht, daß die Unterhaltung auf Band aufgezeichnet wurde.

Dawson hatte die Passagen, die ihn besonders interessierten, farbig markiert. Er blätterte weiter, bis er die markierten Seiten fand.

Frage: Sie wohnten Tür an Tür mit Mrs. Salsbury. Dann müssen Sie doch auch mitbekommen haben, ob die Frau ihren Sohn geschlagen hat oder nicht.

Mrs. Peterson: Natürlich habe ich das mitbekommen. Sie schlug den Jungen, seit er gehen konnte. Das Kind war die Zielscheibe ihres Zorns. Sie hat den kleinen Kerl grün und blau geschlagen.

Frage: Sie hat ihm den Hintern versohlt?

Mrs. Peterson: Wenn es nur das gewesen wäre! Ich habe gesehen, wie sie mit den Fäusten auf ihn einschlug. Sie war eine kräftige Frau, müssen Sie wissen. Sie hatte auch die Gewohnheit, den Jungen in die Arme zu kneifen. Es war traurig, so traurig, daß ich oft in Tränen ausgebrochen bin, wenn der Junge zu mir kam. Er kam zu mir, weil er mit meinen Pflegekindern spielen wollte. Das war, bevor ich ihn von der Fürsorge als Pflegekind zugewiesen bekam. Der Junge hatte Wunden am ganzen Körper.

Frage: War Mrs. Salsbury Alkoholikerin?

Mrs. Peterson: Sie trank, aber als Alkoholikerin würde ich sie nicht bezeichnen. Sie war bösartig. Böse von Natur. Ich glaube auch, sie war etwas schwachsinnig. Ich habe die Erfahrung gemacht, daß manche schwachsinnige Menschen in Krisensituationen ihre Wut an Kindern auslassen. Die Kinder leiden. Es ist furchtbar, wie die Kinder dieser Menschen leiden.

Frage: Ging sie mit Männern?

Mrs. Peterson: Ob sie Liebhaber hatte? Dutzende. Sie war eine lasterhafte Frau. Sie suchte sich immer die gemeinsten Männer aus. Die Männer mußten schmutzig aussehen. Arbeiter. Trinker. Einige der Liebhaber hielten es ein Jahr bei ihr aus, andere nur eine Woche oder zwei.

Frage: Dieser Howard Parker, was war mit dem?

Mrs. Peterson: Wenn ich schon den Namen höre!

Frage: Wie lange war Parker mit Mrs. Salsbury zusammen?

Mrs. Peterson: Sechs Monate glaube ich, und dann schritt die Polizei ein. Ein furchtbarer Mensch, wirklich.

Frage: Wußten Sie, was in Salsburys Wohnung vor sich ging? Ich meine jetzt die Zeit, als Parker bei ihr wohnte?

Mrs. Peterson: Natürlich nicht, sonst hätte ich sofort die Polizei gerufen. Als das Verbrechen passiert war, kam der kleine Ogden zu mir, ich habe dann sofort die Polizei verständigt.

Frage: Würden Sie für mich wiederholen, was der Junge Ihnen damals gesagt hat?

Mrs. Peterson: Ich spreche nicht gern darüber. Es ist unvorstellbar, was dieser Mann dem Kind angetan hat. Die Frau war natürlich genauso schuld.

Frage: War Parker bisexuell veranlagt?

Mrs. Peterson: Was?

Frage: Ob er sexuelle Beziehungen zu Frauen und zu Männern unterhielt.

Mrs. Peterson: Ich weiß nur, daß er dem kleinen Jungen Gewalt angetan hat. Es ist ... Ich verstehe das nicht. Warum läßt Gott zu, daß Menschen so böse sind. Sehen Sie, ich liebe Kinder. Ich mag sie. Ich liebe Kinder, seit ich denken kann. Mehr als alles andere. Ich kann einen Menschen wie Parker nicht verstehen.

Frage: Ist es Ihnen peinlich, über die Umstände des Verbrechens zu sprechen?

Mrs. Peterson: Ja, schon.

Frage: Bemühen Sie sich bitte, Ihre Hemmungen zu überwinden, und sagen Sie mir, was Sie wissen. Es ist wichtig, daß Sie mir meine Fragen beantworten.

Mrs. Peterson: Wenn es Ogden hilft, gern. Ich muß allerdings sagen, ich bin enttäuscht von dem Jungen. Er hat mich nie wieder besucht. Verstehen Sie das? Ich habe ihn zu mir genommen, als er elf war, ich habe ihn aufgezogen, aber er hat mich nie besucht.

Frage: Das Protokoll der Gerichtsverhandlung ist in manchen Punkten unklar. Wie es scheint, wurden einige Dinge nicht so genau formuliert, weil man

Veröffentlichungen über den Fall vorbeugen wollte. Der Junge sollte nicht noch mehr Nachteile haben, als er ohnehin schon hatte. So geht zum Beispiel aus dem Protokoll nicht hervor, ob Parker oral oder anal mit dem Jungen verkehrte.

Mrs. Peterson: Dieser Verbrecher!

Frage: Hat der Junge Ihnen nicht gesagt, was Parker mit ihm gemacht hat?

Mrs. Peterson: Beides. Und die Mutter hat es zugelassen. Können Sie sich so etwas vorstellen? Eine durch und durch verdorbene Frau. Das Kind war völlig hilflos.

Frage: Es tut mir leid, daß Ihnen das so nahegeht. Der Junge war verletzt, als er zu Ihnen kam?

Mrs. Peterson: Es geht mir nahe, weil das Kind völlig unschuldig war. Ogden war diesen beiden Monstren hilflos ausgesetzt.

Frage: Ist es Ihnen angenehmer, wenn wir jetzt auf die Jahre zu sprechen kommen, als Ogden schon unter Ihrer Obhut war?

Mrs. Peterson: Zu Beginn haben Sie mir gesagt, diese Untersuchung geschieht in Ogdens Interesse. Also werde ich Ihnen auch sagen, was vorher geschah, in der Zeit, als der Junge unter der Fuchtel seiner Mutter und ihres Liebhabers war. Dieser Mann hat den Kleinen mißbraucht, jawohl! Das ging monatelang so, der Junge hat es mir erzählt. Er hatte Angst, sich irgend jemandem zu offenbaren. Die Mutter hat zugesehen. Eine lasterhafte Person. Krank. Jawohl, krank.

Frage: Was war der unmittelbare Anlaß, warum der Junge zu Ihnen flüchtete?

Mrs. Peterson: Es war mitten in der Nacht. Ogden war verletzt. Er kam zu mir und sagte, der Mann hätte ihn anal mißbraucht. Das arme Kind zitterte wie Espenlaub. Er weinte. Parker hatte ihn geschlagen. Die Lippen waren blutig. Er hatte einen Bluterguß unter einem Auge. Ich habe den Kleinen sofort ins Krankenhaus gebracht. Er mußte genäht werden. Er ist eine ganze Woche im Krankenhaus gewesen.

Frage: Nachher sind Sie dann von den Behörden zur Pflegemutter für Ogden bestimmt worden?

Mrs. Peterson: Ich hab's gern gemacht. Ogden war ein lieber Kerl. Wie ein richtiger Sohn. So gescheit. Der Lehrer in der Schule hat mir gesagt, dieser Ogden, das wird einmal ein Genie. Er hat dann wirklich eine Reihe von Stipendien bekommen, so gut waren die schulischen Leistungen. Er hat in Harvard studiert! Aber er hat mich nie wieder besucht. Man würde doch meinen, so ein Junge kommt eines Tages zurück und bedankt sich bei seiner Pflegemutter. Nach allem, was ich für ihn getan habe. Aber nein. Er kommt nicht. Nie ist er gekommen. Ich bin allein. Die Behörden sagen, ich darf keine Pflegekinder mehr aufziehen. Der Bescheid erging, als mein zweiter Mann starb. Sie sagen, Kinder brauchen Vater und Mutter. Eine Mutter genügt nicht. Sie sagen auch, ich bin schon zu alt. Eine verrückte Welt, nicht? Sie lassen die Kinder bei Leuten, die sie grün und blau schlagen, wenn die Eltern nur jung genug sind. Alte Menschen wie ich dürfen keine Kinder betreuen, obwohl ich Kinder liebe. Ich liebe Kinder wirklich, ich meine, das ist alles, was zählt. Ich liebe Kinder mit allen ihren Eigenarten, laut, sprunghaft, eigensinnig, das macht nichts. Habe ich nicht mein ganzes Leben den Kindern gewidmet? Ich bin nicht zu alt, um Kinder zu betreuen. Wenn ich bloß dran denke, wie Kinder in kaputten Familien leiden …

Die zweite Hälfte des Berichts bestand aus der Niederschrift eines Gesprächs, das der Detektiv mit Mrs. Petersons erstem Mann geführt hatte. Der Mann hatte sie geheiratet, als Ogden Salsbury bereits ihr Pflegekind war.

Ich sprach mit Mr. Allen J. Barger, der jetzt 83 Jahre alt ist, im Evins-Maebry-Altersheim in Huntington, Long Island. Das Gespräch fand am 24. Januar 1975 statt. Der Unterhalt für Mr. Barger wird von seinen drei Kindern aus der zweiten Ehe gezahlt. Mr. Barger zeigt Folgeerscheinungen von Senilität, er leidet an Bewußtseinstrübungen und Erinnerungslücken. Ich sagte ihm nicht, daß ich das Gespräch auf Band aufnahm.

Dawson blätterte im zweiten Teil des Berichts, bis er die farbig markierten Abschnitte gefunden hatte.

Frage: Haben Sie noch eine Erinnerung an die Pflegekinder, die Sie während der Ehe mit Carrie zu sich genommen haben?

Mr. Barger: Ich habe die Pflegekinder nicht zu mir genommen, sie hat sie zu sich genommen.

Frage: Haben Sie noch eine Erinnerung an diese Pflegekinder?

Mr. Barger: Ratten!

Frage: Wie meinen Sie das?

Mr. Barger: Ich denke nicht gern an die Kinder.

Frage: Ihre Frau liebte die Pflegekinder, aber Sie hätten die Kinder am liebsten aus dem Haus gehabt, nicht?

Mr. Barger: Die ganzen schmutzigen Gesichter am Tisch, wenn ich von der Arbeit heimkam! Meine Frau sagte, sie brauchte das Geld, das ihr der Staat für die Pflege der Kinder gab. Wir lebten in großen Depressionen. Sie brauchte das Geld, sagte sie, aber sie hat's vertrunken.

Frage: War Carrie Alkoholikerin?

Mr. Barger: Als wir heirateten, nein. Während der Ehe begann sie zu trinken.

Frage: Können Sie sich an ein Kind namens …

Mr. Barger: Mein Fehler war, daß ich, als ich mich zur Ehe mit ihr entschloß, nicht auf den Charakter gesehen hab.

Frage: Können Sie mir das etwas näher erklären?

Mr. Barger: Meine zweite Frau habe ich geheiratet, weil sie einen guten Charakter hatte, bei ihr habe ich nicht so auf das äußere Erscheinungsbild gesehen. Deshalb hat die zweite Ehe auch gut funktioniert. Aber mit Carrie ... Wissen Sie, ich war damals schon vierzig, und ich war's leid, jedes Wochenende zu einer Prostituierten zu gehen. Und dann war plötzlich Carrie da, 26, frisch wie ein Apfel, viel jünger als ich, und sie mochte mich auch, ich brauchte ihr kein Geld zu geben, sie mochte mich trotzdem. Ich habe damals nicht mit dem Kopf gedacht, sondern mit dem Unterleib. Ich hab' sie geheiratet, weil sie einen hübschen Körper hatte. Wie sie im Kopf beschaffen war, hat mich nicht interessiert. Und das war der Fehler.

Frage: Ich verstehe, was Sie meinen. Können Sie mir jetzt sagen, ob Sie sich an einen Jungen namens ...

Mr. Barger: Sie hatte ausgesprochene Prachttitten.

Frage: Wie bitte?

Mr. Barger: Brüste. Sie hatte wunderschöne Brüste.

Frage: Wenn Sie mir jetzt bitte sagen würden, ob Sie sich an einen Jungen ...

Mr. Barger: Sie war gut im Bett, kann ich Ihnen sagen. Allerdings hatte sie wenig Zeit für mich. Die Pflegekinder. Ich weiß auch nicht, warum ich das überhaupt zugelassen habe. Sie nahm die Pflegekinder an, wie sie kamen, einfach so. Wir hatten nie weniger als vier, meist sogar sechs oder sieben. Carrie sagte mir, sie hätte sich immer eine große Kinderschar gewünscht. Daran lag's wohl. So eine richtige Mutter ist sie den Pflegekindern aber nicht gewesen. Für sie war das nur eine Art Traum. Was Romantisches.

Frage: Wie meinen Sie das?

Mr. Barger: Sie träumte davon, viele Kinder um sich zu haben. Aber wenn die Kinder wirklich da waren, dann war das alles nicht mehr so wichtig. Sie hatte die Kinder nicht im Griff, die konnten mit ihr machen, was sie wollten. Ich konnte mich um die Erziehung nicht kümmern, ich hatte meinen Beruf am Hals. Wenn ich nach Hause kam, war ich so müde, daß ich nur noch ans Ausruhen dachte. Ich hatte wirklich keine Lust, hinter den Kindern herzujagen. Mir waren die Kinder egal, wenn ich nur meine Ruhe hatte. Die Kinder wußten das, sie haben das auch respektiert. Verdammt noch mal, es waren ja nicht meine Kinder, oder?

Frage: Erinnern Sie sich an einen Jungen namens Ogden Salsbury?

Mr. Barger: Nein.

Frage: Der Junge hatte vorher in Ihrer Nachbarschaft gelebt, und als die Polizei die Mutter in Haft nahm, wurde der Junge in Pflege gegeben, und zwar zu Ihnen.

Mr. Barger: Sie meinen zu Carrie.

Frage: Können Sie sich wirklich nicht mehr an Ogden Salsbury erinnern? Seine Mutter hatte jede Menge Liebhaber, und einer dieser Männer, ein gewisser Parker, hat den Jungen vergewaltigt. Kindsmißbrauch. Ihre Frau muß Ihnen davon erzählt haben.

Mr. Barger: Jetzt, wo Sie's sagen, erinnere ich mich. Ogden. Er kam in einem sehr ungünstigen Augenblick.

Frage: Wie meinen Sie das, in einem ungünstigen Augenblick?

Mr. Barger: Weil wir damals nur Mädchen als Pflegekinder hatten.

Frage: Nur Mädchen? Wie kam das?

Mr. Barger: Carrie hatte sich das irgendwie in den Kopf gesetzt. Zwei oder drei Jahre lang nahm sie nur Mädchen. Sie hoffte wohl, Mädchen sind leichter unter Kontrolle zu halten. Jedenfalls war Ogden zwei oder drei Jahre lang der einzige Junge im Haus.

Frage: Und warum meinen Sie, daß das ungünstig war für ihn?

Mr. Barger: Weil die Mädchen wußten, daß er von Parker vergewaltigt worden war. Sie hänselten ihn und verspotteten ihn wegen der Sache. Er bekam dann immer einen Wutanfall, schrie die Mädchen an. Die Mädchen fanden das wunderbar, das war es ja, was sie wollten. Sie setzten dann noch etwas Spott obendrauf, Ogden fiel wieder drauf rein und immer so weiter. Ich habe ihn, wenn das Zanken gar zu schlimm wurde, beiseitegenommen, um von Mann zu Mann mit ihm zu reden. Ich habe ihm gesagt, er soll sich nicht drum kümmern, was die Mädchen sagen. Ich habe ihm erklärt, Frauen sind nur zum Ficken und zum Kochen da. Später, als ich meine zweite Frau kennenlernte, habe ich meine Meinung zu diesen Dingen geändert, aber damals dachte ich noch so. Wie dem auch sei, Ogden hat's sehr geholfen. Es hat ihm geholfen, über die Hänseleien wegzukommen.

Es gab einen zweiten Bericht, den Dawson außerordentlich aufschlußreich fand. In diesem Bericht war ein Gespräch wiedergegeben, das der Detektiv mit Laird Richardson, einem Beamten im Bereich Innerer Sicherheit des Pentagons, geführt hatte. Der Detektiv hatte Richardson 500 Dollar gegeben, und dafür hatte ihn dieser über den Inhalt der Akte informiert, die vom Pentagon über Salsbury geführt wurde. Wie bei dem ersten Bericht, so hatte Dawson auch hier die wichtigsten Abschnitte farbig kenntlich gemacht.

Frage: Welcher Art sind die Forschungsprojekte, die Salsbury für das Pentagon durchführt?

Richardson: Was auch immer es ist, für das Pentagon muß es verdammt wichtig sein. Die sind für diesen Hurensohn in den vergangenen zehn Jahren mit großen Beträgen in die Bresche gesprungen, unabhängig von dem Geld, das er für die Forschungsprojekte erhält. So was tut das Pentagon nur, wenn es sich davon eine gute Rendite erwartet.

Frage: In die Bresche gesprungen, wie meinen Sie das?

Richardson: Er nimmt sich ein paar Prostituierte, mißhandelt sie, und das Pentagon zahlt die Krankenhausrechnungen und ein Schmerzensgeld.

Frage: Er mißhandelt die Prostituierten?

Richardson: Mit den Fäusten.

Frage: Wie oft kommt so was vor? Ich meine, daß das Pentagon mit Geld einspringen muß, um die Sache zu vertuschen?

Richardson: Ein- oder zweimal pro Jahr.

Frage: Trifft sich Salsbury regelmäßig mit Prostituierten?

Richardson: Immer am ersten Wochenende des Monats. Das ist der Takt, den er einhält, pünktlich wie ein Roboter. Man kann seine Uhr nach diesem Mann stellen, es ist unheimlich. Seine normale Tour geht quer durch die Massagesalons in Manhattan, dabei sucht er sich ein paar Mädchen aus, die er dann in ein Hotelzimmer bestellt. Außerdem ruft er noch Callgirls dazu. Wenn dann eine bei der Gruppe ist, die ein ganz bestimmtes Aussehen hat, eine Erscheinung, die ihn antörnt, schlägt er sie.

Frage: Wie muß die Frau aussehen, damit sie ihn antörnt?

Richardson: Meist sind es blonde Frauen, auf die er abfährt, aber es gibt Ausnahmen. Meistens welche mit bleicher Gesichtsfarbe, aber auch da gibt es Ausnahmen. Es gibt eine Konstante. Die Frau muß klein sein. Nicht größer als 152 bis 156 Zentimeter. Gewicht nicht über 45 Kilo. Weiblich muß sie sein, hübsch im Gesicht, mit gutem Busen. Vor allem aber zart, hilflos und verletzlich.

Frage: Warum bevorzugt er diesen Typus Frau?

Richardson: Das Pentagon hat auf ihn eingewirkt, bis er sich einer psychoanalytischen Behandlung unterzog. Aber die Behandlung mußte nach der ersten Sitzung abgebrochen werden. Salsbury weigerte sich, die Behandlung fortzusetzen. Immerhin hat der Psychiater bei der ersten Sitzung eines herausbekommen. Es ist nicht so sehr das Äußerliche, was ihn bei der Partnerin antörnt. Sie kann körperlich auch robust ausgestattet sein, wenn nur die Ausstrahlung stimmt. Sie muß nicht verletzlich sein, sie muß verletzlich wirken, nur dann spürt er die Lust, auf die Frau einzuschlagen, und auf diesen Kitzel scheint es ihm anzukommen.

Frage: Damit ich Sie richtig verstehe, wenn er den Eindruck hat, die Frau sei ihm gleichwertig oder überlegen, läßt er sie in Ruhe. Aber wenn er das Gefühl hat, er könnte über sie dominieren …

Richardson: Dann tut das Mädchen gut, wenn es vor dem Liebestreff mit ihm nachprüft, ob die Prämie für ihre Krankenversicherung bezahlt ist.

Frage: Getötet hat er keine dieser Prostituierten, oder?

Richardson: Nein, aber ein paarmal war er nahe dran.

Frage: Sie sagten eingangs, das Pentagon springt mit Geld ein, um die Sache unter den Teppich zu kehren. In welcher Form geschieht das, wie muß ich mir das vorstellen?

Richardson: Der Agent fährt ins Hotel, wo die Sache passiert ist. Jemand aus der Abteilung Innere Sicherheit macht das.

Frage: Und dann?

Richardson: Der Agent kümmert sich um das mißhandelte Mädchen, er bezahlt die Krankenhausrechnung und gibt ihr eine Barsumme als Schmerzensgeld. Die Höhe des Schmerzensgelds hängt von der Schwere der Verletzungen ab.

Frage: Ist Salsbury für das Pentagon kein Sicherheitsrisiko?

Richardson: Nein, in keiner Weise. Wenn er insgeheim homosexuell wäre, ja. Aber seine Neigungen sind allgemein bekannt. Er ist also nicht erpreßbar. Niemand kann ihm drohen, daß er ihn beim Pentagon verpfeift. Wir wissen ja bereits alles über ihn, und Salsbury weiß, daß wir es wissen. Wenn er mit dem Mädchen fertig ist, ruft er eine bestimmte Telefonnummer im Pentagon an und gibt durch, wo er sich befindet. Innerhalb einer Stunde ist ein Agent im Hotel, räumt auf, kümmert sich um das Mädchen, regelt das Finanzielle.

Frage: Ein schmutziges Spiel, und Sie machen mit. Ekelt Sie das nicht an?

Richardson: Um die Wahrheit zu sagen, ja. Ich kann nicht verstehen, warum meine Dienststelle die Hand über diesen Hurenbock hält. Der Mann ist krank. Durch und durch verdorben. Der gehört in eine Zelle, bis ans Ende seines Lebens. Einzelhaft.

Frage: Wissen Sie, daß er als Kind mißbraucht worden ist?

Richardson: Das steht in seiner Akte, ja. Aber deshalb kann er mit dem Rest der Menschheit nicht so umspringen, wie er's tut. Daß jemand eine unglückliche Jugend gehabt hat, entschuldigt nicht alles. Was mich angeht, ich habe kein Mitleid für diesen Mann. Wenn ich an all die Strichmädchen denke, die wegen Salsbury im Krankenhaus gelandet sind, mit gebrochenem Kiefer, mit Blutergüssen um die Augen... Glauben Sie, den Mädchen tut es weniger weh, weil Salsbury nicht voll verantwortlich ist für das, was er tut? Ich habe liberale Ansichten, wirklich, aber daß man Kriminelle wie Salsbury im nachhinein entmündigt, finde ich unsinnig. Der Mann gehört verurteilt und ins Gefängnis gesteckt. An einem einsamen Ort, wo es im Umkreis von tausend Meilen keine Frau gibt.

Dawson legte den Bericht in den Ordner zurück. Er ließ den Ordner in die Schublade sinken. Er schloß die Schublade.

Er faltete die Hände zum Gebet. O Herr, gib mir die Kraft, das Chaos zu ordnen, das Salsbury in Black River angerichtet hat. Wenn ich das Leck gestopft habe, wenn der Feldversuch planmäßig zu Ende gebracht ist, werde ich Salsbury und Klinger die Droge verpassen. Dann werde ich die beiden nach Belieben manipulieren können. Die Vorbereitungen dazu sind bereits getroffen, du weißt das, o Herr. Ich werde Salsbury und Klinger DEINER Herde zuführen, der Mantel DEINER Gnade soll sie streifen. Nicht nur Salsbury und Klinger werden zu DEINER Herde stoßen, sondern alle Menschen in dieser Welt. Satan wird keine Seele mehr rauben können. Es wird der Himmel auf Erden sein. Frieden auf der Welt, im milden Schein DEINER Liebe.

14 Uhr 55

Sam hatte Salsburys Artikel vorgelesen. Er schloß den Jahresband. »Schlimm«, sagte er. »Sehr schlimm.«

»Jetzt haben wir wenigstens eine Ahnung, was in Black River vorgeht«, sagte Paul.

»Ich schaue da nicht durch«, sagte Jenny. »Ein Artikel voller Expertenlatein, mehr nicht. Das Ego muß gebrochen werden, Psychodrogen, Kodeworte, Gedankenterror, Befriedigung der breiten Masse durch Änderung der Verhaltensmuster. Unterschwellige Botschaften im Dienste der Menschheit...« Sie schüttelte den Kopf. »Für mich ist Salsbury verrückt. Ein Fall für den Psychiater.«

»Salsbury ist ein Nazi«, sagte Sam. »Einer ohne Parteibuch. Er ist ein Nazi im Geiste. Eine ganz besondere Art des Wahnsinns. Eine sehr gefährliche Spezies. Das Schlimme ist, es gibt in unserem Lande Hunderttausende wie ihn, Menschen, die jedes Wort unterschreiben würden, das in diesem Artikel steht. Sie alle wollen eine Gesellschaft, die zu ihrem eigenen Besten manipuliert wird.«

Das Krachen des Donners hörte sich an, als sei der Himmel in zwei eherne Hälften zersprungen. Eine Bö schlug gegen das Haus. Das Rauschen des Regens wurde lauter.

»Es kommt jetzt nicht darauf an, ob Salsbury medizinisch gesehen ein Wahnsinniger ist oder nicht«, sagte Paul. »Von Belang ist in diesem Augenblick nur, daß er von der Planung zur Ausführung übergegangen ist. Er ist dabei, das wahnwitzige Projekt in die Wirklichkeit umzusetzen. Mein Gott, er ist dabei, Black River in seinem Sinne zu programmieren. Wir sind die Versuchskaninchen. Das erklärt auch die merkwürdigen Krankheitsfälle.«

»Wenn es so ist, warum sind Daddy und ich dann nicht krank geworden?« wandte Jenny ein. »Salsbury sagt in seinem Artikel, das Programm wirkt nicht bei Kindern, weil Kinder noch nicht mit Sex und Tod in Berührung gekommen sind. Davon, daß es auch Erwachsene geben könnte, bei denen die Programmierung durch Unterschwellige Botschaften versagt, steht nichts in dem Artikel.«

»Ich wüßte eine Erklärung, warum du und dein Vater von der Programmierung nicht erfaßt wurden«, sagte Paul.

»Ich auch«, sagte Sam. »Das erste, was ein Pharmakologe lernt, ist die unterschiedliche Wirkungsweise der Wirkstoffe auf die Menschen. Penicillin hilft bei vielen, aber es gibt auch Menschen, wo der Stoff keinerlei Wirkung hinterläßt. Bei Sulfonamiden ist es ähnlich. Es kann an den Genen liegen, am unterschiedlichen Stoffwechsel, jedenfalls gehören wir beide zum kleinen Kreis derer, die von Salsburys Droge nicht wirksam erfaßt worden sind.«

»Dafür danke ich Gott«, sagte Jenny. Sie bedeckte die Gänsehaut auf ihren Armen mit den Händen.

»Ich wundere mich trotzdem, warum die Zahl derer, die von der Droge verschont geblieben sind, nicht größer ist«, sagte Paul. »Wir sind im Sommer. Die Leute machen Ferien. War denn niemand aus Black River verreist, als die Droge ins Trinkwasser gemischt wurde?«

»Das Rätsel erklärt sich aus dem Arbeitsrhythmus der Sägemühle«, sagte Sam. »Wenn Schnee fällt, ruht die Arbeit. Also werden die Ferien der Arbeiter auf den Winter gelegt. Auch die Angestellten nehmen ihren Urlaub im Winter.«

Paul hatte das Gefühl, als sei er von einer Riesenhand auf einen Plattenteller gestellt worden, der sich schneller und schneller dreht. Ein Teufelsrad. In seinem Kopf schwirrten die Ausdrücke und Fachbezeichnungen, die Salsbury in seinem Artikel gebraucht hatte. »Ich weiß, warum Mark, Rya und ich nicht programmiert wurden«, sagte er leise. »Wir sind zu einem Zeitpunkt in Black River angekommen, als die Droge bereits aus dem Reservoir in die Verbrauchsleitungen geflossen war. Wir haben im Zelt auch keinen Fernseher, so daß wir den Unterschwelligen Botschaften nicht ausgesetzt waren. Alle anderen sind programmiert. Salsbury hat volle Kontrolle über Black River.«

Sie sahen sich an. Das Entsetzen stand zwischen ihnen, unsichtbar und doch spürbar wie ein Eiseshauch. Draußen zuckten die Blitze. Der Regen rauschte. Der Sturm zerrte an den Fensterläden.

Es war Sam, der als erster die Sprache wiederfand. »Wir alle sind beeindruckt vom technischen Fortschritt und von den umwälzenden Entwicklungen in der Technologie, aber wir vergessen dabei, daß die Medaille auch ihre dunkle Seite hat.« Er stand an den Kaminsims gelehnt, den Band in der Rechten. »Je komplexer die Gesellschaft sich entwickelt, um so störanfälliger werden ihre einzelnen Teile. Es wird ein Zustand erreicht, wo ein Verrückter mit einem Druck auf den Knopf alles zunichte machen kann. Es macht dabei keinen Unterschied, ob der Verrückte mit guten Vorsätzen handelt wie jene, die den Menschen das Glück aufzwingen wollen, oder ob der Täter eine dämonische Persönlichkeit ist, jemand, der sich am Opfertod der Menschen weidet. Wenn jemand einen Staatschef umbringt, dann bewirkt er damit Umwälzungen in der Innen- und Außenpolitik des Landes. Ein einziger Mensch ist heute in der Lage, genügend Bazillen herzustellen, um alle Menschen in der Welt zu vernichten, es genügt eine gute Ausbildung in Biologie und etwas Entschlußkraft. Ein einziger Mensch kann eine Atombombe herstellen. Er braucht dazu eine gewisse Begabung in Physik und ein paar Pfund Plutonium. Es ist nicht so fürchterlich schwer, sich ein paar Pfund Plutonium zu verschaffen, wenn man's unbedingt haben will. Der Mann baut die Bombe und deponiert sie in New York, das Ding ist nicht größer als ein Koffer. Er löscht zehn Millionen Menschen aus, weil ... vielleicht, weil er in Manhattan mal beklaut worden ist, oder weil er vor sieben Jahren in der Bronx für falsches Parken bestraft worden ist und die Handlungsweise des Polizisten als ungerecht empfindet.«

»Salsbury ist nicht allein«, sagte Jenny. »Er hat Helfer.«

»Der Meinung bin ich auch.«

»Die Investition für ein Programm, wie es in dem Artikel beschrieben ist, würde Millionen verschlingen«, sagte Paul. »Es wäre logisch, wenn ein großes Konsortium dahintersteckt.«

»Nein«, sagte Sam. »In einem solchen Konsortium sind zu viele Menschen an den Entscheidungen beteiligt. Irgend jemand würde plaudern. Die Sache würde bis zur Presse durchdringen, bis zu den Medien, ein Skandal wäre die Folge.«

»Vielleicht hat ein reicher Einzelgänger das Programm finanziert«, sagte Jenny. »Jemand von der Sorte Onassis oder Howard Hughes.«

Sam kraulte seinen Bart. »Das wäre denkbar. Aber warum gibt keiner von uns die naheliegende Antwort auf die Kernfrage? Warum zögern wir, die Dinge beim Namen zu nennen?«

»Du meinst, daß die Regierung dahintersteckt«, sagte Paul.

»Genau das meine ich«, sagte Sam. »Wenn es so ist, wenn Salsbury für die Regierung der Vereinigten Staaten arbeitet, für den CIA oder für den militärischen Bereich, dann können wir einpacken. Das ist das Ende, nicht nur für uns drei, sondern für alle Amerikaner.«

Paul war ans Fenster getreten. Er wischte die Tropfen ab und starrte auf die windgepeitschten Bäume hinaus, auf den Regen, der in dichten Schleiern durch die Düsternis getragen wurde. »Wäre es denkbar, daß nicht nur Black River programmiert wurde? Daß der Rest des Landes auch schon programmiert ist?«

»Nein«, sagte Sam. »Wenn das Programm auf nationaler Ebene eingesetzt würde, befände sich Salsbury in Washington, wo die Entscheidungen getroffen werden, wo man die Ausführung auf breiter Ebene überwachen kann.«

»Dann ist das mit Black River ein Feldversuch. Ein Test in einem eng abgesteckten Gebiet.«

»Wahrscheinlich.«

»Und das spricht für die These, daß die Regierung *nicht* dahintersteckt«, sagte Sam. »Die Regierung würde so was in einem Gebiet testen, wo sie hundertprozentige Kontrolle hat. In einer Militärbasis zum Beispiel. Aber nicht hier, in einem kleinen Ort in den Bergen.«

Die Blitze zuckten, und Paul vermeinte, das Gesicht seiner toten Frau in der Scheibe zu erkennen. Wieder ein Blitz. Mark. Er schloß die Augen.

Annie und Mark. Die beiden waren für die Wissenschaft gestorben, als Blutopfer für den neuen Gott, der Technologie hieß. Annie war zu einer ganz normalen Blinddarmoperation ins Krankenhaus eingeliefert worden. Der Anästhesist hatte ihr ein brandneues Anästhetikum gegeben, das Beste und Modernste, viel wirksamer als Äther, viel einfacher zu verabreichen als Pentothal. Einfacher für den Anästhesisten. Annie war operiert worden, aber sie war nicht mehr aufgewacht aus der Narkose. Die beste, modernste und wirksamste Droge hatte ihre Leber zerstört. Was die Ärzte des Hospitals zu Freudenstürmen veranlaßte, war die Leber, ein Organ, das sich selbst regenerierte, wenn man ihm genügend Zeit dazu ließ. Alles was man tun mußte war, Annie auf Intensivstation zu legen, ihren Kreislauf an Maschinen anzuschließen. Irgendwann würde die Leber wieder zu arbeiten beginnen. Nach fünf Wochen Intensivstation fütterten die Ärzte alle Daten in den Computer. Der Computer sagte, die Patientin war jetzt soweit, daß sie in ein normales Einzelzimmer gelegt werden konnte. Sie hatte sogar, Triumph der Medizin, ihr Bewußtsein wiedererlangt. Elf Wochen später bestimmte der Computer, daß die Patientin nach Hause entlassen werden konnte. Annie fühlte sich alles andere als wohl, aber wenn's der Computer sagte, war's wohl richtig. Sie fügte sich und ging nach Hause.

Sie war zwei Wochen zu Hause, als sie einen Rückfall erlitt. Sie starb innerhalb von 48 Stunden. Paul hatte oft über den Tod seiner Frau nachgedacht. Wenn er doch Medizin, nicht Tiermedizin studiert hätte, er hätte sie vielleicht retten können. Aber das zu denken, tat weh und brachte nichts. Er hatte versagt. Er hätte den Ärzten im Krankenhaus sagen müssen, sie sollten bei der Narkose Äther benutzen oder eine auf breiter Ebene erprobte und langjährig eingesetzte Substanz. Er hätte ihnen sagen sollen, sie sollten sich ihren Computer sonstwohin stecken. Aber er hatte genickt, als man ihm das neue Anästhetikum vorschlug. Er hatte Vertrauen in die Technologie. Das Mittel war *neu*. Jeder Amerikaner wurde dazu erzogen, Achtung und Ehrfurcht vor dem Neuen zu haben. Viele von ihnen starben für diese Überzeugung.

Nachdem Annie tot war, hatte Paul so etwas wie Mißtrauen gegen die Technologie entwickelt. Er hatte die Bücher von Paul Ehrlich gelesen. Zurück zu den Quellen. Die jährlichen Fahrten nach Black River waren für ihn mehr als ein Erholungsprogramm. Er hatte vor, seine Kinder aus der Zange der Wirtschaft zu befreien, sie freizumachen von der Stadt, wo man dem Götzen Technologie diente. Sie sollten lernen, in Harmonie mit der Natur zu leben.

Es war ein unmöglicher Traum, das hatte Paul inzwischen eingesehen. Man rannte vor der Technologie weg, aber der Götze war schneller. Es gab keinen Fluchtweg mehr, kein Versteck. Die Fangarme der Stadt, der

Lebensstil, der dort praktiziert wurde, all das reichte bis weit ins Land hinein, bis in die entlegensten Berge und Wälder.

Es gab einen anderen Aspekt. Wenn man sich um den Fortschritt der Wissenschaft nicht kümmerte, wurde man zum ahnungslosen Opfer. Er zum Beispiel hatte sich nicht sachkundig gemacht über die neue Entwicklung auf dem Gebiet der Narkose. Er verstand wenig bis nichts von Medizincomputern, wie sie in den Krankenhäusern zum Einsatz kamen. Das hatte dazu geführt, daß er die Entscheidung, was das Narkosemittel anging, den Ärzten überließ. Er hatte, wie die Ärzte auch, dem Computer vertraut, Annie war daran gestorben. Mark. Auch er war ein Opfer der Sorglosigkeit seines Vaters geworden. Paul Annendale hatte sich nie für das Gebiet der Unterschwelligen Botschaften interessiert. Das ging ihn nichts an, hatte er gemeint. Mark war gestorben, weil sein Vater die Gefahr, in die er sich begab, nicht vorausgesehen hatte. Es gab, wenn man zu Ende dachte, nur einen Weg, wie man in diesem Teil des Jahrhunderts überleben konnte. Man mußte in die Technologie, in den Fortschritt eintauchen, mitschwimmen, sich auf der Woge forttragen lassen, nur dann hatte man genügend Kraft, um mit den Armen zu rudern und an der Oberfläche zu bleiben. Es hatte keinen Zweck zu flüchten. Um den neuen Herausforderungen zu begegnen, mußte man stark sein.

Er löste den Blick von den regentriefenden Bäumen. »Es hat keinen Zweck, wenn wir nach Bexford fahren und die Polizei des Staates Maine in die Sache reinziehen«, bestimmte er. »Es gibt doch nur zwei Möglichkeiten. Gesetzt den Fall, es handelt sich um ein Testprogramm der Regierung. In diesem Fall können wir jeden Widerstand vergessen. Im anderen Fall aber wäre es eine große Gefahr, die Regierung auf das Testprogramm aufmerksam zu machen. Es würde sich mit Sicherheit ein militärischer Eierkopf finden, der die Sache in die Regie der Regierung übernimmt. Washington würde sich aller Erkenntnisse bemächtigen, die Salsbury gewonnen hat, und das Programm gegen mißliebige Gruppen der eigenen Bevölkerung einsetzen.«

Sam Edisons Blick glitt über die Bücherwände, über all das, was über den Machtanspruch des Staates, über Psychologie und Technologie geschrieben worden war. »Du hast recht«, sagte er. »Und jetzt weiß ich auch, warum man aus Black River keine Ferngespräche mehr führen kann.«

»Salsbury hat die Kontrolle über die Telefonzentrale übernommen«, sagte Paul.

»Wenn es so ist, dann hat er auch die Straßen blockieren lassen, die aus Black River herausführen. Wir könnten gar nicht bis Bexford vordringen, auch wenn wir es versuchten.«

»Wir sitzen in der Falle«, sagte Jenny leise.

»Genau betrachtet macht das keinen Unterschied«, sagte Paul. »Wir haben eben festgestellt, daß es sowieso keinen Fluchtweg gibt. Daß es keinen Zweck hat wegzulaufen.« Er holte tief Luft. »Ich sehe eine Hoffnung. Wenn Salsbury nicht für die Regierung arbeitet, sondern von einem reichen Industriellen, von einem verrückten Einzelgänger finanziert wird, dann haben wir eine Chance, den Test zu stoppen. Wir können dafür sorgen, daß Black River zugleich die Endstation für Salsbury ist.«

»Du willst Salsbury stoppen?« Sam starrte auf den Fußboden. »Bist du dir darüber im klaren, was du da sagst? Salsbury stoppen, das bedeutet, wir müssen ihn überwältigen, ihn verhören und ihn töten. Einen Mann wie Salsbury kannst du nur ausschalten, indem du ihn tötest. Wir müßten zuvor aus ihm herauskriegen, wer sonst noch in das Testprojekt eingeweiht ist. Wir müßten alle Menschen töten, die von der Formel der Droge Kenntnis haben. Auch jene, die über das geheime Verbreitungssystem für die Unterschwelligen Botschaften Bescheid wissen. Zwei Morde. Drei Morde. Vielleicht Dutzende.«

»Und keiner von uns ist ein Killer«, sagte Jenny.

»Du verkennst die Natur des Menschen«, sagte Paul. »Jeder Mensch ist ein potentieller Mörder. Wenn es ums Überleben geht, tötet er. Und hier geht's ums Überleben.«

»Ich habe Menschen im Krieg getötet, als Soldat«, sagte Sam.

»Ich auch«, sagte Paul. »Ein anderer Krieg, aber die Handlung war die gleiche.«

»Das hier ist etwas anderes«, sagte Jenny.

»Es ist nichts anderes«, widersprach ihr Paul. »Wir sind im Krieg. In einem Krieg, den uns Salsbury aufgezwungen hat.«

Ihr Blick suchte seine Hände. Sie stellte sich vor, wie diese Hände aussahen, wenn sie ein Messer oder ein Gewehr hielten, wenn sich die Finger um die Gurgel eines Mannes schlossen.

Er erriet ihre Gedanken. Er hob seine Hände und betrachtete sie. So ähnlich war es, wenn er sich die Hände wusch, nachdem er ein krankes Tier behandelt hatte. Seine Gedanken wanderten in solchen Augenblicken nach Südostasien zurück. Zu wissen, daß er diese Hände sowohl zum Töten als auch zum Heilen benutzen konnte, war eine Last, die ihn befangen machte. Man wusch sich, und die Hände waren sauber, ob man damit einen Menschen geliebt oder getötet hatte, sie waren sauber. Die Moralbegriffe, dem Menschen archetypisch mitgegeben, waren Segen und Fluch zugleich. Segen, weil sie es dem Menschengeschlecht ermöglichten, die meiste Zeit in Harmonie miteinander zu leben. Fluch, weil sie ein schlechtes Gewissen zeugten, wenn der Mensch, um zu überleben, einen anderen Menschen tötete. Das Gewissen kümmerte sich nicht darum, ob die Tat erforderlich, ob sie unvermeidbar war.

»Wir leben am Ende des zwanzigsten Jahrhunderts«, dachte er. »Um zu überleben, müssen wir unsere Entscheidungen mit der kühlen Intelligenz einer Maschine treffen.« Vornehm und edel zu handeln, war den Schwachen vorbehalten, jenen, die von der Woge des Neuen zerschmettert wurden.

»Die anderen oder wir«, sagte er. »Der Schlachtruf der Wahnsinnigen. Nur ist es diesmal nicht der Täter, der's sagt, sondern das Opfer. Die Bedrohung ist Wirklichkeit.«

Jenny schien die Idee akzeptiert zu haben, daß man Morde in Kauf nehmen würde, wenn es um die Ausschaltung Salsburys ging. Wie fast alle Menschen, so hatte auch sie schon Lust verspürt, einen anderen Menschen zu töten. Sie hatte der Versuchung widerstanden. Inzwischen lag die Situation anders. Mord war der einzige Ausweg, um zu überleben. Der Schutz, den Jenny um sich aufgebaut hatte, war zerbrochen.

Sie sah Paul in die Augen. »Nehmen wir einmal an, wir können uns dazu bringen, Salsbury zu töten. Wie sollten wir das anfangen? Er hat mit den Programmierten Hunderte von Leibwächtern, die ihn bis zur Selbstaufgabe verteidigen werden. Er kann jeden dieser Menschen zum Killer werden lassen, sie folgen willenlos seinen Befehlen. Was tun? Ist es richtig, wenn wir hier sitzen bleiben und abwarten, ob er vielleicht so gut ist, zu einem Schwätzchen hereinzuschauen?«

Sam hatte den Jahresband der psychologischen Zeitschrift in die Lücke im Bücherschrank zurückgeschoben. »Mir fällt da was ein...« Seine Augen irrten von Jenny zu Paul. »Was meint ihr, was tat Salsbury, als er Rya im Türrahmen stehen sah? Was tat er als erstes?«

»Er stürzte sich auf sie und versuchte sie festzuhalten«, sagte Jenny.

»Falsch.«

»Er gab Bob Thorp den Befehl, sie zu töten.«

»Auch falsch. Überlegt doch mal. Salsbury konnte doch davon ausgehen, daß Rya programmiert war, daß sie wie die anderen Zombies reagieren würde.«

Jenny sog den Atem durch die Schneidezähne. »Der Code«, sagte sie leise. »Er hat die Codeworte gebraucht, so wie er es in seinem Artikel beschrieben hat. Er war sicher, er könnte sie *erschließen*, so war doch der Ausdruck. Wenn er sie erschloß, hatte er völlige Kontrolle über sie, sie würde ihm dann nicht mehr weglaufen.« Jenny schloß die Augen. »Und das bedeutet, Rya muß die Codeworte gehört haben.«

»Wenn es so ist, und wenn sie sich an die Codeworte erinnert, dann werden *wir* Black River kontrollieren, wir werden Salsbury den Ort wieder abnehmen. Die Leute würden seinen Weisungen keine Folge mehr leisten. Er wäre allein.«

6. Kapitel

15 Uhr 15

Dr. Troutman, der Arzt des Ortes, betrat das Büro des Polizeichefs. Er trug seine schwarze Hebammentasche in der Rechten und eine Tafel Nußschokolade in der Linken. Er war zufrieden mit sich und der Welt. Während er an der Scheibe entlangging, hatte er ein Lied gesummt.

Das Summen verstummte. »Sie wollten mich sprechen, Mr. Thorp?«

Noch bevor Thorp etwas sagen konnte, trat Salsbury aus der Nische am Fenster hervor. »Ich bin der Schlüssel.«

»Ich bin das Schloß.«

»Im übernächsten Raum, wenn Sie den Flur entlanggehen, wartet Buddy Pellineri«, sagte Salsbury. »Sie kennen ihn, oder?«

»Ob ich Buddy Pellineri kenne?« Dr. Troutman runzelte die Stirn. »Natürlich kenne ich Buddy.«

»Ich habe ihm gesagt, er hat sich mit einem gefährlichen Virus infiziert. Sie würden ihm eine Spritze geben, damit er wieder gesund wird. Sie wissen ja, Buddy ist nicht der Klügste. Er hat keinerlei Fragen gestellt. Er wartet jetzt auf die Spritze.«

»Was für eine Spritze?« fragte Dr. Troutman. Seine ganze Ratlosigkeit klang durch.

»Ich hab' ihm das nur gesagt, um ihn hier festzuhalten. Sie werden ihm kein Serum injizieren, sondern Luft in die Vene.«

Dr. Troutman war schockiert. »Er würde an einer Embolie sterben.«

»Ich weiß.«

»Ich würde ihn töten.«

»Das rate ich Ihnen, Doc.«

Dr. Troutman warf einen hilfesuchenden Blick auf den Polizeichef, der hinter dem Schreibtisch saß. »So etwas kann ich unmöglich tun.«

»Was bin ich, Dr. Troutman?«

»Sie sind der Schlüssel.«

»Sehr gut. Und was sind Sie?«

»Ich bin das Schloß.«

»Sehen Sie. Sie werden jetzt in den Raum gehen, wo Buddy wartet. Sie werden sich nett mit ihm unterhalten. Sie werden dafür sorgen, daß er nicht mißtrauisch wird. Sie werden ihm erklären, daß er gegen einen Virus geimpft werden muß, und statt dessen werden Sie ihm eine Luftspritze in die Blutbahn geben. Es wird Ihnen nichts ausmachen, diesen Menschen zu töten. Sie werden es tun, ohne eine Sekunde zu zögern. Sobald er tot ist, werden Sie den Raum verlassen. Sie werden sich dann nur noch daran erinnern, daß Sie ihm eine Spritze Penicillin gegeben haben. Sie werden vergessen, daß Sie ihn getötet haben. In dem Augenblick, wo Sie die

Schwelle des Zimmers überqueren, haben Sie es vergessen. Sie werden zu uns zurückkommen in dieses Büro. Sie werden zu Mr. Thorp sagen: *Ich habe ihm eine Penicillinspritze gegeben, morgen geht's ihm besser.* Danach kehren Sie in Ihre Praxis zurück. Sie werden sich dann nicht mehr an die Unterhaltung erinnern können, die ich mit Ihnen geführt habe. Ist das klar?«

»Ja.«

»Dann *tun* Sie's.«

Dr. Troutman verließ den Raum.

Die Entscheidung, Buddy Pellineri zu eliminieren, hatte Salsbury schon vor zehn Minuten getroffen. Zwar hatte Buddy mit nächtlichem Schüttelfrost und Übelkeit auf die Droge reagiert. Er hatte das Programm zur Gehirnwäsche verabreicht bekommen. Aber er war gefährlich, weil er ein Mensch war, der die eigenen geistigen Fähigkeiten nicht unter Kontrolle hatte. Wenn man ihm den Befehl gab, die beiden Männer zu vergessen, die er in der Nacht vom fünften auf den sechsten August beobachtet hatte, vergaß er sie vielleicht für immer oder nur für ein paar Stunden. Oder er vergaß sie überhaupt nicht. Ein programmiertes Genie war der ideale Sklave. Aber Buddy Pellineri war alles andere als ein Genie. Es war seine Tumbheit, die ihn zum Tode verurteilte.

Schade, daß Buddy sterben mußte, dachte Salsbury. Auf gewisse Weise war er ein hübscher Typ. Liebenswert.

Aber wozu habe ich die Macht, wenn ich sie nicht gebrauche? Ich habe die Macht, und ich werde sie behalten. Ich werde alle Menschen eliminieren, die mir die Macht zu entreißen suchen. Ich werd's ihnen zeigen. Allen werd' ich's zeigen. Dawson. Miriam. Den Huren. Den Experten im College, die meine Arbeit nicht anerkennen wollten. Meiner Mutter. Vor allem aber den Huren. Sie werden sehen, wer ich ... *Tat-tat-tat-tat-tat-tat.* Niemand kann mir die Macht wegnehmen. Niemand. Niemals.

15 Uhr 20

Rya setzte sich in ihrem Bett auf und gähnte. Sie sah Jenny an. Sie sah Sam an und Paul. Sie verstand nicht, was die drei von ihr wollten.

»Ob du dich erinnern kannst, was der Mann zu dir gesagt hat. Der Mann mit den dicken Brillengläsern.« Es war Paul, der die Frage an seine Tochter formulierte. »Denk gut nach, dann fällt es dir ein.«

Sie saß da und kratzte sich den Scheitel. »Wer bin ...«

»Sie ist noch ganz benommen«, sagte Jenny. »Wir müssen warten.«

Sam hatte am Fußende des Bettes Aufstellung genommen. Sein Blick war auf Jenny gerichtet. »Salsbury weiß, daß wir ihm auf die Schliche gekommen sind«, sagte er. »Er hat keine andere Wahl, als uns zu eliminieren. Sobald ihm eingefallen ist, wie er das am besten schafft, wird er hier auftauchen. Wir können nicht warten, bis die Wirkung des Sedativs nachläßt.« Er wandte sich zu seiner Tochter. »Stell die Kleine unter die kalte Dusche. Lang genug, bis sie aufwacht. Ich mach derweil Kaffee.«

»Ich mag keinen Kaffee«, sagte Rya.

»Magst du Tee?«

»Ja, Tee.«

Sam eilte nach unten, um Teewasser aufzustellen.

Jenny führte Rya ins Bad, das sich am Ende des Flurs befand.

Paul blieb allein zurück. Er verließ Ryas Zimmer und ging ins Wohnzimmer, wo Marks Leiche auf dem Sofa lag.

Er setzte sich.

Die Dinge sind in Bewegung gekommen, dachte er. Wenn man dem großen, schönen, chromverzierten amerikanischen Traum entgegentritt, gerät vieles in Bewegung. Es kann dann sehr schnell gehen.

15 Uhr 26

Dr. Troutman öffnete die Tür. Sein Blick wanderte zu Bob Thorp. »Ich habe ihm eine Penicillinspritze gegeben«, sagte er. »Morgen geht's ihm besser.«

»Gut«, sagte der Polizeichef. »Dann können Sie ja nach Hause gehen.«

Der Arzt schob sich den letzten Riegel seiner Nußschokolade in den Mund. »Bis nächstens«, murmelte er. Sie hörten, wie er den Flur entlang zum Ausgang schlurfte.

Salsbury wandte sich zu Thorp. »Lassen Sie sich von jemandem helfen, die Leiche ist schwer. Bringen Sie den Leichnam in eine Gefängniszelle. Legen Sie ihn so auf die Pritsche, daß es aussieht, als ob er schläft.«

16 Uhr 14

Das Gurgeln des Regens in der Dachrinne war zu hören.

Im ganzen Raum roch es nach Tee und Zitronen.

Rya wischte sich die Tränen aus den Augen. Plötzlich fiel es ihr ein. »Ich weiß es wieder«, flüsterte sie. »Ich bin der Schlüssel.«

16 Uhr 45

Merkwürdig rasch hatte es zu regnen aufgehört.

Salsbury schob eine Leiste des Rolladens hoch und spähte auf die Union Road hinaus. Der Regen stand in kleinen Seen in den Senken, er bildete Strudel über den Abflußschächten. Von den Bäumen tropfte es wie schmelzendes Wachs.

Er war froh, daß es zu regnen aufhörte. Es war wichtig, daß Dawsons Hubschrauberpilot einigermaßen gute Flugbedingungen hatte.

Er brauchte keine Hilfe. Was er brauchte, war jemand, dem er die Schuld aufbürden konnte, wenn der Test doch noch platzen sollte.

Er dachte über die Möglichkeiten nach, die ihm blieben. Riskant war alles. Er konnte den Polizeichef und seine Leute zum *General Store* senden mit der Order, die Edisons und die Annendales festzunehmen. Das würde wahrscheinlich nicht ohne Blutvergießen abgehen. Ziemlich sicher würde es zu einer Schießerei kommen. Und das war schlecht. Es gab Behörden außerhalb von Black River mit Beamten, die nicht programmiert waren. Diese Beamten würden Fragen stellen. Je mehr Leichen es gab, je mehr Todesfälle, für die man eine Erklärung erfinden mußte, um so größer die Gefahr der Entdeckung. Auf der anderen Seite, wenn er die Straßensperren aufrechterhielt, begab er sich in eine Sackgasse hinein. Es war ein Zustand, der sich nicht bis in die Ewigkeit hinein verlängern ließ.

Was, zum Teufel, ging in Edisons Wohnung vor sich? Sie hatten die Leiche des Jungen gefunden, das war ihm berichtet worden. Warum kam der Vater nicht zum Polizeichef gelaufen, um den Mord anzuzeigen? Warum versuchten sie nicht den Ort zu verlassen? Warum benahmen sie sich nicht, wie man es von ihnen erwarten durfte? Alles, was sie wußten, waren Buddys Beobachtungen aus jener Nacht. Daraus ließen sich unmöglich die Zusammenhänge konstruieren für das, was in den letzten Tagen in Black River geschehen war. Edison und Annendale hatten höchstwahrscheinlich keine Ahnung, daß es so etwas wie Unterschwellige Botschaften überhaupt gab. Salsbury ließ seine Zunge gegen eine Zahnlücke schnalzen. Er ärgerte sich. Warum hatte er das IF-Transmissionsgerät nicht mitgebracht, mit dem er die Edisons hätte belauschen können. Er hatte die Tasche mit dem Gerät in seinem Zimmer in *Pauline Vickers Rooming House* zurückgelassen.

»Der Regen wäscht alles so schön sauber«, sagte Bob Thorp. Er stand am Fenster.

»Ich bin froh, daß es zu regnen aufgehört hat.«

»Es wird weiterregnen«, sagte Thorp.

Salsbury sah ihn erstaunt an. »Was?«

Bob Thorp brachte ein freundliches Lächeln auf seine Züge, wie Salsbury es ihm bei der Programmierung angewiesen hatte. »Es gibt um diese Jahreszeit immer eine ganze Serie von Gewittern. Die Gewitter sind wie ein Ball, der von einer Bergwand zur anderen fliegt, bis er schließlich einen Ausweg aus dem Tal findet.«

Salsbury dachte an Dawson und den Hubschrauber. Es war nicht gut, wenn es regnete. Gar nicht gut. »Seit wann sind Sie Meteorologe?« fragte er scharf.

»Ich bin kein Meteorologe, aber ich habe mein ganzes Leben in Black River gewohnt, ich kenne das Wetter, ich habe Hunderte von diesen Gewittern erlebt, und ich sage Ihnen...«

»Ich habe gesagt, der Regen ist zu Ende!« donnerte Salsbury. »Es gibt kein Gewitter mehr. Schluß, aus, fertig. Haben Sie mich verstanden?«

Thorp nickte. »Es gibt kein Gewitter mehr.«

»Ich will, daß der Regen zu Ende ist, und der Regen *ist* zu Ende«, sagte Salsbury streitsüchtig. »Habe ich recht?«

»Natürlich.«

»Der Regen ist zu Ende.«

»Ganz recht.«

»Dummer Bulle!«

Thorp schwieg.

»Sind Sie ein dummer Bulle, ja oder nein?«

»Ich bin nicht dumm.«

»Ich habe eben gesagt, daß Sie dumm sind. Haben Sie's nicht gehört? Sie sind dumm wie Bohnenstroh. Nun, Thorp?«

»Sie haben recht.«

»Sagen Sie's.«

»Was?«

»Daß Sie dumm wie Bohnenstroh sind.«

»Ich bin dumm wie Bohnenstroh.«

Salsbury war an das Fenster zurückgekehrt und starrte mißmutig auf die kobaltblauen Gewitterwolken.

»Thorp«, sagte er beiläufig, »gehen Sie für mich zu *Pauline Vickers Rooming House*.«

Der Polizeichef stand auf.

»Mein Zimmer dort ist im ersten Stock, die erste Tür rechts, wenn Sie von der Treppe kommen. Die Tür ist offen. Auf dem Bett steht eine Ledertasche. Holen Sie mir diese Ledertasche.«

16 Uhr 55

Die vier im *General Store* hatten den rückwärtigen Ausgang erreicht.

Sam hatte die Tür geöffnet, als sich drüben, in zwanzig Schritten Entfernung, ein Mann aus dem Schatten der Fliederbüsche löste. Der Mann trug einen dunklen Regenmantel. Er hielt eine doppelläufige Schrotflinte in den Händen.

»Kennst du den Mann?« fragte Paul. Seine Frage war an Jenny gerichtet.

»Das ist Harry Thurston. Er ist Vorarbeiter im Sägewerk. Ein Nachbar.«

Rya stand an ihren Vater gelehnt, ihre Hand umklammerte die Knopfleiste seines Hemdes. Ihr Vertrauen in die Welt der Erwachsenen war erschüttert, seit sie gesehen hatte, wie Bob Thorp ihren Bruder umbrachte. Angstvoll musterte sie den Mann, der mit vorsichtigen Schritten, den Blick auf die Tür gerichtet, näherkam.

»Wird der Mann uns töten?«

Paul legte ihr die Hand auf die Schulter. »Niemand wird getötet.«

Er spürte selbst, wie hohl es klang.

Zu den Artikeln, die Sam Edison im *General Store* verkaufte, gehörten Waffen, und so brauchten sie dem Posten, den Salsbury aufgestellt hatte, nicht wehrlos gegenübertreten. Jenny hielt ein geladenes Gewehr in der Hand, Sam und Paul hatten sich mit Smith & Wesson-Revolvern 357 Combat Magnum bewaffnet, die sie mit 38er-Munition geladen hatten. Die Läufe der Waffen waren zu Boden gerichtet. Wenn es möglich war, würden sie einen Schußwechsel vermeiden.

»Ich spreche mit ihm«, sagte Sam. Er überquerte die überdachte Veranda, die um das ganze Geschäft lief, und wollte die Stufen hinuntergehen, als der Mann seine Schrotflinte hob.

»Halt! Stehenbleiben!«

Er hielt den Lauf auf Sams Brust gerichtet, der Finger lag am Abzug.

Paul warf Jenny einen Blick zu.

Sie stand da und biß sich auf die Lippen. Er sah ihr an, daß sie Harry Thurston am liebsten den Kolben auf den Kopf geschlagen hätte.

Ein Schußwechsel wäre die Folge gewesen. Paul stellte sich vor, wie die Patronen explodierten. Der Rauch quoll aus den Mündungen.

»Nur mit der Ruhe, Harry«, hörte er Sam sagen.

Jenny nickte.

Sam war auf der untersten Stufe angekommen. Er war noch zwanzig Schritte von dem Mann mit der Schrotflinte entfernt, als er ihm die Hand entgegenstreckte. Thurston schüttelte den Kopf.

»Harry«, sagte Sam.

Thurston hielt die Flinte auf ihn gerichtet. Sein Gesicht war wie eine Maske. »Tag, Sam«, quetschte er hervor.

»Was machst du denn in meinem Garten?«

»Das weißt du doch«, sagte Thurston.

»Weiß ich leider nicht.«

»Ich bewache euch.«

»Du bewachst uns? Warum?«

»Damit ihr nicht flieht.«

»Du willst verhindern, daß wir unser eigenes Haus verlassen, unser eigenes Grundstück?« Auf Sams Gesicht erschien ein breites Grinsen.

»Ich bewache euch, damit ihr nicht flieht.«

»Wer bist du denn, daß du uns bewachen kannst?«

»Ich bin bei der Polizei. Ich bin zum Polizisten ernannt worden.«

»Von wem?«

»Von Bob Thorp.«

»Wann?«

»Vor eineinhalb Stunden.«

»Warum will der Polizeichef denn, daß wir im Haus bleiben?«
»Du weißt schon, warum«, sagte Thurston.
»Ich hab' dir vorhin schon gesagt, daß ich es eben *nicht* weiß.«
»Ihr habt was getan.«
»Was haben wir denn getan?«
»Was Verbotenes.«
»Aber du kennst uns doch, Harry. Du weißt doch, daß wir nichts Verbotenes tun würden.«
Thurston schwieg.
»Kennst du uns, ja oder nein?«
Schweigen.
»Was sollen wir denn verbrochen haben?«
»Das weiß ich nicht.«
»Hat dir das der Polizeichef nicht gesagt?«
»Nein.«
Es war eine lächerliche Situation, aber die Waffe, die Thurston auf Sam gerichtet hielt, war tödlich.
»Du weißt nicht, was wir verbrochen haben, aber du bist bereit uns umzulegen, wenn wir das Grundstück verlassen. Ist das so?«
»So lauten meine Befehle.«
»Wie lange kennen wir beide uns schon, Harry?«
»Zwanzig Jahre.«
»Und wie lange kennst du Jenny?«
»Ziemlich lange.«
»Du bist bereit, alte Freunde von dir zu töten, nur weil dir jemand gesagt hat, du sollst es tun?« Sam kam es darauf an auszuloten, wie weit Salsburys Kontrolle über diesen Mann ging.
Thurston wußte keine Antwort. Er wirkte nervös. Seine rechte Schuhsohle schwang über das nasse Gras, vor und zurück, vor und zurück. Man sah ihm an, daß er sich in einem Konflikt befand. Gleichwohl war er entschlossen, die erhaltenen Weisungen des Polizeichefs auszuführen.
»Das genügt«, flüsterte Paul. »Sag jetzt den Code.«
»Ich glaube auch«, sagte Sam. Er wandte sich zu Thurston. »Ich bin der Schlüssel.«
»Ich bin das Schloß.«
»Laß den Lauf deiner Flinte sinken, Harry.«
Thurston gehorchte.
»Gott sei Dank!« entfuhr es Jenny.
»Komm zu mir, Harry.«
Thurston kam zu Sam gegangen.
»Ich kann's immer noch nicht glauben«, flüsterte Jenny. Wie ein

Zombie, dachte Paul. Wie ein Zinnsoldat. Ein Schauder kroch über seinen Rücken.

Sam hob den Blick. »Wer hat dir wirklich den Befehl gegeben, uns zu bewachen, Harry?«

»Bob Thorp.«

»Nicht Salsbury?«

»Nein.«

»Aber du weißt, wer Salsbury ist.«

»Nein, ich weiß nicht, von wem du sprichst.«

»Vielleicht hat der Mann sich auch Albert Deighton genannt.«

»Wer?«

»Salsbury.«

»Ich kenne weder einen Salsbury noch einen Deighton.«

Jenny, Rya und Paul kamen die regennassen Stufen herunter.

»Salsbury hat Bob Thorp benutzt, um die Weisungen auszugeben«, sagte Jenny. »Anders kann ich's mir nicht vorstellen.«

»Worüber sprecht ihr eigentlich?« sagte Thurston.

Sam sah ihm in die Augen. »Harry, ich bin der Schlüssel.«

»Ich bin das Schloß.«

»Wir gehen jetzt auf einen Spaziergang zu Hattie Lange. Du wirst nicht versuchen, uns aufzuhalten. Verstanden?«

»Ich werde euch nicht aufhalten.«

»Du wirst nicht auf uns schießen.«

»Nein, natürlich nicht.«

»Du wirst uns auch sonst in keiner Weise Schwierigkeiten machen.«

»Ich werde euch keine Schwierigkeiten machen.«

»Wenn wir das Grundstück verlassen, wirst du zum Fliederbusch zurückgehen. Du wirst vergessen, daß wir das Haus verlassen haben. Ist das klar?«

»Ja.«

»Du wirst auch vergessen, daß wir dieses Gespräch miteinander gehabt haben. Geht das, Harry?«

»Aber sicher. Ich werde vergessen, daß ich euch gesehen habe.«

»Du wirst glauben, wir befinden uns noch im Haus«, sagte Sam.

Thurston hatte sich umgewandt. Er warf einen Blick auf das Haus.

»Du wirst weiter Wache halten«, sagte Sam.

»Ich werde Wache halten. So lautete der Befehl, den mir Thorp gegeben hat.«

Harry Thurston kehrte in sein Versteck im Fliederbusch zurück. Sie sahen, wie er in der Lücke Aufstellung nahm und die Beine spreizte. Die Schrotflinte lag quer in seinen Händen. Er würde auf jeden schießen, der das Haus zu verlassen suchte.

»Unglaublich«, sagte Jenny.

»Sieht aus wie ein Fallschirmjäger«, sagte Sam. Er gab den anderen ein Zeichen. »Kommt, gehen wir.«

Sie folgten ihm.

Rya hatte die Hand ihres Vaters ergriffen. »Wird alles wieder gut werden, Paps? Wird es je wieder gut werden?«

Ein verwunschener Ausdruck lag in ihren Augen. Er drückte ihr die Hand. Erst jetzt fiel ihm auf, wie kalt ihre Finger waren. »Alles wird wieder gut«, sagte er. »Und das sehr bald.«

Sie gingen in westlicher Richtung, an den Gärten der Nachbarhäuser vorbei, jede Deckung ausnützend.

Paul war darauf gefaßt, daß ihnen hinter der nächstbesten Ecke ein Posten entgegentrat, den Salsbury ausgestellt hatte. Es hätte ihn ebensowenig überrascht, wäre Sams Experiment mit Harry in ein tödliches Duell eingemündet. Zwei langhallende Schüsse. Dann endloses Schweigen.

Sie kamen an der St.-Luke's-Kirche vorbei, der einzigen Kirche in Black River, die für alle Konfessionen geöffnet war. Die Fassade war frisch gestrichen. Es gab einen hohen Glockenturm, der vorne an der Main Street stand.

Sam ging zum hinteren Eingang. Er drückte gegen die Tür, sie war nicht verschlossen. Sie schlüpften durch den Spalt, einer nach dem anderen.

Ein paar Minuten lang verharrten sie in dem fensterlosen Vorraum und warteten, ob ihnen jemand folgen würde.

Niemand kam.

»Manchmal hat man eben auch Glück«, flüsterte Jenny.

Sam ging voran. Sie betraten das düstere Kirchenschiff und umrundeten den Altar.

Sie betraten die Sakristei. Jenny stolperte über einen Stapel Meßgewänder. Ihre Schritte verursachten ein dumpfes Poltern auf dem Bretterboden. Sie warteten, bis der Hall verklungen war.

Sie hatten sich an der Hand ergriffen. Sam öffnete eine Tür. Eine Wendeltreppe kam in Sicht. Sam ging voran, Jenny folgte, dann kam Rya, Paul war der letzte. Er blieb auf der untersten Stufe stehen, bis sich seine Augen an das Dunkel gewöhnt hatten. Er hielt den gesicherten Revolver in der rechten Hand. Er warf einen Blick hinter sich. Die Kirche war schweigende Düsternis. Er folgte den anderen.

Die Wendeltreppe endete auf einer Plattform, die 3 Meter mal 3 Meter groß war. Sie standen auf der obersten Ebene des Glockenturms, die Glocke hing über ihnen. Die Kette, mit der die Glocke bewegt wurde, führte durch ein Loch im Fußboden in die Sakristei hinab.

Die Glockenkammer war niedrig, sie war nur 1,20 Meter hoch, so daß sie knien mußten. Es gab vier breite Aussichtsschlitze, einen auf jeder Seite.

Jenny und Rya saßen an die Mauer gelehnt, Jenny hielt ihr Gewehr auf den Knien. Sie sprach mit Rya, aber ihre Stimme war so leise, daß Paul sie nicht verstehen konnte. Als sie Pauls Blick auf sich ruhen sah, lächelte sie. Ihre Hand liebkoste die Stirn des Mädchens.

Das wäre eigentlich meine Aufgabe gewesen, durchfuhr es Paul. Ich bin der Vater. Ich muß Rya trösten, ihr begreiflich machen, was nicht zu begreifen ist.

Wirklich? Nein, dachte er. Meine Aufgabe ist eine andere. Ich muß mich darauf vorbereiten, einen Menschen zu töten. Wahrscheinlich nicht nur einen.

Der Gedanke durchzuckte ihn, daß die Gewalt, das Blut, mit dem er sich beschmutzen würde, daß all das sein Verhältnis zu Rya verändern würde. Sie würde Angst vor ihm haben, so wie sie Angst vor Bob Thorp bekommen hatte. Gewiß, es gab Gründe für den Mord, den er begehen würde. Aber hatte nicht jeder Mörder ›Gründe‹? Ob Rya je vergessen würde, daß er getötet hatte? Ob sie je wieder unbeschwert miteinander lachen, sich necken würden?

Sam lag auf den Knien und spähte auf die Straße hinab. Paul kniete sich neben ihn. Ihm war klar, dies war nicht der Moment, wo man an die Monate und Jahre dachte, die nun folgen würden, und doch ertappte er sich bei der Frage, was aus ihm und Jenny werden würde, wenn dies alles überstanden war. Er hob den Kopf und sah die Dachkante des *General Store,* der einen halben Häuserblock entfernt lag. Zur Rechten lag Karkovs Tankstelle und die Garage. Dann, in einiger Entfernung, der Stern des Baseballplatzes. Die Wiese. Der Fluß. Die Straße. Dann sah er das Polizeiauto. Es war quer über die beiden Fahrbahnen der Ausfallstraße gestellt.

»Er hat die Ausfallstraße blockiert«, sagte er, zu Sam gewandt.

»Hab's schon gesehen.«

»Er hat uns wirklich in der Falle.«

»Und inzwischen wundert er sich ganz fürchterlich, warum wir nicht die Polizei verständigen oder aus Black River zu fliehen versuchen.«

Der größte Teil des Ortes lag zur rechten Seite. Der Platz. *Ultman's Café* mit den mächtigen dunklen Eichen. Das Rathaus. Geschäfte. Häuser mit Backsteinfassade. Bungalows. Das Gebäude der Telefongesellschaft. Die katholische Kirche. Der Friedhof. Das Union-Theater mit seinem altmodischen Vordach. Die Straße zur Sägemühle. Und all das reingewaschen vom Regen, niedlich, friedlich, unschuldig. Aber inmitten dieser Unschuld lauerte das Böse, versteckt im Hirn eines Menschen, der sie alle unterjochen wollte.

»Bist du sicher, daß Salsbury sich nach wie vor im Rathaus verschanzt?« fragte Paul.

»Wo sonst?«

»Könntest recht haben.«

»Das Büro des Polizeichefs ist die ideale Kommandozentrale, wenn er den Ort unter seine Fuchtel bekommen will.«

Paul warf einen Blick auf seine Uhr. »Viertel nach fünf.«

»Wir werden hier oben warten, bis es dunkel wird«, sagte Sam. »Bis um neun. Dann werden wir uns ans Rathaus heranschleichen. Wir werden die ausgestellten Wachen mit Hilfe des Code außer Gefecht setzen. Und dann packen wir uns Salsbury.«

»Hört sich leicht an.«

»Ist auch leicht«, sagte Sam.

Ein Blitz zuckte herab, und kurz darauf schlug der Donner ein. Der Regen, der folgte, war wie ein Bombardement aus Stahlkugeln, das auf dem Stahldach des Glockenturms widerhallte.

17 Uhr 20

Bob Thorp lächelte, weil er die Anweisung erhalten hatte zu lächeln. Er hatte die Arme vor dem muskulösen Brustkasten verschränkt. Er lehnte an der Fensterbank und sah Salsbury zu, der sich an seinen Schreibtisch gesetzt hatte.

Das IF-Transmissionsgerät war ans Telefon angeschaltet worden. Salsbury hatte Sam Edisons Nummer angewählt. Er wartete.

Er saß da, vorgebeugt, schwitzend, die Hand um den Hörer gekrampft. Er lauschte. Nichts. Die Ohren der Mikrofone waren aufgesperrt, aber zu hören war nichts.

Schweigen. Stille. Dämmerung.

Das Ding funktioniert nicht, dachte Salsbury. Made in Belgium. Wie könnte es denn auch funktionieren? Er legte auf. Er öffnete das Gehäuse des Geräts und prüfte die Anschlüsse. Dann wählte er aufs neue Edisons Nummer.

Die Verbindung öffnete sich. Ein Rauschen, ähnlich einer Muschel aus dem Meer, die man ans Ohr hält.

Das Ticken einer Uhr, laut wie Peitschenschläge.

Salsbury sah auf seine Armbanduhr. 17 Uhr 24.

Nichts. Schweigen.

17 Uhr 26.

Er legte auf und wählte neu.

Wieder das Ticken der Uhr.

17 Uhr 28.

17 Uhr 29.

17 Uhr 30.

Im ganzen Haus schien es niemanden zu geben, der sprach. Niemand lachte. Niemand hustete. Niemand bewegte sich. *Edison's General Store* war ein verdammtes Geisterhaus.

17 Uhr 32.

17 Uhr 33.

Salsbury hielt den Hörer ans Ohr gepreßt. Seine Nerven waren zum Zerreißen gespannt. Warum sagte dort niemand auch nur einen Ton?

17 Uhr 34.

17 Uhr 35.

Sie waren drüben. Sie mußten drüben sein.

Er warf den Hörer auf die Gabel.

Sie wissen, daß sie belauscht werden, dachte er. Sie rühren sich nicht, weil sie mich verunsichern wollen. Das ist die Lösung. So muß es sein.

Er wählte neu.

Das Ticken der Uhr, nur das Ticken der Uhr.

17 Uhr 39.

17 Uhr 40.

»Diese verdammten Scheißer!«

Diesmal landete der Hörer mit soviel Schwung auf der Gabel, daß ein mondförmiges Stück Plastik abbrach.

Salsbury war schweißüberströmt.

Er stand auf. Die Wut schnürte ihm die Kehle zu.

Sein Blick wanderte zu Thorp. »Selbst wenn es ihnen gelungen wäre, aus dem General Store zu fliehen«, sagte er nachdenklich. »Sie müssen noch im Ort sein. Es sind schließlich keine Zauberer, die sich irgendwo hinversetzen können. Die Ausfallstraßen sind gesperrt. Der Ort ist zu, verdammt noch mal, er ist zu! Oder etwa nicht?«

Thorp lächelte.

»Sie sollen mir antworten, Sie blöder Bulle!«

Thorps Lächeln verschwand.

Salsbury lief der Schweiß in den Steg der Brillenfassung. Es war ein unangenehmes Gefühl. Als ob einem zerschmolzene Butter in die Augenwinkel geträufelt würde.

»Ist Black River zu, ja oder nein?«

»Black River ist zu«, sagte Thorp gehorsam.

»Niemand kann raus, ohne daß ich das erfahre, richtig?«

»Richtig. Niemand kann raus, ohne daß Sie es erfahren.«

Salsbury zitterte vor Zorn. »Selbst wenn sie aus dem Haus geflohen sind, ich werde sie finden. Werde ich sie finden?«

»Ganz sicher.«

»Ich kann diesem gottverdammten Black River den Arsch aufreißen, so oft es mir paßt. Richtig?«

»Richtig.«

»Sie können nicht fliehen?«

»Sie können nicht fliehen!«

Salsbury ließ sich auf den Sessel sinken, als sei eine Feder in seinem Rückgrat zersprungen. »Aber die Sperren am Ortsrand sind ja gar nicht so wichtig. Meine Gefangenen im General Store haben das Gebäude nicht verlassen, weil sie es gar nicht verlassen können. Das Haus wird bewacht. Es ist ein Gefängnis, nichts als ein Gefängnis. Sie sitzen drin wie die Maus in der Falle. Sie glauben, sie können mich täuschen, aber ich lasse mich nicht aufs Kreuz legen. Nicht mit so einem billigen Trick.« Er wählte noch einmal Edisons Nummer an.

Er vernahm das Ticken der Uhr, sonst nichts.

17 Uhr 44.

17 Uhr 45.

Er legte auf.

Er wählte neu.

Tick-tack-tick-tack-tick-tack...

17 Uhr 46.

17 Uhr 47.

Er legte auf.

Er sah den Polizeichef an und grinste. »Ist Ihnen klar, was die wollen?«

Thorp schüttelte den Kopf.

»Die wollen, daß ich durchdrehe. Ich soll ein Kommando losschicken, das jedes Haus absucht.« Er kicherte. »Das wäre ja auch kein Problem. Ich könnte ganz Black River durchsuchen lassen, Haus für Haus, die Leute würden bereitwillig mitmachen. Aber das kostet Zeit. Stunden. Wenn die Suche vorüber ist, muß ich bei allen Beteiligten die Erinnerung löschen. Vierhundert Personen, vierhundert Löschvorgänge. Damit würde ich wieder ein paar Stunden vertun. Sie wollen, daß ich meine Zeit mit nutzlosen Aktionen vertrödle. Sie wollen, daß ich in Panik gerate, und sobald das nötige Durcheinander entstanden ist, wollen sie fliehen. Habe ich recht?«

»Sie haben recht.«

Salsburys Stimme überschlug sich. »Aber bei diesem Spiel mache ich nicht mit. Ich werde warten, bis Dawson und Klinger eingetroffen sind. Ich lasse mich nicht in eine Sackgasse hineintreiben. Nicht ich. Ich habe die Situation unter Kontrolle.«

Donner rollte durch das Tal. Die Fenster des Büros erzitterten.

Salsbury wählte noch einmal Edisons Nummer an.

17 Uhr 50.

17 Uhr 51.

Kichernd legte er auf.

Dann wuchsen ihm zwei Sorgenfalten in den Mundwinkeln. Wie, wenn die drüben wußten, daß sie belauscht wurden? Das würde bedeuten, sie wußten alles. Sie wußten, warum er in Black River war. Wer er war. Undenkbar.

Er wählte die Nummer.

17 Uhr 52.

Nichts. Stille.

Er legte auf und wandte sich zu Thorp. »Es ist unerheblich, ob sie meinen Plan kennen oder nicht. Sie können mir nicht entkommen. Ich habe sie, wo ich sie haben wollte. Mein ist die Macht...« Er starrte das IF-Transmissionsgerät an, dann wanderte sein Blick zu Thorp. »Wie glauben Sie, wie wird Miriam reagieren, wenn sie erfährt, welche Macht in meinen Händen liegt?«

»Wer ist Miriam?«

»Das wissen Sie doch.«

»Nein. Ich kenne diese Miriam nicht.«

»Meine geschiedene Frau.«

»Ach so.«

»Ein verdorbenes Flittchen.«

Thorp schwieg.

»Frigide wie eine Tiefkühltruhe.«

»Das tut mir aber leid.«

»Ich will Ihnen sagen, wie sie reagieren wird«, sagte Salsbury. »Sie wird auf Händen und Füßen angekrochen kommen. Sie wird sich vor mir winden wie ein Wurm, Mr. Thorp. Oder etwa nicht?«

»Doch, natürlich«, sagte Thorp.

Die Macht. Die Nacht. Mutter...

»Wissen Sie, was ich tun werde, wenn sie angekrochen kommt?«

»Nein.«

»Ich werde sie ins Gesicht treten.«

»Das ist Körperverletzung«, sagte Thorp.

»Bei Dawson das gleiche. Ich gebe ihm einen Tritt ins Gesicht.«

»Ich sagte schon, das ist Körperverletzung. Dafür landen Sie im Gefängnis.«

»Ich werde mir Dawson vorknöpfen«, sagte Salsbury feierlich. Plötzlich begann er zu kichern. »Diesen verdammten Heuchler.«

Thorp runzelte die Stirn.

»Meinen Sie, daß ich in Black River ein Paar hohe Schaftstiefel finden kann, Mr. Thorp?«

»Was?«

»Hohe Schaftstiefel. Es gibt ein paar Leute, denen ich gern ins Gesicht treten möchte. Nicht viel, wirklich nicht. Nur ein paar.«

Tat-tat-tat-tat-tat-tat-tat-tat-tat-tat...

18 Uhr 30

»Wer ist da?«

»Sind Sie's, Mrs. Wolinski?«

»Ja.«

»Ich bin der Schlüssel.«

»Ich bin das Schloß.«

»Ist Ihr Mann zu Hause?«

»Ja. Er ist raufgegangen.«

»Ist er allein da oben?«

»Ob er allein ist? Ja.«

»Und Sie, wo sind Sie jetzt, sind Sie auch allein?«

»Ja, ich bin allein.«

»Kennen Sie Sam Edison?«

»Ja, natürlich.«

»Ist Sam jetzt bei Ihnen, Mrs. Wolinski?«

»Nein.«

»Ist Jenny Edison bei Ihnen?«

»Nein. Warum sollte sie?«

»Haben Sie Sam oder Jenny heute irgendwo gesehen?«

»Nein. Hören Sie, ich bin...«

»Mrs. Wolinski, wenn Sie gleich auflegen, werden Sie jedes Wort unserer Unterhaltung vergessen. Sie werden glauben, jemand hat Sie angerufen, um Ihnen eine Lebensversicherung zu verkaufen. Jemand aus Bexford. Ist das gut verstanden?«

»Ja.«

»Legen Sie jetzt auf, Mrs. Wolinski.«

18 Uhr 45

»Hier St. Margaret Mary's.«

»Bin ich mit dem Pfarrhaus verbunden?«

»Ganz recht.«

»Spreche ich mit Pater O'Hara?«

»Ich bin Pater O'Hara.«

»Ich bin der Schlüssel.«

»Ich bin das Schloß.«

»Sind Sie allein, Pater O'Hara?«

»Ja.«

»Und wo ist Ihre Haushälterin?«

»Sie hat heute frei.«

»Kennen Sie Sam und Jenny Edison?«

»Natürlich kenne ich die. Nette Leute.«

»Ist einer der beiden bei Ihnen?«

»Hier im Pfarrhaus? Nein.«
»In der Kirche vielleicht?«
»Nein. Warum fragen Sie?«
»Haben Sie Sam Edison oder Jenny Edison heute gesehen?«
»Nein. Ich …«
»Kennen Sie Paul Annendale?«
»Ich glaube nicht, daß ich jemanden dieses Namens kenne. Wenn Sie mich anrufen, um …«
»Halten Sie den Mund, Pater O'Hara. Wenn Sie jetzt auflegen, werden Sie vergessen, daß wir miteinander telefoniert haben. Sie werden sich nur daran erinnern, daß jemand Sie angerufen hat, das hat sich dann aber als eine falsche Verbindung herausgestellt. Ist das verstanden, Pater O'Hara?«
»Ja.«
»Legen Sie auf, O'Hara.«

19 Uhr

»… ihn oder sie heute im Laufe des Tages getroffen?«
»Sam ja. Ich habe Sam gesehen. Er war im Geschäft.«
»Wann war das, Mrs. Jamison?«
»Heute früh um neun.«
»Nachher haben Sie ihn nicht mehr getroffen?«
»Nein.«
»Mrs. Jamison, ich möchte, daß Sie am Telefon stehenbleiben. Geben Sie jetzt den Hörer Ihrem Mann.«
»Hallo, wer spricht da?«
»Mr. Jamison?«
»Ja?«
»Ich bin der Schlüssel.«
»Ich bin das Schloß.«

19 Uhr 30

»Ich möchte, daß Sie am Telefon stehenbleiben, Mrs. Potter. Geben Sie jetzt den Hörer bitte Reverend Potter.«
»Verstanden. Einen Moment bitte.«
»Hier Reverend Potter.«
»Ich bin der Schlüssel.«
»Ich bin das Schloß.«
»Kennen Sie Sam Edison und seine Tochter Jenny?«
»Ja, sehr gut sogar.«
»Haben Sie einen von den beiden heute gesehen?«
»Nein.«
»Sind Sie sich dessen absolut sicher?«

»Ja.«
»Haben Sie mit einem der beiden heute telefoniert?«
»Nein. Ich...«
»Kennen Sie Paul Annendale und seine Tochter Rya?«
»Ja. Die beiden kommen jedes Jahr, um...«
»Haben Sie die beiden heute gesehen oder gesprochen?«
»Weder noch. Ich war tagsüber...«
»Was, zum Teufel, ist eigentlich los, Potter?«
»Wie bitte?«
»Wo, zum Teufel, sind Sam Edison und seine Tochter Jenny? Wo ist Paul Annendale? Wo ist Rya Annendale?«
»Ihre Ausdrucksweise...«
»Ich habe in den vergangenen eineinhalb Stunden mit fünfzig Leuten telefoniert. Niemand hat die Gesuchten gesehen oder gesprochen. Niemand weiß, wo sie stecken. Aber *ich* weiß, daß sie noch in Black River sind! Ich bin verdammt sicher, daß sie noch in Black River sind, Reverend Potter! Wissen Sie, was ich glaube? Die sind noch im General Store.«
»Ihre Art, mir...«
»Sie sitzen im General Store und stecken den Kopf in den Sand. Sie wollen Versteck mit mir spielen. Sie wollen mich an der Nase herumführen. Sie wollen, daß ich selbst hingehe und nach ihnen suche. Sie wollen, daß ich Ihnen Bob Thorp auf den Hals schicke. Wahrscheinlich sind sie bewaffnet. Nun, so leicht lasse ich mich nicht aufs Glatteis locken. Ich werde keine Schießerei beginnen. Was mache ich nachher mit den Leichen? Ich werde die Vögelchen aushungern. Ich kriege sie, Potter, verlassen Sie sich drauf. Und wissen Sie, was ich mit ihnen anfange, wenn ich sie habe? Die Edisons sind ein Sonderfall. Ich muß sie untersuchen, um festzustellen, warum sie auf die Droge nicht angesprochen haben. Bei den Annendales liegt die Sache etwas anders, von ihnen weiß ich schon alles, was ich wissen will. Sie konnten auf die Droge nicht ansprechen, weil sie zur fraglichen Zeit gar kein Wasser aus dem Reservoir getrunken haben. Und deshalb werde ich sie umlegen, sobald ich sie habe. Ich werde Bob Thorp beauftragen, ihnen die Rübe runterzuschießen. Die Rübe, Reverend Potter. Wenn Sie wissen, was ich damit sagen will.«

7. Kapitel

21 Uhr
Der Wind war abgeflaut. Die Abenddämmerung hatte sich auf Black River gesenkt. Ein gelb-schwarz bemalter Hubschrauber flog über das Tal dahin. Der Pilot folgte der Straße, er flog in einer Höhe von zwanzig Metern. Als

die Ortschaft auftauchte, steuerte der Pilot den Platz im Zentrum an. Der Hubschrauber verharrte in einigen Metern Höhe über diesem Platz, das Donnern der Rotoren erfüllte den kleinen Ort.

Rya, Jenny, Paul und Sam befanden sich immer noch im Glockenturm der Kirche. Sie duckten sich hinter die Mauer, als der Hubschrauber den Turm passierte. Das blinkende, blitzende Gebilde schien gefährlich nah, aber niemand in der Kabine konnte sich vorstellen, daß die Gegner des Tests im Glockenturm Zuflucht gefunden hatten, und so schaute weder Dawson noch Klinger auf die Sehschlitze im Turm, und auch der Pilot hielt den Blick auf den Platz gerichtet, auf die Pfützen, die vom Luftdruck der Rotorblätter weggedrückt wurden.

»Zwei Passagiere und der Pilot«, sagte Sam.

Der Hubschrauber zog hoch, flog eine Kurve und landete auf dem Parkplatz des Rathauses, nur zehn Meter von dem dort abgestellten Streifenwagen der Polizei entfernt.

Als das Geräusch der Rotoren verklungen war, wandte sich Jenny zu Sam. »Glaubst du, daß die beiden Passagiere mit Salsbury in Verbindung stehen?«

»Daran habe ich keine Zweifel«, sagte Sam.

»Steckt die Regierung dahinter?«

»Nein«, sagte Paul.

»Ich bin deiner Meinung«, sagte Sam. »Was da unten steht, ist kein Militärhubschrauber. Und selbst der Präsident fliegt mit einem Militärhubschrauber, auch wenn er innen sehr luxuriös ausgestattet ist. Kein Regierungsbeamter fliegt mit solch einem kleinen Ding.«

»Was nicht ausschließt, daß die Regierung irgendwie die Hände mit drin hat in der Sache.«

»Ausgeschlossen ist das nicht, aber vorläufig würde ich sagen, es ist ein gutes Zeichen, daß es keine Militärmaschine ist.«

»Was nun?« fragte Rya.

»Wir müssen warten«, sagte Paul. »Wir bleiben hier sitzen und warten.«

Der Gestank des verbrannten Treibstoffs stieg zum Glockenturm hoch.

In den Bergen war das Rollen des Donners zu hören. Zwischen zwei Gipfeln zuckte ein Blitz. Paul erinnerte es an die weißblauen Lichtbögen, die in den Frankenstein-Filmen die Apparaturen krönen.

Die Zeit schien stillzustehen. Paul hatte so etwas noch nicht erlebt. Die Sekunden waren da, aber sie vergingen nicht, sondern blieben im Raum schweben. Jede Sekunde war eine Luftblase in der Flasche, die an dem Nickelgalgen am Kopfende von Annies Bett gehangen hatte.

Es war 21 Uhr 20 geworden, als zwei Wagen die Main Street heruntergefahren kamen, ein Polizeiauto und ein Ford LTD. Die Wagen hielten vor dem General Store an, ihre Scheinwerfer zerschnitten die sinkende Nacht.

Bob Thorp und die beiden Polizeibeamten, die ihn begleiteten, kletterten aus dem Wagen. Jeder hielt eine schußbereite Pistole in der Rechten. Ein paar Sekunden lang blieben sie im Lichtschein des Fords stehen, dann gingen sie die Stufen zum General Store hoch und verschwanden auf der überdachten Veranda.

Die Türen des Fords schwangen auf. Drei Männer erschienen. Der Motor des Wagens lief noch, die Türen blieben offen. Die Männer blieben hinter dem Wagen stehen, so daß ihre Gestalten nicht klar zu erkennen waren. Paul konnte auch nicht sehen, ob die drei bewaffnet waren. Aber er war ziemlich sicher, um wen es sich handelte. Um Salsbury und die beiden Männer, die der Hubschrauber eingeflogen hatte.

»Sollen wir runtergehen und sie erschießen, wo sie jetzt stehen?« fragte Paul. »Wir hätten den Vorteil, daß sie uns den Rücken zudrehen.«

»Zu gefährlich«, sagte Sam. »Wir wissen nicht, ob die drei bewaffnet sind. Vielleicht hören sie uns kommen. Auch wenn es uns gelingt, sie zu überraschen, einer der drei würde vermutlich entkommen. Warten wir noch.«

Es war 21 Uhr 35, als einer von Bob Thorps Männern aus dem General Store zurückkam und sich zu den drei Männern aus dem Ford gesellte. Was gesprochen wurde, war auf dem Glockenturm nicht zu verstehen. Der Polizist blieb bei dem Wagen. Salsbury und seine beiden Partner begannen den Anstieg zum General Store.

21 Uhr 50

Sie hatten den Jahresband in Sam Edisons Bücherregal gefunden. »Also gut«, sagte Dawson. »Jetzt wissen wir, wie sie von der Sache Wind bekamen. Ogden, kennen die auch unsere Codes?«

Salsbury gab sich beleidigt. »Natürlich nicht. Wie, zum Teufel, sollten sie den denn erfahren haben?«

»Das kleine Mädchen könnte den Code gehört haben, als du mit Thorp gesprochen hast.«

»Unmöglich. Sie kam erst ins Haus, als ich Thorp schon erschlossen hatte.«

»Hast du versucht, den Code bei ihr zu benutzen?«

Habe ich das versucht? Salsbury erinnerte sich nicht. Er sah sie in seiner Erinnerung, wie sie vor ihm zurückwich. Er hatte versucht, sie festzuhalten, aber sie hatte sich seinem Griff entwunden. Ob er den Code bei ihr einzusetzen versucht hatte? Er wußte es nicht mehr.

»Nein«, sagte er. »Ich hatte gar keine Zeit, den Satz zu sagen. Sie ist sofort losgerannt. Ich bin ihr nachgerannt, aber sie war so schnell, daß ich sie nicht mehr erwischt habe.«

»Bist du absolut sicher?«

»Ja.«

Klinger gab sich keine Mühe, seine Verachtung zu verbergen. »Sie hätten wissen müssen, daß Edison Schwierigkeiten machen würde. Sie hätten sich über den Mann informieren müssen, vor allem über seine Bibliothek.«

»Wie in aller Welt konnte ich denn ahnen, daß in seiner Bibliothek dieser Artikel versteckt ist.« Salsburys Augen quollen aus den Höhlen. Auf seinen Wangen wuchsen zwei dunkelrote Flecken.

»Wenn Sie Ihre Pflicht getan hätten...«

»Meine Pflicht!« Salsbury spuckte die beiden Worte aus, wie man einen verdorbenen Bissen ausspuckt. Er war wütend, und vor allem hatte er Angst, und beides zusammen wurde zu der für Salsbury typischen Überheblichkeit. »Wir sind hier nicht in einer stinkigen Kaserne, Klinger. Dies ist nicht Ihre Armee. Und ich bin kein Rekrut, den Sie herumkommandieren können.«

Klinger wandte sich von ihm ab. Er trat ans Fenster. »Wir wären vielleicht alle besser dran, wenn Sie bei mir den nötigen Drill verpaßt bekommen hätten.«

Salsbury stand da und starrte auf den breiten Rücken des Generals. Er spürte, daß er bei dem Wortwechsel den kürzeren gezogen hatte. Klinger war sich seiner Sache so sicher, daß er ihn nicht einmal eines Blickes würdigte.

Sekunden vergingen. Salsbury versuchte es einen Ton braver. »Ich hätte noch so sorgfältig vorgehen können...«

»Schluß jetzt«, entschied Dawson. Er sprach leise, aber es lag soviel Entschlossenheit in seinen Worten, daß Salsbury sein Klagelied verebben ließ. Klinger wandte sich um. »Wir haben keine Zeit, um uns gegenseitig zu beschuldigen«, fuhr Dawson fort. »Wir müssen erst diese vier Personen finden.«

»Ins Tal können Sie nicht geflohen sein«, sagte Salsbury. »Das Ostende des Ortes ist hermetisch abgeriegelt.«

»Sie hatten auch den General Store hermetisch abgeriegelt, wie Sie es nennen«, sagte Klinger sarkastisch. »Aber sie sind Ihnen entkommen.«

»Du bist zu hart in deinem Urteil, Ernst«, sagte Dawson. Er lächelte wie ein Kirchenvater, der einen Streit zwischen den Presbytern schlichtet, aber in seinen schwarzen Augen lagen Haß und Verachtung. »Ich bin Ogdens Meinung, daß der Ort nach Osten hin sicher abgeriegelt ist. Wir werden allerdings die Mannschaften am Fluß und im Wald noch verdreifachen. Ogden hat völlig richtig gehandelt, als er das Gros der Männer zunächst zur Bewachung der Waldwege eingeteilt hat.«

»Es bleiben zwei Möglichkeiten«, sagte Klinger. Er hatte beschlossen, den Strategen herauszukehren. »Entweder die vier sind noch im Ort und verstecken sich in irgendeinem Haus. Dann werden sie versuchen, heute nacht auszubrechen. Sie werden entweder über den Fluß oder durch den Wald fliehen. Möglichkeit zwei: sie sind schon weg. Dann wählen Sie den Weg durchs Gebirge. Thorp sagt, Paul Annendale und seine Tochter haben Erfahrung in den Bergen.«

Bob Thorp, der steif wie eine Ehrenwache an der Tür verharrte, nickte. »So ist es.«

»Ich sehe nicht, wie sie den Weg durch die Berge schaffen wollen«, sagte Salsbury. »Die haben ein elfjähriges Mädchen bei sich, sie können also nicht schnell marschieren. Sie brauchen Tage, bis sie zur nächsten bewohnten Ortschaft gelangen und Hilfe alarmieren können.«

»Das elfjährige Mädchen, von dem Sie sprechen, hat die letzten sieben Jahre in Black River ihre Sommerferien verbracht«, sagte Klinger. »Und zwar im Zelt. Die ist so fit, daß sie keine Belastung für die Gruppe bedeutet. Außerdem ist es egal, ob die Gruppe fremde Hilfe erst nach vier Tagen oder schon nach zwei Tagen alarmieren kann. Der Schaden, der für uns entsteht, ist der gleiche.«

Dawson schien nachzudenken. »Nehmen wir einmal an, sie wählen den Weg durch die Berge, dann hätten sie bis Bexford eine Strecke von hundert Kilometern zurückzulegen. Wie weit könnten sie schon gekommen sein?«

»Fünf Kilometer«, sagte Klinger. »Vielleicht sechs.«

»Weiter nicht?«

»Das bezweifle ich«, sagte Klinger. »Sie mußten den ersten Teil der Strecke sehr vorsichtig gehen, weil sie den aufgestellten Wachen ausweichen mußten. Und dann haben sie auch Zeit verloren, um die Richtung festzulegen. Das kleine Mädchen drückt auf das Tempo, auch wenn sie Wandererfahrung hat.«

»Sechs Kilometer«, sagte Dawson nachdenklich. »Das würde bedeuten, sie sind jetzt irgendwo zwischen den neuangepflanzten Schonungen und der Sägemühle.«

»Das könnte sein.«

Dawson schloß die Augen. Was er murmelte, konnte keiner seiner beiden Gefährten verstehen. Plötzlich starrte er sie an, als hätte er eine Eingebung. »Wir werden als erstes eine Suchaktion in den Wäldern in die Wege leiten.«

»Das ist doch absurd«, sagte Salsbury. Ihm war bewußt, daß Dawson seinen Plan als den unerforschlichen Ratschluß Gottes ausgeben würde, aber das war ihm jetzt egal. »Eine Suchaktion in den Wäldern, das ist, als wollten wir eine Nadel im Heuhaufen suchen.«

Dawsons Antwort kam eiskalt, und Salsbury mußte an den erkalteten Leichnam des Jungen denken, der im Nebenzimmer lag. »Im Holzfällercamp arbeiten zweihundert Mann, das ist unsere Suchmannschaft. Die

Männer kennen sich im Wald aus. Wir werden sie mit Gewehren und Pistolen ausrüsten, mit Taschenlampen und Sturmlaternen. Wir geben ihnen ein paar Lastwagen und Jeeps. Die Mannschaften fahren bis zu einem Punkt zwei Kilometer östlich vom Holzfällerlager. Dort schwärmen sie aus, bilden eine Suchkette und durchkämmen den Wald, Meter für Meter. Die vier Flüchtlinge können uns nicht entkommen.«

»Hör sich gut an«, sagte Klinger. Er war beeindruckt.

»Was ist, wenn sie gar nicht in den Bergen sind?« sagte Salsbury. »Sie könnten doch noch im Ort sein und sich in irgendeinem Haus verbergen.«

»Darüber brauchen wir uns nicht den Kopf zu zerbrechen«, sagte Dawson. »Hier ins Rathaus können sie nicht eindringen, das wird von Bob Thorp und seinen Männern bewacht. Aus dem Ort raus können sie nicht, weil alle Fluchtwege abgeriegelt sind. Sie können nur eines tun: warten.« Ein Wolfslächeln spielte um seine Lippen. »Wenn die Suchmannschaften im Wald sie bis vier Uhr morgens nicht aufgespürt haben, durchkämmen wir die Stadt, Haus für Haus. So oder so muß das ganze Unternehmen morgen mittag gelaufen sein.«

»Das ist knapp«, sagte der General.

»Ist mir egal, ob's knapp ist«, sagte Dawson. »Ich will die vier bis morgen mittag tot nebeneinander aufgebahrt sehen. Ebenfalls bis morgen mittag bekommen alle Einwohner des Ortes ein neues Gedächtnis verpaßt. Wir müssen unsere Spuren verwischen. Wir werden nicht das geringste Risiko eingehen.«

»Du willst sie alle vier erschießen?« sagte Salsbury. Er war verwirrt und enttäuscht. Er schob sich die Brille hoch. »Ich möchte Sam Edison und seine Tochter erst noch untersuchen. Die Annendales können erschossen werden, kein Problem. Aber bei Sam Edison und seiner Tochter muß ich erst noch herausfinden, warum sie auf die Droge nicht angesprochen haben. Ich muß ...«

»Geschenkt«, sagte Dawson brüsk. »Wenn wir sie einfangen und zum Laboratorium in Greenwich schaffen, besteht die Gefahr, daß sie uns unterwegs entwischen. Das ist ein Risiko, das wir nicht eingehen können. Sie wissen zuviel.«

»Aber wir haben dann zuviel Leichen«, protestierte Salsbury. »Wir müssen uns jetzt schon um den Jungen kümmern. Und um Buddy Pellineri. Nehmen wir an, es gibt noch ein paar Tote bei der Suchaktion. Nehmen wir an, es kommt zu einem Feuergefecht. Wie wollen wir den auswärtigen Behörden die Todesfälle klarmachen?«

Dawson trat vor ihn. »Du wirst die Leichen ins *Union-Theater* schaffen lassen. Dort inszenierst du ein tragisches Feuer. Die Toten waren Zuschauer. Dr. Troutman schreibt die Totenscheine aus. Die Verwandten der Toten werden programmiert, damit sie keine Autopsie verlangen.«

»Erstklassig«, sagte Klinger und grinste. »Wirklich erstklassig, Leonard.«

Dieser Speichellecker, dachte Salsbury. Der General gab sich martialisch, aber er war bereit, einem Zivilisten die Planung zu überlassen.

»Großartig«, sagte Klinger. »Wirklich großartig, Leonard.«

»Danke, Ernst.«

Salsbury musterte die beiden giftig. »Westentaschenchristus«, murmelte er.

Dawson war nicht einmal beleidigt, eher erstaunt wie ein Vater, der sein Kind mit einem zerbrochenen Spielzeug ertappt hat. »Für jede Gotteslästerung, die wir aussprechen, wird uns der HERR einst zur Rechenschaft ziehen. Niemand von uns hat eine Chance, SEINER Rache zu entgehen.«

Salsbury schwieg.

»Die Hölle ist keine Erfindung der Menschen«, sagte Dawson. »Sie war vorher da und wird noch dasein, wenn es keine Menschen mehr gibt.«

Salsburys Blick irrte zu Klinger, aber es war offensichtlich, daß der ihm nicht beispringen würde. Die Art, wie Dawson sprach, gefiel ihm nicht. Seine Stimme hatte geklungen wie die eines Hohenpriesters, der in den Falten seines Gewandes einen scharfgeschliffenen Dolch verbarg. Wer würde als Opfer auf den Altar gelegt werden?

Dawson unterbrach ihn bei seinen ungemütlichen Gedankenspielen. Er tippte auf seine Armbanduhr. »Bringen wir's hinter uns, meine Herren. Die Stoppuhr läuft.«

22 Uhr 12

Der Hubschrauber war gestartet. Er flog eine elegante Schleife über dem Platz und verschwand in der Düsternis der Berge.

Sekunden später war das Donnern der Rotoren zu einem sanften Schwirren geworden. Sam, der am Ausguck kniete, wandte sich zu Paul. »Ob die zur Sägemühle fliegen?«

»Sieht ganz so aus«, sagte Paul. »Aber was wollen sie dort?«

»Gute Frage.«

»Könnte es sein, daß sie unseren Trick durchschaut haben? Daß Thurston geplaudert hat?«

»Unwahrscheinlich.«

»Und wenn?«

»Wir wissen es nicht«, sage Sam düster. »Aber selbst wenn sie uns auf die Schliche gekommen sind, vergiß nicht, wir kämpfen jetzt mit gleichen Chancen. Bisher verfügte die Gegenseite über eine Armee von programmierten Zombies. Damit ist es jetzt vorbei. Wir können die Männer mit dem Code jederzeit außer Gefecht setzen.«

»Ob die beiden Männer, die mit dem Hubschrauber eingeflogen sind, ebenfalls zum Sägewerk weitergeflogen sind?« fragte Jenny.

Sam prüfte die Sicherung seines Revolvers. Er hielt den Arm ausgestreckt, aber er konnte in der Dunkelheit nur die Umrisse der Waffe erkennen. Er blinzelte. »Ich weiß es nicht.«

Der Smith-&-Wesson-Revolver in Pauls Hand war plötzlich hundert Kilo schwer. »Wir müssen Salsbury erledigen«, sagte er leise. »Es wird Zeit!«

»Du hast recht.«

Jenny tastete nach der Hand ihres Vaters. Ihre Finger kamen auf seinem Handrücken zu liegen. Er spürte, wie sie nach dem Abzug tastete. »Was ist, wenn Salsburys Kumpanen bei ihm geblieben sind? Wenn die drei noch im Büro des Polizeichefs sind?«

»Zumindest einer ist zur Sägemühle geflogen«, sagte Paul. »Der Pilot allein kann dort gar nichts ausrichten. Im schlimmsten Fall haben wir's mit Salsbury und einem weiteren Mann zu tun. Mit den beiden müßten wir fertig werden, meine ich.«

»Ich möchte mitgehen«, sagte Jenny. »Dann sind wir drei gegen zwei.«

»Du bleibst bei Rya«, sagte Sam. »Das Mädchen braucht dich.« Er nahm seine Tochter in die Arme und küßte sie auf die Wange. »Mach dir wegen uns keine Sorgen, Jen. Wir packen das schon. Kümmere du dich um Rya.«

»Und wenn ihr nicht zurückkommt?«

»Wir werden es heil überstehen, verlaß dich drauf.«

»Und wenn nicht?«

»Dann bist du auf dich allein gestellt«, sagte Sam. Es war so dunkel, daß sie seine Tränen nicht sehen konnte.

»Wir machen uns umsonst Sorgen«, sagte Paul. »Die anderen sind im Nachteil. Sie wissen nicht, wo wir sind. Wir aber wissen, wo Salsbury ist.«

Rya hatte sich an ihren Vater geschmiegt. Sie fragte ihn, ob sie mitkommen dürfte, und er erklärte ihr, daß das nicht möglich war. Er streichelte ihr dunkles Haar, und dann stand er auf.

Es war 22 Uhr 20, als er und Sam sich die Wendeltreppe hinabtasteten.

8. Kapitel

22 Uhr 20

Phil Karkov war der Besitzer der Tankstelle in Black River. Er und seine Freundin Lolah Tayback hatten um zehn Uhr versucht, den Ort zu verlassen. An der Straßensperre war ihr Wagen angehalten worden. Die Wachen waren ans Fenster gekommen und hatten Phil Karkov zu Bob Thorp beordert.

Phil Karkov war ein höflicher, wohlerzogener Mann. Er war großgewachsen, breitschultrig und rothaarig. Er war Mitte Dreißig. Etwas unpassend war die Nase, sie sah aus, als sei sie bei zahlreichen Faustkämpfen zur Zielscheibe von Schlägen geworden. Aber das schien nur so. Die Nase ausgenommen, war Phil Karkov ein gutaussehender, vor allem aber ein freundlicher Mann, der gern lächelte und sich hilfsbereit zeigte, auch wenn die Dame, der es zu helfen galt, nicht mehr so jung und nicht mehr so hübsch war. Phil Karkov war ein Musterbürger, und so folgte er bereitwillig der Anweisung, die der Polizist ihm gegeben hatte.

Er betrat den Dienstraum des Polizeichefs in Begleitung seiner Freundin und wurde von Salsbury empfangen. Salsbury öffnete die beiden mit dem Code. Das Programm funktionierte ganz prächtig. Nein, die beiden hatten nicht zu fliehen versucht. Sie wollten eine Spazierfahrt machen. Nein, ihnen sei heute nichts Verdächtiges im Ort aufgefallen. Sie hätten vorgehabt, in Bexford ein Bier zu trinken.

Salsbury schickte Phil Karkov nach Hause. Er befahl ihm, bis zum Morgengrauen im Haus zu bleiben.

Dann war da noch die Frau, Karkovs Freundin. Salsbury beschloß, sie noch etwas dazubehalten.

Sie war eine Kindfrau. Ihr silberblondes Haar reichte bis auf die Schultern. Das Gesicht war klar und rein. Kristallgrüne Augen. Zimtfarbene Sommersprossen. Stupsnase. Grübchen. Ein wohlgeformtes Kinn. Zerbrechlich sah diese Frau aus. Mädchenhaft. Naiv. Sie war etwas über 1,50 Meter groß. 45 Kilo. Ein federleichtes Geschöpf, schlank, zart, auf hexenhafte Weise weiblich. Sie trug ein rot-weiß gestreiftes T-Shirt. *No bra.* Kein Büstenhalter. Sie trug Shorts aus Jeansstoff. Die Brüste waren hochangesetzt, nicht zu groß, nicht zu klein. Die Warzen malten sich auf dem T-Shirt ab. Die Taille war unglaublich schlank, die Beine lang, glatt, ohne sichtbare Muskeln. Salsbury stand vor ihr und inspizierte ihre Formen, weidete sich an ihrem Gesichtsausdruck. Ihre Blicke trafen sich. Lolah errötete. Sie war zart, sanft und verletzlich wie kein anderes der Mädchen, denen Salsbury in den vergangenen zwanzig Jahren sein erotisches Augenmerk zugewandt hatte.

Sie war, wie er die Frauen mochte. Weich, nachgiebig, verletzlich, hilflos. Die Macht. Mutter. Die Augen der Hure, die über ihm stand.

Er fuhr aus seinen Träumen hoch. »Lolah?«

»Ja.«

»Wie alt bist du?«

»Sechsundzwanzig.«

»Bist du mit Phil Karkov verlobt?«

»Nein.« So zart. So mädchenhaft.

»Aber er ist dein fester Freund.«

»Sozusagen.«

»Schläfst du mit ihm?«

Ihr Gesicht überzog sich mit einem Schimmer der Scham. Ihre schönen Lippen zitterten.

Süßes, kleines Biest.

Ich pfeife auf dich und deine guten Ratschläge, Dawson. Ich pfeife auf dich, Klinger. Er mußte kichern.

»Schläfst du mit deinem Freund, Lolah?«

Ihre Antwort kam so leise, daß er sie kaum verstand. »Muß ich das sagen?«

»Du mußt mir die Wahrheit sagen.«

Im Flüsterton: »Ja.«

»Ob du mit ihm schläfst!«

»Ja.«

»Wie oft?«

»Jede Woche.«

»Sprich lauter.«

»Jede Woche!«

»Du hast es faustdick hinter den Ohren, wie?«

»Warum?« Vorsichtiges Lächeln.

Er lachte, spielte am Lauf seiner Waffe herum. Lolahs Lächeln gefror. »Werden Sie mir weh tun?«

»Wieviel mal pro Woche schläfst du mit ihm?«

»Zweimal«, flüsterte sie. »Zweimal oder dreimal.«

Salsburys Blick wanderte von ihren Schenkeln zur Wand und von dort zu Bob Thorp, der an der Tür stand. »Machen Sie, daß Sie rauskommen, Thorp. Begeben Sie sich zum Wachposten am Ende des Flurs. Warten Sie dort, bis ich Sie rufe.«

»Wie Sie wünschen.« Thorp verschwand und zog die Tür hinter sich ins Schloß.

»Lolah?«

»Ja, bitte?«

»Was macht Phil Karkov mit dir?«

»Wie meinen Sie das?«

»Im Bett.«

Sie senkte den Blick. Sie trug keine Strümpfe. Zwischen den Riemchen ihrer Sandalen schimmerte die sanftgebräunte Haut.

Das Gefühl der Macht kam über Salsbury, füllte ihn bis in die letzten Poren. Ein Feuerwerk aus Funken, Nadeln und Eiskristallen. Das Herz schlug ihm bis zum Hals. Das Programm, hier hatte es seine wahre Bestimmung gefunden. Die Frauen. Die Furche zwischen den Brüsten der Frauen. *Macht. Mutter.* Der Himmel hatte ihm die Macht über die Seelen der Menschen in die Hand gelegt. Niemand konnte ihm mehr etwas anhaben. Niemand konnte ihn mißbrauchen. Er mißbrauchte jetzt die anderen. So würde es von jetzt ab laufen. Er war Gott, die anderen waren seine Opfer. Nun und immerdar, Amen. Hast du gehört, Dawson? Kannst du mich sehen, Miriam? Ich danke dir, Herr, daß du mir eine Frau mit so einem hübschen Hintern geschickt hast. Amen. Salsbury war glücklich. Seit er Thorps Frau genommen hatte, war er nicht mehr so glücklich gewesen.

»Ich wette, Phil macht alles mit dir, was er will«, sagte er.

Sie antwortete ihm nicht. Sie stand da und bohrte die Fußspitze in den Boden.

»Tut er das, Lolah? Gib's zu. Sag, daß du alles mit dir machen läßt. Ich will, daß du's aussprichst.«

»Ja.«

»Du sollst die Worte sagen.«

»Er tut alles mit mir, was er will.«

»Und du läßt es mit dir geschehen.«

»Ich lasse es mit mir geschehen.«

Er ergriff ihr Kinn mit Daumen und Zeigefinger und zwang sie, ihn anzusehen. Angst stand in ihren Augen.

»Jetzt werde *ich* mit *dir* tun, was ich will.«

»Bitte, tun Sie mir nicht weh.«

»Kleines Biest«, sagte er. »Süßes, kleines Biest.« Er war so erregt wie noch nie in seinem Leben. Er hatte zu schnaufen begonnen. Alles schien plötzlich sehr klar, sehr rein, sehr offen. Es gab keine Probleme mehr. Die Welt war unter seiner Kontrolle. Die Frauen der Welt waren unter seiner Kontrolle. Er war der Boß. *Der absolute Boß.* Es war die Bezeichnung, die Howard Parker benutzt hatte, wenn er von sich sprach, Salsbury konnte sich sehr genau an diese Gespräche erinnern. Die Erinnerung kam so klar wie die Halluzination eines LSD-Süchtigen. Ich bin der absolute Boß, dachte er. Sie gehört mir.

»Natürlich werde ich dir weh tun, mein Kleines«, sagte er freundlich. »Ich werde mit dir tun, was mir gerade einfällt. Vielleicht...«

Salsbury trat einen Schritt zurück. Er stemmte seine kleinen Fäuste in die Seiten.

Der Hubschrauber war auf den Landeplatz am Holzfällercamp eingeschwebt.

Dawson wartete, bis das Surren der Rotoren erstarb. »Ogden Salsbury muß eliminiert werden«, sagte er in die Stille hinein.

Klinger sah keine Probleme, dieser Feststellung zuzustimmen. »Natürlich. Er ist unzuverlässig.«

»Er ist ein Risiko.«

»Ich sehe nur eine Schwierigkeit«, sagte Klinger. »Können wir das Projekt ohne ihn zu Ende bringen?«

»Was Ogden weiß, ist im Computer in Greenwich gespeichert«, sagte Dawson. »Das System ist einsatzreif entwickelt. Wir brauchen die gewünschten Daten nur abzurufen.«

»Hat er die Daten nicht verschlüsselt?«

»Natürlich hat er alles verschlüsselt. Aber ich habe den Computer vorprogrammiert, noch bevor er in Greenwich angeliefert wurde. Er ist so programmiert, daß er auf einen bestimmten Code alle Daten freigibt, die ich abfrage, unabhängig von Sperren und Codes, die Salsbury eingegeben hat.«

»Wann wollen wir's tun?«

»Was tun?«

»Ihn ... eliminieren.«

»Nicht wir werden es tun. Du wirst es tun, Ernst.«

»Ich? Sollte ich nicht besser jemanden programmieren, der den Job für uns ausführt?«

»Du wirst es selbst tun. Vergiß nicht, daß Ogden die Leute deprogrammieren kann, die wir auf ihn ansetzen.« Dawson lächelte. »Du hast doch einen Revolver dabei, oder?«

»Doch, ja.«

»Hast du dir das Ding wieder auf den Rücken geklebt?«

»Ans Schienbein.«

»Sehr schön.«

»Zurück zu meiner Frage«, sagte Klinger. »Wann soll er eliminiert werden?«

»Noch heute nacht. Innerhalb der nächsten Stunde, würde ich sagen.«

»Warum warten wir nicht, bis wir wieder in Greenwich sind?«

»Weil ich ihn nicht auf dem Grundstück in Greenwich begraben will. Das wäre zu riskant.«

»Und hier? Was machen wir hier mit seiner Leiche?«

»Du vergräbst sie im Wald.«

Dawson löste seinen Sitzgurt.

Schweigen.

»Du willst ihn ganz einfach von der Bildfläche verschwinden lassen, wie?«

»Richtig«, sagte Dawson.

»Seine Beurlaubung beim *Brockert Institute* geht nur bis zum Fünften nächsten Monats. Wenn er dann nicht wieder zum Dienst antritt, geht die große Suche los. Das Pentagon dürfte nervös werden.«

»Sie werden ihn überall suchen, nur nicht in Black River. Es gibt nichts, was sie nach Black River führen könnte. Ogdens Spur führt nach Miami. Urlaub in Miami.«

»Sie werden die größte Menschenjagd dieses Jahrhunderts veranstalten«, sagte Klinger nachdenklich. »Die Abteilung Innere Sicherheit im Pentagon, das FBI...«

»Du weißt, daß wir nichts zu befürchten haben, Ernst. Alles ist wasserdicht abgeschottet. Es gibt offiziell keine Verbindung von Salsbury zu dir oder mir. Das Pentagon wird zu der Feststellung kommen, daß Salsbury zur anderen Seite desertiert ist.«

»Könnte sein.«

»Ganz bestimmt.«

Dawson war aufgestanden. Er begab sich zum Ausstieg.

»Soll ich nach Black River zurückfliegen, oder soll ich einen Jeep nehmen?« fragte Klinger.

»Es wäre zu auffällig, wenn du mit dem Hubschrauber dort ankommst«, sagte Dawson. »Nimm den Jeep. Du steigst in einiger Entfernung vom Rathaus aus und gehst den Rest des Wegs zu Fuß.«

»Einverstanden.«

»Und noch etwas, Ernst.«

»Was denn?«

Dawsons Fünfhundert-Dollar-Jacketkronen glänzten im Licht der Instrumententafel. Auf seinen Lippen lag ein Lächeln. Seine Augen leuchteten. Die Nasenflügel blähten sich. Es war der Ausdruck eines Wolfs, der Witterung aufgenommen hat. »Du machst dir zuviel Gedanken um diesen Neandertaler, Ernst.«

»Mag sein.«

»Es geht jetzt ums Überleben. Es kommt nicht an auf einen Mann wie Salsbury. Wir müssen diese Schlacht gewinnen, und wir werden sie gewinnen. Wir werden auch allen weiteren Schwierigkeiten trotzen, die sich erheben.«

»Ich wünschte, ich hätte dein Selbstvertrauen.«

»Es gibt keine Probleme, Ernst, wirklich nicht. Es kann gar keine geben. Unser Plan ist gottgewollt. Wir haben den Segen des HERRN. Du darfst nie vergessen, daß wir SEINEN Willen ausführen.«

»Ich werd' dran denken«, sagte Klinger leise.

Er tastete nach dem Revolver in seinem Hosenbein. Erst als er das Metall an den Fingerspitzen spürte, durchströmte ihn so etwas wie Sicherheit und Gottvertrauen.

Paul und Sam hatten die Kirche verlassen. Sie gingen querfeldein, Richtung Fluß.

Buschwerk, Sträucher, hohes Gras. Die Halme waren naß vom Gewitterregen, und das Wasser schoß in ihre Fußspuren. Schon nach wenigen Schritten waren ihre Jeans bis zu den Knien durchnäßt.

Sam ging voran, sie folgten einem Trampelpfad. Pfützen, Schlick, Sand und Lehm. Sie versanken bis zu den Knöcheln, ruderten mit den Armen, um die Balance zu halten, schleppten sich weiter, hörten das Rauschen des Flusses.

Nach zehn Minuten hatten sie das Ufer erreicht. Sie erklommen den Felsen. Unten schossen die dunklen Fluten dahin wie quirlendes Öl. Die Ufer stiegen beiderseits auf eine Höhe von drei Metern an. Findlinge waren zu sehen, die über die Böschung hinausragten, die Stümpfe von Weidenbäumen, die Silhouetten von Eichen und Ahornbäumen.

Sie hatten keine Taschenlampe mitgebracht, und es wäre auch zu gefährlich gewesen, mit Licht zu gehen. Sie gingen in westlicher Richtung, auf die Berge zu. Sam ging voran, unermüdlich, geduldig und stark. Ein Krieger mit schneeweißem Haar.

Ich werde einen Menschen töten, dachte Paul. Vielleicht mehrere Menschen. Gegner, Opfer...

Der Geruch verwesender Pflanzen stieg zu ihm hoch. Der Fluß hatte die Böschung unterspült. Schlamm, Morast, Moder.

Der Pfad, der am Ufer entlangführte, endete an einem Felsvorsprung. Sam deutete nach links. Sie durchquerten ein Feld mit Apfelbäumen.

In den Bergen zuckten Blitze. Der Donner kam erst, als Paul den Blitz schon vergessen hatte. Er schrak zusammen. Die Vögel, die in den Bäumen nisteten, flogen auf.

Sie gingen in nördlicher Richtung. Sie schlugen einen großen Bogen um den dunklen Bereich, wo sie das Rathaus vermuteten. Dann erkannte Paul die Umrisse des Gebäudes. Sie standen vor der Rückseite.

Sam deutete auf den Zaun. Er hielt Ausschau nach den Wachposten, die Salsbury aufgestellt hatte. Niemand war zu sehen.

Sie überwanden den Zaun. Sam war flink wie ein junger Mann. Er duckte sich hinter die Büsche, verschwand in der Deckung der Pinien. Buschwerk, Ginster, hüfthohe Stauden.

Paul schob den Revolver in den Gürtel. Er wollte die Wiese überqueren, als er zu zittern begann.

Das Fieber dachte er. Die Droge.

Nein, das war nicht möglich. Er hatte nicht von dem vergifteten Wasser getrunken.

Seine Hand wanderte zur Magengrube. Er spürte, wie seine Eingeweide zu rumoren begannen.

Er dachte nach.

Ich habe Angst.

Ich habe Angst, ein Mörder zu werden.

Ich habe Angst, getötet zu werden.
Die Zukunft hatte sechs Seiten, wie ein Würfel.
Die Übelkeit überkam ihn und die Ahnung, daß dieser Würfel keine Augen hatte. Sechsmal Tod. Man würfelte, aber man hatte keine Wahl.
Paul biß die Zähne zusammen.
Er folgte Sam.

22 Uhr 30

Lolah Tayback hatte sich entkleidet. Salsbury betrachtete ihre Blöße.
»Ich bin der absolute Boß«, sagte er.
»Jawohl, Sir.«
»Sieh mich an, Lolah.«
Sie hielt den Blick gesenkt.
»Lolah?«
»Bitte nicht.« Sie hatte zu weinen begonnen.
»Was ist los mit dir, Lolah?«
»Ich habe Angst.«
»Magst du mich nicht?«
Sie schwieg.
»Magst du mich, Lolah?«
»Ja, Sir.«
»Sag die Wahrheit, Lolah.«
»Ich mag Sie nicht.«
Er schlug sie ins Gesicht.
Sie taumelte zurück.
»Kleine Hure!«
»Bitte tun Sie mir nicht weh.«
»Hure, hab' ich gesagt.«
»Tun Sie mir nichts, bitte.«
»Ich werde dich ...«
»Bitte nicht!«
Er schlug zu.

Es gab eine doppelarmige Peitschenleuchte, die den Parkplatz hinter dem Rathaus in blauweißes Licht tauchte. Der Schein war so hell, daß die Tannenzweige wie das Gefieder eines Schwans schimmerten. Das Pflaster sah aus wie geschmolzener Asphalt, und die Pfützen glitzerten wie zerbrochene Spiegel. Eine Reihe von Wagen parkten auf dem Platz, darunter der städtische Krankenwagen und der Streifenwagen der Polizei.
Sie waren an der rückwärtigen Eingangstür des Rathauses angekommen. Paul lehnte sich gegen die Füllung. Die Tür schwang auf. Ein Flur. Zwielicht. Zwei Männer. Bob Thorp und einer seiner Leute.

Thorp hatte den Revolver aus dem Halfter gezogen. Der Mann neben ihm hielt seine Schrotflinte auf Paul gerichtet.

»Ich bin der Schlüssel«, sagte Paul.

»Ich bin das Schloß«, sagten die beiden im Chor.

»Sprecht leise«, befahl Paul.

Die beiden nickten.

»Stecken Sie Ihren Revolver wieder in den Halfter, Mr. Thorp.«

»Wie Sie wünschen.«

»Und Sie, nehmen Sie Ihre Flinte runter.«

Der Mann gehorchte.

Paul empfand keinen Triumph, daß es ihm gelungen war, die beiden Männer zu öffnen, sie zu manipulieren, auf die Knöpfe ihres Unterbewußtseins zu drücken. Ihm war klar, daß ihr Leben in seiner Hand lag, ihr Leben und ihre Würde. Das Gefühl war wie der Gang durch einen alten Dom. Paul erschauerte.

Sam ging den Flur entlang und öffnete die erste Tür zur Rechten. Ein neonerleuchteter Raum tat sich auf.

22 Uhr 36

Tat-tat-tat-tat-tat-tat-tat …

Salsburys Knöchel bluteten.

Er öffnete den Waffenschrank im Büro des Polizeichefs und nahm einen Smith-&-Wesson-Revolver vom Haken. Er suchte und fand die Munition. Er lud die Waffe.

Er kehrte zu Lolah Tayback zurück.

Sie lag auf dem Fußboden, mit angezogenen Knien. Ihre Oberlippe blutete. Das Septum war gebrochen.

»Arme Lolah«, sagte er.

Er ging um sie herum, ihre Augen folgten ihm.

Er hielt ihr die Mündung der Waffe auf die Nasenwurzel. Sie schloß die Augen.

Er fuhr mit dem Lauf auf ihren Jochbögen entlang, am Hals hinunter und verharrte auf den Brüsten. Er umrundete die Warzenhöfe, dann drang er zu den Brustspitzen vor.

Lolah erschauerte.

Salsbury überkam der heilige Ernst. Er hatte sie, wo er sie haben wollte.

Der Raum war voller Akten. Ein unpersönlicher Raum. Neonlicht, grüngestrichene Wände, graugestrichenes Metall, braungekachelter Boden.

Der ideale Raum für ein Verhör.

»Mr. Thorp«, begann Sam, »wer befindet sich zu diesem Zeitpunkt in Ihrem Büro?«

»Zwei Personen.«
»Wer sind diese Personen?«
»Lolah Tayback und *er*.«
»Wer ist *er*?«
»Ich weiß es nicht.«
»Sie kennen seinen Namen nicht?«
»Nein.«
»Ist es Salsbury?«
Thorp zuckte die Achseln.
»Wie sieht der Mann aus?«
»Zwanzig Kilo Übergewicht«, sagte Thorp.
»Dicke Brillengläser?«
»Ganz recht. Dicke Brillengläser.«
»Nur dieser Mann und Lolah Tayback sind im Büro?«
»Nur die beiden.«
»Sind Sie sicher?«
»Ganz sicher.«
»Und wo sind Salsburys Freunde?«
»Welche Freunde?«
»Die Männer, die im Hubschrauber eingeflogen kamen.«
»Die sind nicht hier.«
»Keiner von den beiden?«
»Keiner von den beiden.«
»Wo sind sie denn hin?«
»Weiß nicht.«
»Sind Sie vielleicht zur Sägemühle geflogen?«
»Ich weiß es nicht.«
»Haben Sie gesagt, sie würden nach Black River zurückkommen?«
»Das weiß ich nicht.«
»Wie heißen die beiden Männer?«
»Es tut mir leid, aber das weiß ich auch nicht.«
Sam trat einen Schritt zurück. »Das wär's«, sagte er, zu Paul gewandt.
»Gehen wir zu ihm?« fragte Paul.
»Ja, und zwar sofort.«

»Ich gehe vor«, sagte Paul. »Ich werfe mich gegen die Tür, und du kommst nach.«

»Ich bin der Älteste von uns beiden«, sagte Sam. »Ich habe weniger zu verlieren.«

»Ich bin der Jüngere«, sagte Paul. »Ich bin auch schneller als du, und deshalb mache ich die Vorhut.«

»Es ist nicht wichtig, ob du schnell bist. Salsbury hat keine Ahnung, daß wir schon im Rathaus sind. Wir überrumpeln ihn, und fertig.«

»Vielleicht erwartet er uns. Vielleicht hat er einen heißen Empfang für uns vorbereitet.«

»Gut«, sagte Sam. »Du gehst vor, und ich folge dir.«

Salsbury hatte ihr bedeutet, sich auf den Rücken zu legen. Er schob ihr die Schenkel auseinander und drückte den Lauf seiner Waffe in ihr glattes Fleisch. Seine Zunge wanderte über die trockenen Lippen, er mußte schlucken. Er schob sich die Brille hoch. »Du bist scharf drauf, gib's zu«, flüsterte er. »Diesmal kriegst du soviel, wie du brauchst. Hörst du mich, du kleines Biest? Und jetzt halt still. Ich verspreche dir, bei allem, was mir heilig ist, ich mach's dir, wie du's haben willst.«

Paul stand vor der Tür, den entsicherten Revolver in der Hand. Er hatte gehört, wie Salsbury sich mit seinem Opfer unterhielt. Sam hatte recht. Der Mann ahnte nicht, daß seine beiden Widersacher sich ins Rathaus geschlichen hatten.

Er öffnete die Tür mit lautloser Geschicklichkeit. Geduckt, zum Sprung bereit, kroch er auf die Gestalt zu, deren Rücken vom Schreibtisch verdeckt wurde. Er hielt die 357er Magnum auf den Kopf des Mannes gerichtet.

Als er den Schreibtisch umrundet hatte, sah er die Frau. Sie war nackt. Das Gesicht war blutverschmiert, aber die Frau war bei vollem Bewußtsein. Sie lag mit ausgebreiteten Armen und Beinen auf dem Fußboden und starrte den Mann an, der über ihr kniete.

Salsburys Gesicht war schweißüberströmt. Unter dem Rand der Brille zuckten dunkelrote Flecken. Die Augen glänzten wie im Rausch. Er sah aus wie ein Troll, der seinen Tanz um den vergitteten Dorfbrunnen schon hinter sich hat, wie der Frosch, der sich über die schlafende Königstochter hermacht. Die Mündung seiner Waffe war auf ihre Schenkel gerichtet, in einer bizarren, abstoßenden Nachahmung des Liebesaktes. Paul Annendale war so angewidert, daß er die Gefahr vergaß, in der er schwebte.

Salsbury nutzte die Chance. Er sprang auf, hob den Revolver und gab einen Schuß auf Paul ab.

Er verfehlte ihn um wenige Zentimeter. Die Kugel schlug in die Wand. Putz rieselte von der Decke und breitete sich als winziger weißer Schleier über Pauls Schulter.

Pauls Erstarrung wich. Er riß die Waffe hoch und drückte ab. Der erste Schuß zerschmetterte die Scheibe, der zweite traf Salsbury an die rechte Schulter.

Salsburys Revolver fiel zu Boden. Er selbst wurde gegen die Wand geschleudert.

Er sank zu Boden. Seine Hand tastete sich zur Schulter vor, versuchte die Wunde zu bedecken. Das Blut sprudelte unter seinen Fingern hervor. Der Schmerz und die Macht. *Tat-tat-tat-tat*...

Er sah einen Mann auf sich zutreten. Der Mann war groß. Blaue Augen.

Salsbury konnte das Gesicht nicht klar erkennen. Etwas stimmte nicht ganz mit seinen Augen, er wußte nicht, was es war. Immerhin war zu erkennen, daß der Mann leuchtend blaue Augen hatte. Salsbury fühlte sich in das Meer der Zeit zurückgeschleudert. Er war wieder ein kleiner Junge. Mutter konnte nicht weit sein.

»Parker?« sagte er unsicher. »Sind Sie Parker?«

»Wer ist Parker?« fragte der Mann mit den leuchtend blauen Augen.

»Bitte tun Sie mir nichts«, sagte Salsbury.

»Wer ist Parker?«

»Bitte lassen Sie mich in Ruhe, Parker.«

»Ich heiße nicht Parker.«

Salsbury brach in Tränen aus. Er saß an die Wand gelehnt, ließ das Blut über seine Finger rinnen und schluchzte.

Der Mann mit den blauen Augen ergriff ihn beim Kinn. »Sehen Sie mich an, Salsbury. Sehen Sie mir ins Gesicht, verdammt noch mal!«

»Sie tun mir weh, Parker.«

»Ich... bin... nicht... Parker!«

Der Schmerz war wie fortgeflogen. »Sie sind nicht Parker?«

»Mein Name ist Annendale.«

Der Schmerz kehrte zurück. »Ich verstehe. Sie sind Annendale. Ach so. Hm.«

»Ich werde Ihnen jetzt ein paar Fragen stellen, Salsbury.«

»Ich habe Schmerzen«, stöhnte Salsbury. »Sie haben mich verwundet. Das durften Sie nicht.«

»Sie werden meine Fragen beantworten.«

»Nein«, sagte Salsbury. Sein Gesichtsausdruck war verbissen. Wenn er Angst hatte, so war es nicht zu erkennen. »Ich werde keine Ihrer Fragen beantworten.«

»Jede einzelne Frage werden Sie beantworten, wenn Sie nicht wollen, daß ich Ihren Kopf als Zielscheibe benutze.«

»Ich habe nichts dagegen, daß Sie meinen Kopf als Zielscheibe benutzen. Solange ich lebe, bleibt die Macht in meinen Händen. Die Macht und das Wissen.«

»Wer sind die beiden Männer, die mit dem Hubschrauber eingeflogen wurden?«

»Das geht Sie nichts an.«

»Sind es Regierungsbeamte?«

»Lassen Sie mich in Ruhe.«

»Sie kommen nicht mehr raus aus der Schlinge, Salsbury. Sie müssen sterben oder reden.«

»Sie können mich nicht einschüchtern mit Ihren Drohungen.«

»Sind es Regierungsbeamte?«

»Verpissen Sie sich, Annendale.«

Der Schlag mit dem Revolverknauf zerschmetterte Salsburys rechte Hand. Der Schmerz kroch von der Hand zum Herz und von dort zur zuckenden, blutenden Wunde an der Schulter.

Salsbury begann zu spucken. Fast hätte er sich übergeben.

»Haben ich mich deutlich genug ausgedrückt, Salsbury?«

»Hurensohn!«

»Ob es Regierungsbeamte waren, will ich wissen.«

»Ich sagte Ihnen, Sie sollen sich verpissen, Annendale!«

Klinger parkte den Jeep im westlichen Teil der Main Street, zwei Häuserblocks vom Rathausplatz entfernt.

Er stieg aus und schloß die Tür. Er hatte den Schlüssel in die Tasche gleiten lassen, als er Gewehrfeuer hörte. Drei Schüsse, in kurzem Abstand abgegeben. Schüsse in einem geschlossenen Raum. Nicht sehr weit weg. Stadteinwärts. Das Rathaus? Das Büro des Polizeichefs? Klinger stand da und lauschte.

Keine Schüsse mehr. Nichts.

Er zog die plattnasige 32er Webley aus dem Wadenhalfter und entsicherte sie.

Er schlug einen Bogen um das *Union-Theater*. Ein Umweg, aber der sicherste Weg, um zum Hintereingang des Rathauses zu gelangen.

9. Kapitel

22 Uhr 55

Sie hatten Lolah Tayback in den Krankenwagen gelegt. Sie hatten sie auf der Trage festgebunden. Sie hatten ein knisternd sauberes, weißes Tuch über sie gebreitet. Der Kopf war hochgestützt worden, damit sie bei der Überführung ins Krankenhaus in Bexford nicht an ihrem eigenen Blut erstickte. Die Atmung war regelmäßig. Sie stöhnte bei jedem Atemzug.

Sam stand vor der Klappe des Krankenwagens und warf einen Blick ins Innere. Dann wandte er sich Anson Crowell zu.

Anson Crowell war einer von Thorps Beamten. Er war von Sam mit falschen Antworten programmiert worden.

»Gehen wir's noch einmal durch«, sagte Sam. »Was ist mit dem Mädchen passiert?«

»Sie ist von einem unbekannten Täter vergewaltigt worden.«
»Wo hat sich die Tat ereignet?«
»In ihrer Wohnung.«
»Wer hat sie gefunden?«
»Ich.«
»Wer hat die Polizei verständigt?«
»Die Nachbarn.«
»Und warum?«
»Die Nachbarn hatten das Mädchen schreien gehört.«
»Haben Sie den Täter schon dingfest gemacht?«
»Nein.«
»Wissen Sie, wer's war?«
»Nein, aber es gibt Hinweise.«
»Können Sie darüber was Näheres sagen?«
»Nein, das geht nicht. Es könnte die Ermittlungen erschweren oder verzögern.«
»Es könnte die Ermittlungen erschweren, wenn Sie Polizeibeamten einer anderen Dienststelle über den Fall Auskunft geben?«
»Wir haben in Black River unsere eigene Kompetenz, derartige Fälle zu behandeln.«
»Ist das nicht übertriebene Geheimniskrämerei?«
»Sie müssen das nicht persönlich nehmen. Wir haben unsere Anweisungen, und die müssen wir befolgen, im Interesse der Aufklärung des Falles.«
»Sie könnten mir immerhin sagen, wie der Verdächtige aussieht.«
»Keine Einwendungen.« Der Polizeibeamte betete die Beschreibung des Täters herunter, so wie es ihm von Sam ins Unterbewußtsein eingespeichert worden war. Der fiktive Täter ähnelte Ogden Salsbury in keiner Weise.
»Was tun Sie, wenn die Polizei von Bexford ihre Mithilfe bei der Suche nach dem Verdächtigen anbietet?«
»Ich lehne dankend ab«, sagte der Beamte. »Wir wickeln die Fahndung in eigener Regie ab, ohne fremde Hilfe. So steht es in den Vorschriften. Ich hätte sowieso nicht die Kompetenz, daran etwas zu ändern. Das kann nur der Polizeichef von Black River.«
»Gut«, sagte Sam. »So könnt's gehen. Steigen Sie ein.«
Er stand dabei, als der Polizist in den Krankenwagen einstieg. Er sah, wie der Polizist auf der gepolsterten Bank neben der Verletzten Platz nahm.
»Sie laden noch ihren Verlobten ein, wie ich es Ihnen vorhin erklärt habe«, sagte Sam. »Er erwartet sie am Ende der Main Street, kurz vor der Ortsausfahrt.«

Sam hatte Phil Karkov per Telefon programmiert. Phil würde die Rolle des besorgten Verlobten spielen, der die von einem Unbekannten überfallene Freundin ins Krankenhaus begleitet. Auch was Lolah den Ärzten und dem Personal im Krankenhaus in Bexford sagen würde, war programmiert. Sie sei von einem Fremden in ihrer Wohnung überfallen worden. »Phil Karkov wird bei ihr bleiben, nachdem sie ärztlich versorgt ist«, beendete Sam sein Briefing. »Er wird darauf bestehen, ein Zimmer im Krankenhaus zu bekommen. Was Sie angeht, so fahren Sie mit dem Krankenwagen nach Black River zurück, nachdem Sie sich vergewissert haben, daß bei Lolah keine Lebensgefahr vorliegt.«

»Ich verstehe«, sagte Crowell.

Sam schloß die seitliche Tür. Er ging um den Krankenwagen herum, um mit dem Fahrer zu sprechen. Es war ein Feuerwehrmann, den Sam für die Fahrt nach Bexford rekrutiert hatte.

Es schien keinen Weg zu geben, Salsburys Willen zu brechen. Der Mann hatte starke Schmerzen, aber er war nicht bereit, irgend etwas über seine Komplizen preiszugeben. Er saß in Thorps Dienstzimmer, in dem Stuhl, den ihm Paul angewiesen hatte. Pauls Fragen beantwortete er mit bizarrem Hochmut, mit Schweigen und Obszönitäten.

Eine weitere Schwierigkeit war, daß Paul keine Erfahrung in der Befragung eines Zeugen hatte. Er war alles andere als ein Inquisitor. Er wußte, daß Salsbury sein Geheimnis unter dem Druck der Folter preisgeben würde. Aber wie folterte man einen Menschen, ohne ihn physisch zu zerstören?

»Wer waren die Männer im Hubschrauber?«

Salsbury schwieg.

»Waren es Regierungsbeamte?«

Schweigen.

»Handelt es sich um einen Test, den die Regierung bezahlt?«

»Gehen Sie zum Teufel, Annendale!«

Wenn er ergründen konnte, was Salsbury wirklich Angst machte, würde der Mann sein Geheimnis preisgeben. Nur dann. Jeder Mensch hatte Ängste, die ihn prägten. Im Falle von Salsbury, der so offensichtlich an der Schwelle zum Wahnsinn stand, mußte es einen wahren Kleiderschrank voller Skelette geben. Aber wo lag der Schlüssel zu diesem Schrank verborgen? Es gab Tausende von Möglichkeiten, ein Labyrinth, so verworren wie die Psyche des Menschen. Wenn Salsbury ein Mensch war, der unter Höhenangst litt, konnte er ihn auf den Glockenturm der Kirche schleppen und ihm mit einem Sturz in die Tiefe drohen. Wenn Salsbury untern Platzangst litt, unter dem Wahn, daß freie Fläche eine tödliche Gefahr für ihn darstellte, dann konnte er ihn auf das Baseballfeld des Ortes schleppen. Es genügte, wenn er ihn in die Mitte des Platzes setzte, und Salsbury würde zu sprechen beginnen. Wenn Salsbury krankhafte Angst vor Ratten hatte, konnte er ihn mit ein paar Ratten in ein Zimmer sperren. Schon die bloße Drohung, dies zu tun, würde genügen. Vor was hatte dieser Mann Angst?

Plötzlich fiel Paul ein, wie Salsbury reagiert hatte, als er ihn im Dienstzimmer des Polizeichefs überwältigte. Der Mann war zu Tode erschrocken gewesen. Aber nicht, weil er vor Paul Annendale Angst hatte. Wenn überhaupt, dann hatte er einen anderen Eindringling erwartet. Einen gewissen Parker. Das war der Name, mit dem er Paul angesprochen hatte.

Wer war Parker? Was hatte dieser Parker mit Salsbury gemacht? Was hatte so tiefe Wunden in der Seele Salsburys hinterlassen, daß er bei der bloßen Erinnerung an den Vorgang mit Panik reagierte?

»Salsbury!«

Schweigen.

»Wer waren die Männer im Hubschrauber?«

»Sie langweilen mich zu Tode mit Ihren Fragen.«

»Waren es Beamte aus Washington?«

»Annendale, Sie kommen mir vor wie eine kaputte Schallplatte.«

»Ihnen steht was Schlimmes bevor, Salsbury.«

»Sie können mich nicht kleinkriegen. Sie nicht.«

»Ich werde mit Ihnen tun, was Parker getan hat.«

Salsburys Hände krampften sich um die Stuhlkante. Seine Augen hatten den Ausdruck eines gehetzten Tieres angenommen.

Ich habe ihn bei seinem schwachen Punkt erwischt, dachte Paul. Hoffentlich merkt er nicht, daß es nur ein Bluff ist.

Er war der Lösung des Rätsels ganz nahe, das spürte er. Aber er wußte nicht, was dieser Parker mit Salsbury angestellt hatte.

»Woher kennen Sie Parker?« stammelte der Mann auf dem Stuhl.

Paul ging um ihn herum und betrachtete ihn aus der Nähe. Salsbury schien sich nicht einmal mehr zu erinnern, daß er selbst es war, der den Namen Parker ins Gespräch gebracht hatte. Er schöpfte neue Hoffnung.

»Es geht Sie nichts an, woher ich Parker kenne. Ich kenne ihn. Sehr gut sogar. Und ich weiß auch, was er mit Ihnen getan hat.«

»Ich... war damals erst zwölf Jahre alt. Das dürfen Sie nicht tun.«

»Ich darf es tun, und ich werde es tun.«

»Sie sind nicht der Typ Mann, der so was macht«, stöhnte Salsbury. Der Schweiß troff ihm von der Stirn.

»Ich bin nicht der Typ?«

»Sie sind nicht schwul«, entfuhr es Salsbury. »Sie sind keiner von diesen verdammten Schwulen.«

Paul sortierte die Karten, die ihm in die Hand gespielt worden waren. »Es gibt Schwule, denen man's nicht ansieht, Salsbury. Wenn man eine solche Veranlagung hat, dann läßt man's nicht raushängen.«

»Sie waren doch mal verheiratet.«

»Viele Schwule sind verheiratet.«

»Sie haben Kinder gezeugt.«

Paul zuckte die Achseln. »Das hat nichts zu bedeuten.«

»Sie machen doch mit diesem Edison-Mädchen herum.«

»Haben Sie schon mal von der Gruppe AC-DC gehört?« konterte Paul und grinste.

Salsbury schloß die Augen.

»Ogden?«

Salsbury schwieg.

»Steh auf, Ogden.«

»Wagen Sie es nicht, mich anzurühren.«

»Du stellst dich hin und stützt die Arme auf den Tisch.«

»Ich stehe *nicht* auf.«

»Komm schon, es wird dir Spaß machen.«

»Nein, das tue ich nicht.«

»Bei Parker hat es dir aber Spaß gemacht.«

»Das ist nicht wahr.«

»Doch, Ogden, du bist ganz der Typ für so was.«

»Das bin ich nicht!«

»Gib's zu. Dir macht's echt Spaß, von einem Mann genommen zu werden.«

Salsbury wand sich auf seinem Stuhl. »Nein.«

»Steh auf und laß die Hosen runter.«

Ein Schaudern ging durch Salsburys Gestalt. Er war aschfahl geworden.

»Wenn du nicht freiwillig aufstehst, Ogden, dann muß ich Gewalt anwenden. Du bist mir unterlegen. Du bist verletzt. Ich habe eine Waffe.«

»Bitte, nicht.«

»Es wird dir Spaß machen, Ogden, das weiß ich, Parker hat mir erzählt, wie sehr es dir gefallen hat.«

Salsbury hatte zu schluchzen begonnen. Er saß da und würgte.

»Sag mir, wer die Männer sind.«

»Nein.«

»Hast du Angst, Ogden?«

»Ja, ich habe Angst.«

»Du kannst es dir aussuchen, wie's weitergeht. Entweder du beantwortest meine Fragen, oder...«

»Oder?«

»Ich vergewaltige dich. So, wie's dir Spaß macht.«

»Was?«

»Beantworte meine Fragen.«

»Ich will nicht.«

»Dann steh auf und lehn dich über den Tisch.«

»Bitte, nicht.«

Paul mußte sich zwingen, mit der Einschüchterung fortzufahren. Er überwand seinen Ekel. Er ergriff Salsbury beim Hemdzipfel, der aus der Hose ragte. Er versuchtre ihn aus dem Stuhl zu heben. Aber Salsbury war zu schwer.

Er stand über ihn gebeugt. »Wenn ich mit dir fertig bin, macht Bob Thorp weiter, du weißt dann schon, wie's geht. Du brauchst nur noch stillzuhalten, Ogden. Ich werde ihn programmieren und ihm sehr genau sagen, wie du es gern hast.« Paul wußte, daß er unfähig war, die Drohung auszuführen. Vielleicht genügte der Bluff. »Nach Bob Thorp darf dann die übrige Mannschaft ran. Du kennst die Männer ja bereits. Du wirst es genießen.«

Salsburys Widerstand zerbrach. »Ich sage Ihnen alles, was Sie wissen wollen, aber rühren Sie mich nicht an. Bitte, rühren Sie mich nicht an. Zwingen Sie mich nicht, mich auszuziehen. Ich werde reden, wenn Sie mir das versprechen.«

Paul stand über ihn gebeugt, er schrie ihm die Frage ins Gesicht. »Wer waren die Männer im Hubschrauber? Wenn du mit heilem Hintern aus der Sache herauskommen willst, dann rede!«

»Die beiden heißen Dawson und Klinger.«

»Insgesamt waren es drei.«

»Ich weiß nicht, wie der Pilot heißt.«

»Dawson und Klinger. Vornamen?«

»Leonard Dawson und ...«

»*Der* Leonard Dawson?«

»Ja. Und Ernst Klinger.«

»Ist Klinger ein Regierungsbeamter?«

»Er ist General des Heeres.«

»Handelt es sich bei dem Test um ein Projekt der Regierung?«

»Nein.«

»Um ein militärisches Testprogramm?«

»Nein.«

Paul hatte erfahren, was er wissen wollte. Er hatte seine Fragen mit der Geschwindigkeit eines Maschinengewehrs gestellt. Trommelfeuer. Salsbury hatte jede Frage beantwortet, ohne auch nur eine einzige Sekunde zu zögern.

Klinger duckte sich hinter die Büsche, die den Parkplatz des Rathauses von der Rasenfläche trennten. Erstaunt und beunruhigt beobachtete er, wie die Männer die Frau auf der Bahre in den weißen Cadillac schoben.

Er veränderte seinen Standort, so daß er die Beschriftung des Wagens erkennen konnte. BLACK RIVER-EMERGENCY. Rot auf weiß. Ein Krankenwagen.

Das rote Blinklicht hatte zu zucken begonnen, und der Widerschein war wie ein Nest blutiger Vipern, die auseinanderkrochen, um die Blätter auf den Bäumen anzunagen.

Der bärtige, weißhaarige Mann war Sam Edison. Klinger kannte ihn von dem Foto, das er in der Bücherstube im ersten Stock über dem General Store entdeckt hatte.

Er hörte, wie der Motor gestartet wurde. Der Cadillac bog auf die Main Street in östlicher Richtung ein. Auf diese Entfernung hätte Klinger keinen sicheren Schuß mit seiner Webley anbringen können.

Als die Hecklichter des Cadillacs in der Dunkelheit verglüht waren, überquerte Klinger den leeren Parkplatz. Er betrat das Rathaus durch den Hintereingang.

Wir haben die Kontrolle über den Ort verloren, dachte er. Eine Handvoll Männer hat uns das Heft aus der Hand gewunden. Alles war umsonst. Der Test, der große Plan, das ganze Projekt. Vorbei. Es war Zeit, den Staub von Black River von den Füßen zu schütteln. Er hatte einen falschen Paß, den Leonard Dawson ihm besorgt hatte. Er würde sich in ein anderes Land absetzen und von dem Geld leben, das Leonard als Vorauszahlung zur Verfügung gestellt hatte.

Aber da gab es die andere Hälfte seines Ichs. Nicht aufgeben, sagte die andere Hälfte. Laß dich nicht in Panik hineintreiben. Warte ab. Du mußt das Problem aussitzen.

Er warf einen schnellen Blick auf das Zifferblatt seiner Armbanduhr. Es war 23 Uhr 03.

In der Ferne rumorte das Gewitter. Der Wind hatte wieder aufgefrischt. Es würde zu regnen beginnen.

23 Uhr 04.

Er stand im Flur des Rathauses und starrte auf die blaßblau schimmernde Rasenfläche hinaus. Worauf warte ich? Er versuchte seine Gedanken zu ordnen. Er konnte keine Entscheidungen treffen, wenn ihm keine Daten zur Verfügung standen. Spionage. Aufklärung. Informationen. Wahrscheinlich sind sie in Thorps Dienstzimmer, dachte er. Er beschloß, sich an der Außenfassade des Rathauses entlangzuschleichen und unter den Fenstern des Polizeibüros zu lauschen.

Wie in Korea, dachte er. Wie in Laos. Spähtrupp in Feindesgebiet. Diesmal stand der Feind mitten in Amerika.

23 Uhr 05

Sam stand im Türrahmen. Sein Blick war auf Ogden Salsbury gerichtet, der zusammengesunken auf seinem Stuhl kauerte.

Er wandte sich zu Paul. »Bist du sicher, daß er alles gesagt hat?«

»Ja.«

»Bist du auch sicher, daß er die Wahrheit gesagt hat?«

»Ja.«

»Es geht um Leben oder Tod für uns alle, das weißt du.«

»Er hat alles gesagt, was er weiß, und er hat mich nicht belogen. Ich bin ganz sicher.«

Salsbury saß da und wimmerte. Sein Blick folgte Sam, der seinen Platz an der Tür verlassen hatte und in die Mitte des Raumes getreten war.

Paul vermochte nicht zu ergründen, ob Salsbury überhaupt noch wahrnahm, was um ihn vorging. Er schien gebrochen, erschöpft, am Ende.

Das Gefühl, sich auf die Ebene dieses Mannes herabgelassen zu haben, lag wie ein Alp auf Paul. Gefühl und Verstand waren im Widerstreit. Wieder und wieder sagte er sich vor, daß er gar keine andere Wahl gehabt hatte. Sie lebten im letzten Viertel des zwanzigsten Jahrhunderts. Wenn man als Individuum überleben wollte, mußte man nach den Regeln spielen, die von der Technologie diktiert wurden. Dies war vielleicht die einzige Ära in der Entwicklung des Menschen, wo der Zweck wirklich die Mittel heiligte. Trotzdem fühlte sich Paul beschmutzt, verletzt, schuldig.

»Es wird Zeit«, sagte Sam. Seine Stimme klang ruhig und klar. »Einer von uns beiden muß es tun.«

»Als er elf war, ist er von einem Mann vergewaltigt worden«, sagte Paul. »Der Mann hieß Parker.« Er beobachtete Salsbury aus den Augenwinkeln. Der zeigte keine Reaktion.

»Ist das von Belang für unsere Entscheidung?« fragte Sam.

»Ich meine schon.«

»Ist es von Belang für die Opfer, daß Hitler wahnsinnig war? Macht das sie sechs Millionen wieder lebendig?« Sam sprach leise, aber Paul merkte ihm die Anstrengung an und den Schmerz, der in den Worten mitklang. Er sah, wie das Kinn des Freundes zu zittern begann. »Er ist im Alter von elf Jahren vergewaltigt worden«, fuhr Sam fort. »Rechtfertigt das den Mord an Mark? Wenn Salsbury mit seinem Plan durchkommt, übernimmt er die Kontrolle über Black River und über andere Ortschaften, vielleicht über ganze Länder. Er wird Menschen zu neuen Verbrechen, zu neuen Morden programmieren. Ist es da von Belang, ob man ihm im Alter von elf Jahren Unrecht angetan hat?«

»Gibt es keinen anderen Weg, ihn an der Ausführung seiner verbrecherischen Pläne zu hindern?« fragte Paul. Er kannte die Antwort.

»Das haben wir bereits durchdiskutiert.«

»Trotzdem. Gibt es keinen anderen Weg?«

»Ich übernehme die Sache«, sagte Sam. »Ich werd's tun.«

»Nein, die Verantwortung liegt bei mir. Wenn ich jetzt versage, würdest du auch beim Kampf gegen Dawson und Klinger allein dastehen, das kann ich nicht zulassen. Du kannst nicht allein mit den beiden fertig werden. Du sollst wissen, daß du fest auf mich zählen kannst.«

Salsburys Zunge schob sich über die geschwollenen Lippen, es sah aus wie ein blutgefüllter Wurm. Sein Blick irrte von der Wunde an der Schulter über den Hemdzipfel zu Paul. »Sie wollen mich doch nicht etwa töten!«

Paul hob seinen Combat-Revolver und legte an.

Salsbury streckte ihm die blutbeschmierte Hand entgegen. »Schießen Sie nicht. Ich biete Ihnen eine Partnerschaft an. Sie sind ab sofort mit im Geschäft, Sie und Ihr Freund.«

Paul zielte auf das Herz. Er wunderte sich, wie ruhig seine Hand auf einmal war.

»Wenn Sie an diesem Geschäft beteiligt sind, haben Sie ausgesorgt. Sie können sich kaufen, was Sie wollen. Sie haben mehr Geld, als Sie je ausgeben können. Überlegen Sie mal, was das bedeutet!«

Paul überlegte, aber dann war das zerbrochene Nasenbein der Frau wieder da und das blinde Weiß in den Augen des toten Jungen.

»Was ich Ihnen anbiete, ist mehr wert als Geld. Sie können sich die Frauen kaufen, die Sie haben wollen. Die teuersten, die besten, die verwöhntesten, alle kommen auf Knien zu Ihnen gekrochen, weil Sie über Geld in Hülle und Fülle verfügen. Sie können sich natürlich auch Männer kaufen, wenn Sie das lieber mögen. Oder Kinder. Kleine Mädchen. Kleine Jungen...«

Paul sah Marks Leichnam vor sich, die kleine, steife Gestalt, hineingequetscht in eine Tiefkühltruhe.

Und dann stand Ryas Bild vor ihm, die Schwester des Opfers, seine Tochter, die mit einem schweren seelischen Schock aus dem furchtbaren Erlebnis hervorgegangen war.

Er drückte ab.

Er spürte einen Schlag im Handgelenk. Der Rückstoß hatte den Lauf hochgerissen. Der Schuß traf Salsbury in die Kehle.

Das Geräusch war ohrenbertäubend, das Echo schwang hin und her zwischen den Wänden, stahl sich in Pauls Gehirn und verebbte. Er wußte, daß er das Geräusch nie vergessen würde.

Er gab einen weiteren Schuß ab.

Diesmal traf er Salsbury in die Brust. Der Schuß kam mit solcher Gewalt, daß der Getroffene mitsamt seinem Stuhl an die Wand geschleudert wurde.

Salsbury war tot.

Paul wandte sich ab.

Sam legte ihm die Hand auf die Schulter. »Ist dir schlecht?«

»Ich weiß nicht.« Er war wie in Trance.

»Am Ende des Flurs ist die Toilette.«

»Ich bin ganz okay, Sam. Danke.«

»Du siehst aber gar nicht okay aus.«

»Es ist nicht der erste Mensch, den ich töte. Ich war im Krieg, weißt du.«

»Das hier ist anders«, sagte Sam. Er kniff die Augen zusammen und betrachtete die blutüberströmte Gestalt auf dem Boden. »Im Krieg tötet man auf Entfernung, nicht aus einem Meter Abstand.«

»Es ist nichts«, sagte Paul. »Wirklich nicht.« Er stolperte zur Tür und wankte den Flur entlang.

Er fand die Toilette, beugte sich über ein Becken und übergab sich.

Klinger hatte den Rasen überquert. Er kroch im Schutz der Büsche, den schußbereiten Revolver in der Rechten. Er war unter dem Fenster angekommen, als seine Finger die Glasscherben berührten. Er hob den Blick. Eines der Fenster im Büro des Polizeichefs war zersplittert, auch der heruntergezogene Rolladen war beschädigt.

Vorsichtig schob er den Kopf über die Fensterbrüstung. Die Lücke in dem Rolladen gab den Blick ins Innere frei. Noch bevor er etwas wahrnehmen konnte, ertönte ein Schuß, so nahe, daß Klinger wie elektrisiert zusammenfuhr. Gleich darauf eine zweite Detonation. Er fand sich am Boden wieder. Es dauerte Sekunden, bis Klinger verstand, daß die Schüsse nicht ihm gegolten hatten. Er stand auf und äugte durch die Lücke in den zersplitterten Rolladen.

Thorps Büro, steril, graublau getönt. Stählerne Aktenregale. Ein eichener Tisch. Eine Aluminiumtafel an der Wand. Ein Bücherbord aus Stahl.

Dann sah er Salsbury.

Tot.

Wo war Sam Edison? Wo war Paul Annendale? Wo war die Frau? Wo war das Mädchen?

Der Raum schien leer zu sein. Bis auf Salsbury. Salsburys Leichnam.

Er spürte, wie die Angst an ihm hochkroch. Wie, wenn die beiden Männer ihm bereits auf der Spur waren? Er warf einen Blick auf die Treppenstufen, die zum rückwärtigen Eingang führten. Bewegte sich da nicht eine Gestalt in den Büschen? Er verließ das Fenster, lief über die Rasenfläche und über den Parkplatz. Er duckte sich hinter die Hecke, und wenig später hatte er einen Winkel erreicht, von wo er die Tür des Rathauses beobachten konnte.

Als er von der Toilette kam, stand Sam auf dem Flur.

»Besser?«

»Ja«, sagte Paul.

»Ich weiß, wie schwer dir das gefallen ist.«

»Uns steht noch Schwierigeres bevor.«

»Da hast du recht.«

»Scheiße.«

»Hat Salsbury gesagt, wer die beiden Männer sind, die im Hubschrauber eingeflogen kamen?«

Paul stand an die Wand gelehnt. »Die beiden sind seine Komplicen bei diesem schmutzigen Geschäft. Der eine heißt Leonard Dawson, der Name dürfte dir bekannt sein.«

Sam Edison quittierte den Hinweis mit einem grimmigen Nicken.

»Der andere ist General des Heeres. Der Mann heißt Ernst Klinger.«

Sam verzog das Gesicht zu einer sorgenvollen Grimasse. »Dann ist es also doch ein Projekt der Regierung.«

»Merkwürdigerweise nein. Drei Mann haben sich das ausgedacht, Salsbury, Dawson und Klinger. Die Regierung hat nichts mit dem Projekt zu tun.« Paul erklärte seinem Freund, was er von Salsbury über das Testprogramm erfahren hatte. Er kam auch auf die Ziele des Dreiergestirns zu sprechen, auf den finanziellen Aspekt.

Sams Miene hatte sich aufgehellt. »Wie es scheint, haben wir den dreien gerade noch zur rechten Zeit einen Knüppel zwischen die Beine geworfen.«

»Aber wir haben sie noch nicht zu Fall gebracht.«

»Wenn wir es richtig anfangen, können wir das Projekt kippen.«

»Vielleicht.«

»Wir müssen vier Dinge tun«, sagte Sam. Er spreizte den Zeigefinger ab. »Erstens Dawson töten.« Der Mittelfinger. »Ernst Klinger töten.« Der vierte Finger. »Die Programme in den Computern in Greenwich löschen.« Kleiner Finger. »Mit dem Schlüssel-Schloß-Code die Erinnerung der Bewohner von Black River neu programmieren.«

Paul sah entmutigt aus. »Ich stelle mir das alles sehr schwierig vor. Kaum zu schaffen.«

Sam wußte, es gab nur eine einzige Möglichkeit. Sie mußten das Problem mit aller Entschlossenheit angehen, die sie aufbringen konnten. Mit Wenn und Aber war dieser Gefahr nicht zu begegnen. »Es ist zu schaffen, Paul! Gehen wir die Aufgabe nacheinander durch. Zunächst einmal Dawson und Klinger. Wo sind die beiden? Was hat Salsbury gesagt?«

»Angeblich sind sie zum Holzfällercamp geflogen.«

»Warum?«

Paul berichtete von Dawsons Plan, der eine Durchsuchung der Wälder vorsah. »Aber Dawson und Klinger dürften sich in diesem Augenblick nicht im Holzfällercamp befinden«, fügte er hinzu. »Sie hatten vor, ihr Hauptquartier in der Sägemühle einzurichten. Zum Holzfällercamp wollten sie nur, um die Menschenjagd in Szene zu setzen. Im Camp befinden sich an die neunzig Mann. Dawson hat vor, die neunzig Mann als Wachen um die Sägemühle zu verteilen. Alle übrigen Arbeiter sollen sich an der Suchaktion beteiligen.«

»Die Wachposten, die er aufstellt, nützen ihm nichts«, sagte Sam. »Wir können sie mit dem Code außer Gefecht setzen. Wir werden Dawson und Klinger überraschen. Du wirst sehen, wir packen sie, bevor sie weiteres Unheil anrichten können.«

»Hoffentlich haben wir Glück.«

»Wir werden's schaffen, ganz sicher.«

»Bleibt die Sache mit den Computern in Greenwich. Wann erledigen wir das?«

»Später, wenn wir mit Dawson und Klinger abgerechnet haben.«

»Trotzdem würde mich interessieren, wie du dir das Knacken der Computer vorstellst. Wie kommen wir überhaupt auf das Gelände?«

»Du hast doch gesagt, die Angestellten in Greenwich sind programmiert.«

»Wenn man Salsbury glauben kann, ja.«

»Dann sehe ich keine Schwierigkeiten. Wir haben den Code.«

»Und wie biegen wir die Dinge in Black River wieder so hin, daß keine Spuren zurückbleiben?«

»Das schaffen wir schon.«

»Du bist so verdammt optimistisch.«

»Das ist auch notwendig in der Lage, in der wir uns befinden. Du solltest ebenfalls mit etwas mehr Mut an die Sache herangehen, das könnte nicht schaden.«

Paul stieß sich von der Wand ab. »Also gut. Wir werden's versuchen. Wir haben keine andere Wahl. Aber ich möchte, daß wir Jenny und Rya verständigen, bevor wir uns Dawson und Klinger vorknöpfen. Die haben die Schüsse gehört, sie werden sich Sorgen machen, was passiert ist. Laß uns zur Kirche gehen und ihnen Bescheid sagen, wie der neueste Stand der Dinge ist.«

Sam nickte. »Gehen wir.«

»Was machen wir mit Salsburys Leiche?«

»Darum kümmern wir uns später.«

Sie verließen das Rathaus durch den Hinterausgang. Sie überquerten den Parkplatz. Sie hatten die Allee erreicht, als Paul stehenblieb. »Warum gehen wir eigentlich den Umweg?«

Sam sah ihn erstaunt an. »Weil's sicherer ist.«

»Wir brauchen uns nicht mehr zu verstecken«, sagte Paul. »Wir haben die Kontrolle über Black River. Wir haben den Code.«

»Da hast du recht.«

Sie gingen zurück, umrundeten das Rathaus und bogen auf den östlichen Teil der Main Street ein.

11 Uhr 45

Klinger stand auf der Wendeltreppe, umfangen von samtener Düsternis. Oben im Glockenturm waren Stimmen zu hören. Zwei Männer, eine Frau, ein Kind. Sam Edison. Jenny Edison. Paul Annendale. Rya Annendale.

Er lauschte. Er erfuhr, was die Schlächterei in Thorps Büro zu bedeuten hatte. Er erfuhr, daß der Plan verraten war. Das ganze Testprogramm, die Programme in Greenwich, das ganze Projekt war verraten. Klinger war schockiert.

Was ihn besonders schockierte, waren die Beweggründe der Rebellen. Denen schien es nicht um Geld zu gehen. Es ging um den Gedanken, sich für andere aufzuopfern. Unverständlich. So etwas stand in den Werbeanzeigen für Heer und Luftwaffe. Es war keine Motivation, an der man sich im praktischen Leben orientieren konnte. Klinger hätte sofort eingesehen, wenn Sam und Paul das Mittel der Unterschwelligen Programmierung für eigene Rechnung einsetzten. Aber idealistische Beweggründe? Verdächtig. Und gefährlich! Schon recht früh in seiner dienstlichen Laufbahn hatte Klinger die Erfahrung gemacht, daß Männer, die bewußt auf Macht verzichteten, viel gefährlicher waren als jene, die nach Macht gierten, ganz einfach, weil jemand, der nicht von der Macht geblendet wurde, unberechenbar war in seinen Handlungen.

Immerhin, gegen die Rebellen, die sich da oben im Glockenturm ihren Plan zurechtlegten, war ein Kraut gewachsen. Der Große Plan war gefährdet, aber er war noch nicht mißlungen. So leicht, wie dieser Edison und sein Freund Paul Annendale sich das alles vorstellten, war es nicht. Klinger war überzeugt, daß er das Projekt noch retten konnte.

Er hörte, wie sich die beiden Männer von Jenny und Rya verabschiedeten. Sie wünschten sich Glück. Sie umarmten sich. Sie küßten sich. Und Jenny sagte, sie würde für Pauls Erfolg und für das Leben ihres Vaters beten.

Sie begannen den Abstieg. Es war stockdunkel auf der Wendeltreppe. Die Taschenlampe wagten Sam und Paul nicht zu benützen.

Klinger nutzte das Geräusch, das die beiden beim Herunterkommen verursachten, um die Stufen bis ins Kirchenschiff hinunterzueilen.

Mit vorsichtigen Schritten tastete er sich an den Bankreihen entlang. Vor dem Altar angekommen, blieb er stehen. Durch die Kirchenfenster drang der Schein einer fernen Straßenlaterne. Das Fensterkreuz war ein Schatten, der aus der Wand herauszuwachsen schien. Erst als sich seine Augen an das Halbdunkel gewöhnten, verstand Klinger, daß er das Kruzifix anstarrte. Er war unschlüssig, wie er jetzt vorgehen sollte.

Eine Möglichkeit war, den beiden im Chorgestühl aufzulauern.

Nein, entschied er. Das Licht war zu schlecht. Er hatte kein Ziel. Sie waren zwei, er war allein. Selbst wenn er einen erwischte, blieb das Risiko, daß der andere flüchtete.

Vielleicht gelang es ihm, den Lichtschalter zu finden. Er konnte das Licht anknipsen in dem Augenblick, wo Sam und Paul das Kirchenschiff betraten. Er würde den Überraschungseffekt ausnützen und seine Schüsse abgeben, ehe die beiden ihre Waffe ziehen konnten. Der Nachteil war, daß auch er vom Licht geblendet sein würde. Es war unklar, ob er unter diesen Umständen treffen würde.

Dann fielen ihm Jenny und Rya ein, die im Glockenturm warteten. Die beiden würden durch den Schußwechsel alarmiert werden. Jenny Edison würde mit Sicherheit ihren Vater zu rächen versuchen, sie würde kämpfen bis zum letzten Schuß. Sie hatte gute Aussichten, ihn, Klinger, auszuschalten. Die Mauer, die um die Glockenkammer lief, war eine ideale Schießscharte. Der Turm war uneinnehmbar, solange die Verteidiger Munition hatten. Es gab also Risiken, selbst wenn es ihm gelang, die beiden Männer im Überraschungsangriff niederzustrecken. Ein Kinderspiel würde es jedenfalls nicht sein, auch wenn Klinger sich des Segens aller Heiligen, deren Bilder auf ihn herabsahen, sicher war.

Ob ich gut gerüstet bin für meinen Kommandoauftrag? Klinger wußte, er war tief hinter den Linien des Feindes. Für Kommandoaufträge dieser Art brauchte man eigentlich eine Maschinenpistole. Eine Waffe aus deutscher oder belgischer Produktion. Die Magazine. Ein automatisches Sturmgewehr mit Munition. Und Handgranaten. Drei oder vier Handgranaten. Vietnam. Hinter den Linien. Er vermeinte das Rascheln der Bambusstauden zu hören.

Edison und Annendale hatten noch zwanzig Stufen zu bewältigen, dann war die Wendeltreppe zu Ende. Das Schürfen ihrer Sohlen auf dem scharfkantigen Staub der Stufen verriet Klinger, daß ihm nur noch wenige Sekunden blieben, um sich zu verstecken.

Er huschte zur fünften Bankreihe, schob sich in die Bank und stolperte über einen Schemel, den ein vergeßlicher Kirchengänger zurückgelassen hatte. Ein Poltern war zu hören, bevor es Klinger gelang, den Schemel zu packen und unter die Bank zu schieben. Gebückt hastete er weiter. Am Mittelgang angekommen, legte er das Knie auf die Rundung der Bank. Er lag auf der Bank, das Gesicht in die Maserung gepreßt, als die beiden Männer aus der Sakristei kamen.

Sie traten ins Dunkel.

Sam trat drei Schritte nach vorn, dann blieb er stehen. »Da war ein Geräusch«, flüsterte er.

Paul stand da und lauschte dem Singen des Windes. Donnern in der Ferne. Das Rauschen der Bäume auf dem Kirchplatz. Das Knacken der Holzdecke.

»Was war das vorhin für ein Geräusch?«

»Was meinst du? Ich habe nichts gehört.«

Paul starrte in die Dunkelheit. Er kniff die Augen zusammen, als könnte er so die Düsternis des Kirchenschiffs mit Licht erfüllen. Seine Gedanken wanderten an den Fensterbögen entlang, verfingen sich im Gewirr der Linien an der Decke. Er lag in einem See. Seine Haare waren so lang, daß sie bis auf den Grund des Sees reichten. Wasserpflanzen. Schlingpflanzen. Schlamm. Paul spürte, wie sich ein Ring aus Eis um seinen Hals legte. Angst.

»Ich bin sicher, ich hab' was gehört«, flüsterte Sam.

»Wie willst du denn was gehört haben, wo wir selber soviel Lärm gemacht haben?«

»Da war was.«

»Vielleicht der Wind.«

»Nein. Es war ein polterndes Geräusch. So wie ein Stuhl, der umgestoßen wird.«

Sie standen da und lauschten.

Eine Minute. Zwei Minuten.

Nichts.

»Komm«, sagte Paul. »Gehen wir.«

»Warten wir noch einen Augenblick.«

Eine Bö ließ das Fenster über ihnen erzittern.

»Jetzt hast du's selbst gehört«, sagte Paul. »Es ist das Fenster.«

Sam war erleichtert. »Du hast recht.«

»Schnell jetzt, wir dürfen keine Zeit verlieren.«

Sie verließen die Kirche durch den vorderen Ausgang. Sie gingen die Main Street in östlicher Richtung. Wenig später hatten sie Pauls Wagen erreicht, der vor *Edison's General Store* geparkt war.

Der Wagen war in die Straße eingebogen, die zur Sägemühle führte. Als die Rücklichter zu winzigen roten Punkten zusammengeschrumpft waren, erhob sich Klinger aus seiner Deckung hinter den Fliederbüschen. Die Telefonkabine vor *Ultman's Café* lag nur einen Häuserblock entfernt. Das Telefonverzeichnis war nur wenige Seiten stark. Klinger suchte und fand die Telefonnummer der Big Union Supply Company. Eine Sammelnummer. Darunter die Direktanschlüsse der einzelnen Abteilungen und Außenlager, auch die Nummer des Holzfällercamps. Insgesamt zwanzig Nummern. Die Sammelnummer würde zur nächtlichen Stunde nicht antworten. Und Klinger hatte keine Zeit, alle zwanzig Nebenanschlüsse auszuprobieren. Wo würde Dawson sein Hauptquartier einrichten? Klinger wälzte das Problem hin und her in dem peinlichen Bewußtsein, daß ihm die Zeit weglief. Vor einem der Nebenanschlüsse stand die Bezeichnung Zentralbüro. Dawson würde das Zentralbüro besetzen. Er war die Spinne im Netz, oder er fühlte sich so. Klinger wählte die Nummer des Zentralbüros.

Der Ruf ging durch, niemand nahm ab. Zwölfmal. Fünfzehnmal. Klinger wollte schon auflegen, als Dawsons ärgerliche Stimme ertönte. »Big Union Supply Company.«

»Hier spricht Klinger.«

»Hast du ihn erledigt?«

»Er ist tot, aber nicht ich habe ihn getötet, sondern Edison oder Annendale, ich weiß nicht, wer von beiden.«

»Wo sind die beiden jetzt?«

»Irgendwo in Black River. Jedenfalls waren sie vor wenigen Minuten noch hier. Sie spüren mir nach. Ich bin der nächste, den sie umlegen wollen. Sie glauben allerdings, ich wäre in der Sägemühle. Sie glauben, wir beide sind in der Sägemühle.« Er erklärte ihm in wenigen Sätzen, was er von dem Gespräch im Glockenturm mitbekommen hatte.

»Warum hast du sie nicht eliminiert, als du die Chance dazu hattest?« kam Dawsons Frage.

»Weil ich eben nicht die Chance dazu hatte«, sagte Klinger gereizt. »Ich hatte kein Licht zum Zielen.«

»Und nun?«

»Edison und Annendale haben vor, den Wagen etwa einen Kilometer vor Erreichen der Sägemühle im Wald zu parken. Sie werden den Rest des Weges zu Fuß gehen. Du hättest die Möglichkeit, ihnen entgegenzugehen und sie zu überraschen.«

»Das beste wäre, du setzt dich in den Wagen und kommst ebenfalls her. Wir könnten sie in einer Zangenbewegung angreifen, dann sitzen sie in der Falle.«

»Das macht militärisch keinen Sinn, Leonard. Sie sind zu viert, jedenfalls sind sie vier, wenn die Frau und das Mädchen mitgehen. Drei sind bewaffnet. Das Risiko ist so groß, daß wir es nicht in Kauf nehmen können. Es ist günstiger, wenn du sie überraschst. Du gehst ihnen entgegen und erschießt sie aus dem Hinterhalt.«

»Aber wenn Edison und Annendale den Code kennen, bin ich ohne jeden Schutz. Sie können die bewaffneten Wachposten umdrehen, und genau das werden sie tun. Sie werden die Arbeiter zum Kampf gegen uns umfunktionieren.« Seine Stimme hatte sich von Wort zu Wort hinaufgeschraubt. »Ich bin allein!«

»Du schaffst das schon.«

»Ich bin Geschäftsmann, kein Killer, Ernst. Du verstehst dich besser aufs Schießen als ich.«

»Ich kann nicht weg aus dem Ort. Es gibt hier wichtige Aufgaben zu erledigen.«

»Ich töte keine Menschen.«

»Ach nein?«

»Nicht auf diese Weise.«

»Wie meinst du das?«

»Nicht persönlich.«

»Hast du genügend Waffen dort?«

»Ja.«

»Du nimmst ein Gewehr oder eine Schrotflinte und erschießt Edison und Annendale aus dem Hinterhalt. Wenn Edisons Tochter und das kleine Mädchen dabei sind, erschießt du alle vier. Ich weiß, daß du das kannst.«

»Ich habe keine Übung.«

»Du bist ein As im Tontaubenschießen.«

»Du verstehst mich nicht. Töten ist gegen meinen Glauben. Gegen meine religiöse Überzeugung.«

»Du mußt deine religiöse Überzeugung eben beim Schießen hintanstellen«, sagte Klinger. »Es geht jetzt um dein Überleben.«

»Man kann seine religiöse Überzeugung nicht manipulieren, Ernst. Entweder man hat eine Moral, oder man hat keine. Daran ändert es nichts, daß man seine Entscheidung unter einer tödlichen Bedrohung zu treffen hat. Jedenfalls habe ich keine Lust, die Sache allein zu erledigen, ohne deine Hilfe. Das geht ganz einfach nicht. Ich tu's nicht.«

Klinger dachte nach, was er sagen konnte, um Dawsons Skrupel zu zerstreuen. Sie standen da und redeten, inzwischen verstrich wertvolle Zeit! Er ließ die früheren Gespräche mit Dawson in Gedanken vorüberziehen. Dann fand er den richtigen Einstieg. »Leonard, es gibt eines, was ich meinen Soldaten einpräge, wenn ich sie in die Schlacht schicke, und ich sage dir das gleiche. Wenn es knüppeldick kommt, wenn wir auf dem Schlachtfeld stehen und die Splitter der Granaten fliegen uns um die Ohren, wenn wir verzagt sind und keine Hoffnung mehr haben, den nächsten Tag zu erleben, dann gibt es nur einen Gedanken, der uns hilft, das Tief zu überwinden. Ich meine den Glauben an die gerechte Sache. Vergiß nicht, daß wir für eine gerechte Sache kämpfen, Leonard. Du hast gesagt, du stehst allein, aber das ist nicht wahr. Gott ist bei dir, er führt deine Hand.«

»Du hast recht«, sagte Dawson.

»Du bist doch davon überzeugt, daß wir für eine gerechte Sache kämpfen, oder?«

»Natürlich. Was ich tue, tue ich für SEINE Ehre.«

»Dann kann nichts schiefgehen.«

»Einverstanden«, sagte Dawson. »Ich werde sie töten, ich ganz allein. Ich hätte nicht zögern dürfen bei dem Werk, das von IHM gesegnet ist. Es ist offensichtlich, daß ER mich als SEIN Werkzeug benutzen will. Ich danke dir, Ernst, daß du mir auf den rechten Weg zurückgeholfen hast, Ernst.«

»Das ist Freundespflicht«, sagte Klinger. »Du hättest das gleiche getan. Und jetzt solltest du losgehen. »Er sah auf seine Armbanduhr. »Ich schätze, daß sie jetzt gerade aus ihrem Auto steigen. Dir bleiben zehn Minuten.«

»Und du?«

»Ich gehe in die Kirche zurück.«

»Gott sei mit dir.«

»Viel Glück, Leonard.«

10. Kapitel

Samstag, der 27. August 1977
00 Uhr 10

Singen und Heulen schien die Wipfel der Tannen einzuhüllen. Das Gewitter war näher gekommen. Ein Donnerschlag folgte dem anderen, laut, hart, eine Steinaxt, die im Opfertempel von Stufe zu Stufe fällt, bis der Altar erreicht ist, wo der Priester steht. Der Himmel erstrahlte im Licht der Blitze, und das Gerippe der Äste und Zweige stand wie ein Scherenschnitt der Angst gegen die elektrische Energie der zuckenden blauweißen Bögen.

Kleine Tiere huschten durchs Unterholz, auf der Suche nach Nahrung und Wasser, auf der Suche nach Wärme und Geborgenheit. Vielleicht spürten auch sie die Drohung des Sturms, die Nähe des Todes.

Paul und Sam hatten erwartet, auf bewaffneten Posten zu treffen. Es gab keine. Das Gebäude jenseits des Waldes war hell erleuchtet. Aber kein Mensch war zu sehen, kein Arbeiter, kein Posten, nichts.

Sie schlugen einen Bogen, verbargen sich im Schutz des Waldes. Dann pirschten sie sich an den Rand des Parkplatzes, wo die Arbeiter und Angestellten des Sägewerks ihre Fahrzeuge hinterstellten. Sie fanden ein Dickicht aus Lorbeerbüschen, das sie als Deckung benutzten.

Dort drüben stand der Hubschrauber, nur zehn Meter entfernt. Nachdem sie eine Weile hinter dem Gebüsch gekauert hatten, erschien ein Mann. Das Glühen einer Zigarette. Der Mann sah zum Himmel, betrachtete die schnellziehenden Wolken, die sich diesseits der Blitze als schwere, tintenblaue Tücher abzeichneten, als Tücher, die über einen graphitfarbenen Himmel gezogen wurden.

»Könnte das Dawson sein oder Klinger?« flüsterte Paul.

»Weder noch«, flüsterte Sam. »Ich vermute, das ist der Pilot.«

»Ob er bewaffnet ist?«

»Sieht nicht so aus.«

»Gehen wir los?«

»Warte noch.«

»Warum?«

»Wir müssen abwarten, bis er uns den Rücken zukehrt.«

Sie hockten im Gebüsch und warteten.

Der Pilot hatte die Zigarette fallen gelassen. Sie sahen, wie er die Glut mit dem Absatz austrat. Er steckte die Hände in die Taschen und begann im Kreis um den Hubschrauber herumzugehen, mit langsamen, nachdenklichen Schritten. Er kam dem Gebüsch, wo sie versteckt waren, bis auf zehn Schritte nahe, dann wandte er sich ab.

»Jetzt«, sagte Sam.

Paul sprang auf. Er lief auf den Parkplatz. Er hatte den Mann fast erreicht, als jener sich umdrehte.

Das Gesicht war eine Maske, in der zwei Katzenaugen leuchteten.

»Wer...«

»Ich bin der Schlüssel«, schnitt ihm Paul das Wort ab.

»Ich bin das Schloß.«

»Sprechen Sie im Flüsterton.«

»Jawohl, Sir.«

Paul trat einen Schritt vor, weil die Kanzel des Hubschraubers den Blick auf das Gebäude behinderte. Die Fenster waren erleuchtet, die Fassade in Licht gebadet. Wenn es überhaupt Menschen in dem Gebäude gab, dann waren sie geblendet von all den Lampen. Sie würden auf diese Entfernung kaum den Hubschrauber erkennen können, geschweige denn einen Menschen.

Paul kehrte in die Deckung des Hubschraubers zurück. Er gab dem Piloten das Zeichen, zu ihm zu kommen.

Dann war Sam da, er führte das Verhör.

»Wie heißen Sie?«

»Malcolm Spencer.«

»Sind Sie der Pilot der Maschine?«

»Jawohl.«

»Wo ist Mr. Dawson?«

»Im Sägewerk.«

»In welchem Gebäude?«

»Im größten.«

»Welches Stockwerk?«

»Im Erdgeschoß. Dort ist ein Büro, wo der Publikumsverkehr abgewikkelt...«

»Wo ist Mr. Klinger?« fragte Sam.

»Der ist in Black River«, sagte der Pilot.

»Das glaube ich Ihnen nicht.«

»Wie meinen Sie?«

»Haben Sie gesagt, Mr. Klinger ist in Black River?«

»Ganz recht.«

Paul und Sam sahen sich an.

»Stimmt was nicht?« fragte der Pilot. Er schien nicht zu verstehen, was sie an seiner Antwort so Besonderes fanden.

»Sie lügen«, sagte Paul.

Der Pilot musterte ihn. Er war überrascht. »Ich habe die Wahrheit gesagt, Sir.«

»Ich bin der Schlüssel«, sagte Paul.

»Ich bin das Schloß«, sagte Spencer.

»Wo ist Mr. Klinger?«

»In Black River.«

Paul starrte seinen Freund an. »Verdammt!«

»Sie haben Klinger und Dawson zum Holzfällercamp geflogen«, sagte Sam. »Und von dort haben Sie die beiden zum Sägewerk gebracht.«

»Nein. Nur Mr. Daswson ist zum Sägewerk mitgeflogen. General Klinger ist vom Holzfällercamp nach Black River gefahren.«

»Wann ist er lsogefahren?«

»Noch bevor wir zum Sägewerk flogen.«

»Sie sagen, er hat einen Wagen genommen. Was für...«

Sam konnte seine Frage nicht beenden. Die Nacht wurde vom Blitz eines Schusses erhellt, Bruchteile von Sekunden später kam der Knall.

Paul hatte sich instinktiv zu Boden geworfen. Er schlug eine Rolle.

Die Kugel schlug in das Teerpflaster, wo Paul gestanden hatte.

Ein zweiter Schuß. Teerfetzen spritzten in alle Richtungen.

Paul hatte sich aufgesetzt. Er sah den Schützen. Der Mann kniete, wie ein Sportschütze. Er war nur zehn Schritte entfernt. Er mußte aus dem Wald gekommen sein.

Paul hob seine Combat-Magnum. Er umklammerte die Waffe mit beiden Händen und gab fünf Schüsse auf den Angreifer ab.

Alle fünf Schüsse verfehlten das Ziel.

Aber die Tatsache, daß zurückgefeuert wurde, schien den Angreifer aus dem Konzept gebracht zu haben. Statt weiterzuschießen, sprang er auf und rannte los, auf den Waldrand zu.

Paul lief ein paar Schritte hinter ihm her, zielte und schoß.

Der Fremde rannte weiter. Er war nicht getroffen worden. Sekunden später tauchte er ins Dunkel des Waldes ein.

»Sam?«

»Hier bin ich.«

Sam lag auf dem dunklen Pflaster. Nur sein Bart und sein weißes Haar waren zu erkennen.

»Bist du verletzt?«

»Er hat mich am Bein erwischt, ja.«

Paul lief zu ihm. Er kniete sich neben ihn. »Schlimm?«

»Fleischwunde«, sagte Sam. »Der Schütze war Dawson. Du mußt ihn kriegen. Lauf los, laß ihn nicht entkommen.«

»Aber du bist verletzt, es ist besser, wenn ich dich erst...«

»Nur ein Kratzer. Spencer wird mich verbinden. Schnapp dir Dawson.«

Paul rannte los. Er war am Ende des Parkplatzes angelangt, als er das Gewehr am Boden liegen sah. Entweder hatte Dawson die Waffe zurückgelassen, weil er ohne sie schneller laufen konnte. Oder aber er war bei dem Schußwechsel in Panik geraten, so daß er Hals über Kopf davongestürzt war.

Weiter, in den Wald hinein. Paul lud seine Pistole im Laufen nach. Er hatte sich die Munition im General Store in die Hosentasche gesteckt.

00 Uhr 10

Stufe für Stufe ging Klinger die Wendeltreppe hoch. Er stöhnte und blieb stehen. Er zählte bis dreißig, erklomm drei weitere Stufen, blieb wieder stehen. Wenn er nicht äußerste Vorsicht walten ließ, würden sie ihn hören. Er wußte, die Frau war bewaffnet. Das Mädchen? Er wußte nicht recht, ob von der Kleinen Gefahr drohte. Wie auch immer, er würde beide töten, sobald er die Glockenkammer betrat und freies Schußfeld hatte.

Behende brachte er drei weitere Stufen hinter sich. Er blieb stehen und verschnaufte. Immer noch zu laut. Ob sie ihn gehört hatten? Er beschloß zu warten. Draußen heulte der Wind. Die beiden da oben würden das Geräusch, das er mit seinen Sohlen verursachte, für das Knarren des Dachstuhls halten. Der Wind, der Sturm, der Regen.

Er stieg drei weitere Stufen hoch.

00 Uhr 16

Dawson war in einem großen Bogen gelaufen. Er erreichte das Gebäude dreißig oder vierzig Schritte vor seinem Verfolger. Er verschwand um die Ecke.

Als Paul die Ecke erreichte, blieb er stehen. Der Blick ging auf den nördlichen Teil des Holzlagerplatzes. Ein Lager von Stämmen, die für den Winter aufgeschichtet worden waren, als Vorrat für die Sägemühle.

Bulldozer, Lastwagen. Ein Förderband, das Sägemehl zum Verbrennungsofen beförderte... Es gab viele Verstecke, wo Dawson sich verbergen konnte.

Er betrat das Haus. Ein hellerleuchteter Flur. Menschenleer. Er ging bis zum Ende des Flurs. Der Maschinenraum. Neonlicht. Die Maschinen schwiegen. Keine Menschenseele war zu sehen. Zur Rechten eine Waschkaue für die Arbeiter. Zur Linken eine Strahltreppe, die in die oberen Stockwerke führte.

Er lief die Stahltreppe hoch, nahm zwei Stufen auf einmal.

Der erste Stock des Gebäudes. Ein Flur. Er ging nach rechts. Er kannte das Gebäude von einer Führung, an der er vor zwei Jahren teilgenommen hatte. Rya war damals dabeigewesen.

Er war vor der fünften Tür angekommen. Er griff nach dem Türknopf.

Die Tür war verschlossen.

Er nahm Anlauf und trat gegen das Türblatt. Noch einmal.

Nichts. Das Schloß hielt.

Er sah sich um. An Ende des Korridors schimmerte ein Glaskasten. Er lief hin. Ein Feuerlöscher wurde sichtbar, daneben eine Axt, gehalten von einer schwarzglänzenden Spange.

Paul schob sich den Revolver in den Gürtel. Er öffnete den Glaskasten und nahm die Axt heraus. Er benutzte das stumpfe Ende der Axt, um den Türknopf abzuschlagen. Die Tür sprang auf. Er ließ die Axt fallen und trat ein.

Das Büro war dunkel. Er konnte das Licht nicht anknipsen, wenn er Dawson sein Versteck nicht verraten wollte. Er schloß die Tür zum Gang.

Er tastete sich zur Fensterfront. Der Blick ging auf eine Terrasse. Er öffnete ein Fenster, schwang sich über die Brüstung. Ein Dach. Dachpappe.

Der Wind war stärker geworden, er mußte balancieren, um nicht umgerissen zu werden.

Er zog den Revolver aus dem Gürtel.

Wenn sich Dawson im nördlichen Teil des Hofes verbarg, dann hatte er von hier oben die besten Chancen, ihn zu entdecken.

Er trat an den Rand des Dachs. Unten war Düsternis.

Paul hätte die Scheinwerfer anknipsen können, die auf den nördlichen Teil des Hofes gerichtet waren. Aber er wußte nicht, wo die Schalter waren. Sie zu finden, konnte eine Ewigkeit dauern.

Er hatte keine Ewigkeit.

Nichts regte sich im Hof. Nichts außer dem Förderband, das zum Verbrennungsofen führte. Das Band hätte abgestellt werden müssen, das war Sache der letzten Schicht. Aber der zuständige Arbeiter hatte das übersehen.

Das Band führte steil bergauf, bis zu einer Höhe von sechs Metern. Der Verbrennungsofen lag vierzig Meter entfernt. Der Ofen war konisch geformt. Zehn Meter im Durchmesser an der Basis, drei Meter an der Spitze. Die Höhe betrug dreizehn Meter. Der Ofen wurde mit Gas befeuert, er brannte Tag und Nacht, auch wenn er nicht mit Sägemehl beschickt wurde. Paul konnte sehen, daß die Vorräte, die bis zum Ende der Schicht angehäuft worden waren, erst zur Hälfte verbrannt waren. Es war Dawson gewesen, der den Männern der nachfolgenden Schicht die Aufnahme der Arbeit verwehrt hatte. Die Männer waren zur Suchaktion in den Wald beordert worden.

Neben dem Verbrennungsofen ein riesiges Becken. Stämme, die wie Alligatoren unter der Wasseroberfläche schwebten. Ein Kran. Ein Haken. Kabel. Es gab einen betonierten Kanal, der aus dem Becken in die Sägemühle führte. Bei normalem Betrieb der Mühle konnten die Männer die ausgesuchten Stämme an Haken in die Mühle hineinziehen. Dort wurde das Holz von den Maschinen übernommen. Östlich und nördlich des Beckens lagen die Vorräte aufgehäuft. Stämme für den ganzen Winter, ein Berg von dreizehn Metern Höhe. Zur Linken lag die Rampe, der Verbrennungsofen. Die Fluter, wo die Stämme vom Becken in die Mühle gezogen wurden, waren vom Dach verdeckt. Zwei Sattelschlepper waren zu sehen, eine Reihe von Bulldozern. Der Zaun.

Von Dawson keine Spur.

Es blitzte. Nach einigen Sekunden der Donner. Es begann zu regnen, dicke, schwere Tropfen.

Außer dem Donner hatte Paul noch ein Geräusch gehört, das er nicht zu definieren vermochte.

Er wirbelte herum.

Dawson war aus dem Fenster des Büros gesprungen, er landete auf dem Dach, einen Meter von Paul entfernt. Er war älter als Paul, zehn Jahre älter. Er war stärker und größer als Paul. Jetzt, im Widerschein der Blitze, sah er wie ein Riese aus. Der Regen schimmerte auf der Schneide der Axt, die er in den Händen hielt. Er hob die Axt.

Klinger hatte die erste Hälfte der Wendeltreppe bezwungen, als es zu regnen begann. Das Plätschern der Tropfen auf den Dachziegeln war zu hören, das Geräusch war so laut, daß es seine Schritte übertönte. Die perfekte Tarnung.

Er wartete, bis der Regen stärker geworden war. Dann setzte er seinen Aufstieg fort. Er legte keine Pausen mehr ein, wie er es vorher getan hatte. Er schmunzelte. Nichts war zu hören von seinen Schritten. Nichts. Er strich über den Lauf der Waffe. Er war zuversichtlich. Alles würde gut werden.

Er brauchte nur eine Minute, um die zweite Hälfte der Wendeltreppe zurückzulegen. Die letzten Stufen ging er gebückt, bereit zum Sprung. Auf der obersten Stufe angekommen, katapultierte er sich in den Glockenraum.

Paul hatte sich weggeduckt

Er hörte, wie die Axt über seinen Kopf hinwegpfiff.

Er erschrak, als er sich schreien hörte. Merkwürdig, er konnte nicht aufhören zu schreien. Er stand da, starrte den Mann mit der Axt an, hielt die Waffe vor sich gestreckt.

Er schoß.

Die Kugel traf Dawson in die rechte Schulter.

Die Axt krachte auf das Dach, sprang hoch wie ein Wurfholz, segelte über die Dachkante und zerschmetterte die Windschutzscheibe eines Sattelschleppers.

Wie eine Puppe auf einer Spieluhr drehte sich Dawson. Seine Rechte bekam Pauls Jacke zu fassen. Die Waffe glitt zu Boden, rutschte über die Kante des Daches, und Paul hörte, wie sie auf dem Stahldach des Sattelschleppers aufkam. Dann verlor er den Boden unter den Füßen.

Umschlungen, ein verbissen ringendes Paar, rollten die beiden Männer über das abschüssige Dach.

Dann der Fall.

Es war dunkel in der Glockenkammer. Aber die Umrisse des kleinen Mädchens waren klar zu erkennen. Sie war allein.

Klinger verstand das nicht.

Es war mehr, als er zu hoffen gewagt hatte. Das kleine Mädchen, allein.

Gut so. Er würde sie einzeln abknallen.

Ein merkwürdiges Geschöpf. Sie saß an die Wand gelehnt. Über ihr war der Sichtschlitz zu erkennen.

Sie sah ihn an. Verachtung lag in ihrem Blick.

Klinger ärgerte sich.

Einmal gehörte es sich nicht, daß sie ihn so ansah.

Und dann war es auch nicht richtig, daß man ihm mitten in der Nacht Rätsel aufgab.

Hier oben gab es zwei Menschen zu töten, nicht nur einen. Die Plattform war zu klein für ein Versteckspiel, wie es Frauen liebten.

Er beschloß, seinen Augen zu trauen. Wo eine Frau und ein Mädchen hätten sein müssen, war nur ein Mädchen.

Der Donner kam wie der Faustschlag eines Riesen, und die Zinken des Blitzes waren spitz wie ein Stilett. Der Sturm rüttelte im Gebälk, ließ das Dach klagen und stöhnen wie ein Opfer bei der Inquisition.

Klinger stand über dem Mädchen.

Sie hob den Blick. Ihre Stimme zitterte. »Bitte... erschießen... Sie... mich... nicht.«

»Wo ist die andere?« fragte Klinger. »Sag mir, wo sie hingegangen ist.«

»He, Mister«, sagte eine Stimme hinter ihm.

Sie hatten ihn also doch kommen gehört. Sie hatten ihm aufgelauert. Beide.

Die Frau hatte sich versteckt.

Aber wo? Und wie?

Er wußte, daß sein Spiel verloren war. Es gab keinen Ausweg mehr. Zorn, Bitterkeit, Erstaunen.

Er wandte sich. Er würde ihnen die Stirn bieten, auch und gerade im Tode.

Aber da stand niemand. Die Treppe. Die Wand. Nichts. Leere. Blitz und Donner.

Er fuhr herum.

Das Kind. Er war allein mit dem Kind.

»He, Mister.«

Er hob den Blick.

Etwas wie eine Fledermaus schwebte über ihm. Die Frau. Jenny Edison. Er konnte ihr Gesicht nicht erkennen, aber er wußte, daß sie es war. Sie hatte ihn überlistet. Und er war sich so clever, so unheimlich geschickt vorgekommen. Sie hatte die Glocke erklommen, hielt die eherne Wandung umarmt, schwebte zwei Meter über der Plattform.

Es ist jetzt siebenundzwanzig Jahre her, daß ich in Korea kämpfte, dachte er. Ich bin zu alt für solche Einsätze. Zu alt.

Er konnte die Waffe nicht sehen, die sie auf ihn gerichtet hatte. Aber er wußte, daß die Mündung auf seine Stirn zielte. Er wußte, daß die Mündung seiner Stirn sehr nahe war. Und er wußte, daß Jenny Edison die Waffe entsichert hatte.

Er nahm noch wahr, wie das Kleid des kleinen Mädchens zu rascheln begann. Die Kleine kroch aus der Schußlinie.

»Gute Reise, Sie Ekel«, sagte Jenny Edison.

Er war tot, noch ehe die Ohren das Geräusch des Schusses an das Gehirn hätten weitermelden können.

Dawson landete auf dem Rücken. Etwas unter ihm zitterte. Und dann spürte Dawson, wie das Gewicht seines Gegners ihm die Luft aus den Lungen quetschte.

Das Förderband vibrierte, bis das Gewicht der beiden Männer die mittlere Förderrolle passiert hatte.

Es gelang Paul, den Kopf zu heben. Die Luke im Ofen war zu sehen. Ein Ball, gelb, orangerot, rot. Dreißig Meter noch.

Fünfundzwanzig.

Dawson zuckte zusammen, als sich der Ellbogen des Gegners in seine Schulter bohrte. Die Wunde. Er war noch benommen vom Fall. Wie ein Ertrinkender holte er Luft. Der Regen war ihm in die Nasenlöcher geronnen. Er blies wie ein Wal.

Das Rumpeln des Laufwerks war lauter geworden, und Paul hörte, wie sich das Zittern der letzten Rollen ankündigte, ein ärgerliches, heftiges Geräusch, das in einem satten Klatschen seinen Höhepunkt finden würde, wenn das Band, von der Last befreit, talwärts schwang.

Zwanzig Meter.

Die Straße des Todes.

Paul versuchte, sich vom Band zu rollen.

Dawson hielt ihn umfangen.

Fünfzehn Meter.

»Laß mich los!« Paul wand sich im Griff des Gegners, stöhnte und spuckte. Er hatte nicht die Kraft, sich zu befreien.

Dawsons Finger waren wie die Krallen eines Habichts.

Zehn Meter.

Paul nahm alle Kraft zusammen, die ihm blieb. Er holte aus und landete eine Rechte auf Dawsons Nase.

Die Krallen lösten sich.

Fünf Meter.

Vier Meter.

Er spürte die Hitze des Ofens. Er schrie vor Angst. Er gab sich einen Ruck und ließ sich über den Rand des Förderbandes in die Tiefe fallen.

Wie tief werde ich fallen?

Der Schmerz war kurz, wie ein Pflaster, das mit einer raschen Bewegung abgerissen wird. Er war ins Gras gefallen, ins Unkraut, das am Rande des Beckens wuchs.

Als er seinen Blick hob, sah er Dawson, der ins Feuer katapultiert wurde.

Er konnte nicht hören, ob Dawson schrie, so laut war der Donner, der in diesem Augenblick über das Gelände des Sägewerks rollte.

Das Ende

Samstag, der 27. August 1977
05 Uhr 00
Die Eßbaracke im Holzfällerlager war ein Rechteck von 24 Meter Länge und 12 Meter Breite. Sam und Rya hatten an einem der Tische Platz genommen. Zwischen ihnen und der Tür der Baracke waren die Gesichter der Holzfäller. Gesichter, in denen die Spuren der überstandenen Anstrengungen zu erkennen waren.

Die Männer hatten eine Schlange gebildet. Einer nach dem anderen trat vor. Sam setzte das Schlüssel-Schloß-Programm ein, um das Gedächtnis der Männer neu zu strukturieren. Erst wenn die Erinnerungen fest verankert waren, durfte der Mann weitergehen. Rya hakte seinen Namen auf der Liste ab. Der nächste trat vor.

Sie hatten dreißig Männer neu strukturiert, als Rya die Liste sinken ließ. Es war eine Liste, die Sam sich vom Lohnbuchhalter der Firma hatte aushändigen lassen. Alle Namen waren verzeichnet.

»Wie fühlst du dich?«

»Und du?« kam seine Gegenfrage.

»Du bist der Verletzte, nicht ich.«

»Auch du hast Wunden davongetragen«, sagte er leise.

»Nein«, sagte Rya. »Ich fühle mich nur plötzlich so erwachsen.«

»Ich weiß, daß es dir weh getan hat.«

»Es ist etwas anderes«, sagte sie. »Es hat mich traurig gemacht.«

Er nickte. »Ich seh's.«

»Es wird nie mehr so wie früher sein. Nie mehr.« Ihre Lippen zitterten. Sie räusperte sich. »Wie geht's mit deinem Bein?«

»Das eine ist ein bißchen länger als das andere«, sagte er. »Wen das nicht stört...« Er faßte sie beim Kinn.

Sie strich mit ihrer kleinen Hand über seine Schläfen.

Er freute sich, als sie sich für ihn zu einem Lächeln zwang.

Das Lächeln war wichtiger als alle Antibiotika, die Doc Troutman verschrieben hatte.

06 Uhr 30
Vor zwei Stunden war der Himmel aufgerissen. Die Sturmwolken waren unterwegs zum Horizont. Sie hatten ihre Kraft verloren.

Als die Sonne aufging, drangen die Strahlen bis zur Erde vor. Es war eine klare, ehrliche Herbstsonne.

Die drei Männer hatten mitten im Tannenwald, etwa einen Kilometer oberhalb Black River, ein Grab ausgehoben. Sie warfen die Leichen Salsburys und Klingers in die Tiefe.

»Zuschaufeln«, sagte Jenny.

Sie begannen zu schaufeln.

Mit jedem Brocken Erde, der auf die zwei Toten geworfen wurde, wurde Jenny leichter ums Herz.

09 Uhr 30

Der Hubschrauber war in Augusta zwischengelandet, um zu tanken. Es war halb zehn, als er auf dem Landestreifen in Greenwich niederging.

»Auftanken und nachsehen lassen«, sagte Paul. »Wir fliegen heute abend nach Black River zurück.«

»Jawohl, Sir«, sagte Malcolm Spencer.

»Wenn der Hubschrauber okay ist, gehen Sie nach Hause und ruhen Sie sich aus«, sagte Paul. »Wir treffen uns heute abend um sieben auf dem Landeplatz. Die Zeit müßte genügen, damit Sie wieder fit sind. Und was mich angeht, ich kann auch ein paar Stunden Ruhe gebrauchen.«

»Danke, Sir«, sagte Spencer.

Paul sprang aus dem Hubschrauber. Er blieb auf der asphaltierten Fläche stehen. Er reckte und streckte sich. Vor dem Abflug aus Maine hatte er eine Dusche genommen. Er hatte sich rasiert und frische Kleidung angezogen. Die Erfrischung war nur vorübergehend gewesen. Er fühlte sich wie gerädert. Die Glieder schmerzten. Er hatte Kopfschmerzen.

Er ging auf das Haus zu.

Er umrundete das Gebäude.

Er ging die Stufen zum Hintereingang hinauf und klopfte an.

Eine Frau öffnete. Sie trug eine Dienstbotenuniform. Sie war klein und stämmig. Das Gesicht war freundlich. Die Frau war Mitte Fünfzig. Das Haar war in einem Knoten gebunden. Die Hände waren mit Mehl bestreut. Er hatte sie beim Kuchenbacken angetroffen.

»Ich bin der Schlüssel.«

»Ich bin das Schloß.«

»Lassen Sie mich ins Haus ein.«

Sie trat zur Seite.

Er trat ein.

»Wo sind die Computer?« fragte er.

»Was?«

»Dawsons Computer. Wo sind sie?«

»Ich habe keine Ahnung, Sir.«

Er nickte. »Okay. Vergessen Sie, daß ich mit Ihnen gesprochen habe und daß Sie mich gesehen haben. Kehren Sie zu Ihrer Arbeit zurück.« Er betrat die Küche. »Ich sehe, Sie machen einen herrlichen Kuchen. Sehr schön. Machen Sie weiter, lassen Sie sich durch mich nicht stören. Vergessen Sie, daß ich da war.«

Sie begann ein Lied zu summen. Er sah, wie sie an den Tisch zurückkehrte, auf dem der Teig ausgerollt war.

Er durchsuchte einen Raum nach dem anderen, bis er die Computer gefunden hatte.

Er setzte sich und tippte den Öffnungscode ein, den Salsbury ihm bei der Befragung verraten hatte.

Es gab fünf Bildschirme. Auf allen fünf leuchtete ein Wort:

EINGABE

Paul ging so vor, wie Salsbury es ihm erklärt hatte.

Er begann die Programmierung:

ALLE GESPEICHERTEN DATEN LÖSCHEN

Fünf Sekunden später begann auf den Sichtschirmen ein Stern zu flimmern. Die Ausführungsanzeige erschien:

ALLE GESPEICHERTEN DATEN GELÖSCHT

Nach fünf Sekunden erlosch die Anzeige.

Er gab den zweiten Befehl ein:

ALLE PROGRAMME LÖSCHEN

Es dauerte zwölf Sekunden, bis der Computer reagierte.

BITTE LETZTE WEISUNG BESTÄTIGEN

Die Kopfschmerzen waren schlimmer geworden, und die Schrift verschwamm vor seinen Augen.

Er zwang sich zur Geduld. Er tippte noch einmal die Anweisung ein:

ALLE PROGRAMME LÖSCHEN

Die drei Worte blieben dreißig Sekunden stehen. Dann begann die Schrift zu zittern und erlosch.

Paul tippte den Suchbegriff ›Black River‹ ein. Er befahl dem Computer, alle für Black River gespeicherten Daten und Programme auszudrucken.

Der Computer schwieg.

Paul tippte den Schlüssel-Schloß-Code ein. Wieder befahl er dem Computer, alle über das Schlüssel-Schloß-Programm gespeicherten Daten und Programme auszudrucken.

Der Computer schwieg.

Er tippte einen Prüfbefehl ein. Der Computer sollte seine eigenen Funktionen prüfen.

Die Leuchtschirme blieben leer.

Er lehnte sich auf dem Stuhl zurück und schloß die Augen.

Vor Jahren, in der High-School, war er dabeigewesen, als ein Mitschüler seinen Finger verlor. Es war in der Lehrwerkstatt gewesen. Sie hatten Holz bearbeitet, und der Junge hatte sich den Finger zwischen dem zweiten und dritten Fingerglied abgetrennt. Zwei oder drei Minuten lang hatte es einen ziemlichen Aufruhr gegeben in der Werkstatt. Alle waren hilflos umhergerannt und hatten sich den Kopf zerbrochen, was sie in diesem Falle tun sollten. Nur der Junge mit dem abgeschnittenen Finger war ganz ruhig geblieben. Er hatte dagestanden und launige Bemerkungen gemacht, so schlimm sei das ja nun auch wieder nicht. Als seine Stimmung die Mitschüler ansteckte, als auch die anderen Witze zu machen begannen, war sich der Junge der Bedeutung des Unfalls auf einmal bewußt geworden. Er hatte zu schreien begonnen und war kaum zu beruhigen gewesen.

Ähnlich war es bei Paul. Erst jetzt, in Greenwich, wurde ihm klar, daß sein Sohn tot war. Mark tot. Die Erkenntnis traf ihn wie ein Dolchstoß. Er sackte zusammen. Das Bild seines Jungen, der zusammengekauert in der Tiefkühltruhe gelegen hatte, war wieder da, und nicht nur das Bild, sondern der Gedanke an den Tod. Er verstand, daß er Mark nie wiedersehen würde.

Er saß da und weinte.

18 Uhr 00

Sam war aus dem Wagen gestiegen. Er stand an die Tür gelehnt und betrachtete die Veranda des General Store, jenes Geschäftes, das er so viele Jahre bewirtschaftet hatte.

»Was ist, Vater?« fragte Jenny.

»Ich denke gerade darüber nach, wieviel ich für das Geschäft wohl verlangen kann.«

»Willst du verkaufen?«

»Ja.«

»Aber... du hast dein ganzes Leben in diesem Haus verbracht, Vater. Ich weiß, daß dein Herz daran hängt.«

»Ich ziehe weg aus Black River«, sagte er. »Ich kann hier nicht mehr leben. In einem Ort, wo ich jeden Bewohner... öffnen kann, ihn programmieren kann, ihn mißbrauchen kann.«

»Du wirst die Menschen nicht mißbrauchen, Vater, das hast du nie getan.« Sie ergriff ihn am Arm. Rya war um den Wagen herumgekommen. Sie rieb ihren Kopf an Sams Schulter.

»Das Gefühl, daß ich es tun könnte... Das zu denken, kann einem Mann das Leben verleiden.«

Er ging die Stufen zu seinem Geschäft hinauf. Zum erstenmal in seinem Leben kam er sich alt vor.

Samstag, der 1. Oktober 1977
Die folgenden Worte waren die Überschrift eines Artikels, der an jenem Tag in der NEW YORK TIMES erschien:

> *Mrs. Dawson beauftragt Privatdetektiv –*
> *Ermittlungen des FBI als unzureichend bezeichnet*

Samstag, der 8. Oktober 1977
Boys geleiteten sie in die Hochzeitssuite.

Ein Strauß Nelken und ein Strauß Rosen standen in den Vasen im Vorraum, mit einem Kärtchen des Generalmanagers. Herzlichen Glückwunsch. Jenny reichte Paul eine Rose und ließ ihn dran riechen. Dann nahm sie eine Nelke und gab sie ihm.

Sie gingen zu Bett und liebten sich.

Sie ließen sich Zeit.

Sie machten, was dem anderen Spaß machte, und genossen es beide. Er war in ihr. Sie war in ihm. Alles war leicht, alles war gut. Es war eine wunderschöne Nacht. Sie leerten das Glas bis zur Neige.

Sie lagen da und schwiegen, satt, glücklich, müde. Ihre Hände berührten sich. Er schloß die Finger um ihr Handgelenk und küßte ihre Schulter.

»Es war anders als sonst«, sagte sie.

»Aber schön«, sagte er. »Wenigstens für mich.«

»Das meine ich nicht. Für mich war's genauso schön.«

»Und trotzdem sagst du, es war anders.«

»Wahrscheinlich weil wir beide andere Menschen geworden sind«, sagte sie. »Ich weiß es nicht. Ich spüre nur, wir leben intensiver. So, als ob wir's wirklich ernst meinen.«

»Ich bin stolz, daß du das sagst.«

»Aber wir haben auch etwas verloren. Die Unschuld ist nicht mehr da, die wir hatten, als wir uns in den Bergen liebten.«

»Wir sind eben nicht mehr unschuldig.«

»Da kannst du recht haben«, sagte sie.

Wir sind Mörder, dachte sie. Wir sind Kinder der neuen Zeit, angepaßt an die Erfordernisse von Maschinen, eingestellt auf die Schliche von Computern. Wir sind Überlebensstrategen.

Und wenn schon. Sie schämte sich nicht, weil sie sich gewehrt hatte. Was soll's. Wir sind Mörder. Aber selbst Mörder dürfen Glück empfangen. Mehr noch, sie dürfen Glück geben. Ist das nicht die Hauptsache im Leben, daß man dem anderen Glück geben kann?

Sie dachte an den kleinen Mark, an den gefälschten Totenschein, an das Kindergrab neben Annie.

Er umfaßte Jennys Schulter. Er schloß sie in seine Arme. Er spürte, wie die Welt kleiner und kleiner wurde, bis sie nur noch aus zwei Körpern bestand, aus ihrem und seinem.

RICHARD MATHESON

Das Höllenhaus

18. Dezember 1970

15.17 Uhr: Seit fünf Uhr morgens hatte es geregnet. Hundewetter, dachte Dr. Barrett. Er mußte ein Lächeln unterdrücken, denn er kam sich wie die Figur in einer Schauergeschichte vor. Der Dauerregen, die Kälte, die zwei Stunden Autofahrt in einem von Urbans schwarzen, ledergepolsterten Straßenkreuzern. Das endlose Warten in diesem Vorzimmer, während besorgt dreinblickende Damen und Herren durch die Tür von Urbans Schlafzimmer herein und heraus hasteten und ihm gelegentlich einen Blick zuwarfen.

Er zog die Uhr aus der Westentasche und ließ den Deckel aufspringen. Eine Stunde war er jetzt hier. Was wollte Urban von ihm? Es hatte sicher mit Parapsychologie zu tun. Die Tagesblätter und Illustrierten des alten Mannes brachten ja dauernd Artikel über dieses Thema. ›Aus dem Grabe zurück‹; ›Das Mädchen, das niemals starb‹ – immer kolportagehaft, kaum je auf Tatsachen fußend.

Ächzend kreuzte Dr. Barrett das rechte Bein über das linke. Er war ein großer, etwas massiger Mann, Mitte Fünfzig, das schüttere Haar noch immer blond, obwohl der gestutzte Bart bereits einzelne weiße Fäden aufwies. Er saß aufrecht auf dem Stuhl mit der geraden Lehne und blickte auf die Tür zu Urbans Schlafzimmer. Edith, die unten wartete, war sicher schon unruhig. Es tat ihm leid, sie mitgenommen zu haben. Aber wer konnte wissen, daß es so lange dauern würde.

Die Tür zu Urbans Schlafzimmer wurde geöffnet, sein Sekretär Hanley erschien und sagte: »Dr. Barrett.« Er griff nach seinem Stock, stand auf, hinkte durch den Gang und blieb vor dem etwas kleineren Mann stehen. Er wartete, bis der Sekretär sich in die Türöffnung lehnte und ihn anmeldete: »Dr. Barrett, Sir.« Dann ging er an Hanley vorbei und betrat den Raum. Der Sekretär schloß hinter ihm die Tür.

Das dunkel getäfelte Schlafzimmer war riesig. Das Allerheiligste des Monarchen, dachte Barrett, als er über den Teppich schritt. Vor dem massiven Bett angelangt, blieb er stehen und blickte auf den darin sitzenden alten Mann. Rolf Rudolph Urban war siebenundachtzig, mager wie ein Skelett, und seine Augen blickten aus knöchernen Höhlen. »Guten Tag«, sagte Barrett und lächelte. Verblüffend, daß dieses verbrauchte Männchen ein Imperium regiert, dachte er.

»Sie sind ja Invalide«, rasselte Urbans Stimme, »hat mir keiner gesagt.«

»Wie bitte?« fragte Barrett eisig.

»Lassen Sie nur«, unterbrach ihn Urban. »Ist nicht so wichtig. Meine Leute haben Sie empfohlen. Man sagt, Sie seien einer der fünf Besten auf diesem Gebiet.« Schnaufend zog er die Luft ein. »Ihr Honorar beträgt einhunderttausend Dollar.«

Barrett gab es einen Ruck.

»Sie müssen Tatsachen bringen. Das ist Ihre Aufgabe.«

»Tatsachen über was?« fragte Barrett.

Urban schien mit der Antwort zu zögern. Es war, als ob er dafür keine Bezeichnung fände. Schließlich sagte er: »Unsterblichkeit.«

»Ich soll Ihnen –?«

»– sagen, ob es das gibt oder nicht.«

Barrett verlor den Mut. Ein solcher Betrag würde für ihn alles bedeuten. Aber dennoch, konnte er ihn guten Gewissens auf dieser Basis annehmen?

»Ich will keine Lügen«, sagte Urban. »Ich kaufe die Antwort so oder so, vorausgesetzt, sie ist eindeutig.«

Barrett war verzweifelt. »Wie kann ich Sie denn überzeugen – so oder so?« Er fühlte sich gezwungen, dies zu sagen.

»Indem Sie mir Tatsachen liefern«, sagte Urban gereizt.

»Und wo soll ich die finden? Ich bin Physiker und studiere seit zwanzig Jahren Parapsychologie. Aber Fakten habe ich bisher noch –«

»Wenn es sie überhaupt gibt«, unterbrach ihn Urban, »dann finden Sie sie am einzigen Ort der Welt, an dem Unsterblichkeit bisher noch unbestritten ist. Im Belasco-Haus in Maine.«

»Höllenhaus?«

Ein Glitzern kam in die Augen des Alten.

»Höllenhaus«, sagte er.

Barrett verspürte prickelnde Aufregung. »Ich dachte, die Erben Belascos hätten das Haus versiegeln lassen, nach alldem, was geschehen ist –«

»Das war vor dreißig Jahren«, unterbrach ihn Urban wieder. »Jetzt brauchen sie Geld; ich habe das Haus gekauft. Können Sie bis Montag dort sein?«

Barrett zögerte, dann, als er merkte, daß Urban die Stirn runzelte, nickte er kurz. »Jawohl.« Er durfte diese Chance nicht an sich vorübergehen lassen.

»Es werden noch zwei andere mitkommen«, sagte Urban.

»Wer, wenn ich fragen darf?«

»Florence Tanner und Benjamin Franklin Fischer.«

Barrett versuchte, seine Enttäuschung zu verbergen. Die Frau war ein überempfindliches, spiritistisches Medium, der Mann der einzige Überlebende des Debakels von 1940. Er fragte sich, ob er sich erlauben konnte, dagegen zu sein. Er hatte selbst eine eingearbeitete Gruppe von Medien und konnte sich nicht vorstellen, daß Florence Tanner oder Fischer für ihn eine besondere Hilfe sein würden. Fischer hatte als Kind unwahrscheinliche Fähigkeiten besessen, aber nach seinem Zusammenbruch hatte er die Gabe verloren, wurde in vielen Fällen des Schwindels überführt und verschwand schließlich ganz von der Bildfläche. Mit nur halber Aufmerksamkeit hörte er zu, als Urban ihm sagte, Florence Tanner würde mit ihm hinfliegen, während Fischer erst in Maine zu ihnen stoßen würde.

Der Alte bemerkte seine verdrießliche Miene. »Keine Sorge, man wird unter Ihrer Führung arbeiten«, sagte er; »Miß Tanner geht nur deshalb mit, weil meine Leute mir sagten, sie sei ein erstklassiges Medium...«

Barrett nickte. Er sah, daß es hier keinen Ausweg gab. Er dachte daran, einen seiner Leute später hinzuzuziehen, wenn die Sache erst angelaufen war. »Wegen der Spesen –«, sagte er schließlich.

Der alte Mann winkte ab. »Das können Sie mit Hanley besprechen. Sie haben kein Spesenlimit.«

»Und wieviel Zeit?«

»Zeit haben Sie keine«, sagte Urban. »Ich will in einer Woche die Antwort haben.«

Barrett sah betroffen drein.

»Sie können nur ablehnen oder annehmen«, bemerkte der Alte plötzlich mit wütender Miene. Barrett hatte keine andere Wahl und dachte, er könnte es vielleicht schaffen, wenn seine Maschine zeitgemäß fertiggestellt sein würde.

Er nickte kurz. »In einer Woche«, sagte er.

15.50 Uhr: »Was benötigen Sie noch?« fragte Hanley.

Barrett ging die Liste im Geiste nochmals durch. Eine komplette Aufstellung aller seltsamen Ereignisse, die im Belasco-Haus beobachtet worden waren. Reparatur der elektrischen Einrichtung. Neu installierte Telefone. Schwimmbecken und Dampfbad zu seiner Verfügung. Barrett hatte das Stirnrunzeln des kleinen Mannes bei diesem vierten Punkt ignoriert. Für ihn waren ein tägliches Dampfbad und einige Längen Schwimmen eine Notwendigkeit.

»Dann hätte ich noch einen Wunsch«, sagte er. Er versuchte, es beiläufig zu sagen, doch er fühlte deutlich, daß seine Erregung bemerkbar war. »Ich brauche eine Maschine. Ich habe die Konstruktionszeichnungen dafür in meiner Wohnung.«

»Wann werden Sie sie brauchen?« fragte Hanley.

»So schnell wie möglich.«

»Ist sie sehr groß?«

Zwölf Jahre, dachte Barrett. »Ziemlich groß«, sagte er.

»Ist das alles?«

»Alles, was mir im Moment einfällt. Natürlich habe ich nichts bezüglich der Verpflegung und Unterbringung erwähnt.«

»Es sind genügend Zimmer für Ihren Bedarf hergerichtet worden. Für Ihre Mahlzeiten wird ein Ehepaar aus Caribou Falls sorgen, sie werden sie Ihnen zubereiten und hinbringen.« Hanley hatte etwas wie ein Schmunzeln im Gesicht. »Schlafen wollen sie nämlich nicht in dem Haus.«

»Macht nichts«, meinte Barrett und erhob sich, »sie würden doch nur im Weg sein.«

Hanley ging mit ihm bis zur Bibliothekstür. Ehe sie die Klinke in der Hand hatten, wurde die Tür ziemlich unsanft von einem dicklichen Mann aufgestoßen, der Barrett böse anblickte. Obwohl vierzig Jahre jünger und an die hundert Pfund schwerer, sah William Reinhardt Urban doch unverkennbar seinem Vater ähnlich.

Er schloß die Tür. »Ich möchte Sie jetzt schon warnen«, drohte er, »ich werde diese Sache blockieren.«

Barrett starrte ihn an.

»Die Wahrheit«, sagte Urban. »Ist das nicht eine Zeitverschwendung? Schreiben Sie sie doch einfach auf, und ich zahle Ihnen tausend Dollar auf die Hand.«

Barrett spannte sich. »Ich verstehe nicht ganz...«

»Übernatürlich, das gibt es doch gar nicht, oder?« Urbans Hals begann rot anzulaufen.

»Ganz richtig«, sagte Barrett. Urban grinste triumphierend. »Das Wort heißt nämlich ›übersinnlich!‹ Die Natur kann niemals über –«

»Wo, zum Teufel, ist da der Unterschied?« unterbrach ihn Urban. »Ist doch alles nur Aberglaube!«

»Tut mir leid, aber das ist falsch.« Barrett wollte an ihm vorbei. »Wollen Sie mich jetzt bitte entschuldigen.«

Urban packte ihn am Arm. »Hören Sie, geben Sie die Sache auf. Ich werde veranlassen, daß Sie das Geld niemals bekommen –«

Barrett entwand ihm seinen Arm. »Tun Sie, was Sie wollen«, sagte er, »und ich mache weiter, solange ich nicht von Ihrem Vater einen anderen Auftrag bekomme.«

Er schloß die Tür und begann, den Korridor hinabzugehen. In Gedanken sagte er zu Urban, daß jeder, der parapsychologische Erscheinungen für Aberglauben hält, einfach nicht sieht, was in der Welt vorgeht.

Barrett lehnte sich an die Wand. Sein Bein begann wieder zu schmerzen. Zum erstenmal dachte er an die Anstrengungen, denen er ausgesetzt sein würde, wenn er eine Woche im Belasco-Haus verbrachte, und an seine körperliche Verfassung.

Und wenn es tatsächlich so schlimm sein sollte, wie es die beiden Berichte schilderten?

16.37 Uhr: Der Rolls-Royce flitzte den Highway entlang, der nach Manhattan hineinführte.

»Das ist aber ein Haufen Geld.« Edith wollte es immer noch nicht glauben.

»Für ihn nicht«, sagte Barrett. »Besonders, wenn du bedenkst, daß es für ihn eine Art Versicherung auf die Unsterblichkeit bedeutet.«

»Aber er muß doch wissen, daß du nicht dran glaubst –«

»Natürlich weiß er das«, unterbrach Barrett sie. Er wollte die Möglichkeit, daß Urban davon nichts mitgeteilt worden war, einfach nicht erwägen. »Er ist nicht der Typ, der etwas unternimmt, ohne genau informiert zu sein.«

»Aber die hunderttausend Dollar!«

Barrett lächelte. »Ich kann's doch selbst kaum glauben«, sagte er. »Wär ich wie meine Mutter, dann würde ich es sicher als Gotteswunder betrachten. Ausgerechnet die beiden Dinge, die ich bisher noch nicht erreicht habe, bekommen wir ins Haus geliefert – eine Gelegenheit, meine Theorie zu beweisen, und eine Rücklage für unseren Lebensabend. Mehr kann ich wirklich nicht verlangen.«

Edith lächelte zurück. »Ich bin so froh für dich, Lionel«, sagte sie.

»Dank dir, Liebes.« Er tätschelte ihre Hand.

»Immerhin, schon Montag nachmittag.« Edith sah besorgt aus. »Viel Zeit haben wir da nicht.«

Barrett erwiderte: »Ich weiß nicht, ob ich nicht lieber allein gehen sollte.«

Sie starrte ihn an.

»Nicht ganz allein natürlich«, erklärte er, »es kommen ja noch zwei andere mit.«

»Und deine Verpflegung?«

»Dafür wird gesorgt. Ich brauche mich um nichts als um die Arbeit zu kümmern.«

»Ich habe dir doch immer geholfen«, sagte sie.

»Freilich, es ist nur, daß –«

»Was denn?«

Er zögerte. »Es wäre mir eigentlich lieber, du kämst diesmal nicht mit.«

»Warum, Lionel?« Sie sah beunruhigt aus, als er nicht antwortete. »Ist es wegen mir?«

»Natürlich nicht.« Barretts Lächeln war etwas zerstreut. »Es ist wegen des Hauses.«

»Ist es denn nicht wieder eines der Häuser, von denen es heißt, daß es drin spukt?« fragte sie. Sie hatte sich seiner Ausdrucksweise bedient.

»Ich fürchte, nein«, gab er zu. »Es ist sozusagen der Mount Everest aller Spuk-Häuser. Man hat es schon zweimal versucht, es zu untersuchen, einmal 1931, dann 1940. Beide Male mit katastrophalem Mißerfolg. Acht Teilnehmer an diesem Unternehmen wurden entweder getötet oder irrsinnig, oder sie haben sich umgebracht. Ein einziger überlebte, und ich habe keine Ahnung, in welchem Zustand er sich heute befindet: Er heißt Benjamin Franklin Fischer und ist einer von den beiden Leuten, die jetzt wieder dabeisein werden.

Nicht daß ich vielleicht das Haus selber fürchte«, meinte er und versuchte damit, seine Beschreibung etwas zu verschönern. »Ich kann mich auf das, was ich weiß, verlassen. Aber die Einzelheiten der Untersuchungen könnten« – er zuckte die Achseln – »schon ziemlich unangenehm werden.«

»Und gerade deshalb willst du, daß ich dich allein gehen lasse?«

»Aber Liebes –«

»Und wenn dir etwas zustößt?«

»Mir geschieht schon nichts.«

»Dann sehe ich auch keinen Grund, warum ich nicht mitkommen sollte.« Sie versuchte ein Lächeln. »Ich fürchte mich nicht, Lionel.«

»Das weiß ich.«

»Ich bin dir bestimmt nicht im Wege.«

Barrett seufzte.

»Ich gebe zu, ich verstehe nicht viel von dem, was du arbeitest, aber es gibt doch Dinge, die ich übernehmen kann. Deine Ausrüstung überwachen. Deine Experimente vorbereiten. Manuskripte abtippen. Und gerade, wenn du deine Theorie beweisen kannst, will ich doch bei dir sein.«

Barrett nickte. »Laß mich's überlegen.«

Es war klar, sie wollte nicht zurückstehen. Konnte er es wagen? Schließlich hatte sie schon genügend psychische Phänomene miterlebt, um sich daran gewöhnt zu haben.

Aber dieses Haus hatte es in sich. Nicht umsonst hatte man es Höllenhaus getauft. Es waren dort genug Kräfte vorhanden, um acht Personen zu vernichten, körperlich oder psychisch, und drei davon waren Wissenschaftler gewesen wie er selbst.

Und selbst wenn er wußte, wie diese Kräfte beschaffen waren – konnte er es wagen, ihnen Edith auszusetzen?

20. Dezember 1970

22.39 Uhr: Florence Tanner überquerte den Hof, der ihr kleines Haus von der Kirche trennte, und ging die kleine Allee zur Straße hinüber. Sie blieb auf dem Gehsteig stehen und sah ihre Kirche an. Sie war zwar nur ein umgebauter Laden, aber für sie war er in diesen letzten sechs Jahren alles gewesen. Sie blickte auf die Inschrift auf dem bemalten Glasfenster: TEMPEL DER GEISTIGEN HARMONIE. Sie lächelte. Es war genau das. Diese sechs Jahre waren die harmonischste Zeit ihres ganzen Lebens gewesen.

Sie ging zur Eingangstür, schloß auf und trat ein. Die Wärme tat gut. Sie machte Licht im Vorraum. Dort hing das Schwarze Brett:

Sonntags-Gottesdienste – 11 Uhr, 20 Uhr
Heilung und Prophezeiung – Dienstag, 7.45 Uhr
Lesung und Begrüßung der Geister – Donnerstag, 19.45 Uhr
Heilige Kommunion – 1. Sonntag im Monat

Sie blickte sich um und sah auf ihr Foto, das an der Wand befestigt war, und auf die Worte darüber: *Hochwürden Florence Tanner.* Es machte ihr Spaß, daran erinnert zu werden, daß sie schön war. Obwohl 43 Jahre alt, war sie gutaussehend, ihr langes, tizianrotes Haar noch ohne einen Schimmer von Grau, die junonische Figur schlank wie vor 20 Jahren. Sie mußte über sich selbst lächeln. O Eitelkeit der Eitelkeiten, dachte sie.

Sie ging ins Kircheninnere, über den teppichbelegten Mittelgang, stieg zum Rednerpult hinauf und nahm die altgewohnte Pose ein. Sie überblickte die Stuhlreihen, die Gesangbücher auf jedem dritten Platz, und sie stellte sich vor, wie die Gemeinde vor ihr saß. »Meine Lieben«, murmelte sie.

Sie hatte ihnen gesagt, daß sie für eine Woche fort sein würde, daß endlich ihre Gebete erhört worden waren, so daß jetzt die Mittel zum Neubau einer eigenen Kirche zur Verfügung stehen würden.

Florence legte ihre Hände auf das Rednerpult, schloß die Augen und betete um die Kraft, ihre Aufgabe erfüllen zu können, die von anderen mit Tod, Selbstmord und Irrsinn bezahlt worden war. Sie würde helfen, das Belasco-Haus von seinem Fluch zu befreien. Dafür betete sie.

Dann hob sie wieder ihren Blick und dachte sinnend an ihre Gemeinde, die sie so liebte und der sie gerade zur Weihnachtszeit die Mittel geben konnte, die zu einem Neubau nötig waren.

Gott war gütig.

23.17 Uhr: Edith bereitete sich zur Nachtruhe vor. Sie hatte ihre Zähne gebürstet und betrachtete sich im Spiegel. Kurzgeschnittenes, rötliches

Haar, starke, fast männliche Züge. Ihre Miene war sorgenvoll. Sie löschte das Licht im Badezimmer und ging in das Schlafzimmer zurück.

Lionel schlief bereits.

Sie lag auf der Seite und blickte ihn an. So beunruhigt hatte sie ihn noch nie gesehen. Sie hatte ihm versprechen müssen, nicht von seiner Seite zu weichen, sobald sie im Belasco-Haus angekommen sein würden. War es wirklich so schlimm? Sie war mit Lionel in so vielen Gespenster-Häusern gewesen und hatte sich nie geängstigt. Er war immer so ruhig und seiner Sache sicher; unmöglich, sich in seiner Gegenwart zu ängstigen.

Und doch war er diesmal ängstlich gewesen und hatte darauf bestanden, sie immer neben sich zu haben. Ob ihre Gegenwart sich für ihn nachteilig auswirken konnte? Könnte es vielleicht sein, daß die Sorge um sie so viel von seinen – ohnedies begrenzten – Kräften verbrauchen würde, daß die Arbeit darunter leiden mußte? Das wollte sie nicht. Sie wußte, wie sehr er an seiner Arbeit hing.

Aber sie mußte mit. Alles war besser, als allein zu bleiben. Er wußte nicht, wie sehr sie darunter litt. Jedes Spuk-Haus war besser als die Einsamkeit.

23.41 Uhr: Er konnte nicht einschlafen. Fischer öffnete die Augen und blickte sich in der Kabine von Urbans Privatflugzeug um. Eigenartig, im Lehnsessel eines Jets zu sitzen, dachte er. Es war sein erster Flug. Er nahm eine Illustrierte zur Hand und wollte lesen, doch die Seite verschwamm vor seinen Augen. Er dachte an seinen letzten Besuch im Belasco-Haus. Er war der einzige von neun Menschen, der dieses Abenteuer überlebt hatte. Und nun ging er wieder zurück, um es noch einmal zu versuchen.

An jenem Septembermorgen 1940 hatte man ihn an der Schwelle der Eingangstür gefunden, nackt, zusammengekauert wie ein Embryo, halb bewußtlos und mit starrem Blick. Als man ihn auf eine Bahre legte, begann er zu schreien, erbrach Blut, und seine Muskeln verkrampften sich zu Steinen. Dann hatte er drei Monate im Koma im Caribou-Hospital gelegen. Als er endlich seine Augen öffnete, sah er aus wie ein Dreißigjähriger. Damals war er knapp sechzehn Jahre alt gewesen. Jetzt, mit fünfundvierzig, ging er wieder zurück.

Fischer setzte sich in seinem Sessel zurecht. Was konnte ihm schon geschehen? Er war heute nicht mehr fünfzehn, war weder naiv noch leichtgläubig, er war gewiß nicht mehr die leichte Beute, die er damals, 1940, gewesen war. Diesmal würde es anders ausgehen.

In seinen kühnsten Träumen hätte er nicht erwartet, noch einmal die Chance zu haben. Nach dem Tod seiner Mutter war es ihm schlecht ergangen. Er hatte absichtlich mehrere Spiritisten irregeführt, um nicht mehr von ihnen belästigt zu werden, und seine Betrügereien hatten die gewünschte Wirkung. Man ließ ihn in Ruhe. Er hatte sich recht und schlecht als Tellerwäscher, Farmarbeiter und Hausierer durchgebracht, alles, nur um sein Hirn nicht mehr belasten zu müssen. Dreißig Jahre lang.

Aber irgendwie war es ihm gelungen, seine Fähigkeiten zu erhalten. Sie waren noch vorhanden. Vielleicht nicht so eindrucksvoll wie damals mit fünfzehn, aber gut einsetzbar. Außerdem war er jetzt erfahrener und vorsichtiger, war nicht mehr der blind auf seine Kräfte vertrauende Halbwüchsige. Er war bereit, seine eingeschläferten, psychischen Muskeln wieder zu trainieren, sie zu erwecken, um sie nochmals im Kampf gegen diese Geisterburg einzusetzen.

Gegen das Höllenhaus.

21. Dezember 1970

11.19 Uhr: Die beiden schwarzen Cadillacs fuhren auf der kurvenreichen Straße zwischen dichtem Wald entlang. Im ersten Wagen saß Urbans Beauftragter. Im zweiten folgten Dr. Barrett, Edith, Florence Tanner, Fischer und der Fahrer Urbans. Fischer saß auf einem Klappstuhl den anderen gegenüber.

Florence legte ihre Hand auf Ediths Arm. »Ich hoffe, Sie hielten mich vorhin nicht für unfreundlich«, sagte sie. »Ich war nur besorgt um Sie, weil Sie in dieses Haus mitgehen.«

»Ich verstehe«, sagte Edith und zog den Arm zurück.

»Miß Tanner, ich wäre Ihnen dankbar, wenn Sie meine Frau nicht vorzeitig beunruhigen würden«, bat Barrett.

»Das war keineswegs meine Absicht, Dr. Barrett. Aber immerhin –« Florence zögerte und fuhr dann fort: »Ich hoffe, Sie haben Mrs. Barrett etwas vorbereitet.«

»Meine Frau ist informiert worden, daß es dort gewisse Vorfälle geben wird.«

Fischer brummte. »So kann man's auch nennen.« Es war das erstemal seit einer Stunde, daß er gesprochen hatte. »Darf ich rauchen?« fragte er. Sein Blick streifte die anderen. Als er keinen Widerspruch bemerkte, zog er eine Zigarette aus einem Päckchen und zündete sie an.

Schließlich sagte Florence zu Barrett: »Es ist doch eigentlich seltsam, daß ein Mann wie Urban so ein Unternehmen finanziert. Ich hätte niemals vermutet, daß er sich für diese Dinge interessiert.«

»Er ist ein alter Mann«, sagte Barrett. »Er denkt eben ans Sterben und möchte bewiesen haben, daß das nicht das Ende vom Lied ist.«

»Das ist es ja auch nicht«, betonte Florence.

Barrett lächelte nur.

»Sie kommen mir bekannt vor«, meinte Edith zu Florence.

»Vor einigen Jahren war ich Schauspielerin. Hauptsächlich Fernsehen, ab und zu auch Film.«

Edith nickte. »Warum heißt das eigentlich Höllenhaus?«

»Sein früherer Besitzer, Emeric Belasco, hatte dort seine Privat-Hölle etabliert«, erklärte Barrett.

»Und soll er es sein, der noch im Hause spukt?«

»Unter vielen anderen«, sagte Florence. »Die beobachteten Erscheinungen sind zu vielfältig, um nur von einem einzigen überlebenden Geist zu stammen.«

»Ich würde zunächst nur sagen, daß sich irgend etwas dort abspielt«, meinte Barrett mit der Vorsicht des Wissenschaftlers.

»Also gut.« Florence lächelte.

Als der Wagen abwärts fuhr, sahen alle durch die Fenster. Fischer, der die Gegend kannte, sagte: »Wir sind gleich da.«

Das Tal vor ihnen war voll von grünlichem Nebel. Der Fahrer verlangsamte das Tempo und beugte sich zur Windschutzscheibe vor, um besser zu sehen. Nach ein paar Metern schaltete er die Scheinwerfer ein und ließ die Scheibenwischer laufen.

»Wie kann man nur an so einem Ort ein Haus bauen?« fragte Florence.

»Für Belasco war das wie Sonnenschein«, sagte Fischer.

Alle starrten durch die Fenster in den dräuenden Nebel. Das Ganze glich einer Fahrt in einem Unterseeboot, das durch geronnene Milch gleitet. Hin und wieder zeichneten sich Bäume oder Buschwerk ab, die sofort wieder im Nebel verschwanden. Niemand sprach, man hörte nur das leise Brummen des Motors.

Dann wurde der Wagen gebremst, und sie sahen die Umrisse des Cadillacs vor ihnen, aus dem Urbans Bevollmächtigter ausstieg. Man hörte das dumpfe Zuklappen der Tür. Er kam aus dem Nebel auf sie zu und beugte sich zum Fenster des Wagens. Barrett drückte den Knopf, und das Wagenfenster glitt abwärts. Ein unangenehmer Nebelgeruch stieg ihm in die Nase und erfüllte den Wagen.

»Hier ist die Abzweigung«, sagte der Mann. »Der Fahrer fährt mit uns weiter nach Caribou Falls. Einer von Ihnen kann die paar Meter bis zum Haus ja selber fahren. Telefon und Strom sind schon angeschlossen, die Zimmer sind hergerichtet.« Er warf einen Blick auf den Boden des Wagens. »Für heute nachmittag haben Sie ja Proviant in diesem Korb. Um 18 Uhr bringt man Ihnen das Abendessen. Irgendwelche Fragen?«

»Brauchen wir keinen Schlüssel für das Eingangstor?« fragte Barrett.

»Nein, das ist nicht verschlossen.«

»Besser, Sie geben uns einen«, sagte Fischer.

Der Mann nahm einen Schlüsselring aus seiner Manteltasche, löste einen Schlüssel davon und reichte ihn Barrett. »Noch was?«

»Falls ja, können wir ja telefonieren.«

Der Mann lächelte kurz. »Also dann, Wiedersehen«, sagte er und ging.

Barrett ließ das Fenster hochschnurren.

»Ich fahre den Katzensprung«, sagte Fischer und kletterte nach vorn, ließ den Motor an und lenkte den Wagen nach links auf den holprigen Teerweg, der zum Haus führte.

Edith fragte: »Was uns jetzt wohl erwartet?«

»Erwarten Sie allerhand«, sagte Fischer, ohne sich umzudrehen.

11.47 Uhr: Fünf Minuten lang fuhr der Wagen langsam die neblige Anfahrt entlang. Dann hielt Fischer an und zog die Handbremse. »Da wären wir«, sagte er, öffnete die Vordertür und guckte hinaus, während er seinen Regenmantel hochknöpfte.

Edith sah, daß Lionel neben ihr die Tür ebenfalls öffnete und steifbeinig hinausstieg. Dann rutschte sie nach. Als sie den Türgriff hielt, schlug ihr die Kälte entgegen. »Huh«, sagte sie, »und ein Gestank ist das!«

»Es ist bestimmt ein Sumpf in der Nähe.«

Florence schloß sich ihnen an, und die vier standen einige Augenblicke und blickten sich um.

»Hier entlang«, sagte Fischer und zeigte nach links.

Barrett meinte: »Vielleicht sehen wir uns mal schnell um, wir können das Gepäck ja nachher holen.« Dann wandte er sich an Fischer. »Könnten Sie vorangehen?«

Nach einigen Metern kamen sie zu einem Betonbrückchen. Im Gehen blickte Edith hinunter, konnte aber wegen des Nebels nicht sehen, ob unten Wasser stand. Sie drehte sich um. Die Limousine war bereits vom Nebel verschluckt worden.

»Fallen Sie nicht in den Tümpel, das ist ein Bastard-Loch.« Fischers Stimme kam von vorn. Sie sah einen Kiesweg, der eine schlammbedeckte Wasserfläche begrenzte. Faulende Blätter, Grashalme und Abfall moderten auf der Oberfläche und verbreiteten den verwesungsähnlichen Geruch, der ihr schon beim Aussteigen den Atem verschlagen hatte. Die Steine am Wasserrand waren mit schleimigen, grünen Algen bedeckt.

Sie gingen weiter, schweigend, nur der Kies unter ihren Absätzen knirschte. In der nassen Kälte, die ihr bis auf die Knochen schnitt, schlug Edith den Mantelkragen hoch und versuchte, in Barretts Nähe zu bleiben. Hinter ihnen ging Florence Tanner.

Als Barrett stehenblieb, blickte Edith nach vorn. Die geisterhaften Umrisse eines Hauses zeichneten sich im Nebel ab.

»Unheimlich«, sagte Florence. Edith sah sie an. »Wir sind ja noch nicht mal drinnen, Miß Tanner«, sagte Barrett, Spott in der Stimme. Aber auch er war von der Szenerie deutlich beeindruckt.

Plötzlich beugte Edith sich vor und rief: »Das hat ja keine Fenster.«

»Er hat sie zumauern lassen«, sagte Barrett.

Sie gingen die letzten Meter des Kiesweges und erreichten die breiten Stufen, die zur Türschwelle führten. Edith bemerkte, daß die Stufen breite Sprünge hatten, aus denen Pilze und gelbliches Gras wuchsen.

Vor dem massiven Doppeltor blieben sie stehen.

»Wenn das jetzt von allein aufgeht, dann laufe ich nach Hause«, scherzte Edith, um ihre Furcht zu verbergen. Barrett erfaßte den Türgriff und versuchte, ihn zu bewegen. Es ging nicht. Er blickte zu Fischer. »Ist Ihnen das auch passiert?«

»Ziemlich oft sogar.«

»Gut, daß Sie den Schlüssel verlangt haben.« Barrett nahm ihn aus der Manteltasche und ließ ihn in das Schlüsselloch gleiten. Er ließ sich nicht drehen. Er rüttelte einige Male, um den Bolzen zu lösen.

Plötzlich drehte sich der Schlüssel von selbst, und die große Tür gab nach. Florence hielt den Atem an, und Edith fragte: »Was war das?« Florence schüttelte den Kopf. »Kein Grund zur Aufregung«, sagte Barrett. Edith sah ihn erstaunt an.

»Das ist nur die Reaktion, Mrs. Barrett«, sagte Florence. »Ihr Mann hat ganz recht. Kein Grund zur Aufregung.«

Fischer hatte inzwischen den Lichtschalter gefunden, und sie hörten das Klicken des Kontakts. Ohne Erfolg allerdings. »Das wäre also der angeschlossene Strom«, sagte er.

»Hätten wir uns eigentlich denken können. Der Generator ist schon alt«, sagte Barrett. »Da wird Urban einen neuen beschaffen müssen. Bis dahin werden wir eben mit Kerzen auskommen.«

Fischer holte eine kleine Taschenlampe aus seinem Regenmantel, richtete den dünnen Strahl auf die nächstgelegene Innenwand, holte Atem und trat in das Halbdunkel. Hinter ihm ging Barrett. Er trat über die Schwelle, schien kurz zu horchen, dann streckte er seine Hand zu Edith hin aus. Sie umfaßte seinen Arm wie einen Rettungsring und ließ sich hineinführen. »Dieser Geruch«, sagte sie, »noch schlimmer als draußen!«

»Es ist eben ein sehr altes Haus und hat keine Lüftung mehr«, meinte Barrett. Dann blickte er zurück und fragte: »Miß Tanner, kommen sie?«

Florence nickte und versuchte, zu lächeln. »Ich komme.« Sie hielt sich sehr gerade, machte noch einen tiefen Atemzug und trat ein. Dann blickte sie umher und sagte: »Völlig negative Atmosphäre, hier drinnen.« Es sollte professionell klingen, aber ihre Stimme verriet Bedrückung.

»Die Atmosphäre ist aber aus dieser Welt, nicht aus dem Jenseits«, sagte Barrett etwas trocken.

Fischer ließ seinen kleinen Lichtkegel durch die immense Eingangshalle gleiten. Möbel, riesige Ölbilder mit kaum erkennbaren Farben, Gobelins an den Wänden, alles mit Staub bedeckt. Das Licht tanzte weiter und erfaßte eine breite Treppe, die in großer Kurve in die Finsternis des nächsten Stockwerks führte. Ganz oben, im schwachen Licht kaum mehr erkennbar, eine riesige, holzgetäfelte Decke.

»Welch bescheidene Hütte«, meinte Barrett zynisch.

»Ich finde, es stinkt geradezu vor Arroganz«, sagte Florence.

Barrett seufzte: »Auf jeden Fall stinkt es.« Er blickte nach rechts. »Nach dem Grundriß müßte die Küche da drüben sein.«

Als sie weitergingen, blieb Edith neben ihm. Ihre Schritte hallten auf dem harten Parkettboden.

Florence sah sich um. »Es weiß, daß wir hier sind«, sagte sie.

»Miß Tanner.« Barrett runzelte die Stirn. »Bitte glauben Sie nicht, ich will Sie beeinflussen –«

»Verzeihung«, sagte Florence. »Ich werde mich bemühen, meine Eindrücke für mich zu behalten.«

Sie fanden den Weg zur Küche. Fischer trat zuerst ein und hielt die Schwingtür für die anderen offen.

»Donnerwetter.« Ediths Augen wanderten mit dem Licht von Fischers Taschenlampe umher. Die Küche war gut 20 Meter lang und etwa 10 Meter breit. An den Längsseiten standen riesige, metallbelegte Arbeitstische, dunkel gebeizte Wandschränke, eine badewannengroße Doppelspüle, an der Schmalseite ein gigantischer Herd mit drei Backröhren, gegenüber eine Gefrierkammer mit eigener, mannshoher Tür. In der Mitte ein langer Dampftisch mit gewölbtem Deckel. Er glich einem Sarg.

»Gäste scheint er genug gehabt zu haben«, sagte Edith.

Fischer ließ das Licht auf einer Wanduhr über dem Herd ruhen. Die Zeiger waren um 7.31 Uhr stehengeblieben. An welchem Tag wohl? dachte Barrett und hinkte zur Längswand an seiner Rechten, wo er einige Regaltüren öffnete. Als Fischers Lichtkegel ihm folgte, grunzte er genüßlich: »Echter Geist. Weingeist«, denn er hatte eine Reihe staubbedeckter Flaschen entdeckt. »Den sollten wir vielleicht nach dem Essen beschwören.«

12.19 Uhr: Sie gingen zur Eingangshalle zurück. Die brennenden Kerzen trugen sie in Haltern. Ihre Schatten tanzten an den Wänden, als sie der Halle zustrebten.

»Die große Halle muß wohl da drüben sein«, vermutete Barrett.

Sie gingen durch einen meterbreiten Türrahmen und blieben überwältigt stehen. Selbst Barrett pfiff anerkennend, als er seine Kerze hob, um den Raum auszuleuchten.

Die große Halle maß 30 mal 20 Meter, ihre Wände erstreckten sich auf eine Höhe von zwei Stockwerken und waren bis in etwa drei Meter Höhe mit gemasertem Holz getäfelt, darüber befanden sich roh behauene Steinblöcke als Abschluß. Ihnen gegenüber stand ein riesiger Kamin, eingerahmt von bearbeitetem Stein.

Die Möbel, bis auf die herumstehenden Stühle und Sofas, waren antik. Alles andere war im Stil der zwanziger Jahre gehalten. Hier und dort standen Marmorstatuen auf hohen Sockeln. An der Westseite der Halle befand sich ein Konzertflügel und in der Mitte ein runder Tisch, etwa sieben Meter im Durchmesser, um ihn herum standen sechzehn hochlehnige Stühle, und darüber hing ein großer Kristallüster. Guter Platz, um meine Apparate aufzustellen, dachte Barrett. Man sah sofort, daß die Halle kurz vorher gesäubert worden war. Er senkte seine Kerze wieder und sagte: »Na, dann gehen wir mal weiter.«

Sie verließen den großen Saal, gingen quer durch die Eingangshalle unter der Treppe hindurch und gelangten in einen anderen Korridor. Nach einigen Metern kamen sie zu einer doppelten, holzgetäfelten Schwingtür, die sich auf der linken Seite befand. Barrett öffnete einen Flügel, blickte hinein und sagte: »Das Theater.«

Als sie eintraten, schlug ihnen Modergeruch entgegen. Das Theater mußte etwa hundert Personen fassen, die Wände waren mit antikem, rotem Brokat tapeziert, der abwärtsgeneigte Fußboden hatte drei Mittelgänge, die mit dickem, rotem Samt ausgelegt waren. Die Bühne war von vergoldeten Renaissance-Säulen eingerahmt. An den Wänden hingen in regelmäßigen Abständen silberne Kandelaber, die für elektrische Glühbirnen eingerichtet waren. Die Sitze waren den Körperkonturen angepaßt und mit rotem Samt bezogen.

»Wie reich war eigentlich dieser Belasco?« fragte Edith.

»Soviel ich weiß, hinterließ er bei seinem Tode an die sieben Millionen Dollar«, antwortete Barrett.

Fischer hielt ihnen die Schwingtür auf, und sie gingen in den Korridor zurück. »Ich denke, hier geht es weiter zum Swimmingpool und zum Dampfbad«, sagte Barrett, »aber solange wir keinen Strom haben, hat das wohl Zeit.« Er hinkte über den Korridor und öffnete eine schwere Eichentür.

»Was ist das?« fragte Edith.

»Sieht aus wie eine Kapelle.«

»Kapelle?« Florence sah erschrocken aus. Je näher sie der Tür kam, um so deutlicher konnte man Zeichen starker Unruhe an ihr bemerken. Edith sah sie beunruhigt an.

»Miß Tanner«, fragte Barrett, »sind Sie okay?«

Sie antwortete nicht. Nahe der Tür blieb sie stehen.

»Lassen Sie's doch lieber«, schlug Fischer vor.

Sie schüttelte den Kopf. »Ich muß.« Sie wollte eintreten. Unwillkürlich stieß sie einen schwachen Schrei aus und zuckte zurück. Edith gab sich einen Ruck.

»Was haben Sie denn?« Florence konnte nicht antworten. Sie atmete schwer und bewegte ihren Kopf nur schwach hin und her. Barrett legte seine Hand auf Ediths Arm. Sie blickte ihn an und sah mehr als sie hörte, daß er begütigend auf Florence einsprach.

»Ich kann jetzt nicht hineingehen«, sagte Florence und schien sich zu entschuldigen. Sie schluckte vergeblich und wisperte schließlich: »Die Atmosphäre... ich kann sie nicht ertragen.«

»Dann gehen wir allein... wir sind gleich wieder zurück!« versicherte Barrett.

Edith erwartete, daß sie in der Kapelle eine grauenhafte Entdeckung machen würden. Als nichts dergleichen geschah, drehte sie sich zu Lionel um und wollte Aufklärung, doch Fischer stand in Hörweite. Etwas später flüsterte sie Lionel zu: »Warum konnte sie denn nicht hereinkommen?«

»Sie ist ein psychisches Medium. Ihre Beschaffenheit reagiert also besonders stark auf psychische Energien«, erklärte Barrett. »Es ist ziemlich sicher, daß die Atmosphäre hier drinnen besonders stark damit aufgeladen ist.«

Edith nickte, blickte dann auf Fischer und sagte: »Warum spürt er es nicht, er ist doch auch ein Medium?«

»Er hat mehr Erfahrung und kann sich besser dagegen schützen.«

In der geräumigen Kapelle waren hölzerne Betbänke für etwa 50 Personen aufgestellt. Der Altar war vorn, darüber hing eine lebensgroße Figur des Gekreuzigten in natürlichen Farben. Edith bemerkte plötzlich, daß die Figur kein Lendentuch trug. Zwischen den Beinen ragte ein enormer Penis steil und auffallend in die Luft. Körperliches Mißbehagen befiel sie, die Luft schien plötzlich in ihrer Kehle zu gerinnen, als sie auf das obszöne Kruzifix starrte.

Bei näherem Hinsehen bemerkte sie, daß die Seitenwände der Kapelle mit pornographischen Fresken bedeckt waren. Eine besonders auffallende Szene stellte halbbekleidete Nonnen und Priester dar, die eine Massenorgie feierten. Die Gesichter der Figuren hatten geile, lustverzerrte Züge.

»Entweihung des Sakralen ist eine besonders abstoßende Form überreizter Sexualität«, sagte Barrett.

»Er war krank, das ist klar«, murmelte Edith.

Als sie die Kapelle verließen, um Florence wieder zu treffen, war diese verschwunden. Edith starrte auf Barrett. »Wie kann sie das nur tun?«

»Wahrscheinlich ist ihr schon besser«, meinte Barrett.

»Woher wollen Sie das wissen?« fragte Fischer gereizt.

»Miß Tanner!« rief Barrett. »Können Sie mich hören?«

Als sie wieder in die Eingangshalle kamen, sahen sie in der großen Halle Kerzenschein.

»Miß Tanner!« rief Barrett wieder.

»Ja!«

Sie stand am unteren Ende der Halle. »Das hätten Sie nicht tun sollen, Miß Tanner«, sagte Barrett, als sie bei ihr waren. »Sie haben uns sehr beunruhigt.«

»Verzeihen Sie«, sagte Florence, aber es war nur eine Floskel der Höflichkeit, sie war sichtlich mitgenommen. »Ich hörte eine Stimme.«

Edith schauderte.

Florence zeigte auf ein altmodisches Möbelstück. Es war ein Plattenspieler mit Handkurbel aus der Vorkriegszeit. »Das habe ich gehört.« Sie reichte Barrett eine verstaubte Platte.

»Eine Heimaufnahme«, sagte er, »haben Sie sie gespielt?«

»Nein, nur gehört«, war die kryptische Antwort. »Belasco!«

Barrett sah sie zweifelnd an. »Seine Stimme?« Sie nickte.

Barrett drehte an der Kurbel bis zum Anschlag, fühlte mit den Fingerspitzen nach der rostigen Nadel, reinigte sie methodisch und setzte dann das Grammophon in Bewegung. Nach anfänglichen Kratzgeräuschen kam eine Stimme aus dem Kasten.

»Willkommen in meinem Hause«, sagte Emeric Belasco. »Ich freue mich, Sie hier zu haben.«

Edith erschauderte und verschränkte ihre Arme.

»Ich bin sicher, Sie werden Ihren Aufenthalt höchst aufschlußreich finden.« Belascos Stimme war weich und flüssig, und doch klang etwas Furchtbares in ihr mit. Die Stimme eines kultivierten Wahnsinnigen. »Es ist bedauerlich, daß ich nicht selbst hier sein kann, aber ich mußte gehen, ehe Sie ankamen.«

Hundsfott, dachte Fischer.

»Lassen Sie sich durch meine physische Abwesenheit bitte nicht stören. Betrachten Sie mich als Ihren unsichtbaren Gastgeber und seien Sie sicher, daß ich während Ihres Aufenthaltes bei Ihnen sein werde – im Geiste!«

Edith mußte ein Zähneklappern unterdrücken. Diese Stimme!

»Für all Ihre Bedürfnisse ist vorgesorgt worden«, fuhr die Stimme fort. »Nichts ist übersehen worden. Gehen Sie, wohin Sie wünschen, und tun Sie, was Ihnen beliebt – dies sind die Grundprinzipien meines Hauses. Wir haben keine Regeln, Sie haben keine Verantwortung – ich übrigens auch nicht. Mögen Sie die Antwort auf das, was Sie suchen, finden ... Sie wird Ihnen gegeben werden, das kann ich Ihnen versprechen.« Dann folgte eine kurze Pause. »Und nun ... au revoir and good bye.«

Die Nadel machte noch ein kratzendes Geräusch auf der Platte. Barrett hob den Tonarm und schaltete den Plattenspieler aus. Die große Halle war vollkommen lautlos.

»Auf Wiedersehen ... bis wir uns wiedersehen«, sagte Florence.

»Was er wohl damit meint?« fragte Edith.

»Das ist nicht auf uns gemünzt«, sagte Barrett mit Autorität. »Die Platte ist vor einem halben Jahrhundert aufgenommen worden. Seht doch, der Staub. Reiner Zufall, daß das, was er sagt, auf uns zugeschnitten zu sein scheint.«

Er blickte zu Fischer. »Hat die Platte damals 1940 schon existiert? Die Akten erwähnen nichts davon.«

Nach einigem Zögern kam die Antwort: »Anscheinend wurde die Platte vor Neuankömmlingen gespielt, während er sie aus einem Versteck beobachtete. Genau das könnte jetzt auch der Fall gewesen sein.«

»Das würde ich stark bezweifeln«, sagte Barrett.

»Und wer sagt Ihnen, daß er nicht mitten unter uns war, jetzt, als die Platte gespielt wurde?«

12.46 Uhr: Als sie die Treppe hinaufgingen, um die Schlafräume zu inspizieren, löschte eine plötzliche kalte Brise Ediths Kerzenflamme aus. Die anderen Lichter flackerten ebenfalls.

»Ein Luftzug«, sagte Barrett und neigte seine Kerze zu ihrer, um sie wieder zu entzünden. »Wir sprechen später darüber.« Edith schluckte, blickte zu Florence und ging neben Barrett die Treppe hinauf. Florence und Fischer tauschten einen Blick. Wortlos. Sie erreichten eine ganze Flucht von Schlafzimmern im Oberstock, der durch eine Balustrade abgegrenzt war. Barrett öffnete eine Tür und sah hinein. »Willst du hier wohnen?« Nach einem Augenblick meinte sie: »Nicht schlecht.« Sie schlossen die Tür von innen. Links von ihnen standen holzgeschnitzte Renaissancebetten, dazwischen ein Tischchen mit Bettlampe und ein Telefon. Es war ein Feldtelefon moderner Bauart und zweifellos erst kürzlich installiert worden. Gegenüber in der Wand befanden sich der Kamin, und davor stand ein schwerer Schaukelstuhl aus Nußholz. Der Parkettboden war von einem enormen bläulichen Perserteppich fast völlig bedeckt, in der Mitte stand ein achteckiger Tisch mit einem dazu passenden, rotledern überzogenen Lehnstuhl.

Barrett blickte flüchtig in das Badezimmer und sagte dann: »Wegen dieses Windstoßes vorhin, ich wollte nicht mit Miß Tanner eine Diskussion beginnen. Daher bin ich darüber weggegangen.«

»Aber es ist doch wirklich passiert?«

»Natürlich«, lächelte er. »Kinetische Energie nennt man das: einfache und ziellose Energie, egal, was Miß Tanner drüber denkt. Ich hätte es dir nur sagen müssen, ehe wir hier ankamen.«

»Was sagen?«

»Einfach, daß du dich nicht zu sehr von dem beeindrucken läßt, was sie in diesen Tagen alles erzählen wird. Sie ist, das weißt du ja, Spiritistin. Kontakte mit den Abgestorbenen und so, das ist für sie eine Glaubensfrage. Eine irrige allerdings, und das möchte ich eben hier beweisen. Mittlerweile wird es gut sein, wenn du dich vorbereitest, ab und zu ihre Ansichten darüber zu hören, ich kann sie schwerlich bitten, alles für sich zu behalten.«

Zu ihrer Rechten, mit dem Kopfteil zur Wand, standen zwei Betten mit geschnitzten Rahmen, dazwischen eine große Kommode mit Schubladen. In der Mitte ein marokkanisches Tischchen mit einer Stehlampe und einem Feldtelefon. Florence durchquerte das Zimmer, in das sie einquartiert worden war, und hob den Hörer auf. Tot. Kein Ton. Hab' ich mir wirklich vorgestellt, es würde funktionieren? dachte sie halb belustigt.

Sie wandte sich ab und sah umher. Etwas befand sich mit ihr im Zimmer. Was konnte es wohl sein? Eine Persönlichkeit? Oder Überreste verflossener Emotionen? Florence schloß die Augen und wartete. Kein Zweifel, sie fühlte irgendein Wesen, einmal stärker, dann schwächer, als ob ein furchtsames Tier sich nähern wollte und sich dann wieder zurückzog.

Nach einigen Minuten öffnete sie die Augen. Es ist wohl noch nicht soweit, dachte sie. Sie ging ins Badezimmer und blinzelte, als die weißen Kacheln das Kerzenlicht zurückwarfen. Sie stellte den Kerzenhalter an den Rand des Beckens und öffnete den Warmwasserhahn. Zunächst erfolgte gar nichts. Dann ertönte ein gurgelndes Rattern, als ein Schuß rotbraunes Wasser in das Becken spritzte. Sie wartete, bis der Wasserstrahl klar wurde. Das Wasser war eiskalt. Hoffentlich ist der Warmwasserspeicher nicht auch defekt, dachte sie. Sie beugte sich über das Becken und befeuchtete das Gesicht mit dem kalten Wasser.

Ich hätte doch in die Kapelle gehen müssen, anstatt bei der ersten Schwierigkeit zu kneifen. Sie nahm sich vor, diese Aufgabe morgen zu versuchen. Schrittweise, dann würde es schon gehen. Gott wird mir Kraft geben, wenn es soweit ist, dachte sie.

Sein Zimmer war kleiner als die anderen beiden. Es befand sich nur ein Bett mit einem Baldachin darin. Fischer saß am Fußende und starrte auf die verschlungenen Ornamente des Teppichs vor sich. Er fühlte das Haus um sich wie ein großes, unsichtbares Wesen. Es spürt meine Gegenwart, dachte er. Belasco auch, alle wissen, daß ich hier bin: ihr einziger Mißerfolg. Bestimmt wurde er beobachtet, damit sie sehen konnten, was er nun unternehmen würde.

Er würde nichts überstürzen, soviel war sicher. Es war besser, nichts zu unternehmen, ehe er seine Umgebung nicht im Griff hatte.

14.21 Uhr: Fischer kam in die große Halle hinunter, seine Taschenlampe in der Hand. Er hatte sich umgezogen. Seine Arbeitskleidung bestand aus einem schwarzen Rollkragenpulli, einer Samthose und weißen Tennisschuhen. Seine Schritte waren lautlos, als er sich dem großen, runden Tisch näherte, an dem Barrett saß, während Edith neben ihm stand und ihm beim Auspacken seiner Apparaturen half. Ein Feuer brannte im Kamin.

Edith fuhr etwas zusammen, als er aus dem Schatten trat. »Brauchen Sie Hilfe?« fragte er.

»Es geht alles prima«, sagte Barrett lächelnd, »vielen Dank.«

Fischer setzte sich auf einen der Stühle, nahm seine Zigaretten aus der Tasche und zündete eine an. Als er die Sorgfalt bemerkte, mit der Barrett seine Apparate säuberte, dachte er: Aha, ein Geräte-Fetischist. »Halten Sie immer noch Physik-Vorlesungen?« fragte er.

»Nur wenige, meiner Gesundheit wegen.« Barrett zögerte, dann fuhr er fort: »Ich hatte Kinderlähmung mit zwölf, mein rechtes Bein ist teilweise gelähmt!«

Fischer sah ihm schweigend zu, als er ein anderes Instrument auf dem Tisch aufstellte und es sorgfältig reinigte. Er blickte Fischer an und sagte: »Wird unser Projekt aber nicht stören.« Fischer nickte.

»Bei unserer Ankunft sagten Sie, als wir beim Tümpel vorbeigingen, es sei ein Bastard-Loch?« fragte Barrett und blickte von seiner Arbeit auf, »was meinten Sie damit?«

»Einige von Belascos weiblichen Gästen wurden schwanger, während sie hier waren.«

»Und da haben sie einfach –?« Barrett unterbrach seine Arbeit und sah auf.

»Dreizehnmal.«

»Fürchterlich«, sagte Edith.

Fischer blies den Rauch von sich weg. »Hier sind viele fürchterliche Dinge geschehen«, sagte er.

Barrett überprüfte die Instrumente, die sich bereits auf dem Tisch befanden.

Als er den elektrischen Lampenträger mit verschiedenfarbigen Glühbirnen auspackte, fragte Fischer: »Wie wollen Sie das alles benützen, wenn wir keinen Strom haben?«

»Morgen haben wir Strom«, sagte Barrett. »Ich habe mit Caribou-Falls telefoniert; das Telefon neben der Eingangstür funktioniert übrigens. Morgen wird der neue Generator installiert.«

Fischer sagte nichts mehr. Im Kamin knackte ein brennendes Scheit. Edith zuckte zusammen, sagte aber nichts und bemühte sich um eine besonders schwere Kiste.

»Nein, Liebling, die ist zu schwer«, sagte Barrett.

»Ich komme schon«, rief Fischer, erhob sich und hob die Kiste schnaufend auf den Tisch. »Was ist denn da drin, ein Amboß?« fragte er neugierig.

Barrett bemerkte das Interesse Fischers, als er eine Latte der Kiste mit dem Hebel aufbog. »Könnten Sie, bitte –?« fragte er. Fischer hob das große, metallische Gerät heraus und setzte es vorsichtig auf die Tischplatte. Es war würfelförmig, dunkelblau gestrichen, mit 0-900 markiert, die feine rote Nadel stand auf Null. Quer über der Oberseite des Instruments stand mit Stencil-Buchstaben: BARRETT – EMR.

»EMR?« fragte Fischer.

»Ich erklär's Ihnen später«, sagte Barrett.

»Ist das Ihre Maschine?«

Barrett verneinte: »Die ist noch in Konstruktion.«

Im Gang wurde das Geräusch von Florences Absätzen hörbar, die mit einem brennenden Kerzenlicht herabkam. Sie hatte sich umgekleidet und trug eine grüne Wolljacke mit langen Ärmeln, ein dickes Tweedhemd und Schuhe mit flachen Absätzen.

»Hallo«, sagte sie heiter.

Beim Näherkommen überblickte sie die Ansammlung von Geräten auf dem Tisch und lächelte. Zu Fischer gewandt, fragte sie: »Wollen wir uns nicht ein wenig die Beine vertreten?«

»Warum nicht?«

14.53 Uhr: Als sie in die Garage kamen, konnte Fischer seine Taschenlampe ausknipsen, denn durch die verschmutzten Türgläser filterte etwas Tageslicht. Florence versuchte die Atmosphäre zu empfangen, doch der Ort schien weitgehend neutral zu sein. Fischer beobachtete sie, als sie den Raum durchschritt, der Platz für etwa sieben große Autos bot. Jetzt war er leer. Ein rostiger Hammer lag auf dem Boden. Im Halbdunkel leuchteten die weiße Haut und das tizianrote Haar des Mediums. Sie mußte sich mit etwas Kölnisch-Wasser besprüht haben. Florence sah ihn mit flüchtigem Lächeln an. »Ich würde gern einen allgemeinen Eindruck von den Nebenräumen bekommen, die wir noch nicht gesehen haben.«

Nach einigen Momenten kam sie zu Fischer zurück. »Hier scheint nicht viel los zu sein, finden Sie nicht auch?«

Sie gingen über die Treppe, die in den Korridor führte, und Fischer mußte wieder seine Taschenlampe einschalten. Als sie langsam weitergingen, fragte Florence: »Haben Sie Dr. Barretts Artikel gelesen, in dem er uns Medien mit einer Art Geiger-Zähler vergleicht?«

»Nein.«

»Ich finde, das ist kein schlechter Vergleich. Wir sind ja in gewisser Hinsicht wirklich wie Geiger-Zähler. Man setzt uns irgendwelchen psychischen Ausstrahlungen aus, und schon beginnen wir zu ticken. Der einzige Unterschied ist wohl, daß wir nicht nur registrieren, sondern auch interpretieren. Wir nehmen nicht nur Eindrücke auf, sondern bewerten sie auch.«

Fischer sagte: »Uh-uh.« Florence sah ihn an.

Sie waren an den Treppen angelangt, die zur Kapelle führten. Florence fühlte die Ausstrahlung sofort. Sie mußte sich am Geländer festhalten, so stark war ihr Widerwille. »Diese gottverfluchte Senkgrube! So viel Gift, so viel Verwünschung an einem einzigen Ort habe ich noch nie verspürt.« Sie atmete zitternd die schale Luft ein. »Ein extrem feindliches Wesen. Kein Wunder, wer kann es ihm übelnehmen, wenn es für immer an so ein Haus gefesselt ist?«

Sie gingen weiter und kamen zu einer doppelten Schwingtür aus Metall, in deren Füllung zwei lukenartige Fenster eingelassen waren. Fischer hielt eine Tür für Florence auf. Als sie eintraten, klangen ihre Schritte laut auf dem Kachelboden und hallten an der Decke wider.

Der Swimmingpool war in Olympia-Maßen gebaut. Fischer senkte den Strahl seiner Taschenlampe in die schmutziggrüne Flut. Er ging zu einem Ende und hielt seine Hand hinein. »Gar nicht kalt«, stellte er überrascht fest. Er tastete umher. »Da kommt sogar Wasser hinein. Das Becken muß wohl an einem separaten Generator angeschlossen sein.«

Florence blickte über die Oberfläche, die im Schein der Taschenlampe glitzerte.

»Am anderen Ende ist der Dampf-Raum«, sagte Fischer und kam wieder an ihre Seite.

»Den sollten wir sehen.«

Die hallenden Schritte, die sie im Weitergehen verursachten, klangen, als ob ihnen jemand folgen würde. Florence sah über ihre Schulter zurück. »Ja«, sagte sie leise und war sich kaum bewußt, daß sie gesprochen hatte.

Fischer stieß die schwere Metalltür auf und hielt sie offen. Gleichzeitig ließ er den Lichtkegel seiner Taschenlampe umhertanzen. Die Dampfkammer war mittelgroß, die Wände, der Fußboden und die Decke waren mit weißen Kacheln ausgelegt. An den Wänden standen Holzbänke, und auf dem Boden wand sich schlangengleich ein grüner Schlauch, der an einen Wasserhahn angeschlossen war.

Florences Gesicht zuckte. »Irgend etwas Pervertiertes ist da drin«, sagte sie. Sie mußte schlucken. »Jawohl, aber was könnte es sein?«

Fischer ließ die Tür wieder zurückschwingen, der Ton des Zuschlagens verursachte ein lautes Echo. Florence blickte ihn an. »Dr. Barrett ist ausgezeichnet ausgerüstet, finden Sie nicht?« sagte sie, wohl mehr, um Fischers Trübsinn zu zerstreuen. »Es ist aber doch merkwürdig, daß er annimmt, die Wissenschaft könnte die Macht dieses Hauses brechen.«

»Und was sonst sollte das können?«

»Liebe«, sagte sie. Sie drückte seinen Arm. »Soviel wissen wir doch, nicht wahr?«

Fischer hielt die Schwingtür für sie offen, und sie gingen in den Korridor zurück. Sie kamen an der Tür zum Weinkeller vorüber, die Gestelle waren leer. Sie gingen nicht hinein, sondern stiegen die Treppe hinauf, die zum Oberstock führte. Als sie wieder an der Kapellentür vorbeikamen, erschauerte Florence. »Das ist der schlimmste Platz im ganzen Haus, obwohl ich nicht alles gesehen habe, aber ich kann es deutlich fühlen...« Ihre Stimme versagte. Sie räusperte sich. »Ich muß ja doch noch hinein, aber nicht heute.«

Sie fanden einen Nebenkorridor. Fünfzehn Meter weiter vorn ging rechts ein gewölbter Gang ab. Florence fragte: »Was ist das wohl?« Ihr Atem stockte: »Ist das ein Haus«, sagte sie.

Der Ballsaal war immens, die hohen, brokatbedeckten Wände waren mit roten Samtvorhängen verziert. Von der holzgetäfelten Decke hingen drei riesige Kristallüster. Der Boden bestand aus reich gemustertem Eichenparkett. Am Ende des Saales war eine Loge für die Musiker.

Florence blickte auf Fischer. »Ich glaube, Sie haben recht, es wird eine Weile dauern. Wir *werden* es trotzdem schaffen.«

Sie hörten beide ein klingelndes Geräusch in dem schweren Kristallüster. Fischers Lichtstrahl fuhr sofort an ihm entlang. Keine Bewegung war sichtbar.

»Die Herausforderung ist angenommen«, sagte Florence leise.

»Ich würde es nicht so schnell als Herausforderung gelten lassen«, warnte Fischer.

Florence sah ihm in die Augen, die sie kaum erkennbar in der Dunkelheit anblickten. »Sie blockieren alles.«

»Was?«

»Jawohl, Sie blockieren alles. Sie wehren sich, deshalb haben Sie bisher auch nichts gefühlt.«

»Ich wehre mich keineswegs«, unterbrach er sie. »Nur will ich meinen Kopf nicht riskieren. Als ich 1940 herkam, war ich genau wie Sie, nein, schlechter, viel schlechter. Ich habe wirklich geglaubt, ich sei etwas, ich sei ein gutes Medium, gesegnet mit einer besonderen Gottesgabe.«

»Sie waren doch das beste Medium, das je in diesem Land gearbeitet hat, Ben.«

»Ich bin es auch immer noch, Florence. Nur bin ich jetzt etwas vorsichtiger. Ganz einfach das. Und ich würde Ihnen empfehlen, es auch so zu halten. Gehen Sie nicht herum wie eine offene Nervenantenne. Wenn Sie wirklich mal etwas finden, wird's Sie teuer zu stehen kommen. Man hat diesen Ort Höllenhaus genannt. Das ist keine Übertreibung. Dieses Haus möchte jeden einzelnen töten, und Sie täten wirklich gut daran, wenn Sie lernen würden, sich selbst zu schützen, bis Sie bereit sind, wirkliche Arbeit leisten zu können. Oder Sie werden nur ein neues Opfer auf der langen Liste sein, die schon existiert.«

Für Augenblicke sahen sie sich an, ohne zu sprechen. Dann berührte sie seine Hand: »Wer seine Gaben nicht nützet –«, zitierte sie.

»Ah, Bockmist«, sagte er, ein gröberes Kraftwort unterdrückend, drehte sich um und ließ sie allein.

18.42 Uhr: Sie saßen an dem 15 Meter langen, von 30 Stühlen umgebenen Tisch in der Mitte des immensen Speisesaals. Barrett hatte am Kopfende Platz genommen, die anderen links und rechts von ihm. Das unsichtbare Dienerpaar aus Caribou-Falls hatte das Abendessen um sechs Uhr fünfzehn gebracht.

»Wenn niemand etwas dagegen einzuwenden hat, würde ich heute abend gern eine Sitzung versuchen«, sagte Florence.

Barretts Hand blieb einen Moment in der Luft hängen, ehe er sich eine zweite Portion Broccoli auftischte. »Ich habe nichts dagegen«, sagte er.

Florence sah zu Edith, die den Kopf schüttelte. Sie blickte zu Fischer. »Okay«, sagte auch er und langte nach der Kaffeekanne.

Florence nickte. »Nach dem Essen also.« Ihr Teller war leer. Außer etwas Wasser hatte sie nichts zu sich genommen, seit sie bei Tische saßen.

»Würden *Sie* dann vielleicht morgen vormittag eine Sitzung machen, Mr. Fischer?« fragte Barrett.

Fischer schüttelte den Kopf. »Noch nicht.«

Barrett dachte, ah, fängt ja gut an. Erste Bitte ist abgeschlagen. Er sagte in gleichgültigem Ton: »Bisher hat das Haus eigentlich noch nicht gezeigt, was es kann.«

Fischer sah von den Speiseresten auf seinem Teller auf. »Es scheint mit unserer Einschätzung noch nicht fertig zu sein«, sagte er ohne eine Spur von Humor in der Stimme.

»Ich würde auch nicht das Haus als den treibenden Faktor betrachten«, sagte Florence. »Es scheint mir klar, daß die Schwierigkeiten von überlebenden Persönlichkeiten verursacht werden – wer immer sie auch sein mögen. Der einzige, von dessen Existenz wir sicher sein dürfen, ist Belasco selbst.«

»Sie haben heute mit ihm Kontakt aufgenommen, nicht wahr?« fragte

Barrett. Sein Ton war freundlich, aber Florence fühlte doch eine gewisse Spitze. »Nein«, sagte sie, »aber Mr. Fischer hat es getan, als er 1940 hier war. Die Gegenwart Belascos ist einwandfrei dokumentiert.«

»Ich würde sagen, es existiert ein Bericht«, meinte Barrett gelassen.

Florence zögerte. Dann sagte sie: »Ich meine, Dr. Barrett, es wird Zeit für uns, die Karten auf den Tisch zu legen. Ich sehe, Sie sind immer noch der Ansicht, es gäbe keine Geister.«

»Wenn Sie damit überlebende Persönlichkeiten meinen, dann haben Sie recht«, sagte Barrett.

»Auch wenn man sie seit undenklichen Zeiten beobachtet hat?« fragte Florence. »Man hat sie gesehen, und zwar nicht nur eine Person, sondern mehrere. Sogar von Tieren wurden sie gesehen, fotografiert hat man sie. Sie haben Informationen gegeben, die später als richtig bestätigt wurden; haben Leute berührt, Objekte bewegt, wurden sogar gewogen.«

»Diese Tatsachen, Miß Tanner, sind Beweis eines Phänomens, aber kein Beweis für das Vorhandensein von Geistern.«

Florence lächelte mühsam. »Ich kann das nicht beantworten.«

Barrett erwiderte ihr Lächeln, machte eine Handbewegung, als ob er sagen wollte: Wenn wir uns schon nicht einig werden können, dann lassen wir die Sache doch auf sich beruhen.

»Sie lassen also Überleben nicht gelten«, bohrte Florence.

»Es ist eine reizvolle Vorstellung«, sagte Barrett, »ich habe auch nichts dagegen, solange man von mir nicht verlangt, ich solle an die Möglichkeit einer Verbindung zu den sogenannten Überlebenden glauben.«

Florence sah ihn betrübt an. »Haben Sie eine Alternative anzubieten?«

»Gewiß.« Barrett erwiderte ihren Blick mit Herausforderung. »Eine weitaus interessantere, wenn auch wesentlich komplexere und schwierigere Alternative; das sublimierte Ich, diese riesige und noch weitgehend unerforschte menschliche Landschaft, die wie die Spitze eines Eisbergs bisher nur einen winzigen Teil unserem Bewußtsein offenbart hat. Sehen Sie, Miß Tanner, hier liegt die ganze faszinierende Problematik, und nicht in einem Jenseits, das wir niemals erforschen werden. Das ist die Herausforderung, die wir annehmen können. Und sie steht vor uns, hier und jetzt, und sie wartet darauf, daß wir die unbekannten Mysterien des menschlichen Spektrums erforschen. Hier haben Sie die Alternative, die ich bieten kann: Die erweiterten Möglichkeiten des menschlichen Systems, die bisher noch unerforscht sind. Eben jene Fähigkeiten des Menschen, die, davon bin ich überzeugt, imstande sind, all diese psychischen Phänomene zu produzieren.«

Florence blieb einige Augenblicke still, ehe sie lächelte und sagte: »Wir werden ja sehen.«

Barrett nickte kurz. »Jawohl, das werden wir.«

Fischer schenkte sich noch eine Tasse Kaffee ein, als Barretts Blick auf ihn fiel. »Ich habe übrigens den Eindruck, daß Sie eine Menge Dinge über Belasco wissen, die für uns interessant sein können«, sagte er.

Fischer blickte ihn an. »Was würde Sie denn interessieren?«

»Nun, ein Überblick über sein Leben zum Beispiel. Es ist immer gut, seinen ›Gegner‹ zu kennen«, scherzte er.

Fischer legte seine Hand um die Kaffeetasse und begann zu berichten. »Er kam 1879 zur Welt. Er war ein unehelicher Sohn des amerikanischen Munitionsfabrikanten Myron Sandler und einer englischen Schauspielerin namens Noelle Belasco.«

»Warum nahm er den Namen seiner Mutter an?« fragte Barrett.

»Sandler war verheiratet«, erklärte Fischer. »Seine Jugend verlief ereignislos. Mit neun erhängte er eine Katze, um zu sehen, ob nun das zweite der neun Katzenleben beginnen würde. Als nichts geschah, wurde er wütend, zerhackte das Tier und warf die Teile zum Fenster hinaus. Seine Mutter nannte ihn den ›Bösen‹. Der nächste bekannte Zwischenfall ereignete sich etwas später in Form eines sexuellen Überfalls auf seine jüngere Schwester. Mit zehneinhalb Jahren kam er in ein College, wo er von mehreren homosexuellen Lehrern mißbraucht wurde. Belasco lud einen von ihnen zu sich nach Hause ein. Nach einer Woche ging der Mann heim und erhängte sich.«

»Wie sah Belasco denn aus?« fragte Barrett.

Fischer kramte in seinem Gedächtnis. Nach einer Weile kam sein Bericht. »Seine Zähne sind die eines fleischfressenden Tieres. Wenn er lächelt, hat man den Eindruck, ein Hund fletscht die Zähne. Seine Gesichtsfarbe ist weiß, denn er haßt die Sonne und vermeidet es, ins Freie zu gehen. Er hat erstaunlich grüne Augen, die stark funkeln, so, als ob sie von innen beleuchtet wären. Breite Stirn, kohlschwarzer, gestutzter Backenbart. Trotz seines an sich guten Aussehens hat sein Gesicht etwas Erschreckendes, wie ein Dämon, der sich in einen Menschen verwandelt hat.«

»Wer hat ihn so beschrieben?« fragte Barrett.

»Seine zweite Frau. Sie hat sich hier umgebracht, ich glaube, es war 1927.«

»War er groß oder klein?« fragte Barrett.

»Recht groß, über 1.90 Meter. Man nannte ihn übrigens den ›Brüllenden Riesen‹.«

»Erziehung?« fragte Barrett weiter.

»New York, London, Berlin, Paris, Wien. Keine Fakultät, nur Kurse in Logik, Ethik, Religion und Philosophie.«

»Soweit ich weiß, hat er von seinem Vater viel geerbt«, meinte Barrett.

»Ja, der Alte hinterließ ihm zehneinhalb Millionen Dollar, alles aus dem Waffengeschäft.«

»Das hätte ihm aber doch ein Schuldgefühl geben können«, meinte Florence.

»In seinem ganzen Leben hatte er nicht eine Minute lang Schuldgefühle. Außerdem war er nicht nur einseitig schlecht, er hatte auch interessante Seiten, war ein brillanter Debattierer, der in zwölf Sprachen diskutieren konnte, egal, welches Thema angeschlagen wurde. Sein Hirn war ein unerschöpfliches Informationszentrum, und seine Energie kannte keine Grenzen.«

»Hat er jemals in seinem Leben eine einzige Person geliebt?« fragte Florence.

»Er glaubt nicht an Liebe«, sagte Fischer, »sondern an Willensstärke. ›Einfluß nehmen auf andere, nicht sie lieben‹, sagte er selbst im Jahre 1913.«

»Hatte er Kinder?« fragte Florence.

»Man sagt, er hätte einen Sohn gehabt, aber niemand wußte es genau«, antwortete Fischer. Man merkte, er hatte seinen ›Gegner‹ studiert.

»Begann das wüste Leben in diesem Haus gleich 1919?«

»Nein. Zuerst war alles ganz manierlich. High Society, Dinnerpartys. Tanzabende im Ballsaal. Soirées. Da gab es Leute, die reisten aus allen Ecken des Landes an, um ein Wochenende hier zu verbringen. Belasco war ein erstklassiger Gastgeber – blitzgescheit und charmant. Dann – 1920 ›un peu‹, wie er selbst sagte. Später wurden die Feste sinnlicher. Erst in Gesprächen, dann auch in körperlicher Hinsicht. Dazu kamen kleine Intrigen. Der Wein tat ein übriges. Schlafzimmer wurden getauscht, anfangs heimlich, später immer offener. Und alles begünstigt durch Belasco und seine ›Einflußnahme‹.«

Fischer fuhr fort: »Später gründete er einen Klub, den er ›Die Aphroditen‹ nannte. Jeden Abend, später auch zwei- bis dreimal am Tage, wurde ein Meeting abgehalten. Belasco nannte das ›Sündenposium‹. Alles bekam Drogen und Aphrodisiaka serviert, man saß hier um diesen Tisch herum und sprach von Sex, bis alle entsprechend in Stimmung waren. Dann begann eine Orgie.«

»Soweit ich gehört habe«, sagte Barrett, »war es aber nicht nur sexueller Exzeß, der hier getrieben wurde, sondern es wurde auch in anderen Dingen bis an die Grenze des Möglichen gegangen. Trinken wurde zu Sauf-Orgien, Essen zu Völlerei, und der Genuß von Drogen nahm Formen an, die zur totalen Abhängigkeit führten.«

»Genau«, bestätigte Fischer. »Das Leben hier wurde von Belasco und seinen Gästen derart umstilisiert, daß viele von seinen Besuchern erst Monate, dann Jahre hindurch hier lebten, weil sie nicht mehr fähig waren, ein normales Leben zu führen. Langsam begann dann das Haus über seine Besucher zu dominieren, und der Erfolg war der, daß viele von ihnen das Leben in diesem Hause als normal betrachteten, weil ihnen die Vergleichsmöglichkeit mit der Außenwelt nicht mehr zur Verfügung stand. So betrachteten die Bewohner des Hauses es als gang und gäbe, wenn täglich neue Abnormitäten praktiziert, täglich neuen Verirrungen Raum gegeben wurde und schließlich Brutalität, Mord und fleischliche Maßlosigkeit als Norm angesehen wurden.«

»Hat eigentlich Belasco selbst auch Drogen genommen?« fragte Barrett.

»Im Anfang, ja. Später hat er sich immer mehr von seinen Gästen zurückgezogen. Anscheinend begann er zu dieser Zeit ein systematisches Studium des Bösen, und es genügte ihm, wenn er seine Macht über das Haus und seine Bewohner ausübte, indem er sie durch seine Einflußnahme immer mehr in die Gosse ziehen konnte.

Schließlich, 1926, schien er den absoluten Höhepunkt seiner Verworfenheit erreicht zu haben. Er steigerte seinen Einfluß auf die Gäste des Hauses, indem er sie anspornte, jede nur mögliche Grausamkeit und Perversion, die sie sich ausdenken konnten, vorzuführen. Er veranstaltete Wettbewerbe für die scheußlichsten Ideen. Die Wettbewerbe wurden nonstop, 24 Stunden lang, abgehalten, er nannte das die ›Tage des Lasters‹. Er führte De Sades ›120 Tage in Sodom‹ hier im Theater auf, Szene für Szene, unter Mitwirkung aller Gäste. Er begann Monstren aus aller Welt zu importieren, die dann unter die Gäste gemischt wurden: Bucklige, Zwerge, Hermaphroditen, Mißgeburten aller Art.«

Florence schloß die Augen, beugte den Kopf und preßte beide Hände fest gegen ihre Stirn.

»Um diese Zeit«, fuhr Fischer fort, »begann sich die Hausordnung aufzulösen. Es gab keine Dienerschaft mehr, um für den Unterhalt zu sorgen, da sie bereits nicht mehr von den Gästen zu unterscheiden war. Es gab keine Wäsche mehr. Jeder mußte seine eigene Leibwäsche reinigen – was sie natürlich nicht lange durchhielten. Es gab keine Köche mehr, und man mußte sich das Essen selbst zubereiten, aber die Vorräte schwanden dahin, weil niemand mehr neue beschaffte. Im Jahre 1927 herrschte eine Grippe-Epidemie im Hause. Mehrere Ärzte behaupteten, der Nebel des Matawaskie Valleys sei gesundheitsschädlich, und daher ließ Belasco alle Fenster zumauern. Der Generator funktionierter nur zeitweilig, und jedermann trug seine eigenen Kerzen mit sich herum. Die Heizung funktionierte nicht mehr richtig, es wurde bitterkalt in allen Räumen. Vierzehn Gäste starben an Lungenentzündung.

Die anderen kümmerten sich kaum um die Toten. Sie waren schon jenseits aller menschlichen Regungen und übten ihre täglichen Perversionen, als seien es die wichtigsten Dinge des Lebens. Gegen 1928 waren sie auf der untersten Stufe angelangt und tauchten in einem Morast von Mord, Verstümmelung und Kannibalismus unter.«

Die drei saßen regungslos und schweigend da. Fischer fuhr fort:

»Im Juni 1929 hielt Belasco eine Version der römischen Zirkusspiele im Theater ab. Der Höhepunkt des Programms war das Auffressen einer Jungfrau durch einen hungrigen Leoparden. Damals waren die Hausbewohner, mit Ausnahme Belascos, bereits auf dem Niveau der Tiere angelangt, wuschen sich kaum mehr, trugen zerfetzte, schmutzige Kleidung, aßen oder tranken, was ihnen in die Hand kam, und brachten sich gegenseitig um wegen Essen, Wasser, Schnaps, wegen Sex oder sogar, um Menschenfleisch zu fressen, was viele von ihnen als äußerste Perversion besonders hoch schätzten. Und jeden Tag ging Belasco unter ihnen umher, wie Satan in der Herde seiner Verdammten. Immer schwarz gekleidet. Eine gigantische, furchterregende Gestalt, der die Hölle betrachtete, die er selbst geschaffen hatte.«

»Und wie hat es geendet?« fragte Barrett.

»Wären wir hier, wenn es geendet hätte?« gab Fischer zurück.

»Jetzt wird es aber enden«, sagte Florence.

Barrett insistierte: »Was geschah mit Belasco?«

»Das weiß niemand«, sagte Fischer. »Als Verwandte einiger Gäste im November 1929 die Türen aufbrechen ließen, waren alle tot. Siebenundzwanzig Personen.

Belasco war nicht darunter.«

20.46 Uhr: Florence kam in die große Halle zurück. Sie hatte in den letzten zehn Minuten in einer Ecke gesessen, ›um sich vorzubereiten‹, wie sie sagte. »Wollen wir jetzt Platz nehmen?«

Die vier setzten sich an den großen Rundtisch, Fischer gegenüber von Florence, Barrett einige Stühle von ihnen entfernt mit Edith an seiner Seite. Er fragte Florence: »Wird meine Apparatur Ihnen nicht im Wege sein?«

»Keineswegs. Ganz im Gegenteil, es wird vielleicht gut sein, wenn Sie das Magnetband laufen lassen, wenn Rote Wolke zu sprechen beginnt. Es könnte sein, daß er etwas Wertvolles zu sagen hat.«

Barrett nickte unverbindlich.

»Es läuft doch auch auf Batterien, nicht wahr?«

Barrett nickte nochmals.

»Gut.« Florence lächelte. »Die anderen Instrumente sind natürlich für mich kaum nötig.« Sie sah Edith an. »Ihr Gatte hat Ihnen gewiß gesagt, daß ich lediglich geistige Kontakte herstelle, und daß ich *nur* Empfänger von *Gedanken* aus der anderen Welt bin.« Sie blickte umher. »Würden Sie bitte jetzt die Kerzen löschen?«

Edith fühlte Spannung, als Barrett seine Kerze mit zwei Fingern auslöschte und auch ihre Kerze ausblies. Als dann Fischer sein Licht ebenfalls gelöscht hatte, überfiel sie die Dunkelheit wie eine Flutwelle. Sie tastete nach Lionels Hand.

»Oh, Geist der Liebe und der Güte«, begann Florence. »Wir kommen heute hier zusammen, um besseres Verständnis für die Gesetze zu erringen, die unser Sein regieren.«

Barrett fühlte die eiskalte Hand seiner Frau und konnte sich ihren Seelenzustand vorstellen, nachdem sie Fischers grauenhaften Bericht gehört hatte.

»Und so weise uns, o göttlicher Lehrmeister, die Wege, auf denen wir uns mit denen im Jenseits treffen können, insbesondere aber mit denen, die dieses Haus in ruheloser Qual durchwandeln.«

Fischer schöpfte tief und unruhig nach Luft. Er dachte an seine erste Séance hier im Jahre 1940 – in dieser Halle und an diesem selben Tisch. Objekte flogen damals durch die Luft. Dr. Graham wurde von etwas getroffen und war bewußtlos geworden. Fischers Hals fühlte sich ausgetrocknet an. Ich hätte da nicht mitmachen dürfen, dachte er.

Florence begann mit leiser und melodiöser Stimme eine Art Hymne zu singen. Trotz der angenehmen Stimme fühlte Edith während des leisen Gesanges, wie sich ihre Haut zusammenzog, als ob sie einer plötzlichen Kälte ausgesetzt würde.

Als die Hymne beendet war, begann Florence, tief einzuatmen und Handbewegungen vor ihren Augen auszuführen. Nach mehreren Minuten rieb sie mit beiden Händen ihre Arme und Schultern, glitt über ihre Brüste, ihren Schoß und ihre Hüften. Die Hände strichen mit beinahe sinnlichen Bewegungen über ihren Körper, als massiere sie sich selbst, die Lippen waren geöffnet, die Augen halb geschlossen, und ihr Gesicht hatte einen Ausdruck eigenartig sinnlicher Hingabe. Ihr Atem wurde langsamer und lauter und wurde zu einem heiser klingenden Stöhnen. Ihre Arme und Beine zuckten etwas, doch die Hände lagen jetzt leblos in ihrem Schoß. Ihr Kopf sank immer mehr nach hinten, bis er den Rand des Stuhles berührte. Sie zog den Atem mit einem letzten wimmernden Laut ein und blieb dann völlig still.

Die große Halle war lautlos. Barrett starrte auf den Platz, wo Florence sitzen mußte, obwohl er sie nicht sehen konnte. Edith hatte die Augen geschlossen. Sie zog ihre eigene, private Finsternis dem Dunkel des sie umgebenden Raumes vor. Fischer saß gespannt auf seinem Platz und wartete.

Der Stuhl, auf dem Florence saß, machte ein knarrendes Geräusch. »Ich, ›Rote Wolke‹«, sagte sie mit tiefer und sonorer Stimme. Ihr Gesicht war in der Dunkelheit wie versteinert, ihr Ausdruck beinahe majestätisch. »Ich, ›Rote Wolke‹«, wiederholte sie.

Barrett seufzte. »Guten Abend.«

Florence nickte und fuhr mit tiefer Stimme fort: »Ich von weither kommen. Bringen Grüße aus Gefilde ewigen Friedens. ›Rote Wolke‹ happy euch sehen. Immer happy, wenn Erdenleute in gläubige Versammlung sehen. Wir immer auch sehen. Tod nicht Ende von Weg. Tod nur Tor sein von Welt ohne Ende. Wir das wissen!«

»Ja«, sagte Barrett. »Könnten Sie jetzt –«

Florence unterbrach und sagte: »Tanner-Frau sagen, daß Maschine soll laufen, für Stimme auf Streifen. Ich nicht wissen, was meint. Sie das machen?«

Barrett brummte. »Okay.« Er tastete im Dunkel nach dem Tonbandgerät, schaltete es ein und hielt das Mikrophon in die Nähe von Florences Mund. »Könnten Sie jetzt –«

»›Rote Wolke‹ ist Schutzgeist von Tanner-Frau, wird jetzt andere Geister zu ihr bringen.«

Florence sah sich plötzlich um, fletschte die Zähne und zog die Augenbrauen herab. Ihrer Kehle entrangen sich Töne des Unmuts. »Schlechtes Haus. Ort der Krankheit. Schlechte Medizin.« Sie schüttelte den Kopf und sagte nochmals: »Schlechte Medizin.«

Dann drehte sie sich plötzlich auf die andere Seite und brummte überrascht, so, als ob jemand von hinten gekommen wäre, der ihre Aufmerksamkeit erweckt hatte. »Mann hier. Häßlicher Mann. Wie Höhlenmensch. Langes Haar. Schmutzig im Gesicht. Kratzer und Wunden. Gelbe Zähne. Keine Kleider. Wie Tier. Atmet schwer. Sehr krank. Sagt: ›Gib mir Frieden. Befreiung‹.«

Edith umkrampfte Lionels Hand, sie wagte ihre Augen nicht zu öffnen, als ob sie nicht die Gestalt erblicken wollte, die Florence beschrieben hatte.

Florence schüttelte den Kopf, hob langsam den Arm und zeigte in Richtung Eingangshalle. »Weggehen, Haus verlassen.« Sie starrte in die Dunkelheit und drehte sich dann brummend wieder zurück. »Nicht gut. Zu lange hier. Nichts hören. Nichts verstehen.« Sie tippte mit dem Finger auf die Stirn. »Zu krank da drinnen.«

Plötzlich wurde sie von neuem geschüttelt, als ob jemand sie an der Schulter gepackt hätte. »Geh fort«, brummte sie. »Junger Mann hier. Sagt muß sprechen – muß dringend sprechen.« Sie gab noch einige Brummtöne von sich, dann war sie ruhig.

Plötzlich zuckten alle drei zusammen, als Florence aufschrie: »Ich kenne euch nicht!« Sie blickte umher, und ihr Gesichtsausdruck zeigte Wut und Aufregung. »Warum seid ihr hier? Es hat doch keinen Zweck.

Nichts wird sich ändern. Nichts! Raus mit euch, oder ich werde euch Schaden antun! Ich kann mir nicht helfen und ihr mir auch nicht. Ihr verdammten Scheißkerle!«

Edith drückte ihr Rückgrat mit Gewalt gegen die Stuhllehne. Die Stimme war vollkommen verschieden von Florences sonstigem Tonfall – hysterisch, unausgeglichen und drohend. »Seht ihr nicht, ich bin hilflos! Ich will euch nicht weh tun, aber ich muß. *Ich muß!*« Der Kopf von Florence ging nach vorn, eine Maske mit Glotzaugen, die Lippen entblößten zusammengepreßte Zähne. »Ich warne euch«, sagte sie in gutturalen Tönen. »Verlaßt dieses Haus, ehe ich euch alle umbringe.«

Edith schrie unwillkürlich auf, als plötzlich eine Serie von sehr lauten Klopftönen den Tisch erzittern ließ. »Was war das?« fragte sie. Ihre Stimme ging in dem lauten Getrommel der Schläge auf der Tischplatte unter. Es war, als ob jemand mit einem Hammer darauf schlagen würde, hart, schnell und mit großer Kraft. Barrett wollte sein Instrument in Betrieb setzen, erinnerte sich aber daran, daß kein Strom vorhanden war. Verdammt! dachte er.

Urplötzlich hörten die Schläge auf. Edith blickte auf Florence und hörte, daß das Medium stöhnende Töne von sich gab. In ihren Ohren dröhnten noch die lauten Schläge nach. Ihr Körper war schlaff, als ob die Vibrationen ihr Fleisch gefühllos gemacht hätten. Sie fühlte plötzlich, wie sich unter dem Tisch eine Kälte ausbreitete, die sie erzittern ließ. Gleichzeitig erschien neben ihr ein kleines, rötliches Licht. Barrett hatte seinen Leuchtschreiber eingeschaltet und beleuchtete damit das Gesicht des Mediums. Er nahm das Mikrophon und notierte: »Temperaturabfall. Nur fühlbar, da keine Instrumentablesung möglich. Physische Manifestationen begannen mit Serien starker Klopftöne.« Er lenkte den schwachen Lichtstrahl nochmals auf Florence. »Miß Tanner reagiert unregelmäßig. Trancestadium fortbestehend, jedoch verschiedenartig. Mögliche Verwirrung durch unerwartete physische Phänomene. Übergabe einer Tube Uraniumsalz-Lösung an Medium.«

Barrett reichte über den Tisch und preßte die Tube in Florences Hand. Sie reagierte sofort, setzte sich gerade und öffnete die Augen. Barrett sagte ins Mikrophon: »Medium beendet Trance.« Dann schaltete er das Tonbandgerät ab und zündete eine Kerze an. Florence beschattete ihr Gesicht, als die Kerze aufleuchtete. Dann sagte sie: »Wie war es?«

Als Barrett den Verlauf der Séance erzählte, war sie sichtlich verstört, da ihre Trancezustände bisher niemals physikalische Erscheinungen wie Klopfen gezeitigt hatten, sondern auf das psychische Gebiet begrenzt waren. Sie sagte: »Gott geht oft seltsame Wege.«

»Und dieses Haus wohl auch«, sagte Fischer.

»Sie glauben, das Haus hat etwas damit zu tun?« fragte sie überrascht.

»Ich würde Ihnen raten, sehr vorsichtig zu sein. Gott hat nicht viel Einfluß im Höllenhaus.«

21.49 Uhr: ... Wissenschaft ist in erster Linie Forschung mit Methode. Es besteht kein Grund zur Annahmne, daß parapsychologische Phänomene nicht aufgrund methodischer Forschung untersucht werden können. Denn, genau wie Physik und Chemie, ist die Parapsychologie eine Wissenschaft über natürliche Vorgänge ...

»Lionel?«

Barrett sah von seinem Manuskript auf.

»Kann ich dir helfen?« fragte Edith.

»Danke, nein, ich bin gleich fertig.« Er sah sie an, wie sie im Bett saß, einen Kissenberg hinter ihrem Rücken. Mit ihrem kurzen Haar und der schlanken Gestalt sah sie irgendwie kindlich aus. Barrett lächelte. »Übrigens kann es auch warten«, entschied er, legte das Manuskript in die Mappe und sah kurz auf die Titelaufschrift: ›Grenzen menschlicher Fähigkeiten, von Lionel Barrett, Dr. phil.‹ Der Anblick erfüllte ihn mit Freude und Dankbarkeit. Es war alles in bester Ordnung. Er hatte die Chance, seine Theorie zu beweisen, hatte nunmehr auch genügend finanziellen Rückhalt für seinen Lebensabend, und sein Buch war fast beendet. Vielleicht würde er einen Nachsatz über die Woche im Belasco-Haus schreiben, eventuell sogar ein dünnes, separates Essay. Lächelnd löschte er die Kerze, stand auf und ging quer durch das Zimmer. Er setzte sich zu Edith ans Bett und legte seinen Stock beiseite. »Hast du Angst gehabt, vorhin?« fragte er. »Du warst so still nach der Sitzung.«

»Es ging schon an die Nerven. Besonders diese plötzliche Kälte. Ich kann mich noch immer nicht daran gewöhnen.«

»Du weißt aber, was es ist«, sagte er. »Es ist das Medium selbst, dessen System der Luft die Wärme entzieht, um sie in Energie umzuwandeln.« Er sprach nicht weiter, als er sah, wie Edith plötzlich mit einem erschreckten Aufzucken über seine Schulter blickte. Er fuhr herum und sah den Schaukelstuhl, der plötzlich in Bewegung geraten war.

»Was ist das?« wisperte sie.

Barrett stand auf und hinkte zu dem Möbel, das immer weiterschaukelte, ohne berührt worden zu sein. »Es ist das gleiche, wie das mit dem kalten Wind«, sagte er zu ihr.

»Aber es sieht ganz so aus, als ob jemand drin säße.« Edith hatte sich unbewußt gegen die Kissen gepreßt.

»Niemand sitzt drin, gar niemand, das kann ich dir garantieren«, versicherte Barrett. »Schaukelstühle sind sehr leicht in Bewegung zu bringen. Deshalb ist dieses Phänomen gerade in Spukhäusern so häufig. Der kleinste Energieaufwand genügt.«

»Aber –«

»– was verursacht den Aufwand?« Barrett hatte den Satz für sie beendet. »Sogenannte Restenergie.« Edith hielt den Atem an, als er einfach die Hand ausstreckte und den Stuhl zur Ruhe brachte. »Siehst du?« Er hatte seine Hand zurückgezogen, und der Stuhl blieb still. »Die Energie ist verflüchtigt.« Er stieß den Stuhl an, der einige Zeit schaukelte und dann wieder stillstand. »Nichts als eine Art von herrenloser, mechanischer Kraft, die den Weg des geringsten Widerstandes geht. Und das äußert sich dann eben in Windstößen, Türenschlagen, Klopfen, Fußtritten, bewegten Schaukelstühlen, alles Dinge, die ohne viel Energie bewerkstelligt werden.«

Sie nickte. Dann legte sie ihm wie einem kleinen Kind einen Finger auf die Nase. »Du mußt jetzt schlafen«, sagte sie.

Barrett küßte sie auf die Wange, stand auf und ging zu dem anderen Bett zurück. »Soll ich die Kerze brennen lassen?« fragte er.

»Wenn es dich nicht stört?«

»Nein. Wir werden ein Nachtlicht brennen lassen, solange wir hier sind. Das macht gar nichts.« Er kroch ins Bett. »Gute Nacht, Liebling-Geist«, sagte er scherzend.

Sie schloß beruhigt die Augen.

22.21 Uhr: Der heiße Wasserstrahl spritzte auf Florences Hals und rann an ihren Brüsten herab. Sie stand im Dusch-Kabinett, Kopf zurückgeneigt, Augen geschlossen, und fühlte die Wasserstrahlen über die Hüften hinunter zu ihren Beinen laufen.

Sie dachte an das Tonband der heutigen Sitzung. Es schien ihr so, als ob darin eine einzige Stimme Bedeutung hatte: jene halb verrückt klingende, zitternde Stimme, die gesagt hat, sie müßten aus dem Haus verschwinden, oder sie würden getötet werden. Irgend etwas, das fühlte sie, hatte es mit dieser Stimme auf sich. Zunächst war die Sache noch zuwenig aufschlußreich. Aber es war ein Beginn.

Sie drehte die Wasserhähne ab, stieß die Tür des Dusch-Kabinetts auf und trat auf die Badematte. Der Raum war bitter kalt. Sie riß ein Badetuch vom Haken und rieb sich ab, bis sich die Haut rötete. Es war angenehm. Sie zog ihr Flanellnachthemd über den Kopf und schlüpfte in die langen Ärmel. Dann putzte sie sich die Zähne, zog die Hausschuhe an, nahm die Kerze und ging zu einem der beiden Betten. Die Laken waren kalt, sie strampelte munter mit den Füßen, um sich zu wärmen, streckte sich aus und zog die Decke bis ans Kinn. Nach kurzer Zeit hörte das Zittern auf. Sie befeuchtete zwei Finger und löschte die Kerzenflamme damit aus.

Komplette Stille. Sie mußte wieder an die Stimme auf dem Tonband denken. Was hatte die wohl zu bedeuten? Trotz der Drohungen hatten in der Stimme Verzweiflung und Angst mitgeklungen.

Sie drehte ihren Kopf. Die Tür zum Korridor war geöffnet worden. Sie blickte durch die Finsternis. Die Tür wurde ruhig geschlossen.

»Ja?« sagte sie.

Die Schritte kamen näher, sie hörte sie auf dem Teppich. Florence wollte nach der Kerze greifen, zog die Hand aber wieder zurück, denn sie wußte, daß es keiner der drei anderen war. »Also gut«, murmelte sie.

Die Schritte gelangten zum Stillstand. Florence horchte sorgfältig. Ein Atemgeräusch war am Fußende des Bettes zu vernehmen. »Wer ist da?« fragte sie.

Atemgeräusch, sonst nichts. Florence starrte in die Finsternis, konnte jedoch nichts erkennen. Sie schloß die Augen. »Wer ist hier, bitte?« Ihr Tonfall war gleichmäßig und ohne Furcht.

Das Atemgeräusch war noch hörbar.

»Will jemand mit mir sprechen?«

Atmen.

»Sind Sie die Stimme, die uns heute gewarnt hat?«

Das Atemgeräusch wurde stärker. »Jawohl«, sagte sie. »Sie sind es, nicht wahr?«

Das Atmen wurde mühsam. Es war das eines jungen Mannes. Sie konnte ihn in ihrer Vorstellung deutlich sehen, da unten am Fußende des Bettes. Seine Haltung war voller Spannung, das Antlitz verriet die innere Qual.

»Sie müssen zu mir sprechen oder mir sonst ein Zeichen geben«, sagte sie. Keine Antwort. »Ich warte auf Sie in Gottes Liebe. Helfen Sie mir, und Sie werden den Frieden finden, den Sie suchen.«

War das ein Schluchzen? Sie spannte sich. »Ja, ich höre, ich verstehe. Sagen Sie mir, wer Sie sind. Ich kann Ihnen helfen.«

Der Raum war plötzlich völlig still geworfen. Das Atemgeräusch hatte aufgehört. Mißmutig griff sie nach den Zündhölzern auf der Kommode. Sie strich eines an, entzündete die Kerzenflamme und blickte umher. Das Etwas befand sich noch im Raum.

»Soll ich die Kerze auslöschen?« fragte sie.

Stille.

»Na schön.« Sie lächelte. »Sie wissen ja, wo ich bin. Wann immer Sie wollen –«

Das Etwas hatte das Bettuch weggerissen. Es flog in die Luft, schlug gegen das Fußende des Bettes und senkte sich flatternd.

Darunter stand eine Gestalt.

Florence faßte sich wieder. »Jetzt kann ich Sie sehen«, sagte sie. »Wie groß Sie sind!« Sie erinnerte sich an Fischers Wort vom ›Brüllenden

Riesen‹. Sie starrte auf die Gestalt. Man konnte ihre breite Brust sich heben und senken sehen, als ob sie vom Atem bewegt würde.

»Nein«, sagte sie auf einmal. Es war nicht Belasco. Sie erhob sich, sah auf die Gestalt und ließ ihre Beine zu Boden gleiten. Der Kopf der Gestalt bewegte sich, als ob er ihr nachblickte.

»Sie sind nicht Belasco, nicht wahr? Diese Art von Kummer kommt nicht von ihm. Ich fühle Ihre Ängste. Sagen Sie mir, wer –«

Das Bettuch fiel in sich zusammen. Florence blickte es eine Weile an, dann bückte sie sich, um es aufzuheben.

Sie fuhr in die Höhe, als sie fühlte, daß eine Hand ihr Hinterteil streichelte. Sie blickte verärgert umher. Leises Kichern war hörbar. Florence holte etwas unsicher Atem: »Jedenfalls haben Sie Ihren Sex verraten«, sagte sie. Das Kichern wurde deutlicher. Florence schüttelte den Kopf und sagte mitleidig: »Wenn Sie so klug sind, warum sind Sie dann in diesem Haus gefangen?«

Das Kichern verstummte, und alle drei Bettdecken flogen vom Bett hoch, als ob sie jemand in Rage weggerissen hätte. Das gleiche geschah mit den Bettüchern, dann mit den Kissen und schließlich mit der Matratze. In wenigen Sekunden war die ganze Bettwäsche häufchenweise auf dem Teppich verstreut, und die Matratze war total verschoben.

Sie lächelte, begann die Bettwäsche wieder aufzuheben. Das Etwas versuchte, ihr eine Bettdecke aus der Hand zu ziehen. Sie gab nicht nach. »Genug jetzt, ich finde das keineswegs komisch!« Sie wandte sich zum Bett. »Gehen Sie jetzt und kommen Sie bitte nicht zurück, ehe Sie bessere Manieren angenommen haben.«

Als sie ihr Bett wieder in Ordnung brachte, wurde die Korridortür geöffnet. Sie machte sich nicht einmal die Mühe, hinzusehen, als sie wieder geschlossen wurde.

22. Dezember 1970

7.33 Uhr: Florence klopfte leise an Fischers Tür. »Ben?« fragte sie durch die geschlossene Tür. Als er nicht antwortete, öffnete sie sie einen Spalt breit. Er lag im Bett, gestützt von Kissen, das Gesicht bleich und ausgezehrt. Die Kerze an seiner Seite war beinahe herabgebrannt. Sein Anblick war bemitleidenswert.

Florence ging weiter und gelangte in die Speisehalle, wo sie Barrett und seine Frau beim Frühstück antraf.

»Guten Morgen, Miß Tanner, gut, daß Sie schon auf sind«, sagte Barrett, »Das Frühstück ist schon abgeliefert worden.« Sie setzte sich an den Tisch, nahm Rührei und Toast. Schließlich sagte sie: »Ich glaube, eine teilweise Erklärung für den Spuk in diesem Hause liefern zu können.«

»Oh?« Barrett sah sie mit einem Blick an, der deutlich zeigte, daß er eher höflich als interessiert war.

»Die Stimme, die uns gewarnt hat. Das Tischklopfen. Ein Wesen, das mich gestern nacht in meinem Zimmer aufgesucht hat. Es ist ein junger Mann.«

»Und wer?« fragte Barrett.

»Belascos Sohn.«

Sie sahen sie ohne Kommentar an.

»Sie erinnern sich doch, er wurde in Mr. Fischers Erzählungen gestern abend erwähnt.«

»Aber hat er nicht gesagt, niemand sei sicher, ob Belasco überhaupt einen Sohn gehabt hat?« fragte Barrett.

Florence nickte. »Er hatte einen. Er ist jetzt hier, scheint leidend und gequält zu sein. Er muß wohl schon mit etwa zwanzig Jahren hinüber sein. Ich fühle, daß er sehr jung ist und sich fürchtet. Und weil er sich fürchtet, ist er böse und aggressiv. Wenn ich ihn von hier wegbringen könnte, würde bestimmt ein gut Teil der negativen Kräfte eliminiert werden.«

Barrett nickte. Glaub ihr kein Wort, dachte er und sagte laut: »Das ist wirklich interessant.«

Florence dachte, ich weiß, er glaubt mir nicht.

Sie wollte noch etwas bemerken, als ein lautes Klopfen an der Eingangstür ertönte. Edith erschrak und verschüttete dabei etwas von ihrem Kaffee. Barrett lächelte zu ihr hinüber und sagte: »Ich nehme an, jetzt bringt man unseren Generator. Hoffentlich kommt auch der Zimmermann mit.«

Er stand auf, nahm seine Kerze und den Stock, und ehe er zur Eingangshalle ging, blieb er stehen, blickte Edith an und meinte: »Ich hoffe, ich kann euch einen Moment allein lassen.«

Als er die Eingangstür öffnete, sah er Urbans Beauftragten auf der Schwelle stehen, den Mantelkragen hochgeschlagen, einen Regenschirm in der Hand. Barrett war erstaunt, zu sehen, daß es regnete.

»Ich bringe Ihren Generator, den Handwerker und die bestellte Katze«, sagte der Mann.

Barrett lächelte befriedigt. Jetzt konnte er loslegen.

13.17 Uhr: Die Lichter gingen an und, unisono, alle vier gaben ihrer Befriedigung Ausdruck. »Verdammt schön«, sagte Fischer. Sie lächelten sich an. »Ich hätte nie gedacht, daß elektrisches Licht so herrlich sein kann«, sagte Edith.

Die große Halle, nunmehr in Licht gebadet, schien ein völlig anderer Raum zu sein. Seine Größe wirkte jetzt majestätisch statt unheimlich.

Ohne den schwarzen, flackernden Schatten war sie jetzt ein eher solide aussehender Museums-Saal mit erlesenen Kunstwerken und keineswegs mehr die dräuende Höhle, die sie noch vor wenigen Augenblicken gewesen war. Edith blickte zu Fischer. Er war sichtlich erfreut, hatte eine völlig veränderte Haltung, und aus seinen Augen war die Besorgnis verschwunden. Sie sah Florence zu, die mit der Katze auf ihrem Schoß spielte. Sie lächelte. Es schien überhaupt kein Geisterhaus mehr zu sein.

Florence sah zu Fischer hinüber, traf seinen Blick und lächelte ihm zu. Er gab das Lächeln nicht zurück. Idioten, dachte er. Es brauchen nur einige Birnen anzugehen, und schon glauben sie, alle Gefahr sei vorüber.

13.58 Uhr: Das Kabinett für die Séancen war in der Nordostecke der Halle errichtet worden, indem man einen langen Holzbalken über Eck in die Wände eingelassen hatte. Vom Holzbalken abwärts hing, an Ringen befestigt, ein langer grüner Vorhang, der auf diese Weise einen dreieckigen, etwa zwei Meter hohen, abgeteilten Raum bildete, in welchem ein geradlehniger, hölzerner Armstuhl stand. Barrett drückte die beiden Vorhänge, die den Eingang bildeten, an die Seiten und stellte einen kleinen Tisch, den Fischer gebracht hatte, in die Öffnung. Auf die Tischplatte legte er ein Tamburin, eine kleine Gitarre, eine Tischglocke und ein kurzes Seil. Dann überprüfte er das Ganze mit zufriedener Miene und wandte sich den anderen zu.

Aus der Kiste, der er die Utensilien entnommen hatte, holte er nun ein Paar schwarze Strumpfhosen sowie ein ebenfalls schwarzes, blusenartiges Hemd mit langen Ärmeln. Er hielt Florence diese eigens für Séancen gearbeiteten, taschenlosen Kleidungsstücke entgegen. »Ich glaube, das wird Ihnen passen«, sagte er. Als Florence ihn etwas spöttisch anblickte, fügte er hinzu: »Ich hoffe, Sie haben nichts dagegen, aber die Kleidung gehört zur Standardprozedur bei Séancen; ohne sie würden Resultate von Sitzungen wissenschaftlich nicht akzeptiert werden...«

Florence nahm die Kleidungsstücke, ging in das Kabinett und zog die Vorhänge hinter sich zu. Barrett wandte sich an Edith. »Würdest du sie bitte überprüfen?« fragte er.

Edith ging zum Kabinett. Sie hatte diese Kontrollen immer gehaßt, obwohl sie es Lionel gegenüber niemals erwähnt hatte.

Florence hatte bereits die Oberkleider abgelegt, und als sie ihren Büstenhalter aufmachte, wollte Edith sich zur Seite wenden. »Es tut mir leid«, murmelte sie, »ich weiß, daß –«

»Das macht durchaus nichts«, sagte Florence. »Ihr Mann hat ganz recht, es gehört eben zur Standardprozedur.«

Edith nickte und sah zu, wie das Medium sich des Büstenhalters entledigte, ihn über die Stuhllehne hängte und sich dann vorneigte, um den Slip auszuziehen. Sie war erstaunt über die vollen Brüste und sah dann auf, als Florence aufrecht vor ihr stand.

Edith sah die leichte Gänsehaut am Oberarm des Mediums und sagte: »Wir werden es schnell machen, damit Sie wieder in die Kleider kommen.« Dann begann sie die Untersuchung. »Den Mund, bitte?«

Florence öffnete den Mund, und Edith blickte kurz hinein. Sie kam sich bei der Prozedur lächerlich vor. »Na, außer Sie haben was in einem hohlen Zahn versteckt –«

Florence schloß den Mund und lächelte. »Es ist ja tatsächlich nur Formsache, Ihr Mann weiß, daß ich nichts verstecke.«

Edith nickte. »Ihr Haar?«

Florence hob beide Arme, um die Haare aufzumachen. Die Bewegung drängte ihre Brüste nach vorn, deren harte Spitzen Ediths Pullover streiften. Edith trat etwas zurück und sah die dichten Strähnen roten Haares, die über Florences cremefarbene Schultern flossen. Nie zuvor hatte sie eine so schöne Frau untersucht.

»Okay?« sagte Florence.

Edith begann das Haar des Mediums mit den Fingern zu durchsuchen. Es war warm und seidenweich. Der Duft von Florences Parfüm umgab sie. Balenciaga, dachte sie. Sie spürte, wie Florences Brüste gegen ihre eigenen drückten. Sie wollte zurücktreten, es gelang nicht gut. Sie blickte in die grünen Augen des Mediums und sah rasch zu Boden. Dann drehte sie Florences Kopf, um die Ohren zu untersuchen. Ich werde ihr nicht in die Nase sehen, dachte sie. Dann zog sie ihre Hände etwas verlegen zurück und sagte: »Achselhöhlen?«

Florence hob ihre Arme, was die Brüste wieder in die Nähe von Ediths Gesicht brachte. Sie wich etwas aus und sah die rasierten Achselhöhlen. Edith nickte kurz, und Florence senkte die Arme wieder. Edith fühlte ihren eigenen Herzschlag. Die Wände des Kabinetts schienen enger geworden zu sein. Sie sah Florence unglücklich an. Es war, als ob die beiden in einem zeitlosen Raum eingeschlossen wären. Dann sah sie, daß Florence an sich herunterblickte, und senkte den Blick. Florences Hände waren unter ihre Brüste geglitten und hielten sie hoch. Lächerlich, dachte sie. Sie nickte, und Florence nahm ihre Hände wieder von den Brüsten.

Sie sah, wie Florence sich in den Stuhl setzte, die Beine spreizte und sich zurücklehnte. Edith blickte auf den Körper des Mediums: den schönen, ovalen Schwung der Brüste, den Hügel des Bauches, die milchweiße Fülle ihrer Lenden und den zweigeteilten, tizianfarbigen Berg ihrer Schamhaare. Edith konnte ihren Blick nicht abwenden. Sie fühlte eine merkwürdige Hitze in ihrem Inneren. Dann dachte sie, ich werde einfach sagen, ich habe alles untersucht; es ist zu lächerlich, diese Frau hat nichts zu verbergen. Sie warf ihren Kopf ziemlich schnell hoch, so daß ein starker Schmerz in ihren Halswirbel schoß. Sie sah nur den Querbalken des Kabinetts. Und doch!

»Was ist los?« fragte Florence.

Edith schüttelte den Kopf. Das Genick schmerzte. »Ich denke, wir können uns den Rest schenken –« Sie brach ab, machte eine unbeholfene Geste mit ihrer zitternden Hand, drehte sich um und verließ das Kabinett.

Sie nickte Lionel zu und ging zum Kamin. Obwohl sie sicher war, daß man ihren Gemütszustand erkennen konnte, hoffte sie, man würde keine weiteren Fragen stellen.

Sie starrte in das Kaminfeuer. Ihr Halswirbel schmerzte immer noch. Hatte sie doch etwas gesehen, das sich bewegt hatte? Es war doch nichts zu sehen gewesen! Und doch hätte sie schwören können, daß jemand von oben in das Kabinett geblickt hatte.

Und zwar auf sie.

14.19 Uhr: »Zu eng?« fragte Barrett.

»Gerade recht«, erwiderte Florence ruhig.

Barrett beendete die Prozedur des Handschuhanlegens, indem er an ihren Handgelenken die Schnüre zuband. Florence sah über seine Schulter zu Edith hinüber, die beim Gerätetisch saß, die Katze auf dem Schoß.

»Legen Sie jetzt die Handflächen auf die Sessellehne«, befahl Barrett. Die Handschuhe, die er Florence angezogen hatte, besaßen an den Handflächen Kontaktplatten. Sowie Florence die Hände auf die Sessellehne legte, leuchteten zwei kleine Lämpchen auf dem Gerätetisch auf.

»Solange Ihre Hände am Platz bleiben, werden diese Lämpchen brennen«, sagte er ihr. »Bei unterbrochenem Kontakt –« Er hob ihre Hände hoch, und die Birnen gingen aus.

»Werden die Fußplatten die gleichen Birnen steuern?« fragte sie.

»Zwei andere.«

»Ist das nicht sehr viel Helligkeit?«

»Alle Lampen zusammen haben nur zehn Watt«, sagte er, als er die Schuhplatten anschloß. »Sie wissen ja, ich kann völlige Finsternis als Testbedingung ohnedies nicht akzeptieren. Andererseits können Sie absolut beruhigt sein, diese winzigen Lichter sind gerade genügend, um noch das Nötigste zu erkennen.«

Fischer saß da und sah auf das Medium, dessen üppige Figur durch die straffe Séancekleidung noch hervorgehoben wurde. Der Anblick erregte ihn nicht. Verdammtes schwarzes Wäschezeug, dachte er. Wieviel hatte er selbst davon getragen? Die Erinnerung an seine Jungenjahre war voll von endlosen Sitzungen dieser Art, mit seiner Mutter war er mit Bussen von Stadt zu Stadt gefahren, von einem Test zum anderen.

Er zündete sich eine neue Zigarette an und sah Barrett zu, wie er zwischen dem Medium und dem Tisch eine Art Moskitonetz aufhängte, an das kleine Schellen angenäht waren, die die Aufgabe hatten, eine direkte Verbindung des Mediums zu den Objekten am Tisch zu melden.

Dann richtete Barrett die infraroten Lampen so, daß ihre Strahlen die Tischfläche vor dem Kabinett beleuchteten.

»Das wär's«, sagte er.

Die Katze sprang von Ediths Schoß, als ob sie es verstanden hätte. Barrett schaltete die Rot- und Gelblichter auf die Minimumstärke, griff dann zum Wandschalter und drückte ihn herunter. Die große Halle lag im Dunkeln. Barrett ging zu seinem Tisch und schaltete das Magnetband ein. »22. Dezember 1970«, sprach er ins Mikrophon. »Anwesend: Dr. Lionel Barrett und Frau, Mr. Benjamin Franklin Fischer. Medium: Miß Florence Tanner.« Dann zählte er schnell die Vorsichtsmaßnahmen und andere Versuchsdetails auf, setzte sich zurück und sagte: »Los.«

Die drei saßen schweigend da, als Florence die Anfangsformel sprach und darauf eine Hymne sang. Bald danach begann sie tief einzuatmen. Ihre Hände und Füße bewegten sich, als ob sie schwache elektrische Schläge erhielten. Der Kopf rollte von einer Seite zur anderen, aus ihrer Kehle kamen gurgelnde Töne. »Nein«, brachte sie hervor. »Nein, jetzt nicht.« Dann Stille.

»Vierzehn Uhr acht; Miß Tanner anscheinend in Trance«, sagte Barrett ins Mikrophon.

Edith zog ihre Beine ein und preßte sie aneinander, als sie die Kälte unter dem Tisch verspürte. Sie starrte zu Florence hinüber. Alles, was sie sehen konnte, waren die Hände und das Gesicht des Mediums, das anscheinend die Augen geschlossen hatte.

Sie hörte die Kameraverschlüsse klicken. »Infrarote Strahlen unterbrochen, Kameras betätigt«, sagte Barrett. Edith blickte wieder auf die Hände des Mediums, schloß die Augen und öffnete sie wieder. Es war kein Zweifel möglich.

Aus den Fingerspitzen des Mediums kamen schmale, weißliche Gebilde.

»Teleplasma beginnt sichtbar zu werden«, sagte Barrett.

Er wartete, bis die weißliche Masse aus den Fingern sich zu einer einzigen, etwa armdicken Rolle vereinigt hatte, die mit unsicheren Bewegungen in Richtung der Kabinettöffnung vorschwankte. Edith drückte den Rücken gegen die Stuhllehne, als sie sah, wie die Masse ohne Anzeichen von Schwierigkeiten das Moskitonetz durchdrang und gegen den Tisch vorstieß.

»Werde jetzt versuchen, Material zu erhalten«, sagte Barrett. Er stand auf und stellte eine Porzellanschale auf den Tisch vor dem Kabinett. »Bitte etwas Material in die Schale zu geben«, sagte er mit ruhiger, fast geschäftsmäßiger Stimme.

Die grauweiße Masse schwankte vor und zurück, wie eine Wasserpflanze in der Strömung. »Bitte etwas Material in die Schale«, sagte Barrett mit unveränderter Stimme. Er sah auf seinen EMR-Anzeiger. Die Nadel hatte 300 überschritten. Dennoch war er gezwungen, seine Anweisung siebenmal zu wiederholen, ehe der Riesenrüssel sich wieder bewegte und sein Ende der Schale näherte. Edith starrte unverwandt auf die Erscheinung, die sie abstieß, aber gleichzeitig auch faszinierte. Die weißliche Masse näherte sich der Porzellanschale, zog sich wieder zurück, und beim fünften Male blieb das Ende des Rüssels an der Schale, krümmte sich mehrere Male und füllte das Gefäß bis an den Rand. Darauf zog es sich langsam zurück und entschwand den Blicken.

Barrett erhob sich und stellte die Schale auf den Gerätetisch. Edith blickte in die fluide, transparente Masse, die unbeweglich in dem Gefäß ruhte. »Mustermaterial in Schale zurückbehalten«, sagte Barrett und sah es sich an. »Kein Geruch, keine Farbe und etwas trübe.«

Florence begann plötzlich unruhig zu werden, als aus ihrem Mund neuerlich eine weißliche, flockenartige Masse erschien und sich diesmal sehr schnell zu einem Nebel verdichtete, der in wenigen Sekunden die Form eines Wesens annahm, das deutlich menschliche Formen hatte. Augen und Mund waren als Löcher erkennbar, die Hand hatte keinen einzelnen Finger, eher Klauen, die am Ende beinahe durchsichtig waren, während der Körper bereits so kompakt erschien, daß er Florence verdeckte. Edith fühlte buchstäblich, wie ihre Kopfhaut sich zusammenzog, als sich das unheimliche Etwas zu ihr wandte und den Arm ausstreckte. Ein Schrei löste ihre Spannung. »Nur ruhig«, sagte Barrett, doch ehe er noch gesprochen hatte, erfüllte ein hohles Lachen den ganzen Raum und, wie mit einem Schlag, war die Figur verschwunden.

Beinahe gleichzeitig schrie auch Florence mit heiserer Stimme, was Edith neuerlich zusammenzucken ließ. Fischer stand schwankend auf. Barrett zog den Netzvorhang zurück und leuchtete mit seinem Bleistiftlichtchen in Florences Gesicht. Er zog es sofort wieder zurück, prüfte seine Geräte und sagte ins Mikrophon: »Miß Tanner kommt aus der Trance.« Nach kurzem Schweigen fügte er hinzu: »Vorzeitige Retraktion, dadurch wahrscheinlich kurzer, systemischer Schock.« Er blickte zu Fischer.

»Helfen Sie ihr jetzt«, sagte er.

16.23 Uhr: Edith erwachte und fuhr in die Höhe. Sie sah zur Uhr und bemerkte, daß sie über eine Stunde geschlafen haben mußte.

Lionel saß an dem achteckigen Tisch und sah in sein Mikroskop. Ab und zu notierte er etwas in dem danebenliegenden Heft. Er sah sie lächelnd an und fragte: »Ist dir schon besser?«

Sie nickte. »Entschuldige meinen Auftritt vorhin.«

»Aber ich bitte dich, Edith.«

Sie sah betreten drein. »Ich habe also die ›vorzeitige Retraktion‹ verursacht, nicht wahr?«

»Es sind ihr bei ihren Sitzungen gewiß schon ärgere Dinge geschehen«, sagte er begütigend. »Sieh mal das an.« Er zeigte auf das Mikroskop.

Edith blickte hinein. Sie sah auf dem Objektträger eine Anzahl formloser Massen und Gruppen von ovalen und vieleckigen Körpern. »Was ist das?« fragte sie.

»Ein Stück Teleplasma in Wasser präpariert. Interessanterweise enthält es ausschließlich Substanzen dieser Welt. Was die Spiritisten als Ektoplasma bezeichnen, ist nichts anderes als Produkte aus dem Körper des Mediums, der Rest sind Gemische aus Fasern der Kleidung, pflanzliche Bestandteile, bakterielle Sporen, Stärkekörnchen, Staubteilchen etc. In der Hauptsache besteht es aber aus organischen Substanzen. Bedenke mal, was das bedeutet: organische Veräußerlichung von Gedanken; Geist, der zu Materie reduziert ist, der also wissenschaftlich erfaßt, gemessen und analysiert werden kann.« Er schüttelte den Kopf in tiefer Verwunderung. »Verglichen damit erscheint die Vorstellung von Geistern ganz einfach prosaisch.«

»Miß Tanner hätte also diese Figur aus ihrem eigenen Körper produziert?«

»Im wesentlichen, ja.«

»Und warum?«

»Um etwas zu beweisen. Diese Figur sollte zweifellos die Reproduktion von Belascos Sohn darstellen – ein Sohn, den es niemals gegeben hat.«

18.21 Uhr: Florence betrat den Speisesaal. »Guten Abend«, sagte sie.

Fischer lächelte kaum. Er sah ihr zu, wie sie Platz nahm, die Salate, die auf dem Tisch standen, musterte und sich die Serviette auf den Schoß legte. Dann hielt sie inne und sagte: »Wir sollten vielleicht auf die Barretts warten. Wo sind sie denn?«

»Essen Sie ruhig den Salat«, sagte er.

Florence wartete einen Augenblick, dann meinte sie: »Er sieht recht appetitlich aus, so frisch. Gut, daß wir das Dienerpaar haben, das für unser Essen sorgt.« Sie sah ihn an. »Wollen Sie auch?« Er schüttelte den Kopf. Ehe sie weitersprach, nahm sie etwas Salat, dann sagte sie: »Waren Sie eigentlich in Kontakt mit Belascos Sohn bei Ihrem letzten Hiersein?«

Ehe Fischer auf die halb vertraulich gestellte Frage antworten konnte, ertönten hinter ihnen die Schritte von Barrett und Edith.

»Guten Abend.« Barrett lächelte höflich. »Geht es Ihnen besser?«

Florence nickte: »Danke, ich bin schon wieder in Ordnung.«

»Freut mich wirklich«, sagte Barrett, schob Edith den Stuhl zurecht und setzte sich ebenfalls.

»Wir haben über Belascos Sohn gesprochen«, sagte Florence beiläufig.

»Ach ja, Belascos Sohn.«

Etwas in Barretts Ton ließ Florence hochfahren. Sie hatte ein feines Ohr für den spöttischen Tonfall in seiner Antwort. Er glaubte ihr nicht. Trotz aller für sie demütigenden Kontrollen, trotz der für sie deutlichen Manifestationen, die für ein Wesen sprachen, das Belascos Sohn sein mußte, glaubte er ihr immer noch nicht. »Wird dieses Mißtrauen niemals aufhören, Dr. Barrett?« fragte sie. »Glauben Sie wirklich, daß ich ein Medium bin, das seine Sache nicht genauso ernst nimmt wie Sie die Ihre? Ich bin der Ansicht, daß Gott die Aufgabe der Medien darin sieht, seine Gegenwart dem Menschen näherzubringen.«

»Miß Tanner«, sagte Barrett, »ich weiß wirklich nicht, auf was Sie hinauswollen, aber –«

Er brach ab, denn die Kaffeetasse zerbarst in seiner Hand. Edith zuckte zurück, es verschlug ihr den Atem. Barrett war im Augenblick wie versteinert und starrte auf das Stückchen des Henkels der Tasse, das in seiner Hand verblieben war. Blut begann aus der Wunde in seinem Daumen zu sickern. Florences Schläfen begannen zu pulsieren. Fischer blickte ebenfalls verwundert umher. »Was, in Gottes Namern –?« begann Barrett von neuem.

Seine Stimme wurde durch ein Trinkglas übertönt, das neben seinem Teller explodierte, die Scherben flogen über den Tisch. Edith riß ihre Hände hoch, als plötzlich ihr Teller vom Tisch hochflog, sich seitlich bewegte und die darauf befindlichen Speisen über den Fußboden streute, ehe er aufschlug und in Stücke zerbrach. Sie mußte sich zur Seite beugen, da der obere Rand ihres Trinkglases absprang und quer über den Tisch zu Lionel flog. Barrett riß ein Taschentuch heraus und entging dem Glasbrokken mit knapper Mühe. Er wurde nur noch am Arm getroffen, dann sprang das Stück auf den Boden und zerbarst mit lautem Klang. Fischers Glas explodierte, doch er schützte sich, indem er sein Gesicht mit den Armen bedeckte.

Florences Teller sprang hoch, der Salat flog über den Tisch. Sie versuchte, nach dem Teller zu greifen, doch dieser änderte seine Richtung und flog geradewegs auf Barrett zu, der mit einer Kopfbewegung auszuweichen versuchte. Der Teller streifte sein Ohr, rollte über den Fußboden und zerschellte an der Wand.

Fischer sprang auf und wollte nach hinten entweichen. Er wurde durch den Stuhl, der gegen seine Kniekehlen stieß, an die Tischfläche gepreßt. Er sah, wie seine Kaffeetasse vom Tisch aufsprang und ihren Inhalt auf Barretts Hemd ergoß, als sie an seiner Brust zerschellte. Dann gab Fischers Stuhl plötzlich nach, und er sank in die Knie, sein Gesicht eine Maske ohnmächtigen Schreckens.

Barrett versuchte noch immer, das Taschentuch um seine Wunde zu legen, als die silberne Kaffeekanne umfiel, sich dann hochhob und über den Tisch auf ihn zuflog, während der Kaffee unterwegs ausrann. Barrett machte eine Bewegung, um ihr auszuweichen, rutschte auf den Speiseresten auf dem Fußboden aus, ruderte mit seinen Armen, um das Gleichgewicht wiederzugewinnen, und krachte hilflos zu Boden. Die Kaffeekanne erfaßte ihn dennoch an seiner Hüfte und ergoß den Rest des heißen Inhalts auf seine Kleidung. Er schrie auf, als die Hitze seine Haut verbrannte. Edith versuchte aufzustehen, um ihm zu helfen, doch auch ihr Stuhl schaukelte nach hinten und ließ sie die Balance verlieren. Ein Messer und ein Löffel flogen knapp an ihrer Wange vorbei.

Fischer schrie: »Unter den Tisch!« und warf sich auf den Boden, um die Tischplatte als Schild zu benützen, die anderen versuchten es ebenfalls. Die schweren Silberlampen begannen zu schwingen und erreichten bald einen beängstigenden, weiten Pendelausschlag. Zwei der Leuchter krachten zu Boden, die Funken stoben, als das Metall auf den Steinboden aufschlug.

Alle vier bemerkten zu ihrem Schrecken, daß der massive Tisch über ihnen zu schwanken begann und schließlich auf und nieder tanzte, wobei die schweren Holzbeine einen ohrenbetäubenden Lärm verursachten. Die Stühle, einer nach dem anderen, neigten sich nach hinten und fielen zu Boden. Es klang wie Gewehrschüsse, als die geschnitzten Rückenlehnen auf dem Steinboden aufknallten.

Urplötzlich schob sich der ganze Tisch über ihnen zur Seite und schlitterte über die blankpolierten Steinfliesen. Er landete in dem schmiedeeisernen Schutzgitter vor dem Kamin und verbog es zu einem grotesken Metallgebilde.

Dann herrschte Stille. Nur die verbliebenen Leuchter schwangen in immer kleiner werdenden Böen. Edith neigte sich über Barrett. »Lionel?« Sie berührte seine Schulter. Er nickte mühevoll.

Florence saß benommen auf dem Fußboden und fragte: »Sind Sie in Ordnung, Dr. Barrett?« Er gab keine Antwort, richtete sich nur stöhnend auf und stützte sich auf die Tischplatte. Edith sah ihn beunruhigt an. »Lionel?« fragte sie.

»Morgen ist alles gut«, sagte er trocken und wickelte das blutige Taschentuch fester um den verletzten Daumen. Sein ganzer Körper schmerzte, Arme, Füße, Kinn, das Brustbein und natürlich sein krankes Bein. Der Daumen begann zu stechen.

Florence starrte zu ihm hinüber. Warum hatte er nicht geantwortet? Plötzlich verstand sie. Barrett dachte wahrscheinlich, daß sie...

Inzwischen war Barrett, gestützt von Edith, hinausgehumpelt. Sie blieb mit Fischer allein. »Ben«, sagte sie, »es ist nicht wahr!«

Fischer drehte sich weg. Dann begann er sich langsam zu bewegen. »Ich glaube, Sie sollten nicht mehr hierbleiben«, sagte er. »Das letztemal, 1940, da war ich das Werkzeug, mit dem die anderen vernichtet wurden. Jetzt sind Sie es!«

Er schlurfte hinaus.

18.48 Uhr: Barrett setzte sich mühsam auf. »Meinen Handkoffer«, murmelte er. Edith ließ seinen Arm los und eilte zu dem Tischchen, auf dem die Handtasche mit der Reiseapotheke stand. Dann kam sie damit zu seinem Bett zurück. Er hatte inzwischen begonnen, den Notverband vorsichtig abzunehmen. Er biß vor Schmerz die Zähne aufeinander.

Der Anblick des tiefen, blutigen Schnittes erschreckte Edith. »Shhh«, machte sie. »Das kommt schon in Ordnung«, meinte Barrett, mehr, um sie zu beruhigen, denn der Schmerz war stark, und im Daumen hatte es zu hämmern begonnen. Er nahm Sulfapillen aus einem Behälter. »Etwas Wasser, bitte.« Sie brachte es aus dem Badezimmer. Er nahm etwas Wasser und spülte die drei Tabletten damit herunter. Dann nahm er eine Gazerolle, brach das Siegel und reichte sie Edith. Sie schüttelte den Kopf und sagte: »Das muß genäht werden.«

»Ich glaube nicht.« Barrett biß die Zähne aufeinander, als sie den Finger umwickelte. »Mach es nur fest.«

Als der Daumen versorgt war, schob er sein Hosenbein in die Höhe. Ein dunkelroter Brandfleck wurde sichtbar. Edith sagte bestürzt: »Du mußt zum Art, Linonel.«

»Gib etwas Brandsalbe darauf.«

Sie sah ihn einen Augenblick lang unschlüssig an, dann kniete sie nieder und tupfte etwas von der gelben Brandsalbe auf die Stelle. Der Schmerz ließ Barrett aufstöhnen, doch er kontrollierte mit geschlossenen Augen seinen Gesichtsausdruck, da er wußte, daß sie ihn besorgt anblickte.

Edith legte etwas Gaze auf und umwickelte das Bein mit einer neuen Verbandrolle. Barrett stöhnte wieder und drehte sich auf die andere Seite. »Ich komme mir vor wie eine Puppe beim Erste-Hilfe-Kurs«, sagte er mit einem müden Versuch, zu scherzen.

»Lionel, gehen wir weg von hier.«

»Warum soll ich aufgeben, nur weil ich sie geärgert habe?«

»Du meinst« – Edith zögerte –, »*sie* hat das alles getan?«

»Mit Hilfe der hier vorhandenen Kräfte«, sagte er, »die sie zu Poltergeist-Phänomenen umgewandelt hat. Das Ganze ist natürlich unbewußt von ihr mobilisiert worden, doch kann sie damit einen ganz hübschen Schaden anrichten, das hast du ja gesehen. Aber ich werde den gleichen Fehler nicht noch mal machen.«

»Ist es wirklich so wichtig, daß wir bleiben?« fragte sie.

Lionel antwortete ruhig: »Du weißt, es bedeutet alles für mich.« Edith nickte. Noch fünf ganze Tage, dachte sie mit Grauen.

20.09 Uhr: Florence ging unruhig auf und ab, während dieselben Gedanken wieder und wieder durch ihren Kopf kreisten. Hatte Barrett recht? Sie konnte beim besten Willen nicht daran glauben. Und doch waren Beweise dafür vorhanden. Sie *war* ja wütend gewesen. Die Poltergeist-Phänomene hatten hauptsächlich ihn zur Zielscheibe gehabt. Sie fühlte sich niedergeschlagen wie immer, wenn sie eine Séance hinter sich hatte.

Nein, sie konnte das nicht gelten lassen. Sie respektierte Dr. Barrett, liebte ihn sogar als ein menschliches Wesen, als eine brüderliche Seele,. Sie würde lieber sterben, als ihm etwas anzutun. Sicher, ganz sicher!

Ein Lächeln spielte um ihre Lippen. Sie stand auf, durchquerte den Raum und ging in den Korridor. Sie sah auf ihre Uhr; sie waren bestimmt noch wach. Vor Barretts Tür angekommen, klopfte sie viermal kurz an.

Edith öffnete. Über ihre Schulter hinweg konnte Florence auf Dr. Barrett sehen. Er saß im Bett, die Beine unter der Decke.

»Könnte ich Sie sprechen? Nur einen kurzen Moment.«

Sein Gesicht zeigte deutlich die heftigen Schmerzen, doch er sagte: »Kommen Sie, bitte.«

Edith trat beiseite, und Florence ging zu Barretts Bett. »Ich weiß jetzt, was geschehen ist«, sagte sie. »Das war nicht ich, es war Belascos Sohn.«

Barrett sah sie an, antwortete aber nicht.

»Merken Sie es denn nicht? Er will uns auseinanderbringen. Wenn wir uneinig werden, dann bedeuten wir keine Gefahr mehr für ihn.«

Barrett schwieg noch immer.

»Bitte glauben Sie mir«, sagte Florence. »Ich weiß, daß ich recht habe, er will, daß wir Feinde werden.« Sie sah ihm fest in die Augen. »Wenn Sie mir nicht glauben, dann hat er gewonnen, das ist doch völlig klar.«

Barrett seufzte. »Miß Tanner –«

»Ich will gleich morgen noch eine Sitzung für Sie machen«, unterbrach sie ihn, »und Sie werden selbst sehen –«

»Es werden keine Sitzungen mehr gemacht.«

Florence sah ihn ungläubig an. »Keine Sitzungen mehr?«

»Es ist nicht mehr nötig.«

»Aber wir haben doch eben erst angefangen. Wir können doch jetzt nicht unterbrechen, wo wir so viel zu erfahren haben.«

»Ich habe erfahren, was ich wissen will.« Barrett spürte wieder starke Schmerzen, und er befürchtete, die Geduld zu verlieren.

»Sie denken also immer noch, ich sei es gewesen, die –«

»Ich denke es nicht nur, ich weiß es, Miß Tanner«, unterbrach er sie. »Und jetzt bitte, verlassen Sie mich, ich habe starke Schmerzen.« Seine Stimme war jetzt schneidend.

»Das kann ich sehen –«, begann sie von neuem.

»Miß Tanner –«, bat Edith.

Florence sah sich um. Sie hätte um alles in der Welt versucht, Barrett zu überzeugen, aber der besorgte Blick in Ediths Augen ließ sie innehalten. Sie sah noch einmal zu Barrett zurück. »Sie sind im Irrtum«, sagte sie und ging zur Tür. »Tut mir wirklich leid«, meinte sie leise zu Edith, »bitte verzeihen Sie mir.«

Sie hatte sich in der Gewalt, bis sie in ihr Zimmer zurückgekehrt war. Dort setzte sie sich auf die Bettkante und begann zu weinen. »Sie irren sich«, flüsterte sie. »Sehen Sie das wirklich nicht ein? Sie irren sich. Sie irren sich.«

22.18 Uhr: Edith lag auf dem Rücken und blickte an die Decke. Dutzende von Malen hatte sie schon versucht, die Augen zu schließen, aber der Schlaf wollte nicht kommen. Sie war hellwach.

Sie drehte den Kopf zur Seite und blickte auf den schlafenden Lionel neben sich. Kein Wunder, er brauchte Schlaf, nach alldem, was er durchgemacht hatte. Sie war entsetzt gewesen, als sie ihm beim Auskleiden geholfen und den Pyjama übergezogen hatte. Der ganze Körper war mit leichten und schwereren Verletzungen bedeckt, die sich langsam zu verfärben begannen.

Sie schloß wieder die Augen, doch ihre Unruhe war zu stark. Sie stand vorsichtig auf, rieb sich die Augen, blickte umher und dachte, wie gut es wäre, jetzt ein Buch zu haben, das sie ablenken könnte. Zur Rechten des Kamins stand ein Schränkchen mit einer Flügeltür. Sie öffnete sie und entdeckte zu ihrer Freude einige ledergebundene Bände. Die Bezeichnungen auf den Buchrücken waren schwer erkennbar. Sie zog einen Band heraus, er handelte von militärischer Taktik im 18. Jahrhundert. Ein anderer Band war in Latein verfaßt. Seufzend zog sie ein größeres, in blaues Leder gebundenes Werk heraus, dessen Seiten mit Goldschnitt versehen waren.

Das Buch war innen hohl. Als sie den Deckel öffnete, fiel ein Stoß Fotografien heraus und flatterte auf den Teppich. Als sie sich bückte, um sie aufzuheben, fiel ihr Blick auf die vergilbten Bilder. Ihr Herzschlag beschleunigte sich.

Sie mußte schlucken, dann hob sie ein Foto auf. Ein Zittern rann durch ihren Körper. Das Bild zeigte zwei Frauen in sexueller Umarmung. Alle Fotos waren pornographisch – Männer und Frauen in vielen Stellungen. Auf einigen konnte man erkennen, daß die Männer und Frauen auf dem großen Tisch in der Halle ihre perversen Spiele trieben, während andere als Zuschauer mit geilen Blicken die Szenen verfolgten.

Edith preßte die Lippen zusammen, sammelte alle Fotos auf und machte ein Bündel daraus. Wirklich ein greuliches Haus, dachte sie. Sie legte das Bündel wieder in das Buch und schob es in das Regal zurück. Als sie die Flügeltür schließen wollte, sah sie im oberen Regal eine Brandyflasche mit zwei silbernen Schalen auf einem Tablett stehen.

Sie ging zu ihrem Bett zurück. Es war kühl. Sie zitterte etwas. Kalt, dachte sie, sah Lionel an, der ruhig weiterschlief, und legte vorsichtig ihre Hand auf die seine. Wenn sie nur neben ihm liegen könnte! Nicht wegen Sex, nur um seine Wärme zu fühlen.

Nein, nicht wegen Sex. Sie schloß die Augen. Hatte sie jemals Sex von ihm gewollt? Er war zwanzig Jahre älter als sie, und außerdem hatte ihn die Kinderlähmung praktisch impotent gemacht.

Sie räkelte sich auf dem Rücken und sah an die Decke. Was ist nur los mit mir? dachte sie. Nur weil meine Mutter mir einreden wollte, Sex sei schlecht und unwürdig, muß ich doch nicht das ganze Leben Angst davor haben? Meine Mutter war eine verbitterte Frau, verheiratet mit einem Trunkenbold und Schürzenjäger. Ich habe einen ganz anderen Mann. Für mich gibt es diesen Grund nicht. Ganz und gar nicht.

Plötzlich setzte sie sich auf und blickte erschreckt umher. Jetzt sieht mir wieder jemand zu, dachte sie. Sie fühlte, wie sich die Haut im Genick zusammenzog. Die Kopfhaut begann zu prickeln. Jemand sieht mich an und weiß, was ich fühle!

Sie sah zu ihrem schlafenden Gatten hinüber. Wecken kam nicht in Frage, er brauchte den Schlaf. Er würde ihr nur wieder sagen, daß es keine Geister gäbe. Und er wußte es. Sie schloß die Augen. Es gibt keine Geister. Lieber Gott im Himmel, es gibt keine Geister.

23.23 Uhr: Fischer riß den Blechverschluß einer Bourbonflasche ab und drehte die Kappe auf. Er goß sich etwas in ein Glas und stellte die Flasche hin. Dann schwenkte er das Glas und ließ den Inhalt kreisen. Seit Jahren hatte er nichts mehr getrunken. Ob es ein Fehler war, wieder damit anzufangen? Es gab eine Zeit, da konnte er nicht mehr aufhören, wenn er einmal damit angefangen hatte. Er wollte bestimmt nicht wieder auf diese Stufe zurücksinken. Besonders hier nicht.

Er nahm einen Schluck, verzog das Gesicht zu einer Grimasse, als das Getränk durch die Kehle jagte, mußte husten, und seine Augen tränten. Er rieb sie mit den Fingern. Dann lehnte er sich an den Wandschrank und genoß den Bourbon in kleinen Schlückchen. Er wärmte die Kehle und beruhigte angenehm die mitgenommenen Nerven. Als er weitertrank, dachte er über das Haus nach. Was hatte es wohl diesmal vor? Daß ein Plan existierte, daran bestand kein Zweifel. Darin bestand ja gerade das Grauen hier. Es war nicht ein einfaches Haus, in dem es spukte, mal hier, mal da. Das Höllenhaus hatte Methode. Es arbeitete gegen Eindringlinge völlig systematisch. Wie das möglich war, hatte bisher niemand herausfinden können.

Die Korridortür wurde geöffnet, und Florence trat ein. Sie sah erschöpft und gequält aus.

»Warum sind Sie noch auf?« fragte sie.

»Und warum schlafen Sie noch nicht?«

»Ich suche Belascos Sohn.«

Er sagte nichts.

»Sie glauben auch nicht an seine Existenz, nicht wahr?«

Fischer wußte nicht, was er antworten sollte.

»Ich werde ihn finden«, sagte sie und wandte sich zum Gehen.

Er überlegte einen Augenblick, ob er sie begleiten sollte.

Nein. Alles geschah immer in ihrer Gegenwart, ein Zeichen dafür, daß sie zu offen für alles war. Er wollte keine neuen Erfahrungen, für heute hatte er genug. Ihre Schritte verklangen, es war wieder alles still.

Fischer saß bewegungslos und nippte an seinem Bourbon. Er fühlte, daß er jetzt etwas allein unternehmen sollte, vielleicht eine andere Methode versuchen mußte, um zu den Geheimnissen des Hauses zu gelangen. Es mußte etwas sehr Kluges sein, etwas, das die Methode des Hauses zunichte machte. Ein Plan gegen den Plan, sozusagen. Aber wie?

Nach einigen Minuten stellte er seinen Drink weg, sprang auf und ging zur Eingangshalle. Mal einen Rundgang machen, dachte er, aber allein, ohne Florence Tanner, die seine Gedanken nur ablenken würde.

Er durchquerte den Raum und hielt plötzlich inne, sein Herz klopfte. Eine Gestalt kam die Treppe herunter. Fischer blinzelte, um besser zu sehen, wer es sein konnte. Das Licht auf der Treppe war schwach.

Es war Edith in einem hellblauen Pyjama, ihre Augen starrten ausdruckslos vor sich hin. Er mußte handeln, es war ein klarer Fall von Somnambulismus. Er ging auf sie zu, faßte sie behutsam am Arm und sagte: »Kommen Sie mit.«

Sie zitterte in der kalten Eingangshalle. Er führte sie schnell in die große Halle, wo die Glut im Kamin noch nicht ausgegangen war. Er nahm ein Scheit und warf es auf die Glut, faßte die Feuerzange, schürte Glut um das Scheit, und bald begannen die Flammen emporzuzüngeln. »So, das ist besser«, sagte er ruhig. Er sah sie an. Sie starrte auf die Kaminumrandung, ihr Gesichtsausdruck war angespannt, aber undeutbar. Fischer blickte auf die Stelle, die Edith so fest fixierte. Es waren pornographische Schnitzereien auf dem Kaminsims, die er bisher noch nicht bemerkt hatte...

Als sie begann, das Oberteil ihres Pyjamas aufzuknöpfen, wußte er nicht, wie er jetzt vorgehen mußte. »Was tun Sie denn?« fragte er. Sein Herzschlag wurde schneller, als sie die Pyjamajacke über den Kopf zog und zu Boden warf. Sie hatte eine Gänsehaut, schien aber keine Kälte zu verspüren. Dann begann sie, die Pyjamahose abzustreifen. Ihre ausdruckslosen Augen waren entnervend. »Lassen Sie das«, sagte er ihr.

Anscheinend hörte sie ihn nicht. Sie zog die Pyjamahose mit einiger Anstrengung herunter und ließ sie über die Beine zu Boden gleiten. Dann stieg sie darüber hinweg und bewegte sich auf Fischer zu. »Nein«, sagte er halblaut, als sie zu ihm kam. Mit einem Seufzer preßte sie ihren Körper gegen seinen und legte ihre Arme um seinen Hals. Dann drängte sie ihre Flanken gegen ihn. Als sie seinen Hals küssen wollte, gab es ihm einen Ruck, denn gleichzeitig glitt ihre Hand hinunter und griff nach ihm. Er wich nach hinten aus. Ediths Augen waren ausdruckslos. Er nahm sich zusammen und schlug sie, so stark er konnte.

Edith drehte sich, gab einen Laut von sich und fiel beinahe zu Boden. Fischer packte ihren Arm und stellte sie wieder auf die Füße. Sie sah ihn an, Schock in den Augen. Dann blickte sie an sich hinunter und rang nach Luft. Sie befreite sich so heftig von seinem Griff, daß sie neuerlich wankte und beinahe stürzte. Als sie das Gleichgewicht wiedergefunden hatte, griff sie hastig nach dem Pyjama am Boden und hielt ihn vor ihren Körper.

»Sie haben schlafgewandelt«, sagte er zu ihr. »Ich sah Sie die Treppe hinuntergehen, anscheinend wollten Sie ins Freie, vielleicht in den Tümpel.«

Sie antwortete nicht. Die Augen vor Angst weit offen, ging sie rückwärts von ihm weg auf die Treppe zu.

»Mrs. Barrett, das war das Haus –«

Er brach ab, denn sie drehte sich um und rannte quer durch den Raum. Er drehte sich um und starrte ins Feuer.

Jetzt hatte das Haus auch sie in der Gewalt.

23.56 Uhr: Irgend etwas zog sie in Richtung Keller. Florence schritt die Stiegen hinunter und stieß die Schwingtür auf, die zum Swimmingpool führte. Sie erinnerte sich an das Gefühl, das sie gestern hatte, als sie mit Fischer einen Blick in den Dampfraum geworfen hatte: ein Gefühl von etwas Ungutem, Pervertiertem.

Ihre Schritte hallten und widerhallten, als sie am Becken entlangging. Trotz ihrer Müdigkeit fühlte sie deutlich, daß sie nicht einschlafen würde, ehe sie sich selbst nicht den Beweis geliefert hatte, daß Belascos Sohn keine Einbildung war. Sie blickte in die Dampfkammer, die jetzt in Betrieb war.

Man hatte also die nötigen Reparaturen ausgeführt. Sie blickte kurz in das wolkige Halbdunkel, fühlte ziemlich genau eine bösartig aufgeladene Atmosphäre; doch sie war ebenso sicher, daß dies nichts mit Belascos Sohn zu tun hatte. Andererseits, wenn Belascos Sohn nicht hier war, warum hatte es sie so stark in den Keller gezogen? Es gab doch nur das Schwimmbecken und das Dampfbad. Nein, das stimmte nicht; jetzt erinnerte sie sich. Gegenüber im Korridor war noch der Weinkeller.

In dem Augenblick, als sie sich darüber klar wurde, schien ihr, als ob diese Erkenntnis in ihr förmlich explodierte. Ein erregtes Lächeln spielte um ihre Lippen, als sie durch die Schwingtür auf den Gang und zur Kellertür strebte, die sie sofort öffnete. Mit der Hand versuchte sie den Lichtschalter zu ertasten. Sie fand ihn, drückte ihn herunter, und die dünne Deckenbeleuchtung, verfinstert durch jahrelangen Schmutz, warf ein schwaches Licht in den Raum.

Florence ging hinein und sah sich um. Ihre Empfindungen waren so intensiv, daß ihre Blicke beinahe automatisch auf eine Stelle fielen, an der die leeren Flaschengestelle an der Wand ein kleines Stück Mauer frei ließen. Sie starrte darauf. Jawohl, dachte sie. Sie ging darauf zu.

Sie schrie auf, als unsichtbare Hände sie an der Gurgel packten. Sie ergriff sie und begann, sich von ihnen zu befreien. Sie waren kalt und feucht. Es gelang ihr, die Hände wegzureißen, und sie taumelte dabei zur Seite. Dann ging sie wieder gegen die Wand vor. Die Hände ergriffen ihren Arm und drehten ihn seitwärts. Sie rollte über den Boden und stieß an ein Weingestell. »Nicht«, rief sie, »ich bin hier, um zu helfen.« Die Hände ließen nicht locker. Jetzt hatten sie ihre Schultern gepackt. Sie flog gegen die Tür, doch gelang es ihr, das Gleichgewicht zu bewahren. »Du wirst mich nicht irremachen«, sagte sie entschlossen. Dann begann sie wieder, vorwärts zu streben und betete dabei mit sanfter, aber unbeirrbarer Stimme. Die Hände packten sie wieder. Sie entwand sich ihnen und sprach laut und deutlich: »Im Namen des Vaters, des Sohnes und des Heiligen Geistes!« Florence stürzte zur Wand vor und stemmte sich dagegen. Jetzt war sie sich völlig sicher. »Ja«, rief sie. Visionsartig leuchtete es in ihr auf: ein junger Mann, gefangengehalten an einem furchterregenden Ort. Er sah sie bittend an. Sie schluchzte vor Freude. »Daniel!« sie hatte ihn gefunden! »Daniel!«

23. Dezember 1970

6.47 Uhr: Ein Schrei, der von außen in das Zimmer drang, schnitt wie ein Messer in Ediths Schlaf. Sie zuckte zusammen, öffnete die Augen und starrte verwirrt nach oben. Neben ihr raschelte es, sie fuhr herum und sah Lionel, der sich in seinem Bett auf die Ellbogen gestützt aufgesetzt hatte. Er blickte sie an. »Was war das?« fragte sie.

Barrett schüttelte den Kopf.

»Ich meine den Schrei.«

Barrett sagte noch immer nichts.

Der zweite Schrei ließ ihren Atem stocken. Auch Barrett hielt die Luft an. »Miß Tanner.« Er ließ seine Beine über den Rand der Matratze gleiten und suchte mit den Füßen nach seinen Hausschuhen. Edith setzte sich auf. Sie sah, wie Barretts Beine nachgaben und er gegen das Bett sackte. »Sshhh«, zischte er vor Schmerz, als er seinen Daumen benützen wollte.

»Bist du nicht zu krank?« fragte sie besorgt.

»Es geht schon«, meinte er und humpelte, mühsam auf den Stock gestützt, zur Tür. Edith folgte ihm und knöpfte im Gehen ihren Morgenrock zu. Sie blickte hinüber zu Fischers Zimmer. Er mußte den Schrei bestimmt gehört haben.

Barrett hielt vor der Tür zu Florences Zimmer an und klopfte dreimal kurz an. Als keine Antwort erfolgte, öffnete er und ging hinein. Der Raum war dunkel. Edith fühlte ihre Spannung ins Unerträgliche wachsen, als Lionel nach dem Schalter tastete und das Licht anknipste.

Florence Tanner lag auf dem Rücken, die Arme über der Brust gekreuzt. »Was fehlt Ihnen?« fragte er. Edith stand hinter ihm.

Florence blickte ihn nur mit schmerzverzerrtem Gesicht an. Er beugte sich trotz seiner starken Schmerzen zu ihr herunter und fragte: »Miß Tanner, was haben Sie?«

Sie zog langsam ihre Arme zurück, und Edith sah, wie er den Schlafanzug des Mediums aufknöpfte, auf dem zwei feuchte Lappen lagen, einer auf jeder Brust. Als Barrett das Hemd beiseite schob, zuckte Edith zurück.

Tiefe Bißspuren umsäumten die beiden Brustwarzen des Mediums. Florence schob mit einer konvulsivischen Bewegung die Decke hoch, und ein Schluchzen kam aus ihrer Kehle. Sie versuchte, es zu unterdrücken. »Wehren Sie sich nicht, weinen Sie, Miß Tanner«, sagte Barrett zu ihr. Florence schluchzte, und Tränen rannen über ihre Wangen.

Fischer trat ein und trat zu ihnen ans Bett. »Was ist denn geschehen?« fragte er.

Nach kurzem Zögern schob Florence die Decke von ihren Brüsten, und als Edith die Bißwunden wieder sah, mußte sie sich zurückhalten, um nicht laut zu stöhnen.

»Er richtet mich arg zu«, sagte Florence. »Ich habe ihn gestern abend gefunden. Er ist Daniel Belasco.«

Es wurde sehr still im Zimmer. Barrett sah etwas verlegen drein. Florence gelang ein kleines Lächeln. »Nein, ich bilde es mir nicht ein.« Sie legte eine Hand auf ihre Brust. »Das da habe ich mir bestimmt nicht eingeredet!"«

Barrett machte eine hilflose Geste.

»Sein Leichnam ist im Weinkeller. Wollen Sie mir helfen, ihn zu exhumieren?«

»Ich würde es tun, aber nach den gestrigen Ereignissen bin ich beim besten Willen nicht zu körperlicher Anstrengung fähig«, sagte Barrett.

Florence wandte sich an Fischer. »Wollen Sie mir bitte helfen?«

Fischer sah sie schweigend an. Edith war es plötzlich klar, daß er den Schrei Florences bestimmt auch gehört hatte, aber zu ängstlich gewesen war, hereinzukommen, ehe Lionel erschienen war. Jetzt hatte er Angst, zu helfen.

Als Fischer nicht antwortete, biß Florence die Zähne zusammen und hielt ein Schluchzen zurück. »Gut, dann mache ich es eben allein.« Der Schmerz der Bißwunden schien sie zu überwältigen, und sie schloß die Augen.

»Ich werde Ihnen helfen«, sagte Fischer plötzlich.

Florence öffnete die Augen und lächelte mühsam. »Danke Ihnen, Ben.«

Barrett blickte anerkennend zu Florence und meinte: »Ich kann Ihnen zwar nicht helfen, aber wir kommen natürlich mit herunter.«

Edith fühlte es plötzlich kalt über den Rücken rieseln.

Was erwartete sie da unten im Weinkeller?

7.29 Uhr: Fischer trieb das Brecheisen in die Wand und lockerte mit Mühe ein weiteres Stück Mauerwerk. Es hatte mehr als zwanzig Minuten gedauert, um ein kleines Loch, nicht größer als eine Faust, in die harte Wand zu schlagen. Seine Hosen und die Tennisschuhe waren mit Mörtelstaub bedeckt. Er mußte niesen, weil der Staub ihm in die Nase stieg, wandte sich ab und blies in sein Taschentuch. Florence sah ihm gespannt zu. Sie lächelte mühsam. »Ich weiß, es ist schwer.«

Fischer nickte, hob das Brecheisen und rammte die Spitze in die kleine Öffnung. Ein kleines Mauerstück fiel auf die Erde. »Das kann den ganzen Tag dauern, wenn es so weitergeht«, sagte er.

Barrett wurde ungeduldig und wollte gehen. Florence hielt ihn zurück. »Warten Sie bitte nur noch eine kleine Weile, ich werde Mr. Fischer ablösen«, doch dieser ließ nicht locker. Er hieb das Eisen mit großer Anstrengung in die Mauer, und als er es herausholte, zeigte sich deutlich ein handbreiter Spalt.

»Warten Sie«, sagte er, etwas außer Atem, zu Barrett. Er nahm seine Taschenlampe und hielt sie in die Öffnung.

»Was sehen Sie?« Florence konnte ihre Spannung kaum mehr meistern.

Fischer versuchte, durch die staubige Öffnung in das Innere des Hohlraumes zu sehen, der anscheinend vorhanden war. Er blies hinein, leuchtete dann nochmals mit seiner Lampe und meinte: »Sieht aus wie ein Strick.« Dann griff er mit der Hand in die Öffnung und umklammerte mit seinen Fingern das staubige Seil. Er versuchte zu ziehen, doch es gab nicht nach. Er zog stärker, es bewegte sich etwas. Als er nachließ, rutschte es zurück, so, als ob am anderen Ende etwas befestigt sei.

Florence hielt den Atem an. »Ein Gegengewicht?«

Fischer packte nochmals das Brecheisen und stieß das abgeschrägte Ende mehrmals in die Randpartien des Loches, um es zu vergrößern. Dann warf er es weg und steckte beide Hände in die Öffnung. Er packte das Seil und zog es nach oben. Der Widerstand war zu groß. Die eigene Neugier verlieh ihm neue Kräfte. Er nahm sich zusammen, packte das Seil, stemmte seinen Kopf gegen die staubige Mauer und zog mit zusammengebissenen Zähnen. Beweg dich, du verfluchtes Zeug, dachte er, gib doch nach!

Mit einem Male schnappte das Seil hoch, und Fischers rechtes Handgelenk schlug gegen den oberen Ziegelrand des Loches. Er riß seine Hände zurück. Als er die kleine Wunde ansah, hörte man ein polterndes Geräusch im Innern der Wand. Er blickte hin und sah zu seinem Erstaunen, daß ein Teil der Wand zu schwanken begann. Neben ihm stand Florence, Nerven und Sinne angespannt, und starrte auf die schwankende Mauer.

Fischer zog die Lippen zurück, eine Grimasse von Spannung und Erschöpfung zugleich. Der Seufzer der Erleichterung, den Florence aus stieß, berührte ihn eigenartig.

In dem kleinen Hohlraum, an die hintere Wand gefesselt, hingen die mumifizierten Reste eines Mannes.

»Edgar Allan Poes nachgelassene Werke«, murmelte Barrett.

»Ich sagte Ihnen, daß er hier sein muß«, stieß Florence hervor.

Fischer starrte auf die grauen, pergamentartigen Formen der Leiche. Die Augen waren wie schwarze, harte Kirschen, die Lippen waren zurückgezogen und schienen in einem tonlosen Schrei erstarrt. Es war klar, er war noch lebend an die Mauer gefesselt worden.

»Nun, Doktor?« fragte Florence.

»Was ich sehe, ist die Mumie eines Mannes. Wieso wissen Sie, daß es Daniel Belasco ist?«

»Ich *weiß* es«, sagte sie.

»Ohne Zweifel, ohne den geringsten Zweifel?«

»Natürlich.« Sie konnte die Frage kaum begreifen.

Barrett lächelte. »Ich denke, das verlangt noch andere Beweise.«

Florence starrte ihn an. »Sie haben ganz recht«, sagte sie schroff. Sie wandte sich der Maueröffnung zu, griff nach der rechten Hand der gefesselten Leiche und nestelte an einem der Finger. Fischer sah, daß sie einen Ring abzog. »Hier.« Sie hielt ihn Barrett entgegen.

Barrett zögerte, ehe er ihn ergriff. Fischer sah zu Edith. Sie blickte besorgt auf ihren Mann. Dann sah er Barrett an. Der Physiker gab den Ring zurück, auf seinen Lippen ein säuerliches Lächeln. »Sehr gut«, sagte er.

»Glauben Sie mir jetzt?«

»Ich muß darüber nachdenken.« Florence wollte protestieren. Er ließ sie nicht zu Wort kommen. »Ich benötige etwas mehr Zeit, um diese Information zu verarbeiten und meine Schlüsse daraus zu ziehen. Immerhin möchte ich Ihnen schon jetzt sagen, daß ein Ring am Finger einer Leiche nicht imstande sein wird, die wissenschaftlich fundierten Überzeugungen eines ganzen Lebens umzuwerfen.«

»Aber Doktor, ich will ja Ihre Überzeugung gar nicht umwerfen. Was ich Ihnen biete, ist doch Zusammenarbeit. Können Sie denn nicht annehmen, daß wir beide im Recht sind?«

Barrett schüttelte den Kopf. »Leider nein, ich kann und werde das niemals annehmen.« Er drehte sich kurz um und humpelte zum Korridor. »Kommst du, Liebling?« fragte er. Edith sah einen Moment zu Florence hinüber, dann drehte sie sich um und folgte ihrem Mann. Fischer nahm den Ring von Florence. Er war aus Gold und hatte ein ovales Wappen.

Es bestand aus zwei verschnörkelten Buchstaben, aus den Anfangsbuchstaben ›D. B.‹.

8.16 Uhr: Seit etwa zwanzig Minuten hatten sie schweigend gegessen. Dann schob Barrett seinen Teller beiseite und zog die Kaffeetasse zu sich. Er blickte über den Tisch zu dem EMR-Anzeiger. Unangenehm, daß man am gleichen Tisch essen mußte, auf dem die Apparate standen. Aber es gab keine andere Möglichkeit, denn der Speisesaal war nach den gestrigen Ereignissen ein Trümmerhaufen.

Edith saß bewegungslos, die Hände um die Kaffeetasse gelegt. Sie sah aus wie ein verschrecktes Kind.

Er wußte, was sie verstörte. »D. B. muß nicht unbedingt Daniel Belasco bedeuten«, sagte er.

Sie schien nicht überzeugt.

»Es könnte auch David Barth, Donald Bascomb oder«, er lächelte, »Doktor Barrett heißen.«

»Ja, aber –«

»Andererseits könnte es natürlich auch Daniel Belasco heißen, wenn man annimmt, daß es einen solchen überhaupt gegeben hat.«

»Ist denn die ganze Sache im Keller dafür kein Beweis?«

»Wichtig ist nicht der Beweis, wichtig ist, wer ihn gefunden hat.« Barrett lächelte. »Sieh mal, Miß Tanner ist doch tatsächlich ein höchst sensibles Medium. Sie, und nur sie, kann die freien Kräfte, die sich in so großer Zahl in diesem Haus herumtreiben, mobilisieren. Daß sie es tut, wenn auch vielleicht unbewußt, darüber kann es keinen Zweifel geben, denn sie will damit beweisen, daß sie mit ihrer Idee über Belascos Sohn im Recht ist.«

Edith sah immer noch besorgt drein. Barrett wußte, daß sie ihm gern glauben würde, doch brachten sie die Tatsachen aus der Fassung. »Und was bedeuten die Bißspuren?« sagte er.

Sie sah auf.

»Das ist doch, was du fragen wolltest?«

Sie lächelte nur wenig. »Bist du auch ein Medium?«

Barrett kicherte. »Nicht im geringsten. Es ist nur die einzige Sache, über die du dir nicht im klaren bist.«

»Lionel –« Edith war jetzt mehr denn je verwirrt. »Du wirst doch nicht sagen wollen, es seien keine Bißspuren?«

»Es könnten welche sein«, sagte er. »Ich bin nur völlig sicher, daß sie nicht von Daniel Belasco stammen.«

»Aber sie selbst kann es doch wohl nicht gewesen sein.«

»Wahrscheinlich nicht, obwohl auch das nicht unmöglich wäre«, sagte er. »Aber nach meiner Auffassung sind die Verletzungen in die Kategorie der Stigmata einzureihen.«

Sie seufzte. »Und was wird jetzt weiter geschehen?«

»Was geschehen wird, ist, daß heute morgen meine Maschine geliefert wird und ich bis morgen den sogenannten Fluch des Höllenhauses mit den Mitteln der Wissenschaft ausgetrieben haben werde.«

Fischer erschien in der großen Halle, seine Kleider und Hände mit Erdspuren bedeckt. Er sagte nichts, setzte sich, schüttete sich eine Tasse Kaffee aus der Kanne ein und zündete eine Zigarette an.

»Kommt Miß Tanner nicht zum Frühstück?« fragte Barrett.

»Im Moment möchte sie allein bleiben«, sagte Fischer.

Barrett nickte, dann nahm er seinen Stock, stellte sich mühsam auf die Beine, zog eine Grimasse des Schmerzes, als er das Gewicht auf das verbrannte Bein verlagerte, und hinkte zur Treppe. Edith war gleichzeitig aufgestanden und ging neben ihm. »Er scheint ziemlich mitgenommen zu sein«, sagte er, als sie zur Eingangshalle kamen.

»Mmmm.«

Er sah sie an. »Du übrigens auch.«

»Das Haus«, sagte sie nur.

»Natürlich.« Er lächelte. »Warte nur bis morgen. Du wirst staunen, wie sich das verändern wird.«

Er blickte mit einem zufriedenen Lächeln umher. Jemand klopfte an der Eingangstür. »Meine Maschine«, sagte er.

8.31 Uhr: »Und so hat dieser geschundene Körper den Geist freigegeben, der nie mehr zu ihm zurückkehren wird. Dieser Körper hat seinen Zweck erfüllt, er ist nutzlos geworden. Erde zu Erde, Asche zu Asche, Staub zu Staub. Amen.«

Sie hatte die Worte des Bestattungsritus nun schon dreimal gesprochen, das erste Mal, als sie und Fischer den Leichnam Daniel Belascos zur ewigen Ruhe gebettet hatten, und noch zweimal, nachdem sie in ihr Zimmer zurückgekehrt war. Nun konnte seine Seele Frieden finden.

Es war draußen bitter kalt gewesen, die Erde steinhart gefroren. Sie hatten Fischers Versuch, ein Grab zu schaufeln, schließlich aufgeben müssen, hatten dann an einer etwas abgelegenen Stelle eine kleine Grube gefunden, in die sie den Leichnam hineinlegten und dann mit Blättern und Steinen notdürftig bedeckten. Dort hatte sie die rituellen Worte gesprochen, den Kopf gebeugt, die Augen geschlossen.

Sie griff in die Tasche ihrer Wolljacke und holte Daniels Ring hervor, hielt ihn in der Hand und schloß die Finger um ihn.

Die Bilder erschienen augenblicklich. Sie sah ihn: dunkelhaarig, gutaussehend, in königlicher Haltung und doch – unter der oberflächlichen Arroganz verwundbar und schutzlos wie ein Kind. Sie sah ihn lachend im Speisesaal, im Ballsaal, wo er mit einer schönen, jungen Frau tanzte. Jugend und Zärtlichkeit standen in seinem Gesicht.

Dann verdunkelten sich die Visionen schnell. Daniel im Theater, wie er einem Stück zusah, die Züge angespannt, die Augen glitzernd. Florence spannte sich. Was er sah, wollte er vielleicht nicht sehen, aber er war jung und beeindruckbar. Sie sah ihn den Korridor entlangschwanken, am Arm schleifte er eine betrunkene Frau. Sie sah ihn in seinem Schlafzimmer, wo er trotz aller Verworfenheit um ihn herum versuchte, dem Sex-Akt etwas Schönes abzugewinnen.

Der Abstieg ging weiter. Trunkenheit. Verzweiflung. Ein kurzer Fluchtversuch und dann wieder die hilflose Rückkehr in das Höllenhaus, von wo er nie mehr entkommen sollte. Florence zuckte zusammen. Sie sah ihn in der großen Halle, nackt, an dem großen, runden Tisch sitzen, wie er die Szenen vor sich mit den Augen verschlang. Sie sah ihn mit der Injektionsnadel in der Armbeuge, sah ihn sexuelle Abnormitäten vollführen, die sie in der Dunkelheit erzittern ließen. Und doch – hinter der Maske äußerster Verworfenheit, die ihm das Höllenhaus aufgezwungen hatte, kauerte der kleine Junge, fluchtbereit und dennoch unfähig zu handeln. Ein Junge, der die Liebe suchte und Unzucht fand.

Die Vision verblaßte. Sie fand zu sich zurück, halb schlafend, halb noch unter dem Eindruck des Gesehenen. Sie wußte sich wieder in ihrem Zimmer, auf ihrem Bett. Eine Tür ging. War es die Tür zu ihrem Zimmer oder eine Tür aus ihrer Traumwelt? Alles, was sie wußte, war, daß sie ihre Augen fest geschlossen hielt, daß sie schlief und doch wach war. Hellwach. Sie hörte Schritte, die sich näherten.

Sie sah eine Gestalt. Mit geschlossenen Augen konnte sie die Silhouette ausmachen, wie aus schwarzem Papier geschnitten. War es Einbildung? War die Gestalt im Zimmer oder ein Produkt ihrer Fantasie?

Es kam ans Bett und setzte sich neben sie. Sie konnte die Matratze fühlen, die unter ihm nachgab. Schlagartig wußte sie, daß es Daniel war, und gleichzeitig ertönte ein ächzender Laut. Er konnte nicht von ihm kommen! Er ruhte in Frieden! Sie und Fischer hatten ihn beerdigt, und sie hatte das Grab geweiht. Er konnte nicht zurückkehren. Unmöglich. Schlafend und doch wachend sah sie ihn neben sich am Bettrand sitzen. Eine Gestalt in Schwarz. Sah er sie an? Hatte der dunkle Kopf überhaupt Augen?

»Bist du es?« fragte sie. Sie hörte ihre eigene Stimme ohne zu wissen, ob sie es war, die gesprochen hatte.

»Ich bin es.«

»Warum?« fragte sie. »Du solltest schon fort sein.«

»Ich kann nicht.«

»Du mußt gehen«, sagte sie, »du bist befreit worden.«

»Ich suche keine Befreiung, du weißt, was ich suche.«

Sie wußte es. Es kam wie ein eiskalter Wind, der durch ihr Herz peitschte. »Du mußt fort«, sagte sie.

»Dann muß ich dich töten, Florence.« Es war Daniel.

Eiskalte Hände umklammerten ihren Hals. Florence schrie im Schlaf auf. Sie versuchte, sich von ihnen zu befreien. Plötzlich war sie wach. Die Hände waren fort. Sie wollte sich aufsetzen, erstarrte vor Schreck, und ihr Herzschlag stockte.

Ein unheimlich-furchtbarer Laut, halb tierisch, halb menschlich, abartig gurgelnd, ertönte neben ihrem Bett. Vor Entsetzen blieb sie wie gelähmt. Was war das? Florence drehte sich ganz langsam auf die Seite. Durch die offene Badezimmertür drang etwas Licht in den Raum.

Es war die Katze.

Sie sah, wie das Tier sie anstarrte. Seine Augen glitzerten wie tollwütig. Der unnatürliche jaulende Ton kam aus seiner Kehle. Sie hob ihre Hand. »Im Namen Gottes«, flüsterte sie.

Mit einem wilden Jaulen sprang die Katze sie an. Florence zuckte zurück. Sie schützte ihr Gesicht mit beiden Armen, doch die Katze sprang mit einem Satz an ihr hoch und grub die Krallen tief in ihre Arme. Florence schrie auf, als sie spürte, wie die spitzen Zähne tief in ihren Kopf drangen.

Sie versuchte, das Tier loszureißen, doch es gelang ihr nicht. Das Tier war so an ihr festgeklammert, daß sein heißes Fell ihre Augen und ihren Mund bedeckte. Seine Zähne gruben sich nur noch tiefer ein, und die Krallen der Vorderpfoten waren fest in ihre Arme verhakt. Aus der Kehle des Tieres drang immer noch der gurgende Wahnsinnslaut. Florence bekam endlich ihren Arm frei und grub ihre Finger tief in das Fell des Tieres, um den Kopf loszureißen. Die Zähne gaben nach, doch nun schoß der Kopf wieder nach vorn, um an ihre Kehle zu springen. Florence schützte sich mit einem Arm, und die Katze hackte ihre Raubtierzähne wieder in ihr Fleisch. Aufstöhnend vor Schmerz versuchte sie, den Kopf des Tieres loszureißen, doch es begann, mit den Hinterbeinen wie verrückt auszuschlagen. In ihrer Verzweiflung packte Florence die Kehle des Tieres und drückte sie mit aller Kraft zusammen. Es begann, schreckliche, gurgelnde Laute auszustoßen, die Hinterbeine trommelten wild gegen Florences Unterleib. Plötzlich gaben die Zähne nach. Florence schleuderte die Katze auf den Boden.

Schweratmend setzte sie sich auf. Im schwachen Licht, das aus dem Badezimmer kam, sah sie, wie die Katze über den Boden rollte und dann wieder auf die Füße kam. Florence sprang vom Bett auf und rannte zum Badezimmer. Die Katze warf sich gegen ihre Beine und vergrub sich mit Zähnen und Krallen im empfindlichen Fleisch ihrer Schenkel. Sie schrie auf, verlor das Gleichgewicht und taumelte gegen den kleinen Tisch, der rechte Arm krachte in das Telefon. Sie ergriff sofort den Hörer und hieb damit auf die Katze ein. Der erste Schlag landete auf ihrem Knie. Sie keuchte vor Schmerz, holte nochmals aus und traf die Katze direkt auf den Kopf. Nun landete sie mehrere Schläge auf den Hinterkopf, bis die Zähne sie freigaben, schleuderte das Tier weit von sich und rannte ins Badezimmer, die Katze hinter sich, doch gelang es ihr, die Tür zuzuwerfen. Sie hörte, wie die Krallen das Holz der Tür von außen in ohnmächtiger Wut bearbeiteten.

Florence taumelte zum Waschbecken und sah in den Spiegel. Ihr Gesicht war unbeschreiblich zugerichtet. Tiefe Löcher in der Stirn, das Blut sickerte in kleinen Bächen aus unzähligen Biß- und Krallenwunden. Sie hob die Wolljacke hoch und stöhnte beim Anblick ihres Oberkörpers, der mit einem Netz von blutigen Kratzern bedeckt war. Ihr zerrissener Büstenhalter war blutbefleckt.

Sie sah, daß ihre Arme tiefe Löcher von den wütenden Bissen davongetragen hatten. Sie wimmerte und schluchzte verzweifelt, nahm ein Tuch, befeuchtete es und begann, die Verletzungen zu reinigen. Das Wasser tat gut, aber die Wunden brannten teuflisch, so daß sie die Zähne zusammenbeißen mußte. Heiße Tränen ließen ihren Blick verschwimmen.

Während sie die Wunden auswusch, hörte sie immer noch das wütende Kratzen der Krallen an der Außenseite der Tür und das gurgelnde Fauchen, das aus der Kehle des Tieres hervordrang.

9.14 Uhr: »Wie groß das ist«, sagte Edith.

Barrett hatte schon eine Weile an der mannshohen Kiste gearbeitet, auf deren Vorderwand die Buchstaben VORNE gepinselt standen. Mit einem Brecheisen versuchte er nun, die einzelnen Bretter der Verpackung loszulösen. Er war nicht sehr gewandt im Umgang mit dem Werkzeug, und es rutschte mehrere Male ab, ehe es ihm gelang, einige Planken zu lockern. Schweißtropfen standen auf seiner Stirn.

»Lionel, bitte übertreibe nicht«, bat Edith. Sie war beunruhigt, als sie bemerkte, mit welch hektischem Eifer ihr Mann zu Werke ging. »Warum läßt du dir nicht von Mr. Fischer helfen?« fragte sie.

»Das mache ich besser selbst«, meinte er und schnaufte.

Was wohl in der Kiste ist, dachte Edith, das ihn so sehr aus der Fassung bringt? Sie hatte ihren Mann in all den Jahren als ruhigen, immer besonnenen Wissenschaftler gekannt. Jetzt wirkte er wie ein Kind, das ein Weihnachtspaket aufmacht und vor Erregung die Bindfäden nicht lösen kann. »Bitte, Lionel, ruhe dich jetzt etwas aus«, sagte sie mit etwas mehr Betonung.

Barrett blickte sie an, seine Brust hob und senkte sich vor Erregung und Anstrengung, und er sagte: »Dies Ding hier, na ja, es ist sozusagen der Höhepunkt all meiner Jahre, die ich mit Parapsychologie zugebracht habe.« Er wischte sich über die Stirn. »Vielleicht hätte ich niemals die 70000 bis 80000 Dollar aufgebracht, die diese Maschine kostet, und jetzt bekomme ich sie sozusagen als Draufgabe für die Arbeit hier. Jetzt wirst du vielleicht verstehen, warum ich etwas ungeduldig bin.«

Nach einigen Minuten konnte Barrett die letzte Vorderplanke der Kiste entfernen, und die Maschine stand vor ihnen.

Edith blickte über die vielen Zifferblätter und Skalenanzeiger des komplizierten Apparates. »EMR«, murmelte sie, als sie das Metallschild las, das unter dem größten der Ziffernscheiben angebracht war. Die Zahlen darauf gingen von Null bis 120000.

»Was ist EMR, Lionel?«

»Ich erkläre dir das später, Liebling«, sagte er zerstreut. Dann löste er ein großes Kuvert, das an die Maschine geheftet war, öffnete es und entnahm ihm eine Reihe von Plänen, die er sorgsam ausbreitete. Er leuchtete mit seinem Leuchtstift hinter die mit einem Gitter verdeckte Öffnung an der Seite des Apparates, runzelte die Stirn, ging zu den Plänen, holte dann einen Schraubenzieher und begann, eine Platte an der Maschine abzunehmen.

Edith ging zum Kamin und hielt ihre Hände gegen die Flammen.

Als sie wieder zu Lionel wollte, stürzte Fischer herein. Edith fuhr auf, als er schon beim Eintreten rief: »Doktor.«

Barrett fuhr herum.

»Miß Tanner ist wieder verletzt worden.«

Barrett nickte kurz, nahm seinen Stock und die schwarze Reiseapotheke vom Tisch. »Wo ist sie?« fragte er.

»In ihrem Zimmer.«

Sie eilten zu dritt durch die große Halle. »Ist es ernst?« fragte Barrett im Gehen.

»Sie ist völlig zerkratzt, zerfetzt und zerbissen.«

»Wie ist das geschehen?«

»Weiß ich nicht. Möglicherweise war es die Katze.«

»Die Katze?«

»Ich hatte Miß Tanner etwas Essen hinaufgebracht. Nachdem auf mein Klopfen nicht geöffnet wurde, machte ich die Tür auf. Da fuhr das Biest heraus und verschwand.«

»Und Miß Tanner?«

»War im Badezimmer. Erst wollte sie gar nicht herauskommen. Als sie dann kam –« Er hielt inne und schnitt eine Grimasse.

Als sie eintraten, lag sie auf ihrem Bett. Sie öffnete die Augen und verfolgte sie mit den Blicken. Edith erschrak zutiefst. Die Haut des Mediums war wachsbleich, am Kopf hatte Florence tiefe, glutende Bißwunden und an Hals und Wangen aufgedunsene Kratzer.

Barrett sah sich die Wunden an, dann bemerkte er die Risse an Florences Wolljacke. »Am Körper auch?«

Sie nickte, und Tränen traten in ihre Augen.

»Dann sollten Sie lieber die Jacke ausziehen.«

»Ich habe mich schon gewaschen.«

»Das wird nicht genügen. Es besteht starke Infektionsgefahr.«

Florence sah Fischer an. Ohne ein Wort zu sagen, drehte er sich um und setzte sich mit dem Gesicht zur Wand auf das andere Bett. Florence begann, die Jacke auszuziehen. »Bitte hilf ihr, Edith«, bat Barrett.

Edith ging zu Florence und mußte sich beherrschen, um beim Anblick des geschundenen Körpers nicht aufzuschreien. Der ganze Oberleib, die Bauchdecke und die Arme hatten tiefe Risse abbekommen, die zum Teil noch bluteten. Sie griff nach hinten, um den Büstenhalter aufzuhaken, und trat zurück, als Florence ihn ablegte. Beide Brüste des Mediums waren ebenfalls mit Kratzwunden übersät.

Barrett schraubte eine Flasche auf, nahm ein Wattestäbchen und tauchte es in die Flasche. »Das wird weh tun«, sagte er. »Wollen Sie ein Codein?« Sie verneinte.

Der Schmerz trieb Tränen in Florences Augen, als Barrett die Wunden behandelte. Edith konnte es nicht mit ansehen. Sie drehte sich um und sah zu Fischer hinüber. Der starrte auf die Wand. Einige Minuten vergingen, während derer man nur das gelegentliche Seufzen Florences vernahm. Als dies vorüber war, legte er ein Tuch quer über ihre Brust. »Vielen Dank«, sagte sie. Edith drehte sich wieder um.

»Die Katze hat mich angefallen«, sagte Florence. »Sie war von Daniel Belasco besessen.«

Edith sah ihren Mann an. Seine Miene war unverändert.

Das Medium versuchte ein Lächeln. »Ich weiß, Sie denken –«

»Es ist unwesentlich, was ich denke, Miß Tanner«, unterbrach sie Barrett. »Wesentlich ist nur, daß Sie so zugerichtet sind.«

»Das geht schnell vorüber.«

»Gerade das weiß ich nicht, Miß Tanner. Ich weiß nicht, ob Sie nicht besser von hier fortgehen sollten.«

»Nein, Doktor.« Florence schüttelte den Kopf. »Ich glaube nicht, daß das richtig wäre.«

Barrett sah sie einen Augenblick lang an, ehe er wieder sprach. »Mr. Urban muß ja nichts davon erfahren«, sagte er. »Ich meine, Sie haben schon mehr als genug zu diesem Projekt beigetragen.«

»Sie meinen, Sie wollten dafür sorgen, daß ich trotzdem ausbezahlt würde. Das wollen Sie doch damit sagen?«

»Ich versuche nur, Ihnen zu helfen, Miß Tanner.«

»Gut, das glaube ich Ihnen«, sagte das Medium, »aber ich werde trotzdem nicht von hier fortgehen.«

Barrett nickte. »Okay. Es liegt natürlich bei Ihnen.« Er hielt inne, dann fügte er hinzu. »Ich würde jedoch skrupellos handeln, nämlich in bezug auf meine Verantwortlichkeit Ihnen gegenüber, wenn ich Ihnen nicht nahelegen würde, dieses Haus zu verlassen, solange Sie es noch können.« Er hielt nochmals inne. »Sollte ich übrigens finden, daß Ihr Leben in Gefahr ist, behalte ich mir vor, Sie auch gegen Ihren Willen zum Verlassen des Hauses aufzufordern.«

Florence war tief betroffen.

»Ich werde nicht wider besseres Wissen zusehen, wie Sie ein weiteres Opfer des Höllenhauses werden«, sagte Barrett zu ihr. Dann klappte er die Apothekertasche zu und nahm sie in die linke Hand. »Kommst du, Liebling?« fragte er, stand mühsam auf, nahm den Stock in die rechte Hand und wandte sich zur Tür.

10.43 Uhr: Edith drehte sich auf die rechte Seite und sah zu dem anderen Bett hinüber. Lionel schlief. Sie hätte niemals erlauben dürfen, daß er die Kiste allein aufmachte. Fischer hätte helfen müssen.

Sie dachte daran, was Lionel ihr erklärt hatte, ehe er zu Bett gegangen war: daß Florence Tanner derart dringend wünschte, ihre Meinung durchzusetzen, daß sie ihr körperliches Wohl opferte, um es zu erreichen. Und er hatte hinzugefügt: ›Ich kann nicht sagen, ob Daniel Belasco tatsächlich existiert hat, aber die Persönlichkeit, mit der Miß Tanner in Kontakt zu sein vorgibt, ist nichts anderes als ein Teil ihrer eigenen Persönlichkeit.‹

Edith war verwirrt und verstört. Sie mußte immerfort an diese schrecklichen Bißwunden an Florences Brust denken und an die Bisse und Kratzwunden, die von der Katze stammen sollten. Wie hätte Florence – wenn auch unbewußt – sich all dies selbst zufügen können?

Edith setzte sich auf und ließ die Füße zu Boden gleiten. Dann schlüpfte sie in die Hausschuhe und stand auf. Was war so gefährlich daran? dachte sie. Es war lächerlich, immer diese dumme Angst vor dem Alkohol. Nur weil ihr Vater ein Trinker gewesen war, der ihre Kindheit zerstört hatte, mußte sie nicht alle Drinks wie die Pest fürchten. Alles, was sie wollte, war ein Gläschen, um sich zu entspannen.

Sie ging zu dem Schränkchen und öffnete es. Dann nahm sie die Karaffe und eine der kleinen Silberschalen und brachte sie zum Tisch. Ehe sie den Brandy einschenkte, nahm sie ein Kleenex aus der Tasche und reinigte das Gefäß. Die Flüssigkeit sah recht dunkel aus. War der Brandy vielleicht vergiftet? Man könnte sich einen schöneren Tod denken!

Sie tippte einen Finger in den Brandy, führte ihn zur Zunge. Wie erkennt man vergifteten Brandy? Die Zunge begann zu brennen, sie schluckte nervös. Die Wärme strömte angenehm durch ihre Kehle. Sie hielt die Silberschale an die Nase. Das Aroma war köstlich. Der Brandy war bestimmt nicht vergiftet. Sicher hatte schon jemand vorher davon gekostet. Sie nahm noch einen Schluck. Ein kleines Feuerchen begann angenehm in ihrem Magen zu brennen und breitete sich langsam aus. Das ist genau, was ich brauche. Ich bin doch keine Alkoholikern, die nach dem ersten Schluck nicht aufhören kann. Sie nahm sich ein Herz und setzte sich in den Schaukelstuhl, lehnte sich zurück und trank mit Entschlossenheit noch einige Schlucke. Sie schloß die Lider.

Als die Schale leer war, öffnete sie die Augen und sah zum Tisch hinüber. Nein, dachte sie, ein Drink ist genug. Sie fühlte sich entspannt, das war alles, was sie wollte.

Sie dachte an Fischer. Es war nicht nett von ihr gewesen, ihn am Morgen einfach nicht zu beachten, wo er sich ihr gegenüber doch so taktvoll benommen hatte. Sie müßte ihm eigentlich dafür danken. Sie öffnete die Tür, trat auf den Korridor und schloß die Tür leise hinter sich. Es war das erste Mal, daß sie in diesem Hause allein war, wenn sie ihren schlafwandlerischen Ausflug, der ja unbewußt geschehen war, nicht rechnete. Aber der Brandy hatte ihr Mut gemacht, und sie ging weiter. Was konnte denn schon geschehen, mit Lionel in seinem Zimmer, ein paar Schritte von hier entfernt? Sie ging zu Fischers Tür. War es ein Fehler? Nein, dachte sie, ich schulde ihm Dank.

Sie klopfte an Fischers Tür und wartete. Kein Laut kam von drinnen. Nach einiger Zeit klopfte sie noch einmal, wieder, ohne Antwort zu erhalten. Edith drehte den Türknopf und öffnete. Was mache ich nur hier? dachte sie. Sie konnte sich jedoch nicht entschließen, umzukehren. Fischers Zimmer war wesentlich kleiner als der Raum, den sie und Lionel hatten. Sie ging zu dem Sessel neben dem Tisch, auf dem Fischers Handkoffer offen dalag. Edith blickte hinein.

Es riß sie herum, ihr Atem stockte.

Fischer stand in der Tür.

Sie standen und sahen sich schweigend an. Edith schien es eine Ewigkeit zu dauern. Ihr Herz raste, sie fühlte lodernde Hitze im Gesicht.

»Was ist los, Mrs. Barrett?«

Sie versuchte, sich in die Gewalt zu bekommen. Was mußte er von ihr denken, sie so in seinem Zimmer vorzufinden? »Ich wollte mich bedanken«, brachte sie heraus.

»Mir danken, wofür?«

»Für Ihre Hilfe gestern nacht.«

Unwillkürlich wich sie zurück, als Fischer näher kam. »Sie hätten Ihren Mann nicht verlassen dürfen.«

Sie wußte keine Antwort.

»Sind Sie in Ordnung?«

»Natürlich.«

Fischer sah sie scharf an. »Ich finde, Sie sollten jetzt in Ihr Zimmer zurückgehen«, sagte er.

Er ging neben ihr, als sie über den Teppich schritt. »Versuchen Sie, sich die Handgelenke ans Bett zu binden, wenn Sie schlafen«, sagte er zu ihr.

Edith nickte, als er ihr auf den Korridor folgte und sie bis zu ihrem Zimmer geleitete. Dann drehte sie sich zu ihm und sagte: »Vielen Dank.«

»Verlassen Sie keinesfalls mehr Ihren Mann«, sagte er. »Sie sollten niemals –«

Er brach ab, lehnte sich vor, als ob er sie küssen wollte. Edith zuckte zusammen und bog sich etwas zurück. »Haben Sie was getrunken?« fragte er.

Sie erschrak. »Warum?«

»Weil es gefährlich ist, hier zu trinken. Man darf hier nie die Kontrolle über sich verlieren.«

»Ich verliere nie die Kontrolle«, sagte sie kühl, drehte sich um und ging in das Zimmer.

11.16 Uhr: Florence fuhr auf, als jemand an die Tür klopfte. »Herein.« Es war Fischer.

»Ben.« Sie versuchte, aufzustehen.

»Bleiben Sie liegen«, bat er. Dann kam er auf sie zu. »Ich möchte mit Ihnen reden.«

»Nett von Ihnen, Ben«, sagte sie und deutete mit der Hand auf das Bett.

Fischer setzte sich auf den Bettrand. »Tut mir leid, daß Sie Schmerzen haben.«

»Das geht vorüber.«

Er nickte ohne große Überzeugung, dann sah er sie schweigend an, bis Florence lächelte. »Also?« fragte sie.

Er bereitete sich auf ihre Reaktion vor. »Ich bin auch der Meinung von Dr. Barrett, daß Sie fortgehen sollten.«

»Ben!«

»Sie werden hier in Stücke gerissen, Florence, das sehen Sie doch selbst.«

»Sie glauben doch nicht auch, daß ich mir das alles selbst zufüge, nicht wahr?«

»Nein, bestimmt nicht«, antwortete er. »Aber ich weiß auch nicht, *wer* es Ihnen antut. Sie sagen, es sei Daniel Belasco. Und wenn Sie sich irren, wenn Sie zum Narren gehalten werden?« Sie sagte nichts.

»1940 war ein weibliches Medium mit uns hier, Grace Lauter hieß sie. Sie war überzeugt davon, daß ein Schwesternpaar im Haus den ganzen Spuk verursacht. Sie hat das alles sehr überzeugend dargestellt. Der einzige Fehler daran war, daß sie unrecht hatte. Am dritten Tag unseres Hierseins hat sie sich die Kehle durchgeschnitten.«

»Aber Daniel Belasco existiert doch. Wir haben seine Leiche und den Ring mit seinen Initialen gefunden.«

»Ja, und wir haben ihn sogar begraben, so daß er in Frieden ruhen könnte. Warum, frage ich Sie, kann er trotzdem keine Ruhe finden?«

Florence schüttelte den Kopf. »Ich weiß nicht.« Ihre Stimme war schwach. »Ich weiß es einfach nicht.«

»Nicht böse sein.« Er streichelte ihre Hand. »Ich will wirklich nur Ihr Bestes, weil ich meine, Sie verdienen es.«

»Vielen Dank, Ben.« Nach einigen Augenblicken lächelte sie ihn an. »Benjamin Franklin Fischer«, sagte sie, »wer hat Ihnen denn diesen Namen gegeben?«

»Mein Vater. Er war ein großer Verehrer von Benjamin Franklin.«

»Erzählen Sie doch.«

Fischer wollte antworten, doch brach er ab, als irgendwo in der Gegend die Katze jaulte. Florence blickte gequält auf. »Das arme Wesen.« Sie wollte aufstehen.

Fischer drückte sie wieder in die Kissen zurück. »Ich sehe nach.«
»Aber –«
»Ruhen Sie«, bestimmte er stehend.
»Ehe Sie gehen, geben Sie mir bitte meine Handtasche.«
Fischer ging hinüber und holte sie. Florence öffnete sie und entnahm ihr ein Medaillon, das sie Fischer reichte. Auf ihm war ein einziges Wort eingraviert: GLAUBE.
»Wenn Sie glauben, haben Sie alles, was Sie brauchen«, sagte sie.
Er wollte es ihr zurückgeben. »Nein, behalten Sie es«, sagte sie. »Von mir, für Sie mit Liebe.«
Fischer lächelte etwas. »Danke Ihnen.« Er ließ das Medaillon in die Tasche gleiten. »Geben Sie acht auf sich, Florence, Sie sind in Gefahr.«
Sie ging nicht darauf ein. »Werden Sie, nachdem ich etwas ausgeruht sein werde, wieder an meiner Sitzung teilnehmen?« fragte sie. »Ich muß Daniel Belasco erreichen, und das geht am schnellsten in Trance. Aber ich möchte es nicht allein tun.«
»Sie wollen also nicht lieber abreisen?«
»Ben, ich kann nicht. Sie wissen das.« Sie sah ihn an. »Werden Sie teilnehmen?«
Fischer blickte sie besorgt an. Schließlich nickte er. »Ja.«
Er verließ den Raum ohne ein weiteres Wort.

12.16 Uhr: Barrett hatte seine vierte Bahn im Schwimmbecken gezogen und kam prustend und erfrischt am seichten Ende des Beckens an, wo Edith ihn mit einem Handtuch erwartete. Sie warf es um seine Schultern und rieb ihn kräftig ab. »Würdest du noch ein paar Minuten mit mir in die Dampfkammer gehen?« fragte er.
Sie nickte und reichte ihm den Stock.
»Ich meine, es wird mir guttun, der Daumen schmerzt noch immer, und auch das Bein brennt wie Feuer.«
»Geh nur hinein.« Sie zog die schwere Tür auf.
»Es wäre besser, du würdest deine Oberkleider ablegen«, meinte er.
»Okay.«
Barrett warf das Handtuch auf die Holzbank in der Kammer, und Edith ließ die Tür von außen zufallen. Er grunzte vor Vergnügen über die nasse Hitze, die in seine Poren drang. Dann tastete er sich in dem nebligen Halbdunkel, das nur von einer schmutzigen und schwachen Glühlampe an der Decke milchig aufgehellt wurde, weiter, fand die Sitzbank, deren Oberfläche brennend heiß war, und fischte mit dem Stockende den Wasserschlauch vom Boden auf. Er drehte den Kaltwasserhahn auf, berieselte die Bank und setzte sich. Den Stock behielt er in Griffnähe. Die Badehose zog er aus und legte sie auf die Bank neben sich.

Er blickte besorgt zur Tür, da Edith noch nicht erschienen war. Er wollte sie unter keinen Umständen mehr als einige Sekunden allein lassen, doch sein Bein schmerzte, und er wollte noch nicht aufstehen. Endlich hörte er, wie die Tür geöffnet wurde, und als die Umrisse Ediths sichtbar wurden, bemerkte er, daß sie alle Kleider abgelegt hatte. Sie bewegte sich vorsichtig durch den dampferfüllten Raum. Barrett hatte die Bank neben sich inzwischen mit kaltem Wasser benetzt und ließ Edith Platz nehmen.

Sie hustete. »Ich werde mich nie daran gewöhnen können, in diesem Dampf richtig zu atmen.«

»Versuch es mit kaltem Wasser im Gesicht und atme dabei.«

»Es geht schon, danke.«

Barrett schloß die Augen und genoß die feuchte Hitze auf seiner Haut. Er zuckte erstaunt zusammen, als Edith mit ihrer Hand seinen Schenkel ertastete. Als er seine Hand auf die ihre legte, beugte sie sich zu ihm und küßte ihn auf die Wange. »Ich hab' dich lieb«, sagte sie.

Barrett legte seinen Arm um ihre Schultern. »Ich dich auch«, flüsterte er. Sie gab ihm einen Kuß auf den Mundwinkel. Barrett wurde erregt, als sie schließlich ihre Lippen fest auf die seinen preßte. Sie glitt mit der Hand an seinem Körper abwärts. Edith? dachte er verwundert.

Nach einigen Augenblicken stand sie plötzlich auf und setzte sich mit geöffneten Schenkeln auf ihn. Er fühlte ihren heißen, feuchten Bauch, der sich gegen seinen preßte. Sie glitt mit der Hand hinab, ergriff sein Glied und begann, damit an ihrem Geschlecht zu reiben. Barretts Atem ging schwerer. Die heiße Luft brannte in Kehle und Brust. Als sie ihre Zähne in seine Unterlippe grub, gab er einen leichten Ton des Unwillens von sich. Er erkannte den Brandygeschmack auf ihren Lippen.

Ihre Zunge fuhr über seine Haut, die Lippen erfaßten sein Ohrläppchen. »Laß ihn hart werden«, flüsterte sie in sein Ohr. Ihre Stimme klang feurig. Sie griff nach seiner Hand und wollte sie zu ihrer Brust führen, faßte aber nur den verbundenen Daumen und riß ihn hoch.

Selbst der starke Schmerzensschrei Barretts brachte sie nicht zur Besinnung. Er atmete mühsam die glühendheiße Luft ein. Die Welt verschwamm fast vor seinen Augen. Edith schien nichts gehört zu haben, denn sie hielt noch immer sein Organ umklammert und stöhnte so laut, daß sein Herz trotz des irrsinnigen Schmerzes zu rasen begann. »Herrgott, laß es doch hart werden«, keuchte sie und preßte ihre Lippen wieder auf seinen Mund.

»Edith«, stöhnte er.

Sie riß sich hoch und wandte sich zur Tür. »Nicht«, ächzte er und versuchte, sie zu halten. Er fühlte die kalte Außenluft, als sie die Tür öffnete, sah einen Augenblick ihre Umrisse im Türrahmen, dann krachte die schwere Holztür zu.

Schweratmend griff er nach dem Wasserschlauch, besprengte sein Gesicht und zog die Luft durch die Zähne ein. Mein Gott, was ist über sie gekommen? dachte er. Es war sicher, daß das sehr begrenzte Sexualleben zwischen ihnen keine gute Wirkung auf sie haben konnte, aber sie hatte noch niemals ein so dringendes und ungehemmtes Bedürfnis gezeigt. Ob das Haus auch sie negativ beeinflußt hatte?

Er stand mühsam auf, nahm seinen Stock und humpelte zum Ausgang, fand den Drehknopf und wollte die Tür öffnen, doch ließ sie sich nicht bewegen. Wahrscheinlich hatte das jahrelang trockengehaltene Holz zu quellen begonnen und war nun durch Ediths starkes Zuwerfen mit dem Rahmen verklemmt. Er hämmerte an die Tür. »Edith, die Tür klemmt.« Kein Laut. O Gott, sie wird doch nicht schon hinaufgegangen sein? Er bearbeitete die Tür mit der Faust seiner gesunden Hand, so stark er konnte. »Edith!« schrie er mit aller Kraft.

»Was ist los?« hörte er endlich ihre Stimme.

»Die Tür klemmt, versuche, sie von außen zu öffnen.«

Er wartete, dann hörte er, wie sie den Holzverschluß von außen bearbeitete, doch die Tür gab nicht nach.

»Was soll ich tun?« hörte er sie ängstlich fragen.

»Am besten, wir rufen Fischer«, rief er durch die Tür.

Zunächst kam keine Antwort. Beide dachten gleichzeitig daran, daß sie nun allein durch das ganze Haus gehen mußte, um Fischer zu mobilisieren. Barrett hatte es ihr streng verboten, er hatte daher selbst ein ungutes Gefühl, doch er konnte sich nicht anders aus der Dampfkammer befreien, die ihre heißen Nebelwolken erbarmungslos in den Raum zischen ließ. Schließlich hörte er sie rufen: »In Ordnung, ich bin gleich zurück!«

Mittlerweile könnte ich versuchen, das Dampfventil zu finden, dachte er und begann, sich an der Wand entlangzutasten. Das Ventil war bald gefunden, doch so sehr er auch daran rüttelte, es ließ sich nicht bewegen. Etwas wie Angst begann in ihm aufzusteigen. Erst die Tür, dann der verdammte Dampfhahn, wirklich höchst ärgerlich und verdächtig. Aber beides waren rein mechanische Probleme, Dinge, die in einem alten Haus eben vorkommen konnten. Edith wird ja gleich mit Fischer hier sein, und im schlimmsten Falle würde er sich flach auf den Boden legen und sich mit kaltem Wasser zeitweilig berieseln lassen, während...

Er fuhr herum. Ein Geräusch, so deutlich, daß es durch das Zischen des Dampfes hörbar war, kam aus einer Ecke der Dampfkammer. Es klang wie das Schleifen einer weichen Masse auf dem Boden. Barretts Gesichtszüge verhärteten sich. Er starrte in den qualmenden Dampf, der dicht, weißlich und formenbildend den Raum durchwogte. Eine Person mit unkontrolliertem Vorstellungsvermögen würde darin alle möglichen Dinge erkennen. Aber das Geräusch ging weiter. Wenn es wirklich ein Phänomen sein sollte, mußte er auf der Hut sein und die Übersicht nicht verlieren. Nichts in diesem Hause konnte ihm etwas anhaben, solange er nicht den Kopf verlor.

Vielleicht ist es der Schlauch? dachte er plötzlich. Wenn feuchte Hitze das Holz zum Arbeiten brachte, dann konnte nasse Kälte im Schlauch das Gegenteil bewirken. Er begann, nach dem Schlauch zu tasten. Nach einigen Augenblicken hatte er ihn gefunden und griff mit der Hand auf den Boden.

Er schrie auf und fuhr zurück. Er hatte in eine heiße, schleimige Masse gegriffen. Barrett hielt die Hand vor seine Augen und versuchte, in dem trüben Licht etwas zu erkennen. Sein Herz stockte. Eine Art dunkler, fadenziehender Schleim hing an seiner Hand. Voll Abscheu rieb er die Hand an der Bank ab.

Wieder fuhr er herum, als das Geräusch, stärker noch als vorher, hörbar wurde. Es kam ihm vor, als ob der Ton ihm näher gekommen wäre. Barrett zog sich unbewußt etwas zurück und versuchte, die Ursache dieses merkwürdig und unheimlich gurgelnden Tons auszumachen. Unbewußt rieb er sich die Augen mit der Hand und schmierte damit etwas von der Masse in sein Gesicht. Ekel und Ärger überkam ihn, und er rieb sich schleunigst mit der anderen Hand ab. Die Sache hatte einen irgendwie bekannten Geruch, nach Fäulnis. Jetzt habe ich genug, dachte er bei sich. Wo war die Tür? Er starrte in den Dampf, konnte sie aber nicht sehen. Das Geräusch ging weiter – ein schwabbliges Gurgeln. Barrett fühlte, wie ihm Entsetzen den Rücken hinaufkroch. Er mußte sich jetzt sehr zusammennehmen. Keine Panik, befahl er sich.

Er schrie vor Grauen auf, als sein Fuß in heißen, dickflüssigen Schlamm trat. Er wollte zurückspringen, rutschte aus und schlug mit dem Ellenbogen auf den Steinboden. Ein stechender Schmerz ließ ihn aufschreien. Er krümmte sich hilflos am Boden, fühlte, wie der Schleim wie heiße Gelatine gegen seine Hüfte schlug und versuchte, sich aufzurichten. Es war der Geruch fauligen Wassers – jetzt hatte er es – das Wasser des Tümpels vor dem Haus roch genauso. Panik ergriff ihn. Wie konnte der Tümpel in das Haus eindringen? Wo war die Tür? Und wo blieb Edith? Sie müßte längst zurück sein. Es gelang ihm, sich aufzurichten, er machte einige Schritte in die Richtung, in der er die Tür vermutete. Sein Fuß stieß an etwas, das sich körperlich anfühlte, sich bewegte. Mit einem Schrei des Entsetzens fiel Barrett vornüber. Es bewegte sich unter ihm und schob ihn auf den Rücken. Es war heiß, gallertartig und roch faulig. Barrett spürte mit Grauen, daß es seinen Fuß erfaßte. Er stieß mit aller Kraft den anderen Fuß dagegen und fühlte, daß er in eine quallige Masse trat, die sich wie gekochte Pilze anfühlte. Dann war es vor ihm. Glitzernd und von unbestimmter Farbe und Form, die sich unentwegt veränderte. Es gelang ihm nicht, seinen Fuß zu befreien, er fühlte die saugende Hitze an seinem Bein emporsteigen.

Plötzlich schob sich die Tür hinter ihm auf, er wurde vorwärts gedrückt, direkt in die dräuende Masse vor ihm, die ihm ins Gesicht schlug. Sein schreiender Mund füllte sich mit dem quellenden, widerlichen Schleim. Dann fühlte er einen kalten Luftzug an seiner Seite und zwei Hände, die ihm unter die Arme griffen. Er glaubte, Ediths Schrei zu hören. Jemand begann, ihn über den Steinboden zu schleifen. Er blickte in die Höhe und meinte, Fischers Gesicht zu erkennen, es war blaß. Kurz ehe Barrett das Bewußtsein verlor, blickte er an seinem Körper entlang. Er bemerkte keine Spuren an ihm. Nicht den kleinsten Fleck.

12.47 Uhr: Fischer trank den Kaffee in großen Schlucken, die Hände um die Tasse gelegt. Die Leute aus Caribou-Falls waren wieder dagewesen, hatten Speisen gebracht und waren gegangen, ohne von einem der vier bemerkt zu werden.

Er dachte nochmals an die unheimliche Szene, die er soeben erlebt hatte, als er den wild schreienden, halb bewußtlosen Dr. Barrett aus der Dampfkammer schleppen mußte, deren Tür er mit Hilfe einer draußen stehenden Holzbank eingerammt hatte.

Er stellte die leere Tasse auf den Tisch und bedeckte die Augen. Sein Denken war völlig verwirrt. Er dachte an all die merkwürdigen Dinge, die schon geschehen waren, und für die es keine rationale Erklärung gab. Die offene Tür, die geschlossen gewesen war, als sie ankamen. Das plötzlich wieder funktionierende elektrische System des Hauses, das vorher nicht arbeitsfähig war. Florences Unvermögen, die Kapelle zu betreten. Die Grammophonplatte, die von allein zu spielen begonnen hatte. Die kalte Brise auf den Treppen, in einem Haus, dessen Fenster vermauert waren! Die Klopfzeichen während der ersten Séance. Florences Produktion von Teleplasma, das sich zu einer Figur verdichtete, die sie alle beinahe hysterisch gewarnt hatte. Der Poltergeist-Überfall. Die schlafwandelnde Mrs. Barrett, die ihren Pyjama auszog und sich heute morgen so eigenartig verhalten hatte. Die Bisse auf Florences Brüsten, der Leichnam in der Wand, der Ring, die Katze, die Florence attackiert hatte. Und nun der unsichtbare Überfall auf Dr. Barrett im Dampfbad.

Er warf sich in den Sessel zurück. Sie waren keinen Schritt weitergekommen bei ihrem Vorhaben.

Er dachte an seinen letzten Aufenthalt hier im Höllenhaus. Gesichter tauchten auf.

»Und jetzt bin ich wieder hier«, murmelte er mit zitternder Stimme. »Ich bin zurückgekommen.« Er schloß die Augen und konnte ein Zittern nicht unterdrücken. Wie? dachte er. Ich habe keine Furcht, es nochmals zu versuchen, aber wie soll ich es anstellen? Ohnmächtige Wut packte ihn und verkrampfte seine Muskeln. Er riß die Augen auf, packte die Kaffeetasse und warf sie weit durch den Saal. Das alles ist so verdammt kompliziert! schrie er innerlich, aber kein Laut kam über seine Lippen. Er hatte sich schnell wieder in der Hand. Dr. Barrett lag jetzt in seinem Zimmer. Er hatte gesagt, er würde nicht aufgeben, ehe er morgen seine Maschine in Betrieb gesetzt hatte. War das der richtige Weg? Er war sich nicht darüber im klaren. Aber es war wohl besser, als ohne strategisches Konzept einfach so weiterzumachen. Aber Gott helfe uns, wenn wir damit versagen!

14.21 Uhr: »Du Geist der unsterblichen Wahrheit«, begann Florence, »hilf uns heute, uns zu erheben über Zweifel und Furcht in unserem Leben. Öffne unser Sein zu mächtigen Erkenntnissen. Gib uns Augen zu sehen und Ohren zu hören. Und segne unser Tun, das wir unternehmen, um die Dunkelheit dieser Welt zu lichten.«

Die Lampe aus dem Badezimmer warf einen schwachen Schimmer auf die Stelle, an der sie Platz genommen hatten. Florence saß im Sessel neben dem Tisch, die Augen geschlossen, die Hände im Schoß, Knie und Füße eng zusammengepreßt. Fischer hatte den anderen Stuhl herangezogen und saß ihr in einer Entfernung von vier Metern gegenüber.

»Und gib uns Kraft, mit der Seele zu kommunizieren, die immer noch an diesen Ort gebunden scheint, unbefreit, ungeweiht und ohne Frieden: Daniel Belasco.«

Es war nun alles ruhig. Fischer hörte sein eigenes Schlucken. Dann begann Florence, eine kurze Hymne anzustimmen.

Als der Gesang beendet war, begann sie, tief einzuatmen, doch zog sie die Luft mit zusammengepreßten Zähnen in ihre Lungen ein und rieb mit den Händen über ihren Körper. Bald danach klappte ihr Mund auf, und der Kopf rollte in den Nacken. Das Atmen klang immer noch mühevoll. Dann wurde sie still.

Als schwache Lichtpünktchen vor Florences Kopf auftauchten, fuhr Fischer etwas zusammen. ›Kondensations-Fokus‹. Die Bezeichnung trieb automatisch durch sein Hirn. Er starrte die Lichtflecken an, die langsam größer wurden und in der Luft vor Florence wie eine Milchstraße winziger Sonnen schwebten.

Als er das Teleplasma bemerkte, das sich aus der Nase des Mediums zu formen begann, gruben sich seine Fingernägel in die Armlehne des Sessels. Die fingerdicken, schlangengleichen Strähnen verbanden sich zu einer dichten Masse, die bald das Gesicht Florences bedeckte. Geruch von Ozon erfüllte den Raum. Das Teleplasma nahm langsam die Form einer männlichen Figur an. Nase, Mund, Augen waren andeutungsweise sichtbar. In weniger als einer Minute war die Gestalt komplett, die Züge hatten an Deutlichkeit zugenommen und zeigten nun das Antlitz eines dunkelhaarigen, ernst blickenden, jungen Mannes.

Fischer räusperte sich. Sein Herzschlag ging unregelmäßig. »Hast du eine Stimme?« fragte er.

Ein gurgelnder Laut wie Todesröcheln wurde hörbar. Fischer fühlte, wie seine Haut sich zusammenzog. Dann brach der Laut ab, und es war wieder alles ruhig.

»Kannst du nun sprechen?« fragte Fischer.

»Ja.« Die Stimme war deutlich die eines Mannes.

Fischer zögerte, dann holte er schnell Atem und fragte: »Wer bist du?«

»Daniel Belasco.« Die Lippen der Figur bewegten sich nicht, doch kam die Stimme ohne Zweifel aus dem blassen Gesicht des jungen Mannes.

»War es dein Körper, den wir heute gefunden haben?«

»Ja.«

»Wir haben dich eingesegnet, warum bist du noch hier?«

»Ich kann nicht fort.«

»Warum?«

Keine Antwort.

»Warum?«

Stille. Fischer krampfte seine Hände zusammen und fragte weiter.

»Hast du etwas mit der Attacke auf Dr. Barrett im Dampfbad zu tun?«

»Nein.«

»Wer hat das getan?«

Es kam keine Antwort

»Hast du Dr. Barrett gestern im Speisesaal attackiert?« fragte Fischer weiter.

»Ich war es nicht.«

»Wer denn?«

Schweigen.

»Hast du Miß Tanner heute gebissen?«

»Nein, ich nicht.«

»Wer war es?«

Stille.

»War die Katze, die sie angegriffen hat, von dir besessen?«

»Nein.«

»Wer hat es getan?«

Schweigen.

»Wer hat es getan?« beharrte Fischer. »Wer überfiel Dr. Barrett, wer biß Miß Tanner, von wem war die Katze besessen?«

Schweigen.

»Wer?« drängte Fischer.

»Kann's nicht sagen.«
»Warum nicht?«
»Kann nicht.«
»Warum?«
Stille.
»Du mußt es uns sagen, wer hat das alles getan?«
Er hörte einen verstärkten Atem.
»Wer?« Seine Stimme wurde lauter.
Die Stimme begann zu bitten: »Kann nicht –«
»Wer?« fragte Fischer.
»Kann es nicht sagen.«
»Wer?« Es klang wie ein Kommando. Fischer fühlte, daß der Widerstand sich verringerte.
»Bitte nicht –«
»Wer?«
Er hörte eine Art Schluchzen.
»ER«, sagte die Stimme.
»Wer ist das?«
»Er, ER!«
»*Wer*?« Fischer spürte den Erfolg nahen.
»ER«, schrie die Stimme. »Der Riese! Er! Vater, Vater.«
Fischer blieb in erstarrter Stille sitzen und sah, wie die Form sich auflöste und plötzlich in die Nase des Mediums zurückflutete. In weniger als sieben Minuten war alles verschwunden. Fischer hörte Florence stöhnen. Er erhob sich, ging beinahe taumelnd ins Badezimmer und füllte ein Glas mit Wasser. Er brachte es Florence, die gerade die Augen öffnete. Sie trank das Glas in einem Zug leer. Er ging zum Lichtschalter und knipste die Lampe neben ihrem Bett an.
»Ist er durchgekommen?« fragte sie.
Er berichtete, was geschehen war, und ihre Züge spannten sich zu höchster Erregung.
»Belasco«, sagte sie. »Natürlich, natürlich, wir hätten das bedenken müssen.«
Fischer antwortete nicht.
»Jetzt wird alles klar«, sagte sie. »Daniel wird hier von seinem Vater zurückgehalten.«
Fischer sah sie nur an, er wollte seine Ideen noch nicht an ihre These binden, obwohl sie ihm plausibel erschien.
»Sie kämpfen miteinander, Daniel will aus dem Höllenhaus fliehen, und sein Vater will mich glauben machen, daß Daniel die Überfälle auf mich und Barrett verübt hat, um mich gegen ihn einzunehmen. Aber alles, was Daniel will, ist –«

Sie brach ab, als sie sah, daß Fischer die Augen zukniff. »Was will er denn?« fragte er.

»Meine Hilfe.«

»Das wollten Sie jetzt gar nicht sagen, sondern etwas anderes.«

»Doch, nur das. Ich bin die einzige Person, die ihm helfen kann. Die einzige, der er vertraut. Sehen Sie das nicht ein?«

Fischer sah sie vorsichtig an. »Ich hoffe, ich kann es einsehen«, sagte er.

15.47 Uhr: Edith setzte sich auf und ließ die Beine über den Rand des Bettes gleiten. Sie blickte lange auf den schlafenden Lionel neben sich. Dann stand sie entschlossen auf, ging zu dem Schränkchen und öffnete es. Schon gut, beide hatten sie gewarnt, aber zugestoßen war ihr doch nichts. Der Brandy hatte sie entspannt, das war alles. Wenn sie wirklich bis morgen noch hier bleiben mußte, warum sollte sie sich den Aufenthalt nicht angenehm machen?

Sie nahm die Karaffe und eine der Silberschalen heraus und stellte sie auf den Tisch. Dann zog sie den Glasstöpsel heraus und goß den Becher voll Brandy, leerte ihn mit einem Schluck. Sie warf den Kopf zurück, schloß die Augen, öffnete den Mund und zog begierig Luft nach, als der Brandy die Kehle heizte. Er schmeckte wie heißer Sirup. Die Hitze pulsierte nach außen, sie spürte sie bis in die Venen.

Sie goß sofort noch einen Becher voll und nippte daran, dann machte sie es sich auf dem Tisch bequem, indem sie Lionels Manuskripte achtlos beiseite schob. Dann nippte sie nochmals und goß gleich darauf den ganzen Inhalt in sich hinein, warf den Kopf wieder zurück. Ihr Mund stand offen, und ihr Gesicht verzog sich in sexuellen Lustgefühlen.

Sie dachte an die Szene mit Lionel im Dampfbad und wollte es sich vor sich selbst nicht zugeben, daß sie von einem bestimmten Moment an wütend war über seine Impotenz, als ob es seine Schuld sei und nicht die Schuld der Kinderlähmung. Hatte er jemals etwas für ihre sexuellen Bedürfnisse getan?

Mit einer Bewegung des Unwillens griff sie heftig nach der Karaffe und schob dabei die Schachtel mit dem Manuskript über den Tischrand, so daß die Blätter sich über den Fußboden zerstreuten. Erst wollte sie sie wieder einsammeln, dann runzelte sie die Stirn und ließ sie liegen. Das mache ich später, dachte sie, schloß die Augen und trank noch einen Becher Brandy leer.

Dann glitt sie vom Tisch, fiel beinahe hin und dachte, ich bin doch betrunken. Schuldgefühl überfiel sie für einen Augenblick. Mama hatte recht, ich bin doch wie er, dachte sie. Nein, doch nicht, ich bin ein braves Mädchen. Mädchen? Ich bin eine Frau. Mit unerfüllten Wünschen. Das müßte er wissen. Er ist nicht *so* alt. Oder *so* impotent.

Sie verscheuchte den Gedanken, ging zum Schränkchen und fühlte sich voll wohliger Wärme. Wenn die Karaffe leer wird, kann ich ja in die Küche gehen, da gibt es noch Brandy im Schrank, dachte sie und schwankte. Sie griff nach dem hohlen Buch, doch es entglitt ihren Fingern und fiel zu Boden, die Fotos vermischten sich mit den Seiten des Manuskripts. Sie kniete nieder und betrachtete eingehend ein Bild nach dem anderen. Beim Foto der beiden nackten Frauen leckte sie sich unbewußt die Oberlippe, als sie es betrachtete. Die Frauen lagen auf der Tischplatte des Speisesaals und trieben Cunnilingus miteinander. Ihr wurde heiß.

Plötzlich warf sie das Foto beiseite. »Nein«, murmelte sie ängstlich. Sie fuhr zusammen, sah Lionel an, der sich etwas bewegt hatte, stand unsicher auf und sah sich im Zimmer um, wie ein in die Enge getriebenes Tier.

Sie durchquerte das Zimmer. Dann öffnete sie die Tür, glitt hinaus und schloß sie wieder hinter sich. Es ging nicht ganz so lautlos, wie sie es gewollt hatte. Dann schüttelte sie stark den Kopf, damit er wieder klar wurde und ging zu Fischers Zimmer. Er war nicht im Raum.

Er muß in der Halle sein, dachte sie und machte sich auf, die Treppe hinunterzugehen. Angst hatte sie keine, im Gegenteil, sie fühlte sich frei und sicher. Ein Grund mehr, dem Alkohol dankbar zu sein. Beinahe wäre sie das breite Treppengeländer hinabgerutscht wie ein Schulkind.

Unten angekommen, hörte sie Holz splittern. Sie zögerte etwas, dann ging sie weiter. Sie schloß die Augen. Ich fliege, sagte etwas in ihr. Dann wieder: Vater und Tochter, beide Trinker!

Im Türbogen blieb sie stehen und versuchte augenzwinkernd zu erkennen, woran Fischer arbeitete. Er stand mit dem Rücken zu ihr, das Brecheisen in der Hand. Ach richtig, er öffnete die Seitenteile der großen Kiste für Lionel. Das war nett von ihm.

Sie fuhr zusammen, als Fischer sich plötzlich erschreckt umdrehte, das Brecheisen wie eine Waffe in der Hand.

»Kamerad«, sagte sie und hob ihre Arme hoch, als wollte sie sich ergeben.

Er starrte sie an. Wortlos. »Sind Sie böse?« fing sie an.

Er unterbrach sie sofort. »Was machen Sie hier, verdammt noch mal?«

»Nichts.« Sie stieß sich vom Türbogen ab und schwankte auf ihn zu.

»Sind Sie betrunken?« Es klang erstaunt.

»Ich habe einige Drinks gehabt, wenn Sie das interessiert.«

Fischer trat zu ihr, reichte ihr den Arm und befahl: »Kommen Sie.«

»Gern, wo wollen wir hin?«

»Aber Mrs. Barrett!«

»Sagen Sie doch Edith.«

Fischer nahm sie am Arm und sagte: »Sie sollten Ihren Mann nicht allein lassen.«

»Dem geht es gut. Er schläft.«

»Sie müssen sofort hinaufgehen«, sagte er.

»Ich denke nicht daran.« Sie lächelte, nahm den Finger und rieb damit auf der Tischfläche. »Hier haben sie es getrieben«, sagte sie.

»Wer?«

»Die Lesbierinnen. Genau hier auf diesem Tisch.«

»Sie wissen wohl nicht, was Sie sagen«, meinte er und zog seine Hand weg, die sie ergriffen hatte.

»Oh, ich weiß das ganz genau, Mr. Fischer.« Sie kicherte.

Er erstarrte, als sie sich an ihn lehnte und ihre Arme um ihn legte. »Haben Sie mich nicht lieb?« fragte sie. »Ich weiß, ich bin nicht so schön wie Florence, aber ich –«

»Es ist das Haus. Das macht Sie so –«

»Gar nichts macht das Haus«, unterbrach sie ihn. »Wer etwas macht, bin ich.«

Er versuchte, ihre Hände wegzuschieben. Sie drückte sich noch fester an ihn. »Sind Sie auch impotent?« spottete sie.

Er zwang ihren Arm von seinem Hals und drückte sie von sich. »Wachen Sie auf!« schrie er.

Zorn flammte in ihr auf. »Wachen Sie lieber selbst auf, sie geschlechtsloser Zwitter.« Edith torkelte rückwärts zum Tischrand, stellte sich schwankend und keuchend auf die Platte und begann, sich das Hemd vom Leib zu reißen. »Was ist los, Sie kleines Männchen?« höhnte sie. »Noch nie eine Frau gehabt?« Sie griff nach ihrer Jacke und riß sie auf, daß die Knöpfe flogen. Mit klammen Fingern öffnete sie die Vorderseite des Büstenhalters und packte ihre Brüste, hielt sie hoch und schrie: »Was ist los mit Ihnen, Sie Männchen?« Sie grinste: »Noch niemals ein paar Titten gehabt? Versuch's doch! Die werden dir schmecken!«

Sie glitt vom Tisch, schwankte zu Fischer hin, ihre Hände hielten ihm die Brüste hin. »Saug doch dran«, ihre Stimme zitterte vor Haß und Begierde, das Gesicht verzerrt vor Wut. »Saug sie, leck sie, du komischer Lump, oder ich find mir ein Weib, das es mir macht!«

Er riß seinen Kopf seitwärts. Sie sah es und folgte seinem Blick.

Lionel stand im Türrahmen.

Dunkelheit verschlang sie.

16.27 Uhr: Musik erklang. Irgendwoher. Langsam, zärtlich. Ein Walzer. Sie tanzte zur Musik und glitt durch einen duftenden Nebel. War sie im Ballsaal? Das Gesicht ihres Tänzers war nicht klar erkennbar, aber sie wußte, daß es Daniels Gesicht war. Sie fühlte seinen Arm, der sie stützte und führte. Die Luft war warm und duftete nach Rosen. Ein kleines Streichorchester spielte. Florence wiegte sich im Takt mit ihrem Partner.

»Glücklich?« fragte er.

»Ja«, flüsterte sie, »sehr.«

Wo war sie? Drehte man einen Film? Sie versuchte, sich zu erinnern, konnte es aber nicht. Es war bestimmt kein Film. Keine Kamera, keine Scheinwerfer, keine fehlende Wand, hinter der das Personal zusah. Nein, es war ein echter Ballsaal.

Jetzt sah sie auch sein schönes Gesicht. »Ich habe dich lieb«, sagte sie.

»Ich dich auch.«

»Ich möchte immer bei dir sein.«

»Ich verlasse dich nie. Niemals, Liebling.«

Sie fühlte eine duftende Brise im Gesicht. Ihr Partner war mit ihr aus dem Ballsaal auf die große Veranda getanzt. Der Mond schien rund und silbern. Der Garten unter ihnen atmete sommerlich. War sie betrunken? Nein, es war Trunkenheit des Geistes. Es war Freude und Liebe, süße Musik aus der Ferne, und sie tanzte mit ihrem geliebten Daniel immer weiter und weiter gegen –

Er schrie: »Nein!«

Florence stockte der Atem, ihre Sinne waren verwirrt. Vor ihr stand Daniel im Nebel, weiß im Gesicht, erschreckt und wild gestikulierend, um sie aufzuhalten. Eiskaltes Wasser ließ ihre Füße und Knöchel erstarren, kalter Wind zerschnitt ihr Gesicht, Geruch von Fäulnis drang ihr in die Nase. Sie schrie auf, wankte rückwärts und stürzte. Etwas hinter ihr schien davonzustürmen. Florence drehte sich herum und sah noch einen Augenblick lang eine große, schwarzgekleidete Figur im Nebel verschwinden.

Sie schauderte, als die eisige Luft tief in ihre Haut schnitt. Sie lag neben dem Tümpel, vor dem Höllenhaus.

Sie war im Begriff gewesen, hineinzutanzen.

Mit einem Schreckenslaut riß sie sich hoch und begann, dem Haus entgegenzulaufen, dessen augenlose Fassade dräuend aus dem Nebel ragte. Das Tor stand offen. Sie rannte hinein, warf es hinter sich zu und stemmte sich dagegen. Sie schreckte auf, als sie eine Gestalt sah, die die Treppe herunter zur Küche eilte. Es war Fischer mit einem Glas in der Hand. Als er sie erblickte, blieb er einen Augenblick stehen, dann kam er auf sie zu. »Was ist geschehen?« fragte er.

»Ist das Whisky?«

Fischer nickte.

»Geben Sie mir etwas, bitte.«

Er gab ihr das Glas, und Florence trank gierig, bis sie spürte, wie die Flüssigkeit ihre Kehle erwärmte. Sie gab das Glas zurück.

»Was ist geschehen?« fragte er nochmals.

»Er wollte mich umbringen.«

»Wer?«

Belasco«, sagte sie. Sie packte seinen Arm. »Ich habe ihn gesehen, Ben. Ich habe ihn draußen vor dem Haus gesehen, wie er mich am Tümpel verließ.«

Sie erzählte ihm, was vorgefallen war.

Fischer führte sie zum Kamin, wo sie sich der naßkalten Schuhe und Strümpfe entledigte, während ein neu aufgelegtes Scheit zu lodern begann. Florence sagte: »Ben, jetzt kenne ich das Geheimnis vom Höllenhaus.« Sie blickte Fischer an, der nichts erwiderte. »Das Geheimnis ist Belasco selbst.«

»Wieso?«

»Er sorgt dafür, daß das Haus nie zur Ruhe kommt, indem er als versteckter Veranstalter die vorhandenen Kräfte immer wieder mobilisiert.« Sie konnte deutlich sehen, daß er interessiert war. Er setzte sich aufrecht hin, seine Augen auf sie gerichtet.

»Bedenken Sie, Ben«, sagte sie, »es ist ›kontrollierter mehrfacher Spuk‹. Etwas, das es nur in diesem Haus gibt. Ein überlebender Wille, der so stark ist, daß er über jede andere überlebende Persönlichkeit im Haus dominiert.«

»Und Sie meinen, diese anderen merken das nicht?«

»Die anderen kümmern mich wenig. Sicher ist, daß Daniel es weiß, sonst hätte er mich nicht gewarnt, und ich läge jetzt tot im Tümpel.

Es paßt alles zusammen, Ben. Von Anfang an war es Belasco, der alles dirigierte. Und er ist es auch, der Daniel hier gefangenhält, trotz unserer Einsegnung. Bedenken Sie, Ben, über welche Kräfte er verfügen muß.«

Sie lehnte sich in ihrem Stuhl zurück und blickte in die Flammen. »Er ist wie ein General mit seiner Armee. Er kontrolliert alles, aber er selbst kämpft nicht mit.«

»Und wie kann man ihm dann beikommen? Generäle sterben nicht im Krieg.«

»Man muß ihn besiegen, indem man seine Armee Stück für Stück vernichtet, so daß er zum Schluß allein übrigbleibt und doch kämpfen muß. Allein!« Sie sah Fischer mit herausfordernden Augen an.

»Aber wir haben nur bis Sonntag Zeit.«

Florence schüttelte den Kopf. »Ich bleibe hier, bis die Aufgabe erfüllt ist. Meine Aufgabe!«

18.11 Uhr: Fischer setzte sich allein an den gedeckten Tisch und begann, sich an den gut zubereiteten Speisen gütlich zu tun. Dabei dachte er an Florences Erklärungen. Diesmal war sie auf dem richtigen Weg. Er konnte es beinahe körperlich fühlen. Merkwürdig, daß man nicht schon früher auf die Idee gekommen war. Es hatte doch schon mit der Grammophonplatte begonnen, mit der Belasco sie begrüßt hatte. ›Willkommen in meinem Hause. Ich freue mich, Sie hier zu haben.‹ Er hörte im Geiste den zynischen Unterton, der in der Stimme mitgeklungen hatte.

Fischer vernahm Schritte, drehte sich um und sah Barrett hinkend den Speisesaal durchqueren, blaß und unnahbar aussehend. Ob er nach all den peinlichen Szenen, die recht erniedrigend für ihn waren, wohl mit ihm sprechen würde?

Er wartete. Barrett blieb bei seiner Maschine stehen, einen verwunderten Ausdruck im Gesicht. Er blickte zu Fischer hinüber. »Haben Sie das ausgepackt?« fragte er mit leiser Stimme.

Fischer nickte.

Barretts Mundwinkel zogen sich um ein winziges Stückchen nach oben. »Danke Ihnen«, murmelte er.

Barrett hinkte zum Tisch und legte einige Speisen auf zwei Teller. Fischer sah ihm aus den Augenwinkeln zu.

»Ich muß Ihnen noch danken für Ihre Hilfe heute nachmittag«, sagte Barrett. »Im Dampfbad«, fügte er eilig hinzu.

»Doktor?« sagte Fischer und wollte auf das Thema Edith überleiten.

Barrett blickte auf.

»Wegen der Sache von vorhin –«

»Darüber möchte ich nicht sprechen, wenn Sie gestatten.«

Fischer fand es notwendig, die Sache zu klären. »Ich versuchte nur, zu helfen.«

»Ich weiß das zu schätzen, trotzdem –«

»Dr. Barrett«, unterbrach Fischer ihn, »etwas in diesem Haus will auf Ihre Frau einwirken. Was vorhin passiert ist –«

»Mr. Fischer –«

»– war nicht ihre Schuld.«

»Mr. Fischer, ich muß Sie bitten –«

»Dr. Barrett, es geht um Tod und Leben. Wußten Sie, daß Ihre Frau gestern im Begriff war, aus der Eingangstür hinauszugehen und wahrscheinlich in den Tümpel gefallen wäre?«

Barrett sah erschrocken auf. »Wann?« fragte er.

»Gegen Mitternacht. Sie schliefen bereits.« Fischer wartete, um den Effekt zu vergrößern. »Sie schlief auch.«

»Sie schlafwandelt?« Barrett war schockiert.

»Wenn ich sie nicht rechtzeitig aufgehalten hätte –«

»Das hätten Sie mir früher sagen müssen.«

»Sie hätte das tun müssen!« sagte Fischer. »Daß sie es nicht gesagt hat, ist ein Beweiß, daß –«

»Was sie gesagt oder nicht gesagt hat, ist für die Sache recht irrelevant«, sagte Barrett gemessen.

»Irrelevant?« Fischer sah ihn verwundert an. »Was, zum Teufel, nennen Sie irrelevant? Was hier geschieht, richtet sich gegen Ihre Frau, gegen Florence und, wie Sie gesehen haben, auch gegen Sie selbst, falls Sie das gemerkt haben sollten.«

Barrett sah ihn schweigend an. Seine Miene war hart. »Ich habe eine Menge Dinge bemerkt, Mr. Fischer«, sagte er schließlich, »und eine davon ist, daß Mr. Urban etwa ein Drittel seines Geldes zum Fenster hinauswirft.«

Er nahm Teller und Besteck auf und entfernte sich.

Fischer blieb zurück und dachte über die letzte Bemerkung Barretts nach. Was, zum Teufel, erwartete er von ihm? Sollte er ratenweise Selbstmord begehen, wie Florence? Wenn ihm bisher nichts geschehen war, so doch wohl deshalb, weil er richtig vorgegangen war. Und doch, was hatte er bis jetzt wirklich zu dem Unternehmen beigetragen? Jeder andere hätte das auch tun können. Dasselbe traf auf sein Zusammentreffen mit Edith zu. Himmelherrgott, er wurde doch ausgesucht, weil er einst das beste Medium Amerikas gewesen war. Was hatte er denn auf seinem ureigensten Gebiet wirklich zur Lösung der Frage des Höllenhauses beigetragen? Seit wieviel Jahren hatte er keine Séancen mehr gemacht? Waren seine Kräfte denn überhaupt noch vorhanden?

Er ging auf einen Sessel zu, setzte sich hinein, konzentrierte sich, schloß die Augen, atmete tief ein. Er würde sich nicht einfach überfallen lassen in einer Trance, wie es mit Florence geschah. Er hatte seine Erfahrungen, war kein grüner Junge mehr wie damals 1940.

Er lauschte in sich hinein. Nichts. Hatte er zu lange ausgesetzt? War seine Kraft verschwunden? Er preßte die Lippen aufeinander, bis sie weiß wurden. Nochmals tief einatmen, dachte er. Langsam begann er ein längstvergessenes Prickeln in den Fingerspitzen zu fühlen. Seine Sinne wurden empfindlicher. Er hörte jedes kleinste Geräusch. Das Knacken des Feuers wurde überlaut.

Und dennoch, nichts geschah. Das Haus war gewiß übervoll von magischen Kräften, man konnte das fühlen, selbst wenn man kein Medium war. Edith hatte es gespürt, selbst Barrett, wenn er es auch nicht zugeben würde.

Plötzlich schlug es zu. Es hatte den Moment gut gewählt, als er verzweifelt sein Innerstes geöffnet und seine Antennen ausgestreckt hatte. Er versuchte, es zurückzuhalten, sich zu wehren, doch die Attacke kam zu schnell. Etwas Schwarzes, Enormes raste auf ihn zu, genau auf ihn gezielt, um ihn zu treffen, zu zermalmen.

Zu spät. Er konnte sich nicht mehr schützen. Die Kraft, die auf ihn losgelassen wurde, drang tief in sein Innerstes, durch den Spalt, den er selbst aufgetan hatte. Er schrie laut auf, als es ihn an den vitalsten Punkten des Körpers packte, ihm sein Innerstes herauszureißen drohte, sein Hirn zerschnitt. Die Augen aufgerissen, starrte er schreckerfüllt ins Leere. Er klappte nach vorn, beide Hände über der Magengrube gekreuzt. Etwas warf sich gegen seinen Rücken, den Kopf, das Genick, schleuderte ihn aus dem Sessel auf den Boden. Er krachte gegen eine Tischkante, wurde zurückgerissen. Der Raum begann sich zu drehen, die ganze Atmosphäre war erfüllt von einem Strudel gigantischer Kräfte. Fischer brach in die Knie, die Arme gekreuzt, um sich gegen die wütende Macht zu schützen, sie aus sich herauszupressen. Es versuchte, ihm die Arme auseinanderzureißen. Er kämpfte dagegen an, mit zusammengebissenen Zähnen, das Gesicht zu einer steinernen Maske ohnmächtigen Widerstandes erstarrt, gurgelnde Laute drangen aus seiner Kehle. Du kriegst mich nicht, ich wehre mich, fort mit dir, dachte er mit der letzten Kraft, zu der er noch fähig war.

Das Etwas ließ urplötzlich ab von ihm, wie von der Luft aufgesaugt. Fischer richtete sich kniend auf, sein Gesicht hatte den stieren Ausdruck eines Menschen, der soeben in den Leib bajonettiert worden ist. Er wollte sich aufrecht halten, konnte es nicht und fiel mit einem erstickten Laut auf die Seite. Seine Beine zogen sich nach oben, der Rücken krümmte sich, und der Kopf beugte sich auf die Brust, wie bei einem Embryo. Seine Augen schlossen sich, und er begann am ganzen Körper hemmungslos zu zittern. Er spürte den Teppich an seiner Wange, hörte das Prasseln des Feuers, und es war ihm, als ob jemand über ihm stünde. Jemand, der ihn mit kalter, sadistischer Lust anblickte und sich am Anblick seiner hilflosen Willensauflösung ergötzte.

Jemand, der es lässig in der Hand hatte, ihn zu vernichten, wann und wie es ihm beliebte.

18.27 Uhr: Barrett stand neben ihrem Bett, blickte auf Edith herab und schwankte, ob er sie wecken sollte oder nicht. Das Essen wurde kalt, aber war es denn Essen, das sie brauchte, oder Schlaf?

Er dachte an die Worte, die er von Edith gehört hatte, als er sie mit offenem Büstenhalter, die Brüste in der Hand, vor Fischer gesehen hatte, und sie ihn aufforderte, sie zu...

Er ging zu ihr hinüber. Sie mußten sich aussprechen. Er konnte diesen Zweifel nicht länger ertragen. Er berührte sie an der Schulter.

Sie erwachte mit einem jähen Seufzer, die Augen waren sofort offen, die Beine zog sie plötzlich an. Barrett versuchte, zu lächeln, es gelang ihm nicht. »Ich habe dir das Abendbrot gebracht«, sagte er.

»Abendbrot.« Sie sagte es, als ob sie das Wort noch niemals gehört hätte.

Edith blickte herum. Ob sie wohl bemerkte, daß er die Fotos weggeräumt hatte? Sie blickte an sich herab. Er hatte, als er sie mit Fischer heraufbrachte, ihren Büstenhalter geschlossen und die Jacke, soweit noch

Knöpfe daran waren, zugeknöpft. Ihre rechte Hand fingerte nervös an der Vorderseite der Jacke. Dann stand sie auf und ging in das Badezimmer.

Er setzte sich mit einiger Anstrengung an den achteckigen Tisch, sah den Lammbraten und das Gemüse auf seinem Teller an und seufzte. Er hätte sie niemals in dieses Haus bringen dürfen. Es war ein schrecklicher Fehler gewesen.

Er drehte sich um, als sich die Badezimmertür öffnete. Edith hatte sich das Gesicht gewaschen, die Haare gekämmt, kam nun zum Tisch und setzte sich. Sie nahm ihre Gabel jedoch nicht auf, sondern saß nur gebeugt da, den Blick abgewandt, wie ein gezüchtigtes Kind. Barrett räusperte sich. »Das Essen ist schon kalt«, sagte er, »aber du mußt ja wohl etwas zu dir nehmen.«

Er sah, wie sie die Zähne in die Unterlippe schlug, als diese zu zittern begann. Nach einigen Momenten antwortete sie: »Du brauchst nicht höflich zu mir zu sein.«

Barrett fühlte zwar einen plötzlichen Drang, sie anzuschreien, unterdrückte jedoch diese Regung und sagte: »Du hättest nichts mehr von diesem Brandy trinken dürfen. Ich habe ihn untersucht, und wenn ich mich nicht irre, enthält er über fünfzig Prozent Absinth.«

Sie sah ihn fragend an.

»Ein Aphrodisiakum.«

Sie schwieg beharrlich.

»Und wegen alldem anderen«, hörte er sich sagen, »es gibt tatsächlich sehr starke Einflüsse in diesem Haus, und ich denke, es beginnt, sich auf dich auszuwirken.« Warum sage ich ihr das? fragte er sich, warum muß ich sie freisprechen?

»Ist das alles?« fragte sie schließlich.

»Wie meinst du das?«

»Hast du... das Problem gelöst?« Ihre Stimme war demütig und vorwurfsvoll zugleich.

Barrett spannte sich. »Ich versuche, vernünftig zu bleiben.«

»Ich verstehe«, wisperte sie nur.

»Soll ich lieber toben? Schimpfworte brüllen?« Er riß sich gerade. »Ich versuche für den Augenblick, es den äußeren Einflüssen zuzuschreiben.«

Edith sagte nichts.

»Ich weiß, ich habe dir nicht viel... physische Liebe gegeben«, sagte er verlegen-schwerfällig. »Die Schädigung durch die Polio... ist zwar keine hundertprozentige Entschuldigung, aber da war auch der Einfluß meiner Mutter – vielleicht die völlige Vertiefung in meine Arbeit, die Unmöglichkeit, zu –«

»Lionel.«

»Doch, ich gebe dem allen die Schuld«, sagte er entschlossen. »Mir selbst und dem Haus.« Auf seiner Stirn schimmerte dünner Schweiß. Er nahm das Taschentuch und wischte ihn ab. »Laß mir bitte diese Gründe«, sagte er, »und wenn es noch andere geben sollte... dann können wir später darüber sprechen. Nachdem wir aus diesem Haus heraus sind.«

Edith zwang sich zu einem Nicken.

»Ehe wir wieder hinuntergehen, werde ich mein Bein etwas hochlegen müssen«, sagte er.

»Mußt du denn heute noch arbeiten?«

»Ich muß morgen damit fertig werden.«

Sie ging mit ihm zum Bett und sah zu, wie er sich unter Schmerzen niederließ.

Sie stand an seinem Bett und sah ihn beunruhigt an.

»Willst du, daß ich nicht mehr hierbleibe, Lionel?«

Er war eine Weile still, ehe er antwortete. »Nicht, wenn du von jetzt an keinen Schritt mehr von meiner Seite weichst.«

»In Ordnung.« Sie schien sich zurückhalten zu wollen, dann aber setzte sie sich plötzlich neben ihn. »Ich weiß, du kannst mir jetzt nicht verzeihen«, sagte sie, »ich erwarte es auch nicht – nein, bitte laß mich sprechen. Ich weiß, was ich getan habe. Ich würde zwanzig Jahre meines Lebens dafür geben, es ungeschehen zu machen.«

Ihr Kopf sank nach vorn. »Ich weiß nicht, warum ich so viel getrunken habe, außer, daß ich nervös war – geängstigt. Ich weiß nicht mehr, warum ich herunterging. Ich war mir der Sache bewußt und doch, gleichzeitig –«

Sie blickte auf. Tränen standen in ihren Augen. »Ich bitte dich nicht um Verzeihung. Versuche nur, mich nicht zu sehr zu verachten. Ich brauche dich, Lionel. Ich habe dich lieb. Und ich weiß nicht, was in mir vorgeht.« Sie konnte kaum noch sprechen.

»Liebling.« Trotz seiner Schmerzen setzte sich Barrett auf und legte seine Wange an die ihre. »Es ist alles wieder in Ordnung. Wenn wir aus diesem Haus fortgehen, wird alles vergessen sein.« Er wandte ihr sein Gesicht zu, um ihr Haar zu küssen. »Ich habe dich auch lieb. Aber das hast du doch immer gewußt, nicht wahr?«

Edith umschlang ihn schluchzend. Alles wird in Ordnung kommen, sagte er zu sich. Es war bestimmt nur der Einfluß des Hauses. Alles würde in Ordnung kommen, wenn sie erst einmal draußen wären.

19.31 Uhr: Florence richtete sich auf. Sie ächzte, lehnte ihre Arme an den Rand der Matratze, um sich aufzustützen, und stand vollends auf. Wie spät ist es wohl? fragte sie sich. Sie sah auf ihre Uhr. Ihr Gebet hatte über zwei Stunden gedauert. Sie hatte neben dem Bett gekniet, die Hände ineinander geschlungen. All die hilfreichen Geister, die ihr in der Vergangenheit beigestanden hatten, waren von ihr angerufen worden. Zwei volle Stunden hatte sie auf den Knien gerungen, um Daniel Belascos Fesseln zu lösen, die ihn an das Höllenhaus gebunden hielten.

Es war ihr nicht gelungen. Sie spürte immer noch die Gegenwart Daniels, spürte, wie er wartete.

Mechanisch ging sie ins Badezimmer, erfrischte das Gesicht mit etwas Wasser und ging quer durch das Zimmer zur Tür, die zum Korridor führte, öffnete sie und trat hinaus. Mechanisch ging sie weiter und kam zur Treppe. Sie fühlte, daß ihre zunehmende Verstrickung mit Daniel sich schlecht für sie auswirken mußte, denn es hielt sie davon ab, all das zu erforschen, was in diesem furchtbaren Haus noch auf Erlösung wartete. Es waren ja so viele, die sich bereits manifestiert hatten. War es gerecht, all ihre Arbeit auf Daniel zu konzentrieren? Es warteten so viele andere. Aber sie hatte ja so wenig Zeit. Urban war nicht an der Erlösung von irgendwelchen Überlebenden interessiert. Wenn er Barretts Bericht bekommen hatte, würde er das Haus gewiß wieder versiegeln lassen. Und war es nicht besser, wenigstens Daniel zu retten? Sie straffte sich, schob mit einer energischen Bewegung ihre Schultern zurück und ging aufrecht weiter. Ich werde tun, was ich kann. Und wenn ich die ganze Woche brauche, nur um Daniel zu erlösen, dann muß das genug sein. Entschlossen ging sie auf die große Halle zu. Sie hatte Hunger. Beim Tisch angekommen, begann sie, sich etwas Essen auf den Teller zu legen.

Als sie sich setzen wollte, sah sie ihn. Er saß vor dem Kamin und starrte in die Flammen. Er hatte sich nicht umgedreht, obwohl er sie gewiß hatte kommen hören.

»Ich habe Sie gar nicht bemerkt«, sagte sie und nahm ihren Teller mit zu ihm herüber. »Darf ich mich zu Ihnen setzen?«

Er sah sie flüchtig an, so als sei sie eine Fremde. Florence setzte sich in einen Sessel und begann zu essen.

»Was ist los, Ben?« fragte sie, als er keinerlei Anstalten machte, ihre Gegenwart zur Kenntnis zu nehmen.

»Nichts.«

Sie zögerte, dann fuhr sie fort: »Ist was geschehen?«

Fischer antwortete nicht.

»Ich dachte, wir vertrauen einander, Ben.«

»Ich vertraue nichts und niemandem«, sagte er, »und derjenige, der es noch in diesem Hause tut, ist ein Narr.«

»Also ist doch etwas geschehen.«

»Eine ganze Menge«, sagte er bissig.

»Nichts, was sich nicht regeln läßt.«

»In diesem Haus gibt es nichts, was wir regeln können.« Sie sah seine Augen, die dunkel glänzten – vor Angst und vor Wut.

»Das stimmt nicht, Ben, wir haben doch schon gute Fortschritte gemacht.«

»Fortschritte? Zu unserem gemeinsamen Grab vielleicht!«

»Nein.« Sie schüttelte den Kopf. »Wir haben eine Menge herausbekommen. Daniel zum Beispiel; und wir wissen jetzt, wie Belasco vorgeht.«

»Daniel, wie wollen Sie wissen, ob es ihn überhaupt gibt? Barrett meint, Sie hätten ihn erfunden. Woher wollen Sie wissen, daß er nicht recht hat?«

»Aber Ben, der Leichnam und der Ring –«

»Wenn das alles ist«, unterbrach er sie, »würden Sie dafür um Ihren Kopf wetten?«

Florence war erschreckt über die Gehässigkeit in seiner Stimme. Irgend etwas mußte ihm zugestoßen sein, das er für sich behielt.

Er riß sich in die Höhe und sagte: »Im übrigen haben Sie recht, ich bin kein ergiebiges Medium mehr. Ich bin zu wie eine Faust, und ich bleibe zu, bis diese Woche hier vorüber ist. Dann hol ich mir meine Hunderttausend und komme niemals mehr in die Nähe dieses gottverdammten Hauses. Und Sie sollten das gleiche tun.«

Er drehte sich auf dem Absatz um und ging mit grimmiger Miene aus dem Raum.

Sie konnte nicht weiteressen. Seine Worte hatten sie tief getroffen. All ihre Unsicherheit kehrte zurück und schwächte ihren Glauben an sich und ihre Fähigkeiten.

Und dennoch, es konnte nicht sein. Daniel existierte, mußte existieren. Er hatte ihr Leben gerettet. Hatte mit ihr gesprochen, mit ihr argumentiert.

Die Worte Fischers kamen ihr wieder in den Sinn: ›Wie wollen Sie wissen, ob es ihn überhaupt gibt? Barrett meint, Sie hätten ihn erfunden...‹

Sie versuchte, das Argument nicht einsinken zu lassen, aber es ließ sich nicht vertreiben. Andere Worte tauchten in ihrem Gedächtnis auf. Es waren die Worte, die sie zu Daniel gesprochen hatte, als sie im Ballsaal tanzten. ›Bist du glücklich?‹ ... ›Ja, sehr.‹ ›Bist du glücklich?‹ ... ›Ja, sehr.‹

»O mein Gott«, murmelte sie, als sie sich erinnerte. Es waren die Worte, die sie einst in einem Fernsehstück zu sprechen hatte.

Sie versuchte vergeblich, der Lawine des Zweifels zu entrinnen, die sich auf sie zubewegte, doch der Damm des Widerstandes war gebrochen, und die schwarzen Gedanken überfluteten alles. ›Ich habe dich lieb‹ ... ›und ich dich auch.‹ »Nein«, flüsterte sie, und die Tränen drangen ihr aus den Augen. ›Ich möchte immer bei dir sein ... ich verlasse dich nie. Niemals, Liebling.‹

Sie sah ihn vor sich, wie er damals im Spital gelegen hatte, blaß, eingefallen, mit Augen, in denen schon der Tod glitzerte: Ihr geliebter Bruder David. Die Erinnerung überfiel sie schonungslos. Er hatte vorher von Laura, dem Mädchen, das er liebte, gesprochen. Er hatte sie niemals besessen, und jetzt war es zu spät.

Er hatte ihre Hand umkrampft, sein Gesicht eine faltige und graue Maske, als er damals diese Worte zu ihr gesagt hatte: ›Ich habe dich lieb.‹ Sie flüsterte zurück: ›Und ich dich auch.‹ Ob er damals wohl wußte, daß sie es war, die bei ihm saß? Hatte er vielleicht in seiner Sterbestunde gedacht, sie sei Laura? ›Ich möchte immer bei dir sein‹, hatte er gewispert, und sie hatte geantwortet: ›Ich verlasse dich nie. Niemals, Liebling.‹

Ein Schluchzen des Grauens brach aus ihr. Nein, es war nicht wahr. Sie begann zu weinen. Aber es war doch die Wahrheit: Sie hatte Daniel Belasco unbewußt erfunden. Es gab keinen Daniel Belasco. Es gab nur die Erinnerung an ihren Bruder, wie er starb, und die Erinnerung an den Verlust, den sie damals verspürt hatte.

»Nein, nein, nein, nein, nein.« Ihre Hände umklammerten die Stuhllehne, der Kopf sank ihr auf die Brust, sie zitterte, und heiße Tränen quollen aus ihren Augen. Nein, es war nicht so! Sie konnte das nicht getan haben, nicht einmal unbewußt. Es war zu unwahrscheinlich, es widersprach ihrer innersten Empfindung. Es mußte einen Weg geben, das zu beweisen! Irgendwie mußte sie es schaffen!

Sie warf ihren Kopf mit einem Ruck hoch und starrte durch den Schleier der Tränen auf das Feuer. Es war, als hätte ihr jemand etwas ins Ohr geflüstert. Zwei Worte.

Die Kapelle.

Ein zittriges Lächeln fand den Weg zu ihren Lippen. Sie stand wankend auf und ging, sich die Augen reibend, zur Eingangshalle. Es gab eine Antwort in der Kapelle. Sie hatte das immer gewußt. Nun war es klar, hier war die Antwort, die sie brauchte. Es war ihr Beweis und ihre Rechtfertigung.

Diesmal würde sie hineingehen.

Sie versuchte, ihre Ungeduld zu zügeln, konnte aber nicht umhin, beinahe laufend die Eingangshalle zu durchqueren, ihre energischen Schritte hallten an den Wänden wider, ihre Kleider raschelten bei dem schnellen Gang. An der Treppe vorbei gelangte sie in den Korridor, den sie in einigen Sekunden durchmaß.

Sie erreichte die Tür der Kapelle und legte ihre Hand auf den Türknopf. Eiskalter Widerstand durchfuhr sie bis in ihr tiefstes Inneres, grenzenlose Übelkeit überfiel sie. Sie preßte beide Hände gegen die Tür und begann zu beten. Nichts auf dieser oder in der anderen Welt konnte sie mehr aufhalten.

Die Widerstandskraft im Inneren der Kapelle schien zu schwanken. Florence stammte ihr Gewicht gegen die Tür. »Im Namen des Vaters, des Sohnes und des Heiligen Geistes!« sagte sie mit lauter, klarer Stimme. Die

Kraft begann, sich zurückzuziehen. Ihre Lippen bewegten sich, als sie schnell weitersprach: »Du kannst mich nicht mehr zurückhalten, denn Gott ist mit mir! Wir treten zusammen jetzt ein! Öffne! Du kannst mich länger nicht zurückhalten! Aufgemacht!«

Plötzlich war die Kraft verschwunden. Florence stieß die Tür auf, ging hinein und knipste das Licht an. Sie lehnte sich mit dem Rücken gegen die Eingangstür, schloß die Augen und sprach: »Danke, o Gott, daß du mir Kraft gegeben hast.«

Nach einer Weile öffnete sie die Augen und blickte umher. Das blasse Licht der Wandlampen hielt die Dunkelheit mit Mühe zurück. Die Stille war so tief, daß sie gegen das Trommelfell zu drücken schien.

Sie ging im Mittelgang nach vorn, und als sie das schamlose Kruzifix über dem Altar bemerkte, senkte sie ihren Blick. Sie fühlte: Hier muß es sein. Es gab keinen Zweifel mehr. Unsichtbare Fäden zogen sie unwiderstehlich nach vorn.

Sie kam bis knapp an den Altar und bemerkte eine schwere Bibel mit Metallschließe, die in der Mitte der Altarplatte ruhte. Eine Bibel an diesem gräßlichen Platz, dachte sie schaudernd. Ihr Blick schweifte suchend umher. Doch die unsichtbare Kraft zog sie immer noch nach vorn, gegen... was? Die Altarwand? Den Altar selbst? Sicher nicht gegen das Kruzifix. Florence fühlte sich vorwärts gezogen, immerzu vorwärts.

Sie fuhr zusammen, als plötzlich der Deckel der Bibel aufsprang und heftig zurückgeschlagen wurde. Als sie hinsah, begannen die Seiten sich so rasend umzublättern, daß das Auge nur mehr die Bewegung selbst sah. Florence fühlte, daß es in ihren Schläfen hämmerte. Plötzlich kamen die Seiten zum Stillstand. Florence beugte sich vor, um die aufgeschlagene Seite anzusehen.

»Ja!« flüsterte sie tiefbewegt. »O ja!«

Am Kopf der Seite stand eine Rubrik GEBURTEN. Darunter stand eine einzige vergilbte Eintragung: ›Daniel Myron Belasco, geboren am 4. November 1903 um 2 Uhr morgens.‹

21.07 Uhr: »Es muß doch irgend etwas geben, das ich tun kann«, sagte sie. Barrett wandte sich von der Maschine ab, an der er einen offenliegenden Schaltkreis mit den Planskizzen verglichen und geduldig die Transistoren und das gesamte Drahtnetz geprüft hatte. Sie hatte ihm in nervöser Ruhe etwa zwanzig Minuten zugesehen und deutlich bemerkt, wie müde er aussah. Erst dann entschloß sie sich, zu sprechen.

»Nein, ich fürchte, du kannst nichts für mich tun«, sagte er. »Es ist einfach zu kompliziert. Es würde zehnmal länger dauern, wenn ich es dir erklären müßte, als wenn ich es selbst mache.«

Edith nickte ohne Überzeugung. Er hatte nun über eine Stunde an diesem kleinen Schaltkreis gearbeitet, und der ganze Reversor war riesenhaft. Wenn das so weiterging, dauerte es die ganze Nacht, und das konnte er einfach nicht durchhalten. Auch war er bei weitem nicht mehr so zuversichtlich wie am Anfang, auch wenn er es vor ihr zu verbergen suchte. Das Erlebnis im Dampfbad hatte ihn mehr mitgenommen, als er sich selbst eingestehen wollte. Auch er hatte die Macht Belascos zu spüren bekommen. Edith konnte ein Lied davon singen, wenn sie an ihre eigenen Erlebnisse im Höllenhaus dachte.

»Was soll deine Maschine eigentlich leisten?«

Er blickte über die Schulter. »Ich kann es dir jetzt nicht erklären. Es ist zu kompliziert.«

»Kannst du es nicht mit ein paar Worten sagen?«

»Doch, im wesentlichen ist es eine Art Abfluß-Stöpsel, durch den alle ungebundenen Kräfte dieses Hauses abfließen werden.« Er machte eine Schluckbewegung, ging zur Wasserflasche und goß sich ein Glas Wasser ein. »Ich erkläre dir das morgen genauer«, fuhr er fort. »Es ist so, daß jede Form von Energie auch aufgelöst werden kann – und genau das werde ich morgen tun.« Sie sah ihn eine Tablette Codein nehmen, die er mit Wasser hinunterspülte. »Morgen um diese Zeit wird das Höllenhaus bereits drainiert sein, sozusagen ent-energisiert.«

Rhythmisches Klatschen kam vom Eingang des Saales. Fischer stand dort, hatte ihm zugehört und sagte: »Bravo.« Er hatte eine Flasche unter dem Arm.

Edith drehte sich zur Seite. Sie war brennend rot geworden.

»Haben Sie getrunken, Mr. Fischer?« fragte Barrett.

»Das hab' ich und werd' es auch weiterhin tun«, verkündete Fischer. »Nicht genug, um die Kontrolle zu verlieren, aber gerade genügend, um die Sinne stumpf zu machen.« Barrett wollte etwas erwidern, doch Fischer ließ ihn nicht zu Wort kommen. Er sagte überlaut: »Nichts in diesem gottverdammten Haus wird mir noch etwas antun können. Ich hab' meinen Teil abbekommen, das genügt mir.«

»Tut mir leid«, sagte Barrett nach einigen Augenblicken. Er fühlte sich etwas verantwortlich für Fischers Zustand.

»Sie brauchen mich nicht zu bedauern, bedauern Sie sich lieber selbst.« Fischer zeigte auf den Reversor. »Der verdammte Blechhaufen da wird auch nichts ausrichten, außer einen Höllenlärm zu machen... wenn er überhaupt funktionieren wird. Glauben Sie wirklich, das Haus wird sich wegen dieser lächerlichen Musik-Box da ändern? Einen Dreck wird es. Belasco wird Ihnen ins Gesicht lachen wie allen anderen Idioten, die hierherkommen, um alles zu... ent-energisieren.« Er machte einen zischenden Laut mit den Lippen. »Ent-energisieren Sie mein Arschloch.« Er funkelte Barrett an und machte eine Geste zu Edith hinüber. »Verduften Sie«, sagte er, »verdrücken Sie sich, Sie werden hier nichts erreichen.«

»Und Sie selbst?« fragte Barrett.

»Ich kämpfe nicht. Das Haus hat es nicht gern, wenn man es attackiert. Belasco kann dann sehr unangenehm werden. Sie wissen doch, ›ein General mit seiner Armee‹ . . .« Fischers Gesicht nahm einen wütenden Ausdruck an, als er mit dem Finger auf Barrett deutete. »Ich kann Ihnen nur raten, lassen Sie diese ganze Scheiße hier sein. Vergessen Sie Ihre großartige Maschine. Verbringen Sie den Rest der Woche hier essend und schlafend und tun Sie überhaupt nichts. Dann, am Sonntag, sagen Sie dem alten Urban alles, was er gerne hören möchte, und kassieren Sie Ihr Geld. Haben Sie mich verstanden, Mann? Wenn Sie weiterforschen, dann sind Sie zum Wochenende ein toter Mann, ich sag es nochmals: ein toter Mann.« Er sah auf Edith. »Mit einer toten Frau an Ihrer Seite.«

Edith starrte ihren Mann an. Barrett blickte Fischer mit verstörtem Blick nach. Dann sah er sie an. »Armer Kerl«, sagte er, »das Haus hat ihn wirklich fertiggemacht.« Fischer hat recht. Sie hörte sich diese Worte förmlich sagen, aber sie hatte nicht den Mut, sie auszusprechen.

Barrett hinkte zu ihr, zog einen Stuhl neben sie und setzte sich mit einem Seufzer. Er saß eine Weile still, holte tief Atem und sagte dann: »Er hat nicht recht. Was er einen Blechhaufen nennt«, er lächelte über den Ausdruck, »ist der Schlüssel zum Höllenhaus.« Er hob die Hand. »Okay, ich gebe zu, es sind Dinge vorgekommen, die sich selbst nicht ganz durchschauen kann – wenn ich Zeit hätte, könnte ich auch das –, aber darauf kommt es nicht an. Der Mensch bedient sich ja auch der Elektrizität, ohne sie im Grunde zu verstehen. Die Einzelheiten über die hier vorhandenen Kräfte sind nicht so wesentlich wie die Tatsache, daß« – er zeigte auf die Maschine, »dieser Apparat imstande ist, jene Kräfte zu vernichten. Und morgen werde ich dir das kristallklar beweisen können.«

Er drehte sich um und ging wieder zu dem Reversor. Edith sah ihn gehen. Sie wünschte sich von Herzen, ihm glauben zu können, aber Fischers Worte hatten die Angst so tief in ihr Inneres getrieben, daß sie sie bis ins Blut zu spüren glaubte, scharf wie Säure, kalt und nagend.

22.19 Uhr: ». . . Daniel, bitte, versteh mich. Was du verlangst, ist nicht vorstellbar. Das weißt du. Nicht daß ich keine Sympathie empfände. Ich habe dir mein Herz ganz geöffnet. Ich glaube an dich und vertraue dir. Du hast mein Leben gerettet. Laß mich jetzt deine Seele retten.

Nimm meine Hand an und laß dich aus diesem Haus heraus in den ewigen Frieden führen. Bleibe nicht in diesen öden Mauern. Du kannst frei werden. Glaube mir und laß dich führen, Daniel.«

Aber Daniel wollte nicht hören. Sie stand auf, ging mit müden Schritten in das Badezimmer, um sich für die Nacht zurechtzumachen. Dann kam sie zurück und ging zu Bett. Morgen versuche ich es nochmals, dachte sie. Früher oder später würde er auf sie hören. Sie spürte stechende Schmerzen in ihren Brüsten, legte sich auf den Rücken und starrte mit schweren Lidern an die Zimmerdecke. Morgen also, dachte sie.

Sie drehte den Kopf.

Eine Gestalt stand neben der Tür. Sie sah sie ohne Furcht an, es lag keine Drohung in der Erscheinung.

»Daniel?«

Die Gestalt kam auf sie zu. In dem schwachen Licht, das aus dem Badezimmer drang, konnte sie deutlich die Gesichtszüge erkennen: jugendlich, gutaussehend, ernster Blick, die Augen voller Verzweiflung.

»Kannst du sprechen?« fragte sie.

»Ja.« Seine Stimme war sanft und schmerzlich.

»Warum willst du nicht fort von hier?«

»Ich kann nicht.«

»Du mußt aber.«

»Nicht ohne –«

»Nein, Daniel«, sagte sie.

Er wandte das Gesicht ab.

»Daniel –«

»Ich liebe dich«, sagte er. »Du bist die einzige Frau, der ich das jemals gesagt habe. Ich habe noch nie jemanden wie dich getroffen. Du bist so gut… so gut… die gütigste Frau, die ich je gekannt habe.«

Sein Gesicht wandte sich ihr wieder zu. »Ich kann nicht länger bleiben. Er erlaubt es nicht. Bitte erfüll mir meinen Wunsch. Wenn ich von hier vertrieben werde, ohne –«

»Vertrieben?« Florence horchte auf.

»Euer Doktor Barrett hat die Mittel dazu.«

Sie sah ihn erschüttert an.

»Er weiß Bescheid über die Vorgänge hier und kann mich von hier fortjagen. Aber er weiß nur das. Alles andere, mein Herz, meine Seele, meinen Geist, kennt er nicht. Und so treibt er mich nur von einer Hölle in die andere. Nur du kannst mir helfen. Wenn du mir hilfst, kann ich das Haus noch heute verlassen.« Seine Stimme begann nachzulassen. »Wenn du mir wohl willst, dann hilf mir. Habe Mitleid… bitte.«

»Daniel –«

Sie hörte noch einige Augenblicke sein verzweifeltes Schluchzen, dann wurde es still. Sie starrte auf die Stelle, wo er gestanden hatte. »Du weißt, ich kann nicht«, sagte sie. »Bitte, Daniel. Du weißt, ich kann nicht. Ich kann nicht.«

22.23 Uhr: Barrett war todmüde. Die Arbeit am Reversor hatte ihn so fasziniert, daß er die dahineilende Zeit nicht beachtete. Nun mußte er den kleinen Rest, der noch zu tun war, doch auf morgen verschieben, sonst könnte sein übermüdetes Gehirn vielleicht ein Detail übersehen, das dann die ganze Arbeit in Frage stellen würde. Er wankte die Treppen hinauf, auf Edith gestützt. Sie öffnete ihm die Tür und half ihm zu seinem Bett.

Als sie ihm aus den Kleidern helfen wollte, winkte er ab.

»Besser, wir machen uns nicht die Arbeit, sondern schlafen in den Kleidern«, schlug er vor und blickte auf Edith.

»Würde es dir etwas ausmachen, heute nacht neben mir in diesem winzigen Bett zu liegen?«

»Ich wäre froh darüber – und hätte auch weniger Angst«, sagte sie sofort.

»Dann hol bitte meine Krawatte aus dem Schrank und bring sie mir her, bevor du ins Badezimmer gehst.«

Sie blickte ihn verwundert an und gehorchte.

Als aus dem Badezimmer die vertrauten Geräusche ihrer Zahnpflege drangen, dachte er: Symphonie Domestique.

In der Hölle.

Als sie nebeneinanderlagen, befestigte Barrett ein Ende der Krawatte an ihrem Handgelenk. »Damit du nicht wieder schlafwandelst«, sagte er und band das andere Ende am Bettpfosten fest. »So hast du genügend Bewegungsfreiheit.«

Sie nickte, legte ihren Kopf auf die Stelle zwischen seinem Arm und seiner Schulter und seufzte: »Jetzt fühle ich mich endlich sicher.«

Er schlief sofort ein. Edith lag neben ihm und gab sich Mühe, die Augen zu schließen. Nach kurzer Zeit öffnete sie sie wieder. Wie oft hatte sie jetzt schon die Augen geschlossen, geöffnet und wieder geschlossen? Sie atmete tief ein. Immer dieser faulige Geruch aus dem Tümpel. Man müßte das ganze Haus niederbrennen bis auf den Grund.

Sie zuckte zusammen und starrte hinüber.

Der Schaukelstuhl hatte begonnen, sich zu bewegen.

»Lionel«, flüsterte sie. Nein. Er brauchte den Schlaf. Es ist doch nur Energie, sagte sie zu sich selbst. Ungeführte Kinetik ohne Intelligenz, die den Weg des geringsten Widerstandes nimmt. Zufallende Türen, Brisen, Schritte, Schaukelstühle.

Und trotzdem, sie wußte, wußte es tatsächlich, daß etwas in dem Schaukelstuhl saß – jemand, den sie nicht sehen konnte.

23.28 Uhr: Es war heiß im Zimmer. Florence warf sich schlaflos von einer Seite zur anderen. Schließlich setzte sie sich auf. Daniels Worte beschäftigten sie noch immer. Vertrieben, durch Barretts Maschine, hatte er gesagt. Was konnte sie tun? Sie mußte ihn retten. Für einen Moment dachte sie daran, hinunterzulaufen und die Maschine zu zerstören. Sie verwarf den Gedanken sofort. Dr. Barrett war ein korrekter Wissenschaftler, der an seinem Lebenswerk ebenso hing wie sie an ihrem. Wenn er es auch mit anderen Mitteln durchführte.

Sie blieb wie versteinert stehen und starrte auf das kleine Tischchen.

Dort läutete das Telefon.

Unmöglich, dachte sie. Das ist seit dreißig Jahren nicht mehr in Betrieb.

Sie wußte, was es bedeutete. Sie durfte nicht antworten.

Es fuhr fort, zu läuten.

»Nein«, sagte sie.

Es läutete, läutete, läutete, läutete.

Mit einem gequälten Laut stürzte sie hin und riß den Hörer auf, so daß er auf den Tisch fiel. Sie fühlte sich schwach und mußte sich am Tischrand festhalten. Für einen Augenblick fürchtete sie, die Sinne zu verlieren. Sie konnte kaum atmen.

Aus dem Hörer kam eine dünne Stimme. Sie konnte aus der Entfernung nicht hören, was sie sagte – ein einzelnes Wort, immer wiederholt –, aber sie wußte, daß es Daniels Stimme war. »Nein«, flüsterte sie.

Die Stimme sagte wieder und wieder das gleiche Wort, bis sie den Hörer hochriß und verzweifelt »Nein« hineinschrie.

»Bitte«, sagte Daniel.

Florence schloß die Augen. »Nein«, wisperte sie.

»Bitte.« Seine Stimme klang erbarmenswert.

»Nein, Daniel.«

»Bitte.«

»Nein, nein.«

»Bitte.« Noch nie hatte sie einer Stimme so viel Qual angehört.

»Bitte.«

»Nein.« Sie konnte kaum mehr sprechen. Tränen tropften über ihre Wangen. Ihre Kehle war wie zugeschnürt.

»Bitte«, bettelte er.

»Nein«, wisperte sie, »nein, nein.«

»Bitte.« Es war die Stimme eines Wesens, das um seine nackte Existenz bettelte. »Bitte.« Sie sei seine einzige Hoffnung. »Bitte.« Morgen würde er durch Dr. Barrett in das Grauen gestoßen. »Bitte.« Es gab nur einen Weg. »Bitte.« Er begann zu weinen. »Bitte.« Immerfort »bitte.« Die Welt verging. Nur sie zwei blieben übrig. »Bitte.« Sie müßte ihm helfen. »Bitte.« Er schluchzte: »Bitte!« O Gott, ihr Herz zerbrach! »Bitte! Bitte! Bitte!«

Sie legte schnell den Hörer auf, und ein heftiges Schütteln raste durch ihren Körper. Also gut! dachte sie. Es ist der einzige Weg. Ihre Schutzgeister würden ihr helfen und sie beschützen; Gott würde ihr beistehen und ihr helfen. Es war der einzige Weg. Sie glaubte Daniel und glaubte an sich. Es gab nur diesen Weg. Sie sah es jetzt mit völliger Klarheit.

Mit zitternden Beinen ging sie zum Bett, sank auf die Knie, beugte den Kopf und verschlang die Hände ineinander. Sie schloß die Augen und betete: »Lieber Gott, reiche mir deine Hand und gib mir deinen Schutz. Hilf mir diese Nacht, auf daß ich die leidende Seele Daniel Belascos in deine Hut bringen kann.«

Während fünf Minuten betete sie ohne Unterlaß. Dann erhob sie sich langsam und legte ihre Kleider ab. Sie sah an ihrem Körper hinab. So sei du sein Tempel, dachte sie. Sie zog die Bettdecke seitwärts und legte sich auf den Rücken.

Der Raum war beinahe dunkel, die Badezimmertür fast geschlossen. Sie senkte ihre Lider und begann tief einzuatmen. Daniel, rief sie im Geiste. Ich gebe dir nun die Liebe, die du niemals kanntest. Ich gebe sie freiwillig, damit du stark genug wirst, dieses Haus verlassen zu können. Mit Gottes Liebe und mit meiner sollst du heute nacht im Paradies ruhen.

Sie hob die Lider. »Daniel«, sagte sie, »deine Braut erwartet dich.«

An der Tür bewegte sich etwas. Eine Gestalt kam auf sie zu.

»Daniel?«

»Ja, Liebste.«

Sie öffnete die Arme.

Er durchquerte den Raum, und Florence spürte, wie sich ihr Körper zu ihm hingezogen fühlte, als er sich näherte. Sie konnte seine Züge erkennen, sanft, ängstlich und dürstend nach ihr. Er legte sich neben sie auf das Bett. Sie wandte sich ihm zu, konnte seinen Atem fühlen, schmiegte sich an ihn und reichte ihm ihre Lippen.

Sein Kuß war lang und zart. »Ich liebe dich«, flüsterte er.

»Und ich liebe dich.«

Sie schloß die Augen, legte sich wieder zurück und fühlte, wie sein Gewicht sich auf sie schob. »Mit Liebe«, murmelte sie. »Bitte mit Liebe.«

»Florence«, sagte er.

Sie öffnete die Augen.

Ihr Herz versagte in versteinertem Entsetzen, als sie gewahr wurde, was auf ihr lag.

Es war der Körper erines menschlichen Kadavers, das Gesicht in fortgeschrittener Verwesung zu einer Fratze entstellt. Aschgraues, sich auflösendes Fleisch hing von seinen Knochen, die faulenden Lippen bildeten ein geiles Grinsen, dahinter bleckten verfärbte Zahnruinen. Lediglich die gelben Augenschlitze waren lebendig und starrten auf sie mit dämonischer Lust. Ein bleifarbenes Licht umgab den ganzen Körper, aus dem Verwesungsgase aufstiegen.

Ein Aufschrei wahnsinnigen Grauens fuhr aus ihrer Kehle, als die modernde Gestalt in sie eindrang.

23.43 Uhr: Fischer fuhr keuchend hoch, als er den Schrei im Nebenzimmer hörte. Für Augenblicke saß er bewegungslos, erstarrt vor Schrecken. Dann trieb es ihn hoch und quer durch den Raum. Er stürzte in den Korridor zu Florences Tür, drehte den Türknopf und wollte hinein.

Die Tür war verschlossen.

»Oh, mein Gott.« Er blickte in panischer Verzweiflung umher, den Ton der wahnsinnigen Schreie von Florence in seinen Ohren. Er sah hinüber zu Barretts Zimmer, wo plötzlich die Tür aufging und Edith sichtbar wurde. Ihr Gesichtsausdruck war bestürzt und fassungslos.

Fischer taumelte den Korridor entlang, ergriff einen schweren Holzstuhl und schleppte ihn zur Tür. Er hob ihn hoch und rammte ihn dagegen. Das Schreien verstummte. Er bearbeitete das Türholz weiter mit dem Stuhl, bis diesem ein Bein abbrach. »Verdammt.« Er hieb wie irrsinnig gegen die Tür und sah am Rande seines Blickfeldes Edith und Barrett, die auf ihn zueilten.

Plötzlich zersplitterte der Türpfosten, und die Tür sprang auf. Fischer warf den Stuhl beiseite, griff hinein und knipste das Licht an. Dann stürzte er in das Zimmer.

Beim Anblick Florences verschlug es ihm den Atem. Er hörte hinter sich, wie Edith sich erbrach. »Mein Gott«, stammelte Barrett.

Sie war nackt, lag auf dem Rücken, die Beine weit gespreizt, die Augen aufgerissen, ihr Blick bewegungslos in totalem Schock in die Höhe gerichtet.

Der ganze Körper war voller Schläge, Bisse, Kratzwunden und Quetschungen und blutete an mehreren Stellen.

Fischer blickte nochmals in ihr Gesicht. Es war das Antlitz einer Frau, die soeben etwas in den Wahnsinn getrieben hatte. Ihre Lippen bewegten sich schwach. Er beugte sich über sie, um sie zu verstehen. Zunächst waren nur röchelnde Töne in ihrer Kehle. Dann wimmerte sie: »Randvoll.« Sie stierte ihn mit weit offenen, unbeweglichen Augen an. »Randvoll.«

Er konnte nicht anders als zu fragen: »Mit was?«

Ganz unvermittelt begann sie, grauenerregend zu lächeln.

7.19 Uhr: Fischer saß zusammengesackt in einem Lehnstuhl und starrte zu Florence hinüber. Er hatte die ganze Nacht an ihrem Bett gewacht, nachdem Barrett und Edith gegangen waren. Er rieb sich die Augen. Etwas Kaffee täte gut, dachte er. Statt dessen ging er ins Badezimmer und tauchte das Gesicht in eiskaltes Wasser.

Als er zum Bett zurückkam, sah er, daß sie die Augen geöffnet hatte. Sie sah ihn an, als ob sie ihn niemals gesehen hätte. Ein gurgelnder Laut kam aus ihrer Kehle.

Er ging nochmals ins Badezimmer, füllte ein Glas mit Wasser und kam damit zum Bett zurück. »Hier«, sagte er und hielt es ihr hin. Sie stierte weiter ins Leere.

»Können Sie sprechen?« fragte er.

»Warst du die ganze Nacht hier?«

»Ja, Florence.«

Sie brachte einen Laut zynischer Lustigkeit heraus. »Idiot«, sagte sie dann, »du hättest mit mir schlafen können.«

Fischer wartete behutsam.

Sie begann, sich das Nachthemd aufzuknöpfen.

»Was machen sie?«

Sie beachtete ihn nicht, sondern riß die Vorderseite des Hemdes auseinander und zeigte ihm ihre Brüste. Die Bißspuren waren rot und sahen infiziert aus. Florence packte mit jeder Hand eine Brust und drückte sie, so daß die Warzen sich härteten. »Schau sie dir doch an«, sagte sie.

Er nahm ihre Hände und drückte sie von den Brüsten weg an die Seite. In diesem Augenblick schien sie zu sich zu kommen und vergrub ihr Gesicht mit einem Stöhnen in die Kissen. Fischer zog die Decke hoch. »Ich nehme Sie heute noch von hier fort«, sagte er.

»Er hat mich angelogen.« Ihre Stimme war tonlos. »Er sagte, es sei der einzige Weg.«

»Sie glauben immer noch, daß es einen Daniel gibt?« fragte er.

»Ja«, sagte sie. »Ich weiß es genau. Ich fand die Anzeige seiner Geburt in der Bibel, unten in der Kapelle. Sie können es selbst nachprüfen.« Mit einem Seufzer der Verzweiflung sagte sie dann: »Ben, jetzt ist er in mir. Ich kann fühlen, wie er darauf wartet, um mich in seine Gewalt zu bringen.«

Sie wurde von heftigem Zittern ergriffen.

Fischer legte seine Arme um sie und sagte wie zu einem Kind: »Sshh, alles wird gut werden. Wir gehen heute noch fort von hier.«

Florence riß sich los und schlug mit dem Kopf heftig an das Kopfende des Bettes. »Wer bist du denn, du kleiner Scheißer?« zischte sie. »Meinst du, du kannst hier zu einem Fick kommen? Kann sein, daß du was wert warst mit zwölf, aber jetzt bist du ein Haufen Scheißdreck. Hörst du, Scheißdreck hab' ich gesagt.«

Fischer starrte sie nur schweigend an. Nach einer Weile sagte er, als ob nichts gewesen wäre: »Ziehen Sie sich an, wir gehen.«

Sie nickte mechanisch wie eine Marionette, ging zu der Kommode, nahm einige Kleidungsstücke heraus und wollte damit in das Badezimmer.

»Florence –«

Sie drehte sich um. Fischer nahm einen Anlauf und sagte: »Sie sollten sich vielleicht besser hier im Zimmer anziehen.«

Die Haut spannte sich um ihre Backenknochen. »Ich muß aber pissen, ist das verboten?«

»Aufhören«, schrie er sie an.

Sie sah ihn an und sagte dann beschämt: »Aber ich muß...« Sie konnte es nicht sagen.

Fischer sah sie prüfend an. Was würde geschehen, wenn sie drinnen plötzlich wieder besessen sein würde? Sie konnte sich etwas antun, wenn sie allein blieb. Er seufzte: »Lassen Sie bitte die Tür unverschlossen.«

Als sie nach einer Weile wieder erschien, war er erleichtert, reichte ihr die Kleider und drehte sich zur Wand. »Sprechen Sie bitte während des Anziehens.«

»Okay.« Er hörte das Rascheln ihres Nachtgewandes, als sie es auszog. Doch sie sprach nicht.

»Bitte sprechen!« sagte er.

»Warrrumm?«

Der Ton ihrer Stimme ließ ihn herumfahren. Sie stand splitternackt an der Seite des Schreibtisches und lächelte ihn an. »Jetzt zieh du dich aus«, sagte sie.

Fischer bewegte sich nicht. »Florence, bekämpfen Sie's.«

»Warum soll ich meine Lust auf einen Schwanz bekämpfen?«

»Florence –«

»Ausgezogen, ich möchte es treiben.« Sie ging ärgerlich auf ihn los. »Strip doch endlich, du Schweinekerl. Du wolltest mich doch schon die ganze Woche ficken; also tu's jetzt!«

Er packte ihre Hände und rüttelte sie, bis sie vor Wut und Schmerz aufheulte.

»Ich will ficken!« schrie sie.

»Kämpfen Sie, Florence, besiegen Sie es.«

»Ich will ficken. Ich will ficken.«

Er ließ ihren Arm los und schlug ihr mit aller Kraft ins Gesicht. Ihr Kopf kippte nach rechts, der Gesichtsausdruck war voll erschrecktem Staunen.

Als sie den Kopf aufrichtete, sah er, daß sie wieder bei Sinnen war. Sie stand eine Weile zitternd da und sah ihn mit offenem Mund an. Dann blickte sie an sich herunter. »Bitte schauen Sie weg«, bat sie.

Fischer ließ ihr zweites Handgelenk los und drehte sich um. »Ziehen sie sich an«, sagte er. »Kümmern Sie sich nicht um Ihre Koffer, die bringe ich später nach. Gehen wir jetzt so schnell wie möglich weg von hier.«

»In Ordnung.«

O Gott, ich hoffe, es ist wirklich in Ordnung, dachte er. Und was würde geschehen, wenn er sie nicht mitnehmen durfte?

Er schauderte.

7.48 Uhr: »Noch Kaffee?«

Lionel fuhr mit dem Kopf hoch, und Edith merkte, daß er vor Müdigkeit eingenickt war. »Tut mir leid, habe ich dich erschreckt?« fragte sie.

»Nein, nein«, beeilte er sich zu antworten. Er rückte sich im Sessel zurecht.

»Wir müssen ungedingt deinen Daumen behandeln lassen.«

»Ab morgen können wir wieder an uns denken«, sagte er und lächelte mühsam. Er hatte in aller Frühe den Reversor überprüft und wollte ihn nachmittags in Betrieb setzen. Das bedeutete, daß sie voraussichtlich am Abend das Haus verlassen konnten.

Inzwischen waren Fischer und Florence die Treppe herabgekommen. Sie hatten ihre Mäntel an. Barrett blickte verwundert, als sie sich dem Tisch näherten.

»Haben Sie die Wagenschlüssel?« fragte Fischer.

Barrett versuchte, seine Verwunderung zu verbergen. »Im Zimmer oben«, antwortete er.

»Kann ich für Sie hinaufgehen?«

»Ich wäre Ihnen dankbar. Sie sind in der Tasche meines Überziehers.«

Fischer wollte Florence nicht mehr allein lassen. Er befürchtete jeden Augenblick einen neuen Ausbruch. »Bitte geben Sie Miß Tanner etwas Kaffee, ich bin gleich wieder hier«, sagte er. »Wenn etwas geschieht, bringen Sie sie bitte gleich vor die Eingangstür.«

»Was Mr. Fischer nämlich nicht gesagt hat, ist, daß ich seit gestern nacht von Daniel Belasco besessen bin und jeden Augenblick wieder die Kontrolle über mich verlieren kann.«

»Ich glaube, es wäre wirklich gut, wenn Sie gleich fortgingen, wir werden sie heute bestimmt nicht mehr benötigen, Miß Tanner«, meinte Barrett säuerlich. »Das Haus wird noch heute nachmittag in Ordnung gebracht.«

»Sie wollten mir doch erklären, wie das geschieht?« fragte Florence.

»Ja, das wollte ich. Aber unter den neuen Umständen ...«

»Bitte tun Sie es. Ich muß das wissen, ehe ich gehe.«

»Wir haben keine Zeit dazu«, sagte Fischer.

»Ich muß es unbedingt wissen, Ben.« Ihr Blick war voll Verzweiflung. »Ich kann nicht fort, ohne Bescheid zu wissen.« Sie dachte nach. »Wenn ich die Kontrolle verlieren sollte, dann bringen Sie mich eben sofort hinaus. Ich weiß, es ist kompliziert, aber Sie können sich ja auf das Wesentlichste beschränken.«

»Also gut, dann holt Mr. Fischer den Schlüssel nachher, und ich erkläre es in kurzen Zügen.«

Fischer setzte sich unwillig nieder. Warum gehorche ich? fragte er sich. Er glaubte nicht im geringsten an irgendeine Wirkung, die die Maschine auf das Höllenhaus haben könnte.

»Als grundlegende Voraussetzung«, begann Barrett, »können wir davon ausgehen, daß sämtliche Phänomene auf natürlicher Grundlage stattfinden, wobei die Natur jedoch als ein Gebiet betrachtet werden kann, das über das hinausreicht, was die Wissenschaft heute darunter versteht. Trotzdem handelt es sich um natürliche Vorgänge. Dies gilt ebenso für die sogenannten psychischen Vorgänge. Die Parapsychologie ist in der Tat nur eine Erweiterung der Biologie.«

Fischer behielt Florence im Auge. Sie war heute schon mehrere Male vom Normalzustand in die Besessenheit abgeglitten.

»Wenn wir nun von paranormaler Biologie sprechen«, setzte Barrett fort, »so meinen wir damit die Tatsache, daß der Mensch weiter reicht als seine sichtbaren Körpergrenzen, wie Doktor Carrel es ausdrückt. Der menschliche Körper strahlt eine Art Energie aus – ein psychisches Fluidum, wenn wir es mal so nennen wollen. Diese Energie umgibt den Körper mit einem unsichtbaren Mantel, den man ›Aura‹ nennt. Sie kann aber auch über diese Aura hinausreichen und produziert dann mechanische, chemische und physikalische Effekte: Erschütterungen, Gerüche, Bewegungen von Objekten und andere, wie wir sie hier in den letzten Tagen wiederholt erlebt haben.«

Fischer blickte Barrett an. Zweierlei Emotionen wurden in ihm geweckt. Dieser ältere Mann klang so vertrauensvoll. War es möglich, daß all das, an was er in seinem Leben geglaubt hatte, in einem Laboratorium nachvollzogen werden konnte?

»Nun wissen wir, daß sich im Mittelalter besonders viele abergläubische Menschen in Gedanken mit Dämonen und Hexen befaßt haben. Und gerade weil man daran geglaubt hat, war es möglich, daß diese Dinge sich manifestierten, weil sie durch die psychische Energie, durch dieses Fluidum eben, hervorgebracht werden konnten.

Nun haben Medien immer die Eigenschaft gehabt, Phänomene zu produzieren, die mit den Dingen zusammenhängen, an die sie selbst glauben.« Fischer warf einen Seitenblick auf Florence und bemerkte, daß sie bei diesen Worten kritisch blickte. »Und dies ist ganz gewiß auch beim Spiritismus der Fall. Die Medien, welche dieser Richtung angehören, produzieren dementsprechende Phänomene – sogenannte Kommunikation mit Geistern.

Wie funktioniert nun tatsächlich so ein Mechanismus, so eine Energie? Reichenbach, ein österreichischer Chemiker, hat zwischen 1845 und 1868 bereits die Existenz derartiger physiologischer Strahlung nachgewiesen. Seine Experimente bestanden darin, daß er zunächst Magnete durch Medien betrachten ließ. Sie stellten einen Lichtschein an den Polen fest, etwa wie Flammen von ungleicher Länge, die kürzere jeweils am positiven Pol. Beobachtungen von Elektromagneten brachten die gleichen Resultate, ebenso auch die Betrachtung von Kristallen. Und schließlich wurde das Phänomen auch am menschlichen Körper beobachtet.

Ein gewisser Coronel de Rochas entdeckte, daß diese Emanationen am positiven Pol eine blaue und am negativen eine rote Farbe hatten. Im Jahre 1912 publizierte Dr. Kilner, ein Mitglied des Royal College of Physicians in London, die Resultate langjähriger Experimente, während derer es gelungen war, durch eine Apparatur die sogenannte Aura des Menschen sichtbar zu machen. Wenn man die Versuchsperson einer elektrostatischen Aufladung aussetzte, dann verschwand die Aura langsam und kehrte wieder, wenn die Spannung der Aufladung sich verflüchtigt hatte.

»Natürlich vereinfache ich nun«, sagte er, »aber das Endresultat ist unwiderlegbar: Die psychischen Emanationen, die alle Lebewesen aussenden, bestehen aus einem Feld elektromagnetischer Strahlung.«

Er blickte um den Tisch herum und war enttäuscht über die anscheinende Teilnahmslosigkeit ihrer Mienen. Waren sie sich nicht dessen bewußt, was er eben gesagt hatte?

»Elektromagnetische Radiation – EMR – ist also die Antwort. Alle lebenden Organismen senden diese Form der Energie aus, und der Dynamo, der es bewerkstelligt, ist der menschliche Geist. Je stärker die emotive Spannung des Geistes ist, desto stärker wird auch das den Körper umgebende Feld aufgeladen sein. In extremen Fällen wird die gesamte Atmosphäre der unmittelbaren Umgebung davon aufgeladen, so daß besonders sensitive Lebewesen, also eben Medien, oder auch Katzen und Hunde, davon angesprochen werden. Die Orte, wo solche Kräfte in stärkerem Maße auftreten, sind dann als Spukhäuser bekannt.

Und was das Höllenhaus betrifft – ist es denn ein Wunder, daß es so ist, wie wir es erleben? Denken Sie an die Jahre heftigster Emotionen und

Zerstörung – das Böse an sich, wenn Sie so wollen –, dessen Strahlungen das Innere dieses Hauses verseucht haben. Das Höllenhaus ist im Grunde nichts als eine gigantische Batterie, deren negative Kräfte unweigerlich auf jene einwirken, die hier eintreten, sei es absichtlich oder unabsichtlich. Dazu gehören Sie, Miß Tanner, genauso wie Sie, Mr. Fischer, wie meine Frau oder ich selbst. Wir alle haben unter diesen giftigen Emanationen zu leden, aber Sie besonders, Miß Tanner, denn Sie haben sich ihnen ja geöffnet, indem Sie unbewußt versucht haben, Ihre persönliche Interpretation der Spuk-Phänomene damit zu beweisen.«

»Das ist nicht wahr.«

»Es ist aber doch so«, entgegnete Barrett.

»Und wie wollen Sie beweisen, daß Ihre Auslegung der Dinge nicht auch unrichtig ist?« fragte Fischer.

»Sehr einfach«, sagte Barrett. »Binnen kurzem wird mein Reversor das Haus mit einer massiven, elektromagnetischen Statik aufladen. Diese Gegenstrahlung, die der Ladung der Atmosphäre entgegengesetzt ist, wird ihre Polarität umkehren und damit auflösen. Genau wie das Licht für mediale Phänomene nicht zuträglich ist, wird die Radiation meines Reversors die Phänomene des Höllenhauses neutralisieren.«

»Nun«, sagte Florence mit ruhiger Stimme, »in diesem Fall ist für uns ja die Sache erledigt, nicht wahr?«

Ihre nächste Bewegung war so unheimlich schnell, daß alle anderen erst Augenblicke später reagierten. Sie war blitzschnell aufgesprungen und rannte zum Reversor. Sie befand sich bereits auf halbem Wege, als Fischer erst aufsprang, dabei seinen Stuhl umwarf und ihr nachsetzte.

Florence ergriff das große Brecheisen und schwang es mit aller Kraft gegen die Vorderseite des Reversors. Barrett stellte sich auf die Beine, so schnell er konnte. Sein Gesicht war aschgrau. Er zuckte zusammen, als er den hellen Ton vernahm, mit dem Stahl auf Stahl aufschlägt. Es war ihm, als ob er selbst getroffen würde. »Nein«, schrie er. Florence schlug noch einmal zu. Die Glasscheibe eines Zifferblattes zersprang. Barrett stürzte vorwärts, doch sein rechtes Bein knickte ein, und er fiel mit einem Schreckenslaut zu Boden. Edith fuhr in die Höhe. »Lionel!«

Nun war Fischer bei Florence angelangt, riß sie an der Schulter zurück und versuchte, sie vom Reversor wegzubringen. Sie fuhr herum und schwang das Brecheisen gegen ihn. Ihr Gesicht hatte einen Ausdruck manischer Wut. Fischer duckte sich, doch das schwere Brecheisen landete auf seinem rechten Handgelenk. Er schrie auf, als ein stechender Schmerz seinen Arm lähmte. Er sah den nächsten Schlag kommen, konnte ihm nicht ausweichen und wurde am Schädel getroffen. Der Schmerz, der in ihm explodierte, ließ ihn in die Knie brechen, doch Florence hob von neuem das Brecheisen. Barrett stürzte sich auf sie. Die Verzweiflung verlieh ihm

Riesenkräfte, und er entwand das Brecheisen den Händen der rasenden Florence. Doch er stürzte wieder zu Boden, und Florence sprang auf und ergriff von neuem die gefährliche Waffe.

Anstatt jedoch wieder den Reversor zu bearbeiten, wandte sie sich Edith zu, die vor Entsetzen gelähmt vor ihr stand. »Jetzt kommst du dran«, geiferte Florence, »du lesbische Hure.«

Edith starrte sie entgeistert an, als Florence sie anfauchte: »Ich werde dir jetzt deinen Schädel eindreschen, jawohl, ich schlag dir dein Hurengehirn zu Brei.«

Edith drehte sich um und rannte zur Treppe, Florence hinter ihr her, der Abstand zwischen den beiden verkleinerte sich zusehends. In ihrer Not rannte Edith auf die erste Tür zu, riß sie auf und zog sie schnell hinter sich zu, um den Schlüssel umzudrehen. Sie bemerkte zu ihrem Entsetzen, daß sie in Florences Zimmer geraten war, deren Türschloß seit dem Eindringen Fischers nicht mehr funktionierte. Es war zu spät. Die Tür wurde wieder aufgerissen. Sie taumelte zurück, strauchelte, verlor das Gleichgewicht und stürzte auf den Teppich.

Im Türrahmen stand Florence schweratmend und lächelte. »Vor was hast du denn Angst?« fragte sie. Sie warf das Brecheisen achtlos weg und sagte: »Ich will dich ja nicht verletzen.«

Edith hockte immer noch auf dem Boden und starrrte sie an.

»Ich werde dir bestimmt nicht weh tun, Kindchen.« Edith fühlte, wie sich ihr Innerstes zusammenzog. Die Stimme des Mediums war plötzlich honigsüß, beinahe gurrend.

Als Florence begann, sich der Kleider zu entledigen, überfiel Edith ein Zittern. Sie schüttelte den Kopf.

»Du brauchst keine Angst zu haben«, sagte Florence, »du und ich werden uns jetzt ein Weilchen glänzend unterhalten.« Sie warf ihre Jacke auf den Boden und öffnete ihren Büstenhalter.

»O Gott, bitte nein.« Edith schüttelte immer noch den Kopf, als Florence bereits auf sie eindrang. Der Büstenhalter lag schon am Boden, Florence begann, ihren Rock aufzumachen, das Lächeln war nicht von ihren Lippen gewichen. Edith kroch über den Boden, um der Rasenden zu entkommen, doch sie gelangte nur bis zum Bettrand, wo sie verzweifelt und zitternd zusah, wie Florence sich immer mehr entkleidete und dabei auf sie zukam. Als Florence zuletzt noch ihren Slip auszog, keuchte Edith verzweifelt: »Nein, bitte nicht.«

Florence ließ sich auf die Knie nieder und riß Ediths Beine auseinander. Dann packte sie ihre eigenen Brüste und hielt sie Edith ins Gesicht. Edith wand sich verzweifelt. Sie sah die roten Bißspuren dicht vor sich. »Hab' ich nicht schöne Titten?« fragte Florence. »Sehen sie nicht wunderbar aus? Willst du sie denn gar nicht?« Edith wand sich in höchster Bedrängnis hin und her, als Florences Brüste vor ihrem Gesicht tanzten. »Hier, greif sie doch an«, forderte sie, ließ eine Brust los und erfaßte Ediths Hand.

Das Gefühl, das durch das warme, weiche Fleisch in Ediths Fingerspitzen geweckt wurde, brach einen Damm in ihrer Brust. Sie wurde von einem Schluchzen geschüttelt.

Nein, nein, ich bin nicht so, schrie es in ihrem Inneren.

»Natürlich bist du so«, sagte Florence, als ob Edith gesprochen hätte. »Wir sind beide so; wir sind schon immer so gewesen. Die Männer sind häßlich und grausam. Vertrauen können nur wir Mädchen unter uns haben. Nur Frauen können geliebt werden. Dein eigener Vater wollte dich doch vergewaltigen, stimmt's?«

Wie konnte sie das wissen! dachte Edith entsetzt. Sie warf beide Hände um ihren Leib, hielt die Arme fest an den Körper gepreßt und schloß krampfartig die Augen.

Mit einem tierischen Laut fiel Florence über sie her. Edith versuchte, sie wegzustoßen, doch sie war zu schwer. Sie fühlte an ihrem Hinterkopf die Hände des Mediums, die ihr Gesicht in die Höhe zwangen. Dann spürte sie mit einem Mal die Lippen Florences gegen die ihren gepreßt, der Mund war offen, die Zunge versuchte, in ihren Mund einzudringen. Edith versuchte, sich zu wehren, doch Florence war zu stark. Ihre Kräfte verließen sie, das Zimmer begann sich zu drehen, als sie spürte, daß Florences Zunge tief in ihren Mund drang und den Gaumen zärtlich streichelte. Wellen begannen in ihrem Körper zu schwingen. Sie fühlte, wie Florences Hand ihre Finger wieder zur Brust führten. Sie konnte die Hand nicht wegziehen. Ihr Herz klopfte mit mächtigen Schlägen bis in das Trommelfell. Hitze begann, sie wie ein Mantel zu umgeben.

Lionels Stimme durchdrang das Klopfen in ihren Ohren. Edith warf ihren Kopf auf die Seite, um an Florence vorbeizusehen, der heiße Mantel war verschwunden, und an seiner Stelle kroch Kälte an ihr hoch. Lionel rief nochmals ihren Namen. »Hier herein!« schrie sie. Florence zog sich von ihr zurück und erkannte plötzlich mit Grauen die beschämende Situation. Sie sprang auf und rannte in das Badezimmer. Edith erhob sich schwankend, ging unsicher durch das Zimmer und fiel in Lionels Arme. Sie begann, hilflos zu weinen.

9.01 Uhr: Lionel öffnete vorsichtig die Tür von Florences Zimmer und ging, von Edith gefolgt, zu ihrem Bett. Sie lag unbeweglich unter der Decke. Nachdem Lionel lange durch die Badezimmertür auf sie eingeredet hatte, war sie endlich herausgekommen, ein Badetuch um den Leib gewickelt. Sie war stumm geblieben, vermied aber, sie anzusehen, die Augen niedergeschlagen wie ein reuiges Kind. Sie hatten ihr drei Schlaftabletten gegeben, die sie widerstandslos genommen hatte. Dann war sie ins Bett gekrochen, hatte die Augen geschlossen und war sofort eingeschlafen.

Barrett hob ihr Augenlid hoch und sah in die starre Pupille. Edith mußte wegblicken. Dann nahm Lionel wieder ihren Arm, und sie verließen den Raum, um zu ihrem Zimmer hinüberzugehen.

»Würdest du mir etwas Wasser geben?« fragte er.

Als sie damit aus dem Badezimmer zurückkehrte, lag er bereits im Bett, die Kissen im Rücken. »Danke dir«, sagte er leise, als sie ihm das Glas reichte. Er hatte zwei Codein-Tabletten in der Hand, die er mit dem Wasser hinunterspülte. Sein Daumen mußte wieder aufgegangen sein, denn frisches Blut sickerte aus dem Verband.

Auch Fischer hatte sich zu Bett legen müssen. Sein Handgelenk und vor allem der Kopf hatten mehrere Volltreffer abbekommen. Obwohl Barrett zu seiner Erleichterung feststellen konnte, daß keine der Verletzungen eine sofortige Behandlung erforderte, war er jetzt doch entschlossen, die Ambulanz rufen zu lassen, um Fischer und Florence in das nächste Krankenhaus bringen zu lassen.

»Gut, daß der Reversor keinen ernsten Schaden genommen hat«, meinte Barrett, »so wird die ganze Sache bis heute nachmittag erledigt sein.«

»Wirklich?« fragte Edith und sah ihn unsicher an.

»Edith« – Barrett blickte überrascht –, »hast du das Vertrauen in mich verloren?«

»Und das –«

»– was vorhin geschehen ist?« Er holte stockend Luft. »Gerade das beweist doch meinen Standpunkt. Siehst du das nicht ein?«

»Wieso, Lionel?«

»Ihr Angriff auf den Reversor war ihr letzter Beitrag. Sie weiß, daß ich recht habe. Sie selbst hat doch gesagt: ›Dann ist ja für uns die Sache erledigt‹; und dann versuchte sie, den Beweis meiner Ansichten zu zerstören, ehe ich die ihren zerstören kann.«

Barrett streckte seine Hand aus und zog Edith an sich. »Sie ist nicht besessen, weder von Daniel Belasco noch von jemand anders – es sei denn von ihrem innersten Ich, von ihrem wahren und unterdrückten Ich.«

Wie ich es gestern war, dachte sie. Sie starrte Lionel an. Gewiß, sie wollte ihm glauben, aber sie konnte es nicht mehr.

»Was wir heute morgen von Miß Tanner erlebt haben, ist der Teil ihrer Persönlichkeit, den sie immer versteckt hat, sogar vor sich selbst. Und das verwandelt ihre Geduld in Wut, läßt ihre Zurückhaltung einer überaus drastischen Ausdrucksweise weichen.« Er zögerte. »Ihre Keuschheit wird zu ausschweifender Sexualität.«

Edith senkte den Kopf. Sie konnte ihn nicht ansehen, Genau wie ich, dachte sie nur.

»Schon gut«, sagte Barrett und blickte sie verstehend an.

»Nein.« Sie schüttelte den Kopf.

»Wenn gewisse Dinge besprochen werden müssen, dann wollen wir das zu Hause tun.«

Zu Hause, dachte sie. Es klang fern und unwahrscheinlich.

»Genaugenommen habe ich zusätzlich zu meiner Arbeit einige persönliche Erkenntnisse gewonnen.« Er lächelte sie an. »Kopf hoch, Liebling, alles wird gut werden.«

9.42 Uhr: Barrett öffnete erstaunt die Augen. Er hatte nicht einschlafen wollen. Neben ihm lag Edith und schlief fest, ihr Atem ging regelmäßig. Wie lange hatte er geschlafen? Er sah auf die Uhr. War es 9.42 Uhr, am Vormittag oder am Abend? In diesem verdammten Haus mit seinen zugemauerten Fenstern konnte man das ja nicht gleich sehen.

Er schlüpfte mühevoll in seine Schuhe. Es gelang ihm, obwohl die Knöchel noch stark geschwollen waren. Auch sein Daumen hämmerte stärker als zuvor. Man wird ihn wohl aufschneiden müssen, dachte er. Später, später. Erst muß man Fischer und Edith von hier fortbringen lassen. Er mußte sofort nach der Ambulanz telefonieren.

Langsam hinkend ging er zur Tür. Kann ich Edith einen Moment allein lassen? Sie hatte ihren Schlaf dringend nötig. Wenn ich die Tür offenlasse, kann ich alles gut kontrollieren, sagte er sich.

Als er an Fischers Tür vorbeikam, öffnete er sie und sah ihn ruhig schlafen.

Er drehte sich schwerfällig um und ging zu Florences Tür. Sie lag ebenfalls in tiefem Schlummer.

Er schloß Florences Tür wieder und hinkte zur Treppe, ließ sich auf das Geländer gestützt hinunter und erblickte den Reversor. Gut, daß Florence in ihrer Wut nicht genauer gezielt hatte, sonst hätte die Reparatur Tage, vielleicht Wochen gedauert. Außer dem zersprungenen Glas des Zifferblattes war nichts geschehen. Er konnte hoffen, keine Verzögerung zu erleiden. Hätte anders ausgehen können. Er erzitterte bei dem Gedanken.

So würden sie also alle lebend wieder herauskommen, dachte er nicht ohne Befriedigung: Gegen 1931 und 1940 war das geradezu ein gutes Resultat zu nennen. Die anderen waren ja buchstäblich dezimiert worden.

Er ging zur Eingangstür und öffnete einen Flügel. Tageslicht. Er schloß sie wieder, humpelte zum Telefon und hob den Hörer auf.

Keine Antwort. Er klopfte mehrere Male auf die Gabel. Wartete. Klopfte wieder. Komm schon, dachte er. Er konnte Fischer und Florence sonst nicht abtransportieren lassen.

Er wollte schon aufgeben, als es im Hörer knackte und die Stimme von Urbans Bevollmächtigtem durchkam. »Ja?« sagte er.

Barrett fiel ein Stein vom Herzen. »Hier ist Barrett. Wir brauchen einen Ambulanzwagen.«

Stille.

»Haben Sie gehört?«

»Ja.«

»Werden Sie ihn sofort senden können? Miß Tanner und Mr. Fischer müssen sofort ins Krankenhaus.«

Keine Antwort.

»Haben Sie verstanden?«

»Ja.« Wieder Stille.

»Ist etwas nicht in Ordnung?« fragte Barrett.

Der Mann schnaufte etwas. »Verdammt, es ist nicht fair«, sagte er.

»Was ist nicht fair?«

Der Mann zögerte.

»Also, was ist nicht fair?«

Nochmals Zögern. Dann sagte der Mann schnell: »Der alte Urban ist heute morgen gestorben.«

»Gestorben?«

»Krebs im Endstadium. Hat zu viele Tabletten geschluckt, um den Schmerz zu lindern. Hat sich versehentlich dabei umgebracht.«

Barrett fühlte einen plötzlichen Druck im Schädel. »Warum haben Sie uns nicht verständigt?« fragte er.

»Man hat es mir verboten.«

Der Sohn wahrscheinlich, dachte Barrett. »Ja und...« Seine Stimme versagte. »Was wird jetzt?«

»Ich sollte Sie einfach Ihrem Schicksal überlassen.«

»Und das Geld?« Barrett mußte das fragen, obwohl er die Antwort kannte.

»Davon weiß ich nichts, aber unter diesen Umständen –« Der Mann seufzte, »haben Sie etwas schriftlich?«

Barrett schloß die Augen. »Nein.«

»Das ist bös«, sagte der Mann. »Der Kerl von einem Sohn wird Ihnen bestimmt nicht –« Er brach ab. »Hören Sie, ich bitte um Verzeihung, wenn ich Sie nicht verständigt habe, aber meine Hände sind gebunden. Ich muß nach New York zurück, und zwar sofort. Sie haben ja den Wagen. Ich würde Ihnen raten, daß Sie alle sofort abreisen. Es gibt ein Krankenhaus in Caribou-Falls, wo Sie hinkönnen. Ich werde tun, was in meiner Macht steht...« Seine Stimme wurde schwächer, und er ließ einen Laut des Widerwillens hören. »Verdammt«, sagte er. »Ich werde wahrscheinlich selbst hinausfliegen. Kann den Sohn nicht ausstehen. Der Vater war schon arg genug, aber –«

Barrett legte auf, weil eine Welle der Verzweiflung ihn zu übermannen drohte. Kein Geld, keine Versorgung für Edith, keine Versorgung für sein Alter, also auch keine Aussicht auf die wohlverdiente Ruhe. Er lehnte seine Stirn an die Wand. »Nein, o nein«, murmelte er.

Er ging in die große Halle, wo der Reversor stand. »Du wirst mich nicht besiegen, Höllenhaus, da steht der Apparat, der dich vernichten wird.« Er mußte sich anlehnen. Der Schmerz im Finger hämmerte qualvoll, sein ganzer Körper fühlte sich geschunden. Macht nichts, dachte er. Meine Gesundheit, Ediths Sicherheit, Tanners und Fischers Probleme mußten warten. Sie traten in den Hindergrund vor der einen, großen Aufgabe, die jetzt vor ihm lag: die Vernichtung des Höllenhauses und der Sieg seiner Arbeit.

10.33 Uhr: Sie ließ die Dunkelheit hinter sich. Daniels Stimme war bei ihr, schmeichelnd und bittend. Du mußt nicht mehr schlafen, sagte er in ihr. Sie verspürte brennenden Druck in Nieren und Blase, versuchte, zu widerstehen. Es gelang ihr nicht. Laß doch los, sagte die Stimme in ihr. Florence stöhnte. Sie konnte sich nicht beherrschen, spürte es aus ihrem Körper fließen und schrie gleichzeitig vor Scham.

Plötzlich war sie wach, warf die Bettücher zur Seite und starrte auf den nassen Fleck auf dem Leintuch. Er saß so fest in ihr, daß er sogar ihre Körperfunktionen kontrollierte.

»Florence.«

Sie warf den Kopf herum und sah sein Gesicht. »Bitte«, sagte er

»Laß das.«

»Bitte«, sagte er.

»Laß das, Daniel.«

»Bitte, bitte, bitte, bitte, bitte, bitte, bitte, bitte!« Er sagte es spöttisch und mit höhnischem Unterton.

Sie lief ins Badezimmer. »Gehst du fort?« fragte seine Stimme. Sie drehte den Kaltwasserhahn auf und besprengte ihr Gesicht. Im Spiegel starrte ihr ein verunstaltestes Antlitz entgegen, voller blutiger Kratzwunden, Beulen und Schrammen mit gestocktem Blut. Die Brüste waren übersät mit Bißwunden, die eine beinahe schwarze Farbe angenommen hatten.

Die Tür hinter ihr klappte zu. Sie fühlte Daniel hinter sich und lehnte sich lächelnd zurück. Er drang in ihr Rektum ein, sein Glied zuckte, die Hände packten ihre Brüste und kneteten sie. Edith kam in das Badezimmer, kniete vor ihr hin, und ihre lange, gierige Zunge schoß tief in Florences Scheide. Sie stieß wollüstig zurück, als sich Daniels Glied wild in ihr bewegte. Es war herrlich, darauf hatte sie immer gewartet.

Sie warf sich hin und her, als ob ein elektrischer Strom sie durchpulste. Plötzlich sah sie sich im Spiegel, halb gebückt, das Gesicht verzerrt vor Geilheit, die Finger ihrer rechten Hand tief in ihrem Körper wühlend. Sie stieß einen Schrei des Widerwillens aus und zog die Finger zurück. Ein hartes Lacheln erklang hinter ihr. Sie drehte sich um. Das Badezimmer war leer. Ich habe zugesehen, sprach seine Stimme in ihr.

Sie stürzte in das Zimmer zurück, ging auf die Knie vor dem Bett, verschlang die Hände ineinander und legte die Stirn darauf. »Lieber Gott, bitte hilf mir; Rote Wolke, hilf mir, helft mir, meine Schutzgeister. Ich bin besessen. Laßt Gottes Stärke in mich fließen, damit seine Macht mir Kraft zur Verteidigung gebe.«

»Laß Gottes starkes Glied in meinen Mund sinken«, sagte sie, »laß mich seinen brennenden, heiligen Samen trinken, laß mich –«

Sie weinte vor Pein und Scham. Sie ballte ihre Hand zur Faust und biß so heftig zu, bis der Schmerz sie ganz erfüllte. Daniel verschwand. Nach einiger Zeit nahm sie die Faust von den Zähnen weg und blickte sie an. Ihre Zähne hatten die Haut durchbohrt. Blut rann über ihre Finger. Sie fühlte sich freier.

Zur Kapelle jetzt, dachte sie. Dort ist die Antwort auf alles.

Sie rannte durch den Raum und riß die Tür auf. Stürmte zur Treppe. Im Laufen kann er mich nicht besitzen, dachte sie.

Sie stockte, das Herz schlug wild. Eine Gestalt stand im Wege: ein schmaler Mann mit schmutziger, zerrissener Kleidung. Knochen standen durch die Haut hervor, langes, ungepflegtes Haar umgab das Gesicht, das von Krankheit entstellt war. Kleine, brennende Augen lagen in tiefen Höhlen. Der Mund war voll gelbbrauner Zähne. Florence starrte ihn an. Er war eines der Opfer Belascos, sie wußte es. So hatte er ausgesehen, kurz vor seinem Tode.

Die Figur verschwand. Florence ging weiter, treppabwärts. Wieder fühlte sie die von innen kommende Veränderung und biß sofort in die Faust, bis sie sich freier fühlte. Schmerz war die Antwort! Immer, wenn Daniel sie anfiel, würde sie ihn mit Schmerz vertreiben, denn der Schmerz füllte ihren Geist aus und ließ keinen Platz für ihn frei!

Wieder mußte sie stehenbleiben. Zwei Figuren, ineinander verschlungen, lagen auf den Treppen. Ein Mann und eine Frau. Der Mann stieß sein Messer in die Kehle der Frau, begann in der klaffenden Wunde herumzureißen, das Blut spritzte und befleckte sein verzerrtes, höhnisches Gesicht. Er war im Begriff, den Kopf der Frau vom Rumpf zu trennen. Florence stieß die Faust in die Zähne, biß zu und erstarrte vor Schmerz. Der Mann und die Frau verschwanden.

Sie kam in die große Halle, sah Barrett an seiner Maschine arbeiten. Narr, dachte sie. Nie wird das funktionieren. Sein Hirn ist voller Scheiße, dieser stupide –

Nein! Wieder grub sie die Zähne in die Faust, die Augen aufgerissen, starrend. Lieber die Finger abbeißen als nochmals von Daniel ergriffen zu werden. Sie wünschte, sie hätte ein Messer, das sie sich ins Fleisch rennen könnte, tief genug, um den Schmerz konstant zu halten. Das war die Lösung: Der Schmerz blockierte sie gegen die vergiftete Seele Daniels.

Sie kam zur Kapellentür. Davor saß ein Mann. Sein Gesicht war weiß, sein Ausdruck der eines Rauschgiftsüchtigen. Er hielt eine abgeschnittene menschliche Hand und biß genüßlich einen Finger ab. Sie rammte die Zähne in die Faust. Die Gestalt war verschwunden. Florence fiel gegen die Tür und drückte sie auf.

Ein Mahlstrom von Kraft erfüllte die Luft. Hier war der Kern, das innerste Kraftzentrum des Hauses. Auf dem Boden lag die Katze. Florence sah, daß sie tot war. In zwei Teile zerschnitten. Eine Blutlache umgab sie.

Jetzt nicht nachgeben, dachte sie. Daniel war beinahe besiegt, jetzt würde sie das Haus selbst besiegen. Sie stieg über die Katze und ging gegen den Altar vor. O Gott, die Kraft war übermächtig! Sie fühlte sie in sich eindringen, jeder Pulsschlag trieb sie weiter in sie hinein. Dunkelheit begann, sie zu umgeben. Sie rammte die schmerzende Hand in den Mund und biß hinein. Die Dunkelheit erhellte sich etwas. Dann ging sie weiter, der Kraft entgegen, ihre Augen unverwandt auf den Altar gerichtet. Mit Gottes Hilfe konnte sie die Schlacht noch gewinnen. Plötzliche Schwäche übermannte sie. Sie fiel nach vorn gegen den Altar. Die Kraft war zu stark. Sie blickte in die Höhe und sah das Kruzifix. Es schien sich zu bewegen. Voll Entsetzen sah sie, daß es auf sie zukam. Nein, dachte sie. Sie versuchte, auszuweichen, konnte sich aber nicht bewegen, als ob sie durch einen gigantischen Magneten an den Platz gefesselt sei. Nein! Das Kruzifix fiel, es mußte sie treffen.

Florence schrie auf, als es auf Kopf und Brustkasten gleichzeitig aufschlug und sie heftig nach hinten riß. Sie krachte rücklings auf den Boden, das riesige Kreuz und die Figur stürzten zentnerschwer auf sie und beraubten sie des Atems. Eine schlangenartig sich bewegende Kälte stieg in ihrem Rückgrat hoch. Sie wollte schreien, konnte es aber nicht. Dunkelheit war um sie.

Die Besessenheit löste sich urplötzlich auf.

Sie versuchte, das schwere Kruzifix wegzuschieben, doch es ließ sich nicht bewegen. Statt dessen verspürte sie einen irrsinnigen Schmerz, der sie aufstöhnen ließ. Sie lag bewegungslos unter der Last des Kruzifix. Sie versuchte nochmals, es zu verschieben, aber jede Bewegung ließ sie beinahe wieder bewußtlos werden.

Nach unzähligen Versuchen gelang es ihr, sich von dem Kruzifix zu befreien, sie versuchte sich aufzusetzen, dann drehte sie sich langsam um und kam auf die Knie. Sie spürte Blut, das ihre Oberschenkel hinablief.

Der Anblick des Phallus des Gekreuzigten ließ sie erbrechen. Sie übergab sich auf den Fußboden, die Augen gläsern vor Schmerz. Er hatte sie getäuscht. Es gab hier keine Antwort. Er hatte nur die endgültige und äußerste Profanierung ihres Geistes und Körpers hier begehen wollen. Sie sah ihre Hand an. Nein, genug, dachte sie. Als sie herumblickte, bemerkte sie den großen Nagel, der aus der Rückseite des Kruzifixes ragte. Er war mit aus der Mauer herausgerissen worden. Sie schleppte sich über den Fußboden, bis sie zu dem Nagel gelangte. Sie hockte sich davor und begann, die Innenseite ihrer Handgelenke damit aufzureißen. Vor Schmerz wimmernd begann sie zu schluchzen. »Genug«, sagte sie. »Genug.«

Sie sank nach hinten. Blut schoß aus ihren Handgelenken wie Wasser. Sie schloß die Augen, fühlte das Leben aus ihrem Körper fließen. Daniel konnte ihr nun nichts mehr antun. Sie entfloh ihm. Ihr Fühlen wurde schwächer, der Schmerz ließ nach. Gott würde ihre Selbstzerstörung verzeihen. Sie hatte keinen anderen Ausweg gehabt. Ihre Lippen formten ein Lächeln der Hingabe.

Gott wird mich verstehen.

Im letzten Augenblick durchfuhr sie ein Gedanke. Sie mußte es die anderen wissen lassen! Sie versuchte, sich aufzurichten, doch alles um sie war wolkige Dunkelheit. Sie drehte ihren Kopf und sah ihr Blut auf dem Fußboden. Gott, hilf mir! Sie mußte die anderen verständigen.

Langsam und in beginnender Agonie streckte sie den Arm aus und formte blutrote Streifen auf dem Fußboden.

11.08 Uhr: Fischer erwachte, riß sich auf die Beine und rannte über den Korridor zu Florences Zimmer. Er öffnete die Tür, und als er Florence nicht erblickte, lief er ins Badezimmer. Nichts. Er stürmte zurück und raste die Treppe hinunter, kam in die große Halle, wo Barrett noch immer vor seiner Maschine hockte. Edith stand neben ihm. »Wo ist sie?« fragte er hastig. »Sie ist nicht in ihrem Zimmer.«

»Ich war noch vor kurzem bei ihr, sie schlief. Ich hatte ihr Schlaftabletten gegeben.«

»Zum Teufel mit Ihren Schlaftabletten«, schrie Fischer, doch gleichzeitig ließ ihn ein scharfer Schmerz im Schädel beinahe das Bewußtsein verlieren. Er wankte und ließ sich auf einen Stuhl fallen. Ein Röcheln kam aus seiner Kehle. Barrett beugte sich besorgt über ihn. Fischer war totenblaß geworden. Er versuchte, sich wieder in die Gewalt zu bekommen. Barrett reichte ihm ein Glas Wasser, das er hastig hinuntergoß. Er mußte eine Vision gehabt haben, denn plötzlich war er wieder er selber und sagte mit lallender Stimme: »In der Kapelle.«

Ediths Schrei des Entsetzens durchdrang den kleinen Raum der Kapelle. Sie drehte sich zur Wand und hielt sich mit Mühe aufrecht.

»O mein Gott«, murmelte Barrett nur.

Fischer wankte zu dem leblosen Körper und starrte ihn an. Ihre Augen waren offen, blickten aufwärts, das Gesicht wachsbleich. Sein Blick streifte ihre Geschlechtsteile. Sie waren blutverklebt, die äußeren Teile zerrissen. »Tot«, sagte er. »Umgebracht von diesem Haus.« Barrett konnte ihm nicht widersprechen. Trotz schwerster Schlaftabletten war sie aufgestanden und allein in die Kapelle gelaufen. Er fühlte sich schuldbewußt. Er sah, daß Fischer unverwandt auf das gefallene Kruzifix blickte, dessen hölzerner Phallus mit Blut verschmiert war. Seine Magenwand zog sich zusammen. »Mein Gott«, war alles, was er sagen konnte.

»Aber nicht hier«, sagte Fischer. »Hier in diesem verfluchten Dreckshaus gibt es keinen Gott.« Er kniete neben dem leblosen Körper nieder und stützte seine Hände auf dem Boden auf. Sie wurden von Florences Blut genetzt. Und sie hat sich doch so bemüht, sagte er zu sich. Mit einer Hand fuhr er über seine Kleider, um das Blut abzuwischen, dann streckte er sie aus und schloß Florences Augen mit einer unendlich zarten Bewegung.

»Sehen Sie, hier«, sagte Barrett.

Fischer sah auf, die Bewegung schmerzte heftig. Barrett starrte auf den Fußboden in der Nähe von Florences Leiche. Er konnte nichts sehen. Barrett suchte in seinen Taschen, dann rieb er ein Streichholz an. Durch den plötzlichen Lichtschein zogen sich Fischers Pupillen schmerzlich zusammen.

Sie hatte etwas auf den Fußboden gemalt und mußte dafür einen Finger benutzt haben, den sie in ihr Blut getaucht hatte. Es war ein mühsam gezogener Kreis, in den ein Zeichen geschmiert war. Fischer blickte angestrengt, um es zu entziffern. Plötzlich verstand er, was es war. Barrett sprach im gleichen Moment.

»Es sieht aus wie der Buchstabe ›B‹.«

11.47 Uhr: Sie standen in der offenen Eingangstür und blickten Fischer nach, der langsam im Nebel verschwand. Dann drehte Barrett sich um und sagte: »Okay.«

Sie folgte ihm in die große Halle. Barrett hinkte eilig auf den Reversor zu, und Edith sah, wie er die letzten Handgriffe ausführte. Sie versuchte, nicht an Florence zu denken.

»Fertig«, stellte er fest.

Sie konnte sich vorstellen, welche Emotionen er jetzt auskostete. »Ich weiß, wie wichtig dieser Moment für dich ist«, sagte sie.

»Wichtig für die Wissenschaft«, sagte er, wandte sich dem Reversor zu und stellte den Zeitschalter an, drehte noch einige Knöpfe, wartete eine spannungsgeladene halbe Minute und schaltete den Strom ein.

Einige Sekunden lang schien es Edith, als ob nichts geschehen würde. Dann hörte sie ein Summen, das sich rasch zu einer Vibration steigerte, die den Boden unter ihren Füßen erzittern ließ. Sie konnte die Vibrationen körperlich spüren, wie sie durch ihre Beine in den Körper drangen. Kraft, dachte sie, das einzige, das man dem Haus entgegensetzen kann. Sie verstand nichts davon, doch die heftige Bewegung, die sich ihrem ganzen Körper mitteilte, und der immer stärker werdende Brummton ließen sie kaum noch an einem Erfolg zweifeln.

Dann sah sie hinter den Metallgittern der Maschine die Glasröhren phosphoreszierend aufglühen. Barrett zog sich langsam zurück. Seine Finger zitterten, als er die Taschenuhr zog. Genau 12 Uhr mittags. Genau, wie es sich gehört, dachte er. Er steckte die Uhr wieder in die Tasche und wandte sich Edith zu. »Wir müssen jetzt gehen.« Im Korridor lagen ihre Mäntel bereit. Barrett half ihr eilig hinein, warf den seinen um und sagte: »Schnell.« Die Vibrationen des Reversors waren inzwischen bis zur Eingangstür gedrungen und schmerzten in den Ohren. Eine Vase in der Nähe begann zu rattern.

Augenblicke später hatten sie das Haus hinter sich gelassen und eilten über die kleine Brücke zu dem Cadillac, der im Nebel wartete. Edith dachte daran, daß Florences Leiche im gleichen Wagen lag und schauderte.

Barrett öffnete die Tür und sah, daß der mit einem Laken bedeckte Körper neben Fischer auf dem Sitz lag. Er hatte seinen rechten Arm um die Schultern der Leiche gelegt, der Kopf ruhte auf seiner Schulter. »Könnte man nicht –«, begann Barrett, brach aber sofort ab, als er sah, daß Fischer ihn beinahe haßerfüllt anstarrte. Nach einigem Zögern schloß er die Tür.

»Wir setzen uns eben auf die Vordersitze«, sagte Barrett leise zu Edith, die zitternd meinte: »Könnten wir nicht in das Haus zurückgehen?«

»Unter keinen Umständen. Die Strahlung würde uns töten.«

Sie zögerte. »In Ordnung«, sagte sie endlich.

Sie öffneten die Vordertür und setzten sich in den Wagen. Barrett sah durch den Rückspiegel, daß Fischers Kinn auf den Kopf der Leiche gestützt war. Wie stark hat ihn dieser Tod doch mitgenommen, dachte er. Dann erinnerte er sich und sagte zu Edith: »Urban ist tot.«

Sie antwortete nicht sofort. Dann meinte sie: »Macht nichts.«

Einen Augenblick lang war er wütend. Macht nichts? dachte er. Warum dann sich aufregen? Er hatte sein Bestes getan, um sie zu versorgen. Wenn sie selbst sich keine Sorgen machte, um so besser. Dann sagte er laut nach hinten: »Mr. Fischer«, bekam aber keine Antwort. Barrett blickte sich um: »Urban ist tot«, sagte er. »Sein Sohn weigert sich, zu zahlen.«

»Was macht das schon aus?« murmelte Fischer. Barrett sah, daß seine Finger die Schultern der Leiche stärker umklammerten. Er steckte den Zündschlüssel ein, drehte ihn aber nur so weit herum, daß er den Benzinanzeiger lesen konnte. Er sah, daß sie nicht genug Benzin hatten, um den Motor anzulassen und ihn die vierzig Minuten laufen zu lassen, die sie hier zu warten hatten. Die Kälte drang bereits in seine Glieder. Zu dumm, dachte er, man hätte Decken mitnehmen müssen und eine Flasche Brandy. Er lehnte seinen Kopf zurück. Ihm war es eigentlich gleichgültig. Dieser Augenblick war für ihn so spannungsgeladen, daß er die Kälte gewiß ertragen konnte.

Hinter diesen fensterlosen Mauern, ein paar hundert Meter entfernt, lag das Höllenhaus im Sterben.

12.45 Uhr: Barrett klappte den Springdeckel seiner Uhr wieder zu. »Erledigt«, sagte er.

Niemand antwortete ihm. Er war der einzige, der sich eine Vorstellung davon machen konnte, was in diesen 45 Minuten in dem Haus geschehen war. Er drehte sich zu Fischer um und fragte: »Könnten Sie bitte mit uns hineinkommen?« Fischer sagte nichts. »Das Haus ist jetzt okay.«

»So!« war die karge Antwort.

»Mr. Fischer, ich brauche Sie jetzt, damit Sie feststellen, daß das Haus keine freien Kräfte mehr hat. Es dauert nur wenige Minuten.«

Fischer sah eine Weile lang teilnahmslos vor sich hin, dann begann er langsam, Florences Körper auf den Sitz zu betten, blickte sie einige Augenblicke lang an und wandte sich zur Wagentür.

Sie trafen sich draußen vor dem Wagen. Déjà vu, dachte Edith. Es war, als ob die Zeit wieder zurückgedreht worden wäre. Nur die Abwesenheit von Florence störte die perfekte Illusion. Wie am Montag, als sie angekommen waren, knirschten ihre Schuhe auf dem Kies, atmeten sie den fauligen Geruch des Tümpels ein, und genau wie am Montag biß die Kälte bis tief in die Knochen. Edith konnte sich nicht von dem Gedanken frei machen, daß alles umsonst, daß Lionels Mühe vergeblich gewesen sei und sie alle drei von neuem in eine Falle gingen.

Sie beschloß in Gedanken, das Höllenhaus nicht mehr zu betreten. Aber als sie an der mächtigen Eingangstür angelangt waren, öffnete Barrett für sie, und sie ging ohne Zögern hinein – warum, konnte sie sich selbst nicht erklären. Als sie eintraten, sah Edith, daß die Vase auf den Boden gefallen und zersprungen war.

Barrett sah Fischer fragend an.

»Ich weiß nicht«, sagte Fischer.

Barrett spürte Fischers Widerstand und sagte: »Sie können sich beruhigt öffnen, Mr. Fischer, es ist alles vorbei.«

Fischer blickte unsicher umher. Die Atmosphäre war tatsächlich anders als vorher. Immerhin, es konnte auch ein Trick sein. Er war schon einmal darauf hereingefallen. Er ging etwas weiter, vorsichtig witternd, die inneren Antennen noch nicht ganz ausgefahren. Barretts Theorie hatte gut geklungen. Aber Barrett verlangte von ihm, daß er sein Leben dafür einsetzte.

Er ging weiter, kam in die Halle, die voll war von zerbrochenen Objekten. Ihm gegenüber hing ein Gobelin halb verdreht an der Wand. Was hatte der Reversor wirklich geleistet? Er brannte darauf, es zu erfahren, hatte aber nicht den Mut, es zu erforschen. Er blieb stehen, wartete, horchte innerlich.

Dann, auf einen Impuls hin, ließ er die Barrieren fallen. Er schloß die Augen, breitete die Arme aus, spreizte die Finger, bereit, alles aufzunehmen, was die Atmosphäre noch an lauernder Kraft verborgen hielt. Er riß seine Augen auf und blickte erstaunt umher. Er registrierte nichts.

Mißtrauen kehrte zurück. Er fuhr herum und raste an ihnen vorbei. Edith blickte ihm alarmiert nach, doch Barrett packte sie am Arm. »Er ist verblüfft, weil er nichts mehr vorfinden kann«, flüsterte er ihr zu.

Fischer rannte in die Eingangshalle zurück. Nichts. Er stürzte den Korridor entlang zur Kapelle, riß die Tür auf. Nichts. Er drehte wieder um, rannte zur Treppe, die er trotz seiner Kopfschmerzen mit ausgebreiteten Armen hinabjagte, kam zum Swimmingpool, durchlief den Raum, erreichte die Tür des Dampfbades und riß sie auf. Ehe er eintrat, rüstete er sich zum Widerstand.

Nichts.

Er kam zurück, erschüttert. »Ich kann es nicht fassen.«

Er lief zum Weinkeller mit dem Loch in der Wand. Nichts. Treppen zurück, hinauf, japsend nach Luft. Das Theater. Nichts. Ballsaal. Nichts. Küche, Speisesaal und zurück zum Treppenaufgang, vorbei an Edith und Barrett, er hielt an der Treppe an, um Atem zu holen, wollte sprechen, unterbrach sich und sprang die Treppe hinauf, raste in die Zimmer Ediths, Barretts und in sein eigenes. Nichts. Nichts. Nichts.

Barrett überfiel ein Rausch der Siegesfreude. »Geschafft«, sagte er. »Es ist geschafft, Edith, geschafft!« Er warf seine Arme um sie und zog sie an sich. Sein Herz klopfte rasend. Sie konnte es immer noch nicht glauben.

Fischer rannte weiter, bis zu Belascos Zimmer, durcheilte alle unbenützten Zimmer, jeden Winkel des Hauses. Allmächtiger Gott! Barrett hatte es geschafft. Nichts war mehr zu spüren.

Das Höllenhaus war restlos gesäubert!

Er ließ sich in einen Sessel fallen und dachte: Wenn sie eine einzige Stunde länger ausgehalten hätte, wäre sie jetzt noch am Leben. Fühlte plötzlichen Zorn in sich aufsteigen. Warum hatte Barrett sie allein gelassen?

Doch der Zorn verrauchte schnell. Wurde ausgelöscht von der Ehrfurcht, die er vor dem Physiker empfand, der geduldig und ohne zu zweifeln seine Arbeit getan hatte, obwohl er wußte, daß man ihm nicht glaubte. Er, er allein hatte recht behalten. Fischer schüttelte verwundert den Kopf. Ein Wunder. Er zog tief Luft ein und lächelte. Die Luft roch immer noch schlecht. Aber nicht mehr nach Verwesung.

14.01 Uhr: Fischer bremste den Cadillac etwas ab, als er in eine kleine Nebelwand kam. Er hatte sich entschlossen, den Wagen zu behalten und zu verkaufen. Wenn das nicht möglich sein sollte, so würde er die verdammte Kiste in einen See fahren, aber Urban würde ihn nicht mehr sehen. Man mußte einen Weg finden, auch den Reversor aus dem Haus zu schaffen, der sicher ein kleines Vermögen wert war. Er dachte wieder an Florence, deren Leiche er soeben in Caribou-Falls gelassen hatte. Wie hätte sich ihr fester Glaube zu der Tatsache verhalten, daß Barrett recht behalten hatte? War das nun völlig abzuschreiben? War es wirklich so, wie Barrett behauptete, daß sie ihre eigene, unbewußte Energie mobilisiert hatte, um ihre Version zu beweisen? Es schien tatsächlich der Fall zu sein. Es erschütterte ja schließlich auch seine Ansichten, aber nach dem, was er eben erlebt hatte, mußte er sich darauf einstellen.

Er dachte weiter. Wenn es je einen Daniel Belasco gegeben haben sollte, der in dem Loch in der Kellerwand lebendig eingemauert worden war, so hatte die hochsensitive Florence diesen Umstand zweifellos richtig erfühlt, sonst hätten sie den Leichnam nie finden können. Florences Fehler war, daß sie die falschen Schlüsse daraus gezogen hatte. Aber warum hatte sie nach einem Leben voll ehrlicher und hilfreicher medialer Tätigkeit sich selbst umgebracht, um ihre Annahme zu untermauern? Hatte das Höllenhaus so stark auf sie eingewirkt, daß sie nicht mehr fähig war, dem ihre eigenen moralischen Intentionen dagegenzusetzen? Barrett würde das sicher nicht bezweifeln. Und dennoch...

Neue Zweifel überfielen ihn. Es war alles so grenzenlos kompliziert erschienen. Die verunglückten Expeditionen von 1931 und 1940 hatten einen so komplexen Gesamteindruck hinterlassen, daß mehr als hundert verschiedene Phänomene registriert werden konnten. Er dachte an Barretts Liste. Und das alles sollte ganz einfach durch Strahlung negativiert werden können, wie man einen Lichtschalter abdreht? Hatten nicht alle bisherigen Opfer des Höllenhauses geglaubt, den Schlüssel des Geheimnisses in der Hand zu haben? Mit Florence war es genauso gewesen. Wenn das Höllenhaus eine Methode hatte, nach der es vorging, so war es die, daß es seine Opfer in dem Augenblick überwältigte, wo sie auf der Höhe ihrer scheinbaren Erkenntnis waren.

Er schüttelte den Kopf. Das durfte er nicht glauben. Nicht nach dem Ergebnis, das er heute selbst überprüft hatte. Das Haus war zweifelsohne jetzt befreit. Das hatte er selbst gespürt; um Christi willen, was wollte er mehr? Barrett hatte absolut recht behalten. Die Antwort auf alle Phänomene war elektromagnetische Gegenstrahlung.

Warum, wenn das so war, drückte sein Fuß unbewußt immer stärker auf das Gaspedal, bis der Wagen immer schneller vorwärts schoß, viel zu schnell für das neblige Wetter? Warum begann sein Herz plötzlich zu hämmern? Warum spürte er das eisige Prickeln in seinem Nacken? Warum hatte er jetzt dieses sich immerzu steigernde, dunkle Gefühl, daß er zu dem Haus zurückkommen müsse, ehe es zu spät war?

14.17 Uhr: Sie war endlich eingeschlafen. Barrett hatte zärtlich ihre Hand gehalten, sie hatte immer noch nicht ganz glauben können, daß alles vorbei sei. Nur mit Mühe hatte er sie davon überzeugt, als sie auf die Rückkehr Fischers warteten. Jetzt brauchte sie Schlaf. Vorsichtig löste er seine Finger aus den ihren und stand auf.

Sein Lächeln verstärkte sich, als er sich vom Bett abwandte. Höllenhaus, das war jetzt ein falscher Name geworden. Von nun an würde es Belasco-Haus heißen. Er ging zum Spiegel und kämmte sein schütteres Haar. Sein Blick fiel auf den Schaukelstuhl in der anderen Ecke, und er lächelte wieder. Das war jetzt alles vorbei, all diese kleinen, kinetischen Energieschübe. Keine Brisen mehr, kein Klopfen; nichts.

Er durchquerte den Raum und ging in den Korridor bis zum Treppenabsatz. Es war nett von Fischer gewesen, den Leichnam von Florence Tanner allein nach Caribou-Falls zu bringen, um Edith die Fahrt mit einer Toten im Wagen zu ersparen. Fischer mußte jetzt bald wieder zurück sein, dann würden sie packen und sofort abreisen.

Langsam ging er die Treppen hinab und humpelte in die Halle zu dem Reversor. Starrte nochmals kopfschüttelnd auf das große Zifferblatt: 14780. Er hätte nie gedacht, daß es so hoch gehen würde. Kein Wunder, daß man dieses Haus den Everest aller Spukhäuser genannt hatte. Er klopfte mit der Hand auf die Oberseite des EMR-Recorders, wie man ein Rennpferd nach einem Sieg tätschelt.

Die Nadel des Apparates bewegte sich.

Barrett zuckte zusammen. Er starrte auf die Nadel. Jetzt war sie wieder bewegungslos. Wahrscheinlich hatte etwas statische Elektrizität die Nadel bewegt, als er den Recorder berührte. Das würde sich nicht mehr wiederholen. Aber die Nadel schlug wieder aus und zitterte auf Null zurück.

Barrett fühlte einen Stich in der rechten Wange. Was ging hier vor? Der Recorder konnte allein nicht funktionieren, nur wenn ein Medium gegenwärtig war, konnte man ihn auf die Messung von Energie umstellen. Er mußte lachen. Wäre doch grotesk, wenn ich plötzlich entdeckte, daß ich ein Medium bin, dachte er. Außerdem gab es ja keine Strahlung mehr im Haus. Er hatte sie negativiert.

Wieder begann die Nadel sich zu bewegen. Diesmal schlug sie weder aus noch zitterte sie. Sie kroch über das Zifferblatt, als ob sie eine sich steigernde Radiation registrierte. »Nein«, sagte Barrett. Er war irritiert. Das war lächerlich.

Die Nadel stieg weiter. Barrett starrte sie an, als sie die Marke 100 erreicht hatte, dann die 150. Er schüttelte den Kopf. Das war absurd. Es konnte einfach nicht sein. Sein Blick wurde in die Höhe gerissen. Er sah, daß sich auch die Nadel des Dynamometers zu bewegen begann. Er starrte auf das Thermometer. Es registrierte einen Temperaturabfall.

Er hielt den Atem an, als er hörte, daß die Kamera klickte, starrte hin und hörte, wie der Film sich automatisch weiterdrehte und wie dann nochmals das Klicken des Verschlusses ertönte. Nein, dachte er, es kann einfach nicht sein, irgend etwas ist mit dem Recorder nicht in Ordnung. Die Nadel war inzwischen bei 700 angelangt. »Falsch, Irrtum, Nonsens«, brüllte er.

Plötzlich sah er, daß der Recorder zu schwellen begann, als seien seine Wände aus Gummi. NEIN. Das war völlig unmöglich. Er würde nicht –

Er schrie auf, als das große Gerät plötzlich explodierte, und er stöhnte vor Schmerz, als dessen Metall- und Glassplitter ihn im Gesicht und an den Augen trafen. Den Stock ließ er fallen und schützte das Gesicht mit beiden Händen. Irgend etwas flog über den Tisch in seine Richtung, er wurde nach hinten gerissen, als die Kamera seine Beine traf.

Im Stürzen fühlte er eine enorme, arktisch-kalte Luft, die ihn erfaßte, als sei er ein Spielzeug. Er stieß einen Schrei erschreckter Verwirrung aus, als die eiskalte Kraft ihn durch die Luft wirbelte und gegen die Vorderseite des Reversors schleuderte. Barrett fühlte, daß der rechte Arm gebrochen war, schrie nochmals vor Schmerz auf und fiel zu Boden.

Die unsichtbare Kraft erfaßte ihn neuerlich, zog ihn durch die ganze große Halle. Er konnte sich nicht befreien. Vergeblich versuchte er, um Hilfe zu rufen, als er über den Fußboden geschleudert wurde. Der riesige Tisch stand ihm im Weg. Er bewegte sich auf ihn zu, ohne es zu wollen, fühlte wieder die Kraft, die ihn dagegen stieß, und versuchte noch, den Arm zum Schutz zu heben. Sein bandagierter Daumen krachte gegen die Tischkante und wurde gegen das Handgelenk zurückgerissen. Blut quoll aus dem locker gewordenen Verband, und während er vor wildem Schmerz aufschrie, sah er, daß der Daumen von der Hand baumelte, anscheinend nur noch von etwas Fleisch und Verband gehalten.

Die gewaltige Kraft ließ nicht locker. Er wurde, Füße voran, durch die Eingangshalle und in den Korridor gerissen. Sein Gesicht war zu einer blutverschmierten Maske schmerzverzerrten Grauens erstarrt. Seine Brust füllte sich mit scharfem Schmerz, als er fühlte, daß eiskalte Hände sein Herz packten. Er konnte nicht mehr atmen. Arme und Beine wurden gefühllos. Das Gesicht färbte sich dunkelrot. Die Halsadern traten hervor, die Augen quollen aus den Höhlen. Sein Kinn hing herab. Der beinahe bewußtlose Mann versuchte vergebens, Luft zu bekommen, als die Riesenkraft ihn weiterriß und seinen gebrochenen Körper durch die Schwingtür schleuderte. Unter ihm bewegte sich jetzt der Kachelfußboden. Dann gar nichts mehr. Er flog durch die Luft.

Das eiskalte Wasser um ihn spritzte hoch auf. Die Kraft, die ihn umklammerte, ließ nicht nach, zog ihn auf den Grund des Beckens. Seine Kehle füllte sich mit Wasser. Er kämpfte gegen das Ersticken, aber die Kraft hielt ihn unten. Wasser drang in seine Lungen. Er krümmte sich nach vorn. Im Todeskampf sah er, daß das Blut seines Daumens eine rote Wolke um ihn formte. Dann kam er in Rückenlage und starrte mit offenen Augen nach oben. Es war ihm, als würde jemand am Rand des Beckens stehen und auf ihn hinuntersehen. Die rote Wolke seines Blutes ließ die Figur verschwinden. Er drehte sich willenlos um die eigene Achse, seine Augen erblickten nichts mehr. Tief in den letzten intakten Zellen seines Gehirns zuckte noch ein Funken seines Geistes und formte den letzten Gedanken: Edith!

Dann kam das Dunkel, umhüllte ihn wie ein Leichentuch, und er versank in der Nacht.

12.46 Uhr: Ediths Hand zuckte und fuhr in die Höhe. Ihr Ehering war gespalten und auf das Bett gefallen. Sie riß die Lider hoch. Der Raum war dunkel. »Lionel?«

Die Tür wurde geöffnet. Der Korridor war finster. Jemand trat ein. »Lionel?« fragte sie wieder.

»Ja.«

Sie setzte sich schlaftrunken auf. »Was ist geschehen?«

»Nichts Besonderes. Der Generator ist ausgefallen.« Sie hörte seine Schritte im Raum, fühlte sein Gewicht, das die andere Seite ihres Bettes beschwerte und streckte die Finger aus, um seine Hand zu fassen. »Bist du sicher, daß alles in Ordnung ist?«

»Natürlich.« Die Hand begann, ihr Haar zu streicheln. »Hab' keine Angst. Wenn es schon dunkel ist, können wir gleichwohl davon profitieren.«

»Was meinst du?« Sie griff nach ihm, doch er war weiter von ihr entfernt, als sie vermutete.

»Wir waren lange nicht beisammen!« Lionels Hand streifte ihre Wange. »Und du brauchst es doch.« Seine Hand strich über ihre rechte Brust und drückte sie. »Lionel, nicht doch«, wehrte sie ab.

»Warum nicht? Bin ich dir nicht gut genug?« sagte er. »Fischer war gut genug, sogar Florence Tanner.« Seine Finger preßten ihre Brust, daß es schmerzte. »Wie wär's mit einem kleinen Quicky jetzt auch für den Alten?«

Edith fühlte ihr Herz pochen. »Nein«, murmelte sie.

»Ja«, sagte er, und seine Hand strich schnell an ihr herab, schob das Hemd in die Höhe und zwängte sich zwischen ihre Schenkel. »Ja, du lesbische Sau.«

Plötzlich ging das Licht an.

Edith schrie auf. Die Hand ließ sie los, zog sich zurück. Sie war blutleer, vom Handgelenk abgetrennt und schwebte schaukelnd vor ihren entsetzten Augen. Die Enden der Venen hingen frei in der Luft. Edith wich gegen das Kopfende des Bettes zurück, doch die Hand stieß zu ihr herunter und preßte ihre Brustwarze zwischen Daumen und Zeigefinger. Sie schrie auf und wollte sie wegreißen. Die Hand sprang in die Höhe wie eine lepröse Spinne, zwickte sie im Gesicht. Sie roch nach Verwesung und war eiskalt. Edith schrie nochmals und begann, mit den Füßen nach dem Ding zu treten, um es von sich fernzuhalten. Die Hand flog hoch und gestikulierte in der Luft, die Finger wackelten hin und her. Edith versuchte, aus dem Bett zu fliehen, kam auf die Füße und schlug gegen den achteckigen Tisch, bevor sie auf dem Boden landete. Der Tisch fiel um und warf die Seiten von Lionels Manuskript in die Luft. In irrer Panik wollte sie sie auffangen, doch sie zerrissen in der Luft zu kleinen Stücken, die wie ein Schneefall zu Boden flatterten. »Nein«, schrie sie. »Nein«, rief eine spottende Stimme zurück, wie ein Tonband. Sie weinte. Die Stimme echote das Weinen. Mit verzweifelter Kraft sprang sie auf die Füße und entfloh zur Tür, die auf den Korridor führte. Riß sie mit letzter Kraft auf und sprang mit einem Schrei zurück.

Florence stand in der Tür, nackt, starrte sie an. Dunkles Blut rann aus ihrem Unterkörper die Beine hinab. Die Gestalt kam näher, umfaßte sie, und als sie schreien wollte, drückte sie ihre kalten Lippen auf die ihren. Edith kämpfte verzweifelt und versuchte, den Kopf abzuwenden. Florence verschwand.

»Lionel«, schrie sie in höchster Not. »Lionel, Hilfe.«

»Hierher«, rief er ihr zu. Ediths Kopf fuhr hoch. Er kam auf sie zu, beinahe laufend. Sie warf sich ihm hilfesuchend entgegen. Ihr Vater stand vor ihr, mit dem schwammigen Trinkergesicht, mit beiden Händen hielt er ihr seinen riesigen Penis entgegen.

Sie klammerte sich an das Treppengeländer. Ein paar starke Hände rissen sie davon weg. Sie fuhr herum und sah Lionel, der sie umklammert hielt. »Ich bin's«, sagte er. Der Ton der vertrauten Stimme ließ sie aufschluchzen, als sie wimmerte: »Nimm mich weg von hier, Lionel.«

»Wir gehen schon«, antwortete er. Sein linker Arm umfing sie, und sie rannten vorwärts. Sie sah ihn an, er hatte keinen Stock und hinkte nicht.

»Nein«, ächzte sie. Er rannte mit ihr treppabwärts. Edith versuchte, sich von ihm frei zu machen. »Ich bin's doch«, sagte er, doch er ließ sie nicht los. Lachen erklang um sie herum. Sie drehte sich zu Lionel, aber es war nicht er, sondern seine Karikatur. Jeder Zug von ihm war lächerlich vergröbert, die Stimme hatte einen bösartig nachäffenden Tonfall, als er sagte: »Ich bin's. Ich bin's.«

»Nein«, schrie sie und wollte sich losreißen. Doch sein Griff war eisern. Er blickte nicht einmal nach vorn, als sie weiterrannten, sondern grinste sie während des Laufens an.

Die Theatertür wurde aufgerissen. Sie befand sich auf der Bühne. Als sie die Augen öffnete, sah sie unten nackte Gestalten, die sie aus ihren Samtstühlen mit geilen Blicken angrinsten. Die Karikatur Lionels band sie an einem Pfahl fest und riß ihr die Kleider vom Leibe. Das Publikum röhrte vor Vergnügen. Neben ihr erklang ein Knurren. Sie wandte den Kopf. Ein Leopard strich geduckt auf die Bühne. Das Publikum jauchzte, als die Bestie sie ansprang und ihr die Zähne tief ins Fleisch grub. Sie spürte den Raubtieratem über ihr Gesicht streichen. Die Krallen der Hinterbeine rissen ihren Bauch auf. Wahnsinniger Schmerz ließ sie aufkreischen.

Plötzlich war das Theater leer. Nein. In den hinteren Reihen saß noch jemand. In Schwarz gekleidet. Sie vermeinte eine tiefe Stimme zu hören, die in ihrem Kopf widerhallte. »Willkommen in meinem Haus«, sagte die Stimme.

Und wieder erschien Lionel. »Ich bin's«, sagte er. Sie fühlte sich vorwärts getrieben, obwohl niemand sie gepackt hielt. Sie wandte sich um. Niemand. Vor ihr Lionel an der Treppe zum Untergeschoß. Sie wurde hinuntergerissen. Lionel stand an der Schwingtür zum Swimmingpool und sagte: »Ich bin's.« Die Doppeltür wurde mit Wucht aufgerissen, so daß ihre beiden Flügel innen gegen die Kacheln krachten. Die Kraft stieß sie zum Beckenrand und ließ sie los. Sie starrte in das blutige Wasser. Dort schwamm Lionel, Gesicht nach oben, knapp unter der Wasseroberfläche. Sie raste zurück. Eine Gestalt rannte ihr auf den Stufen entgegen und fing sie in den Armen auf. Sie schrie auf und versuchte verzweifelt, sich zu wehren. Die Gestalt rief ihr etwas zu, doch sie hörte nur ihre eigene Stimme. Etwas schlug gegen ihr Kinn, und plötzlich spürte sie sich fallen, hörte noch im Stürzen ihre eigene Stimme kreischen und verlor die Besinnung.

15.31 Uhr: Edith begann sich zu rühren. Die Augendeckel zuckten langsam auf, und sie starrte einen Augenblick lang gegen die Vorderseite des Wagens. Dann drehte sie sich verwirrt auf die Seite und sah ihn. Sie blickte ihn fragend, aber schweigend an.

»Tut mir leid, daß ich Ihnen einen Kinnhaken geben mußte«, sagte er.

»Sie waren das?«

Er nickte.

Edith blickte abrupt auf die andere Seite. »Lionel.«

»Seine Leiche ist im Kofferraum.«

Sie wollte zur Tür, doch Fischer hielt sie zurück. »Sie sehen ihn jetzt besser nicht an.« Sie strebte immer noch der Wagentür zu. »Lassen Sie es sein«, bat er ernst.

Edith fiel in die Kissen zurück und verbarg ihr Gesicht. Fischer saß stumm daneben und hörte ihr Schluchzen.

Sie drehte sich wieder zu ihm. »Gehen wir fort von hier.«

»Ich bleibe«, sagte er nach einer Pause.

Edith blickte ihn an und verstand nicht. Schließlich sagte sie: »Fischer, Sie wissen nicht, was da drin vorgeht. Es hat meinen Mann umgebracht, hat Florence Tanner getötet, und wenn Sie mich nicht gerettet hätten ... Sind zwei Tote nicht genug? Müssen Sie auch noch sterben?«

»Ich denke nicht an Sterben.«

Sie ergriff seine Hand und drückte sie. »Was kann Ihnen daran liegen, in dieses schreckliche Haus zurückzugehen und mich allein zu lassen?«

»Edith.« Fischer nahm ihre Hand in seine beiden und wartete, bis ihr Schluchzen sich beruhigt hatte. »Hören Sie mir jetzt gut zu.«

Sie schüttelte den Kopf und schloß die Augen.

»Ich muß hinein. Ich muß es tun für Florence und für Ihren Mann.«

»Die würden es bestimmt nicht wollen.«

»Aber ich will es«, unterbrach er sie. »Ich brauche es. Wenn ich das Höllenhaus jetzt so verließe, könnte ich genausogut in mein Grab kriechen und sterben. Sehen Sie, die ganze Woche habe ich nichts getan, nichts geleistet, nichts zur Arbeit von Florence und Ihrem Mann beigetragen.«

»Eine Arbeit, die zu nichts geführt hat als zu ihrem Tod. Das Höllenhaus, das haben wir doch erlebt, kann eben nicht besiegt werden.«

»Vielleicht nicht.« Er machte eine Pause. »Trotzdem werde ich hineingehen und es versuchen, ich muß es tun, das fühle ich.«

»Sie werden sterben wie Florence und Lionel«, flüsterte sie.

Fischer zog den Atem langsam ein.

»Dann sterbe ich eben«, sagte er.

Fischer ging über die Brücke und über den Kiesweg, der den Tümpel umgab. Jetzt war er allein. Edith hatte geweint, als sie voneinander schieden, und war mit dem Cadillac allein losgefahren. Obwohl der Anblick des Hauses, das jetzt wieder langsam aus dem Nebel auftauchte, ihm unheimlicher vorkam als je zuvor, hatte er keine andere Wahl mehr. Selbst wenn er wollte, konnte er in seinen Tennisschuhen und ohne einen warmen Mantel nicht zu Fuß nach Caribou-Falls gehen. Er begann zu zittern, machte seinen Rücken steif, um es zu bekämpfen. Es war nicht wesentlich, ob er Erfolg haben würde. Er war hier und hatte es zu tun. Edith hatte versprochen, ihm Essen zu bringen und es an der Haustür zu deponieren. Es war auch unwesentlich, wie lange es dauerte. Tief in seinem Inneren fühlte er, daß er es mehr für Florence tat. Er griff in seine Tasche und fühlte Florences Medaillon. Ihr hätte er helfen können. Ihr hätte er helfen müssen.

Er kam zur Eingangstür, die noch offenstand, wie er sie gelassen hatte, als er Barretts Leiche hinausgetragen hatte. Im Eingang stand das Telefon. Er nahm den Hörer ab. Die Leitung war tot. Was hast du erwartet? fragte er sich. Er warf den Hörer auf den Tisch. Er war nun vollkommen abgeschnitten von der Welt. Er drehte sich um und sah umher.

Als er die Eingangshalle durchquerte, hatte er das Gefühl, daß das Haus ihn bei lebendigem Leibe verschluckte.

18.29 Uhr: Fischer saß an dem großen, runden Tisch in der großen Halle, aß ein Sandwich und trank eine Tasse Kaffee. Edith hatte ihm zwei Päckchen mit Essen gebracht und war wortlos wieder fortgegangen. Es ist völlig irrsinnig, hatte er sich wieder und wieder gesagt, denn seit er zurückgekommen war, hatte die ganze Atmosphäre des Hauses nicht die geringste Spannung oder Präsenz mehr aufgewiesen. Er konnte es deutlich fühlen, selbst ohne sich völlig zu öffnen. Und es war auf eine andere Art leer als beim letzten Hiersein. Obwohl er am frühen Nachmittag auf Bitten Barretts alle Räume überprüft und sie neutral gefunden hatte, blieb doch in seinem Bewußtsein ein Rest von Gegenwart, irgend etwas Lauerndes, das sich irgendwie versteckt hielt. Jetzt war es völlig anders.

Durch jeden Raum war er gegangen, hatte mehr als zwanzig Minuten in der großen Halle zugebracht und die Verwüstung betrachtet: der massive Tisch, der im verbogenen Eisengitter des Kamins steckte, der riesige Kirchenleuchter, zerbrochen am Boden, die umgestürzten Stühle, die Trümmer der Teller und Gläser, das umhergestreute Silberbesteck, das vertrocknete Essen, die Kaffeeflecken überall. Er starrte all das an und versuchte zu ergründen, was wirklich geschehen war. Wer hatte recht gehabt? War es Florence, die das Geschehen ausgelöst hatte, wie Barrett behauptete? Oder war es Daniel Belasco, wie Florence bis zuletzt behauptet hatte?

Er war durch den Ballraum gegangen. Was hatte den Kristallüster zum Schwingen gebracht, elektromagnetische Strahlung oder die toten Seelen?

Die Kapelle. War es Daniel Belasco, von dem Florence besessen wurde, oder selbstmörderischer Wahnsinn? Er war in die Garage gegangen, ins Theater, zum Swimmingpool, ins Dampfbad. Was war es, das Barrett angegriffen hatte, geistlose Kraft oder Belasco?

Der Weinkeller. Minuten stand er vor dem Loch in der Wand. Auch hier nichts; völlige Leere.

Wo steckte die Kraft?

Fischer fand den Kassettenrecorder, auf dem Barrett die Séancen kommentiert hatte, schloß den Strom an und hörte Barretts Stimme: »Teleplasma beginnt sichtbar zu werden.« Stille. Fischer erinnerte sich an die nebelartige Form, die Florences Kopf und Schultern damals wie ein feuchter Vorhang bedeckt hatte. Fischer ließ das Band zurücklaufen und drückte die Wiedergabe-Taste. »Atmung des Mediums jetzt zweihundertzehn«, sagte Barretts Stimme. »Temperatur –« Er brach ab, ließ das Band weiterschnurren. »Ich warne euch. Verlaßt dieses Haus, ehe ich euch alle umbringe.«

Er spielte diese Stelle wieder und wieder ab. War das die Stimme Belascos gewesen? Barrett konnte recht gehabt haben, es war durchaus möglich, daß Florences Unterbewußtsein nicht nur die Stimme, sondern auch die Drohung selbst formuliert hatte.

Er hörte nochmals die ganze Séance von vorn. Die Stimme des alten Indianers mit seiner lächerlichen Aussprache. Die ›Ankunft‹ des ›jungen Mannes‹, die hysterische Stimme mit den Drohungen; dann das laute Klopfen und Barretts Stimme, die die anschließend einsetzenden physischen Phänomene beschrieb.

Das Band brachte keine Lösung. Er dachte an seinen Entschluß, allein das Geheimnis des Hauses lösen zu wollen, kam sich vor wie Don Quichotte. Lächerlich, dachte er.

Er stand auf. Und doch, er würde bleiben. Und wenn es ein Jahr kostete. Er würde bleiben, bis sich irgend etwas Neues ergab. Irgendwo mußte die Antwort liegen.

Nochmals durch die große Halle. Alle Antennen weit offen. Es schien keine Gefahr zu drohen. Das Haus war völlig leer. Und doch mußte es irgendwo noch etwas geben, ein ungelöstes Geheimnis, das er finden mußte.

Als er eben die letzten inneren Visiere geöffnet hatte und durch die Eingangshalle schritt, verspürte er etwas, das ihn von rückwärts schob. Die unerwartete Berührung ließ ihn beinahe stürzen. Sofort kreuzte er die Arme und bereitete sich auf einen Angriff vor. Es kam nichts. Fischer brummte. Er wußte, daß er sich jetzt wieder öffnen mußte, wagte es nicht. Und doch, dachte er, jetzt ist es endlich soweit. Ich habe etwas Greifbares.

Mit unendlicher Vorsicht öffnete er sich so weit, daß er glaubte, das ungewollte Eindringen feindlicher Kräfte kontrollieren zu können. Gleichzeitig schützte er seinen Körper mit beiden Armen. Die eindringende Kraft drängte ihn zum Korridor. Gleichzeitig spürte er unsichtbare Hände, die an seinen Kleidern zu zerren schienen, ihn am Arm ergriffen, seine Hand hielten. Vorsichtig folgte er dem Drängen, erstaunt über dessen Sanftheit. Es war nicht wie eine dunkle, zerstörerische Macht, sondern eher wie ein besorgtes Wesen, das ihn vorwärts schob. Ein Gedanke durchzuckte ihn: Florence! Eine Welle der Freude überflutete ihn. Florence half ihm! Er kam zur Kapelle, öffnete die schwere Tür und trat ein.

Große Stille. Vorn der Altar.

Er sah die offene Bibel mit der Seite GEBURTEN. ›Daniel Myron Belasco, geboren am 4. November 1903, um 2 Uhr.‹ Er fühlte ernüchternde Enttäuschung. Das war es nicht, konnte es nicht sein.

Plötzlich begannen die Seiten der Bibel zu rauschen. Er konnte im Gesicht den Wind spüren, den sie verursachten. Dann wieder Stille. Er blickte auf die aufgeschlagene Seite. Es war Math. 7.7. ›Bittet, so wird euch gegeben, suchet, so werdet ihr finden, klopfet an, so wird euch aufgetan.‹ Er verstand nicht, öffnete sich weit, breitete jede Faser seines Innersten aus.

»Florence«, sagte er ratlos.

Ein Geräusch ließ ihn hochfahren. Er sah, daß hinter dem Altar ein Stück Tapete losgerissen war, hinter dem die Wand hervorblickte.

Fischer spürte, daß Florences Medaillon, das er sich um den Hals gehängt hatte, warm und dann heiß wurde, so daß er mit der Hand in sein Hemd greifen mußte und es hastig vom Halse riß. Dabei fiel es zu Boden und zerbrach in Stücke. Er blickte es verwirrt und traurig an. Die Stücke formten einen Keil, der wie die Spitze eines Richtungspfeiles...

Es kam urplötzlich. Fischer stand da, ungeschützt, hypnotisiert und bewegungslos wie eine Maus, die eine Schlange vor sich hat.

Im nächsten Augenblick hatte die Kraft ihn erreicht, nach hinten gerissen, war über ihn geflutet und bedeckte ihn mit nachtschwarzer Finsternis. Kein Widerstand war möglich. Hilflos lag er da, als die kalte Flutwelle sein Inneres ausfüllte, jede Ader anschwellen ließ und seinen ganzen Körper mit schwarzer Verpestung erfüllte. JETZT! brüllte eine Stimme in seinem Inneren. Und plötzlich wußte er die Antwort, genauso, wie Florence Tanner und Barrett sie gewußt hatten, und er fühlte, daß der Moment gekommen war, in dem er sterben mußte, in dem er aber gleichzeitig die Antwort erfuhr auf das Rätsel des Höllenhauses.

Lange Zeit lag er am Boden wie ein Toter, dann, langsam und mit unbewegtem Gesicht, stand er auf und schwankte zur Tür. Er stieß sie auf und ging in die Eingangshalle. Dann öffnete er mechanisch die Außentür, schritt hinaus in die beißende Kälte, über den Kies und weiter vorwärts. Er starrte immer geradeaus, als er über den Rand des Teiches stieg und in die gallertartige Schlamm-Masse eintauchte. Das Wasser reichte ihm bis zu den Knien.

Aus der Ferne hörte er einen Schrei, blinzelte kurz und ging vorwärts. Etwas planschte in das Wasser hinter ihm, ergriff seine Wolljacke und riß ihn zurück. Stechender Schmerz, als die Kälte ihn weiter umfing. Er versuchte, sich nach vorn in das eisige Wasser zu werfen, aber etwas hielt ihn zurück, versuchte, ihn zum Ufer zurückzuziehen. Die kalten Hände ergriffen ihn am Hals. Fauchend versuchte er, sich davon zu befreien. Er fiel auf die Knie. Das Wasser spritzte in sein Gesicht. Er erhob sich wieder und wollte weiter in den Teich hineinwaten. Die Hände ließen nicht locker. Er sah auf und erblickte durch einen gelantinösen Schleier ein weißes, entstelltes Gesicht, dessen Lippen sich bewegten, aber er konnte keinen Ton hören. Er starrte stumpf wieder nach vorn. Er mußte sterben. Er wußte es.

Belasco hatte es ihm gesagt.

19.58 Uhr: Seit einer halben Stunde hatte Fischer im Inneren des Wagens gehockt, das Gesicht weiß wie Kalk, zähneklappernd, die Arme um den Bauch geschlungen, den starren Blick nach vorn gerichtet. Sein Zittern ließ die Decke immer wieder von den Schultern rutschen; immer wieder mußte Edith ihn von neuem einhüllen. Er bemerkte es nicht. Es war, als ob sie für ihn nicht existierte.

Sie waren ihr unendlich lang vorgekommen, die Minuten, während derer sie immer wieder versucht hatte, ihn daran zu hindern, in den Teich zu waten. Obwohl seine Kräfte immer schwächer geworden waren, blieb doch der Wille zum Selbstmord ungebrochen. Wie ein Schlafwandler hatte er immer wieder versucht, sich von ihr zu befreien. Nichts, was sie gesagt oder getan hatte, machte auf ihn irgendeinen Eindruck. Edith hatte mit ihm gekämpft, bis sie selbst ebenso erschöpft und durchnäßt war wie er selber.

Sie blickte auf den Benzinanzeiger. Seit sie in den Wagen gestiegen waren, hatte sie Motor und Heizung laufen lassen. Der Cadillac war nun erwärmt. Doch schien dies keine Wirkung auf Fischer zu haben. Er fuhr fort zu zittern und bemerkte sie nicht. Sie starrte in seine verzerrten Züge. Wieder eine Runde vorbei. Der Gedanke war nicht zu verdrängen gewesen.

Auch dieser Angriff auf das Höllenhaus war fehlgeschlagen, genauso wie die Versuche vorher.

Minuten später zeigten sich die ersten Spuren von Farbe in Fischers Gesicht. Er öffnete die Augen und sah sie an. Er streckte die Hand nach ihr aus, sie erfaßte sie. Die Finger waren kalt wie Eis.

»Danke Ihnen«, murmelte er.

Sie konnte nichts erwidern.

»Wie haben Sie mich hierher bekommen?«

Er hörte aufmerksam ihren Bericht. Dann fragte er: »Warum sind Sie denn wieder zurückgekommen?«

»Ich wollte Sie nicht allein lassen.«

Seine Finger umschlossen die ihren.

Sie saßen eine Weile nebeneinander. Dann sagte Fischer: »Florence hat uns alles erklärt, aber ich habe es nicht verstanden.«

»Was denn?«

»Das ›B‹ in dem Kreis«, antwortete Fischer. »Belasco allein.«

»Allein?« Sie verstand immer noch nicht.

»Er allein hat alles veranstaltet.«

»Woher wissen Sie das?«

»Er hat es mir gesagt, denn ich war ja an der Schwelle des Todes ... wie die anderen.« Er dachte nach. »Kein Wunder, daß das niemand herausgefunden hat«, sagte er dann, »so etwas hat es in der Geschichte der Spukhäuser bisher noch nicht gegeben. Eine einzelne Persönlichkeit, die so mächtig ist, all diese komplexen und verschiedenartigen Phänomene allein zu produzieren. Es ist wie ein Orgelspieler, der imstande ist, von seinem Sitz aus sämtliche Register zu ziehen.«

Der Wagen wurde kalt. Sie hätten in die Stadt zurückfahren müssen, doch Edith wollte Fischers Bericht nicht unterbrechen.

»Florence war deshalb sein erstes Opfer«, sagte er, »weil sie die erste war, die sich ganz öffnete. Mit diabolischer Schlauheit gaukelte er ihr die Figur eines schönen Daniel vor und mixte seine Worte mit denen, die Florences sterbender Bruder gesprochen hatte. Dadurch wurde Florence überzeugt. Gleichzeitig aber schuf er dadurch die feindliche Situation zwischen Ihrem Mann und Florence, dann kam der Poltergeist-Angriff, der zum Teil durch Florences Kräfte, zum Teil durch seine eigenen zustande kam. Dies wieder vertiefte die Differenzen zwischen den beiden, und anderseits schwächte es Ihren Mann. Vielleicht hatte er schon damals etwas Angst, oder zumindest dürfte es ihm unheimlich gewesen sein, daß sich die ›freien Kräfte‹, wie er sie nannte, nun plötzlich auf ihn konzentrierten.«

»Er hatte niemals Angst«, sagte Edith; aber Fischer überhörte es.

»Dann veranstaltete er das ›Finden‹ von Daniel Belasco. Zuerst die starke Resistenz gegen die Kapelle, so daß sie annehmen mußte, etwas sollte verborgen bleiben. Als sie es gefunden hatte, war natürlich ihre Meinung über Daniel Belascos Persönlichkeit felsenfest verankert. Alles andere ist klar. Florence hoffte, durch ihre Hingabe Daniel Belasco zu erlösen. Wen sie empfing und von wem sie besessen wurde, war ihr Vater.

Von da an war ihr Schicksal besiegelt«, fuhr Fischer fort. Bitterkeit und Wut klangen in seiner Stimme mit. »Ich hätte ihr helfen können, als wir sie aus dem Haus bringen wollten. Statt dessen setzte ich mich nieder und hörte mir die Erklärungen Ihres Mannes an. Sie war dabei, saß artig wie ein Schulmädchen daneben und hörte scheinbar zu. Wer in Wirklichkeit zuhörte, war Belasco. Er wollte Details erfahren. Und die Attacke auf den Reversor war wiederum von Florence ausgegangen, sie wollte die Erlösung ihres Daniel nicht gefährden. Belasco selbst brauchte die Maschine nicht zu fürchten.«

»Aber Sie sagten doch, das Haus sei gesäubert, nachdem Lionel den Reversor benützt hatte.«

»Wieder nur ein Trick Belascos.«

»Ich kann es nicht glauben –«

»Er ist immer noch in dem Haus, Edith«, unterbrach Fischer sie und deutete in die Richtung, in der es liegen mußte.

»Er hat Ihren Mann umgebracht, er hat Florence getötet, und er war kurz davor, uns beide zu liquidieren.«

Er lachte bitter auf. Es klang hoffnungslos.

»Und jetzt spielt er seine letzte Karte aus, aber, obwohl wir nun beide sein Geheimnis kennen, sind wir um keinen Schritt weiter als zuvor.«

20.36 Uhr: Fischer ging nicht sofort in das Haus, als sie wieder vor der Eingangstür standen. Edith wandte sich zu ihm und blickte ihn fragend an.

»Ich weiß nicht, ob ich hineingehen kann«, sagte er.

Sie zögerte. Schließlich meinte sie: »Ich muß unsere Habseligkeiten haben, Ben.«

Fischer gab keine Antwort.

»Sie sagten doch, wenn Sie sich verschlossen hielten, könnte Belasco Ihnen nichts anhaben.«

»Ich habe vieles gesagt in dieser Woche. Das meiste davon war falsch.«

»Soll ich hineingehen?« fragte Edith.

Er ging auf die Tür zu und stieß den rechten Flügel auf. Er blickte einige Sekunden hinein, dann sagte er: »Ich mache es, so schnell ich kann«, und ging hinein.

Einige Minuten lang stand er nahe der Eingangstür, wartete auf den Eindruck, den ihm die Atmosphäre vermitteln würde. Nichts erfolgte. Er ging durch die Eingangshalle zur Treppe. Keine Präsenz machte sich bemerkbar. Er war sich nicht sicher, ob es ihm diesmal helfen würde, sich verschlossen zu halten, aber er hielt sein Inneres geschlossen wie eine Auster. In Barretts Zimmer angekommen, warf er die Koffer auf die Betten und öffnete sie. Dann sammelte er schnell die herumliegenden Kleidungsstücke, Gebrauchsgegenstände und Toilettenartikel ein und warf sie in die offenen Koffer. Dabei dachte er daran, daß Belasco sich von Anfang an nie selbst gezeigt hatte. Niemand würde ihm die Schuld zuschreiben, solange er nicht selbst in Erscheinung getreten war. Nur eines war ihm unbegreiflich. Warum hatte Belasco, der mit teuflischer Schlauheit Florence und Barrett ermordet hatte, einen so unsicheren Weg gewählt, um ihn, Fischer, zu töten? Jemanden aus dem Haus zu lassen, selbst mit der Absicht der Selbstvernichtung, konnte zu Verwicklungen und Zufällen führen, die nicht vorhersehbar waren. Wenn Belascos Macht zu unbegrenzt war, warum hatte er es nötig, eine so unsichere Methode anzuwenden?

Fischer hielt abrupt mit dem Packen inne.

Es sei denn, diese Macht war nicht mehr unbegrenzt!

War das möglich? Er war gewiß Belasco ausgeliefert gewesen, als er in der Kapelle stand. Dies wäre der Ort gewesen, an dem Belasco ihn ohne Schwierigkeiten liquidieren konnte. Und trotzdem wählte er den Umweg über den Selbstmord im Tümpel. Warum wohl? Hatte er wirklich noch so viel mediale Kraft? Er schüttelte den Kopf. Früher mochte das vielleicht der Fall gewesen sein, heute bestimmt nicht, auch wenn es seinem Ego gutgetan hätte. Dann war schon eher die Annahme richtig, daß Belascos Macht nicht mehr die gleiche war wie vorher.

Aber, nochmals, warum? Wenn der Reversor gewirkt hätte, dann wäre Belasco verschwunden.

Was war es also?

Edith stampfte mit den Füßen auf den Boden vor der Haustür. Die Decke, in die sie sich eingehüllt hatte, hielt nicht warm genug. Die nassen Kleider taten ein übriges. Sie schaute von außen in die Halle. Konnte es etwas schaden, wenn sie ein paar Schritte hineinging, um sich vor der ärgsten Kälte zu schützen?

Sie trat nach einigem Zögern ein und schloß die Tür. Es schien ihr, als ob sie in einem anderen Leben in dieses Haus gekommen wäre. Der vergangene Montag war in ihrem Geist unendlich weit in die Ferne gerückt. Seit Lionel tot war, erschien ihr nichts mehr wichtig. Wie lange würde es dauern, bis sie die volle Wirkung seines Todes verspüren würde? Vielleicht, wenn sie seine Leiche wiedersah.

Wie leicht hatte sie es Belasco gemacht! Ein paar Brandys, die Nacktfotos, um ihre Angst vor lesbischer Veranlagung mit einem Verlangen nach Fischer auszugleichen; das war alles, was nötig gewesen war, um von ihm manipuliert zu werden.

Sie empfand diese Gedanken als einen Affront gegen Lionel. Durch ihr Zurückkommen an diesen Ort schien sie davon überzeugt zu sein, daß er in allem, was er getan und gedacht hatte, einem Irrtum unterlegen war. Wie konnte es möglich sein, daß seine gesamte Arbeit umsonst gewesen war? Sie fühlte in sich Ärger gegen Fischer aufsteigen, der ihren Glauben an Lionel zerstört hatte. Mit welchem Recht tat er das?

Ein Aufwallen von Gereiztheit ließ sie die Halle durchqueren. Bei den Treppen angelangt, stieg sie hoch und sah, daß die beiden Koffer bereits gepackt vor ihrem Zimmer standen.

Fischer fuhr auf, als sie plötzlich eintrat. »Ich sagte Ihnen doch, Sie sollten –«

»Ich weiß, was Sie sagten«, unterbrach sie ihn. Sie mußte ihm alles sagen, ehe er weitersprach. »Ich möchte wissen, warum Sie so sicher sind, daß mein Mann im Irrtum war.«

»Das bin ich gar nicht.«

Der plötzliche Ärger gegen ihn hatte sie ihrer Reaktionsfähigkeit teilweise beraubt. Sie wollte weitersprechen, doch nach dieser unerwarteten Antwort konnte sie nur ein erstauntes »Wie?« herausbringen.

»Ich denke soeben darüber nach, ob er nicht teilweise recht hatte.«

»Ich verstehe nicht.«

»Florence sagte einmal zu Ihrem Mann: ›Könnte es nicht sein, daß wir beide recht haben?‹«

»Ich verstehe immer noch nicht.«

»Ich denke darüber nach, ob Belasco nicht doch von dem Reversor geschwächt worden ist«, sagte er, »aber anderseits, wenn die Maschine einen Einfluß auf ihn hatte, dann wäre Belasco ganz vernichtet worden. Auch hatte er ja die Möglichkeit, ihn vorher zu zerstören.« Fischer zermarterte sein Hirn. Wie konnte man diese Tatsachen unter einen Hut bringen?

»Sie sagten doch, daß Belasco jeden, den er umbringt, zuerst demütigt, indem er ihm vor Augen führt, wie falsch seine Annahmen waren«, sagte Edith und war froh, einen Weg zur Rechtfertigung Lionels gefunden zu haben.

»Wie meinen Sie das?« fragte Fischer. Er fühlte, daß sich hier etwas ergeben könnte.

»Nun, Lionel glaubte an den Reversor«, sagte sie. »Vielleicht wußte Belasco, daß die Strahlungen für ihn schädlich sein konnten. Um sein Opfer zu demütigen, ließ er Lionel zuerst die Maschine verwenden und tötete ihn nachher. Würde das nicht, zusätzlich zur körperlichen Vernichtung, die Vernichtung seines Lebenswerkes bedeuten? Denn Lionel mußte, als er starb, geglaubt haben, daß seine Theorie falsch war. Gerade das wollte doch Belasco erreichen.«

Das Gefühl, auf der richtigen Spur zu sein, verstärkte sich bei Fischer und wurde zur Gewißheit. Hatte Belasco tatsächlich diese Absicht bei der Tötung Lionels gehabt, dann hatte er die Gefahr auf sich genommen, selbst dabei geschwächt zu werden. Nur ein manisches Ego würde –

Es klang wie ein Stöhnen, das seinen ganzen Körper erschütterte.

»Was ist mit Ihnen?« fragte Edith alarmiert.

»Ego«, sagte er.

Ohne es zu bemerken, zeigte er mit dem Finger auf Edith. »Ego«, wiederholte er.

»Was meinen Sie?«

»Der Grund, warum er so handelte und nicht anders! Er ließ Ihren Mann tatsächlich den Reversor benutzen, damit er scheinbar Belascos Macht zerstörte. Und dann, auf dem Gipfel seines wissenschaftlichen Triumphes, vernichtete er ihn.« Er nickte erregt. »Jawohl, nur so konnte er sein Ego befriedigen.

Ehe er Florence tötete, mußte er sie wissen lassen, daß er allein es war, der sie umbrachte. Ego. Ihrem Mann muß er es zu verstehen gegeben haben. Ego. Er ließ Sie es wissen, im Theater. Ego. Mir selbst hat er es deutlich gezeigt. Ego.«

Er zitterte vor Erregung. »Und wenn er jetzt die Kapelle nicht verlassen kann?«

»Aber Sie sagten doch, daß er Sie dorthin dirigierte?«

»Und wenn er es nicht war? Wenn sie es war, Florence? Vielleicht wußte sie, daß er dort festsaß?«

»Aber Florence würde Sie doch nicht der Vernichtung zuführen?«

Fischer war ratlos, und sein Gesichtsausdruck verriet es. »Sicher würde sie das nicht. Warum hat sie mich *doch* hingeführt? Es muß einen Grund dafür geben.«

Er hielt seinen Atem an. »Das Bibelwort.« In seinem Inneren pulsierte es so stark, wie er es seit seinen Jungenjahren nicht mehr gespürt hatte. Eine vibrierende Kraft, die nach außen drängte. »Suchet, so werdet ihr finden.« Er ging ruhelos auf und ab, fühlte sich auf der Spitze des Berges, kurz bevor die Nebel sich teilen und die Wahrheit erscheinen würde. »Suchet, so werdet ihr finden –«

Er konnte den Sinn noch nicht ganz erfassen. Was war in der Kapelle geschehen? Die abgerissene Tapete. Was hatte das zu sagen? Das gebrochene Medaillon, dessen Teile einen Richtungspfeil gebildet hatten, dessen Spitze zum Altar zeigte. Und auf dem Altar die offene Bibel. »O Gott«, seine Stimme bebte vor Erregung. Er war der Lösung nahe, ganz nahe. Er spürte es. »Suchet, so werdet ihr finden.« Ein Gefühl innerer Sicherheit durchflutete ihn.

Er raste aus dem Zimmer, kam zur Treppe, sprang sie mit ein paar Sätzen hinunter, lief weiter in den Korridor. Edith folgte ihm nur mit Mühe. Er hielt nicht an, als er bei der Kapellentür angekommen war, sondern stieß sie weit auf, stürzte in den Raum und schrie: »Belasco! Ich bin wieder hier. Zerstöre mich, wenn du kannst!« Sekunden später kam Edith und stellte sich neben ihn. »Komm doch«, schrie er, »wir beide sind hier! Liquidiere uns doch! Mach doch ganze Arbeit!«

Tiefes Schweigen trat ein, und Edith hörte nur den seltsam klingenden Atem Fischers. »Komm doch«, murmelte er nochmals.

Plötzlich rief er: »Komm doch, du lausiger Dreckskerl!«

Fischers Augen starrten nach vorn.

Ediths Augen waren ebenfalls auf den Altar gerichtet. Für einen Moment glaubte sie, ihren Ohren nicht zu trauen. Dann wurde das Geräusch lauter, klarer und unmißverständlicher.

Schritte, die sich näherten.

Unbewußt zog sie sich etwas zurück, die Augen fest auf den Altar gerichtet. Die Schritte wurden lauter. Sie spürte Fischers Hand nicht, die sie berührte. Immer noch starrte sie auf den Altar. Der Ton wurde mit jeder Sekunde lauter. Der Boden begann zu vibrieren. Es war, als ob sich ein unsichtbarer Riese näherte.

Edith wimmerte, blieb mit der Hand in ständigem Kontakt mit Fischers geballter Faust. Die Schritte waren nun beinahe ohrenbetäubend. Sie versuchte, ihre Hände an die Ohren zu legen, es gelang ihr nur mit der linken Hand. Die ganze Kapelle schien unter dem donnernden Laut zu erzittern, der immer noch näher kam. Sie riß sich gewaltsam zurück, ihr panischer Schrei wurde von dem Krachen der titanischen Schritte verschluckt. Näher; näher. Wir müssen sterben, dachte sie.

Wir müssen sterben.

Sie schrie auf, als eine heftige Explosion die Kapelle erschütterte, und schloß unwillkürlich die Augen.

Die darauffolgende Grabesstille war so verwunderlich, daß sie die Lider wieder öffnete.

Fischer hielt sie an der Hand. »Nicht fürchten«, sagte er mit gespannter Stimme, in der die Erregung zitterte. »Das ist ein großer Moment, Edith. Niemand hat bisher auch nur eine Fingerspitze von ihm gesehen; das heißt, außer wenn sie sterben mußten. Schau ihn dir gut an, Edith. Ich stelle dir vor: Emeric Belasco, der ›brüllende Riese‹.« Fischer hatte unwillkürlich ›du‹ gesagt.

Edith starrte die Gestalt an.

Belasco war riesenhaft; die Kleidung schwarz, die Gesichtszüge breit und weiß, umrahmt von einem pechschwarzen Bart. Seine Zähne, die ein grausames Lächeln bloßlegte, waren die eines Raubtieres. Die grünen Augen funkelten, als ob sie von innen beleuchtet wären. In ihrem ganzen Leben hatte Edith kein so furchterregendes Antlitz gesehen. Tief in ihrer schreckerstarrten Seele wunderte sie sich, warum sie beide noch nicht getötet worden waren.

»Sage mir, Belasco«, fragte Fischer mit beißender Herausforderung, »warum bist du eigentlich nie herausgekommen? Warum hast du die Sonne gemieden? Wolltest du nicht?

Oder war es besser, sich im Schatten zu verstecken?«

Die Riesengestalt ging auf sie zu. Ediths Hand verließ den beruhigenden Kontakt mit Fischer und zuckte angstvoll zurück. Entsetzt bemerkte sie, daß Fischer einen Schritt vorwärts ging.

»Du gehst mit recht mühsamen Schritten, Belasco«, sagte er. »Deine Bewegungen lassen sich schwer beherrschen, nicht wahr?«

Er brüllte plötzlich: »Stimmt das, Belasco?«

Ediths Mund blieb vor Staunen offenstehen.

Belasco war stehengeblieben. Seine Gesichtszüge waren wutentbrannt, aber es schien auch Zorn der Verzweiflung darin zu liegen.

»Sieh doch deine Lippen an, Belasco«, sagte Fischer und ging unbeirrt auf ihn zu. »Sie sind krampfhaft zusammengepreßt. Sieh deine Hände an. Sie liegen verkrampft an deinem Körper. Warum denn? Vielleicht bist du gar ein Schwindler?«

Sein zynisches Lachen klang durch die Kapelle. »Brüllender Riese«, schrie er, »du und ein Riese? O mein Arsch! Du Drecksartist! Du kleiner, abgesägter Zwerg!«

Edith hielt den Atem an. Belasco machte einen Schritt rückwärts.

Fischer ging auf die kleiner werdende Gestalt zu, die sich zurückzuziehen schien. »Kleiner Dreckskerl.« Die Gestalt zog sich weiter zurück. »Das stört dich, wenn ich ›kleiner Dreckskerl‹ sage? Oh, Belasco, was warst du doch in Wirklichkeit für ein kleiner Kerl. Eine richtig komische Wanze von einem Geist. Und ein Genie warst du auch nicht, sondern ein Trottel, ein Sadist vielleicht, aber ein trauriger, ein frakassierter Typ. Und obendrein ein abgesägter, kleiner Bastard!«

Als die Figur mit unsäglich grauenhaftem Heulen und verzerrten Zügen immer nebulöser wurde und hinter dem Altar zu verschwinden drohte, fühlte Fischer plötzlich Mitleid.

»Gott helfe dir, Belasco«, sagte er. Die Gestalt verschwand. Sie hörten einen langgezogenen Schrei, wie von jemand, der in einen bodenlosen Schacht stürzt. Der Schrei wurde schwächer. Dann war alles still.

Fischer ging auf die Stelle hinter dem Altar zu, die durch die zerrissene Tapete sichtbar geworden war.

Er lächelte. Auch das hatte sie ihm gezeigt; wenn er es nur früher hätte deuten können! Er beugte sich vor und stemmte sich gegen die Wand. Rumpelnd öffnete sie sich, und eine kurze Treppe erschien, die abwärts führte. Er reichte Edith die Hand. Sie stiegen hinab, kamen an eine schwere Tür. Fischer stemmte die Schulter dagegen.

Sie standen im Türbogen und blickten auf die mumifizierte Gestalt, die aufrecht in einem großen, hölzernen Armsessel saß.

Sie betraten den kleinen, kaum erhellten Raum und gingen zu dem Sessel. Obwohl sie fühlte, daß alles vorbei war, konnte Edith sich doch nicht eines Schauders erwehren, als sie die dunklen, glänzenden Augen Emeric Belascos erblickte, die sie im Tode anstarrten.

»Sieh mal.« Fischer nahm einen Krug in die Hand.

»Was ist das?«

»Ich bin noch nicht sicher, aber –« Fischer fuhr mit seiner Hand über die Oberfläche des Kruges, während seine Augen geschlossen waren. Die Eindrücke waren sofort da: »Belasco hat ihn neben sich gestellt und hat sich selbst verdursten lassen«, sagte er ihr. »Das war seine letzte Willensleistung. Zumindest im Leben.«

Edith riß ihren Blick von den Augen des Toten los und blickte an ihm hinunter. Der Raum war so dunkel, daß sie es nicht eher bemerkt hatte. »Die Beine«, sagte sie.

Fischer antwortete nicht. Er stellte den Krug hin und kniete sich vor Belascos Leiche auf den Boden. Sie sah, wie er im Halbdunkel herumhantierte und stieß einen kleinen Schreckensschrei aus, als er aufstand und ein Bein in der Hand hielt. Er strich mit der Hand über die perfekte Prothese. »Er hat seinen kleinen Wuchs dermaßen verabscheut, daß er seine Beine operativ entfernen ließ und statt dessen diese hier trug, nur, um größer zu erscheinen. Deswegen hat er auch vorgezogen, hier zu sterben, damit niemand es je erfährt. Für die Welt mußte er immer der ›brüllende Riese‹ bleiben. Er hatte einfach nicht genug innere Größe, um seinen kleinen Wuchs auszugleichen.«

Er drehte sich abrupt herum, sah umher, stellte das Bein weg, ging durch den Raum und berührte mit seiner Hand die Wand. »Mein Gott«, sagte er.

»Was denn?«

»Vielleicht war er doch ein Genie.« Er ging in der Kammer umher, berührte alle Wände, untersuchte die Decke und den Fußboden. »Suchet, so werdet ihr finden«, murmelte er halb für sich und dachte dankbar an Florence. »Das letzte Geheimnis ist jetzt auch enthüllt«, sagte er. »Seine Macht war doch nicht so groß, daß er dem Reversor widerstehen konnte.« In Fischers Stimme klang Ehrfurcht mit. »Er muß bereits vor vierzig Jahren Bescheid gewußt haben über die Zusammenhänge zwischen elektromagnetischer Strahlung und dem Überleben nach dem Tode.

Die Wände, die Tür und die Decke sind mit Bleiplatten ausgelegt.«

21.12 Uhr: Die beiden gingen langsam die Treppen hinunter. Edith trug ihren Handkoffer, Fischer schleppte Barretts großen Koffer und seinen eigenen.

»Wie kommt man sich vor?« fragte sie.

»Bitte?«

»Wie kommt man sich vor als Bezwinger des Höllenhauses?«

»Ich habe es nicht bezwungen«, sagte er, »wir alle haben dazu beigetragen.«

Edith versuchte, ein Lächeln zu unterdrücken. Sie wußte, daß dies stimmte, wollte es aber von ihm hören.

»Die Anstrengungen deines Mannes schwächten Belascos Macht. Die letzte Antwort fanden wir durch Florences Beitrag. Ich habe nichts anderes getan, als alles zusammenzufügen, und selbst das wäre nicht möglich gewesen, wenn du mir nicht das Leben gerettet hättest.

Und so hat es auch kommen müssen«, fuhr er fort. »Die Forschungen deines Mannes halfen uns, aber sie waren für sich allein nicht ausreichend. Florences Spiritismus half uns, war aber für sich ebenfalls nicht ausreichend. Es war noch ein Element nötig – und das habe ich eben dazu beigetragen –, nämlich die Bereitschaft, es mit Belasco unter seinen Bedingungen aufzunehmen und ihn mit seinen eigenen Schwächen zu besiegen.«

Ironie lag in seiner Stimme, als er sagte: »Übrigens hätte Belasco sich beinahe selbst besiegt; ich vermute, das gehört auch zum Gesamtbild. Schließlich hatte er dreißig Jahre auf neue Gäste gewartet. Es könnte gut sein, daß er so erpicht darauf war, seine Macht wieder auszukosten, daß er sich dabei übernommen und die ersten Fehler selbst begangen hat.«

Sie kamen zur Eingangstür und wandten sich noch einmal zurück. Für einige Minuten standen sie schweigend nebeneinander. Edith dachte daran, daß sie nach Manhattan zurückgehen würde und an ihre Zukunft ohne Lionel. Sie konnte es sich nicht recht vorstellen, doch in diesem Augenblick war sie von einem ihr selbst unerklärlichen Frieden erfüllt. Sie führte die Überreste seines Manuskripts mit sich, konnte es vielleicht veröffentlichen lassen und damit erreichen, daß die Fachleute erfuhren, was er erreicht hatte. Dann würde sie über ihr weiteres Leben nachdenken.

Fischer, der neben ihr stehengeblieben war, streckte ein letztes Mal prüfend und witternd seine sensitiven Fühler nach dem Inneren des Hauses aus. Gleichzeitig überlegte er sehr bewußt, was die Zukunft für ihn wohl bringen werde. Nicht daß es ihm viel bedeutete. Was immer es war, er hatte jetzt die Chance, damit fertig zu werden. Es war bizarr, daß sich gerade in diesem Haus, in dem sein Drama überhaupt erst angefangen hatte, auch die ersten Anzeichen eines zurückgekehrten Selbstvertrauens regten.

Er wandte sich Edith zu und lächelte. »Sie ist nicht mehr hier«, sagte er. »Sie blieb nur so lange, wie ihre Hilfe nötig war.«

Ein letzter Blick auf alles. Dann gingen sie schweigend in den Nebel hinaus. Fischer brummte etwas.

»Wie bitte?« fragte sie.

»Fröhliche Weihnachten«, wiederholte er sanft.

FRITZ LEIBER

Herrin der Dunkelheit

1

Der alleinstehende, steile Berg, der Corona Heights genannt wurde, war schwarz wie Pech und totenstill, wie das Herz des Unbekannten. Er blickte nach Nordosten hinab, auf die nervösen, hellen Lichter der City von San Francisco, als ob er ein riesiges Raubtier wäre, das im Dunkel der Nacht sein Territorium überblickte, in geduldigem Lauern auf Beute.

Der zunehmende Mond war untergegangen, und die Sterne schimmerten wie Diamanten am schwarzen Himmel. Im Westen lag eine lange, schmale Nebelbank. Aber im Osten, hinter dem Geschäftsviertel der Stadt und der nebelverhangenen Bay, lag der schmale, geisterhafte Streifen der ersten Dämmerung über den flachen Hügeln hinter Berkeley, Oakland und Almeda, und hinter dem noch weiter entfernten Teufelsberg – Mount Diabolo.

Von allen Seiten wurden die Corona Heights von hell erleuchteten Häusern und den Straßenlichtern umschlossen, als ob der Berg ein gefährliches Tier wäre. Doch auf dem Berg selbst leuchtete nicht ein einziges Licht. Ein an seinem Fuß stehender Beobachter wäre kaum in der Lage gewesen, den gezackten Grat und die unheimlichen Schründe an seiner Spitze (die selbst von den Möwen gemieden wurden) zu erkennen, die bizarren Klippen, die da und dort aus seinen kahlen Flanken wuchsen, die zwar hin und wieder vom Nebel berührt wurden, das Prasseln von Regen jedoch seit Monaten nicht mehr gefühlt hatten.

Eines Tages würde man den Berg mit Bulldozern abtragen, wenn die Gier der Menschen noch größer geworden war als schon heute, und die Ehrfurcht vor der unberührten Natur noch geringer, doch jetzt konnte er noch Panik und Terror hervorrufen.

Zu wild und zu unheimlich, um als Park gelten zu können, hatte man ihn etwas abwegig als ›Freizeitgelände‹ bezeichnet. Zugegeben, es befanden sich einige Tennisplätze und begrenzte Grasflächen, kleine Gebäude und schüttere Kiefernhaine an seinem Fuß, aber oberhalb von ihnen erhob sich roher, nackter Fels, in distanzierter Arroganz.

Und jetzt schien sich in dem massierten Dunkel etwas zu regen. (Schwer zu sagen, was.) Vielleicht einer oder mehrere der wilden Hunde der Stadt, seit Generationen heimatlos, doch soweit angepaßt, um als zahm gelten zu können. (Wenn man in einer großen Stadt einen Hund sieht, der sich allein um seine eigenen Angelegenheiten kümmert, der niemanden bedroht, niemanden umschmeichelt – der sich, mit anderen Worten, wie ein guter Bürger benimmt, der eine Arbeit zu erledigen und keine Zeit für Spielereien hat – und wenn dieser Hund keine Marke und kein Halsband trägt, kann man ziemlich sicher sein, daß er nicht von seinem Herrn vernachlässigt wird, sondern wild ist – und angepaßt.) Vielleicht aber war es ein noch wilderes und geheimnisvolleres Tier, das sich niemals der Herrschaft des Menschen unterworfen hatte und doch unerkannt und unbemerkt mitten unter den Menschen lebte. Vielleicht, durchaus vorstellbar, war es ein Mann (oder eine Frau), so tief in Wildheit oder Psychose versunken, daß er (oder sie) kein Licht brauchte. Oder vielleicht nur der Wind.

Und jetzt färbte sich der helle Streifen im Osten dunkelrot, der ganze Himmel wurde von Ost nach West von Licht überzogen, die Sterne verblaßten, und Corona Heights begann seine rohe, trockene, fahlbraune Flanke zu zeigen.

Doch es blieb der Eindruck, als sei der Berg unruhig geworden, als ob er sich für sein Opfer entschieden hätte.

2

Zwei Stunden später blickte Franz Westen aus dem offenen Fenster seiner Wohnung zum eintausend Fuß hohen Fernsehturm hinüber, der sich hellrot und weiß aus dem Nebel, der noch immer Sutro Crest und die drei Meilen entfernten Twin Peaks einhüllte, ins helle Licht der Sonne erhob. Der Fernsehturm – San Franciscos Eiffel, wie ihn einige Menschen nannten – war breitschulterig, schlankhüftig und langbeinig, wie eine schöne und elegante Frau – oder Halbgöttin. Er war in diesen Tagen ein Vermittler zwischen Franz und dem Universum, genau wie der Mensch dazu aufgerufen ist, zwischen den Atomen und den Sternen zu vermitteln. Ihn anzublicken, zu bewundern, fast anzubeten, war sein alltäglicher Morgengruß an das Universum, seine Affirmation, daß sie sich miteinander im Einklang befanden, bevor er Kaffee machte und sich mit Notizblock und Kugelschreiber wieder ins Bett zurückzog, um sich an sein Tagewerk zu machen, das darin bestand, übersinnliche Horror-Geschichten zu schreiben und vor allem (sein Brot *und* seine Butter) die Folgen der Fernseh-Serie ›*Unheimlicher Untergrund*‹ in Romanform zu bringen, damit der Mob der Zuschauer diese *mélange* von Hexerei, Watergate und infantiler Liebe, die er auf dem Bildschirm verfolgte, auch lesen konnte, falls jemand Lust dazu hatte. Vor etwa einem Jahr hätte er um diese Stunde nach innen geblickt, sich auf seine Misere konzentriert und sich Sorgen über den ersten Drink dieses Tages gemacht: ob noch einer da war, oder ob er in der vergangenen Nacht alles leergetrunken hatte. Aber das war Vergangenheit, eine andere Sache.

Leise, traurig klingende Nebelhörner warnten einander auf dem Wasser der Bay. Franz' Gedanken zogen für ein paar Sekunden zwei Meilen weiter, zu der Bay von San Francisco, über der noch dichterer Nebel lag, aus dem nur die oberen Enden der vier ersten Streben der nach Oakland führenden Brücke ragten. Unter dieser frostig wirkenden Decke bewegten sich lange Bänder von qualmenden, ungeduldigen Wagen, stampfenden Schiffen, und darunter, tief in der Erde, unter dem Wasser und dem Schlamm der Bucht, doch gehört von den Fischern in ihren kleinen Booten, ertönte das unheimliche Donnern der BART*-Züge, die durch die tiefliegenden Tunnelröhren schossen und den größten Teil der Pendler zur Arbeit brachten.

Auf der Seeluft tanzten die fröhlichen, süßen Klänge eines Telemann-Menuetts zu seinem Fenster herauf, gespielt von Cal, die zwei Stockwerke tiefer wohnte, auf ihrem Recorder. Sie spielte es für ihn, sagte er sich, obwohl er zwanzig Jahre älter war als sie. Er blickte das Ölporträt seiner verstorbenen Frau Daisy an, das über dem Studiobett hing, neben einer Zeichnung des Fernsehturms – spinnenartige, schwarze Linien auf einem großen, rechteckigen, fluoreszierenden, roten Karton – und er empfand keinerlei Schuldgefühl. Drei Jahre alkoholisierter Trauer – eine Rekordzeit! – hatten das alles abgetragen, und fast genau vor einem Jahr war es vorbei gewesen.

Er senkte den Blick auf das Studiobett, zur Hälfte ungemacht. Auf der nichtbenutzten Hälfte, entlang der Wand, waren unordentliche Stapel von Magazinen, Zeitschriften, Science-fiction-Taschenbüchern, ein paar Kriminalromanen, einer Anzahl farbiger Servietten, die er aus verschiedenen Restaurants mitgenommen hatte, und einem halben Dutzend dieser kleinen, bunten Broschüren der Ratgeber-Reihen *Golden Guides* und *Knowledge Through Color* – seine Unterhaltungslektüre, der Ausgleich zu seinem Arbeitsmaterial und Nachschlagewerken, die nebeneinander auf dem Kaffeetisch neben dem Bett aufgereiht waren. Während der drei Jahre, die er in alkoholisiertem Stupor auf dem Bett gelegen und in die Glotze gestarrt hatte, waren sie seine wichtigsten – seine einzigen – Gefährten gewesen; ständig hatte er in ihnen geblättert und von Zeit zu Zeit ihre hellen, mit leicht faßlichen Texten bedruckten Seiten gelesen. Erst vor einem Monat war ihm aufgefallen, daß die wie zufällig wirkende Unordnung dieser Bücher und Broschüren auf der anderen Hälfte des Bettes an die Gestalt einer Frau erinnerte, die in gelöster Haltung auf der zugedeckten Hälfte des Bettes lag – und das war der Grund, warum er sie nie auf den Boden gelegt hatte, warum er sich mit einer Hälfte des Bettes begnügt hatte; warum er sie unbewußt in der Form eines Frauenkörpers arrangiert hatte, eines Frauenkörpers mit langen, langen Beinen. Diese

* Bay Area Rapid Transit

Sammlung war ein ›Studentenliebchen‹, eine ›Scholar's Mistreß‹, erkannte er in Analogie zu dem ›Dutch Wife‹, jenem langen, schlanken Kissen, das Schläfer in tropischen Ländern zwischen ihre Beine klemmen, um den Schweiß aufzusaugen – ein verschwiegener Spielgefährte, ein bezauberndes, aber belesenes Callgirl, eine schlanke, inzestuöse Schwester, ein ständiger Kamerad seiner schriftstellerischen Arbeiten.

Mit einem liebevollen Blick auf das Ölporträt seiner toten Frau und einem erwartungsvollen Gedanken an Cal, die noch immer die pirouettierenden Töne des Menuetts zu ihm heraufsandte, sagte er leise und mit einem konspirativen Lächeln zu der schlanken, kubistischen Gestalt, die eine ganze Hälfte des Bettes einnahm: »Keine Angst, Darling, du wirst immer mein bestes Mädchen bleiben, auch wenn wir es vor allen anderen streng geheim halten müssen.« Mit diesen Worten wandte er sich wieder dem Fenster zu.

Es war der Fernsehturm, der so modern-schlank auf der Sutro Crest stand, seine drei langen Beine tief im Nebel versunken, der ihn nach seiner langen Flucht in die alkoholische Traumwelt wieder in die Realität zurückgeholt hatte. Anfangs war ihm der Turm unsagbar kitschig und billig vorgekommen, ein Eindringling, schlimmer als die Hochhäuser in der ehemals romantischsten aller Städte, eine obszöne Personifizierung der aufdringlichen Welt von Verkauf und Werbung – selbst mit seinen großen rot-weißen Gliedern gegen den blauen Himmel (und jetzt aus dem Nebel aufragend) war er eine grobe Nachahmung der amerikanischen Flagge in ihren schlechtesten Aspekten: Barbierpfahl-Streifen: fett, grell, mit reglementierten Sternen. Doch dann hatte der Turm mit seinen blinkenden Lichtern ihn – gegen seinen Willen – zu beeindrucken begonnen; so viele Lichter! Neunzehn Stück hatte er gezahlt, dreizehn, die regelmäßig brannten, und sechs Blinker. Und dann hatte der Turm sein Interesse allmählich und unmerklich in die anderen Fernen der City-Landschaft gelenkt, und auf die wirklichen Sterne, die so weit entfernt am Himmel blinkten, und in glücklichen Nächten auch auf den Mond, bis er sich eines Tages wieder leidenschaftlich für alles zu interessieren begann, was um ihn herum vorging. Und dieser Prozeß hatte bis heute angedauert, dauerte noch immer an, so daß Saul ihm – erst vor wenigen Tagen – sagte: »Ich weiß nicht, ob es gut ist, jede neue Realität willkommen zu heißen. Du könntest eines Tages auf einen faulen Kunden treffen.«

»Eine schöne Auffassung für einen Pfleger in der psychiatrischen Abteilung eines Krankenhauses«, hatte Gunnar gesagt, und Franz hatte sofort eingeworfen: »Ist doch kein Wunder. Konzentrationslager. Pestbazillen.«

»So etwas habe ich nicht gemeint«, hatte Saul gesagt. »Ich glaube, ich habe mehr an die Sachen gedacht, die meinen Jungens im Krankenhaus so passieren.«

»Aber das sind doch nur Halluzinationen, Projektionen, Archetypen, und so weiter, oder?« hatte Franz etwas verwundert bemerkt. »Teile einer *inneren* Realität natürlich.«

»Manchmal bin ich da nicht so sicher«, hatte Saul nachdenklich gesagt. »Wer weiß schon, was Wirklichkeit ist und was nicht, wenn ein Verrückter behauptet, er habe gerade einen Geist gesehen? Innere oder äußere Realität? Wer kann das sagen? Was würdest du tun, Gunnar, wenn einer deiner Computer Dinge ausdruckt, die er nicht ausdrucken sollte?«

»Ich würde annehmen, daß er überhitzt ist«, hatte Gunnar mit Überzeugung geantwortet. »Ihr müßt daran denken, daß meine Computer normale Menschen sind, keine Verrückten und Psychopathen wie deine Leute.«

»Normal – was ist das?« hatte Saul erwidert.

Franz hatte lächelnd von einem seiner Freunde zum anderen geblickt, die zwei Apartments in dem zwischen dem seinen und Cals gelegenen Stockwerk bewohnten. Cal hatte auch gelächelt, aber nicht so wie er.

Jetzt sah er wieder aus dem Fenster, in die sechs Stockwerke tiefe Schlucht, die an Cals Fenster vorbeiführte – ein enger Schacht zwischen diesem Gebäude und dem nächsten, dessen Flachdach auf gleicher Höhe mit seinem Fenster lag. Unmittelbar hinter ihm, den Blick zu beiden Seiten wie ein Rahmen einfassend, waren die knochenweißen, regenfleckigen Rückfronten zweier Hochhäuser.

Sein Ausblick war der schmale Spalt zwischen diesen Hochhäusern, doch er war breit genug, um all die Realität zu sehen, die er benötigte, um seinen Kontakt mit der Welt aufrechtzuerhalten. Und wenn er mehr wollte, konnte er jederzeit zwei Stockwerke höher auf das Dach steigen, was er in diesen Tagen und Nächten häufig tat.

Von diesem Gebäude aus, das am unteren Hang des Nob Hills lag, erstreckte sich das Meer der Dächer bis in die Tiefe des Tals, und dann an der Flanke eines anderen Hügels hinauf, in der Ferne perspektivisch winzig, bis zu der Nebelbank, die jetzt den dunkelgrünen Hang von Sutro Crest und die langen Beine des Fernsehturms verhüllte. Doch in mittlerer Entfernung erhob sich eine Formation, die wie ein geduckt sitzendes Tier wirkte, fahlbraun im Licht der Morgensonne, aus dem Meer der Dächer. Auf der Karte wurde sie als Corona Heights bezeichnet. Sie hatte seit einigen Wochen Franz' Neugier erregt. Jetzt richtete er die Objektive seines kleinen Feldstechers auf die kahlen Flanken und den krummen Rücken des Berges, der sich scharf gegen den weißen Nebel abhob. Er fragte sich, warum er noch nicht erschlossen und bebaut worden war. Große Städte besaßen häufig solche seltsamen Fremdkörper. Dieser war eine Erinnerung an das Erdbeben von 1906, sagte er sich und lächelte über seine unwissenschaftliche Fantasie. Ob sie ihn Corona Heights genannt hatten wegen der Krone unregelmäßig geformter Felsen und Klippen auf seinem Gipfel? fragte er sich, während er sein Glas schärfer einstellte, bis sie deutlich und klar vor der Nebelwand zu erkennen waren.

Ein ziemlich schmaler, fahlbrauner Felsen trennte sich von den anderen und winkte ihm zu. Verdammt, warum zuckte das Fernglas so mit seinem Herzschlag! Ein Mensch, der erwartete, ein klares, ruhiges Bild zu sehen, hatte noch nie ein Fernglas benutzt. Oder ob es eine Sehstörung war, ein mikroskopisch kleines Staubkorn in seiner Augenflüssigkeit? Nein, jetzt sah er es wieder! Genau wie er es zu erkennen geglaubt hatte, es war ein hochgewachsener Mensch in einem Regenmantel oder einer fahlbraunen Robe, der sich mit langsamen, tänzerisch wirkenden Gesten bewegte. Auf eine Entfernung von zwei Meilen konnte man keine menschliche Gestalt im Detail erkennen, selbst nicht durch ein Fernglas mit siebenfacher Vergrößerung; man erhielt nur einen generellen Eindruck von Bewegung und Haltung, eine Simplifizierung. Diese hagere Gestalt auf dem Gipfel von Corona Heights bewegte sich langsam im Kreis, die Arme über den Kopf erhoben, als ob sie tanze, doch das war alles, was man feststellen konnte.

Als er das Fernglas sinken ließ, lächelte er amüsiert bei der Vorstellung, daß irgendein Hippie die Morgensonne mit einem rituellen Tanz auf dem Gipfel eines mitten in einer Großstadt gelegenen Hügels begrüßte, der gerade aus dem Nebel aufgetaucht war. Wahrscheinlich sang er auch dabei – irgendwelche unerträglichen, jammernden Ululationen, die so klangen wie die schrille Sirene, die er jetzt aus der Ferne hörte. Ein voll Drogen gepumpter Priester eines modernen Sonnengottes, der um ein zufällig geschaffenes, hochgelegenes Stonehenge herumhüpfte. Im ersten Augenblick hatte der Anblick ihn erschreckt, doch jetzt fand er ihn nur noch amüsant.

Ein plötzlicher Windstoß fuhr herein. Sollte er das Fenster schließen? Nein, die Luft war wieder ruhig. Es war nur eine kleine Bö gewesen.

Er stellte den Feldstecher auf seinen Schreibtisch, neben zwei dünne, alte Bücher. Das obere, in schmutziggraues Leinen gebunden, war aufgeschlagen. Die Titelseite zeigte in der altmodischen Schreibweise und dem gedankenlosen Layout, die es als ein Werk des vergangenen Jahrhunderts kennzeichneten – die schluderige Arbeit eines schluderigen Druckers, der keinerlei künstlerischen Ehrgeiz besaß – die Worte: *Megapolisomancy: Eine neue Wissenschaft der Städte* – von Thibaut de Castries.

Das war wirklich ein seltsamer Zufall! Er fragte sich, ob ein drogenbesessener Priester in einer erdfarbenen Robe – ein tanzender Felsen, genaugenommen! – von diesem Irren, der das Buch verfaßt hatte, als eines der ›geheimen Vorkommnisse‹ erkannt worden wäre, die er in seinem um

1890 mit trockener Ernsthaftigkeit geschriebenen Buch für die Großstädte der Erde vorausgesagt hatte. Franz sagte sich, daß er dieses Buch genauer lesen sollte, und auch das andere.

Aber jetzt, beschloß er plötzlich, mit einem Blick auf den Kaffeetisch, auf dem neben einem bereits frankierten und an seinen New Yorker Agenten adressierten, braunen Umschlag das Manuskript seiner letzten Romanfassung der Fernsehserie lag – *Unheimlicher Untergrund, Folge 7: Die Türme des Verrats* – fertig und versandbereit bis auf eine letzte, deskriptive Szene, die er noch recherchieren und anfügen wollte, würde er diese Arbeit zu Ende bringen; er hatte immer den Ehrgeiz, genau zu sein und seine Leser zu informieren, obwohl diese Serie billigste Unterhaltungslektüre war.

Doch dann entschied er, daß er diesmal seine Romanfassung ohne diesen akribischen letzten Schliff abschicken und den heutigen Tag zu einem Feiertag erklären würde. Er wußte auch schon, was er mit ihm anfangen würde. Er hatte nur mäßige Gewissensbisse darüber, daß er seine Leser um ein winziges Detail betrog, zog sich an und machte eine Kanne Kaffee, die er zu Cal hinuntertragen wollte. Im Hinausgehen klemmte er sich die beiden alten Bücher unter den Arm (er wollte sie Cal zeigen) und steckte den Feldstecher in die Jackentasche – nur für den Fall, daß er in Versuchung geraten sollte, sich Corona Heights und seinen ausgeflippten Felsen-Gott noch einmal anzusehen.

3

Im Korridor ging Franz an der schwarzen, drückerlosen Tür des früheren Besenschranks vorbei, und an einer kleineren, die durch ein Vorhängeschloß gesichert war und vor langer Zeit einmal Zugang eines Müllschlukkers oder Speiseaufzugs gewesen sein mochte (niemand konnte sich an ihren Verwendungszweck erinnern), und an der großen, vergoldeten Tür des Lifts, neben der sich ein seltsames, schwarzes Fenster befand. Er stieg die mit einem roten Läufer bedeckte Treppe hinab, die in Abschnitten von sechs, drei und noch einmal sechs Stufen pro Stockwerk um einen schmalen, rechteckigen Treppenschacht verlief, der von dem winzigen Oberlicht im Dach des Gebäudes nur einen Bruchteil des Lichts erhielt, das man gebraucht hätte, um wirklich sehen zu können. Er hielt sich nicht im fünften Stockwerk auf, wo Gunnar und Saul wohnten, warf jedoch einen raschen Blick auf ihre Wohnungstüren, die einander diagonal gegenüberlagen, bevor er zum vierten Stock weiterging.

In beiden Etagen sah er die seltsamen, schwarzen Fenster neben der Lifttür, Fenster, die nicht geöffnet werden konnten, und mehrere der schwarzen, drückerlosen Türen. Es war komisch, daß es in allen alten

Gebäuden irgendwelche geheime Räume gab, die nicht verborgen waren, jedoch von niemandem bemerkt wurden; wie die fünf Luftschächte dieses Gebäudes zum Beispiel, deren Fenster schwarz übermalt worden waren, um ihre winzigen Ausmaße zu verbergen, und die nicht mehr benutzten Besenschränke, die durch die steigenden Kosten für Reinigungspersonal überflüssig geworden waren, und in den Wänden der Korridore die mit Kappen verschlossenen Anschlüsse des Staubsaugersystems, die sicher seit mehreren Jahrzehnten nicht mehr benutzt worden waren. Er bezweifelte, daß irgendeiner der Bewohner dieses Gebäudes sie jemals bewußt wahrgenommen hatte, außer ihm, der durch den Fernsehturm und alles andere erneut zur Realität erweckt worden war. Heute erinnerte sie ihn für einen kurzen Moment an die alten Zeiten, als dieses Gebäude wahrscheinlich ein mittelgroßes Hotel gewesen war, mit affengesichtigen Pagen und mit Zimmermädchen, die sich seine Fantasie als Französinnen vorstellte, die kurze Röcke trugen und aufreizend lachten (wahrscheinlich waren sie mürrische, fette Trullen gewesen, korrigierte seine Logik). Er klopfte an die Tür von 407.

Es war einer dieser Tage, an denen Cal wie ein ernsthaftes, siebzehnjähriges Schulmädchen aussah, das sich fest in seine Träume versponnen hatte, und nicht zehn Jahre älter, wie sie es war. Lange, dunkle Haare, blaue Augen, ein ruhiges Lächeln. Sie hatten zweimal miteinander geschlafen, doch jetzt küßten sie sich nicht – er wollte nicht aufdringlich sein –, und sie bot es ihm nicht an – und außerdem war er sich nicht darüber im klaren, wie weit er sich binden wollte. Sie lud ihn zu dem Frühstück ein, das sie gerade vorbereitete. Obwohl das Zimmer genauso ausgelegt war wie das seine, wirkte es doch viel hübscher – zu hübsch für das alte Gebäude –, sie hatte es unter Mithilfe von Saul und Gunnar vollständig renoviert und neu eingerichtet. Aber es hatte keinen Ausblick. Beim Fenster standen ein Notenpult und ein elektronisches Klavier, das im Grunde genommen nur aus einer Tastatur und einer schwarzen Lautsprecherbox bestand und mit einem Kopfhörer ausgestattet war, so daß man darauf üben konnte, ohne seinen Nachbarn lästig zu fallen.

»Ich bin heruntergekommen, weil ich dich das Menuett von Telemann spielen hörte«, sagte Franz.

»Vielleicht habe ich es gespielt, um dich herzulocken«, antwortete Cal, ohne sich umzudrehen. Sie stand vor der Kochplatte und dem Toaster und bereitete das Frühstück zu. »Es liegt ein Zauber in Musik, weißt du.«

»Denkst du an *Die Zauberflöte*?« fragte er. »Dein Recorder klingt wie eine Zauberflöte.«

»In allen Holzblasinstrumenten liegt ein Zauber«, versicherte sie ihm.

»Es wird behauptet, daß Mozart das Arrangement seiner Zauberflöte von der Mitte an verändert habe, damit es nicht allzu sehr dem einer anderen, zeitgenössischen Oper gliche; *Das verzauberte Fagott.*«

Er lachte. »Noten haben zumindest eine übernatürliche Kraft. Sie haben die Fähigkeit der Levitation, die können sich in die Luft erheben und fliegen. Das können Worte natürlich auch, aber längst nicht so gut.«

»Wie kommst du darauf?« fragte sie über die Schulter.

»Durch Cartoons und Comics«, sagte er ihr. »Worte brauchen Blasen, um sie festzuhalten, aber Noten kommen einfach aus dem Klavier oder irgendeinem anderen Instrument geflogen.«

»Noten haben diese kleinen, schwarzen Flügel«, sagte sie, »zumindest die Achtelnoten und die noch kürzeren. Aber du hast recht. Musik kann fliegen – sie ist reine Befreiung – und sie hat die Macht, auch andere Dinge zu befreien und fliegen und wirbeln zu lassen.«

Er nickte. »Ich wünschte, du würdest auch die Töne dieses Klaviers befreien und sie fliegen und wirbeln lassen, wenn du übst«, sagte er mit einem Blick auf das elektronische Instrument, »anstatt sie in deinem Kopfhörer gefangenzuhalten.«

»Du würdest der einzige sein, der Freude daran hat«, erklärte sie ihm.

»Außer Gun und Saul«, sagte er.

»Ihre Wohnungen liegen nicht an diesem Luftschacht. Außerdem sind meine Tonleitern und Arpeggios selbst dir zuviel geworden.«

»Da bin ich nicht so sicher.« Und dann, scherzhaft: »Vielleicht klingt das Ding zu scheppernd, um einen Zauber hervorzurufen.«

»Ich hasse dieses Wort«, sagte sie. »Und außerdem hast du unrecht. Auch scheppernde Klänge können einen Zauber bewirken. Denke an Papagenos Glocken – es gibt mehr als nur eine Art von Musik in der Zauberflöte.«

Sie aßen Toast und Eier und tranken Fruchtsaft. Franz berichtete Cal von seinem Entschluß, das Manuskript von *Türme des Verrats* so, wie es war, abzuschicken. »Also werden meine Leser nicht erfahren, was für ein Geräusch eine Aktenvernichtungsmaschine macht – na und? Ich habe diese Folge selbst auf dem Bildschirm gesehen, aber als der satanische Magier die Runenschriften in die Maschine schob, ließen sie sie qualmen – und das ist natürlich Unsinn.«

»Wie schön, daß du zu dieser Erkenntnis gekommen bist«, sagte sie scharf. »Du machst dir viel zuviel Mühe, dieses alberne Programm zu rationalisieren.« Ihre Stimme und ihr Gesichtsausdruck wurden weicher. »Trotzdem – ich weiß nicht recht – es liegt wohl daran, daß du immer versuchst, dein Bestes zu geben, ganz egal, was du tust, und deshalb sehe ich dich als einen Profi.« Sie lächelte.

Er hatte wieder einen Anflug von schlechtem Gewissen.

Während sie ihm Kaffee eingoß, sagte er: »Ich habe eine wunderbare Idee. Laß uns heute auf Corona Heights steigen. Ich denke, daß man von dort oben aus einen herrlichen Ausblick auf die City und die Innere Bay hat. Wir könnten den größten Teil der Strecke mit der Muni fahren und brauchen sicher nicht viel zu kletten.«

»Du vergißt, daß ich für das Konzert morgen abend üben muß, und außerdem darf ich meine Hände nicht gefährden«, sagte sie mit leichtem Vorwurf. »Aber laß dich dadurch nicht aufhalten«, setzte sie mit einem um Verzeihung bittenden Lächeln hinzu. »Warum fragst du nicht Gun oder Saul, ob sie mitgehen wollen? Ich glaube, sie haben heute frei. Gun ist ein guter Kletterer. Wo sind eigentlich diese Corona Heights?«

Er sagte es ihr und erinnerte sich, daß ihr Interesse an San Francisco weder so neu noch so engagiert war wie das seine – er besaß den Eifer eines Konvertiten.

»Das muß in der Nähe des Buena Vista Parks sein«, sagte Cal. »Verlaufe dich nur nicht in diese Gegend. Es sind da kürzlich ein paar Morde gewesen. Im Zusammenhang mit Drogen.«

»Ich habe nicht die geringste Absicht dazu«, sagte er. »Aber vielleicht machst du dir etwas zu große Sorgen. Es ist in den letzten Jahren sehr viel ruhiger geworden. Neulich habe ich dort diese beiden Bücher gekauft, in einem dieser herrlichen Trödelläden.«

»Ach ja, du wolltest sie mir einmal zeigen«, sagte sie.

Er reichte ihr den Band, der aufgeschlagen war und sagte: »Es ist vielleicht das faszinierendste pseudowissenschaftliche Buch, das ich jemals gesehen habe – eine Mischung von echten Erkenntnissen und Einsichten und ausgesprochenem Blödsinn. Keine Jahresangabe im Impressum, aber ich denke, daß es so um 1900 herum gedruckt worden ist.«

»Megapolisomancy...«, las sie den Titel des Buches. »Und was soll das sein? Eine Zukunftsvoraussage – für Städte?«

»Für *große* Städte«, sagte er nickend.

»Ja, natürlich, das *Mega*.«

»Eine Voraussage der Zukunft und aller möglichen anderen Dinge«, fuhr er fort. »Anscheinend auch magischer Dinge. Obwohl de Castries es eine ›Neue Wissenschaft‹ nennt, als ob er ein zweiter Galilei wäre. Auf jeden Fall ist dieser de Castries äußerst besorgt über die ›riesigen Mengen‹ von Stahl und Papier, die in diesen großen Städten angehäuft werden. Und von Kerosin, er schreibt ›Kohleöl‹, und natürlichem Gas. Und auch von Elektrizität, ob du es glaubst oder nicht – er hat sehr sorgfältig berechnet, wieviel Elektrizität in soundso vielen tausend Meilen Kabeldraht gespeichert sind, wieviel Leuchtgas sich in den Gasometern befindet, wieviel Stahl bei den damals neuen Wolkenkratzern verbaut wird, wieviel Papier die Behörden und die Zeitungsverlage verbrauchen, und so weiter.«

»Mein Gott«, kommentierte Cal, »was müßte dieser Mensch denken, wenn er heute leben würde.«

»Daß seine schlimmsten Befürchtungen sich bewahrheitet haben, ohne Zweifel. Er *hat* die wachsende Bedrohung durch das Automobil und das Benzin in seine Spekulationen einbezogen, aber noch gefährlicher erschienen ihm die Elektromobile, die elektrische Energie in ihren Batterien mit sich führen. Er kam unserer modernen Sorge um die Verschmutzung der Umwelt verdammt nahe – er schreibt sogar von ›den riesigen Ansammlungen gigantischer, qualmender Schmelzbottiche‹, den Wolken von Schwefelsäure, die für die Herstellung von Stahl benötigt wird. Aber am meisten regte er sich über die psychologische oder spirituelle – er nennt sie ›paramentale‹ – Wirkung von all dem Zeug auf, das sich in den Großstädten ansammelt, über seine reine flüssige oder feste Masse.«

»Ein richtiger Proto-Hippie«, fand Cal. »Was für ein Mensch war er? Wo hat er gelebt? Was hat er sonst noch getan?«

»Darüber gibt es in diesem Buch nicht die geringsten Hinweise«, sagte Franz, »und ich habe auch sonst nichts über ihn finden können. In diesem Buch erwähnt er recht häufig New England und das östliche Kanada, einige Male auch New York, aber ohne direkten Bezug. Er spricht auch von Paris – er haßte den Eiffelturm – und von Ägypten.«

Cal nickte. »Was ist mit dem anderen Buch?«

»Ich finde es auch sehr interessant.« Franz reichte es ihr. »Wie du siehst, ist es eigentlich kein Buch, sondern ein Journal mit Blättern aus Reispapier, so dünn wie Zwiebelschalen, fast durchsichtig, in Rohseide gebunden, die wohl einst teerosenfarben gewesen sein dürfte, bevor sie verblich. Die Eintragungen, mit violetter Tinte und einer sehr feinen Feder geschrieben, reichen kaum über ein Viertel der Seiten. Der Rest ist leer. Als ich diese beiden Bücher kaufte, waren sie mit einem alten Bindfaden zusammengeschnürt. Es sah aus, als ob sie seit Jahrzehnten so miteinander verbunden gewesen wären – hier kannst du noch immer die Eindrücke der Verschnürung sehen.«

»Stimmt«, gab Cal zu. »Seit 1900 oder so? Ein sehr hübsches Tagebuch – so eins würde ich auch gerne haben.«

»Das kann ich mir vorstellen. Nein, sie sind erst 1928 oder später miteinander verschnürt worden. Ein paar der Eintragungen sind datiert, und sie scheinen alle im Laufe weniger Wochen gemacht worden zu sein.«

»War er ein Dichter?« fragte Cal. »Ich sehe Zeilengruppen, die wie Verse aussehen. Wer war er? Der alte de Castries?«

»Nein, nicht de Castries, aber jemand, der sein Buch gelesen hatte und ihn kannte. Doch ich glaube nicht, daß er ein Dichter gewesen ist. Ich glaube sogar, daß ich weiß, wer der Tagebuchschreiber ist, obwohl es sehr schwierig sein dürfte, dies zu beweisen, da er keine Eintragungen unterzeichnet hat und sich auch sonst nirgends ein Hinweis auf seine Identität findet. Aber ich glaube, daß es Clark Ashton Smith war.«

»Ich habe den Namen schon gehört«, sagte Cal.

»Wahrscheinlich von mir«, sagte Franz. »Er war auch ein Autor übersinnlicher Horror-Geschichten. Sehr gute, unheilgeladene Stories: Tausendundeine-Nacht-Chinoiserie. Eine Stimmung wie in Beddoes *Death's Jest-Book.* Er hat in der Nähe von San Francisco gelebt und die alte Künstlerkolonie gekannt. Er hat George Stirling in Carmel besucht, und es ist durchaus möglich, daß er seine besten Geschichten hier in San Francisco schrieb. Ich habe Jaime Donaldus Byers eine Fotokopie dieses Journals gegeben; er ist eine Koryphäe, was Smith betrifft, und wohnt hier in der Beaver Street, und er ist sicher, daß Smith der Verfasser ist. Eine zweite Fotokopie habe ich Roy Squires gegeben, der sicher ist, daß es sich auf keinen Fall um Smith handeln kann. So ganz sicher ist Byers allerdings auch nicht. Er sagt, es gibt keinerlei Beweise dafür, daß Smith sich längere Zeit in San Francisco aufgehalten hat, und obwohl die Handschrift die Smiths zu sein scheint, wirkt sie fahriger und erregter, als er sie jemals gesehen hat. Aber ich habe Grund zu der Annahme, daß Smith seinen Trip geheimgehalten hat, und er hatte eine Menge Gründe, um aufs höchste erregt zu sein.«

»Wahrhaftig«, sagte Cal, »du hast dir darüber eine Menge Mühen und Gedanken gemacht. Aber ich begreife, warum du es getan hast. Es ist schon *très romantique*, nur diese ausgebleichte Rohseide und das Reispapier zu fühlen.«

»Ich habe eine besondere Beziehung zu diesem Buch«, sagte Franz und ließ seine Stimme, ohne sich dessen bewußt zu werden, ein wenig sinken. »Ich habe es vor vier Jahren gekauft, mußt du wissen, bevor ich in dieses Haus eingezogen bin, und sehr oft darin gelesen. Der Mensch mit der violetten Tinte (*ich* denke, daß es Smith ist) schreibt immer wieder über einen ›Besuch bei Tiberius in 607 Rhodes‹. Im Grunde genommen ist das Tagebuch – zum größten Teil jedenfalls – ein Bericht über eine ganze Reihe solcher Besuche. Dieses ›607 Rhodes‹ blieb in meinem Gedächtnis haften, und als ich mir eines Tages eine billigere Bleibe suchte und man mir hier das Apartment zeigte...«

»Natürlich das, in dem du jetzt wohnst, Nummer 607«, unterbrach Cal.

Franz nickte. »Ich hatte das Gefühl, als ob es auf irgendeine geheimnisvolle Weise vorbestimmt oder vorbereitet worden sei. Als ob ich nach ›607 Rhodes‹ hätte suchen *müssen* und es nun gefunden hatte. In jenen Tagen hatte ich eine Menge mysteriöser Ideen. Ich wußte nicht immer, was ich tat, oder wo ich war: zum Beispiel habe ich völlig vergessen, wo sich dieser fabelhafte Laden befand, in dem ich diese beiden Bücher gekauft habe, und auch seinen Namen, falls er einen haben sollte. Tatsache ist, daß ich damals fast immer betrunken war. Punkt.«

»Das kann man wohl sagen«, stimmte Cal ihm zu, »aber auf eine stille, ruhige Art. Saul, Gun und ich haben uns damals eine Menge Gedanken über dich gemacht und Dorotea Luque und Bonita ausgequetscht.« Sie meinte damit die peruanische Hausverwalterin und ihre dreizehnjährige Tochter. »Doch selbst damals bist du uns nicht als ein gewöhnlicher, haltloser Säufer erschienen. Dorotea erklärte uns, du schriebest ›*ficcion*, die Angst einjagt, über *espectros y fantasmas de los muertos y las muertas*‹, und daß sie dich trotzdem für einen Gentleman hielte.«

Franz lachte. »Erscheinungen und Phantome von toten Männern und Frauen. Typisch spanisch! Trotzdem hast du bestimmt niemals vorausgesehen...« Er brach den angefangenen Satz ab.

»Daß ich eines Tages mit dir schlafen würde?« brachte Cal ihn zu Ende. »Da würde ich an deiner Stelle nicht so sicher sein. Ich habe schon immer erotische Fantasien über ältere Männer gehabt. Aber sage mir, wie hat dein damaliger alkoholisierter Verstand in diese ›607 Rhodes‹-Sache hineingepaßt?«

»Überhaupt nicht«, gab Franz unumwunden zu. »Obwohl ich damals wie heute glaube, daß dieser Mensch mit der violetten Tinte damit einen ganz bestimmten Ort meinte. Außerdem war da die klar erkennbare Verbindung zu Tiberius' Verbannung auf die Insel Rhodos durch Augustus, wo der zukünftige römische Kaiser die Kunst der Rhetorik studierte und sich nebenbei mit sexuellen Perversionen und Hexerei befaßte. Der Mensch mit der violetten Tinte nennt nicht immer den Namen Tiberius, mußt du wissen. Manchmal ist es Tybalt, manchmal Theobald, und einmal Thrasyllus, das war der Name von Tiberius' persönlichem Wahrsager und Magier. Aber immer wieder kommt dieses ›607 Rhodes‹ vor. Und einmal ist es Theudebaldo, und einmal Dietbold, doch dreimal Thibaut, und das macht mich sicher – neben mehreren anderen Dingen –, daß es de Castries gewesen sein muß, den Smith fast täglich besucht hat und auf den sich seine Tagebucheintragungen beziehen.«

»Franz«, sagte Cal, »ich finde das alles sehr interessant, aber jetzt muß ich mich wirklich auf das Konzert vorbereiten. Es ist schon schwer genug, den Harfenpart auf einem scheppernden elektronischen Klavier üben zu müssen, und morgen bringen wir noch dazu ein ziemlich schwieriges Stück: das fünfte Brandenburgische Konzert.«

»Ich weiß. Entschuldige, daß ich dich aufgehalten habe. Es war sehr gedankenlos von mir. Ich bin eben ein *male chauvinist*...« Franz stand auf.

»Nimm's nicht so schwer«, sagte Cal lächelnd. »Ich habe jede Minute genossen, wirklich; aber jetzt muß ich arbeiten. Hier, nimm deine Kaffeekanne – und diese Bücher, um alles in der Welt, sonst werde ich noch versucht, sie zu lesen, wo ich doch üben muß. – Und Franz«, rief sie ihm nach, als er zur Tür ging.

Er wandte sich um.

»Sei vorsichtig, wenn du in die Gegend von Buena Vista und Beaver Street kommen solltest. Nimm Gun oder Saul mit. Und denke daran...« Anstatt ihm zu sagen, an was er denken sollte, küßte sie zwei Finger ihrer rechten Hand, streckte sie ihm entgegen und blickte ihn ernst an.

Er lächelte, nickte zweimal und fühlte sich glücklich und erregt, als er die Wohnung verließ. Aber als er die Tür hinter sich zudrückte, beschloß er, auf gar keinen Fall die beiden Männer im fünften Stock aufzufordern, ihn zu begleiten – es war eine Frage seines Muts, oder zumindest seiner Unabhängigkeit. Nein, heute würde das Abenteuer ihm allein gehören.

Wer schert sich um die Torpedos? Volle Kraft voraus!

4

Der Korridor vor Cals Apartment sah genauso aus wie der auf Franz' Etage: schwarzüberstrichene Luftschachtfenster, drückerlose Türen zu den nicht mehr benutzten Besenschränken, die fahlgoldene Lifttür, und im unteren Teil der Wand die mit Kappen verschlossenen Staubsaugeranschlüsse, ein Relikt der Tage, als sich der Motor für das Staubsaugersystem des Gebäudes im Keller befand und die Putzfrauen nur einen Schlauch mit einer Bürste in die Anschlüsse steckten. Doch noch bevor Franz das Treppenhaus erreichte, hörte er ein intimes, leises Lachen, und dann ein paar Worte einer Männerstimme: leise, rasch und scherzend. Sauls Stimme? Dann wieder das mädchenhafte Lachen, lauter und etwas explosiver, fast so, als ob sie von jemandem gekitzelt würde. Dann das Geräusch von raschen Schritten, die die Treppe herabkamen.

Franz erreichte das Treppenhaus gerade rechtzeitig, um eine schlanke Gestalt um die unter ihm gelegene Ecke verschwinden zu sehen: nur eine flüchtige Vision von schwarzem Haar, einem farbigen Kleid und schlanker, weißer Handgelenke und Knöchel, alles in rascher Bewegung. Er beugte sich über das Geländer und starrte in die kleine rechteckige Schlucht des Treppenhauses; er war beeindruckt von dem Anblick der untereinanderliegenden Treppen und Treppenabsätze, die wie eine Serie von Reflektionen wirkten, als ob man zwischen zwei Spiegeln stehen würde. Die raschen Schritte verklangen in der Tiefe des Treppenhauses, doch das Mädchen, das sie verursachte, hielt sich an den Außenwänden und kam nie nahe genug an das Geländer der Innenseite, daß er es hätte noch einmal sehen können.

Während er so in die tiefe Schlucht des Treppenhauses starrte, die durch das kleine Oberlicht im Dach des Gebäudes nur unzureichend beleuchtet wurde, und noch immer an das Mädchen und sein Lachen dachte, stieg in seinem Gehirn eine verschwommene Erinnerung auf und nahm ihn für ein paar Sekunden völlig gefangen. Obwohl sie nicht ganz klar wurde, packte sie ihn mit der Gewalt eines unangenehmen Traumes oder eines besinnungslosen Rausches. Er stand aufrecht in einem dunklen, klaustrophobisch engen, überfüllten, muffig riechenden Raum. Durch den Stoff seiner Hose fühlte er, wie eine kleine Hand an seine Genitalien griff, und hörte ein leises, aufreizendes Lachen. Er blickte hinab und sah das kleine, geisterhafte, ausdruckslose Oval eines Gesichtes, und das Lachen klang jetzt höhnisch. Irgendwie schien es ihm, als ob von allen Seiten schwarze Tentakel nach ihm griffen. Er fühlte den Druck krankhafter Erregung und Schuld und – beinahe – von Angst.

Die verschwommene Erinnerung verschwand, als Franz einfiel, daß die Gestalt im Treppenhaus Bonita Luque gewesen war, die den geblümten Pyjama und die schwarzen Hausschuhe von ihrer Mutter getragen hatte, die ihr bereits zu klein geworden waren, die sie jedoch hin und wieder noch trug, wenn ihre Mutter sie am Morgen auf Botengänge durch das Gebäude schickte. Er lächelte ein wenig bei dem Gedanken, daß es ihm beinahe leid tat (nicht wirklich), nicht mehr betrunken zu sein, um sich an verschiedenen abseitigen Fantasien und Vorstellungen erregen zu können.

Er begann die Treppe hinaufzusteigen, blieb jedoch sofort stehen, als er die Stimmen von Gun und Saul aus dem oberen Stockwerk hörte. Er wollte jetzt keinen der beiden sehen, ursprünglich, weil er keine Lust hatte, die Pläne und die Stimmung dieses Tages mit irgend jemand außer Cal zu teilen, doch als er dem Dialog der immer schärfer werdenden Stimmen zuhörte, wurde sein Motiv erheblich komplizierter.

Gun fragte: »Was war eigentlich los?«

Saul antwortete: »Ihre Mutter hat das Kind heraufgeschickt, um zu fragen, ob einer von uns einen Kassettenrecorder vermißt. Sie glaubt, daß ihre Kleptomanin im zweiten Stock einen hat, der ihr nicht gehört.«

»Kleptomanin«, sagte Gun höhnisch, »das ist ein ziemlich kompliziertes Wort für Mrs. Luque.«

»Oh, ich glaube, sie hat ›Stehlerin‹ gesagt. Auf jeden Fall habe ich dem Mädchen versichert, daß ich meinen Kassettenrecorder noch habe.«

»Und warum hat Bonita nicht auch mich gefragt?« sagte Gun.

»Weil ich ihr gesagt habe, daß du keinen Kassettenrecorder besitzt«, erwiderte Saul. »Was ist denn los? Fühlst du dich ausgeschlossen?«

»Nein!«

Guns Stimme war während dieses Wortwechsels zunehmend schärfer geworden, Sauls zunehmend kühler und sarkastischer. Franz hatte mehrmals milde Spekulationen über den Grad der Homosexualität in Verbindung zwischen den beiden jungen Männern gehört, doch dies war das erstemal, daß er sich selbst ernsthaft danach fragte. Nein, entschied er schließlich, jetzt würde er sich da bestimmt nicht einmischen.

»Was hast du dann?« fragte Saul. »Verdammt, Gun, du weißt doch, daß ich immer ein bißchen Spaß mit Bonny mache.«

»Ich weiß, ich bin ein puritanisierter Nordeuropäer«, sagte Gun beinahe beleidigt, »aber ich möchte doch wissen, wie weit die Befreiung von angelsächsischen Körperkontakt-Tabus zu gehen hat.«

Sauls Stimme war fast aufreizend, als er erwiderte: »Was für eine Frage. So weit, wie beide es für richtig halten, denke ich.«

Franz hörte das nachdrückliche Schließen einer Tür. Dann knallte eine zweite zu. Dann war Stille. Franz atmete erleichtert auf und stieg lautlos weiter die Stufen hinauf – und als er auf den Korridor des fünften Stockwerks trat, stand er plötzlich Gun gegenüber, der an der verschlossenen Tür seines Apartments lehnte und zu Sauls Tür hinüberstarrte. Auf dem Boden neben ihm stand ein etwa kniehohes, rechteckiges Gerät mit einem Tragegriff aus Chrom, der aus seiner Segeltuchhülle ragte.

Gunnar Nordgren war ein großer, schlanker Mann, aschblond und blauäugig; eine Wikinger-Gestalt. Jetzt hatte er den Kopf gewandt und sah Franz so verlegen an, wie der sich fühlte. Doch plötzlich kehrte der gewohnte, liebenswürdige Ausdruck in sein Gesicht zurück, und er sagte: »Freut mich, daß du vorbeikommst. Vor zwei Tagen hast du mich noch nach Aktenvernichtungsmaschinen gefragt. Hier ist so eine. Ich habe sie mir im Büro über Nacht ausgeliehen.«

Er riß die graue Schutzabdeckung herunter, und ein Kasten in Blau und Silber kam zum Vorschein. Er hatte einen fußbreiten Rachen und einen roten Knopf auf seiner Oberseite. Der Rachen führte in einen tiefen Auffangkorb, der, wie Franz sehen konnte, etwa zu einem Drittel mit quadratischen, konfettiartigen Papierschnipseln von weniger als einem Viertelzoll Größe gefüllt war.

Die Bedrückung, die er noch eben gespürt hatte, war verflogen. Franz blickte auf und sagte: »Ich weiß, daß du zur Arbeit mußt und keine Zeit hast, aber könnte ich ihn einmal in Betrieb sehen?«

»Natürlich.« Gun schloß die Tür auf, vor der er stand, und führte Franz in einen sparsam möblierten Raum. Das erste, was einem hier ins Auge fiel, waren große astronomische Fotos und eine Skiausrüstung. Während Gun das Anschlußkabel ausrollte und den Stecker in die Dose steckte, sagte er: »Dies ist ein ›Shredbasket‹ der Firma Destroysit. Sehr zutreffende Namen, nicht wahr? Kostet nur fünfhundert Dollar oder so, größere Modelle bis zu zweitausend. Ein Satz rotierender Rundmesser zerschneidet das Papier zu schmalen Streifen, und ein zweiter Messersatz zerteilt diese Streifen dann quer. Ob du es glaubst oder nicht, diese Geräte sind aus den Maschinen entwickelt worden, mit denen Konfetti hergestellt wird. Mir gefällt die Vorstellung: sie beweist, daß die Menschheit zuerst an frivole Dinge denkt und sie erst später für ernsthafte Zwecke umfunktioniert – falls man so etwas ernsthaft nennen kann. Spiel vor Schuld.«

Die Worte sprudelten in einem solchen Übermaß an Erregung oder Erleichterung aus ihm heraus, daß Franz sich nicht länger darüber wunderte, warum Gun dieses Gerät mit nach Hause gebracht hatte – was er mit ihm vernichtet haben mochte.

Gun fuhr fort: »Die einfallsreichen Italiener – wie hat Shakespeare sie genannt? Supersubtile Venetianer? – sind führend in der Herstellung von Maschinen für Vergnügen und Nahrungsmittel: Eismaschinen, Spaghetti- und Nudelmaschinen, Geräte zur Produktion von Zimmer-Feuerwerk – und Konfetti. Na, dann wollen wir mal.«

Franz hatte ein kleines Notizbuch und einen Kugelschreiber aus der Tasche gezogen. Als Guns Finger auf den roten Knopf drückte, beugte er sich vor, etwas vorsichtig, da er ein ziemlich lautes Geräusch erwartete.

Statt dessen aber kam nur ein leises, ein wenig heiser klingendes Surren aus dem Kasten, als ob die Zeit sich räusperte.

Glücklich über diese Parallele notierte Franz sie auf seinem Block.

Gun schob ein pastellfarbenes Blatt Papier in den breiten Schlitz. Fahlblauer Schnee rieselte auf das schmutzigweiße Konfetti im Auffangkorb. Das Geräusch wurde nur wenig lauter.

Franz bedankte sich bei Gun und verließ sein Apartment. Er ging zum Treppenhaus zurück und stieg die Stufen hinauf, vorbei an seinem Stockwerk und dem siebenten bis zum Dach. Er fühlte sich zufrieden. Daß er diese kleine informative Erfahrung machen konnte, war der glückliche Umstand, den er brauchte, um diesem Tag einen perfekten Start zu geben.

5

Der kubische Raum, in dem der Lift-Motor untergebracht war, wirkte wie die Klause eines Zauberers auf der Spitze eines Turms: das Oberlicht war mit einer dicken, grauen Schmutzschicht bedeckt, der Elektromotor sah aus wie ein breitschulteriger Zwerg in einem öligen, grünen Panzer, altmodische Relais in der Form von acht gußeisernen Armen zuckten und zitterten, wenn sie aktiviert wurden, wie die Glieder einer riesigen, angeketteten Spinne – und große Kupferschalter klickten laut, wenn sie sich öffneten oder schlossen, sobald unten ein Knopf gedrückt wurde, wie die Kiefer einer Spinne.

Franz trat ins Sonnenlicht hinaus, auf das flache, von einer niedrigen

Balustrade eingefaßte Dach des Gebäudes. In eine Teerschicht eingebetteter Kies knirschte leise unter seinen Schritten. Die kühle Brise, die hier oben wehte, war eine willkommene Erfrischung.

Im Norden und Osten blockierten die riesigen Gebäude der City den Blick auf die Bay, und Franz fragte sich, was der alte Thibaut zu der gigantischen Transamerika-Pyramide und dem purpurbraunen Monster der Bank of America gesagt haben würde. Selbst das neue Hilton oder die St.-Francis-Türme hätten ihn zu Stürmen der Entrüstung provoziert. Ihm fiel ein Ausspruch ein: ›Die alten Ägypter haben Menschen in ihren Pyramiden nur begraben. Wir leben in den unseren.‹ Wo hatte er das gelesen? In *Megapolisomancy* natürlich. Wie zutreffend! Und gab es in den modernen Pyramiden auch geheime Inschriften oder Markierungen, welche die Zukunft voraussagten, und Krypten für Zauberer?

Er ging an den von niedrigen Mauern eingefaßten, rechteckigen Öffnungen der sparsam ausgelegten Luftschächte vorbei zur anderen Seite des Daches und blickte zwischen zwei Hochhäusern (die sich neben denen der City bescheiden ausnahmen) hindurch zum Fernsehturm und den Corona Heights. Der Nebel hatte sich aufgelöst, doch der fahlbraune, bizarre Bergrücken hob sich auch jetzt scharf gegen das Licht der Morgensonne ab. Er blickte durch den Feldstecher, ohne viel Hoffnung, aber – bei Gott! – dort war wieder die Gestalt dieses verrückten, mit einer erdbraunen Robe bekleideten Sonnenanbeters, oder was immer er sein mochte, wie vorher seinem seltsamen Ritual hingegeben.

Wenn der Feldstecher nur nicht so wackeln würde! Jetzt war dieser Bursche zu einem etwas tiefer gelegenen Felsen herabgesprungen und schien verstohlen hinter ihm hervorzulugen. Franz versuchte, seine Blickrichtung festzustellen, und entdeckte sofort das wahrscheinliche Objekt seines Interesses: zwei Menschen, die den Hang hinauf zum Gipfel emporstiegen. Wegen ihrer farbigen Shorts und Hemden waren sie leicht auszumachen. Aber trotz der auffälligen Kleidung kamen sie Franz irgendwie seriöser vor als der Mann, der dort oben auf dem Gipfel lauerte. Er fragte sich, was passieren mochte, wenn sie dort oben aufeinanderstoßen würden. Ob der braunrobige Hierophant versuchen würde, sie zu konvertieren? Oder sie feierlich aus seiner Domäne zu verbannen? Oder ob er sie aufhalten würde, um ihnen eine schauerliche Geschichte mit einer Moral vorzutragen? Franz blickte wieder zum Gipfel, doch jetzt war der Mann (es konnte genausogut auch eine Frau sein) verschwunden. Ein scheuer Typ, folgerte er, als er durch das Glas die Felsen absuchte, um festzustellen, wo er sich jetzt versteckte. Er folgte sogar den beiden auffällig gekleideten Männern, bis sie den Gipfel erreicht hatten und auf der anderen Seite des Berges verschwanden, immer in der Hoffnung auf ein überraschendes Zusammentreffen, doch es kam nicht zustande.

Als er das Fernglas in die Tasche schob, stand sein Entschluß fest: er würde heute auf den Gipfel der Corona Heights steigen. Es war ein zu schöner Tag, um zu Hause zu bleiben.

»Wenn du nicht zu mir kommen willst, komme ich eben zu dir«, sagte er und dachte dabei sowohl an Corona Heights als auch an den Menschen, der auf dem Gipfel lauerte. Der Berg war zu Mohammed gekommen, dachte er, aber dem hatten auch seine Dschinns geholfen.

6

Eine Stunde später ging Franz die steile Beaver Street hinauf. Er atmete tief durch, um später keinen Luftmangel zu bekommen. Er hatte den Satz über die Zeit, die sich räusperte, dem Manuskript von *Unheimlicher Untergrund, Nr. 7* hinzugefügt, das Kuvert verschlossen und in einen Postkasten gesteckt. Als er aufgebrochen war, hatte er sich das Fernglas um den Hals gehängt, wie ein Bilderbuch-Abenteurer, so daß Dorotea Luque, die mit einigen älteren Mietern in der Eingangshalle stand und auf den Briefträger wartete, grinsend bemerkt hatte: »Du gehst jetzt auf Suche nach schrecklichen Dingen, für schreiben Geschichten darüber, ja?« Und er hatte geantwortet: *»Si, Señora Luque. Espectros y fantasmas.«* Aber später, nachdem er den Muni-Car bei der Market Street verlassen hatte, hielt er es doch für richtiger, das Glas in die Tasche zu stecken. Die Gegend wirkte ruhig und sicher, aber trotzdem war es besser, seinen Reichtum nicht demonstrativ zur Schau zu stellen, und das schien ihm bei einem Feldstecher noch mehr der Fall als bei einer Kamera. Es war traurig, daß die großen Städte so unsicher und gefährlich geworden waren. Er hatte Cal einmal zurechtgewiesen, daß sie eine solche Angst vor Muggers und Verrückten hatte, und jetzt benahm er sich genauso wie sie. Aber er war froh, daß er allein gekommen war. Die Erforschung von Orten, die er zuerst von seinem Fenster aus beobachtet hatte, war eine natürliche, neue Phase seines Wirklichkeits-Trips, und eine sehr persönliche.

An diesem Morgen waren nur sehr wenige Menschen auf den Straßen. Im Augenblick konnte er nicht einen einzigen entdecken. Er spielte ein paar Sekunden lang mit der Vorstellung einer großen, modernen Stadt, die plötzlich von allen Bewohnern verlassen worden war, wie die *Marie Celeste,* oder das Luxushotel in dem beunruhigend brillanten Film *Letztes Jahr in Marienbad.*

Von hier aus konnte er Corona Heights überhaupt nicht sehen. Der Berg wurde von den Häusern dieser Straße verdeckt (und auch von dem Fernsehturm). Auffällig aus der Ferne – in Market Street und Duboce Street hatte er einen guten Ausblick auf den Gipfel gehabt – hatte er sich bei seiner Annäherung versteckt, wie ein fahlbrauner Tiger. Franz zog seine Straßenkarte heraus, um sich zu überzeugen, daß er nicht den Weg verfehlt hatte.

Hinter der Castro Street wurden die Straßen noch steiler, und er mußte zweimal stehenbleiben, um seinen Atem zu beruhigen.

Schließlich erreichte er, am Ende einer kurzen Straße, eine T-Kreuzung. An der linken Abzweigung erhoben sich mehrere neue Wohnblocks, auf der anderen parkte ein Wagen, in dem zwei Menschen saßen – dann erkannte er, daß er die Kopfstützen der Vordersitze mit Köpfen verwechselt hatte. Sie sahen wirklich wie kleine, dunkle Grabsteine aus!

Hier standen keine Gebäude mehr. Grüne und braune Terrassen führten zu einem gezackten Hügelkamm hinauf, der sich scharf gegen den blauen Himmel abhob. Er hatte endlich Corona Heights erreicht.

Nach einer ausgedehnten Zigarettenpause begann er den Aufstieg, vorbei an mehreren Tennisplätzen und Rasenflächen zu einem auf beiden Seiten mit Drahtzäunen eingefaßten Weg. Er fühlte sich wohl in der frischen Luft. Als er einmal stehenblieb und zurückblickte, sah er den Fernsehturm weniger als eine Meile entfernt. Er wirkte gigantisch (und ästhetischer als jemals zuvor), und irgendwie in der richtigen Perspektive. Nach einer Weile fiel ihm ein, daß er ihn von hier aus in derselben Größe sah, wie durch das vergrößernde Objektiv seines Feldstechers von seinem Fenster aus.

Nach einer halben Meile oder so kam er an einem langgestreckten, einstöckigen Gebäude vorbei, das er als Josephine Randall Junior-Museum identifizierte. Auf der großzügigen Parkfläche vor diesem Bau stand ein Kastenwagen mit der Aufschrift ›Gehsteig-Astronom‹. Er erinnerte sich, daß Dorotea Luques Tochter Bonita ihm einmal erzählt hatte, hier könnten Kinder ihre zahmen Eichhörnchen und Schlangen und japanischen Ratten (oder waren es Fledermäuse?) abgeben, wenn sie sie aus irgendeinem Grund nicht mehr behalten wollten oder konnten. Er erinnerte sich auch, daß er das flache, langgestreckte Dach von seinem Fenster aus gesehen hatte.

Jenseits dieses Gebäudes wurde aus dem befahrbaren Weg ein schmaler Pfad, der zum Gipfel hinaufführte, und auf der anderen Seite des Berges lag der Ostteil San Franciscos, und hinter ihm die Bay.

Entschlossen nahm Franz dieses letzte Wegstück in Angriff und begann den Aufstieg zum Gipfel. Der schmale Kiespfad wurde zunehmend steiler; er mußte immer wieder Pausen einlegen, um wieder zu Atem zu kommen, und der rutschige Kies zwang ihn, langsam und vorsichtig zu gehen.

Als er die Stelle erreichte, an der er die beiden farbenfreudig gekleideten Männer gesehen hatte, bemerkte er, daß er von einer geradezu kindischen Angst erfüllt war. Er wünschte jetzt beinahe, Gun oder Saul mitgenommen zu haben oder auf andere Menschen gestoßen zu sein, die ebenfalls zum Gipfel hinaufsteigen wollten, Menschen der normalen, bürgerlichen Sorte, ganz egal, wie farbenfroh sie gekleidet waren oder wie laut und aufdringlich sie sein mochten. Im Augenblick hätte er nicht einmal etwas gegen ein quäkendes Transistorradio einzuwenden gehabt. Er blieb wieder stehen, nicht so sehr, um seinen Atem zu beruhigen, als um die Klippen und Felsgruppen, an denen er vorbei mußte, sorgfältig zu mustern. Wer konnte wissen, was für einem Gesicht oder Nicht-Gesicht er gegenüberstehen mochte, wenn er zu vertrauensvoll hinter sie blickte?

Er benahm sich wirklich kindisch, wies er sich sofort zurecht. War er nicht hergekommen, um diesen Typ auf dem Berggipfel zu treffen und festzustellen, was für eine Art Spinner er war? Eine harmlose, freundliche Seele, wahrscheinlich, nach seiner bescheidenen, unauffälligen Robe zu urteilen, seinem scheuen Benehmen und seiner Vorliebe für Einsamkeit. Aber wahrscheinlich war er inzwischen längst verschwunden.

Trotzdem beobachtete Franz auch weiterhin das vor ihm liegende Gelände genau und aufmerksam, als er die Kuppe erreichte, auf der die Steigung weniger steil war.

Die Felsen auf dem Gipfel des Berges (die Corona? die Krone?) waren massiger und höher als die anderen. Nachdem er noch einmal eine kurze Pause eingelegt hatte – um die leichteste Route festzulegen, redete er sich ein –, stieg er die drei Terrassenstufen hinauf, die zum Gipfel führten, und kurz darauf stand er auf dem höchsten Punkt des Berges (etwas unsicher, mit weit gegrätschten Beinen, da hier oben ein scharfer Wind vom Pazifik wehte), und das ganze Massiv der Corona Heights lag zu seinen Füßen.

Langsam drehte er sich um die eigene Achse, blickte zu dem weiten Horizont hinüber, behielt jedoch gleichzeitig alle Klippen und Felsgruppen im Auge, alle grünen und braunen Hänge, die sich von seinem Standpunkt aus nach allen Seiten bis zum Häusermeer der Stadt erstreckten, um sich in seiner neuen Umgebung zu orientieren, und auch, um sich zu versichern, daß sich nicht noch jemand anderer irgendwo auf den Corona Heights befand.

Dann stieg er wieder zwei Terrassen hinab, setzte sich und lehnte seinen Rücken gegen einen Felsen, der ihn vor dem scharfen Wind schützte. Er fühlte sich wohl und völlig sicher auf diesem Horst, besonders, weil sich hinter ihm der riesige Fernsehturm wie eine schützende Göttin erhob. Während er in aller Ruhe eine Zigarette rauchte, blickte er, ohne das Glas zu benutzen, auf die weite Fläche der Stadt hinab, auf die Wasser der Bay mit den spielzeugklein wirkenden Schiffen, von den fahlgrünen Smog-Kissen über San Jose im Süden zu der im Dunst verschwimmenden, kleinen Pyramide des Mount Diabolo jenseits von Berkeley, und weiter zu den roten Türmen der Golden Gate Bridge im Norden, hinter denen er

Mount Tamalpais erkennen konnte. Es war interessant, wie sehr sich diese Landmarken von diesem Standpunkt aus verändert hatten. Verglichen mit dem Bild, das er vom Dach seines Gebäudes hatte, schienen einige der Hochhäuser der City in die Höhe geschossen zu sein, während andere sich hinter ihren Nachbarn zu verstecken versuchten.

Nach einer zweiten Zigarette zog er sein Fernglas aus der Tasche, legte den Lederriemen um den Hals und begann, sich gründlich umzusehen. Er konnte das Glas jetzt völlig ruhig halten. Seine Hände zitterten nicht mehr wie am Morgen. Er lachte amüsiert, als er die Texte der Reklametafeln südlich der Market Street ablesen konnte; die meisten davon warben für Zigaretten, Bier und Wodka.

Nach einem kurzen Blick auf die im Sonnenlicht schimmernden Wasser der Bay richtete er das Glas auf das Häusermeer der City und entdeckte, daß die einzelnen Gebäude von hier aus kaum zu identifizieren waren. Entfernung und Perspektive hatten Farbtöne und Relation verändert. Außerdem waren die Wolkenkratzer dieses Stadtbereichs ohnehin nur schwer auseinanderzuhalten. Sie waren so anonym – hatten weder auffallende Unterscheidungsmerkmale noch Namen, keine Statuen oder Wetterhähne oder Kreuze auf ihren uniform flachen Dächern, keine individuellen Fassaden, keinerlei architektonische Ornamentation; sie waren lediglich leere Flächen aus gesichtslosem Stein, oder Zement, oder Glas, und sie waren hell, wenn das Licht der Sonne sie traf, und dunkel, wenn sie im Schatten lagen. Man konnte sie mit Fug und Recht die ›gargantuanischen Gräber‹ oder ›die vertikalen Särge der lebenden Menschheit‹ nennen, die ›Brutstätte für die schlimmsten der paramentalen Wesen‹, wie sie der alte de Castries in seinem Buch genannt hatte.

Nach einer Weile weiterer teleskopischer Studien gelang es ihm, zumindest zwei der Wolkenkratzer zu identifizieren. Er ließ sein Fernglas sinken und holte aus der anderen Jackentasche ein mit kaltem Fleisch belegtes Sandwich, das er sich vor dem Aufbruch zurechtgemacht hatte. Während er es auswickelte und langsam zu essen begann, dachte er daran, daß er eigentlich ein sehr glücklicher Mensch war. Noch vor einem Jahr war er ein haltloser Säufer gewesen, aber jetzt…

Er hörte ein leises Knirschen von Kies, und dann noch einmal. Er wandte sich um, konnte aber nichts entdecken. Er war nicht einmal sicher, aus welcher Richtung das Geräusch gekommen war. Das Sandwich klebte plötzlich trocken in seinem Mund.

Es kostete ihn einige Anstrengung, zu schlucken und weiterzuessen und den durch das Geräusch unterbrochenen Gedankengang fortzusetzen. Ja, jetzt hatte er Freunde wie Gun und Saul… und Cal… und sein Gesundheitszustand war erheblich besser als vor einem Jahr, und vor allem hatte er wieder Freude an seiner kostbaren Arbeit (kostbar für ihn zumindest), selbst an dieser entsetzlichen Serie *Unheimlicher Untergrund.*

Wieder ein leises Knirschen, und dann ein seltsames, helles Lachen. Er spannte seine Muskeln an und blickte rasch umher, das Sandwich und seine Gedanken waren vergessen.

Wieder hörte er das Lachen, das sich zu einem schrillen Kreischen steigerte, und dann kamen hinter einem breiten Felsen zwei kleine Mädchen hervorgeschossen. Eins jagte hinter dem anderen her, und sie quietschten ausgelassen, als es seine Freundin erwischte und herumriß, in einem Wirbel braungebrannter Haut und blonder Zöpfe.

Franz blieb kaum Zeit zu der Überlegung, wie gründlich dieser Anblick Cals (und seine eigenen) Ängste und Vorurteile über diesen Berg widerlegte, und für den nachträglichen Gedanken, daß es trotzdem nicht richtig war, wenn Eltern solche kleinen und attraktiven Kinder (sie waren nicht älter als sieben oder acht Jahre) allein durch eine so abgelegene und einsame Gegend streifen ließen, als hinter dem Felsen ein zottiger Bernhardiner hervortrabte, den die beiden Mädchen sofort in ihr fröhliches Spiel einbezogen. Doch nach wenigen Sekunden wirbelten sie herum und liefen den Weg hinab, auf dem Franz heraufgekommen war, und ihr zottiger Beschützer folgte ihnen. Entweder hatten sie Franz nicht bemerkt, oder sie hatten es vorgezogen, so zu tun, als ob sie ihn nicht bemerkt hätten. Er lächelte darüber, wie deutlich ihm dieser kleine Zwischenfall demonstriert hatte, was für ein großer Rest von Nervosität in ihm zurückgeblieben war. Sein Sandwich schmeckte jetzt nicht mehr trocken.

Er knüllte das Wachspapier zu einem Ball zusammen und steckte ihn in die Tasche. Die Sonne stand bereits im Westen, und ihr Licht fiel auf die fernen Wände der Hochhäuser, die vor ihm lagen. Fahrt und Aufstieg hatten mehr Zeit in Anspruch genommen, als er vorausgesehen hatte, und er war auch länger auf dem Gipfel geblieben, als er vorgehabt hatte. Wie lautete doch das Epitaph, das Dorothy Sayers einmal auf einem alten Grabstein entdeckt hatte? Ja, richtig: ›Es ist später, als du denkst.‹ Kurz vor dem Zweiten Weltkrieg hatten sie einen Schlager daraus gemacht: ›Vergnüge dich, es ist später, als du denkst.‹ Aber er hatte viel Zeit.

Er hob wieder den Feldstecher an die Augen und betrachtete die mittelalterlich grünlich-braune Kappe des Mark Hopkins-Hotels. Die Grace Cathedral auf dem Nob Hill wurde von Hochhäusern verdeckt, aber der modernistische Zylinder von St. Mary's Cathedral auf der kürzlich in Cathedral Hill umbenannten Anhöhe war deutlich zu erkennen.

Dann fiel ihm ein, daß er versuchen könnte, das siebenstöckige Hochhaus zu finden, in dem er wohnte. Von seinem Fenster aus konnte er Corona Heights sehen, ergo mußte er von Corona Heights aus auch sein Fenster sehen können. Das Gebäude lag in einem schmalen Schlitz zwischen zwei anderen Hochhäusern, fiel ihm ein, aber bei dem jetzigen Sonnenstand mußte das Licht direkt in diesen Schlitz fallen.

Zu seiner Verblüffung war die Suche alles andere als einfach. Von hier oben aus gesehen waren die Dächer der kleineren Gebäude ein zusammenhängendes Meer ohne jede Identifizierungsmerkmale, und perspektivisch so verkürzt, daß man kaum den Verlauf der Straßenzüge ausmachen konnte – ein Schachbrett, von einer seiner Kanten aus gesehen. Die selbstgestellte Aufgabe nahm ihn so gefangen, daß er seiner unmittelbaren Umgebung keinerlei Beachtung mehr schenkte. Wenn die beiden kleinen Mädchen jetzt zurückgekommen wären und sich dicht neben ihn gestellt hätten, würde er sie sicher kaum bemerkt haben. Doch das alberne, kleine Problem, das er sich selbst gestellt hatte, erwies sich als so schwierig, daß er mehr als einmal versucht war, aufzugeben.

Wirklich, die Dächer der Stadt waren eine fremde, dunkle Welt für sich, die den Millionen von Menschen, die unter ihnen lebten, völlig unbekannt blieb, mit ihrer eigenen Bevölkerung, ihren eigenen Geistern und ›paramentalen Wesen‹.

Doch er gab nicht auf, und die Entdeckung einiger Wassertanks, von denen er wußte, daß sie auf dem Dach eines Gebäudes standen, das in der Nähe des seinen stand, und die Inschrift BEDFORD HOTEL, in riesigen Buchstaben auf die Seitenwand eines anderen Gebäudes gemalt, gaben ihm neuen Mut, und schließlich gelang es ihm, sein Apartment-Haus zu identifizieren.

Seine Aufgabe nahm ihn völlig gefangen.

Ja, dort war der Spalt zwischen den beiden Hochhäusern! Und dort war sein Fenster, das zweite von oben, winzig, aber deutlich zu erkennen in dem hellen Sonnenlicht. Ein Glück, daß er es jetzt noch entdeckt hatte – der Schatten, der sich über die Wand des Gebäudes schob, würde es bald verdunkeln.

Und plötzlich begannen seine Hände so zu zittern, daß sie das Fernglas fallen ließen. Nur der um den Hals geschlungene Riemen verhinderte, daß es auf den Felsen zersplitterte.

Eine fahlbraune Gestalt lehnte aus seinem Fenster und winkte zu ihm herüber.

Die ersten Zeilen eines albernen, kleinen, volkstümlichen Gedichts fielen ihm ein:

> Taffy was a Welshman, Taffy was a thief.
> Taffy came to my house and stole a piece of beef.*

* Taffy war ein Waliser, Taffy war ein Dieb.
Taffy kam zu meinem Haus und stahl ein Stück Rindfleisch.

Doch es waren die letzten Zeilen, die ihm dann immer wieder im Kopf herumgingen:

> I went to Taffy's house, Taffy wasn't home.
> Taffy went to my house and stole a marrowbone.*

Du darfst dich um Gottes willen nicht aufregen, sagte er sich, nahm das Fernglas wieder in die Hände und hob es vor die Augen. Und atme nicht so rasch, du bist schließlich nicht gelaufen!

Es dauerte eine Weile, bis er den Spalt zwischen den beiden Hochhäusern und sein Wohngebäude wiedergefunden hatte, doch als es ihm endlich gelungen war, sah er die Gestalt wieder in seinem Fenster. Fahlbraun, wie alte Knochen – verdammt, werde nur nicht morbide! Vielleicht waren es nur die Vorhänge, sagte er sich, die vom Wind aus dem Fenster geweht wurden – er hatte es offen gelassen. In dieser Gegend gab es immer wieder plötzliche Böen, besonders zwischen den Hochhäusern. Seine Fenstervorhänge waren natürlich grün, aber ihre Rückseite war von einer so fahlbraunen Farbe.

Und die Gestalt winkte ihm jetzt nicht zu – wenn sie zu tanzen schien, so kam das vom Zittern seines Feldstechers –, sondern schien nur nachdenklich zu ihm herüberzublicken, als ob sie ihm sagen wollte: ›Sie haben darauf bestanden, mein Heim zu besuchen, Mr. Westen, also habe ich die Gelegenheit wahrgenommen, mich bei Ihnen umzusehen.‹ Was soll der Unsinn! wies er sich selbst zurecht. Was wir jetzt am allerwenigsten gebrauchen können, ist schriftstellerische Fantasie.

Er ließ das Fernglas sinken, um seinem Herzschlag Gelegenheit zu geben, sich wieder zu normalisieren, und seine verkrampften Finger zu bewegen. Plötzlich spürte er eine eiskalte Wut. Über seinen Ängsten und Phantastereien hatte er völlig die simple Tatsache übersehen, daß irgend jemand sich in seinem Apartment zu schaffen machte! Aber wer? Dorotea Luque besaß einen Hauptschlüssel für alle Türen des Gebäudes, aber sie war nicht neugierig und würde niemals eine Wohnung betreten, deren Mieter abwesend war, genausowenig wie ihr Bruder Fernando, der für kleine Reparaturen zuständig war, kaum ein Wort Englisch sprach, erstaunlicherweise jedoch ein ausgezeichneter Schachspieler war. Franz hatte vor einer Woche seinen Zweitschlüssel Gun gegeben – er sollte während Franz' Abwesenheit ein Paket für ihn in Empfang nehmen –, und Gun hatte ihn noch nicht zurückgegeben. Das bedeutete, daß entweder Gun

* Ich ging zu Taffy's Haus, Taffy war nicht daheim.
Taffy ging zu meinem Haus und stahl einen Markknochen.

oder Saul – oder auch Cal – ihn jetzt haben mochte. Cal besaß einen verblichenen, alten Morgenrock, den sie gelegentlich noch trug...

Aber nein, es war lächerlich, seine Freunde zu verdächtigen. Aber was war mit der ›Stehlerin‹, die Dorotea so große Sorgen machte? Das klang wahrscheinlicher. Du mußt den Tatsachen ins Auge sehen, sagte er sich. Während du dir hier einen vergnügten Tag gemacht und eine obskure ästhetische Neugier befriedigt hast, ist ein Einbrecher – wahrscheinlich rauschgiftsüchtig – irgendwie in dein Apartment eingedrungen und plündert es jetzt aus.

Wütend hob er das Glas wieder vor die Augen. Diesmal fand er das Gebäude sofort, aber es war zu spät. Während er seine Nerven beruhigt und sich in wilden Spekulationen ergangen hatte, war die Sonne tiefer gesunken, und der Spalt zwischen den beiden Hochhäusern lag jetzt im tiefen Schatten, so daß er sein Fenster nicht erkennen konnte, und schon gar nicht eine Gestalt, die sich dort herauslehnen mochte.

Seine Wut klang ab. Er sah ein, daß sie hauptsächlich eine Reaktion auf den Schock über das gewesen war, was er in seinem Fenster gesehen hatte – oder gesehen zu haben glaubte... Nein, er *hatte* etwas gesehen, aber was?

Er stand von seinem harten Sitz auf. Seine Beine waren eingeschlafen, und der Rücken war steif vom Sitzen. Er fühlte sich etwas deprimiert, als er wieder in den Wind trat, und das war kein Wunder, denn von Westen zogen dichte Nebelbänke auf, die jetzt bereits den Fernsehturm erreicht hatten und seinen unteren Teil verdeckten. Überall waren tiefe Schatten. Corona Heights hatten ihren Zauber für ihn verloren; er wollte so rasch wie möglich von hier fort – und nach Hause, um sein Apartment zu kontrollieren.

Nach einem kurzen Blick auf seine Karte begann er den Abstieg über den Osthang, auf dem auch die farbenfroh gekleideten Wanderer den Gipfel verlassen hatten.

Wirklich, er konnte es kaum erwarten, nach Hause zu kommen.

7

Der Hang, der zum Buena Vista-Park führte, war erheblich steiler als der entgegengesetzte, über den er aufgestiegen war. Immer wieder mußte Franz seinen Impuls, ihn hinabzulaufen, um möglichst rasch nach Hause zu kommen, unterdrücken und sich dazu zwingen, langsam und vorsichtig zu gehen. Etwa auf halber Höhe des Hanges kamen zwei große Hunde auf ihn zugestürzt und knurrten ihn an. Es waren keine gutmütigen Bernhardiner, sondern diese schwarzen Dobermänner, die ihn immer an die SS denken ließen. Ihr Eigentümer, der ihnen folgte, ließ sich reichlich Zeit, sie zurückzurufen. Franz rannte über die grüne Wiese am Fuß des Berges und durch eine kleine Tür in dem hohen Maschendrahtzaun.

Er überlegte, ob er Mrs. Luque anrufen sollte, oder sogar Cal, um sie zu bitten, sein Apartment zu kontrollieren, aber er ließ es schließlich, weil er sie nicht irgendeiner Gefahr aussetzen wollte. Und Gun und Saul waren nicht im Hause.

Außerdem war er nicht mehr sicher, was er dort am wahrscheinlichsten vorfinden würde, und vor allem zog er es immer vor, seine Angelegenheiten selbst zu regeln.

Kurz darauf eilte er den Buena Vista East Drive entlang, der unmittelbar am Park vorbeiführte – einem kleinen, dicht bewaldeten Hügel, dunkelgrün und voller Schatten. Bei seiner derzeitigen Stimmung kam er ihm als alles andere denn als eine *buena vista*, eine schöne Aussicht, vor, sondern eher als ein idealer Ort für Heroin-Intrigen und heimtückische Morde. Die Sonne war inzwischen untergegangen, und lange, gekrümmte Nebelarme griffen nach ihm. Als er Duboce Street erreichte, wollte er sie hinablaufen, aber sie war zu steil – steiler als alle anderen Straßen auf den mehr als sieben Hügeln von San Francisco – und wieder mußte er die Zähne zusammenbeißen, in vorsichtigem Schrittempo gehen und sich Zeit lassen. Die Gegend wirkte so ruhig und sicher wie Beaver Street, doch bei dem durch den Nebel verursachten plötzlichen Temperaturabfall waren nur wenige Menschen unterwegs, und Franz steckte sein Fernglas wieder in die Tasche.

Er erwischte einen N-Judah-Wagen an der Haltestelle am Ende des Tunnels unter dem Buena Vista-Park (San Franciscos Hügel waren von Tunnels durchlöchert wie Schweizer Käse, dachte er) und fuhr bis zum Market Civic Center. Als beim Umsteigen in einen 19-Polk eine erdbraune Gestalt hinter ihn trat, fuhr er zusammen, doch es war nur ein Arbeiter, dessen Overall mit dem Staub einer Abrißarbeit bedeckt war.

Er verließ den 19-Polk in Geary. In der Eingangshalle des Hauses 811 Geary war nur Fernando, der gerade den Staubsauger über den Auslegeteppich schob. Das Gerät machte ein Geräusch, das genauso grau und hohl war wie der Tag draußen. Er hätte gerne ein paar Worte mit ihm gewechselt, aber der kleine, untersetzte Mann mit dem ernsten Gesicht eines peruanischen Idols kannte nur wenige Worte Englisch und war außerdem fast taub. Sie verbeugten sich feierlich voreinander, sagten ›Senyor Lúkay‹ und ›Mistair Juestón‹ (Fernandos Fassung von ›Westen‹) zueinander, und damit hatte es sich.

Franz fuhr mit dem quietschenden Lift in den sechsten Stock. Er spürte den Impuls, zunächst Cal aufzusuchen oder die beiden Jungen, aber es war eine Sache von – sagen wir Stolz und Mut – es nicht zu tun. Der Korridor war dunkel (eine Deckenlampe war ausgebrannt), und das Luftschachtfenster und die drückerlose Tür der Besenkammer neben dem Eingang zu seinem Apartment wirkten noch dunkler als sonst. Als er auf die Tür seines Apartments zutrat, spürte er, daß sein Herz rascher schlug. Er kam sich albern vor und spürte gleichzeitig eine erwartungsvolle Spannung, als er den Schlüssel ins Schloß steckte und mit der anderen Hand den Feldstecher umklammerte, als eine Art provisorische Waffe. Er stieß die Tür mit einem Ruck auf und schaltete sofort das Deckenlicht ein.

Die 200-Watt-Beleuchtung zeigte ihm, daß der Raum leer war und keinerlei Anzeichen dafür vorhanden waren, daß sich jemand hier aufgehalten hatte. Von der rechten Hälfte seines Bettes (die andere Seite war noch immer zerwühlt) schien ihm sein ›Studentenliebchen‹ fröhlich zuzuzwinkern.

Trotzdem fühlte er sich erst wirklich sicher, nachdem er einen Blick ins Bad geworfen und den Kleiderschrank kontrolliert hatte.

Er schaltete das Deckenlicht wieder aus und trat zum Fenster. Die grünen Vorhänge hatten eine Rückseite aus sonnengebleichtem Braun, wie er es in Erinnerung hatte, aber wenn sie durch eine plötzliche Bö aus dem Fenster geweht worden sein sollten, so mußte eine zweite Bö sie wieder an ihre richtige Stelle zurückgeweht haben.

Der ausgezackte Grat der Corona Heights schimmerte vage durch den heraufziehenden Nebel. Der Fernsehturm war jetzt völlig von den Schwaden eingehüllt. Er senkte den Blick und sah, daß das Fensterbrett und sein schmaler Schreibtisch, der neben dem Fenster stand, und der Teppich, auf dem er stand, mit kleinen, braunen Papierschnipseln bedeckt waren, die ihn an Guns Aktenvernichtungsmaschine erinnerten. Ihm fiel ein, daß er gestern an dieser Stelle eine Reihe von Artikeln, die er aufheben wollte, aus alten Taschenbüchern herausgerissen hatte. Hatte er die Taschenbücher später weggeworfen? Er konnte sich nicht daran erinnern, aber wahrscheinlich – auf jeden Fall konnte er sie nirgends entdecken. Auf dem Schreibtisch lag lediglich ein sauber aufgeschichteter Stapel von Taschenbüchern, die er noch nicht kannibalisiert hatte. Nun, ein Dieb, der nur zerfetzte, alte Taschenbücher stahl, war alles andere als eine ernsthafte Bedrohung, eher ein Freund und Helfer, ein willkommener Aasgeier.

Die Anspannung, die ihn bis jetzt gefangengehalten hatte, war jetzt abgeklungen. Er spürte, daß er durstig war, holte eine kleine Flasche Ginger Ale aus dem kleinen Kühlschrank und trank sie ohne abzusetzen leer. Nachdem er den Wasserkessel auf die Kochplatte gestellt hatte, um sich einen Kaffee zu machen, zog er die zerwühlte Hälfte des Bettes flüchtig glatt und knipste die Lampe am Kopfende an. Dann goß er den Kaffee auf und trug die Kanne und die beiden Bücher, die er Cal gezeigt hatte, zum Bett und machte es sich bequem, um ein wenig zu lesen und nachzudenken.

Als es draußen dunkel wurde, goß er sich eine zweite Tasse Kaffee ein und trug sie hinunter zu Cal Apartment. Die Tür stand einen Spaltbreit offen. Cal saß an ihrem elektronischen Klavier, und ihre Schultern bewegten sich rhythmisch, als sie mit furioser Präzision auf die Tasten hämmerte, die Ohren von den großen Muscheln des Kopfhörers verdeckt. Franz glaubte, den Geist eines Concertos zu hören, aber vielleicht war es auch nur das kaum vernehmbare Geräusch der Tastatur.

Saul und Gun saßen auf der Couch und unterhielten sich leise. Gun hielt eine grüne Flasche in der Hand. Franz erinnerte sich an den scharfen Wortwechsel der beiden an diesem Morgen und versuchte, Anzeichen von Spannung zu entdecken, doch zwischen den beiden schien völlige Harmonie zu herrschen. Vielleicht hatte er ihren Worten eine zu große Bedeutung beigemessen.

Saul Rosenzweig, ein hagerer Mann mit schulterlangem, schwarzem Haar und dunkelumrandeten Augen, wandte den Kopf und grinste Franz an. »Hallo! Calvina hat uns gebeten, ihr Gesellschaft zu leisten, während sie übt, obwohl ich glaube, daß zwei Schaufensterpuppen das genauso gut tun könnten. Aber Calvina ist im Grunde genommen eine romantische Puritanerin. Sie will uns nur frustrieren.«

Cal hatte den Kopfhörer abgenommen und erhob sich. Ohne einen der drei Männer anzublicken, und ohne ein Wort zu sagen, nahm sie ein Kleid und Unterwäsche vom Bett und verschwand wie eine Schlafwandlerin im Bad, aus dem kurz darauf das Geräusch der Dusche zu hören war.

Die drei Männer unterhielten sich über dies und jenes, und Saul drehte sich sorgfältig eine lange Haschisch-Zigarette. Ihr scharfer Rauch war angenehm, doch Franz und Gun lehnten Sauls Angebot, sie mit ihm zu teilen, freundlich lächelnd ab. Gun setzte seine Bierflasche an die Lippen und nahm einen langen Zug.

Cal kam nach einer erstaunlich kurzen Zeit wieder aus dem Bad, und sie wirkte frisch und mädchenhaft in ihrem dunkelbraunen Kleid. Sie schenkte sich ein Glas Orangensaft ein und setzte sich auf einen Stuhl. »Saul«, sagte sie ruhig, »du weißt sehr gut, daß ich nicht Calvina heiße, sondern Calpurnia – nach der römischen Kassandra, die Cäsar ständig gewarnt hat. Ich mag eine Puritanerin sein, aber ich bin nicht nach Calvin benannt worden. Meine Eltern wurden beide als Presbyterianer geboren, das stimmt, aber mein Vater hat schon sehr früh zum Unitarismus konvertiert und starb als frommer Ethical Culturist. Er hat zu Emerson gebetet und bei Robert Ingersoll geschworen. Während meine Mutter, ziemlich frivol, der Bahai-Sekte angehörte. Und ich besitze leider keine zwei Schaufensterpuppen, sonst hätte ich sie vielleicht verwendet. Nein, kein Pot, danke. Ich muß mich bis morgen abend intakt halten. Aber ich danke euch, daß ihr gekommen seid. Es hilft mir, wenn ich weiß, daß andere Menschen im Raum sind, selbst wenn ich nicht ansprechbar bin. Es hilft mir besonders, wenn es Abend wird. Das Bier riecht herrlich, Gun, aber leider... aus demselben Grund, aus dem ich Sauls Pot abgelehnt habe. Franz, du siehst irgendwie glücklich aus. Was ist auf Corona Heights geschehen?«

Beglückt darüber, daß sie an ihn gedacht, ihn so genau beobachtet und seine Stimmungslage so richtig erkannt hatte, berichtete Franz ihr von seinen Abenteuern. Er wunderte sich, daß sie ihm beim Erzählen plötzlich so trivial und soviel weniger beängstigend erschienen, und paradoxerweise bedeutend unterhaltsamer – Fluch und Segen des Schriftstellers.

Gun faßte fröhlich grinsend zusammen: »Also du gehst, um diese Erscheinung, oder was es sonst war, zu checken und stellst fest, daß sie verschwunden ist und dir aus deinem eigenen Fenster, zwei Meilen entfernt, eine Nase dreht. ›Taffy ging zu meinem Haus‹... sauber.«

Saul sagte: »Deine Taffy-Story erinnert mich an meinen Mr. Edwards. Er ist überzeugt, daß zwei Feinde von ihm in einem geparkten Wagen gegenüber vom Hospital sitzen und einen Schmerz-Strahlen-Projektor auf ihn gerichtet halten. Wir haben ihn im Rollstuhl auf die andere Straßenseite gefahren, damit er sich selbst davon überzeugt, daß in keinem der Wagen irgendein Gerät ist. Er war sehr erleichtert darüber und hat sich überschwenglich bei uns bedankt, aber als wir ihn in sein Zimmer zurückgebracht hatten, begann er plötzlich zu schreien. Anscheinend hatten seine Feinde seine Abwesenheit dazu benutzt, den Schmerz-Strahlen-Projektor in einer der Wände zu installieren.«

»Oh, Saul«, sagte Cal mit mildem Vorwurf, »wir sind doch nicht deine psychiatrischen Patienten – noch nicht jedenfalls. Franz, ich frage mich, ob diese beiden so unschuldig wirkenden Mädchen nicht irgendwie in diese Sache verwickelt sind. Du hast uns erzählt, daß sie herumgewirbelt und getanzt haben, genau wie dein fahlbraun gekleideter Mensch. Ich bin sicher: Falls es so etwas wie psychische Energie geben sollte, so haben kleine Mädchen eine Menge davon.«

»Du hast eine gute künstlerische Vorstellungskraft«, sagte Franz. »Diesen Zusammenhang habe ich nicht gesehen.« Er merkte, daß er die ganze Angelegenheit nicht mehr richtig ernst nahm, konnte aber nichts dagegen tun. »Saul, vielleicht habe ich auch etwas projiziert – zumindest teilweise – aber was? Außerdem war diese Gestalt sehr unscheinbar und tat nichts, das man als eine wirkliche Bedrohung auslegen könnte.«

»Ich habe auch nicht behauptet, daß zwischen meinem und deinem Erlebnis irgendwelche Parallelen bestehen«, sagte Saul. »Das war deine Auslegung – und Cals. Ich bin lediglich an ein anderes, unheimliches Erlebnis erinnert worden.«

Gun lachte sarkastisch. »Saul hält uns auch nicht für Vollidioten. Nur für psychotische Grenzfälle.«

Es klopfte an die Tür, sie wurde aufgestoßen, und Dorotea Luque trat herein. Sie schnüffelte und blickte Saul vorwurfsvoll an. Sie war eine schlankere Ausgabe ihres Bruders, mit einem wundervollen Inka-Profil und blauschwarzem Haar. Sie hielt ein Postpaket mit Büchern für Franz in den Händen.

»Ich ahnte, daß du bist hier«, erklärte sie, »und dann ich höre dich sprechen. Hast du gefunden schreckliche Dinge, zum Schreiben darüber, mit deinem... wie nennt man das...?« Sie hielt beide Hände vor die Augen, in Imitation eines Fernglases, und blickte fragend von einem zum anderen, als sie zu lachen begannen.

Während Cal der Frau ein Glas Wein holte, berichtete Franz mit wenigen Sätzen von seinen Erlebnissen. Zu seiner Überraschung nahm sie die Gestalt in seinem Fenster sehr ernst.

»Bist du sicher, daß nichts gestohlen?« fragte sie besorgt. »Wir haben Stehlerin im zweiten Stock, glaube ich.«

»Mein tragbares Fernsehgerät und mein Tonbandgerät waren noch da«, sagte er. »Und die würde ein Dieb wohl als erstes mitgehen lassen.«

»Aber was ist mit deinem Markknochen?« fragte Saul. »Hat Taffy den mitgenommen?«

»Und hast du Tür zweimal abgeschlossen und Fenster zugemacht?« erkundigte sich Dorotea und illustrierte den Vorgang mit einer energischen Handbewegung. »Ist jetzt zweimal abgeschlossen?«

»Ich drehe den Schlüssel immer zweimal herum«, versicherte ihr Franz. »Früher war ich überzeugt, daß sie nur in Krimis Schlösser mit einer Plastik-Karte aufdrücken können. Aber dann habe ich entdeckt, daß ich mein Türschloß sogar mit einer Fotografie zurückschnappen lassen konnte. Aber das Fenster schließe ich nie. Wegen der Lüftung.«

»Du mußt auch immer Fenster schließen, wenn ausgehen«, sagte Dorotea nachdrücklich. »Ihr alle müßt Fenster schließen, habt ihr gehört? Aber ich bin glücklich, daß nichts gestohlen. *Gracias.*« Sie nickte Cal zu und trank einen Schluck von ihrem Wein.

Cal lächelte und sagte zu Saul und Gun: »Warum sollte eine moderne Stadt nicht auch ihre Gespenster haben, genau wie die alten Burgen und Friedhöfe und Landhäuser?«

Saul sagte: »Meine Mrs. Willis glaubt, daß die Wolkenkratzer hinter ihr her sind. In der Nacht machen sie sich klein und schmal, behauptet sie, und schleichen durch die Straßen, um sie einzufangen.«

Gun sagte: »Ich habe einmal einen Blitz kreischen hören. Das war in Chicago. Das Gewitter stand über der Loop, und ich war in der Universität, im Süden der Stadt, direkt neben dem ersten Atommeiler. Ich sah einen

Blitz über den nördlichen Horizont zucken, und dann, sieben Sekunden später, kein Donner, sondern ein schrilles, stöhnendes Kreischen. Ich hatte die Vorstellung, daß alle Hochbahnstrecken in Resonanz auf eine Radio-Komponente des Blitzes hin vibrierten.«

Cal sagte eifrig: »Könnte nicht allein die Masse des verbauten Stahls ...? Franz, erzähle ihnen von dem Buch.«

Er wiederholte, was er ihr am Morgen über *Megapolisomancy* gesagt hatte, und noch ein bißchen mehr.

Gun sagte: »Und er behauptet, daß unsere modernen Städte unsere ägyptischen Pyramiden sind? Herrlich. Stellt euch doch einmal vor: Wenn wir alle von irgendeiner Verschmutzung getötet worden sind – nuklear, chemisch, von Plastik erstickt oder von roten Fluten absterbender Mikroben überwuchert, der gräßliche Höhepunkt unserer Höhepunkt-Kultur –, kommt eine archäologische Expedition von einem anderen Sonnensystem auf die menschenleere Erde und beginnt uns zu erforschen wie ein Team Ägyptologen! Sie setzen Roboter ein, um sich in unseren Städten umzusehen, weil die Radioaktivität für jede Art von Lebenwesen tödlich wäre. Was würden sie von dem World Trade Center in New York City halten? Vom Empire State Building? Oder vom Sears Building in Chicago? Oder selbst von der Trans-America-Pyramide, hier in San Francisco? Oder von dem Raumfahrt-Center auf Kap Canaveral? Wahrscheinlich würden sie zu dem Schluß kommen, daß alle diese Bauten für einen religiösen oder okkulten Zweck errichtet worden sind, wie Stonehenge. Niemals würden sie auf den Gedanken kommen, daß Menschen dort gelebt und gearbeitet haben könnten. Ich bin überzeugt, daß unsere Städte zu den unheimlichsten Ruinen werden, die es jemals gegeben hat. Franz, dieser de Castries hat eine sehr gesunde Theorie entwickelt: allein die Masse von Zeug, die sich in den Städten befindet, ist erdrückend – *erdrückend*!«

Saul sagte: »Mrs. Willis sagt, daß die Wolkenkratzer in der Nacht sehr schwer werden, wenn sie – entschuldigt – Mrs. Willis vögeln.«

Dorotea Luque riß die Augen auf, und dann begann sie zu kichern. »Oh, das sehr ungezogen«, wies sie ihn fröhlich zurecht und drohte ihm mit dem Finger.

Sauls Augen bekamen einen abwesenden Ausdruck, wie die eines wahnsinnigen Poeten, und er illustrierte seine Bemerkung mit den Worten: »Könnt ihr euch nicht vorstellen, wie die hohen, grauen Wolkenkratzer nachts durch die Straßen schleichen, einen Stützpfeiler wie einen steinernen Phallus emporgereckt?«

Mrs. Luque begann wieder zu kichern. Gun schenkte ihr Wein nach und holte sich eine neue Flasche Bier.

8

Cal sagte: »Franz, ich habe den ganzen Tag daran gedacht – mit dem Teil meines Gehirns, der sich nicht mit dem Brandenburgischen Konzert beschäftigte – was dieses ›607 Rhodes‹ bedeuten könnte, das dich veranlaßt hat, in dieses Haus zu ziehen. Ist es eine präzise Ortsangabe? Und wenn ja, wo liegt dieser Ort?«

»›607 Rhodes‹ – was ist damit?« fragte Saul.

Franz erzählte ihm von dem Reispapier-Tagebuch und dem Menschen mit der violetten Tinte, der vielleicht Clark Ashton Smith sein mochte, und von seinen möglichen Treffen mit de Castries. »Es könnte eine Straßen- und Hausnummerangabe sein«, sagte er dann. »So wie dieses Gebäude 811 Geary Street ist. Aber es gibt keine Rhodes Street in Frisco. Ich habe das nachgeprüft. Was dem Namen am nächsten kommt, wäre die Rhode Island Street, aber die liegt weit drüben in Potrero, und die Tagebucheintragungen machen sehr deutlich, daß diese 607 in der Innenstadt liegen muß, nur wenige Minuten vom Union Square entfernt. Und einmal erwähnt der Tagebuchschreiber, daß er von seinem Fenster aus die Corona Heights und den Mount Sutro sehen könne – damals gab es natürlich noch keinen Fernsehturm...«

»Klar. 1928 existierten noch nicht einmal die Bay- und die Golden Gate Bridge«, erklärte Gun.

»...und die Twin Peaks«, fuhr Franz fort. »Und dann sagt er, daß Thibaut die Twin Peaks immer die Brüste Cleopatras genannt habe.«

»Ich frage mich, ob Wolkenkratzer Brüste haben«, sagte Saul. »Ich muß mal Mrs. Willis danach fragen...«

Dorotea riß wieder die Augen auf, deutete auf ihren Busen, rief: »Oh, nein!« und begann erneut zu kichern.

Cal sagte: »Vielleicht ist Rhodes der Name eines Gebäudes oder eines Hotels. Rhodes-Building, oder Rhodes-Hotel...«

»Nein.« Franz schüttelte den Kopf. »Es sei denn, sie hätten den Namen nach 1928 geändert. Ich jedenfalls habe nichts davon gehört. Wie ist es mit euch?«

Die Antworten waren negativ.

Gun spekulierte: »Ich frage mich, ob *dieses* Gebäude jemals einen Namen gehabt hat.«

»Das würde ich auch gerne wissen«, sagte Cal.

Dorotea schüttelte den Kopf. »Es heißt nur 811 Geary Street. War vielleicht früher Hotel, mit Portier und Zimmermädchen. Aber das weiß ich nicht.«

»Vereinigung anonymer Gebäude«, bemerkte Saul, ohne von der Haschisch-Zigarette aufzublicken, die er sich drehte.

»Jetzt machen wir Fenster zu«, sagte Dorotea energisch und ließ ihren Worten die Tat folgen. »Okay, wenn Pot rauchen, aber man muß nicht – wie sagt man? – auffällig machen.«

Köpfe nickten in weiser Zustimmung.

Kurz darauf stellten alle fest, daß sie Hunger hatten und zusammen zu dem deutschen Koch um die Ecke gehen sollten, weil er heute Sauerbraten hatte. Dorotea ließ sich überreden mitzugehen. Unterwegs sammelten sie noch ihre Tochter Bonita und den schweigsamen Fernando auf.

Cal, die neben Franz am Ende der kleinen Gruppe ging, fragte ihn: »Taffy ist etwas Ernsteres, als du es darstellst, nicht wahr?«

Er mußte es zugeben, obwohl er über einige der Ereignisse dieses Tages seltsam unsicher geworden war: Der übliche, nicht allzu unangenehme Abendnebel legte sich auf sein Gehirn wie der Geist des früheren alkoholischen Nebels. Hoch am Himmel stand die asymmetrische Scheibe des zunehmenden Mondes, und sein Licht rivalisierte mit der Straßenbeleuchtung.

»Als ich glaubte, diese Gestalt in meinem Fenster zu sehen«, sagte er, »habe ich nach allen nur möglichen Erklärungen gesucht, weil ich vermeiden wollte, an ein – übernatürliches Phänomen glauben zu müssen. Ich habe sogar daran gedacht, daß du es sein könntest, in deinem alten Morgenrock.«

»Ja, ich könnte es gewesen sein, aber ich war es nicht«, sagte sie ruhig. »Ich habe noch immer deinen Schlüssel. Gun hat ihn mir an dem Tag gegeben, als du das große Paket erwartetest und Dorotea ausgegangen war. Ich werde ihn dir nach dem Abendessen zurückgeben.«

»Das eilt nicht.«

»Ich wünschte, ich könnte herausbekommen, was dieses ›607 Rhodes‹ bedeutet«, sagte sie, »und welchen Namen unser Gebäude hatte – falls es jemals einen gehabt haben sollte.«

»Ich werde mir etwas einfallen lassen«, sagte er. »Cal, hat dein Vater wirklich bei Robert Ingersoll geschworen?«

»O ja. ›Im Namen des…‹ und so weiter; und bei William James ebenfalls, und bei Felix Adler, dem Gründer der Ethical Culture. Seine ziemlich areligiösen Glaubensbrüder fanden das etwas komisch, doch er mochte den Klang der priesterlichen Sprache. Für ihn war die Wissenschaft ein Sakrament.«

In dem kleinen, freundlichen Restaurant schoben Saul und Gun zwei Tische zusammen, und Rose, die blonde Kellnerin, sah ihnen dabei wohlwollend zu. Als sie Platz genommen hatten, saß Saul zwischen Dorotea und Bonita, und Gun an der anderen Seite des Mädchens. Bonita hatte das blauschwarze Haar ihrer Mutter, war jedoch schon jetzt einen halben Kopf größer als sie und eher ein Anglo-Typ: schmaler Körper und schmales Gesicht, und sie hatte auch nicht die Spur eines spanischen Akzents in ihrer amerikanischen Schulmädchenstimme. Franz erinnerte sich, irgendwann gehört zu haben, daß ihr jetzt namenloser Vater ein Ire gewesen sei. Obwohl sie in Hose und Pullover schlank und mädchenhaft aussah, wirkte sie doch ein wenig linkisch – ganz anders als die schattenhafte, davonhuschende Gestalt, die ihn am Morgen flüchtig erregt und unangenehme Erinnerungen hervorgerufen hatte.

Er saß neben Gun, Cal zwischen ihm und Fernando, an dessen anderer Seite seine Schwester saß. Rose nahm ihre Bestellungen entgegen.

Gun wechselte zu dunklem Bier über. Saul bestellte eine Flasche Wein für sich und die Luques. Der Sauerbraten war hervorragend, die Kartoffelpuffer mit Apfelmus ein Gedicht. Bela, der rotbackige deutsche Koch (genaugenommen war er Ungar) hatte sich selbst übertroffen.

Als eine Gesprächspause eintrat, sagte Gun zu Franz: »Das war wirklich eine seltsame Geschichte, die dir auf Corona Heights passiert ist. So nahe am Übernatürlichen, wie es heutzutage möglich ist, würde ich sagen.«

Saul hatte die Worte seines Freundes gehört und sagte sofort: »He! Wie kommt ein materialistischer Wissenschaftler wie du dazu, von übernatürlichen Dingen zu sprechen?«

»Hör auf, Saul«, sagte Gun grinsend. »Klar, ich befasse mich mit der Materie. Aber was ist Materie? Unsichtbare Partikel, Wellen und Magnetfelder. Nichts Festes, Greifbares. Versuche nur nicht, deiner Großmutter beizubringen, wie man Eier auslutscht.«

»Du hast recht«, grinste Saul. »Es gibt keine andere Realität als die unmittelbaren Empfindungen eines Individuums, sein Bewußtsein. Alles andere ist Interferenz. Selbst die Individuen sind Interferenzen.«

Cal sagte: »Ich glaube, die einzige Realität sind Zahlen... und Musik, aber das ist dasselbe. Beide sind Wirklichkeit, und beide besitzen Macht.«

»Meine Computer geben dir recht«, sagte Gun. »Alles, was sie kennen, sind Zahlen. Musik? Wahrscheinlich könnten sie sie erlernen.«

»Ich bin froh, daß du das gesagt hast«, warf Franz ein. »Du weißt, daß übernatürlicher Horror mir die Brötchen verdient, sowohl dieser *Unheimlicher Untergrund*-Blödsinn, als auch...«

»Nein!« protestierte Bonita.

»...als auch der etwas ernsthaftere Kram. Doch manchmal versuchen Leute mir einzureden, daß es keinen übernatürlichen Horror mehr gibt, daß die Wissenschaft alle Geheimnisse gelöst hätte – oder sie lösen könnte, daß Religion lediglich ein anderer Name für Sozialdienst sei, und daß moderne Menschen zu aufgeklärt und gebildet seien, um sich von Geistern erschrecken zu lassen.«

»Darüber kann ich nur lachen«, sagte Gun. »Die Wissenschaft hat das Terrain des Unbekannten sogar noch vergrößert. Und wenn es einen Gott geben sollte, so ist sein Name Geheimnis.«

»Schicke doch all diese mutigen belesenen Skeptiker zu meinem Mr. Edwards oder meiner Mrs. Willis«, sagte Saul, »oder konfrontriere sie einfach mit ihren eigenen, verdrängten Ängsten. Oder schicke sie zu mir, und ich werde ihnen die Story von der unsichtbaren Krankenschwester erzählen, die einmal die geschlossene Abteilung des St. Luke-Hospitals terrorisiert hat. Und dann gab es auch noch...« Er zögerte und blickte rasch zu Cal hinüber. »Nein, das ist eine zu lange Geschichte.«

Bonita machte ein enttäuschtes Gesicht. Ihre Mutter sagte: »Gibt auch seltsame Dinge in Lima. *Brujas* – wie sagt man? – Hexen!« Und sie erschauerte glücklich.

Ihr Bruder grinste zum Zeichen, daß er das Wesentliche verstanden hätte, und hob die Hand, um einen seiner seltenen Beiträge zu einem Gespräch zu liefern. *»Hay hechiceria«*, sagte er laut, um sicher zu gehen, daß er verstanden wurde, *»Hechiceria ocultado en murallas.«* Er beugte sich ein wenig vor. *»Murallas muy altas.«*

Alle nickten ihm zu, als ob sie ihn verstanden hätten.

Franz fragte Cal leise: »Was bedeutet dieses *hechi*?«

»Hexerei«, flüsterte sie zurück. »Hexerei, die in den Mauern verborgen ist. In sehr hohen Mauern.« Sie zuckte die Achseln.

»Wo in den Mauern, frage ich mich«, murmelte Franz. »So wie Mr. Edwards Schmerz-Strahlen-Projektor?«

»Ich frage mich etwas anderes«, sagte Gun. »Bist du sicher, daß du von den Corona Heights aus wirklich *dein* Fenster gesehen hast? Du sagst selbst, daß die Dächer wie ein Meer wirken, und das erinnert mich an die Schwierigkeiten, die ich oft habe, Ortsbestimmungen bei astronomischen Aufnahmen zu machen, und selbst bei Satellitenaufnahmen der Erde. Das ist ein Problem, mit dem jeder Amateur-Astronom konfrontiert wird – und oft sogar auch die Profis. Immer wieder stößt man auf Konstellationen, die fast identisch sind.«

»Daran habe ich auch schon gedacht«, sagte Franz. »Ich werde das nachprüfen.«

Saul lehnte sich zurück und sagte: »Hört mal, ich habe eine gute Idee. Wir könnten doch an einem der nächsten Tage ein Picknick auf den Corona Heights machen. Du und ich, Gun, könnten unsere Mädchen mitbringen – sie würden Spaß daran haben. Was hältst du davon, Bonny?«

»O ja!« rief Bonita begeistert.

Damit brachen sie auf.

»Wir danken euch für den Wein«, sagte Dorotea. »Aber denkt daran: zweimal Türen verschließen und Fenster zu, wenn ausgehen.«

Cal sagte: »Ich bin todmüde. Wenn ich Glück habe, werde ich zwölf Stunden schlafen. Franz, ich gebe dir deinen Schlüssel morgen zurück.«

Franz lächelte und fragte Fernando, ob er Lust hätte, später eine Partie Schach mit ihm zu spielen. Der Peruaner nickte eifrig.

Bela Szlawik, verschwitzt von der Anstrengung des Kochens, gab ihnen selbst das Wechselgeld heraus, als sie ihre Rechnung beglichen. Rose hielt ihnen die Tür auf.

Als sie auf die Straße traten, blickte Saul Franz und Cal an und sagte: »Habt ihr nicht Lust, noch auf einen Sprung zu mir zu kommen? Ich möchte euch diese Story gern erzählen.«

Franz nickte. Cal sagte: »Ich nicht. Sofort ins Bett.«

Saul nickte. Er verstand sie.

Bonita hatte mitgehört: »Du willst ihnen die Geschichte von der unsichtbaren Krankenschwester erzählen«, sagte sie vorwurfsvoll. »Ich will sie auch hören.«

»Nein, du mußt ins Bett«, widersprach ihre Mutter, doch nicht befehlend, und auch nicht sehr zuversichtlich. »Sieh, Cal geht zu Bett.«

»Das ist mir egal«, maulte Bonita und drängte sich an Saul. »Bitte? Bitte?« bettelte sie.

Saul packte sie, drückte sie an sich und blies ihr prustend in den Nacken. Sie quietschte glücklich. Franz, der, ohne es zu wollen, Gun anblickte, sah, wie er das Gesicht verzog. Dorotea lächelte glücklich, als ob Saul ihr in den Nacken geblasen hätte. Fernando runzelte ein wenig die Stirn und richtete sich würdevoll auf.

Saul schob das Mädchen wieder von sich, hielt es auf Armeslänge und sagte: »Hör zu, Bonny, es ist eine andere Story, die ich Franz erzählen will – eine sehr langweilige Story, die nur für Schriftsteller interessant ist. Es gibt keine Geschichte von der unsichtbaren Krankenschwester. Ich habe sie nur erfunden, um meinem Argument mehr Gewicht zu geben.«

»Ich glaube dir nicht«, sagte Bonita und blickte ihm in die Augen.

»Okay, du hast recht«, sagte er sofort und ließ sie los. »Es *gibt* die Story von der unsichtbaren Krankenschwester, die die geschlossene Abteilung des St. Luke-Hospitals terrorisiert hat, und ich habe sie vorhin nur deshalb nicht erzählt, weil sie zu lang ist. Das heißt, *so* lang ist sie nun auch wieder nicht, aber ziemlich schauerlich. Du hast darauf bestanden, sie zu hören, deshalb hast du dir alle möglichen Folgen selbst zuzuschreiben – auch die Folgen für die anderen. Also kommt her und stellt euch um mich herum.«

Im fahlen Mondlicht, das auf seine glänzenden Augen, sein blasses Gesicht und die schwarzgelockten, schulterlangen Haare fiel, sah er, fand Franz, wie ein Zigeuner aus.

»Ihr Name war Wortly«, begann Saul mit leiser Stimme, »Olga Wortly, geprüfte Krankenschwester. Es ist natürlich nicht ihr richtiger Name; die

Sache wurde zu einem Gerichtsfall, und die Polizei sucht noch immer nach ihr – aber er klingt so ähnlich wie ihr wirklicher Name.

Olga Wortly leitete die Spätschicht, von vier Uhr bis Mitternacht, in der geschlossenen Abteilung des Hospitals. Und damals gab es dort keinen Terror. Im Gegenteil, noch nie zuvor war es in der Abteilung so ruhig und friedlich gewesen wie seit ihrem Dienstanstritt im St. Luke-Hospital, weil sie äußerst großzügig mit Schlafmitteln umging, so daß die Nachtschicht niemals Probleme mit Patienten hatte, die nicht schlafen konnten, und die Tagschicht hatte manchmal Mühe, sie zum Mittagessen wachzukriegen, vom Frühstück gar nicht zu reden.

Sie war nie dazu bereit, ihrer Hilfskraft – ebenfalls eine ausgebildete Krankenschwester – die Verabfolgung der Medikamente zu überlassen. Und sie bevorzugte Mixturen, weil sie der Ansicht war, daß zwei Medikamente wirksamer sind als ein: Librium *mit* Thorazin, rotes Seconal *mit* blauem Anytal, Chloralhydrat *mit* Phenobarbital, Paraldehyd *mit* dem gelben Nembutal. Man merkte immer, wenn sie im Anmarsch war (unsere Fee des Schlafs, unsere dunkle Göttin der Träume), weil der durchdringende Geruch von Paraldehyd ihr stets vorauswehte; sie hatte zu jeder Zeit mindestens einen Patienten auf Paraldehyd gesetzt. Es ist superaromatisch, superalkoholisch, müßt ihr wissen – manche Schwestern nennen es Sprit –, und man verabreicht es in einem Schnapsglas, weil es jeden Dosierer aus Plastik auflösen würde, und seine Moleküle eilen ihm mit Lichtgeschwindigkeit voraus!«

Saul hatte seine Zuhörer gepackt, stellte Franz fest. Dorotea lauschte ihm genauso aufmerksam und gespannt wie ihre Tochter Bonita. Cal und Gun lächelten nachsichtig. Selbst Fernando schien gefesselt zu sein und grinste über die langen pharmazeutischen Namen. Im Augenblick war der Gehsteig vor dem deutschen Restaurant ein Zigeunerlager, und es fehlten nur die tanzenden Flammen eines offenen Feuers.

»Abend für Abend, zwei Stunden nach dem Nachtessen, machte Olga ihre Drogen-Runden. Manchmal ließ sie sich das Tablett von der anderen Schwester oder einer Hilfskraft tragen, manchmal trug sie es selbst.

›Jetzt machen wir ein schönes Schläferchen, Mrs. Binks‹, pflegte sie zu sagen. ›Hier ist Ihr Ticket ins Land der Träume. So ist es brav. Und jetzt noch diese hübsche gelbe Tablette. – Guten Abend, Miß Cheeseley. Ich habe einen Trip nach Hawaii für Sie – blau für den tiefen, tiefen Ozean, rot für den Himmel beim Sonnenuntergang. Und jetzt einen kleinen Schluck, damit sie besser rutschen. – Strecken Sie Ihre Zunge heraus, Mr. Finelli, ich habe hier etwas, das Ihnen Weisheit verleihen wird. – Können Sie sich vorstellen, Mr. Wong, daß man neun oder sogar zehn Stunden tiefer, guter Dunkelheit in eine so winzige Kapsel bannen kann? Es ist eine Zeit-Kapsel, ein Gelatine-Raumschiff, das Sie zu den Sternen tragen wird. – Sie haben gerochen, daß ich komme, nicht wahr, Mr. Auerbach?‹ Und so weiter, und so weiter.

Und auf diese Weise machte Olga Wortly, die Herrin des Vergessens, die Königin der Träume, die geschlossene Abteilung ruhig und friedlich«, fuhr Saul fort, »und wurde dafür oft und überschwenglich gelobt –, denn jeder ist glücklich, wenn eine Abteilung keine Schwierigkeiten macht –, bis sie eines Nachts ein wenig zu weit ging: Ein Patient erhielt eine zu starke Dosis und lag am nächsten Morgen tot in seinem Bett, ein glückliches Lächeln auf den Lippen. Und Olga Wortly war verschwunden und wurde nie wieder gesehen.

Irgendwie ist es ihnen dann gelungen, die Sache zu vertuschen – ich glaube, sie schrieben den Tod des Patienten einer Epidemie galoppierender Hepatitis zu oder einem bösartigen Ekzem – und sie suchen noch immer nach Olga Wortly.

Das ist die ganze Geschichte«, sagte er mit einem Achselzucken, »wenn man davon absieht« – er hob dramatisch einen Finger – »wenn man davon absieht, daß die Leute in der geschlossenen Abteilung behaupten, in mondhellen Nächten – so wie dieser –, wenn es Zeit zum Schlafen wird und die Schwester sich mit dem Tablett der Nachtmedikation auf den Weg zu den Krankenzimmern macht, plötzlich ein durchdringender Geruch von Paraldehyd aus dem Schwesternzimmer dringt (obwohl sie diese Droge seither *nie wieder* verwendet haben), und er zieht von Zimmer zu Zimmer, von Bett zu Bett, ohne auch nur eins auszulassen ... die unsichtbare Krankenschwester macht ihre Runde!«

Und mit mehr oder weniger begeisterten Ahs und Ohs und Gelächter setzten sie sich in Bewegung. Bonita schien völlig zufriedengestellt. Dorotea sagte: »Oh, ich Angst haben! Wenn aufwachen heute nacht, ich denken, daß Schwester kommt, die ich nicht sehen kann, um mir geben dieses Parry-alley-Zeug.«

»Par-al-de-hyd«, korrigierte Fernando langsam, doch mit überraschender Genauigkeit.

9

Es war so viel Zeug in Sauls Zimmer, und so viel verschiedenes Zeug in einem chaotischen Durcheinander (es war in dieser Beziehung die Antithese zu Guns Zimmer), daß man sich wunderte, warum es nicht wie ein Misthaufen wirkte – bis man erkannte, daß keiner der vielen Gegenstände lieblos hin- oder weggeworfen worden war. Man spürte die enge Beziehung, die Saul zu jedem einzelnen dieser Dinge hatte: zu den sachlichen, unretuschierten Fotografien von Menschen, zumeist älteren Menschen

(Patienten seines Krankenhauses, erklärte Saul und deutete auf Mr. Edwards und Mrs. Willis); Bücher, von *Merck's Manual* bis Colette, von *The Family of Man* bis zu Henry Miller, von Edgar Rice bis zu William S. Burroughs und George Borrow (*The Gipsies in Spain*, *Wild Wales*, und *The Zincali*); Nostigs *The Subliminal Occult* (das überraschte Franz wirklich); eine Menge Perlenarbeiten von Hippies, Indern und amerikanischen Indianern; ein Bierkrug mit frischen Blumen; eine Karte von Asien; und ein paar Dutzend Gemälde und Zeichnungen, vom Kindlichen übers mathematisch Exakte bis hin zum orgiastisch Wilden, darunter ein herrliches Abstraktes, Acryl auf schwarzem Karton, mit einem bizarren Durcheinander von Formen und Farben, die eine Miniatur des liebevollen Chaos zu sein schien, das in diesem Raum herrschte.

Saul deutete darauf und sagte: »Das habe ich gemacht, als ich das einzige Mal in meinem Leben Kokain genommen hatte. Falls es eine Droge geben sollte, was ich bezweifle, die dem Verstand etwas gibt, anstatt ihm etwas zu nehmen, dann ist es Kokain. Wenn ich jemals wieder auf Drogen einsteigen sollte, würde ich Kokain nehmen.«

»Wieder?« sagte Gun skeptisch. »Und was ist mit Pot?«

»Das Zeug ist Kinderkram«, winkte Saul ab, »eine Frivolität, ein gesellschaftliches Anregungsmittel, in derselben Kategorie wie Tabak, Kaffee und Tee. Als Anslinger es durchsetzte, daß der Kongreß Haschisch und Marihuana – in praxi – zu harten Drogen erklärte, hat er die Entwicklung der amerikanischen Gesellschaft und die Mobilität seiner Klassen gründlich versaut.«

»Ist es wirklich so schlimm?« fragte Gunnar skeptisch.

»Pot ist auf jeden Fall nicht so gefährlich wie Alkohol«, stimmte Franz zu, »der von der Gesellschaft akzeptiert wird; zumindest von dem Teil, der mit der Werbung zu tun hat: trinkt Whisky, und ihr werdet sexy, reich und gesund, versprechen die Inserate. Weißt du, Saul, es war komisch, daß du Paraldehyd in deiner Story erwähnt hast. Als ich zum letztenmal vom Alkohol ›separiert‹ worden bin – um diesen delikaten medizinischen Ausdruck zu gebrauchen – habe ich drei Nächte hintereinander etwas Paraldehyd bekommen. Es war wirklich wunderbar – die gleiche Wirkung, wie sie der Alkohol hatte, als ich zum ersten Mal betrunken war – ein Gefühl, das ich später nie wieder gehabt habe, angenehm, dieses warme, rosige Glühen ...«

Saul nickte. »Es ist dieselbe Wirkung wie Alkohol, aber ohne die chemischen Systeme so stark zu belasten. Deshalb spricht ein Mensch, der vom Alkohol ausgelaugt ist, besonders gut darauf an. Aber es kann natürlich ebenfalls süchtig machen, wie du sicher weißt. Mögt ihr einen Kaffee? Ich habe allerdings nur gefriergetrockneten.«

Während Saul Wasser aufsetzte und braune Kristalle in farbige Becher löffelte, sagte Gun: »Aber würdest du nicht auch sagen, daß der Alkohol das natürliche Rauschgift der Menschheit ist, mit dem sie Tausende von Jahren Erfahrung hat, das sie genau kennt, an das sie sich gewöhnt hat.«

»Auf jeden Fall Zeit genug«, kommentierte Saul, »um alle Italiener, Griechen, Juden und andere Mediterranier, die eine besonders große genetische Anfälligkeit für Alkohol hatten, umzubringen. Die Indianer und Eskimos haben nicht so viel Glück gehabt. Bei denen dauert dieser Eliminationsprozeß noch an. Und Hanf und Peyote und Mohn und Pilze haben ebenfalls eine ziemlich lange Geschichte.«

»Ja, aber damit kommst du jetzt in die psychedelische, bewußtseinsverzerrende – nach meiner Auffassung, andere sagen -erweiternde – Sparte«, protestierte Gun. »Der Alkohol hat eine direktere, ehrlichere Wirkung.«

»Ich habe auch durch Alkohol Halluzinationen gehabt«, sagte Franz in partiellem Widerspruch, »wenn auch keine so extremen, wie man sie vom LSD bekommt, wie ich gehört habe. Aber nur bei der Entwöhnungskur seltsamerweise, während der ersten drei Tage. In Schränken und dunklen Ecken und unter Tischen – niemals in hellem Licht – habe ich diese schwarzen und manchmal auch roten Drähte gesehen, ungefähr so dick wie Telefonschnüre, und sie vibrierten und peitschten umher... Ich mußte immer an riesige Spinnenbeine denken. Aber ich *wußte*, daß es Halluzinationen waren – und deshalb konnte ich sie – und mich – im Griff behalten, Gott sei Dank. Helles Licht brachte sie immer sofort zum Verschwinden.«

»Entwöhnung ist eine komische und manchmal nicht ungefährliche Angelegenheit«, bemerkte Saul, während er kochendes Wasser in die Becher goß. »Das ist die Phase, in der Trinker das Delirium tremens bekommen, nicht, wenn sie trinken. Das weißt du sicher genauso gut wie ich. Aber die Gefahren und Agonien bei der Entziehung harter Drogen sind maßlos übertrieben worden – das gehört zum Mythos. Ich habe das erfahren, als ich in den großen Tagen von Haight-Ashbury als paramedizinischer Helfer arbeitete, bevor ich Krankenpfleger wurde, und Hippies, die eine Überdosis erwischt haben – oder glaubten, eine erwischt zu haben – Thorazin gab.«

»Wirklich?« fragte Franz und nahm den Kaffeebecher, den Saul ihm reichte. »Ich habe immer gehört, daß bei der Entwöhnung von Heroin cold turkey das Schlimmste ist.«

»Ein Teil des Mythos«, versicherte Saul und schüttelte seine lange Mähne, als er Gun seinen Becher Kaffee reichte. »Der Mythos, den Anslinger mit soviel Mühe in den dreißiger Jahren ins Leben rief, als all die Burschen, die durch die Überwachung der Prohibition groß geworden waren, versuchten, sich ähnlich lukrative Jobs bei der Rauschgiftbekämpfung aufzubauen, als er nach Washington fuhr, in Begleitung von zwei Veterinären, die etwas vom Doping von Rennpferden verstanden, und mit einer Aktentasche voll sensationell aufgemachter Artikel mexikanischer und mittelamerikanischer Zeitungen über Morde und Vergewaltigungen, die von Peons angeblich unter dem Einfluß von Marihuana begangen worden sein sollten.«

»Eine ganze Reihe von Schriftstellern sind ihm damals nachgelaufen«, erklärte Franz. »Der Held ihrer Stories nahm nur einen Zug von einer fremdartigen Zigarette und hatte sofort die wildesten Halluzinationen, meistens im Zusammenhang mit Sex und Blutvergießen. He! Vielleicht könnte ich eine Episode von *Unheimlicher Untergrund* vorschlagen, bei der Drogen eine Rolle spielen«, setzte er nachdenklich hinzu, mehr für sich selbst als zu den anderen. »Es ist auf jeden Fall einen Versuch wert.«

»Und die Agonien des Cold-turkey-Entzuges waren Teil dieses Mythos-Bildes«, fuhr Saul fort, »und deshalb hatten die Beatniks und Hippies, die zu Drogen griffen, um gegen das Establishment und die Vätergenerationen zu rebellieren, all diese furchtbaren Halluzinationen und Entzugs-Agonien, so wie es ihnen der von Polizisten erdachte Mythos vorausgesagt hatte.« Er lächelte sarkastisch. »Weißt du, manchmal denke ich, daß es da eine frappierende Parallele zum Langzeit-Effekt der Kriegspropaganda über die Deutschen gibt. Im Zweiten Weltkrieg haben sie all die Greueltaten begangen – und noch mehr –, deren man sie im Ersten Weltkrieg – zumeist zu Unrecht – angeklagt hatte. Ich hasse diese Erkenntnis, aber ich habe gelernt, daß die Menschen immer versuchen, die schlimmsten Erwartungen zu erfüllen.«

Gun setzte hinzu: »Das Hippie-Ära-Analogon zur SS ist die Manson-Familie.«

»Auf jeden Fall«, faßte Saul zusammen, »ist es das, was ich gelernt habe, als ich mitten in der Nacht durch Hashbury rannte und den verdammten Blumenkindern Thorazin *per anum* verpaßte. Ich konnte und durfte nicht spritzen, weil ich noch kein ausgebildeter Pfleger war.«

»Damals haben Saul und ich uns getroffen«, sagte Gun.

»Aber ich habe Gun kein Thorazin in den Hintern geschoben«, stellte Saul sofort klar, »– es wäre auch zu romantisch gewesen –, sondern einem Freund von ihm, der eine Überdosis genommen hatte und ihn anrief. Gun rief dann uns zu seinem Freund. So haben wir uns kennengelernt.«

»Mein Freund hat sich sehr schnell erholt«, erklärte Gun.

»Und wo habt ihr beiden Cal kennengelernt?« fragte Franz.

»Hier. Als sie eingezogen ist«, sagte Gun.

»Zuerst hatten wir nur das Gefühl, als ob sich eine wohltuende Stille über uns gesenkt hätte«, sagte Saul nachdenklich. »Denn der Vormieter ihres Apartments war außergewöhnlich laut gewesen, selbst für dieses Gebäude.«

Gun sagte: »Und dann war es uns, als ob eine sehr stille, aber musikalische Maus in unsere Gemeinschaft gekommen wäre. Wir gewöhnten uns daran, Flötenmusik zu hören, doch sie war so leise, daß wir nicht sicher waren, ob wir sie uns nicht nur einbildeten.«

»Zur selben Zeit«, sagte Saul, »begannen wir diese attraktive, schweigsame, sehr höfliche junge Dame zu bemerken, die immer allein war und die Lifttüren immer sorgsam und lautlos schloß.«

Gun sagte: »Und dann, eines Abends, gingen wir ins Veterans Building, um ein Beethoven-Quartett zu hören. Sie war ebenfalls unter den Zuhörern, und wir haben uns ihr vorgestellt.«

»Und als das Konzert zu Ende war, waren wir Freunde«, setzte Saul hinzu.

»Und am nächsten Wochenende halfen wir ihr bei der Einrichtung ihres Apartments«, schloß Gun. »Es war, als ob wir uns seit Jahren gekannt hätten.«

»Oder zumindest, als ob sie uns seit Jahren gekannt hätte«, qualifizierte Saul. »Wir brauchten eine ganze Weile länger, um etwas über sie zu erfahren – was für ein unglaublich überbeschütztes Leben sie geführt hatte, von ihren Schwierigkeiten mit ihrer Mutter...«

»Wie hart sie der Tod ihres Vaters getroffen hatte...«, warf Gun ein.

»Und wie entschlossen sie war, ihr Leben aus eigener Kraft aufzubauen, und...« – Saul zuckte die Achseln – »... und ihre eigenen Erfahrungen zu sammeln.« Er blickte Franz an. »Wir brauchten sogar noch länger, bis wir entdeckten, wie empfindlich dieses Mädchen unter ihrer kühlen, kompetenten Fassade war.«

Franz nickte und fragte dann Saul: »Und jetzt willst du mir sicher die Geschichte von ihr erzählen, die du dir bis jetzt aufgespart hast.«

»Woher weißt du, daß es eine Geschichte über sie ist?« fragte Saul verwundert.

»Weil du ihr einen raschen Blick zugeworfen hast, bevor du dich entschlossen hast, sie nicht im Restaurant zu erzählen«, sagte Franz, »und weil du mich erst eingeladen hast, als du sicher warst, daß sie nicht auch kommen würde.«

»Ihr Schriftsteller seid verdammt clever«, bemerkte Saul. »Nun, es ist auch zufällig eine Schriftsteller-Story, eines Schriftstellers von deiner Art – der Sorte, die übernatürliche Horror-Stories schreibt. Dein Trip zu den Corona Heights hat mir den Anstoß gegeben, sie dir zu erzählen. Es handelt vom gleichen Reich des Unbekannten, aber von einem anderen Land in diesem Reich.«

10

Saul steckte sich eine Zigarette an und lehnte seinen Rücken gegen die Wand.

Gun saß auf dem anderen Ende der Couch, Franz den beiden gegenüber auf einem Lehnstuhl.

»Schon sehr früh«, begann Saul, »erkannte ich, daß Cal großes Interesse an meinen Patienten im Krankenhaus hatte. Nicht, daß sie mir einen Haufen Fragen stellte, aber sie hörte mir immer aufmerksam zu, wenn ich von ihnen sprach. Sie waren eine weitere Facette der riesigen Welt, die sie gerade zu erforschen begonnen hatte, über die sie etwas erfahren wollte, um dafür Sympathie zu entwickeln oder um sich dagegen zu wappnen. Bei ihr scheint es am Ende fast immer eine Kombination von beidem zu werden.

In jenen Tagen war ich ebenfalls sehr stark an Menschen interessiert. Seit einem Jahr arbeitete ich in der Spätschicht, hatte ziemlich freie Hand und den Kopf voller Ideen, was man ändern sollte, und einiges habe ich auch wirklich geändert. Vor allem hatte die Schwester, die die Station vor mir leitete, zu viele Beruhigungs- und Schlafmittel verabreicht.« Er grinste. »Siehst du, die Story, die ich vorhin Dorotea und Bonny erzählt habe, war nicht *reine* Erfindung. Auf jeden Fall habe ich die Medikationen so weit herabgesetzt, daß die Leute ansprechbar waren, ich mit ihnen arbeiten konnte und sie beim Frühstück nicht noch immer komatös waren. Natürlich wurde die Station dadurch lebhafter, unruhiger und manchmal auch schwieriger, aber ich war damals frisch und optimistisch und fühlte mich imstande, mit allen Situationen fertig zu werden.«

Er lachte leise. »Ich vermute, das ist etwas, das jeder Neue als erstes tut: die Barbiturate heruntersetzen – bis er oder sie müde und vielleicht auch etwas nervös wird und entscheidet, daß Ruhe und Frieden ein paar Schlafmittel wert sind.

Aber ich lernte meine Leute recht gut kennen, jedenfalls bildete ich mir das ein, und wußte, in welcher Phase ihres Zyklus sie sich gerade befanden; deshalb konnte ich ihre Anfälle voraussehen und behielt meine Station ganz gut unter Kontrolle.

Da war dieser junge Mr. Sloane, zum Beispiel, der an Epilepsie litt – von der *petit mal*-Sorte – und gleichzeitig unter schweren Depressionen. Er war gebildet und zeigte künstlerisches Talent. Wenn er sich dem Höhepunkt seines Zyklus' näherte, begann er seine *petit mal*-Anfälle zu bekommen – kurze Bewußtseinsstörungen, sekundenlanges ›Wegtreten‹, Schwindelanfälle und so weiter – die immer rascher aufeinander folgten, zuletzt in Intervallen von zwanzig Minuten, manchmal sogar noch häufiger. Weißt du, ich habe oft gedacht, daß Epilepsie etwa so ist, als ob das Gehirn versuchte, sich selbst einen Elektroschock zu geben. Auf jeden Fall arbeitete Mr. Sloane sich so dem Höhepunkt entgegen, einem Anfall, der fast dem *grand mal* nahekam; er stürzte zu Boden, krümmte und wand sich, tobte und schrie und verlor die Kontrolle über seine Körperfunktionen – psychische Epilepsie haben sie das genannt. Danach erfolgten seine *petit mal*-Attacken in immer größer werdenden Abständen, und nach einer Woche oder so war er für einige Zeit wieder in Ordnung. Er schien dies alles zeitlich genau festzulegen und eine Menge kreativer Mühen darin zu investieren – ich sagte dir bereits, daß er künstlerisches Talent besaß. Du mußt wissen, daß jede Form von Irrsinn eine Art künstlerischen Ausdrucks ist, das jedenfalls ist meine Meinung. Aber so ein Mensch hat kein anderes Material als sich selbst, um damit zu arbeiten – also konzentrierte er seine ganze Kunst auf sein Verhalten.

Nun, wie schon gesagt, ich merkte, daß Cal auf meine Leute sehr neugierig war; sie machte sogar Andeutungen, daß sie sie gerne kennenlernen würde. Also lud ich sie eines Abends – an einem Tag, als alle meine Leute sich in den ruhigen Phasen ihrer Zyklen befanden – ein, ins Krankenhaus zu kommen. Natürlich war das ein Verstoß gegen unsere Vorschriften, wie du dir denken kannst. Wir hatten auch keinen Mond in dieser Nacht – Neumond, oder dicht davor – Mondlicht regt die Menschen auf, und besonders die Verrückten – ich weiß nicht warum und durch was, aber es ist so.«

»He, davon hast du mir bisher noch nie etwas erzählt«, sagte Gun. »Ich meine, daß du Cal einmal ins Hospital mitgenommen hast.«

»Und?« Saul zuckte die Achseln. »Sie erschien etwa eine Stunde nach Ablösung der Tagesschicht und war blaß und etwas nervös, aber voller Erwartung – und sofort nach ihrem Eintreffen schien alles in der Station schiefzugehen und aus den Fugen zu geraten. Mrs. Willis begann laut zu jammern und ihr entsetzliches Mißgeschick zu beklagen – damit war sie nach meiner Berechnung erst in einer guten Woche dran –, und ihr Jammern wirkte ansteckend auf Miß Craig, die beim Schreien die Lautstärke einer mittleren Sirene erreicht. Mr. Schmidt, der über einen Monat sehr ruhig und brav gewesen war, gelang es, seine Hose herunterzulassen und einen Haufen Scheiße vor Mr. Bugattis Tür zu setzen, bevor wir ihn daran hindern konnten, und so etwas war auf der Station seit über einem Jahr nicht mehr passiert.

Inzwischen hatte Mrs. Gutmayer ihr Tablett mit dem Abendessen zu Boden geworfen und übergab sich, und Mr. Stowacki war es irgendwie gelungen, einen Teller zu zerbrechen und sich mit den Scherben zu schneiden – und Mrs. Harper begann zu schreien, als sie das Blut sah – es war nicht viel –, und nun hatten wir zwei schreiende Frauen, nicht gerade von Fay Wrays Klasse, aber gut.

Natürlich mußte ich Cal sich selbst überlassen, da ich mich um alles kümmern mußte, aber ich überlegte mir die ganze Zeit, was sie sich wohl denken mochte, und hätte mir am liebsten in den Hintern getreten, daß ich sie eingeladen und mir in meinem Größenwahn eingebildet hatte, Desaster voraussehen und mit ihnen fertig werden zu können.

Als ich wieder Zeit hatte, mich um sie zu kümmern, war sie mit dem jungen Mr. Sloane und ein paar anderen in den Aufenthaltsraum gegangen, hatte dort unser Klavier entdeckt und probierte es aus. Es mußte fürchterlich verstimmt gewesen sein, zumindest für ihre Ohren.

Sie hörte sich schweigend meinen kurzen, hastigen Bericht an – meine Entschuldigungen, besser gesagt –, daß normalerweise bei uns keine Scheiße auf Korridoren läge und so weiter, und so weiter, und sie nickte von Zeit zu Zeit, spielte jedoch weiter und schien nach den Tasten zu suchen, welche die am wenigsten verstimmten Saiten anschlugen. Sie hörte mir aufmerksam zu, beschäftigte sich jedoch genauso konzentriert mit dem Klavier.

Zu dieser Zeit merkte ich, daß es auf der Station wieder unruhig wurde und Harry (der junge Sloane) seine *petit mal*-Anfälle in viel kürzeren Intervallen bekam, als er sie bekommen durfte, während er im Aufenthaltsraum unruhig im Kreis ging. Nach meinen Berechnungen sollte er erst in der kommenden Nacht zur Klimax kommen, aber nun hatte er seinen Zyklus aus mir unerklärlichen Gründen beschleunigt, so daß er mit Sicherheit in dieser Nacht seinen *grand mal*-Anfall bekommen würde.

Ich wollte Cal warnen und sie darauf vorbereiten, was wahrscheinlich passieren würde, aber gerade in dem Moment lehnte sie sich zurück und verzog ein wenig das Gesicht, so wie sie es manchmal tut, wenn sie ein Konzert beginnt, und dann spielte sie Cherubinos Arie aus der ›Hochzeit des Figaro‹, aber in einer Tonart, bei der sie die am schlimmsten verstimmten Saiten des alten Klaviers benutzen mußte. (Später erklärte sie mir, daß sie es absichtlich getan habe.)

Dann ging sie in eine andere Tonart über, die jedoch nur um eine Nuance weniger diskordant klang als die vorige, und so weiter, und so weiter. Ob du es glaubst oder nicht, bei diesen spielerischen Modulationen begann sie mit der am meisten diskordanten Tonart dieses verstimmten Irren-Klaviers und wechselte über zehn oder zwölf zu der, bei der man diesen Defekt des alten Kastens am wenigsten merkte, und dann spielte sie dieses Stück von Mozart noch einmal in dieser Reihenfolge von Tonarten, von der unharmonischsten zur harmonischsten.

Währenddessen fühlte ich, wie Unruhe und Spannung um mich her ständig wuchsen, und ich konnte tatsächlich *sehen*, daß Harrys *petit mal*-Anfälle in immer kürzeren Intervallen erfolgten. Er ging immer schneller und unruhiger im Kreis herum, und ich wußte, daß der große Anfall unmittelbar bevorstand, und fragte mich, ob ich Cal am Weiterspielen hindern sollte, indem ich ihre Hände festhielt, als ob sie eine Hexe wäre, die mit ihrer Musik Schwarze Magie betrieb; die Station war verrückt geworden, als sie angekommen war, und jetzt heizte sie die Leute mit ihrem verdammten Mozart noch mehr auf.

Doch gerade dann modulierte sie triumphierend in der am wenigsten diskordanten Tonart, und im Gegensatz zu den anderen klang sie plötzlich vollkommen rein, unglaublich richtig, und in diesem Augenblick verfiel der junge Harry Sloane nicht in seinen *grand mal*-Anfall, sondern in einen *unheimlich graziösen, hüpfenden Tanz,* in perfekter Übereinstimmung mit dem Rhythmus von Cherubinos Arie, und bevor ich wußte, was ich tat, hatte ich Miß Craig gepackt – deren Mund offen stand, als ob sie wieder schreien wollte, doch sie schrie nicht – und schwenkte sie im Dreivierteltakt herum, hinter dem jungen Harry Sloane her, und ich fühlte, wie die Spannung um uns herum sich auflöste wie Nebel unter den Strahlen der Sonne. Irgendwie war es Cal gelungen, diese Spannung zum Schmelzen zu bringen, genauso wie Harrys Depressionen; sie hatte ihn sicher über den Berg gebracht, ohne daß er seinen großen Anfall bekam. Es kam mir damals wie etwas vor, das einem Wunder am nächsten kam, wie ich es noch nie erlebt hatte: Zauberei, Magie – aber weiße Magie.«

Franz erinnerte bei dieser Schilderung an die Worte, die Cal an diesem Morgen zu ihm gesagt hatte, an ihre Behauptung, daß ›Musik die Macht habe, andere Dinge zu befreien und sie fliegen und wirbeln zu lassen‹.

»Und was geschah dann?« fragte Gun.

»Nichts eigentlich«, sagte Saul. »Cal spielte dieselbe Melodie immer wieder, in der gleichen, triumphierenden Tonart, und wir tanzten, und ich glaube, daß noch ein paar andere mitmachten. Doch Cal spielte bei jeder Wiederholung leiser, und immer leiser, bis es schließlich eine Musik für Mäuse wurde, und dann hörte sie auf und schloß sehr leise den Klavierdeckel, und wir hörten auf zu tanzen, blieben stehen und lächelten einander an, und das war alles – aber wir alle waren jetzt an einem anderen Ort als dem, von dem aus wir aufgebrochen waren. Und kurz darauf ging sie nach Hause, ohne auf das Ende der Schicht zu warten, als ob sie wüßte, daß sich das, was sie getan hatte, nicht wiederholen ließ. Wir haben später nicht viel darüber gesprochen, sie und ich, und ich erinnere mich daran, daß ich gedacht habe: ›Zauberei ist ein einmaliges Phänomen.‹«

»He, das gefällt mir«, sagte Gun. »Ich meine die Vorstellung, daß Zauberei – und auch Wunder, wie die von Jesus, sozusagen – und auch Kunst, und natürlich Geschichte – Phänomene sind, die nicht wiederholt werden *können.* Im Gegensatz zur Wissenschaft, bei der es sich ausschließlich um Phänomene handelt, die wiederholbar sind.«

Franz sagte nachdenklich: »Spannung *zerschmolz*... Depression löste sich auf... die Töne fliegen aufwärts, wirbeln wie Funken... Weißt du, Gun, irgendwie läßt mich das daran denken, was dein Shredbasket tut, den du mir heute morgen gezeigt hast.«

»Shredbasket?« fragte Saul verwundert.

Franz erklärte ihm mit wenigen Worten, daß es sich dabei um einen Aktenvernichter handele, den Gun ihm vorgeführt habe.

»Du hast mir nichts davon gesagt«, beschwerte sich Saul.

»Und?« Gun lächelte und zuckte die Achseln.

»Natürlich«, sagte Franz rasch und fast bedauernd, »ist die Erkenntnis, daß Musik eine beruhigende Wirkung auf Irre ausübt, schon seit einiger Zeit bekannt.«

»Mindestens seit Pythagoras«, sagte Gun und nickte. »Und das ist zweitausendfünfhundert Jahre her.«

Saul schüttelte den Kopf. »Was Cal getan hat, geht noch viel weiter zurück.«

Es klopfte an die Tür. Gun öffnete sie.

Fernando blickte im Zimmer umher, verbeugte sich höflich, grinste Franz an und sagte: »Schach?«

11

Fernando war ein starker Spieler. In Lima hatte er als Meister gegolten. In Franz' Zimmer spielten sie zwei lange, harte Partien, von denen jeder eine gewann, und das war genau die Therapie, die Franz brauchte, um seinen abendlich benebelten Verstand wieder anzukurbeln, und während dieser zwei Schachpartien wurde ihm bewußt, wie sehr ihn der Aufstieg zu den Corona Heights körperlich ermüdet hatte.

Von Zeit zu Zeit dachte er flüchtig über Cals ›Weiße Magie‹ nach (wenn man sie so nennen konnte), und die schwarze Abart (noch unwahrscheinlicher), in der er auf den Corona Heights geraten war. Er wünschte, er hätte beide Ereignisse ausführlicher mit Saul und Gun diskutiert, bezweifelte jedoch, daß sie ihm mehr gesagt haben würden. Ach was, er würde sie ja morgen abend beim Konzert wiedersehen. Als er gegangen war, hatten sie ihn gebeten, ihnen Plätze freizuhalten, falls er vor ihnen dort sein sollte.

Als Fernando sich verabschiedete, deutete er auf das Schachbrett und fragte: »*Mañana por la noche?*«

So viel Spanisch verstand Franz. Er lächelte und nickte. Falls er morgen abend keine Zeit zum Schachspielen haben sollte, konnte er noch immer Dorotea Nachricht geben.

Er schlief wie ein Toter und ohne Träume, an die er sich später erinnern konnte.

Er erwachte frisch und ausgeruht, sein Verstand war klar und scharf und sehr ruhig – die Segnungen eines guten Schlafs. Die Benommenheit und die Unsicherheit des vorherigen Abends waren verschwunden. Er erinnerte sich sehr genau an alle Ereignisse des vergangenen Tages, aber ohne emotionelle Obertöne von Erregung oder Angst.

Das Sternbild des Orion hatte sich vor das Fenster geschoben und sagte ihm, daß es bald dämmern würde. Seine neun hellsten Sterne gaben ihm das Aussehen einer kantigen, leicht geneigten Eieruhr.

Er machte sich rasch eine kleine Tasse Kaffee mit Wasser aus der Warmwasserleitung, zog seinen Morgenmantel über, stieg in ein Paar Sandalen, nahm das Fernglas vom Schreibtisch und stieg aufs Dach. Alle seine Sinne waren wach und geschärft. Die schwarz überstrichenen Fenster der Luftschächte und die schwarzen drückerlosen Türen der ehemaligen Besenschränke waren genauso auffallend wie die Türen der benutzten Räume und das alte, häufig gestrichene Treppengeländer, das seine Hand berührte, als er die Treppen hinaufstieg.

In dem kleinen, kubischen Raum auf dem Dach fiel der Schein seiner kleinen Taschenlampe auf glänzende Kabel, auf den dunklen, fast quadratisch wirkenden Elektromotor und die kleinen, reglosen Gußeisenarme der Relais, die zu zuckendem, geräuschvollem Leben erwachen, schwingen, schnappen und klicken würden, sobald jemand irgendwo im Haus auf einen Liftknopf drückte. Der grüne Zwerg und die Spinne.

Er trat in den kühlen, frischen Nachtwind hinaus. Als er an einem Luftschacht vorbeikam, blieb er stehen und warf aus einem Impuls heraus ein Kieselsteinchen hinein. Es dauerte fast drei Sekunden, bis er es mit einem leisen, scharfen Geräusch unten aufschlagen hörte. Ungefähr achtzig Fuß. Er fühlte eine gewisse Befriedigung bei dem Gedanken, daß er schon wach und bei klarem Verstand war, während die meisten Menschen noch fest schliefen.

Er blickte zu den Sternen empor, die den dunklen Dom des Himmels schmückten wie winzige Silbernägel. Für San Francisco mit seinen ständigen Nebeln und dem widerlichen Smog, der von Oakland und San Jose herübertrieb, war es eine gute Nacht, um den Sternhimmel zu beobachten. Der Mond war untergegangen. Beglückt studierte er die Superkonstellation, die ›der Schild‹ genannt wird, ein himmelumspannendes Hexagon, dessen Ecken von Capella im Norden, dem hellen Pollux (in dessen Nähe Castor stand, und in diesen Jahren auch Saturn), Procyon, dem kleinen Hundestern, Sirius, dem hellsten aller Sterne, dem bläulichen Rigel im Sternbild des Orion, und (wieder in nördlicher Richtung) dem rotgoldenen Aldebaran markiert wurden. Er hielt den Feldstecher vor die Augen und blickte zu dem goldenen Schwarm der Hyaden hinauf, die sich um Aldebaran scharten, und dann zu den in unmittelbarer Nähe des Schildes stehenden, blauweißen Sternchen der Plejaden.

Die beständigen, ruhigen Sterne paßten zu seiner morgendlichen Stimmungslage und verstärkten sie. Er blickte wieder zum Orion empor, und dann zu dem Fernsehturm mit seinen roten Lichtern und Blinkern.

Unter ihnen zeichneten sich die Corona Heights wie ein schwarzer Buckel vor den Lichtern der Stadt ab.

Ihm kam die Erinnerung – plötzlich und kristallklar, so wie immer in letzter Zeit in der Stunde nach dem Erwachen – an den Augenblick, als er den Fernsehturm zum ersten Mal bei Nacht gesehen hatte und dabei an einen Satz aus Lovecrafts Story ›*The Haunter of the Dark*‹ gedacht hatte, wo der Wächter eines anderen, übel beleumundeten Berges, (des Federal Hill, in Providence) sieht, wie der ›rote Leuchtturm des Industrial Trust aufflammt, um die Nacht grotesk zu machen‹. Als er den Fernsehturm zum ersten Mal gesehen hatte, war er ihm mehr als nur grotesk erschienen, doch jetzt – sehr seltsam! – übte sein Anblick einen fast so beruhigenden Einfluß auf ihn aus wie das Sternbild des Orions.

›*The Haunter of the Dark*‹! dachte er mit einem lautlosen Lachen. Gestern hatte er das Kapitel einer Story durchlebt, die man am zutreffendsten als ›*The Lurker at the Summit*‹* bezeichnen konnte. Wie eigenartig.

Bevor er in sein Apartment zuruckkehrte, warf er noch einen raschen Blick auf die dunklen Rechtecke und die mageren Pyramiden der Wolkenkratzer in der City – die Schreckgespenster des alten Thibaut! –, und die höchsten von ihnen waren gleichfalls mit roten Warnlichtern bestückt.

Er machte sich noch einen Kaffee, und diesmal brachte er das Wasser auf der Elektroplatte zum Kochen, nahm Zucker und viel Milch. Dann machte er es sich im Bett bequem, entschlossen, diesen Vormittag dazu zu benutzen, um sich über einige Dinge klarzuwerden, die sein ermüdetes Gehirn am vergangenen Abend nicht richtig verarbeiten konnte. Thibauts düsteres Buch und das verblichen-teerosenfarbene Journal hatten bereits den Kopf seines ›Studentenliebchens‹ auf seiner Seite des Bettes verdrängt. Jetzt legte er die großen, schwarzen, rechteckigen Bände von Lovecrafts ›*The Outsider*‹ und die ›*Collected Ghost Stories*‹ von Montague Rhodes James dazu, und ein paar vergilbte, alte Exemplare von *Weird Tales* (irgendein Puritaner hatte ihre grausig-grellen Titelseiten abgerissen), die Stories von Clark Ashton Smith enthielten, und um für sie Platz zu machen, schob er ein paar der bunten Zeitschriften zu Boden, und mit ihnen die farbigen Servietten.

»Du fällst auseinander, Liebling«, sagte er fröhlich, »und nimmst eine düsterere Färbung an. Ziehst du dich für ein Begräbnis um?«

* ›Der Lauernde auf dem Gipfel‹

Dann beschäftigte er sich für eine Weile ernsthaft mit *Megapolisomancy*. Mein Gott, der alte Knabe verstand es wirklich, pseudowissenschaftlichem Geschwafel Farbe zu geben. Zum Beispiel:

> *Zu jedem Zeitpunkt der Geschichte hat es eine oder zwei Städte der monströsen Art gegeben – z. B. Babel oder Babylon, Ur-Lhasa, Ninive, Syrakus, Rom, Samarkand, Tenochtitlan, Peking – aber wir leben heute im megapolitanischen (oder nekropolitanischen) Zeitalter, wo solche Desaster sich vervielfältigt haben und die Gefahr besteht, daß sie zusammenwachsen und die Welt unter totem, aber multipotentem Großstadt-Müll begraben. Wir brauchen einen Schwarzen Pythagoras, um die Übel unserer Monster-Städte und ihre nach Verwesung stinkenden, kreischenden Songs auszuspionieren, so wie der Weise Pythagoras vor zweieinhalb Jahrtausenden die himmlischen Sphären und ihre kristallinen Symphonien ausspionierte.*

Oder, als er dem mehr von seiner eigenen Marke des Okkultismus hinzufügte:

> *Da wir modernen Stadtmenschen bereits in Gräbern leben, wodurch wir auf eine gewisse Weise an den Tod gewöhnt und auf ihn vorbereitet werden, ergibt sich hier die Möglichkeit einer unendlichen Verlängerung dieses Lebens-im-Tode. Doch, obwohl durchaus praktikabel, wäre es bestenfalls eine äußerst morbide und miserable Existenz, ohne Vitalität oder auch nur Bewußtsein, sondern lediglich Paramentation, bei der paramentale Wesen azoischen Ursprungs, aggressiver und gefährlicher als Spinnen und Wiesel, unsere Haupt-Gefährten wären.*

Wie würde Paramentation sein? fragte sich Franz. Wie eine Art Trance? Wie Opium-Träume? Dunkle, drohende Phantome sensorischer Auszehrung? Oder etwas gänzlich anderes?

Oder:

> *Das elektro-mephytische Großstadt-Material, von dem ich spreche, besitzt Potentiale, um über riesige räumliche und zeitliche Entfernungen hinweg unglaublich starke Wirkungen auszulösen, selbst in ferner Zukunft und auf anderen Planeten, doch will ich auf die für ihre Manipulation und Kontrolle notwendigen Maßnahmen auf diesen Seiten nicht näher eingehen.*

Wie es der überstrapazierte, doch vitale, zeitgenössische Ausruf in einem solchen Fall so unvergleichlich ausdrückte: *Wow!*

Franz nahm eines der alten, verblichenen Taschenbücher in die Hand und fühlte sich versucht, Smiths wunderbare Fantasy-Story ›*The City of the Singing Flame*‹ zu lesen, in der gigantische, aus allen Nähten platzende Städte durch das Land ziehen und sich gegenseitig bekämpfen, doch er schob es entschlossen zur Seite und griff nach dem Journal.

Smith – er war sicher, daß es von Smith stammte – war offensichtlich von de Castries stark beeindruckt worden, und er hatte offensichtlich auch *Megapolisomancy* gelesen. Franz fiel ein, daß das Exemplar, das er jetzt besaß, höchstwahrscheinlich einmal Smith gehört hatte. Er las eine typische Passage des Tagebuches:

> *Heute drei Stunden mit dem aufgebrachten Tybalt. Fast mehr, als ich ertragen konnte. Die Hälfte der Zeit Schimpfen auf die abgefallenen Akolyten, während der anderen Hälfte warf er mir Brocken paranaturaler Wahrheiten zu. Aber was für Brocken! Diese Behauptung über die Bedeutung diagonaler Straßenzüge! Wie genau dieser alte Teufel ins Innere der Städte blickt und ihre unsichtbaren Krankheiten erkennt – ein neuer Pasteur, aber einer der lebenden Toten.*
>
> *Er sagt, daß sein Buch kindisches Zeug sei, aber das neue Thema – über den Kern und das Warum und wie sie zu benutzen sind – behält er im Kopf und in der ›Grand Cipher‹, deren Vorhandensein er hin und wieder vage andeutet. Manchmal nennt er sie (die ›Grand Cipher‹) sein Fünfzig-Buch, das heißt, falls ich recht habe, und es sich dabei um dasselbe handelt. Aber warum fünfzig?*
>
> *Ich sollte Howard darüber schreiben, er wäre sicher ziemlich erstaunt und – ja! – beglückt, weil es so exakt den dekadenten und schleimigen Horror schildert und* illuminiert, *den er in New York und Boston, und sogar in Providence gefunden hat (nicht Levantiner oder Mediterraner, sondern halbidiotische Paramentale!). Ich bin jedoch nicht sicher, ob er das ertragen könnte. Ich weiß nicht einmal, wieviel mehr davon ich selbst noch ertragen kann. Und wenn ich dem alten Tiberius auch nur andeute, sein paranaturales Wissen mit anderen, verwandten Geistern zu teilen, wird er so grob wie sein Namensvetter in seinen letzten Tagen auf Capri und beginnt wieder, über die Menschen herzufallen, die seiner Ansicht nach ihn und den von ihm geschaffenen Hermetischen Orden verlassen und verraten hätten.*
>
> *Ich sollte ebenfalls aussteigen – ich habe alles erfahren, was ich wissen will, und es gibt eine Menge Geschichten, die danach schreien, geschrieben zu werden. Aber kann ich diese höchste Ekstase aufgeben, jeden Tag zu wissen, daß ich von den Lippen des Schwarzen Pythagoras neue paranaturale Wahrheiten hören werde? Es ist wie eine Droge, die ich haben muß. Wer kann es aufgeben, Tag für Tag solche wunderbaren*

Phantasien zu hören? – besonders, wenn diese Phantasien Wahrheiten sind.

Das Paranaturale, nur ein Wort – doch welche Bedeutung hat es! *Das Paranaturale – ein Traum von Großmüttern und Priestern und Autoren von Horror-Stories. Ich frage mich nur, wieviel davon ich ertragen kann. Ob ich den direkten Kontakt zu einem paramentalen Wesen finden könnte, ohne verrückt zu werden?*

Als ich heute zurückkam, fühlte ich, daß meine Sinne metamorphosierten. San Francisco war eine Meganekropolis, die von Paramentalem am Rande des Gesichtsfeldes und der Gehörfrequenzen vibrierte, jeder Häuserblock ein surreales Mahnmal, unter dem Dali begraben sein könnte, und ich einer der lebenden Toten, dem alles mit kaltem Entzücken bewußt war. Doch jetzt, zwischen den Wänden dieses Raums, habe ich Angst.

Franz blickte mit einem leisen Lachen auf die düstere Wand hinter dem Bett, auf die spinnwebartige Zeichnung des Fernsehturms auf fluoreszentem Rot, und sagte zu seinem gelehrigen ›Studentenliebchen‹, das zwischen ihm und der Wand lag: »Er hat sich ganz schön darüber aufgeregt, nicht wahr, Liebling?«

Dann wurde sein Gesicht wieder ernst. Der ›Howard‹ in der Tagebucheintragung mußte Howard Phillips Lovecraft sein, dieser puritanische Poe des zwanzigsten Jahrhunderts aus Providence, mit seinem bedauernswerten, aber zweifellos vorhandenen Ekel vor den Schwärmen von Einwanderern, die, wie er fürchtete, die Traditionen und Denkmäler seines geliebten Neu-Englands und der ganzen Ostküste bedrohten. (Und hatte Lovecraft nicht hin und wieder als Ghost-writer für einen Mann gearbeitet, dessen Name dem de Castries' ähnlich war? Caster? – oder Carswell?) Er und Smith waren lange Zeit Brieffreunde gewesen. Und die Erwähnung eines ›Schwarzen Pythagoras‹ war allein schon ein fast sicherer Beweis, daß der Tagebuchschreiber de Castries' Buch gelesen haben mußte. Und diese Erwähnung eines Hermetischen Ordens und einer ›Grand Cipher‹ (oder Fünfzig-Buches) waren eine Herausforderung an seine Fantasie. Doch Smith (wer sonst?) war offensichtlich genauso entsetzt wie fasziniert über die Auslassungen seines querköpfigen Mentors gewesen. Das zeigte sich sogar noch deutlicher bei einer späteren Eintragung:

Haßte, *was der schadenfreudige Tiberius heute über das Verschwinden von Bierce und den Tod von Sterling und Jack London andeutete. Nicht nur, daß sie in Wahrheit Selbstmörder gewesen sein sollen (was ich kategorisch zurückweise, insbesonders, was Sterling betrifft!), sondern daß bei ihrem Tod auch noch andere Elemente eine Rolle gespielt haben könnten – Elemente, für die der alte Teufel sich* das Verdienst anzumaßen scheint!

Er kicherte sogar, als er sagte: ›Über eins müssen Sie sich klar sein, mein lieber Junge, daß sie alle paramental *eine sehr schwere Zeit zu durchleben hatten, bevor sie ausgelöscht wurden – oder zu ihren grauen, paranaturalen Höllen schlurften. Sehr bedrückend, diese Vorstellung, doch es ist das gemeinsame Schicksal aller Judasse – und aller kleine Wichtigtuer‹, setzte er hinzu und starrte mich unter seinen buschigen, weißen Brauen hervor an.*

Ob er mich hypnotisierte?

Warum bleibe ich, jetzt, wo die Bedrohungen die Offenbarungen überwiegen? Dieses zusammenhanglose Zeug über Techniken, paramentale Wesen auf meine Spur zu setzen... eine klare Bedrohung.

Franz runzelte die Stirn. Er wußte ein wenig über die brillante literarische Gruppe, die um die Jahrhundertwende in San Francisco beheimatet gewesen war, und die bedrückend große Zahl ihrer Mitglieder, die ein tragisches Ende gefunden hatte – unter ihnen der makabre Autor Ambrose Bierce, der 1913 in dem von einer Revolution erschütterten Mexiko verschwand, Jack London, der wenig später einer Urämie und Morphin-Vergiftung erlag, und der Fantasy-Dichter Sterling, der in den zwanziger Jahren an Gift starb. Er nahm sich vor, Jaime Donaldus Byers bei der ersten sich bietenden Gelegenheit nach weiteren Einzelheiten über die ganze Angelegenheit zu fragen.

Die letzte Tagebucheintragung, die mitten in einem Satz abbrach, war von der gleichen Art:

Überraschte Tiberius heute, als er mit schwarzer Tinte Eintragungen in eine Kladde machte, wie sie für die Buchhaltung benutzt wird. Sein Fünfzig-Buch? Die Grand Cipher? Ich konnte einen Blick auf voll beschriebene Seite werfen und glaubte astronomische und astrologische Symbole zu erkennen (Vielleicht fünfzig davon?), bevor er sie zuklappte und mir vorwarf, zu spionieren. Ich versuchte, ihn von diesem Thema abzubringen, aber er sprach von nichts anderem.

Warum bleibe ich? Dieser Mann ist ein Genie (Paragenie?), aber er ist auch ein Paranoiker!

Er schüttelte die Kladde vor meinem Gesicht und schrie: ›Vielleicht werden Sie eines Nachts auf leisen Sohlen hier hereinschleichen und sie stehlen! Ja, warum auch nicht? Es würde lediglich Ihr Ende bedeuten, paramental gesprochen! Das würde Ihnen nicht weh tun. Oder doch?‹

Ja, bei Gott, es wird Zeit, daß ich...

Franz blätterte die nächsten Seiten um, die alle unbeschrieben waren, und blickte dann über das Journal hinweg zum Fenster, durch das er vom Bett aus lediglich eine genauso leere Wand eines der beiden Hochhäuser sehen konnte. Ihm fiel ein, was für eine unheimliche *Fantasia von Gebäuden* dies alles war: de Castries' düstere Theorien über sie; Smith, der in San Francisco eine ... ja, eine Mega-Nekropolis sah; Lovecrafts Horror vor den mit Menschenmassen gefüllten Wohntürmen New Yorks; den Wolkenkratzern der City, die er vom Dach dieses Hauses aus sehen konnte; dem Meer von Dächern, auf das er vom Gipfel der Corona Heights herabgeblickt hatte; und dieses alte, heruntergekommene Gebäude selbst, mit seinen dunklen Korridoren, seiner gähnenden Eingangshalle, den seltsamen Schächten und Wandschränken, den vielen Nischen, in denen sich alles mögliche verstecken konnte.

12

Franz machte sich noch eine Tasse Kaffee – es war jetzt bereits seit einiger Zeit heller Tag – und schleppte einen Stapel Bücher, die er aus dem Regal neben dem Schreibtisch genommen hatte, zum Bett. Um für sie Platz zu schaffen, mußte er noch mehr von seiner farbigen Unterhaltungsliteratur auf den Boden werfen, und er sagte zu seinem ›Studentenliebchen‹: »Du wirst immer dunkler und intellektueller, Liebling, aber nicht ein bißchen älter, und du bist so schlank wie immer. Wie machst du das nur?«

Die neuen Bücher waren ein guter Querschnitt durch das, was er seine ›Nachschlagebibliothek des Unheimlichen‹ nannte. Die meisten waren nicht das neue okkulte Zeug, zumeist das Werk von Scharlatanen und Schreiberlingen, die mal eben etwas schnelles Geld machen wollten, oder von naiven Selbstbetrügern, die nicht einmal die notwendigen wissenschaftlichen Voraussetzungen mitbrachten – Treibgut und Schaum auf der Flutwelle der Hexerei (gegenüber der Franz äußerst skeptisch war) –, sondern Bücher, die das Unheimliche auf einem indirekten Weg angingen, doch von einer weit solideren Basis aus. Er blätterte ein wenig in ihnen, aufmerksam und gutgelaunt, während er seinen dampfenden Kaffee trank. Da war Professor M. D. Nostigs *The Subliminal Occult*, jenes seltsame, äußerst skeptische Buch, das sämtliche Behauptungen der Parapsychologen zurückweist, aber dennoch einen Rest von Unerklärlichem feststellt; Montagues witzige und profunde Monographie *White Tape*, mit seiner These, daß die menschliche Zivilisation von ihren eigenen Akten, bürokratischen und anderen, erstickt und mumifiziert werde; kostbare, abgegriffene Exemplare dieser extrem raren, dünnen Bücher, die von ihren vielen Kritikern leidenschaftlich angegriffen und verrissen worden waren

– *Ames et Fantômes de Douleur,* vom Marquis de Sade; und *Knochenmädchen im Pelz mit Peitsche* von Sacher-Masoch; Oscar Wildes *De Profundis* und *Suspiria de Profundis* (mit seinen drei ›Ladys of Sorrow‹) von Thomas de Quincey, diesem alten Opium-Esser und Metaphysiker, beides sehr alltägliche Bücher, die jedoch auf eine seltsame Art und nicht nur durch die Ähnlichkeit ihrer Titel miteinander verbunden waren; *Der Fall Mauritius* von Jakob Wassermann; Célines *Reise ans Ende der Nacht;* mehrere Exemplare von Bonewits' Zeitschrift *Gnostica; The Spider Glyph in Time* von Mauricio Santos-Lobos; und das monumentale *Sex, Death and Supernatural Dread,* von Mrs. Francis D. Lettland, Ph. B.

Eine ganze Weile an diesem Vormittag beschäftigte er sich beglückt mit der unheimlichen Wunderwelt, die aus den Seiten dieser Bücher vor seinen Augen entstand, und durch das Buch de Castries, durch das Tagebuch und durch seine klaren Erinnerungen an die seltsamen Erlebnisse des vergangenen Tages. Wirklich, die modernen Städte waren das größte Mysterium dieser Welt, und die Wolkenkratzer seine Kathedralen.

Als er das reimlose Gedicht ›Ladys of Sorrow‹ in *Suspiria* las, fragte er sich – nicht zum erstenmal –, ob die Schöpfungen de Quinceys irgend etwas mit dem Christentum zu tun hatten. Obwohl *Mater Lachrymarum,* Unsere Mutter der Tränen, der Name der ältesten Schwester, an *Mater Dolorosa* erinnert, und auch der der zweiten Schwester, *Mater Suspiriorum,* Unsere Mutter der Seufzer – und selbst der jüngsten, der schrecklichsten der Schwestern, *Mater Tenebrarum,* Unsere Mutter der Finsternis. (De Quincey hatte die Absicht gehabt, ein ganzes Buch über sie zu schreiben, *Das Reich der Finsternis,* dieses Vorhaben offensichtlich jedoch nicht durchgeführt – das wäre ein wunderbares Thema gewesen!) – Nein, ihre geistigen Vorfahren waren in der Welt der Klassik zu suchen (sie waren Parallelen zu den drei Schicksalsgöttinnen und den drei Furien), und sie selbst entsprangen den Labyrinthen des drogenerweiterten Bewußtseins dieses englischen Laudanum-Trinkers.

Inzwischen verfestigten sich Franz' Pläne, wie er den heutigen Tag verbringen wollte, und seine Vorhaben versprachen Freude und Befriedigung. Als erstes wollte er versuchen, die Geschichte dieses anonymen Gebäudes, 811 Geary Street, festzustellen. Und das war nicht nur ein eigenes Anliegen; Cal und Gun waren auch daran interessiert. Als nächstes würde er wieder auf die Corona Heights hinaufsteigen, um festzustellen, ob es wirklich das Fenster seines Zimmers gewesen war, das er von dort aus gesehen hatte. Irgendwann am Nachmittag wollte er dann Jaime Donaldus Byers besuchen (vorher anrufen), und dann, am Abend, natürlich Cals Konzert.

Er blinzelte und blickte umher. Trotz des offenen Fensters war der

Raum voller Qualm. Sorgfältig drückte er seine Zigarette auf dem Rand des überquellenden Aschenbechers aus.

Das Telefon klingelte. Es war Cal, die ihn zu einem späten Frühstück einlud.

13

Als Cal ihm öffnete und in der offenen Tür stand, sah sie so reizend und jung aus – sie trug ein grünes Kleid und hatte ihr Haar zu einem langen Pferdeschwanz zusammengerafft – daß er sie an sich drücken und küssen wollte. Doch sie hatte noch immer diesen in sich gekehrten, nachdenklichen Gesichtsausdruck: ›Bewahren für Bach‹.

»Hallo, Franz«, begrüßte sie ihn. »Ich habe wirklich zwölf Stunden geschlafen, wie ich es euch angekündigt hatte. Gott war mir gnädig. Macht es dir etwas aus, daß es wieder Eier gibt? Es ist ja eigentlich schon bald Zeit fürs Mittagessen. Gieß dir Kaffee ein.«

»Mußt du heute wieder üben?« fragte er mit einem Blick auf die Tastatur des elektronischen Klaviers.

»Ja, aber nicht darauf. Heute nachmittag drei oder vier Stunden mit der Konzertharfe. Und ich muß sie auch noch stimmen.«

Er trank seinen Kaffee und beobachtete die Poesie der Bewegung, als sie verträumt Eier in die Pfanne schlug, ein unbewußtes Ballett von rinnendem Eiweiß und schlanken Fingern. Er stellte fest, daß er sie mit Daisy verglich, und, amüsanterweise, auch mit seinem ›Studentenliebchen‹. Cal und die letztere waren beide schlank, beide irgendwie intellektuelle, stille Typen, zweifellos von der Weißen Göttin berührt, verträumt, aber diszipliniert. Auch Daisy war von der Weißen Göttin berührt worden, eine Dichterin, und ebenfalls diszipliniert; sie hatte sich intakt gehalten – für Gehirnkrebs. Er verdrängte den Gedanken sofort.

Doch ›weiß‹ war zweifellos Cals Adjektiv; keine Herrin der Dunkelheit, keine Mutter der Finsternis, sondern eine Herrin des Lichts und in ewiger Opposition zu der anderen, das Yang zu seinem Yin, Ormadz zu seinem Ahriman – ja, bei Robert Ingersoll!

Und sie sah wirklich wie ein Schulmädchen aus, ihr Gesicht eine Maske fröhlicher Unschuld und guten Betragens. Doch dann erinnerte er sich an sie, als sie ihr erstes Konzert gespielt hatte. Er hatte seitlich von ihr gesessen, so daß er ihr Profil vor Augen hatte. Wie durch plötzliche Magie war sie zu jemandem geworden, den er noch nie zuvor gesehen hatte, und er war sich ein paar Sekunden lang nicht sicher gewesen, ob er das überhaupt wollte. Sie hatte ihr Kinn an den Hals gedrückt, ihre Nüstern waren gebläht, ihr Auge war all-sehend und unbarmherzig geworden, ihre Lippen waren hart aufeinandergepreßt, und die herabgezogenen Mundwinkel gaben ihrem Gesicht einen bösen, fast grausamen Ausdruck, wie dem einer autoritären Schulmeisterin, so als ob sie sagten wollte: ›Jetzt hört mal her, all ihr Geigen, und auch Sie, *Mister* Chopin. Entweder ihr tut, was ich euch sage, oder...!‹ Es war der verbissene Gesichtsausdruck einer jungen Profi-Künstlerin.

»Iß sie, solange sie heiß sind!« murmelte Cal, als sie einen Teller mit Eiern vor ihn stellte. »Hier ist Toast.«

Und nach einer Weile frage sie: »Wie hast du geschlafen?«

Er erzählte ihr von den Sternen.

»Ich bin froh, daß du die Sterne verehrst«, sagte sie.

»Ja, das stimmt irgendwie«, mußte er zugeben. »Sankt Kopernikus, auf jeden Fall, und Isaak Newton.«

»Mein Vater hat auch bei denen geschworen«, sagte sie ihm. »Und einmal sogar bei Einstein, erinnere ich mich. Ich habe auch damit angefangen, aber meine Mutter hat es mir ausgeredet. Sie hielt es für zu jungenhaft.«

Franz lächelte. Er sprach nicht von seiner heutigen Lektüre oder den Ereignissen des gestrigen Tages; sie erschienen ihm als unpassende Themen für diese Stunde.

Es war Cal, die sagte: »Ich finde, Saul war gestern abend sehr nett. Ich mag die Art, wie er mit Dorotea flirtet.«

»Es macht ihm Spaß, so zu tun, als ob er sie schockieren wolle.«

»Und ihr macht es Spaß, so zu tun, als ob sie schockiert wäre«, antwortete Cal. »Ich denke, ich werde ihr zu Weihnachten einen Fächer schenken, nur um das Vergnügen zu haben, sie damit umgehen zu sehen. Aber ich bin mir nicht sicher, ob ich Saul bei Bonita trauen kann.«

»Was? Unserem guten, alten Saul?« fragte er, mit nur halb gespieltem Erstaunen. Eine Erinnerung kam zurück, lebendig und bedrückend, an das Lachen, das er gestern morgen im Treppenhaus gehört hatte, an ein Lachen, vibrierend von intimer Berührung und Kitzeln.

»Die Menschen haben überraschende Seiten«, sagte sie sachlich. »Du bist sehr frisch und unternehmungslustig heute morgen. Fast übermütig, wenn du nicht Rücksicht auf meine Stimmung nehmen würdest. Aber unter dieser Oberfläche bist du nachdenklich. Was hast du heute vor?«

Er sagte es ihr.

»Klingt gut. Ich habe gehört, daß Byers Wohnung ziemlich spukhaft sein soll. Oder vielleicht haben sie exotisch gemeint. Und ich würde wirklich gerne wissen, was ›607 Rhodes‹ bedeutet. Und auch die Geschichte dieses Gebäudes erfahren, genau wie Gun. Das wäre faszinierend. Aber jetzt mußt du mich entschuldigen. Ich muß mich fertigmachen.«

»Sehe ich dich noch vor dem Konzert? Soll ich dich begleiten?« fragte er, als er aufstand.

»Nein, nicht vorher«, sagte sie nachdenklich. »Aber nach dem Konzert.« Sie lächelte ihn an. »Ich bin erleichtert, daß du kommst. Paß auf dich auf, Franz!«

»Du auch, Cal.«

»Warte.« Sie trat auf ihn zu, das Gesicht erhoben und noch immer lächelnd. Er legte seine Arme um sie, bevor sie sich küßten. Ihre Lippen waren sanft und kühl.

14

Eine Stunde später informierte ein freundlicher, junger Mann im Katasteramt Franz, daß 811 Geary Street offiziell Block 320, Liegenschaft 23 dieser Provinz sein.

»Wenn Sie etwas von seiner früheren Geschichte wissen wollen, müssen Sie zum Büro des Finanz-Syndikus gehen. Dort weiß man über solche Sachen Bescheid, weil sie sich um die Steuern kümmern.«

Franz ging den weiten, hallenden Marmor-Korridor entlang zum Büro des Finanz-Syndikus, das auf der anderen Seite neben dem Eingang des Rathauses lag. Die beiden großen Wächter und Idole der Bürger, dachte er: Papiere und Geld.

Eine verbittert wirkende Frau mit ergrauendem rotem Haar sagte ihm: »Als nächstes müssen Sie zum Büro für Baugenehmigungen gehen, das ist im Nebengebäude des Rathauses auf der anderen Straßenseite, etwa zweihundert Meter linker Hand, und dort feststellen, wann ein Antrag auf eine Baugenehmigung für dieses Grundstück gestellt worden ist. Wenn Sie mir diese Information bringen, kann ich Ihnen weiterhelfen. Es dürfte nicht allzu schwierig sein. Sie müssen nicht sehr weit zurückgehen. Alles in dieser Gegend wurde 1906 zerstört.«

Franz tat, was die Frau ihm gesagt hatte, und dachte, daß dies alles nicht nur zu einer Fantasia, sondern zu einem Ballett von Gebäuden wurde. Das bescheidene Vorhaben, die Geschichte nur eines einzigen Gebäudes zu recherchieren, hatte ihn dazu gezwungen, eine Art höfisches Menuett zu tanzen. Zweifellos war dieser Rundlauf dazu angelegt worden, um das lästige Publikum zu entmutigen und zum Aufgeben zu bringen. Aber er würde es ihnen zeigen! Die Energie und Unternehmungslust, die Cal an ihm heute festgestellt hatte, waren noch immer unverbraucht.

Ja, ein nationales Ballett aller Gebäude, der großen und der kleinen, der Wolkenkratzer und Hütten, die sich alle erhoben und für eine Weile unsere Straßen und Gassen heimsuchten und schließlich in sich zusammenfielen, sei es durch ein Erdbeben oder durch andere Ursachen, zu der Melodie von Eigentum, Geld und Akten, gespielt von einem Symphonie-Orchester, das aus Millionen von Schreibern und Bürokraten bestand, von denen jeder sein bißchen von der unendlichen Partitur ernsthaft ablas und spielte, von der Partitur, die schließlich, wenn die Gebäude zusammenfielen, in Aktenvernichtungsmaschinen geschoben werden würden, die in langen Reihen nebeneinander standen wie die Streichergruppe eines Orchesters, doch es waren keine Stradivaris, sondern Shredmasters. Und über alles rieselte der Papierschnee.

Im Nebengebäude des Rathauses, einem nüchternen Zweckbau mit niedrigen Decken, war Franz angenehm überrascht (und sein Zynismus wurde ziemlich plattgedrückt), als ein dicklicher, junger Chinese, nachdem Franz ihm die rituelle Formel von Block- und Liegenschafts-Nummer gegeben hatte, ihm innerhalb von zwei Minuten ein zusammengefaltetes, altes Formblatt reichte, das mit altersbraun gewordener Tintenschrift ausgefüllt war und mit den Worten begann: ›Antrag zur Errichtung eines siebenstöckigen Ziegelgebäudes mit Stahlrahmen auf der Südseite von Gary Street, 25 Fuß westlich von Hyde Street; Kostenvoranschlag: $ 74870000.-, vorgesehener Verwendungszweck: Hotel‹ – und endete: ›eingereicht am 15. Juli 1925.‹

Sein erster Gedanke war, daß Cal und die anderen erleichtert sein würden, wenn sie hörten, daß ihr Gebäude anscheinend einen Stahlrahmen hatte – es war eine Frage gewesen, über die sie sich bei Spekulationen über die Möglichkeit und die Folgen von Erdbeben Gedanken gemacht und auf die sie keine befriedigende Antwort gefunden hatten. Sein zweiter war, daß die Datumsangabe das Gebäude fast enttäuschend jung machte – es gehörte zum San Francisco von Dashiell Hammett... und Clark Ashton Smith. Aber dennoch: die großen Brücken hatte es damals noch nicht gegeben; ihre Aufgabe wurde damals noch von Fähren erledigt. Fünfzig Jahre waren immerhin ein respektables Alter.

Er schrieb die meisten der brauntintigen Eintragungen in sein Notizbuch, gab dem rundlichen, jungen Chinesen den Antrag zurück und ging zum Büro des Finanz-Syndikus zurück. Die rothaarige Frau trug ihre Verbitterung anderswo spazieren, und zwei alte Männer, die beide hinkten, nahmen seine Informationen mit unverhohlener Skepsis entgegen, ließen sich aber schließlich dazu herab, einen Computer zu konsultieren. Dabei witzelten sie darüber, ob er wohl funktionieren würde oder nicht, behandelten das etwas unheimliche Gerät aber dennoch mit großem Respekt.

Einer der Greise drückte ein paar Knöpfe und blickte auf einen Bildschirm, der dem Publikum unsichtbar blieb. »Jawoll, Baugenehmigung am 9. September 1925 erteilt, 1926 erbaut, im Juni fertiggestellt.«

»Es sollte als Hotel verwendet werden«, sagte Franz. »Könnten Sie mir den Namen des Hotels sagen?«

»Dazu müssen Sie ein Adreßbuch jener Zeit konsultieren. Unsere gehen nicht so weit zurück. Versuchen Sie es doch in der Stadtbücherei auf der anderen Seite des Platzes.«

Gehorsam überquerte Franz die weite, graue Fläche, die von kleinen, einzelstehenden, dunkelgrünen Bäumen, mehreren sprudelnden Springbrunnen und zwei langen, schmalen Seen aufgelockert wurde. Auf allen vier Seiten des Platzes standen pompöse Amtsgebäude, die meisten von ihnen kantig und gesichtslos, nur der Hauptbau des Rathauses mit seiner patinagrünen Kuppel und das Gebäude der Stadtbücherei waren etwas dekorativer gestaltet, letzteres mit eingelassenen Tafeln, auf denen Namen großer amerikanischer Denker und Schriftsteller eingemeißelt waren, darunter auch der von Poe (eins zu null für uns!). Einen Block weiter nördlich erhob sich das dunkel-strenge und kompromißlos moderne, nur aus Glasfronten bestehende Federal Building wie ein wachsamer großer Bruder.

Franz fühlte sich siegessicher – und auch ein bißchen vom Glück gesegnet – und beeilte sich. Er hatte heute noch eine Menge vor, und die hochstehende Sonne sagte ihm, daß es schon ziemlich spät war. Nachdem er die Schwingtür passiert hatte, drängte er sich durch ein Gewimmel von verbissen aussehenden jungen Frauen mit Hornbrillen, Kindern, zottigen Hippies und verschrobenen, alten Männern (alles typische Leser), gab zwei Bücher zurück, die er sich ausgeliehen hatte, und fuhr mit dem Lift in den dritten Stock hinauf. In dem stillen, fast eleganten San Francisco-Raum flüsterte ihm eine gepflegt wirkende Frau zu, daß die Adreßbücher von San Francisco nur bis 1918 zurückreichten und er sie im Haupt-Katalograum im zweiten Stock finden würde, neben den Telefonzellen.

Franz fühlte sich ein wenig entmutigt, weil er das Gefühl hatte, wieder auf einen Rundlauf geschickt zu werden, als er die Treppe hinabstieg und den großen Raum mit seiner zwei Stockwerke hohen Decke betrat. Im vergangenen und in den frühen Jahren dieses Jahrhunderts waren Bibliotheken im selben Stil erbaut worden wie Banken und Bahnhöfe: pompös und hochmütig. In einer Ecke, die von hohen Bücherregalen abgeteilt wurde, fand er die Bände, nach denen er suchte. Er griff nach dem Adreßbuch mit der Jahreszahl 1926, zog aber dann das von 1927 heraus. Dort mußte das Hotel bestimmt verzeichnet sein – falls es dieses Hotel tatsächlich gegeben hatte. Es würde ihn einige Mühe kosten, es zu suchen, wußte er, da er alle Hotel-Adressen überpüfen mußte (die vielleicht durch Straßenkreuzungen angegeben sein mochten, und nicht durch Hausnummern), und vielleicht auch die der Apartment-Hotels.

Bevor er sich mit dem Buch an einen der Tische setzte, blickte er auf seine Armbanduhr. Mein Gott, es war später, als er angenommen hatte. Wenn er sich nicht sehr beeilte, würde er erst auf den Corona Heights sein, wenn das Gebäude zwischen den beiden Hochhäusern bereits im Schatten lag, und dann war es zu spät für das Experiment, das er vorhatte. Und Nachschlagewerke wie diese Adreßbücher wurden nicht ausgeliehen.

Er brauchte nur zwei Sekunden, um zu einem Entschluß zu kommen. Nach einem raschen, aber gründlichen Blick durch den Raum, mit dem er sich davon überzeugte, daß ihn in diesem Augenblick niemand beobachtete, steckte er das Adreßbuch in seine Aktentasche, ging zur Tür und nahm im Vorbeigehen zwei Taschenbücher aus einem der Drehständer, die an verschiedenen Stellen des Raums standen. Dann schritt er ruhig und gemessen die breite Marmortreppe hinab, deren Dimensionen als Kulisse eines römischen Film-Epos ausgereicht hätte, und hatte das Gefühl, als ob alle Augen auf ihn gerichtet wären, obwohl er wußte, daß er sich das nur einbildete.

Er trat zum Ausleihtisch, ließ die beiden Taschenbücher registrieren und steckte sie so auffällig, wie es ihm nur möglich war, in seine Aktentasche. Dann verließ er das Gebäude, ohne den Türwächter anzusehen, der niemals Aktentaschen oder andere Behältnisse kontrollierte, wie Franz wußte, wenn er gesehen hatte, daß der Besucher Bücher am Ausleihtisch hatte registrieren lassen.

Franz tat so etwas nur sehr selten, doch die Versprechen des heutigen Tages schienen solche kleinen Risiken zu rechtfertigen.

Er erwischte einen 19-Polk, der gerade einfuhr. Als er einstieg, sagte er sich ein wenig selbstgefällig, daß er jetzt erfolgreich zu einem von Sauls Kleptomanen geworden war.

Hei-ho für ein zwanghaftes Leben!

15

Als er wieder in seinem Apartment war, sah er sich flüchtig im Zimmer um (keine Post) und blickte dann zum Fenster, das er wie immer gekippt hatte, um frische Luft hereinzulassen. Dorotea hatte recht. Ein schlanker, durchtrainierter Mensch konnte ohne große Schwierigkeiten hereinkriechen. Er schloß es. Dann lehnte er sich aus dem kleinen Fenster, das in den Lüftungsschacht führte und blickte in alle Richtungen, zuerst nach links und rechts, dann nach oben (ein Fenster wie dieses, darüber das Dach), und nach unten (zwei Etagen tiefer Cals Fenster, darunter der Boden des Schachts, auf dem sich im Lauf der Jahre eine dicke Schicht Unrat angesammelt hatte, der in den Schacht gefallen oder hineingeworfen worden war). Es gab keine Möglichkeit, sein Fenster zu erreichen, es sei denn, daß jemand sich vom Dach abseilte oder eine sechs Stockwerk hohe Leiter in den Lüftungsschacht brachte. Aber er stellte fest, daß sein Badfenster nur etwa einen Meter vom Fenster des Nachbarapartments entfernt war.

Er schloß und verriegelte es.

Dann nahm er die schwarze, spinnenartige Skizze des Fernsehturms, die vor allem aus hellrotem, fluoreszentem Hintergrund bestand, von der Wand und befestigte sie mit Keilen und starken Reißzwecken, die rote Seite nach außen, im Zimmerfenster. So! Das würde vom Gipfel der Corona Heights klar zu sehen sein und sein Fenster einwandfrei identifizieren.

Er zog einen leichten Pullover unter seine Jacke (es schien heute etwas kühler zu sein als gestern) und steckte ein zweites Päckchen Zigaretten ein. Er nahm sich nicht die Zeit, ein Sandwich zu machen (schließlich hatte er vorhin bei Cal *zwei* Scheiben Toast gegessen). Im letzten Augenblick erinnerte er sich daran, sein Fernglas und den Stadtplan in die Taschen zu stecken, und schließlich nahm er auch noch das Journal von Smith mit; vielleicht brauchte er es bei seinem Gespräch mit Byers, um etwas nachzulesen. (Er hatte den Mann angerufen, bevor er aus dem Haus gegangen war, und hatte eine typisch vage und unverbindliche Einladung bekommen, doch irgendwann am späten Nachmittag vorbeizukommen und auch zu der kleinen Party zu bleiben, die er an diesem Abend geben würde. Einige der Gäste würden kostümiert kommen, doch sei das nicht obligatorisch.)

Bevor er das Zimmer verließ, legte er das Adreßbuch von 1927 auf die Stelle der rechten Bettseite, wo sich der Bauch seines ›Studentenliebchens‹ befand, strich mit der Hand flüchtig darüber und sagte grinsend: »So, Liebling, jetzt habe ich dich zur Hüterin von Diebesgut gemacht. Aber mach dir keine Sorgen, ich werde es zurückgeben.«

Dann verließ er ohne weiteres Zeremoniell sein Apartment, drehte den Schlüssel zweimal herum, fuhr ins Erdgeschoß und trat in den Wind und das helle Sonnenlicht hinaus.

Als er die Straßenkreuzung erreichte, sah er keinen Bus kommen und beschloß, den kurzen Weg bis Market Street zu Fuß zu gehen. In Ellis Street nahm er sich ein paar Sekunden Zeit, um seinen Lieblingsbaum in San Francisco zu betrachen (anzubeten?): eine sechs Stockwerke hohe Kerzenkiefer, die von dünnen, starken Drähten gesichert wurde und ihre grünen Finger über eine braune, gelbumrandete Holzwand streckte, die zwischen zwei Hochhäusern auf einem freien Grundstück stand, das die Baulöwen aus irgendeinem Grund bis jetzt übersehen hatten.

Einen Häuserblock weiter sah er den Bus kommen und stieg ein: es würde ihm eine Minute einsparen. Als er in Market Street auf den

N-Judah-Wagen umstieg, fuhr er erschrocken zusammen und mußte rasch zur Seite treten, als ein bleichgesichtiger Betrunkener in einem verdreckten, fahlgrauen Anzug und ohne Hemd auf ihn zutorkelte und anscheinend dasselbe Ziel hatte wie er. ›Ohne die Gnade Gottes wäre auch ich in diesem Zustand‹, dachte er und verdrängte diese Vorstellung so rasch, so wie er am Morgen bei Cal die Gedanken an die tödliche Krankheit Daisys verdrängt hatte.

Er verbannte alle düsteren Vorstellungen so gründlich aus seinem Bewußtsein, daß der alte Bus, der im hellen Sonnenlicht die Market Street und dann Duboce Street hinauffuhr, ihm wie der Triumphwagen eines siegreichen römischen Feldherrn vorkam. (Sollte er einen Sklaven an seiner Seite haben, der ihn mit leiser Stimme ständig daran erinnerte, daß er sterblich sei? Ein reizvoller Gedanke.) Beim Tunneleingang stieg er aus und ging zu Fuß weiter, die steile Duboce Street hinauf. Sie kam ihm heute allerdings weniger steil vor als am Vortag, aber das mochte daran liegen, daß er sich heute frischer und kräftiger fühlte. (Und es war ohnehin immer leichter, aufzusteigen, als abwärts zu klettern – vorausgesetzt, man hatte genug Luft – behaupteten die Bergexperten.) Die Gegend sah ausgesprochen gepflegt und friedlich aus.

Am oberen Ende der Straße sah er ein junges Paar, das Hand in Hand auf die Schatten und die grüne Dämmerung des Buena Vista-Parks zuging. Warum war ihm der Park gestern so düster und bedrohlich erschienen? Eines Tages würde er ihren Spuren zu dem bewaldeten Hügel des Parks folgen. Vielleicht mit Cal und den anderen – das Picknick, das Saul angeregt hatte.

Doch heute hatte er etwas anderes vor, eine sehr dringende Angelegenheit. Er warf einen Blick auf seine Uhr, ging rasch weiter und nahm sich kaum Zeit, ein paar Sekunden lang stehenzubleiben und den herrlichen Anblick des bizarr gezackten Gipfels zu genießen. Wenig später trat er durch die kleine Gattertür in dem hohen Drahtzaun und ging über die grüne Wiese unterhalb der kahlbraunen Hänge, die zum Gipfel der Corona Heights führten. Rechts von ihm veranstalteten zwei kleine Mädchen eine Art Puppen-Party im hohen Gras. Es waren dieselben Mädchen, die tags zuvor auf dem Gipfel herumgetollt hatten! Und nun sah er auch den zottigen Bernhardiner, der ein Stück entfernt ausgestreckt im Gras lag, neben einer jungen Frau in ausgeblichenen Jeans, die seinen dichtbehaarten Nacken kraulte, während sie ihr langes, blondes Haar kämmte.

Links von den Mädchen lagen zwei Dobermänner – auch dieselben, die ihn tags zuvor angeknurrt hatten! – neben einem jungen Paar, das sich im Gras ausgestreckt hatte. Franz lächelte den beiden zu, und der Mann lächelte zurück und winkte ihm zu. Es war wirklich das Dichter-Klischee

›eine idyllische Szene‹. So ganz anders als gestern. Jetzt kam ihm Cals Feststellung über die dunklen psionischen Kräfte kleiner Mädchen reichlich übertrieben vor.

Er wäre gerne etwas geblieben, doch die Zeit drängte. Ich muß zu Taffys Haus gehen, dachte er mit einem amüsierten Grinsen. Er stieg den steilen, mit Steinen und Geröll bedeckten Hang hinauf – er war nicht allzu steil! – und mußte nur einmal eine kurze Pause einlegen, um seinen Atem zu beruhigen. Über die Schulter hinweg sah er die hohe, schlanke Gestalt des Fernsehturms, die Farben frisch und hell, wie das Make-up einer brandneuen Hure. (Entschuldige, Göttin!) Er fühlte sich ein wenig verrückt.

Als er die Corona erreichte, bemerkte er etwas, das er gestern übersehen hatte. Mehrere der Felsen waren, zumindest auf der ihm zugekehrten Seite, mit dunklen und hellen Farben aus Sprühdosen besudelt worden; es mußte vor geraumer Zeit geschehen sein, da die Farben stark verblichen und teilweise verlaufen waren. Es waren nur wenige Namen und Daten, eher zumeist simple Symbole: schiefe, fünf- und sechszackige Sterne, Mondsicheln, eine Sonne, Dreiecke und Quadrate. Und ein recht bescheidener Phallus neben einem Zeichen, das aussah wie zwei ineinander verschlungene Klammern – sowohl Yoni als auch Lingam. Er mußte – wieso eigentlich? – an de Castries' Grand Cipher denken. Ja, stellte er grinsend fest, hier waren Symbole, die sowohl astrologisch als auch astronomisch sein konnten. Jene Kreise mit Kreuzen und Pfeilen: Venus und Mars. Und diese gehörnte Scheibe könnte Taurus, das Sternbild des Stiers, bedeuten.

Du hast wirklich einen eigenartigen Geschmack für die Dekoration deines Hauses, Taffy, sagte er sich. Und jetzt will ich mal sehen, ob du meinen Markknochen stiehlst.

Die Verzierung von Felsen und Hauswänden mit dem Inhalt von Spraydosen war in diesem progressiven, jugendorientierten Zeitalter eine Standardpraxis – und dies hier lediglich Graffiti der Berge. Aber er erinnerte sich, daß der Schwarze Magier Aleister Crowley zu Anfang dieses Jahrhunderts einen ganzen Sommer damit verbracht hatte, seine Axiome mit riesigen, roten Versalien an die Hudson Palisaden zu pinseln:

TU WAS DU WILLST IST DAS EINZIGE GEBOT

und

JEDER MANN UND JEDE FRAU IST EIN STAR

um New Yorker auf den Flußbooten zu schockieren und aufzuklären. Mit einem Anflug von Perversion fragte er sich, wie so ein fröhliches, aufgesprühtes Graffiti auf den unheimlichen, felsengekrönten Hügeln in Lovecrafts *Whisperer in Darkness* und *Dunwich Horror* gewirkt hätte, oder in *At the Mountains of Madness*, wo alle Berge die Dimensionen des Mount Everests hatten, oder auch in Leibers *A Bit of the Dark World*.

Er fand den Stein wieder, auf dem er tags zuvor gesessen hatte, und nahm sich Zeit für eine Zigarette, um seinen Atem zu beruhigen und seine Muskeln und Nerven zu entspannen, obwohl er darauf fieberte, sich zu versichern, daß das Sonnenlicht den schmalen Spalt zwischen den beiden Hochhäusern noch nicht erreicht hatte; aber er war ziemlich sicher, daß er noch etwas Zeit hatte, wenn auch nicht mehr viel.

Es schien heute noch klarer und sonniger als gestern zu sein. Der kräftige Westwind hatte die Nebel vertrieben und sogar das grünliche Smogkissen, das sonst ständig über San Jose hing, aufgelöst. Die niedrigen Berge jenseits der East Bay-Städte und nördlich von Marin County waren klar zu erkennen. Die Brücken wirkten scharf und hell.

Selbst das Meer der Dächer kam ihm heute freundlich und ruhig vor. Er mußte daran denken, was für ein Gewimmel von Leben es beschützte, mehr als siebenhunderttausend, und eine noch größere Zahl arbeitete unter diesen Dächern – ein Maßstab dafür, welche Massen von Menschen Tag für Tag aus den Vorstädten nach San Francisco hereinkamen, über die Brücken und die Autobahnen, und mit der BART durch die Tunnel unter den Wassern der Bay.

Ohne den Feldstecher zu benutzen, entdeckte er den Spalt zwischen den beiden Hochhäusern, in dem sein Fenster lag – es war jetzt voller Sonnenlicht – und hob das Fernglas vor die Augen. Er machte sich nicht die Mühe, den Lederriemen um den Hals zu legen, seine Hand war heute ruhig. Ja, deutlich erkannte er das fluoreszierende Rot, das das ganze Fenster zu füllen schien, obwohl es nur eins der vier Glasquadrate bedeckte. Er glaubte fast, die Zeichnung erkennen zu können – aber das war natürlich Unsinn.

So viel für Guns (und seine eigenen) Zweifel, ob er gestern das richtige Fenster beobachtet hatte! Es war jedoch seltsam, daß der menschliche Verstand sogar an sich selbst zweifelte, um ungewöhnliche und unkonventionelle Dinge wegzuleugnen, die er klar und deutlich erkannt hatte. Er setzte einen zwischen zwei Stühle, der menschliche Verstand.

Aber die Sicht war heute außergewöhnlich gut. Wie klar sich der fahlgelbe Coit Tower auf dem Telegraph Hill – einst Friscos höchstes Gebäude, jetzt ein Zwerg – gegen das Blau der Bay abhob. Und der fahlblaue, vergoldete Globus des Columbus Tower – ein perfektes, antikes Juwel vor den ordentlich aufgereihten Fensterschlitzen der Trans-America-Pyramide, die wie Perforationen in einer Lochkarte wirkten. Und die hohen gerundeten Fenster im Heck des schiffsrumpfförmigen alten Hobarts Buildings, das wie die reichverzierte Admiralskajüte auf dem Quarterdeck einer Galeone aussah und scharf mit den harten, vertikalen Aluminium-Linien des neuen Wells-Fargo Buildings kontrastierte, das hinter ihm zum Himmel aufragte wie ein interstellares Raumschiff auf der Startrampe. Er schwenkte den Feldstecher ein wenig nach links und stellte dabei den Fokus nach.

Dann warf er wieder einen Blick auf sein Fenster in dem Spalt zwischen den beiden Hochhäusern, bevor die Schatten es verschluckten. Vielleicht konnte er die Zeichnung wirklich erkennen, wenn er den Fokus sehr sorgfältig adjustierte.

Als er das Fenster im Blickfeld hatte und behutsam an dem gerändelten Knopf der Feineinstellung drehte, sah er, wie das rechteckige Stück fluoreszenten Kartons plötzlich weggerissen wurde. Eine fahlbraune Gestalt erschien in seinem Fenster und winkte ihm mit langen, dünnen Armen zu. Franz sah die vagen Umrisse eines Gesichts unter den erhobenen, fuchtelnden Armen, eine fahle Maske, schmal wie das Gesicht eines Frettchens, ein langgezogenes Oval, leer und anonym, mit zwei seitlichen Auswüchsen, die die Ohren eines Menschen sein konnten, und einem anderen an dem spitz zulaufenden Kinn... keine Schnauze... nein, ein kurzer Rüssel... *ein suchender, tastender Mund, der aussah, als ob er zum Aussaugen von Knochenmark geschaffen worden wäre. Und dann griff das paramentale Wesen durch die Gläser des Feldstechers nach seinen Augen.*

16

Im nächsten Augenblick des Bewußtwerdens hörte Franz ein hohles Poltern und ein leises Klirren, und er starrte mit nackten Augen auf das dunkle Meer der Dächer und versuchte, irgendwo eine fahlbraune Gestalt zu entdecken, die ihn über die Dächer hinweg verfolgte und jede sich bietende Deckungsmöglichkeit nutzte: einen Schornstein und seine Kappe, eine Kuppel, einen Wassertank, ein Penthaus, sei es groß oder winzig, die Randmauern eines Flachdaches, die Umfassung eines Lüftungsschachts. Sein Herz schlug hart, und sein Atem ging in raschen Stößen.

Seine aufgescheuchten Gedanken flogen in eine andere Richtung, und er starrte auf die Hänge in seiner unmittelbaren Umgebung und die Deckungen, die sie boten. Wer konnte wissen, wie schnell ein Paramentaler sich bewegen konnte. Mit dem Tempo eines Geparden? Mit Schallgeschwindigkeit? So schnell wie das Licht? Er konnte längst hier auf dem Gipfel sein. Franz sah sein Fernglas am Fuß eines Felsens liegen, gegen den er es geschleudert hatte, als er mit einer konvulsivischen Bewegung die Hände vorgestreckt hatte, um das Ding von seinen Augen fernzuhalten.

Er blickte zu der grünen Wiese hinab. Die beiden kleinen Mädchen waren verschwunden, und auch ihre Betreuerin, und das junge Paar, und die drei Hunde. Doch während er das feststellte, sah er einen großen Hund (einen der Dobermänner? Oder etwas anderes?) auf sich zutraben und hinter einem breiten Felsen am unteren Teil des Hanges verschwinden. Er hatte vorgehabt, in dieser Richtung den Hang hinabzulaufen, aber nicht, wenn dieser Hund (und welche anderen? und was sonst?) sich dort herumtrieben. Es gab zu viel Deckung auf dieser Seite der Corona Heights.

Er stellte sich auf den Stein, auf dem er vorher gesessen hatte, zwang sich zur Ruhe und blickte zwischen zusammengepreßten Lidern hindurch auf das Dächermeer hinab, bis er den Spalt gefunden hatte, in dem sein Fenster lag. Es war jetzt in tiefem Schatten, und selbst mit dem Fernglas wäre er nicht in der Lage gewesen, irgendwelche Einzelheiten zu erkennen.

Er kletterte vorsichtig zu dem Felsen hinab, warf einen raschen Blick dahinter, hob sein zerbrochenes Fernglas auf und rammte es in die Tasche. Das zerbrochene Glas von Linsen oder Prismen klirrte ein wenig, und dieses leise Geräusch war ihm genauso unangenehm wie das Knirschen von Geröll unter seinen Füßen. So etwas konnte seinen Standort verraten.

Eine einzige Sekunde des Bewußtwerdens konnte das Leben eines Menschen nicht so grundlegend verändern, nicht wahr? Aber es war geschehen.

Er versuchte, die Realitäten in den Griff zu bekommen, ohne sich eine Blöße zu geben. Zunächst einmal gab es keine paramentalen Wesen, sie waren lediglich Teil von de Castries' Pseudowissenschaft aus dem Jahre 1890. Aber er hatte eins *gesehen*, und, wie es Saul gesagt hatte, gab es keine Realität außer den unmittelbaren Empfindungen eines Individuums: Sehen, Hören, Schmerz – *das* war wirklich. Verleugne deinen Verstand, verleugne deine Empfindungen, und du verleugnest die Realität. Und selbst der Versuch einer Rationalisierung ist schon ein Verleugnen. Doch gibt es natürlich auch falsche Empfindungen, optische und andere Illusionen... Also wirklich! Versuch doch mal, einem Tiger, der dich anspringt, zu erklären, daß er eine Illusion ist! Das läßt nur Halluzinationen übrig, und, natürlich, Irrsinn. Teile der inneren Realität... und wer kann sagen, wie weit die innere Realität reicht? Wie Saul es ausgedrückt hatte: ›Wer würde schon einem Verrückten glauben, wenn er behauptet, gerade einen Geist gesehen zu haben? Innere oder äußere Realität? Wer kann das bestimmen?‹ Auf jeden Fall, sagte sich Franz, mußte er sich immer wieder vor Augen halten, daß er jetzt vielleicht verrückt war – ebenfalls ohne sich auch bei dieser Sache die geringste Blöße zu geben!

Und während diese Gedanken durch seinen Kopf gingen, eilte er wachsam, vorsichtig und doch ziemlich schnell den Hang hinab, wobei er sich etwas abseits des geröllübersäten Pfades hielt, um weniger Geräusch zu verursachen. Immer wieder blickte er rasch nach beiden Seiten und über die Schulter; besonders gründlich musterte er mögliche Verstecke und Deckungen und schätzte die Entfernung zu ihnen ab. Er hatte das Gefühl, daß etwas von beträchtlicher Größe ihm folgte, etwas, das überaus schlau war und sich fast ungesehen von einer Deckung zur nächsten bewegte, etwas, von dem er nur vage, schattenhafte, huschende Bewegungen sah (oder zu sehen glaubte.) Einer der Hunde? Oder mehr als einer? Vielleicht von niedlichen, schnellfüßigen kleinen Mädchen auf ihn gehetzt? Oder ...? Er überraschte sich dabei, die Hunde als Spinnen zu sehen, doch so groß und haarig wie Hunde. Eines Morgens, nach einer Nacht, in der er mit Cal geschlafen hatte – ihr Körper und ihre Brüste fahlschimmernd im ersten Licht der Morgendämmerung –, hatte sie ihm von einem Traum erzählt, in dem sie von zwei Barsois verfolgt worden war, die sich plötzlich in zwei genauso große und elegant cremefarbig behaarte Spinnen verwandelt hätten.

Was wäre, wenn jetzt ein Erdbeben die Erde aufreißen ließe (er mußte auf *alles* vorbereitet sein) und seine Verfolger von qualmenden Rissen verschluckt werden würden? Und er selbst auch?

Er erreichte den Fuß des Berges und kurze Zeit später das Josephine Randall Junior-Museum. Das Gefühl, verfolgt zu werden, klang ein wenig ab – oder, richtiger, das Gefühl, die Verfolger dicht hinter sich zu wissen. Es war gut, wieder in der Nähe menschlicher Behausungen zu sein, selbst wenn sie leer schienen, und selbst wenn Gebäude Objekte waren, hinter denen unbekannte Dinge sich verstecken konnten. Dieses Museum war der Ort, an dem Jungen und Mädchen beigebracht wurde, sich vor Ratten und Fledermäusen, riesigen Taranteln und anderen Lebewesen nicht zu fürchten. Aber wo waren die Kinder? Hatte irgendein weiser, gütiger Rattenfänger sie alle aus dieser gefährlichen Gegend fortgelockt? Oder waren sie in den Kastenwagen des ›Gehsteig-Astronomen‹ geklettert und zu anderen Sternen geflogen? Mit seinen Erdbeben und Eruptionen großer, blasser Spinnen und noch unheimlicherer Wesen war San Francisco nicht mehr sehr sicher. Oh, du Narr, paß auf! Paß auf!

Als das niedrige Gebäude hinter ihm zurückblieb und dann auch die Tennisplätze hinter ihm lagen, erreichte er die kurze Querstraße der T-Kreuzung, welche die Begrenzung der Corona Heights bildete. Seine zitternden Nerven beruhigten sich etwas, und auch die fiebrig-aufgewühlten Gedanken in seinem Gehirn verebbten; doch bekam er einen fast bewußtseinslähmenden Schock, als er von irgendwoher das Quietschen von Reifen hörte und ein paar Sekunden lang glaubte, daß der geparkte Wagen am anderen Ende der kurzen Straße auf ihn zugeschossen kam, gelenkt von den beiden kleinen Grabsteinen seiner Kopfstützen.

Als er über eine schmale Treppenstraße zwischen zwei Gebäuden die Beaver Street erreichte, hatte er wieder die flüchtige Vision eines lokalen Erdbebens und sah die Corona Heights erzittern; dann hob der Berg seine mächtigen, braunen Schultern und seinen felsigen Kopf und schüttelte das Josephine Randall Junior-Museum von seinem Rücken, um ohne diese Last zur Stadt hinabzuschreiten.

Als er die Beaver Street hinabging, begegnete er endlich den ersten Menschen; es waren nicht viele, aber immerhin Menschen. Wie aus einem anderen Leben erinnerte er sich an seine Absicht, Byers zu besuchen (er hatte sich sogar telefonisch angekündigt) und überlegte, ob er diese Verabredung einhalten sollte oder nicht. Er war noch nie in Byers Haus gewesen, seine früheren Treffen hatten in der Wohnung eines gemeinsamen Freundes stattgefunden. Cal hatte gesagt, irgend jemand hätte behauptet, daß es ein Spukhaus sei, aber von außen, mit seinem frischen, olivgrünen Anstrich, wirkte es alles andere als unheimlich.

Zu dem endgültigen Entschluß, den geplanten Besuch durchzuführen, kam er, als er die Castro Street überquerte und ein Krankenwagen plötzlich seine Sirene aufheulen ließ. Das jaulende Geräusch wurde unerträglich laut und nervenaufreibend, als der Wagen über eine Kreuzung der Beaver Street raste, und es katapultierte ihn die Stufen hinauf zu der mit mattgoldenen Arabesken verzierten, olivfarbenen Tür, wo er den Bronze-Klopfer in Gestalt einer Seejungfrau betätigte.

Er erkannte, daß die Vorstellung, jetzt andere Menschen treffen zu können und nicht nach Hause gehen zu müssen, für ihn sehr verlockend war. Und beruhigend. Zu Hause war es genauso gefährlich wie – vielleicht sogar noch gefährlicher als auf den Corona Heights.

Nach einer fast beängstigend langen Wartezeit wurde der Bronzeknopf gedreht, die Tür begann sich zu öffnen, und eine Stimme, so schwülstig wie die von Vincent Price in seinen besten Tagen, sagte: »Hier ist wahrlich ein ungeduldiger Klopfer. Oh, es ist Franz Westen. Kommen Sie, kommen Sie herein! Sie sehen ja völlig verstört aus, mein lieber Franz, als ob dieser Krankenwagen Sie eben abgeladen hätte. Was haben die bösen, unberechenbaren Straßen Ihnen angetan?«

Sobald Franz einigermaßen sicher war, daß der Mann mit dem gepflegten Bart und dem etwas theatralisch wirkenden Gesicht Byers war, drängte er sich an ihm vorbei und sagte: »Schließen Sie die Tür! Ich *bin* verstört«, während er die geschmackvoll und kostbar eingerichtete Eingangshalle und den hinter ihr liegenden, mit einem dicken Läufer belegten Treppenaufgang überblickte, der zu einem Raum führte, dessen Fenster aus farbigem Bleiglas bestanden.

»Alles zu seiner Zeit, Junge«, hörte er Byers hinter sich sagen. »So. Die Tür ist verschlossen, und jetzt werde ich auch noch den Riegel vorschieben, wenn es Sie beruhigt. Wie wär's mit einem guten Wein? Das wäre für Ihren Zustand wohl angemessen. Aber sagen Sie mir bitte gleich, ob Sie einen Arzt brauchen, damit wir uns darüber später keine Gedanken zu machen haben.«

Sie standen jetzt einander gegenüber. Jaime Donaldus Byers war etwa in Franz' Alter, Mitte Vierzig, mittelgroß, mit der gelösten, selbstsicheren Haltung eines Schauspielers. Er trug eine blaßgrüne Nehru-Jacke mit unauffälliger Goldstickerei, eine Hose aus dem gleichen Material, Ledersandalen und einen langen, fahlvioletten Morgenmantel, der offenstand. Sein sorgfältig gekämmtes, rotbraunes Haar hing ihm bis zu den Schultern. Sein Van-Dyck-Bart und der schmale Schnurrbart waren sauber gestutzt. Sein Gesicht war von einer leichten, vornehm wirkenden Bräune, die großen Augen, elisabethanisch, erinnerten an Edmund Spenser. Und er war sich seines guten Aussehens durchaus bewußt.

Franz, dessen Aufmerksamkeit zunächst von der ihm neuen Umgebung gefesselt wurde, sagte rasch: »Nein, keinen Arzt. Und auch keinen Alkohol, Donaldus, nicht heute. Aber wenn ich einen Kaffee haben könnte, schwarz und stark...«

»Sofort, mein lieber Franz. Kommen Sie ins Wohnzimmer, dort ist alles, was wir brauchen. Aber was, um alles in der Welt, hat Sie so erschüttert? Was *jagt* Sie?«

»Ich habe Angst«, sagte Franz kurz, und setzte dann rasch hinzu: »vor Paramentalen.«

»Oh, nennt man die große Bedrohung heutzutage so?« sagte Byers lächelnd, doch seine Lider zogen sich sekundenlang zu engen Schlitzen zusammen. »Ich hatte immer angenommen, es sei die Mafia. Oder der CIA? Oder etwas aus Ihrer *Unheimlicher Untergrund*-Serie? Irgend etwas Neues? Und dann gibt es noch immer das zuverlässige Rußland. Ich bin nur oberflächlich informiert. Ich lebe fast ausschließlich in der Welt der Kunst, wo Realität und Fantasie eins sind.«

Er wandte sich um und führte Franz ins Wohnzimmer. Während er Byers folgte, wurde Franz sich einer *mélange* verschiedener Gerüche bewußt: frisch aufgegossener Kaffee, Weine und Spirituosen, ein schwerer Weihrauchduft und einige Parfüms. Ihm fiel flüchtig Sauls Story von der unsichtbaren Krankenschwester ein, und er warf einen raschen Blick zurück, auf die teppichbelegten Stufen und die an ihrem Fuß liegende Eingangshalle.

Byers winkte Franz, sich irgendwo zu setzen, und trat dann zu einem schweren Tisch, auf dessen Platte schlanke Flaschen und zwei kleine, dampfende Silberurnen standen. Franz erinnerte sich an Peter Vierecks Verszeile: ›Die Kunst ist, wie ein Barmann, niemals betrunken‹, und dachte an die Jahre, als Bars für ihn ein Zufluchtsort gewesen waren, an dem er sich vor den Schrecken und Agonien der Welt verkrochen hatte. Diesmal aber war die Angst aus ihm selbst gewachsen.

17

Der Raum war sybaritisch eingerichtet, und wenn auch nicht ausgesprochen arabisch, enthielt er doch mehr Ornamentik als Bildnerisches. Die Tapete war cremefarben, mit mattgoldenen, arabesken Linienmustern, die labyrinthisch verworren wirkten. Als er sich setzte, wählte Franz ein großes Kissen, das vor einer Wand lag, weil er von dieser Stelle aus die Halle, den in die hinteren Räume führenden Bogendurchgang und die Fenster im Blickfeld hatte. Silber glänzte auf zwei schwarzen Regalen neben dem Sitzkissen, und Franz' Blick wurde für kurze Zeit gegen seinen Willen (und seine Angst) von einer Kollektion winziger Figuren angezogen, silberne Miniaturen, die junge Männer und Frauen beim Liebesspiel in den unterschiedlichsten Stellungen, zumeist perversen, darstellten – ein Stil zwischen Art Deco und pompejanisch. Unter anderen Umständen hätte er sie mehr als nur flüchtig betrachtet. Sie wirkten überaus natürlich und detailliert – und verdammt teuer. Byers stammte aus einer reichen Familie, wußte er, und produzierte alle drei oder vier Jahre einen umfangreichen Band exquisiter Gedichte und Prosa-Skizzen.

Jetzt stellte dieser vom Glück begünstigte Mann eine dünnwandige, große Porzellantasse vor ihn hin, die zur Hälfte mit dampfend heißem Kaffee gefüllt war, außerdem eine ebenfalls dampfende Silberurne und einen Obsidian-Aschenbecher. Dann setzte er sich auf einen bequemen, tiefen Sessel, nahm einen Schluck von dem fahlgelben Wein, den er sich mitgebracht hatte, und sagte: »Sie haben mir am Telefon gesagt, daß Sie ein paar Fragen hätten. Über das Journal, das Sie Smith zuschreiben, und von dem Sie mir bereits eine Fotokopie zusandten.«

Franz, der noch immer systematisch seine neue Umgebung beobachtete, antwortete: »Das ist richtig. Ich habe ein paar Fragen an Sie. Aber vorher möchte ich Ihnen erzählen, was mir eben passiert ist.«

»Selbstverständlich. Ich bin äußert gespannt, davon zu hören.«

Franz bemühte sich, seine Schilderung kurz zu fassen, stellte jedoch sehr bald fest, daß sie damit sehr an Bedeutung und Eindruckskraft verlor, und deshalb wurde schließlich ein ausführlicher, chronologischer Bericht über die Ereignisse der letzten dreißig Stunden daraus. Dadurch, und mit Hilfe einiger Tassen Kaffee, den er wirklich brauchte, und seiner Zigaretten, von denen er seit mindestens einer Stunde nicht eine geraucht hatte, begann er nach einer Weile eine erhebliche Katharsis. Seine Nerven wurden spürbar ruhiger. Sie brachte ihn zwar nicht dazu, seine Ansichten über das Erlebte und seine vitale Bedeutung zu ändern, doch machte die Gegenwart eines anderen Menschen und mitfühlenden Zuhörers alles viel leichter.

Denn Byers hörte ihm sehr konzentriert und aufmerksam zu, half ihm nur mit gelegentlichem Nicken, Stirnrunzeln und Kopfschütteln und machte knappe Zustimmungen und Bemerkungen. Zugegeben, die letzteren waren weniger praktisch als ästhetisch – oft sogar ein wenig frivol –, aber das störte Franz nicht im geringsten, da er völlig auf seine Story konzentriert war; während Byers, trotz seiner Frivolität, tief beeindruckt schien und nicht nur mit höflicher Gläubigkeit Franz' Schilderungen zuhörte.

Als Franz kurz auf den bürokratischen Rundlauf zu sprechen kam, auf den man ihn an diesem Vormittag geschickt hatte, verstand Byers den darin liegenden Humor sofort und sagte: »Der Tanz der Schreiber und Sekretäre, wie putzig!« Und als er von Cals musikalischen Leistungen hörte, bemerkte er: »Franz, Sie haben wirklich einen guten Geschmack bei Mädchen. Eine Harfenistin! Was könnte schöner sein? Meine derzeitige Freundin-Sekretärin-Gespielin-Haushälterin-cum-Mondgöttin ist Nordchinesin, äußerst belesen, und arbeitet mit Edelmetallen – sie hat diese entzückend obszönen Silberfiguren hergestellt, nach dem Verlorenen-Wachs-Prozeß von Cellini. Sie hätte Ihnen normalerweise den Kaffee serviert, aber wir haben heute einen unserer privaten Tage, an denen wir getrennt Entspannung suchen. Ich nenne sie Fa Lo Suee (das ist die Tochter Fu Man-chus – einer unserer halb-privaten Scherze), weil sie einen so wunderbar unheilvollen Eindruck macht, als ob sie in der Lage wäre, sich die ganze Welt zu unterwerfen, wenn sie es wollte. Sie werden sie kennenlernen, wenn Sie bis zum Abend bleiben. Aber ich habe Sie unterbrochen. Entschuldigen Sie. Bitte fahren Sie fort.« Und als Franz das astrologische Graffiti auf den Felsen der Corona Heights erwähnte, pfiff er leise durch die Zähne und sagte: »Wie *überaus* passend!« mit einer solchen Emphasis, daß Franz ihn fragte: »Warum?« Doch Byers wich aus. »Nichts«, sagte er rasch. »Ich staune nur über die immense Reichweite unserer unermüdlichen Schmierfinken. Nächstens werden sie noch eine Pyramide von Bierbüchsen auf dem mystischen Gipfel von Shasta errichten. Dieser Birnenwein ist köstlich – Sie sollten ihn versuchen –, eine erstklassige Kreation der San Martin-Kellerei im Santa Clara-Tal. Bitte fahren Sie fort.«

Doch als Franz *Megapolisomancy* ein drittes und viertes Mal erwähnte und sogar daraus zitierte, hob er die Hand, um ihn zu unterbrechen, und trat zu einem Bücherschrank. Er schloß ihn auf, nahm ein dünnes Buch heraus, dessen schwarzer Ledereinband mit silbernen Arabesken verziert war, und reichte es Franz, der es aufschlug.

Es war ein Exemplar von de Castries' so schlampig gedrucktem und gebundenem Buch, identisch mit seinem eigenen Exemplar, soweit er es beurteilen konnte, bis auf die sorgfältigere, kostbarere Ausführung. Er blickte Byers fragend an.

Byers erklärte: »Bis jetzt habe ich nicht gewußt, daß Sie auch ein Exemplar dieses Buches besitzen, mein lieber Franz. Sie haben mir nur das Journal gezeigt, wie Sie sich sicher erinnern, und mir später Fotokopien der beschriebenen Seiten zugeschickt. Sie haben nie erwähnt, daß Sie mit dem Journal noch ein zweites Buch gekauft haben. Aber Sie waren damals ziemlich... nun, angesäuselt.«

»Ich war damals ständig betrunken«, sagte Franz trocken.

»Ich verstehe... die arme Daisy... kein Wort mehr darüber. Mich wundert nur eins: *Megapolisomancy* ist nicht nur ein seltens Buch, sondern auch, wörtlich genommen, ein sehr geheimes. In seinen letzten Lebensjahren hat de Castries seine Ansichten über diese Thematik geändert und versucht, alle Exemplare seines Buches aufzukaufen und zu vernichten. Und das hat er auch geschafft! Beinahe. Er ist sogar gegenüber Menschen, die sich weigerten, ihr Exemplar herauszugeben, ziemlich unangenehm geworden. Er war wirklich ein sehr böser, alter Mann, würde ich sagen, wenn ich solche moralischen Verurteilungen nicht prinzipiell ablehnen würde. Jedenfalls sah ich zu der Zeit keinen Grund, Ihnen mitzuteilen, daß ich das – wie ich damals glaubte – einzige noch existierende Exemplar dieses Buches besaß.«

»Gott sei Dank!« rief Franz. »Ich hatte gehofft, daß Sie etwas über de Castries wüßten.«

»Ich weiß sogar eine ganze Menge über ihn«, sagte Byers. »Aber erzählen Sie zuerst den Rest Ihrer Geschichte. Sie waren also auf den Corona Heights – ich meine Ihren heutigen Besuch – und blickten durch Ihr Fernglas auf die Trans-America-Pyramide, der Anlaß für Ihr Zitat de Castries' über ›moderne Pyramiden‹...«

»Richtig«, sagte Franz rasch, weil dies zu dem schlimmsten Erlebnis dieses Nachmittags führte, dem Anblick der schmalen, fahlbraunen Schnauze und seiner Flucht vom Gipfel der Corona Heights, und als er mit seiner Schilderung dieser Phase fertig war, rann Schweiß von seiner Stirn, und er blickte wieder ängstlich umher.

Byers seufzte mitleidig und sagte dann befriedigt: »Und deshalb sind Sie zu mir gekommen, von den Paramentalen bis zu meiner Haustür verfolgt!« Und er wandte sich in seinem Sessel um und blickte ein wenig zweifelnd zu den golden schimmernden Fenstern hinter sich.

»Donaldus!« sagte Franz gereizt, »ich berichte Ihnen von Dingen, die tatsächlich passiert sind, nicht irgendeine verrückte Geschichte, die ich mir ausgedacht habe, um Sie zu unterhalten. Ich weiß, daß alles an einer Gestalt hängt, die ich mehrere Male auf eine Entfernung von zwei Meilen durch ein siebenfach vergrößerndes Fernglas gesehen habe, und deshalb kann mir jeder den Vorwurf machen, einer optischen Illusion zum Opfer gefallen zu sein, oder der Macht der Suggestion, oder einem instrumentalen Defekt; aber ich verstehe einiges von Psychologie und Optik und bin sicher, daß es keins davon war! Ich habe mich sehr gründlich mit der Frage der Fliegenden Untertassen befaßt und nicht ein einziges Mal von einer UFO-Sichtung gehört, die wirklich überzeugend war; und ich habe diffuse Reflexe auf den Rümpfen von Flugzeugen gesehen, die oval waren und pulsierten, genau wie es bei der Hälfte aller UFO-Sichtungen beschrieben worden ist. Aber ich habe keine Zweifel dieser Art bei dem, was ich gestern und heute gesehen habe.«

Doch selbst, während all das aus ihm heraussprudelte und er noch immer unsicher zu Türen und Fenstern und in dunkle Winkel blickte, spürte Franz tief in seinem Inneren, daß er *tatsächlich* an seinen Erinnerungen von dem, was er gesehen hatte, zu zweifeln begann – vielleicht war der menschliche Verstand unfähig, eine solche Angst länger als eine gute Stunde lang festzuhalten, wenn sie nicht durch irgendwelche Repetition verstärkt wurde –, doch er würde sich eher die Zunge abbeißen, als Donaldus das einzugestehen!

Er sagte eisig: »Natürlich ist es möglich, daß ich wahnsinnig geworden bin, vorübergehend oder für immer, und ›Dinge sehe‹, aber bis ich dessen sicher bin, denke ich nicht daran, mich wie ein hemmungsloser Idiot zu benehmen – oder wie ein Clown.«

Donaldus, der schon eine geraume Weile protestierende und beschwörende Gesten gemacht hatte, sagte jetzt, verletzt und beruhigend: »Mein lieber Franz, ich habe nicht einen einzigen Augenblick an Ihrer Ernsthaftigkeit gezweifelt oder Sie für psychotisch gehalten. Sie können mir glauben, daß ich geneigt war, an die Existenz paramentaler Wesen zu glauben, seit ich de Castries' Buch gelesen habe, und besonders, nachdem ich mehrere sehr seltsame Geschichten über ihn gehört hatte, und jetzt hat Ihr wirklich aufwühlender Augenzeugenbericht auch meine letzten Zweifel hinweggefegt. Aber ich habe noch keins dieser paramentalen Wesen gesehen – ich bin sicher, daß ich dann den gleichen Terror fühlen würde wie Sie, und noch mehr – und bis dahin, und vielleicht in jedem Fall, trotz des verständlichen Horrors, den sie in uns auslösen, halte ich sie für die *faszinierendsten* Wesen, die man sich vorstellen kann. Geben Sie mir recht? Was nun Ihre Befürchtung angeht, daß ich Ihren Bericht als eine Fabel oder eine Story betrachten könnte, mein lieber Franz, möchte ich Ihnen sagen, daß eine gute Story für mich der beste und größte Wahrheitstest ist, den es gibt. Ich mache überhaupt keinen Unterschied zwischen Realität und Phantasie, oder dem Objektiven und dem Subjektiven. Alles Leben und alles Bewußtsein sind letztlich eins, einschließlich Schmerz und Tod. Nicht das ganze Drama muß uns gefallen, und sein Ende ist niemals sehr erbaulich. Manche Dinge fügen sich harmonisch und wunderbar ineinander, und überraschenderweise mit schrillen Mißklängen – die sind wahr –, und andere tun es nicht, und die sind lediglich schlechte Kunst. Sehen Sie das nicht ein?«

Franz wußte nicht sofort, was er darauf antworten sollte. Er selbst hatte de Castries' Buch natürlich nicht den geringsten Glauben geschenkt, aber... Er nickte nachdenklich, aber kaum in Beantwortung der Frage. Er brauchte jetzt den scharfen, analytischen Verstand von Saul und Gun – und Cal.

»Und jetzt werde ich Ihnen *meine* Geschichte erzählen«, sagte Donaldus, überaus befriedigt. »Aber zuerst einen kleinen Schluck Brandy – den haben wir uns verdient. Nicht für Sie? Gut, dann nehmen Sie sich noch etwas Kaffee. Ein paar Kekse dazu? Ich werde sie holen.«

Franz spürte, daß eine leichte Übelkeit in ihm aufstieg, und sein Kopf begann zu schmerzen. Die einfachen, fast ungesüßten Kekse schienen etwas zu helfen. Er schenkte sich Kaffee nach, nahm diesmal auch Sahne und Zucker, die sein Gastgeber vorsorglich bereitgestellt hatte, und das half auch.

Seine Wachsamkeit ließ nicht nach, doch er begann, sich an sie zu gewöhnen, als ob das Bewußtsein von Gefahr für ihn zum Normalzustand würde.

18

Donaldus hob einen Finger, an dem ein Ring aus Silberfiligran steckte, und sagte: »Sie müssen daran denken, daß de Castries starb, als ich (und Sie) fast noch in den Windeln steckten. Fast alle meine Informationen stammten von zwei nicht sehr nahen und alles andere als geliebten Freunden von de Castries in seinen letzten Lebensjahren: George Ricker, ein Schlosser, der mit ihm *Go* zu spielen pflegte, und Herman Klaas, der einen Laden für antiquarische und gebrauchte Bücher besaß, eine Art romantischer Anarchist war und für eine Weile Technokrat. Und ein bißchen von Clark Ashton Smith. Ah, das interessiert Sie, nicht wahr? Nur ein bißchen, wie gesagt – Clark mochte nicht gern über de Castries sprechen. Ich glaube aber, daß er wegen de Castries und seiner Theorien die großen Städte mied, selbst San Francisco, und der Einsiedler von Auburn und Pacific Groove wurde. Und ich besitze einige Daten aus alten Briefen und Zeitungsausschnitten, aber nicht sehr viele. Die Menschen mochten nichts über de Castries schriftlich niederlegen, und sie hatten gute Gründe dafür, und in seinen letzten Jahren umgab de Castries selbst sein Leben mit Geheimnistuerei. Was sehr seltsam ist, da er seine wichtigste Karriere doch damit begonnen hatte, ein sensationelles Buch zu schreiben und zu publizieren. Mein Exemplar habe ich übrigens von Klaas bekommen – er hat es mir nach seinem Tod vermacht – und er hat es vielleicht unter dem Nachlaß von de Castries gefunden – ich bin da nicht ganz sicher.

Außerdem«, fuhr Donaldus fort, »werde ich die Geschichte – zumindest stellenweise – in einem etwas dichterischen Stil erzählen. Lassen Sie sich dadurch nicht irritieren. Es hilft mir lediglich dabei, meine Gedanken zu ordnen und die wichtigsten Punkte auszuwählen. Ich werde um kein Iota von der Wahrheit abweichen, so wie ich sie entdeckt und erkannt habe; obwohl es Spuren von Paramentalen in meiner Geschichte gibt, und mit Sicherheit einen Geist. Ich bin der Meinung, daß alle modernen Städte, besonders die krassen, neu erbauten und hoch industrialisierten, Geister haben sollten. Geister sind ein zivilisierender Faktor.«

19

Donaldus nahm einen großzügigen Schluck Brandy, ließ ihn über seine Zunge rollen und lehnte sich bequem zurück.

»1900, als unser Jahrhundert anbrach«, begann er mit dramatischem Tonfall, »kam Thibaut de Castries in das sonnige, lebensfrohe San Francisco, wie ein finsteres Omen aus dem Reich der Kälte und des Kohlenqualms der Ostküste, die mit Edisons Elektrizität pulsierte, und aus der Sullivans Wolkenkratzer wuchsen. Madame Curie hatte gerade die Radioaktivität entdeckt, und Marconis Radiowellen überspannten die Meere. Madame Blavatsky hatte die unheimliche Theosophie von den Bergen des Himalajas mitgebracht und die okkulte Fackel an Annie Besant weitergereicht. Der schottische Hof-Astronom Piazzi Smith hatte die Geschichte der Welt und ihre düstere Zukunft in der Großen Galerie der Cheops-Pyramide in Ägypten entdeckt, und in den Gerichten schleuderten Mary Baker Eddy und ihre führenden Akolyten einander Anklagen wegen Hexerei und Schwarzer Magie ins Gesicht. Spencer praktizierte Naturwissenschaft. Ingersolls Stimme dröhnte gegen den Aberglauben. Freud und Jung gruben sich in das bodenlose Dunkel des Unterbewußtseins. Wunder, von denen die Menschen nicht einmal zu träumen gewagt hatten, wurden auf der Pariser Weltausstellung enthüllt, für die der Eiffelturm erbaut worden war, und auf der Weltausstellung in Chicago. In Südafrika schossen die Buren mit Krupp-Feldgeschützen aus unzerreißbarem Stahl auf die Briten. Im fernen China erhoben sich die Boxer, die sich durch ihre Magie für unverwundbar hielten. Graf Zeppelin konstruierte sein erstes lenkbares Luftschiff, und die Brüder Wright bereiteten sich auf den ersten Motorflug vor.

De Castries brachte lediglich eine große, schwarze Gladstone-Reisetasche mit, vollgestopft mit schlechtgedruckten Exemplaren seines Buches, das sich genauso schlecht verkaufte wie Melvilles *Moby Dick*, und einen Kopf voller galvanischer, düster illuminierender Ideen, und – wie einige Leute behaupteten – einen großen schwarzen Panther an einer Silberkette. Nach den Aussagen anderer wurde er von einer geheimnisvollen, großen, schlanken Frau begleitet oder verfolgt, die ständig einen schwarzen Schleier und weite, schwarze Kleider trug – mehr Roben oder Kaftans – und die Fähigkeit besaß, plötzlich aufzutauchen und genauso plötzlich zu verschwinden. Auf jeden Fall war de Castries ein drahtiger, nimmermüder, ziemlich kleiner schwarzhaariger Mann, mit einem durchdringenden Blick und einem sardonischen Mund, der seinen Ruhm wie ein Opern-Cape trug.

Es gab ein Dutzend Legenden über seine Herkunft. Manche Menschen behaupteten, daß er jede Nacht eine neue improvisierte, einige waren der Ansicht, daß sie von anderen unter der Einwirkung seiner düster-magnetischen Erscheinung erfunden worden seien. Die Version, die Klaas und Ricker vertraten, war einigermaßen spektakulär: während des Deutsch-französischen Krieges sei er mit einem Wasserstoff-Ballon aus dem belagerten Paris geflohen, zusammen mit seinem tödlich verwundeten Vater, der als Forscher im dunkelsten Afrika gelebt hatte; die schöne und gelehrte polnische Geliebte seines Vaters und ein schwarzer Panther (ein früherer, nicht der, den de Castries später nach San Francisco mitgebracht haben soll), den sein Vater im Kongo gefangen hätte, und den sie in letzter Minute aus dem Pariser Zoo gerettet hätten, wo die hungernden Menschen die Tiere abschlachteten, seien ebenfalls in der Gondel des Ballons gewesen. (Nach einer anderen Legende war de Castries zu jener Zeit trotz seiner Jugend Ordonnanz Garibaldis in Sizilien, und sein Vater der gefürchtetste der Carbonari.)

Der Ballon wurde von einem kräftigen Wind rasch über das Mittelmeer getrieben und geriet gegen Mitternacht in einen Gewittersturm, der ihn zwar noch schneller vorantrieb, ihn jedoch gleichzeitig immer tiefer drückte, so daß er den schäumenden Wellen der See immer näher kam. Stellen Sie sich diese Szene in dem zerbrechlichen, überladenen Korb des Ballons vor, die von ständig zuckenden Blitzen beleuchtet wurde: Der Panther duckt sich verängstigt an eine Seitenwand der geflochtenen Gondel, fauchend und knurrend, mit peitschendem Schwanz, die Fänge vor Angst in das Korbgeflecht geschlagen, das unter den kräftigen Tatzenhieben zu reißen beginnt.

Die Gesichter – des sterbenden Vaters (ein alter Falke), des ernsten, frühreifen Jungen (schon ein junger Adler) und der stolzen, intellektuellen, unbeirrbar loyalen schönen Frau – alle drei verzweifelt und totenbleich im bläulichen Licht der zuckenden Blitze, während ohrenbetäubender Donner kracht, als ob die schwarze Atmosphäre auseinanderbersten würde oder schwere Geschütze in unmittelbarer Nähe feuerten. Plötzlich spürten sie durch den Regen Salz auf ihren Lippen – aufschäumende Gischt der hungrigen, sturmgepeitschten Wellen.

Der sterbende Vater ergreift die Hände seines Sohnes und seiner Geliebten, drückt sie ineinander, umfaßt sie ein paar Sekunden lang mit den seinen, keucht ein paar Worte (sie werden vom Heulen des Orkans übertönt) und wirft sich in einem letzten Aufbäumen seiner Kräfte über Bord.

Der Ballon schießt aufwärts, durchstößt die dunklen Sturmwolken und rast weiter südostwärts. Die frierenden, verängstigten, aber ungebeugten jungen Menschen hocken dicht aneinandergedrängt auf dem Boden der Gondel; ihnen gegenüber der Panther, der sich jetzt beruhigt hat und sie mit seinen grünen, enigmatischen Augen anstarrt. Im Südosten, in der Richtung, in die der Ballon getrieben wird, erscheint der gehörnte Mond über den Wolken, wie die Hexenkrone der Königin der Nacht, und setzt sein Siegel auf die Szene.

Der Ballon landete schließlich in der ägyptischen Wüste, in der Nähe von Kairo. Der junge de Castries stürzte sich sofort in das Studium der Großen Pyramide, unterstützt von der jungen polnischen Geliebten seines Vaters (jetzt die seine) und durch die Tatsache, daß er mütterlicherseits von Champollion abstammte, dem Entzifferer des Steins von Rosette. Er machte alle Entdeckungen Piazzi Smiths (und noch ein paar mehr, die er geheimhielt) zehn Jahre vor Smith und legte die Basis für seine neue Wissenschaft der Superstädte (und auch seiner Grand Cipher), bevor er Ägypten verließ, um Mega-Strukturen, Cryptoglyphen (wie er sie nannte) und Paramentalität auf der ganzen Welt zu erforschen.

Diese Verbindung mit Ägypten finde ich faszinierend«, sagte Byers wie in Parenthese, während er sich Brandy nachschenkte. »Sie läßt mich an Lovecrafts Nyarlathotep denken, der aus Ägypten kam, um pseudowissenschaftliche Vorlesungen über das bevorstehende Zerbröckeln der Erde zu halten.«

Die Erwähnung von Lovecraft erinnerte Franz an etwas: »Sagen Sie, hatte Lovecraft nicht einen Anhänger, dessen Name dem Thibaut de Castries ähnlich war?«

Byers blickte Franz überrascht an. »Das stimmt! Adolphe de Castro.«

»Eine verblüffende Ähnlichkeit. Halten Sie es für möglich...«

»... daß die beiden identisch sind?« Byers lächelte. »An diese Möglichkeit habe ich auch schon gedacht, mein lieber Franz, und es wäre noch etwas dazu zu sagen: Lovecraft hat Adolphe de Castro abwechselnd ›einen liebenswerten Scharlatan‹ und ›einen salbadernden, alten Hypokriten‹ genannt (er hat Lovecraft für eine völlige Neufassung seiner Stories knapp ein Zehntel des Honorars gezahlt, das er für sie erhielt) – aber nein – de Castro lebte noch, fiel Lovecraft auf die Nerven und besuchte ihn in Providence, als de Castries bereits tot war.

Um von de Castries weiter zu berichten: Wir wissen nicht, ob seine polnische Geliebte ihn begleitete und vielleicht die mysteriöse, verschleierte Lady war, die nach Aussagen mehrerer Menschen zur selben Zeit wie er in San Francisco auftauchte. Ricker jedenfalls war davon überzeugt. Klaas bezweifelte es. Ricker hatte eine romantische Vorstellung von der schönen Polin. Er sah sie als eine brillante Pianistin (aber das sagt man von den meisten Polen, nicht wahr? Chopin hat sich dafür zu verantworten), die diesem Talent völlig entsagt hatte, um ihre umfassenden Sprachkenntnisse und gründlichen sekretarialen Fähigkeiten – und die Reize ihres jungen Körpers – dem noch jüngeren Genie zur Verfügung zu stellen, den sie sogar noch mehr verehrte als seinen abenteuernden Vater.«

»Wie hieß sie?« fragte Franz.

»Das habe ich nie in Erfahrung bringen können«, antwortete Byers. »Sowohl Klaas als auch Ricker hatten es vergessen, oder – wahrscheinlicher – es war einer der Punkte, bei denen der alte Knabe selbst ihnen gegenüber verschlossen war. Außerdem liegt doch eine große Befriedigung in dieser Beziehung: ›die junge, polnische Geliebte seines Vaters‹ – was könnte romantischer und exotischer klingen? Man denkt dabei an Harfenklänge und ein Meer von Champagner, an zarte Spitzenunterwäsche und Pistolen! Denn unter ihrer kühlen und gelehrten Fassade glühte sie vor Temperament – und Leidenschaft, jedenfalls nach der Vorstellung Rickers, und wenn sie schlechter Laune war, konnten ihre Wutanfälle wie ein Naturereignis ausfallen. Die ägyptischen Fellachen fürchteten sie und hielten sie für eine Hexe. Es war während ihres Aufenthaltes im Nilland, behauptet Ricker, daß sie begann, den Schleier zu tragen.

Andererseits konnte sie unglaublich verführerisch sein, die Inkarnation europäischer Weiblichkeit, die de Castries in die raffiniertesten erotischen Praktiken einführte und sein Verständnis für Kultur und Kunst stark erweiterte.

Aber wie dem auch sei, fest steht, daß de Castries zu dem Zeitpunkt, als er in der Stadt am Golden Gate eintraf, ein bißchen wie der Satanist Anton La Vey wirkte (der für eine Weile einen mehr oder weniger zahmen Löwen hielt; haben Sie das gewußt?), aber im Gegensatz zu La Vey hatte er kein Verlangen nach der üblichen Art von Publizität. Er suchte eher nach einer Elite von schillernden, freigeistigen Menschen mit einem Lebenshunger der wildesten Art – und wenn sie dazu noch einen Haufen Geld hatten, war das durchaus kein Fehler.

Und natürlich hat er sie gefunden! Den prometheischen (und dionysischen) Jack London. George Sterling, Fantasy-Dichter und romantisches Idol, Favorit der wohlhabenden Clique des Bohemian Club. Seinen Freund, den brillanten Strafverteidiger Earl Rogers, der später Clarence Darrow verteidigte und dessen Karriere rettete, Ambrose Bierce, einen verbitterten, alten Adler, Autor des *Devil's Dictionary* und hervorragend spannender Horror-Geschichten. Die Dichterin Nora May French. Die berglöwenhafte Charmian London. Gertrude Atherton… Und das waren nur die bedeutendsten.

Und natürlich stürzten sie sich begeistert auf de Castries. Er war genau die Art abseitiger Typ, den sie (und besonders Jack London) liebten: mysteriöse, kosmopolitische Herkunft, münchhausiadische Anekdoten, unheimliche und alarmierende wissenschaftliche Theorien, eine starke anti-industrielle Einstellung und ein (wie wir es nennen würden) Anti-Establishment-Vorurteil, apokalyptische Aura, ein Anflug von Verdammnis und dunkler Mächte – er hatte das alles! Für eine ganze Weile war er ihr Favorit, ihr Lieblings-Guru, beinahe (und ich bin überzeugt, daß er selbst sich so sah) ihr neuer Gott. Sie kauften sogar sein neues Buch und hörten ihm zu (und tranken), wenn er ihnen daraus vorlas. Selbst Egozentriker wie Bierce ertrugen ihn, und London überließ ihm für eine Weile die Hauptrolle – er konnte es sich leisten. Und alle waren sie (theoretisch) bereit, seinem Traum eines Utopia zu folgen, in der megapolitanische Gebäude verboten waren (zerstört oder irgendwie gezähmt) und sie selbst die aristokratische Elite und führenden Geister des Ganzen.

Natürlich fühlten sich die meisten der Damen sehr stark von ihm angezogen, und einige von ihnen waren mehr als bereit, mit ihm ins Bett zu gehen, und scheuten sich nicht, dabei die Initiative zu übernehmen – es waren die dramatischen und emanzipierten Frauen jener Ära, müssen Sie wissen –, es gibt jedoch keinerlei Beweise dafür, daß er mit einer von ihnen eine Affäre hatte. Anscheinend hat er immer, wenn es soweit war, zu der betreffenden Dame gesagt: ›Meine Liebe, es gibt wirklich nichts, was ich lieber täte, ehrlich, aber ich muß Ihnen beichten, daß ich eine sehr gewalttätige und eifersüchtige Geliebte habe, und wenn ich auch nur wagte, mit Ihnen zu flirten, würde sie mir im Bett die Kehle durchschneiden oder mich im Bad erdolchen‹ (er *war* ein wenig wie Marat, müssen Sie wissen, und wurde ihm in seinen späteren Jahren immer ähnlicher), ›ganz abgesehen davon, daß sie Ihnen, meine Liebe, Salzsäure in Ihr hübsches Gesicht schütten oder eine Hutnadel in diese verführerischen Augen stechen würde. Sie ist überaus belesen und gebildet, besonders auf dem Gebiet des Übersinnlichen, aber sie ist eine Tigerin.‹

Er hat für sie wirklich diese – erfundene? – Frau aufgebaut, wie mir berichtet wurde, bis es manchmal nicht mehr klar war, ob sie eine wirkliche Frau, eine Göttin oder ein metamorphosisches Wesen war. ›Sie ist ein erbarmungsloses Nachttier‹, sagte er manchmal, ›doch von einer Weisheit, die bis auf Ägypten zurückgeht, und noch weiter – und die mir unersetzlich ist. Denn sie ist meine Spionin, die ich auf Gebäude ansetze, müssen Sie wissen, meine Agentin für metropolitane Megastrukturen. Sie kennt ihre Geheimnisse und ihre verborgenen Schwächen, ihre schwerfälligen Rhythmen und dunklen Gesänge. Sie ist meine Königin der Nacht, Mutter der Finsternis, unsere Herrin der Dunkelheit.‹«

Während Byers diese letzten Worte de Castries' mit dramatischem Tonfall vortrug, fiel Franz ein, daß die ›Mater Tenebrarum‹ eine von de Quinceys Müttern der Trauer war, und zwar die dritte und jüngste der Schwestern, die sich stets mit einem Schleier verhüllt hatte. Hatte de Castries das gewußt? Und war diese Königin der Nacht die von Mozart? – Allmächtig, nur nicht gegen die Zauberflöte und die Glocken Papagenos?

Doch Byers fuhr fort: »Sie müssen wissen, Franz, daß es ständig Berichte und Gerüchte gab, daß de Castries von einer verschleierten Dame besucht oder bedrängt wurde, die weite, fließende Kleider trug und entweder einen Turban oder einen weiten, breitkrempigen Hut, sich aber äußerst schnell und behende bewegen konnte. Man hatte sie gelegentlich zusammen gesehen, auf der anderen Seite einer Hauptverkehrsstraße, oder auf dem Embarcadero, oder in einem Park, oder am anderen Ende einer überfüllten Theater-Lobby; zumeist waren sie in Eile gewesen und hatten sich lebhaft gestikulierend unterhalten, doch wenn man versuchte, sie zu erreichen, war die Frau verschwunden. Oder wenn sie, bei einigen wenigen Gelegenheiten, noch da war, wurde sie von de Castries niemals vorgestellt, und er sprach in Gegenwart anderer auch niemals mit ihr und tat immer so, als ob er sie überhaupt nicht kennen würde. Doch schien er in Gegenwart anderer Menschen immer irritiert und – wie einige seiner Freunde behaupteten – voller Furcht.«

»Wie war *ihr* Name?« drängte Franz.

Byers lächelte. »Wie ich Ihnen eben sagte, mein lieber Franz, hat er sie niemals vorgestellt. Und wenn er von ihr sprach, so höchstens von ›dieser Frau‹, oder manchmal, seltsamerweise, von ›diesem dickköpfigen, aufdringlichen Mädchen‹. Vielleicht *hatte* er, trotz all seines dunklen Charmes, seiner Tyrannei und SM-Aura Angst vor Frauen, und sie war die Personifizierung und Verkörperung dieser Angst.

Die Reaktionen gegenüber dieser geheimnisvollen Gestalt waren unterschiedlich. Die Männer waren zumeist nachsichtiger, interessiert und spekulativ, und manche ihrer Spekulationen waren überaus fantasievoll – es gab, zu verschiedenen Zeiten, die Vermutung, daß sie Isadora Duncan,

Eleonora Duse oder Sarah Bernhardt sei, obwohl sie dann entweder zwanzig, vierzig oder sechzig Jahre alt gewesen sein müßte. Aber wirkliche Schönheit ist alterslos, wird behauptet; denken Sie doch an Marlene Dietrich oder die Arletty, oder die Doyenne aller schönen Frauen, Kleopatra. Sie hat sich immer hinter ihrem dunklen Schleier versteckt, wie ich Ihnen sagte, der allerdings gelegentlich mit farbigen Punkten verziert war – ›als ob sie schwarze Pocken hätte‹, wie es eine der Damen einmal bösartig beschrieben haben soll.

Aber da war sie nicht die einzige: Alle Frauen haßten sie.

Natürlich ist meine Schilderung sicher etwas gefärbt, da ich fast alle Informationen über sie durch die Filter von Ricker und Klaas erhalten habe. Ricker, der häufig von ihrer Gelehrsamkeit und ägyptischen Weisheit sprach, war überzeugt, daß diese geheimnisvolle Lady noch immer die polnische Geliebte war, die vor Liebe zu de Castries den Verstand verloren hatte, und er kritisierte häufig die nachlässige Behandlung, die sie durch ihn erfuhr.

All dies führte natürlich zu endlosen Spekulationen über de Castries' Sexualleben. Manche waren der Ansicht, daß er homosexuell sei. Selbst in jenen Tagen hatte ›die kühle, graue Stadt der Liebe‹, wie Sterling sie nannte, ihre Homophilen – ›kühle, graue Stadt‹? Andere waren überzeugt, daß er auf eine SM-Art abartig war. (Eine ganze Reihe von Männern haben sich auf diese Weise unbeabsichtigt erdrosselt, wußten sie das?) Und fast im selben Atemzug wurde er für einen Päderasten, einen Perversen, einen Fetischisten und für völlig asexuell gehalten, und es wurde gemunkelt, daß nur unentwickelte kleine Mädchen seine tiberianischen Gelüste befriedigen könnten. Es tut mir leid, falls ich Ihre Gefühle verletzt haben sollte, Franz, aber es wurden wirklich alle Abartigkeiten, die wir kennen, in diese Spekulationen einbezogen.

Aber natürlich nicht sofort, und auch nicht gleichzeitig, sondern nach und nach. Das wichtigste ist jedoch, daß de Castries für eine gewisse Zeit seine Gruppe der Auserwählten dort hatte, wo er sie haben wollte.«

20

Donaldus fuhr fort: »Der Höhepunkt von Thibaut de Castries' San Francisco-Abenteuer war erreicht, als er – nach viel Geheimniskrämerei und sorgfältiger Auswahl und geheimen Botschaften – und mit großem Pomp und Zeremoniell, wie ich vermute – seinen Hermetischen Orden begründete.«

»Ist das der Hermetische Orden, den Smith, oder zumindest dieses Tagebuch, erwähnt?« unterbrach Franz. Er hatte mit einer Mischung aus

Faszination, Irritation und leichtem Humor zugehört, und wenigstens die Hälfte seiner Aufmerksamkeit hatte anderen Dingen gegolten, doch bei der Erwähnung der Grand Cipher hatte er sich wieder völlig auf Byers Bericht konzentriert.

»Sehr richtig«, nickte Byers. »Ich werde es Ihnen erklären. In England gab es zu jener Zeit den Hermetischen Orden der Goldenen Dämmerung, einen okkulten Zirkel, zu dessen Mitgliedern auch der mystische Poet Yeats gehörte, der mit Pflanzen und Bienen und der See sprach, und Dion Fortune und George Russel – A. E. – und Ihr geliebter Arthur Machen – Sie müssen wissen, Franz, ich war immer davon überzeugt, daß die sexuell finstere *femme fatale* Helen Vaughan in seinem *The Great God Pan* nach der Satanistin Diana Vaughan modelliert worden war, obwohl ihre Memoiren – und vielleicht sogar sie selbst – ein Schwindel des französischen Journalisten Gabriel Jogand waren ...«

Franz nickte ungeduldig und mußte an sich halten, um nicht zu drängen: ›Nun machen Sie schon weiter, Donaldus!‹

Der andere verstand ihn trotzdem. »Auf jeden Fall«, fuhr er fort, »gelang es Aleister Crowley im Jahr 1898, Mitglied der Gilded Dayspringers zu werden, und er hätte diese Gesellschaft durch seine Forderung nach der Einführung satanischer Riten – Schwarze Magie und anderem wirklich hartem Zeug – fast zum Auseinanderbrechen gebracht.

In Imitation, aber auch als eine sardonische Herausforderung nannte de Castries *seine* Gesellschaft den Hermetischen Orden der Onyx-Dämmerung. Er soll angeblich einen großen, schwarzen Ring in *pietra dura*-Arbeit getragen haben, mit Schrägflächen aus Onyx, Obsidian, Ebenholz und schwarzem Opal, die, mosaikartig zusammengefügt, einen schwarzen Raubvogel darstellten, vielleicht einen Raben.

Es war zu diesem Zeitpunkt, als sich die Dinge zum Nachteil de Castries zu entwickeln begannen, und die Atmosphäre, nach und nach, sehr häßlich wurde. Unglücklicherweise ist es auch die Periode, über die ich nur unter erheblichen Schwierigkeiten einigermaßen zuverlässige Informationen erhalten konnte – wenn überhaupt irgendwelche Informationen –, und zwar aus Gründen, die, wie Sie gleich sehen werden, sehr einleuchtend sind.

So weit es mir gelungen ist, die Ereignisse zu rekonstruieren, geschah folgendes: Sobald seine Geheimgesellschaft konstituiert worden war, verkündete de Castries ihren etwa zehn sorgfältig ausgewählten Mitgliedern, daß sein Utopia kein ferner Traum sei, sondern sofort realisiert werden würde, und zwar durch eine gewalttätige Revolution, sowohl materiell als auch spirituell (d. h. paramental), und daß das Hauptinstrument dieser Revolution – und zu ihrem Beginn das einzige – der Hermetische Orden der Onyx-Dämmerung sein würde.

Diese gewaltsame Revolution sollte durch terroristische Unternehmen in Gang gesetzt werden, die sich auf gewisse Weise an die Aktivitäten anlehnten, welche die Nihilisten zu jener Zeit in Rußland betrieben (kurz vor der gescheiterten Revolution von 1905), doch mit einer Menge neuer Schwarzer Magie (seiner Megapolisomancy) aufgestockt. Das Ziel sollte Demoralisierung sein, und nicht das Töten, zumindest in der Anfangsphase. Schwarzpulver-Bomben sollten während der Nachtstunden auf Plätzen und Hausdächern der Stadt zur Explosion gebracht werden. Hochhäuser sollten durch Zerschlagen von Hauptschaltern und -sicherungen für Stunden verdunkelt werden. Anonyme Briefe und Anrufe würden die Hysterie noch steigern.

Doch wichtiger als das sollte die megapolisomantische Operation werden, die ›Hochhäuser zu Schutt zusammenfallen lassen und Menschen zum Wahnsinn treiben sollte, bis sie in panischer Flucht die Stadt verlassen, alle Straßen verstopfen und die Fähren zum Sinken bringen würden‹. So jedenfalls hat de Castries viele Jahre später, in einer seiner seltenen kommunikativen Stimmungen, seinen Plan Klaas geschildert. Sagen Sie, Franz, haben Sie gewußt, daß Nicola Tesla, der andere große amerikanische Magier, in seinen letzten Lebensjahren behauptet hat, ein Gerät erfunden oder zumindest erdacht zu haben, das handlich genug sei, um in einer größeren Aktentasche in ein Gebäude geschmuggelt werden zu können und dieses zu einer vorher eingestellten Zeit durch sympathetische Vibrationen zum Einsturz zu schütteln? Auch das habe ich von Herman Klaas erfahren. Aber ich weiche vom Thema ab.

Die magischen oder pseudowissenschaftlichen Unternehmen – oder wie würden Sie sie nennen? – erforderten von Thibauts Helfern absoluten Gehorsam – und das scheint die nächste Forderung gewesen zu sein, die er an seine Akolyten im Hermetischen Orden der Onyx-Dämmerung stellte. Einer von ihnen mochte, zum Beispiel, den Befehl erhalten, zu einer bestimmten Zeit zu einer bestimmten Adresse in San Francisco zu gehen und dort nur zwei Stunden lang zu stehen, alles Denken abzuschalten, oder sich auf einen einzigen Gedanken zu konzentrieren. Oder er – oder sie – bekam den Auftrag, einen Kupferbarren, oder einen kleinen Karton mit Kohlen, oder einen mit Wasserstoffgas gefüllten Kinderballon in ein bestimmtes Stockwerk eines bestimmten Hochhauses zu bringen und dort zurückzulassen (den Ballon an der Decke). Anscheinend sollten diese Elemente als Katalysatoren wirken. Oder zwei oder drei von ihnen bekamen die Order, sich im Foyer eines bestimmten Hotels oder auf einer Parkbank zu treffen und dort eine halbe Stunde lang beieinander zu sitzen, ohne ein Wort zu sprechen. Und von jedem – und jeder – seiner Mitverschworenen wurde erwartet, jeden Befehl ohne Frage und unverzüglich in allen Details auszuführen; anderenfalls wurden sie – wie ich vermute – sadistischen Strafen im Carbonari-Stil unterworfen.

Hochhäuser und andere große Gebäude waren stets die Hauptziele seiner Megapolisomancy. Er behauptete, daß sie die Konzentrationspunkte für Stadt-Material seien, wie er es nannte, von dem die großen Städte vergiftet oder unerträglich überlastet würden. Zehn Jahre früher soll er angeblich der Vereinigung von Parisern angehört haben, die sich der Errichtung des Eiffelturms widersetzten. Ein Mathematik-Professor hatte errechnet, daß die Konstruktion unter ihrer eigenen Last zusammenbrechen mußte, wenn sie die Höhe von siebenhundert Fuß erreicht hatte, Thibaut aber behauptete schlicht und einfach, daß diese Masse nackten Stahls, die von allen Punkten der Stadt aus zu sehen wäre, ganz Paris zum Wahnsinn treiben würde. (Und wenn man spätere Ereignisse und Entwicklungen in Betracht zieht, Franz, so bin ich der Ansicht, daß er vielleicht gar nicht so unrecht hatte. Die beiden Weltkriege sind wie Heuschreckenplagen durch übergroße Konzentration von Lebewesen, von Menschen, ausgelöst worden, die ihrerseits durch das Fieber der Bauwut hervorgerufen wurden. Ist das so abwegig?) Aber da Thibaut wußte, daß er die Errichtung von Hochhäusern nicht verhindern konnte, wandte er sich dem Problem ihrer Kontrolle zu. In gewisser Weise hatte er die Mentalität eines Tierbändigers – vielleicht von seinem Afrika-erfahrenen Vater ererbt?

Thibaut schien zu glauben, daß es eine Art mathematischer Formel gab – oder daß er eine solche gefunden hatte –, durch die menschliches Denken und große Gebäude (und paramentale Wesen?) manipuliert werden konnten. ›Neo-pythagoräische Metageometrie‹ nannte er sie. Es sei lediglich eine Frage, die richtigen Zeiten und *Orte* zu kennen, behauptete er, (und zitierte Archimedes: ›Gebt mir einen festen Standort, und ich werde die Welt aus den Angeln heben‹) und dann dort die richtigen Personen (und Gehirne) oder Materialien einzusetzen. Er schien auch zu glauben, daß bestimmte *Orte* in Großstädten bestimmten Menschen eine begrenzte Gabe des Hellsehens, Stimmenhörens und Vorauswissens ermöglichten. Einmal hat er damit begonnen, Klaas einen einzelnen Fall von Megapolisomancy im Detail zu beschreiben – ihm seine Formel zu geben, sozusagen – wurde dann jedoch mißtrauisch.

Aber es *gibt* noch eine andere Anekdote über diese megamagische Sache: Ich bin zwar geneigt, ihre Authentizität anzuzweifeln, finde sie jedoch überaus attraktiv. Es scheint, daß Thibaut vorhatte, das Hobart Building, oder zumindest eines jener frühen Hochhäuser an der Market Street, durch eine Art ›Warnschütteln‹ zu erschüttern –, ob es dabei eventuell zusammenfallen würde, hinge von der Integrität seiner Erbauer ab, soll der alte Knabe gesagt haben. In diesem Fall waren seine vier

Freiwilligen Jack London, George Sterling, eine Octoroon*, die Ragtime-Sängerin Olive Church, eine Protegée der alten Voodoo-Königin Mammy Pleasant, und ein Mann namens Fenner.

Kennen Sie Lotta's Fountain an der Market Street? – Ein Geschenk Lotta Crabtrees, ›der Perle der Goldfelder‹, die ihre Tanzkunst von Lola Montez lernte (der Meisterin des Spinnentanzes, Gefährtin des geistig umnachteten bayerischen Ludwig, und so weiter) an die Stadt San Francisco. Diesem Brunnen sollten sich die vier Akolyten aus verschiedenen Richtungen nähern, und zwar auf Straßen, welche die vier Arme eines gegenläufigen Hakenkreuzes bildeten und dessen Mittelpunkt der Brunnen war, sich dabei auf die vier Himmelsrichtungen konzentrieren und Objekte in ihren Händen halten, die die vier Elemente symbolisierten: Olive eine Topfblume für die Erde, Fenner eine Magnumflasche Champagner für das Wasser, Sterling einen ziemlich umfangreichen, wasserstoffgefüllten Ballon für die Luft (oder das gasförmige Element) und Jack London eine brennende Zigarre für das Feuer.

Sie sollten gleichzeitig am Brunnen eintreffen und ihm ihre Gaben ›vorstellen‹ – George, indem er seinen wasserstoffgasgefüllten Ballon durch das Wasser zog, und Jack, indem er seine Zigarre darin löschte.

Olive und Fenner trafen als erste ein, Fenner ein wenig betrunken – vielleicht hatte er unterwegs seine Opfergabe probiert –, doch wir können unterstellen, daß alle vier etwas in Hochstimmung waren. Anscheinend war Fenner scharf auf Olive, und sie hatte ihn abgewiesen, und jetzt wollte er sie dazu bringen, mit ihm Champagner zu trinken, und als sie es ablehnte, versuchte er, ihn ihr zwangsweise einzuflößen und goß ihr dabei eine ganze Menge auf ihre Bluse *und* auf die Topfblume, die sie in ihren Händen hielt.

Während die beiden so miteinander rauften, traf George ein und versuchte, Fenner von Olive zu trennen, ohne seinen Ballon loszulassen, und Olive kreischte vor Vergnügen, als nun die beiden Männer miteinander rangen, und drückte ihre Topfblume gegen ihren nassen Busen.

Jetzt trat Jack von hinten auf sie zu – er war noch betrunkener als die anderen – und drückte, einer plötzlichen Inspiration nachgebend, das glühende Ende seiner Zigarre an den Ballon.

Es gab eine Stichflamme und eine ziemlich laute Explosion. Augenbrauen und Haare wurden angesengt. Fenner, der glaubte, daß Sterling auf ihn geschossen habe, fiel in das Wasserbecken des Brunnens und ließ dabei die Magnum-Flasche fahren, die auf den Steinen der Einfassung zerschellte. Olive ließ ihren Blumentopf fallen und begann hysterisch zu lachen. George lief vor Wut auf Jack rot an, und Jack lachte wiehernd, wie ein

* Octoroon: Mulattin mit einem Achtel Negerblut. – Anm. d. Übers.

wahnsinniger Gott – und Thibaut, der bestimmt irgendwo im Hintergrund stand, verfluchte alle vier.

Am folgenden Tag entdeckten sie alle fast zur selben Zeit, daß ein kleines Lagerhaus hinter dem Rincon Hill eingestürzt und nur noch ein wüster Haufen von Ziegeln war. Alter und Baumängel wurden offiziell als Grund angegeben, doch Thibaut behauptete natürlich, daß es auf den Fehlschlag seiner Mega-Magie zurückzuführen sei, der durch die allgemeine Frivolität der vier Beteiligten und Jacks idiotischen Scherz verursacht worden wäre.

Ich weiß nicht, ob in dieser Geschichte auch nur ein Körnchen Wahrheit steckt – zumindest ist sie um ihrer anekdotischen Wirkung willen stark verzerrt worden.

Auf jeden Fall aber können Sie sich jetzt besser vorstellen, wie diese Primadonnen, die Thibaut rekrutiert hatte, auf seine Befehle reagierten. Wahrscheinlich hätten Jack London und George Sterling bei Unternehmen wie dem Abschalten von Beleuchtung in Hochhäusern – oder auch ganzen Häuserblocks – schon aus reinem Spaß an der Sache mitgemacht, vorausgesetzt, sie wären betrunken genug gewesen, wenn Thibaut ihnen den Befehl dazu gab. Und selbst der querköpfige alte Bierce hätte vielleicht Spaß an einem bißchen Schwarzpulver-Donner gefunden, wenn ein anderer die ganze Arbeit getan und auch die Zündschnur angesteckt hatte. Doch als de Castries sie beauftragte, *langweilige* Dinge zu tun, deren Sinn er ihnen nicht erklärte, war es einfach zuviel. Eine temperamentvolle und exzentrische Dame der Gesellschaft, eine auffallende Schönheit (und Akolytin), soll gesagt haben: ›Wenn er mich nur beauftragt hätte, etwas *Herausforderndes* zu tun, zum Beispiel, Präsident Roosevelt die Hose aufzuknöpfen (sie meinte natürlich Teddy Roosevelt, Franz), oder mich nachts splitternackt auf die Rotunde von Paris zu stellen, oder zu den Seal Rocks hinauszuschwimmen und mich an die Klippen zu ketten wie Andromeda; aber nur vor der Stadtbücherei zu stehen, mit sieben ziemlich großen Kugellagern in meinem Büstenhalter, an den Nordpol zu denken und eine Stunde und zwanzig Minuten nicht ein einziges Wort zu sprechen ... ich *bitte* dich, Darling!‹

Der springende Punkt war wohl, daß sie sich schlichtweg geweigert haben, ihn ernst zu nehmen – und auch seine Revolution und seine Schwarze Magie. Jack London war ein eingefleischter marxistischer Sozialist und hatte sich mit seinem Science-fiction-Roman *The Iron Heel* seinen Weg durch einen gewalttätigen, blutigen Klassenkampf geschrieben. Er war in der Lage, Löcher in Theorie und Praxis von Thibauts Herrschaft des Terrors zu bohren, und hätte es mit Sicherheit auch getan. Und er wußte, daß die erste Großstadt, in der eine Regierung der Gewerkschaftspartei an die Macht gewählt worden war, bestimmt nicht der richtige Ort für den

Beginn einer Konterrevolution sein konnte. Er war außerdem ein darwinistischer Materialist und wissenschaftlich gebildet. Er wäre in der Lage gewesen, Thibauts ›neue schwarze Wissenschaft‹ als eine pseudowissenschaftliche Travestie und als lediglich eine neue Bezeichnung für Magie zu entlarven.

Auf jeden Fall weigerten sich alle, ihm selbst bei einem Test-Unternehmen seiner Mega-Magie zu helfen. Vielleicht haben sogar ein paar von ihnen ein- oder zweimal mitgemacht – bei dieser Komödie an Lotta's Fountain, zum Beispiel – doch es geschah nichts.

Ich vermute, daß er zu diesem Zeitpunkt die Geduld verlor, Befehle zu brüllen begann und Strafen verhängte. Und sie haben ihn sicher nur ausgelacht – und als er immer noch nicht einsah, daß er sein Spiel verloren hatte, sind sie einfach fortgegangen.

Oder sie haben aktiver reagiert. Ich kann mir sehr gut vorstellen, daß jemand wie Jack London den wütenden, schreienden kleinen Mann einfach bei Kragen und Hosenboden packte und ihn auf die Straße warf.«

Byers hob die Brauen. »Das erinnert mich daran, Franz, daß Lovecrafts Feind-Freund de Castro Ambrose Bierce kannte und behauptet hatte, mit ihm zusammengearbeitet zu haben, doch bei ihrem letzten Treffen soll de Castro den Abschied von Bierce etwas beschleunigt haben, indem er einen Spazierstock auf seinem Kopf zerbrach. Wirklich eine gute Parallele zu dem, was ich eben für de Castries als Hypothese aufgestellt habe. Eine wirklich attraktive Theorie – daß beide Fälle gleich liegen! Aber es war nicht so, denn de Castro war bei Lovecraft, um seine Stories und seine Memoiren umzuschreiben, als de Castries bereits tot war.«

Er seufzte tief, bevor er fortfuhr. »Jedenfalls könnte ein Zwischenfall wie dieser die Transformation de Castries von einem faszinierenden Außenseiter, den die Menschen irgendwie mochten, zu einem aufdringlichen, alten Langweiler, quengelnden Nassauer, Streithammel und *Erpresser* herbeigeführt haben, vor dem man sich mit allen Mitteln schützen mußte. Ja, Franz, es gibt hartnäckige Gerüchte, daß er versucht hat – und in einigen Fällen sogar erfolgreich –, seine früheren Jünger mit Eröffnungen und Bekenntnissen, die sie in den Tagen gemeinsamer Freizügigkeit begangen hatten, zu erpressen, sogar mit der Drohung, ihre frühere Mitgliedschaft zu einer Terror-Organisation anzuzeigen – seiner eigenen! Zweimal schien er während dieser Zeit für mehrere Monate spurlos verschwunden zu sein – sehr wahrscheinlich, weil er Gefängnisstrafen absitzen mußte. Einige seiner Ex-Akolyten waren einflußreich genug, um so etwas ohne große Schwierigkeiten arrangieren zu können, obwohl es mir nicht gelungen ist, dafür irgendwelche Beweise zu erbringen; die meisten Akten sind bei dem Erdbeben vernichtet worden.

Doch etwas von dem alten, dunklen Glanz muß ihm für geraume Zeit noch geblieben sein – zumindest in den Augen seiner Ex-Akolyten – die dumpfe Ahnung, daß er ein Mensch mit dunklen, übernatürlichen Kräften war, denn als am frühen Morgen des achtzehnten April 1906 das Erdbeben losbrach, vom Westen her in langgezogenen Wellen von Mauerwerk und Beton die Market Street hinaufdonnerte und Hunderte von Menschen verschlang, soll einer seiner abgefallenen Akolyten, wahrscheinlich in der Erinnerung an eine Zauberei, die Wolkenkratzer zum Einstürzen bringen würde, gesagt haben: ›Er hat es geschafft! Der alte Teufel hat es wirklich geschafft!‹

Und es gibt Hinweise darauf, daß Thibaut das Erdbeben für seine Erpressungen auszunutzen versuchte – so auf die Art: ›Ich habe es einmal getan, ich kann es wieder tun!‹ Anscheinend hat er alles, was ihm einfiel, dazu benutzt, anderen Angst einzujagen. In zwei Fällen soll er Menschen gedroht haben, seine Königin der Nacht, seine Herrin der Dunkelheit (seine mysteriöse, verschleierte Lady) gegen sie einzusetzen – das heißt, wenn sie kein Geld ausspuckten, würde er seine Schwarze Tigerin auf sie hetzen.

Doch die meisten meiner Informationen über diese Periode sind sehr dünn und einseitig. Die Menschen, die ihn am besten gekannt hatten, versuchten alles, um ihn zu vergessen (ihn zu unterdrücken, kann man sagen), und meine beiden Hauptinformanten, Klaas und Ricker, haben ihn erst in den zwanziger Jahren als alten Mann kennengelernt und nur *seine* Version (oder Versionen!) der Geschichte gehört. Ricker, ein völlig unpolitischer Mann, hielt de Castries für einen großen Gelehrten und Metaphysiker, dem eine Gruppe reicher, leichtlebiger Menschen Geld und Unterstützung versprochen und ihn dann enttäuscht und im Stich gelassen hatte. An die Revolutionspläne hat er niemals ernsthaft geglaubt. Aber Klaas glaubte an ihre Existenz und sah de Castries als einen großen, gescheiterten Rebellen, einen modernen John Brown oder Sam Adams oder Marat, der von seinen reichen, pseudokünstlerischen, sensationsgeilen Anhängern fallengelassen wurde, als sie kalte Füße bekamen. Beide wiesen die Erpressergerüchte empört zurück.«

»Und was war mit seiner geheimnisvollen Lady?« unterbrach Franz. »Gab es die noch? Was haben Klaas und Ricker über sie gesagt?«

Byers schüttelte den Kopf. »Sie war Anfang der zwanziger Jahre spurlos verschwunden – falls sie überhaupt wirklich existiert haben sollte. Für Ricker und Klaas war sie lediglich eine Story wie alle anderen – eine der endlos faszinierenden Geschichten, die sie im Lauf der Zeit aus dem alten Mann herausholten. Oder (bei den weniger faszinierenden) in mehrfacher Wiederholung über sich ergehen ließen. Nach ihren Informationen gab es während der Zeit, als sie ihn kannten, überhaupt keine Frau in seiner Nähe. Klaas rutschte aber einmal ungewollt die Bemerkung heraus, daß de

Castries sich habe ab und zu eine Prostituierte kommen lassen – weigerte sich jedoch, mir Einzelheiten zu berichten, so sehr ich ihn auch dazu drängte, und erklärte mir, daß dies Thibauts eigene, ganz private Angelegenheit sei. Ricker erklärte mir jedoch, daß der alte Knabe ein sentimentales Interesse an – oder eine Schwäche für – kleine Mädchen gehabt habe – natürlich in aller Unschuld, ein moderner Lewis Caroll, betonte er. Sowohl Ricker wie Klaas wiesen jede Andeutung über ein abartiges Sexualleben des alten Mannes so entschieden und indigniert zurück wie die Erpresser-Stories und die später aufkommenden, noch häßlicheren Gerüchte: daß de Castries seine letzten Lebensjahre dazu verwandt hätte, sich an den ›Verrätern‹ zu rächen, indem er sie durch Schwarze Magie zu Tode brachte oder zum Selbstmord trieb.«

»Ich habe von einigen dieser Fälle gehört«, sagte Franz, »zumindest von denen, die Sie, wie ich vermute, gleich anführen werden. Was ist mit Nora May French geschehen?«

»Sie war die erste, die starb. 1907, nur ein Jahr nach dem Erdbeben. Ein klarer Fall von Selbstmord. Sie ist sehr elend an Gift gestorben – äußerst tragisch.«

»Und wann ist Sterling gestorben?«

»Am siebzehnten November 1926.«

Franz sagte nachdenklich: »Es scheint wirklich ein selbstmörderischer Zwang am Werk gewesen zu sein, obwohl sich die Todesfälle über einen Zeitraum von zwanzig Jahren erstreckten. Man könnte sich sogar vorstellen, daß es der Todeswunsch war, der Bierce dazu trieb, zu diesem Zeitpunkt nach Mexiko zu gehen – ein von Krieg gezeichnetes Leben, also warum kein gewaltsamer Tod? – wo er sich wahrscheinlich als eine Art inoffizieller Revolutions-Korrespondent den Rebellen Pancho Villas anschloß und genauso wahrscheinlich erschossen wurde, weil er ein hochnäsiger, starrköpfiger alter Gringo war, der nicht mal für den Teufel selbst den Mund gehalten hätte.

Und von Sterling war bekannt, daß er schon viele Jahre lang eine Ampulle mit Zyankali in seiner Westentasche trug; ob er das Gift schließlich aus Versehen nahm (ziemlich weit hergeholt) oder vorsätzlich, ist natürlich nicht mit Sicherheit festzustellen. Und dann gab es eine Zeit (Rogers Tochter berichtet darüber in ihrem Buch), als Jack London für fünf Tage spurlos verschwand und in seine Wohnung zurückkehrte, als sich dort Charmian und Rogers Tochter und noch einige andere Menschen, die sich um ihn Sorgen machten, versammelt hatten, und er mit der eiskalten Logik eines Mannes, der sich wieder nüchtern getrunken hat, George Sterling und Rogers aufforderte, *nicht für ihn Totenwache zu sitzen.*«

»Was hat er damit gemeint?« fragte Byers und kniff ein Auge zu, als er sich sorgfältig einen neuen Brandy einschenkte.

»Daß ihre Kräfte nachzulassen beginnen würden, wenn sie die Freude am Leben verlören, und dann würden sie den Nasenlosen beim Arm nehmen und lachend abtreten.«

»Den Nasenlosen –«

»Londons Spitzname für den Tod – der Schädel unterhalb der Haut. Die Nase besteht aus Knorpeln, und deshalb ist der Totenschädel...«

Byers' Augen weiteten sich, und er deutete plötzlich mit ausgestrecktem Finger auf seinen Gast.

»Franz!« sagte er aufgeregt. »Dieser Paramentale, den Sie gesehen haben... war er nasenlos?«

Als ob er gerade einen posthypnotischen Befehl erhalten hätte, schloß Franz die Augen, bog den Kopf zurück und streckte abwehrend beide Hände vor. Byers Worte hatten die fahlbraune, spitze Schnauze wieder mit plastischer Deutlichkeit in seine Erinnerung zurückgerufen.

»Sagen Sie...«, murmelte er verhalten, »so etwas nie wieder, ohne mich vorher zu warnen. Ja, er war nasenlos.«

»Mein lieber Franz, ich werde es nicht wieder tun. Bitte, entschuldigen Sie. Ich habe mir nicht klargemacht, was für ein Schock dieser Anblick für Sie gewesen sein muß.«

»Schon gut, schon gut«, sagte Franz ruhig. »Vier der Akolyten sind also etwas vor Ablauf ihrer Zeit gestorben, Opfer ihrer gestörten Psyche – oder etwas anderem.«

»Und mindestens die gleiche Anzahl weniger prominenter Akolyten«, ergriff Byers wieder das Wort. »Wissen Sie, Franz, ich war sehr davon beeindruckt, wie in Londons letztem großen Roman, *The Star Rover*, der Geist so völlig über die Materie triumphiert. Durch eine unglaublich strenge Selbstdisziplin gelingt es einem Lebenslänglichen in St. Quentin, im Geist durch die dicken Gefängniswände zu entkommen, frei und ungehemmt durch die Welt zu streifen, seine früheren Reinkarnationen wiederzuleben, seine Tode wieder zu sterben. Irgendwie läßt mich das an den alten de Castries der zwanziger Jahre denken, der allein in schäbigen, billigen Hotels hauste und über vergangene Hoffnungen, Erfolge und Desaster grübelte, grübelte, grübelte. Und – während er an grausame, endlose Foltern dachte – über das Unrecht, das ihm angetan wurde, und über Rache, und über... wer kann sagen, über was er sonst noch nachdachte. Auf welche Reisen er seinen Geist schickte?«

21

»Und jetzt«, sagte Byers und senkte seine Stimme, »will ich Ihnen über Thibaut de Castries' letzten Akolyten und sein Ende berichten. Sie müssen sich dabei vor Augen halten, daß wir ihn uns in dieser Periode als einen gebeugten, alten Mann vorstellen müssen, verschlossen und schweigsam, der unter ständigen Depressionen litt und paranoid wurde. So hatte er, zum Beispiel, eine pathologische Angst, irgendwelches Metall zu berühren, da er glaubte, seine Feinde versuchten, ihn durch Stromschläge zu töten. Manchmal hatte er auch Angst, daß sie sein Leitungswasser vergiftet hätten. Er verließ nur noch selten das Haus, weil er befürchtete, daß ein Automobil plötzlich auf den Gehsteig springen und ihn überrollen könnte; und er war nicht mehr behende genug, um ausweichen zu können. Oder seine Feinde könnten ihm den Schädel zertrümmern, indem sie einen Ziegelstein von einem Hochhaus auf ihn warfen. Er wechselte in dieser Zeit sehr häufig sein Hotel, um sie von seiner Spur abzubringen. Seine einzigen Kontakte mit früheren Bekannten waren seine hartnäckigen Versuche, alle Exemplare seines Buches zurückzuholen und zu verbrennen – aber es ist durchaus möglich, daß er nebenher nach wie vor ein bißchen Erpressung betrieb, oder ganz schlicht bettelte. Ricker und Klaas waren Zeuge einer solchen Bücherverbrennung. Eine groteske Angelegenheit! – Er verbrannte zwei Exemplare in seiner Badewanne. Sie erinnerten sich daran, das Fenster aufgerissen und den Rauch hinausgewedelt zu haben. Mit einer oder zwei Ausnahmen waren sie in jener Periode seine einzigen Besucher – selbst abseitige, exzentrische Typen und auch schon Versager, obwohl sie zu der Zeit erst in den Dreißigern waren.

Und dann kam Clark Ashton Smith – etwa im gleichen Alter, doch überquellend vor Poesie, Fantasie und kreativer Energie. Clark war von George Sterlings grausamem Tod sehr getroffen worden und fühlte sich dazu gedrängt, alle Freunde und Bekannten seines poetischen Mentors aufzusuchen, die er finden konnte. De Castries spürte das fast erloschene Feuer wieder aufflammen. Hier war ein neuer der brillanten, vitalen Menschen, die er immer gesucht hatte. Er fühlte sich versucht (und erlag dieser Versuchung schließlich rückhaltlos), seinen umwerfenden Charme ein letztes Mal einzusetzen, seine faszinierenden Geschichten zu erzählen und seine bezwingend unheimlichen Theorien zu erklären, um seinen Besucher in seinen Bann zu zwingen.

Und Clark Ashton, ein Liebhaber des Unheimlichen, hochintelligent, doch in gewisser Weise noch immer ein naiver Junge aus der Kleinstadt, emotionell turbulent, war ein überaus dankbarer Zuhörer. Clark schob seine Rückkehr nach Auburn mehrere Wochen lang immer wieder hinaus; er genoß die beklemmende, unheilschwangere, wunderreiche, seltsam *reale* Welt, die der alte Tiberius, der Vogelscheuchen-Kaiser des Terrors und des Geheimnisvollen, jeden Tag frisch für ihn malte – ein San Francisco aus strahlenden mentalen und unsichtbaren paramentalen Wesen, das wirklicher war als die Wirklichkeit. Es ist nur zu verständlich, daß die Tiberius-Metapher Clark faszinierte. An einer Stelle eines Tagebuchs schrieb er – warten Sie einen Moment, Franz, bis ich die Stelle auf den Fotokopien gefunden habe...«

»Nicht nötig«, sagte Franz und zog das Journal selbst aus der Jackentasche. Dabei riß er auch das Fernglas heraus, und es fiel mit einem leisen Klirren von zerbrochenem Glas auf den dicken Teppich.

Byers blickte es mit morbider Neugier an. »Das also ist das Glas, das mehrere Male – seien Sie vorsichtig, Franz! – ein paramentales Wesen sah und schließlich von ihm zerstört wurde.« Sein Blick glitt zu dem Journal. »Franz, Sie schlauer Fuchs! Sie haben sich auf dieses Gespräch – zumindest auf einen Teil davon – vorbereitet, *bevor* Sie zum Gipfel der Corona Heights hinaufgestiegen sind!«

Franz hob sein Fernglas auf und legte es auf den kleinen Tisch neben den überquellenden Aschenbecher; dabei warf er einen raschen Blick durch den Raum und auf die Fenster. »Es scheint, Donaldus«, sagte er dann ruhig, »als ob auch Sie einiges zurückgehalten hätten. Sie sind jetzt ziemlich sicher, daß dieses Tagebuch von Smith aufgeschrieben wurde, aber bei unseren früheren Treffen, und selbst in den Briefen, die Sie mir später schrieben, haben Sie immer wieder betont, daß Sie nicht sicher seien.«

»*Touché*«, gab Byers mit einem seltsamen, kleinen Lächeln zu, vielleicht beschämt. »Aber es schien mir damals richtig und *weise* zu sein, Franz, so wenig Menschen wie möglich darüber aufzuklären. Jetzt wissen Sie natürlich genauso viel wie ich, oder werden es in wenigen Minuten wissen, aber... das billigste aller Clichés lautet: ›Es gibt Dinge, die der Mensch nicht wissen soll‹, doch es gibt Zeiten, in denen ich glaube, daß es für Thibaut de Castries und das Übernatürliche wirklich zutrifft. Darf ich das Journal sehen?«

Franz warf es ihm zu. Byers fing es auf, als ob es ein rohes Ei wäre, und warf seinem Gast einen schmerzvollen Blick zu, während er es öffnete und behutsam ein paar Seiten umblätterte. »Ja, hier ist es. ›Heute drei Stunden in 607 Rhodes. Was für ein Genie! Wie prosaick – wie Howard es buchstabieren würde. Und doch ist es Tiberius, der mit geiziger Zurückhaltung seine dunklen Thrasyllus-Geheimnisse in diesem bergigen, höhlenzerfressenen Capri, das San Francisco genannt wird, an seinen verängstigten, jungen Erben (Um Gottes willen! Nicht ich!) Caligula portioniert. Und ich frage mich, wie bald auch ich dem Wahnsinn verfallen werde.‹«

Als er mit dem Vorlesen der Seite fertig war, blätterte er sie um, und dann die nächste und die übernächste, und er blätterte sogar weiter, als er zu den unbeschriebenen Seiten kam. Hin und wieder blickte er Franz an, doch er examinierte jede einzelne Seite sorgfältig mit den Augen und Fingerspitzen, bevor er sie umblätterte.

»Clark dachte an San Francisco als ein modernes Rom«, sagte er im Konversationston. »Sie verstehen: beide Städte wurden auf sieben Hügeln erbaut. Und auf einen Einwohner von Auburn wirkte das Leben von George Sterling und seiner Freunde sicherlich wie ein römisches Bacchanal. Wobei Carmel vielleicht das Analogon zu Capri bildete, das Tiberius' Klein-Rom war, und wo Spaß und Spiele für Fortgeschrittene stattfanden. Fischer brachten frisch gefangene Hummer für den kauzigen, alten Imperator; Sterling tauchte nach riesigen Muscheln. Natürlich war Rhodes das Capri von Tiberius' frühen mittleren Jahren. Ja, ich kann verstehen, warum Clark nicht Caligula sein wollte. ›Die Kunst ist, genau wie der Barmann, niemals betrunken.‹ – Hallo, was ist dies?«

Seine Fingernägel zupften behutsam am Rand eines Blattes. »Sie sind kein Bibliophile, lieber Franz. Ich hätte damals, als wir uns trafen, Ihnen dieses Buch stehlen sollen, so wie ich es zu einem gewissen Zeitpunkt ernsthaft vorgehabt hatte; aber irgend etwas Rührendes in Ihrer Trunkenheit hat mein Gewissen angerührt, das *niemals* ein guter Führer ist. – So!«

Mit einem leisen, fast unhörbaren Rascheln löste sich das Blatt von einem anderen und enthüllte eine beschriebene Seite, die zwischen den zusammenklebenden Blättern versteckt gewesen war.

»Die Schrift ist schwarz und wie neu«, berichtete Byers. »Indische Tinte, würde ich sagen – und mit ~~sehr leichter Hand aufgetragen, um auch~~ nicht die geringsten Eindrucksspuren auf der anderen Seite des Blattes zu verursachen. Dann eine winzige Spur Gummi arabicum auf den Rand, zu gering, um das Papier zu verwerfen, und Presto! – die Eintragungen sind unauffällig und sehr effektiv versteckt. Die Raffinesse des Offensichtlichen. ›Auf ihren Kleidern ist eine Schrift, die kein Mensch erblicken darf...‹ *Oh, mein Gott! Nein!*«

Er wandte mit einer raschen, resoluten Bewegung den Blick von der Tagebuchseite, die er während des Sprechens überflogen hatte. Dann stand er auf, hielt das Journal auf Armeslänge von sich, hockte sich so nahe neben Franz, daß der seinen Brandy-Atem roch, und hielt das Tagebuch so, daß sie beide die neuentdeckten Seiten vor Augen hatten. Nur die rechte war beschrieben, mit schwarzen und spinnenfadendünnen Buchstaben, die sehr sauber geschrieben waren und mit Smiths Handschrift auch nicht die entfernteste Ähnlichkeit aufwiesen.

»Danke«, sagte Franz. »Dies ist unheimlich. Ich habe alle Seiten mehr als ein dutzendmal durchgeblättert.«

»Aber Sie haben nicht jede einzelne mit dem tiefen Mißtrauen eines

Bibliophilen genau und gründlich geprüft. Die Initialen am Schluß der Eintragung deuten darauf hin, daß sie von dem alten Tiberius selbst geschrieben wurde. Und ich teile diese Entdeckung mit Ihnen nicht so sehr aus Gründen der Höflichkeit, wie aus Angst. Als ich einen Blick auf die ersten Zeilen geworfen hatte, überkam mich das Gefühl, daß dies etwas ist, das ich nicht allein lesen möchte. Zusammen mit Ihnen fühle ich mich sicherer – zumindest wird die Gefahr etwas verteilt.«

Gemeinsam lasen sie folgendes:

> *EIN FLUCH auf Master Clark Ashton Smith und all seine Erben, der sich einbildete, mein Gehirn anzapfen und sich dann davonmachen zu können, dieser falsche Agent meiner Feinde. Auf ihn komme der Lange Tod – die Paramentale Agonie! –, wenn er zurückgekrochen kommt, wie es alle Menschen tun. Der Drehpunkt (0) und die Cipher (A) werden dort sein, an seinem geliebten 607 Rhodes. Ich werde an dem mir zugewiesenen Ort (1) ruhen, unter dem Bischofssitz, die schwerste Asche, die er jemals fühlte. Dann, wenn die Lasten auch auf Sutro Mountain (4) und Monkey Clay (5) sind, [(4) + (1) = (5)]* wird sein Leben zermalmt werden. *Bin an Cipher in meinem 50-Buch (A) gebunden. Ziehe hinaus in die Welt, mein kleines Buch (B), und liege auf der Lauer in Läden und auf Regalen, ein Köder für den arglosen Käufer. Ziehe hinaus, mein kleines Buch, und breche einigen Leuten das Genick!*
>
> *TdC*

Als Franz zu Ende gelesen hatte, wirbelten in seinem Gehirn so viele Namen von Orten und Dingen herum, die sowohl bekannt als auch fremd waren, daß er sich dazu zwingen mußte, die Fenster und Türen und dunklen Ecken von Byers' elegantem Wohnzimmer visuell zu überprüfen. Diese Formulierung ›Wenn die Lasten ... ruhen‹ – er konnte sich nicht vorstellen, was damit gemeint sein konnte, doch im Zusammenhang mit ›der schwersten Asche‹ ließ sie ihn an einen alten Mann denken, der von schweren Steinen, die auf seiner Brust lagen, zu Tode gequetscht wurde, weil er beim Hexenprozeß in Salem, im Jahr 1692, die Aussage verweigert hatte, als ob ein Geständnis buchstäblich aus ihm herausgepreßt werden könnte, wie der letzte Atemzug.

»Monkey Clay«, murmelte Byers verwundert. »Affe aus Lehm? Der arme, leidende Mensch, aus Staub geformt?«

Franz schüttelte den Kopf. Und im Mittelpunkt von allem, dachte er, dieses verdammt rätselhafte 607 Rhodes, das immer wieder und überall auftauchte und auf gewisse Weise diese ganze Sache ins Rollen gebracht hatte.

Wenn er nur daran dachte, daß er das Buch jahrelang in seinem Besitz gehabt hatte, ohne sein Geheimnis zu entdecken! Das ließ einen Menschen gegenüber allen Dingen mißtrauisch werden, die seine Umwelt bildeten, gegenüber seinen vertrautesten Besitztümern. Was konnte nicht unter dem Futter seiner Anzüge verborgen sein, oder in der rechten Hosentasche (bei einer Frau in der Handtasche, oder in ihrem Büstenhalter) oder in dem Stück Seife, mit dem er sich täglich wusch (es konnte eine Rasierklinge enthalten)?

Doch wenn er nur daran dachte, daß er endlich de Castries Handschrift vor Augen hatte, so gestochen sauber; und so unglaublich verworren...

Ein Detail löste in ihm eine weitere Frage aus. »Donaldus«, sagte er, »wie konnte Smiths Tagebuch in de Castries Hände gelangen?«

Byers stieß einen langen, alkoholgesättigten Seufzer aus, massierte sein Gesicht mit beiden Händen (Franz hielt das Journal fest, das sonst zu Boden gefallen wäre) und sagte: »Oh, das. Klaas und Ricker haben mir übereinstimmend erklärt, daß de Castries ehrlich besorgt und verletzt war, als Clark nach Auburn (wie es sich herausstellte) gefahren war, ohne sich von ihm zu verabschieden, nachdem er den alten Mann länger als einen Monat täglich aufgesucht hatte. De Castries war so verstört, erklärten sie mir, daß er eines Tages zu Clarks billiger Absteige ging und die Wirtin überzeugte, daß er Clarks Onkel sei, so daß sie ihm einige Sachen aushändigte, die Clark zurückgelassen hatte, als er Hals über Kopf ausgezogen und abgereist war. ›Ich werde sie für den kleinen Clark aufheben‹, erklärte er Ricker und Klaas, und später, nachdem er von Clark gehört hatte, fügte er hinzu: ›Ich habe ihm seine Sachen zugeschickt.‹ Den beiden war nie der Verdacht gekommen, daß der alte Mann auf Clark wütend sein könnte.«

Franz nickte. »Aber wie ist das Journal (jetzt mit de Castries Fluch zwischen den zusammengeklebten Seiten) von ihm zu dem Trödler gekommen, bei dem ich es gekauft habe?«

»Wer weiß?« sagte Byers müde. »Dieser Fluch erinnert mich jedoch an eine andere Seite von de Castries' Charakter, von der ich bisher noch nicht gesprochen habe: seine Vorliebe für recht sadistische Scherze. Trotz seiner morbiden Angst vor der Elektrizität präparierte er einmal unter Mithilfe Rickers einen seiner Stühle so, daß der Benutzer einen elektrischen Schlag erhielt; auf diese Weise wollte er Vertreter, Hausierer, Kinder und andere lästige Besucher verjagen. Durch diese Sache wäre er beinahe mit der Polizei in Konflikt geraten. Ein junges Mädchen, das sich um Schreibarbeiten bemühte, versengte sich auf seinem Stuhl den Hintern. Wenn man es genau überlegt, riecht diese Geschichte stark nach SM, finden Sie nicht auch? – Das echte sadomasochistische Medium, die Elektrizität – Quelle von Entzücken und Schmerz. Sprechen Dichter nicht von elektrifizierenden Küssen? Ah, das Böse lauert in den Herzen der Menschen«, schloß Byers salbungsvoll und erhob sich, das Journal in Franz' Händen lassend, und ging zu seinem Platz zurück. Franz sah ihn fragend an und streckte ihm das Journal entgegen, doch sein Gastgeber sagte, während er sich einen neuen Brandy einschenkte: »Nein, behalten Sie es. Es gehört Ihnen. Schließlich haben Sie es – gekauft. Aber geben Sie um Gottes willen besser darauf acht! Es ist eine *große* Rarität.«

»Aber was halten Sie davon, Donaldus?« fragte Franz.

Byers zuckte die Achseln und nahm einen kleinen Schluck Brandy. »Ein wirklich unheimliches Dokument«, sagte er und lächelte Franz an, als ob er sehr froh sei, daß der es jetzt in den Händen hielt. »Und es hat tatsächlich viele Jahre lang in Läden und auf Regalen gelauert. Sagen Sie, Franz, können Sie sich überhaupt nicht erinnern, wo Sie es gekauft haben?«

»Ich habe es immer wieder versucht«, sagte Franz gequält. »Es muß auf der anderen Seite der Corona Heights gewesen sein, da bin ich ziemlich sicher, und der Laden hieß … The In Group? The Black Spot? The Black Dog? The Grey Cockatoo? Nein, bestimmt nicht, und ich habe Hunderte von Namen probiert. Ich glaube, daß ›Black‹ darin vorkam, aber ich bin fast sicher, daß der Inhaber ein Weißer war. Und ich erinnere mich, daß ein kleines Mädchen – vielleicht seine Tochter – ihm im Laden half. Nicht wirklich ein ›kleines Mädchen‹, sie war schon ein ganzes Stück in der Pubertät, erinnere ich mich, und sie wußte das auch recht gut. Sie hat sich an mich gedrängt – auch diese Erinnerung ist nur vage –, und ich glaube (ich war natürlich ziemlich betrunken), daß ich sie recht reizvoll fand«, gestand er etwas beschämt.

»Ist so eine Reaktion nicht nur allzu menschlich, mein lieber Franz?« sagte Byers. »Diese kleinen Schätzchen, kaum vom Sex geküßt – aber sie kennen ihre Wirkung auf Männer bereits sehr gut! Wer kann ihnen widerstehen? – Können Sie sich erinnern, was Sie für die beiden Bücher bezahlt haben?«

»Ziemlich viel, fürchte ich. Aber auch das ist mir entfallen.«

»Sie sollten versuchen, wenigstens das Stadtviertel wiederzufinden und es dann Straße für Straße absuchen.«

»Das könnte ich tun – falls der Laden noch existiert und seinen Namen nicht geändert hat. Warum fahren Sie nicht mit Ihrer Geschichte fort, Donaldus?«

»Da gibt es nicht mehr viel zu sagen, Franz. Es scheint jedoch, als ob dieser … äh … Fluch nicht besonders wirksam gewesen ist. Clark lebte noch dreißig Jahre, und es waren glückliche und produktive Jahre. Sehr beruhigend, finden Sie nicht auch?«

»Er ist auch nicht nach San Francisco zurückgekommen«, stellte Franz sachlich fest, »bis auf sehr seltene, kurze Besuche.«

»Das stimmt. – Nachdem Clark ihn verlassen hatte, war de Castries wieder, was er vorher gewesen war: ein einsamer, von Depressionen geplagter, alter Mann. Etwa um diese Zeit erzählte er George Ricker eine sehr unromantische Geschichte aus seiner Vergangenheit: daß er von Geburt Franko-Kanadier und in Vermont aufgewachsen sei; sein Vater sei zunächst selbständiger Drucker in einer Kleinstadt und dann Farmer gewesen, und in beiden Berufen ein Versager. Thibaut habe eine sehr einsame, unglückliche Kindheit gehabt, behauptete er. Es klingt wahr, finden Sie nicht auch? Und man fragt sich, wie das Sexualleben eines solchen Menschen ausgesehen haben muß. Niemals eine Geliebte, würde ich sagen, und schon gar nicht eine intellektuelle, mysteriöse, ausländische. Auf jeden Fall hatte er jetzt den letzten Höhepunkt seines Lebens hinter sich (mit Clark), für den er noch einmal die Rolle des allmächtigen, finsteren Zauberers gespielt hatte, und das Ende dieser Affäre war genauso bitter wie das seiner ersten im San Francisco des *fin de siècle* (falls das die erste gewesen sein sollte). Verbittert und einsam. Er hatte nur noch einen anderen literarischen Bekannten zu dieser Zeit – oder eine Art Freund, vielleicht. Klaas und Ricker haben es bestätigt. Es war Dashiell Hammett, der eine Wohnung in Post and Hyde hatte und gerade *The Maltese Falcon* schrieb. Die Namen von Buchläden, die Sie nannten, haben es mir wieder in Erinnerung gerufen: The Black Dog und irgend etwas mit Cockatoo. Sie wissen sicher, daß der kostbare, mit Juwelen besetzte goldene Falke, der schwarz emailliert war (und später als Fälschung entlarvt wurde) in Hammetts Kriminalstory manchmal ›der schwarze Vogel‹ genannt wird. Er und de Castries haben sich häufig über schwarze Schätze unterhalten, wurde mir von Klaas und Ricker berichtet. Und was die historischen Tatsachen betrifft, auf denen Hammett seinen Roman aufgebaut hat, so waren die Malteser Ritter, die den Falken schufen, früher die Ritter von Rhodos...«

»Schon wieder Rhodos!« unterbrach Franz erregt. »Dieses verdammte 607 Rhodes!«

»Ja«, stimmte Byers ihm zu. »Zuerst Tiberius, dann die Ritter. Sie hatten die Insel zweihundert Jahre lang in ihrem Besitz und wurden schließlich, im Jahre 1522 durch Sultan Sulaiman I. von ihr vertrieben. Aber was den schwarzen Vogel betrifft – Sie werden sich erinnern, daß ich Ihnen von de Castries *pietra dura*-Ring aus mosaikartig zusammengesetzten Halbedelsteinen erzählte, die einen schwarzen Vogel darstellten. Klaas behauptete, daß dieser Ring Hammett zu seinem Roman *The Maltese Falcon* inspiriert habe! Vielleicht ist es ein wenig übertrieben, aber auf jeden Fall recht seltsam, finden Sie nicht auch? De Castries und Hammett. Der Schwarze Magier und der Autor harter Kriminalstories.«

»Nicht so seltsam, wie Sie anzunehmen scheinen, wenn man es genau überlegt«, erwiderte Franz, und seine Blicke wanderten wieder durch den

Raum. »Abgesehen davon, daß Dashiell Hammett einer von Amerikas wirklich großen Romanautoren war, führte er ebenfalls ein ziemlich einsames und abgeschlossenes Leben und war von einer fast unglaublichen Integrität. So zog er es einmal vor, ins Gefängnis zu gehen, anstatt einen Vertrauensbruch zu begehen. Und im Zweiten Weltkrieg meldete er sich freiwillig und diente jahrelang auf den eisigen, sturmgepeitschten Aleuten. Nein, Hammett ist sicher an einem verschrobenen alten Knacker wie de Castries rein intellektuell interessiert gewesen und hat seiner Einsamkeit und Verbitterung und seinem Versagen ein hartes unsentimentales Mitgefühl entgegengebracht. Sprechen Sie weiter, Donaldus.«

»Es gibt nichts mehr zu sagen«, erklärte Donaldus, doch seine Augen blitzten. »De Castries starb 1929 nach zwei Wochen Krankenhausaufenthalt an Herzversagen. Es war im Sommer – ich erinnere mich, daß Klaas mir sagte, der alte Mann habe nicht lange genug gelebt, um den Zusammenbruch der Börse und den Beginn der großen Wirtschaftskrise miterleben zu können, beides für ihn äußerst befriedigende Ereignisse, da er sie als eine Bestätigung seiner Theorie interpretiert hätte, nach der durch die Schuld der Riesenstädte die Welt in den Abgrund der Hölle stürzen würde.

Das also war sein Ende. De Castries wurde eingeäschert, wie er es gewünscht hatte, und die Verbrennung seiner Leiche kostete den letzten Rest seines Geldes. Ricker und Klaas teilten sich die wenigen Sachen, die er hinterließ. Er hatte natürlich keine Verwandten.«

»Ich bin froh darüber«, sagte Franz, »ich meine, daß er eingeäschert worden ist. Ich wußte natürlich, daß er tot ist – er mußte nach all den Jahren gestorben sein –, aber irgendwie hatte ich die Vorstellung, daß er noch immer durch San Francisco streunte, ein uralter Mann, doch drahtig und noch sehr agil und schnell. Zu hören, daß er nicht nur in einem Krankenhaus gestorben, sondern auch eingeäschert worden ist, macht seinen Tod noch endgültiger.«

»Ja, auf gewisse Weise«, stimmte ihm Byers zu und sah ihn mit einem seltsamen Blick an. »Klaas hat die Asche eine Zeitlang in seiner Wohnung aufbewahrt, in dem billigen, schäbigen Kanister, den das Krematorium gestellt hatte, bis er und Ricker entschieden hatten, was sie damit anfangen sollten. Sie kamen schließlich überein, auch in diesem Punkt de Castries' Wunsch zu folgen, obwohl es eine illegale Bestattung war und sie sie heimlich und während der Nacht durchführen mußten. Ricker nahm eine kleine Hacke mit, die er in Zeitungspapier gewickelt hatte, und Klaas einen kurzen Feldspaten, ebenfalls in Papier eingeschlagen.

Noch zwei weitere Personen gehörten zu der Begräbnisgruppe, Dashiell Hammett – er hatte ihnen geholfen, ein weiteres Problem zu lösen. Sie hatten darüber gestritten, ob de Castries' schwarzer Ring (Klaas hatte ihn an sich genommen) zusammen mit der Asche begraben werden sollte, und als sie sich nicht einigen konnten, baten sie Hammett, diese Frage zu entscheiden. ›Aber selbstverständlich‹, hatte er ohne Zögern geantwortet.

»Das kann ich mir vorstellen«, sagte Franz und nickte. »Und dennoch seltsam.«

»Nicht wahr?« sagte Byers. »Sie banden den Ring mit einem dicken Kupferdraht an den Kanister mit der Asche. Der vierte Teilnehmer an diesem Begräbnis war – Clark. Ich wußte, daß Sie das überraschen würde. Sie hatten sich mit ihm in Verbindung gesetzt (er war in Auburn), und er war nur für diese eine Nacht nach San Francisco gekommen. Und das beweist, glaube ich, daß Clark keine Ahnung von de Castries' Flucht hatte – oder sind Sie anderer Meinung? Jedenfalls brach das Quartett kurz nach Einbruch der Dunkelheit von Klaas' Wohnung auf. Es war eine klare Nacht mit hellem Mondlicht, und das war ein Glück für sie, da sie ein Stück klettern mußten, in einer Gegend, wo es keine Straßenbeleuchtung gab.«

»Nur diese vier Männer?« fragte Franz, als Byers eine Pause machte.

»Seltsam, daß Sie das fragen«, sagte Byers. »Als alles vorüber war, fragte Hammett Ricker: ›Wer, zum Teufel, war diese Frau, die sich im Hintergrund herumdrückte? Eine alte Flamme von ihm? Ich hatte erwartet, daß sie verschwinden würde, als wir zu den Felsen kamen – oder sich uns anschließen –, aber sie ist die ganze Zeit auf Distanz geblieben.‹ Ricker war von dieser Eröffnung ziemlich betroffen – denn er hatte niemanden gesehen. Und auch Klaas und Smith nicht. Doch Hammett blieb bei seiner Behauptung.«

Byers blickte Franz mit einer Art genüßlichem Gesichtsausdruck an und kam dann rasch zum Schluß. »Das Begräbnis verlief ohne jeden Zwischenfall, obwohl sie die Hacke wirklich brauchten – der Boden war sehr hart. Das einzige, was fehlte, war, daß der Fernsehturm, diese fantastische Kreuzung zwischen einer Schneiderpuppe und einer burmesischen Pagode beim Fest der roten Laternen, sich im Dunkel der Nacht verneigte und einen kryptischen Segen spendete. Die Stelle befand sich dicht unterhalb eines glatten, hockerähnlichen Felsens, den de Castries den Bischofssitz genannt hatte, nach einem ähnlichen in Poes ›Gold Bug‹-Erzählung, und unmittelbar zu Füßen der großen Klippe, die den Gipfel der Corona Heights bildet. Ach, übrigens, da war noch eine Laune de Castries, den sie ihm erfüllt hatten: er wurde in seinem uralten abgetragenen Bademantel eingeäschert – fahlbraun und mit einer Kapuze.«

Franz' Augen, die wieder einmal ihre allumfassende Inspektion durchführten, erhielten den Befehl, das Dunkel der Schatten nicht nur nach einem schmalen, fahlen Gesicht mit einer unruhigen Schnauze abzusuchen, sondern auch nach dem habichtartigen, geisterhaften, zerquält und quälend-mordlüsternen Gesicht eines hyperaktiven alten Mannes, der wie etwas aus Dorés Illustrationen zu Dantes *Inferno* aussah. Da er niemals eine Fotografie von de Castries gesehen hatte – falls es überhaupt welche geben sollte –, mußte diese Vorstellung ausreichen.

Sein Verstand war damit beschäftigt, sich an den Gedanken zu gewöhnen, daß die Corona Heights im wahrsten Sinne des Wortes mit Thibaut de Castries imprägniert waren. Daß er sowohl gestern als auch heute für geraume Zeit den Platz eingenommen hatte, der mit größter Wahrscheinlichkeit der Bischofssitz des Fluches war, und nur ein paar Fuß von der Stelle entfernt, wo in dem harten Boden der essentielle Staub (oder Salz?) und der schwarze Ring vergraben lagen. Wie hieß es in der Cipher von Poes Erzählung? ›Nimm ein gutes Glas auf den Bischofssitz...‹ Sein Glas war zerbrochen, aber er brauchte es kaum für diese kurze Entfernung. Was war schlimmer, Geister oder Paramentale? – oder waren beide dasselbe? Wenn man auf das Erscheinen beider oder eines von ihnen wartete, war das eine ziemlich akademische Frage, ganz gleich, wie viele interessante Probleme über verschiedene Ebenen der Realität durch sie aufgeworfen wurden. Irgendwo, tief in seinem Inneren, wurde er sich bewußt, wütend zu sein – oder vielleicht auch nur streitsüchtig.

»Schalten Sie ein paar Lampen ein, Donaldus«, sagte er tonlos.

»Ich muß sagen, daß Sie das alles sehr ruhig aufnehmen«, sagte sein Gastgeber ein wenig enttäuscht und ein wenig ehrfürchtig.

»Was sollte ich denn sonst tun? In Panik ausbrechen? Auf die Straße rennen und mich abschießen lassen? Oder mich von einstürzenden Mauern begraben lassen? Oder von herumfliegenden Glassplittern geschnitten zu werden? Ich habe Sie im Verdacht, Donaldus, daß Sie die Enthüllung von der Lage von de Castries' Grab so lange hinausgezögert haben, damit sie einen größeren dramatischen Effekt hat, und in Befolgung Ihrer Theorie der Identität von Wirklichkeit und Kunst.«

»Sehr richtig! Sie *haben* mich verstanden, und ich *habe* Ihnen gesagt, daß ein Geist auftauchen würde; und wie passend ist das astrologische Graffiti als Thibauts Epitaph, oder Grabschmuck! Aber ist das alles nicht äußerst seltsam, Franz? Wenn man daran denkt, daß Sie, als Sie zum ersten Mal von Ihrem Fenster aus zu den Corona Heights hinaufblickten, keine Ahnung hatten, daß Thibaut de Castries' sterbliche Überreste...«

»Schalten Sie Licht an«, wiederholte Franz. »Was ich wirklich erstaunlich finde, Donaldus, ist, daß Sie seit vielen Jahren von paramentalen Wesen und von den höchst bedrohlichen Aktivitäten de Castries' und den suggestiven Umständen seines Begräbnisses gewußt haben und doch keinerlei Vorsichtsmaßnahmen treffen. Sie sind wie ein Soldat, der unbekümmert im Niemandsland tanzt. Wobei wir uns immer vor Augen halten wollen, daß ich, oder Sie, oder wir beide, absolut wahnsinnig sein könnten. Natürlich haben Sie von dem Fluch erst eben erfahren, falls ich Ihnen in diesem Punkt vertrauen kann. Und Sie haben die Tür verriegelt, als ich ins Haus getreten war. Machen Sie Licht!«

Byers tat endlich, was Franz von ihm verlangte. Goldfarbenes Licht strömte aus einer riesigen Kugellampe, die über ihnen von der Decke hing. Er stand auf, ging in die Eingangshalle, etwas widerwillig, wie es schien, und schaltete auch dort das Licht ein. Dann kam er ins Wohnzimmer zurück und öffnete eine neue Brandy-Flasche. Die Fenster wurden zu dunklen Rechtecken mit Netzen von Gold. Es war draußen inzwischen völlig dunkel geworden. Aber wenigstens die Schatten im Innern des Hauses waren nun gebannt.

»Natürlich können Sie mir vertrauen«, sagte Byers mit einer Stimme, die matt und farblos klang, nun, nachdem seine Geschichte erzählt war. »Nur mit Rücksicht auf Ihre Sicherheit habe ich Ihnen nicht von de Castries berichtet. Bis heute, als ich erkannte, daß Sie bereits tief in dieser Affäre steckten, ob Sie wollten oder nicht. Ich bin kein Schwätzer, das können Sie mir glauben. Wenn ich eines im Lauf der Jahre gelernt habe, so ist es die Erkenntnis, daß man anderen eine Gnade erweist, wenn man ihnen *nicht* von den dunklen Seiten de Castries' und seiner Theorien erzählt. Das ist der Grund, warum ich niemals auch nur daran *gedacht* habe, eine Monographie über diesen Mann zu schreiben. Welchen anderen Grund sollte ich wohl dafür haben? – So ein Buch müßte brillant werden. Fa Lo Suee weiß alles – vor einer wirklich Liebenden kann man nichts verbergen – und sie hat einen sehr starken Willen, wie ich bereits angedeutet habe. Übrigens habe ich sie kurz nach Ihrem Anruf, als sie das Haus verlassen wollte, gebeten, noch einmal nach dem Laden zu suchen, in dem Sie die beiden Bücher gekauft haben, falls sie Zeit dazu hätte – sie hat ein ausgesprochenes Talent für solche Probleme. Sie lächelte und sagte, daß sie das ohnehin vorgehabt hätte.

Sie haben vorhin behauptet, daß ich keinerlei Vorsichtsmaßnahmen treffen würde«, fuhr er fort, »aber da irren Sie. Wie mir Klaas und Ricker berichteten, erwähnte der alte Mann einmal drei Schutzmittel gegen Unerwünschte: *Silber*, ein altes bewährtes Mittel gegen Werwölfe (ein weiterer Grund, warum ich Fa Lo Suee in ihrer Kunst ermutigt habe), *abstrakte Formen*, diese alten Aufmerksamkeits-Fallen (in der Hoffnung, daß sie auch die Aufmerksamkeit der Paramentalen fangen würden –

deshalb all diese labyrinthartigen Arabesken, die Sie hier sehen), und *Sterne*, das Ur-Pentagramm – ich war es, der einige Male in den frühen, kalten Morgenstunden, wenn ich sicher sein konnte, keine Zuschauer zu haben, die meisten der astrologischen Graffiti auf die Felsen der Corona Heights gesprüht hat!«

»Donaldus!« sagte Franz scharf. »Sie haben tiefer und länger in dieser Sache gesteckt, als Sie es mir gesagt haben – und Ihre Freundin auch, wie es mir scheint.«

»Gefährtin«, korrigierte Byers, »oder Geliebte, wenn Ihnen der Ausdruck lieber ist. Ja, Sie haben recht – es war meine wichtigste sekundäre Sorge – jetzt die primäre – für eine ganze Reihe von Jahren. Aber wovon habe ich gesprochen? Ach ja, richtig; daß Fa Lo Suee alles weiß. Und auch zwei ihrer Vorgängerinnen – eine berühmte Innenarchitektin und eine Tennismeisterin, die auch Schauspielerin war. Clark, Klaas und Ricker wußten es auch – sie waren schließlich meine Quellen –, aber sie sind tot. Sie sehen, daß ich versuche, andere zu schützen – und auch mich selbst bis zu einem gewissen Grad. Ich betrachte paramentale Wesen als sehr reale und gegenwärtige Gefahren, ihrer Natur nach etwa in der Mitte zwischen der Atombombe und den Archetypen des kollektiven Unbewußten stehend. Oder zwischen Charles Manson oder einem Zodiac-Killer und Kappa-Phänomenen, wie von Meleta Denning in *Gnostica* definiert. Oder zwischen Muggers und Elementalen, oder Hepatitis und Incubi. Es sind alles Dinge, vor denen sich jeder gesunde Mensch in acht nimmt.

Aber eins sollten Sie beachten, Franz«, sagte er mit Emphase und goß sich Brandy nach, »trotz meiner Vorkenntnisse, die um so vieles älter sind als die Ihren, und sehr viel intensiver, habe ich noch nie ein paramentales Wesen *gesehen*. In diesem Punkt sind Sie mir gegenüber im Vorteil. Und es scheint ein erheblicher Vorteil zu sein.« Er blickte Franz mit einer Mischung aus Neid und Grauen an.

Franz erhob sich. »Vielleicht«, sagte er knapp, »zumindest, wenn es darum geht, einen Menschen wachsam werden zu lassen. Sie sagten, daß Sie versuchten, sich selbst zu schützen, aber Sie verhalten sich nicht entsprechend. Jetzt, zum Beispiel – entschuldigen Sie, Donaldus – betrinken Sie sich so, daß sie hilflos wären, falls ein paramentales Wesen ...«

»Glauben Sie im Ernst?« – Byers hob die Brauen – »daß Sie sich gegen sie verteidigen könnten, ihnen widerstehen, sie bekämpfen, sie vernichten könnten, wenn sie jetzt hier auftauchen würden?« fragte er erstaunt. »Können Sie eine Atomrakete aufhalten, die in diesem Augenblick durch die Ionosphäre auf San Francisco zurast? Können Sie Cholera-Bazillen beseitigen? Können Sie einem Poltergeist befehlen, mit dem Klopfen aufzuhören? Oder der Königin der Nacht, draußen zu bleiben? Sie können nicht monate- und jahrelang vierundzwanzig Stunden pro Tag Wache stehen. Glauben Sie mir, ich weiß es. Ein Soldat, der in seinem Schützenloch hockt, kann nicht berechnen, ob die nächste Granate ein Volltreffer sein wird oder nicht. Er würde wahnsinnig werden, wenn er es versuchte. Nein, Franz, alles, was man tun kann, ist, Türen und Fenster zu schließen, alle Lichter anzudrehen und zu hoffen, daß sie an einem vorbeiziehen werden. Und versuchen, sie zu vergessen. Essen Sie, trinken Sie, und seien Sie fröhlich. Hier, nehmen Sie einen Drink!« Er trat auf Franz zu, in jeder Hand ein halbgefülltes Brandyglas.

»Danke, nein«, sagte Franz fast grob und rammte das Journal in seine Jackentasche. Dann nahm er das klirrende Fernglas vom Tisch und steckte es in die andere Seitentasche; dabei dachte er sekundenlang an das Fernglas in James' Geistergeschichte ›*A View from a Hill*, dem die magische Eigenschaft verliehen war, in die Vergangenheit blicken zu können, nachdem es mit einer schwarzen Flüssigkeit gefüllt worden war, die aus gekochten Knochen floß, als man sie zerschlug. Konnte auch sein Fernglas irgendwie präpariert worden sein, so daß er Dinge sah, die es gar nicht gab? Ein sehr weit hergeholter Gedanke, und außerdem war sein Glas zerbrochen.

»Es tut mir leid, Donald, aber ich muß jetzt gehen«, sagte er und schritt auf die Eingangshalle zu. Er wußte, daß er einen Drink annehmen würde, wenn er länger bliebe, und daß damit der alte Zyklus wieder von vorn beginnen würde; und die Vorstellung, bewußtlos zu werden, *und unfähig, sich zu wehren*, war äußerst beklemmend.

Byers lief ihm nach. Seine Eile und sein Bemühenn, nichts von dem Brandy zu verschütten, hätten sehr komisch gewirkt, wenn er nicht in einem entsetzten, klagenden, flehenden Tonfall gesagt hätte: »Sie dürfen nicht gehen. Es ist dunkel. Sie können nicht auf die Straße, wenn der alte Teufel oder seine Paramentalen dort draußen lauern. Hier, nehmen Sie einen Drink und bleiben Sie über Nacht im Haus! Bleiben Sie wenigstens zur Party! Wenn Sie heute nacht Wache stehen wollen, brauchen Sie vorher etwas Ruhe und Abwechslung. Ich bin sicher, daß Sie heute abend eine willige und angenehme Partnerin finden werden. Sie sind alle Huren – aber intelligent. Und wenn Sie Angst haben, daß Alkohol Sie benebeln könnte, ich habe etwas Kokain im Haus, den reinsten Kristall.« Er leerte eins der beiden Gläser, die er in den Händen hielt, und setzte es auf einem kleinen Tisch ab. »Hören Sie, Franz, ich habe auch Angst – und Sie sind leichenblaß von dem Augenblick an, als ich Ihnen gesagt habe, wo der Staub des alten Teufels liegt. Bleiben Sie zur Party. Und nehmen Sie wenigstens einen Drink – nur zur Entspannung. Wenn Sie ehrlich sind, gibt es keinen anderen Weg, glauben Sie mir. Sie werden zu müde, wenn Sie ewig wachen.« Er schwankte ein wenig und hatte sein freundlichstes Lächeln aufgesetzt.

Eine Last von Müdigkeit senkte sich auf Franz. Er griff nach dem Glas, das Donaldus ihm entgegenstreckte, doch als er es berührte, riß er seine Hand zurück, als ob er sie verbrannt hätte.

»Schsch«, sagte er, als Byers sprechen wollte, und umklammerte warnend seinen Ellbogen. Durch die Stille hörten sie ein winziges, knirschendes, gleitendes, metallisches Geräusch, das von einem leisen Klikken abgeschlossen wurde, als ob ein Schlüssel in einem Schloß gedreht wurde. Sie blickten auf die Haustür und sahen, wie der Bronzeknauf sich drehte.

»Es ist Fa Lo Suee«, sagte Byers. »Ich muß den Riegel zurückschieben.« Er setzte sich in Bewegung.

»Warten Sie!« flüsterte Franz eindringlich. »Hören Sie!«

Sie vernahmen ein kratzendes Geräusch, das nicht aufhören wollte, als ob ein intelligentes Tier seine hornige Klaue immer wieder über die Tür gleiten ließe. In Franz' Fantasie entstand das paralysierende Bild eines großen, schwarzen Panthers, der dicht an der anderen Seite der olivfarbenen Tür hockte, eines grünäugigen, schimmernden, schwarzen Panthers, der gerade begann, zu etwas Schrecklichem zu metamorphosieren.

»Sie kann es einfach nicht lassen«, murmelte Byers, und bevor Franz ihn daran hindern konnte, riß er den Riegel zurück.

Die Tür wurde halb aufgedrückt, und in der Öffnung erschienen zwei fahlgraue, länglich-flache, katzenartige Gesichter, und sie schrien. »Aiiiii-eeeee!«

Beide Männer fuhren zurück. Franz riß den Kopf zur Seite, seine Augen wichen ohne sein Wollen von dem Anblick der beiden fahlgrauen, schimmernden Gestalten, einer größeren und einer kleineren, die jetzt an ihm vorbeiwirbelten und drohend auf Byers zuschossen, der halbgebückt in sich zusammengefallen war, einen Arm schützend vor die Augen gepreßt, den anderen vor den Unterleib, und das Glas mit der goldgelben Flüssigkeit segelte in einem weiten Bogen auf den dicken Teppich.

Franz' Gehirn registrierte den Geruch von Brandy, verbranntem Hanf und schwerem Parfüm.

Die grauen Gestalten drangen auf Byers ein, griffen nach seinem Unterleib, und als er mit unartikuliertem Stöhnen und Blubbern zaghafte Abwehrversuche machte, sagte die größere der beiden Gestalten mit einer heiseren Altstimme: »In China, Mr. Nayland Smith, haben wir unsere Methoden, um Menschen zum Reden zu bringen.«

Dann war der Brandy an der fahlgrünen Tapete, das unzerbrochene Glas auf dem braunen Teppich, und die mit Marihuana vollgepumpte, bildschöne Chinesin und ein schmalgesichtiges Mädchen in demselben Zustand, die ihre grauen Katzenmasken heruntergerissen hatten, lachten ausgelassen über den gelungenen Scherz und fuhren fort, Byers kräftig zu kitzeln, und Franz hörte, daß beide »Jaime! Jaime!« kreischten, den Vornamen seines Gastgebers.

Franz' extreme Angst war verschwunden, nicht aber seine Lähmung. Selbst seine Stimmbänder waren gelähmt, so daß er von dem Augenblick, als die beiden graugekleideten Mädchen auf so seltsame Weise ins Haus geplatzt waren, bis zu dem Moment, an dem er es verließ, nicht ein Wort herausbrachte, sondern schweigend neben dem dunklen Rechteck der offenen Tür stand und das unruhige Tableau in der Halle mit kühler Distanziertheit beobachtete.

Fa Lo Suee hatte eine schlanke, etwas kantig wirkende Figur, ein flaches Gesicht mit grobknochiger Struktur, dunkle Augen, die paradoxerweise sowohl glänzend als auch stumpf wirkten – ein Effekt des Marihuanas (und was sie sonst noch genommen haben mochte) – und glattes, blauschwarzes Haar. Ihre dunkelroten Lippen waren schmal. Sie trug graue Strümpfe und Handschuhe und ein enganliegendes Kleid (aus gerippter silbergrauer Seide) von chinesischem Schnitt, der irgendwie immer modern wirkt. Ihre linke Hand kitzelte Byers' Bauch, während ihr rechter Arm um die schmale Taille ihrer Gefährtin gelegt war.

Diese war einen Kopf kleiner, beinahe, doch nicht ganz, hager, und hatte aufreizende, kleine Brüste. Ihr Gesicht war wirklich katzenähnlich: ein zurückweichendes Kinn, ein Schmollmund, eine Stupsnase, etwas vorquellende, blaue Augen und eine niedrige Stirn. Sie wirkte wie siebzehn, görenhaft und altklug, und sie schlug in Franz' Erinnerung eine Saite an. Sie trug ein fahlgraues Leotard, silbergraue Handschuhe und einen grauen Umhang aus einem leichten Material. Sie kitzelte Byers mit beiden Händen, und ihr Lachen klang bösartig.

Die beiden Katzen-Masken, die sie auf einen kleinen Tisch in der Eingangshalle geworfen hatten, waren mit leuchtenden Rändern und ein paar steifen Schnurrbarthaaren verziert, und sie behielten auch ausgezogen ihre schmale, langschnauzige Form, deren Anblick die beiden Männer so entnervt hatte, als sie in dem Spalt der halboffenen Tür aufgetaucht waren.

Donaldus (oder Jaime) sprach während der Zeit bis zu Franz' formlosem Abschied ebenfalls kein einziges Wort, vielleicht mit Ausnahme eines halberstickten »Nein, nicht!«, aber er lachte und quietschte und brabbelte ziemlich viel. Er stand halb gebeugt und wand sich von einer Seite zur anderen, während seine Hände erfolglos versuchten, die kitzelnden Hände der Mädchen abzuwehren. Sein fahlvioletter, offener Morgenmantel wehte wie eine Fahne hin und her.

Es waren die Frauen, die das Gespräch bestritten, zu Anfang nur Fa Lo Suee.

»Wir haben dir einen ganz schönen Schrecken eingejagt, wie?« sagte sie mit ihrer rauchigen Altstimme. »Jaime ist leicht zu erschrecken, Shirley, besonders wenn er betrunken ist. Das war mein Schlüssel, der an der Tür gekratzt hat. Nun mach schon weiter, Shirley. Fester!« Dann fuhr sie in ihrer Fu-Manchu-Stimme fort: »Was haben Sie und Dr. Petrie hier getrieben? In Honan, Mr. Nayland Smith, werden wir einen sehr zuverlässigen, chinesischen Test für Homophilie durchführen. Oder könnte es sein, daß Sie bilateral sind? Wir sind im Besitz aller alten Weisheit des Ostens, all der dunklen Geheimnisse, die Mao Tse-tung vergessen hat. Kombiniert mit westlicher Wissenschaft, ist ihre Wirkung verheerend. (Gut so, Mädchen! Tu ihm weh!) Denken Sie an meine Thugs und Dacoits, Mr. Shmith, meine goldenen Skorpione und die sechs Zoll langen Tausendfüßler, meine schwarzen Spinnen mit Diamant-Augen, die im Dunkeln lauern, und dann zuspringen! Wie würde es ihnen gefallen, wenn ich Ihnen eine davon in den Hosenlatz schöbe? Ich wiederhole: Was haben Sie und Dr. Petrie hier getrieben? Überlegen Sie sich Ihre Antwort sehr gut. Meine Assistentin, Miß Shirley Soames (Mach weiter, Shirley!) hat ein Gedächtnis, das so scharf ist wie eine Rattenfalle. Keine Lüge bleibt ihr unentdeckt.«

Franz, der wie angefroren neben der Tür stand, hatte das Gefühl, Krabben und Seeanemonen miteinander ringen zu sehen, deren Scheren und Blumenmünder sich öffneten und schlossen – das endlose Spiel des Lebens.

»Ach, übrigens, Jaime, habe ich das Problem des Smith Journals gelöst«, sagte Fa Lo Suee mit heller, gleichgültiger Stimme, während ihre Hände jetzt auch aktiv wurden. »Dies ist Shirley Soames, Jaime – jetzt hast du ihn gleich soweit, Mädchen! –, die viele Jahre lang im ›Gray's Inn‹, dem Buchladen ihres Vaters, gearbeitet hat. Und sie kann sich noch genau an den Kauf erinnern, obwohl es vier Jahre zurückliegt – wie gesagt, sie hat ein Gedächtnis wie eine *Rattenfalle*!«

Der Name ›Gray's Inn‹ flammte wie eine Leuchtschrift in Franz' Kopf auf. Wie hatte er ihm nur entfallen können?

»Oh, Rattenfallen scheinen Sie zu verstimmen, Mr. Nayland Smith«, fuhr Fa Lo Suee fort. »Sie bringen den Tieren einen grausamen Tod, nicht wahr? Westliche Sentimentalität! Zu Ihrer Information, Mr. Smith: Shirley Soames kann genauso gut *beißen* – wie sie zärtlich knabbern kann.«

Während sie das sagte, glitt ihre behandschuhte rechte Hand langsam über das Hinterteil des Mädchens und dann zwischen ihre Beine, bis die Spitze ihres Mittelfingers zwischen den Öffnungen der reproduktiven und digestiven Systeme zu liegen schien. Das Mädchen schob genüßlich die Lippen vor und schloß die Augen.

Franz registrierte diesen Vorgang mit kühlem, klinischem Interesse, genauso wie die Tatsache, daß er ihn unter anderen Umständen sehr erregend gefunden und sich gewünscht hätte, es selbst zu tun. – Aber warum gerade bei diesem Mädchen? Erinnerungen drängten sich an die Oberfläche.

Fa Lo Suee bemerkte Franz und wandte den Kopf. Nachdem sie ihm ein glasäugiges, zivilisiertes Lächeln geschenkt hatte, sagte sie höflich: »Sie müssen Franz Westen sein, der Schriftsteller, der Jaime heute morgen angerufen hat. Also werden Sie genauso interessiert sein wie er, was Shirley Ihnen zu sagen hat.

Shirley, laß Jaime jetzt in Ruhe. Er ist genug gestraft. Ist dies der Gentleman?« Ohne ihre Hand fortzuziehen, drehte sie das Mädchen sanft herum, bis es Franz gegenüberstand.

Hinter ihnen atmete Byers, der noch immer halb gebeugt stand und von ausklingendem Lachen geschüttelt wurde, tief durch und begann sich von der Attacke der beiden Mädchen zu erholen.

Shirley blickte Franz mit amphetamin-hellen Augen von Kopf bis Fuß an. Als ihm bewußt wurde, daß er dieses katzenhafte, fuchsartige, schmale Gesicht kannte (das Gesicht einer Katze, die Milch aufleckt), fiel ihm auf, daß sie noch magerer und noch kleiner war, als er sie in Erinnerung hatte.

»Ja, das ist er«, sagte sie mit einer scharfen, görenhaften Stimme. »Stimmt's, Mister? Vor vier Jahren haben Sie zwei alte, mit Bindfaden zusammengeschnürte Bücher gekauft, sie gehörten zu einem Posten, der viele Jahre lang unverkäuflich herumgelegen hatte – mein Vater hat ihn billig gekauft – aus dem Nachlaß eines gewissen George Ricker. Sie waren voll! Stockvoll! Sie haben fünfundzwanzig Dollar für diesen alten Schmöker hingeblättert. Ich dachte, Sie wollten dafür bezahlen, mich ein bißchen zu befummeln. War es so? So viele ältere Männer wollten mich befummeln.« Sie schien etwas in Franz' Gesichtsausdruck zu lesen, ihre Augen wurden heller, und sie lachte gurrend. »Nein. Ich habe kapiert! Sie waren so betrunken, daß Sie glaubten – es ist wirklich zum Lachen! – mich belästigt zu haben, dabei war doch ich es, die ein bißchen auf Tuchfühlung gegangen ist! Ich bin sehr gut darin, mit Männern auf Tuchfühlung zu gehen. Das war das erste, was mein lieber, guter Daddy mir beigebracht hat. Ich war Daddys Hauptanziehungspunkt in seinem Laden – und ob er das wußte! Aber ich habe schon sehr bald herausgefunden, daß Mädchen viel netter sind als Männer.«

Während sie sprach, lehnte sie sich ein wenig zurück, und jetzt griff sie mit der rechten Hand hinter sich, anscheinend nach der Hand Fa Lo Suees.

Franz blickte von Shirley Soames zu den beiden anderen, und er wußte, daß alles, was sie gesagt hatte, der Wahrheit entsprach. Und er wußte auch, daß Jaime Donaldus Byers auf diese Weise seinen Ängsten entkommen war (und Fa Lo Suee den ihren?). Ohne ein Wort oder eine Änderung seines ziemlich dümmlichen Gesichtsausdrucks wandte er sich um und ging durch die offene Tür.

Er spürte einen scharfen Gewissensbiß – ›Ich lasse Donaldus im Stich!‹ – und zwei flüchtige Gedanken – ›Shirley Soames und ihre Nähe waren die dunkle, nebelhafte, tentakelhafte Erinnerung, die gestern morgen auf der Treppe an meinem Verstand gezerrt hat‹, und: ›Würde Fa Lo Suee ihre exquisite Geste in schimmerndem Silber unsterblich machen, vielleicht als eine Figur mit dem Titel ›Die liebende Gans‹?‹ –, doch keiner der Gedanken war stark genug, um ihn zur Umkehr bewegen zu können. Als er die Stufen der Freitreppe hinabschritt, die von dem herausfallenden Licht erhellt wurden, überprüften seine Blicke bereits systematisch das Dunkel, das vor ihm lag, nach feindlichen Gestalten – jede Ecke, jeden gähnenden Hauseingang, jedes schattendunkle Dach, jede mögliche Deckung. Als er die Straße erreichte, wurde die Haustür lautlos geschlossen, und das sanfte Licht erlosch. Es erleichterte ihn – nun war er nicht mehr ein so deutliches Ziel in der onyxfarbenen Dämmerung, die sich über San Francisco senkte.

23

Als Franz vorsichtig die Beaver Street hinabschritt und mit seinen Blicken das Dunkel zwischen den Lichtkreisen der wenigen Straßenlampen zu durchdringen versuchte, dachte er daran, daß de Castries nun nicht mehr nur ein parochialer Teufel war, der auf dem verlassenen Buckel der Corona Heights (und in Franz' Apartment) herumspukte, sondern ein allgegenwärtiger Dämon, Geist, oder Paramentaler, der die ganze Stadt und sämtliche umliegende Hügel bewohnte. Um alle Überlegungen materialistisch zu halten: waren nicht einige Atome von de Castries' Körper noch aus seiner Lebenszeit und von seinem Begräbnis vor vierzig Jahren jetzt um Franz, an dieser Stelle, in der Luft, die er einatmete? – Atome, unendlich winzig und in einer unvorstellbar feinen Verteilung. So wie auch die Atome Francis Drakes (der in der *Golden Hind* an der späteren San Francisco Bay vorübersegelte), die Atome von Shakespeare, Sokrates und Salomon (und von Dashiell Hammett und Clark Ashton Smith). Und, was das betrifft, sind nicht die Atome, die einmal Thibaut de Castries werden sollten, schon um die Welt gezogen, als die Pyramiden erbaut wurden, und hatten sich dann an einem Punkt konzentriert (In Vermont? In Frankreich?), wo der alte Teufel geboren werden sollte? Und waren diese Atome nicht vorher von ihrem gewalttätigen Ursprungsort im ganzen Universum zu dem Raum-Zeit-Punkt geeilt, wo die Erde mit all ihrem Pandora-Jammer geboren werden sollte.

Irgendwo, mehrere Häuserblocks entfernt, heulte eine Sirene, eine dunkle Katze sprang durch einen schwarzen Spalt zwischen zwei Hauswänden, zu eng, um einen Menschen hindurchzulassen. Das ließ Franz daran denken, daß große Gebäude die Menschen zu zermalmen drohten, seit die ersten Großstädte errichtet worden waren. Wirklich, Sauls verrückte (?) Mrs. Willis war gar nicht so weit von der Wahrheit entfernt, und auch nicht Lovecraft (und Smith?) mit seiner krankhaften Angst vor großen Räumen mit Decken, die wie interne Himmel waren, und Wänden wie Horizonte. San Francisco war mit riesigen Bauten übersät wie mit Geschwüren, und jeden Monat kam ein neues dazu. Waren die Zeichen des Universums auf ihnen? Wessen wandernde Atome mochten sie enthalten? Und die Paramentalen, waren sie die Personifizierungen ihres Ungeziefers, oder die natürlichen Raubtiere? Auf jeden Fall erwies sich alles als so logisch und unauslöschlich, wie das Reispapier-Journal mit seinen Eintragungen in violetter Tinte, das von Smith zu de Castries gekommen war, der seinen Zusatz mit tödlich schwarzer Tinte geschrieben hatte, von ihm zu Ricker, der ein Schlosser war, und kein Bibliophile; zu Soames, der eine frühreife auf Kunden abgerichtete Tochter hatte: zu Franz Westen, der sich für alle unheimlichen, übernatürlichen und sexuellen Dinge interessierte.

Ein blaues Taxi rollte langsam und fast lautlos die abfallende Straße hinab und hielt auf der anderen Seite.

Kein Wunder, weshalb Donaldus darauf bestanden hatte, daß Franz das Journal mit seinem neuentdeckten Fluch bei sich behielt! Byers war ein alter Streiter gegen Paramentale, mit einer Verteidigungslinie, die aus einem tiefgestaffelten System von Schlössern, Riegeln, Lampen, Sternen und Labyrinthen bestand – und Alkohol, Drogen und Sex, und *outre* Sex – Fa Lo Suee hatte Shirley Soames sowohl für ihn als auch für sich selbst mitgebracht; das humorvoll aggressive Kitzeln war dazu gedacht gewesen, ihn aufzuheitern. Sehr einfallsreich, wirklich. Der Mensch muß schlafen. Vielleicht sollte er lernen, überlegte Franz, die Byers-Methode eines Tages selbst auszuprobieren, ohne den Alkohol – aber nicht heute, nicht, bevor es nötig werden würde.

Die Scheinwerfer eines nicht sichtbaren Wagens beleuchteten die vor ihm liegende Straßenkreuzung am unteren Ende der Beaver Street.

Während Franz das voraus liegende Straßenstück nach Gestalten absuchte, die sich im Dunkeln versteckt haben mochten und nun vom Licht der Scheinwerfer enttarnt werden mußten, dachte er an Donaldus' innere Verteidigungslinie, seine ästhetische Einstellung zum Leben; seine Theorie, daß Kunst und Wirklichkeit, Dichtung und Wahrheit eins seien, so daß man sich die Mühe sparen sollte, das eine von dem anderen zu unterscheiden.

Aber war selbst diese Verteidigung schon eine Rationalisierung? fragte sich Franz, ein Versuch, der alles andere überragenden Frage auszuweichen, die sich hier stellte: *Sind Paramentale Wirklichkeit?*

Aber wie konnte man diese Frage beantworten, wenn man nicht auf der Flucht vor ihnen war und immer müder und kraftloser wurde?

Und plötzlich sah Franz den Weg, auf der er ihnen dieses Mal sicher entkommen konnte, wie er zumindest etwas Zeit gewinnen konnte, um in Ruhe und Sicherheit nachdenken zu können. Und er brauchte dazu weder Alkohol noch Sex, noch mußte er seine Wachsamkeit einschränken. Er fühlte nach seiner Brieftasche und griff hinein. Ja, er hatte sein Ticket bei sich. Er warf einen Blick auf die Uhr – kurz vor acht, noch genügend Zeit, wenn er sich beeilte. Das dunkelblaue Taxi, das seinen Passagier abgesetzt hatte, wendete und kam ihm entgegen, die Beaver Street herauf. Er trat auf die Straße und winkte. Er wollte einsteigen, zögerte jedoch und warf einen prüfenden Blick in den Innenraum des Wagens. Erst als er sich überzeugt hatte, daß er bis auf den Fahrer leer war, stieg er ein, warf die Tür zu und stellte befriedigt fest, daß alle Fenster des Taxis geschlossen waren.

»Zum Civic Center«, sagte er. »Halten Sie vor dem Veterans Building. Dort findet heute ein Konzert statt.«

»Kultur tanken, wie?« sagte der Fahrer, ein älterer Mann. »Wenn es Ihnen nichts ausmacht, werde ich nicht über die Market Street fahren; zu viele Baustellen. Wenn wir einen anderen Weg nehmen, sind wir schneller dort.«

»In Ordnung«, sagte Franz und lehnte sich zurück, als das Taxi in die Noe Street einbog und nach Norden fuhr. Er wußte – er hatte es zumindest angenommen –, daß die gewöhnlichen physikalischen Gesetze für Paramentale keine Gültigkeit hatten, selbst wenn sie real sein sollten, und daß folglich die Tatsache, sich in einem geschlossenen, rasch fahrenden Fahrzeug zu befinden, seine Situation nicht sicherer machte. Aber er fühlte sich sicherer, und das war ihm eine Hilfe.

Das vertraute Drama einer Taxifahrt nahm ihn ein wenig gefangen: die dunklen Häuserfronten, die vorüberzogen, das Verlangsamen der Fahrt an den hell ausgeleuchteten Straßenkreuzungen, das Stoppen und Anfahren vor den Verkehrsampeln. Trotzdem aber behielt er ständig seine Umgebung im Auge, wandte den Kopf nach rechts und nach links und blickte in regelmäßigen Abständen durch das Heckfenster nach hinten.

»Als ich ein Junge war«, sagte der Taxifahrer, »haben sie die Market Street nicht so oft aufgerissen. Aber jetzt sind sie ständig am Buddeln. Die verdammte BART. Auf anderen Straßen auch. All diese verdammten Hochhäuser. Ohne sie wäre das Leben schöner.«

»Da bin ich völlig Ihrer Meinung«, sagte Franz.

»Und das Fahren wäre erheblich leichter«, fuhr der Taxifahrer fort. – »Paß auf, du Bastard!«

Die letzte, leise Bemerkung galt dem Fahrer eines Wagens, der sich auf der McAllister Road auf die rechte Fahrspur drängen wollte. In einer Querstraße sah Franz eine riesige, orangefarbene Kugel, die frei im Raum zu hängen schien, wie ein Jupiter, der nur aus roten Flecken bestand – das Symbol einer Union 76-Tankstelle. Sie bogen in die Van Ness Street ein und hielten dicht hinter der Kreuzung. Franz bezahlte, gab dem Fahrer ein großzügiges Trinkgeld und ging über die Straße zum Eingang des Veterans Building, stieß die breite Glastür auf und trat in die geräumige Lobby. Sie war mit tubusförmigen modernistischen Skulpturen von acht Zoll Durchmesser dekoriert, die aussahen wie riesige Würmer, die gegeneinander Krieg führten.

Zusammen mit anderen spätkommenden Konzertbesuchern ging er zu den Aufzügen am Ende der Lobby und fühlte sowohl Erleichterung als auch klaustrophobische Enge, als die Türen zuglitten. Im vierten Stock drängten sie sich in das Foyer, gaben ihre Karten ab und ließen sich ein Programmheft geben, bevor sie den von einer mittelhohen, mit Karomustern dekorierten Decke abgeschlossenen, in Knochenweiß gehaltenen Konzertsaal betraten. Die langen Reihen von Klappstühlen schienen zum größten Teil bereits besetzt zu sein.

Anfangs verursachte die unmittelbare Nähe der Menschen, die sich mit ihm durch den Eingang drängten, ein ungutes Gefühl (jeder von ihnen konnte irgend etwas sein, irgend etwas verstecken), aber sehr bald war er von ihrer Konzert-Normalität überzeugt: die Mehrzahl von ihnen, in konservativer Kleidung, waren Establishment, eine Minderheit in bunter, ausgefallener Aufmachung Hippies oder Kunstjäger; die älteren Besucher, die Damen in dunklen Abendkleidern mit einem Hauch von Silber, die Herren pedantisch in Smoking oder dunklem Anzug. Ein junges Paar fesselte Franz' Aufmerksamkeit ein wenig länger. Sie waren beide klein und zierlich und wirkten makellos sauber. Sie trugen brandneue, wie maßgeschneiderte Hippie-Kleidung; er trug eine Kordhose und eine Jacke aus einer Lederimitation, sie wunderbar ausgebleichte Jeans mit einer Jacke aus dem gleichen Material. Sie sahen aus wie Kinder, doch sein sorgfältig gestutzter Bart und ihre sanfte Busenwölbung wiesen sie als Erwachsene aus. Sie hielten sich an den Händen, so behutsam und zärtlich, als ob sie daran gewöhnt wären, einander mit allergrößter Behutsamkeit zu behandeln. Man dachte unwillkürlich an einen Prinzen und eine Prinzessin auf einer von Graubärten arrangierten Maskerade.

Ein sehr wachsames und kühl kalkulierendes Segment in Franz' Gehirn sagte ihm, daß er hier nicht um einen Deut sicherer war als draußen, auf der dunklen Straße. Trotzdem aber wurde seine Angst ein wenig eingedämmt, genau wie bei seinem Eintreffen in der Beaver Street und später, ein wenig, im Taxi.

Und dann, als er den Mittelgang des Konzertsaals erreichte und sich noch einmal umsah, entdeckte er auf der anderen Seite des Foyers einen kleinen, grauhaarigen Mann im Smoking und eine hochgewachsene, schlanke Frau mit einem beigefarbenen Turban und einem fahlbraunen, fließenden Abendkleid. Sie standen mit dem Rücken zu ihm und schienen sich angeregt zu unterhalten, und als sie sich plötzlich umwandten, fühlte er ein eisiges Schaudern, denn die Frau schien einen dunklen Schleier zu tragen. Dann erkannte er, daß sie eine Negerin war, während das Gesicht des Mannes irgendwie an ein Schwein erinnerte.

Als er eilig den Gang entlangschritt, hörte er, daß jemand seinen Namen rief. Er fuhr zusammen, entdeckte dann Gunnar und Saul in der dritten Reihe, die zwischen sich einen Platz für ihn freihielten.

»Wird auch langsam Zeit«, sagte Saul ein wenig sauer, als Franz sich an ihm vorbeidrängte.

Er setzte sich. Gun grinste ihn an und legte kurz die Hand auf seinen Arm. »Wir befürchteten schon, daß du nicht kommen würdest«, sagte er. »Du weißt doch, wie stark Cal von dir abhängig ist, nicht wahr?« Dann trat ein verwunderter Ausdruck auf sein Gesicht, als das Fernglas in Franz' Tasche klirrte.

»Ich habe es auf den Corona Heights zerbrochen«, erklärte Franz kurz. »Ich werde euch später davon erzählen.« Dann kam ihm ein Gedanke. »Verstehst du etwas von Optik, Gun? Ich meine von optischer Praxis, Instrumente und so weiter, Prismen und Linsen?«

»Ein wenig«, antwortete Gun und runzelte fragend die Stirn. »Aber ich habe einen Freund, der fast ein Experte ist. Warum...««

»Hältst du es für möglich«, sagte Franz langsam, »daß jemand ein Teleskop, oder ein Fernglas, so präparieren kann, daß man in der Ferne etwas zu sehen glaubt, das gar nicht vorhanden ist?«

»Ich weiß nicht...«, begann Gunnar. Sein Gesicht drückte Unsicherheit und Verwirrung aus, und seine Hände machten eine Geste von Hilflosigkeit. Dann lächelte er. »Wenn du durch ein zerbrochenes Fernglas blickst, würdest du sicher etwas wie ein Kaleidoskop sehen, vermute ich.«

»Hat Taffy dir einen Streich gespielt?« fragte Saul von der anderen Seite.

»Lassen wir das jetzt«, sagte Franz zu Gunnar, grinste Saul kurz an (und warf einen raschen Blick nach beiden Seiten und hinter sich – die dicht besetzten Stuhlreihen des Konzertsaals waren eine ausgezeichnete Dekkung), und blickte dann zur Bühne, auf der die ersten Instrumentalisten bereits Platz genommen hatten, in einem flachen, konkaven Halbkreis hinter dem Podium des Dirigenten, und einer der Streicher stimmte noch einmal sein Instrument. Die hohe, schlanke Harfe stand vor der noch leeren Bank am linken Ende der Reihe, etwas zurückgesetzt, um ihren leisen Klängen eine bessere Akustik zu geben.

Franz blickte auf sein Programm. Das Fünfte Brandenburgische Konzert war das Finale. Es gab zwei Pausen. Das erste Stück des Abends war:

Konzert in C-Dur
für Harfe und Kammerorchester
von Giovanni Paisiello
1. *Allegro*
2. *Larghetto*
3. *Allegro (Rondo)*

Saul stieß ihn an. Er blickte auf. Cal war unauffällig auf die Bühne getreten. Sie trug ein weißes, schulterfreies Abendkleid, dessen Ränder sparsam mit schimmernden Pailletten bestickt waren. Sie sagte etwas zu einem der Holzbläser, dann wandte sie sich um und warf einen raschen Blick in den Zuschauerraum.

Franz glaubte, daß sie ihn bemerkt hatte, war jedoch nicht sicher. Sie setzte sich. Die Lichter erloschen langsam. Applaus klang auf, als der Dirigent auf die Bühne trat und seinen Platz auf dem Podium einnahm. Er blickte seine Instrumentalisten an, klopfte mit dem Taktstock auf das Notenpult und riß ihn mit einer energischen Bewegung empor.

Saul murmelte fast unhörbar: »Und jetzt, im Namen Bachs und Sigmund Freuds, hau sie zusammen, Calpurnia.«

»Und im Namen von Pythagoras«, sekundierte Gun genauso leise.

Die sanften Klänge der Streicher und das dunkle Rufen der Holzbläser hüllten Franz ein. Zum ersten Mal seit den Corona Heights fühlte er sich völlig sicher, zwischen seinen Freunden und in den Armen harmonischer, geordneter Klänge, als ob die Musik ein intimer, kristalliner Himmel wäre und eine unüberwindliche Barriere für übernatürliche Kräfte.

Dann klangen die ersten, herausfordernden Töne der Harfe auf, zerrissen den behüteten Schlummer, warfen mit ihren glitzernden, sprudelnden Bändern heller, hoher Klänge Fragen auf und forderten fröhlich und doch unabweisbar Antworten. Die Harfe erzählte Franz, daß die Konzerthalle in jeder Beziehung genauso ein Refugium war wie alles, was man ihm in der Beaver Street angeboten hatte.

Bevor er wußte, was er tat, jedoch nicht, bevor er sich völlig darüber im klaren war, was er empfand, war Franz aufgestanden und drängte sich nun halb gebückt an Saul vorbei, wobei er sich der Wellen von Schock, Protest und Tadel, die sich von den Zuschauern auf ihn konzentrierten, sehr intensiv bewußt war.

Er nahm sich nur Zeit, sich zu Sauls Ohr zu beugen und ihm leise, aber sehr deutlich zuzuflüstern: »Sage Cal – aber erst, nachdem sie das Brandenburgische hinter sich hat –, daß ihre Musik mich darauf gebracht hat, eine Antwort auf die ›607 Rhodes‹-Frage zu suchen«, dann drückte er sich seitlich aus der Reihe, die rechte Hand in einer Geste der Entschuldigung erhoben.

Als er das Ende der Sitzreihe erreichte, blickte er zurück und sah Sauls Gesicht, mit einem intensiv nachdenklichen Ausdruck, den Blick auf ihn gerichtet. Dann schritt er eilig zwischen den feindlichen Sitzreihen den Mittelgang entlang, vorangepeitscht – wie von einer Knute mit Tausenden winziger Diamanten – von den Klängen der Harfe. Er zwang sich dazu, nicht zurückzublicken, und starrte stur geradeaus.

Er fragte sich, warum er die ›607 Rhodes-Frage‹ gesagt hatte, anstatt ›die Frage, ob Paramentale real sind oder nicht‹, doch dann erkannte er, daß er es getan hatte, weil Cal sich diese Frage mehr als einmal selbst gestellt hatte und deshalb ahnen könnte, wohin sie führte. Und es war wichtig, daß sie ihn verstand und wußte, daß er dahinter her war.

Er fühlte sich versucht, einen letzten Blick zurückzuwerfen, tat es jedoch nicht.

24

Auf der Straße vor dem Veterans Building nahm Franz seine wachsame Umschau nach allen Seiten wieder auf, wenn auch etwas flüchtiger als zuvor, doch fühlte er jetzt nicht so sehr Angst als angespannte Wachsamkeit, als ob er ein Wilder wäre, der einen Auftrag in diesem Betondschungel durchzuführen hatte und auf dem Grund einer Schlucht mit gefährlichen, senkrecht abfallenden Wänden entlangschlich. Nachdem er sich durch eigenen Entschluß in Gefahr begeben hatte, fühlte er sich beinahe übermütig.

Zwei Häuserblocks weiter bog er in die Larkin Street ein. Er ging rasch, doch fast geräuschlos. Es waren nur wenige Menschen unterwegs. Der Mond stand fast senkrecht über ihm. In der Turk Street hörte er aus einiger Entfernung das Jaulen einer Sirene. Er blickte unaufhörlich nach beiden Seiten und hinter sich, ständig auf der Suche nach den Paramentalen, die er durch sein Fernglas gesehen hatte und/oder nach Thibauts Geistern – vielleicht nach einem materiellen Geist, der aus Thibauts im Raum treibender Asche oder einem Teil von ihr geformt worden war. Solche Dinge waren natürlich nicht Wirklichkeit, es konnte durchaus eine natürliche Erklärung für sie geben (oder er mochte verrückt sein), aber bis er des einen oder des anderen sicher war, würde er auf der Hut bleiben.

Die Lücke zwischen den Hochhäusern der Ellis Street, in der sein

Lieblingsbaum stand, war dunkel, doch die fingernden Zweigenden, die er über den Gehsteig streckte, schimmerten grün im grellen Licht der Straßenlampen.

Ein halbes Dutzend Häuserblocks weiter, an der O'Farrell Street, sah er die modernistische Masse der St. Mary's Cathedral, fahlgrau im Mondlicht, und dachte etwas beunruhigt an eine andere Lady.

Er bog in die Geary Street ein, ging an dunklen Schaufenstern, zwei erleuchteten Bars und dem grellen Licht vorbei, das aus dem gähnenden Rachen der De Soto-Garage fiel, dem Heim der blauen Taxis, und erreichte den von einer kleinen, weißen Markise überdachten Eingang mit der Hausnummer 811.

In der Eingangshalle saßen zwei schäbig gekleidete Männer auf dem Rand der kleinen, hexagonalen Marmorbank unter den zwei Reihen der Briefkästen. Anscheinend betrunken. Sie folgten ihm mit den Blicken, als er in den Lift trat.

Im sechsten Stock stieg er aus, schloß leise die Lifttüren (die äußere, feste Tür und die innere Falttür) und ging an dem schwarz gestrichenen Fenster und der schwarzen Türe des Besenschranks vorbei (die ein rundes Loch an der Stelle hatte, an der sich ein Drücker befinden sollte) und blieb vor der Tür seines Apartments stehen.

Nachdem er ein paar Sekunden lang gelauscht hatte, ohne irgendein Geräusch zu hören, steckte er seinen Schlüssel ins Schloß, drehte ihn zweimal herum und trat ein – mit einem Gefühl von Erregung und Angst. Dieses Mal schaltete er nicht die helle Deckenlampe ein, sondern blieb reglos in der Türöffnung stehen, lauschend und angespannt, und wartete darauf, daß sich seine Augen an das Fastdunkel gewöhnten.

Der Raum lag in einem düsteren Grau. Vor dem offenen Fenster lag ein fahler Schimmer (ein helleres Grau, genaugenommen) von Mondlicht und dem indirekten Schein der Straßenlampen. Alles war still, bis auf das leise, ferne Grollen und Rauschen des Verkehrs und das Pulsieren seines Blutes. Plötzlich ertönte aus dem Rohrsystem der Wasserleitung ein lautes, dumpfes Dröhnen, als ob jemand in einem der benachbarten Etagen einen Wasserhahn aufgedreht hätte. Es stoppte so plötzlich, wie es eingesetzt hatte.

Mit einem plötzlichen Entschluß drückte Franz die Tür ins Schloß und tastete sich an der Wand entlang, um den hohen Kleiderschrank herum, in einem vorsichtigen, weiten Bogen an dem mit Papier und Büchern überladenen Schreibtisch vorbei zum Kopfende des Bettes, wo er die Lampe einschaltete. Er warf einen Blick auf sein ›Studentenliebchen‹, das schlank, dunkel und schweigend auf der Wandseite des Bettes lag, und sah dann zu dem offenen Fenster.

Zwei Meter vom Fenster entfernt lag das lange Rechteck aus fluoreszierender roter Pappe auf dem Boden. Er trat darauf zu und hob es auf. Es war in der Mitte eingebeult, die Kanten waren ausgefranst. Er schüttelte den Kopf, lehnte es an die Wand und trat ans Fenster. Die beiden Längsränder des Kartons waren noch mit Reißzwecken gepinnt. Die Vorhänge hingen glatt und ordentlich. Krümel und winzige Schnitzel eines fahlbraunen Papiers lagen auf dem schmalen Tisch und auf dem Boden zu seinen Füßen. Er konnte sich nicht erinnern, ob er die vom Tage zuvor zusammengekehrt hatte oder nicht. Er bemerkte, daß der ordentlich aufgeschichtete, kleine Stapel von Taschenbüchern verschwunden war. Hatte er sie irgendwo anders hingeräumt? Auch daran konnte er sich nicht erinnern.

Vielleicht hatte ein besonders starker Windstoß den Karton abgerissen, aber hätte der nicht auch die Vorhänge ins Zimmer wehen und die Papierschnitzel vom Schreibtisch blasen müssen? Er blickte zu den roten Lichtern des Fernsehturms hinüber; dreizehn brannten matt und gleichmäßig, sechs waren heller und blinkten. Unter ihnen, eine Meile näher, wurde der dunkle Buckel der Corona Heights von dem gelblichen Licht der Straßenlampen und dem aus den Fenstern der Hochhäuser fallenden Lichtschein kontrastiert. Wieder schüttelte er den Kopf.

Wieder durchsuchte er das Apartment, und dieses Mal kam er sich dabei nicht albern vor. Als er den Kleiderschrank geöffnet hatte, drückte er die darin hängenden Sachen zur Seite und blickte hinter sie. Er bemerkte einen fahlgrauen Regenmantel, den Cal einmal vor geraumer Zeit hiergelassen hatte. Er sah auch unter das Bett und hinter den Duschvorhang.

Auf dem Tisch zwischen Kleiderschrank und Badezimmertür lag seine ungeöffnete Post, zuoberst ein Brief von einer Krebshilfe-Organisation, der er nach dem Tode Daisys mehrmals Geldbeträge überwiesen hatte. Er runzelte die Stirn und preßte die Lippen zusammen, einen schmerzvollen Ausdruck auf seinem Gesicht. Neben dem kleinen Stapel von Briefen lagen eine kleine Schiefertafel, ein paar Stücke Kreide und seine Prismen, mit denen er hin und wieder mit dem Sonnenlicht spielte, das er zu Spektren auffächerte, und zu Spektren von Spektren. Er sagte zu seinem ›Studentenliebchen‹: »Wir werden dir bald wieder deine hellen, fröhlichen Kleider anziehen, mein Schatz, sowie dies alles vorbei ist.«

Er nahm einen Stadtplan und ein Lineal vom Tisch und ging zum Bett, nahm vorsichtig das zerbrochene Fernglas aus der Jackentasche und legte es behutsam auf einen freien Platz des kleinen Kaffeetisches. Es gab ihm ein Gefühl von Sicherheit, zu wissen, daß der schnauzengesichtige Paramentale ihn nun nicht mehr erreichen konnte, ohne eine Barriere von zerbrochenem Glas zu überwinden, eine Sperre, wie auf Mauerkronen einzementierte Scherben – bis er erkannte, wie unlogisch das war.

Er holte sich auch Smiths Journal, setzte sich neben sein ›Liebchen‹ auf das Bett und faltete den Stadtplan auseinander.

Dann öffnete er das Journal auf der Seite mit de Castries' Fluch, wunderte sich wieder, daß er ihm so lange verborgen geblieben war, und las noch einmal den entscheidenden Passus.

> *Der Drehpunkt (0) und die Cipher (A) werden dort sein, an seinem* geliebten *607 Rhodes. Ich werde an dem mir zugewiesenen Ort ruhen (1), unter dem Bischofssitz, die schwerste Asche, die er jemals fühlte. Dann, wenn die Lasten auf Sutro Mountain (4) und Monkey Clay (5) sind [(4) + (1) = (5)]* WIRD sein Leben zermalmt werden.

Jetzt an die Berechnung, sagte er sich, an die Lösung dieser Aufgabe in Schwarzer Geometrie, oder ob es Schwarze Physik war? Wie, hatten Klaas und Ricker gesagt, war es von de Castries bezeichnet worden? Richtig: ›Neo-pythagoräische Metageometrie‹.

Monkey Clark war wirklich die unwahrscheinlichste Berechnung in dem Fluch. Donaldus hatte etwas von Affen- oder Menschen-Lehm gemurmelt, aber das führte zu nichts. Es mußte ein Ort sein, wie Mount Sutro – oder Corona Heights (unter dem Bischofssitz). Eine Clay Street gab es in San Francisco. Aber Monkey?

Franz' Gedanken machten einen großen Sprung von Monkey Clay zu Monkey Wards. Warum? Er hatte mal einen Mann gekannt, der bei dem großen Rivalen des Versandhauses Sears and Roebuck arbeitete, und der hatte behauptet, daß manche seiner Kollegen die Firma einen ›Affenstall‹ nannten. Nun...

Noch ein Sprung, von den Monkey Wards zum Monkey Block. Natürlich! Monkey Block war der Spitzname eines riesigen, alten Apartmenthauses von San Francisco gewesen, das längst abgerissen worden war, in dem Bohemiens und Künstler in den wilden zwanziger Jahren und während der Depression für billiges Geld gewohnt hatten. Monkey war eine Verballhornung des Namens der Straße, an der das Gebäude gestanden hatte: Montgomery Street! Noch ein Straßenname, und die Montgomery Street kreuzte die Clay Street! (Es mußte noch mehr daraus zu ersehen sein, aber sein Geist war heiß, wie von einem starken Feuer, und er konnte nicht warten.)

Aufgeregt nahm er das Lineal zur Hand und legte es auf den Stadtplan, zwischen Mount Sutro und die Kreuzung Clay Street und Montgomery Street am Nordende des Finanzdistrikts. Die Linie, die die Kante des Lineals bildete, verlief genau über den Gipfel der Corona Heights! (Und dicht an der Kreuzung von Geary Street und Hyde Street vorbei, bemerkte er und verzog das Gesicht.)

Er nahm einen Bleistift vom Tisch und malte eine kleine 5 neben die Montgomery-Clay-Kreuzung und eine 4 neben Mount Sutro, und eine 1 in die Mitte von Corona Heights. Er erkannte, daß die Gerade wie ein Waagebalken wirkte, dessen Mittelpunkt, oder Drehpunkt, irgendwo zwischen den Corona Heights und der Kreuzung von Montgomery und Clay Street lag. Er war sogar mathematisch ausgewogen: vier plus eins sind fünf: genauso, wie es in dem Fluch aufgezeichnet war. Der bedauernswerte Drehpunkt würde sicher von den beiden mächtigen Hebelarmen zu Tode zerquetscht werden (›Gebt mir einen festen Standort, und ich werde die Welt aus den Angeln heben‹ – Archimedes).

Ja, der Unglückliche (o) würde ohne jeden Zweifel erstickt werden, zu einem Nichts zerdrückt, besonders, wenn ›die Lasten‹ sich auf ihn senkten.

»Was jetzt?«

Plötzlich erkannte Franz, daß – was immer in der Vergangenheit geschehen sein mochte – die Lasten sich *jetzt* wirklich herabgesenkt hatten: Der Fernsehturm stand dreibeinig auf Mount Sutro, die Kreuzung von Montgomery und Clay Street war der Standort der Trans-America-Pyramide, dem höchsten Gebäude San Franciscos! (Vorher hatte hier der Monkey Block gestanden, er war abgerissen worden, um zunächst einem Parkplatz zu weichen, und später war dort die Trans-America-Pyramide errichtet worden). Näher und näher!

Das war der Grund, warum der Fluch Smith nicht erreicht hatte. Er war gestorben, bevor die beiden Strukturen errichtet worden waren. Die Falle war erst *später* aufgestellt worden.

Die Trans-America-Pyramide und der tausend Fuß hohe Fernsehturm – das waren wirklich Lasten, die alles zerdrücken konnten.

Aber es war doch lächerlich anzunehmen, daß de Castries den Bau dieser beiden Strukturen vorausgesehen haben konnte. Bestenfalls war der Zufall – Glückstreffer – eine einigermaßen plausible Erklärung. Man kann blind auf irgendeine Straßenkreuzung in der Innenstadt von San Francisco tippen, und mit fünfzigprozentiger Wahrscheinlichkeit stand dort, oder zumindest in unmittelbarer Nähe, ein Hochhaus.

Aber warum hielt er dann seinen Atem an? Warum hörte er ein leises Rauschen in seinen Ohren? Warum waren seine Finger kalt und feucht?

Warum hatte de Castries Klaas und Ricker erklärt, daß Hellsehen und Vorauswissen an bestimmten Stellen einer Großstadt möglich waren? Warum hatte er sein Buch (es lag jetzt neben Franz auf der Bettdecke, in einem verstaubten Grau) *Megapolisomancy* genannt?

Wie auch immer die Wahrheit aussehen mochte, die hinter allem steckte, die Lasten hatten sich wahrhaftig herabgesenkt.

Und das machte es noch wichtiger, den Ort zu finden, der als ›607 Rhodes‹ bezeichnet wurde, wo der alte Teufel gelebt (den letzten Rest seines Lebens in die Länge gezogen) und Smith ihm seine Fragen gestellt hatte ... und wo, nach dem Text des Fluches, die Kladde mit dem Text der Grand Cipher verborgen war ... und wo der Fluch erfüllt werden sollte. Es war wirklich wie eine Kriminalgeschichte. Von Dashiell Hammett? ›X markiert die Stelle‹, wo das Opfer, zu Tode gequetscht, liegt (liegen wird?). In die Wand des Hauses an der Ecke von Bush und Stockton Street, der Stelle, wo in Dashiell Hammetts Roman *The Maltese Falcon* Brigid O'Shaunnesy Miles Archer erschossen hatte, war eine Messingplatte eingelassen worden, die an dieses fiktive Ereignis erinnerte, aber es gab keine Gedenktafeln für Thibaut de Castries, einen wirklichen Menschen. Wo war das unfaßbare (X)? Wo die mysteriöse (o)? Wo war 607 Rhodes? Er hätte Byers fragen sollen, als er die Gelegenheit dazu hatte. Jetzt anrufen? Nein, er hatte die Verbindung abgebrochen. Beaver Street war eine Gegend, in die er nie wieder zurückkehren würde, auch nicht per Telefon. Zumindest vorläufig nicht. Er gab es auf, über dem Stadtplan zu brüten, weil es zu nichts führte.

Sein Blick fiel auf das San Francisco-Adreßbuch des Jahres 1927, das er an diesem Vormittag aus der Stadtbücherei entführt hatte und das jetzt den Mittelteil seines ›Studentenliebchens‹ bildete. Er sollte sich jetzt mit diesem Detail seiner Recherchen befassen und versuchen, den Namen dieses Gebäudes festzustellen, falls es überhaupt einen gehabt hatte, und ob es zu jener Zeit tatsächlich ein Hotel gewesen war. Er wuchtete den dicken Band auf seinen Schoß und blätterte die leicht vergilbten Seiten um, bis er die Sektion ›Hotels‹ aufgeschlagen hatte. Zu einer anderen Zeit hätte er sich erst eine Weile mit den altväterlichen Inseraten für Patent-Medizinen und Friseur-Salons amüsiert.

Er dachte an die hektische Suche, die er am heutigen Vormittag unternommen hatte. Sie schien ihm jetzt weit zurückzuliegen und als reichlich naiv.

Die beste Methode war sicher, beim Durchsehen der Adressen nicht auf Geary Street zu achten (es gab wahrscheinlich eine Menge Hotels an der Geary Street), sondern auf die Hausnummer 811. Davon gab es höchstwahrscheinlich nur eine einzige in der Auflistung der Hotels. Oder gar keine. Mit dem Finger fuhr er die erste Spalte herunter, langsam aber stetig.

Erst in der vorletzten Spalte fand er eine 811. Ja, und an der Geary Street. Der Name hinter der Adresse lautete ... *Rhodes Hotel.*

25

Franz stand auf dem Korridor vor der geschlossenen Tür seines Apartments. Sein Körper vibrierte – ein feiner Tremor.

Dann fiel ihm ein, warum er hier stand. Er war auf den Korridor getreten, um die Nummer an der Tür zu überprüfen, das kleine, dunkle Rechteck mit der fahlgrauen Einprägung ›607‹. Er wollte es mit eigenen Augen sehen (und sich nebenbei von dem Fluch trennen, aus seinem Zielgebiet verschwinden).

Er hatte das Gefühl, daß, wenn er jetzt an diese Tür klopfte, an die Clark Smith so oft geklopft haben mußte, der alte Thibaut de Castries sie öffnen würde, sein eingefallenes Gesicht ein Spinnennetz feiner, grauer Falten, als ob es mit feiner Asche gepudert worden wäre.

Wenn er ohne zu klopfen einträte, würde alles so sein, wie er es verlassen hatte. Doch wenn er vorher anklopfte, würde die alte Spinne aus ihrem Schlaf erwachen...

Er wurde von einem leichten Schwindelgefühl gepackt; ihm war, als ob das ganze Gebäude sich zur Seite zu neigen begänne und langsam um die eigene Achse rotierte. Seine Reaktion war eine Art Erdbeben-Panik.

Er mußte sofort seine Orientierung wiederfinden, sagte er sich, um nicht zusammen mit 811 umzustürzen. Er ging den dunklen Korridor entlang (die defekte Birne in der Kugellampe über der Lifttür war immer noch nicht ausgetauscht worden), an der schwarzen Tür der Besenkammer vorbei, an dem schwarzgestrichenen Fenster zum Luftschacht, dem Lift, und stieg dann leise die Treppe hinauf, wobei er sich am Geländer festhielt, um das Gleichgewicht zu bewahren. Er erreichte zwei Stockwerke höher das Ende des Treppenhauses und trat in den düsteren, schwarzen Raum, in dem unter einem Oberlicht der Liftmotor und die Relais untergebracht waren, der Grüne Zwerg und die Spinne, und dann hinaus auf das Dach, eine riesige Fläche aus in Teer gebettetem Kies.

Die Sterne standen in ihren normalen, gewohnten Konstellationen am Himmel, wenn auch ein wenig matter im Licht des fast vollen Mondes, der fast im Zenit stand. Der Polarstern stand an seiner unveränderlichen Stelle. Ringsherum war der Horizont von bizarren, kantigen Formen zerrissen, den Wolkenkratzern und Hochhäusern, die recht dürftig mit blinkenden, roten Warnlampen bestückt waren, als ob man sich schon irgendwie bewußt geworden wäre, daß Energie gespart werden mußte. Ein leichter Wind wehte aus dem Westen.

Sein Schwindelgefühl war endlich abgeklungen, und Franz trat zum Dachrand an der Rückfront des Gebäudes, vorbei an mehreren Lüftungsschächten, die wie ummauerte, quadratische Brunnen wirkten, und mit einem wachsamen Auge für Röhren und andere Hindernisse, über die er leicht stolpern konnte, bis er an der niedrigen Balustrade stand, unterhalb derer sein Fenster und das Cals lagen. Er stützte sich mit einer Hand auf die kleine Mauer. Dicht hinter ihm befand sich der Lüftungsschacht, zu dem das schwarzgestrichene Fenster führte, das neben der Lifttür seines Stockwerks war, und das gleiche auf allen anderen Etagen. Auf diesen

Lüftungsschacht, erinnerte er sich, führten auch sein Badezimmerfenster und Fenster einiger Apartments sowie eine vertikale Reihe winziger Öffnungen, die nur zu den seit langem nicht mehr benutzten Besenkammern gehören konnten und ihnen anscheinend etwas Licht gegeben hatten. Er blickte nach Westen, zu den blinkenden Lichtern des Fernsehturms und dem unregelmäßig geformten Buckel der Corona Heights. Der Wind frischte etwas auf.

Dies also ist das frühere Rhodes Hotel, dachte er schließlich, und ich wohne in 607 Rhodes, dem Ort, den ich überall gesucht habe, nur nicht hier. In Wirklichkeit gibt es keinerlei Geheimnis darum. Hinter mir ist die Trans-America-Pyramide (5). Er blickte über die Schulter auf die dreieckige Silhouette; an ihrer Spitze blinkte ein einziges, rotes Licht, und die erleuchteten Fenster wirkten so schmal wie die Stanzungen einer Lochkarte. Vor mir – er wandte sich wieder zurück – der Fernsehturm (4) und die gekrönte, buckelige Eminenz (1), auf der die Asche des alten Spinnenkönigs vergraben liegt, wie sie behaupteten. Und ich bin am Drehpunkt (0) des Fluches.

Als er sich das alles mit etwas Fatalismus sagte, schienen die Sterne noch matter zu werden – eine kranke Blässe anzunehmen –, und er fühlte eine dumpfe Schwere auf sich und auf allem, was um ihn herum war, als ob der auffrischende Wind etwas Bösartiges vom Westen auf dieses Dach wehte, als ob irgendeine universelle Krankheit oder kosmische Verschmutzung von den Corona Heights auf die ganze Stadt herabgeflossen und von ihr zu den Sternen aufgestiegen wäre und den Orion und den Schild infiziert hätte – als ob er mit Hilfe der Sterne die Dinge in ihre Ordnung gebracht hätte und als ob irgend etwas sich jetzt weigerte, an der ihm vorbestimmten Stelle zu bleiben, unter der Erde zu ruhen und vergessen zu werden, wie Daisys Krebs, und die Ordnung des Universums störte.

Ein plötzliches kratzendes, knirschendes Geräusch ließ ihn herumfahren. Nichts zu sehen, jedenfalls nichts, was irgendein Geräusch verursachen konnte, und doch...

Er trat an den nächsten Lüftungsschacht und blickte hinein. Das Licht des Mondes drang bis zu seinem Stockwerk hinab. Das kleine Fenster zur Besenkammer stand offen. Er hörte wieder ein scharrendes Geräusch, und es klang, als ob ein Tier sich anschliche, oder war es sein eigener, erregter Atem, der von den engen Wänden des Schachts widerhallte? Er glaubte, etwas zu sehen, eine Kreatur mit zu vielen Gliedern, die sich im Schacht bewegte, eilig auf und ab kroch.

Er fuhr zurück und blickte zum Himmel empor, als ob er von den Sternen Hilfe erwartete, aber sie wirkten so gleichgültig und einsam wie die weit entfernten, erleuchteten Fenster, die ein Mann sieht, der in der Weite des Moors ermordet werden soll oder in einem Morast versinkt.

Panik packte ihn, und er lief den Weg zurück, den er gekommen war. Als er durch den dunklen Raum mit der Lift-Mechanik kam, klickten die Kupfer-Schalter, und die Arme der Relais bewegten sich knirschend. Er lief noch schneller, als ob ein Spinnen-Monster an seinen Fersen klebte und auf das Kommando des gußeisernen grünen Zwergs nach ihm schnappte.

Er bekam sich wieder etwas in die Gewalt, als er die Treppe hinabging, doch als er seinen Korridor entlanggehend an dem schwarz überstrichenen Fenster vorbeikam (nahe der ausgebrannten Kugellampe), hatte er das Gefühl, daß irgend etwas auf der anderen Seite lauerte, mit scharfen Krallen in die Wände des Lüftungsschachts gekrallt, eine unheimliche Kreatur, wie eine Kreuzung zwischen einem Panther und einem Spinnenaffen, jedoch so vielbeinig wie eine Spinne und vielleicht mit dem eingesunkenen, aschgrauen Gesicht von Thibaut de Castries, die jeden Augenblick durch die überstrichene Drahtglasscheibe brechen konnte. Als er an der schwarzen Tür der Besenkammer vorbeikam, fiel ihm wieder das offenstehende Fenster ein, das in den Lüftungsschacht führte. Es war groß genug für so eine Kreatur. Und die Besenkammer lag neben seinem Zimmer, hinter der Wand, an der die Couch stand. Wie viele von uns, die wir in den großen Städten leben, fragte er sich, wissen, was auf der anderen Seite der Wände unserer Wohnungen ist? – oft auf der anderen Seite der Wand, an der wir schlafen? – zum Greifen nahe, und doch so verborgen und unerreichbar wie unsere inneren Organe. Wir können nicht einmal den Wänden trauen, die uns schützen sollen.

Die Tür der Besenkammer schien sich plötzlich nach außen zu wölben. Franz griff in die Tasche und fummelte nach seinen Schlüsseln. Einen schrecklichen Augenblick lang glaubte er, sie in seinem Apartment zurückgelassen zu haben, doch dann fand er sie, wählte den richtigen, öffnete die Tür, und als er eingetreten war, drehte er den Schlüssel zweimal herum, um das, was ihm vom Dach gefolgt sein mochte, auszusperren.

Aber war er sicher in seinem Apartment, dessen Fenster zum Schacht jetzt offen stand? Auch wenn es theoretisch unmöglich war, daß jemand eindringen konnte, durchsuchte er Zimmer und Bad noch einmal, und jetzt sogar jeden kleinsten Winkel, jede Ecke, in der sich etwas verstecken konnte. Zuletzt durchsuchte er seinen Kleiderschrank und entdeckte auf dessen Boden, an der Rückwand und hinter einem Paar Stiefel, eine ungeöffnete Flasche Kirschwasser, die er dort vor mehr als einem halben Jahr versteckt haben mußte, als er noch trank.

Er blickte auf das Fenster, auf die braunen Schnitzel alten Papiers, die in seiner Nähe lagen, und versuchte sich vorzustellen, wie es gewesen sein mochte, als de Castries hier gewohnt hatte. Die alte Spinne hatte sicher stundenlang am Fenster gesessen und zu seinem künftigen Grab auf den Corona Heights und dem dahinter liegenden Mount Sutro hinübergestarrt. Hatte er auch den Turm vorausgesehen, der einmal dort stehen würde? Die alten Spiritualisten und Okkultisten waren überzeugt, daß die astralen Überreste eines Menschen, der atomare odische Staub, in den Räumen schwebte, in denen er gelebt hatte.

Von was hatte die alte Spinne hier sonst noch geträumt? Von seinen Tagen des Triumphes in San Francisco vor dem Großen Beben? Von den Männern und Frauen, die er in den Selbstmord getrieben oder unter verschiedene Drehpunkte geschoben hatte, wo sie erdrückt worden waren? Von seinem Vater (Afrika-Abenteurer oder kleiner Drucker), seinem schwarzen Panther (falls er jemals einen besessen haben sollte), von seiner jungen polnischen Geliebten (oder dem schlanken Mädchen Anima), seiner verschleierten Lady?

Wenn nur jemand hier wäre, mit dem er reden könnte, der ihn von diesen morbiden Gedanken befreien würde! Wenn nur Cal und die anderen vom Konzert zurückkämen. Aber seine Armbanduhr sagte ihm, daß es erst ein paar Minuten nach neun war. Er konnte kaum glauben, daß die beiden Durchsuchungen seines Apartments und der Besuch des Daches so wenig Zeit in Anspruch genommen hatten, doch seine Uhr ging, der Sekundenzeiger tickte in regelmäßigen, fast unsichtbar kleinen Zuckungen vorwärts.

Der Gedanke an die einsamen Stunden, die noch vor ihm lagen, ließ ihn verzweifeln, und die Flasche mit dem wasserhellen Versprechen von Vergessen, die er in der Hand hielt, war eine starke Versuchung, doch die Angst vor dem, was passieren mochte, wenn er nicht mehr Herr seiner Sinne und seiner Handlungen war, erwies sich als noch stärker.

Er stellte die Flasche mit dem Kirschwasser neben den kleinen Stapel von Briefen, die auch noch nicht geöffnet worden waren, und seine Prismen und die Schiefertafel. Er war überzeugt gewesen, daß die Tafel unbeschrieben war, doch jetzt glaubte er undeutliche Kreidezeichen auf ihr zu erkennen. Er nahm die Tafel, ein Kreidestück und eins der Prismen zur Hand und trug alles zum Kopfende des Bettes unter die Lampe, die dort brannte. Er dachte daran, die 200 Watt starke Deckenleuchte einzuschalten, doch irgendwie mißfiel ihm die Vorstellung, sein Fenster durch helles Licht zu markieren, möglicherweise für einen Beobachter, der auf den Corona Heights lauerte.

Es *waren* spinnenwebartige Kreidezeichen auf der Tafel – ein halbes Dutzend mit der Spitze nach unten gerichtete Dreiecke, als ob irgend jemand oder irgend etwas versucht hätte, das schnauzenförmige Gesicht seines Paramentalen mit leichten, kaum sichtbaren Strichen zu stilisieren (vielleicht war die Kreide über die Tafel geglitten wie die Planchette eines Ouija-Brettes). Und jetzt *sprangen* das Kreidestück und das Prisma auf der Tafel umher, weil seine Hände, welche sie hielten, so zitterten.

Sein Verstand war von plötzlicher Angst paralysiert – fast abgeschaltet –, doch eine noch funktionierende Ecke seines Gehirns überlegte, wie ein weißer, fünfzackiger Stern, dessen einer Zacken *aufwärts* (oder auswärts) gerichtet war, einen Raum vor dem Eindringen böser Geister schützen konnte (wie es die Hexenbücher behaupteten), als ob die Wesen sich an dem aufwärts (oder auswärts) gerichteten, scharfen Zacken aufspießen würden, und es überraschte ihn kaum, als er sich dabei ertappte, solche fünfzackigen Sterne mit Kreide auf alle Fensterbretter zu malen (des Zimmerfensters und des verschlossenen im Bad) und auch an den Türrahmen. Er kam sich dabei ein wenig albern vor, dachte jedoch nicht einmal daran, auch nur einen einzigen Stern unvollendet zu lassen. Sein Verstand überlegte im Gegenteil, ob es nicht noch weitere, noch geheimere Zugänge und Verstecke geben mochte als die Lüftungsschächte und die Besenkammern (es mußte im Rhodes Hotel einen Speiseaufzug und einen Wäscheschacht gegeben haben und wer weiß wie viele Nebentüren und -zugänge), und es störte ihn, daß er nicht die engen Räume zwischen der Rückwand der Schränke und der Zimmerwand inspizieren konnte, und schließlich verschloß er die Türen beider Schränke und malte mit Kreide Sterne über sie – winzige Sterne auf die schmalen Leisten über den Türen...

Er überlegte, ob er nicht noch einen Stern auf die Wand über der Couch malen sollte, an die Wand, auf deren anderer Seite die Besenkammer lag, als es hart an seine Tür klopfte. Er legte die Kette vor, ehe er sie um die zwei Zoll öffnete, die diese Sperre zuließ.

26

Die Hälfte eines grinsenden Mundes und ein großes, braunes Auge zeigten sich in dem Spalt über der Kette, und eine Stimme sagte: »Schach?«

Franz löste mit vor Eifer zitternden Händen die Kette und öffnete die Tür. Er war unbeschreiblich erleichtert, einen bekannten, vertrauten Menschen bei sich zu haben, doch gleichzeitig sehr enttäuscht, daß es ausgerechnet der einzige Mensch war, mit dem kaum ein Gespräch möglich war – und bestimmt nicht über das Thema, das ihn jetzt so sehr beschäftigte –, doch auch wieder versöhnt, daß zumindest die Sprache des Schachspiels sie verband. Auf jeden Fall würde es ihm über ein Stück der vor ihm liegenden Zeit hinweghelfen, hoffte er.

Fernando strahlte, als er ins Zimmer trat. Er hatte verwundert die Stirn gerunzelt, als er die vorgelegte Kette sah, und tat es wieder, als Franz hastig die Tür schloß und den Schlüssel zweimal umdrehte.

Franz bot ihm einen Drink an. Fernandos schwarze Augenbrauen fuhren in die Höhe, als er die volle, kantige Flasche sah, dann wurde sein Grinsen noch breiter, und er nickte; als Franz ihm ein kleines Weinglas vollgeschenkt hatte, zögerte er jedoch, und seine beweglichen Gesichtszüge und ausdrucksvollen Hände fragten, warum Franz nichts tränke.

Weil es die einfachste Lösung war, goß Franz sich ein wenig von dem Kirschwasser in ein anderes Glas, das er mit den Fingern umspannte, um zu verbergen, wie winzig die Menge war, hob das Glas an den Mund und kippte es, bis die stark aromatische Flüssigkeit seine geschlossenen Lippen benetzte. Er bot Fernando einen zweiten Drink an, doch der deutete auf die Schachfiguren und dann auf seinen Kopf, den er dabei schüttelte.

Franz setzte das Schachbrett vorsichtig auf den Haufen aufeinandergeschichteter Hefte, die auf dem Kaffeetisch lagen, und setzte sich auf den Bettrand. Fernando sah etwas skeptisch auf das wackelige Arrangement, dann zuckte er die Achseln, lächelte und setzte sich Franz gegenüber auf einen Stuhl. Er zog den weißen Bauern, und nachdem sie ihre Figuren aufgestellt hatten, machte er voller Selbstvertrauen den ersten Zug.

Franz zog rasch und konzentriert. Er stellte fest, daß er fast automatisch die *en garde*-Haltung einnahm, die er schon in der Beaver Street angewandt hatte, als er Byers zuhörte. Sein wachsamer Blick glitt ständig durch den ganzen Raum, von der Wand hinter ihm zum Kleiderschrank und zur Tür, dann über ein kleines Bücherregal zur Badezimmertür, über das große Bücherregal und den Schreibtisch, ruhte eine Weile auf dem Fenster, bevor er weiterglitt, am Aktenschrank entlang zum Heizkörper der Zentralheizung und zum anderen Ende der Wand, die hinter seinem Rücken lag – und dann wieder zurück. Er spürte einen leicht bitteren Geschmack auf seinen Lippen – das Kirschwasser.

Fernando gewann die Partie in etwa zwanzig Zügen. Er blickte Franz ein paar Sekunden lang nachdenklich an, als ob er eine Bemerkung zu dessen schwachem Spiel machen wollte, doch dann lächelte er nur und stellte die Figuren neu auf, mit vertauschten Farben.

Franz eröffnete mit einem gefährlichen Zug, dem Königs-Gambit. Fernando begegnete ihm mit dem Königin-Bauern. Trotz der gefährlichen Situation konnte sich Franz, wie er feststellte, nicht auf das Spiel konzentrieren. Er zermartete sich den Kopf, was für andere Sicherheitsmaßnahmen außer seiner visuellen Wachsamkeit er noch treffen könnte. Er lauschte auf Geräusche vor der Tür, von den Fenstern und Wänden. Er wünschte verzweifelt, daß Fernando wenigstens ein bißchen englisch spräche und sein Wortschatz nicht nur auf etwa ein Dutzend Vokabeln beschränkt wäre, und daß er nicht fast völlig taub wäre. Diese Kombination war einfach zuviel.

Und die Zeit verging schleppend. Der große Zeiger der Armbanduhr schien festgefroren zu sein. Es war wie zu gewissen Momenten auf einer alkoholisierten Party – kurz vor dem Blackout –, wo die Sekunden sich zu Ewigkeiten zu dehnen schienen. Es würde Jahrhunderte dauern, bis das Konzert beendet war.

Und dann fiel ihm ein, daß er keinerlei Garantie dafür hatte, ob Cal und die anderen sofort nach Hause kommen würden. Nach der Vorstellung besuchten die Menschen in der Regel noch eine Bar oder ein Restaurant, um zu feiern oder auch nur zu reden.

Er fühlte, daß Fernando ihn zwischen seinen Zügen prüfend anblickte.

Natürlich stand es ihm frei, zum Konzert zurückzugehen, wenn Fernando gegangen war, aber das würde nichts nützen. Er hatte das Konzert verlassen, entschlossen, das Problem von de Castries' Fluch zu lösen und alle Ungereimtheiten, die sich mit ihm verbanden, aufzuklären. Und zumindest hatte er einigen Erfolg gehabt. Er hatte das Rätsel von ›607 Rhodes‹ gelöst; aber er hatte natürlich weitaus mehr als das erreichen wollen, als er mit Saul gesprochen hatte.

Aber wie konnte er überhaupt eine Antwort auf das ganze Problem finden? Ernsthafte psychische oder okkulte Forschung erforderte gründliche Vorbereitungen und Studien, die Verwendung von empfindlichen, sorgfältig adjustierten Instrumenten, und vor allem die Mitarbeit von sensitiven, ausgebildeten Menschen mit langjährigen, einschlägigen Erfahrungen: Medien, Telepathen, Hellsehern und so weiter – die ihre Befähigung anhand von Rhine-Karten und ähnlichen Tests nachgewiesen hatten. Was konnte er hoffen, allein und an einem einzigen Abend zu erreichen? Was hatte er sich eigentlich gedacht, als er Cals Konzert verlassen und ihr durch Saul seine Nachricht hatte zukommen lassen?

Aber irgendwie hatte er das Gefühl, daß alle Experten und ihre massierten Erfahrungen ihm jetzt nicht einen Schritt weiterhelfen könnten. Und genausowenig die Wissenschaftler mit ihren unglaublich empfindlichen elektronischen und radiologischen Detektoren, Kameras und allen möglichen anderen Geräten. Daß unter all den Arten okkulter und rand-okkulter Phänomene, die in dieser Zeit vorhanden waren – Hexerei, Astrologie, Biofeedback, Trance, Psychokinese, Auren, Akupunktur, exploratorische LSD-Trips, Schleifen im Zeitstrom (viele von ihnen zweifellos Schwindel, andere evenutell echt) –, dies, das ihm geschah, etwas völlig anderes war.

Er stellte sich vor, daß er zum Konzert zurückginge, und die Vorstellung gefiel ihm nicht. Sehr leise, weit entfernt, schien er die glitzernden, kaskadenhaften Töne der Harfe zu hören, die ihn wie immer zu locken und einzufangen versuchten.

Fernando räusperte sich. Franz erkannte, daß er ein Matt in drei Zügen glatt übersehen hatte und das zweite Spiel in genauso wenigen Zügen verlieren würde wie das erste. Automatisch räumte er die Figuren ab und begann sie für ein drittes Spiel aufzustellen.

Fernando hob die Hand zu einer emphatisch abwehrenden Geste. Franz blickte auf.

Fernando sah ihn prüfend an. Der Peruaner runzelte die Stirn und hob einen Finger, um Franz anzudeuten, daß er sich Sorgen um ihn mache. Dann deutete er auf das Schachbrett, und dann tippte er mit dem Finger gegen seine Schläfe. Schließlich schüttelte er entschieden den Kopf, runzelte die Stirn und deutete wieder auf Franz.

Franz verstand, was Fernando ihm sagen wollte. ›Deine Gedanken sind nicht beim Spiel.‹ – Er nickte.

Fernando stand auf, rückte den Stuhl aus dem Weg und mimte durch Gesten einen Mann, der vor etwas Angst hat, das ihn verfolgt. Er duckte sich ein wenig, blickte angstvoll nach allen Seiten, so wie es Franz getan hatte, jedoch ein wenig überzeichnet. Er drehte sich um die eigene Achse, fuhr plötzlich herum, um hinter sich zu blicken, riß den Kopf dann nach links und nach rechts, und sein rundes Gesicht und die weit aufgerissenen Augen waren ein Spiegel hysterischer Angst.

Franz nickte, zum Zeichen, daß er verstanden hatte.

Fernando ging geduckt im Zimmer umher, warf rasche Blicke zur Tür, zum Fenster und zur Wand. Während er in eine andere Richtung blickte, klopfte er mit den Fingerknöcheln hart an den Heizkörper, fuhr zusammen und taumelte rückwärts in die Mitte des Zimmers.

Ein Mann, der vor irgend etwas Angst hatte und von einem plötzlichen, unerwarteten Geräusch erschreckt worden war, sollte es bedeuten.

Franz nickte wieder.

Fernando wiederholte das Spiel vor der Badezimmertür und der Wand. Nachdem er dagegen geklopft hatte, starrte er Franz an und sagte: *»Hay hechiceria. Hechiceria occultado en murallas.«*

Wie hatte ihm Cal das neulich übersetzt? ›Hexerei, Hexerei, in Wänden versteckt.‹ Franz erinnerte sich an seine Gedanken über geheime Türen, Luken und Gänge. Aber hatte Fernando es wörtlich oder nur im übertragenen Sinne gemeint? Franz nickte, schob aber dabei die Unterlippe vor und versuchte auch durch Gesten seiner Hände einen gewissen Zweifel auszudrücken.

Fernando schien jetzt zum ersten Mal die mit Kreidestrichen gemalten Sterne zu bemerken. Doch das Weiß war auf dem hellen Holz wirklich schwer auszumachen. Er hob die Brauen, lächelte verständnisvoll und nickte zustimmend. Er deutete auf die Sterne und streckte dann seine Arme aus, die offenen Handflächen gegen das Fenster und die Tür gerichtet, als ob er etwas abwehren wollte – und fuhr fort, zustimmend zu nicken.

»Bueno«, sagte er.

Franz nickte und war verblüfft, daß seine Angst ihn dazu verleitet hatte, sich an eine so irrationale Schutzmaßnahme zu klammern, die jedoch von dem abergläubischen (?) Fernando sofort verstanden wurde: Sterne gegen Hexen. (Und es waren auch fünfzackige Sterne unter dem Graffiti auf den Corona Heights gewesen, das dazu bestimmt war, tote Knochen ruhen und Asche unter der Erde zu lassen. Byers hatte sie dort auf die Felsen gesprüht.)

Er stand auf, trat zum Tisch und bot Fernando noch einen Drink an, doch Fernando lehnte ihn mit einer knappen, entschiedenen Handbewegung ab, trat an die Stelle, wo Franz gesessen hatte, und klopfte mit der Hand an die Wand über der Couch. Dann wandte er den Kopf, blickte Franz an und wiederholte: *»Hechiceria occultado en muralla!«*

Franz blickte ihn fragend an. Doch der Peruaner neigte nur den Kopf und legte drei Finger an seine Stirn, eine Geste, die Nachdenken symbolisierte (und vielleicht dachte Fernando auch wirklich nach).

Dann hob er mit einer Geste von plötzlicher Erkenntnis den Kopf, nahm die Kreide von der Schiefertafel, die neben dem Schachbrett lag, und malte einen fünfzackigen Stern an die Wand über der Couch, größer, auffälliger und besser als alle Sterne, die Franz gemalt hatte.

»Bueno«, sagte Fernando wieder und nickte zufrieden. Dann deutete er auf das Bett und auf die Wand, vor der er stand, und wiederholte: *»Hay hechiceria en muralla«*, und ging rasch zur Tür, mimte, daß er hinausginge und wieder hereinkäme, und dann blickte er Franz besorgt an und hob die Brauen, als ob er sagen wollte:

›Glaubst du, daß alles noch in Ordnung ist, wenn ich zurückkomme?‹

Etwas verwirrt von der Pantomime und mit einem Gefühl plötzlicher Müdigkeit nickte Franz lächelnd (dachte an den Stern, den Fernando gemalt hatte, und an das Gefühl der Kameradschaft, das er ihm gegeben hatte), und sagte: *»Gracias.«*

Fernando erwiderte Lächeln und Nicken, schloß die Tür auf, ging hinaus und zog die Tür hinter sich ins Schloß. Kurz darauf hörte Franz den Lift auf diesem Stockwerk halten, das Auf- und Zugleiten der Türen, und ihn dann surrend in die Tiefe sinken, als ob er in den Keller des Universums hinabglitte.

27

Franz fühlte sich so benommen wie ein angeschlagener Boxer. Seine Augen und Ohren waren nach wie vor scharf und wachsam für die geringste Bewegung, das leiseste Geräusch, kämpften jedoch müde, fast protestierend, gegen den unüberwindlichen Drang an, endlich abzuschalten. Trotz aller Schocks und Überraschungen, die dieser Tag gebracht hatte, gewann jetzt sein Abendbewußtsein (Sklave seiner Körperchemie) die Oberhand. Offensichtlich hatte Fernando irgend etwas vor – aber was? – und warum? – und würde irgendwann zurückkommen: so wie er es versprochen hatte – aber wann? – und noch einmal: warum? Im Grund genommen war es Franz nicht so wichtig. Er begann, ohne es wirklich zu wollen, etwas aufzuräumen.

Aber kurz darauf ließ er sich mit einem erschöpften Seufzer auf der Bettkante nieder, starrte auf das unglaubliche Durcheinander übereinandergeworfener Sachen auf seinem Kaffeetisch und überlegte, wo er anfangen sollte. Zuunterst lagen die ordentlich aufeinandergeschichteten Seiten des Manuskripts, an dem er zur Zeit arbeitete, und das er seit zwei Tagen nicht angerührt, mit dem er sich nicht einmal in Gedanken beschäftigt hatte. *Unheimlicher Untergrund* – was für eine Ironie. Auf dem Manuskript stand das Telefon mit seiner langen Schnur, daneben das zerbrochene Fernglas, sein großer, überquellender Aschenbecher (aber er hatte nicht geraucht, seit er heute abend hereingekommen war, und spürte auch jetzt keine Lust dazu), daneben lag das Schachbrett mit den zur Hälfte aufgestellten Figuren, neben ihm die Schiefertafel mit dem Kreidestück und einem Prisma und einigen geschlagenen Schachfiguren, und am Rand, neben der Tafel, standen die beiden Gläser und die noch immer geöffnete Flasche Kirschwasser.

Allmählich wirkte das Durcheinander auf Franz umwerfend komisch, viel zu verwirrend, um es aufzuräumen. Obwohl seine Augen und Ohren nach wie vor Wache hielten (es war zu einem fast zwanghaften Reflex geworden), kicherte er leise. Sein Abendbewußtsein besaß immer eine alberne Seite, eine Tendenz zu faulen Witzen, seltsam gemixten Klischees und leicht psychotischen Epigrammen – Narrheiten, aus der Erschöpfung geboren. Er erinnerte sich, wie genau und einleuchtend der Psychologe F. C. MacKnight den Übergang vom Wachsein zum Schlaf beschrieben hatte: die logischen, kurzen Tagesschritte des Verstandes wurden nach und nach länger, jeder geistige Sprung etwas unsicherer und gedankenloser, bis sie (ohne jede Zäsur) zu absolut unberechenbaren, gigantischen Schritten wurden und man zu träumen begann.

Er nahm den Stadtplan zur Hand, den er auseinandergefaltet auf dem Bett liegengelassen hatte, und breitete ihn wie eine Decke über das Durcheinander auf dem Kaffeetisch.

»Schlafe jetzt, du kleiner Misthaufen«, sagte er mit humoriger Zärtlichkeit.

Er legte das Lineal, das er vorhin gebraucht hatte, auf den Stadtplan, so wie ein Zauberer nach gelungener Vorstellung seinen Zauberstab auf seine Utensilien legt.

Dann (seine Augen und Ohren machten noch immer ihre Wachrunden) wandte er den Kopf und blickte zu der Wand, an die Fernando seinen großen Kreidestern gemalt hatte. Anschließend brachte er auch seine Bücher zu Bettt, so wie eben den Misthaufen auf dem Kaffeetisch, sein ›Studentenliebchen‹, seine ›Scholar's Mistress‹ – eine gewohnte, normale Beschäftigung, das Berühren vertrauter Dinge, und das beste Gegenmittel zur Bekämpfung der wildesten Ängste.

Auf die vergilbten Seiten von *Megapolisomancy* – das Kapitel über ›elektro-mephytisches Städte-Material‹ war aufgeschlagen – legte er mit einer sanften Bewegung Smiths Journal, die neuentdeckte Seite mit dem Fluch offen.

»Du bist heute recht blaß, Liebling«, bemerkte er (das Reispapier), »und doch sehe ich auf deiner rechten Wange all die uralten Schönheitsflecken, eine ganze Seite davon. Träume von einer herrlichen Satanisten-Party in feierlicher Abendgarderobe, alles in Schwarz und Weiß wie *Letztes Jahr in Marienbad*, in einem riesigen Ballsaal, wo cremefarbene, schlanke Barsois umherschritten wie riesige Spinnen.«

Er berührte ihre Schulter, die hauptsächlich aus Lovecrafts *Outsider* bestand, die vierzig Jahre alten, bräunlichen Seiten bei der Erzählung *The Thing on the Doorstep* aufgeschlagen. Er murmelte: »Du darfst jetzt nicht zerfließen, Liebling, wie die arme Asenath Waite. Denk daran, daß du keine ausgefallenen Zahnreparaturen hast (jedenfalls weiß ich nichts davon), nach denen man dich einwandfrei identifizieren könnte.« Er blickte auf die andere Schulter: die *Wonder-Stories* und *Weird Tales*, die Schutzumschläge abgerissen, mit angeknickten Ecken, darauf Smiths *The Disinterment of Venus*. »Das ist ein viel schönerer Weg aus dieser Welt«, kommentierte er. »Nur rosiger Marmor unter den Würmern und dem Zerfall.«

Die Brust wurde von Mrs. Lettlands monumentalem Werk gebildet, das passenderweise bei jenem geheimnisvollen, provokativen und fundamentale Fragen aufwerfenden Kapitel *Die mystische Brust: Kalt wie ...* geöffnet war. Er dachte an das seltsame, spurlose Verschwinden dieser Feministen-Autorin in Seattle. Jetzt würde niemand mehr von ihr Antworten auf die Fragen bekommen.

Seine Finger strichen über die schlanke, schwarze, graugesprenkelte Taille, die von James' Geistergeschichten gebildet wurde – das Buch war einmal vom Regen völlig durchweicht worden, anschließend hatte er es – eine tropfnasse, verkrumpelte Seite nach der anderen – mühsam getrocknet. Er richtete sich ein wenig auf, rückte das gestohlene Adreßbuch (das die Hüften repräsentierte und noch immer bei der Hotel-Sektion aufgeschlagen war) zurecht, und sagte: »So, jetzt ist es etwas bequemer für dich. Weißt du, Liebling, du bist jetzt auf zweifache Weise 607 Rhodes«, und er fragte sich ohne wirkliches Interesse, was er damit meinte.

Er hörte, wie der Lift stoppte und seine Türen aufglitten, doch er hörte nicht, daß er sich wieder in Bewegung setzte. Er wartete angespannt, doch es klopfte nicht an seine Tür, kein Geräusch von Schritten, die sich näherten. Durch die Wand hörte er das leise Knarren einer widerspenstigen Tür, die langsam geöffnet und wieder geschlossen wurde. Und dann war es wieder still.

Er berührte das Buch *The Spider Glyph in Time*, das direkt unterhalb des Adreßbuches lag. Früher hatte sein ›Studentenliebchen‹ auf dem Bauch gelegen, das Gesicht ins Kissen gedrückt, jetzt lag sie auf dem Rücken. Er überlegte ein paar Sekunden lang (was hatte Lettland gesagt?), weshalb die äußeren weiblichen Genitalien oft als Spinne bezeichnet wurden. Wegen des gekrausten Haarbüschels? Wegen des Spalts, der sich vertikal öffnete, wie die Kiefer einer Spinne, und nicht waagerecht, wie die Lippen eines Menschen oder die Labia der Chinesinnen in den Seemanns-Legenden? Der alte, vom Fieber geschüttelte Santos-Lobos meinte, es ginge auf die weibliche Fähigkeit zurück, geduldig ein Netz zu spinnen.

Seine sanft streichelnden Finger glitten weiter, zu *Knochenmädchen in Pelz (mit Peitsche)* – noch mehr von dunkler Haarigkeit, jetzt jedoch die eines weichen Fells (oder weicher Felle, genaugenommen), das die Skelett-Mädchen umhüllte – und *Âmes et Fantômes de Douleur*, der andere Oberschenkel; de Sade (oder sein posthumer Plagiator), des Fleisches müde geworden, hatte sich wirklich Mühe gegeben, den Verstand schreien und die Engel schluchzen zu lassen; sollten die *Ghosts of Pain* nicht *The Agonies of Ghosts* heißen?

Dieses Buch, zusammen mit Sacher-Masochs *Knochenmädchen in Pelz (mit Peitsche)* ließ ihn daran denken, was für ein Reichtum an Tod sich hier unter seinen Händen befand. Lovecraft, der im Jahr 1937 ziemlich überraschend gestorben war, hatte bis zum letzten Atemzug gearbeitet und sogar von seinen letzten Empfindungen auf dem Sterbebett Aufzeichnungen gemacht. (Hat er dort Paramentale gesehen?) Smith war ein Vierteljahrhundert später langsamer abgetreten, nachdem sein Gehirn von einer Reihe kleiner Schlaganfälle stückweise zerstört worden war. Santos-Lobos war von seinem brennenden Fieber zu einem Stück denkender Schlacke verbrannt worden. Und war auch die spurlos verschwundene Lettland tot? Montague (dessen *White Tape* das linke Knie seines ›Studentenliebchens‹ bildete) war an einem Emphysem erstickt, während er noch die Fußnoten über unsere an sich selbst erstickende Kultur schrieb.

Tod und Todesangst! Franz dachte daran, wie sehr Lovecrafts *The Colour of Outer Space* ihn deprimierte, als er es in jungen Jahren zum ersten Mal gelesen hatte – das langsame Verfaulen des New England-Farmers und seiner ganzen Familie, die von Radioaktivität vom anderen Ende des Universums vergiftet worden waren. Doch gleichzeitig war er auch fasziniert gewesen. Was war denn diese ganze Literatur des übernatürlichen Horrors, wenn nicht ein Essay, um selbst den Tod noch aufregend zu machen? – Spannung und Abseitigkeit bis zum Ende.

Doch während diese Gedanken noch durch sein Gehirn zogen, spürte er, wie todmüde er war. Müde, deprimiert und morbide – die unangenehmen Aspekte seines Abendbewußtseins, die dunkle Seite der Münze.

Und um von der Dunkelheit zu sprechen, wo war der Platz unserer Herrin der Dunkelheit in dieser Geschichte? (*Suspiria de Profundis* bildete das andere Knie, und *De Profundis* die Wade. »Was hältst du von Lord Alfred Douglas, Liebling? Macht er dich an? Ich bin der Meinung, daß Oscar viel zu gut für ihn war.«) War der Fernsehturm, der dort im Dunkel der Nacht stand, ihre Statue? – Er war hoch genug dafür. War die Nacht ihr ›dreifacher Kreppschleier‹? und die neunzehn roten Lampen, von denen sechs regelmäßig blinkten, ›das wilde Licht, das Flackern des Schmerzes‹? Nun, er litt selbst genug, es würde für zwei ausreichen. Warum lachte sie nicht darüber? Komm, gute Nacht, und schlaf gut!

Er beeilte sich jetzt, sein ›Liebchen‹ zu Bett zu bringen. Professor Nostigs *The Subliminal Occult* (›Sie haben die Kirliansche Fotografie widerlegt, Doktor, aber ist Ihnen das auch bei den Paramentalen gelungen?), die Exemplare von *Gnostica* (irgendeine Verbindung zu Professor Nostig?), *The Mauritius Case* (hat Etzel Andergast in Berlin Paramentale gesehen? oder Waramme in Chicago?) *Hecate, or the Future of Witchcraft* von Yeats (›Warum hast du das Buch vernichten lassen, William Butler?‹) und *Reise ans Ende der Nacht* (›Und zu deinen Zehen, Liebling.‹). Er streckte sich müde neben ihr aus, noch immer hartnäckig wachsam für die geringsten verdächtigen Geräusche und Bewegungen. Er dachte daran, wie oft er zu ihr nach Hause gekommen war, wie zu einer wirklichen Frau oder Freundin, um bei ihr nach all den Anspannungen, Anforderungen und Gefahren des Tages (sie waren noch nicht vorbei!) Entspannung und Trost zu finden.

Ihm fiel ein, daß er wahrscheinlich noch rechtzeitig zum Fünften Brandenburgischen Konzert kommen würde, wenn er jetzt sofort aufspränge und sich beeilte, aber er war zu träge, um sich auch nur zu bewegen – um irgend etwas zu tun, außer wach und wachsam zu bleiben, bis Cal und Gun und Saul zurückkehrten.

Das Licht der Lampe am Kopfende des Bettes flackerte ein wenig, wurde trüber, flammte wieder hell auf, und wurde wieder dunkler, als ob die Birne gleich ausbrennen würde, aber er war zu müde, um aufzustehen und sie auszuwechseln, oder auch nur eine andere Lampe einzuschalten.

Außerdem wollte er sein Fenster nicht zu hell machen, falls etwas auf den Corona Heights lauerte (konnte sehr wohl jetzt dort sein, und nicht hier. Wer konnte das wissen?)

Er bemerkte ein fahles Glitzern an den Rändern des Fensters – der nach Westen wandernde Mond begann von oben hereinzulugen, bevor er hinter den Hügeln versank. Franz fühlte sich versucht, aufzustehen und einen letzten Blick auf den Fernsehturm zu werfen, dieser schlanken, tausend Fuß hohen Göttin gute Nacht zu sagen, auch sie zu Bett zu bringen, sein letztes Gebet zu sprechen, doch seine Müdigkeit hinderte ihn daran. Außerdem wollte er sich nicht den Corona Heights zeigen und war entschlossen, diesen dunklen Buckel nie wieder anzublicken.

Die Lampe am Kopfende des Bettes brannte wieder ruhig, aber, wie es ihm schien, etwas trüber als vor dem Flackern des Lichts, oder war es nur ein Schatten, den sein Abendbewußtsein warf?

Vergiß das jetzt! Vergiß alles! Die Welt war ein elender Ort. Diese Stadt war ein häßlicher Dschungel von miserablen Hochhäusern und aufdringlichen Wolkenkratzern. Alles war bei dem großen Beben von 1906 zusammengestürzt und verbrannt (zumindest alles in der Umgebung dieses Gebäudes), und sehr bald würde es wieder geschehen, und alle Papiere würden in die Aktenvernichtungsmaschine gefüttert werden, mit oder ohne Hilfe von Paramentalen. (Bewegte sich der Buckel von Corona Heights nicht schon jetzt?) Und der Rest der Welt war genauso schlecht; sie erstickte an ihrem eigenen Dreck, ertrank in chemischen und atomaren Giften, Detergenzien und Insektiziden, industriellen Abgasen und Abwässern, Smog, dem Gestank von Schwefelsäure, den Massen von Stahl, Zement, Aluminium und Plastik, dem omnipräsenten Papier, an Gas und Elektronenfluten – elektro-mephytisches Stadt-Material, in der Tat! Die Menschheit brauchte wirklich nicht die Paramentalen dazu, um ihre Welt zu zerstören. Sie war von Krebsgeschwüren überwuchert, wie die Farmerfamilie in Lovecrafts Story, die durch eine unbekannte Radioaktivität langsam zu Tode kam, die durch einen Meteor vom Ende der Welt auf die Erde verschleppt worden war.

Doch das war nicht das Ende. (Er rückte etwas näher zu seinem ›Liebchen‹.) Die elektro-mephytische Krankheit breitete sich aus, hatte sich bereits ausgebreitet (metastasiert), die ganze Welt ergriffen. Das Universum befand sich im letzten Stadium der Krankheit; er würde thermodynamisch sterben. Selbst die Sterne waren bereits infiziert. Wer dachte schon daran, daß diese kleinen, hellen Lichtpunkte irgendeine Bedeutung hatten? Was waren sie denn? Doch nur ein Schwarm phosphoreszierender Fruchtfliegen, die momentan zu einem völlig willkürlichen Muster um einen Müll-Planeten festgefroren waren?

Er versuchte, das Fünfte Brandenburgische Konzert, das Cal jetzt spielte, zu ›hören‹, diese unendlich variablen, unwahrscheinlich geordneten diamantenen Kaskaden von Klängen, die es zur Mutter aller Klavierkonzerte machten. Musik hat die Macht, die Dinge zu befreien, hatte Cal gesagt, sie fliegen zu lassen.

Vielleicht konnte sie diese Stimmung zerbrechen. Papagenos Glocken waren magisch – und ein Schutz gegen die Magie. Aber es war völlig still.

Welchen Sinn hatte das Leben überhaupt? Er hatte sich mühsam aus den Fesseln des Alkoholismus befreit, nur um dem Nasenlosen, jetzt mit einer neuen, länglichen Maske, erneut gegenüberzustehen. Jetzt hätte er gerne nach der Flasche gegriffen und einen Schluck von dem scharfen, beißenden Kirschwasser genommen, wenn er nicht zu müde gewesen wäre, um diese Anstrengung auf sich zu nehmen. Er war ein alter Narr, wenn er glaubte, daß Cal sich etwas aus ihm mache, genauso ein Narr wie Byers mit seiner chinesischen Bilateralen und seinen sexbesessenen Teenagern, seinem perversen Paradies von aufreizenden, schlankfingrigen, fummelnden Cherubims.

Franz' Blick wanderte zu Daisys Gesicht, von dunklem Haar umrahmt, das in Ölfarben gemalt auf ihn herabsah. In der verschobenen Perspektive wurden ihre Augen zu schmalen Schlitzen, und der Mund über dem in die Länge gezogenen, spitzen Kinn schien hämisch zu grinsen.

In diesem Augenblick begann er ein leises Kratzen in der Wand zu hören, wie von einer riesigen Ratte, die versuchte, sich möglichst lautlos durch das Mauerwerk zu graben. Aus welcher Tiefe kam das Kratzen? Er konnte es nicht feststellen. Wie waren die ersten Geräusche eines Erdbebens? – die leisen Vorboten der Katastrophe, die nur die Pferde und die Hunde wahrnehmen können? Noch ein letztes, lautes, energisches Kratzen – und dann Stille.

Er erinnerte sich an die Erleichterung, die er gefühlt hatte, als der wuchernde Krebs Daisys Gehirn lobotomisiert hatte und sie – angeblich – in einen Zustand bewußtseinslosen Vegetierens versank.

Die Lampe hinter seinem Kopf flammte hellgrün auf, begann zu flackern und erlosch. Er setzte sich mit einem Ruck auf, tat aber sonst nichts. Die Dunkelheit in dem Zimmer nahm Formen an wie aus den schwarzen Bildern der Hexenkunst, massenpsychotischer Wunder und olympischen Horrors, wie sie Goya im Alter allein für sich selbst gemalt hatte, ein überaus passender Heimschmuck. Er hob die rechte Hand und deutete mit dem Finger auf Fernandos jetzt unsichtbar gewordenen Stern an der Wand, dann ließ er die Hand wieder sinken. Ein kleines Schluchzen formte sich in seiner Kehle und erstickte wieder. Er drängte sich enger an sein ›Studentenliebchen‹, und seine Finger berührten ihre Lovecraft-Schulter. Er sagte sich, daß sie der einzige wirkliche Mensch war, den er hatte. Dunkelheit und Schlaf schlossen sich über ihm ohne einen Laut.

Zeit verging.

Franz träumte von völliger Dunkelheit und von einem lauten, weißen, knatternden, reißenden Geräusch, als ob eine endlose Bahn Zeitungspapier zusammengeknüllt und Dutzende von Büchern gleichzeitig zerrissen und ihre steifen Einbanddeckel zerhackt und zermalmt werden würden – ein Papier-Pandämonium.

Aber vielleicht gab es dieses mächtige Geräusch gar nicht? (Es war nur die Zeit, die ihre Kehle freiräusperte), denn kurz darauf glaubte er, in zwei Zimmern gleichzeitig zu erwachen; in diesem und einem anderen, das es überlagerte. Er versuchte, die beiden Räume zu einem verschmelzen zu lassen. Daisy lag ruhig neben ihm. Sie beide, er und sie, waren sehr, sehr glücklich. Sie hatten am Abend zuvor lange miteinander gesprochen, und es war alles gut. Ihre schlanken, seidigen Finger fuhren über seine Wangen, seinen Hals.

Mit einem kalten Schauder kam ihm plötzlich der Verdacht, daß sie tot war. Die streichelnden Finger fuhren beruhigend über seine Wangen. Nein, Daisy war nicht tot, sie war nur sehr krank. Sie war am Leben, aber in einem vegetabilen Zustand, barmherzigerweise von ihrer tödlichen Krankheit betäubt. Entsetzlich, und doch war es immer noch ein Trost, neben ihr liegen zu können. Wie Cal war sie noch so jung, selbst in diesem Halb-Tod. Ihre Finger waren so schlank und seidig-trocken, so kräftig, als sie jetzt zugriffen – und es waren keine Finger, sondern drahtige, schwarze Ranken, die aus ihrem Schädel wuchsen, in dichten Büscheln aus seinen Öffnungen sprossen, aus dem dreieckigen Loch unter dem Nasenbein, wie Tentakel unter ihren Zähnen hervorquollen, wie Gras aus einem Riß im Straßenpflaster aus ihrem fahlbraunen Cranium wucherten und die *coronalen* Nähte auseinanderrissen.

Franz fuhr auf, fast von seinen Gefühlen erstickt. Sein Herz hämmerte, und kalter Schweiß perlte auf seiner Stirn.

28

Mondlicht fiel durch das Fenster, warf einen langen, sargförmigen Schein auf den Teppichboden hinter dem Kaffeetisch und ließ den Rest des Raums durch die Konstrastwirkung noch dunkler erscheinen.

Er war völlig angezogen, seine Füße schmerzten in den Schuhen.

Er erkannte mit überwältigender Dankbarkeit, daß er wach war, daß Daisy und der vegetative Horror, der sie zerstört hatte, verschwunden waren, verweht wie Rauch.

Er stellte fest, daß er sich all des Raums, der um ihn war, akut bewußt wurde: der kalten Luft an Gesicht und Händen, der Ecken seines Zimmers, des Spalts zwischen den beiden Hochhäusern, der Tiefe von sechs Stockwerken, die zwischen seinem Fenster und der Straße lagen, des siebenten Stockwerks und des Dachs über ihm, der Halle auf der anderen Seite der Wand, hinter dem Kopfteil seines Bettes, der Besenkammer hinter der Wand, an der Daisys Porträt hing, über Fernandos Stern, und des Lüftungsschachts hinter der Besenkammer.

Und alle anderen Gefühle und Gedanken schienen genauso lebhaft und ursprünglich. Er sagte sich, daß er sein Morgenbewußtsein wiedererlangt hatte, vom Schlaf reingespült, frisch wie kühle Seeluft. Wie wunderbar! Er hatte die ganze Nacht durchgeschlafen (hatten Cal und die beiden Männer leise angeklopft und waren dann verständnisvoll grinsend wieder gegangen?) und war nun vielleicht eine Stunde vor Tagesanbruch aufgewacht, zu Beginn der langen, astronomischen Dämmerung, einfach, weil er zu früh eingeschlafen war. Ob Byers auch so gut geschlafen hatte? – Er bezweifelte es, selbst nicht mit seinen mager-schlanken, dekadenten Gespielinnen.

Doch dann realisierte er, daß noch immer Mondlicht ins Zimmer fiel, wie um die Zeit, als er eingeschlafen war, und das bewies, daß er höchstens eine Stunde geschlafen haben konnte.

Seine Haut begann ein wenig zu prickeln, die Beinmuskeln spannten sich an, alle Lebensfunktionen seines Körpers waren beschleunigt, wie in Erwartung von... er wußte nicht, in Erwartung wessen.

Er fühlte eine paralysierende Berührung im Nacken. Dann fuhren die dünnen, trockenen Ranken – so fühlte es sich an – aber es waren jetzt weniger als in seinem Traum – leise raschelnd durch seine vor Angst gesträubten Haare, an seinem Ohr vorbei über die rechte Wange zum Kinn. Die Ranken wuchsen aus der Wand... nein... es waren keine Ranken, es waren die Finger der schmalen rechten Hand seines ›Studentenliebchens‹, die sich aufgerichtet hatte und jetzt nackt neben ihm saß, eine große, fahle Gestalt, deren Gesicht in dem unsicheren Licht unkenntlich blieb. Es war aristokratisch länglich, genau wie ihre Kopfform (schwarzes Haar?), darunter ein schlanker Hals, breite Schultern, schmale Hüften, und lange, lange Beine – die ihn stark an den skelettartigen Fernsehturm erinnerten, einen sehr viel schlankeren Orion (in dem Rigel als Fuß diente und nicht als Knie).

Die Finger ihrer rechten Hand – sie hatte ihren nackten Arm jetzt um seine Schultern gelegt – krochen über Wange und Kiefer auf seine Lippen zu, während sie sich umwandte und ihr Gesicht dem seinen näherte.

Es war noch immer unkenntlich, anonym im Dunkel, doch unwillkürlich formte sich in seinem Gehirn die Frage, ob die Hexe Asenath (Waite) Derby ihren Ehemann Edward Derby mit einem so intensiven Blick angesehen hatte, als sie zusammen im Bett waren und der alte Ephraim

Waite (Thibaut de Castries?) gemeinsam mit ihr aus ihren hypnotisierenden Augen starrte.

Sie lehnte ihr Gesicht noch näher zu dem seinen, und die Finger ihrer rechten Hand krochen sanft, doch bedrängend höher, zu seinen Nasenlöchern, seinen Augen, und aus dem Dunkel zu ihrer linken Seite hob sich die andere Hand an ihrem schlangenschlanken Arm und näherte sich ebenfalls seinem Gesicht. Alle ihre Bewegungen waren elegant und ästhetisch.

Er fuhr zurück, wehrte ihre Berührung mit der linken Hand ab und schnellte sich mit der rechten und beiden Beinen über den Kaffeetisch, der dabei umgerissen wurde und alles, was auf seine Platte gehäuft war, polternd und krachend und splitternd – die Gläser, die Flasche und den Feldstecher – mit ihm zu Boden stürzte, wo er inmitten der Trümmer am Rand des sargförmigen Lichtrechtecks liegenblieb; nur sein Kopf befand sich im Dunkel. Unmittelbar vor seinem Gesicht lagen der große Aschenbecher, der seinen überquellenden Inhalt von Asche und Zigarettenstummeln verstreut hatte, und die ausrinnende Flasche Kirschwasser, und er atmete stinkenden Tabakteer und beißende, bittere Alkoholdämpfe ein. Er fühlte die harten Konturen der Schachfiguren unter sich. Er riß den Kopf herum und starrte in panischer Angst zu dem Bett, das er eben verlassen hatte, doch er sah nur Dunkel.

Doch dann erhob sich aus dem Dunkel, doch nicht sehr hoch, die große, fahle Gestalt seines ›Studentenliebchens‹. Sie schien umherzublicken, zu wittern wie ein Mungo oder ein Wiesel, ihr Kopf auf dem schlanken Hals nickte nach dieser und jener Richtung; und dann kam sie mit schlängelnden, eiligen Bewegungen, die ein entnervendes, trocken-raschelndes Geräusch verursachten, auf ihn zu – über den umgestürzten Tisch und all das auf dem Boden verstreute Chaos – ihre langfingerigen Hände an den drahtigen, bleichen Armen weit vorgestreckt. Und während er noch versuchte, auf die Beine zu kommen, packten sie ihn mit einem erschrekkend kräftigen Griff an Schulter und Hüfte, und in derselben Sekunde zuckte eine Verszeile durch sein Gehirn: ›Geister sind wir, doch mit Skeletten aus Stahl.‹

Mit einer aufwallenden Kraft, die aus Todesangst geboren wurde, riß er sich los, befreite sich aus den Zangen der Hände. Doch sie hatten immerhin verhindert, daß er auf die Beine kam. Er hatte sich herumwerfen müssen, lag nun am Rand des hellen Rechtecks auf dem Rücken und strampelte und stieß mit Armen und Beinen.

Papiere und Schachfiguren und der Inhalt des Aschenbechers wurden noch weiter verstreut. Ein Weinglas zersplitterte, als er mit dem Absatz dagegentrat. Das ebenfalls zu Boden gefallene Telefon begann zu fiepen wie eine wütend pedantische Maus, von der Straße kam das Jaulen einer

Sirene, und es klang, als ob ein Hund gequält würde, er hörte ein lautes reißendes Geräusch, wie in seinem Traum – die verstreuten Papiere wirbelten durcheinander und hoben sich, anscheinend in kleinen Fetzen, ein wenig vom Boden – und durch dieses Pandämonium hörte er ein ersticktes, kehliges, heiseres Schreien – sein eigenes.

Sein ›Studentenliebchen‹ trat mit wiegenden, schlängelnden Bewegungen ins Mondlicht. Ihr Gesicht blieb nach wie vor im Schatten, doch er konnte jetzt erkennen, *daß ihr schlanker, breitschulteriger Körper allein aus in Fetzen gerissenem, fest zusammengepreßtem Papier bestand,* das zu einem fahlen Braun vergilbt war, als ob es die Seiten aller alten Zeitschriften und Bücher wären, die ihren Körper auf dem Bett geformt hatten, und um ihr verschattetes Gesicht hing schwarzes Haar (die zerfetzten Bücherrücken?). Ihre drahtigen Glieder schienen aus fest zusammengedrehtem und zusammengeflochtenem fahlbraunem Papier zu bestehen; die langen Beine trugen sie mit beängstigendem Tempo auf ihn zu, die Arme schlangen sich um ihn, warfen ihn auf den Rücken, hielten seine Arme fest (und die langen Beine umklammerten die seinen), obwohl er verzweifelt um sich stieß, und, völlig ausgepumpt von seinem Schreien, nur noch keuchte und stöhnte.

Dann wandte sie den Kopf, und Mondlicht fiel auf ihr Gesicht. Es war lang, spitz zulaufend, erinnerte an einen Fuchs oder ein Wiesel, und war, wie ihr Körper, aus fest zusammengepreßtem Papier geformt, das jedoch hier von einer weißen Schicht bedeckt wurde (das Reispapier?) und überall kleine, unregelmäßige schwarze Flecken zeigte (Thibauts Tinte?). Das Gesicht hatte keine Augen, obwohl es in sein Gehirn und in sein Herz zu starren schien. Es hatte keine Nase. (War *dies* der Nasenlose?) Es hatte keinen Mund – doch dann begann das lange Kinn zu zittern und hob sich ein wenig, wie die Schnauze eines Tiers, und er sah, daß es unten eine rüsselartige Öffnung hatte.

Er wußte plötzlich, daß *dies* unter den losen Roben und schwarzen Schleiern von de Castries' geheimnisvoller Lady gesteckt hatte, die ihm selbst bis zum Grab gefolgt war, kompakte Intellektualität, nur Papier (›ein Studentenliebchen‹ im wahrsten Sinne des Wortes!), die Königin der Nacht, die Gestalt auf dem Gipfel, das Ding, das selbst Thibaut de Castries gefürchtet hatte. Unsere Mater Tenebarum, Mutter der Finsternis, Herrin der Dunkelheit.

Die Kabelstränge der geflochtenen Arme und Beine preßten sich immer enger an ihn, und das Gesicht, das jetzt wieder im Schatten war, näherte sich lautlos dem seinen. Und Franz konnte nichts weiter tun, als seinen Kopf zur Seite drehen.

Der Gedanke an das Verschwinden der alten Taschenbücher zuckte durch sein Gehirn, und er wußte jetzt, daß sie, zu kleinen Fetzen zerrissen, das Rohmaterial für die fahlbraune Gestalt geliefert haben mußten, die er zweimal von den Corona Heights aus in seinem Fenster gesehen hatte.

Er sah in der dunklen Zimmerdecke, oberhalb der sich herabsenkenden Schnauze, einen kleinen Fleck sanfter, harmonischer, geisterhafter Farben – das Pastell-Spektrum des Mondlichts, von einem seiner im hellen Rechteck am Boden liegenden Prismen an die Decke geworfen.

Das trockene, rauhe, harte Gesicht preßte sich gegen das seine, verschloß ihm den Mund, drückte seine Nasenlöcher zusammen; die Schnauze grub sich in seinen Hals. Er fühlte ein erdrückendes, unerträglich schweres Gewicht auf sich lasten. (Der Fernsehturm und die Trans-America-Pyramide! Und die Sterne?) Und in Mund und Nase den knochentrockenen, bitteren Staub von Thibaut de Castries.

In diesem Augenblick strömte helles, weißes Licht ins Zimmer, und als ob man ihm ein sofort wirkendes Stimulans injiziert hätte, gelang es ihm, sein Gesicht von dem runzeligen Horror wegzudrehen und seinen Körper halb herumzuwerfen.

Die Tür zum Korridor war weit geöffnet, im Schloß steckte ein Schlüssel, und Cal stand auf der Schwelle, den Rücken an den Türrahmen gelehnt, ihre Hand am Lichtschalter. Sie keuchte, als ob sie rasch gelaufen wäre. Sie trug noch immer das weiße Abendkleid, das sie bei ihrem Konzert angehabt hatte, darüber einen schwarzen Samtmantel, der offen hing. Sie blickte über und hinter ihn, und auf ihrem Gesicht stand ein Ausdruck ungläubigen Entsetzens. Dann fiel ihre Hand vom Lichtschalter, ihre Knie knickten ein, und sie sank lautlos zusammen. Ihr Rücken blieb gegen den Türrahmen gelehnt, die Schultern zurückgenommen, das Kinn erhoben, und ihre von Angst erfüllten Augen blinzelten nicht ein einziges Mal. Als sie auf ihren Fersen hockte, wie ein afrikanischer Medizinmann, öffnete sie ihre Augen vor gerechter Wut noch weiter; sie nahm das Kinn an die Brust, ein harter, gehässiger Ausdruck trat auf ihr Gesicht, und sie sagte mit einer Stimme, wie sie Franz noch nie gehört hatte:

»Im Namen von Bach, Mozart und Beethoven, im Namen von Pythagoras, Newton und Einstein, bei Bertrand Russell, William James und Eustace Hayden, weiche! Alle unharmonischen und nichtgeordneten Gestalten und Kräfte, verschwindet sofort!«

Während sie sprach, hoben sich alle Papiere um Franz (jetzt konnte er sehen, daß sie *wirklich* zu Fetzen zerrissen waren), knisternd und raschelnd vom Boden auf, die harten Klammergriffe um seine Arme und Beine lösten sich, so daß er langsam auf Cal zukriechen konnte, wobei er mit seinen halbfreien Armen und Beinen um sich stieß. Mitten in Cals gewalttätigem Exorzismus begannen die fahlbraunen Papierfetzen plötzlich wild umherzuwirbeln und schienen sich zu verzehnfachen. Das

Gewicht hob sich ganz von ihm, und er war frei, so daß er schließlich durch einen dichten Papier-Schneesturm auf Cal zukroch.

Die unzählig scheinenden Schnipsel sanken raschelnd um ihn herum zu Boden. Er legte den Kopf in Cals Schoß (sie saß aufgerichtet auf der Türschwelle) und lag eine Weile so, keuchend, einen Arm um ihre Taille geschlungen, und fühlte Cals Finger beruhigend über seine Wange streichen, während die andere Hand braune Papierschnipsel von seiner Jacke zupfte.

29

Franz hörte Gun aufgeregt rufen: »Cal, ist alles in Ordnung? Franz!«

Dann Saul: »Was, zum Teufel, ist mit seinem Zimmer passiert?«

Dann wieder Gun: »Mein Gott! Es sieht aus, als ob seine ganze Bibliothek durch den Destroysit gejagt worden wäre!«

Franz sah von den beiden nicht mehr als Schuhe und Beine. Komisch. Neben ihnen war noch ein drittes Paar – braune, ziemlich kleine Schuhe, darüber braune Denim-Hosenbeine. Natürlich Fernando!

Entlang dem Korridor wurden Türen aufgerissen, Köpfe herausgestreckt. Die Türen des Lifts glitten auf, und Dorotea und Bonita traten heraus; ihre Gesichter waren besorgt und gespannt. Doch was Franz bemerkte, und was seinen Blick und sein Interesse besonders fesselte, weil es ihn irritierte und wunderte, war ein Stapel verstaubter Wellpappkartons, der gegenüber vom Besenschrank entlang der Wand sauber aufgeschichtet war, und daneben standen drei alte Koffer und ein kleiner Schrankkoffer.

Saul hatte sich neben ihn gekniet, fühlte mit professioneller Kompetenz seinen Puls, zog ein Augenlid hoch und kontrollierte die Pupillenreflexe, ohne ein Wort zu sagen. Als er fertig war, nickte er Cal beruhigend zu.

Franz blickte ihn fragend an. Saul lächelte und sagte: »Weißt du, Franz, Cal ist nach dem Konzert hinausgestürmt wie eine Fledermaus aus der Hölle. Sie hat sich eben noch mit den anderen Solisten verbeugt und gewartet, bis auch der Dirigent seinen Diener gemacht hatte, aber dann riß sie ihren Mantel vom Haken – sie hatte ihn während der zweiten Pause hinter die Bühne gebracht, nachdem ich ihr deine Nachricht übermittelt hatte – und rannte einfach durch den Zuschauerraum nach draußen. Du hast vielleicht geglaubt, daß *du* die Leute geschockt hast, als du gleich nach Beginn des Konzerts aufgestanden und gegangen bist. Glaube mir, das war gar nichts im Vergleich dazu, wie Cal sie geschockt hat, als sie sich rücksichtslos zum Ausgang drängte! Als wir sie endlich wieder eingeholt hatten, hielt sie gerade ein Taxi an, indem sie einfach auf die Straße und vor den Kühler lief. Wenn wir nur um ein paar Sekunden langsamer gewesen wären, hätte sie uns glatt abgehängt. Aber da wir es gerade noch geschafft hatten, gönnte sie uns widerwillig die Zeit, die wir brauchten, um uns in das Taxi zu quetschen.«

»Und dann hängte sie uns wieder ab«, nahm Gun den Faden auf, »als wir vor dem Haus hielten und jeder von uns glaubte, der andere würde das Taxi bezahlen, und der Fahrer schrie hinter uns her, und wir beide gingen wieder zurück.« Er stand dicht hinter der Schwelle, am Rand der großen Wehe aus zerfetztem Papier. »Als wir ins Foyer kamen, hörten wir sie die Treppe hinauflaufen, weil es ihr zu lange dauerte, auf den Lift zu warten. Inzwischen war der Lift unten, und wir fuhren mit ihm hinauf, aber sie hatte uns trotzdem wieder geschlagen. Sag mal, Franz« – er deutete mit dem Finger auf die Wand – »wer hat den großen Stern dort gemalt?«

Bei diesen Worten sah Franz, wie die kleinen, braunen Schuhe mit festen Schritten vortraten und Papierschnipsel zur Seite stießen. Wieder schlug Fernando an die Wand über dem Bett, als ob er damit Aufmerksamkeit fordern wollte, und sagte dann mit Bestimmtheit: »*Hechiceria occultado en muralla!*«

»Hexenkunst, in der Wand versteckt«, übersetzte Franz, wie ein Kind, das beweisen will, daß es ihm wieder gut geht. Cal legte ihm einen Finger auf die Lippen, um ihm zu sagen, daß er sich ausruhen solle.

Fernando hob einen Finger, als ob er ankündigen wollte: ›Ich werde demonstrieren‹, kam zurück und ging an Cal und Franz vorbei aus der Tür. Er ging rasch den Korridor entlang, an Dorotea und Bonita vorbei, blieb vor der schwarzen Tür der Besenkammer stehen und wandte sich um. Gun, der ihm neugierig gefolgt war, blieb ebenfalls stehen.

Der dunkelhaarige Peruaner deutete auf die verschlossene Tür, dann auf die sauber aufgeschichteten Wellpappkartons, und dann machte er ein paar Schritte mit vorgestreckten Armen und leicht angewinkelten Knien (›Ich habe sie herausgeholt. Ich bin dabei sehr leise gewesen.‹), zog einen Schraubenzieher aus der Hosentasche, steckte ihn in das vierkantige Loch, in dem früher der Drücker gewesen war, drehte ihn ein wenig, riß die Tür auf und trat mit einem triumphierenden Grinsen zur Seite.

Gun trat neben ihn, blickte in den kleinen Raum und berichtete Cal und Franz: »Er hat ihn völlig ausgeräumt. Mein Gott, der Staub liegt hier fingerdick. Da ist sogar ein winziges Fenster. Jetzt kniet er auf der anderen Seite der Wand, gegen die er eben mit der Faust geschlagen hat. Ich sehe eine kleine Nische, eine rechteckige Vertiefung im unteren Teil der Wand. Mit einer Tür verschlossen. Ein Sicherungskasten? Eine Ablage für Reinigungsmittel? Ich weiß es nicht. Jetzt versucht Fernando, sie mit dem Schraubenzieher aufzubrechen. Verdammt!«

Er trat zurück, um Fernando Platz zu machen, der mit einem triumphierenden Grinsen heraustrat, ein ungewöhnlich großformatiges, ziemlich dünnes, graues Buch an die Brust gedrückt. Er kniete sich neben Franz auf den Boden, schlug es mit einer dramatischen Geste auf und streckte es ihm entgegen. Eine kleine Staubwolke wirbelte auf.

Die beiden Seiten, die Fernando rein zufällig aufgeschlagen hatte, waren vom oberen bis zum unteren Rand Zeile an Zeile mit einer sauberen, doch verworrenen Schrift bedeckt: astronomische und astrologische Zeichen und andere kryptische Symbole, erkannte Franz.

Er streckte seine leicht zitternde Hand danach aus, riß sie dann aber wieder zurück, als ob er Angst hätte, sich die Finger zu verbrennen.

Er hatte erkannt, daß die schwarze Tinte und die Handschrift die gleichen waren, die den Fluch geschrieben hatten.

Es mußte das Fünfzig-Buch sein, die Grand Cipher, die in *Megapolisomancy* und in Smiths Journal (B) erwähnt wurde – die Kladde, die Smith einmal gesehen hatte, und die ein wichtiger Bestandteil (A) des Fluchs war und vor fast vierzig Jahren von dem alten Thibaut de Castries versteckt worden war, um ihre Aufgabe zu erfüllen beim Drehpunkt (0) in – Franz erschauerte und warf einen raschen Blick auf die Nummer an seiner Wohnungstür – 607 Rhodes.

30

Am nächsten Tag verbrannte Gun die Grand Cipher auf Franz' hartnäckiges Drängen hin, dem sich Cal und Saul anschlossen, aber erst, nachdem er alle Seiten auf Mikrofilm abgelichtet hatte. Seitdem hat er sie immer wieder in seine Computer gesteckt und von mehreren Semantikern und Linguisten untersuchen lassen, ohne jedoch den geringsten Fortschritt beim Brechen ihres Codes zu erzielen, falls es einen Code geben sollte. Vor kurzem hatte er den anderen erklärt: »Es hat fast den Anschein, als ob Thibaut de Castries hier eine Art mathematisches Irrlicht geschaffen hat – eine Zusammenstellung völlig unzusammenhängender Zahlen.« Es stellte sich heraus, daß das Buch genau fünfzig verschiedene Symbole enthielt. Cal wies darauf hin, daß fünfzig die Gesamtzahl der Gesichter aller fünf pythagoräischen oder platonischen Körper war. Aber als sie gefragt wurde, welche Bedeutung das im Zusammenhang mit de Castries' Buch haben könnte, zuckte sie nur die Achseln.

Anfangs hatten Gun und Saul sich ernsthaft gefragt, ob Franz nicht vielleicht in einer Art vorübergehendem psychotischem Anfall seine Bücher und Papiere selbst zerrissen hatte. Aber dann sahen sie ein, daß das unmöglich war, vor allem in so kurzer Zeitspanne. »Das Zeug ist fast zu Konfetti zerfetzt worden.«

Gun hatte einiges von dem seltsamen Konfetti als Muster aufgehoben – ›unregelmäßig geformte Fetzen, durchschnittlicher Querschnitt drei Millimeter, nicht die geringste Ähnlichkeit mit dem Abfall aus einer Aktenvernichtungsmaschine‹. (Und das schien den Verdacht zu widerlegen, daß Guns Aktenfresser oder irgendein supersubtiles italienisches Modell irgendeine Rolle gespielt haben mochten.)

Gun nahm auch Franz' Fernglas auseinander (unter Hinzuziehung seines optisch versierten Freundes, der unter anderem den berühmten Kristall-Schädel untersucht und als Schwindel entlarvt hatte), doch sie konnten keine Spur irgendeiner Manipulation feststellen. Der einzige bemerkenswerte Umstand war die Gründlichkeit, mit der die Linsen und Prismen zertrümmert worden waren.

Gun fand einen Fehler in dem detaillierten Bericht, den Franz ihm übergeben hatte. »Man kann im Mondlicht keine Spektralfarben sehen«, korrigierte er. »Die Retina des menschlichen Auges ist dazu nicht empfindlich genug.«

Franz erwiderte ein wenig scharf: »Die meisten Menschen können auch niemals den grünen Blitz der untergehenden Sonne sehen. Aber doch ist er manchmal da.«

Sauls Kommentar dazu: »Ihr könnt mir glauben, daß in jeder Bemerkung von Verrückten ein Körnchen Wahrheit steckt.«

»Von Verrückten?«

»Wir alle sind verrückt.«

Er und Gun leben nach wie vor in der 811 Geary Street. Sie haben keine weiteren paramentalen Phänomene erlebt – jedenfalls bis jetzt nicht.

Auch die Luques leben noch dort. Dorotea bewahrt die Existenz der Besenkammer als streng gehütetes Geheimnis, besonders vor dem Eigentümer von 811. »Er versuchen, sie zu vermieten, wenn davon wüßte.«

Fernandos Schilderung, wie sie schließlich von ihr und Cal interpretiert und übersetzt wurde, war enttäuschend einfach: Er hatte die verschlossene Nische im unteren Wandteil der Besenkammer entdeckt, als er die dort abgestellten Kartons umgeräumt hatte, um Platz für weitere zu schaffen, und diese Entdeckung war fest in seiner Erinnerung haften geblieben (*misterioso!*), so daß sie ihm sofort wieder einfiel, als ›Mistah Jueстón‹ von Spuk heimgesucht wurde und er einfach einer spontanen Eingebung folgte. In der Nische waren, wie er an mehreren Flecken an ihren Rändern festgestellt hatte, Putzmittel für Möbel und Messing und Schuhcremes aufbewahrt worden, doch seit fast vierzig Jahren allein das Fünfzig-Buch.

Die drei Luques und die anderen (zusammen mit Guns und Sauls Freundinnen waren es neun – genau die richtige Zahl für eine römische Party, bemerkte Franz) unternahmen schließlich den lange geplanten

Picknick-Ausflug nach Corona Heights. Gunnars Freundin Ingrid war genauso groß und blond wie er, arbeitete bei der Umweltschutz-Gesellschaft und behauptete, von dem Junior-Museum stark beeindruckt zu sein. Sauls Mädchen hieß Joey und war eine kleine, zierliche Rothaarige, die am Stadttheater arbeitete. Die Corona Heights sahen jetzt völlig verändert aus, nachdem die Winterregen die kahlen Hänge mit frischem Grün bedeckt hatten. Und doch gab es eine überraschende Erinnerung an Franz' frühere Besuche. Sie entdeckten die beiden kleinen Mädchen mit ihrem Bernhardiner. Franz wurde bei der unverhofften Begegnung ein wenig blaß, fing sich aber rasch wieder. Bonita spielte eine Weile mit ihnen und behauptete höflicherweise, daß es ihr Spaß mache. Alles in allem wurde es ein hübscher Nachmittag, aber niemand setzte sich auf den Bischofssitz oder suchte zu seinen Füßen nach Spuren einer alten Begräbnisstätte. Franz bemerkte später: »Manchmal glaube ich, daß die strikte Anweisung, alte Knochen nicht wieder auszugraben, die Wurzel aller übersinn ... aller übernatürlichen Phänomene ist.«

Er versuchte, sich erneut mit Jaime Byers in Verbindung zu setzen, doch er war telefonisch nie erreichbar, und Franz' Briefe blieben unbeantwortet. Später erfuhr er, daß sich der wohlhabende Dichter und Essayist zusammen mit Fa Lo Suee (und wahrscheinlich auch Shirley Soames) auf eine ausgedehnte Weltreise begeben hatte.

»Irgend jemand tut das immer nach dem Ende einer übernatürlichen Horror-Story«, bemerkte er trocken, mit etwas gezwungenem Humor. »*Der Hund von Baskerville*, et cetera, et cetera. Ich hätte wirklich gerne gewußt, wer seine Quellen waren, ich meine außer Klaas und Ricker. Aber vielleicht ist es besser, wenn ich meine Nase nicht mehr in diese Sache stecke.«

Er und Cal teilen sich jetzt ein Apartment auf dem Nob Hill, und obwohl sie nicht verheiratet sind, schwört Franz, daß er nie wieder allein leben würde. Er hatte nach jenem entsetzlichen Erlebnis nie wieder in Apartment 607 geschlafen, nicht eine einzige Nacht.

Was Cal in jener Nacht hörte und sah (und tat) beschrieb sie so: »Als ich die Treppe hinauflief und den dritten Stock erreichte, hörte ich Franz schreien. Ich hatte den Schlüssel zu seinem Apartment schon in der Hand. Als ich die Tür aufstieß, sah ich all diese Papierschnitzel um ihn herumwirbeln, wie in einer Windhose. Und im Zentrum dieses Wirbels umklammerten sie ihn und bildeten eine Art rohen, dünnen Pfahl mit einer grauenhaften Spitze. In meiner Angst sagte ich irgend etwas, das mir gerade einfiel. Der Pfahl zerplatzte wie eine mexikanische *piñata* und wurde Teil des Papierwirbels, der dann sehr rasch in sich zusammenfiel. Die Schnitzel lagen in einer mehrere Zoll dicken Schicht auf dem Boden. Sobald ich Franz' Nachricht von Saul erhalten hatte, wußte ich, daß ich so rasch wie möglich zu ihm mußte, aber ich konnte erst nach dem Brandenburgischen fort.«

Franz ist überzeugt, daß das Fünfte Brandenburgische Konzert ihn irgendwie gerettet hat – Bachs Konzert und Cals rasches Handeln. Aber über das Wie hat er nicht einmal eine plausible Theorie. Cal sagte nur: »Ich glaube, es ist ein Glücksumstand, daß Bach einen mathematischen Verstand hatte, und daß Pythagoras musikalisch war.«

Einmal, in einer nachdenklichen Stimmung, spekulierte sie: »Weißt du, die vielen Gaben und Talente, die man der Geliebten von de Castries' Vater (und auch Thibauts verschleierter Lady) zugeschrieben hat, würden ziemlich genau denen eines Wesens entsprechen, das zur Gänze aus zerfetzten, vielsprachigen, okkulten Büchern bestünde: ein erstaunlich großes Repertoire von Sprachen, ein fast unbegrenztes Wissen um alles Übernatürliche, Unheimliche, gründliche sekretariale Fähigkeiten, die Tendenz, auseinanderzubersten wie eine Papierpuppe, und die Instinkte eines erbarmungslosen nächtlichen Raubtiers, jedoch mit einem Wissen, das bis in die Zeit des alten Ägypten zurückreicht, erotische Virtuosität (darauf bin ich ein wenig eifersüchtig), fundierten Kenntnissen in Kultur und Kunst...«

»Viel zuviel für meinen durchschnittlichen Verstand«, unterbrach sie Franz schaudernd.

Aber Cal sprach unbeirrt weiter, ein wenig maliziös. »Und dann deine Angewohnheit, sie sehr zärtlich von Kopf bis Fuß zu streicheln und ihr vor dem Einschlafen Liebesworte zuzuflüstern. Kein Wunder, daß sie Feuer fing!«

»Ich habe immer gewußt, daß man uns eines Tages miteinander erwischen würde.« Er versuchte, das Gespräch mit einem Scherz zu entschärfen, doch seine Hand zitterte ein wenig, als er sich eine Zigarette anzündete.

Eine ganze Weile achtete Franz sehr genau darauf, kein einziges Buch und keine Zeitschrift oder Zeitung auf dem Bett liegen zu lassen. Neulich jedoch entdeckte Cal drei Bücher, die in einer unordentlichen Reihe hintereinander auf der linken, der Wand zugekehrten Seite des Bettes lagen. Sie nahm sie nicht fort, doch sie sprach mit ihm darüber.

»Ich weiß nicht, ob ich es noch einmal schaffen würde«, sagte sie. »Also sieh dich vor!«

JOHN SAUL
Nathaniel

PROLOG

Die Nacht brach herein wie etwas Lebendiges, ihre warme Feuchtigkeit durchtränkte das Haus mit einer bedrückenden Stimmung, die auf das Mädchen, das in dem kleinen vorderen Wohnzimmer saß, bedrohlich wirkte. Es lag etwas in der Luft, das sie beinahe mit den Händen greifen konnte; und während sie dasaß und wartete, überkam sie eine Gänsehaut mit diesem eigentümlichen Kribbeln, das sie im Spätsommer immer befiel. Sie rutschte unruhig auf dem Mohairsofa hin und her, aber es half nichts – ihr Baumwollkleid klebte an ihr fest wie nasses Zellophan.

Draußen wurde der Wind stärker, und einen Moment lang verspürte das Mädchen Erleichterung. Zum erstenmal seit Stunden war die zornige Stimme ihres Vaters verstummt, vom Wind überdeckt, so daß sie, wenn sie sich große Mühe gab, beinahe so tun konnte, als sei sie ein Teil des aufkommenden Sturms und nicht ein Beweis für die Raserei ihres Vaters und das Entsetzen ihrer Mutter.

Dann erschien die Gestalt ihres Vaters drohend in der Tür, seine Augen stechend, sein Zorn plötzlich gegen sie gerichtet. Sie duckte sich auf dem Sofa zusammen – vielleicht würde er sie nicht sehen, wenn sie sich ganz klein machte.

»In den Keller«, sagte ihr Vater mit leiser, aber nicht weniger drohender Stimme. »Ich hab' gesagt, du sollst in den Keller gehen.«

»Vater –«

»Sturm kommt auf. Im Keller bist du sicherer. Jetzt geh!«

Zögernd stand das Kind auf und drängte sich an ihm vorbei zur Küchentür, blinzelte einmal mit den Augen und verließ ihren Vater, wie er sich zornig umblickte und die Tür hinter sich musterte, die Tür des Zimmers, in dem ihre Mutter mit den Wehen kämpfte. »Sie wird durchkommen«, sagte er.

Nicht aus Erleichterung, sondern in dem Wissen, daß Widerspruch die Wut ihres Vates nur vergrößern würde, nahm das Mädchen eine Jacke vom Haken und mühte sich mit den Armen durch die verdrehten Ärmel. Dann verließ sie das Haus, mit dem rechten Arm sich die Augen vor dem brausenden Wind schützend, und hastete über den Hof zu dem sturmsicheren Keller, der schon vor vielen Jahren aus dem unnachgiebigen Prärieboden ausgehoben worden war. Einmal blickte sie mit zusammengekniffenen Augen in den beißenden Staubwirbel hinein. In der Ferne sah sie gerade noch, fast unsichtbar in dem Wolkenwirbel, die Ausläufer der wütend rotierenden Windhose.

Nun doch mehr vom Sturm als vom Zorn ihres Vaters erschreckt, ergriff sie die schwere Kellerluke aus Holz und hob sie ein Stück an, gerade so hoch, daß sie durch den Spalt schlüpfen konnte. Sie kletterte die steilen Stufen hinunter und ließ die Luke hinter sich wieder zufallen.

Es schien ihr eine Ewigkeit, so lange saß sie in der fast völligen Finsternis des Kellers, ihre Ohren nur vom Geräusch des tobenden Sturmes erfüllt.

Aber manchmal, wenn das Heulen des Sturms für einen Moment nachließ, glaubte sie etwas anderes noch zu hören: Ihre Mutter, die nach ihr rief und flehentlich bat, zu kommen und ihr zu helfen.

Das Mädchen versuchte, diese Geräusche zu überhören – es war unmöglich, daß die Stimme der Mutter den Sturm bis hierher durchdringen konnte. Außerdem wußte sie, was mit ihrer Mutter gerade geschah und daß sie nichts für sie tun konnte.

Sobald das Baby da war und der Sturm aufgehört hatte, würde jemand – ihr Vater oder ihr Bruder – kommen und sie holen. Bis dahin würde sie bleiben, wo sie war, und sich einzureden versuchen, daß sie sich nicht fürchtete.

Sie verkroch sich in einer Ecke des Kellers und kämpfte mit festem Blick gegen die Dunkelheit und die Furcht an.

Sie wußte nicht, wieviel Zeit vergangen war, wußte nur, daß sie es nicht länger aushielt, nicht mehr allein im Keller bleiben konnte. Sie horchte nach draußen, versuchte, die Gefährlichkeit des Windes abzuschätzen, aber schließlich zog sie die Jacke fest um ihren dürren Körper und drückte mühsam die Luke nach oben. Der Wind riß sie ihr aus der Hand, brach sie aus den Angeln heraus und wehte sie durch den Hof. Das Mädchen kauerte sich eine kurze Weile am Ende der Leiter zusammen. Im Haus war jetzt Licht, nicht die hellen Lichter, die sie gewohnt war, sondern der Schein einer Laterne, und so wußte sie, daß der Strom ausgefallen war. Das flackernde Lampenlicht zog sie an wie eine Motte, und sie stemmte sich in den tosenden Wind, lehnte sich in ihn hinein, während sie über den Hof zum Haus zurückging. Sie wußte, daß sie ungehorsam war, aber sogar Vaters Zorn war ihr nun lieber, als noch länger allein zu sein.

Trotzdem brachte sie es nicht über sich, hineinzugehen, als sie das Haus erreicht hatte, denn sogar durch den heulenden Wind konnte sie die Stimme ihres Vaters hören. Was er sagte, war nicht zu verstehen, aber sein Zorn war furchterregend. Das Mädchen schlich um die Ecke des Hauses und duckte sich tief, bis sie unter dem Fenster des Zimmers war, in dem ihre Mutter lag.

Langsam richtete sie sich auf, bis sie in das Zimmer sehen konnte. Auf dem Nachttisch stand eine Öllampe mit niedrig gestelltem Docht, deren fahlgelbes Licht seltsame Schatten warf. Ihre Mutter wirkte fast leblos, gegen ein Kissen gelehnt, ihr Haar feucht an der blassen Haut klebend, ihre Augen weit geöffnet und haßerfüllt die hochaufragende Gestalt des Vaters anstarrend.

Und jetzt konnte sie auch die Worte verstehen.

»Du hast ihn umgebracht.«

»Nein«, entgegnete ihr Vater. »Er ist schon tot zur Welt gekommen.«

Das kleine Mädchen sah zu, wie ihre Mutter den Kopf langsam schüttelte und dabei die Augen schloß. »Nein. Mein Baby war noch am Leben. Ich spürte, wie es sich bewegte. Es war noch am Leben, und du hast es umgebracht.«

Eine Bewegung lenkte das Mädchen ab, und ihre Augen verließen das von Qualen gezeichnete Gesicht ihrer Mutter. Es stand noch jemand im Zimmer, aber das Mädchen konnte ihn nicht erkennen, bis er sich umdrehte.

Es war der Doktor, und in seinen Armen lag ein kleines, von Decken umwickeltes Bündel. Eine Falte von der Decke sank herunter, und das Mädchen konnte das Gesicht des Babys sehen – seine Augen waren geschlossen, seine runzlige Gestalt war kaum zu erkennen im Flackerlicht der Lampe.

An seiner Regungslosigkeit erkannte sie, daß es tot war.

»Geben Sie es mir!« hörte sie ihre Mutter verlangen. Dann, mit flehentlicher Stimme: »Bitte, geben Sie es mir doch...«

Aber der Doktor sagte nichts, sondern legte die Decke wieder um das Gesicht des Babys und wandte sich ab. Dann erfüllten die Schreie ihrer Mutter die Nacht, und als das Mädchen kurz darauf wieder nach dem Doktor schaute, hatte er das Zimmer bereits verlassen. Jetzt, da sie wieder allein waren, warf ihr Vater ihrer Mutter einen durchdringenden Blick zu.

»Ich habe dich gewarnt«, sagte er. »Ich habe dich gewarnt, daß Gott dich strafen würde, und er hat es getan.«

»Du warst es«, widersprach ihre Mutter, und ihre Stimme war vor Schmerz und Verzweiflung ganz schwach geworden. »Es war nicht die Strafe Gottes, du warst es.« Ihre Stimme brach, und sie begann hemmungslos zu schluchzen, ohne sich die Tränen aus den Augen zu wischen. »Es hat gelebt, und du hast es umgebracht. Du hattest nicht das Recht dazu – du hattest kein Recht...«

Das Mädchen sah, wie sich plötzlich die Tür öffnete und ihr Bruder eintrat. Er stand einen Moment lang unbeweglich da und starrte auf ihre Mutter. Er wollte etwas sagen, aber bevor er ein einziges Wort aussprechen konnte, stürzte sein Vater auf ihn zu.

»Hinaus!« Dann sah das Mädchen, wie ihr Vater zum Schlag ausholte und ihren Bruder mit der Faust seitlich am Kopf traf, so daß ihn die Wucht des Schlages gegen die Wand prallen ließ. Ihr Bruder sank zusammengekrümmt zu Boden. Eine Zeitlang, die dem Mädchen endlos vorkam, lag er reglos da. Niemand sprach. Dann erhob er sich langsam und blickte ihren Vater an.

Er öffnete den Mund zum Sprechen, aber kein Wort kam hervor. Seine Augen glühten vor Haß, als er seinen Vater anstarrte. Dann wandte er sich um und stolperte aus dem Zimmer.

Das Mädchen zog sich vom Fenster zurück, sie nahm den Sturm, der ihr immer noch heftig zusetzte, nicht mehr wahr, so sehr waren ihre Gedanken mit dem Gesehenen und Gehörten beschäftigt, von dem sie instinktiv begriff, daß es nicht für ihre Augen und Ohren bestimmt gewesen war. Sie hätte auf ihren Vater hören und im Keller bleiben sollen, bis jemand sie abgeholt hätte.

Sie machte sich auf den Weg zurück zum Keller. Vielleicht konnte sie, wenn sie sich große Mühe gab, alles aus ihrer Erinnerung auslöschen, so tun, als hätte sie nichts davon gesehen oder gehört, sich davon überzeugen, daß sie niemals den Keller verlassen, niemals die Qualen ihrer Mutter und den Zorn ihres Vaters miterlebt hatte. Und dann sah sie, ein paar Meter von ihr entfernt, ihren Bruder und rief nach ihm.

Er wandte ihr das Gesicht zu, aber sie wußte, er sah sie nicht. Seine Augen waren stumpf, und er schien an ihr vorbeizuschauen, hinaus in den Sturm und die Nacht.

»Bitte«, flüsterte das Mädchen. »Hilf mir. Bitte hilf mir...«

Aber wenn sie ihr Bruder gehört hatte, gab er es nicht zu erkennen. Statt dessen drehte er sich um, als ob er dem Ruf einer anderen Stimme folgte, die das Mädchen nicht hören konnte, verließ das Haus, den Hof und verschwand in der Prärie. Gleich darauf war er verschluckt vom Sturm und von der Nacht. Allein ging das Mädchen zum Sturmkeller zurück.

Sie kletterte die Stufen durch das Loch hinab, auf dem zuvor die Luke gelegen hatte, und ging in ihre Ecke zurück. Sie zog die Jacke fest um sich, aber weder die Jacke noch der offene Keller konnten sie schützen.

Die ganze Nacht über saß sie zusammengekauert dort, gepeitscht vom Sturm und in Gedanken an die Szene, die sie miterlebt hatte, die sie quälte, die sich tief in ihre Seele bohrte.

Nach dieser Nacht sprach sie nie davon, was sie gesehen oder gehört hatte. Sie sprach niemals davon, aber sie vergaß es auch nicht.

1

»Bist du mein Großvater?«

Michael Hall blickte unsicher zu dem verwitterten Gesicht empor. Er hatte den Mann nie zuvor gesehen, und doch erkannte er ihn so deutlich, als ob er in einen Spiegel blickte. Er versuchte, mit fester Stimme zu reden, nicht zu seiner Mutter zurückzuweichen, sich an all das zu erinnern, was ihn sein Vater über die erste Begegnung mit fremden Menschen gelehrt hatte:

Gerade stehen, die Hand zum Gruß ausstrecken.

Den Leuten in die Augen sehen.

Sag ihnen deinen Namen. Diesen Teil hatte er vergessen.

»Ich – ich bin Michael, und das ist meine Mutter«, stammelte er.

Er spürte, wie seine Mutter die Hand fester um seine Schulter schloß. Einen Moment lang fürchtete er, etwas Falsches gesagt zu haben. Aber dann lächelte der Mann ihn an, und er fühlte, wie sich der Griff seiner Mutter etwas lockerte.

Er sieht aus wie Mark. Er sieht genauso aus wie Mark. Dieser Gedanke schoß Janet Hall durch den Kopf, und sie mußte ihre ganze Willenskraft aufbringen, um sich nicht in die Arme des Fremden zu werfen, der nun auf sie zuging und mit einem gezwungenen Lächeln vergeblich seinen besorgten Blick zu überspielen versuchte. Sie nahm kaum die Menge der Flughafenbesucher um sie herum wahr, mußte sich ganz auf die hagere, knochige Gestalt ihres Schwiegervaters konzentrieren, auf die Kraft, die sein Gesicht ausdrückte, auf die ruhige Selbstbeherrschung, die er, wie sein Sohn, auf seine Umgebung auszustrahlen schien. Unbewußt fuhr sie sich mit der Hand an die Taille und strich sich mit einer nervösen Geste den Rock glatt.

Es wird alles gut werden, sagte sich Janet. *Er ist genau wie Mark, und er wird für uns sorgen.*

Als ob er Janets Gedanken gelesen hätte, beugte sich Amos Hall hinab und hob mit einem Schwung seinen elf Jahre alten Enkel hoch, als wollte er mit der Körperkraft des Farmers verleugnen, daß er schon 67 Jahre alt war. Er drückte den Jungen an sich, aber als er Janet über Michaels Schulter hinweg anblickte, lag in seinen Augen keine Freude.

»Es tut mir leid«, sagte er und sprach so leise, daß niemand außer Janet und Michael ihn hören konnte. »Ich weiß nicht, was ich sagen soll. All die Jahre, und wir begegnen uns erst jetzt, wo Mark –« Seine Stimme stockte, und Janet sah, wie er gegen seine Gefühle ankämpfte. »Es tut mir leid«, wiederholte er, und seine Stimme war plötzlich schroff. »Laßt uns euer Gepäck holen und fortgehen. Wir können im Auto reden.«

Aber sie redeten nicht im Auto. Schweigend fuhren sie aus Northplatte heraus und in die Weite der Prärie hinein, alle drei auf dem Vordersitz von Amos Halls Oldsmobile zusammengedrängt, Janet und Amos durch Michael getrennt. Die Betäubung, die Janet in der Nacht zuvor ergriffen hatte, als sie vom Tod ihres Mannes erfahren hatte, wirkte immer noch auf sie, und sie war sich immer noch nicht ganz bewußt, wo sie sich eigentlich befand und was der Grund für ihr Hiersein war. Sie hatte das Gefühl, in einem Alptraum gefangen zu sein, und sie wartete darauf, daß jede Sekunde Mark sie aufwecken kam und ihr versicherte, daß alles in Ordnung war, alles so, wie es immer gewesen war.

Aber das war ihr nicht vergönnt.

Meile um Meile ließen sie hinter sich. Schließlich warf Janet einen Blick hinüber zu ihrem Schwiegervater, der aufmerksam die pfeilgerade Straße vor ihm zu studieren schien, die Augen auf die schimmernde Fahrbahn geheftet, als ob auch er allein durch Konzentration verdrängen konnte, was geschehen war.

Janet räusperte sich, und Amos wandte den Blick für den Bruchteil einer Sekunde von der Straße. »Marks Mutter –«

»Sie verläßt nie Prairie Bend«, entgegnete Amos, und sein Blick richtete sich wieder auf die Straße. »Geht sogar kaum einmal aus dem Haus, genauer gesagt. Sie kommt zurecht, und das Leben –« Er zögerte, und Janet sah, wie sich seine Kehle verkrampfte. »Das Leben ist nicht gerade zimperlich mit ihr umgegangen«, schloß er. »Die Beerdigung wird morgen früh sein.«

Janet nickte stumm, erleichtert, daß die Entscheidung schon getroffen war; dann verfiel sie wieder in Schweigen.

Eine Stunde später erreichten sie die Farm der Halls. Das alte zweistökkige Haus war nicht groß, aber Janet schien es, als besäße es ein Eigenleben, wie es so fest auf seinem Fundament saß, umgeben von einem Hain aus Ulmen und Pappeln, vor der unendlichen Weite der Prärie geschützt, die sich in alle Richtungen zum Horizont erstreckte, bis auf einen Abschnitt, wo Baumbestand den Verlauf eines Flusses markierte, der nach Osten floß und schließlich in den Platte einmündete.

»Wie heißt dieser Fluß?« fragte Michael plötzlich, und seine Frage lenkte Janets Aufmerksamkeit von ihrem Schwiegervater ab.

»Der Trübe«, entgegnete Amos, als er vor dem Haus anhielt. Gleich darauf nahm er Janets Gepäck aus dem Kofferraum. Mit einem Koffer in jeder Hand ging er die Stufen der Vorderveranda hoch, gefolgt von Janet und Michael. Plötzlich öffnete sich die Tür, und auf der Schwelle erschien eine Gestalt – eine Frau, mager und hohlwangig –, die den Eindruck machte, als hätte sie ihr ganzes Leben in ständigem Kampf mit der unerbittlichen Prärie verbracht.

Sie saß in einem Rollstuhl.

Janet spürte Michael neben ihr erschauern und nahm ihn bei der Hand.

»Wir sind wieder da«, hörte sie Amos Hall zu seiner Frau sagen. »Das ist Marks Janet, und das ist Michael.«

Die Frau im Rollstuhl starrte sie einen Moment lang schweigend an. Ihr von Alter und Gebrechlichkeit verhärmtes Gesicht trug etwas Verstörtes in sich, und ihre rotunterlaufenen Augen wirkten beinahe leblos. Aber gleich darauf lächelte sie – ein mildes Lächeln, das einige Jahre von ihrem Antlitz wegzuwischen schien. »Komm her«, sagte sie und breitete ihre Arme weit aus. »Komm und laß dich umarmen.«

Die Betäubung, die Janet seit letzter Nacht verspürt hatte, die Betäubung, die sie an diesem Tag ständig umschlossen und ihre Selbstbeherrschung aufrechterhalten hatte, als sie ihre Sachen gepackt, ein Taxi bestellt und mit Michael von Manhattan zum Flughafen gefahren war, die Betäubung, die ihr während des Umsteigens in Omaha, bei der Ankunft in Northplatte und bei der Fahrt nach Prairie Bend eine Stütze gewesen war, fiel von ihr ab.

»Er ist tot«, und ihre Stimme erstarb, nun, da sie sich um erstenmal offen eingestand, was geschehen war. Sie ließ Michaels Hand los, wankte die Stufen hinauf und sank neben Anna Halls Rollstuhl auf die Knie. »O Gott, warum ist ihm das passiert? Warum mußte er sterben? Warum?«

Anna legte ihre Arme um Janet und wiegte den Kopf ihrer Schwiegertochter an ihrer Brust. »Schon gut, Kind«, tröstete sie. »Manchmal geschehen Dinge, und man kann nichts dagegen tun. Wir müssen sie einfach hinnehmen.« Über Janets Kopf streifte ihr Blick kurz ihren Mann und blieb dann auf Michael ruhen, der unsicher am Fuß der Stufen stand und in einer Mischung aus Faszination und Besorgnis seine Mutter anstarrte. »Du auch, Michael«, drängte Anna sanft. »Komm in die Arme von Großmutter und laß dich trösten.«

Der Junge blickte hoch, und als seine Augen die ihren trafen, fühlte Anna eine Woge der Erinnerung über sich zusammenschlagen. In dem Jungen sah sie den Vater. Und als sie ihren Sohn in den Augen ihres Enkels erkannte, begann sie, sich zu fürchten.

Amos Hall führte Janet und Michael die enge Treppe zum ersten Stock hoch, wo drei große Schlafzimmer und ein großzügig ausgestattetes Badezimmer an den Korridor grenzten, der das Haus in zwei Teile teilte. Er öffnete die Tür zum ersten Schlafzimmer und trat zur Seite, um Janet vorbeizulassen. »Hier wirst du wohnen. War früher Lauras Zimmer.«

»Laura?« wiederholte Janet mit einem Ton in der Stimme, der sogar ihr selbst verwirrt vorkam. »Wer ist Laura?«

Amos runzelte die Stirn und sagte mit düsterem Blick. »Marks Schwester. Bevor sie heiratete, war das ihr Zimmer.« Er zögerte einen Moment, dann, als er merkte, daß eine Erklärung notwendig war, fuhr er fort. »Ich wollte eine Abstellkammer oder ein Arbeitszimmer daraus machen. Ich bin nur nie dazu gekommen.«

Janet blickte in das Zimmer, nach außen hin in aller Ruhe seine Einzelheiten musternd, während sie krampfhaft ihr Gedächtnis nach der Information durchforstete, die ja da sein mußte, die ihr nur irgendwie entfallen war.

Der Name Laura sagte ihr nichts.

Die Vorstellung davon, daß Mark eine Schwester haben konnte, sagte ihr nichts.

Aber das war doch lächerlich. Wenn Mark eine Schwester gehabt hatte, dann *mußte* er doch einmal in all den Jahren von ihr erzählt haben. Sie hatte es einfach vergessen. Eine Art von Amnesie vielleicht: irgendwie, während der letzten Stunden des Schocks, mußte sie die Erinnerung daran verloren haben.

»Es ist wirklich schön«, sagte sie schließlich, darauf achtend, daß ihre Stimme nicht verriet, wie verunsichert sie war. Sie schaute sich noch einmal im Zimmer um und zwang sich dieses Mal zur Konzentration. Das Zimmer hatte nichts Besonderes an sich; es war nur ein Zimmer, mit Bett, Stuhl, Nachttisch und Frisierkommode. Eine Tagesdecke aus Chenille verbarg die etwas durchgelegene Matratze, und ein geflochtener Teppich bedeckte fast den ganzen Parkettboden. Am Fenster hingen Vorhänge, die etwas zu kurz waren, und ein Bild aus einem Searskatalog ging Janet durch den Kopf. Gleich darauf wurde ihr der Zusammenhang klar: Die Vorhänge waren dieselben wie die, die sie als kleines Mädchen in ihrem eigenen Zimmer gehabt hatte, die ihr ihre Mutter aus dem Searskatalog bestellt hatte, in einer Größe, die ungefähr, aber eben nicht ganz zu den Fenstern paßte. Sie ließ den Gedanken freien Lauf, und der Rest der Erinnerungen strömte auf sie ein, Erinnerungen, die sie absichtlich unterdrückt, von denen sie gehofft hatte, daß sie ihnen niemals wieder begegnen würde:

Das Feuer, als das Haus, in dem sie geboren war, bis auf die Grundmauern abbrannte, das Feuer, das alles, was sie liebte – einschließlich ihrer Eltern und ihres Bruders – verzehrt hatte, und nur sie übrigließ, so daß sie von einer Reihe von Tanten aufgezogen werden mußte, die alle irgendeinen Vorwand gefunden hatten, sie immer wieder weiterzureichen, bis sie schließlich achtzehn Jahre geworden und nach New York gegangen war, um für sich allein zu sorgen. Ein Jahr später hatte sie Mark geheiratet.

Und hier waren jetzt wieder diese Versandhausvorhänge und brachten die Erinnerungen zurück. Sie sank auf das Bett, unwillkürlich sich mit einer Hand die Augen bedeckend, da sie spürte, wie ihr die Tränen ausbrachen.

»Bist du in Ordnung?« hörte sie ihren Schwiegervater fragen. Sie holte tief Atem und zwang sich zu einem Lächeln.

»Es geht schon wieder. Es ist nur, daß – daß –«

Aber Amos Hall unterbrach sie. »Leg dich für eine Weile hin. Leg dich einfach hin und versuch, etwas zu schlafen. Ich werde mich um Michael kümmern, und später werden wir reden. Aber jetzt versuche erst mal etwas zu schlafen.« Amos nahm den Jungen fest bei der Hand, verließ das Zimmer und schloß die Tür hinter sich.

Janet lag lange auf dem Bett und versuchte, sich zu beruhigen, die Erinnerungen aus der Vergangenheit ruhen zu lassen und die Probleme der Gegenwart zu bewältigen.

Laura.

Sie würde sich auf Laura konzentrieren.

Irgendwo in ihrer Erinnerung mußte doch etwas über Marks Schwester sein, und wenn sie sich konzentrierte, würde es ihr auch wieder einfallen. Es war einfach unmöglich, daß Mark in den 13 Jahren ihrer Ehe niemals seine Schwester erwähnt haben sollte. Es war einfach unmöglich...

Und dann machte sich die Erschöpfung der vergangenen Stunden bemerkbar und sie schlief ein.

Michael blickte voller Scheu in das Zimmer, in das ihn sein Großvater gewiesen hatte. Es war das Zimmer eines Jungen, die Wände waren mit Baseball- und Footballwimpeln bedeckt. Von der Decke hingen vier Modellflugzeuge, im Flug erstarrt, als ob sie in ein Nahkampfgefecht verwickelt wären. Über dem Bett war ein Bücherbrett, und Michael erkannte einige Bücher, ohne ihren Titel zu lesen: Dieselben Bände standen auf seinem eigenen Bücherbrett daheim in New York. »War dies das Zimmer meines Vaters?« fragte er schließlich.

»Das ist das ganze Zeug, was er als Junge so hatte«, entgegnete sein Großvater. »Die ganzen Jahre über war es hier. Ich hätte es wahrscheinlich wegwerfen sollen, aber nun bin ich froh, daß ich es nicht getan habe. Vielleicht habe ich es nur für dich aufgehoben.«

Michael runzelte die Stirn und betrachtete mißtrauisch seinen Großvater. »Aber du wußtest nicht, daß ich kommen würde.«

»Aber du wärst schon einmal gekommen, oder?« gab Amos zurück. »Irgendwann wärst du doch gekommen, um deine Großeltern zu besuchen?«

Michael schüttelte den Kopf. »Ich glaube nicht, daß Dad hierherkommen wollte. Ich glaube, ihm gefiel es hier nicht.«

»Na, wie kommst du denn auf so etwas?« fragte Amos, während er sich auf der Bettcouch niederließ und Michael neben sich zog.

»Weil er jedesmal, wenn ich ihn fragte, ob wir auf Besuch kommen könnten, sagte: vielleicht nächstes Jahr. Das sagte er immer, und jedesmal, wenn ich sagte, daß er das letztes Jahr schon gesagt hätte, meinte er, er hätte ja nur ›vielleicht‹ gesagt. Deswegen glaube ich, er wollte nie wirklich kommen, stimmt's?«

»Vielleicht hat er auch nur nie Zeit gehabt«, vermutete Amos.

Michael zuckte die Achseln und löste sich langsam von seinem Großvater. »Er ist immer mit uns in Ferien gefahren. Einmal waren wir in Florida, und zweimal gingen wir in die Berge zum Zelten.« Plötzlich lächelte er verschmitzt: »Das war toll. Warst du schon mal Zelten?«

»Schon seit Jahren nicht mehr. Aber warum sollten wir nicht mal wieder gehen, jetzt, wo du da bist. Hättest du Lust?«

Das Lächeln auf Michaels Gesicht verschwand. »Ich weiß nicht, ich bin immer mit meinem Dad Zelten gegangen.« Er wurde einen Moment lang still, dann wandte er sich um und blickte seinem Großvater ins Gesicht. »Warum ist mein Vater gestorben? Warum ist er eigentlich hierhergekommen, ohne uns mitzunehmen? Ohne überhaupt etwas zu sagen?« Eine Spur Zorn lag nun in seiner Stimme. »Er sagte, er wolle nach Chicago gehen.«

»Er ging auch nach Chicago«, entgegnete Amos. »Dann kam er hierher. Ich weiß wirklich nicht genau, warum.«

Michael kniff die Augen zusammen. »Das heißt, du willst es mir nicht sagen.«

»Das heißt, daß ich es nicht weiß«, sagte Amos barsch und stand auf. Er zögerte, dann nahm er Michaels Kinn in seine rauhe Hand und zwang den Jungen, ihn anzusehen. »Wenn du meinst, daß ich dir etwas nicht sage, weil ich dich für zu jung halte, dann hast du dich getäuscht. Ich halte nichts von diesem Unfug. Wenn ein Junge alt genug ist, eine Frage zu stellen, dann ist er auch alt genug für die Antwort.« Seine Hand ließ Michaels Gesicht los, aber er musterte weiterhin seinen Enkel mit einem unbeugsamen Blick. »Ich weiß nicht, warum dein Vater hierhergekommen ist«, sagte er. »Alles, was ich sagen kann, ist, daß er gestern hier angekommen und letzte Nacht gestorben ist.«

Michael starrte seinen Großvater lange Zeit an, und als er schließlich sprach, zitterte seine Stimme. »Aber warum ist er gestorben? Er war nicht krank, oder?«

»Es war ein Unfall«, sagte Amos kurz angebunden. »Er war in der Scheune, oben im Speicher. Er muß über etwas gestolpert sein.«

Das Mißtrauen kehrte in Michaels Augen zurück. »Über was?« fragte er fordernd.

Amos wurde etwas abweisender. »Ich weiß es nicht – keiner weiß es. Jedenfalls fiel er von der Speicherrampe in die Heuwanne.«

Michael runzelte die Stirn. »Was ist eine Heuwanne?«

»Auf einer Farm stapelt man das Heu in Ballen auf dem Speicher. Wenn man die Tiere im Stall füttern will, wirft man etwas Heu vom Speicher herunter in die Heuwanne.«

»Wie tief ist das?«

»Ungefähr drei Meter.«

Michaels Stirnrunzeln verstärkte sich. »Ich bin schon einmal so tief gefallen, und ich habe mir dabei nur den Knöchel verstaucht.«

Amos zögerte mit der Antwort. »Aber du bist nicht in eine Heugabel gefallen, stimmt's?«

Michael schaute ihn groß an. »Eine Heugabel?«

Amos nickte. »Eine große Gabel, mit vier Zacken. Man benutzt sie, um Heu zu wenden. Sie lag in der Wanne, und dein Vater ist draufgefallen.«

Plötzlich sprang Michael auf, sein Gesicht vor Wut verzerrt. »Nein! So ist es nicht gewesen!« Seine Stimme wurde lauter, während er seinen zornigen Blick unablässig auf seinen Großvater heftete. »Mein Dad ist nicht gefallen – das wäre ihm nie passiert. Jemand muß ihn gestoßen haben. Jemand hat ihn umgebracht, nicht wahr? Jemand hat meinen Vater umgebracht!«

Michael riß die Fäuste hoch, bereit, auf seinen Großvater einzuschlagen, aber Amos griff nach ihm und hielt Michael an beiden Armen mit einer Hand fest.

»Jetzt hör mir zu, junger Mann«, hörte er seinen Großvater sagen. »Was deinem Vater passiert ist, war ein Unfall. Niemand hat ihn gestoßen oder gar umgebracht. Es war ein Unfall, und es ist vorbei. Verstehst du?«

Michael starrte seinen Großvater an und setzte zum Sprechen an, aber etwas in den Augen des alten Mannes ließ ihn stumm bleiben. Er schluckte kräftig und nickte dann. Der eiserne Griff seines Großvaters löste sich, und seine Arme sanken herab.

»Noch etwas«, fügte Amos mit sanfter, aber nicht weniger gebieterischer Stimme hinzu. »Wenn ich dir etwas sage, dann kannst du dich darauf verlassen, daß es die Wahrheit ist. Ich will also nicht noch einmal erleben, daß du mir widersprichst. Ist das klar?«

»Aber –«

Sein Großvater unterbrach ihn. »Du bist kein Baby mehr, also darfst du dich auch nicht wie eines benehmen. Du hast mich gefragt, was geschehen ist, und ich habe es dir gesagt.« Einen Moment lang schwieg er, dann fuhr er fort: »Wenn du keine Antwort haben willst, dann stell auch keine Frage. Und widersprich mir nicht mehr. Ich bin älter als du, und ich bin erfahrener als du, und ich halte nichts von Kindern, die keinen Respekt vor älteren Leuten haben. Alles klar?«

Einige Sekunden lang sagte Michael nichts, aber dann drangen aus der Tiefe seines Unterbewußtseins die passenden Worte. »Ja, Sir«, sagte er leise. Sein Großvater lächelte.

»Schön. Wir werden prächtig miteinander auskommen, du und ich. Jetzt richte dich hier ein, und wenn du fertig bist, komm herunter, und ich werde dich hier etwas herumführen. Und ich wette, deine Großmutter wird etwas Gutes im Backofen haben. Magst du Apfelkuchen?«

Michael nickte, aber sagte nichts.

»Na, ich wette, so einen wie den von deiner Großmutter hast du noch nie probiert.« Er wollte aus dem Zimmer gehen, blieb aber stehen, als Michael plötzlich noch einmal sprach.

»Großvater, wieso kann Großmutter nicht laufen?«

Langsam drehte sich Amos Hall um und sah den Jungen an. »Ich hatte eben nicht ganz recht«, sagte er nach langem Schweigen. »Ich werde nicht alle deine Fragen beantworten, denn manche Fragen haben einfach keine Antworten. Und das war eben so eine. Ich weiß nicht, warum deine Großmutter nicht laufen kann, Michael. Es ist eben etwas, das vor langer Zeit geschehen ist.« Er drehte sich um und ließ Michael allein in dem Zimmer, das voller Sachen war, die seinem Vater gehört hatten.

Anna Hall schaute vom Küchentisch auf, an dem sie im Rollstuhl saß und Erbsen für das Abendessen enthülste. »Nun, kommen sie zurecht?«

Amos setzte sich auf einen Stuhl ihr gegenüber. »Wenn man's so nennen kann. Das Mädchen nimmt es schwer, glaube ich.«

Anna unterbrach einen Moment lang ihre Arbeit, aber wich immer noch dem Blick ihres Mannes aus. »Wir können nichts anderes von ihr erwarten, oder? Für uns ist das etwas anderes. Schließlich haben wir ihn schon 20 Jahre nicht mehr gesehen. Es war fast schon so, als wäre er tot–«

»Er *war* tot«, entgegnete Amos mit bitterer Stimme. »Für mich war er gestorben an dem Tag, als er hier fortging.«

»Sag das nicht, Amos«, bat ihn Anna. »Bitte sag das nicht mehr. Wenn Janet dich hört. Was soll sie denn denken?«

»Na, wenn schon. Was glaubst du, hat Mark ihr von uns erzählt? Du glaubst doch wohl nicht, daß er nichts von uns erzählt hat?« Als Anna weiter schwieg, wurde seine Stimme lauter. »Oder doch? Glaubst du wirklich, er hätte ihr nichts von dieser Nacht erzählt und von dem, was er zu sehen glaubte?«

Annas Augen wurden schmal. »Aber wenn er es getan hat, warum ist sie dann hier? Warum hat sie uns dann nicht Marks Leichnam nach New

York überführen lassen? Ich glaube, er hat ihr nichts erzählt. Überhaupt nichts.«

Amos seufzte und stand auf. »Na, ist ja auch egal. Was zählt, ist, daß sie gekommen ist und das Kind mitgebracht hat.«

»Aber das heißt nicht, daß sie bleiben wird, Amos.«

»Sie wird bleiben«, entgegnete Amos. »Sie braucht uns jetzt, und wir werden für sie dasein. Sie wird bleiben. Dafür werde ich schon sorgen.«

Als Amos durch die Hintertür schritt, folgte Anna mit bitterem Blick dem aufrechten Gang ihres Mannes. Er hatte recht, das mußte sie sich eingestehen. Wenn Amos wollte, daß Janet und Michael in Prairie Bend blieben, dann würden sie auch bleiben. Und sie, die ihrem Mann in all den Jahren ihrer Ehe nie die Stirn hatte bieten können, würde das auch jetzt nicht können.

Michael lag still im Bett und lauschte auf die Geräusche der Nacht. Grillen zirpten zart, und das Muhen der Kühe klang durch die Dunkelheit. Seine Augen suchten die Modellflugzeuge, und er begann noch einmal, über seinen Vater nachzudenken.

Er konnte seinen Vater nicht *fühlen*.

Das, so fand er, war das Seltsame in diesem Zimmer. Obwohl es voll war von den Sachen seines Vaters, konnte er ihn darin nicht fühlen.

Dies war etwas, das er noch nie erlebt hatte. Soweit er zurückdenken konnte, hatte er immer die Gegenwart seines Vaters spüren können, selbst dann, wenn er einmal nicht zu Hause war. Es war, als hätte sein Vater überall dort, wo er gewesen war, ein Stück von sich zurückgelassen, etwas, das Michael Halt gab. Es war etwas Besonderes zwischen ihm und seinem Vater, und obwohl sie niemals darüber gesprochen hatten, war Michael sich sicher, daß sein Vater es auch gefühlt hatte.

Und trotzdem – in diesem Zimmer, mit all den Sachen seines Vaters um ihn herum, konnte Michael ihn nicht fühlen.

Aber er hatte ihn im Traum gefühlt.

Im Traum hatte er seinen Vater im Heuspeicher stehen sehen, und er hatte noch jemand anderes gesehen, jemand, den er nicht deutlich erkennen konnte, in der Nähe seines Vaters.

Und dann war da eine blitzartige Bewegung gewesen, und plötzlich war sein Vater über den Rand gestürzt und gefallen.

Es war, als würde Michael selbst fallen, doch obwohl er sich unendlich tief in die Heuwanne hineinstürzen fühlte, konnte er auch seinen Vater in die Dunkelheit hineinfallen sehen.

Er hatte die Heugabel gesehen, der Stiel im Heu verborgen, die vier blinkenden Zinken senkrecht nach oben gerichtet. Sie warteten auf ihn, warteten auf seinen Vater.

Er versuchte zu rufen, zu schreien, aber kein Laut drang aus seiner Kehle.

Und dann spürte er den kalten, messerscharfen Stahl in sein Fleisch eindringen, aber gerade als die Heugabel ihn aufspießte, sah er, daß nicht er selbst auf die gefährlichen Zinken gefallen war, sondern sein Vater. Obwohl er nun wußte, daß nicht er es war, der starb, spürte Michael den Schmerz, fühlte er die Todesqual, die durch den Körper seines Vaters schoß, fühlte er den Tod nach seinem Vater greifen.

Und oben war noch jemand anderes und schaute zu...

Es war nur ein Traum, doch tief im Inneren wußte Michael, daß es mehr war als bloße Einbildung.

Es war ein Stück Wirklichkeit.

2

So sehr sie sich auch bemühte, Janet Hall konnte sich nicht auf das konzentrieren, was um sie herum vorging. Allen Dingen haftete etwas Falsches an, und sie bemerkte, wie sie sich an Nichtigkeiten verlor. In der Wärme des Frühlingsmorgens sah sie sich auf einmal so, wie sie jetzt hätte sein sollen, sah sich die Madison Avenue hinunterschlendern, am Carlyle Hotel vorbei zur American Expression hinüber, der Boutique, die gewöhnlich das Ziel ihrer Einkaufsbummel am Mittwoch morgen war.

Und Michael hätte jetzt in seinem Klassenzimmer in der Manhattan School sitzen und so tun sollen, als würde er seinem Lehrer zuhören. Was er natürlich nie tat. Statt dessen blinzelte er in den herrlich sonnigen Morgen hinaus und träumte davon, das Wochenende zusammen mit Mark beim Zelten in den Berkshires zu verbringen.

Und Mark. Mark sollte nun eigentlich bei seinem Elf-Uhr-Seminar ein, wo er sich die Brille putzte und die Pfeife stopfte, während er seine Anmerkungen zu den ›Auswirkungen des Vietnam-Krieges auf Mittelstandsfamilien‹ überflog.

So sollte es sein. Eine typische Familie – wenn nicht gar eine lächerlich stereotype Familie, wie Mark sie einmal bezeichnet hatte, die in alltäglicher Routine ihr normales, stereotypes Leben führte. Aber die Dinge waren selten so, wie sie sein sollten, und heute war überhaupt nichts so, wie es sein sollte.

Alles war falsch, alles war unwirklich.

Mark war *tot.*

Es war eine Tatsache, die sie akzeptieren mußte. Wenn sie dazu fähig war, würde alles andere auch gehen, und sie würde sich wieder in ihrer Umgebung zurechtfinden können.

Sie zwang sich in die Wirklichkeit zurück, holte sich gewaltsam aus New York nach Prairie Bend und richtete ihre Augen auf den Sarg, der neben dem offenen Grab stand. Das ist Mark, sagte sie sich. Das ist alles, was von ihm übrig ist, und in ein paar Minuten werden sie ihn da hinunterlassen und ihn zuschütten, und dann ist er fort. Im stillen wiederholte sie das Wort, aber es hatte keine echte Bedeutung für sie. Mark konnte nicht fort sein, nicht für immer. Es war nicht gerecht. Und das war, wie sie in einem Moment plötzlicher Klarheit erkannte, der Schlüssel zu allem. *Es war nicht gerecht.*

Es war unmöglich – einfach unmöglich, daß er tot sein sollte, daß er sie alleingelassen hatte mit Michael – mit Michael und dem Baby. Sie hatte den Halls noch nichts von dem Baby erzählt, und scheinbar hatten sie auch nichts bemerkt. Aber bald würde sie es ihnen sagen müssen. Und auch Michael.

Und wieder ging ihr dieser böse, treulose Gedanke durch den Kopf: Alles war nur Marks Schuld. Wenn er gleich von Chicago nach Hause gekommen wäre, wie er es sich auch vorgenommen hatte, wäre das alles nicht passiert. Seit Jahren schon war er nicht mehr in Prairie Bend gewesen. Jedenfalls nicht mehr, seit sie ihn kannte. Warum war er ausgerechnet jetzt zurückgekehrt?

Es ergab keinen Sinn.

Eine Welle von Übelkeit überfiel sie, die morgendliche Übelkeit, die sie nun schon viel länger als gewöhnlich plagte. Janet kämpfte hartnäckig dagegen an. *Mir wird nicht schlecht,* sagte sie sich. *Mir wird bei Marks Beerdigung nicht schlecht. Ich werde das durchstehen.* Plötzlich spürte sie an ihrem Ellbogen eine stützende Hand, und als sie aufblickte, sah sie Amos Hall, wie er sie sorgenvoll anschaute mit seinen blauen Augen, blau wie Marks Augen. Sie verbannte alles andere aus ihren Gedanken, ergriff die Hand ihres Schwiegervaters und zwang sich, dabei zuzusehen, wie man den Sarg ihres Mannes in die Erde senkte.

Michael stand schweigend neben seiner Mutter und versuchte angestrengt, auf das zu achten, was der Pfarrer über seinen Vater sagte. Wenn er aufmerksam zuhörte, würden vielleicht seine Kopfschmerzen verschwinden. Aber so sehr er sich auch Mühe gab, er konnte sich nicht konzentrieren, denn was der Pfarrer sagte, schien überhaupt nichts mit seinem Vater zu tun zu haben. Zumindest nichts mit dem Vater, den er gekannt hatte. Der Pfarrer sprach unaufhörlich davon, wie wichtig es sei, ein Zuhause zu haben und inmitten den Seinen zu leben und zu sterben, und Michael konnte beim besten Willen keinen Zusammenhang zwischen diesen Worten und seinem Vater erkennen. Meinte der Pfarrer etwa, daß sein Vater nicht gestorben wäre, wenn er Prairie Bend niemals verlassen hätte?

Aber das ergab keinen Sinn – er war ja in Prairie Bend gewesen, als er gestorben war.

Gestorben. Bis zum gestrigen Tag hatte das Wort wirklich keine Bedeutung für Michael gehabt. Leute starben, aber nicht die, die man kannte, schon gar nicht der eigene Vater. Und doch war es geschehen. Er starrte den Sarg an, wußte, daß dies das letzte war, was er von seinem Vater sehen würde, aber selbst jetzt konnte er nicht glauben, daß sein Vater in der Holzkiste lag, daß er wirklich hier beerdigt wurde, daß er wirklich für immer fort war. Das konnte nicht sein...

Er nahm eine Bewegung neben sich wahr und spürte, wie seine Mutter seine Hand drückte. Die Predigt war zu Ende. Der Pfarrer hatte sich gebückt und einen Klumpen schwarzer Erde aufgehoben, den er über das offene Grab hielt. Es war alles vorbei, und sein Vater war nicht mehr da.

»Erde zu Erde, Staub zu Staub...« Starke Finger zerdrückten den Erdklumpen, und gerade als Michael hinschaute, brach er auseinander. Schmutz prasselte auf den Sarg, mit einem dumpfen Geräusch, das Michael die Kehle zuschnürte. Ein Schluchzen neben ihm sagte ihm, daß seine Mutter weinte, und plötzlich schossen auch ihm die Tränen in die Augen. Zaghaft ließ Michael die Hand seiner Mutter los, zog ein Taschentuch hervor und schneuzte. Auf seiner Schulter spürte er die Hand seiner Mutter. Dann war es vorbei. Er wandte sich vom Grab seines Vaters ab.

Als er sich umdrehte, erregte etwas seine Aufmerksamkeit. Ein Schimmer. Eine Bewegung. Zuerst wußte er nicht recht, was es war, doch als seine Augen die Ebene absuchten, glaubte er zu erkennen, daß es das Sonnenlicht war, das von einem Wetterhahn zurückgeworfen wurde, der auf dem First eines verwitterten Schuppens ungefähr eine halbe Meile entfernt stand.

»Alles in Ordnung?« fragte Amos Hall.

Michael nickte. »Ich dachte, ich hätte etwas gesehen. Da draußen.«

Sein Großvater folgte seinem Blick, zuckte mit den Achseln. »Da wohnt Ben Findley. Dort gibt's nicht viel zu sehen. Hält es nicht so in Schuß, wie er sollte. Kommt vom Alleinsein.«

»Hat er denn keine Frau?« fragte Michael.

Sein Großvater zögerte, dann schüttelte er den Kopf und zog Michael mit sich. »Hatte mal eine, vor Jahren. Aber sie hat ihn verlassen. Und du bleibst am besten weg von dort.«

Michael blieb stehen, drehte sich um, um noch einen Blick auf die Farm zu werfen, die plötzlich interessant für ihn geworden war. »Warum?«

Sein Großvater lächelte schwach. »Weil Ben Findley keine Kinder mag«, sagte er. »Er mag überhaupt niemanden, und Kinder schon gar nicht.«

Er schaute noch einmal zum Grab zurück, dann zog er ein Taschentuch hervor und wischte sich über die Augen. »Er hätte schon vor langer Zeit zurückkommen sollen«, murmelte er wie zu sich selbst. »Und euch mitbringen. Aber jetzt, wo ihr da seid, wollen wir zusehen, daß ihr auch bleibt.«

Nun ging er zum Wagen. Anna hatte gerade Janets Angebot, ihr zu helfen, abgelehnt und stemmte sich aus ihrem Rollstuhl auf den Rücksitz des Oldsmobiles, klappte den Stuhl zusammen und zog ihn zu sich herein.

»Siehst du?« sagte sie zu Janet, als sie losfuhren. »Es kommt nur darauf an zu entscheiden, was das Beste ist, und es dann auch zu tun. Genauso mußt du es jetzt auch machen. Entscheide, was das Beste ist, und dann tue es. Mach dir nur keine Gedanken, Liebes – wir sind alle bei dir und werden dir helfen.«

Janet lehnte sich im Sitz zurück, schloß die Augen und dankte Gott im stillen für die Familie, die Mark ihr hinterlassen hatte. Er mag sie nicht gebraucht haben, dachte sie, aber ich brauche sie. Mein Gott, wie sehr ich sie brauche...

Janet schaute auf die Uhr im Wohnzimmer und fragte sich, wie lange das wohl noch weitergehen sollte. Es war schon halb fünf, und es fiel ihr immer schwerer, gegen die Erschöpfung anzukämpfen. Die Luft war heiß und stickig, das Zimmer mit Leuten überfüllt, und Janet glaubte langsam, daß sie sich in einer hoffnungslosen Situation befand. Die Namen von Marks Schwester, Laura, ihrem Mann, Buck Shields, und deren Sohn Ryan, der etwa in Michaels Alter war, hatte sie behalten können – mehr aber auch nicht. Es war peinlich gewesen, ihnen vorgestellt zu werden, wo sie doch nicht einmal ein ›Ich hab schon viel von euch gehört‹ sagen konnte. Sie hatte gehofft, daß sie Laura erkennen würde, wenn sie erst vor ihr stand, daß irgend etwas an ihr ihrem Gedächtnis wieder auf die Sprünge helfen würde, aber es war nicht so. Das einzige, was ihr sofort auffiel, war, daß Laura auch schwanger war, nur schon viel länger als sie selbst. Janet gelangte zu der Überzeugung, daß Mark in all ihren Ehejahren kein einziges Mal seine Schwester erwähnt hatte.

Warum?

Jedesmal wenn sie Laura ansah – eine zerbrechliche Erscheinung, deren Augen selbst dann, wenn sie lächelte, noch seltsam ruhelos wirkten –, ging Janet die Frage durch den Kopf, warum Mark niemals von ihr gesprochen hatte. Immer wieder stellte sie diese Frage zurück und lenkte ihre Aufmerksamkeit auf eine andere Person.

Um sie herum waren aber nur namenlose Gesichter, Leute, von denen sie hoffte, daß sie nicht gekränkt sein würden, wenn sie sie nicht mit derselben Vertraulichkeit begrüßen konnte, die sie ihr zuteil werden ließen:

»Sie sind also Marks Janet.«

Marks Janet.

Immer wieder dieselben zwei Worte. ›Marks Janet.‹ Zuerst war sie über diese beiläufige Anrede verärgert gewesen; sie war doch mehr als nur das Eigentum ihres Mannes. Doch als der Nachmittag zu Ende ging, hatte sie sich daran gewöhnt und entdeckte, daß die Redewendung eigentlich nicht kränkend gemeint war.

»Fehlt Ihnen etwas?«

Überrascht blickte Janet auf. Sie erkannte den Mann als jemanden, der ihr bereits vorgestellt worden war, aber wie allen anderen konnte sie auch ihm keinen Namen zuordnen.

»Potter. Dr. Charles Potter.«

Er war, so schätzte sie, Ende Fünfzig – vielleicht schon Anfang Sechzig – und sein Aussehen entsprach genau dem, was er war, ein Landarzt. Sein Haar war weiß, und er hatte das, was man früher als gepflegte Umgangsformen bezeichnet hätte. Und, obwohl sie es kaum glauben konnte, er trug tatsächlich einen bonbonfarbenen Anzug.

»Wie bitte?« entfuhr es Janet.

»Fehlt Ihnen etwas?« wiederholte Potter. »Sie sehen etwas angegriffen aus.«

»Es geht mir gut«, versicherte Janet, und dann fiel ihr auf, daß es hier im Zimmer viel zu warm war und ihr die Hitze in den Kopf stieg. Sie versuchte aufzustehen, mußte aber feststellen, daß es ihr nicht gelang. »Ich muß zugeben, es geht mir gar nicht gut«, sagte sie schwach. »Wie sehe ich aus?«

Potter grinste und verlor dabei in Janets Augen ein Stück von seinem sorgfältig gepflegten Habitus. »Wie schon gesagt, ein wenig angegriffen. Was in dieser Gegend jeden Gesundheitszustand bezeichnet, der sich nicht mit ›ausgesprochen gut‹ bezeichnen läßt. Und Sie sehen nicht ausgesprochen gut aus.« Als er weitersprach, wurde seine Stimme ernst. »Was kein Wunder ist unter diesen Umständen. Ich habe es auf der Beerdigung gesagt, ich habe es vorhin gesagt, und ich sage es noch einmal: Es tut mir leid um Mark. Er war ein guter Mensch.«

Janet nickte automatisch, da sie eine plötzliche Benommenheit und einen Anfall von Übelkeit verspürte. »Ich glaube, ich sollte mich besser etwas hinlegen«, meinte sie, und Potter sprang augenblicklich auf und gab Amos Hall ein Zeichen, woraufhin dieser herübereilte.

»Ich glaube, wir sollten sie hinaufbringen«, sagte Potter. »Das ist wohl alles etwas zuviel für sie gewesen.«

Plötzlich schien sie von allen im Zimmer angestarrt zu werden. »Nein – bitte – gleich geht es mir wieder gut, wirklich«, wehrte Janet ab, doch Amos, trotz seines Alters noch kräftig genug, hob sie hoch und trug sie die Treppe hinauf, gefolgt von Dr. Potter.

In ihrem Zimmer legte Amos sie behutsam aufs Bett und lächelte sie an. »Laß dich mal vom Doc anschauen, und Mutter und ich werden die Bande da unten mal fortschicken. Sie hätten schon vor Stunden gehen sollen, aber du weißt ja, wie das ist. Als ob es nicht reicht, wenn jeden Tag jeder jeden sieht. Für irgendwas lädst du sie ein, und dann reden und reden sie unaufhörlich.« Er ging, und Dr. Potter fühlte ihr den Puls. Gleich darauf hatte sie ein Thermometer im Mund, und Potter überschüttete sie mit Fragen nach ihrem Gesundheitszustand. Schließlich deckte er sie zu und riet ihr, etwas zu schlafen.

»Es war wahrscheinlich die Aufregung der letzten Tage«, fügte er hinzu. »Andererseits könnte es auch etwas Ernsteres sein, eine leichte Grippe oder ein Käferstich oder so etwas. Ich sag Ihnen was: Jetzt schlafen Sie und morgen kommen Sie in meine Praxis, dann sehen wir mal nach. In Ordnung?«

Janet ließ sich erleichtert in die Kissen zurücksinken, als Potter die Tür hinter sich zugemacht hatte. Sie *war* müde, sie *fühlte* sich nicht wohl, und wenn sie sich schlafend stellte, ließ man sie wenigstens allein. Andererseits –

Langsam sank sie in tiefen Schlaf.

»Wann geht ihr wieder nach Hause?« fragte Ryan Shields seinen Vetter. Nachdem sie sich anfangs gegenseitig etwas mißtrauisch beäugt hatten, hatten die Jungen im Laufe des Nachmittags ein Bündnis geschlossen und waren schließlich aus dem Wohnzimmer ihrer Großmutter entkommen.

Auf der Sitzstange von dem vermoderten Schwingseil nahm Michael probeweise Schwung, konnte die Vorrichtung aber kaum in Bewegung versetzen.

»Ich weiß nicht«, entgegnete er, »in ein paar Tagen vielleicht.« Ryan runzelte die Stirn. »Das meint mein Dad auch. Aber ich glaube, meine Mutter hätte gern, daß ihr bleibt.«

Michael merkte auf. »Warum sollte sie das wollen?«

»Frage mich«, gab Ryan zurück. »Ich weiß nur, daß sie auf dem Weg hierher einen großen Streit hatten. Na ja, es hätte wohl sowieso Streit gegeben.« Er zögerte und blickte unter sich. Ohne Michael dabei anzusehen, fragte er. »Haben sich deine Eltern oft gestritten?«

Michael schüttelte den Kopf. »Mhm-mhm. Wenigstens nicht, wenn ich dabei war. Streiten sich deine Leute oft?«

Ryan nickte. »Meistens über die Gegend hier. Mutter haßt es, hier zu leben. Heute hat sie gesagt, daß dein Dad ganz recht hatte, als er von hier wegging.«

Michael hörte zu schaukeln auf und legte sich neben seinen Vetter auf die Erde. Eine Zeitlang sprachen die Jungen kein Wort. Als Michael schließlich sprach, lag etwas Unsicherheit in seiner Stimme. »Hast – hast du dir schon einmal vorgestellt, daß dein Dad stirbt?«

Ryan drehte sich unbehaglich und wandte den Blick von Michael ab. »Sicher. Macht doch jeder. Außer –«

»Außer was?« fragte Michael.

»Na ja, ich habe es mir wohl nur vorgestellt, weil ich wußte, daß es bestimmt nicht passieren wird.«

Plötzlich setzte sich Michael auf und ließ seinen Blick auf seinem Vetter ruhen. »Wenn mein Dad Fallschirmspringen ging, stellte ich mir oft vor, daß er sterben würde. Glaubst du, er ist daran gestorben, daß ich mir das vorgestellt habe?«

»Unsinn«, entgegnete Ryan. »Du kannst nicht dadurch etwas geschehen lassen, daß du daran denkst. Außerdem – was mit deinem Vater geschehen ist, war ein Unfall, nicht wahr?«

Michael nickte, aber in seinem Gesicht lagen Zweifel.

»Dann war es nicht deine Schuld.« Plötzlich spürten beide Jungen, daß noch jemand in der Nähe war; sie schauten auf und sahen ihren Großvater auf sie blicken. Sie sprangen auf und klopften sich schuldbewußt den Staub und das Gras von ihren Kleidern.

»Da werden sich eure Mütter ja schön freuen«, war Amos' Kommentar. »Was geht hier vor?«

»Wir haben nur erzählt«, antwortete ihm Ryan.

»Worüber?«

Die beiden Jungen schauten sich gegenseitig an. »Über Dinge«, sagte Michael.

»Dinge«, wiederholte Amos. Mit den Augen musterte er Ryan. »Weißt du, was ich gerade eben zu deiner Großmutter gesagt habe? Ich habe gesagt, ich wette, die beiden Jungen sitzen irgendwo draußen und erzählen sich ›Dinge‹. Und weißt du, was sie gesagt hat?«

Ryan betrachtete mißtrauisch seinen Großvater und war sich sicher, daß er in eine Falle laufen würde, aber am Ende siegte doch seine Neugier. »Was?« fragte er.

Amos grinste den Jungen an. »Na, warum gehst du denn nicht hinein und fragst sie selbst? Bei der Gelegenheit kannst du ihr auch gleich beim Abwaschen helfen.« Als Ryan durch die Hintertür des Hauses verschwunden war, ließ er sich auf der Erde nieder und deutete Michael an, dasselbe zu tun. »Alle sind jetzt nach Hause gegangen«, sagte er. »Du brauchst also keine Angst mehr zu haben, daß sie über dich herfallen und dir erzählen, wie hübsch du bist und wie sehr du deinem Vater ähnlich siehst oder deiner Mutter oder deinem Onkel Harry, wenn du einen hast. Es ist alles vorbei.« Er machte eine Pause und sagte dann: »Verstehst du?«

Michael zögerte und nickte dann unglücklich. »Die Beerdigung ist vorbei.«

Amos stimmte zu. »Richtig. Die Beerdigung ist vorbei, und für uns alle muß das Leben jetzt weitergehen. Deine Mutter liegt noch im Bett –«

»Geht es ihr gut?« unterbrach ihn Michael.

»Sie war wahrscheinlich nur erschöpft. Jetzt geh hinein und zieh dich um, dann komm in die Scheune. Es gibt noch eine Menge zu tun, und es ist nur noch ein paar Stunden hell.« Er stand auf und hielt Michael die Hand hin. Einen Moment lang dachte er, der Junge wolle ihn abweisen, doch dann ergriff Michael mit seiner kleinen Hand die viel größere von Amos und zog sich auf die Füße. Michael schaute mit großen Augen seinen Großvater an.

»Was – was wird jetzt geschehen, Großvater?«

Amos Hall nahm seinen Enkel in den Arm und ging mit ihm auf das Haus zu. »Das Leben geht weiter«, sagte er. »Wir werden es Schritt für Schritt meistern, einverstanden?«

Aber Michael runzelte die Stirn. »Sicher«, sagte er schließlich. »Aber ich wollte, Dad wäre hier.«

»Ich auch«, entgegnete Amos Hall, aber aus seiner Stimme war alle Milde gewichen. »Ich auch.«

Janet erwachte mit dem Sonnenaufgang, und zum erstenmal seit ihrer Heirat konnte sie ihren Mann nicht neben sich spüren. Das hatte die Beerdigung immerhin bewirkt. Nie wieder würde sie aufwachen und die Hand nach Mark ausstrecken. Er war endgültig fort, und sie war endgültig auf sich allein angewiesen.

Sie setzte sich hoch und stand vorsichtig auf. Die Übelkeit war verschwunden und mit ihr das Hitzegefühl, also steckte sie die Füße in ein Paar Pantoffeln und ging ins Badezimmer, wo sie sich das Gesicht mit kaltem Wasser wusch. Dann ging sie in ihr Schlafzimmer zurück, zog das Nachthemd aus und einen Morgenmantel an. Bei der Treppe blieb sie stehen und lauschte einen Moment lang hinunter.

Aus der Küche hörte sie Stimmengemurmel, doch im Wohnzimmer war es still. Sie fuhr sich mit der Hand kurz durchs Haar, dann ging sie die Treppe hinunter.

Die Familie saß um den Küchentisch versammelt, und als sie auf sie zukam, blieb sie betroffen stehen. Es war, als gehörten sie zusammen, das ältere Paar auf der einen Seite des Tisches und Michael in ihrer Mitte. So mußte die Familie vor 20 Jahren ausgesehen haben, erkannte Janet, außer daß an Michaels Stelle Mark gesessen hatte. Und Laura.

Flüchtig nahm sie wahr, daß für sie kein Gedeck auf dem Tisch stand.

Michael sah sie zuerst.

»Mutter! Geht es dir gut?«

»Bestens. Ich war nur müde, und es war so heiß – nun, ich fürchte, deine alte Mutter hat so etwas wie einen Ohnmachtsanfall bekommen.«

»Bist du sicher, daß du schon auf sein solltest, Liebes?« fragte Anna Hall besorgt. »Warum gehst du nicht wieder hinauf, ich werde dir etwas zu essen machen.«

»Es geht mir wieder gut, Anna«, beteuerte Janet. »Laß mich nur mal hinsetzen, dann –«

»Hol deiner Mutter einen Stuhl, Michael.«

Auf Großvaters Worte hin stand Michael vom Tisch auf, drückte sich an seiner Mutter vorbei und verschwand im Wohnzimmer. Gleich darauf kam er zurück und brachte einen von Annas gutgepolsterten, rücklehnbaren ›Sonntagssesseln‹.

»Warum erlebe ich so etwas nicht auch einmal zu Hause?« fragte Janet, als sie sich zu Tisch gesetzt hatte.

Amos starrte sie an. »Kinder tun, was man von ihnen erwartet«, sagte er in einem Ton, der keinen Widerspruch zuließ.

»Vielleicht ist es auch nur, weil alles neu ist«, meinte Anna zögernd. Sie gab Michael ein Besteck. »Deck deiner Mutter den Tisch.« Dann wandte sie sich wieder Janet zu. »Es ist kein Geheimnis, daß Kinder sich bei anderen Leuten besser benehmen als zu Hause. Wo wir es gerade von Erwartungen haben«, fügte sie hinzu und wandte sich ihrem Mann zu. »Wir hatten ja auch erwartet, daß Mark Prairie Bend nie verlassen würde, und du hattest ihm das wohl auch klargemacht. Soviel zu dieser Ansicht.«

»Ich hatte nicht gewußt, daß Mark nach dem College hätte nach Hause kommen sollen«, sagte Janet. »Was hätte ein Soziologe hier auch tun sollen?«

Obwohl sie die Frage an ihren Schwiegervater gerichtet hatte, antwortete ihr Anna.

»Am Anfang, nachdem er... gegangen war«, sagte sie beinahe im Flüsterton, bedächtig ihre Worte wählend, »wußten wir noch nicht einmal, daß er auf ein College gegangen war. Wir wußten auch nicht, wo er überhaupt war. Alles, was wir wußten, war, daß er nicht mehr da war. Aber wir dachten, er würde zurückkommen.« Sie zuckte hilflos die Achseln und wich Amos' stummem Blick aus. »Seitdem hatten wir nichts mehr von ihm gehört. Für eine Farm braucht man keinen Doktortitel. Ich glaube, er war nie an einer Farm interessiert. Nicht an dieser und auch nicht an seiner eigenen.«

Janet, die gerade ihre Gabel zum Mund führen wollte, hielt in ihrer Bewegung inne und starrte Anna an. »*Seine Farm?* Von was sprichst du? Mark hatte niemals eine Farm.«

»Natürlich hatte er eine Farm«, entgegnete Anna, und ihre Miene drückte die Überzeugung aus, daß Janet an einer momentanen Gedächtnisstörung leiden mußte. Dann, als Janets Ratlosigkeit nicht wich, wandte sie den Blick zu ihrem Mann und wieder zurück zu Janet. »Willst du etwa sagen, er hätte dir nie von der Farm erzählt?«

Janet fühlte plötzlich Panik in sich aufsteigen und wandte sich hilfesuchend an Michael. Ging es ihr mit dieser Sache genauso wie mit Marks Schwester? »Hat Daddy dir jemals von einer Farm erzählt? Daß er eine besitzt, meine ich?«

Michael schüttelte den Kopf.

»Aber ihr müßt davon gewußt haben. Die Steuern, das Besitzrecht –«

»Das Besitzrecht?« fragte Janet. Sie wandte sich wieder Michael zu. »Ich glaube, du gehst jetzt besser auf dein Zimmer.«

»Ach, Mutter...«

»Tu, was deine Mutter dir sagt«, knurrte Amos, und nach kurzem Zögern stand Michael auf und verließ das Zimmer.

»So – was hat das alles zu bedeuten?« fragte Janet. »Erst dachte ich, ihr meintet, daß Mark vor langer Zeit eine Farm besaß, noch bevor ich ihn kennenlernte. Aber als ihr eben die Steuern und Besitzrechte erwähnt habt –«

»Er hat schon immer eine Farm besessen«, sagte Amos. »Es war ein Hochzeitsgeschenk, so wie die Hälfte von Lauras und Bucks Farm ein Hochzeitsgeschenk war. Bucks Eltern gaben ihnen die andere Hälfte. Sie leben nicht davon, aber sie besitzen sie immer noch und unterhalten sie auch. Und wenn Mark ein Mädchen vom Ort geheiratet hätte –«

Aber Janet hörte nicht mehr zu. »Ein Hochzeitsgeschenk«, flüsterte sie. »Aber ihr habt uns Silbergeschirr geschickt –«

»Nun, das natürlich auch«, entgegnete Anna.

Amos nahm sie bei der Hand. »Du weißt also wirklich nichts davon?«

Stumm schüttelte Janet den Kopf.

»Es ist 80 Morgen groß. Es wurde an Marks Hochzeitstag auf ihn überschrieben, und seitdem gehört es ihm. Ich weiß es, denn ich hatte befürchtet, er könne versuchen, es zu verkaufen, und habe es immer im Auge behalten. Ich hoffte immer, daß er einmal kommen würde, um dort zu leben, aber ich glaube, ich habe immer gewußt, daß dies nie geschehen würde. Aber er bezahlte die Steuern. Soweit ich weiß, hat er niemals versucht, sie zu verkaufen.«

»Aber was ist daraus geworden?« fragte Janet. »Und warum habe ich nie etwas davon erfahren?«

»Das weiß ich auch nicht«, entgegnete Amos. »Aber es ist immer noch da. Und es gehört jetzt dir.«

Einen Moment lang starrte Janet ihre Schwiegereltern gedankenverloren an. Schließlich sagte sie, ohne ihre Worte überdacht zu haben: »Er muß euch sehr gehaßt haben.«

Amos Halls Augen blitzten zornig auf, aber Anna starrte nur ins Leere.

»Ja, ich glaube schon«, sagte Amos schließlich, und der Zorn war aus seinen Augen so schnell verschwunden, wie er gekommen war. »Aber er ist jetzt tot. Und das alles liegt hinter uns, nicht wahr?«

3

Obwohl sie in dieser Nacht früh zu Bett ging, konnte Janet Hall nicht einschlafen. Sie setzte sich auf und blickte auf die vom Mond beschienene Prärie hinaus, den Bademantel fest um sich gezogen, so als ob er sie vor ihren eigenen Gedanken schützen könne.

Mark hatte ihr nicht nur seine Schwester verschwiegen.

Es gab auch noch die Farm.

Die ganze Zeit über hatte es eine Farm gegeben.

Schmerzlich erinnerte sie sich an all die Gespräche, die sie geführt hatten, sie und Mark, in all den Nächten – Nächten wie dieser –, wenn sie sich hingesetzt und über die Zukunft geredet hatten.

Für Janet hatte die Zukunft immer eine Farm bereitgehalten.

Vage und unbestimmt. Für Janet war die Farm ihrer Träume wie aus einem Bilderbuch der Kindheit – ein kleiner Ort, irgendwo in Neu-England, mit einem weißgetünchten kleinen Haus, einer leuchtendroten Scheune mit weißem Gebälk, einem blitzsauberen Hof, der von Hühnern und kleinen, flaumigen Küken bevölkert wurde, das Ganze ordentlich von einem weißen Lattenzaun umgrenzt.

Alles idyllisch, alles ein Traum und alles immer von Mark nachsichtig belächelt. All die Gründe, warum es unmöglich war, all die Ausflüchte, über die sie ständig im Streit lagen: Sie waren Stadtmenschen, obwohl sie beide auf dem Land geboren waren, und New Yorker aus eigenem Entschluß, pflegte Mark zu behaupten; entschließen konnte man sich immer noch, konterte Janet dann. Mark war Lehrer, kein Farmer; Colleges gab es in Neu-England an jeder Ecke, er konnte immer noch unterrichten, und sie konnten jemanden anstellen, der die Farm bewirtschaftete. Michael fühlte sich in seiner Schule wohl; Kinder wechseln ständig Schulen, und es gibt keinen Beweis, so hielt Janet dagegen, daß Stadtschulen besser als Landschulen sein sollten.

Aber am Ende lief es immer auf ein Argument hinaus, dem Janet nichts entgegenzusetzen hatte.

Sie konnten sich keine Farm leisten, brachten nicht einmal genug

Geld für eine kleine Parzelle in den Vorstädten zusammen, ganz zu schweigen von einer Farm.

Aber es war eine Lüge gewesen. Und Mark hatte gewußt, daß es eine Lüge war.

Was gab es noch alles? Wieviel hatte dieser Fremde, mit dem sie 13 Jahre ihres Lebens verbracht hatte, ihr noch verschwiegen? Was würde sie im Lauf der Zeit noch alles über den Mann erfahren, den sie geheiratet hatte?

Anna. Hatte Mark gewußt, daß seine Mutter an den Rollstuhl gefesselt war? Es schien unmöglich, daß er es nicht gewußt hatte, und doch schien es genauso unmöglich, daß er ihr nie davon erzählt haben sollte. Aber es war so.

Als das Morgengrauen anbrach und Janet in einen unruhigen Schlaf fiel, hatte sich der Schmerz über den Tod ihres Mannes in etwas anderes verwandelt. Eine seltsame Furcht hatte sie davon ergriffen, was sie noch alles über Mark erfahren würde, wie viele Geheimnisse noch vor ihr verborgen lagen.

Als sie ein paar Stunden später erwachte, merkte sie, daß eine Veränderung in ihr vorgegangen war. Es war, als sei sie von Ungewißheit umgeben, lähmender Ungewißheit. Lange lag sie bewegungslos da, unfähig aufzustehen, unsicher, ob sie dem Tag gewachsen sein würde.

Sie schloß kurz die Augen, und plötzlich sah sie Marks Gesicht vor sich, seine Umrisse leicht verschwommen, und in seinen Augen lag etwas – eine Verschlossenheit – die sie nie zuvor an ihm gesehen hatte. Dann veränderte sich das Bild, wurde härter und schärfer, bis es sich in das Gesicht von Amos verwandelt hatte.

Seine Augen waren klar, seine Umrisse fest. Er lächelte sie an und bot ihr die Stärke, die sie von Mark nicht mehr bekommen und die sie in sich selbst nicht finden konnte.

Sie stand auf und ging zum Fenster. Unter ihr, auf dem Hof, sah sie Michael die Hühner füttern. Gleich darauf kam Amos aus dem Stall und schaute zu ihr hoch, als hätte er ihren Blick gespürt; sie winkte ihm zu, und er winkte ihr zurück.

Und dann wurde ihr übel. Sie ging vom Fenster weg, eilte ins Badezimmer, erbrach in der Toilette und wartete, bis es ihr wieder besser ging.

Was soll aus uns werden? fragte sie sich, als sie sich anzuziehen begann. *Was soll jetzt aus uns werden?*

Janet kam aus Dr. Potters kleinem Sprechzimmer in den Salon, der tagsüber als Wartezimmer diente und abends Potters Wohnzimmer war. Amos Hall erhob sich vom Sofa am Fenster; Anna blieb in ihrem Stuhl sitzen, die Hände im Schoß gefaltet, ihre Haltung eine Ruhe ausdrückend, die über ihren besorgten Blick allerdings nicht hinwegtäuschen konnte.

Janet mühte sich ein Lächeln ab. Jetzt oder nie. Irgendwann *mußte* sie es ihnen sagen, und nach einer schlaflosen Nacht war sie zu dem Schluß gekommen, daß die Untersuchung ein willkommener Anlaß dafür sein würde. »Nun, ich bin schwanger«, sagte sie.

Ein Seufzer entfuhr der alten Frau, und sie sank in ihrem Stuhl zusammen. »So«, sagte sie schließlich, und ihr Blick wanderte von Janet zu ihrem Mann. »Das ist doch so etwas wie ein Segen, nicht wahr?« sagte sie.

»Ich weiß nicht«, sagte Janet, zu sehr mit ihren eigenen Gefühlen beschäftigt, um die Reaktion ihrer Schwiegermutter auf die Nachricht zu beachten. »Ich fürchte, ich muß darüber noch etwas nachdenken.«

»Nachdenken?« Amos Hall schritt durch das Zimmer, holte Janets Mantel von der Garderobe und half ihr hinein. »Was gibt es darüber nachzudenken?«

Janet schluckte, und sie fragte sich, ob sie ihnen sagen sollte, daß ihr erster Gedanke nach Bestätigung der Schwangerschaft gewesen war, so früh wie möglich eine Abtreibung vornehmen zu lassen.

»Ich frage mich ernsthaft, ob ich es bekommen sollte«, sagte sie in einem möglichst unverbindlichen Ton. »Ich bin nicht mehr so jung, daß –«

»Es nicht bekommen?« rief Anna. »Marks Baby nicht bekommen? Oh, Janet, das kann doch nicht dein Ernst sein. Das wäre doch – nun, zuallererst wäre es Mord!«

»Schon gut, Mutter, reg dich nicht auf«, beruhigte Amos Hall seine Frau, obwohl er Janet nicht aus den Augen ließ. »Die Zeiten haben sich geändert. Nicht jeder denkt mehr so wie du und ich.«

»Wenn das Kind gesund ist, hat es auch ein Recht zu leben«, erklärte Anna zornig. Dann wandte sie sich Janet zu und fuhr etwas versöhnlicher fort: »Ich bin keine rückständige alte Frau, was immer Amos auch sagen mag. Ich kann mir gewisse Umstände vorstellen, unter denen es für ein Kind besser wäre, nicht geboren zu werden.« Sie warf einen prüfenden Blick auf Janets Bauch, und jetzt bemerkte sie auch die leichte Wölbung. »Außerdem ist es zu spät dafür, oder?«

»Fast«, gab Janet zu. »Aber was ist mit meinen Gefühlen? Zählen sie denn nicht?« fügte sie hinzu, doch sofort tat es ihr leid.

»Deine Gefühle?« fragte Anna. »Was meinst du damit? Soll das heißen, du willst das Kind nicht?«

Janet schüttelte den Kopf. »Darum geht es nicht, Anna. Es kommt mir alles nur –« Sie stockte und erkannte plötzlich, daß sie sich nicht im geringsten über ihre Gefühle im klaren war. Alles, was sie fühlte, war Verwirrung. Hätte sie nur mit Mark reden können... Aber das war für immer unmöglich. Und mit einem Schauder dachte sie daran, daß der

Mark, den sie zu kennen geglaubt hatte, ein anderer Mensch war als der, von dem sie mehr und mehr erfuhr, seit sie in Prairie Bend angekommen war. Sie wandte sich an Amos. »Hast du etwas dagegen, wenn ich nach Hause laufe? Ich glaube, das wird mir guttun. Ich muß mich an alles erst gewöhnen. Es gibt so viel zu überdenken.«

Amos runzelte die Stirn. »Bist du sicher? Ich weiß nicht, ob die Anstrengung –«

Janet wehrte ab und versuchte, eine Selbstsicherheit zu zeigen, die sie allerdings nicht spürte. »Die Zeiten haben sich geändert, Amos, und ich muß jetzt wirklich eine Weile allein sein.« Ohne eine Antwort abzuwarten, öffnete sie die Tür und ging aus Dr. Potters Praxis hinaus ins helle Mittagslicht. Sie schaute sich um, orientierte sich und ging Richtung Dorfmitte.

Sie erkannte, daß Prairie Bend eigentlich mehr als nur ein Dorf war, und als sie die Häuserreihe von Dr. Potter zur Hauptstraße entlangging, wirkte es auf sie seltsam vertraut. Es dauerte allerdings eine Weile, bis ihr klarwurde, was ihr an der Stadt bekannt vorkam. Prairie Bend war wie das kleine Städtchen in ihren Träumen, das malerische Dorf, das sie sich immer zusammen mit der friedlichen Farm vorstellte, die eines Tages ihr gehören sollte.

Prairie Bend war über hundert Jahre alt, aber es schien, daß es seine volle Größe schon kurz nach seiner Gründung erreicht hatte.

Janet blieb stehen und versuchte, das, was sie sah, mit dem, was Mark über Prairie Bend erzählt hatte, in Einklang zu bringen. Aber langsam kam ihr zu Bewußtsein, daß er nie viel davon erzählt hatte – lediglich, daß er hoffte, es nie wiederzusehen.

Aber warum?

Es hatte nichts Bedrohliches an sich, bestimmt nichts Ungewöhnliches, außer seiner Lieblichkeit.

Aber was hatte dann Mark so gehaßt?

Und warum war Prairie Bend nie weiter gewachsen?

Warum war ein so entzückender Ort so klein geblieben?

Sie wußte es nicht und würde es wahrscheinlich nie erfahren, wenn sie nicht blieb.

Der Gedanke war ihr schon den ganzen Tag über durch den Kopf gegangen, doch nun, in der Stille und dem Frieden dieses Frühlingstages, überprüfte sie ihn zum erstenmal auf seine Vor- und Nachteile hin.

In Prairie Bend hatte sie Familie, wenn auch nur angeheiratete; in New York hatte sie niemanden.

Sie hatte wenig Geld an beiden Orten; und nur dürftige Berufserfahrung.

Vorläufig würde sie ihr Apartment in New York behalten können, aber nur vorläufig. Auf die Dauer würde sie sich eine billigere Wohnung suchen müssen.

In Prairie Bend besaß sie eine Farm.

Mark hatte Prairie Bend gehaßt, ihr aber nie gesagt warum. Vielleicht hatte es keinen Grund gegeben, oder zumindest keinen überzeugenden Grund.

Sie dachte an ihre Schwiegereltern. Gute Menschen, freundliche Menschen, die sich um sie sorgten. Aber warum? Was war sie anderes als die Witwe des Sohnes, der mit ihnen gebrochen hatte? Warum sollten sie sich um sie kümmern wollen?

Doch während sie sich noch die Frage stellte, war sie sich bereits sicher, die Antwort zu wissen. Sie kümmerten sich um sie, weil sie gütige und liebevolle Menschen waren, die das, was ihr Sohn getan hatte, nicht ihr anlasteten. Nein – sie wollten sie, und sie wollten Michael. Und wenigstens für eine Weile wollte sie die Obhut von Prairie Bend und die Liebe von Marks Eltern genießen.

Als sie wieder zu dem Haus der Halls zurückging, wußte sie, daß sie ihre Entscheidung getroffen hatte.

Eine Dreiviertelstunde später betrat sie Anna Halls Küche und setzte sich an den Tisch. Ihre Schwiegermutter warf ihr kurz einen mißbilligenden Blick zu und rührte dann weiter ihren Kuchenteig.

»Bist du fertig mit dem Nachdenken?« fragte sie, wobei ihr Ton keine Zweifel daran aufkommen ließ, welche Entscheidung Janet ihrer Ansicht nach getroffen hatte.

»Ja«, antwortete Janet ruhig. »Ich werde mein Kind bekommen, und ich werde meine Farm behalten. Michael und ich werden hier leben.«

Anna Hall legte den Löffel hin und nahm Janet in die Arme.

»Wenn du das willst«, flüsterte Anna. »Wenn du das wirklich willst, dann bist du hier willkommen. Mehr als willkommen. Aber ich warne dich«, fügte sie plötzlich hinzu. »Wenn du erst einmal zu Prairie Bend gehörst, wirst du nie mehr davon loskommen.«

Ein Schauder durchfuhr Janet, aber gleich darauf hatte sie es wieder vergessen.

4

»Wir gehen gar nicht mehr nach Hause?« Michaels Stimme zeigte deutlich, wie bestürzt er war. »Aber warum?«

Er saß mit seiner Mutter in Anna Halls selten benutztem Wohnzimmer und schaukelte aufgeregt auf einem Wiener Stuhl hin und her.

»Aus verschiedenen Gründen, Liebling«, entgegnete Janet und zwang sich, Michaels zornigem Blick nicht auszuweichen. »Zum einen haben wir hier ein Zuhause – eine Wohnung, die uns allein gehört. Würdest du nicht auch lieber in einem Haus als in einem Apartment wohnen?«

»Ich weiß nicht«, antwortete Michael etwas zu schnell. »Dad wollte nie auf einer Farm leben. Ich wette, wenn Dad hier wäre, dann wären wir schon längst wieder zu Hause.«

»Ich weiß«, seufzte Janet. »Wenn dein Vater hier wäre, könnte alles so sein, wie es immer war, aber er ist nicht hier, und alles ist anders. Ich weiß, es ist schwer, und es wird noch schwerer werden, Schatz. An mir liegt es nun, das Beste für uns zu finden, und ich glaube, es ist das Beste, wenn wir hierbleiben.«

»Aber *warum?*«

»Erstens haben wir nicht viel Geld, und das Leben in New York ist sehr kostspielig.«

»Warum besorgst du dir keine Arbeit?« fragte Michael mit der vollen unschuldigen Ernsthaftigkeit seiner Jugend.

»Das könnte ich«, stimmte Janet zu. »Aber ich würde keine gute Stelle bekommen. Und was würde aus dir werden? Ich kann dich nicht den ganzen Tag allein lassen.«

»Ich kann auf mich selbst aufpassen«, widersprach Michael. »Ich bin kein Kind mehr.«

Janet lächelte ihren Sohn an. »Natürlich nicht. Und wenn wir nicht in New York wohnten, würde ich mir auch keine Sorgen machen. Doch es gibt noch etwas. Im Moment nämlich würde ich wohl überhaupt keine Arbeit bekommen.«

Michael starrte sie an und hörte abrupt mit dem Schaukeln auf.

»Warum?« fragte er.

»Nun«, sagte Janet, »es sieht so aus, als bekäme unsere Familie Zuwachs.«

Plötzlich war es still, und Michael begriff nur langsam, was sie sagen wollte. »Du meinst, du bekommst ein Baby?«

Janet nickte. »Du siehst also, jede Stelle, die ich bekäme, müßte ich in ein paar Monaten schon wieder aufgeben. Und die meisten Leute würden mich gar nicht erst einstellen.«

»Erzähl es eben nicht!« sagte Michael. »Du siehst nicht aus, als wärst du schwanger.«

»Ich lüge nicht«, sagte Janet leise. »Und ich will so etwas von dir nicht wieder hören. Ist das klar?«

Michael nickte stumm. Lange Zeit sagte er nichts, bis er sie mit einer Frage konfrontierte, die sie am allerwenigsten erwartet hatte. »Warum hat Daddy uns nie gesagt, daß wir eine Farm haben?«

Janet suchte nach einer Antwort, fand aber keine. Jedenfalls keine, die nicht Michaels Andenken an seinen Vater getrübt hätte, und das wollte sie auf keinen Fall zulassen. »Es gab keinen Grund dazu«, sagte sie schließlich. »Daddy war kein Farmer und wollte auch nie einer werden. Und es gab keine Universität hier in der Gegend, an der er hätte unterrichten können.«

Michael schien ihre Worte für bare Münze zu nehmen. »Wo ist sie?« fragte er nur.

Janet blickte ihren Sohn verblüfft an, und zum erstenmal seit Marks Tod brach sie in Lachen aus. Michael warf ihr einen unbehaglichen Blick zu. »Was ist daran so komisch?«

»Weißt du was?« fragte Janet prustend. »Ich weiß noch nicht einmal, wo sie ist! Da entschließe ich mich, mit dir auf eine Farm zu ziehen, und ich habe noch nicht einmal gefragt, wo sie ist, ganz zu schweigen davon, wie sie aussieht. Komm, wir gehen zu deinen Großeltern, sie sollen uns hinführen.«

Aber die Halls weigerten sich.

»Morgen«, sagte Anna beharrlich. »Wir werden sie euch morgen zeigen.«

»Aber warum nicht heute?« fragte Janet.

Amos grinste sie an. »Wenn du sie heute zu sehen bekommst, willst du nie einziehen. Bis morgen ist sie aufgeräumt und wenigstens bewohnbar.«

»Aber es macht mir nichts aus, wenn dort ein Durcheinander ist«, protestierte Janet. »Ihr müßt niemanden zum Aufräumen bestellen. Michael und ich können das tun.«

»Jemanden bestellen?« fragte Anna. »Warum sollten wir das tun?« Doch plötzlich verstand sie, was Janet meinte. »Wir sind hier nicht in New York«, sagte sie. »Hier draußen kennt und hilft jeder jedem. Es ist alles wie eine große Familie. Wir werden für euch sorgen. Dafür sind wir hier.«

Janet stiegen die Tränen in die Augen, und sie nahm die alte Frau in ihre Arme. »Danke«, flüsterte sie. »Du kannst dir gar nicht vorstellen, was das alles für mich bedeutet. Seit Marks Tod habe ich solche ... solche Angst.«

Anna strich ihr zärtlich über den Rücken. »Ich weiß, Liebes. Ich weiß, wie du dich fühlst. Aber nun wird alles gut werden. Glaub mir«, sagte sie, während sie über Janets Schulter hinweg Amos in die Augen sah.

»Kennst du Mr. Findley?«

Es war Nachmittag, und Michael und Ryan hatten sich vor der Hitze unter die riesige Pappel im Garten der Shields geflüchtet. Zu Michaels Enttäuschung war Ryan nicht im geringsten von Michaels Neuigkeit überrascht gewesen. Als er seinem Vetter erzählt hatte, daß er und seine

Mutter in Prairie Bend bleiben wollten, hatte Ryan statt dessen nur gegrinst und gemeint, wenn er das für eine Neuigkeit hielte, würde er sich täuschen – in Prairie Bend gäbe es wohl niemanden, der *nicht* wüßte, daß sie blieben. Jetzt aber schaute er Michael neugierig an.

»Er ist verrückt«, sagte er endlich. »Was hast du von ihm gehört?«

Michael überhörte die Frage. »Wer ist er?«

»Er ist ein alter Kerl, der ganz für sich allein lebt. Jeder hier sagt, er ist verrückt und sollte eingesperrt werden, aber keiner unternimmt etwas.«

»Was heißt verrückt?«

»Einfach verrrückt, weißt du. Er spricht mit sich selbst die ganze Zeit und läßt niemanden an sich heran, außer Dr. Potter. Ich hab' gehört, daß Potter auch nur da hinausgeht, um zu sehen, ob der alte Findley noch lebt.«

»Gehen die Kinder denn nicht dorthin?«

»Wozu?«

»Nur, um mal nachzusehen.«

Ryan schaute seinen Vetter mißtrauisch an. »Dort gibt's nichts zu sehen. Und wenn man hingeht, schießt er auf einen.«

»Quatsch«, behauptete Michael.

»Im Ernst. Eric Simpson wohnt dort in der Nähe, und er hat wirklich einmal gesehen, wie der alte Findley auf jemanden geschossen hat.«

»Und warum hat man ihn dann nicht eingesperrt?« wollte Michael wissen.

Ryan runzelte die Stirn. »Ich weiß nicht«, gab er widerwillig zu.

»Weil er nichts getan hat, deswegen«, erklärte Michael mit einer Selbstsicherheit, die er eigentlich gar nicht besaß. »Ich wette, er hat nur auf ein Tier oder so etwas geschossen. Wenn er etwas getan hätte, dann hätte man ihn eingesperrt.«

»Eric sagt das nicht, und er hat es gesehen.«

»Was hat er gesehen?«

»Warum fragst du ihn nicht selbst?«

»Ich kenne ihn nicht.«

»Gut, dann gehen wir hin. Dann kennst du ihn.«

Gleich darauf fuhren sie aus Prairie Bend hinaus in Richtung Osten auf der Straße, die am Fluß entlang verlief. Ryan hatte Michael ein altes Fahrrad aus dem Keller der Shields heraufgeholt, und Michael bemühte sich eifrig, mit seinem Vetter mitzuhalten, aber es fiel ihm schwer.

Plötzlich stoppte Michael ab und rief nach Ryan. »Ist das Findleys Haus?« Er zeigte nach rechts, wo sich ein altes Farmhaus, an dem die Farbe sich schon abschälte und dessen Aufgang etwas abgetreten war, am Ende einer zerfurchten Einfahrt zwischen einigen knorrigen Ulmen hervordrängte. Etwa 20 Meter vom Haus entfernt stand ein Stall, und zwischen den beiden Gebäuden scharrten Hühner auf dem staubigen Boden des verwahrlosten und uneingezäunten Hofs. Während er sich den Ort betrachtete, erschien im Eingang ein Mann, der einen Overall trug und ein Gewehr in den Armen hielt.

»Laß uns von hier verschwinden«, sagte Ryan. Ohne eine Antwort abzuwarten, trat er fest in die Pedale und wirbelte eine Staubwolke in Michaels Gesicht. Michael hielt einen Moment inne, wandte sein Augenmerk von der Gestalt am Eingang ab und betrachtete sich den Stall. Eine Sekunde lang dachte er, er hätte etwas gesehen – etwas, das er nicht genau erkennen konnte – aber im Stall war nichts zu sehen. Und doch – als er Ryan hinterherfuhr, zerrte etwas an ihm – ein unbestimmter Gedanke, ein Gefühl – und ließ ihn noch einmal zurückblicken. Der Mann in der Eingangstür war verschwunden, und der Stall sah aus wie zuvor.

Er fuhr schneller und holte Ryan ein, aber erst, als sie eine kleine Anhöhe hinter sich gelassen hatten, verschwand in Michael das Gefühl, daß jemand an ihm zerrte.

Im Gegensatz zu Ben Findleys Behausung war die Farm der Simpsons in tadellosem Zustand, die Gebäude standen gerade auf ihren Grundmauern, außer dem Haus war alles mit dem in dieser Gegend verbreiteten Rotanstrich versehen. Das Haus selbst, grün mit weißer Einfassung, war von einigen Pappeln umgeben, die einen sauber gemähten Rasen begrenzten. Als sie ihre Fahrräder bei der Hintertür des Hauses abstellten, wendete Eric Simpson – ein sommersprossiger Junge mit Locken, ungefähr in Ryans Alter – die kleine Mähmaschine, auf der er fuhr, grinste sie an und ließ den Motor aufheulen. Haarscharf vor Michaels Fahrrad ließ er die Maschine zum Stehen kommen.

»Hi.«

»Hi«, sagte Michael. »Ich bin Michael Hall.«

»Ich weiß«, sagte Eric, während er von dem kleinen Traktor heruntersprang. »Tut mir leid, was mit deinem Vater passiert ist.«

»Michael möchte etwas über den alten Findley wissen«, sagte Ryan. »Ich hab' ihm gesagt, du hast gesehen, wie er mal auf jemanden schoß, aber er hat mir nicht geglaubt. Dabei hat Findley gerade eben wieder mit der Flinte vor seinem Haus gestanden.«

»Aber er hat nicht auf uns geschossen«, wandte Michael ein. »Er hat nicht einmal auf uns gezielt.«

»Wart ihr auf seinem Grund?«

»Nein.«

»Na, dann versuch's mal. Letzten Sommer wollte ich mit einem anderen Jungen zusammen auf Potter's Field schleichen. Gerade als ich unter dem Zaun durchkriechen wollte, kam der alte Findley heraus. Er hat ohne Warnung auf uns geschossen.«

»Bestimmt hat er nur in die Luft geschossen«, vermutete Michael, »wollte euch nur erschrecken. Was ist Potter's Field?«

»Es ist drunten beim Fluß, etwa zwischen eurem und Findleys Grundstück, nur daß es ihm gehört, dem alten Findley. He, Jungs, wollt ihr meine Stute sehen? Sie fohlt in ein paar Tagen.«

Michael und Ryan folgten Eric zum Stall, und damit war der alte Findley für sie vergessen. Die Stute, eine große Braune, stand in ihrer Box, ihre klaren braunen Augen betrachteten die Jungen mit wohlwollender Neugier. Selbst Michael merkte sofort ihren angeschwollenen Bauch. »Wow«, stieß er aus. »Sie ist ganz schön dick, nicht wahr?«

»Letztes Mal war sie noch dicker.« In Erics Stimme lag Stolz, und er deutete auf ein geschmeidiges junges Pferd in der Box nebenan. »Das ist Blackjack. Er wurde vor zwei Jahren geworfen.« Eric lächelte verschmitzt, als er daran zurückdachte. »Da war was los. In derselben Nacht, als Magic das Fohlen warf, bekam Ma meine kleine Schwester, und Doc Potter und der Tierarzt waren beide hier. Pa rannte laufend hin und her, und so mußte ich beim Fohlen mithelfen. Wollt ihr dabeisein, wenn das Fohlen kommt? Ich werde dem Tierarzt helfen, und ihr könnt zusehen.«

Ryan zuckte die Achseln und tat, als sei es ihm gleichgültig. »Ich war schon oft dabei, wenn Fohlen auf die Welt kommen.«

Aber Michael war sofort Feuer und Flamme. »Wann ist es soweit?« fragte er.

»Vielleicht am Wochenende oder nächste Woche. Soll ich bei dir anrufen?«

»Klar. Aber was ist, wenn ich nicht rechtzeitig hier bin?«

Eric grinste. »Keine Sorge. Es dauert immer mehrere Stunden, manchmal die ganze Nacht.« Er schaute auf seine Uhr. »He, es kurz vor drei, und ich muß noch den Hof kehren, bevor Ma nach Hause kommt. Wollt ihr mir helfen?«

»Ich kann nicht«, meinte Ryan. »Ich muß um halb vier zu Hause sein.«

Eric schaute Michael an, aber auch der schüttelte den Kopf. »Besser nicht. Ich muß noch Ryans Fahrrad zurückbringen und dann nach Hause laufen.«

»Behalte das Rad«, bot Ryan an. »Du kannst es mir zurückgeben, wenn du ein eigenes bekommen hast.«

»Wird Tante Laura denn nicht schimpfen?«

»Ach was!«

»Macht's dir was aus, wenn ich bleibe?«

Ryan winkte ab. »Ich muß sowieso noch zum Laden runter und meinem Dad helfen.«

Michael entschied sich, und ein paar Minuten, nachdem Ryan gegangen war, saß er glücklich auf dem Sitz der Mähmaschine und ließ sich von

Eric erklären, wie man sie bediente. Als er den Gang einlegte und über den Rasen fuhr, fand er, daß Prairie Bend vielleicht doch nicht so übel war. Abgesehen davon, daß er nur hier war, weil sein Vater gestorben war. Seine gute Laune war plötzlich wieder verflogen, und ein stechender Schmerz durchfuhr seine Schläfen.

Als er durch das milde, träge Sonnenlicht des Frühlingsnachmittages nach Hause fuhr, war Michael sich nicht bewußt, daß er beobachtet wurde. Zuerst von Laura Shields und Ione Simpson, die gerade ihre Aufräumarbeiten in Janet Halls altem Farmhaus beendeten und Michael nachblickten, als er an ihnen vorüberfuhr. Dann, ein Stück weiter, lugte Ben Findley hinter seinen schweren Vorhängen heraus, die das heruntergekommene Haus in ständigem Zwielicht hielten. Als Michael abbremste und zu Findleys Haus hinüberblickte, ergriff der alte Mann automatisch die Flinte, die in der Nähe der Eingangstür auf ihrem Schaft stand. Aber Michael fuhr weiter, und Ben Findley beruhigte sich.

5

›Mausefalle‹ war das erste Wort, das Janet einfiel, aber sie wollte es sich nicht eingestehen, obwohl sie wußte, daß es genau das richtige Wort für das war, was sie zu Gesicht bekam, als der Wagen der Shields über den holprigen Sandweg schlitterte und das Haus in Sicht kam. Dann nahm sie sich zusammen und rief sich ins Gedächtnis, daß jedes Holzgebäude brennen kann, daß dieses Haus sich nicht von anderen unterschied. Was mit ihrem Elternhaus geschehen war, würde mit diesem Haus nicht geschehen. Sie würde das nicht zulassen.

Ihre Panik legte sich wieder und sie zwang sich, das Haus objektiv zu betrachten.

Objektiv betrachtet, wußte sie nicht, ob sie lachen oder weinen sollte.

Soweit sie es begutachten konnte, hatte das Gebäude keine erkennbare Farbe. Der Anstrich war schon längst der Präriewitterung zum Opfer gefallen, und die Fassade war schmutzig-grau, ganz anders als das Silbergrau der Zedernholzhäuser an der Ostküste.

Sie hatte sich eine rote Scheune gewünscht.

Diese Scheune duckte sich beinahe ängstlich hinter das Haus, hatte dasselbe eintönige Grau und war in einem noch verwahrlosteren Zustand. Die Hälfte der Schindeln fehlte, und die Tür zum Heuboden schien nur noch an einer einzigen Angel zu hängen.

»Dieser Ort«, verkündete sie schließlich, »verleiht dem Wort ›schrecklich‹ eine neue Dimension.«

»Wollen wir hier wirklich wohnen, Mom?« fragte Michael und sprach damit aus, was Janet dachte. Er hätte beinahe gekichert, als er die Reaktion seiner Mutter beobachtete, bis ihm die schreckliche Wahrheit aufging. *Das* sollte nun sein neues Zuhause sein.

»Vielleicht ist es von innen gar nicht so schlimm«, entgegnete sie.

»Ehrlich gesagt, innen ist es noch schlimmer«, meinte Laura.

Janet schaute ihre Schwägerin verblüfft an. »Noch schlimmer? Was könnte noch schlimmer sein? Es hat doch nicht etwa Lehmboden?«

Laura brachte das Auto in dem unkrautübersäten Vorhof zum Stehen, und Janet musterte noch einmal stumm das Haus. Irgend etwas paßte nicht in dieses Bild. Und dann erkannte sie, was es war.

»Mein Gott«, stieß sie hervor. »Die Fenster sind alle noch ganz.«

Laura schaute sie erstaunt an. »Warum auch nicht?«

»Aber dieser Ort ist doch sehr verlassen. Wie ist das – werfen Kinder heutzutage keine Steine mehr?«

Laura verstand und lachte. »Amos setzt neue ein, wenn wirklich mal welche kaputtgehen. Ich sage ja nicht, daß es hier nur Unschuldslämmer gibt.« Sie öffnete die Autotür, stieg mühsam aus und lächelte gequält. »Ich hoffe, du trägst deine Kinder würdevoller aus als ich es tue«, sagte sie und wandte sich dem Haus zu. »Eigentlich ist es gar nicht so schlimm, wie es aussieht. Es ist verwittert und man muß viel Arbeit dranhängen, aber im Grunde genommen ist es intakt. Und ob du es glaubst oder nicht, es hat festen Holzboden.«

Langsam gingen die drei durch das Haus, und voller Erstaunen entdeckte Janet, daß Laura recht hatte. Obwohl Farbe und Tapeten sich abschälten und die Böden einen neuen Schliff benötigten, schien das Haus im Kern noch solide zu sein.

Unten gab es vier Zimmer – ein Wohnzimmer, ein Eßzimmer, eine Küche und eine Vorratskammer; oben vier weitere – drei Schlafzimmer und ein Badezimmer, dazu noch eine Kammer unter dem steil abfallenden Dach.

Nirgends standen Möbel.

Zehn Minuten später waren Janet und Laura wieder im Wohnzimmer.

»Ich weiß, es ist nichts Besonderes«, seufzte Laura, ließ sich auf der Eingangstreppe nieder und lehnte sich unbeholfen gegen die oberste Stufe.

»Nein, Laura«, widersprach Janet. »Du hast recht gehabt. Es ist viel besser, als man auf den ersten Blick meinen könnte. Ich glaube, es wird mir hier gefallen.«

»Wirklich?« fragte Laura. Dann lachte sie freudlos auf, so daß Janet sie überrascht anblickte.

»Es ist so still hier. So ganz anders als in New York. Man bekommt hier ein Gefühl der Ruhe, wie ich es nicht mehr hatte, seit ich ein kleines Mädchen war. Ich hatte es schon fast vergessen.«

»Was du fühlst, ist Langeweile«, bemerkte Laura mit ungewohntem Sarkasmus in der Stimme. »Jetzt meinst du noch, es sei Frieden. Aber warte erst mal ein Jahr ab.«

»Ach, komm«, versuchte Janet zu beschwichtigen. »Wenn es so schlimm ist, warum bleibst du dann hier?«

Jetzt wandte sich Laura Janet zu und blickte sie ernst an. »Glaubst du, das ist so einfach?« fragte sie. »Wie verläßt man einen Ort wie diesen? Wenn man hier aufgewachsen ist, wenn der Ehemann noch hier aufgewachsen ist und wenn man selbst noch nie woanders gewesen ist, wie soll man dann von hier wegkommen? Sie lassen dich nicht gehen. Verstehst du?«

»Aber Mark –«

»Mark ist davongerannt«, sagte Laura, und in ihrer Stimme lag plötzlich Bitterkeit. »Mark ist geflohen, und das hätte ich auch tun sollen. Nur war ich noch zu jung, als er fortging. Und als ich alt genug war, war es zu spät. Da saß ich schon in der Falle.«

»Falle? Wie meinst du das?«

»So, wie ich es sage«, erklärte ihr Laura. »Nichts anderes ist eine Kleinstadt. Eine Falle. Zumindest ist Prairie Bend eine. Früher habe ich einmal davon geträumt, hier herauszukommen. Ich habe mir überlegt, ob ich Ryan nehmen und einfach davonlaufen sollte. Aber das habe ich natürlich nie getan.« Sie sah Janet an. »Du wirst das auch nicht mehr tun können, wenn du bleibst. Sie werden dich unterkriegen, so wie sie jeden hier unterkriegen.«

»Wer? Laura, wovon redest du?«

»Von Vater – von allen anderen.«

»Laura –«

Aber plötzlich brach es aus Laura heraus. »Ich bin hier eingesperrt, Janet. Der Ort läßt mich nicht mehr los. Ich wollte wirklich einmal weg von hier. Ich habe es wirklich versucht. Und weißt du, was geschah? Mutter brauchte mich nur mit ihren traurigen Augen anzusehen. Sie brauchte gar nicht zu sagen, daß Mark fort war und das Baby tot und daß ich das einzige war, was ihr noch geblieben war. Das alles stand in ihren Augen. Seit dieser Nacht...« Sie hielt inne, wandte sich von Janet ab und blickte über den Hof zu einer Luke, die etwas bedeckte, das Janets Meinung nach ein Schacht sein mußte.

»Seit welcher Nacht?« fragte Janet schließlich. »Wovon redest du?«

Laura wandte sich ihr wieder zu, und als sie sprach, lag in ihrer Stimme Unsicherheit. »Hat Mark dir denn nie davon erzählt?« Bevor Janet antworten konnte, seufzte sie schwer. »Nein, ich glaube auch nicht, daß er es dir erzählt hat. Niemand erzählt je von dieser Nacht. Vater nicht. Mutter nicht, und ich auch nicht. Warum hätte also Mark davon erzählen sollen?«

»Willst du darüber reden?« fragte Janet behutsam, im sicheren Wissen, daß das, was in jener Nacht geschehen war, für Lauras Verzweiflung verantwortlich sein mußte.

Nach langem Schweigen schüttelte Laura schließlich den Kopf. Als sie sprach, war es nur ein Flüstern. »Ich bin mir noch nicht einmal sicher, was damals geschah. Ist das nicht seltsam? Es war wohl die bedeutendste Nacht in meinem Leben, und ich weiß nicht einmal, was damals geschah.« Wieder schwieg sie und nickte zu der Luke hin, die sie gerade angestarrt hatte. »Da war ich drin. Da unten, im Sturmkeller.«

»Hier?« fragte Janet, und aus ihrer Stimme war deutlich ihre Verwirrung herauszuhören.

Laura richtete die Augen wieder auf Janet. Und dann begann sie zu verstehen, und ein bitteres Lachen entfuhr ihr. »Mein Gott, haben sie dir nicht einmal *das* gesagt? Das war einmal *unser* Haus. In diesem Haus wurden Mark und ich geboren.«

»Aber ich dachte – ihre Farm –«

»Das war damals unsere Farm. Es war Sommer. Ich war neun und Mark ungefähr sechzehn. Und Mutter war schwanger.«

»Schwanger?« wiederholte Janet. »Ich dachte, ihr wärt nur zwei Geschwister.«

»Nur zwei«, entgegnete Laura, und ihre Stimme war kaum noch zu vernehmen. »Das Baby – nun, Mutter verlor es. Jedenfalls wurde es mir so erzählt.«

»Es war ein heißer Tag«, fuhr sie fort, »und Mutter hatte sich bei der Arbeit übernommen, und ihre Wehen kamen zu früh. Vater tobte vor Zorn. Es war fast, als ob er ihr die Schuld für die frühen Wehen gab. Und dann kam ein Sturm auf, und sie schickten mich in den Sturmkeller. Ich blieb dort«, wiederholte sie. Und dann noch einmal: »Ich blieb dort.«

Janet wußte nicht, was sie sagen sollte. Sie war sich sicher, daß mehr hinter dieser Geschichte steckte. Sie hatte sogar das Gefühl, daß sie die ganze Geschichte dieser Nacht erfahren mußte, nicht nur das, was Laura, sondern auch das, was Mark erlebt hatte. »Und in jener Nacht ist Mark fortgegangen?« fragte sie.

Laura nickte. »Am nächsten Morgen kam Vater mich holen. Er sagte mir, das Baby sei tot zur Welt gekommen. Ich glaubte ihm nicht. Etwas in mir glaubte ihm nicht, aber ich weiß nicht, was es war.« Sie lächelte Janet schwach an. »Es ist immer noch da«, sagte sie. »Sogar nach so langer Zeit glaube ich immer noch nicht, daß das Baby tot zur Welt kam, aber ich weiß nicht, warum ich es nicht glaube. Es ist, als wäre in mir noch etwas, von dem ich weiß, an das ich mich aber nicht erinnern kann.« Sie seufzte. »Jedenfalls war Mutter nach dieser Nacht gelähmt, und Mark war fort.«

Janet starrte sie sprachlos an.

»Du fragst dich immer noch, was damals geschehen ist, nicht wahr?« fragte Laura schließlich. »Ich kann es dir wirklich nicht sagen. Ich habe es mich selbst immer wieder gefragt, aber Mutter sprach nie davon und Vater auch nicht. Man müßte fast meinen, Mark hätte etwas getan, aber ich weiß, daß das nicht stimmt.« Ihre Stimme wurde nun fast flehend. »Ich weiß, daß er nichts getan hatte, Janet. Mark war ein wunderbarer Bruder, aber nach dieser Nacht war er einfach verschwunden.« Sie ergriff Janets Hand, und in ihren Augen lag nun der Blick eines gehetzten Tieres. »Eine Zeitlang hörte ich nichts von ihm. Dann schrieb er mir – er war auf dem College. Ein einziger Brief, und später kam noch einer, aus New York. Ich schrieb zurück – oh, ich habe so viele Briefe geschrieben! Niemand wußte davon, nicht einmal Buck. Aber Mark hat sie nie beantwortet. Vielleicht sind sie auch nie angekommen.«

Janet legte den Arm um die verstörte Frau und drückte Lauras Kopf sanft gegen ihre Schulter. »Wie schrecklich«, flüsterte sie. »Wie schlimm für euch alle.«

Laura nickte. »Diese Nacht schien das Ende für die ganze Familie zu bedeuten. Und ich kann mich nicht mehr entsinnen, warum. Ein wenig später zogen wir zu der anderen Farm, wo Mutter und Vater heute noch leben, aber es half alles nichts – seit dieser Nacht habe ich immer Angst gehabt. Als Ryan zur Welt kam, war ich mir sicher, daß es mir genauso ergehen würde. Und jetzt –« Unbewußt strich sich Laura über den Bauch.

»Es wird schon gutgehen«, meinte Janet.

Laura blickte Janet an. »Wenn ich mich nur daran erinnern könnte, was in dieser Nacht geschehen ist, was mit Mutter war. Und – ich fürchte mich immer so, Janet. Jedesmal, wenn Buck mit mir schlafen will, habe ich Angst, schwanger zu werden. Und wenn ich's dann bin, muß ich immerzu an diese schreckliche Nacht denken.« Plötzlich wurden ihre Augen schmal. »Hat – hat Mark dir je davon erzählt?«

Janet schüttelte den Kopf. »Niemals. Nicht ein Wort. Und du darfst dir keine Sorgen machen, Laura. Es gibt keinen Grund zu glauben, daß es dir so ergehen muß wie Anna.«

»Wirklich nicht?« flüsterte Laura. Sie schluckte und sprach dann weiter. »O Janet, ich wünschte, ich könnte das glauben. Aber ich kann es nicht... ich kann es einfach nicht.«

Wortlos nahm Janet die Hand ihrer Schwägerin, und eine lange Zeit saßen die beiden jungen Frauen schweigend da und starrten auf die harmlos aussehende Luke des Sturmkellers, während jede für sich darüber nachdachte, was in Lauras Vergangenheit vor so vielen Jahren in diesem dunklen Raum unter der Erde verschlossen worden war.

Michael stand im kleinsten Schlafzimmer am Fenster und blickte unentwegt zu Ben Findleys Schuppen hinüber. Wäre er gefragt worden, was mit ihm los sei, er hätte keine Antwort gewußt. Aber etwas wußte er: Er war zu Hause.

Dieses Haus, dieses Zimmer, dieser Blick auf die endlose Prärie; das alles war vertraut, war gewohnt. Sein Vater war hier; fast konnte er seine Gegenwart in dem leeren Zimmer fühlen.

Und der Schuppen. Der Schuppen des alten Findley, deutlich zu sehen von seinem Fenster. Fast war es ihm, als könne er hineinsehen, obwohl er es in Wirklichkeit nicht konnte. Wenn man ihn aber gefragt hätte, was in der Scheune war, hätte er das Innere beschreiben können.

Es war, als würde jemand nach ihm rufen, ihm in einer Stimme zuflüstern, die er fühlen, aber nicht richtig hören konnte...

»Michael? Michael, fehlt dir etwas?«

Aufgeschreckt drehte Michael sich um. In der Tür standen seine Mutter und seine Tante und sahen ihn verwundert an.

»Hast du mich denn nicht gehört?« hörte er seine Mutter sagen. Er runzelte die Stirn.

»Was gehört?«

»Als ich dich rief. Wir können gehen.«

»Aber wir sind doch gerade erst gekommen.« Er sah, wie seine Mutter und seine Tante sich einander anblickten.

»Wir sind jetzt schon anderthalb Stunden hier«, erklärte ihm seine Mutter. »Wir haben dich gerufen, und als du keine Antwort gabst, glaubten wir, du seist hinausgegangen. Wir haben in der Scheune, auf dem Heuboden und sogar im Werkzeugschuppen nachgeschaut.«

»Warum?« fragte Michael. Seine Augen wandten sich wieder dem Fenster und Findleys Schuppen zu, aber obwohl er ihn immer noch sehen konnte – *fühlen* konnte er ihn nicht mehr. Als er dann wieder seine Mutter sprechen hörte, diesmal sehr zornig, zwang er seine Aufmerksamkeit, zwang er seine Gedanken zurück zu dem Zimmer, in dem sie standen.

»Weil wir dich nirgends finden konnten«, sagte seine Mutter gerade.

»Ich war die ganze Zeit hier«, erläuterte Michael. Warum war sie auf ihn zornig? Er hatte doch nichts getan. Und doch – als er die Worte aussprach, fragte er sich im stillen, ob er wirklich hiergewesen oder fortgegangen war, vielleicht hinüber zu Mr. Findleys Schuppen. Plötzlich war er sich nicht mehr so sicher.

»Warum hast du mir denn nicht geantwortet, als ich gerufen habe?«

»Ich – ich hab' dich nicht gehört.« Er spürte ein Pochen in der linken Schläfe. »Ich muß vor mich hin geträumt haben.«

»Eine ganze Stunde lang?« fragte seine Mutter.

»So lange war es nicht –«

»O doch«, widersprach Janet. In Michaels Augen sah sie etwas wie Furcht aufblitzen, und so wandte sie sich Laura zu.

»Warte doch bitte im Wagen auf uns. Wir kommen gleich nach.«

Laura nickte verständnisvoll, lächelte Michael aufmunternd zu und ging dann die Treppe hinunter.

»Bist du zornig auf mich?« fragt Michael, als er mit seiner Mutter allein war.

»Nun, man könnt meinen –« Sie unterbrach sich und blickte Michael besorgt an. »Michael«, sagte sie nun ganz sanft. »Fehlt dir etwas?«

Das Pochen in seinem Kopf hörte auf, und Michael schüttelte den Kopf. »Es tut mir leid«, sagte er leise. »Ich glaube, ich habe wirklich nur vor mich hin geträumt.« Er ließ einen Blick durchs Zimmer schweifen, und dann lächelte er. »Darf ich dieses Zimmer für mich haben?« fragte er.

»Dieses Zimmer?« fragte Janet. Sie schaute sich in dem kleinen Raum um und fragte sich, warum Michael ausgerechnet dieses haben wollte. Von allen drei Schlafzimmern war es das kleinste. »Warum nicht, wenn du es gern haben möchtest?«

»Ich möchte es haben«, erklärte Michael.

An seinem Tonfall erkannte Janet, daß in diesem Zimmer etwas geschehen war, das Michael in irgendeiner Weise berührt hatte. »Aber warum?« fragte sie.

Weil Daddy hier ist, dachte Michael. Er öffnete den Mund, um den Gedanken auszusprechen, aber dann überlegte er es sich anders. »Ich mag die Aussicht«, sagte er. Janet ging mit vier kurzen Schritten zum Fenster und ließ ihre Hände auf Michaels Schultern ruhen, während sie auf die Prärie hinaussah.

»Auch nicht viel anders als die Aussicht aus den anderen Fenstern, oder?« fragte sie.

»Es ist der Schuppen«, sagte Michael leise. »Ich möchte gern den Schuppen sehen können.«

»Er sieht aus, als könnte er jeden Moment zusammenbrechen«, meinte Janet.

Michael zögerte, dann zuckte er die Achseln. »Ich mag ihn einfach«, sagte er schließlich.

»Na schön.«

Michael drehte sich um und sah sie an. »Dann darf ich es haben, das Zimmer?«

Janet nickte, und die Beklommenheit, die sie die ganze Zeit in dem Raum, in sich selbst und in Michael verspürt hatte, war plötzlich verflogen. Sie lächelte. »Es ist ein gutes Zeichen, daß du es haben willst. Ich fürchtete schon, daß ich mich mit dir um das große Zimmer streiten müsse.«

Michael schwieg eine Zeitlang, und offensichtlich dachte er darüber nach. Schließlich schüttelte er den Kopf. »Ich werde versuchen, mich nicht mehr mit dir zu streiten, Mom.«

Janet nahm ihren Sohn in die Arme und drückte ihn fest an sich.

»Danke, Michael«, flüsterte sie. »Es wird alles gut werden. Ich weiß es. Ich kann es fühlen.«

Dann, als sie spürte, wie Michaels Arme sich um sie schlossen, warf sie noch einmal einen Blick aus dem Fenster zu dem Schuppen, der die Aufmerksamkeit ihres Sohnes so gefesselt hatte.

Er hatte einen Hauch von Verfall an sich, von Verwahrlosung und Verwilderung, der den Funken Optimismus, den sie gerade gespürt hatte, wieder auslöschte.

6

Janet hing den Telefonhörer ein und ging nachdenklich in die Küche, wo Anna geschickt ihren Rollstuhl mit einer Hand bewegte und mit der anderen den Boden sauberwischte. »Ich habe zwei Monate gebraucht, um das zu lernen«, sagte sie in einem Tonfall, der nichts über ihre Gefühle verriet.

Janet schüttelte den Kopf. »Ich wollte, du ließest dir helfen –«

Aber Anna war schon aus der Küche gerollt, um den Besen fortzuräumen. »Ich mache das schon seit Jahren so.« Sie rollte zum Tisch zurück und winkte Janet zu sich. »Na, hat nun alles seine Ordnung?«

Janet nickte. »Ich glaube schon, aber ich bin mir immer noch nicht sicher, ob ich das Richtige tue.«

Anna zuckte die Achseln. »Es ist jetzt sowieso nicht mehr zu ändern, und glaub mir, es ist viel einfacher, zu tun, was Amos meint, als auf eigene Faust zu handeln. Außerdem fürchte ich, daß er recht hat – es hat keinen Sinn, daß du nach New York gehst, nur um zu packen. Du würdest dich nur unnötig aufreiben, und das wollen wir doch alle nicht, oder? Eine Schwangerschaft hat immer ihre Risiken, das weißt du doch.«

Obwohl nichts in Annas Stimme darauf hindeutete, daß sie an ihre eigene letzte Schwangerschaft dachte, nahm Janet die Worte ihrer Schwiegermutter zum Anlaß, sie daraufhin anzusprechen. »Laura hat mir erzählt, was geschah«, sagte sie sanft. Als Anna keine Antwort gab, bohrte sie etwas nach. »In der Nacht, als Mark fortging –«

Plötzlich verstand Anna, und ihre Miene verfinsterte sich. »Laura hatte nicht das Recht, dich damit zu belasten«, sagte sie. »Außerdem weiß sie nicht, was all dem vorangegangen war. Sie war noch ein Kind damals.«

»Aber sie hat mich nicht belastet«, widersprach Janet. »Sie hat Angst. Wir sprachen über dich, und ich fragte sie, was damals geschah. Und sie erzählte es mir. Jedenfalls erzählte sie mir, daß du dein Kind verloren hast und Mark niemals wieder nach Hause kam.« Janet hielt kurz inne. »Und sie sagte, daß du ihr nie erzählt hast, was genau in dieser Nacht geschah. Ich glaube, seit damals fürchtet sie sich. Fürchtet sich davor, daß ihr dasselbe zustoßen könnte.«

Anna starrte Janet ein paar Sekunden lang an, dann schüttelte sie den Kopf. »Sie sollte sich keine Gedanken machen«, sagte sie schließlich. Und dann trug Anna ihre Geschichte in demselben Tonfall vor, den Janet schon von Laura her kannte. »Ich habe mich damals nur überarbeitet, so daß die Wehen zu früh einsetzten. Das Baby kam in Steißlage zur Welt, und die Nabelschnur hatte sich ihm um den Hals gewickelt. So hat man es mir gesagt, und das glaube ich auch.« Die Art, wie sie es vortrug, machte Janet nur noch sicherer, daß Anna etwas ausließ, etwas, über das sie nicht reden wollte.

»Du meinst, wir gehen überhaupt nicht mehr nach New York zurück?« fragte Michael. Er hatte schweigend dagesessen, während Janet ihm erklärt hatte, daß sie Möbelpacker für den Umzug bestellt und die Weitervermietung der Wohnung einem Makler aufgetragen hatte. Jetzt sprang er auf, und seine Augen loderten vor Zorn.

»Es scheint einfach das beste zu sein –«, setzte Janet an, aber Michael schnitt ihr das Wort ab.

»Das beste für wen?« wollte er wissen. »Und was ist mit meinen Freunden? Kann ich mich nicht einmal mehr von ihnen verabschieden?«

»Aber du hast dich verabschiedet, als wir hierhergingen –«

»Das war etwas anderes!« Michaels Stimme wurde lauter. »Als wir fortgingen, wollten wir auch wieder zurückkommen!«

Amos erhob sich und ging auf den zornigen Jungen zu. »Michael! Rede nicht in diesem Ton mit deiner Mutter!«

Ohne zu zögern, drehte sich Michael um und trat seinem Großvater entgegen. »Mach mir keine Vorschriften. Du bist nicht mein Vater!« Mit zornverzerrtem Gesicht wirbelte er herum und stürmte aus dem Zimmer. Amos wollte ihm folgen, aber Janet stellte sich ihm in den Weg.

»Laß ihn, Amos«, bat sie. »Er hat es nicht so gemeint. Er ist nur etwas durcheinander, und er kommt bestimmt gleich herunter, um sich zu entschuldigen.«

»So geht es nicht«, sagte Amos mit fester Stimme, doch ohne eine Spur von Zorn. »Es geht nicht, daß er so redet, weder mit dir noch mit mir. Und er sollte das am besten gleich von Anfang an wissen.« Er ging um Janet herum und verließ ebenfalls das Zimmer. Die beiden Frauen sahen einander unsicher an, und Janet glaubte zu wissen, daß Anna ihrem Mann recht geben würde, aber statt dessen schien die alte Frau in ihrem Stuhl zusammenzusinken.

»Es tut mir leid«, sagte sie. »Ich hätte ihn eigentlich zurückhalten sollen, aber er meint, daß Kinder Respekt haben sollten; ich weiß, das ist altmodisch, aber so ist er nun einmal.«

Und er hat recht.

Dieser Gedanke schoß Janet unwillkürlich durch den Kopf – es war eine Anschauung, die ihr und ihrem Mann schon vor Jahren fremd geworden war. Sie waren moderne Eltern gewesen, sich immer der zerbrechlichen kindlichen Psyche bewußt, immer darauf bedacht, ihrem Sohn dieselben Möglichkeiten der Selbstentfaltung zukommen zu lassen, die sie selbst genossen.

Aber hier, weit weg von der Stadt und ihrem Klima fortschrittlichen Denkens und Experimentierens, setzte sich derselbe Gedanke in Janets Kopf fest. *Amos hatte recht.*

Amos Hall stand vor der Tür zu dem Zimmer, das eigentlich Mark gehörte, nun aber von Michael bewohnt wurde, und wollte gerade die Klinke herunterdrücken. Aus dem Gefühl heraus, daß er dem Jungen denselben Respekt schuldete, den er von ihm nun fordern wollte, klopfte er vorher jedoch an.

»Geh weg«, rief Michael von drinnen mit zornerstickter Stimme. Ohne die Worte zu beachten, öffnete Amos, trat ein und schloß die Tür wieder hinter sich. Er stand ruhig da und wartete auf eine Reaktion von Michael. Mehrere Minuten lang herrschte im Zimmer eine quälende Stille. Dann rollte sich Michael zur Seite, lehnte sich gegen das gußeiserne Bettgestell und verschränkte die Arme vor der Brust, wobei jede einzelne seiner Bewegungen die Unsicherheit verriet, die er eigentlich verbergen wollte.

»Ich habe nicht gesagt, daß du hereinkommen kannst«, sagte er trotzig. »Das ist mein Zimmer.«

Amos' Augenbrauen zogen sich zusammen. Er ging weiter in das Zimmer hinein und setzte sich auf einen Holzstuhl neben dem Bett. »Wenn ich dich noch einmal mit mir oder mit deiner Mutter oder mit irgendeinem Erwachsenen in dem Ton wie vorhin sprechen höre«, sagte er mit so leiser Stimme, daß Michael Mühe hatte, ihn zu verstehen, »dann gehe ich mit dir hinter die Scheune und versohle dir den Hintern, wie ich es nicht mehr getan habe, seit dein Vater in deinem Alter war. Ist das klar?«

»Du kannst nicht –«

»Und wenn ich an deine Tür klopfe«, fuhr Amos unerbittlich fort, »dann heißt das nicht, daß ich dich um Einlaß bitte. Das ist nur die Warnung, daß ich hereinkomme.« Michael setzte noch einmal zum Sprechen an, aber Amos gab ihm immer noch keine Gelegenheit dazu. »So, und nun wird dreierlei gemacht. Zunächst wirst du eine Erfahrung machen, die sicherlich neu für dich ist. Sich den Mund mit Seife und Wasser auswaschen, hast du davon schon einmal gehört? Nicke oder schüttel den Kopf. Es ist mir gleich, ob du jetzt etwas zu sagen hast.«

Michael zögerte, dann schüttelte er den Kopf.

»Das dachte ich mir. Nun, es wird dir nicht gefallen, es wird dich aber auch nicht umbringen. Wenn du damit fertig bist, gehen wir beide hinunter, und du wirst dich bei deiner Mutter entschuldigen.«

Wieder öffnete Michael den Mund, aber diesmal überlegte er es sich rechtzeitig anders. Statt dessen preßte er die Lippen wieder zusammen und verkniff zornig die Augen. Seine Schläfen begannen dumpf zu pochen.

»Wenn du dich dann entschuldigt hast«, fuhr Amos fort, »ist die Sache erledigt, und wir werden einen Kakao trinken und das alles vergessen. Hast du verstanden?«

Während das schmerzhafte Pochen stärker wurde, schossen eine Menge Gedanken Michael durch den Kopf. Sein Vater hatte nie so mit ihm geredet, sein ganzes Leben lang nicht. Er hatte immer sagen können, was er wollte, und seine Eltern hatten ihm immer zugehört. Warum war dann aber sein Großvater so zornig auf ihn? War er überhaupt zornig? Vielleicht war es etwas ganz anderes. Er betrachtete Amos, konnte aber nichts erkennen. Der alte Mann saß nur da und erwiderte seinen Blick und wartete. Allmählich wurde Michael klar, daß sein Großvater ihn bedrängte, etwas von ihm wollte. Aber was?

Was immer es auch sein mochte, Michael beschloß, es ihm nicht zu geben, wenigstens nicht eher, als bis er wußte, was vor sich ging.

Ohne sich anmerken zu lassen, wie wütend er war, stand Michael vom Bett auf, verließ das Zimmer und ging durch den Flur zum Badezimmer. Er spürte mehr, als daß er hörte, wie sein Großvater ihm folgte.

Im Badezimmer stellte er sich vor das Waschbecken und schaute das Stück Seife an, das neben dem Wasserhahn lag. Er nahm sie in die Hand und drehte das Wasser auf, dann holte er die Zahnbürste hervor. Dann griff er nach dem Seifenstück. Er hielt die Seife in der linken Hand, feuchtete die Borsten an und fing an.

Zuerst schien es ihm, als müsse der scharfe Seifengeschmack ihn würgen, aber er machte hartnäckig weiter und schrubbte sich erst die Zähne, dann den ganzen Mund. Einmal betrachtete er sich kurz im Spiegel und sah, wie ihm der Schaum auf den Lippen stand, aber schnell wandte er die Augen vor dem Zeugnis seiner Erniedrigung wieder ab. Schließlich ließ er die Zahnbürste sinken und spülte den Mund so lange aus, bis der Seifengeschmack fast wieder verschwunden war. Er wischte sich Gesicht und Hände, legte die Zahnbürste weg, faltete sorgfältig das

Handtuch zusammen, bevor er es über den Ständer hing, und verließ dann wortlos das Badezimmer, immer noch gefolgt von seinem Großvater.

Unten in der Küche begegnete er seiner Großmutter. Ihre Augen funkelten zornig, aber instinktiv erfaßte Michael, daß ihr Zorn nicht ihm galt. Als sie ihn anblickte, glaubte er sogar, die Spur eines Lächelns zu entdecken, als wolle sie ihm sagen, er brauche sich keine Sorgen zu machen, sie sei auf seiner Seite, was immer da oben auch geschehen war. Das tröstete ihn etwas, und er schaute nach seiner Mutter, aber sie war nirgends zu sehen. Dann sah er durchs Fenster. Sie saß draußen unter der Pappel. Er ging hinaus, dicht gefolgt von seinem Großvater.

Janet blickte auf, als sie kamen, aber ihr Begrüßungslächeln fror ein, als sie den grimmigen Gesichtsausdruck ihres Schwiegervaters und Michaels Antlitz voll stoischer Selbstbeherrschung sah. Schließlich blickte Michael unsicher zu der drohenden Gestalt seines Großvaters zurück, aber der alte Mann nickte nur.

Michael wandte das Gesicht wieder seiner Mutter zu. »Es tut mir leid, daß ich so mit dir gesprochen habe.« Er fuhr fort: »Wenn du meinst, wir sollten hier bleiben und nicht nach New York zurückgehen, dann werden wir das auch tun.«

Janets Augen wanderten von Michael zu ihrem Schwiegervater und wieder zurück. »Dank –« setzte sie an, überlegte es sich dann aber anders. »Ganz meiner Meinung«, sagte sie. Sie berührte Michael mit einer versöhnlichen Geste, die aber unbeantwortet blieb. Zögernd erhob sie sich, ging in Richtung Haus und drehte sich noch einmal um. »Es wird alles gut werden, Michael«, sagte sie. Er blickte sie an, und der Zorn stand in seinen Augen, dann senkte er den Blick zu Boden.

»Geh rein und hilf deiner Großmutter, Junge«, sagte Amos. »Und sag mir, wenn du fertig bist. Wir machen dann einen Kakao.«

Michael folgte gehorsam seiner Mutter in die Küche und nahm seiner Großmutter das Geschirrhandtuch aus den Händen. »Ich mache das«, sagte er.

Michael trocknete den Rest des Geschirrs ab. Sein Kopf pochte immer noch vor Schmerzen, die Küche schien mit einem Geruch von Rauch erfüllt zu sein, und irgendwo meinte er etwas oder jemanden nach ihm rufen zu hören.

Bei seiner Arbeit gingen ihm ständig die Worte seines Großvaters durch den Kopf, daß alles vorbei sein würde, wenn er sich bei seiner Mutter entschuldigt hätte.

Aber es war nicht vorbei.

Im Gegenteil – es fing erst richtig an.

Wie er es versprochen hatte, kochte Amos Hall am Abend einen Topf voller Kakao, aber er erreichte damit nicht die beabsichtigte Wirkung. Die vier tranken ihren Kakao, aber von Michael ging eine trübe Stimmung aus, die auf die ganze Runde übergriff, obwohl Janet und Anna sich redliche Mühe gaben, ihn aufzumuntern. Um halb zehn waren bereits alle zu Bett gegangen.

Janet blieb vor Michaels Zimmer stehen, klopfte leise an die Tür und wartete auf die Aufforderung, einzutreten. Als sie keine Antwort erhielt, zögerte sie zuerst; dann öffnete sie, wie zuvor ihr Schwiegervater, die Tür und trat ein. Michael saß auf dem Bett gegen das Kopfbrett gelehnt und las. »Darf ich hereinkommen?«

Michael zuckte die Achseln und blickte unverwandt in sein Buch hinein. Janet ging durch das kleine Zimmer, setzte sich auf das Bett, nahm das Buch, schloß es und legte es auf den Nachttisch. Erst jetzt schaute Michael sie an.

»Willst du mir nicht erzählen, was passiert ist?« fragte sie.

Michael runzelte nachdenklich die Stirn. Er schüttelte den Kopf. »Ich hab' Kopfweh.«

»Ist es schlimm?«

»Ich hab' eine Tablette genommen.«

»Gut. Was ist denn nun passiert –«

»Ich will nicht darüber sprechen«, unterbrach Michael sie.

»Michael, heute nachmittag erst hast du gesagt, du wolltest nicht mehr mit mir streiten. Denkst du noch daran?«

Der Junge zögerte erst, dann nickte er.

»Das hat ja nicht lange gehalten, stimmt's?«

Er schüttelte den Kopf. »Stimmt«, gab er zu.

»Hast du es nicht ernst gemeint heute nachmittag?«

»Doch, aber –« Seine Stimme stockte, und er schwieg.

»Was – aber?«

»Früher haben wir immer erst darüber geredet, bevor wir etwas getan haben. Jetzt scheint ja Großvater zu bestimmen, was gemacht wird.«

»*Ich* treffe die Entscheidungen«, verbesserte ihn Janet. »Großvater gibt mir Ratschläge, aber ich treffe immer noch die Entscheidungen. Und so wird es auch noch eine Weile bleiben. Wenn wir erst einmal in unser neues Haus eingezogen sind, können wir es wieder wie früher halten. Aber im Moment muß so viel entschieden und getan werden, daß ich nicht jede Einzelheit mit dir besprechen kann. Und ich will mich darauf verlassen können, daß du das einsiehst.«

Michael bewegte sich unruhig im Bett hin und her. »Tu ich ja. Es ist nur, weil –«

»Weil was?«

Michael blickte betreten zur Decke. »Großvater hat mich den Mund mit Seife auswaschen lassen.«

Janet versuchte ein Lachen zu unterdrücken, aber es gelang ihr nicht. »Vielleicht widersprichst du ihm nun das nächste Mal nicht mehr.«

»Er meinte, es sei dafür, daß ich mit *dir* so geredet habe.«

»Nun, wahrscheinlich von beidem etwas. Auf jeden Fall geht davon nicht die Welt unter. Mein Gott, ich habe eine Menge Mundwäsche erlebt.«

»Auch als du erst elf warst?«

Plötzlich wurde Janet klar, was der Kern des Problems war. »Meine erste bekam ich, da war ich gerade zehn«, sagte sie wohlüberlegt. »Andererseits wußte ich mit elf auch schon, daß man Erwachsenen besser nicht widerspricht.«

»Aber du und Dad, ihr habt mich immer widersprechen lassen. Auch schon, als ich noch kleiner war.«

»Ja, das stimmt«, sagte Janet sanft. »Aber wer sagt, ob wir recht hatten. An deiner Stelle würde ich jedenfalls meine Zunge im Zaum halten, jedenfalls so lange, wie wir nicht in unseren eigenen vier Wänden wohnen.« Sie stand auf und gab Michael einen Gutenachtkuß. »Was macht das Kopfweh?«

»Ist noch da.«

»Nun, schlaf jetzt. Morgen früh ist es weg.« Sie knipste das Licht auf dem Nachttisch aus und ging aus dem Zimmer.

Michael lag in der Dunkelheit und versuchte zu begreifen, was mit ihm geschah. Er hatte sich zweimal die Zähne geputzt, und immer noch spürte er den bitteren Seifengeschmack im Mund. Die Tablette hatte auch nichts gegen das Kopfweh ausgerichtet, und der Rauchgeruch aus der Küche schien ihm nach oben gefolgt zu sein. Während er so im Bett lag, meinte er plötzlich keine Luft mehr zu bekommen.

Er sprang auf und ging zum Fenster. Die Prärie wurde vom Vollmond beschienen, und als er in das silbrige Leuchten der Nacht hinausblickte, fühlte er sich von den Mauern des Hauses eingesperrt. Wenn er doch nur hinausgehen könnte...

Er wußte, daß er das nicht durfte. Er sollte bleiben, wo er war, und versuchen, einzuschlafen. Wenn ihm sein Großvater auf die Schliche käme, würde er sich ganz schön aufregen...

Das gab den Ausschlag. Es machte einfach Spaß, Dinge zu tun, die man eigentlich nicht tun sollte, und man konnte dabei aus fast allem ein Abenteuer machen. Außerdem war er hier nicht in New York. Dies war Prairie Bend, wo man noch nicht einmal seine Türen zu verriegeln brauchte und die Straßen nicht voller fremder Leute waren. Und er würde nicht durch die Straßen gehen, weil es nicht die Straßen waren, die ihn riefen.

Er zog seine Jeans an und einen Pullover. Er nahm Socken und Schuhe in die Hand, schlich sich aus dem Zimmer und die Treppe hinunter, wobei er vorsichtig die dritte Stufe von unten ausließ, weil die knarrte. Er ging durch die Hintertür und blieb auf der Veranda stehen, um sich Schuhe und Strümpfe anzuziehen. Ohne noch einmal umzublicken, stürmte er durch den Hof und um die Scheune. Dort wartete er, denn er war sich sicher, daß man ihn rufen oder ihm folgen würde, wenn er beobachtet worden war. Als sich aber nach ein paar Sekunden noch nichts rührte, rannte er von der Scheune fort, über ein frisch gepflügtes Feld zu der Pappelpflanzung am Fluß.

Als Janet ihren Sohn im Dunkel der Nacht verschwinden sah, war tatsächlich ihr erster Gedanke, ihm zu folgen. Sie zog ihren Bademantel an, eilte die Treppe hinunter und wollte gerade durch die Hintertür hinaus, als sie im Haus eine Bewegung vernahm. Gleich darauf tauchte Amos in der Küche auf.

»Stimmt was nicht?«

Janet schüttele den Kopf. »Keine Sorge. Es ist nur Michael. Er – nun, er will wohl noch einen Spaziergang machen.«

Amos runzelte die Stirn. »Mitten in der Nacht?«

»Sieht so aus. Ich wollte ihm gerade nachgehen –«

»Du wirst nichts dergleichen tun«, meinte Amos, und sein Stirnrunzeln verstärkte sich. »In deinem Zustand solltest du eigentlich nichts anderes tun, als dich um deine Nachtruhe zu kümmern. *Ich* werde ihm nachgehen.«

Er ging wieder in sein Schlafzimmer, und Janet setzte sich auf einen der Küchenstühle. Während sie darauf wartete, daß er sich ankleidete, dachte sie darüber nach. Ein paar Minuten später kam Amos zurück, er hatte nun Jeans und ein Flanellhemd an. Janet stand wieder auf, als er zur Hintertür gehen wollte.

»Amos? Vielleicht – vielleicht sollten wir ihn einfach mal in Ruhe lassen.« Der alte Mann drehte sich um und sah sie verständnislos an.

»Einmal allein sein und sich die Dinge durch den Kopf gehen lassen tut ihm vielleicht ganz gut«, sagte sie. »Lassen wir ihm etwas Zweit, einverstanden?«

Amos zögerte. »Wenn du meinst. Aber es gehört sich nicht, daß er mitten in der Nacht wegläuft.«

»Ich weiß«, seufzte Janet. »Du hast ja recht. Aber dieses eine Mal können wir es ihm doch durchgehen lassen? Geh wieder schlafen. Es wird schon alles gut werden.«

»Willst du nicht, daß ich bei dir bleibe, bis er zurückkommt?«

Janet schüttelte den Kopf. »Nein.«

Amos schwieg lange, dann nickte er. »Gut. Aber morgen früh werde ich ein ernstes Wort mit ihm reden und dafür sorgen, daß er das nicht wieder tut.«

Gleich darauf war er wieder verschwunden, und Janet ging die Stufen hoch, um mit der Nachtwache zu beginnen.

Das Warten fiel ihr schwerer, als sie gedacht hatte.

Die Luft war nicht mehr so beißend kalt wie im Vormonat, aber auch noch nicht so schwül, wie sie in den folgenden Wochen werden würde, dumpf auf Mensch und Vieh lastend und noch schwerer zu ertragen als die Winterkälte.

Etwas fröstelnd wählte Michael die Richtung, die er einschlagen wollte, und ging am Rand der Weiden entlang. Kam er an einen Zaun, kletterte er darüber. Eher als er erwartet hatte, kam er an die Biegung des Flusses. Vor sich konnte er die vereinzelten Lichter von Prairie Bend erkennen. Einen Moment lang überlegte er sich, ob er ins Dorf gehen sollte, aber als er nach Südosten blickte, verwarf er den Gedanken wieder, denn dort zeichnete sich im Mondlicht die ungefüge Silhouette von Findleys Schuppen ab.

Dorthin, das wußte Michael, wollte er gehen.

Er kürzte über das Feld ab, lief rasch über die leere Landstraße und auf ein weiteres Feld. Noch einmal kam er auf die Straße, dort, wo sie aus dem Dorf herausführte. Auf der anderen Seite konnte er Ben Findleys Auffahrt und an ihrem Ende das Haus und den Schuppen sehen.

Er überlegte, ob er am Haus vorbeigehen sollte, schlug sich die Idee aber schnell wieder aus dem Kopf, als er sich Ben Findley mit der Flinte im Arm an der Eingangstür vorstellte. Er blieb auf der Nordseite der Straße und lief weiter nach Osten. Eine Zeitlang zögerte er und fragte sich, ob er nicht doch besser zum Haus seiner Großeltern zurückkehren sollte. Schließlich ging er doch über die Straße die Einfahrt hinunter dem verlassenen Haus entgegen, das sein neues Zuhause werden sollte.

Sein Vormarsch kam ins Stocken, als er die von Unkraut überwucherte Wiese durchstreifte, die zwischen Haus und Fluß lag, aber er wollte auf keinen Fall in die Nähe des Zaunes kommen, der Findleys Grundstück von ihrem eigenen abtrennte, wenigstens so lange nicht, bis der Schuppen ihn vor den wachsamen Augen des alten Mannes verbarg. Erst als er nahe am Fluß war, fühlte er sich sicher genug, unter dem Stacheldraht durchzukriechen.

Er konnte es jetzt wieder spüren, dieses seltsame Gefühl der Vertrautheit, das er am Nachmittag schon gespürt hatte, nur war es hier stärker und zog ihn durch die Nacht auf sich zu. Er versuchte nicht, dagegen anzukämpfen, obwohl er sich ein wenig davor fürchtete. Das Ganze war beängstigend und aufregend zugleich. Es haftete ihm etwas von Entdekkung und Erinnerung an. Und das Kopfweh, der pochende Schmerz, der ihn den ganzen Abend nicht losgelassen hatte, war verschwunden.

Er kam beim Schuppen an und zögerte. Um die Ecke mußte eine Tür sein, eine Tür mit einem Riegel daran. Er begriff nicht, woher er das wußte, denn diese Seite des Schuppens hatte er noch nie gesehen, aber er *wußte* es einfach. Mit sicheren Schritten näherte er sich der Ecke des Schuppens, und die Unsicherheit, die er wenige Minuten zuvor noch verspürt hatte, war wie ausgelöscht.

Um die Ecke herum fand er die Tür, sicher verschlossen von einem schweren Holzbalken, der durch zwei schmiedeeiserne Klammern geschoben war. Ohne zu zögern zog Michael den Riegel heraus und lehnte ihn vorsichtig gegen die Wand. Als er die Tür öffnete, gab es kein Quietschen, das seine Anwesenheit verraten hätte. Obwohl es im Schuppen fast vollkommen dunkel war, war es Michael nicht so unheimlich, wie kurz zuvor noch bei den Bäumen unten am Fluß. Für Michael hatte diese Dunkelheit etwas Einladendes.

Er betrat den Schuppen.

Er wartete gespannt, als die Dunkelheit in ihn einsickerte und ihn in ihren Schoß nahm. Und dann griff etwas durch die Dunkelheit nach ihm und berührte ihn.

Michael zuckte zusammen, aber blieb mit einer seltsamen Ruhe stehen, wo er war. Und dann hörte er eine Stimme, flach, beinahe tonlos, die irgendwo aus der Tiefe des Schuppens hallte.

»Michael.«

Michael schauderte.

»Ich wußte, du würdest kommen.« Einen Moment lang war es still, dann fuhr die Stimme fort. »Ich habe dich gerufen. Ich wußte nur nicht, ob du mich auch hören würdest.«

»Wer bist du?« fragte Michael. Seine Augen suchten die Dunkelheit ab, aber er konnte nichts finden. Genausowenig konnte er mit Sicherheit sagen, wo die Stimme herkam. Als die Stille anhielt, zog er sich langsam zur Tür zurück. »Sag mir, wer du bist«, sagte er, diesmal etwas lauter.

Und dann fing ein Hund draußen zu bellen an, einmal, zweimal, dreimal. Und irgendwo in der Nähe schlug eine Tür zu. Michael stürzte aus dem Schuppen hinaus und verriegelte hastig wieder die Tür. Aber kurz bevor er in die relative Sicherheit der Wiesen zurückrannte, hörte er die Stimme noch einmal. Auf dem ganzen Weg nach Hause hallte sie in Michaels Kopf nach.

»Ich bin Nathaniel«, sagte sie. »Ich bin Nathaniel...«

7

Als Michael am nächsten Morgen in die Küche kam, wartete sein Großvater schon auf ihn. Der alte Mann blickte Michael so durchdringend an, daß der Junge wie angewurzelt stehen blieb.

»Gut geschlafen?« fragte Amos.

»Ja, ich glaube schon«, meinte Michael zögernd.

»Ich nicht«, entgegnete Amos. »Ich hörte deine Mutter umherlaufen und ging hinaus, um nachzusehen, was los war. Sie machte sich Sorgen, weil du fortgegangen warst.«

»Ich – ich bin spazierengegangen.«

»So, so.« Amos stand auf. »Und jetzt machen wir auch einen kleinen Spaziergang. Los.«

Michaels Augen weiteten sich, und er starrte seinen Großvater an. »W-Wohin?«

»Zur Scheune«, erklärte ihm Amos, und jetzt erst entdeckte Michael in seiner Hand den Streichriemen.

»Aber –«

»Kein Aber«, unterbrach ihn Amos. »Du hast deiner Mutter heute nacht große Sorgen bereitet, sehr große Sorgen. Das wirst du nicht wieder tun. Jetzt komm.«

Michaels Augen richteten sich hilfesuchend auf die Eingangstür, aber niemand war dort zu sehen, der ihm hätte helfen können. Widerwillig folgte er also seinem Großvater hinaus in die Morgensonne. Erst als sie hinter der Scheune außer Sicht waren, brach Amos sein Schweigen.

»Wo bist du hingegangen?«

Michael zögerte. Bei Tageslicht erschien ihm das, was er in der Nacht erlebt hatte, wie ein Traum. Als er darüber nachdachte, konnte er nicht einmal mehr sagen, was eigentlich genau geschehen war. Er war spazierengegangen, und er glaubte sich auch noch erinnern zu können, daß er zum Grundstück des alten Findley gehen wollte. Aber er war sich nicht mehr so sicher. War er wirklich dorthin gegangen? Er überlegte angestrengt, aber er konnte sich wirklich nur noch an den Wald am Fluß und an die Wiese erinnern. Und an die Stimme? Eine Stimme hatte gesprochen. Oder doch nicht?

»N-nirgends«, sagte er schließlich. »Nur unten am Fluß. Ich – ich war nicht lange weg.«

»Hose runter und bücken.«

Langsam löste Michael den Gürtel und ließ die Jeans herunter. Er drehte sich um, bückte sich und stützte sich dabei auf seinen Knien ab. Gleich darauf spürte er den ersten sengenden Schlag auf seinem Hintern, und er schrie auf.

»Schrei nicht«, befahl Amos. »Schreien macht es nur noch schlimmer. So, und jetzt will ich wissen, wo du warst.«

»Ich war nirgends«, jammerte Michael. »Ich sagte doch, ich bin nur zum Fluß gegangen.«

»Du warst über eine Stunde weg.«

Wieder peitschte der Riemen auf seinen Hintern, aber diesmal konnte er den Schrei unterdrücken.

»Das – das hab' ich nicht bemerkt«, flehte Michael. »Ich dachte, es seien nur ein paar Minuten gewesen.«

»Du hättest überhaupt nicht fortgehen sollen, ohne deiner Mutter vorher Bescheid zu sagen.«

»Ich muß ihr nicht von allem erzählen, was ich tue –«

Der Riemen surrte durch die Luft, und dieses Mal zog er sich wie eine Schlange um seine Oberschenkel.

»Von jetzt an wirst du immer deine Mutter oder mich fragen, bevor du irgend etwas tust. Ist das klar?«

Michael sagte nichts und stählte sich gegen den nächsten Hieb. Er ließ nicht lange auf sich warten, dann erklang wieder die Stimme seines Großvaters.

»Hast du mich verstanden?«

»J-ja...«

Wieder surrte der Riemen durch die Luft und brannte sich in sein Fleisch hinein. »Ja, was?«

Michael überlegte verzweifelt und biß die Zähne zusammen, als ihm die Tränen in die Augen traten. »Ja, Sir«, rief er schließlich.

Und dann war das Auspeitschen plötzlich vorbei.

»So, das war's«, sagte sein Großvater. Langsam richtete Michael sich auf und zog sich die Jeans wieder hoch. Dann sah er seinem Großvater ins Gesicht, seine Augen funkelten vor Wut und durch seinen Kopf rasten Schmerzen, die noch größer als die Schmerzen der Prügel waren.

»Warte nur, wenn ich das meiner Mom erzähle –«, sagte er, aber Amos kniete sich hin und packte ihn heftig an den Schultern.

»Laß das, Michael«, sagte er. »Was eben geschehen ist, ist eine Sache zwischen dir und mir. Du wirst nichts davon deiner Mutter erzählen. Sie hat eine Menge durchgemacht, und du darfst ihr nicht noch mehr auflasten. Von nun an wirst du dich benehmen. Und wenn du es nicht tust, weißt du, was geschehen wird. Und wenn du mit deinen Schwierigkeiten zu deiner Mutter läufst, kann ich dir versichern, daß sie nur noch größer werden. Du bist ein großer Junge. Ich erwarte, daß du dich auch wie einer benimmst.«

»Aber –«

»Kein ›Aber‹. Die Dinge liegen nun anders, und du solltest das langsam begreifen. Ich tue das nicht gerne, aber so wahr ich hier stehe, ich werde dir etwas mehr Respekt beibringen, Junge, damit du es dir nächstens zweimal überlegst, wenn du wieder mitten in der Nacht spazierengehen willst. Verstanden?«

Michael zögerte, dann nickte er. Aber als er dem alten Mann zurück zum Haus folgte, wurde sein Kopfweh schlimmer, und eine Fülle von Gedanken schossen ihm durch den Kopf. *Das ist ungerecht. Ich habe nichts getan … Ich bin doch nur spazierengegangen … Das ist nicht gerecht …*

In der Küche saß Janet am Tisch, nippte an einer Tasse Kaffee und machte sich auf einen Spiralblock Notizen. Sie blickte auf, als Amos und Michael durch die Hintertür hereinkamen. »Hallo. Was habt ihr beiden heute morgen schon unternommen?«

»Hausarbeit«, antwortete Amos, bevor Michael etwas sagen konnte. Er ging zum Spülbecken und wusch sich die Hände. Während er sie abtrocknete, drehte er sich um und blickte Janet über die Schulter. »Und was ist das hier?«

»Das sind die ganzen Dinge, die noch getan werden müssen«, seufzte Janet. »Es gibt so viel zu tun, und ich weiß nicht, wo ich anfangen soll. Aber hier sind die Farben, die ich für die Farm haben will.« Sie riß das erste Blatt ab und reichte es Amos, der es las und dann Michael gab.

Janet holte tief Luft und wandte sich mit Nachdruck ihrer Liste zu. »Die Möbel werden uns einige Probleme machen.«

»Was stimmt denn mit unseren Möbeln nicht?« fragte Michael und ließ sich vorsichtig auf einem der harten Küchenstühle nieder. »Ich mag sie.«

»Es liegt ja nicht unbedingt an den Möbeln«, versuchte Janet zu erklären. »Ich fürchte nur, für eine Farm in Prairie Bend sind sie einfach nicht zu gebrauchen.«

»Farmhausmöbel sind häßlich«, behauptete Michael. Als ihm klarwurde, was er da gerade gesagt hatte, blickte er ängstlich zu seinem Großvater hinüber.

Aber der alte Mann nickte nur zustimmend. »Kann schon sein, aber sie sind gemütlich«, sagte er, als Anna gerade mit ihrem Stuhl in die Küche gerollt kam und zwischen Spülbecken und Herd anhielt. »Wovon habt ihr gesprochen?« fragte sie in die Runde hinein. »Was ist häßlich, aber gemütlich?«

»Farmhausmöbel«, erklärte Amos.

»Wer sagt das?« fragte Anna und machte plötzlich ein Gesicht wie sieben Tage Regenwetter.

»Dein Enkel.«

»Oh«, sagte Anna. Sie zögerte nur eine Sekunde lang, dann zuckte sie die Achseln. »Nun, natürlich hat er recht. Aber mach dir darüber keine Gedanken«, wandte sie sich an Janet. »Ein paar Telefongespräche, und ich kann dir das ganze Haus einrichten. Jede Dachkammer, jeder Schuppen von Prairie Bend ist mit Möbeln vollgestopft, und es kostet keinen Cent. Außerdem würde es mehr Geld kosten, das Zeug hierher bringen zu lassen, als du durch den Verkauf hereinbekommen könntest, also sparst du sogar noch etwas, wenn du es gleich verkaufst. Bring mir die Teller, Michael.«

Als Michael zögerte, sah Anna ihn an. In seinen Augen lag etwas – ein Schmerz –, das sie vor Jahren schon einmal gesehen hatte, in den Augen ihres Sohnes. Sie hatte gehofft, es nie wieder sehen zu müssen. »Michael, fehlt dir etwas?«

Michael sah seiner Großmutter in die Augen, und für den Bruchteil einer Sekunde fand zwischen den beiden ein stummer Gedankenaustausch statt. Aber dann schüttelte Michael den Kopf, wandte sich um und ging zu dem Schrank, in dem das Porzellan aufbewahrt wurde. Annas Blicke folgten dem Jungen, dann wandten sie sich ihrem Mann zu. Aber Amos ließ sich nicht anmerken, ob er den versteckten Zorn in den Augen seiner Frau bemerkt hatte.

Die Sonne stand hoch am Himmel, als Michael den Abfallkübel hinter die Scheune trug. Die Schweine, die in ihrem Pferch herumliefen, begannen in Erwartung ihres Frühstücks zu grunzen und zu schnauben. Michael kletterte auf die stabilen Metallstangen und grinste zu der aufgeregten Meute hinunter.

»Okay«, sagte er. »Da habt ihr!« Er leerte den Eimer aus, und der Abfall fiel in den Futtertrog. Ein Eber, der größte der Herde, drängte sich sofort zwischen zwei Säuen hindurch und wurde prompt von einer ins Ohr gebissen. Der Eber quickte überrascht auf und zog sich schnell wieder zurück. Beim Anblick des großen Kerls, der vor den kleineren Säuen ausriß, mußte Michael unwillkürlich lachen, und er feuerte das große Schwein an. »Los, laß dir doch nicht alles abnehmen. Geh hin und kämpfe um deinen Teil!«

Als ob der Eber gemerkt hätte, daß man sich über ihn lustig machte, griff er plötzlich mit funkelnden Augen Michael an. Er sprang mit einer Behendigkeit hoch, wie Michael sie nie von einem so schwerfälligen Tier erwartet hatte, packte Michaels Fuß mit seinem Maul und gab ihm einen kurzen Ruck.

Michael stürzte in den Pferch, und sein Gelächter wich plötzlich einem entsetzten Schreien.

Der Eber nahm einen kurzen Anlauf und stürmte zornig grunzend vorwärts.

Michael rollte sich im letzten Moment zur Seite und versuchte, wieder auf die Beine zu kommen, aber er stolperte über ein anderes Schwein.

Plötzlich war die ganze Herde in Aufruhr, ihre scharfen Hufe scharrten auf der Erde, als sie sich in Stellung brachten, die einen, um auszubrechen, die anderen, um auf Michael loszugehen.

»Hilfe!« schrie Michael. »Hilft mir denn keiner?«

Janet hörte Michaels Schreie und rannte aus der Küche, gerade als Amos aus der Scheune kam. »Was ist passiert?« rief sie, während sie über den Hof stürmte.

»Die Schweine«, rief Amos zurück. »Er muß in den Pferch gefallen sein.« Dann verschwand er um die Ecke der Scheune.

Als Janet den Schweinepferch erreichte, hatte Amos schon eine lange Stange in der Hand, mit der er nach den aufgeregten Tieren stieß. »Aufstehen«, rief er Michael zu. »Steh auf, Junge, oder sie werden dich zertrampeln. Steh auf!«

Plötzlich kam von jenseits der Scheune ein großer schwarzer Hund in Sicht und sprang direkt auf den Pferch zu. Mit einem Satz war er über die oberste Stange gesprungen und knurrte und bellte nun mitten unter den Schweinen, schnappte zuerst nach einer der Säue und wandte sich dann dem großen Eber zu. Von der plötzlichen Seitenattacke überrascht, hielt der Eber einen Moment lang inne und gab Michael so die Gelegenheit, sich aufzurichten. Gleich darauf hatte ihn Amos hochgehoben und über die Umzäunung gezogen.

Kaum war Michael aus dem Schweinepferch heraus, gab auch der Hund den Kampf auf und sprang aus dem Pferch heraus. Sofort war er bei Michael, der sich schluchzend vor Angst an seine Mutter geklammert hatte.

»Sie wollten mich umbringen«, rief er. »Sie wollten mich niedertrampeln!« Als wollte er das verängstigte Kind beruhigen, wedelte der Hund mit dem Schwanz und leckte ihm über das Gesicht. Michael ließ seine Mutter mit einem Arm los und kraulte den Hund am Hals.

Janet starrte auf das Tier hinunter. »Wo kam der denn her?« fragte sie. »Wem gehört er?«

Amos runzelte die Stirn, denn er war sich sicher, daß er den Hund noch nie zuvor gesehen hatte. Er hatte eine Schulterhöhe von vollen 80 Zentimetern, hatte einen breiten Brustkasten und stämmige Beine. Sein Fell war vollkommen schwarz, und sein wachsamer und intelligenter Blick schien eine Mischung aus Mißtrauen und Feindseligkeit auszudrücken. »Keine Ahnung«, gab Amos zu.

Michael, der von den Schweinen mehr erschreckt als verletzt worden war, drückte den Hund an sich. »Bestimmt ist er mir heute nacht gefolgt«, sagte er. Dann blickte er zu seiner Mutter hoch. »Er hat mir das Leben gerettet. Darf ich ihn behalten, Mom? Bitte.«

Janet fühlte sich von den Geschehnissen etwas benommen, aber als sie sich vergewissert hatte, daß Michel tatsächlich unverletzt war, wandte sie ihre Aufmerksamkeit dem Hund zu. Der Hund schien sie fragend anzublicken, als erwarte er ihre Entscheidung. »Ich weiß nicht«, sagte sie schließlich. »Er muß doch jemandem gehören.« Doch sie hatte bereits bemerkt, daß der Hund kein Halsband trug.

»Und wenn nicht?« fragte Michael. »Was ist, wenn er ein Streuner ist? Darf ich ihn dann behalten?«

»Wir werden sehen«, wich Janet aus. »Jetzt gehst du zuerst einmal hinein und wäschst dich.«

Michael wollte widersprechen, doch als er den Blick seines Großvaters sah, besann er sich eines Besseren. »Na gut«, meinte er und ging zum Haus, gefolgt von dem großen Hund. Als Michael in die Küche ging, setzte sich der Hund an der Hintertreppe hin.

»Was meinst du?« fragte Janet Amos.

Amos zuckte die Achseln. »Ich weiß nicht. Hab' ihn noch nie gesehen. Aber wenn wir heute abend zurückkommen und er ist immer noch da, wird wohl nichts dabei sein, wenn wir ihn behalten.«

Gleich darauf war sich Amos nicht mehr so sicher. Als er an dem Hund vorbei ins Haus ging, hob dieser seinen großen Kopf und legte die Ohren an. Ein Knurren kam aus der Tiefe seiner Kehle.

Janet und Michael starrten fassungslos die kleine Farm an. Obwohl es noch nicht einmal Mittag und die Arbeit erst seit drei Stunden im Gange war, war das Haus nicht wiederzuerkennen. Das Unkraut im Vorderhof war schon gejätet und über das ganze Haus hatten sich Leute mit Kratzern verteilt und entfernten die letzten Spuren der verwitterten Farbe, und im Hinterhof war eine andere Gruppe damit beschäftigt, Kehricht und Unkraut zu einem großen Haufen aufzutürmen und anzustecken. Noch mehr Leute arbeiteten an der Scheune.

Michael rannte los und verschwand um die Ecke des Hauses, während Janet neben Anna herlief, die in ihrem Stuhl die Auffahrt entlangrollte. Am Fuß der Eingangstreppe hielt sie und sah sich das Haus an.

»Du mußt eine Menge Erinnerungen an diesen Ort haben«, sagte Janet. Anna blickte Janet bedrückt an.

»Du hast recht«, sagte sie. »Aber das ist alles vorüber, nicht wahr? Vielleicht wird für dich dieses Haus ein gutes Heim sein.«

Janet runzelte nachdenklich die Stirn. »Ich glaube nicht an gute oder schlechte Häuser. Ich finde, ein Haus ist dann glücklich, wenn seine Bewohner glücklich sind.«

»Ich hoffe, du hast recht.« Seufzend näherte Anna sich der Treppe und hielt dann wieder an. »Es gibt Leute, die können in diesen Dingern die Stufen hochfahren, aber ich gehöre nicht zu ihnen.«

»Auf meine Liste setze ich ganz oben hin eine Rampe für dich«, versprach ihr Janet, während sie den Rollstuhl die vier Stufen hinaufzog. »Aber ich weiß nicht, wann wir mit dem Bauen anfangen können.«

»Ich werde es Amos sagen«, entgegnete Anna. Sie gingen von Raum zu Raum, und Janet erklärte ihr, wie sie die jeweilige Wohnfläche zu nutzen gedachte. Anna blickte gedankenverloren zum zweiten Stock hoch. »Welche Zimmer wollt ihr nehmen?« fragte sie schließlich.

»Ich nehme das große vorne, Michael möchte das kleine.«

»Das kleine?« fragte Anna verwundert. »Warum das kleine?«

»Er mag die Aussicht. Man kann Mr. Findleys Haus von dort aus sehen.«

Annas Miene verdüsterte sich. »Ben Findley sollte sich was schämen – wie man seine Farm nur so verkommen lassen kann! Ich weiß nicht, warum er überhaupt noch hier wohnt. Wenn Charles nicht wäre, hätte er keinen einzigen Freund in Prairie Bend.«

»Hat er denn keine Familie?«

Anna seufzte schwer. »Ben? Nein – nicht mehr. Er war einmal verheiratet, mit Jenny Potter. Eine Weile ging ihre Ehe gut, aber dann –« Sie stockte einen Moment, dann lächelte sie schwach. »Wie es eben so geht. Jedenfalls ging Jenny fort, und von der Zeit an wurde Ben immer wunderlicher.«

»Aber er hat doch bestimmt irgendwelche Freunde?«

Anna schüttelte den Kopf. »Er will anscheinend keine Freunde mehr haben. Wirklich – ich habe mich schon oft gefragt, warum er hier überhaupt noch wohnt. Sein Leben muß so einsam sein...« Sie wandte den Blick der Treppe zu, dann drehte sie sich wieder zu Janet um. Plötzlich nickte sie. »Kein Wunder, daß Michael das kleine Zimmer haben möchte.« In ihrem Blick lag ein wenig Traurigkeit, als sie sagte: »Es war das Zimmer seines Vaters.«

Wie Janet bei ihrer Schwiegermutter, so hatte auch Michael noch einmal bei Ryan Shields versucht, etwas über den Mann nebenan zu erfahren. Sie saßen in der Scheune zusammen mit noch einem Jungen – Damon Hollings –, den Michael erst an diesem Tag kennengelernt hatte.

»Warum ist *er* nicht hier?«

»Machst du Witze?« entgegnete Damon, obwohl Michael die Frage an seinen Vetter gerichtet hatte. »Er geht nie aus diesem unheimlichen Haus heraus, und er spricht mit niemandem. Und helfen würde er auch niemandem, würde einen wahrscheinlich vor der eigenen Haustür verrecken lassen.« Damon machte eine Pause, während er die Wirkung seiner Worte auf Michael genoß. »Und in seinem Haus spukt's«, fügte er hinzu, und seine Stimme wurde nur noch zu einem lauten Flüstern. »Dort gibt's Gespenster.«

»Es gibt keine Gespenster«, widersprach Michael, aber trotzdem ging sein Blick von Damon zur Bodenluke, hinter der nur ein paar hundert

Meter entfernt die heruntergekommenen Gebäude von Findleys Farm lagen. Und in den Tiefen seines Bewußtseins regte sich eine Erinnerung – oder war es nur ein Traum? »Was für ein Gespenst?« Und in seiner Stimme lag wesentlich weniger Gewißheit als noch kurz zuvor.

»Es ist jemand, der schon vor langer Zeit gestorben ist«, erklärte ihm Damon. »Und manchmal kann man es sehen, nachts, draußen bei Potter's Field. Es sieht aus, als würden dort Lichter hin und her gehen.«

»Lichter?« fragte Michael. »Was für Lichter?«

»Ich – ich hab' es noch nie selbst gesehen«, gab Damon zu.

»Du hast es noch nie gesehen, weil es so was nicht gibt. Stimmt's, Ryan?« fragte Michael seinen Vetter, aber Ryan gab keine Antwort.

Damon zuckte mit übertriebener Gleichgültigkeit die Achseln und fuhr sich durch sein struppiges blondes Haar, das ihm in sein Lausbubengesicht hineinhing. »Na und, wen kümmert's schon, was du davon hältst?« sagte er zu Michael. »Ich erzähl nur, was ich gehört habe. Und was ich gehört habe und was jeder hier in der Gegend weiß, ist, daß es beim alten Findley spukt.«

»Ich glaube es aber nicht«, gab Michael zurück. »Ich glaube nicht an Gespenster. Ich glaube auch nicht, daß mit Mr. Findley etwas nicht stimmen soll. Ich wette, es mag ihn hier nur keiner, weil er mit niemandem verwandt ist«, sagte er mit überraschender Selbstsicherheit.

»Na, dann sieh doch selbst nach«, forderte ihn Damon an.

»Wer weiß, vielleicht tu ich's auch«, nahm Michael die Herausforderung an. Er wandte sich wieder Ryan zu. »Wirst du mit mir gehen?«

Ryan sah ihn an, dann schüttelte er bestimmt den Kopf. »Und du bleibst besser auch dort weg«, sagte er.

Michael setzte sein trotziges Gesicht auf, als seine Schläfen schmerzhaft zu pochen begannen. »Ich tu, was ich will«, sagte er entschlossen. Er wandte sich von den beiden Jungen ab und widmete seine Aufmerksamkeit dem Schuppen in der Ferne. Als er hinüberblickte, wurde das Kopfweh etwas schwächer. In sich glaubte er eine Stimme zu hören. Die Worte waren undeutlich, aber der Tonfall war irgendwie vertraut...

Gegen halb sieben war die schwerste Arbeit getan, und nur noch die Halls blieben auf der kleinen Farm.

»Im Vergleich zu heute morgen nicht wiederzuerkennen, nicht wahr?« war Annas Kommentar.

Sie hatte recht. Das Unkrautgestrüpp, das das Haus fast zugedeckt hatte, war verschwunden, und der Rasen, sauber gemäht, brauchte nur noch Wasser und etwas Dünger, um das satte Grün anzunehmen, das in Prairie Bend die Norm war. Sogar Michael mußte eingestehen, daß sich der Ort zu seinem Vorteil verändert hatte.

»Vielleicht können wir hier wirklich wohnen«, murmelte er. Dann fiel sein Blick wieder nach Westen zu den windschiefen Gebäuden von Findleys Farm und er schwieg wieder.

Amos verstand Michaels Schweigen falsch, er nahm ihn bei den Schultern, zog ihn zu sich und fragte: »Dir gefällt Findleys Farm nicht?« Michaels Schweigen deutete er als Zustimmung. »Nun, das kann ich verstehen. Wenn es nach mir ginge, hätte ich Ben die Farm schon längst abgekauft, aber davon wollte er nichts wissen. Meinte, er hätte hier seinen Platz zum Sterben gefunden und wäre zu alt, sich es noch einmal anders zu überlegen. So ist das, und an deiner Stelle würde ich ihn in Frieden lassen.«

Nur mit Mühe konnte sich Michael von dem alten Schuppen losreißen und zu seinem Großvater aufblicken. »Gibt es dort wirklich ein Gespenst?« fragte er.

Janet hatte dem Gespräch nicht richtig zugehört. Jetzt drehte sie sich zu ihrem Sohn um. »Ein Gespenst?« fragte sie ungläubig. »Um Himmels willen, wovon redest du?«

Michael wand sich unbehaglich. »Damon Hollings meint, in Mr. Findleys Farm spukt es.«

»O nein, du hast ihm doch nicht etwa geglaubt, Liebling?« Als Michael zögerte, wurde Janets Stimme energischer. »Es gibt keine Gespenster, Michael, und es hat noch nie welche gegeben.« Sie wandte sich an Amos und Anna in der Erwartung, von ihnen Zustimmung zu erhalten, aber Amos schien in Gedanken verloren, und Anna hatte sich umgedreht und rollte langsam in ihrem Stuhl zum Wagen. »Amos, sag du ihm, daß es so was wie Gespenster nicht gibt!«

»Ich kann nur sagen, daß man sich gewisse Geschichten erzählt«, sagte Amos schließlich. »Ich kann also nur sagen, daß ich es nicht weiß.«

»Was für Geschichten?« drängte Michael.

»Eben Geschichten«, sagte Amos nach langem Schweigen. Dann lächelte er grimmig. »Wenn du brav bist, erzähle ich dir vielleicht davon heute abend, bevor du ins Bett gehst.«

Michael versuchte, seine Aufregung zu verbergen und ein gleichgültiges Gesicht zu machen. Es mißlang ihm gänzlich.

8

Die Prärie war damals anders; das Gras war hoch, und im Sommer sah man nicht, wohin man ging. Es wuchs fast zwei Meter hoch, und es war wie ein großes Meer, zuerst grün, im Frühling, dann wurde es im Sommer braun, und so weit du sehen konntest, wehte es im Wind.

Und im Winter wurde die Prärie weiß, und der Schnee lag so hoch, daß niemand durchkommen konnte, niemand außer den Indianern.

Das wußten die Weißen aber nicht. Sie verstanden die Prärie nicht, hatten keine Vorstellung, wie sie sein konnte. Das Gefährliche an der Prärie ist, daß sie nicht aufzuhören scheint. Und mit nichts kann man sie abmessen. Es kam also vor, daß Leute sich in der Prärie verirrten. Sie wußten zwar immer, wo sie waren. Aber sie wußten nicht mehr, wer sie waren und was sie waren.

Es kam immer ganz langsam, so langsam, daß die meisten Leute gar nicht merkten, was mit ihnen geschah. Viele von ihnen waren aus der Stadt und suchten Land. Sie steckten ihr Gebiet ab und bauten ihr Haus in die Mitte, und so weit sie sehen konnten, gehörte das Land ihnen. Und sie hatten daher auch keine Nachbarn. Es gab schon andere Menschen, aber sie lebten Meilen auseinander, und meistens war man mit sich oder der Familie allein. Und manchmal war man monatelang eingeschneit.

Das geschah auch in Prairie Bend. Nur hieß es damals noch nicht Prairie Bend und war auch noch keine Stadt. Nur ein paar große Farmen und die Schleife am Fluß gab es hier. Und eine Frau. Eine Frau namens Abby Randolph. Ihr Mann war im Herbst gestorben, und obwohl sie ein Kind erwartete, blieb sie hier und versuchte, die Farm zu unterhalten und für die Kinder zu sorgen.

Es schien ihr nichts zu fehlen, als man sie das letzte Mal sah, im Herbst, kurz vor dem ersten Schnee. Und dann fing es an zu schneien, und es wollte nicht mehr aufhören. Und der Schnee türmte sich auf und deckte alles zu, und Leute starben in ihren Häusern.

Aber nicht Abby.

Abby fing an, Stimmen zu hören. Zuerst achtete sie gar nicht darauf. Sie wurde nachts wach und hörte etwas. Sie stand auf und ging hinunter, aber nie war dort jemand. Dann sah sie bei den Kindern nach, weil sie dachte, daß ihr eines einen Streich spielen wollte. Aber sie lagen immer in ihren Betten und schliefen fest.

Eines Nachts hörte dann Abby wieder das Geräusch unten im Haus. Es hörte nicht auf. Es wurde immer lauter. Schließlich ging Abby nach unten.

Der Lärm kam von der Eingangstür. Dreimal klopfte es, dann war es lange still, dann klopfte es wieder dreimal. Lange Zeit starrte Abby nur die Tür an, sie wußte, es war unmöglich, daß irgend jemand draußen stehen konnte. Es war Februar, und der Schnee lag drei Meter hoch, und im Umkreis von Meilen lebte außer ihr niemand. Aber das Klopfen hörte nicht auf. Schließlich öffnete Abby die Tür.

Im Eingang stand ein großer Mann, überall mit Schnee bedeckt, mit Eiskrusten in Bart und Augenbrauen. Und er sprach.

»Ich komme meinen Jungen holen.«

Als es das erste Mal geschah, schloß Abby einfach die Tür wieder zu, aber es wiederholte sich jede Nacht. Jede Nacht wurde sie wach und hörte das Klopfen an der Tür, und jede Nacht stand der Mann da und sagte dasselbe.

»Ich komme meinen Jungen holen.«

Eines Morgens dann, als der Mann die Nacht zuvor wieder dagewesen war und Abby die Tür wieder abgeschlossen hatte, war eines der Kinder verschwunden. Und in dieser Nacht kam der Mann nicht. Aber eine Woche später kam er wieder, und als Abby die Tür öffnete, lächelte er sie an. »Im Sommer kannst du ihn zurückhaben«, sagte er. »Wenn das Gras gewachsen ist, kannst du ihn zurückhaben.«

In diesem Winter verschwanden Abby Randolphs Kinder nacheinander – bis auf eines.

Als der Frühling kam und der Schnee geschmolzen war, begannen sich die Leute wieder gegenseitig zu besuchen. Und als sie bei Abby vorbeikamen, saß sie vor ihrer Eingangstür, und in ihren Augen lag ein seltsamer Blick. Oben fand man ein Kind – ihren ältesten Sohn – zusammengekauert in einer Ecke des Zimmers. Sie versuchten, mit ihm zu reden, aber immer, wenn man ihm sich näherte, fing er an zu schreien. Und die anderen Kinder waren alle verschwunden.

Man versuchte, mit Abby zu reden, aber sie sagte nicht viel. Alles, was sie sagte, war, daß die Kinder von ihrem Vater geholt worden seien und daß er sie zurückbringen würde, wenn das Gras gewachsen war.

Der Frühling ging vorüber und der Sommer kam, und eines Tages kamen Nachbarn Abby besuchen und trafen sie draußen im Feld beim Graben. Als sie sie fragten, was sie denn suche, antwortete sie, daß sie ihre Kinder suche.

»Das Gras ist gewachsen«, sagte sie. »Das Gras ist gewachsen, und es wird Zeit, daß sie zurückkommen.«

Am nächsten Tag fanden sie Abby mit einer Heugabel an die Wand der Scheune gespießt. Ihr Sohn war bei ihr, er hatte sich in der Scheune auf den Boden gekauert und sah zu, wie seine Mutter verblutete. Sie sprachen nicht mit dem Jungen, machten mit ihm kurzen Prozeß. Sie hängten ihn auf, gleich in der Scheune. Man sagt, er sei noch vor seiner Mutter gestorben. Abby kämpfte noch stundenlang mit dem Tod. Sie hielt durch für ihr Baby. Und sie schaffte es auch. Kurz bevor sie starb, kam das Kind zur Welt. Später fanden sie dann in Abbys Sturmkeller Knochen. Es waren Knochen von Kindern, und es sah aus, als wären sie gekocht worden.

Noch Jahre danach verschwanden Leute in der Gegend von Prairie Bend, wie es überall hin und wieder geschieht. Aber hier fand man nie Leichen, und jedesmal hieß es, daß Abbys letzter Sohn mal wieder hungrig gewesen sei und sich jemanden zum Auffressen geholt habe.

Und es hieß, daß in mancher stürmischer Sommernacht Abby noch zu sehen sei, wie sie nach ihren Kindern suche...

Michael starrte aus angsterfüllten Augen zu seinem Großvater empor. »Das – das ist keine wahre Geschichte, nicht wahr, Großvater?«

»Natürlich nicht«, sagte Janet schnell. »Es ist eine Schauergeschichte, und ich wünsche, ich hätte sie nie gehört.« Mit schreckensbleichem Gesicht wandte sie sich Amos zu. »Mein Gott, Amos, wie konntest du nur so eine Geschichte einem kleinen Jungen erzählen?«

Amos Hall zuckte die Achseln. »Früher oder später hätte er sie von einem anderen zu hören bekommen. Die Geschichte geht hier schon seit Jahren um, und sie ändert sich kaum.«

»Aber bestimmt glaubt sie keiner, oder?«

»Das mit Abby? Ich glaube nicht, daß irgend jemand die volle Wahrheit weiß, aber die Geschichte kommt bestimmt der Wahrheit nahe. Solche Dinge kamen in der Gegend immer wieder mal vor. Wie ich schon gesagt habe, die Prärie schafft so manchen, und dann dreht er durch. Das mit Abby könnte auch in diesem Winter passiert sein –«

»Bitte«, sagte Janet. »Ich möchte davon nichts mehr hören. Vom letzten Teil, meine ich, davon, daß ihr Sohn immer noch umhergeht und daß Leute sie heute noch auf den Feldern sehen. Das glaubt doch bestimmt keiner, nicht wahr?«

»Ich weiß nicht«, entgegnete Amos. »Wer weiß schon, was Leute sehen? Aber eines kann ich dir sagen: Die Leute passen hier gut auf ihre Kinder auf, ganz besonders im Sommer. Aber das versteht sich ja von selbst. Im Sommer gibt es hier mitunter ganz schön unangenehme Tornados. Wer in so einen hineinkommt, der kann nur noch beten. Na ja, das war die Geschichte. Du kannst sie glauben oder auch nicht, ganz wie du willst.« Er wandte sich an Michael. »Und was dich angeht – es ist Zeit, daß du ins Bett kommst.«

Michael stand langsam auf und gab erst seiner Mutter, dann seiner Großmutter einen Gutenachtkuß. Er ging aus dem kleinen Wohnzimmer hinaus, aber dann drehte er sich noch einmal um.

»Großvater, wie hieß denn Abbys Sohn?«

»Nathaniel«, erklärte Amos. »Er hieß Nathaniel.«

Michael stieg die Stufen hoch, ging in sein Zimmer, zog sich aus und ging ins Bett. Gleich darauf löschte er das Licht, um vom Bett aus in die Dunkelheit hinauszustarren. Weit draußen auf dem Feld konnte er eine Gestalt durch das Mondlicht huschen sehen. Er wußte, es war der Hund, der Hund, der ihn vor den Schweinen gerettet und dann den ganzen Tag auf ihn gewartet hatte, und dem es offenbar nichts ausmachte, daß er nicht ins Haus hineindurfte. Er war aber immer noch da, wie ein Schatten in der Nacht, und durchstreifte die Felder, während Michael schlief.

So werde ich ihn nennen, dachte Michael. Shadow. Er soll Shadow heißen.

Aber als er einschlief, war es ein anderer Name, der immerfort in seinen Ohren hallte.

Nathaniel...

9

»Hat einer von euch schon einmal etwas von einem Nathaniel gehört?« Michaels Stimme verriet nichts von der Anspannung, unter der er sich die ganze Zeit schon befand, als er am nächsten Tag dabei half, das Haus anzustreichen.

Der Name, der ihm nachts im Schuppen zugeflüstert worden war, der Name, den sein Großvater gestern abend erwähnt hatte – er ließ ihn nicht mehr los.

Während er eifrig Ryan Shields und Eric Simpson dabei half, sein Zimmer mit einem nicht ganz weißen Anstrich zu versehen, versuchte er nun so unverfänglich wie möglich, eine Antwort auf seine Frage zu erhalten.

»Nathaniel?« wiederholte Ryan. »Wer hat dir von ihm erzählt?«

»Großvater.«

»Die Geschichte von dem Jungen, der seine Mutter umbrachte?«

Michael nickte, dann legte er den Pinsel hin. »Ist sie wahr?«

Ryan zuckte die Achseln. »Glaub schon. Bis auf den Teil mit den Geistern von Nathaniel und Abby. Das hat man uns nur erzählt, damit wir in der Nacht nicht ausreißen.«

»Mein Dad hat sie mir einmal erzählt«, schilderte Eric. »Ich war noch ein kleiner Junge, und ich hab' Alpträume davon bekommen.«

»Wieso meinst du, daß die Geschichte nicht wahr ist?«

Ryan blickte ihn vernichtend an. »Komm! Es ist doch nur eine Gespenstergeschichte.« Dann, als er bemerkte, wie unsicher Michael war, fing er an zu grinsen. »Du glaubst doch nicht an Geister, nicht wahr?«

Michael zögere nur für einen Bruchteil einer Sekunde. »Nein, verdammt noch mal.«

»Hat Großvater dir auch davon erzählt, wie es klopfte und der unheimliche Mann vor der Tür stand?« fragte Ryan. »Das war der schauerlichste Teil.«

Michael nickte, aber Eric schaute verblüfft drein. »Was für ein Mann? Ich habe nur gehört, daß Abby die Vorräte ausgingen und sie ein Kind an die anderen verfüttern mußte.«

»Ja«, stimmte Ryan zu. »Aber Großvater sagt, sie hätte nie gewußt, was sie tat. Sie hätte immer gedacht, ein Mann sei die Kinder holen gekommen. Deshalb soll sie doch immer noch nach ihnen suchen.«

»Und das habt ihr wirklich geglaubt?« fragte Eric.

»Na ja, eigentlich schon«, gab Ryan verlegen zu.

»So etwas glaubt man doch nur, solange man klein ist«, meinte Eric. »Das mit den Geistern hatte ich schon mit zehn durchschaut.«

»Sicher«, spottete Ryan. »Und deswegen kneifst du ja immer als erster, wenn mal wieder jemand mitten in der Nacht zu Findleys Schuppen schleichen will.«

Jetzt war Eric an der Reihe, verlegen zu werden, aber er versuchte, davon abzulenken. »Dort ist es ja auch gefährlich. Das Ding kann jeden Moment zusammenbrechen.«

»Das sagtest du auch schon, seit du zehn bist.« Ryan fuhr absichtlich mit dem Farbroller über Erics Hand. »Hoppla.«

»Hör auf damit«, grölte Eric. »Und es *wird* zusammenfallen.« Er schüttelte die Rolle vor Ryans Gesicht, und plötzlich hatte sein Freund Sommersprossen.

Ryan grinste nur. »Sieht aus, als wäre einer von uns noch ziemlich sauber, was?« sagte er.

Eric nickte, und die beiden nahmen sich Michael vor.

In Sekundenschnelle artete die Balgerei in ein Chaos aus. Das Kriegsglück schwankte hin und her, bis alle drei über und über mit Farbe bespritzt waren, ebenso wie die Decke, die Wände, der Boden und das Fenster. Doch das alles bemerkten sie erst, als sie auf Janet Hall aufmerksam wurden, die in der Tür stand und nur mühsam ihre Heiterkeit hinter einer zornigen Miene verbergen konnte.

»Was geht hier vor?«

»Och, nichts.« Obwohl die Antwort von Michael kam, wurde sie beinahe gleichzeitig von Ryan und Eric wiederholt.

»Soso, nichts«, wiederholte auch Janet und blickte sie noch etwas finsterer an.

Michael bückte sich und hob einen Lappen auf. »Wir wischen es wohl besser auf, bevor es trocknet«, brummte er.

»Und euch wascht ihr am besten gleich mit«, ordnete Janet an.

»Aber hier gibt es doch gar kein Warmwasser«, protestierte Michael.

Janet rang sich ein boshaftes Lächeln ab. »Das hättet ihr euch vorher überlegen sollen. Jetzt aber los. Wenn ihr fertig seid, bekommt ihr ein paar trockene Sachen zum Anziehen. Wahrscheinlich werden sie nur Eric passen, aber andere sind jetzt nicht zu haben.«

Eric blickte sie ängstlich an. »Sie werden es doch nicht meiner Mom erzählen –«, sagte er, doch Janet unterbrach ihn.

»Sie weiß schon alles. Sie stand genau unter diesem Fenster und half *deiner* Mutter«, sie deutete auf Ryan, »die Rahmen unten anzustreichen.«

Ryan stöhnte. »O Gott, sie wird mich umbringen, Tante Janet.«

»Schon möglich«, stimmte Janet zu und versuchte, unerbittlich zu wirken, weil sie nicht wollte, daß die Jungen ihr ihre Heiterkeit ansahen. »Aber bevor es dazu kommt, möchte ich eine Erklärung für das alles, sonst könnt ihr den Rest des Nachmittags nackt arbeiten und ebenso nach Hause gehen. Ist das klar?«

Die drei Jungs nickten stumm und trollten sich ins Badezimmer. Janet Hall wartete, bis sie die erstickten Schreie unter dem eiskalten Wasser hörte, dann ging sie nachdenklich die Treppe hinunter.

Sie hatte ebenfalls unter dem Fenster gestanden, und sie hatte das Gespräch mitgehört, das zu der Farbenschlacht geführt hatte.

»Ihr habt euch über Nathaniel unterhalten«, sagte sie. Obwohl sie die Augen auf Michael gerichtet hatte, waren auch Ryan und Eric noch deutlich in ihrem Blickfeld. Michael nickte, und aus den Augenwinkeln sah sie Eric dasselbe tun. Ryan sah allerdings plötzlich verstört aus.

»Ryan zog Eric damit auf, daß er Angst vor Geistern hätte«, sagte Michael. »Und dann – na ja, dann ist es eben passiert. Wir haben alle damit angefangen. Es war nicht irgend jemandes Schuld, Mom. Ich wollte bloß wissen, ob noch jemand anderes die Geschichte kennt, die Großvater heute nacht erzählt hat. Was ist daran falsch?«

»Nichts«, versicherte ihm Janet. »Nur solltet ihr euch langsam klarmachen, das alles nur eine Geschichte ist. Alles!«

»Großvater sagt –«, begann Ryan, aber Janet ließ ihn nicht ausreden.

»Dein Großvater hat uns heute nacht eine schreckliche Geschichte erzählt, und ich bin mir sicher, daß so gut wie nichts daran wahr ist. Allein der Gedanke an das, was diese arme Frau getan haben soll, ist ekelhaft, und wahrscheinlich ist nichts dergleichen je passiert. Und was die Geister angeht, so etwas gibt es nicht, und das dürftet ihr alle schon wissen.«

»Aber warum hat es uns Großvater dann erzählt?« fragte Michael.

»Wahrscheinlich aus mehreren Gründen. Gespenstergeschichten machen Spaß. Außerdem hilft eine gute Gespenstergeschichte, Leute von Grundstücken fernzuhalten, auf denen sie unerwünscht sind.« Sie wandte sich Ryan und Eric zu. »Als ihr beiden noch jünger wart, habt ihr da geglaubt, daß es dort spukt?«

Beide nickten zerknirscht.

»Und seid ihr von Findleys Grundstück weggeblieben?« Wieder nickten sie. »Dann hat sie doch ihren Zweck erfüllt, oder?«

»Aber – aber wenn es mehr als nur eine Geschichte ist«, fragte Michael hartnäckig. »Was, wenn es dort wirklich einen Geist gibt?«

Janet sah, wie Eric und Ryan einen Blick wechselten, und war sich sicher, daß Michael soeben bei ihnen Respekt eingebüßt hatte. Michael selbst schien es allerdings nicht bemerkt zu haben. Statt dessen blickte er sie aus großen Augen an. »Es gibt keine Geister«, sagte sie. Resolut nahm sie Michael bei den Schultern. »Es gibt keine Geister«, sagte sie noch einmal. »Es gibt Geistergeschichten, aber das ist auch alles.« Dann ließ sie die drei Jungen in Michaels Zimmer zurück, nicht ohne vorher noch einen Blick auf die Farbe auf Boden und Fenster geworfen zu haben.

Als sie gleich darauf aus dem Haus kam, traf sie Laura und Anna am Eingang. Laura hatte sich hinabgebeugt, als wolle sie ihrer Mutter etwas ins Ohr flüstern. Als sie Janet erblickte, stellte sie sich wieder aufrecht und lächelte, aber in ihrem Blick lag etwas Unaufrichtiges, was Janet auch nicht entging.

»Ist noch etwas schiefgegangen?« fragte Janet besorgt.

»Um Gottes willen, nein«, versicherte Anna. »Ich habe nur zu Laura eben gesagt, sie solle sich nicht überanstrengen. Aber ich fürchte, das fruchtet nichts. Manchmal hetzt sie sich so ab, daß man meinen könnte, sie wolle sich totarbeiten. Ist vielleicht noch etwas von der Limonade da, die wir zum Mittagessen hatten?«

»Ich sehe mal nach«, sagte Janet. Sie ging in die Küche zurück und fand noch einen Rest Limonade. Sie schenkte sie in ein Glas ein und ging wieder hinaus. Wieder flüsterte Laura Anna etwas ins Ohr, und als Janet sich vernehmlich räusperte, lag etwas Heimlichtuerisches in der Art, wie Laura aufblickte. Etwas Verstohlenes und Ängstliches. Irgendwie hatte Janet das Gefühl, daß es etwas mit dem Gespräch zu tun hatte, das sie mit Ione Simpson zuvor belauscht hatten.

Das Gespräch über Nathaniel.

Sie gab Laura das Glas mit der Limonade.

»Du glaubst diese verrückte Gespenstergeschichte, stimmt's?« fragte sie, als Laura das Glas zum Trinken ansetzte.

Laura wurde leichenblaß, und es gab ein klirrendes Geräusch, als das Glas auf die Eingangstreppe fiel.

Laura Shields war immer noch etwas verstimmt durch Janets Anschuldigung. Als sie sich an diesem Abend unbeholfen in dem Sessel niederließ, der normalerweise ihrem Mann vorbehalten war, lächelte sie scheu und hoffte, ihr Mann würde sie nicht auf ihre Nervosität ansprechen, die sie vergeblich zu unterdrücken versuchte. »Ich glaube, ich habe mich heute ein wenig übernommen. In meinem Zustand sollte eine Frau nicht mehr Fenster streichen.«

Als sie nach der Fernsehzeitschrift griff, spürte sie plötzlich einen stechenden Schmerz in ihrem Bauch. Unwillkürlich hielt Laura in ihrer Bewegung inne und wartete, bis der Schmerz vorbei war.

»Stimmt etwas nicht?« fragte Buck.

»Sei nicht albern. Was sollte denn nicht stimmen?« Mit gespielter Lässigkeit schlug Laura das Magazin auf und studierte das Programm. Eine neue Schmerzwelle durchfuhr sie, und diesmal mußte sie die Zähne zusammenbeißen, um nicht laut aufzuschreien. Besorgt sprang Buck auf.

»Natürlich stimmt etwas nicht.«

»Schon gut«, beteuerte Laura. »Ich hab' mir nur den Magen verdorben. Ein kleiner Krampf, weiter nichts.«

»Krampf oder Wehe?«

»Ich bin mir sicher, es ist nur ein –« Sie zuckte unter einer neuerlichen Schmerzwelle zusammen, und dann, als sie nachließ, spürte sie, wie ihr Stuhl feucht wurde. »Verdammt«, flüsterte sie. Sie blickte zu Buck auf, ihr Gesicht voller Schmerz, Sorge und Furcht. »Es tut mir leid. Ich fürchte, ich habe mich wirklich etwas übernommen. Ruf besser Dr. Potter an.« Sie wollte sich aufrichten, aber eine Kontraktion zwang sie in den Stuhl zurück.

»Ryan? Ryan!« rief Buck mit einer Nachdrücklichkeit, daß sein Sohn sofort aus der Küche gerannt kam. »Ruf Doc Potter, und sag ihm, er soll sofort kommen. Das Baby ist unterwegs.«

»Aber es ist doch noch gar nicht –«

»Verdammt noch mal«, schnauzte Buck. »Tu, was ich sage. Ruf den Doc an, während ich deine Mutter hinaufbringe.« Er griff mit seinen großen Händen Laura unter die Arme und zog sie auf die Füße. »Schaffst du es allein, oder soll ich dich tragen?«

Laura machte einen vorsichtigen Schritt. »Es geht schon«, versicherte sie. »Aber wenn das Baby heute nacht kommt, meinst du nicht, daß wir dann besser ins Krankenhaus gingen?«

Buck ignorierte die Frage. »Laß uns hinaufgehen.«

»Aber –«

»Streite nicht, Laura«, sagte Buck bestimmt. »Wir wissen, was das beste für dich ist.«

Laura öffnete den Mund, schloß ihn aber gleich wieder. Es war sinnlos zu widersprechen; er war genau wie ihr Vater. »Gut«, flüsterte sie. »Bleib nur bei mir.« Langsam ging sie zur Treppe und hielt nur noch einmal an, um Ryan bei der Hand zu nehmen, als sie an ihm vorüberkam. »Ruf Dr. Potter, Liebling. Und mach dir keine Sorgen. Ich werde es schaffen, und das Baby auch.« Als Ryan schließlich zum Telefon ging, mühte sich Laura, gestützt auf Buck, die Treppe hinauf in ihr Zimmer.

Kurz darauf erschien Ryan noch einmal in der Tür, sein Gesicht war bleich, und in seinen Augen lag Furcht. »Der Doc ist in ein paar Minuten hier. Er meint, wir sollen uns keine Sorgen machen, und alles wird gutgehen.«

»Natürlich wird alles gutgehen«, sagte Buck. »Und jetzt geh hinunter und warte auf den Doc. Okay?«

Ryan nickte unsicher, dann setzte er zum Sprechen an, überlegte es sich aber noch einmal anders. Laura lächelte ihn schwach an. »Was gibt's?«

»Wird – wird mit dem Baby diesmal alles gutgehen?« fragte er.

Laura nickte und zwang sich, ihren Sohn zuversichtlich anzulächeln. »Diesmal wird es überhaupt keine Probleme geben.« Aber als Ryan das Zimmer verlassen hatte, heftete sie den Blick auf ihren Mann. »Ich hab' doch recht, Buck? Diesmal wird alles gutgehen, nicht wahr?« Bevor Buck antworten konnte, durchfuhr Laura eine heftige Kontraktion. Diesmal konnte sie ihren Schrei nicht unterdrücken.

Eric Simpson blickte besorgt zu seinem Vater auf.

»Ist es soweit?« fragte er. »Wird sie heute nacht fohlen?« Leif Simpson beäugte kritisch die Stute und nickte dann. »Sieht so aus«, sagte er. »Noch eine Stunde, vielleicht auch zwei. Und diesmal dauert es bestimmt nicht die ganze Nacht.«

»Soll ich den Tierarzt anrufen?« Eric stand bei der Stute und streichelte ihr sanft den Kopf. »Ruhig, Magic. Wird schon gutgehen. Wir passen schon auf dich auf.«

»Damit werden wir beide schon allein fertig«, erklärte Leif seinem Sohn. »Aber wenn deine Freunde dabeisein wollen, sagst du ihnen jetzt besser Bescheid.« Als Eric zögerte, ging Leif in die Box hinein und zog den Jungen behutsam von der Stute weg. »Geh nur. Du versäumst noch nichts. Es hat ja noch gar nicht richtig angefangen.«

Gleich darauf war Eric schon zum Telefon gerannt und wählte hektisch Ryan Shields Nummer. Ungeduldig hörte er dem Klicken in der Leitung zu und brummte unwillig, als das Besetztzeichen ertönte. Er versuchte es noch einmal, doch wieder war besetzt.

»Scheiße«, sagte er leise, aber nicht leise genug, so daß Ione Simpson, die gerade aus dem Eßzimmer kam, ihn deutlich verstehen konnte.

»Eric!«

»Tut mir leid, Ma«, entschuldigte sich Eric automatisch. »Ich muß unbedingt Ryan und Michael anrufen, und bei Ryan ist laufend besetzt.«

»Dann ruf bei Michael an«, schlug Ione vor.

»Ich weiß die Nummer nicht.«

»Dann such sie eben im Telefonbuch.«

»Ma, dafür hab' ich keine Zeit. Magic kriegt ihr Fohlen, und ich muß in den Stall zurück.«

»Na, dann geh schon«, sagte Ione versöhnlich. »Ich werde Ryan Bescheid sagen.« Als ihr Sohn aus der Küchentür stürmte, nahm sie den Hörer ab und wählte Anna Halls Nummer. Auch dort war besetzt.

Erst nach dem vierten Versuch kam sie schließlich durch.

»Anna? Hier ist Ione. Was ist denn los? Hast du mit Laura telefoniert? Ich habe versucht, durchzukommen, aber laufend war besetzt.«

Anna zögerte einen Moment lang, dann hörte Ione ihre Stimme. »Laura«, erklärte sie. »Es sieht so aus, als will das Baby heute nacht kommen.«

Das Lächeln auf Iones Gesicht verschwand. »Oh, nein«, sagte sie schließlich. »Die arme Laura. Meinst du, ich soll herüberkommen?«

Diesmal zögerte Anna keinen Moment mit ihrer Antwort. »Ich bin mir sicher, daß Dr. Potter Laura jede Hilfe zukommen lassen kann, die sie braucht.«

Ione spürte eine Woge von Zorn über Annas schroffe Zurückweisung in sich aufsteigen. In Wahrheit war sie mehr als nur verärgert. Wenn in Prairie Bend ein Kind unterwegs war, kamen die Nachbarn zusammen, ebenso wenn jemand krank war oder irgendwelche Schwierigkeiten hatte. Soweit Ione zurückdenken konnte, wurde es so gehalten – mit den Halls war es allerdings etwas anderes. Aus einem Grund, den Ione nicht verstand, blieben die Halls in solchen Fällen lieber unter sich.

»Ich sehe schon«, sagte Ione steif und gab sich nicht die Mühe, ihre Gefühle zu verbergen. »Nun, dann hat es wohl auch keinen Zweck zu fragen, ob Michael heute abend vorbeikommt, nicht wahr? Magic kriegt ihr Fohlen, und Eric hat ihm versprochen, er könne zuschauen kommen.« Sie machte eine Pause. »Das kommt jetzt wohl nicht in Frage, nehme ich an.«

Wieder antwortete Anna, ohne zu zögern. »Warum denn nicht? Ich werde ihn herrufen«, sagte sie.

Zwanzig Minuten später hielt Michael mit seinem Fahrrad vor dem Haus der Shields an. Von Shadow gefolgt, ging er durch den Hof zur Eingangstür, aber er blieb stehen, als er das Oldsmobile seines Großvaters sah. Nachdenklich blickte er das Auto an. Sein Großvater hatte gesagt, er ginge auf ein Farmertreffen, als er vor einer halben Stunde das Haus verlassen hatte.

Etwas, so dachte Michael, stimmte daran nicht. Warum fand das Treffen bei den Shields statt? Onkel Buck war kein Farmer. Während Michael noch darüber nachdachte, schienen hinter der Kurve Scheinwerfer hervor. Instinktiv schnappte er sich sein Fahrrad und versteckte sich hinter der Hecke zum Nachbargrundstück.

Der Wagen rauschte vorbei, und gleich darauf entstieg ihm Dr. Potter. Er hatte seine schwarze Tasche dabei und eilte über den Rasen zur Eingangstreppe. Michael sah, wie sich die Tür öffnete und sein Großvater Dr. Potter am Arm nahm und ihn hineinzog.

Einen Moment lang fühlte sich Michael versucht, auch zur Tür zu gehen und anzuklopfen. Aber er überlegte es sich dann doch anders. Es war, als höre er innerlich eine Stimme, die ihm riet, schnell von hier zu verschwinden.

Fast gegen seinen Willen zog er sein Fahrrad hinter der Hecke hervor, bestieg es und fuhr davon, von Shadow treu gefolgt. Einmal blickte Michael über die Schulter zurück, aber von außen betrachtet schien bei den Shields alles in Ordnung zu sein. Es war nur ein Haus, in dem irgendein Treffen stattfand.

Doch die Stimme in seinem Kopf behauptete, es gebe dort noch etwas anderes.

Etwas, das er schon bald verstehen würde...

Während Michael Hall vom Haus wegfuhr, blickte Laura Shields bittend zu Dr. Potter auf.

»Kann ich nicht ins Krankenhaus? Bitte, bringen Sie mich doch ins Krankenhaus.«

Potter ergriff ihre Hand und streichelte sie sanft. »Es ist zu spät, Laura. Das Baby kann jeden Moment kommen, und bis zum Krankenhaus sind es 40 Meilen.«

»Das schaff ich schon«, flüsterte Laura. Ein weiterer Krampf peinigte sie, und sie fühlte, wie das kleine Wesen in ihr die Lage wechselte. »Wenn ich im Hospital bin, kann ich sicher sein, daß dem Baby nichts zustößt.«

»Ruhig«, besänftigte sie Potter. »Ruhig, Laura. Wir sind alle hier, um für dich zu sorgen. Es wird alles gut. In ein paar Stunden ist alles vorbei.« Er ließ ihre Hand los und holte aus seiner Tasche eine weiße Tablette, die er mit einem Glas Wasser Laura hinhielt. »Nimm das«, sagte er. »Nimm das und versuch etwas zu schlafen.«

»Aber das Baby«, stöhnte Laura. »Ich muß doch wach sein, wenn das Baby kommt.«

»Du wirst wach sein«, versprach Potter. »Aber jetzt darfst du dir keine Sorgen um das Baby machen, Laura. Du darfst noch nicht daran denken. Jetzt noch nicht.«

Nicht daran denken? fragte sich Laura im stillen, während die Tablette zu wirken begann. Wie kann ich nicht an mein Kind denken?

Und während ihr Potter mit einem kühlen Waschlappen die schweißnasse Stirn abtupfte, fiel Laura in einen unruhigen Schlaf. Aber kurz bevor sie in Bewußtlosigkeit versank, sprach sie noch einmal.

»Diesmal bekommt er es nicht«, flüsterte sie. »Es ist nicht für ihn. Es ist nicht für Nathaniel... es ist für mich...«

»Ruhig, Magic, ganz ruhig.«

So ging es schon zwei Stunden lang, und Michael begann sich allmählich zu fragen, ob überhaupt etwas passieren würde.

»Wie lange dauert es noch?« fragte Michael, aber Eric schien seine Frage überhört zu haben. Statt dessen antwortete ihm Leif Simpson.

»Wissen wir noch nicht so recht. Im Augenblick läuft alles ganz gut, und wenn sie allein zurechtkommt, haben wir in einer Stunde ein Fohlen. Aber wenn die Sache verwickelt ist, kann's noch eine Ewigkeit dauern.«

»Verwickelt? Wie verwickelt?«

»Wenn das Fohlen in der falschen Lage ist«, erklärte Leif. »Wenn es mit dem Kopf zuerst herauskommt, haben wir gewonnen. Aber manchmal ist es anders, und dann muß man etwas nachhelfen.«

»Und wie?«

Erics Vater grinste. »Du mußt zum Fohlen hineinklettern. Mußt dir die Beine oder sonst etwas greifen und herausziehen.«

Magic wieherte laut, schüttelte sich und scharrte mit den Vorderhufen auf der Erde. »Nicht loslassen, Junge«, warnte Leif unnötigerweise, denn Eric hatte die Stute fest im Griff.

Leif runzelte die Stirn, sah sich das Pferd genauer an, dann lächelte er. »Festhalten, Eric«, sagte er leise. »Es kommt.« Michael konnte sehen, wie der Kopf des Fohlens langsam aus dem Bauch der Stute kam. »Ja, los«, feuerte sie Leif Simpson an. »Komm, Baby, du bist fast schon draußen. Ja, ja, jaaahhh!«

Plötzlich geriet die Bewegung ins Stocken, und Leif fluchte leise.

»Was gibt es, Pa?« fragte Eric. Obwohl er die Stute weiterhin fest am Halfter hielt, war sein Blick ängstlich auf seinen Vater gerichtet.

»Es ist ein Vorderhuf«, antwortete Leif. »Das ist nicht so schlimm. Ich muß ihn nur etwas drehen, damit der Huf freikommt und herauskann.«

Unwillkürlich mußte Michael näher kommen und das kleine Geschöpf betrachten, das da halb herunterhing und noch nicht ganz geboren war. Während Michael noch staunte, zog Leif Simpson die Hand aus der Stute und gab den Blick auf einen kleinen Huf frei. Unmittelbar darauf setzte der Geburtsvorgang wieder ein, und nach kurzer Zeit fiel das Fohlen aus dem Bauch und wurde von Leif aufgefangen.

»Wow«, stieß Michael hervor.

»Toll, was?« meinte Eric so stolz, als wäre er der Vater des Fohlens. »Diesmal ging es einfacher als das letzte Mal. Da verklemmte sich das Fohlen, und es dauerte die ganze Nacht.«

»Darf ich es anfassen?« fragte Michael.

»Noch nicht«, warnte Leif. »Erst soll er sich an Magic gewöhnen. Wenn wir ihn zu früh anrühren, fixiert er sich auf uns und hält einen von uns für seine Mutter. Willst du, daß dir die nächsten Monate ständig ein Fohlen auf den Fersen folgt und Milch von dir haben will?«

Er sah sich um und deutete auf die Besen, die in einer Ecke des Stalls standen. »Je eher ihr das Durcheinander hier aufgeräumt habt, desto eher könnt ihr eure kleine Familie wieder bewundern.«

Die beiden Jungs machten sich an ihre Arbeit, säuberten die Box, kehrten die Nachgeburt auf, entfernten das verschmutzte Stroh und legten neues aus. Die ganze Zeit über konnte Michael den Blick nicht von dem Fohlen wenden.

Er wünschte sich, es gehörte ihm.

Von Schmerzen gepeinigt wachte Laura Shields auf. Die Kontraktionen kamen jetzt in kurzen Abständen. Die Menschen um sie herum konnte sie kaum noch erkennen. Dr. Potter stand am Fußende des Bettes, Buck saß neben ihr und hielt ihr die Hand. Hinten in der Ecke des Zimmers stand ihr Vater und sah sie gespannt an. Einen Moment lang lag Laura still da und wartete darauf, daß die Schmerzen etwas nachließen, und als sie schließlich sprach, war ihr ihre eigene Stimme fremd.

»Geht weg«, flüsterte sie heiser. »Geht weg und laßt mich in Ruhe.«

»Ruhig«, sagte Buck, bemüht, seine schroffe Stimme sanft klingen zu lassen. »Es wird alles gutgehen. Wir sind alle hier, um auf dich aufzupassen.«

»Ich will euch nicht«, stöhnte Laura. »Holt Mutter. Ich will, daß Mutter mir hilft. Bitte. Wenn ich schon nicht ins Krankenhaus kann, kann ich dann nicht wenigstens Mutter haben?«

»Nicht, Laura«, antwortete Buck. »Red nicht so. Du weißt, es muß so sein. Du weißt es.«

Warum? fragte sich Laura, als die Woge von Schmerz wieder über ihr zusammenschlug. Warum muß es so sein? Warum muß ich mit den Männern allein sein? Warum kann meine Mutter nicht bei mir sein?

Und dann kamen wieder die Kontraktionen, und Laura wußte, daß es soweit war. Sie ballte die Hände zu Fäusten, klammerte sich an Bucks starke Arme und preßte fest. Sie spürte, wie das Kind langsam nach unten wanderte.

»Gut«, hörte sie Dr. Potter wie aus weiter Ferne sagen. »Das ist gut, Laura. Ich kann schon den Kopf sehen. Noch mal.« Noch einmal preßte sie im Rhythmus der Kontraktionen. »Noch mal, noch mal. Und noch mal...«

Sie preßte fest, und noch einmal spürte sie, wie sich das Baby bewegte. Doch dieses Mal ging die Bewegung mit einem brennenden Schmerz einher, der sie einen gellenden Schrei ausstoßen ließ.

Und der Schmerz durchstieß ihr Bewußtsein und legte Erinnerungen frei, die sie im Lauf der Jahre zugeschüttet hatte. Ihr Geist, von Drogen und Schmerzen getrübt, begann Erinnerungen und Wirklichkeit zu vermischen. Und während Lauras Körper ihr Kind zur Welt brachte, brachte sie ihr Geist in die Vergangenheit zurück.

Ihr Vater stand am Fußende des Bettes und starrte sie an.

»Du hast ihn umgebracht.«

Laura hörte die Worte, wußte aber nicht, was sie bedeuten sollten. Aber sie wußte, daß sie sie ausgesprochen hatte.

Potter überhörte die Worte, die Laura in ihrer Qual hervorgestoßen hatte, und konzentrierte sich ganz auf das Baby, das langsam aus ihrem Leib hervorkam.

Lauras ganzer Körper krümmte sich nun, und sie schlug wild mit den Armen um sich. »Mein Baby hat noch gelebt«, schrie sie. »Ich habe gespürt, wie es sich bewegte. Es hat noch gelebt, und du hast es umgebracht!«

Amos Hall sah seine Tochter durchdringend an. »Hör auf damit, Laura«, sagte er. »Du weißt nicht, was du redest. Das Baby ist noch gar nicht da.«

Aber Lauras Verzweiflung wurde nur noch größer. Sie stöhnte nur noch, und ihre Hände verkrampften sich. Ihre Worte waren nicht mehr zu verstehen, aber in Gedanken konnte sie alles genau erkennen. Es war ihr Baby, und Dr. Potter hielt es, und es war tot, und sie erzählten ihr, es sei tot zur Welt gekommen, aber sie wußte, daß sie logen. Sie wußte, es war gesund gewesen, und sie hatten es getötet. Sie wußte es, sie wußte...

Am Fußende des Bettes hielt Dr. Potter das kleine Wesen, das aus der Enge ihres Schoßes endlich freigekommen war. Seine Augen waren geschlossen, und seiner Haut haftete ein bläulicher Farbton an.

Potter hielt das Baby mit dem Kopf nach unten und gab ihm einen leichten Klaps auf den Hintern.

Potter und Amos tauschten einen Blick aus, und die beiden Männer schienen sich wortlos zu verständigen. Daneben stand Buck Shields, er sah erst den Doktor, dann seinen Schwiegervater an und wartete.

»Noch einmal«, sagte Amos und blickte teilnahmslos das Baby an. »Versuch es noch einmal.«

Potter nickte und schlug dem Baby wieder auf sein Hinterteil, diesmal etwas heftiger.

»Das war's dann wohl«, sagte Amos leise.

Laura fing zu schreien an. Ihr Mann nahm sie in die Arme und hielt ihren Kopf fest an seine Brust, um so ihre Schreie so gut es ging zu dämpfen. Laura kämpfte heftig dagegen an, versuchte sich loszureißen und das Baby zu nehmen, aber es half nichts. Buck hielt sie eisern fest, und nach kurzer Zeit hörte sie auf zu schreien, schloß die Augen und ließ sich auf das Kissen zurücksinken und schluchzte leise.

Potter seufzte. »Das kann so nicht weitergehen«, sagte er gedämpft, als Amos Hall ihm das kleine Bündel aus der Hand nahm. Dann ging er zum Bett und fuhr Laura sacht über das Haar. Sie schüttelte ihn jedoch ab.

»Gehen Sie weg«, flüsterte sie mit gebrochener Stimme. »Gehen Sie weg, und lassen Sie mich in Ruhe.«

»Es ist tot zur Welt gekommen, Laura«, erklärte ihr Dr. Potter. »Du mußt das glauben. Dein Baby ist tot zur Welt gekommen. Du hast eine Fehlgeburt gehabt.«

Sie öffnete die Augen und versuchte, seine Worte mit ihren Erinnerungen in Einklang zu bringen. »Eine Fehlgeburt?« fragte sie. »Tot zur Welt gekommen?«

Potter nickte. »Es war eine Frühgeburt, und es ist tot zur Welt gekommen. Daran mußt du immer denken. Kannst du das?«

»Ich habe eine Fehlgeburt gehabt«, wiederholte Laura mit ungläubigem Tonfall. »Ich habe eine Fehlgeburt gehabt, und das Baby ist tot zur Welt gekommen.«

Ein paar Minuten später, als Potters Beruhigungsmittel zu wirken begann, wiederholte Laura in Gedanken die Worte noch einmal, aber sie wußte, daß sie sie nicht glauben konnte.

Das Baby hatte gelebt. Sie war sich sicher, es hatte gelebt. Und genauso sicher war sie sich, daß sie es getötet hatten. Sie hatten es getötet und zu Nathaniel geschickt.

Und doch konnte sie sich nicht ganz sicher sein. Es war alles so merkwürdig gewesen, und selbst während das alles geschehen und das Baby zur Welt gekommen war, hatte sie sich nicht sicher sein können, was Wirklichkeit und was Erinnerung war. Und jetzt würde sie es wohl nicht mehr erfahren.

Und kurz bevor sie in barmherzigen Schlaf verfiel, faßte sie einen Entschluß. Sie würde versuchen, das zu akzeptieren, was der Doktor ihr gesagt hatte. Wenn sie sich von nun an an diese Nacht erinnerte, würde sie sich sagen, daß alles, was ihr damals widerfahren war, auf eine Fehlgeburt zurückzuführen war.

Sie hatte eine Fehlgeburt gehabt, und das Baby war tot zur Welt gekommen.

So würde es leichter zu ertragen sein.

Eric Simpson blickte Michael verwundert an. Er sah aus, als betrachte er sich etwas, aber Eric konnte sich nicht vorstellen, was es sein konnte. »Stimmt was nicht?« fragte er schließlich.

»Ich dachte, ich hätte etwas gesehen«, sagte Michael unsicher, »oder gehört. Und ich hab' Kopfweh.«

Eric grinste. »Das kommt von dem Zeug, mit dem wir den Boden gewischt haben. Wenn wir draußen sind, hört es wieder auf. Komm.«

Es war kurz vor Mitternacht, und sie waren mit dem Aufräumen endlich fertig. Aber Michael konnte sich an das Ende der Arbeit nicht recht erinnern. Er hatte den Stallboden abgespritzt, und sein Kopf hatte zu schmerzen begonnen, und plötzlich hatte er etwas gesehen. Es war nur ein kurzer Blitz gewesen, und er schien aus Michaels eigenem Kopf gekommen zu sein, doch er war sich sicher, einige Gesichter erkannt zu haben.

Seinen Großvater und Dr. Potter.

Und Dr. Potter hatte etwas in der Hand gehabt, aber Michael hatte nicht ganz klar erkennen können, was es war.

Und er hatte ein Geräusch gehört, schrill, wie das Heulen eines Sturmes oder wie wenn jemand schrie.

Dann war es vorbei.

Jetzt, da er draußen in der kühlen Nachtluft war, konnte sich Michael nicht einmal mehr an alles erinnern; bis auf den Schrei.

Der Schrei hallte noch in seinem Kopf nach, und trotz Erics Erklärung hatte er auch im Freien noch Kopfschmerzen.

»Es ist Nathaniel«, murmelte er. »Bestimmt ist es Nathaniel.«

Das Geräusch einer zuschlagenden Tür riß Michael aus seiner Träumerei, und er hörte Erics Mutter sprechen.

»Seid ihr fertig, Jungs? Wollt ihr etwas zu essen?«

Michael blickte zu Mrs. Simpson hoch. Sie schien weit weg zu sein, und er sah sie nur verschwommen. »Ich – ich gehe jetzt wohl besser nach Hause.«

»Sollen wir dich nicht nach Hause fahren?« fragte Mrs. Simpson. »Es ist schon nach Mitternacht.«

Wieder schüttelte Michael den Kopf. »Es geht schon. Ich nehme mein Fahrrad.«

Michael stieg auf sein Fahrrad, pfiff nach Shadow und radelte in die Nacht hinaus. Als Michael fort war, legte Ione Simpson ihrem Sohn den Arm auf die Schulter und ging mit ihm zum Haus. »Fehlt Michael etwas?« fragte sie. »Er kam mir etwas – seltsam vor eben.«

Eric schaute finster zu seiner Mutter hoch. »Er war unheimlich«, sagte er mit Nachdruck. »Draußen im Stall machte er komische Sachen, und dann sagte er, er hätte Kopfweh.«

Michael hatte noch etwas anderes gesagt, dachte sich Eric, etwas von Nathaniel. Erst wollte er davon seiner Mutter erzählen, doch dann überlegte er es sich anders. Es hatte keinen Zweck, seine Mutter mit dieser uralten Geistergeschichte aufzuregen. Aber unheimlich war es schon. Und etwas schaurig. Eric spürte, wie ihm eine Gänsehaut über den Rücken kroch.

Als er um die Kurve zwischen der Farm der Simpsons und der seiner Mutter einbog, erkannte Michael zum erstenmal die Lichter. Er hielt an und stützte sich mit einem Fuß auf der Erde ab. In dem Moment wurden seine Kopfschmerzen wieder stärker. Er schob das Fahrrad wieder an und konzentrierte sich auf die Lichter, bis sie von dem dunklen Schatten, den das Haus seiner Mutter warf, verdeckt wurden. Und dann, als er zur Einfahrt kam, waren sie plötzlich wieder zu sehen, und nun wußte er auch, woher sie stammten.

Von Potter's Field.

In Gedanken sah er, was sein Großvater ihm vor 24 Stunden beschrieben hatte – eine Frau, die gebeugt durch die Nacht ging und suchte, ständig nach etwas suchte, das sie nie finden würde.

Er erinnerte sich an die Geschichte, und als seine Kopfschmerzen stärker wurden, versuchte er, sie aus seiner Erinnerung zu verscheuchen. Doch es gelang ihm nicht.

Er stieg vom Fahrrad und lief die Einfahrt entlang, bis er im Schutz des Hauses stand. Aber was immer auch dort draußen auf dem Feld sein mochte, es war zu weit entfernt, als daß Michael irgend etwas hätte erkennen können. Einen Moment lang blieb er stehen, wo er war, weil er nicht wußte, was er nun tun sollte. Dann begann Shadow leise zu winseln und schlich in die Dunkelheit hinein. Entschlossen lehnte Michael das Fahrrad an die Hauswand und folgte dem Hund.

Er kam an den Zaun, der Findleys Grundstück von ihrem abtrennte. Fast ohne anzuhalten kroch er unter dem Stacheldraht durch; dann huschte er gebückt durch das Mondlicht zu Findleys Schuppen hinüber. In seinem Kopf pochte es nun, aber es schien ihm, als könne er in dem fahlen Licht, das vom Feld herüberschien, Formen ausmachen.

Und dann, als er und Shadow in den Schatten des Schuppens eintauchten, hörte er die Stimme wieder, dieselbe flache, tonlose Stimme, die er schon einmal gehört hatte.

»Michael.«

Es war keine Frage, und Michael wußte das. Derjenige, der mit dieser Stimme zu ihm sprach, kannte ihn. Michael ging noch näher an den Schuppen heran.

»Nathaniel?« flüsterte er.

»Komm herein«, forderte die Stimme ihn auf. »Komm herein.« Wie in Trance ging Michael um den Schuppen herum und zog den Riegel aus den Klammern. Er öffnete die Tür gerade so weit, daß er durchschlüpfen konnte, dann zog er sie hinter sich wieder zu.

»Hier drüben.« Schauderhaft drang die Stimme aus der Dunkelheit, sie schien von überall und nirgendwo herzukommen. »Komm hier herüber.«

Obwohl ihm die Stimme nicht den Weg gesagt hatte, obwohl er in der undurchdringlichen Finsternis des Schuppens nichts erkennen konnte, ging Michael bei jedem Schritt mit dem sicheren Wissen durch die Dunkelheit, daß er Nathaniel näher kam. Es war, als zöge Nathaniel ihn durch den Schuppen, als leite er ihn, als zeige er ihm mit seinen eigenen Augen den Weg durch die Dunkelheit.

Und plötzlich waren Michaels Kopfschmerzen verschwunden.

Seine Schritte hallten durch den leeren Schuppen. Er blieb stehen. Obwohl er immer noch nichts sehen konnte, streckte er die Hand aus. Augenblicklich bekam sie einen Türgriff zu fassen. Er öffnete die Tür und ging in den Raum, der dahinter lag. Er war jetzt nahe, ganz nahe. Er konnte Nathaniels Anwesenheit gerade fühlen.

»Hier«, sagte Nathaniels Stimme. »Von hier kannst du sehen.« Michael durchquerte den Raum, seine Sinne waren von einem seltsamen Gefühl des Erkennens angespannt, von dem Bewußtsein, daß ein anderer in ihm war und er in ihm. Dann stand er an der Wand des Schuppens, und Nathaniel war bei ihm.

»Näher«, drängte Nathaniel, und seine Stimme schien nicht mehr den kleinen Raum zu füllen, sondern direkt aus Michaels Kopf zu kommen. »Komm näher und schau mit mir nach draußen.«

In der Wand war ein kleiner Spalt, und Michael lugte durch ihn ins Freie. Das Mondlicht schien heller geworden zu sein, und Michael konnte jetzt sogar über das Feld bis zu den Pappeln am Fluß sehen.

Und nahe bei den Pappeln konnte er die Lichter sehen. Sie stammten von drei niedriggedrehten Öllampen, die in einem Dreieck aufgestellt waren. Und innerhalb des Dreiecks war die Gestalt eines Menschen zu erkennen.

»Wer ist das?« flüsterte Michael in die Dunkelheit hinein.

»Mein Vater.«

»Was tut er da?« fragte er.

»Nicht sprechen«, befahl Nathaniels Stimme. »Wenn er erfährt, daß du bei mir bist, will er dich vielleicht umbringen.«

Michael schwieg, denn tief in seinem Inneren spürte er, daß die Worte der Wahrheit entsprachen. Er wartete ab. Gleich darauf erklang die seltsam tonlose Stimme wieder. »Ich habe ständig nach dir gerufen. Warum bist du nicht früher gekommen?«

Michael schwieg, aber in ihm arbeitete seine Erinnerung.

Wie er bei der Beerdigung seines Vaters diesen Schuppen gesehen hatte und noch etwas anderes, etwas, das außer ihm niemand gesehen hatte.

Wie er sich den Schuppen vom Fenster seines künftigen Zimmers aus betrachtete und genau gewußt hatte, wie es in seinem Innern aussah, obwohl er noch nie dort gewesen war.

Wie er vorletzte Nacht zu dem Schuppen gekommen war und gewußt hatte, daß etwas darin auf ihn wartete.

Und jetzt das.

Er begann zu sprechen, allerdings nur in Gedanken. »Ich habe dich nicht gehört. Hast du mich heute nacht auch gerufen?«

Und die Antwort kam ebenfalls aus seinem Innern. »Ja. Ich sah ihn auf dem Feld und fühlte, daß du in der Nähe warst. Ich habe dich hierhergerufen, damit er dich nicht sehen kann.«

»Aber was tut er da?«

»Er schickt einen von uns fort. Einer von uns wurde heute nacht geboren, und er schickt ihn fort. So wie er mich fortgeschickt hat. Er macht das mit jedem von uns ... wenn er kann.« Und aus diesen Worten, die nur in ihm zu hören waren, konnte Michael eine entsetzliche Einsamkeit heraushören. Dann kam die Stimme wieder. »Ich habe lange auf dich gewartet.«

»Warum?«

»Ich brauche dich. Und du brauchst mich. Wir sind allein, Michael. Außer uns gibt es niemanden. Fühlst du nie die Einsamkeit?«

Michael erschauderte in der Dunkelheit, aber als Nathaniel ihn berührte, fühlte er sich wieder ruhiger.

»Wirst du mich mit nach draußen nehmen?«

Michael runzelte in der Dunkelheit die Stirn. »Jetzt?«

»Ja.«

»Er wird uns sehen.«

»Das macht nichts. Er kann uns nichts anhaben, solange wir zusammen sind. Doch ihm konnte er etwas tun.«

»Wem?«

»Dem, der heute nacht geboren wurde. Ich fühlte, daß er kam, und da rief ich nach ihm. Es war ein Junge.«

»Ich weiß von einem Fohlen ...«, flüsterte Michael und verstummte. Wieder hatte er diese seltsame Vision, nur waren nun die Gesichter deutlicher zu erkennen, und er konnte sehen, was Dr. Potter in den Armen hielt.

»Kein Fohlen«, sagte Nathaniel. »Ein Junge. Ein kleiner Junge. Aber er wußte, daß der Junge mir gehörte, und so brachte er ihn hierher. Jetzt beerdigt er ihn. Schau.«

Michael blickte in die Nacht hinaus. Aber das Licht schien etwas schwächer geworden zu sein, denn er konnte nicht genau sehen, was vor sich ging.

»Nimm mich mit raus«, hallte Nathaniels Stimme in Michaels Kopf. »Wenn du mich rausbringst, können wir ihn töten.«

»Töten? Warum töten?«

»Weil er tötet. Es ist an uns, ihn zu bestrafen, Michael. Er haßt uns, und er fürchtet uns, und er wird uns töten. Wenn er uns findet und wenn wir einmal allein sind.«

»Aber –«

Die seltsam körperlose Stimme schien Michaels Einwand nicht bemerkt zu haben. »Noch weiß er nichts von dir. Aber wenn er von dir erfährt, wirst du sterben. Es sei denn, du bleibst bei mir. Bleib bei mir, Michael.«

Michael drehte sich um und sah zum erstenmal Nathaniels Gesicht, das weich vom Mondlicht beschienen wurde.

Michael glaubte, sein eigenes Gesicht zu sehen – dieselben dunkelblauen Augen, dasselbe wellige braune Haar, dieselben starken Wangenknochen und dasselbe kräftige Kinn. Aber die blauen Augen waren wie leblos, und Nathaniels Haut war blaß, fast durchsichtig, wie die seines Vaters bei der Beerdigung, und sein Gesicht war genauso ausdruckslos wie die Stimme, die Michael in seinem Kopf gehört hatte.

»Wie lange bist du schon hier?« fragte Michael.

»Schon lange«, sagte Nathaniel, und seine Stimme hallte in dem großen, leeren Schuppen. »Soweit ich zurückdenken kann. Wirst du mich mit hinaus nehmen?«

»Wieso kannst du nicht allein hinausgehen?« fragte Michael ohne jeglichen Vorwurf.

Nathaniel blickte ihn mit seinen kalten, leeren Augen lange an. »Das kann ich nicht«, flüsterte er. »Ich kann niemals alleine hinausgehen. Nur mit dir oder mit den anderen, falls ich sie finde. Nie alleine. Es wäre nicht sicher.«

»Wieso nicht?« Obwohl sich die Worte in Michaels Gedanken formten, sprach er sie nicht aus. Trotzdem antwortete Nathaniel.

»Nur gemeinsam sind wir sicher, Michael. Getrennt sind wir machtlos. Wenn wir getrennt sind, können sie uns vernichten. Wenn sie von mir erfahren, werde ich sterben und du wirst sterben. Es sei denn, wir bleiben zusammen. Denk daran, Michael.«

Michael blickte nachdenklich in die Dunkelheit des Schuppens hinein und versuchte, die volle Bedeutung der Worte zu erfassen, dieser Rede, die beinahe wie ein monotoner Gesang vorgetragen worden war. Dann, als er sich abwandte, um noch einmal durch die Ritze in der Wand zu schauen, sprach Nathaniel wieder.

»Sprich mit niemandem über das, was du heute nacht gesehen hast. Wenn sie dich fragen, erzähl ihnen, was sie hören wollen. Aber sag nicht die Wahrheit. Wenn du ihnen die Wahrheit sagst, wirst du sterben.«

Das Mondlicht schien immer schwächer zu werden, und Michael konnte in der Ferne kaum noch die Lichter der Laternen erkennen. Er spähte angestrengt in die Dunkelheit hinaus und spürte wieder, wie sein Kopf schmerzte. »Ich sehe nichts mehr«, sagte er und wandte sich fragend zu Nathaniel um.

Aber Nathaniel war nicht mehr da.

Als Michael den Schuppen wieder verlassen hatte, war der Mond bereits untergegangen, und es war so finster geworden, daß die letzte der drei Lampen in beinahe unnatürlichem Glanz erstrahlte. Sorgfältig legte Michael wieder den Riegel vor die Schuppentür, dann ging er, begleitet von Shadow, langsam durch die Dunkelheit, mit den Händen nach dem Stacheldraht tastend.

Er fand ihn. Er hielt die Drähte so weit auseinander, wie er konnte, setzte ein Bein auf die gegenüberliegende Seite und bückte sich, um sich zwischen den beiden Drähten hindurchzuzwängen.

Michael war noch nicht ganz durch, als er eine Wagentür zuschlagen und einen Motor anspringen hörte.

Er achtete nicht mehr auf den Stacheldraht und zog hastig sein anderes Bein nach. Er wollte loslaufen, doch dann spürte er, daß sich sein Hemd im Draht verwickelt hatte und nicht mehr loskam. Das Motorengeräusch kam näher. Verzweifelt riß und rüttelte Michael an dem Draht, doch als er endlich freikam, war der Wagen schon in Höhe ihres Hauses. Er konnte sich gerade noch hinter einen Busch werfen, bevor der Wagen die Einfahrt hoch zur Landstraße fuhr.

Erst als das Motorengeräusch wieder verschwunden war, wagte sich Michael wieder hervor. Er dachte angestrengt nach. Wie sollte er seiner Mutter das zerrissene Hemd erklären?

Gerade als sich Furcht seiner zu bemächtigen begann, formte sich in seinen Gedanken eine Idee.

11

»Laura hat ihr Kind verloren?« fragte Janet, und ihre Worte hallten in der Küche der Halls dumpf nach. »Was soll das heißen?«

»Sie hat eine Fehlgeburt gehabt«, antwortete Amos Hall. Er zog seine Jacke aus und hing sie an den Haken neben der Hintertür, dann schenkte er sich eine Tasse Kaffee von dem Topf auf dem Herd ein. Als er sich an seinen Platz am Tisch setzte, sah ihn Janet verwirrt an. Obwohl sein Gesicht keine Gefühlsregung zu spiegeln schien, konnte Janet in seinen Augen den Schmerz erkennen. Als hätte er ihre Gedanken erraten, sagte er: »Es hat nichts damit zu tun gehabt, daß sie am Wochenende so viel gearbeitet hat. Der Fötus hatte eine Mißbildung, und Dr. Potter meint, das

Kind wäre auch dann tot geboren worden, wenn es keine Frühgeburt gewesen wäre.«

Janet hatte unwillkürlich den Atem angehalten, doch nun sank sie in ihren Stuhl zurück. »Aber warum hast du mir nicht Bescheid gesagt?« fragte sie. »Wozu diese Geschichte mit der Garage? Ich wäre mit dir gegangen. Und Anna wohl auch.« Zustimmung erheischend, richtete sie die Augen auf ihre Schwiegermutter, aber Anna saß nur bewegungslos in ihrem Stuhl, mit stumpfem Blick, die Hände im Schoß gefaltet. Hilflos wandte sich Janet wieder Amos zu.

»Wir hielten es für besser so«, sagte er. »Wir fürchteten schon, daß so etwas geschehen könnte, und wir fanden, du solltest besser nicht dabeisein.« Er richtete den Blick auf Janets Leib, und instinktiv fuhr sich Janet mit der Hand über den Bauch.

»Ich – ich verstehe nicht...«

»Dies ist nicht das erste Kind, das Laura verloren hat«, erklärte Amos. »Sie – na ja, sie hat nie leichte Geburten.«

»Aber ich hätte doch dabeisein müssen«, wandte Janet ein. »Nach allem, was sie für mich getan hat, wäre das doch das mindeste gewesen.«

»Nein«, sagte Anna und seufzte schwer. Janet drehte sich zu ihr um. Anna lächelte sie traurig an, so als wolle sie sie um Verzeihung bitten. »Laura hätte das nicht gewollt. Was mich angeht – du kannst dir denken, daß es für mich sehr schmerzlich gewesen wäre. Und du... nun, du und Laura sind ungefähr im gleichen Alter, und sie hätte dich nicht beunruhigen wollen. Sie hätte nicht gewollt, daß du fürchten würdest, dir könnte dasselbe passieren.«

Janet übersah den Blick, den Anna und Amos austauschten. »Es muß schrecklich für sie gewesen sein«, sagte sie schließlich. »Nicht einmal im Krankenhaus und niemand bei ihr –«

»Ich war da«, berichtigte sie Amos. »Und Buck und Dr. Potter.«

»Es tut mir leid«, sagte Janet schnell. »So habe ich es nicht gemeint. Ich dachte nur –«

»Mach dir keine Gedanken, Liebes«, beruhigte sie Anna. »Ich weiß schon, wie du es gemeint hast.«

Wieder schwieg Janet eine Weile, doch dann kam ihr ein neuer Gedanke. »Was ist denn mit Ryan. Wollte er nicht mit Michael zu den Simpsons gehen?«

Amos schüttelte den Kopf. »Er war den ganzen Abend zu Hause.«

Janet blickte zur Uhr. Es war kurz nach Mitternacht. »Aber seht mal, wie spät es ist! Wo Michael nur bleibt?«

»Wahrscheinlich noch bei den Simpsons«, meinte Anna. »So ein Fohlen kann die ganze Nacht brauchen.«

»Aber was ist, wenn er nach Hause kommt? Er ist ganz allein, und er ist erst elf.«

»Und er kann auf sich aufpassen«, beruhigte sie Amos. »Er ist wie sein Vater – es wird ihm schon nichts passieren. Mach dir keine Gedanken. Sich aufzuregen, hilft jetzt auch nichts.«

In diesem Moment hörten sie den ersten Schrei.

Michael hatte sich aufs Fahrrad gesetzt und war wieder zu den Simpsons gefahren. Auf halbem Weg hatte er das Fahrrad gepackt und in den Zaun geschleudert, der zwischen der Nordseite der Straße und dem Feld dahinter stand. Michael selbst kletterte über den Zaun und lief querfeldein. In der Ferne konnte er den schwachen Schein des Hauses seiner Großeltern sehen. Nachdem er sich orientiert hatte, begann er zu rennen, wobei er sich alle paar Meter der Länge nach auf den frisch gepflügten Boden fallen ließ. Jedesmal, wenn er hinfiel, kam Shadow sofort zu ihm, stieß ihn mit der Schnauze an, beschnüffelte ihn so lange, bis Michael wieder aufstand. Als er endlich das Ende des Feldes erreicht und das Haus seiner Großeltern deutlich vor Augen hatte, waren seine Arme und sein Gesicht blutig und zerkratzt, und was von seiner Kleidung noch übrig war, das war von Schmutz verklebt.

Zwanzig Meter vom Haus entfernt sammelte er noch einmal seine ganze Energie und fing an zu rennen.

Zu rennen und zu schreien. Als wüßte er, worauf es ankam, fing Shadow dazu noch wild zu bellen an.

»Mutter! Großvater! Hilfe! Helft mir!«

Er rannte, so schnell er konnte, ums Haus herum, stürzte die Hintertreppe hoch und trommelte gegen die Tür. »Hilf mir! Mutter, hilf mir!« Die Tür schwang auf, und Michael warf sich in die Arme seiner Mutter.

Janet kniete sich hin und drückte ihren aufgeregten Sohn fest an sich. »Was ist passiert?« fragte sie, als Michaels Schreckensschreie verklungen waren. »Michael, was ist passiert?«

»Mein Fahrrad!« jammerte Michael. »Ich fuhr nach Hause, und plötzlich war ein Auto hinter mir. Ich dachte, es sei Mrs. Simpson, aber sie war es nicht. Es – es hat mich einfach in den Graben gedrängt.«

»Wo?« fragte Janet. »Wo ist das passiert?«

»Nicht weit von den Simpsons. Ich war noch nicht einmal bis zu unserem Haus gekommen.«

Nachdenklich blickte Janet zu Amos Hall hoch. Er war aufgestanden und starrte seinen Enkel an.

»Erzähl uns genau, was geschehen ist.«

Sie saßen am Küchentisch, und Michael hatte sich fest an seine Mutter geschmiegt und wandte den Blick nicht von seinem Großvater. Als dieser seine Hand tätscheln wollte, zog Michael sie instinktiv weg, aber der alte Mann ging auf die Zurückweisung nicht weiter ein. »Schon gut. Jetzt bist du in Sicherheit. Jetzt versuch mal, uns zu erzählen, was geschehen ist.«

»Ich war auf dem Heimweg«, begann Michael mit zitternder Stimme. »Ich fuhr die Straße entlang und betrachtete mir unser Haus im Mondlicht. Und dann hörte ich etwas. Es war ein Auto, und es fuhr hinter mir die Straße entlang.« Er verstummte, so als sei die Erinnerung daran zu schrecklich, als daß er darüber sprechen könne.

»Erzähl weiter«, sagte seine Mutter sanft. »Was für ein Auto war es? Konntest du es erkennen?«

Michael zögerte, dann schüttelte er den Kopf. »Ich glaube nicht, daß es aus dieser Gegend war. Und es fuhr ganz schön schnell.« Er blickte zu seiner Mutter auf. »Man hätte fast meinen können, daß sie mich überfahren wollten.«

»O nein...«, widersprach Janet, aber Michael nickte mit Nachdruck.

»Ich trat in die Pedale und fuhr, so schnell ich konnte. Ich dachte, vielleicht würde ich es noch bis zu unserer Einfahrt schaffen. Aber dann waren sie direkt hinter mir, und sie hupten, und ich fuhr in den Graben rein.«

»Du meinst, sie haben dich angefahren?« fragte Janet und wurde leichenblaß.

Michael schluckte und schüttelte den Kopf. »Hm, nein. Aber dann hielt das Auto an, und ich bekam Angst. Deshalb kletterte ich über den Zaun und versteckte mich in dem Feld gegenüber unserm Haus. Und als das Auto zurückkam, rannte ich fort.«

»Aber Liebling, sie wollten wahrscheinlich nur nachsehen, ob dir etwas passiert war.«

»Wer weiß – vielleicht wollten sie mich auch entführen«, vermutete Michael. »Jedenfalls habe ich nicht mehr versucht, zum Fahrrad zurückzugehen. Ich bin nur noch gerannt, aber immer wieder bin ich hingefallen, und jetzt sind meine Kleider ganz verdreckt.« Er blickte unsicher von seiner Mutter zu seinem Großvater, dann wieder zurück zu seiner Mutter. »Bist – du mir böse?«

Janet drückte ihn fest an sich. »Dir böse? Liebling, warum sollte ich dir böse sein? Es war doch nur ein Unfall. Ich bin mir sicher, niemand wollte dich überfahren oder dir etwas Böses tun.«

»Aber –«

»Pst«, sagte Janet. »Es gibt keinen Grund, warum irgend jemand dir etwas tun sollte. Du hast nur einen schweren Schreck gekriegt, das ist alles. Und ich glaube, am besten gehst du jetzt hinauf, badest schön und gehst dann ins Bett. Morgen früh hast du alles vergessen.«

»Aber was ist mit meinem Fahrrad?« wollte Michael wissen.

»Mit deinem Fahrrad?«

»Es liegt noch draußen. Es hatte sich in den Zaun verwickelt, und ich hatte solche Angst, da habe ich es einfach liegenlassen.«

»Morgen können wir es holen«, sagte Amos. »Jetzt tu, was deine Mutter sagt, und geh hinauf.«

»Aber erst gibst du deiner Großmutter noch einen Gutenachtkuß«, schaltete sich Anna plötzlich in das Gespräch ein. Die ganze Zeit über hatte sie still dagesessen, die Hände im Schoß gefaltet und den Blick entweder auf ihren Enkel oder auf ihren Mann gerichtet. Aber jetzt breitete sie die Arme aus, und Michael ging zu ihr. Sie schloß ihre dünnen Arme um ihn und zog ihn zu sich, so nahe, daß ihre Lippen sein Ohr berührten. »Es ist alles gut«, flüsterte sie. »Ich weiß nicht, was wirklich geschehen ist heute nacht, aber ich sorge dafür, daß er glaubt, was du gesagt hast.« Dann küßte sie ihn auf die Wange und ließ ihn wieder los.

Michael blickte seine Großmutter voller Erstaunen an, als er sich aufrichtete. Sie wußte, daß er gelogen hatte. Würde sie ihn verraten? Doch dann fiel ihm ein, was sie zuletzt gesagt hatte. Sie würde ihn nicht verraten. Nein, sie wollte ihm sogar helfen. Unwillkürlich lächelte er sie an. »Ich liebe dich auch, Großmutter«, flüsterte er gerade so laut, daß sie ihn verstehen konnte. Dann drehte er sich zu seiner Mutter um. »Mom? Darf Shadow heute nacht in meinem Zimmer schlafen?«

Janet lächelte und nickte. »Na schön. Aber nur heute nacht.«

Voller Freude stürmte Michael zur Hintertür und riß sie auf. »Shadow! Komm rein, Junge!« Augenblicklich trottete der große Hund in die Küche, wo er stehenblieb und mißtrauisch die drei Erwachsenen am Tisch beäugte. Als Michael die Küche verließ und hinaufging, zögerte der Hund nicht lange und folgte ihm. Als der Junge außer Hörweite war, begann Amos zu sprechen.

»Ich mag das nicht, Janet. Hunde gehören nach draußen. Vor allem dieser Hund.«

»Ach, Amos, es ist doch nur für heute nacht«, meinte Janet. »Außerdem ist der Hund verrückt nach Michael. Er weicht nicht von seiner Seite.«

»Aber wir wissen nicht, wo er herkommt. Immerhin könnte er krank sein.«

»Shadow?« fragte Janet. »Amos, ich habe noch nie einen Hund gesehen, der gesünder aussieht. Aber wenn es dir lieber ist, sage ich Michael, er soll ihn auf dem Boden schlafen lassen.«

»Ich sag's ihm selbst«, sagte Amos. »Sobald er im Bett ist, gehe ich hinauf.«

»Ich lüge *nicht*«, widersprach Michael. Er lag im Bett und hatte die Decke bis unters Kinn gezogen, als könne sie ihn vor dem Zorn beschützen, den er in den Augen seines Großvaters entdeckt hatte.

Amos saß auf der Bettkante, und in der Ecke hockte Shadow mit gespitzten Ohren und wachsamem Blick, drohend mit dem Schwanz zuckend.

»Niemand käme auf die Idee, dich zu entführen, und schon gar nicht, dich zu überfahren«, sagte Amos noch einmal. »Und du bist nicht einfach vom Fahrrad gefallen, stimmt's?« Er sprach mit leiser Stimme und hatte den Blick unablässig auf den verängstigten Jungen gerichtet. »Sag mir die Wahrheit, Michael. Früher oder später mußt du mir die Wahrheit sagen.«

Wenn du ihnen die Wahrheit sagst, wirst du sterben.

Nathaniels Worte gingen Michael wieder durch den Kopf, und er sank noch tiefer in die Kissen zurück. »Aber das ist die Wahrheit«, flüsterte er. »Ich würde dich nie anlügen, Großvater. Wirklich nicht.«

Amos Hand fuhr hoch, und Michael war sich sicher, daß sein Großvater ihn schlagen wollte. Aber dann kam aus der Ecke ein bedrohliches Knurren. Amos blickte besorgt zu Shadow hinüber. Der große Hund war aufgesprungen. Die Ohren waren nicht mehr gespitzt, sondern lagen flach am Kopf an, und sein ganzer Körper schien eine einzige angespannte Masse zu sein. Erst als Amos die erhobene Hand sinken ließ, entspannte sich der Hund wieder.

»Ich lüge nicht«, sagte Michael noch einmal.

Aber Amos schien nur noch für den Hund Augen zu haben. »Wo kommt er her?« fragte er. Und an seinem Tonfall erkannte Michael, daß die Frage des alten Mannes nicht ihm galt, also versuchte er sie auch nicht zu beantworten. Dann wandte sich Amos wieder Michael zu. »Wir müssen ihn wegschaffen, verstehst du? Wenn sein Besitzer sich nicht meldet, müssen wir ihn wegschaffen.«

»Warum?« wollte Michael wissen. Nun, da es um Shadow und nicht mehr um ihn ging, setzte er sich wieder im Bett auf, so daß die schützende Decke von ihm abfiel. »Warum darf ich ihn nicht behalten?«

»Ich mag keine Hunde«, erklärte Amos.

»Aber er gehört mir! Er hat mir das Leben gerettet, und er gehört mir!«

»Nein. Er ist ein Streuner, er hat kein Zuhause. Und wenn sich bis morgen der Besitzer nicht gemeldet hat, bringe ich ihn weg.«

»Nein!« Michaels Kopf begann plötzlich zu pochen, und seine Augen funkelten vor Zorn.

Amos Stimme wurde gefährlich leise. »Widersprich mir nicht, Junge. Du weißt, was dann passiert.«

Als hätte Shadow in der Stimme des alten Mannes die Drohung gegenüber seinem Herrn gehört, sprang er auf, bleckte die Zähne und gab ein kaum hörbares Knurren von sich.

Einen Moment lang lag eine Totenstille im Raum, und der alte Mann und der Hund musterten einander argwöhnisch, doch dann wurde die angespannte Szene von einem leisen Klopfen an der Tür unterbrochen. Augenblicklich ließ sich Shadow wieder zu Boden fallen und ließ die Schnauze auf seine Vorderpfoten sinken.

»Ist alles in Ordnung?« fragte Janet.

Amos erhob sich. »Alles klar. Ich habe Michael gerade gute Nacht gesagt.« Er tätschelte Michaels Schulter. »Bis morgen früh. Und vergiß nicht, was ich gesagt habe.« Dann verließ er das Zimmer, und Janet und Michael waren allein, abgesehen von Shadow, der sich erhob und zum Bett trottete. Als Janet sich auf dem Platz niederließ, den Amos gerade freigemacht hatte, legte der Hund den Kopf auf ihren Schoß und blickte sie aus großen Augen an.

»Er will, daß du ihm die Ohren kraulst«, sagte Michael. Vorsichtig griff Janet an das Ohr des Tieres, und es begann mit dem Schwanz zu wedeln. Lächelnd kraulte sie ihn etwas fester, und der große Hund begann sich wohlig zu winden.

»Tut's noch weh?« fragte sie.

Michael schüttelte den Kopf. »Großvater hat mir nicht geglaubt.«

Janet runzelte die Stirn. »Wie meinst du das?«

»Er hat mir nicht geglaubt, daß mich jemand beinahe überfahren hat. Und er will Shadow umbringen.«

»Michael, was willst du damit sagen?«

»Er sagt, wir müssen Shadow wegschaffen. Aber das tun wir doch nicht. Ich darf ihn behalten, nicht wahr?«

»Und wenn sich der Besitzer meldet?«

»Das wird er nicht«, sagte Michael. »Ich glaube, er ist ein Streuner. Außerdem hat er mir das Leben gerettet. Du läßt doch nicht zu, daß Großvater ihm etwas tut?«

»Natürlich nicht«, beruhigte ihn Janet. »Wenn sich niemand meldet, darfst du ihn behalten. Solange wir noch hier wohnen, mußt du ihn eben draußen lassen, aber das macht ihm doch nichts aus, nicht wahr, Shadow?«

Shadow setzte sich auf und hob eine Pfote. Feierlich schüttelten Janet und der Hund sich die Hände. »Siehst du?« sagte Janet zu Michael. »Wir haben gerade eine Vereinbarung getroffen. Von morgen an wird Shadow draußen schlafen, so lange, bis wir umgezogen sind. So, und was meinst du damit, daß Großvater dir nicht geglaubt hat? Du meinst, er hat nicht geglaubt, daß jemand dich überfahren wollte?«

Michael nickte.

»Nun, da hat er vielleicht recht. Ganz bestimmt sogar. Ich wette, das Auto war viel langsamer, als du dachtest, und als du vom Rad fielst, hielten sie nur an, um nachzusehen, ob du verletzt warst.«

»Aber –«

Janet hielt ihm sanft einen Finger vor die Lippen. »Pst«, machte sie. »Jetzt denkst du erst noch mal darüber nach, was du heute nacht alles gelernt hast, und in ein paar Minuten bist du fest eingeschlafen. Und morgen früh ist die ganze Sache vergessen.« Sie ging zur Tür, doch Michaels Stimme ließ sie noch einmal anhalten.

»Mom?«

Sie drehte sich um.

»Mom, Tante Laura hat heute nacht ihr Baby bekommen, nicht wahr?«

Janet runzelte die Stirn. »Woher weißt du das?«

»Ich – ich hab' Dr. Potter in Ryans Haus gehen sehen. Und Großvaters Wagen stand dort auch.« Er stockte etwas. »Mom, ist dem Kind etwas passiert?«

Janet ging zu Michaels Bett zurück. »Wie kommst du darauf?«

»Ist ihm was passiert?« fragte Michael hartnäckig.

Einen Moment lang wußte Janet nicht, wie sie es Michael erklären sollte, dann entschloß sie sich, die ganze Wahrheit zu sagen. »Es ist tot geboren worden, Liebling«, sagte sie leise. »So etwas kommt vor. Man nennt es eine Fehlgeburt, und sie kann alle möglichen Ursachen haben.« Plötzlich wurde sie nachdenklich. »Woher wußtest du, daß Tante Laura ihr Kind heute nacht bekommen hat?«

Michael zögerte nur kurz, dann zuckte er die Achseln. »Ich weiß nicht. Mrs. Simpson muß es mir gesagt haben.«

»Schon gut.« Janet gab ihrem Sohn einen Gutenachtkuß. Dann ging sie zur Tür, knipste das Licht aus und verließ das Zimmer.

Lange Zeit lag Michael noch in der Dunkelheit und dachte nach.

Tante Lauras Kind war nicht tot zur Welt gekommen.

Er wußte es, denn Nathaniel hatte es ihm gesagt...

12

»Was soll ich denn bloß sagen?« fragte Michael ängstlich, als Janet mit Amos Halls altem Oldsmobile in die Einfahrt der Shields einbog.

»Wahrscheinlich mußt du überhaupt nichts sagen«, meinte Janet. »Während ich mit Tante Laura spreche, kannst du dich mit Ryan unterhalten. Sie ist im Bett, und du brauchst wahrscheinlich nicht einmal hinaufzugehen.«

Erleichtert stieg Michael aus dem Wagen und lief zum Haus, gefolgt von seiner Mutter. Die Eingangstür öffnete sich. Buck Shields trat auf die Veranda, sein Gesicht war von Erschöpfung gezeichnet. Er nickte grüßend Michael zu, dann wandte er sich an Janet.

»Danke, daß du gekommen bist«, sagte er. »Sie ist oben in ihrem Zimmer, das erste links.«

»Es tut mir so leid, Buck«, sagte Janet leise. »Ich wünschte, ich hätte dasein können –«

»Du hättest auch nicht helfen können.« In seiner Stimme lag eine stumpfe Leblosigkeit, die Janet weh tat. »Geh ruhig hoch. Sie wartet schon auf dich. Ich muß zum Laden.« In seinen Mundwinkeln spielte ein verstohlenes Lächeln. »Meine Mutter vertritt mich. Sie meint es gut, aber sie bringt immer alles durcheinander. Kannst du bei Laura bleiben, bis ich zurückkomme?«

»Natürlich«, versicherte Janet. Ihr Blick fiel auf Michael, der unruhig vor der Eingangstür auf und ab ging. »Wo ist Ryan?«

»Irgendwo hier in der Nähe.« Buck ging die Treppe hinunter und drehte sich dann noch einmal um. »Janet, Laura ist – nun, sie nimmt es sehr schwer. Hab' etwas Geduld mit ihr.« Dann ging er.

Michael lief ums Haus zum Hinterhof, und Janet ging gleich hinauf. Laura lag aufrecht gegen ein paar Kissen gelehnt, ihr Gesicht war blaß, und ihre Augen waren geschlossen.

»Laura?« flüsterte Janet. »Bist du wach?«

Laura öffnete langsam die Augen, und sie sah Janet an, als würde sie sie nicht erkennen. Dann lächelte sie flüchtig. »Janet? Bist du's wirklich?«

Janet ging durchs Zimmer, nahm sich einen Stuhl und setzte sich ans Bett. »Wen hast du erwartet?«

Lauras Lächeln verschwand. »Eigentlich niemanden. Ich habe nur dagelegen und versucht zu tun, als wäre nichts geschehen.« Sie blickte Janet an. »Hast du das auch getan, als Mark starb? Getan, als sei nichts geschehen?«

Janet zögerte, dann nickte sie. »Das ist der Schock. Man kann den Schmerz nicht ertragen, also will man das Unrecht nicht wahrhaben. Aber man schiebt ihn nur vor sich her.« Sie machte eine Pause, dann fragte sie: »Willst du darüber sprechen?«

Laura seufzte und drehte das Gesicht zur Wand. »Ich glaube, sie haben mein Kind umgebracht«, flüsterte sie. »Sie sagen, es sei tot zur Welt gekommen, aber ich glaube ihnen nicht.«

Janet öffnete den Mund, konnte aber kein Wort sagen. Dann spürte sie, wie Laura nach ihrer Hand griff.

»Warum tun sie das, Janet?« fuhr Laura fort. »Warum bringen sie meine Babys um?«

Die Verzweiflung in Lauras Stimme versetzte Janet einen Stich. »Laura! O Laura, an so etwas darfst du nicht einmal denken.«

Laura drehte sich wieder um, und Janet sah, daß ihr Tränen die Wangen herunterliefen. »Aber es stimmt, Janet. Ich weiß es genau. Sie sagten, es sei tot zur Welt gekommen, aber bis zum Schluß konnte ich spüren, wie es sich bewegte.« Ihre Stimme wurde lauter und ihr Griff um Janets Hand fester. »Ich spürte es, Janet. Wenn es tot gewesen wäre, hätte es sich doch nicht mehr bewegen können, nicht wahr? Nicht wahr?«

Janet wußte nicht, was sie sagen sollte, wußte nicht, ob sie vielleicht Buck oder Dr. Potter rufen sollte. »Ich – ich weiß nicht«, sagte sie endlich. »Aber manchmal geschehen solche Dinge. Manchmal geht etwas schief, und man kann nichts tun.«

Laura schien sich etwas zu beruhigen, sie ließ den Kopf in die Kissen sinken und starrte zur Decke. Ihre Stimme war stumpf, als sie wieder sprach. »Sie wollten mich nicht ins Krankenhaus bringen. Sie wollten mich nicht ins Krankenhaus bringen, und sie wollten Mutter nicht zu mir lassen. Ich bettelte darum, aber sie wollten sie nicht kommen lassen.«

»Sie hätte nichts tun können«, sagte Janet, um die verstörte Frau etwas zu trösten. »Ich weiß, wie schrecklich es für dich gewesen sein muß –«

Plötzlich kehrte das Feuer in Lauras Augen zurück, und sie setzte sich ruckartig im Bett auf. »So, meinst du?« fragte sie mit schriller Stimme. »Woher willst du das wissen? Hast du schon mal ein Kind verloren? Hast du jemals schon das durchgemacht, was ich letzte Nacht durchgemacht habe? Na?«

Und wieder gingen Janet blitzartig ihre Kindheitserlebnisse durch den Kopf. Aber es war kein Kind gewesen, das sie verloren hatte. Es war ihre Familie gewesen, die vor ihren Augen verbrannt war. Aber das konnte sie Laura nicht sagen, wenigstens nicht jetzt.

»N-nein –«, stotterte sie.

»Dann warte mal ab, bis es soweit ist. Bis dein Baby kommt. Mit dir werden sie das gleiche tun. Genau wie mit Mutter, als ihr letztes Kind gekommen ist. Mutter ließen sie auch nicht ins Krankenhaus gehen. Und dich werden sie auch nicht lassen! Wenn es bei dir soweit ist, wirst du allein sein, und sie werden tun, was sie wollen, und du wirst nichts dagegen tun können. Dann wirst du erst wissen, wie ich mich gefühlt habe.«

Erschöpft sank sie in die Kissen zurück und begann hemmungslos zu schluchzen. Janet war aufgesprungen und blickte sich nun gehetzt im Zimmer um. Ihr Blick fiel schließlich auf ein kleines Röhrchen Tabletten, das auf der Kommode lag. Sie nahm sie und las das Etikett, aber der Name des Mittels sagte ihr nichts. Sie ging zum Bett zurück. »Laura? Laura, willst du hiervon ein paar?«

Lange Zeit war Laura stumm, und Janet fragte sich, ob sie ohnmächtig geworden war. Dann öffnete sie wieder die Augen und sah das Röhrchen an. Sie schüttelte den Kopf. »Nein.« Zögernd streckte sie Janet ihre Hand entgegen. »Es tut mir leid«, sagte sie. »Ich hätte das alles nicht sagen dürfen. Es muß sich verrückt angehört haben. Das alles war einfach so furchtbar gestern nacht. Es tat so weh, Janet, und ich hatte solche Angst, und ich wußte, daß sie das Kind töteten und ich es nicht verhindern konnte. Ich konnte es nicht verhindern, Janet.« Sie begann leise zu weinen. »Ich sah, was geschah«, wiederholte sie mit gebrochener Stimme. »Ich sah alles.« Dann fing sie wieder zu schluchzen an, und Janet nahm sie in die Arme und wiegte sie zärtlich, so als ob Laura selbst ein Kind sei, das getröstet werden mußte.

Michael traf Ryan hinter der Garage, wie er lustlos einen Haufen Holzscheite aufeinandertürmte. »Was machst du denn?«

Ryan sah auf und bemerkte die Kratzer in Michaels Gesicht. »Was ist denn dir passiert?«

»Ich – ich bin vom Rad gefallen. Was machst du denn mit dem Holz?«

»Na, was wohl? Dad sagt, bis heute abend muß ich das Holz aufgestapelt haben. Hilfst du mir?«

Michael zuckte die Achseln und nahm sich ein Holzscheit.

»Wie lange hat es gestern bei Eric gedauert?«

»Ganz schön lange«, prahlte Michael. »Ich bin erst spät ins Bett gekommen.« Er zögerte, weil er Ryan erzählen wollte, was in der Nacht zuvor geschehen war, aber Nathaniels seltsame Worte klangen ihm noch im Kopf: *Sag ihnen nicht die Wahrheit. Sag ihnen, was sie hören wollen.* Aber Nathaniel hatte nicht von Ryan gesprochen.

Nein, fand Michael. Für ihn mit seinen elf Jahren bedeutet ›sie‹ die Erwachsenen. Vor den Erwachsenen mußte man Geheimnisse verbergen, nicht vor Kindern. »Ich – ich glaube, ich habe heute nacht Nathaniel gesehen.«

Ryan drehte sich um und sah ihm ins Gesicht. »Nathaniel? Den Geist?« Sein Tonfall verriet deutlich, was er davon hielt.

»Ich glaube schon.« Wieder zögerte Michael. »Wenn ich dir sage, was geschehen ist, versprichst du mir, es niemandem zu verraten? Wirklich niemandem?«

Ryan sah ihn herablassend an. »Für was hältst du mich denn? Außerdem, wem soll ich es erzählen?«

»Du könntest es jedem erzählen.«

Ryan zuckte die Achseln. »Okay. Aber was ist an der ganzen Geschichte dran? Es gibt keine Geister, also kannst du auch Nathaniel nicht gesehen haben.«

»Ich habe nicht gesagt, daß ich ihn gesehen habe«, wandte Michael ein. »Ich habe gesagt, daß ich *geglaubt* habe, ihn zu sehen.«

»Wo?« wollte Ryan wissen.

»In – er war in einem Gebäude.«

»Was für ein Gebäude?«

»In – einer Scheune«, erklärte Michael ausweichend.

Ryan sah ihn mißtrauisch an. »In wessen Scheune?« fragte er.

»Das geht dich nichts an«, sagte Michael, aber als Ryan sich mit einer verächtlichen Geste abwandte, lenkte er ein. »Ich weiß nicht, wessen Scheune es war«, sagte er. »Aber dort habe ich Nathaniel gesehen. Das glaube ich wenigstens.«

Ryans Neugier ließ ihn weiterfragen. »Hast du ihn denn gesehen oder nicht?«

»Ich weiß es nicht«, sagte Michael, denn er konnte sich immer noch nicht dazu durchringen, Ryan alles zu erzählen, was er erlebt hatte. »Es war wirklich unheimlich. Er – er wollte, daß ich mit ihm nach draußen gehe.«

»Wie meinst du das?« fragte Ryan. »Wenn er nach draußen wollte, warum ist er dann nicht einfach gegangen?«

»Woher soll ich das wissen? Er sagte, er könne es nicht. Aber dann – ja, dann verschwand er einfach. Ich redete mit ihm – oder tat so etwas Ähnliches –«

»Was meinst du mit ›so etwas Ähnliches‹?« fragte Ryan, der nun doch sehr neugierig geworden war. »Hast du mit ihm gesprochen oder nicht?«

Michael wußte nicht, wie er es erklären sollte. »Irgendwie – redete er zu mir, ohne zu sprechen. Es war, als sei er in meinem Kopf.«

»Das ist verrückt«, meinte Ryan. »So kann man nicht miteinander reden.«

»Ich weiß«, gab Michael zu. »Darüber habe ich auch nachgedacht. Heute nacht habe ich noch gedacht, ich hätte mit ihm geredet, aber jetzt bin ich mir nicht mehr so sicher. Glaubst du –«, er brach ab, denn er glaubte plötzlich sicher zu wissen, was Ryan von seiner Frage halten würde.

»Ob ich was glaube?« bohrte Ryan weiter.

»Glaubst du, ich könnte einen Geist gesehen haben?« fragte er, krampfhaft den Blick von Ryan abgewandt.

»Es gibt keine Geister«, sagte Ryan noch einmal, allerdings nicht mehr so selbstsicher wie zuvor.

»Ich weiß«, gab Michael zu. »Heute nacht war ich mir noch sicher, daß es ihn wirklich gäbe. Aber heute morgen bin ich mir nicht mehr so sicher. Es ist schon verrückt!«

»*Du* bist verrückt«, entgegnete Ryan.

Einige Minuten lang gingen sie schweigend ihrer Arbeit nach. »Ryan?« fragte Michael schließlich noch einmal. »Meinst du, ich könnte heute nacht einen Geist gesehen haben?«

Ryan sah ihn verärgert an. »Nein.«

»Aber was habe ich dann gesehen?«

»Ich glaube, du hast überhaupt nichts gesehen«, sagte Ryan. »Und ich will davon jetzt nichts mehr hören.«

»Aber ich *habe* etwas gesehen.«

»Idiot!« entfuhr es Ryan. »Du hast überhaupt nichts gesehen, und du bist auch in keinen Schuppen gegangen, und du hast dir das alles nur ausgedacht. Du bist bloß vom Fahrrad gefallen, und jetzt soll jeder glauben, es sei nicht deine Schuld gewesen, weil du angeblich einen Geist gesehen hast. Ich glaube dir aber nicht, keiner wird dir das glauben. Und wenn du nicht die Klappe hältst, werde ich meinem Dad erzählen, daß du beim alten Findley im Schuppen gewesen bist. Dann kannst du was erleben.«

Michaels Augen blitzten zornig auf. »Du hast mir versprochen, daß du es niemandem erzählen würdest. Außerdem habe ich nie behauptet, daß es Ben Findleys Schuppen war.«

»Na und«, höhnte Ryan. »Wie konnte ich denn auch wissen, daß du mir so einen Quatsch erzählen würdest? Und ich kann jedem erzählen, was ich will, also paß besser auf, was du sagtst.«

Michael schwieg. Sein Kopf pochte vor Schmerz, und in seinen Gedanken glaubte er eine Stimme zu hören, die Ryan den Tod wünschte. Michael war verwirrt, verwirrt und bestürzt, denn tief in seinem Innern fühlte er, daß dies wirklich geschehen würde, wenn er die Stimme gewähren ließ. Er nahm seine ganze Willenskraft zusammen, um dagegen anzukämpfen, denn er wußte nicht, was noch alles geschehen würde, wenn er der Stimme nachgab. Andererseits war er sich auch darüber im klaren, daß Ryan ihn endgültig für verrückt erklären würde, wenn er weiter darüber sprach, was er die Nacht zuvor erlebt hatte. Aber während er seinem Vetter dabei half, das Holz aufzustapeln, mußte er unentwegt darüber nachdenken. Und je mehr er darüber nachdachte, desto mehr erschien ihm alles, was er gesehen und gehört hatte, wie ein Traum.

Aber er *hatte* doch die Lichter auf dem Feld gesehen, und er *war* in Findleys Schuppen gegangen.

Er hatte auch den Wagen gesehen, und er hatte jemanden im Licht der Laternen gesehen.

Aber hatte er Nathaniel gesehen?

Wie konnte er überhaupt etwas gesehen haben? Und gehört, das mußte er sich eingestehen, hatte er eigentlich gar nichts. Die Stimme war in seinem Kopf gewesen, genau wie die, die er eben gerade gehört hatte. Außerdem hatte er Kopfschmerzen gehabt, und er konnte sich nie so recht erinnern, was während dieser Kopfschmerzen so alles geschehen war.

Er beschloß, mit niemandem darüber zu reden, was in der letzten Nacht geschehen war. Trotzdem wünschte er sich, er hätte mit seinem Vater darüber reden können. Sein Vater hatte ihm immer geholfen, seine Probleme zu lösen, aber das war jetzt nicht mehr möglich. Mit seinem Großvater konnte er darüber auch nicht reden. Ihn schauderte, wenn er daran zurückdachte, wie er vor ein paar Tagen die Prügel bezogen hatte – nein, seinem Großvater konnte er es nicht sagen. Aber vielleicht seiner Großmutter. Wenn er einmal mit ihr allein war, würde er mit ihr darüber reden.

Vielleicht...

Sobald Janet und Michael an diesem Morgen das Haus verlassen hatten, hatte Amos sich in Prairie Bend umgehört, um Shadows Besitzer ausfindig zu machen.

Aber niemand vermißte einen Hund. Nach dem letzten Gespräch legte er den Telefonhörer auf die Gabel und wandte sich zu Anna um. »Nun, ich nehme an, es ist ein Streuner. Ich hole mein Gewehr.«

Anna funkelte ihren Mann feindselig an. »Soll das heißen, du willst den Hund erschießen?«

»Genau das«, erwiderte Amos mit grimmiger Stimme.

»Nein.«

Amos sah seine Frau böse an. »Was hast du gesagt?«

»Es gibt keinen Grund, ihn zu erschießen. Was hat er dir getan?«

»Ich mag keine Hunde.«

»Manchmal mag ich dich auch nicht«, gab Anna mit leiser, aber fester Stimme zurück. »Soll ich dich deswegen gleich erschießen?«

»Anna –«

»Es ist nicht dein Hund, Amos. Es ist Michaels Hund. Er hat ihm vielleicht das Leben gerettet, und Michael wird es dir nie verzeihen, wenn du dem Tier etwas tust. Deine Tochter haßt dich, und dein Sohn ist dir davongerannt. Willst du jetzt auch noch, daß dich dein Enkel haßt?«

»Er wird es nie erfahren«, meinte Amos. »Wenn er nach Hause kommt, ist der Hund schon längst tot und begraben. Wir werden ihm sagen, daß er davongerannt ist. Er wird uns glauben.«

»Vielleicht«, gab Anna zu. »Vielleicht würde er uns glauben, wenn wir beide es ihm erzählten. Aber wenn du sagst, daß er davongerannt ist und ich sage ihm, daß du ihn erschossen hast, wem wird er dann wohl glauben?«

Amos blickte sie drohend an. »Das würdest du nicht tun, Anna. Du hast immer getan, was ich wollte, und du wirst es auch jetzt tun.«

»O nein«, sagte Anna und verschränkte die Arme vor der Brust. »Diesmal nicht. Du wirst den Hund in Ruhe lassen.«

Ohne ein weiteres Wort verließ Amos das Haus, doch als er über den Hof zur Scheune ging, fühlte er sich von ihr beobachtet. Von ihr und von dem Hund.

Shadow lag, wie immer, wenn Michael im Haus war oder ohne ihn fortgegangen war, zusammengekauert bei der Hintertür auf der Erde. Als die Küchentür aufgerissen wurde und Amos' schwere Schritte auf der Treppe zu hören waren, spannte Shadow seinen Körper an und knurrte drohend. Er fletschte die Zähne, machte aber keine Anstalten, aufzustehen. Amos blickte den Hund zornig an.

»Los, verschwinde«, sagte er. Mit dem rechten Fuß trat er nach dem Hund. Doch bevor er den Tritt anbringen konnte, war Shadow auf die Füße gesprungen und ein paar Meter zurückgewichen. Amos folgte ihm.

Meter für Meter zog sich Shadow in Richtung Schuppen zurück. Amos folgte ihm leise fluchend Schritt für Schritt, wobei er laufend versuchte, dem Hund einen Tritt zu versetzen. Aber jedesmal, wenn er ausholte, sprang Shadow aus seiner Reichweite.

Amos versuchte noch einmal, ihn zu treffen.

Diesmal wich Shadow dem Tritt nicht aus. Statt dessen schien er bis zum letzten Moment zu warten, dann ließ er seinen Körper auf eine Seite schnellen und drehte gleichzeitig den Kopf, so daß er sich in Amos Fußgelenk verbeißen konnte. Mit einem Ruck raubte er Amos das Gleichgewicht, und der alte Mann stürzte schwer zu Boden und ächzte in einer Mischung von Schmerz und Zorn. In Sekundenschnelle hatte Shadow losgelassen und war Amos an die Kehle gesprungen und entblößte nun sein kräftiges Gebiß. Einen langen Moment lang starrte Amos in die Augen des Tieres und war sich sicher, daß sich die scharfen Reißzähne gleich in seine Kehle bohren würden.

Aber statt Amos anzugreifen, machte Shadow nur einen Schritt nach vorne und hob ein Bein.

Ein heißer, gelber Strahl ergoß sich über Amos, benäßte sein Hemd, brannte ihm in den Augen und schnürte ihm die Luft ab, als es ihm durch den Mund in die Kehle drang. Als alles vorüber war, ließ Shadow von ihm ab und ließ sich friedlich hechelnd ein paar Meter neben Amos nieder.

Kochend vor Wut stand Amos auf und ging zum Haus. Aber als er nach ein paar Minuten mit der Flinte in der Hand zurückkam, war der Hof leer.

Shadow war verschwunden.

13

Woche auf Woche verging. Janet verbrachte ihre Zeit damit, an dem Haus, das einmal ihr Zuhause werden sollte, die Ausbesserungsarbeiten zu Ende zu bringen. Auch in Prairie Bend fühlte sie sich schon heimisch, es gab ihr ein Gefühl von Heimat, wie sie es seit ihrer Kindheit nicht mehr verspürt hatte.

Das ganze Dorf schien an ihren Bemühungen Anteil zu nehmen. Beinahe täglich wurden sie und Michael bei der Arbeit von irgend jemanden besucht. Entweder wollten sie helfen oder etwas Nützliches dalassen.

Mit jedem Tag fühlte sich Janet mehr in diese Gemeinschaft verwachsen, spürte sie stärker das Zusammengehörigkeitsgefühl dieser Menschen.

Doch für Michael war es eine schwere Zeit. Überall hatte er Shadow gesucht, aber nicht einmal eine Spur von ihm finden können. Der Schäferhund schien wie vom Erdboden verschwunden zu sein. Jeden Tag fragte er seinen Großvater, was geschehen war, und jedesmal erhielt er dieselbe Antwort: »So ist das nun mal mit Hunden. Heute kommen sie, morgen gehen sie, und du kannst dich nicht auf sie verlassen. Sei froh, daß dieser verflixte Köter endlich fort ist.« Aber Michael war nicht froh, und so sehr sich Janet auch bemühte, sie konnte seinen Trübsinn nicht verscheuchen.

Amos brachte das Oldsmobile vor der Einfahrt zum Stehen und winkte den Lastwagen hinter sich vorbei. Am Morgen war der Möbelwagen aus New York angekommen. Nach vielen Enttäuschungen und Verzögerungen konnten Janet und Michael endlich ihr eigenes Haus beziehen. Auf dem Rücksitz stieß Janet einen Seufzer der Erleichterung aus.

»Seht es euch doch nur an«, sagte sie. »Es ist einfach – wundervoll. Kommt, laßt uns noch einmal hineingehen, bevor alles zugestellt ist.«

Drinnen war alle Schäbigkeit und Armseligkeit verschwunden, alles strahlte in neuem Glanz und schien das wirkliche Alter des Gebäudes Lügen strafen zu wollen. Das abgetönte Weiß ließ, wie Janet gehofft hatte, die kleinen Zimmer größer erscheinen. Sie ging langsam von Zimmer zu Zimmer, richtete sie alle in Gedanken schon ein.

In der Küche stand am Fenster ein blau angestrichener Tisch mit ein paar Rohrstühlen, die irgend jemand in seiner Dachkammer aufgestöbert hatte, ein alter, aber betriebsbereiter Kühlschrank brummte neben dem Holz-Elektro-Kombiherd, den Janet jetzt schon ins Herz geschlossen hatte. Liebevoll tätschelte sie das imposante gußeiserne Bügeleisen.

»Seit ich ein Kind war, habe ich solche Sachen nicht mehr gesehen. Ich hätte geschworen, die wären alle schon auf dem Schrottplatz gelandet.«

»Hier draußen braucht man sie immer wieder mal«, entgegnete Anna wehmütig. »Manchmal, bei Stromausfall, meint man, es müßte Ewigkeiten dauern.« Doch dann lächelte sie fröhlich. »Aber das ist natürlich meistens im Winter. Bis November dauert es gewöhnlich nur eine Stunde oder zwei, bis der Strom wieder da ist.«

Plötzlich wurden sie von Michaels aufgeregten Rufen unterbrochen. »Mom! Mom! Komm schnell! Schau doch!«

Janet ging zur Hintertür, gefolgt von Anna und Amos. Michael zeigte in die Ferne, über das frisch gepflügte Feld zum Fluß hin. Janet schaute in die Richtung, und augenblicklich sah sie, was ihr Sohn meinte.

Es war Shadow, der langsam über das Feld auf sie zu trottete.

»Shadow!« schrie Michael außer sich vor Freude. »Es ist Shadow, Mom! Komm her, Junge! Komm her, Shadow!«

Der Hund begann freudig mit dem Schwanz zu wedeln und wild bellend auf Michael zuzustürmen. Gleich darauf hatte er den Zaun zwischen Hof und Feld übersprungen und Michael umgestoßen. Nun saß er auf dem Jungen und schleckte ihm unentwegt über das Gesicht.

Während Janet die Szene im Hof betrachtete, hörte sie Annas Stimme hinter sich. »Soso, fortgerannt ist er also? Aus freien Stücken, nicht wahr?« Und dann hörte Janet ihre Schwiegermutter zum erstenmal lachen. »Ich glaube, ich mag diesen Hund. Ja, ich glaube wirklich, daß ich ihn mag.«

Amos hatte allerdings Annas Worten nichts zu entgegnen, sondern drehte sich einfach um und ging wortlos in die Küche.

Ein paar Minuten später stürmte Michael dicht gefolgt von Shadow in die Küche. »Darf ich ihn mit hinaufnehmen, Mom? Ich möchte ihm mein Zimmer zeigen.« Er zögerte, dann fragte er bittend: »Mom? Können wir heute nacht hier schlafen?«

»Natürlich«, meinte Janet. »Wo denn sonst? Das ist jetzt unser Zuhause.«

»Aber Liebes, wie kannst du nur?« protestierte Anna, als Michael und Shadow die Stufen hinaufstampften. »Es gibt noch so viel zu tun. Du willst doch nicht etwa inmitten all der Kisten leben?«

»Anna, wenn du an meiner Stelle wärst, wo würdest du heute nacht schlafen?«

Anna zögerte nur eine Sekunde lang, dann wich ihr gewohnter sorgenvoller Blick einem schüchternen Lächeln. »An deiner Stelle würden mich keine zehn Pferde hier herausbekommen«, gab sie zu. »Die ganze Nacht lang würde ich Sachen einräumen, Pläne schmieden und Amos zum Wahnsinn treiben.« Sie seufzte und blickte sehnsuchtsvoll nach oben. »Es ist ein schönes, kleines Haus, nicht wahr?« sagte sie, mehr zu sich selbst. »Eine Schande, daß es so heruntergekommen war. In all den Jahren hat es einfach leergestanden. Und wir haben es soweit kommen lassen.«

Janet war schon auf der Treppe gewesen, doch blieb sie nun stehen und drehte sich zu ihrer Schwiegermutter um. »Ihr wart es ja nicht, die es verkommen ließen«, sagte sie mit leiser Stimme. »Es war Mark.«

Anna schien bei Janets Worten wie unter einem Peitschenhieb zusammenzuzucken. »Um Himmels willen, Janet, was meinst du damit?«

Janet zögerte und überlegte, was sie eigentlich mit diesen Worten, die ihr so leicht über die Lippen gegangen waren, hatte sagen wollen. Und als sie etwas darüber nachdachte, wurde ihr klar, wie sehr sie es Mark verübelte, daß er das Haus so vernachlässigt hatte. Seit einiger Zeit konnte sie sich des Gefühls nicht erwehren, daß Mark ihr nicht nur die Vergangenheit verheimlicht hatte und daß sie, wenn sie alle Unterlagen durchsähe, einen anderen, ihr fremden Mark kennenlernen würde. Für Anna jedoch gab es keinen fremden Mark. Für sie gab es nur die Erinnerung an einen Jungen, der ihr Sohn gewesen war, der sie verlassen hatte und zurückgekommen war, nur um ihr auf grausame Weise wieder genommen zu werden. Wie konnte sie mit einer Frau, die so gelitten hatte, über diese finsteren Gedanken sprechen?

»Nichts«, sagte Janet schließlich. »Wirklich nichts. Ich will nur nicht, daß ihr euch wegen des Hauses Vorwürfe macht. Schließlich habt ihr es Mark ja geschenkt, nicht wahr? Also seid ihr eigentlich nicht dafür verantwortlich gewesen.«

»Aber Mark war unser Sohn«, erwiderte Anna. »Für alles, was er war oder tat, sind wir doch verantwortlich.«

Einen kurzen Moment lang trafen sich die Blicke der beiden Frauen, und Janet wußte nicht, was sie darauf entgegnen sollte. Dann wandte sie sich schweigend ab und ging die Treppe hinauf.

Es war später Nachmittag, Amos und Anna waren nach Hause gefahren. Als Janet aus dem Fenster blickte, sah sie zum erstenmal Ben Findley. Er fütterte gerade die Hühner, und während Janet ihm zusah, blickte er auf, so als hätte er gespürt, daß er beobachtet wurde. Abrupt wandte er sich um, verschwand im Haus und ließ die Tür mit einem Donnerschlag zuknallen.

Einen Moment lang stand sie nachdenklich an der Spüle. Dann ging sie zur Treppe. »Michael«, rief sie hinauf. »Was machst du gerade?«

»Nichts«, rief Michael herunter. »Ich suche mir nur meine Sachen heraus. Kann ich mir ein altes Laken nehmen, um Shadow ein Bett zu machen?«

»Meinetwegen. Ich bin gleich wieder zurück. Ich gehe bloß einmal nach nebenan.«

Ohne eine Antwort abzuwarten, verließ sie das Haus, ging über den Hof und bahnte sich vorsichtig einen Weg durch den Stacheldrahtzaun, der Findleys Grundstück von ihrem trennte. Ein paar Minuten später stand sie vor seiner Tür und klopfte. Als niemand antwortete, klopfte sie noch einmal, diesmal etwas lauter. Sie glaubte schon, der alte Mann wolle sie ignorieren, doch da öffnete sich die Tür, und Ben Findley lugte mißtrauisch aus der dunklen Wohnung heraus.

»Mr. Findley?« fragte Janet. »ich bin Janet Hall –«

»Ich weiß, wer Sie sind«, schnitt ihr Ben Findley das Wort ab. »Sie sind die Witwe von Mark Hall.«

Janet nickte und kam sich etwas lächerlich vor. Natürlich hatte er gewußt, wer sie war. Sie versuchte es noch einmal. »Ich wohne nebenan, und als ich Sie eben im Hof sah, dachte ich, ich sollte mich bei Ihnen mal vorstellen.«

»Warum?«

»Warum?« wiederholte Janet ungläubig. Von allen möglichen Antworten hatte sie diese am allerwenigsten erwartet.

»Ich habe Sie nicht geheißen, hierherzuziehen, und wo Sie wohnen, geht mich nichts an«, sagte Findley schroff. »Glauben Sie ja nicht, wir seien schon Nachbarn, bloß weil Sie jetzt nebenan wohnen.«

»Aber ich dachte nur –«

»Mir ist ganz egal, was Sie dachten, junge Frau«, knurrte Findley. »Ich weiß, wie es hier ist. Jeder mischt sich in jedermanns Angelegenheiten und tut recht freundlich. Ein Mist ist das, kann ich Ihnen sagen. Reiner Mist, und ich will damit nichts zu tun haben. Die meisten hier haben das eingesehen, und sie lassen mich in Ruhe.«

Unwillkürlich trat Janet einen Schritt zurück. »Es – es tut mir leid, daß Sie so denken.«

Findley blickte sie noch etwas finsterer an. »Sparen Sie sich Ihr Mitleid. Ich brauche es nicht. Ich will nur in Ruhe gelassen werden. Deswegen habe ich auch diesen Zaun. Wie ich sehe, konnte er Sie nicht zurückhalten.«

Janet spürte die Wut in sich hochsteigen. »Mr. Findley, ich wollte lediglich freundlich zu Ihnen sein. Für eine lange Zeit werden wir Tür an Tür wohnen, und es schien mir zumindest angebracht, daß wir einander kennenlernen. Also kam ich herüber, um einmal guten Tag zu sagen.«

»Das haben Sie jetzt gesagt.«

Janet funkelte den alten Mann zornig an. »Ja, das habe ich. Und obwohl ich mir sicher bin, daß es Sie nicht interessiert, Mr. Findley. Ich wünschte, ich hätte nicht meine Zeit dafür verschwendet.« Sie drehte sich um und wollte die Treppe hinuntergehen in der sicheren Erwartung, daß jeden Moment die Tür hinter ihr zuschlagen würde. Zu ihrer Überraschung hörte sie jedoch noch einmal Findleys Stimme.

»Mrs. Hall!«

Sie drehte sich wieder um. Die Tür war etwas weiter geöffnet. Zum erstenmal konnte sie die Flinte sehen, die Findley in den Armen hielt. Und zum erstenmal konnte sie Findleys Gesicht klar sehen. Ein Schock des Wiedererkennens erfaßte sie, denn was sie sah, war nichts anderes als Marks Gesicht, wenn auch gealtert. Die dunkelblauen Augen, die kräftigen Gesichtszüge, das gewellte Haar. Das alles war auch in Ben Findleys Gesicht, aber alles entstellt durch Verdrossenheit und Bitterkeit. »Mein Gott«, stieß Janet hervor. »Sie sind einer von uns – Sie sind ein Hall.«

Findley sah sie feindselig an. »Ich bin kein Hall«, entgegnete er. »Wir sind verwandt, aber ich will nichts mit ihm zu tun haben. Ich nehme nicht in Anspruch, zu Amos Halls Familie zu gehören, und wenn Sie schlau sind, tun Sie es auch nicht.«

Janet schluckte und nahm sich zusammen. »Amos ist sehr gut zu mir gewesen, Mr. Findley –«

»Fürs erste, ja«, brummte er. »Na ja, mich geht es ja nichts an. Ich will nur, daß Sie begreifen, daß Sie auf meinem Grundstück nichts verloren haben, Mrs. Hall. Sie nicht und Ihr Balg auch nicht.«

»Soll das eine Drohung sein, Mr. Findley?« fragte Janet mit eisiger Stimme.

»Wenn Sie es so auffassen wollen.«

»Das tue ich, Mr. Findley. Ich kann Ihnen versichern, daß Michael Ihren Grund nicht betreten wird. Falls es aber doch einmal dazu kommen sollte, erwarte ich von Ihnen, daß Sie sich darauf beschränken, ihn nach Hause zu schicken.«

»Ich tue, was ich tun muß«, antwortete Findley grimmig. »Ich mag keine Menschen um mich herum, und ganz besonders mag ich keine Kinder. Halten Sie mir also Ihren Balg vom Hals, und alles ist in Ordnung. Habe ich mich klar genug ausgedrückt?«

»Sicher«, zischte Janet, kochend vor Wut. »Es tut mir leid, Sie belästigt zu haben. Es wird nicht wieder vorkommen.«

»Ich verlasse mich darauf«, sagte Findley und schlug ihr die Tür vor der Nase zu.

Wutentbrannt drehte Janet sich um und begann, über Findleys Einfahrt zur Straße zu laufen. Wenn er nicht wollte, daß man über seinen Zaun stieg, bitte schön! Dann würde sie eben den ganzen verdammten Weg über die Einfahrt und die Straße nach Hause gehen. Stolz und unbeugsam marschierte sie zu ihrem Haus, und bei jedem Schritt fühlte sie seine boshaften Blicke auf sich ruhen. Erst als sie die Straße erreicht hatte, blieb sie noch einmal stehen und musterte das heruntergekommene Haus, auf das der Alte so erpicht war. Und dann machte sie ihrem Ärger auf ganz und gar kindische Weise Luft, indem sie den Mittelfinger ihrer rechten Hand zu einer Schmähgeste reckte.

Es war schon fast elf Uhr, als sie sich in ihrem Haus endgültig eingerichtet hatten. Die Kleider hingen in den Schränken, die paar Möbel, die sie bis jetzt hatten, waren zu Janets Zufriedenheit aufgestellt, und das Küchengeschirr war eingeräumt worden.

Nun saßen die beiden am Küchentisch und nippten an dem Kakao, den Janet für sie gekocht hatte, während Shadow behaglich am Boden vor sich hin döste. »Na, was meint ihr beiden?« fragte Janet in die gemütliche Stille hinein, die sich in den letzten Minuten im Raum breitgemacht hatte. »Haben wir das Richtige getan?«

Shadow ließ seinen Schwanz anerkennend auf den Boden plumpsen, aber Michael warf seiner Mutter nur einen kurzen Blick zu, dann sah er sich unstet in der Küche um. »Ich glaube schon«, sagte er endlich, aber seine Stimme verriet, wie unsicher er war.

»Das klingt nicht sehr überzeugt. Stimmt etwas nicht?«

Michael setzte zum Sprechen an, doch dann schien er es sich anders überlegt zu haben. Verwirrt wiederholte Janet ihre Frage. »Stimmt etwas nicht?«

»Ryan hat etwas gegen mich«, murmelte Michael nach langem Zögern.

Janet sah ihren Sohn einen Moment lang verdutzt an. »Er hat etwas gegen dich? Aber warum?« Sie stutzte, da ihr klar wurde, daß sie Michael schon eine ganze Zeitlang nicht mehr mit seinem Vetter zusammen gesehen hatte. »Habt ihr euch gestritten?«

Michael zuckte die Achseln. »Ich – ich weiß nicht«, druckste er. Dann blickte er zu ihr auf. »Kann ich jetzt ins Bett gehen?«

Ohne eine Antwort abzuwarten, huschte er aus der Küche und lief die Treppe hinauf zu seinem Zimmer. Gleich darauf folgte Shadow seinem Herrn.

Janet trank ihren Kakao aus und spülte das Geschirr. Dann wanderte sie noch einmal durch die Zimmer im Erdgeschoß, verschloß die Türen und betrachtete sich die vielen Kisten, die am nächsten Tag noch ausgepackt sein wollten. Schließlich machte sie die Lichter aus und ging auch nach oben. Unschlüssig blieb sie vor Michaels Zimmertür stehen. Zwar fiel durch die Ritzen über dem Boden kein Licht, doch konnte sie auch nicht das regelmäßige Atmen ihres Sohnes hören, das darauf hingedeutet hätte, daß er schlief. Sie klopfte leise an die Tür. Als sie keine Antwort vernahm, öffnete sie die Tür und spähte ins Zimmer. Michael war noch ganz angezogen, er kniete vor dem Fenster und starrte in die Dunkelheit. Shadow lag neben ihm.

»Darf ich hereinkommen?«

Er gab keine Antwort, also trat Janet in das kleine Zimmer und schloß hinter sich die Tür. Sie setzte sich zu ihm auf den Boden und folgte seinem Blick. In der Dunkelheit erkannte sie flüchtig die Umrisse von Findleys Schuppen.

Sie runzelte die Stirn, als sie sich des Gespräches vom Nachmittag entsann, doch sie sagte sich, daß das, was sie sah, wohl kaum etwas mit dem verschrobenen alten Mann zu tun haben könnte. »Eine schöne Aussicht, nicht wahr?«

»Hm – ja«, sagte Michael gleichmütig.

»Willst du mir nicht erzählen, was zwischen dir und Ryan vorgefallen ist?«

»Er hat mir nicht geglaubt«, sagte Michael. »Er hält mich für verrückt.«

Janet horchte auf. »Was hat er dir nicht geglaubt?«

Michael drehte sich um und suchte im Halbdunkel den Blick seiner Mutter. »Ich habe etwas gesehen damals«, und Janet wußte sofort, was er mit ›damals‹ meinte.

»Du meinst, noch etwas außer dem Wagen, der dich beinahe überfahren hätte?«

Michael nickte.

»Ich verstehe«, sagte Janet. »Willst du mir erzählen, was du gesehen hast?«

Michael zuckte die Achseln. »Du wirst mir auch nicht glauben. Es hört sich ja auch verrückt an.«

»Versuch es doch mal«, ermunterte ihn Janet und fuhr ihm sanft über das Haar.

»Sag ihnen niemals die Wahrheit.«

Die Worte gingen Michael wieder durch den Kopf, er versuchte, sie zu überhören, aber es gelang ihm nicht. Er wollte seiner Mutter erzählen, was er erlebt hatte, aber er konnte es nicht. Zweimal setzte er zum Sprechen an, und jedesmal fühlte er, wie sich Shadow unter seinen Händen anspannte, und er meinte auch den Hund leise knurren zu hören. Zweimal schloß er wieder den Mund, ohne ein Wort gesagt zu haben, und jedesmal spürte er, wie sich der Hund wieder entspannte.

Schließlich hatte er eine Idee. »Ich – ich glaube, ich habe in dieser Nacht Abbey draußen auf dem Feld gesehen.«

»Abbey? Du meinst den Geist, von dem Großvater dir erzählt hat?«

Michael nickte unsicher. »Ich – ich glaube schon. Irgend etwas habe ich da draußen jedenfalls gesehen.«

»Vielleicht hast du dir auch nur eingebildet, du hättest etwas gesehen«, vermutete Janet, doch Michael schüttelte den Kopf.

»Ich kann mich nur nicht mehr genau erinnern. Ich hatte damals Kopfweh. Aber als ich –« Er zögerte, als er spürte, wie Shadow sich wieder anspannte. »Als ich sie sah, ging es weg.« Shadows Körper entspannte sich wieder. »Ryan hält mich für verrückt.« Er starrte sie nun an, aus furchtsamen, bittenden Augen. »Ich bin doch nicht verrückt, nicht wahr, Mom?«

»Natürlich bist du nicht verrückt. So etwas darfst du nicht einmal denken. Du hast nur gedacht, du hättest etwas gesehen, obwohl in Wirklichkeit nichts da war. Das kam wahrscheinlich vom Kopfweh. Davon kann man so etwas schon mal bekommen. War es schlimm?«

Michael zögerte, dann nickte er. »Es war ein Pochen in den Schläfen.«

»Hast du so etwas schon öfter gehabt?«

»Ein paarmal. Aber es war immer auszuhalten, und es dauerte nie lange.«

»Nun, das ist schon ein gutes Zeichen. Aber morgen gehen wir besser einmal zu Dr. Potter. Und jetzt schläfst du dich erst einmal schön aus. Einverstanden?«

Michael stand auf und knipste das Licht an. Die nackte Glühbirne erfüllte das Zimmer mit einem grellen Licht. Nachdem sich Janets Augen an die Helligkeit gewöhnt hatten, studierte sie Michaels Gesicht. Einen Moment lang trafen sich ihre Blicke, dann blickte er wieder zum Fenster.

»Du glaubst mir auch nicht, stimmt's?« sagte er leise. »Du glaubst nicht, daß ich irgend etwas gesehen habe.«

Janet wählte ihre Worte mit Bedacht. »Ich denke, du *glaubst* etwas gesehen zu haben, und das zählt.«

Plötzlich fuhr Michael ein stechender Schmerz durch den Kopf, und seine Augen, die gerade noch voller Furcht waren, funkelten plötzlich zornig. »Ich sah ihn«, rief er mit wutverzerrtem Gesicht. »Ich sah ihn, und ich sprach mit ihm, und er ist mein Freund. Mir ist scheißegal, was die anderen sagen.«

Janet verlor die Beherrschung und gab ihrem Sohn eine schallende Ohrfeige. »Michael! Sprich ja nicht wieder so mit mir!« Aus den Augenwinkeln sah Janet, wie Shadow blitzartig aufsprang, und sie erschrak. Was sollte sie tun, wenn sich der Hund entschloß, seinen Herrn zu verteidigen?

Aber so schnell er gekommen war, so schnell war Michaels Zorn auch wieder verraucht, und mit Michael beruhigte sich auch der Hund wieder. Benommen hielt sich Michael die Wange. »Warum hast du das getan?« fragte er. »Warum hast du mich geschlagen?«

»Du weißt warum«, antwortete Janet kühl beherrscht. »Jetzt geh ins Bett und schlaf, dann wollen wir alles vergessen. Aber es wird nicht mehr geschehen, ist das klar?« Ohne die Antwort abzuwarten, verließ Janet das Zimmer.

Michael, dessen Wange von der Ohrfeige immer noch brannte, zog sich aus und machte das Licht aus. Aber statt sich ins Bett zu legen, ging er zum Fenster zurück, starrte in die Nacht hinaus und versuchte, sich zu erinnern, was geschehen war.

Sie hatte gesagt, daß sie ihm glaube, und dann hatte sie ihn geohrfeigt und gesagt, er solle nie wieder so sprechen.

Aber er hatte überhaupt nichts gesagt. Er hatte nur plötzlich Kopfweh bekommen, und plötzlich hatte es geknallt.

Michael wußte immer noch nicht so recht, was geschehen war, als er ins Bett zurückkroch. Als Shadow gleich darauf zu ihm geklettert kam, hielt er die Arme um den großen Hund und drückte ihn fest an sich...

Ihn. Ich sah *ihn*. Ich sprach mit *ihm*.

Diese Worte gingen Janet nicht aus dem Kopf, als sie einzuschlafen versuchte, und sie wiederholte sich immer wieder Michaels Worte und stellte sich dabei seinen Gesichtsausdruck vor. Es war vor Wut entstellt gewesen, und seine Augen hatten vor Zorn gefunkelt. So hatte sie ihn noch nie erlebt.

Wovon hatte er gesprochen? Er hatte behauptet, er hätte Abby in dieser Nacht gesehen. Wer war denn aber *er*?

Sie drehte sich auf die Seite und versuchte zu schlafen. Doch es gelang ihr einfach nicht.

Es mußte am Haus liegen. Seine Fremdheit und seine Leere – das war alles. Das und ihre Einsamkeit.

Schließlich stand Janet auf und ging hinüber in Michaels Zimmer. Sie fand ihn friedlich schlafend vor, ein Arm hing von der Bettkante herunter, der andere war um Shadow geschlungen. Und doch meinte sie in seinem Gesicht noch etwas anderes als Friedfertigkeit zu entdecken.

In Michaels Gesicht sah sie dieselbe Einsamkeit, die sie selbst fühlte.

Behutsam drängte sie Shadow zur Seite, kroch in das schmale Bett und nahm Michael in ihre Arme. Und so, ihren Sohn fest an sich geschmiegt, fand Janet endlich den langersehnten Schlaf.

14

Charles Potter trat aus seinem Behandlungszimmer und wischte sich die Hände an einem Handtuch ab. Aufmunternd lächelte er Janet und Michael zu, die nebeneinander auf dem Sofa am Fenster saßen. »Nanu, die ganze Familie heute? Wir werden doch keine Seuche haben? Ich erfahre so etwas ja immer zuletzt!« Dann richtete er seinen Blick auf Janet, und sein Lächeln wich einem besorgten Blick. »Ihnen fehlt doch nichts, oder?«

»Nein, mir geht's gut«, versicherte Janet. »Seit Montag ist sogar die Übelkeit am Morgen verschwunden. Es geht um Michael. Er klagt über Kopfschmerzen, und ich dachte, Sie sollten sich das mal ansehen.«

Janet stand auf und folgte Potter mit Michael ins Behandlungszimmer.

»Na, Junge, was für Kopfschmerzen sind denn das?« fragte Potter, als Michael sein Hemd ausgezogen und sich auf einen Stuhl gesetzt hatte.

»Ich weiß nicht. So eine Art Pochen, glaub ich.«

Potter runzelte die Stirn. »Wo? Vorne? Hinten? Überall? Oder nur in den Schläfen?«

»Besonders in den Schläfen, glaube ich. Ich weiß nicht.«

»Na, dann wollen wir uns mal einiges ansehen.« Er legte die Manschette des Blutdruckmessers um Michaels Arm. Er begann zu pumpen, den Blick auf die Anzeige gerichtet, das Stethoskop in den Ohren. Schließlich nickte er und grinste Michael an. »Weißt du was? Du lebst noch.«

Nach zehn Minuten hatte Potter seine Untersuchung beendet, und

Michael durfte wieder ins Wartezimmer. Potter setzte sich hinter seinen Schreibtisch und machte ein paar Aufzeichnungen. Schließlich lächelte er Janet an, die ihm gegenüber Platz genommen hatte. »Alles in allem würde ich sagen, es fehlt ihm eigentlich nichts. Der Blutdruck ist etwas hoch, aber das überrascht mich nicht. Der Tod seines Vaters hat ihn eben sehr mitgenommen. Das wiederum könnte für seine Kopfschmerzen verantwortlich sein. Hat er jemals zuvor schon über Kopfschmerzen geklagt?«

»Eigentlich nicht. Hin und wieder einmal. Aber ein Aspirin hat jedesmal geholfen. Aber diesmal scheint es etwas anderes zu sein.«

Potter runzelte die Stirn. »Etwas anderes? Wie meinen Sie das?«

Janet wand sich unbehaglich. »Ich weiß nicht recht, wie ich es sagen soll. Vor kurzem hatte er nachts Kopfschmerzen, und seitdem glaubt er, er hätte damals einen Geist gesehen.«

Potter blickte sie gespannt an. »Einen Geist?« fragte er, und seine Stimme verriet seine Zweifel.

Mit einem Schulterzucken gab Janet zu verstehen, daß sie seine Zweifel teilte. »Das hat er mir jedenfalls gesagt. Und er behauptet es nach wie vor. Nur kann er sich jetzt nicht mehr genau erinnern. Aber er sagt, daß sein Kopfweh verschwunden sei, sobald der Geist aufgetaucht sei. Aber an das alles erinnert er sich nur noch verschwommen.«

»Kann ich mir denken«, entgegnete Potter. »Und wo ist das alles passiert?«

»Nahe bei unserem Haus«, antwortete Janet. »Er war bei den Simpsons gewesen, und auf dem Heimweg ist es geschehen.«

»Hmmm«, machte Potter und lehnte sich in seinem Sessel zurück. Er starrte eine Weile an die Decke, dann wandte er sich wieder Janet zu. »Vielleicht rede ich noch einmal mit ihm«, meinte er schließlich. »Was immer geschehen ist, ich würde es gerne aus erster Hand erzählt bekommen. Haben Sie etwas dagegen?«

»Natürlich nicht.« Janet stand auf. »Soll ich ihn rufen?«

Potter lächelte sie in einer Verschwörermiene an und sagte: »Warum schicken Sie ihn nicht zu mir und lassen mich mal allein mit ihm reden? Manchmal plaudern Kinder etwas freimütiger, wenn ihre Eltern nicht dabei sind.«

Michael saß steif auf seinem Stuhl und starrte Dr. Potter mißtrauisch an. In seinen Schläfen spürte er schon wieder das vertraute Pochen, aber Michael versuchte, es zu ignorieren und statt dessen dem Doktor aufmerksam zuzuhören.

»Was du auf dem Feld gesehen hast, war nicht Abby, nicht wahr? Es war etwas anderes, und du weißt, was es war. Das stimmt doch?«

»Nein«, antwortete Michael. »Es war Abby, und sie suchte nach ihren Kindern, genau wie in der Geschichte.«

Potter schüttelte den Kopf. »Nein, Michael. Abbey Randolph gibt es nicht mehr. Sie starb vor 100 Jahren, und sie wandert auch nicht mehr auf den Feldern umher. Also hast du jemand anderes gesehen. Ich möchte jetzt, daß du dich konzentrierst und mir genau erzählst, was du sahst und wo du es sahst.«

»Ich war bei unserem Haus –«

»Warum?« unterbrach ihn Potter. »Es war mitten in der Nacht, und niemand war dort. Warum gingst du dorthin?«

»Ich habe es doch gesagt. Ich sah ein Licht auf dem Feld, und ich wollte wissen, was dort war.«

»Und du sahst, was dort war, nicht wahr?« Potter lehnte sich nach vorne, und seine Handknöchel waren kreidebleich.

Michaels Kopfschmerzen wurden stärker, und plötzlich kam ihm wieder dieser rauchige Geruch in die Nase, der ihm schon fast so vertraut wie die Kopfschmerzen war. Und dann hörte er wie aus weiter Ferne die Stimme.

»Er weiß es.«

Entsetzt blickte sich Michael im Zimmer um, obwohl er wußte, daß die Stimme wieder aus seinem Innern gekommen war. Dann kam die Stimme, Nathaniels Stimme, wieder.

»Er weiß es, und er wird dich zum Reden bringen.«

»Was ist los, Michael?« fragte Potter mit leiser Stimme. »Stimmt etwas nicht?«

»Nein – nein«, antwortete Michael. »Ich dachte nur, ich hätte etwas gehört.«

»Was? Was hast du gehört?«

Michaels ganzer Kopf schien nun zu pochen, und mit seinen Augen mußte auch etwas geschehen sein. Es war ihm, als hätte sich das Zimmer plötzlich mit Nebel gefüllt, nur war es kein richtiger Nebel. Und dann wußte er, was es war. Rauch. Das Zimmer schien voller Rauch zu sein.

»Ich – ich bekomme keine Luft...«

Potter erhob sich aus seinem Sessel und ging um den Schreibtisch herum. »Was ist los, Michael? Sag mir, was los ist.«

»Ich bekomme keine Luft«, antwortete Michael. »Mein Kopf tut mir weh, und ich bekomme keine Luft.«

Wieder hörte er die Stimme. *»Er weiß es. Es wird dich zum Reden bringen. Laß es nicht zu. Bring ihn zum Schweigen. Michael. Jetzt gleich.«*

Michael riß seinen Mund auf, als wolle er laut schreien, aber er konnte nur ein verzweifeltes Flüstern ausstoßen. »Nein. Hör auf. Bitte hör auf.«

»Womit, Michael?« fragte Potter. »Womit soll ich aufhören?«

»Nicht Sie«, flüsterte Michael. »Nicht Sie. Er. Er soll aufhören, mit mir zu sprechen.«

Potter packte den verstörten Jungen bei den Schultern. »Wer spricht mit dir, Michael?« fragte er und sah den Jungen durchdringend an. »Wer?«

»Nath –«

»Nein! Sprich meinen Namen nicht aus!«

»Laß mich in Ruhe!« jammerte Michael. »Bitte...«

Potter ließ den Jungen los, und als Michael in seinem Stuhl zusammensank, ging er zu seinem Schreibtisch zurück. Ein paar Minuten lang hing eine Totenstille in dem Raum. Als Michaels Atem sich wieder normalisiert hatte, sprach Potter wieder.

»Der Schuppen«, sagte er leise. »Du warst in Ben Findleys Schuppen, nicht wahr?«

Michael war still und bewegte sich nicht, denn schon ein Kopfnicken konnte unabsehbare Folgen haben.

»Nathaniel hast du gesehen, nicht wahr?« bedrängte ihn Potter mit leiser, aber nicht weniger hartnäckiger Stimme. »Du bist in Ben Findleys Schuppen gegangen und hast Nathaniel gesehen.«

Michael schüttelte ängstlich den Kopf. »Nein«, flüsterte er. »Es gibt ihn nicht wirklich. Er ist nur ein Geist, und ich habe ihn nicht gesehen. Ich habe ihn nicht gesehen, und ich habe auch nicht mit ihm gesprochen.«

Doch nun schüttelte Potter den Kopf. »Nein, Michael. Das ist nicht wahr, habe ich recht? Lüg mich nicht an. Wir wissen beide, was du gehört und gesehen hast.« Als Michael keine Antwort gab, ging Potter noch etwas weiter. »Er sah dir ähnlich, dir und deinem Vater, nicht wahr, Michael?«

Michael biß sich auf die Lippen und verkroch sich noch tiefer in seinem Stuhl. Dann, als er beinahe unmerklich nickte, flüsterte Nathaniels Stimme ihm wieder zu, ganz leise und überhaupt nicht mehr drohend. Jetzt war sie sanft und beinahe liebevoll. *»Töte ihn.«*

Und plötzlich wußte Michael, daß er es tun konnte. Wenn er nur wollte, konnte er mit Nathaniels Hilfe Dr. Potter sterben lassen.

»Nein«, flüsterte er. Und noch einmal. »Nein.«

»Doch«, flüsterte Nathaniel. *»Du mußt es tun, und zwar gleich. Du wirst es tun.«* Dann verschwand die Stimme, und mit ihr Michaels Kopfschmerzen. Als er wieder klar sehen konnte, sah er den Doktor mißtrauisch an. »Kann ich jetzt gehen?« fragte er scheu.

Einen Moment lang sagte Potter nichts, dann zuckte er schließlich die Achseln. »Wir beide wissen, was in dieser Nacht passiert ist, nicht wahr?«

Michael zögerte, dann nickte er.

»Aber du wirst davon nichts erzählen.«

Diesmal schüttelte Michael den Kopf.

»Kannst du mir auch sagen, warum nicht?«

Wieder schüttelte Michael den Kopf.

»Na gut«, meinte Potter. »Jetzt hör mir gut zu. Ich weiß, was du getan hast, und ich weiß auch, was du gesehen zu haben glaubst. Aber du hast nichts gesehen. Verstehst du? Du hast nichts gesehen in Ben Findleys Schuppen, und du hast auch nichts auf dem Feld gesehen. Es war stockfinstere Nacht, du warst müde, und du hast dir nur ein paar Dinge eingebildet, die nicht da waren. Sie waren nicht da, weil sie nicht da sein konnten. Hast du mich verstanden?«

Michael zögerte, dann nickte er. »Ich – ich glaube schon.«

»Schön.« Potter stand auf und ging zur Tür. Bevor er sie öffnete, drehte er sich noch einmal zu Michael um. »Und noch etwas. Von jetzt an bleibst du von Ben Findleys Schuppen weg. Vom Schuppen und von seinem Grundstück.«

Michael blickte zu dem Doktor auf. Er weiß es, dachte er. Er weiß von Nathaniel, und er weiß, was wir gesehen haben. Und deshalb muß er sterben. Er fragte sich, warum der Gedanke, Dr. Potter sterben zu lassen, ihn nicht ängstigte. Während er halb dem Gespräch zwischen Potter und seiner Mutter lauschte, dachte er darüber nach.

Wenn man jemanden sterben ließ, war es dasselbe, wie ihn zu töten?

Er glaubte schon, daß es so war, doch tief in seinem Innern empfand er anders. Jemanden sterben zu lassen, dessen war er sich plötzlich sicher, war etwas anderes, als ihn zu töten. Er hätte niemals jemanden töten können.

Aber er konnte jemanden sterben lassen.

Janet hatte die Gelegenheit wahrgenommen, den Arztbesuch mit einem Einkaufsbummel in Prairie Bend zu verbinden. Als sie zusammen mit Michael die Hauptstraße entlangging, hörte sie jemanden ihren Namen rufen. Sie blickte sich um und sah Ione Simpson, die ihr von der anderen Straßenseite zuwinkte.

»Janet, schau dir das nur an. Ist es nicht wunderbar?« Ione stand vor dem Laden der Shields und deutete in das Schaufenster. »Hast du so etwas schon einmal gesehen?«

In der Auslage war gegen eine verzinkte Milchkanne eine riesige Raggedy-Ann-Puppe gelehnt, die irgendwann einmal einen kleinen Unfall erlitten haben mußte. Ihr fehlten ein paar Knöpfe, und an einer Schulter klaffte ein Riß. Janet mußte einfach lachen, als sie sie sah: Sie war groß und ungeschlacht, und man hätte meinen können, sie sei über ihre eigenen Füße gestolpert und habe sich dabei alle Glieder verrenkt. Sie war einfach unwiderstehlich. »Sie ist wirklich wunderbar«, gestand Janet. »Aber für wen willst du sie denn haben?«

»Für Peggy.« Janet sah sie verblüfft an. Erics Schwester Peggy war erst zwei Jahre alt und nicht einmal halb so groß wie die Puppe.

»Na, dann laß uns mal hineingehen«, meinte Janet. »Ich habe eine Menge Sachen auf meinem Einkaufszettel stehen.« Gefolgt von Michael betraten die beiden Frauen den Laden.

Sie wurden von einer großen, gutmütigen Frau mit einem fröhlichen Gesicht und großen blauen Augen begrüßt. Janet glaubte sie zu kennen, konnte sich aber an ihren Namen nicht mehr erinnern.

»Nun, das macht nichts«, meinte die alte Frau. »Man kann sich ja nicht jeden Namen behalten. Ich bin Tante Lulu – Bucks Mutter. Ist das nicht schrecklich, in meinem Alter Lulu zu heißen? Ich heiße Lulu, seit ich ein Baby war, und ich werde wohl auch noch an meinem Sterbebett Lulu heißen. Was kann ich für euch beide tun?«

»Ich habe eine ganze Liste –«, begann Janet, wurde jedoch von Ione unterbrochen.

»Die Puppe, Lulu. Die Raggedy-Ann-Puppe im Schaufenster.«

Tante Lulu lächelte. »Oh, eigentlich habe ich sie nicht zum Verkaufen hinausgestellt«, erklärte sie. »Aber sie hat zu lange im Keller gelegen, und ich dachte, vielleicht tut ihr etwas Sonne gut, versteht ihr?«

»Dann ist sie also nicht zu verkaufen?« fragte Janet, die Iones Enttäuschung deutlich spüren konnte.

»Ja – also – ich weiß nicht«, stammelte Lulu. »Sie liegt schon so lange hier. Sie wurde für die kleine Becky –« Sie stockte und korrigierte sich hastig. »Wir hatten sie für Ryan bestellt, aber er mochte sie nicht. Kann man so etwas verstehen? Wo sie doch so reizend ist. Einfach wunderbar. Und fast so groß wie ein richtiges Kind –«

»Eher noch größer«, unterbrach sie Ione. »Ich möchte sie so gerne für Peggy haben. Bitte.«

Lulu strahlte. »Na, wenn sie für Peggy sein soll, dann werden wir sie wohl verkaufen müssen. Ich muß nur mal schnell bei Buck anrufen, damit er mir sagt, was sie kosten soll. Wißt ihr, er ist zu Hause und kümmert sich um Laura.« Plötzlich war jede Fröhlichkeit aus ihrem Gesicht verschwunden, und sie brach in Tränen aus. »Ist das nicht schrecklich für Laura? So kurz vor dem Ende noch das Kind zu verlieren.« Sie blickte Janet an und nahm ihre Hand. »Aber du warst ja dabei, wie Laura den ganzen Tag in der Hitze gearbeitet hat, nicht wahr? Und dieses Mal sah es so gut für sie aus. Aber dir können wir ja keine Schuld geben. Ich meine, wenn du Laura besser gekannt hättest, dann hättest du das bestimmt nicht zugelassen, nicht wahr? Ich habe ihr schon gesagt, sie soll es sich nicht so zu Herzen nehmen, aber ihr kennt ja Laura – sie hört auf niemanden, wo sie doch so zierlich ist und beinahe schon bei Ryans Geburt gestorben wäre, und jetzt das. Ich weiß wirklich nicht, wie das weitergehen soll. Ich weiß es wirklich nicht.«

Michael wich vor der weinenden Frau zurück, und Ione starrte sie in offenbar sprachlosem Entsetzen an. Janet versuchte sich klarzumachen, was Lulu eigentlich sagen wollte. Gab sie ihr doch die Schuld für Lauras Fehlgeburt, obwohl sie das eigentlich abgestritten hatte? Aber schließlich versiegte Lulus Tränenstrom und wurde wieder von ihrem herzlichen Lächeln abgelöst.

»Was ist mit der Puppe?« versuchte Ione das Thema zu wechseln. »Können wir herausbekommen, wieviel sie kostet?«

»Ach, nehmt sie einfach mit, und was ihr sonst noch wollt, auch. Ich schreib mir alles auf, und Buck kann euch ein andermal sagen, was es gekostet hat. Wißt ihr, ich arbeite ja sonst nicht hier«, sagte sie und wandte sich wieder Janet zu. »Fred hat immer gesagt, eine Frau gehört in die Küche, und dort war auch mein Platz, bis er gestorben ist. Ich fürchte ja, daß Buck nicht viel anders denkt. Er läßt mich nur aushelfen, wenn es gar nicht anders geht, das heißt, wenn Laura wieder einmal ein –«

Wieder stockte sie in ihrem Redeschwall, bevor sie das entscheidende Wort aussprechen konnte. Statt dessen trat sie einen Schritt zurück und wandte sich Ione Simpson zu. »Warum stöbert ihr beiden denn nicht einfach herum und nehmt euch, was ihr braucht. In Ordnung?«

»Schön«, sagte Janet und zog ihren Einkaufszettel hervor, bevor Lulu neuen Gesprächsstoff finden konnte. Eine halbe Stunde später verließen Janet und Ione mit Paketen beladen das Geschäft. Hinter ihnen lief Michael, der vollauf damit beschäftigt war, die riesige Raggedy-Ann-Puppe zu tragen.

»Wie wolltest du denn das ganze Zeug nach Hause bringen?« fragte Ione, als sie an ihrem Wagen vorbeikamen.

»Eigentlich wollte ich ja laufen, aber da wußte ich noch nicht, daß es so viel werden würde.«

»Kein Wort mehr«, befahl Ione. Dann mußte sie ein Kichern unterdrükken. »Das hätte ich besser zu Lulu Shields sagen sollen. Ist sie nicht ulkig? Es gibt hier Leute – und ich gehöre dazu – die behaupten, sie hätte ihren Fred mit ihrem Geschwätz ins Grab getrieben.«

Sie verstauten die Sachen auf dem Rücksitz von Iones Auto und setzten sich zu dritt auf die Vorderbank. »Meinst du, sie denkt, daß ich an Lauras Fehlgeburt schuld bin?« fragte Janet, als sie Prairie Bend verlassen hatten.

»Bei Lulu kannst du dich darauf verlassen, daß sie überhaupt nicht denkt. Ich kann mir auch nicht vorstellen, warum sie das gesagt hat. Sie ist schon etwas verschroben.«

»Sie ist mir unheimlich«, sagte Michael.

Janet blickte ihn mißbilligend an. »Sie ist nur sehr gesprächig. Und gewöhn du dir ja nicht an, Leute ›unheimlich‹ zu nennen.« Dann wandte sie sich wieder Ione zu. »Wer ist eigentlich Becky?«

»Becky?« wiederholte Ione. »Wen meinst du?«

»Das Mädchen, für das sie die Puppe gekauft hatten. Das hat Lulu jedenfalls gesagt, und dann verbesserte sie sich und sagte, sie hätten sie für Ryan gekauft.«

»Das habe ich nicht gehört«, sagte Ione bedauernd. »Ich fürchte, ich höre so manches nicht, was Lulu sagt. Nach einer Weile schalte ich innerlich einfach ab.« Sie blickte Janet nachdenklich an. »Bist du dir sicher, sie hat ›Becky‹ gesagt? Soweit ich weiß, gibt es in Prairie Bend kein Mädchen, das Becky heißt.«

»Bestimmt haben sie sie umgebracht«, sagte Michael plötzlich, als Ione in Janets Einfahrt abbog.

»Wie kann man nur so etwas Schreckliches sagen!« Janet warf ihrem Sohn einen strafenden Blick zu.

Michael sah finster vor sich hin. »Das haben sie ganz bestimmt getan. Ich wette, sie haben sie in Potter's Field vergraben.«

Als das Auto vor dem Haus anhielt und Janet ausgestiegen war, rutschte Michael vom Sitz herunter und sprang auf den Boden. »Ist Eric zu Hause, Mrs. Simpson?« fragte er.

»Er macht den Stall sauber –«, sagte Ione mit bebender Stimme, denn sie war von Michaels seltsamer Äußerung erschüttert.

»Ich werde ihm ein wenig helfen. Darf ich, Mom?«

Janet, die genauso entsetzt war wie Ione, nickte nur, und Michael rannte los. Als er verschwunden war, machten sie sich daran, Janets Pakete auszuladen.

»Was hat Michael denn bloß damit gemeint?« fragte Ione, als sie in der Küche waren.

Obwohl ihr Herz plötzlich heftig klopfte und sie keine einleuchtende Antwort auf Iones Frage wußte, täuschte Janet eine unverbindliche Gelassenheit vor. »Ach, nichts. Das hat wahrscheinlich mit dieser schrecklichen Geistergeschichte zu tun, die Amos ihm vor kurzem erzählt hat, und mit einer zufälligen Namensgleichheit. ›Potter's Field‹ hat man früher die Armen- und Fremdengräber genannt.« Sie lächelte schwach.

»Ach komm, Janet«, protestierte Ione. »Da steckt mehr dahinter! Wann hast du das letzte Mal von einem Friedhof namens ›Potter's Field‹ gehört? So was kennt doch keiner mehr! Und wenn schon – so etwas soll's in Prairie Bend geben? Soweit ich weiß, ist hier noch niemals ein Fremder begraben worden. Und daß jemand dort draußen ein kleines Kind begraben könnte, hört sich schon etwas verrückt an!«

Janet seufzte schwer und ließ sich auf einen Stuhl sinken. »Du hast recht«, gab sie zu. »Und ich mache mir auch wirklich Sorgen. Heute war ich sogar mit ihm bei Dr. Potter. Michael klagte über Kopfschmerzen. Aber der Doktor konnte auch nichts finden. Er meint, es sei eine Reaktion auf Marks Tod.«

In Iones Augen spiegelte sich ihre Betroffenheit. »O Gott, Janet. Wie konnte ich das nur vergessen. Ich muß mich wie Lulu Shields aufgeführt haben. Verzeih mir bitte.«

Janet lächelte. »Nicht der Rede wert. Aber du könntest mir einen Gefallen tun.«

»Was du willst.«

»Hilf mir ein wenig mit Michael. Ich glaube, er braucht nur noch etwas Zeit, um sich einzugewöhnen. Seinen Vater hat er verloren, er lebt in einer neuen Umgebung, und er kennt kaum jemanden. Ich weiß, wie Kinder sein können. Sie rotten sich zusammen und können einem das Leben ganz schön schwermachen.«

»Und du meinst, so könnte es Michael ergehen?«

»Anscheinend haben Michael und Ryan Streit gehabt. Ryan hat ihm schon gesagt, er sei verrückt.«

Ione erinnerte sich an Michaels seltsames Benehmen in der Nacht, als Magic gefohlt hatte. »Nun, wir werden dafür sorgen, daß wenigstens Eric da nicht mitmacht, okay?«

Janet lächelte sie dankbar an. »Okay«, sagte sie auch. »Danke.« Plötzlich erhellte sich ihre Miene. »Warum kommt ihr denn nicht zum Abendessen vorbei? Es wird meine erste Feier in meinem neuen Haus, und ich kann mir dafür keine besseren Leute vorstellen als meine Nachbarn.«

»Was ist mit deiner Familie?« fragte Ione. »Meinst du nicht, deine ersten Gäste sollten besser Amos und Anna oder die Shields sein?«

Janet dachte darüber nach, doch dann schüttelte sie den Kopf. »Ich werde Buck und Laura einladen, sobald es Laura wieder bessergeht, und Amos und Anna haben fürs erste bestimmt genug von mir. Außerdem sind es ja wohl nur wir sechs, und wen soll es sonst kümmern?«

Ione zuckte die Achseln. »Schön, wenn du es so willst, mir soll es recht sein.« Sie lächelte grimmig. »Aber eines kann ich dir jetzt schon sagen: Morgen weiß jeder in der Stadt, daß wir deine ersten Gäste gewesen sind. Denk an meine Worte!«

Michael trat aus dem hellen Tageslicht in den dunklen Stall. »Eric?« rief er in die Düsternis hinein.

»Hier hinten.« Erics Stimme kam aus dem hinteren Ende des Schuppens. Michael ging durch den Stall und traf Eric dabei an, wie er ein paar Lederstreifen zusammenband.

»Was machst du denn da?«

»Ich will für Whitesock ein paar Zügel machen.«

Michael blickte ihn fragend an. »Wer ist Whitesock?«

»Magics Fohlen. Er hat eine weiße Fessel, deshalb haben wir ihn so genannt. Ich habe dieses alte Zaumzeug gefunden, und wenn ich es kleiner machen kann, kann ich schon anfangen, ihn abzurichten.«

»Wo ist er denn?«

»Draußen auf der Weide hinter dem Stall.«

»Kann ich mit ihm spielen?«

Eric zuckte die Achseln. »Warum nicht? Aber er wird wohl nicht so gut aufgelegt sein. Heute ist er zum erstenmal von Magic getrennt worden, und er ist noch etwas scheu.«

Ein paar Minuten später stand Michael vor der Pferdekoppel und blickte zu Whitesock hinüber, der einige Meter entfernt von ihm stand und ihn aus großen, mißtrauischen Augen ansah.

»Hallo, Whitesock«, sagte Michael leise. »Komm hierher, Junge. Komm hier herüber.« Er riß ein paar Grasbüschel ab und hielt sie dem Fohlen hin. »Willst du was zu fressen?«

Das Fohlen machte einen Schritt nach vorn, doch dann schien es sich anders überlegt zu haben, denn es scheute wieder zurück.

Michael grinste und kletterte unter dem Drahtzaun hindurch. Er ging auf Whitesock zu und streckte ihm das Gras entgegen. »Schon gut, Whitesock. Schon gut, ich tu' dir nichts.«

Als er nur noch einen Schritt von Whitesock entfernt stand, streckte er den Arm aus und hielt ihm das Gras unter die Nüstern.

Und dann wurde die Stille plötzlich durch Erics Stimme von der anderen Seite der Koppel unterbrochen. »He! Was machst du denn da!«

Aufgeschreckt bäumte sich das Fohlen auf, seine Vorderhufe verfehlten Michael um Haaresbreite, als es sich drehte und hastig davongaloppierte.

»Was wolltest du denn machen?« wollte Eric wissen.

»Das war nur deine Schuld!« schimpfte Michael. »Ich wollte mich gerade mit ihm anfreunden, aber du mußtest ihn ja mit deinem Geschrei verjagen.«

»Du hast ja hier drinnen auch überhaupt nichts verloren!«

Michael funkelte Eric zornig an, und in seinem Kopf spürte er wieder das vertraute Pochen. »Du hast gesagt, ich könnte mit ihm spielen.«

»Da dachte ich auch, du hättest Grips genug, aus der Koppel draußen zu bleiben. Was verstehst du denn schon von Pferden?«

»Ich hab' mich nicht verletzt, oder? Ich bin noch nicht einmal erschrocken.«

»Du gehst jetzt aus der Koppel raus, und ich zeig dir mal, wie man mit einem Pferd umgeht«, sagte Eric, während er unter dem Zaun durchkroch und auf das Fohlen zulief.

Während er Eric zusah, wie er sich vorsichtig dem Fohlen näherte, spürte Michael, wie seine Kopfschmerzen stärker wurden.

Eric hatte Whitesock langsam in eine Ecke der Koppel getrieben und versuchte nun, dem verängstigten Tier das Zaumzeug überzustreifen. Doch im letzten Moment wich Whitesock mit dem Kopf aus.

Eric machte noch einen zweiten Versuch. Doch statt auszuweichen, bäumte sich das Fohlen diesmal auf und trat nach Eric. Zwar konnte Eric den Hufen ausweichen, doch dabei stolperte er und fiel zu Boden.

Entsetzt beobachtete Michael, wie Whitesock einen Moment lang auf den Hinterhufen tanzte und dann zornig auf den Boden stampfte, während Eric gleichzeitig aus der Gefahrenzone zu rollen und auf die Füße zu kommen versuchte.

Er wird ihn töten, dachte Michael. Er wird ihn zertrampeln. Plötzlich trübte sich Michaels Blick, und er spürte wieder den Brandgeruch. Und in seinem Kopf hörte er eine Stimme.

Töte ihn.

Michael gehorchte, ohne weiter nachzudenken, und konzentrierte sich voll auf das Fohlen.

Stirb, dachte er. *Stirb. Stirb. Stirb.*

Einen Moment lang schien das Fohlen erstarrt zu sein, dann bäumte es sich mit einem qualvollen Wiehern auf und schien mit den Hufen nach einem unsichtbaren Feind zu treten. Eric sprang auf die Füße und zog sich schnell von dem Pferd zurück. Whitesock stürzte zu Boden. Sein Atem setzte aus, und er lag mit offenen Augen regungslos da.

Michael konnte wieder klar sehen, und seine Kopfschmerzen verschwanden zusammen mit dem Brandgeruch. Shadow saß zu seinen Füßen und winselte leise.

»Eric?« rief Michael zaghaft. »Bist du okay?«

Eric drehte sich vorsichtig um und sah Michael an. »Es ist tot«, sagte er. »Legt sich einfach hin und stirbt.«

Michael richtete den Blick auf das Fohlen, und er wußte, daß sein Freund die Wahrheit gesprochen hatte.

Und er wußte auch, daß er irgendwie dafür verantwortlich war.

Irgendwie hatte er, während seine Sicht getrübt war und sein Kopf geschmerzt hatte, Whitesock sterben lassen.

Die Tränen stiegen ihm in die Augen, und er rannte davon.

15

Während des Abendessens drehte sich das Gespräch fast ausschließlich um das, was am Nachmittag auf der Koppel der Simpsons vorgefallen war. Leif Simpson setzte schließlich der Diskussion ein Ende. »Es ist wirklich egal, warum er gestorben ist. Das Wichtigste ist, daß er Eric nichts tun konnte. Wir sollten Gott dafür danken, daß er das nicht zugelassen hat.«

Michael, der sich kaum an dem Gespräch beteiligt hatte, erwiderte nichts darauf, obwohl er ganz anderer Meinung als Erics Vater war. Den ganzen Abend dachte er darüber nach, und er war sich sicher, daß *er* das Fohlen hatte sterben lassen, gleichgültig, was die andern darüber dachten. Er hatte es nicht gewollt – er hatte nur Eric helfen wollen – und doch hatte er es getan. Doch das gehörte auch zu den Dingen, über die er mit niemandem reden konnte.

Als Janet und Ione sich an den Abwasch machten, ging Michael mit Eric hinauf zu seinem Zimmer. Auf dem Treppenabsatz macht Eric jedoch halt und blickte hinauf zu der Falltür, die zur Dachkammer führte. »Was ist denn da oben?«

»Ich weiß nicht«, antwortete Michael.

»Warum gehen wir nicht mal nachsehen?« meinte Eric.

Michael ging in sein Zimmer und holte einen Stuhl. Er kletterte darauf und zog die Luke nach unten. Die einziehbare Leiter quietschte und ächzte, als Michael sie herunterzog, doch schien sie noch stabil genug zu sein, um sein Gewicht zu tragen. Die beiden Jungen kletterten in die staubige Finsternis hinauf, doch sie mußten bald erkennen, daß sie ohne Licht nicht weiterkamen.

»Geh hinunter, und laß dir von meiner Mutter eine Taschenlampe geben«, sagte Michael zu Eric.

Wenig später kam Eric mit der Taschenlampe zurück. »Laß mich mal sehen.«

»Gib mir die Lampe«, forderte Michael. »Es ist meine Dachstube, und ich will zuerst hineinsehen.«

Widerwillig gab Eric ihm die Lampe. Michael knipste sie an und ließ den schwachen Strahl durch die Kammer streifen. »Mann«, stieß er hervor. »Lauter alte Kisten.« Gefolgt von Eric ging er tiefer in die Kammer hinein. »Was wohl da drin ist?«

Eric zuckte die Achseln. »Komm, wir rufen meinen Dad, daß er sie herunterholt.«

Eine Viertelstunde später lag der ganze Inhalt der Dachkammer im Wohnzimmer. Es waren fünf zugenagelte Kisten und ein alter Koffer.

»Habt ihr einen Hammer und einen Schraubenzieher?« fragte Leif.

Michael ging zu einer Schublade und holte die Werkzeuge. »Fangen wir mit den Kisten an.«

Michael und Eric begannen, die Kisten eine nach der andern zu öffnen. Die erste war voller Porzellan, Chinaporzellan mit rosa Blumenmustern auf weißem Untergrund. »Das ist aber häßlich«, meinte Michael und machte sich sofort an die zweite Kiste.

Janet und Ione tauschten einen wissenden Blick aus. »Mag sein, aber es ist wertvoll«, sagte Janet. Die zweite Kiste brachte einen Haufen verbeulten Geschirrs zutage.

»Das ist zwar alt, aber wohl kaum wertvoll«, bemerkte Leif Simpson und hielt zum Beweis eine schwer verbeulte Kaffeekanne in die Höhe. »Wie kann man nur auf die Idee kommen, so etwas aufzuheben?«

In der dritten Kiste war ein leerer Werkzeugkasten, in der vierten ein paar alte Laken, die zu Staub zerfielen, als man sie berührte. Schließlich öffnete Michael auch noch die fünfte Kiste.

»Mein Gott«, flüsterte Janet. »Seht euch das nur an.«

»Mann!« Eric griff in die Kiste und zog eine reichverzierte Kaffeekanne hervor. »Ist die echt?«

In der Kiste war ein vollständiges Silberservice: eine Kaffeekanne, eine dazu passende Teekanne, Sahnekännchen, Zuckerdose und jede Menge Teller und Bestecke. Der Wert des Porzellans schrumpfte gegenüber dem Silber zur Bedeutungslosigkeit zusammen.

Michaels Stimme riß Janet aus ihren Gedanken. »Ist das wirklich alles echt?«

»Ganz bestimmt«, versicherte Janet.

»Aber wem gehört es?« fragte Eric dazwischen.

Michael warf ihm einen spöttischen Blick zu. »Na uns, wem sonst? Das ist doch unser Haus, oder?«

Eric ging nicht darauf ein. »Aber wo kommt es her?«

»Ich weiß es nicht«, gab Janet zu. »Aber Michael hat wohl recht. Wenn es schon so lange in der Dachkammer liegt, wie es den Anschein hat, dann gehört es wohl uns.« Angeregt durch die Entdeckung des Silbers, wandte sie sich nun erwartungsvoll dem Koffer zu. »Brech ihn auch noch auf, Michael. Wer weiß, vielleicht ist er voller Gold!«

Fünf Minuten später hatten die Jungen mit etwas Hilfe von Leif Simpson die Schlösser aufgebrochen. Doch sie mußten enttäuscht feststellen, daß der Koffer offenbar nur voller alter Kleider war. Vorsichtig sortierten Janet und Ione Stück für Stück heraus. Unter den Kleidern – hauptsächlich grobgewebten Hemden und Jacken – fand Janet ein Buch. Sie holte es heraus und hielt es ins Licht. Es war ein kleiner, in Leder gebundener Band mit einer kleinen, goldenen Verschlußklammer. Sie war verschlossen, doch als Janet an dem Lederband zog, riß es gleich ab.

»Verdammt«, fluchte sie leise über ihre Neugier, die sie dazu veranlaßt hatte, den Band zu beschädigen. Behutsam öffnete sie das Buch. Die erste Seite war leer, doch von der zweiten Seite an war das Papier mit einer schwerfälligen Schrift in schwarzer Tinte versehen.

Unwillkürlich blätterte Janet zur letzten Seite. Das Schriftbild war sehr unregelmäßig, als sei der Schreiber krank oder über etwas beunruhigt gewesen. Langsam entzifferte sie die altmodischen Buchstaben.

14. März 1884 – Der Frühling kommt, und bald ist alles vorbei. Nathaniel und ich sind noch am Leben, aber wenn sie herausbekommen, was Nathaniel getan hat, werden sie ihn sicher töten. Doch in der Zwischenzeit wächst mein Kind in mir heran, und es ist besser, wenn einige von uns überleben, als daß alle sterben. Ich habe beschlossen, ihnen zu erzählen, daß ein Mann meine Kinder geholt hat, und wenn sie mir auch nicht glauben und mich für verrückt halten werden, so wird es doch vielleicht Nathaniel retten – alles, was jetzt noch zählt, ist, daß Nathaniel und mein ungeborenes Kind überleben.

Janet las die Stelle mehrere Male, dann schloß sie langsam das Buch. Ihre Augen richteten sich auf Michael. Als hätte er ihren Blick gespürt, drehte er sich um und sah sie an. Das Schweigen wurde schließlich von Ione gebrochen.

»Na, was ist es?«

»Nichts Besonderes«, antwortete Janet. »Nur ein altes Tagebuch.«

Janet ließ Shadow zur Hintertür hinaus und wartete, bis er zu seiner abendlichen Runde um die Farm verschwunden war. Dann ging sie hinauf zu Michaels Zimmer und streckte den Kopf zur Tür hinein. Michael saß auf dem Bett und las.

»Wo ist Shadow?« fragte er.

»Stöbert draußen herum«, sagte Janet. Sie setzte sich zu Michael aufs Bett und nahm seine Hand. »Ich möchte mit dir reden«, sagte sie.

Michael wurde nervös, wandte sich aber nicht ab. »Über – über das, was ich gesehen habe?«

Janet nickte. »Und über das, was du heute über das kleine Mädchen gesagt hast – über Becky. Wieso glaubst du, daß sie jemand umgebracht und auf Potter's Field vergraben hat?«

Plötzlich sah Michael sie schreckensbleich an. »Das – das kann ich dir nicht sagen. Ich – ich habe es versprochen.«

»Nicht einmal mir darfst du es sagen?«

Michael knitterte nervös sein Bettlaken zusammen. »Du wirst es auch niemandem verraten?«

Janet spürte, daß die Furcht ihres Sohnes echt war, und versprach es.

»Ich – ich habe dich angelogen«, sagte Michael zaghaft.

»Aber warum denn?«

»Ich hatte Angst.«

»Vor mir?«

Michael schüttelte den Kopf.

»Vor Großvater?«

»Ich – ich weiß nicht. Ich glaube schon.«

Janet nahm Michael behutsam das Bettlaken aus den Händen. »Erzähl mir doch jetzt, was wirklich geschehen ist.«

Zögernd begann Michael seiner Mutter alles zu erzählen, an was er sich noch erinnern konnte. »Und auf dem Heimweg«, so schloß er, »habe ich etwas gesehen. Aber es war nicht Abby.«

»Sondern?« fragte Janet.

»Es war Nathaniel«, flüsterte Michael. »Ich sah Nathaniel, und ich sprach mit ihm, und ich sah noch etwas anderes, aber ich bin mir nicht mehr sicher, was es war.«

Janet schluckte. »Du hast Nathaniel gesehen, und du hast mit ihm gesprochen«, wiederholte sie. »Aber Nathaniel ist auch nur ein Geist wie Abby. Er existiert nicht, Liebling.«

»Vielleicht – vielleicht doch«, vermutete Michael. In Gedanken hörte er wieder Potters Worte, als er Nathaniel beschrieben hatte. *»Er sah dir ähnlich, Michael, dir und deinem Vater ...«*

»Na gut«, sagte Janet geduldig, obwohl sie sich immer noch nicht sicher war, was Michael eigentlich sagen wollte. »Nehmen wir an, Nathaniel ist kein Geist. Was hat er aber gesagt, daß du solche Angst vor ihm hast?«

Michael dachte angestrengt nach, doch ihm fielen einfach Nathaniels Worte nicht mehr ein. Nur an die Warnung konnte er sich noch genau erinnern.

»Er – er sagte, sie hätten etwas gebracht. Ein – ein Baby.«

»Ein Baby?« fragte Janet ungläubig.

Michael nickte. »Sie begruben es draußen auf dem Feld.«

Janets Herz begann heftig zu klopfen. »Auf welchem Feld?«

»Potter's Field. Unten bei den Bäumen am Fluß.«

»Und du meinst, dort hat man Tante Lauras Baby vergraben?«

»Ich – ich glaube schon.«

»Du glaubst es. Aber du bist dir nicht sicher.«

»Nein –«, sagte Michael zögernd. »Es war dunkel, und ich konnte nichts sehen, bis Nathaniel bei mir war. Doch dann konnte ich alles sehen.«

Janets Herz klopfte noch heftiger. Was meinte er jetzt damit? »Als Nathaniel bei dir war, konntest du in der Dunkelheit alles erkennen?«

Wieder nickte Michael.

Janet nahm ihren Sohn in die Arme. »Ach, Michael«, flüsterte sie. »Was redest du da nur? Warum sagst du nur all diese Sachen?«

Michael erwiderte ruhig ihren Blick. »Nathaniel«, sagte er. »Ich sage nur, was Nathaniel mir erzählt hat.«

Draußen begann Shadow zu bellen.

In dieser Nacht konnte Janet keinen Schlaf finden. Immer wieder las sie das Tagebuch, in dem beschrieben war, wie Abby Randolph und ihre Kinder den Winter von 1884 zu überleben versucht hatten.

Wie die Lebensmittel ausgegangen waren und sie hungern mußten. Wie das jüngste Kind krank geworden und schließlich gestorben war und was Abby damit gemacht hatte. Ein Kind nach dem andern war gestorben, aber nie wieder war die Rede von einer Krankheit. Und am Ende waren nur noch Nathaniel und sie übrig.

Erst gegen Morgengrauen fand Janet Schlaf, doch in ihrem Unterbewußtsein hörte sie immer wieder den Namen.

Nathaniel...

Sie schauderte. Der Ursprung dieser schrecklichen Schauergeschichte war nun geklärt. Wieso aber waren Abby Randolphs Sachen in diesem Haus? Wer hatte sie hierhergebracht?

16

Michael wußte nicht, was ihn geweckt hatte. Möglicherweise waren es die Kopfschmerzen gewesen, die wieder durch seine Schläfen pochten, vielleicht auch etwas anderes.

Es konnte auch der Traum gewesen sein. Er hatte von seinem Vater geträumt. Der Traum hatte zum Teil auch in diesem Zimmer gespielt, nur sah es anders aus als jetzt, es standen altmodische Möbel darin, und sein Vater saß auf einem Sofa.

Sein Vater hatte auch anders ausgesehen. Viel jünger, wie Nathaniel, aber obwohl er Nathaniel sehr ähnlich sah, wußte Michael, daß es sein Vater war.

Alles hatte in dem Zimmer begonnen, in dem er nun lag. Sein Vater hatte an einem Modellflugzeug gebastelt, als plötzlich die Tür aufgegangen und Michaels Großvater in das Zimmer gekommen war. Michael hatte sofort gewußt, daß Amos auf seinen Vater zornig war. Er wollte seinen Vater warnen, doch als er den Mund öffnete, drang kein Laut aus seiner Kehle. Und dann schlug sein Großvater seinen Vater. Plötzlich hatte er einen Lederriemen in der Hand und schlug seinem Vater mit aller Wucht auf den

Rücken. Doch sein Vater schrie nicht. Sein Körper spannte sich gegen die Schmerzen an. Seine Hände, die eine der Tragflächen des Flugzeuges gehalten hatten, zerbrachen das Balsaholz und das Spannpapier zu einer bröseligen Masse. Noch zweimal sauste der Lederriemen auf ihn nieder, aber sein Vater gab keinen Laut von sich. Dann war alles vorüber, und Michaels Vater war plötzlich im Wohnzimmer und saß auf einem altmodischen Sofa, und obwohl Michael nichts hören konnte, wußte er, daß irgendwo im Haus jemand schrie.

Dann war sein Vater wieder in seinem Zimmer und packte einen Koffer, und Michael wußte, er würde gehen und nie wieder zurückkommen.

Und dann, kurz bevor Michael erwachte, sagte sein Vater noch etwas.

»Er lebt. Ich weiß, daß er lebt.«

Jetzt, da er wieder wach war, fragte sich Michael, worüber sein Vater gesprochen hatte. Konnte es Nathaniel sein? Hatte auch sein Vater Nathaniel gekannt?

Und dann hörte er noch einmal Nathaniels Stimme in seinem Kopf.

»Es ist Zeit, Michael. Wenn wir noch länger warten, ist es zu spät.«

Charles Potter hatte allein in seinem kleinen Wohnzimmer gesessen und darüber nachgedacht, was zu tun war.

Bis jetzt hatte er noch keine Entscheidung getroffen. Bis jetzt hatte er noch mit niemandem über Michael Hall geredet. Auch hatte er sich noch nicht erklären können, was am Nachmittag in seinem Behandlungszimmer geschehen war.

Fast hätte er meinen können, es sei noch eine dritte Person im Raum gewesen, für Potter unsichtbar, die Michael etwas zugeflüstert hatte.

Es war, als hätte Nathaniel zu dem Jungen gesprochen.

Das war natürlich unmöglich, und Potter wußte das. Und trotzdem hatte er die ganze Nacht über dagesessen und darüber nachgedacht, ob es doch möglich sein konnte, ob Nathaniel tatsächlich in seinem Behandlungszimmer gewesen sein konnte.

Ein Geräusch riß ihn aus seinem Grübeln. Er stand auf und ging zum Fenster, doch in der Dunkelheit konnte er nichts erkennen.

Wieder hörte er das Geräusch. Beunruhigt verließ Potter sein kleines Zimmer und ging zur Eingangstür. Er öffnete sie einen Spaltbreit und lugte hinaus.

Plötzlich nahm er eine blitzartige Bewegung wahr, der ein wütendes Knurren folgte. Erschreckt trat Potter einen Schritt zurück, und als er den Türgriff losließ, wurde die Tür von außen aufgestoßen.

In der Türschwelle stand Shadow, sprungbereit und mit gebleckten Zähnen, und musterte Potter mit einem drohenden Blick.

Als er den Hund sah, begann Potters Herz heftig zu klopfen, und plötzlich wußte er, daß es wahr war.

Nathaniel war dagewesen, und Nathaniel war auch jetzt da.

Charles Potter starrte Shadow an und wußte, daß er sterben würde.

Michael stand bewegungslos in seinem Zimmer und nahm gebannt die Szene in sich auf, die sich vor seinem geistigen Auge abspielte.

Er war in Dr. Potters Haus, und Nathaniel war bei ihm. Er sah zu, wie Shadow den alten Mann langsam in die Enge trieb, bis sie in das kleine Zimmer kamen, wo das Feuer im Ofen am Ausbrennen war.

Michael konnte den Rauch des Feuers riechen und die Hitze spüren, die in dem Raum war.

»Es wird Zeit«, flüsterte Nathaniel. *»Es wird Zeit, daß er stirbt. Er weiß es, Michael. Er weiß von mir, und er weiß von dir. Hilf mir, Michael. Hilf mir, ihn sterben zu lassen.«*

Michael konnte die Furcht in den Augen des alten Mannes sehen, als ihm klar wurde, daß er nicht mehr ausweichen konnte.

Stumm gab er Shadow das Zeichen zum Losschlagen...

Charles Potter sank in seinen Stuhl zurück. Unentwegt mußte er den Hund anstarren. Und dann begann er, obwohl er wußte, daß das nicht sein konnte, die Anwesenheit eines Dritten zu fühlen. Er fühlte sich beobachtet, beobachtet von blauen, zornigen, feindseligen Augen. Er wußte, wessen Augen es waren und warum sie ihn beobachteten.

Sein Herz klopfte noch heftiger, und plötzlich spürte er einen brennenden Schmerz im Kopf, und er wußte, was nun mit ihm geschah.

Und dann konnte die Ader in seinem Kopf dem Druck des pochenden Herzens nicht mehr standhalten und platzte. Sein Gesicht wurde bleich, sein Kopf sank ihm auf die Brust, und seine Arme wurden schlaff.

Shadow wartete, bis Charles Potter den letzten Rest seines Lebens ausgehaucht hatte. Erst dann entspannte er seine Muskeln und hörte zu knurren auf. Er schnüffelte noch einmal an dem Leichnam, dann wandte er sich ab, lief aus dem Haus und trottete in die Dunkelheit.

In seinem Zimmer ging Michael wieder zu seinem Bett zurück. Seine Kopfschmerzen ließen nach, und er war sich auch wieder bewußt, wo er sich befand. Vage erinnerte er sich daran, daß er Nathaniel geholfen hatte, Dr. Potter sterben zu lassen.

Es mußte wohl ein Traum gewesen sein. Es konnte nicht wirklich geschehen sein.

Und doch. Es schien wirklich gewesen zu sein, alles, was Nathaniel ihm gezeigt hatte, schien wirklich gewesen zu sein.

Doch während er noch darüber nachdachte, schlief er wieder ein.

Es war schon später Vormittag, Janet und Michael spülten gerade das letzte Geschirr vom Frühstück, als Michael ein seltsames Gefährt ihre Einfahrt entlangfahren sah.

»Da kommt jemand, Mom«, sagte Michael.

Janet sah aus dem Fenster hinaus, doch sie konnte noch nicht erkennen, wer in dem zerbeulten Lieferwagen saß, der sich die Einfahrt hochmühte. Vor dem Haus blieb er stehen, und es entstieg ihm Amos Hall. Er lächelte und winkte ihr zu.

»Was um alles in der –«, begann Janet, doch sie mußte feststellen, daß Michael schon fort war. Janet legte ihr Geschirrtuch fort und ging zur Eingangstür. Doch Michael war nirgends zu sehen, obwohl Amos immer noch bei dem Wagen stand.

»Hallo!« grüßte sie ihn und sah ihn fragend an.

Auf Amos Gesicht zeigte sich ein ganz und gar uncharakteristisches Grinsen, als er zur Seite trat, um den Blick auf den Wagen freizugeben. »Na, was hältst du von ihm?«

»Von wem?« fragte Janet verwundert.

»Dem Wagen. Meinst du, er tut's?«

Janet sah ihn sich genauer an. Sein Alter war nicht zu schätzen, und es schien wohl keine Stelle an ihm zu geben, die keine Beule hatte.

»Wofür soll er gut sein? Sieht aus, als wäre er reif für den Schrottplatz.«

Amos nickte. »Von außen, ja. Aber schau ihn dir mal von innen an. Der hält noch gut und gern zehn- oder zwanzigtausend Meilen.«

Janet trat einen Schritt vor. »Amos, wovon redest du bloß?«

»Nun, du kannst ja wohl nicht für alle Ewigkeiten in die Stadt laufen und dann Nachbarn bitten, dich nach Hause zu fahren«, antwortete Amos und deutete nachdrücklich zu den Simpsons hinüber. Sofort mußte Janet daran denken, was Ione ihr am Tag zuvor gesagt hatte. Anscheinend hatte jemand gesehen, wie sie bei Ione eingestiegen war, und hatte es den Halls erzählt.

»Aber ich brauche keinen –«, begann sie.

Amos fiel ihr ins Wort. »Was weißt du denn, was du hier brauchst und was nicht? Nach all den Jahren in der Stadt – woher willst du wissen, was du hier draußen benötigst. Jedenfalls war ich heute morgen in Mulford und hab' dieses Ding da gefunden und mitgebracht. Also, was meinst du?«

Janet fiel Amos um den Hals. »Du bist einfach wunderbar. Aber du solltest mir auch sagen, was er gekostet hat, damit ich ihn dir bezahlen kann.«

»Ach was«, sagte Amos barsch. »Der war praktisch geschenkt. Behalte dein Geld für andere Sachen. Du weißt doch, wie man ein Schaltgetriebe fährt, oder?«

Janet nickte. »In New York hatte ich einen VW.«

»Na, dann kommst du auch mit dem hier klar. Steig ein.«

Vorsichtig setzte sich Janet auf den Fahrersitz.

»Der Tank ist voll«, bemerkte Amos. »Die Anzeige geht nur nicht mehr. Der Tachometer und das Thermometer auch nicht.«

Janet warf ihm einen schelmischen Blick zu. »Haben sie dafür den Preis heruntergesetzt?«

»Man kann nicht etwas heruntersetzen, das schon bei Null ist«, meinte Amos. »Willst du eine Probefahrt machen? Du könntest mich nach Hause fahren und bei Anna mal reinschauen, und Michael könnte mir etwas bei der Arbeit helfen.«

»Natürlich«, sagte Janet. »Michael kann hinten –« Plötzlich verstummte sie. »Wo *ist* Michael eigentlich?«

Amos zuckte die Achseln. »Ist er nicht im Haus?«

Janet schüttelte unsicher den Kopf. »Ich glaube nicht. Ich dachte, er sei herausgekommen, als du angekommen bist.«

»Er ist nicht herausgekommen«, sagte Amos.

Janet sah ihn ratlos an.

»So sind eben Kinder«, meinte Amos. »Wahrscheinlich stöbert er irgendwo herum. Komm.«

Sie gingen ins Haus, doch konnten sie Michael dort nicht finden. Sie gingen um das Haus herum und dann in die Scheune. Janet rief mehrmals nach ihrem Sohn, erhielt aber keine Antwort. Als sie die Scheune wieder verließen und zum Werkzeugschuppen gingen, bemerkte Janet aus den Augenwinkeln heraus eine Bewegung. Sie blieb stehen und blickte nachdenklich zum Sturmkeller hinüber. Amos folgte ihrem Blick und runzelte die Stirn.

»Was kann er denn da unten wollen?«

»Ich weiß es nicht«, entgegnete Janet. »Aber würdest du hier bitte warten, während ich nachsehen gehe?« Entschlossen ging sie auf die Kellerluke zu.

Sie öffnete die Luke, so daß das Sonnenlicht in den düsteren Schutzraum fiel. In der hintersten Ecke hatte sich Michael zusammengekauert und die Arme um Shadow geschlungen.

»Was –«, setzte sie an.

»Bist du mir böse?« fragte Michael mit zitternder Stimme.

»Böse?« wiederholte Janet. »Liebling, warum sollte ich dir böse sein?«

»Weil ich Großvater nicht guten Tag gesagt habe.«

Janet überlegte. Bis jetzt hatte sie gedacht, daß Michael nicht gewußt hatte, wer in dem Wagen gesessen hatte. »Also hast du Großvater doch gesehen?«

Michael nickte.

»Warum hast du ihn denn nicht begrüßt?«

Michael sah sie unglücklich an. »Ich – ich hatte heute nacht einen schrecklichen Traum«, sagte er schließlich.

Janet spürte die Furcht ihres Sohnes und nahm ihn in den Arm. »Was für einen Traum?« fragte sie.

»Ich träumte von Dad. Großvater schlug ihn mit einem Lederriemen.«

Janet schauderte, als sie sich die Szene vorstellte, doch sie zwang sich, ruhig zu Michael zu sprechen. »Aber Liebling, du weißt doch, was Träume sind. Es war nicht wirklich. Hast du deswegen Großvater nicht guten Tag gesagt?«

Wieder nickte Michael. Er zog sich von ihr zurück und drückte den Hund fester an sich. Er schien weit in die Ferne zu blicken, und als er sprach, klang seine Stimme dumpf. »Warum hat Großvater Dad geschlagen?« fragte er. Und dann entsann er sich an einen anderen Traum, den er schon vor längerer Zeit gehabt hatte. Es war der Traum von dem Sturz seines Vaters gewesen, vom Sturz auf die Heugabel. Es war noch jemand anderes auf dem Heuboden gewesen, und plötzlich konnte er diesen Menschen klar erkennen. Es war sein Großvater.

Er sah seine Mutter an. »Mom, warum wollte Großvater Dad töten?«

Janets Gedanken überstürzten sich. Amos sollte Mark geschlagen haben? Ihn getötet haben? Das gab keinen Sinn.

»Das war doch nur ein Traum, Liebling«, sagte sie, und in ihrer Stimme schwang eine Spur Verzweiflung mit. »Träume haben nichts mit der Wirklichkeit zu tun. Sie sind doch nur – Fantasien.«

Michael dachte angestrengt über die Worte seiner Mutter nach. Doch es gab zu viele Erinnerungen, zu viele Bilder. Sein Vater, sein Großvater ... Dr. Potter.

Janet stand auf und reichte ihm die Hand. »Komm! Jetzt gehn wir Großvater guten Tag sagen, und dann besuchen wir Großmutter, einverstanden?«

Doch Michael wich zurück. »Muß das sein? Kann ich nicht hierbleiben?«

Janet verlor die Geduld. »Jetzt reicht es aber, Michael. Dein Großvater liebt dich sehr, und er würde dir nie etwas tun, genauso wie er deinem Vater nie etwas getan hat. Und jetzt nimmst du dich etwas zusammen, ist das klar?«

Michael öffnete den Mund, doch dann nickte er nur stumm. Gemeinsam gingen sie die steilen Stufen hinauf.

Sie wurden von Amos erwartet, der so nahe bei der Luke stand, daß er jedes Wort gehört haben mußte. Doch er ließ sich nicht anmerken, ob er das Gespräch verfolgt hatte.

Janet beugte sich hinab, um ihrer Schwiegermutter einen Kuß auf die Wange zu geben, doch Anna wich ihr aus und stopfte weiter an Amos' Socken.

»Ich bin euch so dankbar, daß ihr mir den Wagen gekauft habt«, sagte Janet, doch Anna sah sie mit einem Blick an, der Janet verstummen ließ.

»Wir konnten ja wohl kaum zulassen, daß du ständig Fremde bemühst, nicht wahr?« sagte sie mit eisiger Stimme.

»Fremde?« wiederholte Janet verständnislos. »Meinst du etwa Ione Simpson?«

»Ione und Leif Simpson sind sicher nette Leute, aber du hast eine Familie, Janet. Ich wünschte, du würdest erst uns einmal fragen, wenn du etwas benötigst.«

Janet setzte sich Anna gegenüber auf einen Stuhl. Sie konnte sich nicht vorstellen, daß Anna sich über das, was tags zuvor geschehen war, gekränkt fühlen konnte. »Anna, Michael und ich waren in der Stadt und hatten vor, nach Hause zu gehen. Doch dann trafen wir Ione, und sie bot uns an, mitzufahren.«

»Und dann hast du sie auch gleich zum Abendessen eingeladen? Das erste Abendessen mit dir hätte doch eigentlich uns zugestanden. Wir haben so viel daran gearbeitet, und immerhin war es ja auch einmal unser Zuhause –«

»– in dem immer noch ein heilloses Durcheinander herrscht«, unterbrach sie Janet und legte sich hastig eine Rechtfertigung zurecht. »Gestern nacht, das konnte man wohl kaum eine Party nennen. Ione brachte ein paar Sachen mit, die sie im Kühlschrank hatte, und wir machten ein kleines Picknick.« Sie sah, daß sich Annas Miene etwas erhellte, also fuhr sie fort: »Es war wirklich sehr improvisiert, aber wenn ich dich damit gekränkt habe, dann tut es mir leid. Natürlich werde ich zu meinem ersten richtigen Abendessen dich und Amos einladen, aber nicht zu so etwas wie gestern abend. Verzeihst du mir?«

Anna zögerte, doch dann lächelte sie wieder. »Natürlich. Es ist nur, weil – weißt du, in einer kleinen Stadt gibt es eine Menge Gerede. Ich will nur nicht, daß die Leute denken, wir hätten Streit.«

»Warum sollen sie das denn glauben?« fragte Janet, die nun über Annas Worte aufrichtig verwundert war. Dahinter steckte bestimmt mehr als nur eine Kränkung.

»Man hat immer über uns geredet, obwohl wir hier schon länger wohnen als irgend jemand anderes«, entgegnete Anna.

»Nun, verlaß dich drauf, ich werde niemandem Anlaß zum Klatsch geben«, versprach Janet. Dann wechselten sie das Thema, bevor Anna sich weitere Sorgen machen konnte. »Ich glaube, wir haben gestern abend einige Dinge gefunden, die euch gehören.«

Jetzt war Anna überrascht. »Uns? Wie meinst du das?«

»Gestern abend sahen wir uns einmal in der Dachkammer um.« Vergeblich wartete sie auf eine Reaktion von Anna. Sie sah Janet lediglich neugierig an. »Wir fanden allerlei Sachen. Ich nehme an, sie haben euch gehört.«

Anna runzelte nachdenklich die Stirn. »Wenn sie in der Dachkammer waren, haben sie auf keinen Fall mir gehört. Ich bin noch nie da oben gewesen. Als wir einzogen, brachten wir all unsere Sachen mit.«

Janet sah sie verblüfft an. »Du warst nie in der Dachkammer? Aber du hast doch so lange in dem Haus gelebt –«

Anna erwiderte ihren Blick. »Ich bin aber nie in die Dachkammer gegangen. Ich wollte einmal hinauf, doch Amos ließ es nicht zu. Er sagte, es sei nichts darin, und außerdem sei es dort oben gefährlich. Der Boden gebe nach, und ich könnte mir das Genick brechen, also bin ich nie hinaufgegangen.«

Wie es sich für ein gehorsames Weib gehört, dachte Janet. Doch im selben Moment, da sie das dachte, schämte sie sich dafür. Es kam ihr einfach ungerecht vor, so zu denken, ungerecht und undankbar gegenüber Anna und Amos. Wieder versuchte sie das Thema zu wechseln.

»Schön – aber was sollen wir mit all den Sachen tun?«

Anna sah sie ausdruckslos an. »Ich weiß es wirklich nicht. Ich weiß nicht einmal, was für Sachen es sind.«

»Jede Menge Silber und Porzellan. Und dann ist da noch –« Sie verstummte, denn Annas Augen funkelten plötzlich zornig.

»Kein Wort mehr«, befahl sie. »Es gibt Dinge, von denen ich nichts wissen möchte. Wenn dort oben Sachen gelegen haben, dann hat Amos davon gewußt. Sie müssen von *seiner* Familie stammen – das Haus wurde von seinen Vorfahren vor über 100 Jahren erbaut.«

Eine Flut von Gedanken schoß Janet durch den Kopf.

Abby Randolphs Tagebuch, das vor genau 100 Jahren geschrieben worden war.

Aber Abby war gestorben. Alle Kinder waren gestorben außer Nathaniel, und nach diesem schrecklichen Winter waren auch Abby und Nathaniel gestorben.

»... das Haus wurde von seinen Vorfahren erbaut ...«

Und dann erinnerte sie sich wieder. Aus der Geschichte und dem alten Tagebuch ließ sich entnehmen, daß Abby Randolph in diesem Winter schwanger gewesen war.

Das Kind mußte überlebt haben.

Es mußte ein Mädchen gewesen sein, und es mußte überlebt haben.

Janet bekam ein flaues Gefühl im Magen, als sie daran dachte, was in dem Haus, das sie nun bewohnte, vor vielen Jahren vor sich gegangen war.

Was wußte Anna davon? Hatte sie davon gewußt, daß sie in Abby Randolphs Haus gelebt hatte und daß ihr Mann ein Nachkomme der einzigen Überlebenden dieser Tragödie war?

Janet glaubte das nicht, und sie wußte, sie würde es Anna niemals erzählen. Sie wünschte sich sogar, sie hätte das Tagebuch nie gefunden. Für sie waren die Geister von Abby und Nathaniel plötzlich sehr lebendig.

17

Michael folgte seinem Großvater auf den Heuboden, wo die Heuballen ordentlich aufgestapelt lagen. Als Amos ihm eine Heugabel gab, schien er vor ihr zurückzuschrecken.

»Sie tut dir nichts«, beruhigte ihn Amos. »Du mußt nur aufpassen, daß du dir nicht in den Fuß piekst.«

Michael griff sich vorsichtig die Heugabel und stach in einen Ballen. Ein paar Büschel Heu lösten sich, doch dafür blieb die Gabel stecken.

»Ich breche die Ballen auf, und du kippst das Heu hinunter«, schlug Amos vor und machte sich an die Arbeit. Michael benutzte seine Gabel, um das Heu über den Rand zu befördern. Während er so arbeitete, begann sein Kopf zu schmerzen.

Er versuchte, das mittlerweile vertraut gewordene Pochen zu ignorieren und sich auf seine Arbeit zu konzentrieren, aber es wurde immer schlimmer.

Durch die Schmerzen hindurch hörte er Nathaniel zu ihm flüstern. Er warnte ihn vor einer Gefahr.

Und dann sah er seinen Vater.

Es war wie in der Nacht zuvor, und obwohl Michael verbissen weiterarbeitete, war er sich seiner selbst nicht mehr bewußt. Es war, als ob sein Geist den Körper verlassen hätte und in der dunkelsten Ecke des Heubodens schwebte und ein fremdes Wesen dabei beobachtete, wie es seine Arbeit tat. Aber während er noch beobachtete, veränderte sich etwas, und plötzlich sah er seinem Vater bei der Arbeit zu.

Sein Großvater war auch da und brach die Ballen auf, genau wie er es bei Michael die ganze Zeit getan hatte.

Plötzlich hörten die beiden Männer zu arbeiten auf und blickten einander zornig an. Und dann hörte Michael seinen Vater sprechen.

»Du hast sie umgebracht, nicht wahr? Du warst bei ihrer Geburt dabei, hast sie mitgenommen und umgebracht.«

»Nein, Mark –«

»Ich habe es gesehen, Vater. Ich habe gesehen, was du getan hast. Nathaniel hat es mir heute nachmittag gezeigt, Vater.«

Amos sah ihn entsetzt an. »Nathaniel? Es gibt keinen Nathaniel, verdammt noch mal!«

»Es gibt ihn, Vater«, hörte Michael seinen Vater sagen. »Nathaniel lebt, und er hat mir gezeigt, was du getan hast. Er will Vergeltung, und er wird sie bekommen.«

Und während Michael hilflos das Gespräch verfolgte, ging sein Großvater auf seinen Vater zu.

Michael wußte, was nun geschehen würde.

Er wollte schreien, seinen Vater warnen, wie in dem Traum, den er in der Nacht zuvor gehabt hatte. Und plötzlich hatte er wieder die Gewalt über seine Stimme, und er stieß einen gellenden Schrei aus, der durch das Scheunengemäuer zu einem klagenden Gewimmer gebrochen wurde. Die Kopfschmerzen waren wie weggewischt, doch statt dessen spürte er einen anderen, brennenden Schmerz, der seinen Körper durchdrang und ihn durch und durch schüttelte. Plötzlich hatte er das Gesicht seines Großvaters vor sich, in dem sich Entsetzen und Verzweiflung spiegelten.

Kurz bevor er in Ohnmacht fiel, hörte er Shadow bellen. Das Bellen wurde lauter. Es hörte sich an, als würde Shadow in wilder Wut angreifen...

Erst hörte er nur ein Murmeln und dachte, daß Nathaniel ihm wieder etwas zuflüsterte, doch dann wurden die Stimmen immer deutlicher, und er hörte seine Mutter und seine Großmutter. Er öffnete die Augen und sah Ione Simpson, die sich über ihn beugte und lächelte.

»Na, wen haben wir denn da?« sagte Ione. »Geht's dir jetzt besser?«

Michael versuchte sich zu erinnern, was geschehen war, doch es ergab alles keinen Sinn. Er hatte seinen Vater gesehen, und Nathaniel hatte ihn vor etwas gewarnt. Er wollte sich aufsetzen, doch Ione hielt ihn behutsam zurück.

»Noch nicht«, sagte sie. »Nur ruhig liegenbleiben und den Fuß hochhalten.«

Michael blickte sich verwirrt um. Er lag im Wohnzimmer seiner Großeltern. »Was ist passiert?« fragte er.

»Nur ein kleiner Unfall«, sagte Ione. »Sieht fast so aus, als ob du mit Heugabeln noch nicht so recht umgehen kannst.«

Michael wurde sich eines pochenden Schmerzes im rechten Fuß bewußt, und langsam kehrten auch Erinnerungsfetzen zurück: Sein Großvater, wie er auf seinen Vater zugegangen war. Aber es war nicht sein Vater gewesen. Er selbst war es gewesen. »Ich – ich kann aber nichts –«

»Natürlich nicht, Liebling«, unterbrach ihn seine Mutter. »Es war nur ein Unfall. Die Heugabel ist dir ausgerutscht und hat dir in den Fuß gestochen.«

Michael hob den Kopf hoch genug, damit er seinen rechten Fuß sehen konnte. Er lag auf einem Polster aus Kissen und hatte einen dicken Verband.

»Es ist nicht so schlimm, wie es aussieht«, beruhigte ihn Ione. »Die Gabel ist genau zwischen den Knochen durch. Es ist nur eine Fleischwunde.«

Michael sah sich den Fuß genau an, dann blickte er sich neugierig im Zimmer um. Etwas stimmte nicht – er war verletzt, aber der Doktor war nicht hier. »Wo ist Dr. Potter?«

Iones Lächeln erstarb, und sie sah sich hilfesuchend um. Das betretene Schweigen wurde durch Amos Halls rauhe Stimme gebrochen. »Warum soll er es nicht wissen?« sagte er. »Dr. Potter ist heute nacht gestorben, Michael.« Michael sah seinen Großvater leichenblaß an, denn er erinnerte sich an die vergangene Nacht. »Er hatte einen Schlaganfall«, erklärte Amos.

Entsetzt schüttelte Michael den Kopf. »Es tut mir leid«, flüsterte er. »Das – das habe ich nicht gewollt...« Er stockte und sah seinem Großvater in die Augen. Etwas an seinem Blick erschreckte ihn, und er wandte schnell wieder die Augen ab.

»Schon gut, Liebling«, sagte seine Mutter. »Niemand glaubt, daß du das absichtlich getan hast – es war nur ein Unfall.«

Michael wollte noch etwas sagen, doch dann sah er wieder den eigenartigen Blick in den Augen seines Großvaters, und er zog es vor zu schweigen.

»Kannst du uns sagen, was geschehen ist, Liebling?« fragte Janet. »Kannst du dich an irgend etwas erinnern?«

Michael ignorierte ihre Frage. »Können wir nach Hause gehen, Mom? Bitte.«

Janets aufmunterndes Lächeln wich einem besorgten Stirnrunzeln. »Du meinst jetzt gleich?«

Michael nickte.

»Aber Michael, du mußt dich noch etwas ausruhen.«

»Ich will mich nicht ausruhen, ich will nach Hause.«

Amos schaltete sich in das Gespräch ein. »Deine Mutter muß noch einiges erledigen, und du brauchst Ruhe. Du bleibst hier.«

In Michaels Augen trat nun die nackte Angst. »Laß mich doch mit dir gehen«, bettelte er seine Mutter an. »Ich kann mich doch hinten in den Wagen legen, und mein Fuß tut wirklich nicht mehr weh.«

»Du mußt dich doch nur etwas ausruhen«, meinte Janet.

»Aber ich will nicht hierbleiben«, widersprach Michael. »Ich will nach Hause.«

»Ruhig, mein Junge«, sagte nun Anna. »Deine Mutter hat noch eine Menge zu tun, und deshalb kann sie jetzt nicht für dich sorgen. Und Mrs. Simpson kann auch nicht den ganzen Tag hierbleiben.« Plötzlich lächelte sie. »Aber nur weil ich aus diesem Stuhl hier nicht herauskomme, heißt das noch lange nicht, daß ich dich nicht pflegen kann.«

»Ich werde nicht lange wegbleiben«, versicherte Janet. »Es wird schon alles gut werden. Du mußt nur den Fuß hoch lagern, dann tut er auch nicht so weh. Ich bin bald wieder zurück, und dann gehen wir nach Hause. Einverstanden?«

Michael zögerte, doch dann nickte er.

Ein paar Minuten später war er mit seinen Großeltern allein.

Janet stand vor dem Haus der Shields und wollte gerade läuten, als sie über sich Lauras schwache Stimme vernahm. Sie stand an ihrem Schlafzimmerfenster und lächelte schwach.

»Es ist offen, Janet. Komm ruhig rauf. Leider bin ich noch nicht soweit, daß ich herunterkommen kann.«

Janet ging die Treppe hinauf in Lauras Zimmer. Laura war angekleidet, doch saß sie aufrecht auf dem Bett, gegen einige Kissen gelehnt.

»Eigentlich sollte ich ja *im* Bett sein, aber ich habe es einfach nicht mehr ausgehalten«, erklärte sie Janet. »Komm, setz dich zu mir und erzähl mir, was es Neues gibt. Es kommt mir vor, als wäre ich schon Ewigkeiten hier eingesperrt.«

Janet ließ sich seufzend auf dem Bett nieder. »Ich nehme an, daß du schon von Dr. Potter gehört hast.«

Lauras Miene verdüsterte sich. »Das einzige, was ich von dem hören will, ist, daß er gestorben ist«, sagte sie halblaut. »Ich hasse ihn, Janet – ich hasse ihn so sehr ...«

Janet nahm Lauras Hand. »Laura, er – er *ist* gestorben.«

Laura sah Janet betroffen an. »Mein Gott, Janet. So habe ich es nicht gemeint –«

»Quäl dich nicht, Laura«, beruhigte sie Janet. »Ich weiß, wie du es gemeint hast.« Sie zuckte hilflos die Achseln. »Sie haben ihn heute morgen gefunden. Er hatte einen Schlaganfall.«

Sie wechselte das Thema und erzählte von Michaels Unfall. Dann kam sie auf ihren Fund aus der Nacht zuvor zu sprechen. »Gestern abend haben Michael und ich die Dachkammer ausgeräumt.«

»Die Dachkammer?« fragte Laura verwundert. »Ich dachte immer, sie sei leer.«

Janet runzelte die Stirn. »Dann wart ihr also auch nie da oben?«

»Mark ist einmal hinaufgegangen«, sagte Laura. »Dad hat ihm eine Tracht Prügel versetzt, die er wohl nie mehr vergessen hat. Damals habe ich wohl zum erstenmal aus den Fehlern eines anderen eine Lehre gezogen.«

»Amos hat Mark geschlagen?«

Laura blickte Janet verwundert an. »Natürlich. Er hatte Mark verboten, hinaufzugehen, und Mark hatte ihm nicht gehorcht.«

»Und dann hat er ihn richtig geschlagen?«

Laura lachte bitter auf. »Wie würdest du das nennen, wenn man mit einem dicken Lederriemen verprügelt wird?«

»Kein Wunder, daß Mark bei der erstbesten Gelegenheit davongerannt ist«, bemerkte Janet und gab sich keine Mühe, ihre Empörung zu verbergen.

»Das hat damit gar nichts zu tun«, sagte Laura hastig. »Das hing mit der Nacht zusammen, in der Mutter ihr letztes Kind bekam. Bis zu diesem Tag hatte Dad Mark schon seit – nun, seit Jahren nicht mehr geschlagen. Aber was hast du denn in der Dachkammer gefunden?«

Instinktiv traf Janet eine Entscheidung: wenn Anna Hall darüber nicht sprechen wollte, war vielleicht Laura dazu bereit. »Unter anderem habe ich Abby Randolphs Tagebuch gefunden.«

Laura starrte sie an. »Das ist natürlich ein Scherz.«

Janet schüttelte den Kopf. Sie sagte so unverfänglich, wie sie konnte: »Anna hat mir erzählt, daß das Haus seit seiner Erbauung im Familienbesitz ist.«

Laura nickte. »Von Abby war allerdings nie die Rede. Ich selbst war mir nie sicher, ob es sie überhaupt gegeben hat. Und daß sie all die schrecklichen Dinge getan hat, die man ihr nachsagt, glaube ich schon gar nicht.«

»Nun, offenbar hat es sie wirklich gegeben, und wenn ich das Tagebuch richtig gelesen habe, dann hat sie genau das getan, was in den alten Geschichten erzählt wird.«

Laura wurde blaß. »Das – das kann ich nicht glauben.«

»Es steht im Tagebuch«, sagte Janet behutsam. »Möchtest du es sehen?«

Laura schüttelte hastig den Kopf. »Ich möchte auch nicht darüber sprechen. Allein beim Gedanken daran wird mir schlecht.«

Janet wünschte, sie hätte niemals damit angefangen. »Nun, es ist ja auch vorbei«, sagte sie schnell. »Aber ich habe noch eine Menge anderer Sachen gefunden – Porzellan und Silbergeschirr. Anna behauptet steif und fest, daß es ihr nicht gehört, also dachte ich, wir beide könnten es untereinander teilen.«

»O Gott, Janet!« stöhnte Laura. »Ich könnte es wirklich nicht gebrauchen. Ich habe selbst jede Menge Porzellan und Silber, es stammt aus

Mutters Familie. Limoges-Porzellan und das geschmackloseste Silbergeschirr, das du dir vorstellen kannst.«

»Limoges?« wiederholte Janet. »Das war auch in meiner Dachkammer. Vielleicht hat es dasselbe Motiv. Kann ich mal nachsehen gehen? Bitte.«

»Wenn du unbedingt willst –« Laura erklärte ihr, wo sie die Sachen verstaut hatte, und ein paar Minuten später durchstöberte Janet die Dachkammer der Shields. Sie fand den Koffer, den Laura beschrieben hatte, aber zu Janets Enttäuschung war es ganz anderes Geschirr als dasjenige, das sie gefunden hatte. Sie schloß den Koffer wieder und wollte gerade hinuntergehen, als in der hintersten Ecke etwas ihre Aufmerksamkeit erregte.

Es war eine Wiege. Obwohl sie nicht mehr neu war, schien sie kaum in Gebrauch gewesen zu sein. Es war nicht die Wiege, die Laura in Erwartung ihres Kindes in ihr Schlafzimmer gestellt hatte. Neugierig ging Janet zu der Wiege hin. Erst jetzt sah sie, daß in der Ecke eine komplette Kinderzimmereinrichtung aufbewahrt war.

Ein kleines Schaukelpferd, rosa angestrichen und kaum benutzt.

Ein Korbkinderwagen, ebenfalls schon benutzt, aber so gut wie neu.

Hinter der Wiege stand eine kleine Kommode. Zögernd öffnete Janet eine Schublade. Darin lag, sauber zusammengelegt, Kinderwäsche.

In der untersten Schublade fand sie ein Fotoalbum. Janet schlug es auf. Die erste Seite war leer, doch mit grüner Tinte war sauber ein Rechteck daraufgezeichnet. Darunter prangte ein Titel:

REBECCA – DAS ERSTE FOTO

Janet blätterte das ganze Album durch. Es fehlten alle Bilder.

Nachdenklich betrachtete sie sich das Album und fragte sich, was wohl mit den Bildern geschehen war. Sollte sie Laura fragen? Doch bevor sie sich entscheiden konnte, hörte sie von unten Bucks zornige Stimme.

»Oben ist sie? Allein? Laura, was hast du dir dabei gedacht?«

Hastig legte Janet das Album in die Kommode zurück und verließ die Kammer. Als sie die Leiter hinunter zum Treppenabsatz geklettert war, hörte sie Bucks Stimme wieder.

»Und wenn sie es sieht? Wenn sie wissen will, was das ist und warum es hier ist?«

»Das wird sie nicht tun«, sagte Laura verängstigt. »Es ist ganz hinten in der Ecke, sie wird es übersehen.«

»Habe ich dir nicht schon einmal gesagt, daß das Zeug verschwinden soll?« fragte Buck drohend.

»D-doch.«

»Und warum ist es immer noch hier?«

»Ich – ich brachte es einfach nicht über mich.«

»Sobald du wieder kräftig genug bist«, sagte Buck mit einer Unversöhnlichkeit, wie sie Janet an ihm noch nie zuvor bemerkt hatte, »holst du das ganze Zeug von oben und zündest es draußen an.«

»Buck, bitte –«

»Es muß sein«, sagte Buck. »Hast du mich verstanden?«

Janet preßte sich fest an die Wand, als sich die Schlafzimmertür öffnete und Buck herauskam. Ohne sie zu sehen, ging er in die andere Richtung die Treppe hinunter. Gleich darauf hörte sie die Eingangstür zuschlagen.

Janet blieb zunächst stehen, wo sie war, und überlegte, was sie nun tun sollte. Schließlich setzte sie eine unverfängliche Miene auf und betrat wieder das Schlafzimmer. Laura saß immer noch auf dem Bett und putzte sich gerade die Nase.

»Ist Buck eben hiergewesen?« fragte Janet. »Ich dachte, ich hätte seine Stimme gehört?«

Laura nickte. »Er wollte nur einmal nach mir sehen. Ist das nicht lieb von ihm?«

»Ja«, stimmte Janet zu. »Das Porzellan ist übrigens ganz anders als meines, das Silbergeschirr auch. Aber in der Ecke habe ich etwas anderes gefunden. Eine Kinderwiege.« Sie sah, daß Laura heftig schluckte und hastig nach Worten suchte.

»Sie – sie gehört Ione Simpson«, sagte sie schließlich. »Sie steht schon einige Jahre hier. Sie hat keinen Platz dafür.« Janet zögerte einen Moment, dann nickte sie. Laura hatte sie angelogen.

Als Michael erwachte, wußte er einen Moment lang nicht, wo er sich befand. Dann erkannte er das Wohnzimmer seiner Großeltern wieder. Vorsichtig richtete er sich auf und setzte seinen verbundenen Fuß auf den Boden. Der brennende Schmerz hatte aufgehört, und wenn er sein Gewicht auf die Fersen verlagerte, konnte er sogar wieder laufen. Langsam humpelte er durch die Tür in den Flur. Als er am Eßzimmer vorbeikam, hörte er die Stimme seines Großvaters und blieb stehen. Sein Großvater sprach von ihm.

»Er hat etwas an sich, Anna. Etwas ist in seinen Augen, ich bin mir ganz sicher.«

Eine Weile war Schweigen, dann sprach seine Großmutter. »Hör auf, Amos. Fang nicht auch noch bei Michael damit an.«

»Und was ist mit seinen Kopfschmerzen? Genau wie bei Mark. Und heute morgen –«

»Was war heute morgen?« wollte Anna wissen, als Amos keine Anstalten machte, weiterzureden.

»Es stand in seinen Augen«, sagte Amos. »Derselbe Blick, den auch Mark hatte. Es ist Nathaniel. Er hat das Zeichen Nathaniels. Als ich ein Junge war, hat man es mir erzählt –«

Plötzlich wurde die Stimme seiner Großmutter laut und zornig. »Man hat dir einen Haufen Lügen erzählt, Amos. Sie haben unser Leben und Lauras Leben zerstört. Mark war als einziger davongekommen, und nun haben diese alten Geschichten ihn auch noch vernichtet.«

»Mark hatte einen Unfall.«

»Glaub das, wenn du es unbedingt glauben willst. Ich glaube es jedenfalls nicht. Wer weiß, vielleicht hast du ihn sogar mit eigenen Händen getötet.«

Jetzt wurde sein Großvater zornig. »Sag so etwas nicht, Anna. Ich habe immer getan, was ich tun mußte, und sonst nichts.«

»Ja, und schau mich an«, hörte Michael seine Großmutter sagen. »Schau mich doch an. Fünf Kinder, von denen mir nur noch Laura geblieben ist. Und schau sie dir nur an – mit ihr wird es genauso enden wie mit mir, und das geht alles auf dein Konto, Amos. Wenn du mit deinem unseligen Familienfluch jetzt auch noch bei Michael anfängst, dann werde ich, so wahr ich hier sitze, dafür sorgen, daß Janet ihn nimmt und wieder nach New York mit ihm geht. Das alles sind nur Geschichten, Amos! Sieh das endlich ein!«

»Das mit Abby Randolph war keine Geschichte. Das mit Nathaniel auch nicht. Es wird nicht aufhören, bis ich ihm ein Ende mache.«

»Hör auf damit, Amos«, sagte Anna nach langem Schweigen. »Mit Michael ist alles in Ordnung.«

»Wir werden ja sehen«, entgegnete sein Großvater. »Wir werden ja sehen, wenn Janets Baby kommt.«

Langsam schlich sich Michael in das Wohnzimmer zurück. Mit pochendem Herzen legte er sich auf das Sofa zurück und legte vorsichtig den Fuß wieder auf die Kissen. Dann schloß er die Augen und versuchte, regelmäßig zu atmen, doch er konnte sich nicht beruhigen. *Er weiß es,* dachte Michael. *Großvater weiß von Nathaniel, und er weiß auch von mir.*

18

Janet saß in dem kleinen Wohnzimmer und besah mit einem unguten Gefühl die letzte Schachtel, die noch zu öffnen war. Sie wußte, daß ihr Inhalt ihr die größten Probleme bereiten würde. Alle anderen Dinge waren längst weggeräumt – während der Frühling durch einen drükkendheißen Sommer abgelöst worden war, hatten sie und Michael ihre Abende damit verbracht, die Überbleibsel aus ihrem Leben in New York auszusortieren. Schließlich war nichts mehr übrig bis auf diese kleine Schachtel, der Janet die ganze Zeit über hartnäckig ausgewichen war. In ihr befand sich alles, was ihr von Mark geblieben war. Janet hatte sich nicht dazu entschließen können, sie zu öffnen, war der Entscheidung ständig ausgewichen, doch nun führte kein Weg mehr daran vorbei. Es sei denn, sie würde die Schachtel in der Dachkammer verstecken und sich darauf verlassen, daß sie in Vergessenheit geraten würde.

Wie Abby Randolphs Tagebuch.

Aber Abbys Tagebuch war nicht in Vergessenheit geblieben, genausowenig wie Abby selbst.

Und Janet war sich sicher, daß es ihr mit Mark genauso ergehen würde. Für sie war diese kleine Pappschachtel zu einer Büchse der Pandora geworden. Entgegen aller Logik hatte sie das Gefühl, daß Schlangen aus ihr herauskriechen und ihr den letzten Rest ihres Vertrauens in ihren Mann nehmen würden, sobald sie sie öffnete. Doch wenn sie sich noch so sehr dagegen sträubte, sie wußte, am Ende würde sie die Schachtel doch öffnen. Sie seufzte und machte sich an die Arbeit.

Obenauf lagen all die Sachen, die sie von ihrer New Yorker Wohnung her kannte. Ihnen widmete Janet keine große Aufmerksamkeit. Erst als sie auf die Sachen stieß, die Mark in der Universität aufbewahrt hatte, hielt sie inne. Sie fand Anmerkungen über verschiedene Studenten und über Forschungsprojekte, die er in Angriff genommen hatte. Ganz unten in der Schachtel fand sie dann einen großen, versiegelten Umschlag, auf dem ihr Name stand.

Mit zitternden Händen riß sie den Umschlag auf. Es war nicht viel darin: eine Kopie von Marks Testament und ein zweiter Umschlag, auf dem wiederum ihr Name stand.

Lange Zeit starrte sie diesen Umschlag an und spielte mit dem Gedanken, ihn ungelesen wegzulegen, doch dann öffnete sie ihn doch. Sie fand einen Zettel, auf dem Mark mit seiner kritzligen Handschrift eine Notiz geschrieben hatte, und noch einen dritten Umschlag, der geöffnet und mit Klebeband wieder verschlossen worden war und den Poststempel von Prairie Bend trug.

Zuerst las sie Marks Notiz:

Liebste Janet,
ich weiß selbst nicht, unter welchen Umständen Du dies lesen wirst, doch ich glaube, es ist besser, wenn ich es aufschreibe. Wenn ich nächste Woche in Chicago fertig bin, werde ich einen Abstecher nach Prairie Bend machen. Es gibt etwas, das ich klären muß – es geht um Dinge, die schon viele Jahre zurückliegen, und da sich wahrscheinlich auch alles klären wird, gehe ich hier nicht näher darauf ein. Ich habe Dir eine Menge Dinge verschwiegen, doch ich hatte meine Gründe dafür. Sollte mir jedenfalls etwas zustoßen, so sollst Du wissen, daß ich Dich sehr liebe und niemals etwas tun würde, das Dich verletzen könnte. Ich

möchte Dich um einen Gefallen bitten. Ich habe eine Schwester – Laura – und ich möchte, daß Du Dich um sie kümmerst. Vielleicht weiß sie noch nicht einmal, daß sie Hilfe braucht, aber ich nehme es an. Wenn Du dies liest, wirst Du ihren Brief auch lesen können und vielleicht verstehen. Tu, was immer Du kannst. Ich weiß, dieser Brief bringt nicht viel Licht in die Sache, doch solange ich selbst nicht mehr weiß, werde ich auch nicht mehr sagen.
In Liebe,
Dein Mark

Mehrmals las Janet den Brief, und jedesmal wuchs in ihr die Spannung ins Unermeßliche. »Verdammt«, flüsterte sie zu sich. »Verdammt seist du, daß du mir gerade genug gesagt hast, um neugierig zu werden, aber nicht genug, um irgend etwas zu wissen.«

Schließlich riß sie das Kuvert auf, das Lauras Brief enthielt. Sie hatte das Gefühl, in das Privatleben ihrer Schwägerin einzudringen, weswegen sie den Brief nur sehr zögernd aus dem Briefumschlag nahm. Die Schrift war ein zittriges Gekritzel, und der Name am Ende war vollkommen unleserlich. Und doch wußte Janet sofort, daß es von jemandem stammen mußte, der Mark sehr nahe stand.

Lieber Mark,
ich weiß, ich habe Dir schon seit Ewigkeiten nicht mehr geschrieben, und Du wirst mir wohl auch diesmal keine Antwort geben, aber ich muß Dich etwas fragen, sonst werde ich noch verrückt. Ich bekomme wieder ein Kind, und nach allem, was das letzte Mal passiert ist, habe ich solche Angst, ich weiß einfach nicht, was ich tun soll.

Ich glaube, das letzte Mal haben sie mein Kind umgebracht. Sie sagten, es sei tot zur Welt gekommen, aber aus irgendeinem Grund weiß ich, daß das nicht wahr ist. Mark, ich weiß genau, daß es noch nicht tot gewesen war!

Ich muß ständig an diese Nacht zurückdenken – an die Nacht, als Du uns verlassen hast, während ich im Sturmkeller saß. Und ich meine immer, ich müßte mich an etwas erinnern, aber ich weiß nicht mehr, an was. Klingt das verrückt? Vielleicht. Jedenfalls muß ich wissen, was in dieser Nacht geschehen ist, Mark. Der Gedanke will mir nicht aus dem Kopf, daß mit mir dasselbe geschieht wie mit Mutter damals. Haben sie ihr Kind auch umgebracht? Aus irgendeinem Grund glaube ich das, obwohl ich ja die ganze Nacht in diesem Sturmkeller gewesen war. Aber Du – bist Du damals davongerannt, weil Du gesehen hast, was geschah? Wenn es so ist, bitte sage es mir, Mark. Es ist mir egal, was Du gesehen hast – ich muß es nur wissen. Ich muß mir sicher sein können, daß ich nicht verrückt werde.

Auch diesen Brief las Janet mehrmals. Er enthielt eigentlich nichts Neues –

es waren dieselben unlogischen Vermutungen, die Laura auch bei ihrer letzten Fehlgeburt geäußert hatte und die Janet ihrem Schmerz über den Verlust zugeschrieben hatte.

Nur hatte Laura ihr Kind noch nicht verloren, als sie diesen Brief geschrieben hatte.

Doch ein anderes Kind hatte sie wirklich verloren, ein kleines Mädchen namens Rebecca. Aber das ergab auch keinen Sinn. Becky hatte gelebt – wenigstens noch eine Zeitlang, denn von ihr gab es Bilder, die ordentlich in ein Album geklebt und mit Überschriften versehen worden waren, und die man später, als das Kind gestorben war, wieder herausgerissen hatte.

Aber was in dem Brief hatte Mark dazu veranlaßt, nach so vielen Jahren nach Prairie Bend zurückzukehren? Lauras Frage hätte er auch in einem Brief beantworten können. Statt dessen war er selbst nach Prairie Bend gegangen, um etwas aufzuklären.

Etwas, das mit der Nacht zu tun hatte, in der er Prairie Bend verlassen hatte – dessen war Janet sich sicher.

Hatte er gefunden, wonach er gesucht hatte?

Wollten das die Briefe sagen? Daß er gefunden hatte, wonach er gesucht hatte, und daß der Fund ihn sein Leben gekostet hatte?

Janet war gerade dabei, diese Gedanken zu erwägen, als sie aus Michaels Zimmer Schreie hörte.

Janet öffnete die Tür zu Michaels Zimmer. Shadow knurrte drohend, doch als Janet zu ihm sprach und der Hund sie erkannte, beruhigte er sich wieder und winselte nur noch leise. Janet nahm ihren Sohn in die Arme und strich ihm zärtlich über den Kopf. Allmählich begann auch Michael sich zu beruhigen. »Was ist denn, Liebling?« fragte Janet, als Michael zu schluchzen aufgehört hatte. »Tut es noch so weh? Willst du eine Tablette?«

Michael schüttelte den Kopf.

»Ist es nicht der Fuß?« fragte Janet. Die Wunde war nur langsam verheilt, und sogar jetzt, nach acht Wochen, hatte Michael noch manchmal Beschwerden.

»Großvater«, schluchzte Michael. »Ich habe von Großvater geträumt, und ich habe alles gesehen. Wie damals, als Großvater Dad geschlagen hat.«

Janet wurde mutlos. Sie hatte gehofft, die Träume, in denen Michael seinen Vater und seinen Großvater sah, würden allmählich aufhören. »Du hast schon wieder davon geträumt?« fragte sie.

»Es war aber kein richtiger Traum«, behauptete Michael. »Es war, als wäre ich wirklich dort und könne alles beobachten. Und diesmal sah ich, was geschah, als ich mir in den Fuß stach. Ich sah, wie Großvater mich umbringen wollte.«

Janet stockte der Atem. »Michael! Großvater würde so etwas nie tun. Er liebt dich.«

»Tut er gar nicht«, widersprach Michael und drückte sich fester an seine Mutter. »Ich habe alles gesehen! Ich habe mir gar nicht in den Fuß gestochen – es war Großvater! Er wollte mich erstechen! Er wollte mich umbringen!«

Janet war entsetzt. »Dich umbringen? Michael, du weißt nicht, was du da sagst.«

»Er wollte mich umbringen. Mit der Heugabel, genau wie er es mit Daddy tat.«

Janet erschauderte, und sie preßte den verängstigten Jungen fest an sich. »Nein, Liebling. Das stimmt nicht. Daddy ist gefallen. Er fiel vom Heuboden auf die Heugabel. Es war ein Unfall. Großvater ist noch nicht einmal dabeigewesen.«

»Doch!« Michael löste sich aus Janets Umklammerung und setzte sich auf. Sogar in der Dunkelheit konnte Janet noch seine Augen zornig funkeln sehen. »Er ist dabeigewesen! Ich habe ihn gesehen!«

Plötzlich sprang Shadow auf das Bett, und Michael legte die Arme um den großen Hund. »Wir haben es gesehen, nicht wahr, Shadow?«

Resignierend erkannte Janet, daß mit Michael darüber nicht zu reden war. »Na gut«, sagte sie sanft. »Ich will mit dir nicht darüber streiten.« Michael schien sich wieder zu entspannen, und Janet nahm seine Hand. »Lassen wir Shadow heute nacht einmal draußen schlafen«, schlug sie vor. »Dann kannst du bei mir bleiben.«

»Aber Shadow schläft gern bei mir –«

»Bestimmt schläft er auch gerne mal wieder draußen«, entgegnete Janet. »Nicht wahr, Shadow?« Der Hund wedelte leicht mit dem Schwanz. »Siehst du?« sagte Janet zu Michael.

Michael blickte den Hund an und kraulte ihn hinter den Ohren. »Bist du einverstanden?« fragte er, und als hätte Shadow seinen Herrn verstanden, wedelte er diesmal richtig mit dem Schwanz.

Janet stand auf und ging mit dem Hund nach unten. Sie öffnete die Küchentür und ließ ihn hinaus. Shadow stürmte ins Freie und war augenblicklich in der Dunkelheit verschwunden.

Lange noch lag Janet in dieser Nacht wach und dachte über ihren Sohn nach. In den letzten Wochen war er immer verschlossener geworden, und obwohl er sich mit Ryan wieder versöhnt hatte, hatte er zu seinem Vetter und zu den anderen Kindern noch nicht den Kontakt gefunden, den Janet sich für ihn gewünscht hätte. Und die Gefühle gegen seinen Großvater wurden bei ihm langsam zu Zwangsvorstellungen.

Kurz bevor sie schließlich einschlief, erinnerte sie sich noch einmal an den Tag, als Ione Simpson die Raggedy-Ann-Puppe gekauft hatte.

»Bestimmt haben sie sie umgebracht«, hatte Michael damals gesagt. *»Ich wette, sie haben sie in Potter's Field vergraben ...«*

Nein, sagte sich Janet. Das ist unmöglich. Er stellt sich das alles nur vor. Nichts davon ist möglich...

Kurz nach Morgengrauen blickte Amos Hall aus dem Küchenfenster und runzelte die Stirn. »Da ist dieser verdammte Hund schon wieder«, sagte er leise. Anna folgte dem Blick ihres Mannes. Draußen bei der Scheune hatte sich Shadow niedergekauert.

»Wenn er hinter den Hühnern her ist, werde ich ihm das Fell über die Ohren ziehen«, sagte sie und rollte zur Tür. »He, Shadow! Weg hier! Geh nach Hause!«

Der Hund sprang auf und verschwand hinter dem Schuppen. Anna wandte sich Amos zu. »Hast du vielleicht Janets Wagen anfahren gehört? Der Hund taucht doch nur zusammen mit Michael auf.«

»Ich hab' nichts gehört«, brummte Amos. »Aber ich werde mal nachsehen gehen.«

Er ging über den Hof zur Scheune. Er fand niemanden, weder Michael noch den Hund. Amos blieb stehen, und während er überlegte, wo er noch suchen könnte, beschlich ihn ein seltsames Gefühl. Es war ihm, als würde er beobachtet.

Er drehte sich in der Erwartung um, Michael hinter sich stehen zu sehen, aber es war niemand da.

Trotzdem fühlte er sich immer noch beobachtet. Schließlich sah er zur Scheune hoch.

Aus der Tür zum Heuschober lugte Shadows Kopf hervor. Er hechelte und schien zu Amos herunterzustarren.

»Zum Teufel – Shadow! Komm hier runter!«

Shadow bleckte die Zähne und knurrte Amos leise an, aber er blieb, wo er war.

Einen Moment lang starrten Amos und der Hund einander an, dann bemerkte Amos, daß die Tür zum Lagerraum einen Spaltweit offen stand. Amos wußte genau, daß er die Tür letzte Nacht verschlossen hatte.

Michael mußte hier irgendwo sein, wahrscheinlich in der Scheune. Amos ging hinein und zog die Tür hinter sich zu. »Michael? Bist du da drinnen?«

Er erhielt keine Antwort, doch auf dem Heuboden war ein leichtes Scharren zu hören.

»Komm schon, Michael«, rief Amos etwas lauter. »Ich weiß, daß du hier bist. Wenn ich dich suchen muß, wirst du es bereuen. Und ich will, daß der Hund hier verschwindet!«

Wieder erhielt Amos keine Antwort, und so ging er durch den Lagerraum in die eigentliche Scheune. Als er an der Vorderseite ankam, blieb er stehen und blickte zum Heuschober hoch.

Oben stand Shadow und blickte ihm entgegen.

»Ich weiß, daß du da oben bist, Michael«, sagte Amos. »Irgend jemand muß den Hund ja hereingelassen haben, und Hunde klettern von alleine auch keine Leitern hinauf.«

Immer noch herrschte in der Scheune vollkommene Stille.

Amos stieg die Leiter hinauf. Am oberen Ende stand Shadow und empfing ihn mit einem leisen Knurren.

»Schaff mir den Hund vom Hals«, befahl Amos, nun doch etwas nervös geworden. Gleich darauf zog sich Shadow von der Leiter zurück.

Rasch kletterte Amos das letzte Stück zum Heuboden hinauf. Shadow war plötzlich verschwunden.

»Na schön, Michael«, sagte Amos und zwang sich, seinen Zorn zu unterdrücken. »Jetzt ist es mit dem Spaß zu Ende. Komm jetzt raus, wo immer du steckst.«

Nichts geschah.

Amos ging zu dem kleinen Haufen Heuballen, hinter denen sich eine kleine Nische befand. Doch statt Michael entdeckte er dort Shadow, der ihn lauernd anfunkelte.

Amos schreckte zurück und schlug sich den Kopf an einem Balken an. Er strauchelte, und Shadow, der offenbar spürte, daß er nun im Vorteil war, knurrte und ging auf Amos zu.

»Verschwinde, du Mistvieh«, brummte Amos. Er schaute sich auf dem Heuboden nach einer geeigneten Waffe um und erblickte an der Rampe eine Heugabel.

Ohne den Hund aus den Augen zu lassen, wich er langsam zu der Heugabel zurück. Shadow sprang angriffslustig vor, und sein Knurren wurde lauter. Amos machte blitzartig einen Schritt nach hinten und griff sich die Gabel. Der Hund blieb stehen, so als hätte er erkannt, daß sich die Situation zu seinen Ungunsten geändert hatte.

Amos wurde etwas ruhiger und packte die Heugabel mit beiden Händen, während er den Hund langsam zurücktrieb.

»Sieh mal an«, flüsterte Amos. »Verfluchter Köter – eben noch so mutig gewesen, und schau dich jetzt nur mal an.«

Plötzlich machte Shadow einen Satz nach vorn und verbiß sich im Sprung in den Griff der Gabel. Das Gewicht des Hundes riß Amos die Heugabel aus der Hand. Bevor Amos reagieren konnte, machte Shadow einen weiteren Sprung zur Rampe hin, und die Gabel kippte über den Rand hinunter auf den Boden der Scheune.

Ohnmächtig mußte Amos zusehen, wie Shadow wieder auf ihn zukam und auf eine günstige Gelegenheit zum Angriff lauerte.

Wieder mußte Amos zurückweichen, und wieder blickte er sich nach einer geeigneten Waffe um. Er fand jedoch keine mehr.

Und dann war Amos am Rand des Heubodens. Er blieb stehen und blickte den Hund in einer Mischung aus Wut und Angst an.

»Sitz, verdammt noch mal«, flüsterte er. »Sitz!«

Shadow ignorierte den Befehl und kam Amos bedrohlich nahe.

Und dann setzte er zu einem letzten Sprung an. Mit weit aufgerissenem Maul stürzte er sich auf Amos.

Instinktiv riß Amos die Arme hoch, um den Angriff abzuwehren. Shadow prallte mit seinem vollen Gewicht gegen ihn. Amos verlor das Gleichgewicht und stürzte rückwärts von der Kante des Heubodens in die Tiefe.

Im Fallen glaubte er schon die Zinken der Heugabel zu spüren, die unten auf dem Boden darauf wartete, ihn zu durchbohren, genau wie sie es mit Mark getan hatte.

Doch kurz bevor der Sturz endete, verlor Amos das Bewußtsein.

Janet hatte gerade die Hühner gefüttert, als das Telefon klingelte. Michael nahm ab und meldete sich. Gleich darauf rief er nach Janet.

»Mom? Großmutter ist am Telefon, sie möchte dich sprechen.«

Janet nahm den Hörer. »Anna? Ich wollte gerade bei dir anrufen –«

Doch dann verstummte sie und ließ sich auf den Stuhl neben der kleinen Kommode sinken. »Ich verstehe«, sagte sie schließlich. »Aber sonst fehlt ihm nichts? Ganz sicher?« Sie hörte noch einmal Anna zu, dann hängte sie ein und wandte sich an Michael. »Großvater hat einen Unfall gehabt«, sagte sie. »Wir fahren sofort hinüber.« Plötzlich blickte sie sich suchend um und runzelte die Stirn. »Wo ist Shadow?«

Wie als Antwort auf Janets Frage kratzte es an der Tür, und Michael ließ den Hund ein. Er schnupperte freudig an Michael herum, doch dann schien er Janets prüfenden Blick zu spüren, denn er ging zu ihr und schmiegte den Kopf an ihre Seite. Michael wurde unruhig.

»Was ist Großvater denn passiert?« fragte er.

»Ich weiß es nicht genau«, erklärte Janet vorsichtig. »Offenbar ist er vom Heuschober heruntergestürzt. Es ist ihm nichts weiter passiert, aber er sagt, Shadow habe ihn angegriffen.«

Augenblicklich hatte Michael den großen Hund mit seinen Armen umschlungen. »Das ist nicht wahr! Shadow würde keinem Menschen etwas tun. Außerdem war er hier, als ich heute morgen wach wurde, nicht wahr, Shadow?«

Shadow winselte zustimmend und schleckte Michael über das Gesicht.

»Wir sind aber erst seit einer Stunde auf«, entgegnete Janet. »Dein

Großvater ist aber schon vor Morgengrauen aufgestanden. Shadow kann um diese Zeit durchaus dort gewesen sein.«

»Aber warum sollte er zu Großvater gehen? Er mag ihn doch gar nicht.«

Janet seufzte und stand auf. »Nun, warum gehen wir nicht hinüber, dann erfahren wir auch, was geschehen ist.«

Plötzlich wurde Michael bockig. »Nein!«

»Michael!«

»Ich will nicht mitkommen. Großvater wird Shadow die Schuld an allem geben, und das ist ungerecht.«

Janet erinnerte sich an das Gespräch von der letzten Nacht. Es ist zwecklos, mit ihm zu streiten, dachte sie sich. »Na gut«, gab sie nach. »Du kannst hierbleiben. Aber du bleibst im Haus und schonst dich. Du hinkst immer noch ein wenig.«

»Darf ich nicht im Hof ein wenig mit Shadow spielen?«

Janet war schon an der Tür. »Na schön, aber weiter gehst du mir nicht, verstanden?«

»Jaaa.«

Dann war Michael mit Shadow allein.

»Hast du ihn erwischt?« sagte Michael leise, als er sicher sein konnte, daß seine Mutter ihn nicht mehr hören konnte. »Hast du ihn wirklich erwischt?« Der Hund winselte und schmiegte sich an ihn. »Gut gemacht«, flüsterte Michael. »Wer weiß, vielleicht kannst du ihn das nächste Mal sogar sterben lassen.«

Die Szene bei den Halls drückte etwas bedrückend Vertrautes aus. Anna stand mit ihrem Rollstuhl dicht beim Sofa, Ione Simpson, die ausgebildete Krankenschwester, versuchte den toten Doktor Potter so gut es ging zu ersetzen. Sie beugte sich über die Gestalt auf dem Sofa, doch diesmal war es Amos Hall und nicht Michael, der auf dem Sofa lag. Janet blieb einen Moment lang in der Eingangstür stehen, doch Anna winkte sie zu sich her.

»Es geht ihm schon wieder besser«, beruhigte sie Janet. »Ione glaubt nicht, daß er innere Verletzungen hat. Die Luft ist ihm eben etwas weggeblieben, gebrochen hat er sich nichts, nur sein Stolz ist etwas angeknackst.« Plötzlich runzelte sie die Stirn. »Wo ist Michael?«

»Ich habe ihn zu Hause gelassen«, antwortete Janet hastig. »Ich wußte nicht, was uns hier erwarten würde, und ich fürchtete, er würde für noch mehr Aufregung sorgen.«

»Den Hund will ich haben«, knurrte Amos plötzlich. Er richtete sich mühsam auf und sah sich zornig um. »Dieser Köter hat mich angegriffen, und das soll er mir büßen.«

»Aber Amos –«, wollte ihn Anna beruhigen, aber ihr Mann fiel ihr ins Wort.

»Du hast ihn doch gesehen, Anna. Du hast doch gesehen, wie er sich bei der Scheune herumtrieb. Und dann ist er auf mich losgegangen.«

»Ach, Amos, es tut mir so leid«, sagte Janet. »Wie ist denn das passiert? Warum hat er dich angegriffen?«

»Woher soll ich denn das wissen?« schnaubte Amos. Er erzählte knapp, was geschehen war. Als er fertig war, seufzte Janet.

»Ich fürchte, wir müssen den Hund wohl loswerden.«

»Ihn loswerden?« fragte Ione. »Wie meinst du das?«

»Umbringen«, sagte er wütend. »Verstehst du unsere Sprache nicht mehr?«

Janet beugte sich vor. »Amos, so habe ich es aber nicht gemeint –«

»So hättest du es aber meinen sollen. Der Hund ist eine Gefahr. Ich hab's dir ja gleich gesagt, aber du wolltest mir nicht glauben. Na, glaubst du mir jetzt?«

Doch jetzt wurde Amos von Ione Simpson unterbrochen. »Amos, bist du dir sicher, daß dich der Hund angegriffen hat?«

Amos sah Ione an. »Was soll denn das jetzt heißen?«

Ione zuckte die Achseln. »Nun, du hast weder Biß- noch Kratzwunden.«

Amos schwieg einen Moment lang. »Willst du damit sagen, daß ich gelogen habe?« fragte er schließlich bedrohlich leise.

Ione schüttelte resignierend den Kopf. Auch sie wußte, daß mit Amos nicht zu diskutieren war. »Ich meine nur, daß du es für schlimmer hältst, als es war.«

»Verdammt noch mal, ich sage ja auch nicht, daß er mich gebissen hat. Er hat mich auf dem Heuboden an die Rampe getrieben und mich dann angesprungen.«

»Amos, beruhige dich«, schaltete sich Anna in das Gespräch ein. »Keiner glaubt, daß du lügst. Aber könntest du dich nicht getäuscht haben? Könntest du dich nicht einmal in deinem Leben getäuscht haben?«

»Nein«, stieß er hervor. »Ich weiß, wovon ich rede, und ich will, daß dieser Hund verschwindet. Er ist gefährlich. Früher oder später wird er jemand anders angreifen.« Er wandte sich wieder Janet zu. »Was würdest du sagen, wenn er Michael anfiele?«

Plötzlich wurde Janet zornig. »Amos, hör auf damit«, sagte sie. »Michael wird nichts zustoßen, und wenn doch, dann nicht durch Shadow. Der Hund ist Michaels bester Freund, und solange dir nichts Besseres einfällt, als zu sagen, daß er dich angegriffen hat, bleibt er hier. Ione hat recht – wenn er dich wirklich angegriffen hätte, müßtest du doch ein paar Kratzer haben. Ich glaube, du bist einfach gestolpert und willst es nicht zugeben. Ehrlich gesagt solltest du dich schämen, die Schuld dann einfach auf Shadow abzuwälzen.« Sie stand auf und verließ das Zimmer. Anna folgte ihr und hielt sie an, gerade als sie das Haus verlassen wollte.

»Janet? Warte noch.«

Janets Zorn war schon wieder verraucht, und sie drehte sich zu ihrer Schwiegermutter um. »Ach, Anna, es tut mir leid – ich weiß nicht, was in mich gefahren ist.«

»Janet«, sagte Anna mild und schüttelte den Kopf. »Du brauchst dich nicht zu entschuldigen. Es war nicht deine Schuld. Du hast bestimmt recht mit dem, was du gesagt hast. Aber so ist Amos nun einmal – er kann einfach keinen Widerspruch ertragen, und Kritik schon gar nicht. Er wird sich wieder beruhigen. Laß ihm nur etwas Zeit.«

Janet nickte. »Natürlich.« Sie lächelte Anna traurig an. »Ist es mit Mark genauso gewesen? Hatte er das Gefühl, daß ihm Unrecht getan worden war?«

Anna zögerte ein wenig, dann nickte sie. »So kann man es sagen. Bitte, tu du nicht dasselbe – brich nicht mit ihm. Ich weiß, er ist manchmal etwas schwierig, aber er liebt dich, und er liebt Michael. Das weiß ich genau.«

Janet fuhr Anna zärtlich über die Wange. »Ich weiß«, sagte Janet leise. »Ich bin ihm nicht böse, und Michael auch nicht.«

Als Janet gegangen war, rollte Anna in das Wohnzimmer zurück, wo Ione Simpson Amos gerade eine Spritze gab. Anna saß still in ihrem Rollstuhl und ließ ihren Mann nicht aus den Augen.

Doch in Gedanken war sie 20 Jahre zurückgegangen, zurück zu dem Haus, das Janet jetzt bewohnte, zu dem Haus, aus dem Mark geflohen war.

Sie muß es erfahren, dachte Anna. *Eines Tages muß Janet erfahren, was in dieser Nacht geschah und warum Mark uns verließ. Und ich werde es ihr sagen müssen.*

»Bring's, Shadow! Bring's her, Junge!« Der Stock war durch die Luft gewirbelt und war mit einem dumpfen Aufschlag nahe beim Sturmkeller gelandet. Shadow machte ein paar Schritte darauf zu, dann drehte er sich um und blickte seinen Herrn fragend an. »Geh nur hin, Shadow«, sagte Michael. »Hol den Stock.« Der Hund zögerte etwas, dann trottete er davon. Doch bevor er zu dem Stock kam, wich er nach rechts aus und begann, an der Kellerluke herumzuschnuppern. Er blickte zu Michael zurück und bellte laut.

»Komm schon her, Shadow, du sollst das Stöckchen holen«, zeterte Michael. Michael holte das Holzstück selbst und versuchte es noch einmal mit Shadow. »Komm her, Junge. Schau, was ich hier habe!« Aber Shadow ging nicht darauf ein, sondern schnupperte weiter an der Luke herum. Michael sah den Hund mißbilligend an und ging zu ihm hin. Als er ihm näher kam, spürte er ein leichtes Pochen in den Schläfen. »Was ist denn?«

Wie als Antwort auf seine Frage fing Shadow zu winseln an und scharrte mit einer Pfote auf der Luke herum.

»Ist dort etwas?« Michael zog mühsam die Luke nach oben. Augenblicklich war Shadow in der Dunkelheit des kleinen Kellerraumes verschwunden. Michael selbst zögerte noch ein wenig und suchte in der Dunkelheit nach einem Anhaltspunkt für Shadows Verhalten.

Und dann hörte er die Stimme.

»Michael.«

»N-Nathaniel? Bist du hier drinnen?«

»Komm herein«, verlangte Nathaniel. »Komm herein und schließ die Luke.«

Wie in Trance gehorchte Michael der Stimme und kletterte vorsichtig die steilen Stufen hinunter. Langsam gewöhnten sich seine Augen an die Dunkelheit. Shadow hatte sich wachsam in der Ecke zusammengekauert und die Ohren gespitzt.

»Nathaniel? Bist du hier drinnen?«

»Ich bin in dir, Michael, und du bist in mir. Verstehst du?«

Im Halbdunkel des Kellers klammerte sich Michael an Shadow fest. »N-nein.«

»Wir gehören zusammen«, sagte Nathaniels Stimme. »Ich bin ein Teil von deinem Vater, und ich bin ein Teil von dir.«

»Mein Vater?« fragte Michael erregt. »Hat Großvater ihn deshalb umge bracht?«

»Er hatte davon erfahren. Deswegen tötete er deinen Vater.«

Michael blickte sich suchend in dem kühlen, düsteren Raum um, doch er konnte nichts entdecken. »Was hatte Dad erfahren?« flüsterte er.

»Die Kinder. Er hatte von den Kindern erfahren. Ich hatte es ihm erzählt. Aber er fürchtete sich.«

»Das ist nicht wahr!« widersprach Michael. »Mein Dad hat sich nie vor etwas gefürchtet.«

»Er fürchtete sich davor zu handeln, Michael«, antwortete die seltsame Stimme. »Er fürchtete sich davor, sie zu bestrafen, selbst noch, als er sah, was sie getan hatten. Er wollte sie nicht sterben lassen.« Nathaniels Stimme nahm nun einen beschwörenden Ton an. »Wirst du es tun, Michael? Wenn es soweit ist, wirst du mir helfen, sie sterben zu lassen?«

»Ich – ich weiß nicht –«

»Doch, Michael«, behauptete Nathaniels Stimme. »Du weißt, was du tun mußt. Du hast es selbst gesagt.«

»Was habe ich gesagt?«

Nathaniel schwieg, doch statt dessen hörte Michael seine eigenen Worte, die er am Morgen gesagt hatte: »Wer weiß, vielleicht kannst du ihn das nächste Mal sogar sterben lassen.«

Tief in seinem Innern verstand Michael, was von ihm erwartet wurde.

Er sollte den Tod seines Vaters rächen.

Er sollte seinen Großvater umbringen.

Michael versuchte, die Stimme aus seinen Gedanken zu verscheuchen. Er ließ Shadow los und stürmte die Leiter zur Luke empor. Doch selbst als er sich wieder ins helle Sonnenlicht geflüchtet hatte, konnte er noch Nathaniels Worte hören. »Du wirst es tun, Michael. Wenn es soweit ist, wirst du mir helfen. Du wirst sie sterben lassen, Michael. Du wirst es tun...«

19

Ryan Shields reparierte gerade sein Fahrrad, als er hörte, wie die Hintertür zuschlug. Er blickte auf und sah seine Mutter mit einem Bündel Kleider zu der Feuerstelle gehen, die sie im Hof hatten. »Was machst du denn?« fragte er neugierig.

»Die Dachkammer aufräumen«, erklärte ihm Laura. »Sie ist voll, und dein Vater möchte, daß ich einige Sachen verbrenne.«

»Soll ich helfen?« bot sich Ryan voller Vorfreude an. Doch Laura schüttelte den Kopf.

»Es geht schon.« Sie legte das Bündel auf den Kies und ging ins Haus zurück. Ein paar Minuten später kam sie, mit einer Wiege beladen, wieder heraus.

»Das willst du verbrennen? Aber das ist –«

»Ich weiß, was das ist«, sagte Laura, und in ihrer Stimme lag etwas, das Ryan verstummen ließ. »Ich will aber nicht darüber reden, Ryan.« Sie sah ihn scharf an. »Hast du denn gar nichts zu tun? Mußt du denn die ganze Zeit hier herumlungern? Warum gehst du nicht einmal wieder zu Michael?«

Verschämt sah Ryan zu Boden. »Na, was ist?« fragte Laura streng. »Habt ihr Streit miteinander?«

»Nein – eigentlich nicht.«

»Dann geh jetzt!« befahl Laura.

»Aber Dad hat gesagt, ich soll dableiben«, wandte Ryan schüchtern ein. »Ich soll dir helfen, wenn du etwas brauchst.«

»Ich brauche aber nichts«, sagte Laura. »Und ich habe es satt, dich die ganze Zeit um mich herum zu haben.« Doch als sie sah, daß ihr Sohn den Tränen nahe war, tat es ihr leid, was sie gesagt hatte. »Ach, Liebling, sei mir nicht böse. Ich bin nur etwas verstimmt, denn ich muß nun etwas tun, was mir sehr schwer fällt. Es fällt mir leichter, wenn ich es alleine tue, verstehst du das?«

Obwohl er überhaupt nichts verstand, nickte Ryan und ging davon. Janet brachte den letzten Rest von Beckys Sachen aus der Dachkammer.

Sie betrachtete sie ein letztes Mal – die Kleider, die Becky nie getragen hatte, die Wiege, in der sie nie gelegen hatte, das Spielzeug, das sie nie benutzt hatte. Schließlich war nur noch das Album übrig, das Album, das eigentlich voller Bilder aus Beckys Kindheit sein sollte.

Die Überschriften waren alle da: ›Ihr erstes Essen‹, ›Beim Sonnenbad‹, ›Die ersten Schritte‹.

Langsam blätterte sie das Album durch, als wolle sie ein letztes Mal die Bilder betrachten – Bilder, die nie gemacht worden waren.

Beckys Schicksal hatte ihr beinahe den Verstand geraubt. An manches konnte sie sich noch ganz deutlich erinnern, das meiste lag jedoch wie unter einem Schleier verborgen.

Sie konnte sich an Tage erinnern, an denen sie erwachte und die Schreie des Babys zu hören glaubte, nur um zu erkennen, daß kein Baby da war.

Die besten Tage – manchmal zwei oder drei hintereinander – waren diejenigen gewesen, an denen sie ernsthaft geglaubt hatte, daß Becky noch im Haus war und vielleicht schlief und bald erwachen und nach ihr rufen würde. An solch einem Tag hatte sie die Rageddy-Ann-Puppe bestellt, als Wiedergutmachung dafür, daß sie sie so lange vernachlässigt hatte. Niemand hatte davon gewußt, bis die Puppe geliefert wurde, und als Buck sie zur Rede stellte, plauderte sie unbesonnen die Wahrheit aus.

»Sie ist für Becky – ich habe sie so lange alleingelassen.«

Damals schickten sie sie zum erstenmal für eine Weile weg – nur ein paar Wochen. Und als sie zurückkam, war sie wieder in Ordnung. Ab und zu jedoch stieg sie die Dachkammer hinauf, nur für ein paar Minuten, um noch einmal Beckys Sachen durchzusehen und so zu tun, als würde Becky noch leben und als wäre Ryan – trotz all der Liebe, die sie für ihn empfand – nicht ihr einziges Kind.

Aber Buck hatte recht – sie mußte alles, was an Becky erinnerte, beseitigen und die Erinnerung selbst auslöschen.

Sie legte das Album zu den anderen Sachen, goß Benzin darüber und zündete es an.

Lange Zeit stand sie einfach da und starrte in die Flammen. Plötzlich spürte sie eine Berührung an ihrer Schulter und fuhr erschrocken herum. Janet stand vor ihr.

»Es tut mir leid«, sagte Janet. »Ist alles in Ordnung? Ich habe dich gerufen, aber du hast keine Antwort gegeben.«

Laura blickte sich wieder zu dem rasch erlöschenden Feuer um. »Ich habe nur etwas Abfall verbrannt«, flüsterte sie, und die Tränen, die sie die ganze Zeit über zu unterdrücken versucht hatte, traten ihr nun in die Augen.

»Abfall«, wiederholte Janet leise. »Es sind die Sachen von der Dachkammer, nicht wahr? Ione Simpsons Sachen?«

Laura zögerte, dann nickte sie stumm.

Janet bemühte sich, Laura nicht in die Augen zu sehen. »Ich hätte die Sachen vielleicht für mein Baby gebrauchen können.«

Laura drehte sich wieder zu Janet um, und nun konnte Janet in ihren Augen den ganzen entsetzlichen Schmerz erkennen, den Laura fühlte. »Dein Baby?« fragte Laura dumpf. »Hast du von deinem Baby gesprochen?«

Langsam nickte Janet, und plötzlich wurden Lauras hübsche Gesichtszüge von einem bitteren Lächeln entstellt. »Du glaubst also wirklich, sie lassen dir dein Baby? Geh weg von hier, Janet, geh weg, solange du noch kannst. Sie werden es töten, Janet.« Lauras Stimme war immer schriller geworden. Janet wollte sie bei der Hand nehmen, um sie zu beruhigen, doch Laura wich von ihr zurück.

»Wer, Laura?« fragte Janet. »Wer will mein Baby töten?«

»Vater«, flüsterte Laura. »Er wird es tun, Janet. Er hat es bis jetzt immer getan.« Sie blickte wieder ins Feuer. »Das ist alles, was von ihr übrig ist. Sie ist fort, Janet. Jetzt ist sie für immer fort.«

»Wer?« fragte Janet. »Laura, wer ist fort?«

»Meine kleine Tochter«, stieß Laura hervor. »Meine Becky.«

Sie brach hemmungslos in Tränen aus, und während Janet sie tröstend stützte, gingen ihr noch einmal Michaels Worte durch den Kopf: ›Bestimmt haben sie sie umgebracht. Ich wette, sie haben sie in Potter's Field vergraben.‹

»Komm mit, Laura«, sagte Janet sanft. »Wir gehen zu mir nach Hause, dann können wir über alles reden.«

»Geht es Vater wieder besser?« fragte Laura plötzlich. Sie saßen in Janets Wohnzimmer und tranken Tee. Janet hatte fast eine Stunde gebraucht, um sie wieder zu beruhigen, doch nun schien es ihr wieder besser zu gehen.

»Ja«, sagte Janet. »Er behauptet, Shadow hätte ihn angefallen, aber mit dieser Meinung steht er alleine da.«

»Weißt du, ich wollte ihn ja besuchen«, fuhr Laura fort, als hätte sie Janets Antwort nicht gehört. »Als Mutter anrief, bot ich ihr an, herüberzukommen und ihr zu helfen, aber sie ließ es nicht zu.«

»Bestimmt meinte sie es nur gut.«

»Nein!« fuhr Laura auf. »Sie denken überhaupt nicht an mich«, sagte sie bitter. »Zumindest Vater nicht. Er – er hält mich sogar für verrückt.«

»Bestimmt nicht«, widersprach Janet.

»Doch«, erwiderte Laura. »Er hält alle Frauen für schwach, und ganz besonders mich. Vielleicht hat er auch recht. Weißt du, als Becky starb, hatte ich einen Zusammenbruch.«

Janet horchte auf, denn sie erinnerte sich an den Brief, den Laura Mark geschrieben hatte.

»Was war geschehen?« fragte sie. Laura schüttelte nur den Kopf.

»Ich kann nicht darüber sprechen. Du hältst mich sonst auch für verrückt.«

»Bestimmt nicht«, versprach Janet. »Laura, ich muß wissen, was hier vor sich gegangen ist. Egal, was du sagen wirst, Laura, ich werde dich nicht für verrückt halten.«

Laura lächelte grimmig. »Das haben die Ärzte auch gesagt.«

»Die Ärzte?«

»Ich – ich war eine Zeitlang in einer Heilanstalt. Erst als ich ihnen sagte, was sie hören wollten, ließen sie mich wieder gehen. Kannst du dir vorstellen, wie das für einen ist? Wenn man nur Dinge sagen soll, die einen Sinn ergeben, doch die Wahrheit selbst keinen Sinn ergibt? Um zu beweisen, daß man gesund ist, muß man lügen. Und das ist doch verrückt, nicht wahr?«

Janet überhörte die letzte Frage. »Aber warum mußtest du dorthin? Wegen Becky?«

Laura nickte. »Ich wollte mir nicht eingestehen, daß sie tot war. Sogar heute denke ich manchmal noch, daß sie lebt. Ich werde wach und meine sie rufen zu hören. Und dann fällt mir alles wieder ein. Aber so ist es nicht immer gewesen. Manchmal habe ich tagelang geglaubt, sie lebe noch. Deshalb schickten sie mich fort.«

»Wo ist sie begraben, Laura?«

»Da draußen«, sagte Laura. Sie blickte verloren zum Fenster hinaus, doch als Janet ihrem Blick folgte, konnte sie nur Felder sehen: ihre eigenen und in einiger Entfernung den Grund, den man Potter's Field nannte. »Da draußen ist Becky begraben?« fragte sie verständnislos. »Aber warum ausgerechnet dort?«

Laura schüttelte den Kopf. »Ich weiß es nicht«, flüsterte sie. »Ich weiß nur, daß sie dort begraben werden. Dort sehen sie Abby. Aber es ist nicht Abby, Janet. Es ist nicht Abby, die ihre Kinder sucht, sondern es ist Vater oder Doktor Potter, die meine Kinder dort begraben.«

Janet erschauerte, denn Lauras Worte entsprachen zu sehr dem, was auch Michael erzählte. Einen Moment lang spürte sie den Wunsch in sich, Michael zu nehmen und davonzulaufen. Doch sie wußte, daß sie das nicht tun würde – nicht tun konnte, solange sie nicht die volle Wahrheit wußte.

Michael wußte nicht mehr, wie lange es schon her war, daß er aus dem Sturmkeller gerannt war. Er durchstreifte zusammen mit Shadow das Dickicht am Fluß. Sie kamen nur langsam voran, weil Shadow alle paar

Meter anhielt, um an einem Busch oder einem Baum herumzuschnüffeln. Plötzlich hielt der Hund ruckartig an und begann leise zu knurren.

»Was ist denn, Shadow?« fragte Michael.

Der Hund stand regungslos da und hob eine Pfote in die Höhe. Michael blickte in die Richtung, in die die Pfote zeigte, doch er konnte nichts entdecken. »Komm schon, Shadow, dort ist nichts«, sagte er, obwohl er sich gar nicht mehr so sicher war.

Sie gingen weiter, doch schon nach ein paar Metern stellte Shadow sich Michael in den Weg.

»Hör doch auf damit«, sagte Michael unwirsch und wollte an dem Hund vorbeigehen. Wieder stellte sich Shadow ihm in den Weg und begann, drohend zu knurren.

»Was ist denn los mit dir?« fragte Michael. »Warum können wir hier nicht entlanggehen?«

Kaum hatte er das gesagt, hörte er ein paar Meter weiter im Gebüsch ein Knistern. Shadows Knurren wurde lauter.

»Ist da jemand?« rief Michael zaghaft, dann, als er keine Antwort erhielt, noch einmal lauter: »Wer ist da?«

Wieder hörte er das Knistern, diesmal etwas näher. Shadow sprang auf und stürmte zornig bellend in das Dickicht hinein, aus dem das Geräusch zu hören gewesen war. Gleich darauf war er verschwunden.

Michael zögerte nur einen Moment lang, dann drehte er sich um und rannte so schnell er konnte davon. Erst als er vollkommen außer Atem war, ließ er sich am Flußufer zu Boden fallen. In der Ferne konnte er immer noch Shadow bellen hören. Doch plötzlich war statt des Bellens nur noch ein qualvolles Jammern zu hören.

Dann war plötzlich alles still.

Ryan Shields und Eric Simpson waren gerade auf dem Weg zum Fluß, um angeln zu gehen, als sie auf Michael stießen.

»Was machst du denn hier?« fragte Ryan, nachdem sie sich begrüßt hatten.

»Ich warte auf Shadow«, erklärte Michael, doch in seiner Stimme lag etwas, was die beiden anderen Jungen stutzig machte.

»Ist er ausgerissen?« fragte Ryan.

»Nein«, sagte Michael zögernd. Er erzählte ihnen die Geschichte und fragte dann: »Wollt ihr mir beim Suchen helfen?«

Langsam gingen die drei Jungen den Pfad längs des Flusses entlang, doch nach ein paar Minuten blieb Eric plötzlich stehen. Michael sah ihn neugierig an. »Es war noch weiter vorne«, sagte er.

»Aber hier fängt Findleys Land an«, entgegnete Eric. »Was ist, wenn er uns sieht?«

Doch bevor Michael darauf etwas erwidern konnte, hörten sie das Wimmern eines Tieres.

»Shadow?« rief Michael. »Shadow, bist du das?« Aus dem Gebüsch war nun ein Bellen zu hören. Michael rannte darauf zu. Die beiden anderen Jungen zögerten noch ein wenig, dann folgten sie ihm.

Sie fanden Shadow zusammengekauert an einem Baum. Seine Vorderpfote schien verletzt zu sein, denn er schleckte ständig daran. Michael kniete sich zu dem Hund hin und strich ihm zart über die Pfote.

»Schon gut, Junge«, sagte er leise. »Bleib liegen. Es wird schon wieder gut.«

»Was fehlt ihm denn?« fragte Ryan.

»Er muß irgend etwas am Bein haben«, erklärte Michael.

»Ist es gebrochen?«

»Ich weiß nicht. Ich glaube nicht – jedenfalls blutet er nicht.«

Eric setzte sich neben Michael auf die Erde und wollte die verletzte Pfote befühlen, doch er zog schnell die Hand wieder zurück, als der Hund nach ihm schnappte.

»Nein, Shadow«, beruhigte ihn Michael. »Ganz ruhig. Eric tut dir nichts.« Er nickte Eric zu. »Mach weiter. Er wird dich nicht beißen.«

Eric war noch unsicher. »Wie willst du das wissen?«

»Ich weiß es einfach«, sagte Michael.

Vorsichtig betastete der Junge das verletzte Bein, und obwohl Shadow zweimal aufheulte, machte er keine Anstalten, das Bein wegzuziehen oder Eric gar zu beißen. »Es ist geschwollen«, sagte Eric, nachdem er seine Untersuchung beendet hatte. »Aber es ist nicht gebrochen. Man könnte meinen, jemand hätte ihn mit einem Stock geschlagen.«

»Ich wette, das war der alte Findley«, sagte Ryan. »Wahrscheinlich war er mit seiner Flinte hinter dir her, und Shadow hat ihn angegriffen.«

Plötzlich spürte Michael, wie ihm ein Schauer über den Rücken lief, und es war ihm, als würde er beobachtet. Er ließ Shadow los und sprang auf, gerade als Ben Findley etwa zehn Meter von ihnen entfernt hinter einem Baum hervortrat.

Der alte Mann starrte sie feindselig an. Als er sprach, klang seine Stimme hart und zornig. »Ihr habt Glück gehabt, daß ich ihn nicht abgeknallt habe.« Erst jetzt sah Michael die Flinte, die er lässig in einer Hand hielt.

»Was haben Sie mit ihm gemacht?« wollte Michael wissen. Findley grinste schief.

»Eins übergebraten hab' ich ihm«, sagte er und tätschelte den Schaft seines Gewehres. »Gerade als er dachte, er könne mich kriegen, hab' ich ihm eins versetzt. Und jetzt verschwindet endlich von meinem Land! Haut ab, und laßt euch nie wieder hier blicken!«

Während Michael den alten Mann wutentbrannt anstarrte, spürte er wieder das vertraute Pochen in den Schläfen, und ein Gedanke ging ihm durch den Kopf. *Jetzt könnte ich ihn sterben lassen... wenn ich wollte, könnte ich ihn sterben lassen...* Doch dann konnte er ganz schwach Nathaniels Stimme vernehmen: »Nein, Michael. Jetzt noch nicht...«

»Ich habe nicht gewußt, daß es Ihr Land ist«, sagte Michael zaghaft, als seine Kopfschmerzen wieder verschwunden waren.

Findley sah ihn mit einem kalten Blick an. »Nur deswegen habe ich ihn auch nicht erschossen«, sagte er. »Jetzt weißt du es aber. Und nun nimm deinen Hund und verschwinde.«

Die Jungen zogen sich von Ben Findleys Grundstück zurück. Der alte Mann sah sich noch einmal nach ihnen um, dann verschwand er im Dickicht, so als habe es ihn nie gegeben.

Schweigend liefen die drei den Pfad entlang zurück, wo sie hergekommen waren. Shadow humpelte unbeholfen auf drei Beinen und hatte Mühe, mit ihnen Schritt zu halten.

Sie verließen das kleine Wäldchen in Höhe der Farm der Halls. Michael blieb stehen und blickte hinüber zu Potter's Field. Sein Blick blieb schließlich auf Ben Findleys altem Schuppen haften.

»*Dort* sollen wir nicht hin«, flüsterte er und blickte finster zu dem verfallenen Gebäude hinüber. »Es geht ihm nicht um sein Grundstück, es geht ihm nur um den Schuppen.«

Ryan und Eric sahen ihn neugierig an. »Wieso? Was ist denn so Besonderes an dem Schuppen?« fragte Ryan.

Michael drehte sich zu den beiden anderen Jungen um, und plötzlich stand ein seltsames Lächeln in seinem Gesicht.

»Wer weiß?« sagte er leise. »Vielleicht zeige ich es euch einmal. Wenn Shadow wieder gesund ist, zeige ich es euch.«

20

Mit dem Sommer zog eine drückende Schwüle über das Land, die Janet schwer zu schaffen machte. Sie ging zu einem Arzt in Northplatte und ließ sich untersuchen, doch der deutete ihre Mattigkeit lediglich als natürliche Reaktion ihres Körpers auf die Schwangerschaft und riet ihr, sich noch mehr zu schonen.

Michael war durchaus schon allein in der Lage, die Arbeiten auf der Farm zu verrichten, und so konnte Janet eine Weile ausspannen.

Laura und Janet waren Vertraute geworden. Immer häufiger kam Laura zur Farm, um Janet bei ihrer Hausarbeit zur Hand zu gehen, und dabei legte sie eine schier unersättliche Wißbegier gegenüber dem Leben in New York an den Tag. Zunächst dachte Janet, daß ihr Interesse hauptsächlich ihrem Bruder galt, doch dann erkannte sie, daß Laura auf diese Weise in Kontakt mit einer Welt trat, von der sie immer geträumt hatte, zu der sie jedoch wohl niemals Zutritt haben würde. Und wenn Janet ihr den Lebenspuls der Stadt schilderte, ihr von den Museen und Galerien erzählte, dann war es für Laura, als würde sie unmittelbar an diesem Leben teilhaben.

Es war an einem Spätnachmittag im August – die beiden saßen auf der Veranda und schmiedeten Pläne für die Zeit nach der großen Hitze – als Janet Laura schließlich fragte, warum sie in Prairie Bend geblieben war.

Laura lächelte sie traurig an. »Als ich endlich wußte, was ich wollte, war es zu spät«, sagte sie. »Ich war schon verheiratet, Ryan war geboren, und ich ließ mich einfach treiben. Eine Zeitlang dachte ich noch, ich sollte einfach Ryan nehmen und fortgehen, doch immer, wenn ich mich endlich dazu durchgerungen hatte, wurde ich schwanger. Und wenn man schwanger ist, dann ist es wohl nicht angebracht, davonzulaufen, nicht wahr?«

Janet befühlte nachdenklich ihren Leib. »›Nicht angebracht‹ ist nicht das richtige Wort dafür. Seltsam – als ich mit Michael schwanger war, hatte ich soviel Energie in mir, daß ich Mark Angst machte. Aber diesmal ist alles anders. Es kommt mir vor, als könnte ich nicht einmal mehr von diesem Stuhl hier aufstehen.«

»Du bist auch nicht mehr so jung wie damals«, gab Laura zu bedenken.

»Schon –«, meinte Janet. »Dir ist es ja auch so gegangen im Mai, und du bist auch nicht viel jünger als ich.« Als Lauras Lächeln erstarb, wurde sich Janet erst richtig bewußt, was sie gerade gesagt hatte, und sie blickte Laura schuldbewußt an.

»Schon gut, Janet«, sagte Laura versöhnlich. »Du hast ja recht. Ich habe mir wirklich alles zu sehr zu Herzen genommen. Ist ja auch egal. Sie hätten es so oder so umgebracht. Deswegen war mir die Schwangerschaft auch so schwer gefallen – manchmal kann ich so tun, als sei alles nur meine Schuld gewesen. Ist das nicht verrückt? Es ist leichter für mich zu glauben, daß das Baby noch leben könnte, wenn ich etwas anders gemacht hätte. Aber das ist nicht wahr. Bei Becky war ich so vorsichtig, und dann –« Sie schwieg und ging zum Ende der Veranda. Obwohl Janet ihr Gesicht nicht sehen konnte, war sie sich sicher, daß sie zu Potter's Field hinüberstarrte.

»Ich meine ständig, ich müßte einmal dorthin gehen«, sagte Janet, als das Schweigen unerträglich wurde. »Manchmal werde ich nachts wach und meine, ich müßte dort drüben nachsehen gehen.«

Ruckartig drehte Laura sich wieder um. »Meinst du das ehrlich?« fragte sie gespannt. »Oder sagst du das nur so? Glaubst du mir wirklich, oder tust du nur so wie die Ärzte?«

Janet hatte gehofft, daß sie niemals an diesen Punkt gelangen würde. Doch jetzt war die Frage gestellt worden, und sie konnte sich nicht um eine Antwort herumdrücken.

»Ich weiß nicht«, sagte sie. »Ich kann mir einfach nicht vorstellen, daß Amos oder Dr. Potter so etwas hätten tun können. Amos wirkt auf mich so – so ausgeglichen.«

Laura blieb hartnäckig. »Du glaubst mir also nicht?«

Janet seufzte und blickte sich suchend nach Michael um, während sie nach Worten suchte. Doch weder Michael noch Shadow waren zu sehen. »Michael glaubt dir«, sagte sie leise.

»Michael?« fragte Laura verwirrt. »Wie meinst du das? Hast du ihm etwa davon erzählt?«

Janet schüttelte den Kopf. »Das brauchte ich gar nicht. Er fing von selbst damit an.« Sie erzählte, was damals im Laden vorgefallen war.

»Und als Ione Simpson sagte, daß sie kein Mädchen namens Becky kenne, behauptete Michael, Becky sei umgebracht und auf Potter's Field vergraben worden.«

Laura wurde blaß, doch Janet fuhr in ihrer Rede fort. »Offenbar glaubt er, sein Großvater habe das Kind getötet. Nicht nur das, er scheint auch zu glauben, daß Amos auch Mark getötet hat und nun ihm nach dem Leben trachtet.«

»Großer Gott«, flüsterte Laura. »Aber woher weiß er das alles?«

»Er behauptet, er habe in einem Traum gesehen, wie Amos Mark umbrachte, und er sagt, er habe in der Nacht, als dein Kind zur Welt kam, beobachten können, wie etwas mit ihm geschah.«

»Aber er war doch gar nicht dabei –«

»Nein, in dieser Nacht war er bei den Simpsons.« Janet erzählte Laura von den Ereignissen in dieser Nacht, doch während sie noch erzählte, ging ihr selbst eine Erinnerung durch den Kopf: In Gedanken sah sie Michael, wie er sich zu Anna hinabbeugte, während Anna ihm einen Gutenachtkuß gab. Erst jetzt fiel ihr auf, daß es gar kein Kuß gewesen war. Sie mußte ihm etwas zugeflüstert haben, so leise, daß niemand anderes es gehört hatte.

»Laura«, fragte Janet übergangslos. »Was ist mit Anna? Weiß sie davon, was du glaubst, was mit deinen Kindern geschehen ist?«

»Sie weiß davon«, sagte Laura verbittert. »Aber wenn es darauf ankommt, glaubt sie immer das, was Vater ihr sagt. So ist es hier nun mal. Keiner glaubt mir, Janet.«

»Außer Mark. Mark glaubte dir, nicht wahr?«

Laura wurde noch blasser.

»Erschrick nicht«, beruhigte sie Janet. »Ich habe deinen Brief an ihn gelesen. Er hat ihn mir hinterlassen, zusammen mit einer Notiz.« Sie schwieg einen Moment lang, da sie überlegte, wieviel sie Laura verraten sollte. »Sein Brief war seltsam«, sagte sie vorsichtig. »Man könnte meinen, er hätte seinen Tod vorausgesehen.«

»Und er hat recht behalten, nicht wahr?« sagte Laura tonlos. »Ich hätte ihm niemals schreiben sollen. Aber ich hatte solche Angst. Ich schob es immer wieder vor mir her, doch als ich wieder schwanger wurde, hielt ich es nicht mehr aus. Ich *mußte* ihm schreiben, Janet. Ich hätte nie gedacht, daß er sogar hierherkommen würde. Aber wahrscheinlich hat auch er mich für verrückt gehalten, nicht wahr?«

Janet nickte. »Vermutlich. Jedenfalls dachte ich das, als ich den Brief zum erstenmal gelesen hatte. Aber jetzt bin ich da nicht mehr so sicher. Vielleicht hat er dir doch geglaubt. Vielleicht ist er nur deswegen hierhergekommen.«

»Aber –«

Janet ließ Laura nicht ausreden. »Deine Mutter, Laura. Komm, wir gehen zu deiner Mutter. Sie muß uns weiterhelfen können.«

Anna blickte von Laura zu Janet und dann wieder zurück zu ihrer Tochter. »Ich habe noch nie mit jemandem über diese Nacht geredet«, sagte sie nach langem Schweigen. »Warum sollte ich es jetzt tun?«

Laura standen Tränen in den Augen. »Weil ich es *wissen* muß«, rief sie flehend. »Kannst du das denn nicht verstehen, Mutter? Fast mein ganzes Leben über mußte ich mich fürchten. Und meine Kinder. Was ist ihnen zugestoßen?«

Anna sah sie erschrocken an. »Deine Babys sind alle tot zur Welt gekommen, genau wie meine.«

»Wirklich, Anna?« fragte Janet. »Laura glaubt das nicht, und ich vermute, Mark glaubte es auch nicht.«

»Woher willst du das wissen?« fuhr Anna auf, und ihre Hände krampften sich um die Armlehnen ihres Rollstuhles. Fast schien sie sich aufrichten zu wollen, doch sie sank wieder zurück. »Hat Mark dir jemals von dieser Nacht erzählt?«

»Nein«, sagte Janet. »Aber er hat mir eine Notiz hinterlassen. Und einen Brief von Laura.«

»*Du* hast ihm geschrieben?« fragte Anna in mißbilligendem Ton ihre Tochter. »Und das, nachdem er uns im Stich gelassen hatte?«

Laura nickte zögernd. »Er war ja schließlich mein Bruder. Ich habe ihn geliebt. Und ich mußte wissen, warum er uns verlassen hatte. Aber jetzt ist er tot, Mutter, und du mußt es uns sagen. Du *mußt* es.«

»Ich muß gar nichts«, sagte Anna leise. »Ich habe niemals über diese Nacht geredet, weil ich nicht weiß, was damals geschehen ist.« Tränen traten ihr in die Augen. »Mir ging es genauso wie dir, Laura. Versteh doch. Ich – ich hatte auch geglaubt, daß mein Kind umgebracht worden war.«

»Mein Gott«, flüsterte Janet. »Aber warum? Warum sollte irgend jemand ein Baby umbringen wollen?«

»Ich sage nicht, daß es so war, ich sage, daß ich es glaube. Doch ich konnte es nie beweisen. Sie sagten, es sei tot zur Welt gekommen, und ich konnte ihnen nie das Gegenteil beweisen. Doch ich konnte mir auch nie einreden, daß Amos es nicht getan hatte. Und ich habe es ihm bis heute nicht verzeihen können, obwohl ich nicht einmal weiß, ob er es überhaupt getan hat.« Sie lächelte wehmütig. »Vielleicht hat mich das verkrüppelt«, sagte sie leise. »Vielleicht ist es die Strafe dafür, daß ich von meinem Mann so schlecht gedacht habe.«

Eine Zeitlang herrschte in dem Zimmer quälendes Schweigen. Laura faßte sich schließlich ein Herz. »Vielleicht weiß Michael, was in dieser Nacht geschehen ist.« Anna starrte sie verwundert an. »Er – er weiß, was mit meinem Baby geschehen ist, Mutter«, fuhr Laura zögernd fort. »Janet hat er erzählt, er habe gesehen, wie sie es umbrachten –«

Anna wandte sich Janet zu. »Das ist unmöglich«, sagte sie. »Er ist doch gar nicht dabeigewesen. Er kann ja gar nichts gesehen haben.«

»Ich weiß«, gab Janet zu, und man konnte ihr ihre eigenen Zweifel anhören. »Aber er behauptet, er habe es gesehen.« Sie zögerte ein wenig. »Er sagt, Nathaniel hätte ihm alles gezeigt.«

»*Nathaniel?«* wiederholte Anna. »Aber es gibt keinen Nathaniel –«

»Michael sagt, es gibt ihn«, entgegnete Janet.

»Glaubst du ihm?«

Janet zuckte ratlos die Achseln. »Ich weiß nicht mehr, was ich glauben soll –«

»Ich möchte mit ihm reden«, meinte Anna plötzlich. »Und zwar allein. Und ich will, daß ihr mir alles erzählt, was Michael gesagt hat.«

Michael saß mit Ryan und Eric am Fluß und starrte in das trübe Wasser. Da und dort konnte er dicht unter der Oberfläche einige Felsbrocken entdekken, ein paar besonders große ragten sogar aus dem Wasser heraus.

»Na, geht es Shadow wieder besser?« fragte Ryan seinen Vetter.

»Warum fragst du?« wunderte sich Michael, denn die beiden anderen Jungen waren auf Shadow nicht besonders gut zu sprechen, weil er sie immer anknurrte.

»Erinnerst du dich noch an den Tag, als der alte Findley uns auf seinem Grundstück erwischte?« fragte Ryan weiter. »Da hast du uns versprochen, du würdest uns zeigen, wovor er wirklich Angst hat.«

»J-ja –«, gab Michael widerwillig zu.

»Bis jetzt hast du es uns noch nicht gezeigt. Wahrscheinlich hast du genauso Angst vor ihm wie alle anderen auch.«

»Hab' ich nicht!«

»Doch!«

Michael starrte finster vor sich hin. Seine Schläfen begannen zu pochen, und tief in sich hörte er Nathaniels Stimme, die ihn zu warnen versuchte. Doch es war zu spät. Wenn er jetzt kniff, würden ihn Ryan und Eric für alle Zeiten für einen Lügner und Feigling halten. Außerdem versprach die Sache zu einem Abenteuer zu werden, und zu einem verbotenen noch dazu.

Er überhörte Nathaniels Warnungen. »Na schön, gehn wir zu Findleys Schuppen.«

»Wann?« wollte Eric wissen.

Mit vorgetäuschter Lässigkeit zuckte Michael die Achseln.

»Von mir aus heute nacht.« Ryan und Eric tauschten einen Blick miteinander aus, so als zögerten sie, Michael beim Wort zu nehmen. »Gut«, sagte Eric schließlich. »Aber laß dir ja nicht einfallen zu kneifen.«

Doch plötzlich war es Ryan, der unsicher wurde. »Wenn mein Dad mich erwischt, schlägt er mich grün und blau.«

»Dann bleib doch bei mir heute nacht«, schlug Eric vor. »Ich kann ausreißen, wann ich Lust habe. Ich bin noch nie erwischt worden.«

Wenig später machten sich die Jungen auf den Heimweg, doch während sie über das Feld liefen, sprachen sie nicht viel. Jeder war in Gedanken schon bei dem nächtlichen Abenteuer, Ryan und Eric voller Vorfreude, doch Michael mit einem unguten Gefühl. Vielleicht, so dachte er nun, wäre es doch besser gewesen, Ryan und Eric hätten ihn für einen Feigling gehalten. Doch das Unternehmen jetzt noch abblasen – dafür war es zu spät.

Shadow bellte freudig, als er Michael kommen sah, und stürmte auf den Jungen zu. Doch Michael wurde nicht nur von Shadow erwartet. Am Fuß der Veranda saß seine Großmutter in ihrem Rollstuhl. Michael gab ihr einen Begrüßungskuß auf die Wange, dann blickte er sich suchend um.

»Sind Mom und Großvater nicht hier?«

»Großvater ist zu Hause, und deine Mutter ist mit Tante Laura einige Besorgungen machen gegangen. Aber ich will ja auch mit dir reden, deswegen bin ich gekommen.«

»M-mit mir?« fragte Michael. »Worüber?«

»Über alle möglichen Dinge«, antwortete Anna. »Zum Beispiel könnten wir uns darüber unterhalten, warum dein Großvater deinen Vater umgebracht hat.«

Michael sah seine Großmutter verblüfft an. Er erwartete ein zorniges Funkeln in ihren Augen, doch statt dessen konnte er in ihrem Gesicht ein mildes Lächeln entdecken.

»Hat – hat Mom dir davon erzählt?«

Anna zögerte ein wenig, dann nickte sie. »Sie hat mir gesagt, daß du das denkst. Sie hat mir erzählt, du hättest gesehen, wie er es getan hat.«

Michael schluckte, dann nickte er. »Mom sagt aber auch, ich hätte das nur geträumt.«

»Ich weiß«, sagte Anna. »Und ich habe ihr auch nicht widersprochen. Aber was ist, wenn du es wirklich gesehen hast, wenn es gar kein Traum war?«

»Du glaubst mir also wirklich?«

»Ich glaube nicht, daß du lügst, Michael. Soweit ich es mitbekommen habe, hast du nur ein einziges Mal gelogen, und ich vermute, dafür hattest du auch deine Gründe.« Sie schwieg einen Moment lang, dann sprach sie weiter. »Es war in der Nacht, als Tante Lauras Baby zur Welt kam«, sagte sie. »Du konntest beobachten, wie sie das Kind draußen auf dem Feld begruben, nicht wahr? Draußen auf Potter's Field?«

Michael war vor Schreck wie gelähmt.

»So war es doch, nicht wahr, Michael?« fragte Anna.

»Ich – ich darf nichts verraten. Er – er hat gesagt, ich darf mit niemandem darüber reden –« Michael hielt inne, als ihm klar wurde, daß er schon zu viel gesagt hatte.

»Aber du hast ja gar nichts verraten«, beruhigte ihn Anna. »*Ich* habe doch gesagt, was damals geschah.«

Michael nickte zaghaft.

»Und was war an dem Tag, als dich dein Großvater in den Fuß stach? Darfst du darüber sprechen?«

»Mom sagt, das sei ein Unfall gewesen –«, sagte Michael, doch Anna unterbrach ihn mit einer Geste.

»Deine Mutter glaubt ganz bestimmt, daß es ein Unfall war. Aber ich möchte, daß du mir genau erzählst, was damals geschehen ist. Kannst du das?«

Langsam berichtete Michael seiner Großmutter von den Ereignissen auf dem Heuboden. Als er damit fertig war, schwieg Anna nachdenklich. Dann nahm sie Michael bei der Hand. »Michael, weißt du, was es war, das Nathaniel deinem Vater gezeigt hatte?«

»N-nein.«

»Nun, meinst du nicht auch, daß wir das herausfinden sollten?«

Michael runzelte die Stirn. »Mom hat aber gesagt, ich hätte mir das alles nur vorgestellt.«

»Und wenn du es wirklich beobachtet hast, Michael?«

»Du glaubst mir also? Du hältst mich nicht für verrückt?«

Anna zog den Jungen zu sich. »Natürlich nicht«, versicherte sie. »Doch du darfst dich nicht vor dem fürchten, was du weißt. Man muß sich nur vor dem fürchten, was man *nicht* weiß, Michael.« Sie ließ den Jungen wieder los und richtete sich in ihrem Sessel auf. »So, und jetzt gehen wir nachsehen, was auf Potter's Field ist, einverstanden?«

Michael sah sie ängstlich an. »Aber Mr. Findley –«

»Ben Findley wird uns nicht aufhalten«, sagte Anna entschlossen. »Ich kenne Ben Findley fast mein ganzes Leben lang, und er wird uns nichts tun. So, und jetzt hilf mir mit dem Rollstuhl.«

Anna ließ sich von Michael über den Hof schieben. Begleitet von Shadow näherten sich die beiden dann dem Stacheldrahtzaun, der Findleys Grundstück umgab.

»Laß mich hier stehen«, sagte Anna. Sie betrachtete sich Ben Findleys heruntergekommenes Haus, das hinter dem Schuppen hervorlugte. Nach einer Weile wandte sie sich wieder Michael zu. »Du und Shadow, ihr beiden geht hinaus aufs Feld und geht nachsehen.«

»Und wenn der alte Findley –«

»Er wird nicht herauskommen«, sagte Anna bestimmt. »Kindern mag er vielleicht Angst einjagen, mir aber nicht. Jetzt geh.«

Zehn Minuten lang suchten Shadow und Michael das Feld ab, doch sie konnten nichts finden. Doch dann blieb Shadow plötzlich ruckartig stehen. Gleichzeitig begannen Michaels Schläfen zu pochen.

Zu seinen Füßen sah er einen Stein liegen, und dieser Stein schien irgendwie nicht auf das Feld zu passen. Obwohl er verwittert war, schien er von Menschenhänden bearbeitet worden zu sein. Es war, als sollte er etwas markieren.

»*Hier.*« Obwohl es nur ein Wort war, war die Stimme unverkennbar. Das Wort hallte in Michaels Kopf noch eine Weile nach. Als die Stimme verklungen war, hörten auch die Kopfschmerzen auf.

Michael kniete sich nieder und rollte vorsichtig den Stein zur Seite. Er begann zu graben.

In zehn Zentimeter Tiefe stieß er bereits auf etwas, und gleich darauf konnte er seinen Fund betrachten.

Es war ein Knochenstück, und obwohl Michael noch nie zuvor so etwas gesehen hatte, wußte er sofort, was es war.

Es war ein Stück von einem Schädel.

Innerhalb von 20 Minuten fanden Shadow und Michael fünf weitere Steine und darunter jedesmal einen dieser Knochen.

Michael kehrte zu seiner Großmutter zurück und berichtete, was er gefunden hatte.

»Was sollen wir tun?« fragte er auf dem Rückweg zu ihrem Haus.

Lange Zeit schwieg Anna. Erst als sie wieder bei der Veranda angekommen waren, wandte sie sich Michael zu. »Michael, wie geht das vor sich, wenn du all diese Sachen siehst?«

Michael blickte seine Großmutter verängstigt an. »Das – das darf ich nicht verraten. Wenn ich es verrate, muß ich sterben.«

Anna zog den Jungen zu sich. »Nein, Michael«, sagte sie sanft. »Du wirst nicht sterben. Was immer geschieht, ich werde es nicht zulassen. Aber du darfst dich nicht fürchten.«

Michael nickte zögernd. Als seine Mutter und seine Tante wenig später zurückkamen, sprachen weder er noch seine Großmutter davon, was er ihr gerade erzählt hatte. Es war ihr Geheimnis, und Michael fand, daß es schön war, mit jemandem ein Geheimnis zu haben. Seit sein Vater tot war, hatte er niemanden mehr gehabt, mit dem er ein Geheimnis teilen konnte.

Niemanden außer Nathaniel.

Als die Frau und der Junge im Haus nebenan verschwunden waren, zog Ben Findley den Vorhang wieder zu und dachte darüber nach, was er nun unternehmen sollte. Schließlich ging er dann doch zum Telefon. Er nahm ab und wählte. Als am anderen Ende der Leitung jemand antwortete, erklärte er genau, was er beobachtet hatte. »Ich will das nicht«, sagte er zum Schluß. »Ich will nicht, daß deine Familie bei mir auf dem Feld herumschnüffelt.«

»Schon gut, Ben«, antwortete Amos. »Ich werde mich darum kümmern.«

21

Michael lag auf seinem Bett. Er wünschte, er hätte niemals Ryan und Eric versprochen, mit ihnen zu Ben Findleys Schuppen zu gehen. Den ganzen Abend über waren ihm Nathaniels Warnungen durch den Kopf gegangen, und nun fürchtete er sich wieder. Aber es gab kein Zurück mehr, wenn er nicht als Feigling gelten wollte.

Er wartete noch eine Weile, bis er sich sicher war, daß seine Mutter eingeschlafen war, dann zog er sich langsam an. »Los, komm«, flüsterte er Shadow zu, dann schlich er zusammen mit dem Hund auf den Flur und zog die Zimmertür hinter sich zu. Er öffnete das Dachfenster und kletterte lautlos auf das steil abfallende Dach hinaus. Vorsichtig arbeitete er sich zur Dachrinne vor.

Als er den Rand erreicht hatte, kauerte er sich zusammen und musterte die Regenrinne. Sie schien nicht stabil genug zu sein, um sein Gewicht zu halten. Er überlegte es sich anders. Vom Dach zu springen schien nicht allzu schwer zu sein, also richtete er sich wieder auf. Er ließ die Beine über den Rand baumeln, stützte sich auf die Hände und stieß sich dann ab. Er ließ sich geschickt abrollen, als er auf dem Boden aufkam. Einen Moment lang noch blieb er regungslos liegen, dann richtete er sich auf und klopfte sich den Staub von den Jeans. Dann ging er zur Tür und schloß sie leise auf, damit Shadow herauskonnte.

Sie wurden von Ryan und Eric in der Nähe des Sturmkellers erwartet.

»Wie gehen wir vor?« flüsterte Ryan. »Der alte Findley ist noch wach. Ich habe noch Licht bei ihm gesehen.«

»Vielleicht lassen wir es doch besser bleiben«, schlug Michael vor.

»Willst du kneifen?« fragte Eric.

»Nein. Aber was ist, wenn er uns erwischt?«

»Das wird er nicht, wenn wir es richtig anstellen«, sagte Eric. »Wir gehen am Fluß entlang, dann kommen wir über Potter's Field an den Schuppen heran. Kommt.«

Sie schlichen über das Feld zum Fluß hinunter, wobei sie alle paar Sekunden anhielten und in die Dunkelheit lauschten. Plötzlich begann Shadow leise zu winseln. »Was ist los?« fragte Ryan.

Michael gab keine Antwort. Sein Kopf begann zu pochen und in der Dunkelheit glaubte er eine Bewegung zu erkennen. Aus weiter Ferne schien Nathaniel ihm eine Warnung zuzuflüstern.

»Da vorn ist etwas«, sagte er schließlich. »Bei Potter's Field. Ich kann es fühlen.«

»Ach komm«, sagte Eric und ging weiter in Richtung auf das Dickicht am Fluß. Ryan schloß sich ihm an, und widerwillig folgte Michael den beiden. Doch als sie durch das Unterholz streiften, wurden Michaels Kopfschmerzen schlimmer, und die Stimme in seinem Kopf immer deutlicher, immer beschwörender.

Ihr Vormarsch kam ins Stocken. Immer wenn ein Zweig unter ihren Füßen knisternd zerbrach, hielten sie an und warteten gespannt auf einen Hinweis darauf, daß sie in dem Wäldchen nicht allein waren. Nach einem endlos langen Marsch tauchten sie schließlich in Höhe der Südflanke von Potter's Field aus dem Unterholz wieder auf. Sie starrten unsicher in die bedrohliche Dunkelheit hinein.

»Vielleicht hat Michael recht«, flüsterte Ryan. »Vielleicht sollten wir besser nach Hause gehen.«

»Hast du Angst?« fragte Eric.

Ryan nickte.

»Ich nicht«, verkündete Eric stolz. »Jetzt kommt.« Er wollte weitergehen, doch Michael hielt ihn fest.

»Da draußen ist etwas.«

»Quatsch«, sagte Eric. Dann, etwas zögernder: »Was?«

»Ich – ich weiß es nicht. Aber ich weiß, daß dort etwas ist. Irgendwie kann ich es fühlen.«

Die drei Jungen spähten angestrengt in die Finsternis hinein, doch sie konnten nichts entdecken.

Plötzlich gab Shadow ein dumpfes Grollen von sich.

»O nein«, flüsterte Ryan entsetzt. »Laßt uns verschwinden.«

Und dann konnten sie in der Ferne ein Licht sehen, und im selben Moment steigerte sich Shadows Grollen zu einem zornigen Knurren.

»Das ist Abby«, stieß Ryan hervor. »Bestimmt sucht sie ihre Kinder.«

»Vielleicht«, sagte Eric, »vielleicht ist es auch nur der alte Findley, vielleicht hat er uns gesehen.«

Nur Michael sagte nichts. Wie gebannt starrte er das Licht an, während er den Worten in seinem Kopf lauschte.

Wenn er dich findet, wirst du sterben.

Shadow schien sich ebenfalls auf das Licht zu konzentrieren. Jeder Muskel seines Körpers war angespannt, und seine Schwanzspitze zuckte nervös. Und dann schien er seinen Jägerinstinkt nicht länger unterdrücken zu können, denn mit einem wilden Satz sprang er auf und verschwand augenblicklich in der Dunkelheit.

Die plötzliche Bewegung des Hundes gab den Ausschlag. Ryan und Eric verloren den letzten Rest ihres Mutes und stürmten Hals über Kopf zum Fluß zurück in die relative Sicherheit des Waldes.

Nur Michael blieb stehen, wo er war. Seine Schläfen pochten, während er die Dunkelheit nach etwas absuchte, von dem er nicht wußte, was es war. Dann gehorchte er der Stimme in seinem Innern und ging langsam über Potter's Field auf den Schuppen zu.

Sorgfältig hatte Amos Hall das Feld nach den Steinen abgesucht, die die Gräber der Kinder markierten. An den Steinen, die am Nachmittag umgedreht worden waren, hielt er an und kniete sich nieder. Mit ungewöhnlicher Feierlichkeit ließ er die weiche Erde durch seine Finger rieseln und setzte den Stein wieder in seine ursprüngliche Position.

Er war auf diesem Feld erst viermal gewesen seit dem Tag, da er als junger Mann mit seinem Vater zum erstenmal hierhergekommen war und die Steine gezeigt bekommen hatte.

»Immer noch sterben unsere Kinder«, hatte sein Vater gesagt. »Es ist, als läge ein Fluch über uns, als wollten Abby und Nathaniel uns ständig den Schmerz spüren lassen, den sie in diesem unseligen Winter erdulden mußten.« Amos hatte widersprechen wollen, doch sein Vater hatte ihn nicht zu Wort kommen lassen. »Dir wird es genauso ergehen, Amos. Du wirst Kinder haben, und einige werden gesund sein. Aber es wird andere geben, die tot zur Welt kommen. Bring sie hierher, Amos. Bring sie hierher und begrabe sie bei Abbys Kindern.«

Amos hatte es zunächst nicht glauben können, doch dann war es zum ersten Mal passiert. Er und Anna waren noch jung gewesen, und als das Kind in Anna heranwuchs, machten sie Pläne und freuten sich.

Und eines Nachts war es dann gekommen.

Und es war tot gewesen.

Anna hatte es nicht glauben können. Das konnte nicht sein, hatte sie gesagt. Sie hätte genau gespürt, wie es sich regte, bis zum Schluß. Es hatte gelebt, wie konnte es nun tot sein?

Amos hatte es ihr nicht erklären können. Er hatte sein Bestes getan, um ihr die Familientragödie verständlich zu machen, doch es war ihm nicht gelungen. Alles nur Altweibergeschwätz, hatte Anna gemeint.

Trotzdem hatte Amos das Kind hinaus auf das Feld gebracht und bei Abbys Kindern begraben. Als er zurückgekommen war, hatte Anna sich verändert. Der Schmerz war in ihre Seele eingedrungen und hatte eine schwere Wunde hinterlassen. Sie wurde von der Zwangsvorstellung erfaßt, daß er ihr Kind umgebracht hatte.

Ihre Verbitterung war nur noch größer geworden, als bei der zweiten Geburt dasselbe geschehen war. Und wieder hatte sich Amos zu Potter's Field aufgemacht, um – wie er es mittlerweile nannte – Nathaniels Kind neben seinem Bruder zu begraben.

Dann waren Mark und Laura zur Welt gekommen. Gesunde Kinder, die beide ohne Schwierigkeiten überlebten, obwohl sie bei der Geburt noch etwas schwach gewirkt hatten.

Bei Annas letztem Kind war es anders gewesen. Noch jetzt fiel es Amos schwer, an diese Nacht zurückzudenken. In jener Nacht war nicht er hinausgegangen. Charles Potter hatte ihm die Arbeit abgenommen, und Amos hatte niemals gefragt, wo das Kind begraben lag.

Er hatte es nicht wissen wollen, denn in jener Nacht hatte Mark sie verlassen, seit jener Nacht war Anna an den Rollstuhl gefesselt, bedrückten Laura seelische Leiden.

Laura.

Ihr hatte er es nicht einmal mehr zu erklären versucht. Er war nur dagewesen, wie er es bei Anna getan hatte, um ihr bei der Geburt beizustehen und die Leichname fortzuschaffen, wenn Laura wieder einmal für Nathaniel ein Kind geboren hatte. Zweimal war das bei Laura der Fall gewesen.

Amos wußte nicht, ob jemals außer ihm noch jemand anders zu Potter's Field gegangen war.

Bis auf Mark.

Mark war zweimal hiergewesen. Das erste Mal in der Nacht, als Annas letztes Kind zur Welt kam. Damals hatte er kein Wort gesagt. Er war einfach verschwunden. Aber im letzten Frühjahr war er zurückgekehrt, und wieder war er zu Potter's Field gegangen. Danach hatte er Amos mit Fragen bestürmt, mit wilden Spekulationen über tote Kinder, die noch lebten, hatte von Nathaniel und Vergeltung und Strafe gesprochen.

Amos hatte versucht, ihm die Wahrheit zu sagen, ihm zu erklären, was wirklich geschehen war vor so vielen Jahren. Aber Mark hatte nichts davon wissen wollen. Statt dessen hatte er Amos haßerfüllt angestarrt. »Ich war dabei, Pa«, hatte er gesagt. »Ich war dabei in der Nacht, als mein Bruder geboren wurde. Du dachtest, du hättest ihn getötet, nicht wahr? Du gabst ihn Doc Potter, damit der ihn begraben sollte. Aber er war nicht tot, Pa. Ich konnte hören, wie er schrie, wie er nach mir rief. Und ich folgte dem Doc, wie er ihn hinaus aufs Feld trug, und ich sah, was er tat. Er begrub ihn, Pa. Das Kind war nicht tot, aber Doc Potter begrub es. Und es lebt immer noch, Pa. Er lebt. Nathaniel lebt.«

Mark hatte herumgeschrien, und dann war er gestorben. Und Amos war sich immer noch nicht sicher, ob es ein Unfall gewesen war oder ob er es absichtlich getan hatte. Alles, was zählte, war, daß nun Frieden eingekehrt war. Ruhe und Frieden. Zu lange hatte es nur Leid gegeben, Leid und Unverständnis. Alles, was für Amos nun noch zählte, war, daß Potter's Field ungestört blieb, daß Nathaniels Kinder endlich ihren Frieden fanden.

Aber heute waren Anna und Michael gekommen, und Michael hatte auf dem Feld herumgestöbert, Steine verrückt und die Erde aufgewühlt, die Nathaniels Kinder bedeckte.

Und nun war Amos voller Ehrfurcht dabei, den Schaden wieder zu beheben.

Er arbeitete langsam und sorgfältig, ging von Grab zu Grab, untersuchte jeden Stein.

Zweimal glaubte er, in der Dunkelheit Geräusche zu hören, Geräusche, die nicht hierhergehörten. Jedesmal hielt er inne und lauschte, doch nach kurzer Zeit wandte er sich wieder seiner Arbeit zu.

Als er den sechsten Stein wieder geradestellte, spürte er die Anwesenheit eines anderen, ganz in seiner Nähe. Und plötzlich hörte er es – das Geräusch rennender Füße, das sich im kleinen Wald am Fluß verlor. Und obwohl das Geräusch nun verschwunden war, fühlte sich Amos immer noch beobachtet. Nervös drehte er sich mit der Lampe einmal im Kreis, und da sah er sie. In der Dunkelheit glühten zwei stechend-gelbe Augen auf, und Amos erkannte Shadow, der sich in Lauerstellung auf den Boden gekauert hatte.

Sein Gewehr. Amos mußte sein Gewehr finden. Im Dunkeln tastete er danach, doch die Waffe blieb verschwunden. Verzweifelt knipste er die Taschenlampe an. Das Gewehr lag ein paar Meter weiter auf der Erde. Als Amos darauf zugehen wollte, schnellte Shadow vor.

Shadow gab nicht den geringsten Laut von sich, und gerade das machte den Angriff für Amos zu unheimlich. Er wurde von dem Aufprall umgestoßen und fiel zu Boden. Er erwartete, daß sich die Reißzähne des Hundes in seine Kehle bohren würden, doch nichts dergleichen geschah.

Statt dessen postierte sich Shadow zwischen Amos und dem Gewehr und fixierte den alten Mann mit seinen gelben Augen. Einige Sekunden lang blieb Amos regungslos liegen und wartete auf einen zweiten Angriff.

Als Shadow keine Anstalten dazu machte, richtete Amos sich langsam auf. Shadow musterte ihn aufmerksam, machte aber keine Bewegung.

Doch als Amos langsam auf ihn zukam, machte er sich sprungbereit.

Amos wich zurück, und Shadow entspannte sich wieder, jedoch nicht ohne auf ihn zuzugehen, so daß der Abstand zwischen ihnen stets gleich blieb. Jedesmal, wenn Amos sich dem Gewehr zu nähern versuchte, geschah das gleiche. Immer weiter mußte Amos sich zurückziehen, und Shadow ließ den Abstand zwischen ihnen nicht größer werden.

Dann fing er an, mit Amos zu spielen, trieb ihn langsam über das ganze Feld, kreiste ihn ein, drängte ihn zu dem Zaun, der das Feld von dem Wald abgrenzte. Zunächst wollte Amos nicht wahrhaben, was da mit ihm geschah, doch jedesmal, wenn er die Richtung seines Rückzugs selbst bestimmen wollte, wurde er von Shadow korrigiert.

Und das alles ging völlig lautlos vor sich.

Ein paar Minuten später spürte Amos den brennenden Stich des Stacheldrahtes, der durch seine Hose in sein Bein gedrungen war. Er blieb stehen, kniete sich einen Moment lang nieder und stand dann wieder auf. Shadow blieb ebenfalls stehen, so als wüßte er, daß dem alten Mann der Rückzug versperrt war.

Ein paar Sekunden vergingen, dann versuchte Amos, nach links auszuweichen. Zum erstenmal begann Shadow bei diesem unheimlichen Spiel zu knurren, als er sich ihm in den Weg stellte. Amos versuchte, nach rechts zu gehen, doch auch das ließ Shadow nicht zu.

»Verdammter Mistköter«, fluchte Amos. Vorsichtig kroch er zwischen dem Stacheldraht hindurch. Kaum war er auf der anderen Seite, sprang Shadow mit einem gewaltigen Satz über den Zaun.

Erbarmungslos trieb er den alten Mann nun durch den Wald zum Fluß hinunter.

Langsam ging Michael über Potter's Field, sorgfältig darauf achtend, daß er sich nicht in dem Unkraut verfing, das überall aus den Boden schoß. Eine Zeitlang beobachtete er noch das Licht, das sich in einiger Entfernung immer noch hin und her bewegte, doch es wurde ihm klar, daß es für ihn keine Bedrohung mehr darstellte: Shadow war dort vorne, und Michael war sich sicher, daß es sein konnte, was es wollte – der Hund würde es nicht aus den Augen lassen.

Je näher er dem verfallenen Gebäude kam, desto schwächer wurden seine Kopfschmerzen, und als er vor dem Eingang stand, waren sie verschwunden.

Und alle Erinnerungen über Nathaniel kehrten zurück. Er konnte sich an alles erinnern, was Nathaniel ihm gesagt hatte.

Und er wußte, daß er seine Anweisungen nicht befolgt hatte.

Er warf noch einen Blick auf Potter's Field, doch das Licht war nicht mehr zu sehen und die Dunkelheit beinahe undurchdringlich.

Bei Mr. Findley brannte noch Licht, und einmal konnte Michael durch den Vorhang seinen Schatten sehen. Michael entfernte den Balken, der den Schuppen verschloß, dann huschte er in den finsteren Raum hinein.

Im Schuppen roch es intensiv nach Moschus, und Michael mußte ein Niesen unterdrücken. Er ging durch den Raum so sicher und zielstrebig, als sei es hellichter Tag. Irgendwo in der Dunkelheit wartete Nathaniel auf ihn.

Und dann hörte er sie wieder – diese seltsam tonlose Stimme, die direkt aus seinem Kopf zu kommen schien.

»Nach draußen, Michael. Ich will hinaus.«

Michael erstarrte in seiner Bewegung. Er wußte, daß Nathaniel jetzt ganz in der Nähe war.

»Wo – wo bist du?«

»Ich bin hier, bei dir. Laß uns jetzt hinausgehen.«

Als ob sich eine fremde Macht seiner bemächtigt hätte, ging Michael langsam zur Tür. Einen Moment später stand er zusammen mit Nathaniel draußen in der frischen, klaren Nachtluft.

»Es riecht gut.« Zum erstenmal in dieser Nacht konnte Michael die Stimme akustisch wahrnehmen, und er wandte sich zu Nathaniel um. Plötzlich schien es um eine Spur heller zu werden. Neugierig musterte Michael Nathaniels Kleider.

Sie sahen altmodisch aus und schienen auch nicht recht zu passen.

»Wo hast du diese Kleider her?« fragte er. »Sind sie aus einem Laden?«

Nathaniel sah ihn verwirrt an. »Jemand hat sie für mich gemacht«, sagte er, während er sorgfältig die Tür wieder verschloß. Bevor Michael eine weitere Frage stellen konnte, ging er in Richtung Potter's Field.

»Sie sind hier«, sagte Nathaniel leise und deutete auf die Steine, die die Kindergräber markierten. »Fühlst du es, Michael? Fühlst du Abbys Kinder um dich?«

Beklommen stellte Michael fest, daß er wirklich etwas fühlen konnte. Es war ihm, als wären er und Nathaniel nicht allein auf dem Feld, als wären sie von unsichtbaren Wesen umgeben. Halb im Unterbewußtsein glaubte er Stimmen zu hören, Stimmen, die er nicht verstehen konnte. Sie waren nicht wie Nathaniels Stimme, die immer klar und deutlich zu hören war, selbst dann, wenn er gar nicht laut sprach. Diese Stimmen waren leise und undeutlich, doch etwas an ihnen machte Michael traurig. Sie klangen einsam und verlassen, und Michael wollte ihnen helfen.

»Wer sind sie?« fragte er.

»Die Kinder meiner Mutter«, flüsterte Nathaniel. »Abbys Kinder.«

»Aber wie kommen sie hierher?«

»Mein Vater tötet sie«, antwortete Nathaniel. »Mein Vater holt sie, eines nach dem anderen, und bringt sie hierher. Aber heute nacht werden wir meinen Vater töten.«

»Wir werden ihn töten«, wiederholte Michael, und seine Stimme war plötzlich genauso tonlos wie die Nathaniels.

»Wenn wir es nicht tun, wird er uns töten«, flüsterte Nathaniel. »Und heute nacht ist er hier. Er hat *dich* gesucht, Michael. Er wußte, daß du kommen würdest. Das Licht auf dem Feld, Michael. Das war mein Vater.« Er hielt inne und bückte sich. Als er wieder aufrecht stand, hatte er ein Gewehr in der Hand. »Damit wollte er dich töten«, sagte er.

Michael starrte fassungslos das Gewehr an. Er hatte es sofort wiedererkannt. »Das kann er nicht…«, wollte er widersprechen, doch noch während er die Worte aussprach, begann er zu ahnen, daß Nathaniel recht hatte.

Nathaniel hatte hinüber zum Fluß gestarrt, doch jetzt drehte er sich wieder zu Michael um und musterte ihn durchdringend mit seinen blauen Augen.

»Er hat deine Brüder und Schwestern umgebracht, Michael.«

Michael begann sich zu fürchten. »Ich – ich habe keine Geschwister«, flüsterte er.

»Hier«, stieß Nathaniel hervor. »Hier überall sind deine Brüder und Schwestern. Und es werden noch welche dazukommen.«

Es werden noch welche dazukommen.

Seine Mutter. Seine Mutter erwartete ein Kind – bald würde er einen Bruder oder eine Schwester haben. Nathaniel hatte recht. Michael nickte zögernd. Nathaniel entließ ihn aus seinem Bann und wandte sich wieder um.

Sie gingen jetzt schnell, und Michael hatte keine Mühe mehr, den Hindernissen vor ihnen auszuweichen. Obwohl er mit seinen eigenen Augen sah, war es ihm, als zeige Nathaniel ihm den Weg. Sie kletterten über den Zaun. Schweigend, ohne eine Spur Unsicherheit zu zeigen, schritt Nathaniel in den Wald hinein, dicht gefolgt von Michael. Und obwohl das Sternenlicht nicht heller leuchtete, konnte Michael alles klar erkennen.

Sie waren schon fast am Fluß angelangt, als er ein leises Knurren hörte. Er wußte sofort, daß es Shadow war. Nathaniel blieb stehen. Noch einmal drehte er sich zu Michael um und schlug ihn mit seinem hypnotischen Blick in den Bann.

»Wirst du mir helfen?« fragte er.

Michael nickte langsam, fast widerwillig.

»Er ist ganz in der Nähe, Michael. Da vorne, am Fluß. Komm.« Sie gingen jetzt wieder langsamer und schlichen von Baum zu Baum. Mit jeder Sekunde wurde Shadows drohendes Knurren lauter. Und dann konnte Michael zwischen zwei Bäumen hindurch seinen Großvater sehen.

Amos fühlte sein Herz heftig klopfen. Er überlegte, wie lange er schon hier am Flußufer festsaß, in die Enge getrieben von einem Hund, der ihn zwar nicht angriff, ihn aber auch nicht aus der Falle entkommen ließ, zähnefletschend auf und ab lief und ihn nicht aus den Augen ließ.

Im Unterholz hinter dem Hund nahm Amos eine Bewegung wahr. »Wer ist da?« rief er. »Ist da jemand?« Als er die Gestalt hinter den Bäumen erkannt zu haben glaubte, zwang er sich dazu, seiner Stimme einen herrischen Ton zu verleihen. »Ich weiß, daß du hier bist, Michael. Komm heraus und ruf deinen Hund zurück.«

Michael erstarrte, als er seinen Namen hörte, doch dann hörte er Nathaniels Stimme, so, wie er sie schon so oft gehört hatte, als käme sie aus seinem eigenen Kopf.

Sag nichts. Sag nichts, und tu nichts.

Aber er weiß, daß ich hier bin, dachte Michael. Er hat mich gerufen, und er weiß, daß ich hier bin.

Wünsch ihn tot.

Nathaniel ging in die Dunkelheit hinein. Michael blieb, wo er war, beobachtete und lauschte, beobachtete mit der ungewöhnlichen Sehkraft, die Nathaniel ihm verliehen hatte, lauschte Nathaniels leisen Anweisungen.

Wünsch ihn tot.

Die Sekunden verstrichen – und jede einzelne erschien Michael wie eine Ewigkeit.

Am Fluß herrschte eine unnatürliche Stille. Shadows Knurren erstarb. Der Hund kauerte sich am Boden zusammen, ohne Amos jedoch aus den Augen zu lassen.

Auch Amos konnte die veränderte Stimmung fühlen, und plötzlich lief ihm eine Gänsehaut über den Rücken. Wer immer sich hier draußen herumtrieb – er war sich sicher, daß es nicht Michael war, aber genauso sicher war er sich, daß der Fremde *ihn* suchte.

Mit zitternden Fingern knipste er die Taschenlampe an und ließ den Lichtstrahl über das Unterholz streifen.

Und dann sah er ihn.

Regungslos stand er da – das Gesicht eine bleiche Maske, die blauen Augen der Halls – für Amos strahlte dieser Junge in den seltsamen Kleidern die Ruhe des Todes aus.

»Wer – wer bist du?« fragte er mühsam. Plötzlich hatte er Atembeschwerden, und sein Herz klopfte mit einer Heftigkeit, die ihm beinahe ebensoviel Angst machte wie der Anblick dieser seltsamen Gestalt.

Plötzlich hallten Worte durch die Nacht.

»Ich bin Nathaniel.«

Amos taumelte zurück. »Nein«, stieß er hervor. »Nein. Nathaniel ist tot. Nathaniel lebt schon seit 100 Jahren nicht mehr. Wer bist du? Sag mir, wer du bist!«

Wieder dieselben Worte. »Ich bin Nathaniel.«

Amos war wie gelähmt. Die Taschenlampe fiel ihm aus der Hand.

Michael stand wie angewurzelt an der Stelle, wo Nathaniel ihn zurückgelassen hatte. Er sah seinen Großvater auf die Knie sinken, und dann hörte er noch einmal Nathaniel:

Wünsch ihn tot.

Als Amos sich ans Herz griff und aus schreckgeweiteten Augen die Gestalt vor sich anstarrte, spürte Michael, wie Nathaniels Kraft auf ihn überging.

Stirb. Stirb. Stirb.

Die Worte hallten in Michaels Kopf, lautlos kamen sie ihm von den Lippen, der Gedanke durchdrang seinen Geist. Unter seinen Augen sank sein Großvater langsam zu Boden.

Du bist der Mörder meines Vaters. Stirb. Stirb. Stirb.

Und dann wußte Michael, daß es vorbei war. Shadow erhob sich und beschnüffelte den Leichnam. Er winselte ein wenig, dann trottete er zu Michael hin, ließ sich zu seinen Füßen nieder und schleckte ihm die Hand.

Aus dem Dunkel lächelte Nathaniel ihn an.

»Geh jetzt nach Hause, Michael«, hörte er Nathaniel sagen. »Geh nach Hause und warte.«

Michael nickte unsicher. »Aber was ist mit Großvater?«

»Sie werden ihn finden«, sagte Nathaniel leise. »Es wird nicht mehr lange dauern. Geh nach Hause und warte, Michael. Ich werde dir sagen, was zu tun ist.«

Michael drehte sich um und wollte sich auf den Heimweg machen. Plötzlich blieb er stehen und wandte sich noch einmal um. »Nathaniel?«

Doch Michael war allein in der undurchdringlichen Finsternis.

Nathaniel war nicht mehr da.

22

Michael öffnete vorsichtig die Haustür, inständig hoffend, daß die Scharniere nicht quietschen würden. Er ließ Shadow vor sich durch den Spalt huschen, dann schlüpfte er selbst hinein und schloß die Tür wieder ab. Langsam stieg er die Treppe hinauf, wobei er jede einzelne Stufe vorsichtig abtastete, bevor er sie mit seinem vollen Gewicht belastete. Als er endlich auf dem Treppenabsatz zum zweiten Stock angekommen war, hielt er einen Moment lang inne. Aus dem Zimmer seiner Mutter konnte er ihr gleichmäßiges Atmen hören. Er schlich sich in sein Zimmer, zog sich aus, legte sich in sein Bett und wartete.

Plötzlich hörte er wieder Nathaniels vertrautes Flüstern, und im selben Moment wurde die Stille der Nacht von einem Gewehrknall gestört. Nathaniels Anweisungen gemäß sprang Michael aus dem Bett und lief zum Zimmer seiner Mutter. Er pochte an die Tür und stürmte hinein.

»Mom! Mom! Wach auf!«

Janet riß die Augen auf und setzte sich aufrecht, dabei wie automatisch den Lichtschalter anknipsend. Wie sie so dasaß, hörte sie ein Geräusch, gleich darauf ein zweites.

Zwei Schüsse.

»Das ist schon das zweite Mal«, sagte Michael und setzte sich zu ihr aufs Bett. »Ich bin davon aufgewacht, Mom. Da ist jemand unten am Fluß und schießt auf etwas.«

Janet stieg aus dem Bett und versuchte den letzten Rest Benommenheit abzuschütteln. Sie ging zum Fenster und sah hinaus. Doch in der Dunkelheit konnte sie nichts erkennen. Gleich darauf begann das Telefon zu klingeln.

»Geh du dran, Liebling«, sagte Janet, während sie nach ihrem Bademantel griff und hineinschlüpfte. Michael sprang vom Bett und rannte aus dem Zimmer. Janet folgte ihm, so schnell sie konnte. Ein weiterer Schuß peitschte durch die Nacht, gerade als sie den Telefonhörer von Michael entgegennahm.

»Es ist Mrs. Simpson«, erklärte Michael.

»Ione?« fragte Janet. »Ione, was geht hier nur vor?«

»Dann kommt es also nicht aus deinem Haus?« fragte Ione.

»Von hier? Ione, wir haben beide fest geschlafen. Und ich habe überhaupt kein Gewehr. Michael meint, es hört sich an, als käme es von unten am Fluß.«

»Leif meint das auch.«

»Vielleicht sind es Jäger«, vermutete Janet.

»Mitten in der Nacht? Sei nicht albern.«

»Aber was kann es dann sein?«

Ione zögerte einen Moment lang, ehe sie weitersprach. »Janet, hast du eben gesagt, Michael hätte geschlafen?«

Janet runzelte die Stirn und blickte automatisch ihren Sohn an. »Ja.«

»Ist Michael heute nacht nicht hinausgegangen?«

»Hinausgegangen? Wie meinst du das?«

»Ach, diese Jungs«, sagte Ione verdrossen. »Es sieht so aus, als hätten Ryan und Eric heute nacht einen kleinen Mitternachtsspaziergang unternommen. Ich habe sie aber dabei erwischt. Sie sagten, Michael sei auch dabei gewesen. Stimmt das?«

Janet schwieg nachdenklich. »Einen Moment bitte«, sagte sie. Sie hielt die Hand über den Hörer. »Michael, bist du heute nacht mit Ryan und Eric draußen gewesen?«

Michael wollte alles ableugnen, doch im letzten Moment überlegte er es sich anders. »Ja«, gab er widerwillig zu. »Wir – wir haben uns nur etwas herumgetrieben.«

Janet sprach wieder zu Ione. »Er ist dabeigewesen«, sagte sie. »Aber was hat das mit der Schießerei zu tun?«

»Ich weiß es auch nicht«, sagte Ione. »Aber die Jungen sagen, sie hätten auf Potter's Field jemanden gesehen. Sie – na ja, sie sagen, es sei Abby gewesen. Aber daß ein Geist ein Gewehr mit sich herumschleppt, ist mir neu.« Im Hintergrund hörte Janet ein Murmeln. »Warte mal, Janet«, sagte Ione. Gleich darauf war sie wieder zu hören. »Wir kommen zu euch rüber, Janet. Leif meint, es könnte Ben Findley sein, der da herumschießt. Es hat schon öfters geheißen, daß Ben auf Kinder schießt, aber bis jetzt hat nie jemand die Schüsse gehört. Mir ist egal, was er sonst macht«, fügte Ione grimmig hinzu. »Aber wenn er wirklich auf die Kinder geschossen hat, bekommt er großen Ärger. Und wenn wir schon dabei sind, könnten wir auch gleich herausfinden, was die Jungen eigentlich vorhatten. Einverstanden?«

Janet seufzte. »Einverstanden. Ich werde uns einen Kaffee machen.« Sie hängte ein und wandte sich Michael zu. »Und nun zu dir, junger Mann«, sagte sie drohend. »Du solltest doch mittlerweile wissen, daß du nachts nicht einfach so fortgehen kannst, und wenn ihr wirklich auf Mr. Findleys Grund und Boden wart, dann solltet ihr auch wissen, daß er vollkommen zu Recht auf euch hätte schießen können.« Aber ihre Sorge war doch stärker als ihr Zorn. »Mein Gott, Liebling, du hättest umkommen können! Warum hast du das getan?«

Plötzlich hörte Michael in seinem Kopf Nathaniels Worte. »*Noch nicht!*«

»Ich – ich weiß nicht«, stammelte Michael.

Janet sah ihn böse an. »Du solltest mal darüber nachdenken«, sagte sie. »Und was immer du als Erklärung anzubieten hast, es sollte auch damit übereinstimmen, was Ryan und Eric sagen werden. Verstanden?«

Michael nickte. Als Janet in die Küche ging, ließ er sich zu Boden sinken und drückte Shadow fest an sich. »Ich habe Angst«, flüsterte er dem großen Hund zu. »Was werden sie tun, wenn sie Großvater finden?«

Shadow schmiegte sich an seinen Herrn und wedelte wohlig mit dem Schwanz. Dann konnte Michael noch einmal Nathaniel hören. *Es wird alles gut werden. Warte noch eine Weile, dann wird alles gut.*

Als es an ihrer Tür pochte, ging Janet eilends öffnen, da sie die Simpsons und Ryan Shields erwartete.

Doch es war Ben Findley.

Seine Augen funkelten unter einer Mütze hervor, und sein drohendes Auftreten wurde durch die Flinte in seiner Hand nur noch verstärkt.

»Wo ist Ihr Balg, Mrs. Hall?« fragte er schroff.

Janet überging die Frage. »Haben Sie da eben geschossen?«

»Das war keine Flinte«, brummte Findley. »Das war ein richtiges Gewehr. Ist Ihr Sohn da oder nicht?«

»Natürlich ist er da«, entgegnete Janet. Dann runzelte sie die Stirn. »Ich habe gerade mit Ione Simpson gesprochen«, sagte sie frostig. »Ihr Mann meint, die Schüsse könnten von Ihnen stammen.«

Findley zögerte einen Moment lang, dann nickte er. »Kann ich ihm nicht verübeln«, sagte er.

Janet wollte den alten Mann eigentlich von ihrem Grundstück verweisen, doch sie wurde von ihrem Vorhaben abgehalten, da gerade in diesem Moment ein Wagen in die Einfahrt bog und die Veranda mit seinem Scheinwerferlicht überflutete. Einen Moment später entstiegen ihm die Simpsons und Ryan Shields. Doch als sie sahen, wer vor der Tür stand, erstarb ihnen ihr Gruß auf den Lippen. Leif Simpson brach schließlich das betretene Schweigen.

»Was machen Sie denn hier, Findley?«

»Nachsehen«, antwortete der alte Mann mürrisch. »Ich wollte sichergehen, daß ihr Junge dort ist, wo er hingehört.«

»Und wie kamen Sie darauf, daß dem nicht so sein könnte?« fragte Leif argwöhnisch.

Findley warf einen Seitenblick auf Janet. »Warum sprechen wir nicht einmal unter vier Augen, während die Damen drinnen auf uns warten?« fragte er.

Leif nickte zustimmend, und Janet ließ Ione und die Kinder eintreten. Zögernd schloß sie die Tür und ließ die beiden Männer allein.

Ein paar Minuten später kam Leif zu ihnen in die Küche. »Am besten rufst du jetzt Buck an«, sagte er zu Janet. »Offenbar ist Amos Hall heute nacht da draußen gewesen, und Findley meint, Amos hätte geschossen.

Aber er hat seine Lampe schon eine Zeitlang nicht mehr leuchten sehen, deswegen gehen wir beide jetzt zum Fluß hinunter und sehen nach.«

»Amos?« fragte Janet. »Aber warum? Wo soll er gewesen sein?« Dann erinnerte sie sich daran, was Ione erzählt hatte. »Auf Potter's Field?«

»Ja. Ben Findley meint das wenigstens.«

»Aber – aber warum?«

»Das weiß ich auch nicht«, entgegnete Leif. »Aber er meint auch, man solle besser den Doktor verständigen.«

Nachdem Janet die Telefongespräche erledigt hatte, setzte sie sich zu den anderen an den Tisch. »So«, sagte sie leise. »Jetzt erzählt mal eure Geschichte.«

Einer nach dem anderen erzählten die Jungen, was sie in dieser Nacht erlebt hatten.

Wie sie ausgerissen und über das Feld der Halls zum Wald gegangen waren.

Wie sie das Licht auf Potter's Field gesehen hatten.

Ryan und Eric erzählten dann, wie sie die Nerven verloren hatten und Hals über Kopf fortgerannt waren.

»Und du, Michael?« fragte Janet. »Bist du auch gleich nach Hause gerannt, als du das Licht gesehen hast?«

Michael schüttelte den Kof. »Ich – ich bin zu Mr. Findleys Schuppen gegangen«, sagte er leise.

Janet runzelte die Stirn. »Hast du denn nicht auch Angst gehabt?«

Wieder schüttelte Michael den Kopf.

»Wieso denn nicht?«

Michael zögerte, doch dann hörte er Nathaniels Stimme.

Sag es ihnen. Sag es ihnen jetzt.

»Wegen Nathaniel«, flüsterte er. »Nathaniel und ich haben Großvater getötet.«

Janet schien wie unter Faustschlägen zusammenzuzucken. Michael selbst blickte ruhig und gelassen in die Runde.

»Nathaniel sagte, daß es sein mußte«, fuhr er fort. »Großvater wollte uns töten. Daddy hat er auch umgebracht, und jetzt wollte er mich töten.«

Eine Woge von Übelkeit schlug über Janet zusammen, und plötzlich schienen im Zimmer alle Lichter auszugehen.

Als Janet die Augen aufschlug, sah sie ein fremdes Gesicht über sich. Allmählich kehrte die Erinnerung zurück. Sie wollte sich aufrichten, doch der Fremde hielt sie zurück.

»Noch nicht«, sagte er. »Bleiben Sie noch etwas liegen und erholen Sie sich noch ein wenig. Sie hätten beinahe Ihr Kind verloren. Wir konnten es verhindern, aber Sie sind noch nicht außer Gefahr. Ich bin Dr. Marsden«, fügte er hinzu.

Janet ließ sich zurücksinken. »Amos«, flüsterte sie. »Hat man Amos gefunden?«

Marsden nickte. »Er ist drunten.« Als Janet erleichtert seufzte, fuhr er jedoch fort. »Man hat ihn am Fluß gefunden, Mrs. Hall. Ich weiß nicht, was genau passiert ist, doch Ihr Sohn hat auf keinen Fall etwas damit zu tun.«

Janet starrte ins Leere. »Das heißt, er ist tot?« fragte sie mit dumpfer Stimme.

»Es sieht aus, als hätte er einen Herzanfall gehabt. Sein Gewehr lag neben ihm, und mit einer Hand hielt er noch den Schaft. Er muß auf etwas geschossen haben, aber was immer es war, er hat es wohl nicht getroffen. Die Männer werden morgen früh noch einmal nachsehen gehen.«

»Aber Michael –«

»Ich weiß, was der Junge gesagt hat«, unterbrach Marsden sie. »Mrs. Simpson hat es mir erzählt. Aber sie hörten die Schüsse doch selbst. War Ihr Sohn zu dieser Zeit nicht zu Hause?«

»Aber Sie sagten doch eben, man hätte Amos am Fluß gefunden. Michael hat gesagt, dort –«

»Dort sind die Schüsse hergekommen, Mrs. Hall. Jetzt müssen Sie aber ruhen.«

»Na gut«, sagte Janet schwach. Dann lächelte sie. »Aber ich möchte noch Michael sehen. Darf ich das?«

Marsden zögerte ein wenig, doch dann nickte er. Er verließ das Zimmer, und eine Minute später kam Michael herein.

»Mom? Geht es dir wieder besser?«

Janet winkte ihn zu sich. »Es wird schon wieder«, versicherte sie. Sie nahm Michaels Hand. »Liebling, kurz bevor ich ohnmächtig wurde, sagtest du etwas. Daß du Großvater getötet hättest. War es so?«

»Hm – jaa«, murmelte Michael.

»Wie hast du das gemeint?«

»Das habe ich schon gesagt«, erwiderte Michael. »Nathaniel und ich sind es gewesen. Nathaniel sagte, ich solle ihn totwünschen, und das tat ich dann auch. Und dann starb er.«

Janet mußte schon wieder gegen die aufkommende Übelkeit ankämpfen. »Aber das ist unmöglich«, erklärte sie ihm. »Du kannst niemanden totwünschen. Als Großvater starb, warst du zu Hause. Du warst bei mir.«

Michael schüttelte den Kopf. »Ich war mit Nathaniel zusammen«, sagte er. »Großvater wollte uns etwas antun. Er wollte uns töten, genau wie er es mit Daddy und Tante Lauras Babys getan hat.«

»Nein, Michael«, sagte Janet mit flehentlicher Stimme. »Großvater hat nichts Derartiges getan.«

Michael wurde trotzig. »Es ist mir egal, was ihr denkt«, sagte er. »Ich weiß, was ich gesehen habe, und ich bin kein Lügner.«

Plötzlich spürte Janet das Bedürfnis in sich, Michael zu packen und zu schütteln, um ihm vielleicht auf diese Weise seine Vorstellungen auszutreiben. Doch alles, was sie sagen konnte, war: »Morgen. Wir werden morgen darüber reden...«, dann sank sie kraftlos in ihre Kissen zurück und fiel in einen unruhigen Schlaf.

Anna Hall saß in ihrem Rollstuhl. Während sie auf ihren Mann gewartet hatte, war sie eingenickt, und der Kopf war ihr auf die Brust gesunken.

Die Uhr begann zu schlagen, und Anna schreckte aus ihrem Halbschlaf auf.

»Amos? Bist du hier?«

Obwohl sie keine Antwort erhielt, wurde sie von dem Gefühl beschlichen, daß sie nicht mehr allein sei.

Sie versuchte, ihre Schlaftrunkenheit abzuschütteln und blickte sich in der Küche um.

Und dann konnte sie es durch das Fenster sehen.

Ein Gesicht, sie erkannte ein Gesicht.

Es war Marks Gesicht, nur viel jünger.

Und doch war es nicht wirklich Marks Gesicht. Es sah ihm nur sehr ähnlich. Dann hörte sie eine Stimme.

»Er ist tot, Mama. Er ist tot.«

Die Worte waren für Anna wie ein Schlag. Einen Moment lang glaubte sie, ihren Ohren nicht trauen zu können.

Doch wieder ertönte die Stimme. *»Er ist tot, Mama. Du brauchst dich nicht mehr zu fürchten.«*

Dann verschwand das Gesicht vom Fenster, und Anna war wieder allein.

Lange saß sie nur da und lauschte auf das leise Ticken der Uhr, während sie darüber nachsann, was eigentlich geschehen war. War es Wirklichkeit gewesen, oder hatte sie das alles nur geträumt?

Die Stunden vergingen. Allmählich wurde Anna von einem Gefühl der Ruhe und des Friedens ergriffen, wie sie es schon seit Jahren nicht mehr gefühlt hatte. Plötzlich mußte sie lächeln. Das war es, woran das Gesicht sie erinnert hatte. Das Gesicht am Fenster hatte genauso ausgesehen wie ihr letzter Sohn, so wie sie ihn sich immer vorgestellt hatte – wenn er nur überlebt hätte.

Und mit dem Gefühl des Friedens kam noch etwas anderes.

Der Junge hatte von Amos gesprochen. Im Laufe der Nacht wurde sich Anna mehr und mehr sicher, daß Amos nicht mehr zurückkommen würde, daß er nie wieder kommen würde.

Schließlich – es war bereits zwei Uhr – hörte sie einen Wagen die Einfahrt hinauffahren. Sie rollte zum Fenster und blickte hinaus in die Nacht.

Anna stockte der Atem, als sie die Gestalt erkannte, die dem Wagen entstieg.

Es war Ben Findley. Zitternd zog Anna sich vom Fenster zurück. Hastig blickte sie sich im Zimmer um, als suche sie ein Versteck. Aber sie fand keines, also blieb sie mit ihrem Stuhl in der Mitte des Raumes stehen. Gleich darauf hörte sie, wie die Vordertür geöffnet wurde, und dann stand Ben Findley im Eingang, mit seiner hageren Gestalt wie ein Gespenst aus der Vergangenheit wirkend.

»Hallo, Anna«, sagte er nur.

Sekundenlang herrschte Totenstille im Raum. Anna wurde leichenblaß, sie spürte, wie sie am ganzen Körper zitterte, sogar an den Beinen, die doch so lange leblos gewesen waren. »Du?« stieß sie tonlos hervor.

Ben Findley nickte. Er ließ seinen Blick langsam durch das Zimmer schweifen. Fast unmerklich nickte er, dann wandte er sich wieder Anna zu. »Amos ist tot, Anna. Leif Simpson und ich haben ihn unten am Fluß gefunden.«

»Am Fluß?« fragte Anna wie abwesend, denn ihre Gedanken waren fast ganz damit beschäftigt, Ben Findleys Anwesenheit und die Bestätigung ihrer seltsamen Vorahnung zu verarbeiten. »Was hat er denn am Fluß gemacht?«

Findley zuckte die Achseln. »Heute nachmittag rief ich ihn an. Ich hatte dich und den Jungen gesehen, und ich sagte Amos, daß sich niemand auf meinem Feld herumtreiben solle.«

Anna blickte ihn argwöhnisch an. »Was ist geschehen, Ben? Hast du ihn umgebracht?«

Findley schüttelte den Kopf. Ohne Anna um Erlaubnis zu fragen, trat er ein und setzte sich auf einen Stuhl. Langsam berichtete er Anna, was er und Leif Simpson vorgefunden hatten. Als er seinen Bericht beendet hatte, verfiel Anna eine Zeitlang in nachdenkliches Schweigen. »Vielleicht waren es die Kinder«, sagte sie schließlich kaum hörbar. »Vielleicht haben die Kinder Rache an ihm genommen.« Sie sah Findley an. »Ben, glaubst du an Geister?«

Verwirrt schüttelte Findley den Kopf. »Nein. Warum sollte ich?«

Anna schüttelte den Kopf, so als müsse sie Klarheit in ihre Gedanken bringen. »Ach, laß nur, Ben. Ich dachte nur, ich hätte heute nacht einen gesehen.« Sie schwieg einen Moment lang, dann sprach sie weiter. »Ich habe gewußt, daß Amos tot ist. Ich habe ihn nicht zurückerwartet. Die ganze Zeit habe ich gewartet, daß jemand kommen würde, um mir zu sagen, was ich ohnehin schon wußte.«

Findley sah sie gespannt an. »Woher?« fragte er leise. »Woher wußtest du es?«

Anna zuckte die Achseln. »Ich habe es doch gerade gesagt. Von einem Geist.«

»Nathaniel...«, sagte Findley.

Anna funkelte ihn zornig an. »Nathaniel!« wiederholte sie unwillig, und in ihrer Stimme lag eine ungewohnte Kraft. »Sei kein Narr, Ben. Es gibt keinen Nathaniel. Es hat nie einen gegeben. Seit ich mit Amos verheiratet bin, habe ich von nichts anderem gehört. Ich hab' es satt. Es gibt ihn nicht. Er war ein Hirngespinst von Amos.«

»Nein, Anna –«

»Doch! Er hat meine Kinder umgebracht, und in seinem verschrobenen Kopf brachte er es fertig, die ganze Schuld seinem Nathaniel zuzuschieben. Aber es war eine Lüge, Ben! Amos war krank und ein Mörder. Ich konnte es nie beweisen, aber ich wußte es. Ich habe es immer gewußt.«

»Woher?« wollte Findley wissen. Er stand auf und blickte erregt auf Anna herab. »Woher hast du es gewußt, Anna?«

Anna sank in ihrem Stuhl zusammen. »Ich wußte es«, flüsterte sie erschöpft, als habe sie ihre ganze Kraft wieder verlassen. »Ich wußte es einfach.«

»Und deswegen bist du bei ihm geblieben?« fragte Findley. »Die ganzen Jahre – deswegen? Weil du wußtest, daß er deine Kinder umgebracht hatte? Das ergibt doch keinen Sinn. Wenn du es sicher gewußt hättest, dann hättest du ihn auch verlassen. Dann wärst du doch nie bei ihm geblieben.«

Anna traten die Tränen in die Augen, und sie schüttelte hilflos den Kopf. »Nein«, erwiderte sie. »Du verstehst nicht. Ich – ich konnte nicht laufen, Ben. Ich konnte nicht laufen, und ich konnte nicht beweisen, was er getan hatte.« Plötzlich sah sie flehend zu ihm empor. »Verstehst du das denn nicht, Ben? Kannst du das wirklich nicht verstehen?«

Findley ging nicht darauf ein. »Und unser Kind, Anna?« fragte er sanft. »Hat Amos auch unser Kind umgebracht?«

Anna wand sich unter seinen Worten wie unter körperlichen Schmerzen. »Nein...«, wimmerte sie. »Fang nicht damit an. Bitte...«

»Sag es mir, Anna«, fragte Findley hartnäckig. »Sag mir, was du über unseren Sohn zu wissen glaubst.«

»Tot«, flüsterte Anna. »Er wurde tot geboren. Das hat jedenfalls Amos immer behauptet. Ich habe ihm nie geglaubt. Amos brachte ihn damals um, genau wie er es mit den andern beiden Babys getan hatte. Er brachte ihn um, und dann begruben sie ihn auf Potter's Field.«

»Nein, Anna«, erklärte Findley. Aus seiner Stimme war jeglicher Zorn gewichen, und Anna, die von seiner plötzlichen Sanftmut vollkommen überrumpelt war, blickte ihn furchtsam an. »Er ist nicht tot, Anna. Er kam nicht tot zur Welt, und er starb auch danach nicht. Potter brachte ihn zu mir in jener Nacht. Er brachte ihn zu mir, und ich habe ihn seitdem gehabt.« Er schwieg einen Moment lang. »Ich habe ihn Nathaniel genannt. *Ihn* hast du heute nacht gesehen, Anna. Du hast Nathaniel gesehen, unseren Sohn.«

Eine erschreckende Stille lag über dem Zimmer. Alles schien sich vor Anna zu drehen, während sie mit der Erkenntnis kämpfte, daß 20 Jahre ihres Lebens in bedeutungslose Trümmer zerfallen waren.

Und dann stützte sie sich mit ihrer gesamten Kraft auf die Armlehnen ihres Rollstuhles. »Nein«, stieß sie hervor. »Nichts davon ist wahr!« Ihre Stimme schien sich zu überschlagen, und dann begann sie sich langsam, auf ihre zitternden Arme gestützt, aus dem Rollstuhl zu erheben. »Warum lügst du mich an?« klagte sie. »Warum? Warum nur?« Schwankend machte sie einen Schritt auf Ben Findley zu, und plötzlich erhob sie die Fäuste. »Lügen«, schrie sie. »Nichts als Lügen! Ich weiß die Wahrheit, Ben. Ich weiß alles.« Sie begann mit den Fäusten auf ihn einzuschlagen, anfangs noch unsicher auf den Beinen stehend, doch immer größere Standfestigkeit gewinnend.

Ben Findley legte die Arme um Anna und zog sie fest an sich. »Nein, Anna, ich habe dir die Wahrheit gesagt. Es ist jetzt alles vorbei. Amos ist tot, und er kann dich nicht mehr quälen. Es ist vorbei. Amos ist tot, und unser Sohn ist am Leben, und alles ist vorbei.«

Aber Anna riß sich los. »Es ist nicht vorbei«, zischte sie. »Ich hatte recht, Ben. Ich hatte recht! Du lügst mich an, aber ich werde die Wahrheit herausfinden. Bei Gott, ich werde die Wahrheit herausbekommen!« Dann drehte sie sich um, und unter Aufbietung aller Kräfte ging sie langsam aus dem Raum und verschwand in dem kleinen Zimmer, das ihr während der letzten 20 Jahre als Zuflucht gedient hatte.

Als Ben Findley ihr einen Moment später nachfolgen wollte, fand er die Tür verschlossen vor. Als er nach ihr rief, gab Anna Hall keine Antwort.

23

Am nächsten Morgen hörte Anna die ersten Gerüchte. Die Leute riefen an und drückten ihr Beileid aus. Doch manche ließen es nicht bei ihren Beileidsbekundungen bewenden, sondern machten versteckte Anspielungen, die Michael in einen Zusammenhang mit Amos' Tod brachten.

Anna hörte sich alles an und machte sich ihr eigenes Bild. Schließlich wandte sie sich an Laura, die gegen Morgen gekommen war, um ihr beizustehen. Sie hatten sich nicht gleich von Angesicht zu Angesicht gesehen, denn Anna hatte mit Laura bei deren Ankunft lediglich durch die verschlossene Tür gesprochen und ihr gesagt, daß ihr nichts weiter fehle und sie nur eine Weile allein sein wolle. Laura hatte es hingenommen, so, wie sie immer alles hingenommen hatte. Erst später war Anna langsam und unbeholfen aus dem kleinen Zimmer herausgekommen.

Laura war sprachlos gewesen, als sie ihre Mutter vor sich stehen gesehen hatte. »Mutter«, hatte sie schließlich ungläubig gesagt. »Mutter – du kannst doch gar nicht –«

»Offenbar doch«, hatte Anna nur gesagt. »Ich tue es ja.«

»Aber – aber – wieso?«

»Ich weiß es nicht«, hatte Anna zugegeben. »Irgend etwas ist heute nacht mit mir geschehen, aber ich möchte nicht darüber reden. Aber nachdem ich erfahren hatte, daß dein Vater tot ist, ging eine Veränderung mit mir vor.« Sie lächelte Laura traurig an. »Vielleicht habe ich nur aufgehört, mich selbst zu bestrafen«, sagte sie. »Vielleicht ist der Rollstuhl für mich nichts anderes gewesen als die Möglichkeit, vor dem Leben davonzurennen. Charles hat das einmal vor vielen Jahren gesagt. Ganz am Anfang sagte er schon, mit meinen Beinen sei alles in Ordnung und ich hätte lediglich beschlossen, nicht mehr laufen zu können. Und es hat funktioniert«, fügte sie traurig hinzu. »Früher hatte mich dein Vater geschlagen, weißt du –«

»Mutter!«

»Doch, Laura. Aber als ich nicht mehr laufen konnte, hörte er damit auf.«

Und dann begann Anna, ihr Leben zu ordnen, und das mit einer Kraft, wie man sie ihr zu Amos' Lebzeiten nie zugetraut hätte.

»Ich möchte zu Janet«, sagte sie jetzt. »Ich kann mir den Klatsch über meinen Enkel nicht mehr anhören.«

Laura sah sie alarmiert an. »Klatsch?« fragte sie vorsichtig. »Was für Klatsch?«

Anna erzählte ihr von den Gerüchten.

Laura wurde blaß. »Ich weiß, was behauptet wird, Mutter, aber nichts davon ist wahr. Es ist einfach unmöglich –«

»Ich kann selbst entscheiden, was unmöglich ist und was nicht«, sagte Anna schnippisch. »Und jetzt will ich, daß du mich zu Janet fährst.«

»Mutter, du solltest wirklich zu Hause bleiben. Was sollen die Leute denken? Und Vater – denk doch an Vater.«

Anna gab keine Antwort. Statt dessen ging sie vorsichtig zur Tür und dann hinaus auf die Veranda. Laura gab es auf. »Na gut, Mutter«, seufzte sie, während sie der alten Frau zum Wagen folgte.

Ione Simpson blickte in einer Mischung aus Entsetzen und Verblüffung auf, als Anna Hall, gestützt auf Lauras Arm, langsam in Janets kleines

Wohnzimmer hereinkam. »Anna! Was machst du denn –«, sagte sie, doch dann besann sie sich hastig eines Besseren. »Es – es tut mir ja so leid wegen Amos.«

Anna nickte dankend, dann blickte sie sich suchend im Zimmer um. »Ist Michael oben?«

Ione zögerte und schüttelte den Kopf. »Ich glaube, er ist in der Küche.«

Wortlos wandte sich Anna um. Laura wollte ihr behilflich sein, doch Anna schüttelte sie ab. »Ich möchte allein mit ihm sprechen.« Langsam, doch mit bemerkenswerter Sicherheit, ging sie aus dem Wohnzimmer.

Michael saß am Küchentisch und starrte geistesabwesend auf einen Teller Haferflocken. Als wäre er aus einer Trance erwacht, wurde sein Blick plötzlich wieder klar, und er blickte Anna an. »Na, willst du deiner Großmutter keinen Kuß geben?« fragte sie.

Widerwillig stand Michael auf. »Es – es tut mir leid, Großmutter«, flüsterte er. Anna nahm ihn in die Arme.

»Schon gut, Michael. Ich weiß, es ist schwer, aber er war ein alter Mann, und was immer geschehen ist, es war nicht deine Schuld.« Sie hielt ihn etwas von sich weg und schaute ihm fest in die Augen. »Es war nicht deine Schuld, hab' ich recht?«

Michael zitterte ein wenig, doch dann nickte er.

»Na also«, sagte Anna leise. Sie ließ ihre Arme von Michaels Schultern sinken und ging zum Tisch, wo sie sich vorsichtig auf einen Stuhl niedersetzte. »Setz dich auch, Michael«, sagte sie. »Setz dich und erzähle mir, was geschehen ist.«

Langsam berichtete Michael, was er in der Nacht erlebt hatte. Als er zu Ende erzählt hatte, sank Anna müde in ihrem Stuhl zusammen. »Du hast ihn totgewünscht«, sagte sie. »Du und Nathaniel – ihr habt ihn totgewünscht.«

Sie fuhr dem schluchzenden Jungen tröstend über den Kopf.

»Es tut mir leid, Großmutter. Es tut mir so leid!«

»Michael«, sagte Anna beklommen. »Du hast mir noch nicht alles erzählt.«

Langsam ließ Michaels Schluchzen nach, und schließlich konnte er seiner Großmutter auch wieder in die Augen sehen.

»Wer ist Nathaniel?« fragte Anna. »Du hast mir noch nicht gesagt, wer Nathaniel ist.« Sie zögerte noch ein wenig, dann stellte sie die Frage, vor deren Beantwortung sie solche Angst hatte. »Er – er ist ein Geist, nicht wahr?«

Michael sah sie aus großen Augen an, und lange Zeit schwieg er. Schließlich schüttelte er den Kopf.

»Nein, Großmutter«, sagte er sanft. »Er ist ein Mensch.«

Ben Findley starrte das Speisetablett an, das noch so stand, wie er es am Abend zuvor in dem kleinen Raum unter dem Schuppen zurückgelassen hatte. Es war unberührt.

Er hatte eigentlich nichts anderes erwartet, jedenfalls nicht mehr, nachdem er in der Nacht zuvor hier heruntergekommen war und den Raum verlassen vorgefunden hatte. Nathaniel war fortgegangen und nicht mehr zurückgekehrt.

Findley nahm das Tablett und balancierte es geschickt auf einer Hand, während er sich mit der anderen an der schmalen Leiter festhielt, die aus dem kleinen Verlies herausführte. Als er aus dem Schuppen herauskam, machte er sich nicht mehr die Mühe, ihn zu verschließen, sondern lief schnell weiter über den Hof zum Haus.

Er ging in die Küche und stellte das Tablett an der Spüle ab. Auf der Anrichte entdeckte er eine Kaffeepfütze, und automatisch griff er nach einem Lappen, um sie wegzuwischen. Gemeinsam mit Nathaniel hatte er damals die stabile Tischplatte angefertigt, und er wollte nicht, daß sie durch irgend etwas beschädigt würde.

Spontan entschloß er sich, das gesamte Haus zu durchsuchen. Langsam ging er durch jedes einzelne Zimmer und suchte jeden Winkel ab, um sicherzugehen, daß auch alles wie immer in bester Ordnung war.

Das Innere des Hauses stand in bemerkenswertem Gegensatz zu seinem schäbigen Äußeren. Die Parkettböden waren sauber gebohnert, an den Wänden standen Regale voller Bücher mit Ledereinbänden. Möbel, Schränke, Türen, alles war sorgfältig verarbeitet und gepflegt.

Die Einrichtung war bescheiden. Zwei Sessel – einer für ihn, einer für Nathaniel, für die Zeiten, wenn Findley es für sicher genug erachtet hatte, Nathaniel zu sich ins Haus zu holen.

Anfangs war dies alles allerdings nicht für Nathaniel bestimmt gewesen.

Es war für Anna gewesen.

Lange Zeit noch nach Nathaniels Geburt hatte Findley gehofft, daß Anna schließlich doch noch Amos verlassen und zu ihm kommen würde. Zu ihm und zu Nathaniel.

Er hatte es sich in den prächtigsten Farben ausgemalt, hatte sich das Leuchten in Annas Augen vorgestellt, wenn sie erfahren würde, daß ihr Sohn noch lebte. Diese Vorstellung hatte ihm für die ersten Jahre, nachdem Jenny ihn verlassen hatte, den nötigen Halt gegeben.

Sogar jetzt noch, 20 Jahre danach, konnte er sich genau an jene schicksalhafte Nacht erinnern. Nathaniel war geboren worden, und Charles Potter hatte ihm das Baby gebracht. Sie hatten sich draußen auf dem Feld getroffen, während um sie herum ein Sturm getobt hatte.

»Amos glaubt, er wäre tot«, hatte Potter gesagt. »Ich habe ihn dazu gebracht, es zu glauben, sonst hätte er ihn noch umgebracht. Er weiß, daß das Kind von dir ist.« Er hatte Ben das Bündel übergeben. »Amos glaubt, daß ich ihn begraben gehe. Ich bleibe also noch eine Weile hier, für den Fall, daß er uns beobachtet.«

»Was ist mit Anna?« hatte Ben wissen wollen, doch Potter hatte den Kopf geschüttelt.

»Ich weiß es auch nicht. Sie hatte eine schwere Geburt, und sie meint, das Baby sei tot.« Dann hatte er Ben entschlossen angesehen. »Er gehört dir, Ben. Dir und Jenny.«

Doch Jenny hatte das Kind nicht einmal ansehen wollen. »Annas Kind?« hatte sie empört gesagt. »Du erwartest allen Ernstes, daß ich ein Kind aufziehe, das Anna Hall dir geboren hat? Niemals, Ben! Niemals!«

Und wie Mark Hall hatte auch sie noch in derselben Nacht Prairie Bend verlassen. Im Gegensatz zu ihm war sie allerdings nie wieder zurückgekommen.

Und so hatte Ben das Kind allein aufgezogen. Anfangs hatte er noch gehofft, daß Anna sich irgendwann von ihrer schweren Geburt wieder erholen würde, und er hatte die Zeit damit verbracht, das Haus für Anna herzurichten. Doch als er schließlich einsehen mußte, daß Anna wohl nie zu ihm kommen würde, hatte er keineswegs mit der Arbeit aufgehört.

Jetzt tat er es für Nathaniel.

Nathaniel wurde der Mittelpunkt seines Lebens. Er wendete seine ganze Kraft dafür auf, dem Jungen alles zu geben, was er für sein junges Leben benötigte.

Was er brauchte, war Abgeschiedenheit, denn Abgeschiedenheit bedeutete Sicherheit. Also zimmerte sich Ben seine Klause zurecht und wurde zum Einsiedler. Das heruntergekommene Erscheinungsbild der Farm sollte jeden möglichen Besucher abschrecken, und das abweisende Äußere wurde schließlich mehr und mehr zu seiner wahren Persönlichkeit.

Und es hatte funktioniert. Keiner wollte mehr mit ihm etwas zu tun haben, und er wurde zum Insassen seines eigenen Gefängnisses.

Die Grenzen dieses Gefängnisses waren klar umrissen: Man durfte weder wissen noch ahnen, daß Ben Findley nicht allein lebte. Zunächst sollte das nur Provisorium sein. Sobald Anna da war, würden sie das Versteckspiel beenden und wie eine Familie leben.

Doch Anna war nicht gekommen.

Sie hatte sich in den Rollstuhl geflüchtet, und bald danach waren die Halls weggezogen. Anna hatte Ben aus ihrem Leben gestrichen.

Ben hatte es mit dumpfem Groll hingenommen, doch es hatte Zeiten gegeben, da er seine Verbitterung darüber an dem kleinen Nathaniel ausgelassen hatte. Manchmal hatte er den Jungen ohne ersichtlichen Anlaß geschlagen.

Doch im Laufe der Jahre hatte er Nathaniel seine ganze Liebe gewidmet. Er wußte, daß der Junge sonderbar war, aber er wußte auch, daß er dagegen nichts tun konnte. Nathaniels seltsames Gebaren, dessen war er sich sicher, war das Ergebnis seines Lebens in Abgeschiedenheit.

Er unterrichtete den Jungen, lehrte ihn alles, was er selbst wußte. Was ihm an menschlicher Gesellschaft fehlte, versuchte Ben mit Büchern auszugleichen. Nathaniels Kleider schneiderte er selbst, denn in Prairie Bend Kleider zu kaufen war in seiner Lage einfach unmöglich, und sie über den Versand zu bestellen war ihm ebenfalls zu risikoreich.

Doch die Mühe war umsonst gewesen. Nathaniel war anders als andere Kinder, nicht für diese Welt bestimmt. Manchmal schien Nathaniel in eine andere Welt zu versinken, zu der nur er Zugang hatte. Dann schien er Stimmen zu lauschen, die nur er hören konnte. Aber es kam nicht oft vor, und er erwachte auch immer recht schnell wieder aus diesem Dämmerzustand. Und dann waren da noch die Nächte gewesen, in denen die Kinder – ›Nathaniels Kinder‹ hatte sie sein Vetter Amos genannt – zur Welt gekommen waren. In solchen Nächten hatte Ben Nathaniel leise stöhnen hören, so als litte er unter Schmerzen. Manchmal hatte er versucht, den Jungen zu beruhigen, doch es war ihm nicht gelungen. Nathaniel war sich nicht einmal Bens Anwesenheit bewußt.

Und dann war im letzten Frühjahr Mark Hall zurückgekommen.

Seitdem hatte sich Nathaniel verändert.

Er war immer sonderbarer geworden und schien immer tiefer in seiner Traumwelt zu versinken.

Er sprach nicht mehr mit Ben, lag lieber auf seiner Liege in seinem Zimmer unter dem Schuppen, wo er oft stundenlang vor sich hinstarrte.

Seine Stimme, die nie besonders ausdrucksvoll gewesen war, war nun erschreckend tonlos geworden, und wenn er Ben ansah, schien in seinem Blick Feindseligkeit zu liegen.

Und wenn er doch einmal sprach, sagte er seltsame Dinge.

»Ich weiß, was damals geschah«, hatte er eines Tages zu Ben gesagt. »Ich habe alles gesehen, und ich weiß, was damals geschah.«

Mehr hatte er nicht gesagt, doch in seinen Worten und seinen Augen hatte Ben Gefahr gelesen.

Und in der letzten Nacht war Nathaniel aus dem Schuppen verschwunden. Und Amos Hall war gestorben.

Es dunkelte schon, als Findley wieder zum Schuppen ging. Er trug Nathaniels Abendbrot hinüber, nicht weil er erwartete, daß er ihn jetzt in seinem Zimmer antreffen würde, sondern weil er schon seit vielen Jahren um diese Zeit mit dem Essen zum Schuppen hinüberging. Er ging hinein und schloß die Tür wieder hinter sich.

Und dann spürte er es.

Nathaniel war hier.

Er konnte Nathaniels Anwesenheit im Schuppen fast körperlich spüren, so wie er letzte Nacht seine Abwesenheit gespürt hatte.

Findley blieb stehen. »Nathaniel?« rief er leise in die Dunkelheit hinein.

Er erhielt keine Antwort. Er wollte in den Vorratsraum gehen, doch nach ein paar Schritten spürte er etwas in seinem Rücken. Langsam drehte er sich um – und blickte auf die glänzenden Zinken einer Heugabel, die in Brusthöhe auf ihn gerichtet war. Dahinter stand, mit beiden Händen den Stiel der Gabel umfassend, Nathaniel und funkelte ihn feindselig an. Das Speisetablett fiel scheppernd zu Boden. »Nathaniel –«

Die Zinken der Gabel kamen ihm näher. »Wo sind sie?« fragte Nathaniel fordernd.

Ben runzelte die Stirn. »Was? Wo soll was sein, Nathaniel?«

»Die Kinder. Die Kinder auf dem Feld. Wo sind sie?«

»Nathaniel –«

Ein Zinken der Heugabel stach ihm in den Hals. Ben spürte, wie ein einzelner Blutstropfen ihm den Hals herunter ins Hemd lief.

»Sag mir, wo sie sind. Ich muß sie finden.«

»Ich weiß nicht, was du meinst, Nathaniel«, sagte Ben sanft. »Jetzt leg die Gabel hin, und sag mir, was du willst.«

Doch es war zu spät. Nathaniel hatte wieder diesen Blick, und jetzt glaubte Ben Findley sogar selbst die Stimmen hören zu können, denen Nathaniel immer gelauscht hatte.

Er wird mich töten, dachte er. Er hat Amos getötet und Charles, und jetzt wird er mich töten. Und warum sollte er es nicht tun, dachte er sich plötzlich. Wir haben ihn auch getötet, jeder auf seine Art.

Langsam trieb ihn Nathaniel durch den Schuppen, bis sie an der Wand angelangt waren. Ben Findley blieb stehen und blickte Nathaniel in die Augen. »Verzeih mir«, flüsterte er, obwohl er wußte, daß es zu spät war. »Verzeih mir, daß ich dir dein Leben geraubt habe.«

Nathaniel nickte, dann stemmte er sich mit seinem vollen Gewicht gegen die Heugabel.

Ben öffnete den Mund, um zu schreien, doch kein Laut kam aus seiner Kehle, während zwei der Zinken sein Fleisch durchdrangen und sich dahinter in die weiche Holzwand bohrten. Ein Blutstrom schoß aus Findleys Kehle und ergoß sich über sein Hemd. Gleich darauf wurde Ben Findleys Blick starr, und sein Körper erschlaffte.

Nathaniel starrte noch einen Moment lang den alten Mann an, der ihn aufgezogen und der sein Leben zerstört hatte, dann drehte er sich um und verschwand in der Dunkelheit.

24

Janet erwachte schweißgebadet. Sie hatte wieder diesen Traum gehabt, den Alptraum, in dem sie hilflos zusehen mußte, wie ihr Elternhaus in einem Flammenmeer unterging. Nur war diesmal der Traum etwas anders gewesen. Diesmal hatte nicht ihr Bruder nach ihr gerufen.

Diesmal war es Michaels Stimme gewesen, und das Gesicht, das sie am Fenster im ersten Stock gesehen hatte, war Marks Gesicht gewesen.

Und im Hintergrund hatte sie noch eine andere Stimme gehört und darin die Stimme ihres ungeborenen Kindes erkannt.

Diesmal waren nicht ihre Eltern und Geschwister umgekommen, sondern ihre Kinder und ihr Mann.

Sie schüttelte die Nachwirkungen des Traumes ab und starrte im Dunkel an die Decke, wo sich merkwürdige Schattenbilder abzeichneten, die von dem Dämmerlicht gebildet wurden. In ihrem Bauch konnte sie spüren, wie sich das Baby regte. Das war ein gutes Zeichen, denn solange sich das Baby regte, war es am Leben, und während der letzten 24 Stunden hatte sie zeitweise Zweifel daran gehabt. Als sich ihr Puls wieder normalisiert hatte, richtete sie ihre Aufmerksamkeit auf die Vorgänge im Haus. Von unten waren Stimmen zu hören. Obwohl sie keine einzelnen Worte verstehen konnte, war das Gemurmel ein Trost für Janet.

Sie wußte, wer unten war: ihre Schwiegermutter und Ione Simpson.

Als sie Anna gesagt hatte, daß Ione sich angeboten hatte, die Nacht über bei ihnen zu bleiben, hatte sie von Anna eigentlich Widerspruch erwartet. Aber sie hatte sich getäuscht. Ohne Amos und ohne ihren Rollstuhl war Anna über Nacht im wahrsten Sinne des Wortes ein anderer Mensch geworden.

»Sie ist ein ausgeglichener Mensch«, hatte Anna über Ione gesagt. »Außerdem habe ich heute nacht keine Lust zu reden. Mit Laura müßte ich reden. Aber bei Ione brauche ich nur dazusitzen und kann nachdenken. Ich muß über vieles nachdenken, Janet.« Dann wechselte sie rasch das Gesprächsthema und sagte, indem sie Janets Bauch prüfend musterte: »Solltest du nicht besser im Bett sein?«

Janet nickte. »Aber ich fühle mich so nutzlos da droben. Der Arzt hat gemeint –«

Annas Augen funkelten plötzlich vor Zorn. »Ärzte sind Schwätzer! Glaub ihnen kein Wort! Ich habe *einmal* Charles Potter geglaubt!«

Die Wucht von Annas Worten traf Janet wie ein Schlag. »Anna«, sagte sie betroffen. »Was sagst du da? Er ist doch dein Hausarzt gewesen –«

»Amos' Hausarzt ist er gewesen, Janet. Für mich war er ein –« Sie verstummte, doch Janet hatte das unbestimmte Gefühl, daß die alte Frau ihr noch etwas mitteilen wollte.

»Was war er, Anna?«

Anna schien mit sich zu kämpfen. Schließlich sah sie Janet fest in die Augen. »Ich weiß nicht, was er war. Ich weiß nicht mehr, was in meinem Leben Wahrheit und was Lüge gewesen ist. Ich weiß überhaupt nichts mehr, Janet. 20 Jahre lang habe ich in einem Rollstuhl gesessen, und ich glaubte immer, ich wüßte wenigstens, warum ich darin saß. Ich hielt es für Amos' Schuld. Ich glaubte, er hätte mir etwas angetan, als mein letztes Kind zur Welt gekommen war.«

»Anna«, flehte Janet. »Sag doch so etwas nicht.«

»Warte«, sagte Anna leise. »Ich sage nicht, daß ich es immer noch glaube.« Plötzlich schien sie einen Entschluß gefaßt zu haben. Sie holte tief Luft. »Ben Findley ist der Vater meines letzten Kindes gewesen«, sagte sie in einem Atemzug.

Janet starrte Anna sprachlos an, unfähig, auch nur einen klaren Gedanken zu fassen.

»So ist es«, sagte Anna. »Ben war damals anders, nicht so wie heute. In vielerlei Hinsicht war er Amos sehr ähnlich – nur hatte er nichts von Amos' Grausamkeit an sich. Und Amos *war* grausam. Er hat die Kinder geschlagen, und er hat mich geschlagen. Und er war ganz und gar von der Vorstellung besessen, daß auf seiner Familie ein schrecklicher Fluch laste. Alles ging auf Abby Randolph zurück, und auf Nathaniel, das einzige Kind, das überlebt hatte.«

»Aber du hast gesagt –«

»Ich weiß, was ich gesagt habe«, seufzte Anna. »Daß ich glaubte, Amos hätte zwei meiner Kinder getötet. Doch ich bin mir nicht mehr sicher. Seit gestern nacht bin ich mir über gar nichts mehr sicher. Aber was zählt, ist, daß ich es immer geglaubt *habe*. Auch deswegen hatte ich mich damals in Ben Findley verliebt. Es gab so vieles, was ich ihm nicht verzeihen konnte, und in Ben fand ich den Teil von Amos, den ich liebte, ohne den Teil, den ich verabscheute. Kannst du das verstehen?« Sie schwieg einen Moment lang, doch Janet gab keine Antwort. »Jedenfalls verliebte ich mich in Ben Findley, und ich wurde von ihm schwanger. Und Amos wußte davon.« Langsam und mit einer Stimme, die von dem Schmerz zeugte, den sie damals gefühlt hatte, erzählte Anna von jener Nacht vor 20 Jahren, in der ihr letztes Kind zur Welt gekommen war. »Er hatte geschworen, es zu töten, doch dann, als es endlich da war, sagte er, es sei eine Totgeburt gewesen. Er sagte es, und Charles Potter sagte es auch. Aber ich glaubte ihnen nicht. Ich glaubte, sie hätten es getötet, so wie ich glaubte, daß Amos meine anderen Kinder auch getötet hätte. Ich glaubte es einfach. Und später glaubte ich auch, daß sie Lauras Kinder getötet hatten.«

»Aber wenn du das wirklich geglaubt hast –«

»Du meinst, warum ich dann geblieben bin? Weil Amos meine Strafe war, und ich hatte eine Strafe verdient, eine Strafe für meine –« Sie mußte sich überwinden, den Satz zu Ende zu sprechen, »– für meine Sünden. Ich büßte für meine Schuld, Janet. Ich haßte Amos, aber ich blieb.«

Janet fühlte sich elend. Elend und betrogen. »Und mich hast du nicht gewarnt«, sagte sie bitter. »Und was ist mit Michael? Hat er Michael auch geschlagen? Und mein Baby? Hättest du tatenlos zugesehen, wie mein Baby kommt, obwohl du hättest fürchten müssen, daß Amos es töten wollte?«

Anna schüttelte hilflos den Kopf. »Ich weiß es nicht«, flüsterte sie. »Ich weiß es wirklich nicht. Aber jetzt ist alles vorbei, Janet. Nathaniel –« Sie zögerte.

»Nathaniel!« rief Janet ungeduldig. »Was ist mit Nathaniel? Das ist doch bloß eine Geistergeschichte.«

»Tatsächlich?« fiel ihr Anna ins Wort. »Vielleicht hast du recht, aber Michael denkt anders darüber. Ich auch. Nathaniel ist Wirklichkeit, auf die eine oder andere Art. Für mich ist er Wirklichkeit, und er hat mir ein Gefühl des Friedens gegeben.« Sie schwieg einen Moment lang und lächelte zaghaft. »Ich werde noch einen Enkel bekommen, Janet. Ich werde erleben können, wie Marks zweiter Sohn zur Welt kommt und Amos ihm nichts anhaben kann. Es ist fast, als würde ich meinen eigenen Sohn zurückbekommen.«

Später war Janet hinaufgegangen, um über all das nachzudenken, was Anna ihr anvertraut hatte. Sie war darüber eingeschlafen. Jetzt lag sie wach und lauschte dem Stimmengewirr, das von unten heraufdrang. Vielleicht hatte Anna recht, vielleicht konnte nun alles gut werden.

Mitten in ihre Gedanken erscholl der Schrei.

Anna schreckte aus ihrem Halbschlaf auf und sah das schmerzverzerrte Gesicht ihres Enkels. Shadow schleckte dem Jungen aufgeregt über das Gesicht, doch Michael schien es nicht zu bemerken. »Was ist geschehen?« fragte Anna Ione Simpson. »Mein Gott, was fehlt ihm denn?«

Ione hatte sich vor Michael hingekniet und wiegte ihn in den Armen. »Keine Angst«, sagte sie. »Es wird schon wieder gut.«

Langsam beruhigte sich Michael wieder. Er öffnete die Augen und blickte seine Großmutter an.

»Er hat ihn getötet«, flüsterte er. »Gerade eben. Er hat ihn getötet.«

»Wer?« fragte Ione. »Wer hat jemanden umgebracht?«

»Nathaniel«, flüsterte Michael. »Ich habe es gesehen. Er hatte sich im Schuppen versteckt. Und dann kam Mr. Findley herein. Und – und Nathaniel tötete ihn.«

Automatisch warf Ione einen Blick aus dem Fenster, doch in der

Dunkelheit war kaum etwas zu erkennen. Was immer Michael gesehen hatte, er konnte es nicht mit eigenen Augen gesehen haben.

»Ist schon gut«, sagte Ione und verfiel in den Ton, den sie sich in den Jahren angewöhnt hatte, da sie als Krankenschwester arbeitete. »Jetzt erzähl mal, was du gesehen hast. Kannst du das?«

Michael schluckte. »Ich saß hier am Tisch, und plötzlich bekam ich Kopfweh. Und dann hörte ich Nathaniels Stimme.«

Ione runzelte die Stirn und wollte etwas sagen, doch Anna gebot ihr mit einer Geste, zu schweigen.

»Nur sprach er diesmal nicht zu mir«, fuhr Michael fort. »Er sprach mit Mr. Findley. Er fragte nach den Kindern. Er wollte wissen, wo die Kinder sind, und Mr. Findley wollte es ihm nicht sagen. Und dann tötete Nathaniel ihn.« Michael erschauderte. »So wie Großvater Dad tötete«, sagte er leise. »Mit einer Heugabel.«

Plötzlich hörten sie hinter sich ein leises Stöhnen. Ione und Anna fuhren herum und sahen Janet, die erschöpft am Türrahmen lehnte. »Ich kann nicht mehr«, flüsterte sie. »Ich halte das einfach nicht mehr aus.«

»Ione, hilf ihr«, sagte Anna, aber ihre Worte waren nicht mehr nötig, denn Ione war schon aufgesprungen, um Janet zu stützen. Doch Janet wehrte sie ab, den Blick starr auf Michael gerichtet.

»Das ist unmöglich, Michael«, sagte sie mühsam. »Du kannst so etwas gar nicht gesehen haben.« Ihre Stimme wurde schrill. »Du hast hier am Tisch gesessen. Du kannst nichts gesehen haben! Nichts! Gar nichts!« Verzweifelt wandte sie sich an die beiden Frauen. »Versteht ihr denn nicht? Er bildet sich das alles nur ein! Er braucht Hilfe! Helft ihm doch, um Gottes willen!« Schluchzend brach sie in Iones Armen zusammen.

»Ganz ruhig, Janet«, versuchte Ione sie zu trösten. »Es wird alles wieder gut. Aber du mußt jetzt ins Bett zurück. Du brauchst Ruhe.« Ohne eine Antwort abzuwarten, geleitete sie Janet hinauf in ihr Zimmer.

Nun, da er mit seiner Großmutter allein im Zimmer war, sah er die alte Frau verstört an. Er fuhr Shadow über sein dickes Fell, so als wolle er bei dem Hund Trost suchen. »Warum glaubt sie mir nicht?« fragte er verdrossen. »Warum glaubt sie nicht, daß ich wirklich alles gesehen habe?«

»Vielleicht glaubt sie es ja«, tröstete Anna den Jungen. »Vielleicht glaubt sie es und kann es sich nur nicht eingestehen. Manchmal tut man so etwas. Es macht einem das Leben leichter. Kannst du das verstehen?«

Michael nickte zögernd. »Ich – ich glaube schon.«

»Schön. Willst du mir jetzt einen Gefallen tun?«

»W-was?«

»Ich möchte, daß du Tante Laura anrufst und sie bittest, hierherzukommen. Und sie soll Buck und Ryan mitbringen.«

Michael runzelte sorgenvoll die Stirn. »Warum?«

»Sie soll Mrs. Simpson dabei helfen, auf deine Mutter aufzupassen. Du und ich und dein Onkel Buck werden uns in der Zwischenzeit einmal in Ben Findleys Schuppen umsehen.«

Der Eingang zum Schuppen stand weit offen, und über der Farm schien eine beklemmende Grabesstille zu liegen. Die kleine Gruppe blieb in der Mitte des Hofes stehen, Michael zu Annas Linken, Buck zu ihrer Rechten. Shadow winselte leise.

»Er ist fort«, flüsterte Michael. »Nathaniel ist fort.«

»Es gibt keinen Nathaniel«, sagte Buck ärgerlich, doch Anna brachte ihn mit einem Blick zum Schweigen. Sie knipste die Taschenlampe an, die sie in einer Hand hielt, und suchte mit dem Strahl die Wand des Schuppens ab. Nichts war zu sehen, nichts bewegte sich.

»Bleib du bei deiner Großmutter«, sagte Buck. »Ich werde hineingehen und nachsehen.«

»Nein!« sagte Anna bestimmt. »Wir alle gehen hinein. Was immer dort auch ist, Michael hat es schon gesehen, und ich will es auch sehen.«

Sie gingen zum Schuppen, doch plötzlich blieb Shadow stehen und knurrte leise.

»Jemand ist da drinnen«, flüsterte Michael. »Da ist jemand im Schuppen.«

Gleichzeitig begann Shadow zu winseln. Er sprang auf und lief in das Gebäude hinein. Gleich darauf war ein heftiges Bellen zu hören.

Buck Shields nahm Anna die Taschenlampe aus der Hand und ging als erster durch den Eingang. Langsam das Innere des Schuppens ausleuchtend, führte er die Gruppe in die Richtung, aus der das Bellen kam. An der Wand entdeckte er einen Lichtschalter. Er knipste ihn an.

Der Raum wurde von drei Deckenlampen in schmerzhaft helles Licht getaucht. Buck blinzelte und hielt sich eine Hand schützend vor die Augen. Als seine Augen sich an die Helligkeit gewöhnt hatten, blickte er hinüber zum anderen Ende des Schuppens.

Beim Anblick, der sich bot, drehte sich ihm beinahe der Magen um. Vor sich sah er Ben Findley, seine Augen noch geöffnet, sein Hemd blutüberströmt. Er stand nur noch deswegen aufrecht, weil sich durch seinen Hals eine Heugabel gebohrt hatte, die ihn an die Wand dahinter festnagelte. Buck starrte den alten Mann in gelähmtem Entsetzen an, doch dann wurde er von einer Bewegung abgelenkt.

Zu Ben Findleys Füßen, andächtig zusammengekauert, mit dem Schwanz langsam über den Sandboden hinwegstreichend, lag Shadow und hatte den Blick fest auf das Gesicht des toten Mannes gerichtet.

Nathaniel lag bei Potter's Field auf der Erde und beobachtete den Schuppen. Durch die Wände des Schuppens schimmerte Licht, und es sah aus, als stünde das Gebäude in Flammen.

Er wußte, daß er eigentlich hätte aufstehen und davonlaufen sollen. Bald, dessen war er sich sicher, würde man nach ihm suchen, und wenn man ihn fand –

Noch nicht. Man konnte ihn noch nicht finden.

Obwohl nun alle drei tot waren – der eine, der ihn hatte umbringen wollen, als er geboren wurde, die andern beiden, die ihn sein Leben lang gefangengehalten hatten –, gab es für ihn noch etwas zu tun.

Er mußte den Heimweg finden. Er wandte die Augen von dem Schuppen ab und sah hinüber zu dem kleinen Haus, in dem er zur Welt gekommen war.

Mit seinem Geist tastete er danach.

Drei Menschen befanden sich in ihm: Seine Schwester Laura und Michaels Mutter. Und noch jemand, ein Fremder. Also konnte er heute nacht nicht dorthin. Heute nacht mußte er sich noch verstecken. Er sandte einen lautlosen Hilferuf aus.

Im Schuppen erhob sich Shadow plötzlich aus seiner Andachtshaltung und trottete langsam hinaus in die Dunkelheit.

25

Es gab keine Beerdigungsfeier für Amos Hall und auch keine für Ben Findley. Anna hatte es untersagt.

»Das mache ich nicht mit«, sagte sie. »Ich werde keine Trauer vor Amos' Grab vorheucheln, und was Ben Findley angeht – nun, er hat 20 Jahre allein gelebt, dann kann er auch allein begraben werden.«

Sie erzählte niemandem von ihrem Gespräch, das sie mit Ben in der Nacht geführt hatte, als Amos gestorben war, und sie wußte nun auch, daß sie niemals jemandem etwas davon erzählen würde. Es würde zu nichts führen, fand sie. Es lebte niemand mehr, der die Wahrheit über die Ereignisse vor 20 Jahren wußte. Und schließlich war nun auch alles vorbei. Alle waren sie tot, und wenn sie ihr auch nicht mehr die Antworten auf ihre Fragen geben konnten, so konnten sie ihr wenigstens nicht mehr länger wehtun.

Sie hatte auch nichts von Nathaniel erzählt. Auch davon, so hatte sie beschlossen, würde sie niemals jemandem erzählen. Als man sie gefragt hatte, ob sie irgendeine Ahnung hätte, wer Ben Findley getötet haben könnte, hatte sie nur die Achseln gezuckt. »Ein Landstreicher, vermutlich. Ben hatte keine Freunde, aber er hatte auch keine Feinde. Es muß wohl ein

Landstreicher gewesen sein.« Niemand in Prairie Bend hatte eine bessere Idee anzubieten gehabt, genausowenig wie irgend jemand Michaels Behauptung Glauben schenken konnte, daß Nathaniel den Eigenbrötler getötet hatte.

Janet hatte nach den Todesfällen eine schwere Zeit vor sich. Sie beobachtete Michael aufmerksam und wappnete sich für den Fall, daß er wieder über Kopfschmerzen klagen und gleich darauf mit einer ebenso schrecklichen wie unglaublichen Geschichte über Nathaniel aufwarten würde. Auch als einige Tage vergangen waren und sich nichts dergleichen ereignet hatte, wurde sie nicht ruhiger. Sie wurde nur noch nervöser und war sich sicher, daß die seltsamen Vorgänge um Michael noch kein Ende gefunden hatten.

Genährt wurde ihre Sicherheit durch die Tatsache, daß Shadow seit dem Abend, an dem sie Ben Findleys Leiche gefunden hatten, nicht mehr aufgetaucht war, und Michael sich daran nicht im geringsten gestört hatte.

»Er hilft Nathaniel«, hatte er gesagt. »Er wird zurückkommen. Nathaniel wird ihn zurückbringen.«

Also wartete auch Janet geduldig, daß Shadow zurückkehren würde.

Und am fünften Tag – es dämmerte schon – kam er auch wirklich zurück.

Janet und Michael waren in der Küche. Michael trocknete das Geschirr ab, während Janet sich mit einem Strickmuster abmühte, das Anna ihr empfohlen hatte. »Ich bekomme es einfach nicht hin«, sagte sie und ließ das Strickzeug auf den Tisch sinken. »Die Maschen werden nach oben hin immer enger.« Als Michael jedoch keine Antwort gab, blickte sie auf und sah, wie er aus dem Fenster starrte. Mit den Händen rieb er sich an den Schläfen. »Michael?« Als er immer noch keine Antwort gab, stand Janet auf. »Was ist denn, Liebling? Fehlt dir etwas?«

Dann folgte sie seinem Blick, und in der Ferne sah sie die wohlvertraute Gestalt Shadows.

»Er sucht die Kinder«, sagte Michael mit dumpfer Stimme. »Er sucht die Kinder, die Großvater getötet hat.«

Janet beherrschte sich meisterhaft. »Nein«, sagte sie leise und legte einen Arm um ihren Sohn. »Nein, Michael. Da draußen ist nichts ...«

»Doch«, widersprach Michael, und seine Stimme wurde kräftiger. »Shadow hilft Nathaniel suchen.«

»Nein!« rief Janet.

Michael fuhr herum und funkelte sie zornig an. »Doch! Sie sind da draußen, und Nathaniel muß sie finden, und ich muß ihm helfen.«

Er versuchte, sich von ihr freizumachen, doch Janet hielt ihn fest. »Nein!« schrie sie. »Da draußen gibt es nichts, auch keinen Nathaniel, und du sollst damit aufhören! Verstehst du, Michael? *Du sollst damit aufhören!*«

Plötzlich hielt Michael still, doch in seinen Augen funkelte noch der

Zorn. »Du weißt nichts«, flüsterte er. »Du weißt nichts, denn du kennst Nathaniel nicht.«

Lange Zeit starrten die beiden sich nur gegenseitig an. Doch plötzlich kam Janet eine Idee.

»Na schön«, sagte sie und ließ Michael los. »Wir werden es herausfinden. Jetzt sofort. Wir gehen nachsehen.«

Sie nahm Michael bei der Hand, verließ mit ihm das Haus und ging über den Hof in den Geräteschuppen. Gleich darauf war sie, mit der linken Hand Michael hinter sich herziehend, in der rechten eine Schaufel haltend, auf dem Weg zu Potter's Field. »Wir graben sie aus«, sagte sie, als sie durch den Stacheldrahtzaun kletterten. »Wenn irgendwelche Leichen auf dem Feld begraben sind, dann graben wir sie aus und schauen sie uns an.«

Shadow tauchte in ihrer Nähe auf und beobachtete sie neugierig. Freudig stürzte Michael auf den Hund zu und umarmte ihn und tollte mit ihm herum. »So«, sagte Janet, als er sich wieder etwas beruhigt hatte. »Wo sind sie denn jetzt? Wo sollen wir anfangen?«

Plötzlich wich Shadows freudiges Bellen einem argwöhnischen Knurren.

»Schon gut, Junge«, beruhigte ihn Michael. »Wir helfen dir nur.« Dann ging er mit Shadow langsam in Potter's Field hinein.

»Hier«, sagte Michael nach einer Weile.

Janet hob den Stein zu Michaels Füßen zur Seite und begann zu graben. Sie arbeitete stumm und verbissen und achtete nicht auf die Belastung, die sie ihrem Körper zumutete, denn sie war ganz von dem Gedanken besessen, Michael zu beweisen, daß es auf dem Feld keine Gräber gab.

Und plötzlich kamen die ersten Knochenstücke zum Vorschein.

Janet besah sie sich genau, dann nahm sie einen davon und hob ihn hoch. »Schau dir das an«, sagte sie. »Der ist alt und verrottet und kann so ziemlich alles sein. Aber egal, was es ist, es ist viel zu alt, als daß dein Großvater es hätte begraben können.«

Michaels Schläfen pochten jetzt stark, und er funkelte seine Mutter mit unverhohlenem Zorn an. »Es gibt noch mehr«, flüsterte er. »Überall hier auf dem Feld gibt es welche.«

»Wo?« wollte Janet wissen. »Zeig sie mir. Laufend behauptest du, daß Tante Lauras Babys hier begraben sind, Michael. Aber wo sind sie? Wenn sie hier sind, dann zeig sie mir auch.«

Zitternd und voller Wut starrte Michael sie an, dann rannte er wortlos davon. Er lief über das Feld und blieb dann plötzlich stehen. »Hier«, sagte er, als Janet ihn eingeholt hatte. »Wenn du es sehen willst, hier ist es.«

Wortlos begann Janet noch einmal zu graben

Nathaniel besah sich ein letztes Mal den Schuppen: den kleinen Raum unter der Falltür, in dem er so viele Jahre seines Lebens verbracht hatte; den Vorratsraum, von dem aus er immer die seltsamen Bestattungen beobachtet hatte, in jenen Nächten, wenn die Kinder zur Welt gekommen und gestorben waren.

Seine Kinder, die Kinder, die er kraft seines Geistes erreichen konnte. Es hatte nicht viele gegeben, aber er hatte sie immer als seine Kinder betrachtet.

Da war sein Bruder gewesen. In der Nacht, als Nathaniel geboren worden war, hatte er nach seinem Bruder gerufen, und sein Bruder hatte geantwortet. Aber dann war er eingeschlafen, und als er erwachte, war sein Bruder nicht mehr da. Lange noch hatte Nathaniel nach ihm gerufen, hatte ihn um Hilfe angerufen, doch sein Bruder war nicht mehr gekommen.

Zwei weitere Kinder waren noch geboren worden, zwei, die er gefühlt hatte, doch am Ende hatte man sie beide auf das Feld gebracht und begraben.

Und dann war vor einigen Monaten sein Bruder zurückgekommen. Nathaniel erinnerte sich so gut – eines Morgens war er erwacht und hatte gespürt, daß er nicht mehr allein war, daß sein Bruder endlich zurückgekehrt war und ihm helfen würde, Rache zu nehmen für all das Unrecht, das geschehen war. Er und sein Bruder hatten ein langes Gespräch geführt, und sein Bruder hatte versprochen, ihn zu holen, ihn mitzunehmen und ihm zu helfen, ihre gemeinsamen Feinde zu vernichten.

Doch dann war sein Bruder gestorben. Er hatte versucht, Mark zu warnen, aber es war ihm nicht gelungen. Mark war älter als er und hatte seine Warnungen in den Wind geschlagen. Und der alte Mann hatte ihn getötet.

Und ein paar Tage später war dann Michael gekommen. Er hatte auch nach Michael gerufen, und Michael hatte geantwortet.

Und mit Michaels Hilfe hatte er seine Feinde getötet.

Und nun war Michael mit seiner Mutter auf dem Feld, und die beiden würden die Kinder finden und die Wahrheit erfahren.

Nun endlich konnte Nathaniel heimgehen.

Er verließ den Schuppen und ging durch die Dämmerung über den Hof. Dem Haus schenkte er keine Beachtung. Auch wenn es ihm während der letzten Tage als Versteck gedient hatte, so war es für ihn den größten Teil seines Lebens über ein Gefängnis gewesen. Seine ganze Aufmerksamkeit galt jedoch dem Haus, in dem er geboren war.

Er ging jetzt schneller, kroch unter dem Zaun hindurch, und gleich darauf war er am Ziel seiner Wünsche...

Janets Schaufel stieß auf ein Hindernis. Ein Stein konnte es nicht sein, dafür war es zu weich. Unter Michaels Augen kniete sie sich hin und grub mit den Händen weiter.

Gleich darauf bekam sie ein weiches Stück Stoff zu fassen, der von einer Decke stammen mußte.

Ihr Herz schlug schneller, während sie den rätselhaften Gegenstand ganz freigrub. Schließlich hielt sie das kleine Bündel in der Hand.

Lange Zeit starrte sie es nur an, wagte nicht, es zu öffnen. Doch sie wußte, daß es nun kein Zurück mehr gab. Mit zitternden Fingern faltete sie die Decke auseinander.

Sie konnte den Anblick nur eine Sekunde lang ertragen. Der Verwesungsprozeß war schon fortgeschritten, und vom Schädel hatte sich die Haut vollkommen abgelöst. Janets Magen begann zu rebellieren, und sie legte den kleinen Leichnam hastig in sein Grab zurück. Aschfahl und zitternd drehte sich Janet zu ihrem Sohn herum.

»Woher hast du das gewußt?« stieß sie hervor. »Woher?«

»Nathaniel«, sagte Michael mit fester Stimme. »Nathaniel hat es mir gesagt.«

»Wo ist er?«

Michael schwieg einen Moment lang, dann brach er in Tränen aus.

»Er ist heimgegangen«, sagte er. »Er ist heimgegangen, um zu sterben.«

Michael blieb vor ihrem Haus stehen und blickte zum Fenster seines Zimmers hoch. Janet blieb ebenfalls stehen und sah hoch. Im Haus war es dunkel, bis auf ein schwaches Flackerlicht, das in Michaels Zimmerfenster leuchtete. Shadow lief zum Haus und scharrte aufgeregt an der Hintertür.

»Was hat denn das zu bedeuten, Michael?« fragte Janet erregt.

»Nathaniel. Er ist hier. In meinem Zimmer.«

»Nein«, flüsterte Janet. »Es ist niemand hier, Michael. Es gibt keinen Nathaniel.« Doch während sie die Worte noch aussprach, zweifelte sie selbst daran. Was immer Nathaniel war, ein Mensch oder ein Geist, ein Produkt aus Michaels Fantasie, er war lebendig. Für sie war er nun genauso lebendig wie für Michael und für Anna.

Langsam ging Janet zur Tür, gefolgt von Michael, dessen Gesicht plötzlich maskenhaft starr wurde, so als lauschte er einem für Janet unsichtbaren Wesen.

Sie öffnete die Tür, tastete nach dem Lichtschalter und knipste ihn an. Doch nichts geschah. Shadow schlüpfte durch den Türspalt ins Hausinnere und war augenblicklich in der Dunkelheit verschwunden.

Janet spürte nun selbst, daß sie nicht allein im Haus waren, und ihr Instinkt befahl ihr, zu fliehen, das Haus dem Fremden zu überlassen – was immer es auch war – riet ihr, Michael zu nehmen und davonzurennen.

Doch dann siegte ihr Behauptungswille. Sie ging ins Wohnzimmer und nahm sich den Schürhaken, der am Kamin hing. Dann ging sie wie in Trance zur Treppe und stieg die Stufen hinauf.

Michael folgte ihr. Wieder pochte es in seinen Schläfen, und wieder hatte er das Gefühl, einen beißenden Brandgeruch wahrzunehmen. Und dann hörte er auch wieder Nathaniels Stimme in seinem Kopf.

»Dies ist mein Haus. Ich bin heimgekommen.«

Michael ging weiter, obwohl vor ihm plötzlich alles ineinanderzufließen schien.

»Dies ist mein Haus, und ich werde es nicht mehr verlassen. Nie wieder.«

Sie erreichten den Treppenabsatz. Nathaniels Nähe war nun schon fast körperlich zu spüren. Shadow war auch hier, er lag ausgestreckt auf dem Boden vor Michaels Zimmer, und aus seiner Kehle drang ein ersticktes Winseln.

»Dies war das Haus meiner Mutter, und dies ist mein Haus. Ich werde mein Haus niemals wieder verlassen.«

Michael blieb stehen und starrte die verschlossene Tür an, während er Nathaniels Stimme lauschte. Er wußte, worum Nathaniel ihn nun bitten würde.

Auch Janet blieb zunächst unschlüssig stehen, doch dann schritt sie entschlossen zur Tür und drückte die Klinke herunter.

Langsam öffnete sie die Tür und trat ein.

In der Mitte des Raumes stand Nathaniel und starrte sie aus blauen, leeren Augen an, sein Gesicht wie aus Stein gemeißelt und gespenstisch vom Licht einer blakenden Öllampe beschienen.

»Dies ist mein Haus«, sprach er. »Ich wurde hier geboren, und ich werde hier sterben.«

Janet erkannte sie alle in dem Gesicht, das sie vor sich sah. Es war ein Gesicht ohne Alter, und in ihm lag nicht die geringste Gefühlsregung. Und Janet konnte alle darin wiedererkennen.

Mark genauso wie Amos.

Ben Findley.

Und Michael.

Janet starrte die rätselhafte Erscheinung gedankenverloren an. Sogar jetzt, da sie ihn vor sich hatte, fragte sie sich noch, ob er wirklich ein Wesen aus Fleisch und Blut war oder ein Gespenst.

»Wer bist du?« flüsterte sie nach langem, bangem Schweigen.

»Ich bin Nathaniel.«

»Was willst du?«

»Ich will haben, was mir zusteht«, erwiderte Nathaniel mit tonloser Stimme, die schauerlich durch das kleine Zimmer hallte. »Ich will haben, was mir weggenommen wurde. Ich will –«

»Nein!« schrie Janet plötzlich auf. Der ganze Schmerz, der sich in den vergangenen Monaten in ihr angesammelt hatte, die ganze Anspannung und die Ängste, unter denen sie gelitten hatte, das alles brach nun aus ihr heraus und richtete sich gegen dieses unheimliche Wesen in Michaels Zimmer. »Nein!« schrie sie noch einmal. »Nichts! Nichts wirst du bekommen.«

Sie hob den Schürhaken und schlug nach ihm mit aller Kraft, die ihr noch verblieben war. Nathaniel taumelte unter dem Schlag zurück, und Janet ließ den Schürhaken fallen und stürzte auf ihn zu.

»Hilf mir, Michael.« Die Worte donnerten durch Michaels Kopf, als er hilflos zusah, wie seine Mutter sich auf Nathaniel stürzte. Noch einmal hörte er Nathaniels Worte: *»Hilf mir!«*

Das alles sah Michael wie durch einen Schleier, durch einen Schleier aus Rauch, der ihm die Kehle schnürte und durch den Nathaniels Worte drangen.

»Hilf mir, Michael. Bitte, hilf mir...«

Er konzentrierte sich, und Nathaniels Wunsch begann in seinen Gedanken Gestalt anzunehmen.

Und dann sprang Shadow auf Michaels stummes Kommando hin plötzlich auf und schnellte in den Raum. Michael konnte dies alles wie in Zeitlupe beobachten: wie der Hund mit einem gewaltigen Satz durch das Zimmer sprang, wie er sein Raubtiergebiß entblößte, wie ihm der Speichel von den Lefzen troff.

»Hilf mir!« Nathaniels Worte drangen nun auch hörbar auf Michael ein.

Dann erreichte Shadow sein Ziel, sein Körper krümmte sich noch im Sprung und stieß den kleinen Tisch um, auf dem die Öllampe stand, während er sich in die Kehle eines Menschen verbiß.

Ein Schrei erfüllte das Zimmer, als die Lampe zerbarst und Flammen in alle Richtungen züngelten. Die Bettwäsche wurde zuerst von ihnen erfaßt, dann die Vorhänge.

Plötzlich war das Zimmer wirklich voller Rauch, und Michael erkannte mit beklemmender Klarheit, daß dies der Rauch war, den er in der Vergangenheit ständig gerochen hatte, und daß Nathaniel ihm nicht nur die Vergangenheit, sondern auch die Zukunft gezeigt hatte. Nathaniels Todesröcheln wurde nun durch Janets Entsetzensschrei übertönt.

Der Druck, der die ganze Zeit auf Michaels Bewußtsein gelastet hatte, wich plötzlich von ihm, und er konnte voller Entsetzen beobachten, wie seine Mutter auf das sich rasch ausbreitende Feuer einzuschlagen begann.

Auf dem Boden lag, regungslos und mit blutender Kehle, Nathaniel, von Shadow mit unverminderter Heftigkeit angegriffen.

»Nein«, schrie Michael. Er stürzte sich seiner Mutter entgegen. »Nein, Mom! Hör auf – es ist zu spät! Raus! Wir müssen raus!«

Ohne eine Reaktion von seiner Mutter abzuwarten, packte er sie am Arm und zog sie aus dem brennenden Zimmer hinaus.

Janet nahm das alles nicht mehr bewußt wahr. Weder ihren Sohn, noch Nathaniel, noch das Feuer. Sie war wieder ihrem Alptraum ausgeliefert, doch diesmal mußte sie sie alle retten. Ihre Familie war vom Tod bedroht, und sie mußte sie retten.

Verbissen kämpfte sie gegen die Hände an, die sie zurückziehen wollten, bot ihre ganze Kraft auf, um in dem brennenden Zimmer zu bleiben, und versuchte, das Feuer zu bekämpfen.

Und dann prallte aus dem Rauch heraus eine gewaltige Masse auf sie, und sie fiel zu Boden.

Mühsam richtete sie sich auf, doch kaum stand sie wieder auf ihren Füßen, prallte die Masse wieder gegen sie und drängte sie in die Richtung, in die sie auch die Hände zerrten.

Und dann war sie aus dem brennenden Zimmer heraus und stand im Treppenhaus. Langsam wurde ihr Geist wieder klar, und sie erkannte Michael vor sich, der sie am Arm die Treppe hinunterführte. Hinter ihr bellte Shadow, er sprang sie ständig an und versperrte ihr mit seinem mächtigen Körper den Rückweg.

Endlich standen sie draußen auf dem Hof, drängten sich ängstlich zusammen und mußten zusehen, wie sich die Flammen durch das ausgetrocknete Holz fraßen. Einmal glaubte Janet noch ein Gesicht am Fenster von Michaels Zimmer zu erkennen, aber es verschwand wieder, als im Innern des Hauses etwas zusammenstürzte.

Und dann rannten Menschen auf sie zu, zuerst die Simpsons, dann die Shields', und dann immer mehr, bis schließlich fast ganz Prairie Bend versammelt war.

Niemand versuchte, die Flammen zu löschen, niemand versuchte, etwas von der Einrichtung zu retten: Während das Haus niederbrannte, setzten bei Janet die Wehen ein.

EPILOG

»Wir bringen sie in unser Haus«, sagte Leif Simpson.

Janet lag auf der Erde, den Kopf in Lauras Schoß gebettet. Ihr schweißüberströmtes Gesicht war im rötlichen Feuerschein des abbrennenden Hauses zu einer schmerzverzerrten Maske entstellt. Die erste heftige Wehe hatte sie aufschreien lassen, und nur Bucks kräftigen Armen war es zu verdanken gewesen, daß sie nicht zusammengebrochen war. Doch jetzt sammelte sie ihre letzten Kraftreserven. »Nein«, flüsterte sie. »Anna ... ich möchte zu Anna.«

»Aber dafür ist keine Zeit mehr, Janet«, protestierte Ione.

»Doch«, sagte Janet mühsam. »So lange halte ich es schon noch aus. Aber ich möchte mein Kind bei Anna bekommen. Bitte ...«

Eine neue Wehe peinigte sie, und sie stöhnte auf.

»Ich trage sie«, sagte Buck. »Sie kann bei uns auf dem Rücksitz liegen. Das dauert dann auch nur eine Minute oder zwei.« Er sah Ione Simpson fragend an. »Können wir uns dort dann treffen?« Als Ione nickte, hob er Janet hoch und trug sie zu seinem Wagen. »Alles wird gut, Janet«, sagte er. »Wir bringen dich nach Hause.« Janet seufzte, schloß die Augen und überließ sich ganz dem quälenden Schmerz.

Sie versuchte sich zu erinnern, wie es zu dem Feuer gekommen war, doch sie wußte nur noch, daß sie in der Küche gesessen hatte und irgendwann zu Bett gegangen sein mußte. Ein paar Minuten später war dann das Feuer ausgebrochen.

Sie wußte nicht mehr, daß sie auf Potter's Field gewesen war und was sie dort gefunden hatte.

Sie wußte auch nichts von einem Nathaniel.

Noch im Sterben hatte Nathaniel ihre Erinnerungen an ihn gelöscht.

Zehn Minuten später erreichte Ione Simpson Anna Halls Haus. Sie zwang sich ein zuversichtliches Lächeln ab, obwohl ihr nicht danach zumute war. Sie wußte, daß Janets Baby mindestens einen Monat zu früh kam. Und ein Blick in Janets Augen hatte sie davon überzeugt, daß sie in einem Schockzustand gewesen war, bevor die Wehen eingesetzt hatten. Trotzdem tat sie ihr Bestes, um Michael Mut zuzusprechen, als er in Annas Wohnzimmer ängstlich zu ihr aufblickte. Um ihn etwas zu beschäftigen, beauftragte sie ihn, alle sauberen Handtücher, die er finden konnte, hinauf in das Zimmer seiner Mutter zu bringen.

Ein paar Minuten später stand er mit einem Berg von Handtüchern in der Tür. Er blickte besorgt zu Janet hinüber, die aufrecht in ihrem Bett gegen die Kissen gelehnt lag und in deren Gesicht sich Schmerz und Erschöpfung abzeichneten. »Ist es sehr schlimm?« fragte er zaghaft.

Janet antwortete nicht, statt dessen nahm Laura Shields ihm die Handtücher ab und drängte ihn behutsam aus dem Zimmer hinaus. »Es wird alles gut werden, Michael.«

Michael sah noch einmal in das Zimmer hinein und versuchte einen Hinweis darauf zu finden, was mit seiner Mutter nun geschehen würde. Seine Großmutter saß jedoch nur neben seiner Mutter und wischte ihr sanft mit einem feuchten Lappen über die Stirn, und sein Onkel hatte sich still in eine Ecke des Zimmers zurückgezogen. Er sah ein, daß niemand nun Zeit für ihn haben würde, und ging wieder hinunter ins Wohnzimmer.

Es war kurz nach Mitternacht, und Michael bemühte sich, nicht auf die Schmerzensschreie seiner Mutter zu achten, die zu ihm herabdrangen. Draußen war der Wind stärker geworden. Er war allein im Zimmer – schon seit Stunden, denn alle anderen hatten sich im Zimmer seiner Mutter versammelt, um ihr bei der Geburt beizustehen. Michael hatte auch dabeisein wollen, aber seine Bitten waren nicht erhört worden. Es sei für alle leichter, so sagte man ihm, wenn er unten bliebe, besonders für seine Mutter.

Er lag nun auf dem Sofa und starrte zum Fenster hinaus in die Dunkelheit, während er dem heulenden Sturm lauschte. Plötzlich spürte er, wie in den Tiefen seines Bewußtseins etwas nach ihm tastete. Es war eine Stimme, und obwohl er die einzelnen Worte nicht verstehen konnte, war ihm ihre Bedeutung klar.

Etwas oder jemand benötigte seine Hilfe.

Die ganze Szene hatte etwas Vertrautes an sich. Es war ihm, als habe er dies alles schon einmal erlebt und irgendwann einmal vergessen.

Und dann wurden die stummen Hilferufe immer drängender und das Geheul des Sturmes und die Schmerzensschreie seiner Mutter verblaßten in Michaels Bewußtsein. Er faltete die Arme über der Brust und zog die Knie an den Bauch.

Etwas umgab ihn nun. Etwas Feuchtes, Warmes und Behagliches. Doch dann spürte er einen leichten Druck auf seinem Kopf, und die feuchte Wärme begann sich zu bewegen und erzeugte einen wallenden Rhythmus, der ihn sanft hin und her zu wiegen schien.

Der Druck auf seinen Kopf verstärkte sich und wurde schmerzhaft, und Michael begann zu stöhnen – ein leichtes Stöhnen, das von der feuchten Hülle um ihn herum gedämpft wurde. Der Schmerz wurde heftiger, und Michael glaubte, sein Kopf müsse zerspringen. Dann begann sich die weiche Hülle um ihn herum zu spannen und drückte ihn, preßte ihn vorwärts...

»Es kommt«, sagte Ione. »Ich kann den Kopf schon sehen. Noch mal, Janet. Gleich ist es vorbei. Noch mal, ganz fest.«

Verzweifelt versuchte Janet, Iones Anweisungen zu befolgen, und preßte fest. Aber es fiel ihr schwer – so schwer.

Plötzlich zog sich die Hülle fest um Michael. Es war ihm, als würde er zerdrückt, und er versuchte, gegen die Fessel anzukämpfen, doch er war zu schwach. Er schrie seine Qualen in einem schrillen, langgezogenen Klagelaut aus sich heraus.

Shadow, der die ganze Zeit über auf dem Boden gelegen und vor sich hin gedöst hatte, schreckte auf und sprang hoch. Er lief zum Sofa, blieb dort stehen und leckte Michael winselnd über das Gesicht, doch Michael ließ sich nicht anmerken, ob er den Hund überhaupt wahrnahm. Als Michael ein zweites Mal aufschrie, drehte Shadow sich um und lief die Treppe hoch zu Janets Zimmer, wo er sich niederlegte und seltsame Laute ausstieß, die wie eine Mischung aus Knurren und Wimmern waren.

Währenddessen hatte der unerträgliche Druck auf Michaels Kopf plötzlich aufgehört. Er versuchte sich zu bewegen, doch es war unmöglich. Und dann spürte er etwas anderes.

Etwas schien sich um seinen Hals gewickelt zu haben, denn er mußte plötzlich nach Luft ringen.

Er wand sich verzweifelt, versuchte, gegen diese neue Fessel anzukämpfen, doch er kam nicht los, konnte sie nicht abschütteln. Er begann zu würgen, als seine Kehle immer fester abgeschnürt wurde.

Aus der Ferne hörte er plötzlich eine Stimme.

»Jetzt kommt es«, flüsterte die Stimme. »Nur noch einmal, Janet. Nur noch ein einziges Mal.«

Der Druck auf Michaels Körper wurde stärker und stärker, und er spürte, wie er nach vorne gedrückt wurde.

Aber mit jedem Schub wurde der Druck auf seine Kehle größer. Er bekam keine Luft mehr, und er fühlte, wie in seinem Geist etwas Unheimliches vor sich ging. Seine Wahrnehmung war nun getrübt, und der Schmerz ließ nach.

Er schien in eine Dunkelheit zu stürzen, in eine Dunkelheit, die ihn ganz zu verschlingen drohte. Er kämpfte noch einen Moment dagegen an, versuchte, den Weg zurück zum Licht zu finden. Doch schließlich gewann die Dunkelheit die Überhand, und er ergab sich ihr.

»Die Nabelschnur«, rief Ione entsetzt. Der Kopf des Babys schaute bereits heraus, doch nun bewegte es sich nicht mehr, und Ione wußte sofort, was geschehen war. »Die Schnur hat sich um den Hals gewickelt. Fest, Janet. Preß noch einmal fest. Jetzt!«

Mit einem letzten Willensakt zwang Janet den letzten Rest ihrer Kraft in ihren Leib. Ihr gequälter Körper bog sich durch, und sie schrie vor Erschöpfung und Schmerzen. Langsam kam das Baby heraus.

»Jetzt«, flüsterte Ione. »Jetzt...«

Geschickt packte sie den Körper des Kindes und zog ihn aus Janets Leib. So schnell sie konnte schnitt sie die Schnur um seinen Hals ab und gab ihm einen kleinen Klaps auf den Hintern.

Nichts geschah.

Sie versuchte es noch einmal, diesmal etwas fester, und fühlte den Puls.

Nichts.

Hilfesuchend blickte sie sich im Zimmer um. Anna saß immer noch am Kopfende des Bettes, bleich und mit regungsloser Miene. Laura Shields weinte und schaute unentwegt auf den kleinen, regungslosen Körper, ungläubig den Kopf schüttelnd. Buck Shields stand zitternd in der Ecke des Zimmers und biß sich auf die Unterlippe.

»Wie bei Laura«, sagte er leise. »Genau wie bei Laura.«

Obwohl sie wußte, daß es zu spät war und sie nichts mehr tun konnte, versuchte Ione noch einmal, das Kind zum Atmen zu bringen.

In dem spärlich beschienenen Zimmer öffnete Michael langsam die Augen. Er wußte, sein Bruder war zur Welt gekommen, und er hatte bei der Geburt geholfen. Er erkannte, daß die seltsame Stimme, die er in seinem Kopf gehört hatte, von seinem Bruder gekommen war, der ihn zu Hilfe gerufen hatte. Und er hatte ihm geholfen, hatte die Schmerzen während der Geburt auf sich genommen, so wie er auch in Zukunft alle Schmerzen auf sich nehmen wollte, die sein Bruder jemals fühlen würde.

Er wußte, er war nun für seinen Bruder verantwortlich. Ihm oblag nun die Sorge für das kleine Kind, er hatte ihn zu trösten, wenn er unglücklich war, zu pflegen, wenn er krank war.

Und er hatte ihn vor dem Bösen zu schützen.

Michael stand auf und ging langsam die Treppe hinauf. Auf dem Treppenabsatz begegnete er Shadow, der leise winselnd auf ihn zukam und ihm die Hände leckte.

Michael öffnete die Tür des Zimmers, in dem seine Mutter lag, und trat ein.

Im Zimmer herrschte Totenstille. Er blickte die Erwachsenen der Reihe nach an. Schließlich blieb sein Blick auf dem kleinen Bündel haften, das Ione Simpson in den Armen hielt.

»Laßt mich ihn sehen«, flüsterte er. »Laßt mich meinen Bruder sehen.«

Ione zögerte, doch dann schüttelte sie den Kopf. »Es tut mir leid, Michael«, sagte sie leise.

»Laßt mich meinen Bruder sehen«, wiederholte Michael.

Nun sprach Anna Hall. Sie erhob sich und ging langsam auf den Jungen zu, bis sie vor ihm stand. »Er ist tot, Michael«, sagte sie. »Dein kleiner Bruder ist tot zur Welt gekommen.«

Michael starrte seine Großmutter entsetzt an und wich vor ihr zurück. »Nein«, sagte er. »Er war nicht tot. Ich weiß, daß er nicht tot war.« Seine Stimme wurde lauter. »Ich konnte ihn fühlen. Ich konnte ihn fühlen, und er lebte!«

Er wandte sich von den Menschen im Zimmer ab, den Menschen, die seinen kleinen Bruder umgebracht hatten – dessen war er sich sicher. Er stürzte aus dem Haus und floh in die stürmische Nacht hinein. Er rannte ziellos durch die Dunkelheit, kroch unter Zäunen hindurch, rannte und rannte, bis er erschöpft zu Boden fiel, wo er keuchend und schluchzend liegenblieb. Shadow, der ihm die ganze Zeit gefolgt war, kauerte sich neben ihm hin und leckte ihm tröstend über das Gesicht.

Michael wußte nicht, wie lange er so gelegen hatte, doch als er wieder aufblickte, war es noch finsterer geworden. Der Sturm hatte sich gelegt. Es herrschte vollkommene Stille.

In der Ferne sah er ein schwaches, rötliches Leuchten. Michael erkannte, daß dies die verlöschende Glut ihres abgebrannten Hauses war.

Und er sah ein anderes Licht, die gelbe Flamme einer Laterne, die fahl durch die Dunkelheit zu ihm herüberleuchtete.

Er beobachtete es eine Zeitlang, und als es sich nicht mehr bewegte, kroch er, gefolgt von Shadow, langsam und vorsichtig nach vorne.

Und dann konnte er es sehen.

In dem schwachen Laternenlicht sah er jemanden arbeiten, und er wußte sofort, was sie da taten.

Sie begruben seinen Bruder, seinen Bruder, den sie umgebracht hatten, der aber nicht tot war.

Und während Michael noch zusah, wußte er schon, was er zu tun hatte.

Für ihn war sein Bruder nun Nathaniel, und sein Bruder lebte.

Es war jetzt an Michael, Nathaniel zu rächen.